Sigrid Undset

Kristin Lavranstochter

Sigrid Undset

Kristin Lavranstochter

Roman

F. H. KERLE
FREIBURG · HEIDELBERG

Berechtigte Übersetzung aus dem Norwegischen
von J. Sandmeier und S. Angermann

Lizenzausgabe für den Verlag F. H. Kerle Freiburg/Heidelberg
mit Genehmigung des Bruno Cassirer Verlages, Oxford
Herstellung: Freiburger Graphische Betriebe 1982
ISBN 3-600-30100-4

ERSTES BUCH · DER KRANZ

JÖRUNDHOF

DER KRANZ

LAVRANS BJÖRGULFSSOHN

ZWEITES BUCH · DIE FRAU

DIE FRUCHT DER SÜNDE

HUSABY

ERLEND NIKULAUSSOHN

DRITTES BUCH · DAS KREUZ

DIE VERWANDTEN

DIE SCHULDIGEN

DAS KREUZ

ERSTES BUCH

DER KRANZ

JÖRUNDHOF

I

Bei der Teilung der Hinterlassenschaft Ivar Gjeslings des Jüngeren auf Sundbu im Jahre 1306 kamen seine Besitztümer in Sil an die Tochter Ragnfrid und ihren Gatten Lavrans Björgulfssohn. Diese hatten vorher auf Lavrans' Hof Skog in Follo nahe bei Oslo gewohnt, jetzt aber zogen sie auf den Jörundhof oben im Gudbrandstal.

Lavrans entstammte dem Geschlecht, das man hierzulande die Lagmannssöhne nannte. Sie waren mit jenem Laurentius Östgötalagmann von Schweden herübergekommen, der die Schwester des Bjelbo-Jarls, Jungfrau Bengta, aus dem Kloster Vreta entführt hatte und mit ihr nach Norwegen geflüchtet war. Herr Laurentius blieb bei König Haakon dem Alten und wurde von ihm sehr geschätzt; der König gab ihm den Hof Skog. Aber als er acht Jahre hier im Lande gewesen war, starb er im Krankenbett, und die Witwe, die Folkungetochter, die man in Norwegen Königstochter nannte, kehrte heim und söhnte sich mit ihren Verwandten aus. Sie wurde dann in einem anderen Land reich verheiratet. Sie und Herr Laurentius hatten keine Kinder miteinander gehabt, und so erbte Laurentius' Bruder Ketil den Hof Skog. Er war der Großvater des Lavrans Björgulfssohn.

Lavrans war in jungen Jahren verheiratet worden; er war erst achtundzwanzig Jahre alt, als er nach Sil kam, und er war drei Jahre jünger als seine Frau. Als Heranwachsender war er im Gefolge des Königs gewesen und hatte eine gute Erziehung genossen; aber nach seiner Heirat lebte er ruhig auf seinem Hof, denn Ragnfrid war etwas eigen und schwermütig und fühlte sich nicht wohl unter den Menschen südlich im Lande. Nachdem sie das Mißgeschick gehabt hatte, drei kleine Söhne in der Wiege zu verlieren, wurde sie ganz menschenscheu. Vieles sprach dafür, daß Frau Ragnfrid näher zu ihren Verwandten und Bekannten käme, und so zog Lavrans ins Gudbrandstal. Sie hatten, als sie dorthin kamen, ein Kind, ein kleines Mädchen, das Kristin hieß.

Als sie sich aber auf dem Jörundhof niedergelassen hatten, lebten sie dort meist ebenso still wie vorher und am liebsten für sich allein; es hatte nicht den Anschein, als läge Ragnfrid viel an ihren Verwandten, denn sie sah sie nicht öfter, als es die Schicklichkeit erforderte. Dies kam zum Teil daher, daß Lavrans und Ragnfrid besonders fromme und gottesfürchtige Menschen waren, die fleißig die Kirche besuchten, gerne Gottesdiener beherbergten oder jene Leute, die in Angelegenheiten der

Kirche umherreisten, oder Pilgrime, die durch das Tal hinauf nach Nidaros wanderten. Und auch dem Priester ihres Kirchspiels – er war ihr nächster Nachbar und wohnte auf Romundhof – erwiesen sie die größte Achtung. Die anderen Leute dort im Tale aber waren der Ansicht, daß die Kirche Gottes ihnen teuer genug zu stehen komme an Zehenten, Waren und Geld, und sie meinten, sie hätten es nicht nötig, sich so strenge an Fasten und Beten zu halten oder sich die Priester und Mönche ins Haus zu ziehen, ohne ihrer gerade zu bedürfen.

Im übrigen waren die Leute auf Jörundhof sehr geachtet und auch beliebt, hauptsächlich Lavrans, denn er war als ein starker und mutiger Mann bekannt, aber auch als friedliebend, ruhig und rechtschaffen, gleichmäßig in seinem Tun und Lassen, von höfischem Wesen; er war ein besonders tüchtiger Landwirt und ein großer Weidmann, sehr hitzig in der Jagd auf Wolf und Bär und alle Arten von Raubwild. Er vereinigte in wenigen Jahren viele Ländereien unter seinen Händen, aber er war ein guter und hilfsbereiter Hausvater gegen seine Pächter.

Von Ragnfrid bekamen die Leute so wenig zu sehen, daß sie bald aufhörten, viel über sie zu reden. Die erste Zeit, nachdem sie in das Tal heimgekehrt war, hatten viele sich über sie gewundert, denn sie erinnerten sich ihrer noch aus jener Zeit, als sie daheim auf Sundbu lebte. Schön war sie nie gewesen, aber damals hatte sie gut und froh ausgesehen; nun hatte sie so an Anmut verloren, daß man gerne glauben konnte, sie sei zehn und nicht drei Jahre älter als der Mann. Die Leute fanden auch, sie nehme das Unglück mit den Kindern unvernünftig schwer, denn im übrigen ging es ihr doch in jeder Beziehung besser als den meisten Frauen – sie saß in großem Wohlstand und Ansehen und lebte gut mit ihrem Mann, soweit die Leute sehen konnten; Lavrans gab sich nicht mit anderen Frauen ab, er beriet sich viel mit ihr in allen Dingen, und er sagte ihr nicht ein unfreundliches Wort, ob er nun nüchtern oder betrunken war. Auch war sie nicht so alt, daß sie nicht noch viele Kinder hätte bekommen können, wenn Gott ihr das vergönnen wollte.

Es war nicht leicht für die auf Jörundhof, junge Leute in den Dienst zu bekommen, weil die Hausmutter diesen schweren Sinn hatte und weil alle Fastenzeiten so streng gehalten wurden. Sonst hatten die Leute es gut dort auf dem Hofe, und es gab selten böse Worte oder Strafen; sowohl Lavrans als auch Ragnfrid gingen bei jeder Arbeit selbst voran. Der Mann war auch auf seine Art froh gelaunt und tat gerne bei einem Tanz mit oder sang mit den andern, wenn die Jugend in den Vigiliennächten* auf dem Kirchenhügel spielte. Aber es waren doch meist ältere Menschen, die auf dem Jörundhof Dienst suchten; diesen gefiel es gut dort, und sie blieben lange.

* Vigiliennächte: Bei jenen Kirchenfesten, denen Vigilien vorangingen, war es Sitte, daß die Gemeinde die ganze Nacht in der Nähe der Kirche blieb. Zwischen den Gottesdiensten suchten die Leute sich dann die Zeit mit Reigentänzen auf der Wiese und mit anderer Kurzweil zu vertreiben.

Als Kristin sieben Jahre alt war, geschah es einmal, daß sie ihren Vater auf die Alm begleiten sollte.

Es war ein schöner Morgen im vorgerückten Sommer. Kristin stand in der oberen Stube des Vorratshauses*, wo sie jetzt zur Sommerszeit schliefen; sie sah die Sonne draußen scheinen und hörte ihren Vater und die Männer unten auf dem Hofplatz sprechen – da freute sie sich so, daß sie nicht stillstehen konnte, während die Mutter sie anzog, sondern zwischen jedem Kleidungsstück, das ihr übergestreift wurde, umherhüpfte und in die Höhe sprang. Sie war noch nie oben in den Bergen gewesen, sondern nur über den Gebirgseinschnitt nach Vaage gekommen, wenn sie zum Besuch bei den Verwandten ihrer Mutter auf Sundbu mitgedurft hatte, oder war mit der Mutter und mit dem Gesinde vom Hof in den zunächst liegenden Wäldern gewesen, wenn sie hinausgingen und die Beeren pflückten, die Ragnfrid ihrem Dünnbier zusetzte. Ragnfrid bereitete auch ein saures Gemisch von Preiselbeeren und Moosbeeren, das sie während der Langen Fasten statt der Butter zum Brot aß.

Die Mutter wickelte Kristins langes blondes Haar auf und band es in die alte blaue Haube ein, küßte dann die Tochter auf die Wange, und Kristin sprang zu ihrem Vater hinunter. Lavrans saß bereits im Sattel; er hob sie hinter sich aufs Pferd, wo er seinen Umhang wie ein Kissen auf der Kruppe des Pferdes zurechtgelegt hatte. Dort sollte Kristin rittlings sitzen und sich an seinem Gürtel festhalten. Dann riefen sie der Mutter Lebewohl zu, doch diese kam mit Kristins Umhang vom Altan heruntergelaufen, gab ihn Lavrans und bat ihn, des Kindes wohl zu achten. Die Sonne schien, aber es hatte nachts stark geregnet, die Bäche sprühten und sangen von allen Höhen herab, und die Nebelfetzen trieben an den Berghängen entlang. Doch über den Kämmen stiegen weiße Gutwetterwolken in die blaue Luft empor, und Lavrans und seine Männer redeten davon, daß es heute wohl einen heißen Tag geben würde, wenn die Sonne höher stiege. Lavrans hatte vier Leute mit, und obwohl ihrer so viele waren und sie nicht weit reiten wollten, waren sie alle gut bewaffnet, denn um diese Zeit trieben sich immer allerlei sonderbare Menschen in den Bergen herum, wenngleich nicht zu erwarten war, daß sie solchen begegnen würden. Kristin hatte alle diese Leute ihres Vaters gern; drei von ihnen waren ältere Männer, aber der vierte, Arne Gyrdssohn von Finsbrekken, war ein halberwachsener Knabe und Kristins bester Freund; er ritt Lavrans und ihr am nächsten, denn er war es, der ihr von allem erzählen mußte, was ihnen unterwegs begegnete.

* Vorratshaus: Im Erdgeschoß des Vorratshauses lagerte man die groben Waren, im oberen Stockwerk bewahrte man Kleider und Waffen auf. Dieser obere Raum war meist mit einem Altan versehen und wurde im Sommer als Schlaf- oder als Gastraum benutzt. Die Gebäude jener Zeit waren, wie es auch jetzt noch in Norwegen zu einem großen Teil der Fall ist, aus Balken aufgeführt. Eine Ausnahme hiervon machten nur einige wenige Gebäude in den Städten, wie Kirchen oder Profanbauten besonderer Art.

Sie ritten zwischen den Häusern des Romundhofes hindurch und tauschten Grüße mit dem Priester Eirik. Er stand vor der Tür und schalt seine Tochter – sie führte ihm das Haus – wegen eines Stranges neugefärbten Garns, den sie am Tage zuvor hatte draußen hängen lassen; nun war das Garn durch den Regen verdorben worden.

Auf dem Hügel beim Pfarrhof lag die Kirche – sie war nicht groß, war aber zierlich gebaut, schön und gut erhalten und frisch geteert. Beim Kreuz vor dem Friedhofsgatter nahmen Lavrans und seine Leute die Hüte ab und senkten die Köpfe; dann wandte sich der Vater im Sattel, und er und Kristin winkten zur Mutter hinunter, die sie draußen auf der Wiese vor dem Hof sehen konnten. Sie winkte ihnen mit einem Zipfel ihres Kopftuches.

Hier auf dem Kirchenhügel und dem Friedhof pflegte Kristin fast jeden Tag zu spielen; aber heute, da sie mit ihrem Vater so weit fort sollte, schien es dem Kind, als sei der bekannte Anblick ihres Heimes und des Tales ganz neu und merkwürdig.

Die verschiedenen Häusergruppen auf Jörundhof waren gleichsam kleiner und grauer geworden, wie sie so dort unten lagen. Der Fluß wand sich glänzend dahin, und das Tal breitete sich vor ihr aus mit seinen weiten grünen Flächen und den Mooren auf der Sohle und den Höfen mit ihren Äckern und Wiesen an den Hängen, bis unter die grauen und schroffen Bergwände hinauf.

Weit unten im Tale, wo die Berge zusammenstießen und den Ausblick versperrten, wußte Kristin den Loptshof liegen. Dort wohnten Sigurd und Jon, zwei alte Männer mit weißen Bärten; die mußten immer mit ihr spielen und scherzen, wenn sie auf den Jörundhof kamen. Den Jon hatte sie sehr gern, denn er schnitzte ihr die schönsten Tiere aus Holz, und sie hatte einmal einen goldenen Ring von ihm bekommen. Und als er das letztemal bei ihnen gewesen war, am Weißen Sonntag, da hatte er ihr einen Ritter mitgebracht, der so schön geschnitzt und so herrlich bemalt war, daß es Kristin dünkte, sie habe nie eine schönere Gabe erhalten. Sie mußte ihn jede Nacht mit ins Bett nehmen, aber am Morgen, wenn sie erwachte, stand der Ritter immer auf der Stufe vor dem Bett, in dem sie mit den Eltern schlief. Der Vater sagte, er springe beim ersten Hahnenschrei heraus, aber Kristin wußte wohl, daß die Mutter ihn wegnahm, wenn sie eingeschlafen war, denn sie hatte sie sagen hören, er sei so hart und schmerze, wenn sie nachts darauf zu liegen komme. – Vor Sigurd vom Loptshof fürchtete Kristin sich, und sie mochte es nicht, daß er sie auf die Knie nahm, denn er pflegte zu sagen, wenn sie einmal mannbar sei, wolle er in ihren Armen schlafen. Er hatte zwei Frauen überlebt und sagte selbst, er werde schon auch noch eine dritte überleben, und Kristin könne die vierte werden. Wenn sie dann aber weinte, lachte Lavrans und sagte, er glaube nicht, daß Margit ihren Geist so schnell aufgeben werde, sollte es aber doch so schlimm kommen und Sigurd um sie freien, dann würde er ein Nein erhalten, dessen könne sie gewiß sein.

Ungefähr einen Bogenschuß nördlich der Kirche lag am Wege ein großer Steinblock, und rings um ihn war ein dichter Hain von Birken und Espen. Dort pflegten sie Kirche zu spielen, und Tomas, der jüngste Tochtersohn des Priesters Eirik, stand dann dort und hielt die Messe wie sein Großvater, sprengte Weihwasser und taufte, wenn in den Steinmulden Regenwasser stand. Aber im vergangenen Herbst war es ihnen einmal übel ergangen. Zuerst hatte Tomas sie und Arne getraut – Arne war noch nicht so alt, daß er nicht noch mit den Kindern spielte, wenn er die Zeit dazu hatte. Dann fing Arne ein Ferkel, das dort herumlief, und sie trugen es zur Taufe. Tomas salbte es mit Schlamm, tauchte es in eine Vertiefung des Steines, in der Wasser stand, ahmte seinen Großvater nach, las die Messe auf lateinisch und schalt, weil sie nicht genug opferten – da lachten die Kinder, denn sie hatten die Erwachsenen über Eiriks unmäßige Geldgier reden hören. Und je mehr sie lachten, desto ärgere Sachen erfand Tomas; so sagte er, dieses Kind sei in der Zeit der Langen Fasten gezeugt worden, und sie müßten dem Priester und der Kirche um ihrer Sünde willen Buße erstatten. Da lachten die großen Knaben, daß sie schrien, aber Kristin war so beschämt, daß sie dem Weinen nahe war, wie sie so mit dem Ferkel in den Armen dastand. Und als die Kinder sich noch damit belustigten, wollte es das Unglück, daß Eirik selbst von einem Seelsorgegang heimgeritten kam. Als er begriff, was die Kinder trieben, sprang er vom Pferde und reichte Bentein, dem ältesten Tochtersohn, der ihn begleitete, die heiligen Gefäße so heftig hin, daß Bentein beinahe die silberne Taube mit dem Leib Gottes zur Erde hätte fallen lassen; der Priester fuhr in die Kinderschar und prügelte so viele, als er nur zu fassen bekam. Kristin verlor das Ferkel, und dieses rannte schreiend den Weg hinunter, das Tauftuch hinter sich herziehend, so daß die Pferde des Priesters sich vor Schrecken aufbäumten. Sira Eirik schlug auch sie, daß sie hinfiel, und er stieß mit dem Fuß nach ihr, wovon ihr noch viele Tage danach die Hüfte weh tat. Als Lavrans dies erfahren hatte, meinte er, Eirik sei doch zu streng gegen Kristin gewesen, da sie noch so klein sei. Er sagte, er wolle mit dem Priester darüber reden, aber Ragnfrid bat ihn, das nicht zu tun, denn das Kind habe doch nur das erhalten, was es verdient habe, wenn es bei einem solch lästerlichen Spiel dabeigewesen sei. So erwähnte Lavrans die Sache nicht weiter, doch Arne gab er die ärgsten Schläge, die der Knabe jemals bekommen hatte. Deshalb zupfte Arne, als sie an dem Stein vorbeiritten, Kristin am Ärmel. Etwas zu sagen wagte er nicht um Lavrans' willen, aber er schnitt ein Gesicht, lächelte und klopfte sich aufs Hinterteil. Doch Kristin senkte beschämt den Kopf.

Der Weg führte in dichten Wald hinein. Sie ritten unter Felswänden dahin; das Tal wurde eng und dunkel, und das Rauschen des Flusses war stärker und lauter zu hören; wenn sie einen Schimmer von ihm erblickten, sahen sie, wie er eisgrün mit weißem Schaum zwischen schroffen Steinwänden dahinbrauste. Die Berghänge auf beiden Seiten des Tales waren schwarz von Wäldern; es war dunkel und unheimlich und eng in der Talschlucht, und ein kalter Hauch strich über sie hin. Sie ritten auf einen Steg zu, und bald sahen sie die Brücke, die unten im Tal über den Fluß führte. In einer Höhle, ein wenig unterhalb des Steges, wohnte ein Neck; Arne wollte Kristin von ihm erzählen, aber Lavrans gebot dem Knaben streng, mit solchem Geschwätz hier im Walde zu schweigen. Und als sie zum Steg kamen, sprang er vom Pferde und führte es am Zaum hinüber, während er mit dem anderen Arm das Kind um die Mitte festhielt.

Auf der anderen Seite des Flusses führte ein Saumpfad steil in die Höhe, die Männer saßen von den Pferden ab und gingen zu Fuß, und der Vater hob Kristin in den Sattel, so daß sie sich am Sattelknauf festhalten konnte, und so durfte sie Guldsvein allein reiten.

Unbekannte graue und blaue Felsen mit weißen Streifen von Schnee erhoben sich über den Berghängen, je höher sie hinaufkamen, und jetzt konnte Kristin zwischen den Bäumen einen Schimmer der Höfe nördlich der Klamm sehen, und Arne deutete hin und nannte die Namen der Höfe, die sie unterscheiden konnten.

Hoch oben im Wald gelangten sie zu einer kleinen, einsamen Ansiedlung. Sie machten am Zaun halt; Lavrans rief laut, und der Ruf wurde lange zwischen den Bergen hin und her geworfen. Zwei Männer kamen zwischen den kleinen Ackerfetzchen heruntergelaufen. Es waren die beiden Söhne auf dem kleinen Berghof. Sie waren tüchtige Teerbrenner, und Lavrans wollte sie dazu dingen, für ihn Teer zu brennen. Ihre Mutter folgte ihnen mit einer großen Schüssel kalter Milch, denn es war ein warmer Tag geworden, wie die Männer erwartet hatten.

»Ich sah, daß du deine Tochter mitgenommen hast«, sagte sie, als sie gegrüßt hatte, »mich dünkte, ich müßte sie doch sehen. Du mußt ihr die Haube abnehmen; es heißt, sie habe so schönes Haar.«

Lavrans tat, wie die Frau ihn bat, und Kristins Haar fiel ihr über den Rücken bis zum Sattel hinab. Es war dicht und golden wie reifer Weizen. Isrid, die Frau, griff hinein:

»Ja, nun sehe ich, das Gerücht hat keine zu großen Worte über diese deine kleine Tochter verbreitet – sie ist eine Lilie und sieht aus wie das Kind eines Ritters. Auch sanfte Augen hat sie – sie gleicht dir und nicht den Gjeslingern. Möge Gott dir Freude an ihr vergönnen, Lavrans Björgulfssohn! Und Guldsvein reitest du so stramm wie ein Hofmann«, scherzte sie und hielt die Schüssel, aus der Kristin trank.

Das Kind errötete vor Freude, denn es wußte wohl, daß der Vater für den schönsten Mann weit und breit galt. Und er sah aus wie ein Ritter, wie er dort zwischen seinen Leuten stand, obwohl er eher bäuerisch gekleidet war, so wie er daheim alltags zu gehen pflegte. Er trug einen ziemlich weiten und kurzen Kittel aus grüngefärbtem Fries, am Halse offen, so daß man das Hemd sah; außerdem hatte er Strümpfe und Schuhe aus ungefärbtem Leder und auf dem Kopfe einen altmodischen, breitrandigen Filzhut. An Schmuck trug er nur eine glatte silberne

Spange am Gürtel und eine kleine Nadel am Hemd; außerdem war am Hals ein Stückchen einer goldenen Halskette zu sehen. Diese trug Lavrans immer, und an ihr hing ein goldenes Kreuz, mit großen Bergkristallen besetzt; man konnte es öffnen, und darin lag ein Restchen von dem Totenhemd und dem Haar der heiligen Frau Elin von Skövde, denn die Lagmannssöhne führten ihr Geschlecht auf eine der Töchter dieser seligen Frau zurück. Wenn Lavrans im Wald war oder seiner Arbeit nachging, pflegte er das Kreuz unter das Hemd auf die bloße Brust zu schieben, um es nicht zu verlieren.

Mancher Ritter und Hofmann im Festgewand schien nicht von so vornehmer Geburt zu sein wie er in seinen groben Hauskleidern. Er war sehr schön gewachsen, groß, mit breiten Schultern und schmalen Hüften; der Kopf war klein und saß schön auf dem Hals, und er hatte hübsche, ein wenig längliche Gesichtszüge – nicht zu volle Wangen, ein schön gerundetes Kinn und einen wohlgebildeten Mund. Seine Gesichtsfarbe war hell und frisch, die Augen grau und das Haar dicht und glatt und seidig blond.

Er blieb stehen und sprach mit Isrid über ihre Angelegenheiten, fragte auch nach Tordis, einer Verwandten Isrids, die in diesem Sommer auf der Alm des Jörundhofes Sennin war. Sie hatte kürzlich ein Kind bekommen; Isrid wartete nur auf eine Gelegenheit, sichere Begleitung durch den Wald zu finden, dann wollte sie den Knaben herunterholen und ihn taufen lassen. Da sagte Lavrans, sie könne mit ihnen hinaufgehen: er wolle am nächsten Abend wieder herunterkommen, und es wäre gut und beruhigend für sie, wenn so viele Männer bei ihr und dem heidnischen Kinde wären. Isrid dankte: »Wenn ich die Wahrheit sagen soll, so habe ich auf dieses Angebot gewartet. Wir wissen, wir armen Leute hier oben unter dem Berg, daß du, wenn du hierherkommst, uns einen Freundschaftsdienst erweisest, so du kannst.« Sie lief hinauf, um ein Bündel und einen Umhang zu holen.

Es verhielt sich so, daß Lavrans sich unter diesen kleinen Leuten, die auf Rodungen und Siedlungen hoch oben am Rande der Gemeinde wohnten, wohl fühlte; bei ihnen war er immer froh und zum Scherzen aufgelegt. Mit ihnen sprach er von dem Leben der Tiere des Waldes und der Renntiere auf den Bergweiten und von all dem Spuk, der sich an solchen Orten zeigt. Und er stand ihnen mit Rat und Tat und mit Hilfeleistungen bei, besah ihr krankes Vieh, stand mit ihnen am Amboß und bei der Zimmermannsarbeit, ja half ihnen bisweilen mit seinen großen Kräften aus, wenn sie die ärgsten Steine oder Wurzeln ausbrechen mußten. Deshalb begrüßten diese Menschen Lavrans Björgulfssohn und Guldsvein, seinen großen roten Hengst, stets mit Freuden. Guldsvein war ein schönes Tier mit glänzendem Fell, weißer Mähne und weißem Schweif und hellen Augen – stark und mächtig, so daß man von ihm in den Tälern sprach; aber gegen Lavrans war der Hengst fromm wie ein Lamm, und sein Herr pflegte zu sagen, daß er ihn so lieb habe wie einen jüngeren Bruder.

Das erste, was Lavrans zu tun gedachte, war, nach dem Scheiterhaufen auf dem Heimberg zu sehen. Denn in den harten Zeiten des Unfriedens vor hundert oder noch mehr Jahren hatten die Bauern an einigen Stellen längs den Tälern Wächterhütten und Holzstöße auf den Bergen errichtet, ähnlich den Meldefeuern an der Küste entlang. Aber diese Warnungsanlagen im Gebirge gehörten nicht zur Landesverteidigung. Die Bauerngilden hielten sie instand, und die Gildenbrüder wechselten einander in deren Wartung ab.

Als sie an die erste Alm kamen, ließ Lavrans alle Pferde, mit Ausnahme des Saumtieres, auf dem Anger frei laufen, und dann folgten die Leute einem steilen Fußpfad aufwärts. Es währte nicht lange, bis der Wald hier lichter wurde. Große Kiefern standen tot und weiß wie Knochengerüste in den Mooren – und nun sah Kristin nackte, graue Felsen zum Himmel aufragen. Sie stiegen weite Strecken durch Geröllfelder empor, und manchmal rann ein Bach auf dem Fußpfad, so daß der Vater sie tragen mußte. Der Wind blies kräftig und frisch dort oben, und im Heidelbeerkraut war es schwarz von Beeren, aber Lavrans sagte, sie könnten jetzt nicht stehenbleiben und pflücken. Arne lief bald voran als erster, bald weit hinten als letzter, riß Zweige mit Beeren für Kristin ab und erzählte, wem die Almen gehörten, die sie unter sich im Walde liegen sahen – denn damals war der ganze Hövringshang mit Wald bestanden.

Und jetzt befanden sie sich unter dem letzten und nackten Felskegel und sahen den mächtigen Scheiterhaufen aus Stämmen gegen die Luft und die Wächterhütte im Schutze einer Felswand.

Als sie auf die Höhe kamen, fuhr ihnen der Wind entgegen und verfing sich in ihren Kleidern – so daß es Kristin schien, als sei er ein lebendes Wesen, das hier oben wohne und ihnen entgegenkomme und sie begrüße. Der Wind blies und flackerte, während sie mit Arne über die bemoosten Flächen hinschritt. Die Kinder setzten sich auf einen Felsvorsprung, und Kristin starrte mit großen Augen hinaus – nie hatte sie gedacht, daß die Welt so weit und groß sei.

Weithin lagen von Wäldern zottige Berghänge unter ihr; das Tal war nur wie eine Senkung zwischen den mächtigen Bergen, und die Seitentäler waren noch kleiner; sie waren zahlreich, aber trotzdem sah man wenig Täler und viele Berge. Überall ragten graue Felskuppen empor, goldgeflammt von Flechten, und über dem Waldteppich und weit hinaus gegen den Himmelsrand stand das blaue Gebirge mit weißen Schneeflecken und vermischte sich für das Auge mit den graublauen und weißglänzenden Sommerwolken. Aber im Nordosten, in der Nähe – gleichsam hinter dem Almenwald –, lagen einige gewaltige steinblaue Berge mit Neuschnee auf den Hängen. Kristin konnte erkennen, daß dies die Eberberge* waren, von denen sie gehört hatte, denn sie glichen wirklich einer Schar mächtiger Eber, die bergeinwärts gingen

* Eberberge: Rondanegebirge

und dem Tal die Hinterseite zuwandten. Arne sagte, es sei ein halber Tagesritt, bis man zu ihnen hingelange.
Kristin hatte geglaubt, wenn sie nur auf die Höhe der zunächst liegenden Berge komme, so würde sie schon in eine andere Gemeinde hinuntersehen können, ähnlich ihrer eigenen mit Höfen und Herden, und es berührte sie seltsam, als sie sah, daß die Orte, wo Menschen wohnten, so weit auseinanderlagen. Sie sah die kleinen gelben und grünen Flecke unten im Grunde des Tales und die winzig kleinen Lichtungen mit grauen Häuserwürfeln in den Bergwäldern; sie fing an, sie zu zählen, aber als sie drei Dutzend gezählt hatte, konnte sie sie nicht mehr auseinanderhalten. Und trotzdem waren die Wohnstätten der Menschen wie ein Nichts in der Wildnis.
Sie wußte, daß im wilden Walde Wolf und Bär herrschten und daß unter jedem Stein Trolle und Kobolde und Elfen wohnten, und es wurde ihr angst, denn niemand kannte ihre Zahl, aber es mußten ihrer viel, viel mehr sein, als es Christenmenschen gab. Da rief sie laut nach ihrem Vater, aber er hörte sie nicht in dem Sturm da oben – er und seine Dienstleute waren gerade damit beschäftigt, große Steine auf den Gipfel zu wälzen, um mit ihnen die Stämme des Scheiterhaufens zu stützen.
Isrid ging zu den Kindern und zeigte Kristin die westlichen Vaageberge. Und Arne zeigte ihr das Graue Gebirge, wo die Bewohner der Täler das Renntier in Gruben fingen und die Falkenfänger des Königs in Steinhütten lebten.
Dieser Arbeit gedachte Arne selbst einmal sich zu widmen – aber dann wollte er auch lernen, die Vögel zur Jagd abzurichten – und er hob den Arm, als schleudere er den Falken in die Luft.
Isrid schüttelte den Kopf.
»Das ist ein wüstes Leben, Arne Gyrdssohn – es würde deiner Mutter ein großer Kummer sein, wolltest du ein Falkenfänger werden. Dort kann sich kein Mann halten, ohne daß er sich mit den übelsten Menschen und mit dem, was noch schlimmer ist, gemein macht.«
Lavrans war zu ihnen getreten und hatte die letzten Worte gehört.
»Ja«, sagte er, »da drüben ist wohl mehr als eine Wohnstätte, die weder Abgaben noch Zehent zahlt...«
»Ja, du hast wohl allerlei gesehen, Lavrans«, versuchte Isrid mehr aus ihm herauszulocken. »Du gehst ja so tief ins Gebirge hinein...«
»Ja, ja...«, sagte Lavrans gedehnt. »Kann sein – aber mich dünkt, man sollte nicht über so etwas reden. Man soll den Menschen, die sich den Frieden in den Tälern verscherzt haben, den Frieden gönnen, den sie im Gebirge finden können, meine ich. Habe ich doch gelbe Felder und schöne Wiesen gesehen, in Gegenden, von denen nur wenige Menschen wissen, daß sie Täler bergen – und Herden von Rindern und Kleinvieh habe ich gesehen, aber ich weiß nicht, ob sie den Menschen oder anderen Wesen gehörten...«
»Ja, ja«, sagte Isrid. »Bär und Wolf wird die Schuld gegeben, wenn das

Vieh hier auf den Almen wegkommt, aber es gibt hier im Gebirge noch schlimmere Räuber als sie.«

»Nennst du sie schlimmer?« fragt Lavrans gedankenvoll und streicht der Tochter über die Haube. »Drinnen in den Bergen, südlich unter den Eberkämmen, sah ich einmal drei kleine Knaben, und der größte war so wie Kristin hier – blondes Haar hatten sie und Pelzkittel. Sie fletschten die Zähne gegen mich wie junge Wölfe, ehe sie davonrannten und sich verbargen. Es ist wohl nicht so verwunderlich, wenn es den armen Mann, dem sie gehörten, gelüstete, sich ein oder zwei Kühe zu holen...«

»Oh, Junge haben auch der Wolf und der Bär«, sagt Isrid böse. »Und die schonst du nicht, Lavrans, weder sie noch ihre Jungen. Obgleich sie weder Gesetz noch Christentum gelernt haben, so wie jene Missetäter, denen du so wohlwillst...«

»Dünkt dich, ich wolle ihnen so wohl, weil ich ihnen ein wenig Besseres gönne als gerade das Allerschlimmste«, sagt Lavrans und lächelt. »Aber komm jetzt, wir wollen sehen, was für eine Labung Ragnfrid uns heute zugedacht hat.« Er nahm Kristin bei der Hand und führte sie mit sich. Und er beugte sich zu ihr hinab und sagte leise: »Ich dachte an deine drei kleinen Brüder, kleine Kristin.«

Sie schauten in die Wächterhütte hinein, die Luft war stickig dort und roch faulig. Kristin durfte sich einen Augenblick darin umsehen, es waren nur einige Erdbänke längs den Wänden, eine Feuerstätte mitten im Raume und dann noch Fässer mit Teer und einige Bündel Kienspäne und Birkenrinde. Lavrans meinte, sie sollten draußen essen, und ein wenig weiter unten fanden sie an einem Birkenhang eine schöne grüne Wiesenfläche.

Sie nahmen dem Saumtier die Last ab und streckten sich im Gras aus. Und es zeigte sich, daß Ragnfrid ihnen viel und gutes Essen mitgegeben hatte – weiches Brot und feine Fladen, Butter und Käse, Speck und luftgedörrtes Renntierfleisch, fette, gekochte Kuhbrust, zwei große Lägel mit deutschem Bier und ein kleines Fäßchen Met. Da ging es rasch ans Fleischschneiden und Austeilen, während Halvdan, der älteste der Männer, Feuer schlug – es war heimischer, hier im Walde ein Feuer zu haben.

Isrid und Arne holten Beerenkraut und Zwergbirken und warfen sie ins Feuer; es knisterte, wenn das Feuer das frische Grün von den Zweigen riß und kleine weiße, verbrannte Flocken hoch über der roten Mähne der Lohe flattern ließ; der Rauch wirbelte fett und dunkel in den klaren Himmel empor. Kristin saß da und betrachtete die Flammen; ihr schien, das Feuer sei froh darüber, hier draußen und frei zu sein und spielen zu dürfen. Das war etwas anderes, als wenn es daheim auf der Feuerstätte hocken und sich mit dem Kochen plagen und ihnen die Stube erleuchten mußte.

Sie saß da und lehnte sich an den Vater, den einen Arm über seinem Knie; er gab ihr vom Besten, was da war, soviel sie haben wollte, und redete ihr zu, vom Bier zu trinken, soviel sie konnte, und fleißig den Met zu kosten.

»Sie wird so berauscht, daß sie nicht zur Alm hinuntergehen kann«, sagte Halvdan und lachte, aber Lavrans fuhr ihr über die runden Wangen:

»Nun, dann sind wir Leute genug, um sie hinunterzutragen – es tut ihr gut – trink du auch, Arne – ihr seid noch im Wachsen, euch tun Gottes Gaben gut und keinen Schaden – das gibt süßes rotes Blut und guten Schlaf und weckt nicht Tollheit und Unverstand ...«

Nun tranken auch die Männer fleißig und viel; auch Isrid verschmähte nichts, und bald klangen ihre Stimmen und das Knattern und Sausen des Feuers wie ein ferner Lärm an Kristins Ohren – ihr wurde der Kopf allmählich schwer. Sie hörte noch, daß sie Lavrans ausforschten und ihn dazu bringen wollten, zu erzählen, was er auf seinen Jagden für seltsame Dinge vernommen habe. Aber er wollte nicht viel sagen, und das gab ihr ein so sicheres und ruhiges Gefühl – und dann war sie so satt. Der Vater saß mit einem Laib weichen Gerstenbrotes in der Hand da; er formte kleine Stücke zwischen den Fingern, bis sie Pferden glichen, schnitt kleine Bissen vom Fleisch ab und setzte sie quer auf die Brotpferde; dann ließ er sie über seinen Schenkel reiten und in Kristins Mund hinein. Aber bald war sie so müde, daß sie weder den Mund aufmachen noch kauen wollte – und dann fiel sie auf die Erde zurück und schlief.

Als sie wieder zu sich kam, lag sie warm und dunkel im Arm ihres Vaters – er hatte seinen Umhang um sie beide gelegt. Kristin setzte sich auf, wischte den Schweiß vom Gesicht und nahm die Haube ab, damit die Luft ihr feuchtes Haar trocknen konnte.

Es mußte schon spät am Tage sein, denn der Sonnenschein war ganz gelb und die Schatten hatten sich gestreckt und fielen nun gegen Südosten.

Es rührte sich kein Wind mehr, und Mücken und Fliegen summten und surrten um die Schar der schlafenden Menschen. Kristin saß mäuschenstill, kratzte ihre von Mücken zerstochenen Hände und blickte um sich – die Felskuppe über ihnen schimmerte weiß von Moosen und gelb von Flechten im Sonnenbrand, und der aufgerichtete Haufen von windgebrochenen Stämmen hob sich wie das Knochengerippe irgendeines seltsamen Tieres gegen den Himmel ab.

Ihr wurde allmählich ängstlich zumute – es war sonderbar, alle die Leute in dem hellen und klaren Tageslicht schlafen zu sehen. Geschah es daheim, daß sie nachts erwachte, lag sie warm und sicher im Bett, die Mutter an der einen Seite und das Webstück, das über die Balkenwand gespannt war, an der anderen. Dann wußte sie, daß Rauchloch und Türe gegen Nacht und Wetter draußen verschlossen waren und die Laute der Schlafenden von Menschen kamen, die sicher und warm zwischen Fellen und Kissen lagen. Aber alle diese Körper hier, die verrenkt und verdreht auf dem Hang rings um den kleinen weißen und schwarzen Aschenhaufen lagen, glichen Toten – einige lagen auf dem Bauch und einige auf dem Rücken, mit hochgezogenen Knien, und die Töne, die sie ausstießen, erschreckten Kristin. Der Vater schnarchte schwer, wenn aber Halvdan atmete, pfiff und winselte es in seiner Nase. Und Arne lag auf der Seite, das Gesicht im Arm versteckt und das glänzende hellbraune Haar auf dem Heidekraut ausgebreitet; er lag so still, daß Kristin fürchtete, er sei tot. Sie mußte sich vorbeugen und ihn anrühren – da drehte er sich im Schlafe ein wenig um.

Kristin mußte plötzlich denken, ob sie vielleicht einen ganzen Tag und eine ganze Nacht hindurch geschlafen hätte und sie in einem neuen Tag erwacht sei – da erschrak sie so, daß sie den Vater rüttelte, aber der grunzte nur und schlief weiter. Kristin selbst war der Kopf noch schwer, sie wagte jedoch nicht, sich wieder zum Schlafen hinzulegen. Da kroch sie zum Feuer hin und stocherte mit einem Ast darin herum – es glühte noch ein wenig. Sie zog Beerenkraut und kleine Äste an sich heran und legte sie auf das Feuer, aber sie wagte nicht über den Ring der Schlafenden hinauszugehen, um große Äste zu suchen.

Da donnerte es und dröhnte es im Boden ganz nahe – Kristin sank das Herz, und ihr wurde kalt vor Angst. Dann sah sie einen roten Körper zwischen den Bäumen, und Guldsvein brach zwischen den Zwergbirken hindurch, stand da und blickte sie mit seinen klaren, hellen Augen an. Sie wurde so froh, sprang auf und lief zu dem Hengste hin. Dort war das braune Pferd, auf dem Arne geritten war, und auch das Saumpferd. Da fühlte sie sich so geborgen und sicher; sie klopfte allen dreien die Flanken, aber Guldsvein senkte den Kopf, so daß sie hinaufreichen und ihm die Backen streicheln, ihn an seinem gelbweißen Schopf ziehen konnte – und er schnupperte mit seinem weichen Maul in ihren Händen.

Die Pferde grasten den Birkenhang hinunter, und Kristin ging mit ihnen, denn sie glaubte, daß es keine Gefahr habe, wenn sie sich nur in der Nähe von Guldsvein hielte – er war früher schon des Bären Herr geworden. Und die Blaubeeren standen hier überall so dicht, und das Kind war so durstig und hatte einen schlechten Geschmack im Mund; nach Bier gelüstete es sie jetzt nicht recht, aber die süßen, saftigen Beeren waren so gut wie Wein. Weiter entfernt auf einem Geröllfeld sah sie auch Himbeeren – da packte sie Guldsvein bei der Mähne und bat ihn schön, mit dorthin zu kommen, und der Hengst folgte geduldig dem kleinen Mädchen. Und wie sie weiter und weiter den Hang hinunterging, folgte er, wenn sie ihn rief. Die beiden anderen Pferde gingen Guldsvein nach.

Sie hörte einen Bach irgendwo in der Nähe glucksen und rieseln; da ging sie dem Laut nach, bis sie das Wasser fand, und sie legte sich auf eine große Steinplatte und wusch sich das heiße und von den Mücken zerstochene Gesicht und die Hände. Unterhalb des Steines stand das Wasser schwarz und unbeweglich stille, denn gerade gegenüber stieg eine Felswand hinter einigen kleinen Birken und Weidenbüschen steil

auf – es bildete sich hier der feinste Spiegel, und Kristin beugte sich darüber und betrachtete sich selbst im Wasser, denn sie wollte sehen, ob es sich so verhielt, wie Isrid sagte, daß sie ihrem Vater gleiche.
Sie lächelte und nickte und beugte sich vor, bis ihr Haar mit dem hellen Haar um das runde und großäugige Kindergesicht, das sie im Bach erblickte, zusammentraf.
Ringsumher wuchsen Unmengen jener feinen hellroten Blumenbüschel, die Baldrian genannt werden – sie waren viel röter und schöner hier an dem Gebirgsbach als daheim längs des Flusses. Da pflückte Kristin die Blumen und band sie mit Grashalmen zusammen, bis sie sich den schönsten, buschigen, hellroten Kranz gemacht hatte. Sie drückte ihn sich auf das Haar und lief zu der stillen Stelle im Bach, um zu sehen, wie sie sich ausnahm, jetzt, da sie geschmückt war wie ein erwachsenes Mädchen, das zum Tanze gehen will.
Sie neigte sich über das Wasser und sah ihr eigenes dunkles Bild vom Grunde aufsteigen und immer klarer werden, je mehr sie sich ihm entgegenbeugte – da sah sie im Spiegel des Baches, daß ein Mensch zwischen den Birken auf der anderen Seite stand und sich ihr zuneigte. Rasch richtete sie sich auf die Knie auf und blickte hinüber. Erst schien es ihr nur, es seien die Felswand und die Bäume, die sich am Fuß der Wand zusammendrängten. Plötzlich aber wurde sie ein Gesicht zwischen dem Laub gewahr – dort drüben stand eine Frau mit weißem Antlitz, krausem, flachsgelbem Haar – die großen hellgrauen Augen und die gespannten blaßroten Nasenflügel erinnerten an die Guldsveins. Sie war in etwas Glänzendes, Laubgrünes gekleidet, und Zweige und Äste verbargen sie bis an die volle Brust hinauf, die mit Spangen und blanken Ketten dicht behängt war.
Kristin starrte die Erscheinung an – da hob die Frau eine Hand und zeigte ihr einen Kranz aus goldenen Blumen; sie winkte damit.
Hinter sich hörte Kristin Guldsvein laut und erschrocken wiehern – sie wandte den Kopf – der Hengst bäumte sich auf, schrie, daß es widerhallte, warf sich herum und setzte den Hang hinauf davon, daß die Erde dröhnte. Die anderen Pferde folgten – sie sprangen mitten durch das Geröllfeld hinauf, und die Steine prasselten donnernd hinunter, und Zweige und Wurzeln krachten und wurden geknickt.
Da schrie Kristin gellend laut. »Vater!« schrie sie. »Vater!« Sie sprang auf, lief den Pferden nach und wagte nicht über die Schulter zurückzublicken, kletterte im Geröllfeld bergauf, trat auf den Saum ihres Kleides und glitt ein Stück zurück, kletterte wieder hinauf und griff mit blutenden Händen zu, kroch auf wunden, aufgeschlagenen Knien, schrie zwischen ihren Rufen nach dem Vater, nach Guldsvein – während der Schweiß ihr am ganzen Körper ausbrach, ihr wie Wasser in die Augen rann, und das Herz hämmerte, als wollte es sich am Brustkorb wundschlagen; ein Schluchzen der Angst beengte ihr die Kehle.
»O Vater, o Vater!«
Da hörte sie irgendwo über sich seine Stimme. Sie sah ihn in großen

Sätzen über das Geröllfeld – das helle, sonnenweiße Geröllfeld herabkommen; Zwergbirken und Espen standen still am Hang, und ihre Blätter glänzten mit kleinen Silberblitzen – der Berghang war so still und so hell, doch der Vater kam heruntergesprungen und rief ihren Namen, und Kristin brach zusammen und begriff, daß sie geborgen war.

»Sancta Maria!« Lavrans kniete neben der Tochter und zog sie an sich – er war bleich und hatte einen seltsamen Zug um den Mund, der Kristin noch mehr erschreckte; es war, als erkenne sie erst jetzt in seinem Gesicht, in wie großer Gefahr sie gewesen war.

»Kind, Kind ...«, er nahm ihre blutigen Hände, sah sie an, sah den Kranz auf ihrem Haar und berührte ihn. »Was ist das – wie bist du hierhergekommen, kleine Kristin ...«

»Ich ging mit Guldsvein«, schluchzte sie dicht an ihn gedrückt. »Mir wurde angst, weil ihr alle schliefet, aber dann kam Guldsvein –. Und dann stand jemand am Fluß unten und winkte mir ...«

»Wer winkte – war es ein Mann?«

»Nein, es war eine Frau – sie winkte mit einem Kranz aus Gold – ich glaube, es war ein Zwergenmädchen, Vater ...«

»Jesus Christus«, sagte Lavrans leise und schlug über sie beide das Kreuz.

Er half ihr beim Hinaufsteigen, bis sie an eine Grashalde kamen. Da hob er sie auf und trug sie. Sie hing an seinem Halse und weinte laut – konnte nicht aufhören, soviel er sie auch beruhigte.

Bald trafen sie auf die Männer und auf Isrid. Die schlug die Hände zusammen, als sie hörte, was geschehen war:

»Ja, das ist freilich das Elfenmädchen gewesen – sie hat dieses schöne Kind in den Berg locken wollen, das könnt ihr glauben ...«

»Schweig!« gebot ihr Lavrans barsch. »Wir hätten hier im Walde nicht so reden dürfen, wie wir redeten – man weiß nicht, wer unter den Steinen sitzen und jedes Wort hören kann.«

Er zog die goldene Kette unter seinem Hemd hervor und hängte sie samt dem Reliquienkreuz um Kristins Hals, schob es ihr auf den bloßen Körper unter das Kleid.

»Aber ihr alle«, sagte er, »mögt euren Mund wohl hüten, denn Ragnfrid darf niemals erfahren, daß das Kind sich in solcher Gefahr befunden hat.«

Nun fingen sie die Pferde ein, die in den Wald gelaufen waren, und gingen dann rasch zu der Almweide hinunter, wo die anderen Pferde waren. Dann saßen alle auf, und sie ritten hinüber zur Jörundhofalm; es war kein langer Weg.

Die Sonne wollte gerade untergehen, als sie dort anlangten; das Vieh war im Pferch, und Tordis und die Hirten waren beim Melken. Drinnen in der Hütte stand die gekochte Grütze für Lavrans und seine Leute bereit, denn die Bewohner der Alm hatten sie schon im Laufe des Tages oben bei der Wächterhütte gesehen und sie deshalb erwartet.

Da erst ließ Kristins Schluchzen nach. Sie saß auf dem Schoß des Vaters und aß Grütze und Rahm mit demselben Löffel wie er.
Lavrans wollte am nächsten Tag zu einem See tiefer drinnen in den Bergen; dort waren einige seiner Sennen mit den Stieren. Kristin hatte mitkommen sollen, aber jetzt sagte er, sie solle auf der Alm zurückbleiben: – »Und ihr müßt darauf achten, du, Tordis, und du, Isrid, daß die Türe und das Rauchloch verschlossen bleiben, bis wir wieder zurückkommen, sowohl wegen Kristin als auch wegen des kleinen ungetauften Kindes hier in der Wiege.«
Tordis war vor Schrecken so ängstlich geworden, daß sie mit dem Kleinen nicht mehr hier oben zu bleiben wagte, überdies war sie selbst seit ihrem Kindbett nicht wieder in der Kirche gewesen – sie wollte am liebsten ins Tal hinuntergehen und gleich dort bleiben. Lavrans meinte, dies dünke ihn begreiflich: sie könnte am nächsten Abend mit ihnen hinuntergehen. Er sagte, er würde an ihrer Stelle eine ältere Witwe, die auf dem Jörundhof diente, hinaufsenden.
Tordis hatte süßes, frisches Berggras unter die Felle auf der Bank gebreitet; das roch so stark und gut, und Kristin schlief beinahe schon, als der Vater ein Vaterunser und ein Ave Maria über ihr sprach.
»Ja, nun wird einige Zeit vergehen, bis ich dich wieder in die Berge mitnehme«, sagte Lavrans und klopfte ihr die Wange.
Kristin wurde plötzlich munter und wach:
»Vater – darf ich auch nicht mit dir nach Süden hinunter, im Herbst, wie du versprochen hast ...«
»Das werden wir noch sehen«, sagte Lavrans, und gleich darauf schlief Kristin süß zwischen den Schaffellen.

II

Jeden Sommer pflegte Lavrans Björgulfssohn nach dem Süden zu reiten, um auf seinem Hof in Follo nach dem Rechten zu sehen. Diese Reisen des Vaters hoben in Kristins Erinnerung die einzelnen Jahre voneinander ab – die langen Wochen, in denen er fort war, und ihre große Freude, wenn er mit schönen Geschenken heimkam, mit ausländischen Stoffen für ihre Brauttruhe, mit Feigen, Rosinen und Honigbrot aus Oslo – und ihr viel Seltsames zu erzählen wußte.
Aber in diesem Jahre merkte Kristin, daß mit der Reise des Vaters etwas Ungewöhnliches verbunden war. Sie wurde immer wieder verschoben, die Alten vom Loptshof kamen geritten und saßen zusammen mit Kristins Eltern über den Tisch gebeugt, redeten von Erbfolge und Erbrecht und Rückkaufsrecht und von den Schwierigkeiten, den Hof von hier aus zu betreiben, und von dem Bischofssitz und dem Königshof in Oslo, die den Höfen ringsumher so viel Arbeitskräfte entzögen. Sie hatten fast keine Zeit, mit ihr zu spielen, und sie wurde ins Küchenhaus zu den Mägden hinausgeschickt. Ihr Oheim, Trond

Ivarssohn von Sundbu, kam häufiger zu ihnen, als er sonst zu tun pflegte – er jedoch hatte nie mit Kristin gescherzt oder sie geliebkost. Nach und nach erfaßte sie, um was es sich handelte. Der Vater hatte von jeher, seit er nach Sil gekommen war, versucht, viel Land hier im Tale unter sich zu vereinigen, und nun hatte Ritter Andres Gudmundssohn Lavrans vorgeschlagen, den Hof Formo, der Herrn Andres' Mutter Erbhof war, gegen Skog zu tauschen, das für ihn besser gelegen war, seitdem er zum Gefolge des Königs gehörte und nur selten in das Tal hinaufkam. Lavrans wollte sich ungern von Skog, das sein eigener Erbhof war, trennen – dieser Hof war als Königsgabe an sein Geschlecht gekommen; doch wäre der Tausch in vieler Beziehung vorteilhaft für ihn gewesen. Aber auch Lavrans' Bruder, Aasmund Björgulfssohn, wollte Skog gerne erwerben – er wohnte jetzt auf Hadeland, hatte dort durch Heirat einen Hof in seinen Besitz gebracht –, es war also ungewiß, ob Aasmund sein Erbrecht aufgeben wollte.

Aber eines Tages sagte Lavrans zu Ragnfrid, daß er dieses Jahr Kristin mit nach Skog nehmen wolle – sie solle doch den Hof sehen, auf dem sie geboren sei und der das Heim ihrer Väter gewesen sei, im Falle er nun aus ihrem Besitz ausscheiden sollte. Ragnfrid fand diesen Wunsch begreiflich, obwohl sie sich ein wenig ängstigte, ein so junges Kind auf eine so lange Fahrt zu senden, wenn sie nicht selbst dabeisein konnte.

Die erste Zeit, nachdem sie das Elfenmädchen gesehen hatte, war Kristin so schreckhaft, daß sie sich am liebsten drinnen bei der Mutter aufhielt – sie fürchtete sich sogar davor, einen von den Männern zu sehen, die an jenem Tage mit auf dem Berge gewesen waren und wußten, was ihr widerfahren war. Sie war froh, daß der Vater verboten hatte, die Erscheinung zu erwähnen.

Aber als einige Zeit verstrichen war, verspürte sie Lust, davon zu sprechen. Innerlich erzählte sie irgend jemand davon – sie wußte nicht wem –, und das seltsame war: Je mehr die Zeit verging, desto besser glaubte sie sich zu entsinnen und desto klarer und klarer wurde die Erinnerung an die blonde Frau ...

Das allerseltsamste aber war, daß sie jedesmal, wenn sie an das Elfenmädchen dachte, sich so sehr nach der Reise nach Skog sehnte, und sie fürchtete immer mehr und mehr, der Vater könnte sie nicht mitnehmen.

Schließlich wachte sie eines Morgens auf und sah, daß Alt-Gunhild und die Mutter auf der Türschwelle saßen und die gebündelten Eichhörnchenfelle Lavrans' durchsahen. Gunhild war eine Witwe, die auf den Höfen umherwanderte und Pelzfutter für Umhänge und ähnliche Sachen nähte. Kristin verstand aus ihrem Gespräch, daß sie nun einen neuen Umhang bekommen sollte, mit Eichhörnchenpelz gefüttert und mit Marder verbrämt. Da wußte sie, daß sie mit dem Vater reisen durfte, und sie fuhr im Bett auf und schrie vor Freude.

Die Mutter ging zu ihr hin und strich ihr über die Wange:

»Freust du dich denn so, meine Tochter, so weit von mir fortzugehen?«

Das gleiche sagte Ragnfrid an jenem Morgen, da sie vom Hofe fortreiten sollten. Sie waren schon zu früher Morgenstunde auf, draußen war es dunkel, und dichter Nebel stand zwischen den Häusern, als Kristin zur Türe hinausspähte, um nach dem Wetter zu sehen – um die Lichter und vor den offenen Türen der Häuser wogte grauer Rauch. Leute liefen zwischen den Ställen und den Scheunen hin und her, und Frauen kamen vom Küchenhaus mit dampfenden Grützenschüsseln und Trögen mit gekochtem Fleisch und Speck – die Leute sollten eine reichliche und starke Mahlzeit einnehmen, ehe sie in die Morgenkälte hinausritten.

Drinnen wurden die Fellsäcke mit dem Reisegut geöffnet und vergessene Dinge hineingelegt. Ragnfrid erinnerte ihren Mann an alles, was er für sie auf der Reise besorgen sollte, sprach von Verwandten und Bekannten, die am Wege wohnten – diesen sollte er grüßen und nicht vergessen, nach jenem zu fragen.

Kristin lief aus und ein, sagte allen im Hause viele Male Lebewohl und konnte nirgends Ruhe finden.

»Freust du dich denn so, Kristin, so weit und auf so lange Zeit von mir fortzugehen?« fragte die Mutter. Kristin wurde befangen und niedergeschlagen zugleich und wünschte, die Mutter hätte das nicht gesagt. Aber sie antwortete, so gut sie vermochte:

»Nein, liebe Mutter, aber ich freue mich, weil ich meinen Vater begleiten darf.«

»Ja, du freust dich wohl«, sagte Ragnfrid und seufzte. Dann küßte sie das Kind und zupfte die Kleider des Mädchens ein wenig zurecht. Und endlich saßen sie in den Sätteln, das ganze Reisegefolge – Kristin ritt auf Morvin, der früher das Reitpferd des Vaters gewesen war, er war alt, klug und zuverlässig. Ragnfrid reichte ihrem Gatten den silbernen Becher mit der letzten Herzstärkung hinauf, legte eine Hand auf das Knie der Tochter und bat sie, an alles zu denken, was sie ihr ans Herz gelegt hatte.

Dann ritten sie im Morgengrauen zum Hofe hinaus. Der Nebel lag weiß wie Milch über dem Tal. Nach einiger Zeit wurde er lichter, und dann sickerte der Sonnenschein durch. Und triefend vom Tau leuchteten in dem weißen Dunst Wiesen, die grün von Grummet waren, und fahle Stoppelfelder und gelbe Bäume und Ebereschen mit glänzenden roten Beeren. Die Berghänge schimmerten blau und ragten aus Dunst und Nebelrauch empor – dann zerriß der Nebel und trieb in Fetzen zwischen den Hängen hin, und die Schar ritt im herrlichsten Sonnenschein durch das Tal hinab, Kristin neben ihrem Vater an der Spitze.

Nach Hamar kamen sie an einem dunklen und regnerischen Abend, und Kristin saß vor ihrem Vater im Sattel, denn sie war so müde, daß vor ihren Blicken alles verschwamm – der See, der zur Rechten bleich leuchtete, und die dunklen Bäume, die nasse Tropfen auf sie herab-

schüttelten, wenn sie unter ihnen durchritten, und die finsteren Häusergruppen auf den farblosen, nassen Wiesenflächen längs des Weges.
Sie hatte aufgehört, die Tage zu zählen – es dünkte sie, sie befinde sich schon eine ewig lange Zeit auf der Reise. Sie hatten Verwandte und Freunde auf dem Weg durch das Tal besucht; sie war mit Kindern auf den Großhöfen zusammen gewesen und hatte in fremden Häusern und Scheunen und Hofplätzen gespielt, und sie hatte das rote Kleid mit den seidenen Ärmeln viele Male angehabt. Wenn das Wetter schön gewesen war, hatten sie tagsüber am Wegrande gerastet; Arne hatte Haselnüsse für sie gesammelt, und nach den Mahlzeiten hatte sie auf den Fellsäcken, in denen ihre Kleider waren, schlafen dürfen. Auf einem der Höfe waren seidenbezogene Kissen in ihrem Bette gewesen, eine andere Nacht aber hatten sie in einer Herberge geschlafen, dort war in einem der anderen Betten eine Frau gelegen, die sie leise und jammervoll weinen hörte, sooft sie wach war. Jede Nacht aber hatte sie ruhig hinter dem breiten, warmen Rücken ihres Vaters verbracht.
Kristin wachte plötzlich auf – sie wußte nicht, wo sie war, doch das seltsam klingende und dröhnende Geräusch, das sie im Traume vernommen hatte, hielt an. Sie lag allein in einem Bett, und in dem Raum, in dem dieses stand, brannte ein Feuer auf der Herdstätte.
Sie rief nach ihrem Vater, und er erhob sich vom Feuer, bei dem er gesessen hatte, und kam zu ihr hin, gefolgt von einer dicken Frau.
»Wo sind wir?« fragte sie, und Lavrans lachte und sagte:
»Wir sind jetzt in Hamar, und das hier ist Margret, die Frau Farteins sutare* – du mußt sie schön begrüßen, denn du schliefest, als wir ankamen. Aber jetzt wird dir Margret beim Anziehen behilflich sein.«
»Ist es denn Morgen?« sagte Kristin. »Ich glaubte, du gehest jetzt zu Bett. Ach, hilf doch du mir«, bat sie, aber Lavrans sagte ein wenig streng, sie sollte sich lieber bei Margret dafür bedanken, daß diese ihr helfen wollte. »Und schau, was sie da hat und dir schenken will!«
Es war ein Paar roter Schuhe mit seidenen Bändern daran. Die Frau lächelte über Kristins erfreutes Gesicht und zog ihr im Bett Hemd und Strümpfe an, so daß sie nicht barfuß auf den Lehmboden zu treten brauchte.
»Was ist das, was da so tönt«, fragte Kristin, »wie eine Kirchenglocke, aber wie viele Glocken?«
»Ja, das sind unsere Glocken«, lachte Margret. »Hast du denn nicht von unserem großen Münster hier in der Stadt gehört – dort sollst du nun hin. Da läutet die große Glocke. Und außerdem läutet es noch im Kloster und in der Kreuzkirche.«
Margret strich ihr Butter dick auf das Brot und gab ihr Honig in die Milch, damit sie besser davon gesättigt würde, denn es blieb ihr kaum Zeit genug zum Essen.
Draußen war es noch dunkel, und es war Frostwetter eingetreten. Der

* sutare, abgeleitet vom Lateinischen sutor: der Schuster

Nebel war so kalt, daß er ins Gesicht schnitt. Die Spuren, die Menschen und Pferde und Rinder in den Schmutz der Straße getreten hatten, waren hart wie gegossenes Eisen, und Kristin schmerzten die Füße in den neuen, dünnen Schuhen, einmal trat sie in einer Furche mitten auf der Straße durch das Eis und bekam nasse und kalte Füße. Da hob Lavrans sie auf den Rücken und trug sie.
Sie strengte im Dunkeln ihre Augen an, konnte aber nicht viel von der Stadt erspähen – sie erkannte schwarze Hausgiebel und Bäume vor der grauen Luft. Dann kamen sie auf eine kleine Wiese hinaus, die von Rauhreif bedeckt war und schimmerte, und auf der anderen Seite der Wiese sah sie ein hellgraues Gebäude, so groß wie ein Berg. Ringsherum standen große Steinhäuser, und an verschiedenen Stellen schimmerte Licht aus Öffnungen in der Mauer. Die Glocken, die eine Weile geschwiegen hatten, fingen wieder zu läuten an, und jetzt war der Ton so stark, daß es ihr dabei wie Eis über den Rücken rann.
Es war, als ginge es in den Berg hinein, so schien es Kristin, als sie die Vorhalle der Kirche betraten; dunkel und kühl schlug es ihnen entgegen. Sie gingen durch eine Tür, und dort traf sie alter, kalter Geruch von Weihrauch und Wachskerzen. Kristin befand sich in einem finstern und gewaltig hohen Raum. Sie konnte in der Dunkelheit weder nach oben noch nach den Seiten ein Ende absehen, aber in weiter Ferne brannten Kerzen auf einem Altar. Dort stand ein Priester, und der Widerhall seiner Stimme huschte seltsam im Raum umher wie Atemstöße und Flüstern. Der Vater bekreuzte sich selbst und das Kind mit den in Weihwasser getauchten Fingern, und dann gingen sie nach vorn; obwohl er behutsam auftrat, klangen seine Sporen laut auf dem Steinboden. An riesenhaften Säulen gingen sie vorüber, und zwischen den Säulen schien man in kohlschwarze Löcher zu sehen.
Vorne, nahe dem Altar, beugte der Vater die Knie, und Kristin kniete neben ihm nieder. Nach und nach konnte sie in der Dunkelheit einiges unterscheiden – es glitzerte von Gold und Silber auf den Altären drinnen zwischen den Säulen, aber auf dem Altar vor ihnen strahlten die Kerzen, die in vergoldeten Leuchtern steckten, und es strahlte von den heiligen Gefäßen und dem großen prächtigen Bilde dahinter. Kristin mußte wieder an den Berg denken – so, hatte sie geglaubt, müsse es dort sein, so viel Pracht, aber vielleicht noch mehr Licht. Und das Gesicht des Zwergenmädchens erschien ihr wieder – aber dann hob sie die Augen und sah auf der Wand über dem Bilde Christus selbst, groß und streng, hoch am Kreuze aufgerichtet. Sie fürchtete sich – er sah nicht sanft und traurig aus wie daheim in ihrer eigenen heimischen, balkenbraunen Kirche, wo er mit durchbohrten Füßen und Händen schwer an seinen Armen hing und das blutüberströmte Haupt unter der Dornenkrone neigte. Hier stand er mit steif ausgestreckten Armen und aufgerichtetem Haupte auf einem Sockel, das Haupt glänzte wie Gold und war von einer goldenen Krone gekrönt, das Antlitz erhoben und streng.

Da versuchte sie den Worten des Priesters zu folgen, während er betete und sang, jedoch seine Sprache war so undeutlich und hastig. Daheim war sie gewohnt, jedes Wort unterscheiden zu können; Sira Eirik hatte die klarste Stimme, und er hatte sie gelehrt, was die heiligen Worte auf norwegisch bedeuteten, damit sie ihre Gedanken besser zu Gott lenken konnte, wenn sie in der Kirche war.

Das aber konnte sie hier nicht, denn jeden Augenblick gewahrte sie etwas anderes in der Dunkelheit. Hoch oben in den Wänden waren Fenster, durch die das Tageslicht allmählich heller hereinschimmerte. Und in ihrer Nähe war ein seltsames Galgengerüst aus Balken aufgerichtet, dahinter aber lagen helle Steinblöcke und standen Tröge und Gerätschaften – nun hörte sie, daß dort Menschen kamen und gingen und miteinander tuschelten. Aber dann fielen ihre Blicke wieder auf den strengen Herrn Christus an der Wand, und sie versuchte ihre Gedanken zu sammeln. Die Eiseskälte des Steinbodens ließ ihre Beine bis an die Hüften erstarren, und die Knie taten ihr weh. Schließlich begann alles rings um sie zu schweben, so müde war sie.

Da erhob sich der Vater; der Gottesdienst war zu Ende. Der Priester kam herzu und begrüßte Lavrans. Während sie miteinander redeten, setzte sich Kristin auf eine Stufe, denn sie sah, daß auch der Chorknabe sich gesetzt hatte. Er gähnte – da mußte auch sie gähnen. Als er sah, daß sie ihn anblickte, drückte er die Zunge gegen die Wange und verdrehte die Augen. Danach holte er unter seinem Gewand einen Beutel hervor und leerte alles, was darin war, auf die Stufe aus – Angelhaken, Bleiklumpen, Lederriemen und ein paar Würfel, und die ganze Zeit schnitt er Gesichter zu ihr hin. Kristin wunderte sich höchlich.

Da blickten der Priester und der Vater auf die Kinder. Der Priester lachte und sagte zu dem Knaben, er solle zur Schule heimgehen, Lavrans aber runzelte die Stirn und nahm Kristin bei der Hand.

Es wurde nun allmählich heller in der Kirche. Schläfrig hing Kristin an Lavrans' Hand, während dieser und der Priester unter das Balkengerüst traten und von Bischof Ingjalds Bauplänen sprachen.

Sie wanderten durch die ganze Kirche, und schließlich gingen sie in die Vorhalle hinaus. Von dort führte eine steinerne Treppe in den westlichen Turm hinauf. Kristin taumelte müde die Stufen hinan; der Priester öffnete die Türe einer schönen Kapelle, da sagte der Vater, Kristin solle sich draußen auf die Treppe setzen und warten, während er beichte; später solle sie dann hereinkommen und den Schrein des heiligen Tomas küssen dürfen.

In diesem Augenblick trat ein alter Mönch in aschenbrauner Kutte aus der Kapelle heraus. Er blieb ein wenig stehen, lächelte dem Kinde zu und zog dann einige Säcke und Friesdecken aus einer Nische in der Mauer. Diese breitete er auf dem Treppenabsatz aus.

»Setz dich da drauf, dann frierst du nicht so«, sagte er und ging auf seinen nackten Füßen die Treppe hinunter.

Kristin schlief, als Herr Martein, wie der Priester hieß, herauskam und sie am Arme berührte. Aus der Kirche tönte der herrlichste Gesang herauf, und drinnen in der Kapelle brannten Kerzen auf dem Altar. Der Priester führte sie hinein und machte ihr ein Zeichen, sie solle neben dem Vater niederknien, dann hob er einen kleinen goldenen Schrein herunter, der über dem Altar stand. Er flüsterte ihr zu, daß darin ein Stück des blutigen Kleides Sankt Tomas' von Kanterborg enthalten sei, und zeigte ihr die Gestalt des Heiligen, so daß Kristin ihre Lippen auf seine Füße drücken konnte.

Wunderbare Töne durchströmten die Kirche, als sie hinunterkamen; Herr Martein sagte, der Orgelmeister und die Schulknaben übten sich hier im Spielen und Singen; aber nun hatten sie keine Zeit, zuzuhören, denn ihr Vater war hungrig; er hatte vor der Beichte gefastet. Jetzt wollten sie in die Gaststube des Domherrenhofes hinübergehen und essen.

Draußen lag die Morgensonne golden auf den steilen Ufern jenseits des Mjössees, so daß alle die vergilbten Laubbäume wie Goldstaub in den dunkelblauen Wäldern standen. Alle Wellen des Sees hatten kleine tanzende, weiße Schaumköpfe. Es blies kalt und frisch, und die bunten Blätter taumelten auf die bereifte Erde nieder.

Zwischen dem Bischofssitz und dem Haus der Kreuzbrüder kam eine Reiterschar heraus. Lavrans trat zur Seite und verbeugte sich, die eine Hand auf die Brust gelegt, während er mit seinem Hute fast die Erde streifte, und Kristin verstand, daß der Herr in dem Pelzumhang der Bischof selbst sein mußte, und sie verneigte sich fast bis zur Erde.

Der Bischof hielt sein Pferd an und erwiderte den Gruß, winkte Lavrans zu sich heran und sprach eine Zeitlang mit ihm. Nach kurzer Zeit kam Lavrans zu dem Priester und dem Kind zurück und sagte: »Ich bin nun gebeten, im Bischofshof zu speisen – meint Ihr, Herr Martein, einer der Dienstleute der Kommende könnte dieses kleine Mädchen heimgeleiten zu dem Hof des Fartein sutare und meinen Männern sagen, daß Halvdan mich hier um die Vesperzeit mit Guldsvein erwarten soll?«

Der Priester antwortete, das könnte freilich so eingerichtet werden. Da trat der Barfüßer, der mit Kristin auf der Turmtreppe gesprochen hatte, vor und grüßte:

»Bei uns dort im Gasthaus ist ein Mann, der sowieso etwas bei dem Schuster besorgen muß, er kann deine Nachricht überbringen, Lavrans Björgulfssohn, und deine Tochter kann ihn dann begleiten oder im Kloster bleiben, bis du selbst heimkehrst. Ich werde dafür sorgen, daß sie dort etwas zu essen bekommt.«

Lavrans dankte, sagte jedoch: »Es tut mir leid, daß Ihr mit diesem Kind bemüht werden sollt, Bruder Edvin ...«

»Bruder Edvin zieht alle Kinder zu sich heran, die er nur zu erreichen vermag«, sagte Herr Martein und lachte. »Auf diese Weise hat er jemand, dem er predigen kann ...«

»Ja, ich wage doch nicht, euch gelehrten Herren hier in Hamar meine

Predigten anzubieten«, sagte der Mönch lächelnd und ohne Groll. »Ich tauge nun einmal nur dazu, Kindern und Bauern zu predigen, aber deshalb braucht man doch nicht dem Ochsen, der da drischet, das Maul zu verbinden.«

Kristin blickte bittend zu ihrem Vater auf; nichts wollte sie lieber, als mit Bruder Edvin gehen. Lavrans dankte denn auch, und während der Vater und der Priester dem Gefolge des Bischofs nachgingen, legte Kristin ihre Hand in die des Mönches, und sie schritten auf das Kloster zu, das aus einer Gruppe von Holzhäusern und einer hellen Steinkirche ganz unten am Wasser bestand.

Bruder Edvin drückte ihre Hand ein wenig, und als sie einander anblickten, mußten sie beide lachen. Der Mönch war groß und hager, aber sehr gebeugt; dem Kinde schien es, sein Kopf gleiche dem eines alten Kranichs, denn er war klein, mit schmalem, leuchtendblankem Schädel über einem buschigen weißen Haarkranz und saß auf einem langen und dünnen, faltigen Hals. Auch die Nase war groß und spitz wie ein Schnabel. Aber es gab noch etwas, was sie sogleich leichten und frohen Sinnes machte, wenn sie ihm nur in das länglich schmale, gefurchte Gesicht blickte. Die alten, wäßrigblauen Augen waren rot geändert und die Lider bräunlich und dünn wie Haut, tausend Falten gingen strahlenförmig von ihnen aus, die welken Wangen mit dem rötlichen Adernetz waren durchfurcht von Runzeln, die zu dem kleinen, schmallippigen Mund liefen, aber es war, als sei Bruder Edvin nur davon so faltig geworden, daß er den Menschen immer zulächelte. – Kristin dachte, sie kenne niemand, der so munter und so freundlich aussehe; es war, als trüge er eine leuchtende, heimliche Freude in sich und als würde sie diese erfahren, wenn er zu sprechen anfinge. Sie gingen am Zaune eines Baumgartens entlang, in dem noch einige gelbe und rote Früchte an den Bäumen hingen. Zwei Predigerbrüder in schwarzen und weißen Gewändern rechten im Garten welkes Bohnenkraut zusammen.

Das Kloster war nicht viel anders beschaffen als ein Bauernhof, und die Herberge, in die der Mönch Kristin führte, glich am ehesten einer ärmlichen Bauernstube, doch waren viele Bettstellen darin. In einem der Betten lag ein alter Mann, und bei der Feuerstätte saß eine Frau und wickelte einen Säugling; zwei größere Kinder, ein Knabe und ein Mädchen, standen bei ihr.

Sie klagten beide, der Mann wie die Frau, weil sie noch kein Frühstück bekommen hatten: »Aber sie mögen uns nichts zu essen bringen, wir können gerne verhungern, während du in der Stadt herumrennst, Bruder Edvin!«

»Sei nur nicht böse, Steinulv«, sagte der Mönch, »komm her und grüße, Kristin – sieh, dieses feine, schöne kleine Mädchen soll heute hier bei uns bleiben und mit uns essen.«

Er erzählte Kristin, daß Steinulv auf der Heimreise von einer Zusammenkunft krank geworden war und daß man ihm erlaubt hatte, statt

im Spital hier in der Herberge des Klosters zu liegen, weil im Spital eine Verwandte von ihm wohnte, die so böse war, daß er es dort nicht aushalten konnte.
»Aber ich merke schon, ihr seid es bald satt, mich hier zu haben«, sagte der Bauer. »Wenn du von hier fortgehst, Bruder Edvin, dann ist wohl niemand mehr da, der Zeit hat, mich zu warten, und dann stecken sie mich wohl doch noch ins Spital.«
»Oh, du bist längst wieder gesund, ehe ich mit meiner Arbeit in der Kirche fertig bin«, sagte Bruder Edvin. »Dann kommt dein Sohn und holt dich.« Er nahm einen Kessel mit warmem Wasser von der Feuerstelle und ließ ihn Kristin halten, während er Steinulv wusch. Da wurde der Alte ein wenig besserer Laune, und gleich darauf kam ein Mönch und brachte ihnen zu essen und zu trinken.
Bruder Edvin sprach ein Gebet über das Essen und nahm auf der Bettkante bei Steinulv Platz, um ihm behilflich zu sein. Da setzte Kristin sich zu der Frau und fütterte ihren Knaben, denn er war so klein, daß er nicht gut zu der Schüssel hinaufreichen konnte und vertropfte, wenn er den Löffel in die Schüssel mit Bier getaucht hatte. Die Frau war aus dem Hadeland und mit ihrem Mann und den Kindern hierhergekommen, um ihren Bruder, der hier im Kloster Mönch war, zu begrüßen. Aber er wanderte draußen in den Gemeinden umher, und sie klagte sehr darüber, daß sie nun hierbleiben und die Zeit versäumen mußten.
Bruder Edvin redete der Frau gut zu; sie solle doch nicht sagen, daß sie ihre Zeit versäume, wenn sie hier in Bischofs-Hamar sei, hier gäbe es alle die prächtigen Kirchen, und die Mönche und die Domherren hielten Messen und sängen den ganzen Tag, jeder zu seiner Zeit – und die Stadt sei so schön, schöner noch als Oslo, wenn sie auch etwas kleiner sei, hier aber habe fast jeder Hof seinen Garten: »Du hättest es sehen sollen: als ich im Frühling hierherkam, da war die ganze Stadt weiß von Blüten. Und als dann die Apfelblüten aufsprangen ...«
»Ja, hilft mir das jetzt etwas?« sagte die Frau mürrisch. »Und hier ist mehr von Heiligtümern als von Heiligkeit zu sehen, will mir scheinen ...«
Der Mönch lachte ein wenig und schüttelte den Kopf. Dann wühlte er im Stroh seines Bettes und brachte einen großen Beutel Äpfel und Birnen zum Vorschein, die er unter die Kinder verteilte. Kristin hatte nie so gute Früchte gegessen. Der Saft rann ihr bei jedem Bissen aus den Mundwinkeln.
Jetzt aber mußte Bruder Edvin in die Kirche hinüber, und er sagte, Kristin solle mitkommen. Sie überquerten den Klosterhof, und durch eine kleine Seitentür betraten sie den Chor.
Auch an dieser Kirche wurde noch gebaut, und es war auch hier, wo Langschiff und Querschiff zusammentrafen, ein Gerüst errichtet. Bischof Ingjald lasse den Chor ausbessern und ausschmücken, erzählte Bruder Edvin – der Bischof sei sehr reich und verwende seinen ganzen

Reichtum darauf, die Kirchen hier in der Stadt zu schmücken; er sei ein hervorragender Bischof und ein guter Mann. Die Predigerbrüder im Olavkloster seien auch gute Männer, führten einen reinen Lebenswandel, seien gelehrt und demütig; es sei ein armes Kloster, doch man habe ihn dort gut aufgenommen. – Bruder Edvin war im Minoritenkloster in Oslo daheim, man hatte ihm aber erlaubt, in der Diözese Hamar milde Gaben zu sammeln.

»Aber komm nun mit«, sagte er und führte Kristin an den Fuß des Balkengerüstes, kletterte auf eine Leiter und legte einige Bohlen zurecht. Dann kam er wieder herunter und half dem Kinde hinauf.

Auf der grauen Steinmauer über sich sah Kristin merkwürdige, flakkernde Lichtflecke, rot wie Blut und gelb wie Bier, blau und braun und grün. Sie wollte zurückblicken, jedoch der Mönch flüsterte: »Schau dich nicht um.« Aber als sie hoch oben auf dem Gerüst standen, drehte er sie vorsichtig um, und Kristin sah eine Erscheinung, so hold, daß ihr fast der Atem verging.

Gerade ihr gegenüber, auf der Südwand des Langschiffes, war ein Bild, es leuchtete, als wäre es von lauter schimmernden Edelsteinen gemacht. Die bunten Lichtflecke an der Wand kamen von Strahlen, die von diesem Bild ausströmten; sie selbst und der Mönch standen mitten in dem Glanz. Ihre Hände waren rot, als seien sie in Wein getaucht, das Gesicht des Mönches schien ganz vergoldet zu sein, und von seiner dunklen Kutte schimmerten die Farben des Bildes dunkel zurück. Sie sah ihn fragend an, aber er nickte nur und lächelte.

Es war, als blicke man aus weiter Ferne ins Himmelreich hinein. Hinter einem Gitter von schwarzen Strichen erkannte sie nach und nach den Herrn Christus selbst in dem kostbaren roten Umhang, die Jungfrau Maria in einem Gewand, so blau wie der Himmel, heilige Männer und Jungfrauen in strahlend gelben und grünen und veilchenblauen Kleidern. Sie standen unter Bogen und Säulen leuchtender Häuser, Äste und Zweige wanden sich mit seltsamem und klar gezeichnetem Laub um das Bild.

Der Mönch zog sie etwas weiter an den Rand des Gerüstes:

»Stell dich hierher«, flüsterte er, »dann leuchtet es vom Mantel Christi selbst auf dich herab.«

Vom Kirchenschiff unten stieg ein schwacher Duft von Weihrauch und der Geruch von kalten Steinen zu ihnen auf. Es war dämmrig dort unten, aber die Sonnenstrahlen drangen durch eine Reihe von Fensteröffnungen der Südwand des Langschiffes schräg herein. Kristin begann zu verstehen, daß das Himmelsbild eine Art Fenster sein mußte, denn es füllte eine solche Öffnung aus. Die anderen waren leer oder mit Hornscheiben in Holzrahmen verschlossen. Ein Vogel kam, setzte sich in eine der Öffnungen, zwitscherte ein wenig und flog fort, und draußen bei der Chorwand hörte man Schläge von Metall gegen Stein. Sonst war alles still; nur der Wind kam in kleinen Stößen, seufzte ein wenig zwischen den Wänden der Kirche und legte sich nieder.

»Ja, ja«, sagte Bruder Edvin und seufzte. »Solche Dinge kann hier im Land niemand verfertigen – sie malen zwar auch in Nidaros mit Glas, aber es wird nicht so wie das hier. – Draußen in den südlichen Ländern, Kristin, in den großen Münstern, haben sie Glasbilder, so groß wie die Tore dieser Kirche hier.«

Kristin dachte an die Bilder in der Kirche daheim. Dort waren Sankt Olavs Altar und Sankt Tomas von Kanterborgs Altar, mit den Bildnistafeln auf der Brüstung und dem Schrein dahinter – aber diese Bilder schienen ihr jetzt matt und ohne Glanz zu sein.

Sie stiegen die Leiter hinunter und gingen zum Chor hinauf. Der Altartisch dort war nackt und kahl, und auf der Steinplatte standen kleine Gefäße und Näpfe aus Metall und Holz und Lehm; merkwürdige kleine Messer und Eisenstücke, Federhalter und Pinsel lagen verstreut umher. Da sagte Bruder Edvin, dies seien seine Geräte. Er treibe das Handwerk, Bilder zu malen und Altarschreine zu schnitzen, auch die feinen Bilder, die in den Chorstühlen standen, habe er gemacht. Sie sollten auf die Altaraufsätze in der Kirche der Predigerbrüder hier kommen.

Kristin durfte sehen, wie er farbige Pulver mischte und sie in kleinen Schüsseln aus Steingut verrührte, und sie durfte ihm helfen, die Sachen auf ein Gestell an der Wand zu tragen. Während der Mönch von einem Bild zum andern ging und feine rote Linien in das helle Haar der heiligen Männer und Frauen zeichnete, so daß man sehen konnte, wie es sich kräuselte und lockte, folgte Kristin ihm dicht auf den Fersen, und er erklärte ihr, was er gemalt hatte.

Auf dem einen Bild saß Christus in einem goldenen Stuhl, und Sankt Nikolaus und Sankt Klemens standen mit ihm unter einem Dach. An den Seiten aber war das Leben des heiligen Nikolaus abgebildet. An einer Stelle saß er als Wickelkind auf den Knien seiner Mutter; er drehte sich von der Brust weg, die sie ihm reichte, denn er war schon von der Wiege an so heilig, daß er an den Freitagen nicht mehr als einmal gestillt werden wollte. Daneben zeigte ein Bild ihn, wie er Geldbeutel vor die Tür jenes Hauses legte, wo drei Jungfrauen wohnten, die so arm waren, daß sie keinen Mann bekommen konnten. Sie sah, wie er das Kind des römischen Ritters heilte, und sie sah den Ritter in einem Boot dahinfahren, den falschen Goldkelch in den Händen. Er hatte dem heiligen Bischof zum Lohn für die Heilung seines Kindes einen goldenen Kelch versprochen, der tausend Jahre seinem Geschlecht gehört hatte. Aber nun wollte er Sankt Nikolaus betrügen und ihm statt dessen einen falschen goldenen Kelch geben; deshalb fiel der Knabe mit dem richtigen goldenen Becher in der Hand ins Meer. Aber Sankt Nikolaus führte das Kind unbeschadet unter dem Wasser hindurch, und es kam am Strand heraus, als der Vater in der Kirche des heiligen Nikolaus war und das falsche Gefäß opferte; also stand es da auf dem Bilde mit Gold und mit den schönsten Farben gezeichnet.

Auf einer anderen Tafel saß die Jungfrau Maria mit dem Christuskind auf den Knien; es griff der Mutter mit der einen Hand unter das Kinn und hielt in der anderen einen Apfel. Bei ihnen standen Sancta Sunniva und Sancta Kristina. Sie bogen sich anmutig in den Hüften, waren lieblich rot und weiß im Gesicht und hatten Goldhaar und goldene Kronen.

Bruder Edvin stützte sein rechtes Handgelenk mit der linken Hand und zeichnete Laub und Rosen in die Kronen hinein.

»Mich dünkt, der Drache ist sehr klein«, sagte Kristin und betrachtete das Bild ihrer Namensheiligen. »Es hat nicht den Anschein, als könne er die Jungfrau verschlingen.«

»Das konnte er auch nicht«, sagte Bruder Edvin. »Er war nicht größer. Drachen und alles, was dem Teufel dient, scheint uns nur so lange groß, als die Furcht in uns selbst wohnt. Aber wenn ein Mensch so heftig und so mit ganzem Verlangen Gott sucht, daß er in seine Kraft eindringt, da erleidet die Kraft des Teufels gleich so große Einbuße, daß seine Werkzeuge klein und machtlos werden – Drachen und böse Geister sinken zusammen und sind nicht mächtiger als kleine Kobolde und Katzen und Krähen. Du siehst, der ganze Berg, in dem Sancta Sunniva war, ist nicht größer, als daß sie ihn in ihrem Rockschoß wegtragen könnte.«

»Aber waren sie denn nicht in den Höhlen drinnen«, fragte Kristin, »Sancta Sunniva und ihr Gefolge? Ist denn das nicht wahr?«

Der Mönch nickte ihr zu und lächelte wieder:

»Es ist wahr und auch nicht wahr. Jenen Menschen, die die heiligen Glieder fanden, schien es so. Und es ist wahr, daß es Sunniva und den heiligen Männern so schien, denn sie waren demütig und dachten nur daran, daß die Verlockungen der Welt stärker seien als die sündigen Menschen, und sie dachten nicht daran, daß sie, weil sie der Welt nicht anhingen, stärker waren als diese. Aber hätten sie es selbst gewußt, dann hätten sie alle Berge nehmen und wie kleine Steine ins Meer werfen können. Niemand und nichts kann uns schaden, Kind, außer das, was wir fürchten und lieben.«

»Aber wenn ein Mensch Gott nicht fürchtet oder liebt?« fragte Kristin entsetzt. Der Mönch legte die Hand auf ihr goldenes Haar, bog ihren Kopf sanft zurück und blickte ihr ins Gesicht; seine Augen waren weit offen und blau.

»Es gibt keinen Menschen, Kristin, der Gott nicht liebt und fürchtet, weil aber unsere Herzen geteilt sind zwischen der Liebe zu Gott und der Furcht vor dem Teufel und der Liebe zu der Welt und dem Fleische, darum werden wir elendig im Leben und im Tode. Denn wenn ein Mensch gar keine Sehnsucht nach Gott und Gottes Wesen empfände, da würde er in der Hölle sich wohl befinden, und nur allein wir dürfen es nicht erfassen, daß er es dort so hat, wie sein Herz es wünscht. Aber das Feuer würde ihn nicht brennen, da er sich nicht nach Kühle sehnte, und er würde den Biß der Schlange nicht fühlen, weil er die Sehnsucht nach Frieden nicht kennen würde.«

Kristin sah zu seinem Gesicht empor; sie verstand nichts von alledem. Bruder Edvin fuhr fort:
»Gott in seiner Barmherzigkeit sah, wie unsere Herzen zerrissen waren, und stieg zu uns herab und wohnte unter uns, um die Versuchung des Teufels im Fleische zu fühlen, wenn uns dieser mit Macht und Herrlichkeit und den Drohungen der Welt verlockt, uns in Wirklichkeit aber Schläge und Hohn und scharfe Nagelwunden in unsern Händen und Füßen bietet. So zeigte er uns den Weg und ließ uns seine Liebe erkennen ...«
Er blickte in das starrernste Gesicht des Kindes – da lachte er ein wenig und sagte mit ganz anderer Stimme:
»Weißt du, wer der erste war, der vernahm, daß unser Herrgott sich hatte gebären lassen? Das war der Hahn; er sah den Stern, und da sagte er – sie konnten damals alle Lateinisch, die Tiere –, er schrie: ›Christus natus est!‹«
Diese letzten Worte krähte er einem Hahne so ähnlich, daß Kristin laut lachen mußte. Und es tat so gut, lachen zu dürfen, denn all das Seltsame, das Bruder Edvin soeben gesagt hatte, hatte sich wie eine Last von Feierlichkeit auf sie gelegt.
Der Mönch lachte selbst:
»Ja. Als dann der Ochs dies hörte, fing er an zu brüllen: ›Ubi, ubi, ubi?‹
Aber die Ziege meckerte und sagte: ›Betlem, betlem, betlem.‹
Und das Schaf bekam solche Sehnsucht, Unsere Liebe Frau und ihren Sohn zu sehen, daß es sofort blökte: ›Eamus, eamus!‹ Und das neugeborene Kalb, das auf dem Stroh lag, erhob sich und stand auf seinen Füßen. ›Volo, volo, volo!‹ sagte es.
Das hast du wohl noch nie gehört? Nein, das kann ich mir denken; ich weiß, er ist ja ein tüchtiger Priester, dieser Sira Eirik, den ihr da oben bei euch habt, und wohlgelehrt, aber das kann er wohl doch nicht, denn das lernt man nur in Paris.«
»Seid Ihr denn in Paris gewesen?« fragte das Kind.
»Gott segne dich, Klein Kristin, ich bin in Paris gewesen und auch sonst in der Welt umhergewandert, und du darfst nichts Besseres von mir glauben, als daß ich den Teufel fürchte und die Welt liebe und begehre wie ein Tor. Aber ich halte mit aller meiner Kraft am Kreuze fest – man muß sich daran anklammern wie die junge Katze im Wasser an das Brett ...
Und du, Kristin – was würdest du davon halten, dieses dein schönes Haar zu opfern und Unserer Lieben Frau zu dienen wie diese Bräute, die ich hier gezeichnet habe?«
»Wir haben keine anderen Kinder daheim als mich«, antwortete Kristin. »Ich werde also wohl verheiratet werden, denke ich mir. Die Mutter hat schon Kisten und Kasten mit meiner Aussteuer bereit.«
»Ja, ja«, sagte Bruder Edvin und strich ihr über die Stirn. »So machen es jetzt die Menschen mit ihren Kindern. Unserm Herrgott weihen sie

die Töchter, die hinken und kurzsichtig und häßlich und bresthaft sind, oder sie geben ihm die Kinder zurück, die er ihnen nach ihrer Meinung zuviel geschenkt hat. Und dennoch wundern sie sich dann, daß es nicht lauter heilige Männer und Jungfrauen sind, die in den Klöstern wohnen . . .«

Bruder Edvin nahm sie mit in die Sakristei und zeigte ihr auf einem Gestell dort die Bücher des Klosters; da waren die schönsten Bilder drin. Aber als einer von den Mönchen hereinkam, sagte er, er suche nur einen Eselskopf, um ihn abzuzeichnen. Hinterher schüttelte er den Kopf über sich selbst:

»Ja, da siehst du die Furcht, Kristin – aber sie haben hier im Hause solche Angst um ihre Bücher. Besäße ich den wahren Glauben und die wahre Liebe, dann stünde ich nicht so da und löge Bruder Aasulv an. – Aber dann könnte ich diese alten Lederhandschuhe hier nehmen und sie an dem Sonnenstrahl dort aufhängen.«

Sie ging mit dem Mönch in die Herberge hinüber und bekam etwas zu essen, sonst aber saß sie den ganzen Tag in der Kirche und schaute ihm bei seiner Arbeit zu und plauderte mit ihm. Und erst als Lavrans kam, um sie zu holen, entsannen sie sich der Nachricht, die man dem Schuhmacher hätte senden sollen.

An die Tage in Hamar erinnerte sich Kristin später besser als an alles andere, was ihr auf der langen Reise begegnet war. Wohl war Oslo eine größere Stadt als Hamar, aber nun hatte sie bereits eine Handelsstadt gesehen, und Oslo kam ihr daher nicht mehr so merkwürdig vor. Auf Skog gefiel es ihr nicht so gut wie auf Jörundhof, obwohl die Gebäude schöner waren – sie war froh, daß sie nicht dort wohnen sollte. Der Hof lag auf einem Hügel, und unten war der Botnfjord, grau und traurig mit den schwarzen Wäldern auf dem anderen Ufer, und hinter den Häusern reichte der Himmel bis auf die Baumwipfel des Waldes herab. Es gab keine hohen und schroffen Berghänge, die wie daheim den Himmel hoch über einem trugen und es heimisch machten und den Blick begrenzten, so daß die Welt weder zu groß war noch zu klein.

Die Heimfahrt war kalt; es war kurz vor Advent, aber als sie ein Stück weit ins Tal hinaufkamen, lag dort schon Schnee. Da mußten sie Schlitten leihen und das größte Stück des Weges fahren.

Mit dem Hofhandel ging es so, daß Lavrans den Hof Skog seinem Bruder Aasmund übertrug mit dem Rückkaufsrecht für sich und seine Nachkommen.

III

Im Frühling, nach Kristins langer Reise, gebar Ragnfrid eine Tochter. Beide Eltern hatten wohl gewünscht, es sollte ein Sohn werden, aber sie trösteten sich bald und faßten die innigste Liebe zu der kleinen Ulvhild. Sie war ein sehr schönes Kind, gesund, freundlich, vergnügt

und ruhig. Ragnfrid liebte dieses neue Kind so, daß sie es auch in seinem zweiten Lebensjahr noch stillte, und sie hielt auch, auf Sira Eiriks Rat, nicht alle die strengen Fasten und Übungen der Gottesfurcht, solange sie dem Kinde die Brust gab. Dadurch und durch all die Freude über Ulvhild blühte sie so auf, daß Lavrans glaubte, in allen Jahren, die er mit ihr verheiratet war, sie nicht so froh und schön und umgänglich gesehen zu haben.
Auch Kristin fühlte, daß ihnen mit dieser kleinen, zarten Schwester ein großes Glück beschert worden war. Sie hatte zwar nie darüber nachgedacht, daß durch das düstere Gemüt der Mutter das Leben auf dem Hofe so still verlief. Wenn die Mutter sie gezüchtigt und ermahnt, der Vater aber mit ihr gespielt und gescherzt hatte, hatte sie gemeint, dies müsse so sein. Jetzt war die Mutter viel sanfter gegen sie und gab ihr mehr Freiheit, liebkoste sie auch häufiger, und da beachtete Kristin kaum, daß ihre Mutter auch viel weniger Zeit hatte, sich mit ihr abzugeben. Sie liebte Ulvhild wie die anderen und freute sich, wenn sie die Schwester umhertragen oder in der Wiege schaukeln durfte, und später, als Ulvhild zu kriechen und zu gehen und zu sprechen anfing und Kristin mit ihr spielen konnte, wurde es noch lustiger.
So vergingen drei gute Jahre für die Leute auf Jörundhof. Sie hatten auch sonst in vieler Beziehung Glück, und Lavrans baute und verbesserte manches auf dem Hofe, denn damals, als er hierhergekommen war, waren die Häuser und die Ställe alt und klein gewesen – die Gjeslinger hatten den Hof mehrere Geschlechter hindurch verpachtet gehabt.
Dann, es war im dritten Jahre nach Ulvhilds Geburt, um die Zeit des Weißen Sonntags, war einmal Trond Ivarssohn von Sundbu mit seiner Frau Gudrid und seinen drei kleinen Söhnen bei ihnen zu Gast. Eines Morgens saßen die Erwachsenen auf dem oberen Altan und redeten miteinander, während die Kinder unten auf dem Hofplatz spielten. Hier hatte Lavrans mit dem Bau eines neuen Hauses begonnen, und die Kinder kletterten auf den dort liegenden Balken herum. Einer der Gjesling-Knaben hatte Ulvhild geschlagen, und sie weinte; da ging Trond hinunter und schalt den Sohn, aber Ulvhild nahm er auf seinen Arm. Sie war das hübscheste und freundlichste Kind, das man sich denken konnte, und der Oheim liebte sie sehr, obwohl er sonst nicht kinderlieb war.
In diesem Augenblick kam ein Mann vom Kuhstall über den Platz, mit einem großen schwarzen Stier, den er hinter sich herzog, aber der Stier war wild und unlenksam und riß sich los. Trond sprang auf den Balkenstoß, er jagte die größeren Kinder vor sich her, Ulvhild aber hatte er auf dem Arm, und seinen kleinsten Sohn hielt er an der Hand. Da rutschte ihm ein Balken unter den Füßen weg, Ulvhild entfiel seinen Armen, der Balken rutschte nach, kam ins Rollen und blieb auf dem Rücken des Kindes liegen.
Lavrans war in einem Nu unten auf dem Hofplatz; er sprang herbei

und wollte den Balken heben; da kam der Stier auf ihn zu. Er packte ihn bei den Hörnern, wurde aber zu Boden gestoßen, da griff er ihm in die Nasenlöcher, kam wieder auf die Füße und hielt den Stier fest, bis Trond sich von der Verwirrung erholte und die Dienstleute, die aus den Häusern herbeiliefen, den Stier gefesselt hatten.

Ragnfrid lag auf den Knien und versuchte den Balken aufzuheben; jetzt vermochte Lavrans ihn so weit zu lüpfen, daß sie das Kind hervorziehen und auf den Schoß nehmen konnte. Das kleine Wesen jammerte entsetzlich, als man es anrührte, aber die Mutter schluchzte laut: »Sie lebt, Gott sei Dank, sie lebt!«

Es war ein großes Wunder, daß sie nicht ganz zerdrückt worden war, doch war der Balken so gefallen, daß er mit dem einen Ende auf einen Stein im Gras zu liegen gekommen war. Als Lavrans sich wieder aufrichtete, rann ihm das Blut aus den Mundwinkeln, und seine Kleider waren vorne an der Brust von den Hörnern des Stieres ganz zerrissen.

Tordis kam nun mit einem Bettfell herbeigelaufen; behutsam legten sie und Ragnfrid das Kind darauf, aber es schien, als leide es unerträgliche Schmerzen, wenn man es nur im geringsten berührte. Die Mutter und Tordis trugen es in die Winterstube hinein.

Kristin stand weiß und starr oben auf dem Balkenstoß; die kleinen Knaben klammerten sich weinend an sie. Alle Leute des Hofes waren jetzt auf dem Platz zusammengeströmt, die Frauen weinten und jammerten. Aber Lavrans befahl, man solle ihm Guldsvein und noch ein Pferd satteln; doch als Arne mit den Pferden kam, brach Lavrans zusammen in dem Augenblick, da er in den Sattel steigen wollte. Da befahl er Arne, den Priester zu holen, während Halvdan talabwärts ritt zu einer weisen Frau, die unten am Fluß wohnte.

Kristin sah das gramweiße Gesicht des Vaters, sah, daß er geblutet hatte und sein hellblaues Gewand über und über mit rotbraunen Flekken bedeckt war. Plötzlich richtete er sich auf, riß einem der Männer eine Axt aus der Hand, ging auf den Stier zu, den einige der Leute noch festhielten. Er trieb dem Tier die Axt zwischen die Hörner, so daß es in die Knie brach, aber Lavrans hieb noch weiter darauf ein, bis Blut und Gehirn herausspritzten. Dann packte ihn ein Hustenanfall, und er sank hintenüber zu Boden. Trond und noch ein Mann mußten ihn hineintragen.

Da glaubte Kristin, ihr Vater sei tot; sie stieß einen lauten Schrei aus und lief hinter ihnen drein.

Drinnen in der Winterstube hatte man Ulvhild in das Bett der Eltern gelegt; alle Kissen waren auf den Boden geworfen worden, so daß das Kind ganz flach lag. Es sah aus, als liege es schon auf dem Totenbett.

Aber es jammerte laut und unaufhörlich, und die Mutter, darübergebeugt, beruhigte und streichelte es, wild vor Kummer, weil sie nicht helfen konnte.

Lavrans lag auf dem anderen Bett, er erhob sich und taumelte durch die Stube, um seine Frau zu trösten. Da fuhr sie auf und schrie:
»Rühr mich nicht an, rühr mich nicht an. Jesus, Jesus, ich wäre wert, daß du mich totschlügest – das Unglück, das ich über dich bringe, nimmt kein Ende ...«
»Hast du – mein liebes Weib, das hast doch du nicht über uns gebracht«, sagte Lavrans und legte eine Hand auf ihre Schulter. Sie erbebte bei der Berührung, und ihre hellgrauen Augen schimmerten in dem mageren, bräunlichen Gesicht.
»Sie meint wohl, daß ich daran schuld bin«, sagte Trond Ivarssohn rauh. Die Schwester blickte ihn haßerfüllt an und erwiderte:
»Trond weiß, was ich meine.«
Kristin lief zu den Eltern hin, aber sie schoben sie beide von sich. Und Tordis, die mit einem Kessel heißen Wassers kam, berührte sie leise an der Schulter und sagte: »Geh in unsere Stube hinüber, Kristin; du bist hier im Wege.«
Sie wollte für Lavrans sorgen, der sich auf die Bettstufe gesetzt hatte, doch er sagte, mit ihm sei es nicht gefährlich:
»Aber könnt ihr nicht Ulvhilds Qualen ein wenig mildern – Gott steh' uns bei, sie jammert, daß es den Stein im Felsen erbarmen könnte.«
»Wir wagen nicht, sie anzurühren, ehe der Priester oder Ingegjerd, die weise Frau, gekommen ist«, sagte Tordis.
In diesem Augenblick kam Arne herein und meldete, daß Sira Eirik nicht daheim sei. Ragnfrid stand da und preßte die Hände zusammen. Dann sagte sie:
»Sende einen Boten zu Frau Aashild auf Haugen. Mag es jetzt gehen, wie es will, wenn nur Ulvhild gerettet wird.«
Niemand gab acht auf Kristin. Sie kroch auf die Bank hinter dem Kopfende des Bettes, zog die Beine unter sich und legte den Kopf auf das Knie.
Es war, als würde ihr Herz von harten Händen zusammengedrückt. Frau Aashild sollte geholt werden! Die Mutter hatte Frau Aashild nie holen lassen wollen, auch nicht, als sie bei Ulvhilds Geburt dem Tode nahe war, und nicht, als Kristin damals vor Fieber so krank war. Sie sei eine Zauberin, sagten die Leute – der Bischof in Oslo und das Domkapitel hatten über sie zu Gericht gesessen; man hätte sie hingerichtet oder verbrannt, wäre sie nicht von so hoher Geburt gewesen, daß sie gleichsam für eine Schwester der Königin Ingebjörg angesehen wurde. – Die Leute sagten, sie habe ihrem ersten Mann Gift gegeben, und den, den sie jetzt habe, Herrn Björn, habe sie an sich gehext; er sei jung genug, um ihr Sohn zu sein. Sie hatte auch Kinder, aber die kümmerten sich nie um die Mutter, und diese beiden hochgeborenen Menschen, Björn und Aashild, lebten auf einem kleinen Hof, den ein einzelner Mann betreiben konnte, in Dovre, und hatten alle ihre Reichtümer verloren. Niemand von den großen Sippen im Tale wollte mit ihnen zu tun haben, aber im geheimen holte sich das Volk bei ihr Rat,

ja, arme Leute gingen offen mit ihren Sorgen und Nöten zu ihr; sie sagten, sie sei freundlich, aber sie fürchteten sie auch.
Kristin dachte, die Mutter, die sonst immer so viel betete, sollte doch jetzt lieber Gott und die Jungfrau Maria anrufen. Sie versuchte selbst zu beten – besonders zu Sankt Olav, denn sie wußte, er war so gut und half so vielen, die an Krankheit oder Wunden oder gebrochenen Beinen litten. Aber sie konnte die Gedanken nicht zusammenhalten.
Die Eltern waren allein in der Stube. Lavrans hatte sich wieder auf das Bett gelegt, und Ragnfrid saß über das kranke Kind gebeugt, wischte ihm von Zeit zu Zeit mit einem feuchten Tuch Stirn und Hände und netzte seine Lippen mit Wein.
Es verging eine lange Zeit. Tordis sah manchmal in die Stube hinein und wollte gerne helfen, aber Ragnfrid schickte sie jedesmal hinaus. Kristin weinte lautlos und betete im Innern, aber dazwischen mußte sie immer wieder an die Zauberin denken, und sie wartete gespannt darauf, sie eintreten zu sehen.
Plötzlich fragte Ragnfrid in die Stille hinein:
»Schläfst du, Lavrans?«
»Nein«, antwortete der Mann. »Ich horche auf Ulvhild. Gott wird seinem unschuldigen Lamme helfen, Frau – daran dürfen wir nicht verzweifeln. Aber die Zeit vergeht langsam, wenn man so hier liegt und wartet.«
»Der Herrgott«, sagte Ragnfrid verzweifelt, »haßt mich um meiner Sünden willen. Meine Kinder haben es gut dort, wo sie sind, daran wage ich nicht zu zweifeln, und nun ist wohl auch Ulvhilds Stunde gekommen – mich aber hat Gott verworfen, denn mein Herz ist ein Schlangennest von Sünde und Elend.«
Da öffnete jemand die Tür – Sira Eirik trat ein, richtete seinen gewaltigen Körper auf, wie er so dastand und mit seiner klaren, tiefen Stimme sprach: »Gott helfe euch hier im Hause!«
Der Priester stellte das Kästchen mit den Arzneien auf die Bettstufe, trat an die Feuerstätte und goß sich warmes Wasser über die Hände. Dann zog er ein Kreuz aus seinem Gewand, deutete damit in alle vier Ecken der Stube und murmelte etwas auf lateinisch. Darauf öffnete er das Rauchloch, damit das Licht in die Stube einströmen könnte, trat ans Bett und sah Ulvhild an.
Kristin fürchtete, er könnte sie finden und sie hinausjagen – Sira Eiriks Augen pflegte nicht viel zu entgehen. Aber er blickte sich nicht um. Er nahm eine Flasche aus dem Schrein, träufelte ein wenig Flüssigkeit auf eine Flocke feiner Wolle und legte sie auf Ulvhilds Mund und Nase.
»Nun wird sie bald weniger leiden«, sagte der Priester. Er ging zu Lavrans hinüber und untersuchte ihn, während er sich erzählen ließ, wie das Unglück sich zugetragen hatte. Lavrans waren zwei Rippen gebrochen, und seine Lunge war verletzt; der Priester meinte jedoch, daß die Verletzung nicht gefährlich sei.

»Aber Ulvhild?« fragte der Vater bekümmert.
»Ich werde es dir sagen, wenn ich sie habe ansehen können«, antwortete der Priester. »Du mußt dich jetzt ins Vorratshaus hinauflegen, dann ist hier mehr Ruhe und Platz für die, die sie pflegen.« Er legte sich Lavrans Arm um die Schultern, hob den Mann auf und trug ihn hinaus. Kristin wäre jetzt am liebsten mit dem Vater gegangen, aber sie wagte nicht, sich sehen zu lassen.
Als Sira Eirik zurückkam, sprach er nicht mit Ragnfrid, sondern schnitt Ulvhild, die jetzt weniger jammerte und in einem leisen Schlummer zu liegen schien, die Kleider auf. Behutsam tastete er mit seinen Händen den Körper und die Gliedmaßen des Kindes ab.
»Steht es so schlimm um mein Kind, Eirik, daß du dir keinen Rat weißt, da du nichts sagst?« fragte Ragnfrid gedämpft.
Der Priester erwiderte leise:
»Es sieht aus, als sei ihr Rücken schwer verletzt, Ragnfrid. Ich weiß keinen besseren Rat, als daß wir alles Gott und Sankt Olav anheimstellen; ich kann hier nicht viel tun.«
Die Mutter sagte heftig:
»Da müssen wir beten – du weißt ja wohl, daß Lavrans und ich alles geben, worum du bittest. An nichts wollen wir sparen, wenn du es Gott abzuringen vermagst, daß Ulvhild am Leben bleibt.«
»Es würde mir ein Wunder scheinen«, sagte der Priester, »wenn sie am Leben bleiben und ihre frühere Gesundheit wiedererlangen könnte.«
»Ja, sind es denn nicht Wunder, von denen du früh und spät erzählst – glaubst du, daß an meinem Kinde kein Wunder geschehen kann?« sagte sie wie vorher.
»Es ist wahr«, entgegnete der Priester, »es geschehen Wunder, aber Gott erhört nicht alle Menschen – wir kennen seinen heiligen Ratschluß nicht. Und dünkt es dich denn nicht viel schlimmer, wenn dieses kleine hübsche Mädchen bresthaft oder lahm weiterleben müßte?«
Ragnfrid schüttelte den Kopf und schrie leise auf:
»Ich habe so viele verloren, Priester, ich kann nicht auch sie verlieren.«
»Ich will tun, was ich vermag«, erwiderte er, »und aus allen Kräften beten. Aber du, Ragnfrid, mußt versuchen, das Schicksal zu tragen, das Gott dir auferlegt.«
Die Mutter stöhnte:
»Keines meiner Kinder habe ich ,so geliebt wie dieses kleine hier – soll nun auch sie von mir genommen werden, dann, glaube ich, bricht mir das Herz.«
»Gott steh dir bei, Ragnfrid Ivarstochter«, sagte Sira Eirik und schüttelte den Kopf. »Du willst nichts anderes mit all deinem Beten und Fasten, als bei Gott deinen Willen erzwingen. Wundert es dich da, daß es wenig geholfen hat?«
Ragnfrid sah den Priester trotzig an und erwiderte:

»Ich habe jetzt nach Frau Aashild gesandt.«
»Ja, du kennst sie, ich kenne sie nicht«, sagte der Priester.
»Ich kann nicht ohne Ulvhild leben«, sagte Ragnfrid wie zuvor. »Will Gott mir nicht helfen, dann suche ich Rat bei Frau Aashild oder gebe mich in die Gewalt des Teufels, wenn er mir helfen will!«
Es schien, als wollte der Priester scharf antworten, dann aber hielt er sich zurück. Er beugte sich nieder und befühlte wieder die Gliedmaßen des kleinen kranken Mädchens:
»Sie hat kalte Hände und Füße«, sagte er. »Wir müssen ein paar Krüge mit warmem Wasser in ihr Bett legen – und dann dürft ihr sie nicht mehr anrühren, bevor Frau Aashild kommt.«
Kristin ließ sich lautlos auf die Bank zurückgleiten und tat, als schlafe sie. Ihr Herz hämmerte vor Angst – sie hatte von dem Gespräch zwischen Sira Eirik und der Mutter nicht viel verstanden, doch es hatte sie fürchterlich erschreckt, und sie wußte wohl, daß es nicht für ihre Ohren bestimmt gewesen war.
Die Mutter stand auf, um die Krüge zu holen; da brach sie schluchzend zusammen: »Bete trotzdem für uns, Sira Eirik!«
Bald darauf kam die Mutter mit Tordis zurück. Der Priester und die Frauen machten sich nun mit Ulvhild zu schaffen, und hierbei wurde Kristin gefunden und hinausgeschickt.
Das Licht blendete Kristin, als sie auf dem Hofplatz stand. Während sie in der großen Winterstube gesessen hatte, war ihr gewesen, als sei der größte Teil des Tages verstrichen, und nun lagen die Häuser hellgrau da, und das Gras glänzte blank wie Seide in der weißen Mittagssonne. Der Fluß blitzte hinter dem goldenen Gitter des Erlengebüsches – er erfüllte die Luft mit seinem munteren und eintönigen Rauschen, denn er lief hier bei Jörundhof in einem flachen Bett voll großer Steine rasch dahin. Die Bergwände ragten in klarblauen Dunst empor, und die Bäche sprangen im schmelzenden Schnee ins Tal. Der süße und starke Frühling hier draußen machte sie weinen vor Kummer über all die Hilflosigkeit, die sie rings um sich fühlte.
Es war kein Mensch auf dem Hofplatz, aber sie hörte die Leute in der Knechtestube reden. Frische Erde war auf die Stelle gestreut, wo ihr Vater den Stier niedergeschlagen hatte. Sie wußte nicht, was sie mit sich anfangen sollte – da kroch sie hinter die Wand des Neubaues, der ein paar Balken hoch aufgeführt war. Darin lagen ihre und Ulvhilds Spielsachen; sie räumte sie in einem Loch zwischen dem untersten Balken und der Grundmauer zusammen. In der letzten Zeit hatte Ulvhild all ihr Spielzeug haben wollen; darüber war sie manchmal ärgerlich gewesen. Sie dachte, wenn die Schwester gesund werden würde, wollte sie ihr alles geben, was sie besaß. Und dieser Gedanke tröstete sie ein wenig.
Sie dachte an den Mönch in Hamar – er war dessen sicher, daß für alle Menschen Wunder geschehen konnten. Aber Sira Eirik glaubte nicht so fest daran und auch die Eltern nicht – und sie war gewohnt,

auf diese am meisten zu hören. Es befiel sie wie ein entsetzlicher Druck, als sie nun zum ersten Male ahnte, daß Menschen über so viele Dinge so verschieden denken konnten – und nicht nur böse, gottlose Menschen auf der einen Seite und gute auf der anderen, sondern auch gute Menschen untereinander, wie Bruder Edvin und Sira Eirik – die Mutter und der Vater; sie fühlte plötzlich, daß auch sie über viele Dinge verschieden dachten.

Tordis fand Kristin spät am Tag in einem Winkel schlafend und nahm sie zu sich; das Kind hatte seit dem Morgen nichts mehr gegessen. Tordis wachte nachts mit Ragnfrid bei Ulvhild, und Kristin schlief mit Jon, Tordis' Mann, und mit Eivind und Orm, den kleinen Jungen der beiden, in einem Bett. Der Geruch ihrer Körper, das Schnarchen des Mannes und die regelmäßigen Atemzüge der beiden Kinder machten, daß Kristin still vor sich hin weinte. Noch am vorhergehenden Abend hatte sie sich wie jede Nacht mit ihren eigenen Eltern und der kleinen Ulvhild schlafen gelegt – sie mußte an ein Nest denken, das jemand heruntergerissen und zerstört hatte, und sie selbst war aus dieser warmen Zuflucht und dem Schutze der Flügel, die sie immer gewärmt hatten, herausgeschleudert worden. Schließlich weinte sie sich in den Schlaf, allein und unglücklich zwischen den fremden Menschen.

Am nächsten Morgen, als sie aufgestanden war, erfuhr sie, daß der Oheim und sein ganzes Gefolge vom Hofe geritten waren – im Zorn; Trond hatte seine Schwester ein verrücktes und wahnsinniges Weibsbild genannt und seinen Schwager einen schlappen Kerl und einen Toren, der es nie verstanden habe, seine Frau zu zügeln. Kristin stieg es heiß auf vor Zorn, aber sie schämte sich auch – sie begriff gut, daß eine große Ungeschicklichkeit geschehen war, wenn die Mutter ihre nächsten Verwandten vom Hofe vertrieben hatte. Und zum ersten Male dämmerte der Gedanke in ihr, daß an der Mutter etwas war, was anders hätte sein sollen – daß sie von anderen Frauen verschieden war.

Während sie dastand und darüber grübelte, kam eine Dienstmagd und sagte, sie solle in den Dachraum zu ihrem Vater hinaufgehen.

Aber als Kristin diesen Raum betrat, vergaß sie zum Vater hinzusehen, denn gerade vor der offenen Tür, das Licht mitten auf dem Gesicht, saß eine kleine Frau, und sie begriff, daß dies die Zauberin sein müsse; obwohl Kristin nicht gedacht hatte, daß sie so aussehen würde.

Sie wirkte klein und schmächtig wie ein Kind, denn sie saß in dem großen Lehnstuhl, den man heraufgetragen hatte. Ein Tisch stand vor ihr, mit dem feinsten durchbrochenen linnenen Tuch der Mutter bedeckt. Speck und Geflügel war auf silbernen Platten aufgetragen worden, in einem Krug aus feinem Holze war Wein, und man hatte ihr den silbernen Becher des Vaters selbst vorgesetzt. Sie war mit dem Essen fertig und im Begriff, ihre kleinen und schmalen Hände an einem der besten Handtücher der Mutter abzuwischen. Ragnfrid stand selbst vor ihr und hielt ihr ein Messingbecken mit Wasser.

Frau Aashild ließ das Handtuch in den Schoß sinken, lächelte dem Kinde zu und sagte mit einer klaren und lieblichen Stimme:
»Komm her zu mir! – Schön sind deine Kinder, Ragnfrid«, wandte sie sich der Mutter zu.
Ihr Gesicht war sehr faltig, aber so leuchtend weiß und rosenrot wie das eines Kindes, und es sah aus, als müsse die Haut weich und fein anzurühren sein. Der Mund war rot und frisch wie der einer jungen Frau, und ihre großen gelblichen Augen schimmerten. Ein feines, weißes Kopftuch schloß dicht um ihr Gesicht und wurde unter dem Kinn von einer goldenen Spange zusammengehalten; darüber trug sie einen Schleier aus weicher, dunkelblauer Wolle, der über die Schultern und weit auf das dunkle, gutsitzende Gewand herabfiel. Schlank war sie wie eine Kerze, und Kristin ahnte mehr, als sie es dachte, daß sie noch nie eine so schöne und höfische Frau gesehen habe wie diese alte Zauberin, mit der niemand aus den großen Sippen des Tales etwas zu tun haben wollte.
Frau Aashild hielt Kristins Hand mit ihrer alten, weichen umfaßt, sie sprach mit ihr, freundlich und scherzhaft, aber Kristin konnte keine Silbe antworten. Da sagte Frau Aashild mit einem leisen Lachen:
»Glaubt ihr, daß sie Angst vor mir hat?«
»Nein, nein«, Kristin rief es fast. Da lachte Frau Aashild noch mehr und sagte zur Mutter:
»Sie hat kluge Augen, diese deine Tochter, und gute, kräftige Hände – ist auch nicht an Faulheit gewöhnt, wie ich merke. Du wirst nun jemand brauchen, der dir helfen kann, Ulvhild zu pflegen, wenn ich nicht hier bin. Du kannst deshalb Kristin mir an die Hand gehen lassen, solange ich auf dem Hofe bin – sie ist alt genug dazu, elf Jahre?«
Damit ging Frau Aashild, und Kristin wollte ihr folgen. Da rief Lavrans sie vom Bett aus zu sich. Er lag flach auf dem Rücken, die Kopfkissen unter die angezogenen Knie gestopft; Frau Aashild hatte angeordnet, daß er so liegen sollte, dann würde die Verletzung in der Brust rascher heilen.
»Da werdet Ihr wohl bald wieder gesund, Vater?« fragte Kristin. Lavrans sah sie an – noch nie hatte das Kind Ihr zu ihm gesagt. Dann erwiderte er ernsthaft:
»Mit mir ist es nicht gefährlich; schlimmer steht es um deine Schwester.«
»Ja«, sagte Kristin und seufzte.
Dann stand sie eine Weile vor dem Bett. Der Vater sagte nichts mehr, und Kristin wußte nicht, was sie hätte sagen sollen. Und als Lavrans nach einer Weile meinte, sie solle nun zur Mutter und zu Frau Aashild hinuntergehen, lief sie eilig hinaus und sprang über den Hofplatz zur Winterstube.

IV

Frau Aashild blieb den größten Teil des Sommers auf Jörundhof. Dies brachte mit sich, daß die Leute dorthin kamen und sie um Rat fragten. Kristin hörte Sira Eirik ungehalten davon sprechen, und sie glaubte zu verstehen, daß die Eltern Anstoß daran nahmen. Aber sie schob alle Gedanken an diese Dinge von sich, dachte auch nicht darüber nach, was sie über Frau Aashild meinte, sondern war stets bei ihr und wurde niemals müde, ihr zuzuhören und sie anzusehen.

Ulvhild lag noch in dem großen Bett, flach auf dem Rücken ausgestreckt. Ihr kleines Gesicht war weiß bis in die Lippen, und sie hatte schwarze Ringe unter den Augen. Das schöne blonde Haar roch scharf nach Schweiß, weil es so lange nicht gewaschen worden war, und es war jetzt dunkel und ohne Glanz und ohne Locken, so daß es altem verwittertem Heu glich. Sie sah müde und gequält und geduldig aus und lächelte schwach und krank, wenn Kristin sich zu ihr ans Bett setzte und mit ihr schwätzte und ihr die vielen schönen Geschenke zeigte, die sie von den Eltern und von allen Freunden und Verwandten im weiten Umkreis bekommen hatte. Da gab es Docken und Vögel und Rinder und ein kleines Brettspiel, Schmucksachen und Samthauben und bunte Bänder; Kristin hatte alles miteinander in einen Schrein getan – und Ulvhild besah das Ganze mit ihren ernsten Augen und ließ die Herrlichkeiten seufzend aus den müden Händen gleiten.

Aber wenn Frau Aashild sich ihr näherte, dann leuchtete Ulvhilds Gesicht vor Freude auf. Begehrlich trank sie die erquickenden und schlafspendenden Tränke, die Frau Aashild ihr bereitete, klagte nicht, wenn diese sie anfaßte, und lag glücklich da und lauschte, wenn Frau Aashild auf Lavrans' Harfe spielte und dazu sang – sie wußte so viele Weisen, die die Menschen hier im Tale nicht kannten.

Oft sang sie Kristin vor, wenn Ulvhild eingeschlafen war. Und dann erzählte sie manchmal aus ihrer Jugend, die sie im Süden des Landes verbracht hatte mit König Magnus und König Erik und deren Königinnen.

Einmal, als sie so dasaßen und Frau Aashild erzählte, entfuhr es Kristin, was sie so oft gedacht hatte:

»Wunderlich dünkt es mich, daß Ihr stets so fröhlich sein könnt, Ihr, die Ihr gewohnt wart ...« Sie brach ab und wurde rot.

Frau Aashild blickte lächelnd auf das Kind herab:

»Meinst du, weil ich jetzt von alldem getrennt bin?« Sie lachte still, dann sagte sie: »Ich habe meine schöne Zeit gehabt, Kristin, und ich bin nicht so dumm zu klagen, wenn ich mich jetzt mit gewässerter oder saurer Milch begnügen muß, weil ich meinen Wein und das Bier ausgetrunken habe. Gute Tage können lange währen, wenn einer bedachtsam und vorsichtig mit sich und den Seinen umgeht; das wissen alle verständigen Leute, und deshalb, so denke ich, müssen sich die verständigen Leute mit guten Tagen begnügen, denn die besten Tage, die sind teuer. Nun nennen sie den einen Toren, der sein väterliches Erbe verschwendet, um in jungen Jahren zu genießen. Darüber muß jeder so denken, wie ihm sein Sinn steht. Ich aber nenne erst dann einen Mann einen wahren Narren und Toren, wenn er den Handel hinterher bereut. Und zweimal ein Tor und der Narr aller Narren ist er, wenn er glaubt, seine Zechkumpane noch zu sehen, nachdem das Erbe vertan ist...

Ist etwas mit Ulvhild?« fragte sie sanft zu Ragnfrid hinüber; diese hatte sich heftig bewegt, wie sie so dort am Bett des Kindes saß.

»Nein, sie schläft gut«, sagte die Mutter und kam zu Aashild und Kristin an die Feuerstätte. Die Hand an die Rauchlochstange gestützt, stand sie da und blickte Frau Aashild ins Gesicht.

»Das versteht Kristin nicht«, sagte sie.

»Nein«, antwortete Frau Aashild. »Aber sie hat wohl auch ihre Gebete gelernt, ehe sie sie verstand. In den Zeiten, in denen man Gebete oder Ratschläge braucht, hat man meist keine Lust, zu lernen oder zu verstehen.«

Ragnfrid zog die schwarzen Brauen nachdenklich zusammen. Da glichen ihre hellen, tiefliegenden Augen Seen, die unter einem schwarzen Waldhang liegen, so hatte Kristin immer gedacht, als sie klein war – oder sie hatte das jemand sagen hören. Frau Aashild sah sie mit ihrem kleinen, halben Lächeln an. Ragnfrid setzte sich auf den Rand der Feuerstätte, nahm einen Ast und stocherte in der Glut.

»Aber der, der sein Erbe gegen die erbärmlichsten Dinge eingetauscht hat – und später einen Schatz sieht, für den er gerne sein Leben gäbe, um ihn zu besitzen –, dünkt Euch nicht, er müsse sich über seine eigene Torheit grämen?«

»Wo gehandelt wird, wird auch verloren, Ragnfrid«, sagte Frau Aashild. »Und der, der sein Leben geben will, der muß es wagen und sehen, was er gewinnen kann.«

Ragnfrid zog den brennenden Ast aus dem Feuer, blies die Flamme aus und bog ihre Hand um das glühende Ende, so daß es zwischen ihren Fingern blutrot leuchtete.

»Ach, das sind Worte, Worte und nur Worte, Frau Aashild.«

»Es gibt auch nicht viel, was wert wäre, so teuer erkauft zu werden, Ragnfrid«, sagte die andere, »mit dem Leben erkauft zu werden.«

»Doch«, sagte die Mutter heftig. »Mein Mann«, flüsterte sie fast unhörbar.

»Ragnfrid«, sagte Frau Aashild gedämpft, »so hat manche Jungfrau gedacht, wenn sie versuchte, einen Mann an sich zu binden, und dafür ihre Jungfräulichkeit opferte. Aber hast du nicht von Männern und Jungfrauen gelesen, die Gott alles gaben, was sie besaßen, ins Kloster oder nackt in die Wildnis hinausgingen und danach es bereuten. Ja, die werden in den heiligen Büchern töricht genannt. Und es wäre wohl sündig, zu denken, Gott hätte sie bei ihrem Handel betrogen.«

Ragnfrid saß eine Zeitlang ganz still. Da sagte Frau Aashild:

»Komm jetzt, Kristin, es ist nun die Zeit, daß wir hinausgehen, den Tau zu sammeln, mit dem wir Ulvhild morgen waschen wollen.«
Draußen lag der Hofplatz weiß und schwarz im Mondschein da. Ragnfrid ging mit ihnen über den Weideanger bis hinunter an das Gatter zum Kohlgarten. Kristin sah, wie sie sich dort anlehnte, dünn und schwarz, während sie selbst den Tau von den großen eiskalten Kohlblättern und den Falten des Liebfrauenmantels in den silbernen Becher des Vaters träufeln ließ.
Frau Aashild ging schweigend neben Kristin her. Sie war nur mitgekommen, um sie zu schützen, denn es war nicht gut, ein Kind in einer solchen Nacht allein hinausgehen zu lassen. Doch der Tau erhielt größere Kraft, wenn er von einer reinen Jungfrau gesammelt wurde.
Als sie an das Gatter zurückkamen, war die Mutter fort. Kristin zitterte vor Kälte, als sie den eisigen Becher in Frau Aashilds Hände übergab. Sie sprang in ihren nassen Schuhen in den Dachraum hinauf, wo sie mit dem Vater schlief. Sie hatte den Fuß auf die erste Stufe gesetzt, da trat Ragnfrid aus dem Schatten des oberen Altanes hervor. In den Händen hielt sie eine Schale mit einem dampfenden Trunk.
»Hier habe ich dir etwas Bier gewärmt, Tochter«, sagte die Mutter.
Kristin dankte freudig und führte die Schale an den Mund. Da fragte Ragnfrid:
»Kristin – die Gebete und alles andere, was Frau Aashild dich lehrt – es ist doch wohl keine Sünde oder nichts Ungöttliches dabei?«
»Das kann ich doch nicht glauben«, antwortete das Kind. »Es kommen immer wieder der Name Jesu und die Namen der Jungfrau Maria und der Heiligen darin vor.«
»Was hat sie dich denn gelehrt?« fragte die Mutter wieder.
»Oh – von Kräutern – und wie man rinnendes Blut und Warzen und wehe Augen bespricht – und die Motten in den Kleidern und die Mäuse im Vorratshaus. Und welche Kräuter man bei Sonnenschein pflücken muß, und welche Kräuter im Regen Kraft haben. – Aber die Gebete darf ich niemand sagen, denn da verlieren sie ihre Kraft«, fügte sie rasch hinzu.
Die Mutter nahm die geleerte Schale und stellte sie auf die Treppe. Und plötzlich schlang sie die Arme um die Tochter, drückte sie fest an sich und küßte sie. – Kristin fühlte, daß die Wangen der Mutter naß und heiß waren.
»Mögen dich Gott und Unsere Liebe Frau beschirmen und dich vor allem Bösen bewahren – wir haben jetzt nur noch dich, dein Vater und ich, als einzige, die unser arges Glück noch nicht angerührt hat. Liebe, Liebe – vergiß nie, daß du deines Vaters liebste Freude bist.«
Ragnfrid ging in die Winterstube zurück, zog sich aus und kroch ins Bett zu Ulvhild. Sie bog die Arme um das Kind und legte ihr Gesicht ganz nahe an das der Kleinen, so daß sie die Wärme von Ulvhilds Körper und den scharfen Schweißgeruch aus dem feuchten Haar des

Kindes verspürte. Ulvhild schlief tief und ruhig wie stets nach Frau Aashilds Abendtrunk. Es duftete betäubend nach dem Marienheu, das unter das Laken gebreitet war. Trotzdem lag Ragnfrid lange schlaflos da und starrte zu dem kleinen Lichtfleck an der Decke hinauf, wo der Mond auf die Hornscheibe des Rauchloches schien.

Drüben in dem anderen Bett lag Frau Aashild, aber Ragnfrid wußte nie, ob sie schlief oder wachte. Niemals tat jene der Bekanntschaft Erwähnung, die in alten Zeiten zwischen ihnen bestanden hatte – das versetzte Ragnfrid sehr in Furcht. Und sie meinte noch nie so bitterlich bekümmert und voller Herzensangst gewesen zu sein wie jetzt – obwohl sie nun wußte, daß Lavrans seine ganze Gesundheit erlangen werde und Ulvhild weiterleben durfte.

Es hatte den Anschein, als fände Frau Aashild Vergnügen daran, mit Kristin zu sprechen, und mit jedem Tag, der ging, freundete sich das Kind besser mit ihr an.

Eines Tages, als sie fort waren, um Kräuter zu holen, saßen sie oben am Hang auf einem kleinen grünen Fleck unterhalb des Geröllfeldes. Sie konnten auf den Hofplatz von Formo hinuntersehen und Arne Gyrdssohns rotes Wams erkennen; er war mit ihnen fortgeritten und sollte ihre Pferde hüten, solange sie oben am Hang nach den Kräutern suchten.

Während sie so dasaßen, erzählte Kristin Frau Aashild von ihrer Begegnung mit dem Zwergenmädchen. Sie hatte viele Jahre nicht daran gedacht, aber jetzt kam es ihr in den Sinn. Und während sie sprachen, wurde es ihr merkwürdig klar, daß zwischen Frau Aashild und der Zwergenfrau einige Ähnlichkeit bestand – obwohl sie die ganze Zeit genau wußte, daß die beiden einander nicht glichen.

Aber als sie ausgesprochen hatte, saß Frau Aashild eine Weile still da und blickte über das Tal hin; endlich sagte sie:

»Es war klug, daß du flohst, da du damals noch so klein warst. Aber hast du niemals von Leuten gehört, die das Gold nahmen, das die Zwerge ihnen anboten, und die hinterher den Troll in einen Stein bannten?«

»Ich habe solche Märchen gehört«, sagte Kristin, »aber das würde ich nie zu tun wagen. Und es dünkt mich nicht schön.«

»Es ist gut, wenn man das nicht zu tun wagt, was einen nicht schön dünkt«, meinte Frau Aashild und lachte ein wenig. »Aber es ist nicht so gut, wenn einen eine Sache nicht schön dünkt, weil man sie nicht zu tun wagt. – Du bist in diesem Sommer stark gewachsen«, sagte sie plötzlich. »Du weißt wohl selbst, daß du schön zu werden versprichst?«

»Ja«, erwiderte Kristin. »Sie sagen, ich gleiche meinem Vater.«

Frau Aashild lachte still.

»Ja, es wäre auch am besten für dich, wenn du Lavrans an Leib und Seele nachgerietest. Trotzdem wäre es Sünd' um dich, wenn man dich hier oben im Tale verheiraten würde. Bauernsitten und Häuslerbrauch soll man nicht geringachten, aber sie halten sich selbst für so tüchtig, diese Großbauern hier oben, und meinen, es gebe in Norwegens Landen nicht ihresgleichen. Sie wundern sich wohl baß darüber, daß ich leben kann und daß es mir gut geht, obwohl sie die Türen vor mir verschließen. Aber sie sind faul und hoffärtig und wollen keine neuen Sitten lernen – und so geben sie immer noch der alten Feindschaft mit der Königsmacht in Sverres Tagen die Schuld an allem. Lügen sind es, dein Ahne versöhnte sich mit König Sverre und nahm Geschenke von ihm an, aber wollte dein Oheim unserem König folgen und vor ihm stehen, da müßte er sich äußerlich und innerlich gehörig herausputzen, und dazu ist dieser Trond zu faul. Aber du, Kristin, du solltest mit einem Mann verheiratet werden, der Rittersitten und Courtoisie besitzt . . .«

Kristin saß da und blickte hinunter auf Arnes roten Rücken auf dem Hofplatz von Formo. Wenn Frau Aashild von der Welt sprach, in der sie früher gelebt hatte, stellte sich Kristin, ohne daß sie es bis jetzt selbst innegeworden war, stets die Ritter und Grafen Arne ähnlich vor. Früher, als sie klein gewesen war, hatte sie sie immer in der Gestalt des Vaters erblickt.

»Mein Schwestersohn Erlend Nikulaussohn auf Husaby, das wäre ein passender Bräutigam für dich – er ist schön herangewachsen, der Bursche. Meine Schwester Magnhild war im vorigen Jahr bei mir zu Besuch, als sie durch das Tal kam, und sie hatte ihn bei sich. Ja, den kannst du wohl nicht bekommen, aber ich hätte gerne die Decke über euch beide im Brautbett gebreitet – er ist so dunklen Haares, wie du blond bist, und hat schöne Augen. Aber kenne ich meinen Schwager recht, so hat er sich wohl bereits nach einer besseren Heirat für Erlend umgesehen, als du bist.«

»Bin ich denn keine gute Heirat?« fragte Kristin erstaunt. Es kam ihr niemals in den Sinn, gekränkt zu sein über etwas, was Frau Aashild sagte, aber sie fühlte sich gedemütigt und bedrückt dadurch, daß diese Frau den Ihren etwas voraus hatte.

»Doch, du bist eine gute Heirat«, erwiderte die andere. »Aber dennoch darfst du dir kaum erwarten, in meine Sippe zu kommen. Dein Ahne hier im Lande war ein friedloser Mann und aus dem Auslande, und die Gjeslinger haben hier auf ihren Höfen gelebt und sind modrig geworden, schon seit so langer Zeit, daß bald niemand mehr außerhalb des Tales sich ihrer erinnert. Aber ich und meine Schwester, wir bekamen die Schwestersöhne der Königin Margret Skulestochter.«

Kristin dachte nicht einmal daran, daß es nicht ihr Ahne war, sondern sein Bruder, der als ein Friedloser ins Land gekommen war. Sie saß da und blickte zu den dunklen Berghängen jenseits des Tales hinüber, und sie erinnerte sich des Tages vor Jahren, als sie auf der Alm gewesen war und gesehen hatte, wie viele Berge zwischen ihrem Tal und der Welt lagen. Da sagte Frau Aashild, sie müßten nun heim, und sie gebot ihr, Arne zu rufen. Kristin legte die Hände an den Mund, rief

und winkte mit ihrem Halstuch, bis sie sah, daß der rote Fleck auf dem Hofplatz dort unten sich bewegte und zurückwinkte.
Einige Zeit danach begab sich Frau Aashild heim, aber während des Herbstes und im ersten Teil des Winters kam sie oft nach Jörundhof und hielt sich ein paar Tage bei Ulvhild auf. Die Kleine wurde nun tagsüber aus dem Bett genommen, und man versuchte, sie auf die Beine zu stellen, aber sie knickten unter ihr zusammen, wenn sie darauf stehen sollte. Sie zitterte, war bleich und müde; der Schnürleib, den Frau Aashild ihr aus Pferdehaut und feinen Weidenzweigen gemacht hatte, belästigte sie sehr, und sie lag am liebsten im Schoße der Mutter still. Ragnfrid hielt die kranke Tochter stets in den Armen, so daß nun Tordis dem ganzen Haushalt vorstehen mußte, und auf Geheiß der Mutter ging Kristin ihr mit an die Hand, um zu lernen und zu helfen.
Kristin sehnte sich von einem Mal zum anderen nach Frau Aashild, und manchmal sprach diese viel mit ihr, aber zu anderen Zeiten wartete das Kind vergebens auf ein Wort, außer dem Gruße, wenn sie kam und wenn sie ging. – Aashild saß dann nur bei den Erwachsenen und sprach mit diesen. So war es immer, wenn sie ihren Mann dabei hatte, denn es geschah nun, daß auch Björn Gunnarssohn mit nach Jörundhof kam. Lavrans war eines Tages im Herbst nach Haugen geritten, um der Frau den Arztlohn zu bringen – es war die beste Silberkanne mit Brett, die sie im Hause besaßen. Da hatte er die Nacht dort verbracht und lobte seitdem den Hof sehr. Er sei schön und gut gehalten, und nicht so klein, wie die Leute sagten, erzählte er. Und drinnen in den Häusern sähe alles nach Wohlstand aus, und der Hausbrauch sei höfisch wie die Sitten großer Leute südlich im Lande. Was er über Björn dachte, sagte Lavrans nicht, aber er nahm ihn immer gut auf, wenn er mit seiner Frau nach Jörundhof kam. Dagegen mochte Lavrans Frau Aashild über die Maßen gut leiden, und er meinte, das meiste, was man über sie erzählt habe, sei Lüge. Er sagte auch, daß sie vor zwanzig Jahren wohl kaum der Hexenkünste bedurft habe, um einen Mann an sich zu fesseln – da sie jetzt, nahe den Sechzigern, noch so jung aussehe und von gewinnendstem und liebreizendstem Wesen sei.
Kristin verstand, daß die Mutter das alles nur ungern sah. Allerdings sagte Ragnfrid nie etwas über Frau Aashild, aber einmal verglich sie Björn mit dem gelben, darniederliegenden Gras, das man unter großen Steinen finden kann, und Kristin meinte, dies passe gut. Björn sah seltsam verblichen aus, er war ziemlich fett, bleich und schlapp, obwohl er nicht viel älter war als Lavrans. Doch sah man es ihm an, daß er einmal ein schöner Mann gewesen war. Kristin wechselte niemals ein Wort mit ihm – er sprach wenig und blieb am liebsten dort sitzen, wo er sich einmal hingesetzt hatte, von dem Augenblick an, da er die Stube betreten hatte, bis er zu Bett gehen sollte. Er trank unmäßig viel, aber man merkte ihm wenig an, er aß fast nichts und

blickte von Zeit zu Zeit starr und in Gedanken irgendeinen im Raume mit seinen seltsamen, fahlen Augen an.
Von den Verwandten auf Sundbu hatten sie seit dem Unglück nichts mehr gesehen, aber Lavrans war einige Male drüben in Vaage gewesen. Dagegen kam Sira Eirik wie früher nach Jörundhof; er traf dabei oft mit Frau Aashild zusammen, und sie waren gute Freunde. Dies sahen die Leute als einen schönen Zug des Priesters an, da er doch selbst ein sehr tüchtiger Arzt war. Hierin lag wohl auch einer der Gründe, weshalb die Bewohner der großen Höfe nicht Frau Aashilds Rat gesucht hatten, jedenfalls nicht offenkundig, da sie den Priester für tüchtig genug erachten und es nicht leicht für sie zu wissen war, wie sie sich gegen zwei Menschen wie Aashild und Björn verhalten sollten, die gewissermaßen aus ihrem eigenen Kreis ausgestoßen waren. Sira Eirik sagte denn auch selbst, was ihn angehe, so täte einer dem anderen nicht weh, und was ihre Zauberei betreffe, so sei er nicht ihr Pfarrherr; es könne wohl sein, daß Frau Aashild etwas mehr wisse, als für ihr Seelenheil gut sei – jedoch dürfe man nicht vergessen, daß unwissende Menschen gerne von Zauberei sprechen, sobald eine Frau klüger sei als der gemeine Haufe.
Frau Aashild ihrerseits lobte den Priester sehr und besuchte fleißig die Kirche, wenn es sich so traf, daß sie an einem Feiertag auf Jörundhof war.
In diesem Jahre gab es ein trauriges Weihnachten. Ulvhild konnte noch nicht auf den Füßen stehen. Und außerdem bekam man von den Leuten auf Sundbu nichts zu hören und nichts zu sehen. Kristin merkte, daß man in der Gemeinde darüber sprach und daß der Vater es sich zu Herzen nahm. Aber die Mutter blieb gleichgültig, und Kristin fand dies häßlich von ihr.
Eines Abends aber, gegen Ende der Feiertage, kam Sira Sigurd, Trond Gjeslings Hauspriester, im Großschlitten angefahren, und sein vornehmstes Anliegen war, sie alle nach Sundbu einzuladen.
Sira Sigurd war in den Gemeinden ringsumher wenig beliebt, denn er war es, der eigentlich Tronds Besitztümer verwaltete – oder jedenfalls gab man ihm die Schuld, wenn Trond mit Härte und Unrecht verfuhr, und es war nicht zu leugnen, daß Trond seine Bauern ein wenig plagte. Sein Priester war ungeheuer geschickt im Schreiben und Rechnen, gesetzeskundig und ein tüchtiger Arzt – wenn auch nicht so tüchtig, wie er selbst glaubte. Seinem Gebaren nach aber hätte ihn niemand für einen sehr klugen Mann gehalten; er sagte oft törichte Dinge. Ragnfrid und Lavrans hatten ihn nie gemocht, aber die Leute auf Sundbu schätzten, wie es begreiflich war, ihren Priester sehr, und sie sowohl als er waren sehr gekränkt, weil man ihn nicht zu Ulvhild geholt hatte.
Und nun sollte es sich so unglücklich treffen, daß bei Sira Sigurds Ankunft auf Jörundhof Frau Aashild und Herr Björn schon da waren, außerdem Sira Eirik, Gyrd und Inga von Finsbrekken, Arnes Eltern,

der alte Jon vom Loptshof und ein Prädikantenbruder von Hamar, Bruder Aasgaut.

Während Ragnfrid die Tische für die Gäste von neuem decken ließ und Lavrans die Briefschaften durchsah, die der Priester gebracht hatte, wollte dieser Ulvhild sehen. Sie war schon für die Nacht zur Ruhe gelegt worden und schlief, aber Sira Sigurd weckte sie; befühlte ihren Rücken und ihre Glieder und fragte sie aus, ziemlich freundlich zuerst, dann aber ungeduldig, denn sie zeigte Angst – Sigurd war ein kleiner Mann, fast ein Zwerg, hatte aber ein großes, rotflammendes Gesicht. Als er sie herausheben und auf den Boden stellen wollte, um ihre Füße zu erproben, hub sie an zu schreien. Da stand Frau Aashild auf, trat zum Bett hin und deckte Ulvhild mit dem Fell zu, während sie sagte, das Kind sei so schläfrig, daß es jetzt nicht auf dem Boden stehen könnte, auch wenn seine Füße gesund wären.

Der Priester fiel ihr heftig ins Wort, auch ihn sähe man für einen tüchtigen Arzt an. Aber Frau Aashild nahm ihn bei der Hand, führte ihn zum Hochsitz und fing an, mit ihm darüber zu reden, was sie mit Ulvhild getan habe, während sie ihn bei allem und jedem um seine Meinung fragte. Da wurde er etwas sanfter und aß und trank von Ragnfrids guten Sachen.

Aber als das Bier und der Wein ihm in den Kopf zu steigen begannen, geriet Sira Sigurd wieder in schlechte Laune, wurde streitlustig und hitzig; er wußte ganz genau, daß keiner in der Stube ihn leiden konnte. Zuerst wandte er sich an Gyrd, der war Bevollmächtigter des Bischofs von Hamar für Vaage und Sil, und es hatte verschiedene Streitigkeiten zwischen dem Bischofssitz und Trond Ivarssohn gegeben. Gyrd sagte nicht viel, aber Inga war eine hitzige Frau, und dann mischte sich noch Bruder Aasgaut in das Gespräch und sagte:

»Du solltest nicht vergessen, Sira Sigurd, daß unser ehrwürdiger Vater Ingjald auch dein Oberhirte ist – wir in Hamar wissen genug über dich. Du mischst dich in alles auf Sundbu und denkst wohl wenig daran, daß du einem andern Beruf geweiht bist, als Tronds Augendiener zu sein und ihm dabei zu helfen, alles das zu tun, was unrecht ist, so daß er seine Seele in Gefahr bringt und das Recht der Kirche verringert. Hast du nie gehört, wie es ungehorsamen und ungetreuen Priestern ergeht, die sich ihren geistigen Vätern und Vorgesetzten widersetzen? Weißt du nicht, wie die Engel den Sankt Tomas von Kanterborg einmal an die Tür der Hölle führten und ihn hineinspähen ließen? Da verwunderte er sich sehr darüber, daß er dort keinen seiner Priester erblickte, die sich ihm so widersetzt hatten wie du dich deinem Bischof. Er wollte gerade Gottes Barmherzigkeit preisen, denn der heilige Mann gönnte allen Sündern die Erlösung, da bat der Engel den Teufel, den Schwanz ein wenig zu heben, und herausfuhren mit einem gewaltigen Krach und argem Schwefelgestank alle jene Priester und gelehrten Männer, die der Kirche geschadet hatten. Da wußte er nun, wo sie hingekommen waren.«

»Jetzt lügst du, Mönch«, sagte der Priester. »Auch ich habe diese Sage gehört, aber es waren nicht Priester, sondern Bettelmönche, die wie die Wespen aus dem Wespennest dem Hintern des Teufels entfuhren.«
Der alte Jon lachte am lautesten von allen Dienstleuten und schrie:
»Es waren wohl alle beide, denke ich ...«
»Da muß der Teufel einen gewaltigen Schwanz haben«, sagte Björn Gunnarssohn, und Frau Aashild lächelte und meinte:
»Ja, hast du nicht sagen hören, daß alles Böse einen langen Schwanz nachschleppt?«
»Sei du still, Frau Aashild«, rief Sira Sigurd, »rede du nicht von dem langen Schwanz, den alles Böse nachschleppt. Du sitzest hier, als wärest du die Hausfrau und nicht Ragnfrid. Aber es ist seltsam, daß du ihr Kind nicht zu heilen vermagst – hast du denn das starke Wasser nicht mehr, mit dem du einmal Handel triebst? Das Wasser, das ein zerteiltes Schaf im Sudkessel wieder ganz und die Frau im Brautbett zur Jungfrau machen konnte. Ich habe gar wohl von jener Hochzeit hier im Tale gehört, bei der du der verführten Braut ein Bad bereitet hast ...«
Sira Eirik sprang auf, packte den andern Priester an Schulter und Lende und schleuderte ihn quer über den Tisch, so daß Kannen und Krüge umfielen und Speisen und Getränke auf Tüchern und Boden umherschwammen; Sira Sigurd blieb mit zerrissenen Kleidern auf dem Boden liegen. Eirik sprang über den Tisch und wollte auf ihn einschlagen, während er den Lärm überbrüllte:
»Halt dein Dreckmaul, du Höllenpriester, der du bist!«
Lavrans versuchte sie zu trennen; Ragnfrid stand weiß wie eine Tote an ihrem Tisch und rang die Hände. Da lief Frau Aashild hinzu, half Sira Sigurd wieder auf die Füße und wischte ihm das Blut aus dem Gesicht; sie gab ihm einen Becher mit Met zu trinken, indes sie sagte:
»Ihr dürft doch nicht so streng sein, Sira Eirik, daß Ihr nicht so spät am Abend und beim Trinken einen Scherz vertragt. Setzt Euch nun nieder, dann sollt Ihr von jener Hochzeit hören. Sie wurde nicht hier im Tale gehalten, auch ist es mir nicht vergönnt, dieses Wasser zu kennen; könnte ich es brauen, dann würden wir nicht auf dem kleinen Hof hier oben im Tale sitzen. Da könnte ich jetzt eine reiche Frau sein und würde irgendwo draußen in den Großgemeinden mein Besitztum haben – in der Nähe der Stadt und der Klöster und der Bischöfe und des Domkapitels«, sagte sie und lächelte den drei geistlichen Männern zu.
»Aber in alten Zeiten soll jemand diese Kunst gekannt haben, denn in König Inges Tagen hat es sich, wie ich glaube, zugetragen, und der Bräutigam war Peter Lodinssohn von Bratteland, aber welche von seinen drei Frauen die Braut war, mag ungesagt bleiben, da von allen dreien Nachkommen leben. Nun, diese Braut hatte wohl Ursache, sich jenes Wasser zu wünschen, und verschaffte es sich auch, und sie hatte

sich unten im Brauhaus ein Bad bereitet. Aber noch ehe sie hatte baden können, kam die Frau herein, die ihre Schwiegermutter werden sollte. Sie war müde und schmutzig von dem Ritt zum Hochzeitshof, also zieht sie sich aus und steigt in die Wanne. Sie war eine alte Frau, und neun Kinder hatte sie mit Lodin gehabt. In dieser Nacht aber bekamen sowohl Lodin als auch Peter eine andere Labung, als sie erwartet hatten.«

Die Leute in der Stube lachten sehr, und Gyrd und Jon riefen, Frau Aashild solle noch mehr solcher Geschichten erzählen. Aber die Frau sagte nein: »Hier sitzen zwei Priester und Bruder Aasgaut und junge Burschen und Dienstmägde; jetzt wollen wir aufhören, bevor die Reden unschicklich und derb werden, und wollen uns daran erinnern, daß Feiertag ist.«

Die Männer erhoben lauten Einspruch, aber die Frauen stimmten Frau Aashild bei. Niemand beachtete, daß Ragnfrid die Stube verlassen hatte. Bald darauf mußte Kristin, die zuunterst auf der Frauenbank zwischen den Dienstmägden gesessen hatte, schlafen gehen. Sie schlief in Tordis' Stube, denn es waren so viele Gäste auf dem Hof. Es war beißend kalt, und die Nordlichter flammten und flackerten über den Bergstirnen im Norden. Der eisige Schnee schrie unter Kristins Füßen, als sie, vor Kälte schaudernd, die Arme über der Brust gekreuzt, über den Hofplatz lief.

Da gewahrte sie, daß im Schatten des alten Hauses eine Gestalt heftigen Schrittes im Schnee auf und ab ging, mit den Armen um sich schlug, die Hände rang und laut stöhnte. Kristin erkannte die Mutter, lief erschrocken zu ihr hin und fragte, ob sie krank sei.

»Nein, nein«, sagte Ragnfrid heftig. »Ich mußte nur hinausgehen – geh und leg dich schlafen, Kind.«

Kristin drehte sich um, da rief ihr die Mutter leise:

»Geh in die Stube und lege dich beim Vater und bei Ulvhild schlafen – nimm du sie in die Arme, damit er sie nicht aus Unachtsamkeit drückt: er schläft so schwer, wenn er betrunken ist. Ich schlafe heute nacht hier im alten Haus.«

»Jesus, Mutter«, sagte Kristin, »Ihr friert, wenn Ihr da oben schlaft – noch dazu allein. Und was glaubt Ihr, daß der Vater sagen wird, wenn Ihr heute nacht nicht ins Bett kommt?«

»Er merkt es nicht«, erwiderte die Mutter, »er schlief schon fast, als ich fortging, und morgen erwacht er spät. Geh und tue, was ich dir gesagt habe.«

»Es wird so kalt für Euch«, sagte Kristin schaudernd, aber die Mutter wies sie zurück, ein wenig sanfter, und schloß sich in das Haus ein. Es war drinnen ebenso kalt wie draußen und stockdunkel. Ragnfrid tastete sich zum Bett hin, riß sich das Kopftuch herunter, löste ihre Schuhe und kroch zwischen die Felle. Die ließen sie erstarren; es war, als sinke sie in einen Gletscher. Sie kroch mit dem Kopf unter die Felle, zog die Beine an und schob die Hände an den Busen. – So lag sie da und weinte, bisweilen ganz leise mit strömenden Tränen, bisweilen schrie sie auf und knirschte mit den Zähnen. Endlich hatte sie doch das Bett rings um sich so weit erwärmt, daß sie schläfrig wurde, und so weinte sie sich in den Schlaf.

V

In jenem Jahre, in dem Kristin im Frühling ihr fünfzehntes Lebensjahr vollendete, verabredeten Lavrans Björgulfssohn und Ritter Anders Gudmundssohn von Dyfrin eine Zusammenkunft auf dem Holledis-Thing. Dabei sprachen sie davon, daß Andres' zweiter Sohn, Simon, sich mit Kristin Lavranstochter verloben und Formo, Herrn Andres' mütterliches Erbe, bekommen solle. Die Männer verabredeten dies mit Handschlag, es wurde jedoch keine Urkunde darüber aufgesetzt, weil Andres erst noch das Erbe seiner anderen Kinder ordnen mußte. Es wurde auch kein Verspruchsbier getrunken, aber Ritter Andres und Simon kamen mit nach Jörundhof, um die Braut anzusehen, und Lavrans hielt ein großes Gastgelage für sie.

Lavrans hatte nun sein neues Wohnhaus mit einem Oberstock und mit gemauerten Feuerstätten, in der Stube wie auch im Dachraum, errichtet, es reich und schön mit Holzschnitzereien ausgestattet und mit allem wohl versehen. Er hatte auch das alte Haus umgebaut und im übrigen die Häuser ausgebessert, so daß er nun so wohnte, wie es sich für einen waffentragenden Mann geziemte. Er besaß jetzt großen Wohlstand, denn seine Unternehmungen waren vom Glück begünstigt gewesen, und er war ein kluger und bedachtsamer Hausvater. Namentlich bekannt war er seiner Zucht der prächtigsten Pferde und des schönsten Viehs wegen. Und seitdem er es nun erreicht hatte, daß seine Tochter mit einem Sohn aus der Dyfrinsippe verheiratet werden und nach Formo kommen sollte, schien es den Leuten, er habe seinen Vorsatz, der erste Mann im Tale zu werden, gut zu Ende geführt. Er selbst und Ragnfrid waren denn auch sehr zufrieden, und das gleiche waren Herr Andres und sein Sohn.

Kristin war ein wenig niedergeschlagen, als sie Simon Andressohn zum erstenmal sah, denn sie hatte so große Worte über seine Schönheit und sein höfisches Wesen gehört, daß sie von den höchsten Erwartungen erfüllt gewesen war.

Wohl sah Simon gut aus, aber er war ein wenig zu beleibt für seine zwanzig Jahre, hatte einen kurzen Hals und ein Gesicht so rund und glänzend wie der Mond. Seine Haare waren sehr schön, braun und lockig, und die Augen grau und klar, aber gleichsam ein wenig eingezwängt, denn die Lider waren dick; die Nase war zu klein, auch der Mund war klein und ein wenig geschürzt, aber nicht häßlich. Und trotz seiner Wohlbeleibtheit war er in allen Bewegungen leicht, behend und geschmeidig und in allen Leibesübungen gewandt. Seine Rede war

etwas vorlaut und rasch, aber Lavrans meinte, er zeige doch guten Verstand und auch Kenntnisse, wenn er mit älteren Männern spreche.
Ragnfrid konnte ihn bald gut leiden, und Ulvhild faßte sofort die größte Liebe zu ihm – er begegnete dem kleinen kranken Mädchen auch mit besonderer Liebe und Freundlichkeit. Und als Kristin sich an sein rundes Gesicht und an seine Art zu sprechen ein wenig gewöhnt hatte, war sie richtig wohlzufrieden mit ihrem Bräutigam und freute sich, daß der Vater alles so für sie geordnet hatte.
Frau Aashild war zu Gast geladen. Seitdem die Familie auf Jörundhof sie aufgenommen hatte, hatten auch die großen Sippen in den umliegenden Gemeinden wieder angefangen, sich ihrer hohen Geburt zu erinnern und weniger an die seltsamen Gerüchte über sie zu denken, so daß Frau Aashild jetzt sehr viel mit Menschen zusammenkam.
Sie sagte, als sie Simon gesehen hatte:
»Das ist eine gute Heirat, Kristin, dieser Simon wird Erfolg in der Welt haben – vielerlei Sorgen wirst du entrinnen, und er wird ein freundlicher Mann im Zusammenleben sein. Aber mich dünkt er recht dick und wohlgemut. – Wäre es nun hier in Norwegen noch so, wie es in früheren Zeiten gewesen ist und wie es in anderen Ländern noch ist, daß nämlich die Menschen nicht strenger gegen die Sünder sind als Gott selbst, da würde ich sagen, du sollst dir einen Freund suchen, der mager und schwermütig ist, einen, mit dem du zusammensitzen und plaudern könntest. Dann würde ich sagen, du könntest mit niemand besser fahren als mit Simon.«
Kristin wurde rot, obwohl sie Frau Aashilds Meinung nicht völlig verstand. Aber im Laufe der Zeit, und je mehr sich ihre Truhen füllten und sie beständig von ihrer Hochzeit und dem, was sie in ihr neues Heim mitbringen sollte, reden hörte, fing sie an, sich danach zu sehnen, die Sache möchte fest und gültig abgemacht werden und Simon nach dem Norden heraufkommen; schließlich dachte sie ziemlich viel an ihn und freute sich darauf, ihm wieder zu begegnen.
Kristin war jetzt voll erwachsen und sehr schön. Sie glich am meisten ihrem Vater und war groß, schmal um die Mitte, mit dünnen, feinen Gelenken, aber dennoch rund und voll. Ihr Gesicht war etwas kurz und rund, die Stirn niedrig und breit und weiß wie Milch, die Augen groß, grau und sanft unter schöngezeichneten Brauen. Der Mund war ein wenig groß, doch von frischem Rot und voll, und das Kinn apfelrund und wohlgeformt. Sie hatte herrliches, reiches und langes Haar, aber es war etwas dunkel von Farbe, mehr braun als blond, und ganz schlicht. Lavrans mochte nichts lieber, als wenn Sira Eirik Kristin rühmte – der Priester hatte das Mädchen aufwachsen sehen, hatte es lesen und schreiben gelehrt und liebte es sehr. Aber Lavrans hörte es nicht gerne, wenn der Priester seine Tochter bisweilen einer makellosen Jungstute mit seidenglänzendem Fell verglich.
Doch sagten alle Leute, wäre Ulvhild nicht dieses Unglück widerfahren, dann wäre sie noch viele Male schöner geworden als ihre Schwe-

ster. Sie hatte das lieblichste und süßeste Gesicht, weiß und rot wie Lilien und Rosen, besaß weißblondes und seidenweiches Haar, das sich um ihren zarten Hals und die schmalen Schultern lockte und kräuselte. Die Augen glichen denen der Gjeslingsippe: sie lagen tief unter geraden und schwarzen Brauen und waren wasserklar und graublau, aber der Blick war sanft und nicht scharf. Dazu klang die Stimme des Kindes so rein und lieblich, daß es eine Lust war, ihr zuzuhören, ob sie nun redete oder sang; sie hatte eine rasche Auffassung beim Lernen und bei aller Art von Saitenspiel und Brettspiel, aber wenig Lust zu Handarbeit, denn sie wurde rasch müde im Rücken.

Es sah nicht so aus, als sollte dieses schöne Kind jemals seine volle Gesundheit wiedererlangen. Ein wenig besser war es geworden, nachdem die Eltern mit ihr in Nidaros bei Sankt Olav gewesen waren. Lavrans und Ragnfrid hatten die Reise zu Fuß gemacht, ohne Knecht oder Dienstmagd als Begleitung; sie hatten das Kind den ganzen Weg auf einer Bahre zwischen sich getragen. Nach dieser Fahrt wurde Ulvhild so frisch, daß sie mit einem Krückstock gehen konnte. Aber es war nicht zu erwarten, daß sie je gesund genug werden würde, um heiraten zu können, und so mußte sie wohl, wenn die Zeit da war, mit all dem Gut, das ihr zufallen sollte, ins Kloster gegeben werden.

Es wurde nie darüber gesprochen, und Ulvhild selbst merkte es nicht, daß sie sehr viel anders war als andere Kinder. Sie hatte große Freude an kostbaren Dingen und schönen Kleidern, und die Eltern besaßen nicht das Herz, ihr etwas zu verweigern, sondern Ragnfrid säumte und nähte für sie und schmückte sie wie ein Königskind. Einmal, als einige Krämer durch das Tal zogen und die Nacht über auf Laugarbru blieben, durfte Ulvhild die Waren dort ansehen; sie hatten ein Stück bernsteingelben Seidenstoff, und daraus wollte sie unbedingt ein Hemd haben. Lavrans kaufte sonst niemals bei solchen Leuten, die umherzogen und verbotenerweise Handelswaren in den Tälern feilhielten, aber jetzt erwarb er sofort den ganzen Ballen. Er gab Kristin Stoff zu einem Brauthemd, und sie nähte in diesem Sommer daran. Sonst hatte sie nie andere Hemden besessen als solche aus Wolle und ein Leinenhemd zum Festgewand. Aber Ulvhild bekam ein seidenes Hemd für Festtage und ein Sonntagshemd aus Leinwand, dessen oberer Teil aus Seide war.

Lavrans Björgulfssohn besaß nun auch Laugarbru, und dort walteten Tordis und Jon. Bei ihnen war Lavrans' und Ragnfrids jüngste Tochter Ramborg, die von Tordis gestillt worden war. Ragnfrid wollte das Kind in der ersten Zeit nach der Geburt kaum sehen, denn sie sagte, sie bringe ihren Kindern ein so arges Glück. Doch liebte sie das kleine Mädchen sehr und sandte ihr und Tordis stets Geschenke hinüber; später ging sie dann auch oft nach Laugarbru und sah sich nach Ramborg um, aber sie kam am liebsten, nachdem das Kind eingeschlafen war, und setzte sich dann an sein Bett. Lavrans und die beiden älteren Töchter waren oft auf Laugarbru und spielten mit der Kleinen; sie war ein kräftiges und gesundes Kind, aber nicht so schön wie ihre Schwestern.

Dieser Sommer war der letzte, den Arne Gyrdssohn auf Jörundhof verbrachte. Der Bischof hatte Gyrd versprochen, dem jungen Burschen in der Welt weiterzuhelfen, und im Herbst sollte Arne nach Hamar ziehen.

Kristin hatte wohl begriffen, daß Arne sie sehr gern mochte, aber sie war in vieler Beziehung etwas kindischen Gemütes, so daß sie nicht viel über diese Sache nachdachte, sondern gegen ihn war, wie sie immer gewesen war, seit ihrer ersten Kindheit, seine Gesellschaft aufsuchte, sooft sie konnte, und immer an seiner Hand ging*, wenn sie daheim oder auf dem Kirchhügel tanzten. Daß die Mutter dies nicht gerne sah, fand sie höchstens ein wenig lustig. Aber sie erwähnte Arne gegenüber niemals Simon oder ihre Heirat, denn sie merkte, daß er schwermütig wurde, wenn man davon sprach.

Arne besaß große Handfertigkeit, und er wollte nun Kristin einen Nähtisch zum Andenken machen. Er hatte Schrein und Tisch fein und schön geschnitzt und war jetzt dabei, in der Schmiede Beschläge und Schloß dazu zu verfertigen. Eines schönen Abends, gegen Ende des Sommers, war Kristin zu ihm hinuntergegangen. Sie hatte ein Wams des Vaters mitgenommen, das sie flicken sollte, setzte sich auf die Steinstufe und begann zu nähen, während sie mit dem Burschen in der Schmiede drinnen plauderte. Ulvhild war bei ihr, hinkte auf ihrer Krücke herum und pflückte Himbeeren, die auf dem Steinwall rings um den Acker wuchsen.

Nach einer Weile trat Arne in die Tür der Schmiede, um sich abzukühlen. Er wollte sich neben sie setzen, aber sie rückte ein wenig zur Seite und bat ihn, sich in acht zu nehmen, damit er nicht die Näharbeit beschmutze, die über ihren Knien lag.

»Ist es jetzt so weit zwischen uns gekommen«, sagte Arne, »daß du mich nicht neben dir sitzen lassen magst, weil du Angst hast, der Bauernbub könnte dich dreckig machen?«

Kristin schaute ihn erstaunt an, dann erwiderte sie:

»Du weißt doch genau, was ich meinte. Aber nimm dein Schurzfell ab, wasch dir den Ruß von den Händen und setz dich ein wenig her zu mir und ruh dich aus«, und sie machte ihm Platz.

Aber Arne legte sich ins Gras vor ihr; da sagte sie wieder:

»Sei doch nicht so böse, mein Arne. Kannst du glauben, ich wollte mich dir undankbar erweisen für die schöne Gabe, die du für mich machst, oder ich könnte jemals vergessen, daß du hier daheim stets mein bester Freund gewesen bist?«

»Bin ich das gewesen?« fragte er.

»Das weißt du sehr wohl«, sagte Kristin. »Und nie werde ich dich ver-

* An seiner Hand ging: Man tanzte in einer Kette Hand in Hand; die Kette war kreisförmig geschlossen oder, bei Platzmangel, schlangenförmig gebuchtet.

gessen. Aber du sollst jetzt in die Welt hinaus – vielleicht kommst du zu Wohlstand und zu Ehren, ehe du es denkst –, mich wirst du wohl vergessen, lange bevor ich dich vergesse.«

»Niemals wirst du mich vergessen«, sagte Arne und lächelte. »Aber ich vergesse dich, ehe du mich vergissest – du bist doch ein Kind, Kristin.«

»Du bist auch nicht alt«, antwortete sie.

»Ich bin ebenso alt wie Simon Darre«, sagte er wieder. »Und wir tragen Helm und Schild so gut wie die Leute auf Dyfrin, aber meine Eltern haben kein Glück gehabt...«

Er hatte seine Hände am Gras abgewischt; jetzt umfaßte er Kristins Knöchel und lehnte seine Wange an ihren Fuß, der unter dem Rocksaum hervorsah.

Sie wollte den Fuß zurückziehen, aber Arne sagte:

»Deine Mutter ist auf Laugarbru und Lavrans ist vom Hofe fortgeritten – und so wie wir sitzen, kann uns von den Häusern aus niemand sehen. Dieses eine Mal kannst du mich wohl so reden lassen, wie es mir ums Herz ist.«

Kristin antwortete:

»Das haben wir doch die ganze Zeit gewußt, du wie ich, daß es unnütz wäre, wollten wir Liebe zueinander hegen.«

»Darf ich meinen Kopf in deinen Schoß legen?« fragte Arne, und als sie nicht antwortete, tat er es und legte einen Arm um ihre Mitte. Mit der einen Hand zog er an ihren Zöpfen.

»Wie wirst du es mögen«, fragte er bald darauf, »wenn Simon so in deinem Schoße liegt und mit deinem Haar spielt?«

Kristin antwortete nicht. Es war, als lege sich plötzlich ein schweres Gewicht auf sie – Arnes Kopf auf ihren Knien und Arnes Worte –, es dünkte sie, als öffne sich gleichsam eine Tür zu einem Raum, zu vielen dunklen Wegen, die in noch mehr Dunkelheit führten; unfroh und herzbeklommen zögerte sie und wollte nicht hineinsehen.

»So etwas tun doch Eheleute nicht«, sagte sie auf einmal rasch und gleichsam erleichtert. Sie versuchte sich vorzustellen, wie Simons dikkes, rundes Gesicht zu dem ihren aufblickte, mit Augen, wie Arnes Augen jetzt, sie hörte seine Stimme, und sie konnte nicht umhin zu lachen.

»Simon wird sich wohl niemals auf den Hintern legen, um mit meinen Schuhen zu spielen!«

»Nein, denn er kann mit dir in seinem Bett spielen«, sagte Arne. Seine Stimme machte sie plötzlich krank und kraftlos. Sie versuchte, seinen Kopf von ihren Knien wegzuschieben, da bohrte er ihn hart in ihren Schoß und sagte leise:

»Aber ich würde mit deinen Schuhen und deinem Haar und deinen Fingern spielen und den ganzen Tag lang überall bei dir sein, Kristin, auch wenn du meine Frau wärst und jede einzelne Nacht auf meinem Arm schliefest.«

Er setzte sich halb auf, umfaßte ihre Schultern und blickte ihr in die Augen.

»Es ist nicht recht von dir, daß du so zu mir redest«, sagte Kristin leise und scheu.

»Nein«, erwiderte Arne. Er erhob sich und stand vor ihr. »Aber sage mir eines – wolltest du nicht lieber, daß ich es wäre?«

»Ach, ich wollte am liebsten ...«, sie stockte ein wenig. »Ich wollte am liebsten überhaupt keinen Mann haben – noch nicht.«

Arne rührte sich nicht, aber er sagte:

»Wolltest du lieber ins Kloster gehen, so wie es für Ulvhild bestimmt ist, und zeit deines Lebens Jungfrau bleiben?«

Kristin drückte die gefalteten Hände in ihren Schoß. Es bebte wunderlich und süß in ihr – und mit einem plötzlichen Erschauern glaubte sie auf einmal zu begreifen, wie schade es um die kleine Schwester war – ihre Augen füllten sich mit Tränen vor Kummer über Ulvhild.

»Kristin«, sagte Arne leise.

In diesem Augenblick schrie Ulvhild laut auf. Ihre Krücke war zwischen die Steine des Walles geraten, und sie war gefallen. Arne und Kristin liefen zu ihr hin, Arne hob sie auf und legte sie in die Arme der Schwester. Sie hatte sich an den Lippen aufgeschlagen und blutete stark.

Kristin setzte sich mit ihr in die Tür der Schmiede, und Arne holte in einer Holzschüssel Wasser. Zu zweit begannen sie Ulvhilds Gesicht zu waschen. Sie hatte sich auch die Haut an den Knien abgeschürft. Kristin beugte sich zärtlich über die schmächtigen dünnen Beine.

Ulvhilds Klagen verstummten bald, und sie weinte leise und weh, wie Kinder zu tun pflegen, die gewohnt sind, Schmerzen zu erleiden. Kristin drückte ihren Kopf an die Brust und wiegte sie leise hin und her.

Da begann die Glocke oben in der Olavskirche zur Vesper zu läuten. Arne redete auf Kristin ein, aber sie saß da, als höre sie weder noch sähe sie, saß nur über die Schwester gebeugt, so daß er ängstlich wurde und fragte, ob sie glaube, daß es gefährlich sei. Kristin schüttelte den Kopf und sah ihn nicht an.

Bald darauf stand sie auf und trug Ulvhild zum Hofe. Arne folgte nach, still und verwirrt – Kristin sah so versonnen aus, daß ihr Gesicht ganz starr war. Während sie dahinschritt, läutete die Glocke immer noch über die Wiesen und das Tal hin; das Läuten hielt noch an, als Kristin ins Haus trat.

Sie legte Ulvhild in das Bett, das die Schwestern miteinander geteilt hatten, seitdem Kristin zu groß geworden war, um mit den Eltern zu schlafen. Dann zog sie die Schuhe aus und legte sich zu der kleinen Schwester, lag da und lauschte dem Klang der Glocke, noch lange nachdem diese verstummt und das Kind eingeschlafen war.

Als die Glocke zu tönen angehoben hatte, während sie dasaß, Ulvhilds kleines blutiges Gesicht zwischen den Händen, war es über sie gekommen, daß dies vielleicht ein Zeichen für sie sei. Wenn sie an Stelle der

Schwester gehen wollte – wenn sie sich dem Dienste Gottes und der Jungfrau Maria weihen würde –, vielleicht würde Gott dann dem Kinde seine Gesundheit und Beweglichkeit wiedergeben.

Sie entsann sich der Worte Bruder Edvins, daß in den jetzigen Zeiten nur die bresthaften und lahmen Kinder und die, die keine gute Heirat machen konnten, von den Eltern Gott geweiht wurden. Sie wußte, daß ihre Eltern fromme Leute waren, dennoch war nie von etwas anderem die Rede gewesen, als daß sie selbst verheiratet werden sollte, und als die Eltern begriffen, daß Ulvhild wohl zeit ihres Lebens krank sein würde, beschlossen sie gleich, sie ins Kloster zu geben.

Aber Kristin wollte nicht – sie widersetzte sich dem Gedanken, daß Gott ein Wunder an Ulvhild tun werde, wenn sie selbst Nonne werden würde. Sie hängte sich an Sira Eiriks Worte, daß nicht mehr soviel Wunder geschähen. Obwohl sie an diesem Abend fühlte, daß es sich so verhielt, wie Bruder Edvin gesagt hatte: besaß ein Mensch Glauben genug, so konnte er Wunder wirken. Aber sie wollte nicht den Glauben besitzen, sie liebte Christus und seine Mutter und die Heiligen nicht so sehr, wollte sie nicht einmal so lieben – sie liebte die Welt und sehnte sich nach der Welt.

Kristin preßte ihren Mund auf Ulvhilds weiches Seidenhaar. Das Kind schlief fest, und die ältere Schwester setzte sich unruhig auf, legte sich aber wieder zurück. Ihr Herz blutete vor Kummer und Scham, doch sie wußte, daß sie nicht an Wunder glauben wollte, weil sie ihr Erbteil an Gesundheit, Schönheit und Liebe nicht aufgeben mochte.

Dann versuchte sie sich mit dem Gedanken zu trösten, daß die Eltern ihr nicht erlauben würden, so etwas zu tun. Sie würden auch nicht glauben, daß es nützen könnte. Sie war ja schon verlobt, und sie würden Simon, den sie so gerne hatten, wohl nicht verlieren wollen. Sie fühlte sich betrogen, weil die andern fanden, es sei solch eine Herrlichkeit mit diesem Schwiegersohn; sie dachte plötzlich mit Widerwillen an Simons rundes, rotes Gesicht und die kleinen lachenden Augen, an seinen zappelnden Gang – er hüpfte wie ein Ball, fand sie plötzlich –, dachte an seine scherzhafte Redeweise, bei der sie sich bäurisch und dumm fühlte. Es war nicht gar so herrlich, ihn zu bekommen und dann noch dazu nach Formo hinunterzuziehen. Und doch wollte sie lieber ihn nehmen, als dem Kloster geweiht werden. Und die Welt hinter den Bergen, der Königshof und die Grafen und Ritter, von denen Frau Aashild sprach, der schöne Mann mit den traurigen Augen, der ihr überallhin folgen sollte, der niemals müde werden würde, stets bei ihr zu sein. Sie erinnerte sich Arnes an jenem Sommertage, als er auf der Seite lag und schlief, das braune, glänzende Haar im Heidekraut ausgebreitet – sie hatte ihn damals so lieb, als sei er ihr Bruder. Es war nicht schön von ihm, so zu ihr zu reden, da er doch wußte, daß sie einander nie bekommen konnten.

Von Laugarbru kam ein Bote mit der Nachricht, die Mutter bleibe dort über Nacht. Kristin stand auf, um sich auszukleiden und sich schlafen

zu legen. Sie begann ihr Kleid aufzuschnüren, dann aber zog sie die Schuhe wieder an, nahm den Umhang um und ging hinaus.
Der Nachthimmel spannte sich hell und grün über die Bergkämme. Es war bald die Stunde, da der Mond aufgehen sollte, und dort, wo er hinter dem Berge stand, zogen einige kleine Wolken, und ihr unterer Rand schimmerte wie Silber; der Himmel wurde heller und heller, wurde wie Metall, auf dem Tau liegt.
Sie lief zwischen den Zäunen hin, den Weg entlang und den Hügel zur Kirche hinauf, diese schlief, schwarz und verschlossen, aber Kristin ging zum Kreuz hin, das gleich daneben stand, zum Gedächtnis daran, daß Sankt Olav hier einmal auf der Flucht vor seinen Feinden gerastet hatte.
Kristin kniete auf dem Stein nieder und legte ihre gefalteten Hände auf die Fußstütze am Kreuz: »Heiliges Kreuz, stärkster Mast, holdester Stamm, Brücke der Kranken zu den lieblichen Ufern der Gesundheit . . .«
Bei den Worten des Gebets war es, als dehne sich ihre Sehnsucht aus, wie Ringe auf dem Wasser sich dehnen; die einzelnen Gedanken, die sie beunruhigten, glätteten sich, ihr Sinn wurde stiller, weicher, es trat eine milde, gedankenleere Traurigkeit an Stelle der Sorgen.
Sie blieb auf den Knien liegen und vernahm alle Laute der Nacht. Der Wind seufzte so seltsam, der Fluß rauschte jenseits der Bäume hinter der Kirche, und der Bach rann gleich neben ihr quer über den Weg – und überall, nahe und ferne im Dunkel, erkannte sie mit Gesicht und Gehör kleine Rinnsale fließenden und rieselnden Wassers. Der Fluß blinkte weiß unten im Tale. Der Mond glitt über einem kleinen Einschnitt herauf, es glitzerte ein wenig auf den taunassen Blättern und Steinen und leuchtete matt und dunkel auf dem frisch geteerten Gebälk des Glockenstuhles neben dem Kirchhofzaun. Dann verschwand der Mond wieder, dort, wo der Berg seinen Rücken emporschob. Jetzt waren viele weiße und leuchtende Wolken am Himmel.
Sie hörte den langsamen Schritt eines Pferdes weiter oben auf dem Wege, Männerstimmen sprachen eintönig und leise. Hier daheim, wo sie jeden Menschen kannte, hatte sie keine Angst vor Leuten; sie fühlte sich sicherer.
Die Hunde des Vaters stürmten auf sie zu, wendeten sich um und rasten zurück zwischen die Bäume, kehrten wieder um und rannten zu ihr hin, und der Vater rief ihr einen Gruß zu, als er zwischen den Birken hervorkam. Er führte Guldsvein am Zaume; am Sattel baumelte ein Bündel Vögel, und auf der linken Hand trug Lavrans den Falken mit der Kappe über dem Kopf. Mit ihm kam ein langer, gebeugter Mann in der Mönchskutte, und noch ehe Kristin sein Gesicht gesehen hatte, wußte sie, daß es Bruder Edvin war. Sie ging ihnen entgegen und war so wenig erstaunt, als hätte sie es geträumt; sie lächelte nur, als Lavrans sie fragte, ob sie ihren Gast wiedererkenne. Lavrans hatte ihn oben bei der Rostbrücke getroffen; er hatte ihn

überredet, mit ihm heimzukommen und auf dem Hof zu übernachten. Aber Bruder Edvin wollte unbedingt im Kuhstall liegen dürfen:
»Denn ich bin so verlaust«, sagte er, »ihr dürft mich nicht in eure guten Betten legen.«
Und wie auch Lavrans bat und redete, der Mönch beharrte auf seinem Willen; ja, zuerst wollte er auch, daß man ihm das Essen draußen auf dem Hofplatz gäbe. Schließlich ging er doch mit ihnen in die Stube hinein, und Kristin legte Holz auf die Feuerstätte in der Ecke und stellte Kerzen auf den Tisch, während eine Magd Essen und Trinken hereintrug.
Der Mönch setzte sich auf die Bettlerbank bei der Tür, und er wollte nur kalte Grütze und Wasser zum Nachtmahl haben. Auch als Lavrans ihm anbot, ihm ein Bad bereiten und seine Kleider waschen zu lassen, wollte er dies nicht annehmen.
Bruder Edvin scheuerte und kratzte sich und lachte über sein ganzes mageres Gesicht:
»Nein, nein«, sagte er, »das beißt mein hochmütiges Fell besser als Peitschen und als die Worte des Guardians. Ich habe heuer den Sommer unter einem Felsen hier oben im Gebirge zugebracht – man hat mir erlaubt, in die Wüste hinauszugehen, um zu fasten und zu beten, und da saß ich denn da oben, und mich dünkte, nun sei ich ganz wie ein heiliger Eremit. Die armen Leute drüben im Setnatal kamen mit Essen zu mir herauf und meinten, hier sähen sie einen recht frommen und reinen Mönch; Bruder Edvin, sagten sie, gäbe es viele solcher Mönche wie dich, da wollten wir rasch uns bessern, aber wenn wir sehen, wie sich Priester und Bischöfe und Mönche beißen und schlagen wie die Ferkel am Trog ... Nun, ich sagte ihnen, es sei unchristlich, so zu reden, aber ich hörte es doch gerne, und ich sang und betete, daß es in den Bergen widerhallte. Jetzt mag es recht nützlich für mich sein, zu fühlen, wie die Läuse sich auf meinem Fell beißen und raufen, und zu hören, wie die guten Hausfrauen, die es sauber und ordentlich in ihren Stuben haben wollen, rufen, dieser dreckige Mönchspelz könne in der Sommerzeit wohl in der Scheune schlafen. Ich will jetzt nach Norden, nach Nidaros, zum Sankt-Olavs-Fest, und es wird gut für mich sein zu merken, daß die Leute nicht so sehr darauf versessen sind, mir nahe zu kommen ...«
Ulvhild wachte auf; da ging Lavrans zu ihr hin, hob sie aus dem Bett und hüllte sie in seinen Umhang:
»Hier ist das Kind, von dem ich Euch erzählte, lieber Vater. Legt ihm Eure Hände auf und betet zu Gott für das kleine Mädchen, wie Ihr für jenen Knaben oben im Meltal gebetet habt, von dem uns erzählt worden ist, daß er seine Gesundheit wiedererlangt hat.«
Der Mönch griff Ulvhild zart unter das Kinn und sah ihr ins Gesicht. Dann hob er ihre eine Hand auf und küßte sie.
»Betet lieber ihr, du und dein Weib, Lavrans Björgulfssohn, auf daß ihn nicht in Versuchung kommt, Gottes Absicht mit diesem Kinde

beugen zu wollen. Unser Herr Jesus hat selbst diese kleinen Füße auf jenen Pfad gestellt, auf dem dies Kind am sichersten zum Heim des Friedens gelangen kann – ich sehe es dir an deinen Augen an, du glückliche Ulvhild, daß du deine Fürsprecher in der anderen Heimat hast.«

»Der Knabe im Meltal wurde gesund, habe ich gehört«, sagte Lavrans leise.

»Er war das einzige Kind einer armen Witwe, und keiner wäre dagewesen, ihn zu nähren und zu kleiden, wenn er die Mutter verloren hätte, außer der Gemeinde. Und dennoch betete die Frau nur um den furchtlosen Glauben, Gott würde es also geschehen lassen, wie es für den Knaben am besten wäre. Ich tat nichts anderes, als daß auch ich dieses Gebet mit ihr betete.«

»Es ist nicht leicht für Ragnfrid und für mich, sich damit zufriedenzugeben«, antwortete Lavrans schwer. »Besonders da sie so schön und so lieb ist.«

»Hast du das Kind gesehen, das sie auf Lidstad unten im Tale haben?« fragte der Mönch. »Wolltest du lieber, daß deine Tochter so wäre?«

Lavrans schauerte zusammen und drückte das Kind an sich.

»Glaubst du nicht«, sagte Bruder Edvin wiederum, »daß wir in Gottes Augen alle wie Kinder sind, über die er trauern muß, so mißgestaltet von der Sünde, wie wir sind. Und doch dünkt es uns nicht, daß es uns am schlechtesten gehe auf der Welt.«

Er trat zu dem Marienbild an der Wand, und alle knieten nieder, während er das Abendgebet sprach. Sie fanden, Bruder Edvin habe sie gut getröstet.

Aber nachdem er die Stube verlassen hatte, um sich eine Schlafstätte zu suchen, fegte doch Astrid, die oberste der Dienstmägde, den Boden sorgsam überall dort, wo der Mönch gestanden hatte, und warf den zusammengekehrten Staub rasch aufs Feuer.

Am nächsten Morgen stand Kristin frühzeitig auf, schöpfte Milchgrütze in einen Napf aus schön geflammtem Wurzelholz und nahm Weizenkuchen mit, denn sie wußte, daß der Mönch niemals Fleisch anrührte, und trug dann selbst das Essen zu ihm hinaus. Es war fast noch niemand auf.

Bruder Edvin stand reisefertig mit Stab und Sack beim Stall; er dankte Kristin lächelnd für ihre Mühe, setzte sich ins Gras und verzehrte die Grütze, während Kristin ihm zu Füßen saß.

Ihr kleiner weißer Hund kam angesprungen, so daß die Glöckchen an seinem Halsband klingelten. Sie nahm ihn auf den Schoß, und Bruder Edvin schnippte vor ihm mit den Fingern und warf ihm kleine Bissen Weizenkuchen ins Maul, während er ihn sehr lobte.

»Das ist die Art, die die Königin Eufemia ins Land gebracht hat«, sagte er. »Bei euch ist es vornehm hier auf Jörundhof, im großen wie im kleinen.«

Kristin wurde rot vor Freude. Sie wußte wohl, daß der Hund für etwas Besonderes galt, und sie war stolz darauf, ihn zu besitzen. Es gab niemand sonst im Tal, der einen Schoßhund besaß. Aber sie hatte doch nicht gewußt, daß er von der gleichen Art war wie die Lieblingshunde der Königin.

»Simon Andressohn hat ihn mir gesandt«, sagte sie und drückte ihn an sich, während er ihr das Gesicht leckte. »Er heißt Kortelin.«

Sie hatte vorgehabt, mit dem Mönch von ihrer Unruhe zu sprechen und ihn um seinen Rat zu bitten. Aber jetzt verspürte sie keine Lust mehr, sich mit ihren eigenen Gedanken vom Abend zuvor zu befassen. Bruder Edvin meinte ja, daß Gott für Ulvhild alles zum besten wenden würde. Und es war schön von Simon, ihr ein solches Geschenk zu senden, noch ehe das Verspruchsfest zwischen ihnen gefeiert worden war. An Arne wollte sie jetzt nicht denken – er hatte sich nicht richtig gegen sie betragen, so dünkte sie.

Bruder Edvin ergriff Stab und Sack und bat Kristin, drinnen in der Stube zu grüßen – er wollte nicht bleiben, bis die Leute aufstanden, sondern noch gehen, solange der Tag kühl war. Sie begleitete ihn bis über die Kirche hinaus und ein wenig in den Wald hinein.

Als sie voneinander Abschied nahmen, entbot er ihr Gottes Frieden und segnete sie.

»Gebt mir ein Wort, wie Ihr Ulvhild eines gabt, lieber Vater«, bat Kristin; sie stand da und hielt seine Hand.

Der Mönch strich mit seinem nackten, von Gicht gekrümmten Fuß durch das nasse Gras:

»Da will ich dir ans Herz legen, Tochter, daß du gut zusehen mögest, wie Gott den Menschen hier im Tale alles zum besten wendet. Hier fällt wenig Regen, aber er hat euch Wasser vom Berge gegeben, das ihr auf eure Felder leitet, und der Tau erfrischt Wiesen und Äcker jede Nacht. Danke Gott für die guten Gaben, die er dir verliehen hat, und klage nicht, wenn dich dünkt, dir fehle etwas anderes, was du gerne haben möchtest. Du hast schönes blondes Haar, gräme dich nicht darüber, daß es nicht gekräuselt ist. Hast du nicht von dem Weib gehört, das weinte, weil sie nur ein kleines Stückchen Speck für ihre sieben hungrigen Kinder als Weihnachtsmahl hatte? Sankt Olav kam gerade vorbeigeritten; da hielt er seine Hand über die Schüssel und bat Gott, die armen jungen Würmer zu sättigen. Aber als das Weib sah, daß ein geschlachtetes Schwein auf dem Tisch lag, da weinte sie, weil sie nicht genug Schüsseln und Töpfe hatte.«

Kristin lief heim, und Kortelin tanzte um ihre Füße herum, schnappte kläffend nach einem Zipfel ihres Kleides und klingelte mit allen seinen kleinen Silberglocken.

VI

Arne war die letzte Zeit, bevor er nach Hamar sollte, daheim auf Finsbrekken; die Mutter und die Schwester rüsteten ihn mit Kleidern aus.

Am Tag, ehe er nach Süden reiten sollte, kam er nach Jörundhof und nahm Abschied. Dabei konnte er Kristin zuflüstern, ob sie ihn am nächsten Abend südlich von Laugarbru auf dem Weg treffen wolle: »Ich möchte doch gerne, daß wir beide allein wären, wenn wir uns zum letzten Male sehen«, meinte er. »Dünkt es dich sehr viel, worum ich dich bitte – wir sind doch wie Geschwister aufgewachsen?« sagte er, als Kristin ein wenig zögerte, ehe sie antwortete.

Da versprach sie zu kommen, wenn sie von daheim fortgehen könne. Am nächsten Morgen schneite es, aber im Laufe des Tages fing es an zu regnen, und bald waren Wege und Äcker naß und aufgeweicht. Die Nebelfetzen trieben zwischen den Höhenzügen, ab und zu sanken sie herab und ballten sich zu weißen Büscheln am Fuß der Berge zusammen, dann wurde das Wetter wieder schlechter.

Sira Eirik kam, um Lavrans beim Aufsetzen einiger Briefschaften zu helfen. Sie gingen in das Küchenhaus hinunter, denn dort war es bei solchem Wetter behaglicher als in der Großstube, wo das Feuer den Raum mit Rauch erfüllte. Die Mutter war auf Laugarbru, bei Ramborg, die im Herbst eine Fieberkrankheit durchgemacht hatte und sich jetzt auf dem Wege der Besserung befand.

So war es nicht schwer für Kristin, ungesehen vom Hof fortzukommen, aber sie wagte nicht, das Pferd zu nehmen, sondern ging zu Fuß. Geschmolzener Schnee und welkes Laub hatten die Wege in einen Morast verwandelt; es roch traurig feucht und kalt und faulig, ab und zu kam ein Windstoß und trieb ihr die Nässe mitten ins Gesicht. Sie zog die Haube gut über den Kopf, hielt den Umhang mit beiden Händen um sich fest, ging rasch vorwärts. Ein wenig ängstlich war sie – man hörte den Fluß in der schweren Luft so dumpf rauschen, und die Wolken trieben schwarz und zerrissen über die Bergkämme hin. Dann und wann blieb sie stehen und lauschte zurück, ob sie Arne hören könnte.

Nach einer Weile vernahm sie Hufschlag auf dem aufgeweichten Weg und blieb stehen, denn sie war an einer ziemlich öden Stelle, und sie dachte, hier könnten sie einander ungestört Lebewohl sagen. Gleich darauf sah sie den Reiter hinter sich. Arne sprang ab und kam, das Pferd am Zügel führend, auf sie zu.

»Es ist schön von dir, daß du kamst«, sagte er, »bei diesem häßlichen Wetter.«

»Es ist schlimmer für dich, der einen so weiten Weg reiten muß – und wie spät am Abend du aufbrichst!« entgegnete sie.

»Jon meinte, ich solle heute nacht auf Loptshof schlafen. Ich dachte, es wäre leichter für dich, um diese Tageszeit hierherzukommen.«

Sie standen eine Weile schweigend da. Kristin war es, als hätte sie nie zuvor gesehen, wie schön Arne war. Er hatte eine glatte Stahlhaube auf und darunter einen braunen Kveif, eine Kapuze aus Wolle, die das Gesicht dicht umschloß und über die Schultern hinabreichte, unter ihr sah sein schmales Gesicht so hell und hübsch aus. Sein lederner Panzer

war alt, voller Rostflecke und Schrammen von dem Harnisch, der darüber getragen worden war – Arne hatte ihn von seinem Vater erhalten –, aber er schmiegte sich seinem schlanken, geschmeidigen und starken Körper gut an. Er trug ein Schwert an der Seite und den Speer in der Hand – die anderen Waffen hingen am Sattel. Er war nun ein erwachsener Mann und sah stattlich aus.
»Erinnerst du dich, Arne, daß du mich einmal fragtest, ob mich dünkte, du seiest ein ebenso tüchtiger Mann wie Simon Andressohn? Nun will ich dir etwas sagen, ehe wir uns trennen, und zwar dies: daß du ihm an Schönheit und Gebaren ebenso überlegen bist, wie er an Geburt und Reichtum höher geschätzt wird von Leuten, die auf so etwas am meisten achten.«
»Warum sagst du mir das?« fragte Arne atemlos.
»Weil Bruder Edvin es mir ans Herz gelegt hat, daß wir Gott für seine guten Gaben danken sollen und nicht wie die Frau sein sollen, die darüber weinte, daß sie keine Schüsseln hatte, als Sankt Olav ihre Vorräte vermehrte – du sollst dich also nicht darüber grämen, daß Gott dir nicht ebensoviel Reichtum wie Gaben verliehen hat.«
»War es das, was du meintest?« fragte Arne. Und als sie schwieg, sagte er:
»Ich möchte wissen, ob du meintest, daß du lieber mit mir verheiratet wärest als mit dem andern.«
»Das möchte ich wohl«, sagte sie leise. »Dich kenne ich besser . . .«
Arne schlang die Arme um sie, so daß er ihre Füße vom Boden aufhob. Er küßte ihr Gesicht viele Male, dann aber stellte er sie wieder hin:
»Gott steh uns bei, Kristin, was für ein Kind du bist!«
Sie stand da und ließ den Kopf hängen, aber ihre Hände ruhten auf seinen Schultern. Er faßte sie um ihre Handgelenke und drückte sie:
»Ich sehe es jetzt, du Liebe, du weißt nicht, wie wund ich in meinem Herzen bin, weil ich dich verlieren soll. Kristin, wir sind doch zusammen aufgewachsen wie zwei Äpfel an einem Zweig, ich hatte dich lieb, bevor ich begriff, daß eines Tages ein anderer kommen und dich von mir brechen würde. So wahr Gott für uns alle den Tod erlitten hat – ich glaube nicht, daß ich nach diesem Tage wieder froh werden kann.«
Kristin weinte bitterlich, und er hob ihr Gesicht, so daß er sie küssen konnte.
»Sprich nicht so, mein Arne«, bat sie und streichelte ihn.
»Kristin«, sagte er leise und nahm sie wieder in die Arme. »Kannst du dir nicht vorstellen, daß du deinen Vater bitten würdest – Lavrans ist ein so guter Mann, er wird dich nicht gegen deinen Willen zwingen –, daß du ihn bitten würdest, einige Jahre warten zu dürfen – niemand weiß, wie sich das Glück für mich wenden wird –, wir sind beide noch so jung.«
»Ich muß wohl das tun, was sie daheim wollen«, sagte sie weinend. Jetzt kamen auch Arne die Tränen.
»Du weißt wohl nicht, Kristin, wie lieb ich dich habe.« Er barg das

Gesicht an ihrer Schulter. »Wüßtest du es und hättest du mich lieb, so gingst du wohl zu Lavrans und bätest herzlich . . .«

»Ich kann nicht«, schluchzte das Mädchen, »so lieb könnte ich wohl nie einen Mann haben, daß ich um seinetwillen mich meinen Eltern widersetzte.« Sie tastete mit den Händen nach seinem Gesicht unter dem Kveif und der schweren stählernen Haube. »Weine nicht so, Arne, mein liebster Freund!«

»Das hier sollst du nun haben«, sagte er nach einer Weile und gab ihr eine kleine, aus silbernen Fäden geflochtene Spange, »und denke manchmal an mich, denn ich vergesse dich und meinen Kummer nie.«

Es war fast ganz dunkel, als Kristin und Arne einander zum letztenmal Lebewohl gesagt hatten. Als er schließlich fortritt, stand sie noch da und sah ihm nach. Es leuchtete gelb aus einem Riß zwischen den Wolken, und das Licht spiegelte sich in ihren Fußstapfen, dort, wo sie beide auf dem Wege im Schmutz gestanden hatten; es sah so kalt und traurig aus, dünkte sie. Sie zog ihr Brusttuch heraus und trocknete ihr verweintes Gesicht, wandte sich um und ging heimwärts.

Sie war naß und fror und ging rasch. Nach einer Weile hörte sie jemand auf dem Weg hinter sich kommen. Sie fürchtete sich ein wenig. Es war doch denkbar, daß sich Fremde hier auf dem Weg herumtrieben, selbst an einem Abend wie diesem, und sie hatte ein Stück öden Weges vor sich; auf der einen Seite stieg schwarzes Geröll schroff an, und auf der anderen Seite fiel der Hang steil ab mit Föhrenwald bis ganz hinunter zu dem bleigrauen Fluß unten auf der Talsohle. Deshalb war sie froh, als der Mann hinter ihr sie beim Namen rief; sie blieb stehen und wartete.

Es war ein langer, dünner Mensch in dunklem Gewand mit helleren Ärmeln, als er näher kam, sah sie, daß er priesterlich gekleidet war und einen leeren Ranzen auf dem Rücken trug. Nun erkannte sie Bentein Priesterssohn, wie man ihn nannte – Sira Eiriks Tochtersohn. Sie bemerkte sofort, daß er stark betrunken war.

»Ja, der eine geht, und der andere kommt«, sagte er und lachte, als sie einander begrüßt hatten. »Ich begegnete gerade Arne von Brekken; ich sehe, du weinst. Nun könntest du wohl ein wenig lächeln, weil ich heimgekommen bin; auch wir sind doch von Kindesbeinen an Freunde gewesen, nicht wahr?«

»Es ist ein schlechter Tausch, dich an seiner Stelle heimzubekommen«, sagte Kristin schroff. Sie hatte Bentein nie gemocht. »Und so werden viele denken, fürchte ich. Dein Großvater war auch so froh, daß du da unten in Oslo so gut zurechtgekommen warst.«

»Ach ja«, sagte Bentein und lachte wiehernd. »Ja, zurechtgekommen, meinst du? Wie das Schwein im Weizenacker hatte ich es, Kristin – und es nahm auch das gleiche Ende, ich wurde mit Hei und Ho hinausgejagt. Ja, ja, ja, ja. Er hat keine große Freude an seinem Nachkommen, mein Großvater. Du gehst aber schnell!«

»Ich friere«, sagte Kristin kurz.

»Und ich erst«, sagte der Priester. »Ich habe nicht mehr Kleider an, als du hier siehst – meinen Mantel mußte ich gegen Bier und Essen in Lillehammer verkaufen. Du aber solltest eigentlich Wärme im Leib haben, nachdem du von Arne Abschied genommen hast – ich dächte, du solltest mich mit dir unter deinem Pelz gehen lassen ...«, und er faßte in ihren Umhang, schlang ihn über seine Schulter und drückte seinen Arm um ihren Leib.

Kristin war so überwältigt von seiner Dreistigkeit, daß es einen Augenblick währte, bis sie ihr ganz bewußt wurde. Da wollte sie sich losreißen, aber er hielt ihren Umhang fest, und der war mit einer starken Silberspange zusammengeheftet. Bentein legte wieder die Arme um sie, wollte sie küssen und kam mit seinem Mund nahe an ihr Kinn. Sie versuchte zu schlagen, aber er hielt ihre Oberarme fest.

»Ich glaube, du hast den Verstand verloren«, zischte sie wütend, während sie sich wehrte, »wagst du es wirklich, mich anzurühren, als wäre ich eine ... Das sollst du morgen bitterlich bereuen, du Lump, der du bist!«

»Oh, morgen bist du nicht so dumm«, sagte Bentein, stellte ihr ein Bein, so daß sie halb in den Schmutz des Weges fiel, und preßte ihr eine Hand auf den Mund, obwohl sie nicht daran dachte, zu schreien.

Erst jetzt begriff sie, was er zu wollen wagte, aber die Wut erfaßte sie so wild und gewaltsam, daß sie kaum Angst fühlte; sie knurrte wie ein Tier im Kampf und wehrte sich gegen den Mann, der sie zu Boden drückte, so daß das eiskalte Schneewasser ihr durch die Kleider bis an die brennendheiße Haut drang.

»Morgen bist du schon klug genug, zu schweigen«, sagte Bentein, »und wenn es sich nicht verbergen läßt, dann kannst du es auf Arne schieben, das wird man eher glauben.«

Er war mit einem Finger in ihren Mund geraten, da biß sie mit aller Gewalt zu, so daß Bentein aufschrie und losließ. Rasch wie der Blitz bekam Kristin die eine Hand frei und fuhr in sein Gesicht, drückte, so fest sie konnte, den Daumen auf seinen Augapfel; er brüllte und richtete sich auf die Knie auf. Wie eine Katze schlüpfte sie unter ihm weg, versetzte ihm einen Stoß, so daß er auf den Rücken fiel, dann lief sie davon, während der Schmutz bei jedem Sprung um sie aufspritzte.

Sie lief und lief, ohne sich umzusehen. Sie hörte Bentein nachkommen und sprang so, daß ihr das Herz im Halse klopfte, während sie leise vor sich hinjammerte und ausspähte – würde sie denn niemals nach Laugarbru kommen? Endlich war sie dort, wo der Weg über die Äcker führte, sie sah die Häuser unten am Hang beieinanderstehen und erkannte im selben Augenblick, daß sie es nicht wagte, dorthin zu laufen, wo die Mutter war – so wie sie aussah, beschmutzt von Lehm und welkem Laub vom Kopf bis zu den Füßen und mit zerrissenen Kleidern.

Sie merkte, daß Bentein ihr näher kam; da bückte sie sich und hob

zwei große Steine auf: Als er nahe genug war, warf sie; der eine traf ihn so, daß er taumelte. Da lief sie wieder und hielt nicht eher inne, bis sie auf der Brücke stand.
Bebend stand sie da und hielt sich am Geländer fest; es wurde ihr dunkel vor den Augen, und sie glaubte, sie würde bewußtlos umfallen – da aber dachte sie an Bentein, daran, daß er kommen könnte und sie finden. Zusammenschauernd vor Scham und Erbitterung ging sie weiter, aber ihre Beine vermochten sie kaum mehr zu tragen, und nun fühlte sie, daß ihr Gesicht von Nägelspuren brannte und daß sie sich Rücken und Arme wundgeschlagen hatte. Da kamen ihr die Tränen, heiß wie Feuer.
Sie wünschte, Bentein möchte durch den Stein, den sie auf ihn geworfen hatte, getötet worden sein – wünschte, sie wäre zurückgegangen und hätte ein Ende mit ihm gemacht, sie griff nach ihrem Messer, merkte jedoch, daß sie es verloren hatte.
Dann dachte sie daran, daß sie sich daheim so nicht sehen lassen dürfe; es fiel ihr ein, nach Romundhof zu gehen. Sie wollte sich bei Sira Eirik beklagen.
Aber der Priester war noch nicht von Jörundhof zurückgekommen. Im Küchenhaus traf sie Gunhild, Benteins Mutter; die Frau war allein, und da erzählte ihr Kristin, wie der Sohn mit ihr umgegangen war. Doch erwähnte sie nicht, daß sie fortgewesen war, Arne zu treffen. Als sie merkte, daß Gunhild glaubte, sie sei auf Laugarbru gewesen, ließ sie sie dabei.
Gunhild sagte nicht viel, aber sie weinte, während sie Kristins Kleider wusch und die ärgsten Risse notdürftig flickte. Und die Junge war so aufgeregt, daß sie die Blicke nicht bemerkte, die Gunhild ihr heimlich zuwarf.
Als Kristin ging, nahm Gunhild ihren Umhang und begleitete sie hinaus, ging aber zum Stall hinüber. Kristin fragte, wo sie hinwolle. »Ich werde wohl noch hinunterreiten und nach meinem Sohn sehen dürfen«, antwortete die Frau, »ob du ihn mit deinem Stein totgeschlagen hast oder wie es ihm geht.«
Es dünkte Kristin, daß sie hierauf nichts antworten könne, so sagte sie nur, Gunhild solle dafür sorgen, daß Bentein so schnell wie möglich wieder fortkomme und daß er ihr nicht mehr unter die Augen trete – »sonst spreche ich mit Lavrans darüber, und dann kannst du dir wohl denken, wie es gehen wird«.
Bentein zog denn auch knapp eine Woche später südwärts; er hatte Briefe von Sira Eirik an den Bischof von Hamar bei sich, mit der Bitte, der Bischof möchte ihm eine Beschäftigung verschaffen oder ihm in anderer Weise beistehen.

VII

Eines Tages nach Weihnachten kam Simon Andressohn ganz unerwartet nach dem Jörundhof geritten. Er entschuldigte sich, weil er so käme, ungebeten und allein, ohne Verwandte, Herr Andres sei im Auftrag des Königs in Schweden. Er selbst sei einige Zeit daheim auf Dyfrin gewesen, dort seien aber nur seine jungen Schwestern und seine Mutter, die zu Bett liege, so daß ihm die Zeit lang geworden sei und er Lust bekommen habe, hier heraufzusehen.

Ragnfrid und Lavrans dankten ihm vielmals, daß er diese lange Reise im härtesten Winter gemacht hatte. Je öfter sie Simon sahen, desto besser mochten sie ihn leiden. Er wußte in allem wohl Bescheid, was zwischen Andres und Lavrans besprochen worden war, und es wurde nun verabredet, daß sein und Kristins Verspruchsbier noch vor der Fastenzeit getrunken werden solle, wenn Herr Andres bis zu dieser Zeit heimkommen könne, andernfalls aber gleich nach Ostern.

Kristin war still und schüchtern, wenn sie mit ihrem zukünftigen Mann beisammen war; sie wußte wenig mit ihm zu sprechen. Eines Abends, als alle gegessen und miteinander getrunken hatten, bat Simon sie, mit ihm hinauszugehen und ein wenig frische Luft zu schöpfen. Da, als sie oben auf dem Altan vor der Oberstube standen, faßte er sie um den Leib und küßte sie. Später tat er das oft, wenn sie allein waren. Sie freute sich nicht darüber, aber sie ließ es geschehen, seitdem sie wußte, daß das Verspruchsfest nicht zu vermeiden war. Jetzt dachte sie an ihre Hochzeit nur noch wie an etwas, das sein mußte, und nicht wie an etwas, das sie gern wollte. Obwohl sie Simon gut leiden konnte, besonders wenn er mit anderen sprach und sie nicht anrührte oder mit ihr redete.

Sie war den ganzen Herbst über so unglücklich gewesen. Es half nichts, wie sehr sie sich auch vorsagte, daß Bentein ihr ja nichts hatte antun können; sie fühlte sich trotzdem zerstört.

Nichts konnte mehr so sein, wie es früher gewesen war, seitdem ein Mann gewagt hatte, so etwas von ihr zu wollen. Nachts lag sie wach da, brennend vor Scham, und konnte es nicht unterlassen, an alles zu denken. Sie fühlte wieder Benteins Körper an dem ihren, wie damals, als sie mit ihm kämpfte, fühlte seinen heißen Bieratem – sie mußte daran denken, was hätte geschehen können – und sie erinnerte sich, durch den ganzen Leib erschauernd, an das, was er gesagt hatte, wenn es sich nicht verbergen ließe, und daß man Arne die Schuld zuschieben würde. An ihren Blicken jagten Bilder vorbei von allem, was einem solchen Unglück nachgefolgt wäre – wenn die Leute dann von ihrer Begegnung mit Arne erfahren hätten – wenn ihr Vater und ihre Mutter so etwas von Arne geglaubt hätten, und Arne selbst! – Sie sah ihn, wie sie ihn an jenem letzten Abend gesehen hatte, und sie fühlte, wie sie vor ihm zusammenbrach, nur weil es hätte *sein können*, daß sie ihn in Kummer und Schande mit sich hinabgezogen hätte. Und

dann träumte sie so häßlich. Sie hatte Worte wie Fleischeslust und Versuchung des Fleisches in der Kirche und aus der Heiligen Geschichte gehört, aber sie hatten ihr nichts gesagt. Nun war es Wirklichkeit für sie geworden, daß sie selbst und alle Menschen einen sündigen, fleischlichen Körper hatten, der die Seele einschnürte und mit harten Fesseln in sie einschnitt.
Dann dachte sie sich aus, wie sie Bentein getötet oder geblendet haben würde. Die einzige Erleichterung für sie war, in Racheträumen gegen diesen häßlichen, dunklen Mann zu schwelgen, der ihren Gedanken immer im Wege stand. Aber es half nie lange; nachts lag sie neben Ulvhild und weinte heiße Tränen über all das, was ihr mit Gewalt angetan worden war. Bentein hatte es doch erreicht, die Jungfräulichkeit ihres Gemütes zu zerbrechen.
Am ersten Werktag nach der Weihnachtszeit waren alle Frauen auf Jörundhof im Küchenhaus beschäftigt; auch Ragnfrid und Kristin waren den größten Teil des Tages dort gewesen. Spät am Abend, als einige von den Frauen nach dem Backen aufräumten und andere das Nachtmahl bereiteten, kam die Stallmagd hereingestürzt, sie schrie und schlug die Hände zusammen.
»Jesus, Jesus, hat man je solche Not vernommen – nun fahren sie Arne Gyrdssohn tot auf einem Schlitten heim – Gott stehe Gyrd und Inga in diesem Elend bei!«
Es kam ein Mann herein, der in einer Hütte weiter unten am Wege wohnte, und mit ihm Halvdan. Diese beiden waren dem Leichenzug begegnet.
Die Frauen sammelten sich um sie. Ganz außen im Kreis stand Kristin, bleich und bebend. Halvdan, Lavrans' Reitknecht, der Arne gekannt hatte, seit dieser ein Knabe gewesen war, weinte laut, während er erzählte:
Es war Bentein Priesterssohn gewesen, der Arne getötet hatte. Am Neujahrsabend hatten die Leute des Bischofs in der Stube der Reisigen beieinander gesessen und getrunken, und da war Bentein gekommen; er war nun Schreiber beim Priester der Pfründe des Heiligen Leibes geworden. Die Leute wollten ihn zuerst nicht hereinlassen, da hatte er Arne daran erinnert, daß sie aus der gleichen Gemeinde waren. Arne ließ ihn neben sich sitzen, und sie hatten getrunken. Aber dann waren sie in Streit geraten, Arne war so stürmisch aufgefahren, daß Bentein ein Messer vom Tisch ergriffen und es Arne in die Kehle und mehrere Male in die Brust gerannt hatte. Arne war fast sofort tot.
Der Bischof hatte sich dieses Unglück sehr zu Herzen gehen lassen; er hatte selbst für die Leiche gesorgt und dafür, daß sie von seinen eigenen Leuten den langen Weg heimgefahren wurde. Bentein ließ er in Ketten legen, stieß ihn aus der Kirche aus, und wenn er nicht schon gehängt ist, so sollte er es werden.
Halvdan mußte es mehrere Male erzählen, sooft neue Leute dazukamen. Auch Lavrans und Simon kamen ins Küchenhaus herüber,

als sie die Unruhe und die Aufregung im Hof bemerkten. Lavrans war sehr erregt; er befahl, sie sollten sein Pferd satteln, denn er wollte sofort nach Brekken hinüberreiten. Als er gehen wollte, fiel sein Blick auf Kristins weißes Gesicht.

»Vielleicht willst du mit mir kommen?« fragte er. Kristin zögerte ein wenig; sie schauerte zusammen, dann aber nickte sie, denn sie brachte kein Wort heraus.

»Ist es nicht zu kalt für sie?« meinte Ragnfrid. »Morgen ist ja Nachtwache, und da gehen wir wohl alle hin ...«

Lavrans sah seine Frau an; er gewahrte auch Simons Gesicht, da trat er zu Kristin und faßte sie um die Schulter.

»Sie ist seine Ziehschwester, mußt du bedenken«, sagte er. »Vielleicht will sie Inga gerne helfen, die Leiche aufzubahren.«

Und obwohl Kristins Herz von Verzweiflung und Angst wie zusammengeschnürt war, wurde sie warm vor Dankbarkeit gegen ihren Vater für diese Worte.

Ragnfrid wollte nun, daß erst die Abendgrütze gegessen werde, wenn Kristin mitsollte. Sie wollte ihnen auch Geschenke für Inga mitgeben – ein neues Leinenlaken, Wachslichte und frisch gebackenes Brot; Inga sollten sie sagen, daß sie selbst kommen und bei dem Leichenbegängnis helfen wolle.

Es wurde wenig gegessen, aber viel gesprochen in der Stube, während das Essen auf dem Tisch stand. Der eine erinnerte den anderen an die Prüfungen, die Gott Gyrd und Inga auferlegt hatte. Ihren Hof hatten Steinlauenen und Überschwemmungen zerstört, und ihre älteren Kinder waren gestorben, so daß alle Geschwister Arnes noch klein waren. Nun hatten sie einige Jahre hindurch Glück gehabt, seit der Bischof den Gyrd auf Finsbrekken als Vertrauensmann eingesetzt hatte, und die Kinder, die sie hatten behalten dürfen, waren hübsch und vielversprechend geworden. Allein die Mutter liebte Arne viel mehr als alle die anderen.

Die Leute bedauerten auch Sira Eirik. Der Priester war geachtet und beliebt, und die Leute in der Gemeinde waren stolz auf ihn, er war wohlgeehrt und tüchtig und hatte in all den Jahren, die er bei der Kirche gewesen war, nicht einen Feiertag oder eine Messe oder einen der kirchlichen Dienste, zu denen er verpflichtet war, versäumt. In seiner Jugend war er Kriegsmann unter Graf Alv av Tornberg gewesen, hatte aber das Mißgeschick gehabt, einen sehr hochgeborenen Mann zu töten, und hatte dann beim Bischof von Oslo Zuflucht gesucht; als dieser merkte, welche Begabung für Bücherweisheit er besaß, hatte er ihn in die Priesterschule aufgenommen. Und hätte er nicht noch stets wegen dieses alten Totschlags Feinde gehabt, würde Sira Eirik wohl nicht für ewig an dieser kleinen Kirche hängengeblieben sein. Allerdings war er sehr geldgierig, sowohl für seinen eigenen Beutel als für den seiner Kirche. Diese war jetzt aber auch sehr wohl ausgestattet mit Geräten und Gewändern und Büchern, und er selbst hatte diese Kinder – er hatte nie etwas anderes als Kummer und Mühe von seinen Nachkommen gehabt. In den Gemeinden auf dem Lande fanden die Leute es unvernünftig, daß die Priester wie Mönche leben sollten, da sie doch auf den Höfen Frauenhilfe nötig hatten und für ihre eigene Versorgung auch wohl eine Frau brauchen konnten, angesichts der weiten und schweren Reisen, die sie im Kirchspiel machen mußten, und dies bei jedem Wetter. Die Leute erinnerten sich auch, daß es noch gar nicht so lange her war, daß die Priester in Norwegen verheiratet waren. Deshalb hatte es niemand Sira Eirik groß zur Last gelegt, daß er drei Kinder von der Schaffnerin hatte, die in seinen jüngeren Jahren bei ihm gewesen war. Aber an diesem Abend sagten sie doch, es sähe so aus, als wollte Gott Eirik für dieses sein Buhlenleben strafen, da seine Kinder und Kindeskinder ihm so viel Böses zufügten. Und einige meinten, es sei wohl auch ein guter Sinn darin, daß ein Priester nicht Frau und Kinder haben dürfe – denn nun müsse wohl Feindschaft und Ärgernis zwischen dem Priester und den Leuten auf Finsbrekken entstehen; sie waren vorher die besten Freunde gewesen.

Simon Andressohn wußte viel von Benteins Leben und Treiben in Oslo und erzählte davon. Bentein war Schreiber beim Propst der Mariakirche geworden und galt für einen geschickten Burschen. Es gab auch viele Frauen, die ihn gut leiden konnten – er hatte jene gewissen Augen, und dann ging sein Mund ununterbrochen. Einige fanden, er sei ein schöner Mann – das waren meist solche Frauen, die sich von ihren Männern betrogen glaubten, und dann junge Mädchen, solche, die es gerne mochten, daß die Männer frei gegen sie waren. Simon lachte – ja, sie begriffen wohl? Na, Bentein war da sehr schlau, er trat dieser Art Frauen nicht zu nahe; mit denen hatte er es nur mit Worten. Um ihn entstand das Gerücht, daß er ein Reiner sei. Nun war es aber so, daß König Haakon selbst ein frommer und sittenstrenger Herr war, und er wollte gerne seine Männer zu Zucht und geziemendem Wandel anhalten, die jungen wenigstens; über die anderen hatte er wohl kaum Gewalt. Und es zeigte sich, daß der Priester des Königsgefolges alle Streiche, die die jungen Gesellen im geheimen ausheckten und mitmachten – Zechgelage, Glücksspiel, Trinkereien und ähnliches –, erfuhr, und die tollen Köpfe mußten beichten und büßen und bekamen harte Zurechtweisung, ja, zwei oder drei der wildesten Gesellen wurden fortgejagt. Dann aber kam es schließlich auf, daß es dieser Fuchs – Bentein secretarius – war, der heimlich in allen Wirtshäusern und noch schlimmeren Häusern aus und ein gegangen war; er nahm den Dirnen die Beichte ab und erteilte ihnen die Absolution.

Kristin saß an der Seite der Mutter; sie versuchte zu essen, damit niemand merken sollte, wie es um sie stand, aber ihre Hand zitterte, sie verschüttete bei jedem Löffel etwas von dem Brei, und die Zunge lag ihr so dick und schwer im Munde, daß sie die Brotbissen nicht hinunterschlucken konnte. Als aber Simon anfing, von Bentein zu sprechen, mußte sie aufhören, so zu tun, als ob sie äße; sie hielt sich mit den Händen an der Bank fest – Schrecken und Entsetzen packten sie so, daß ihr schwindlig und übel wurde. Er war es gewesen, der sie ... Bentein und Arne, Bentein und Arne. Krank vor Ungeduld wartete sie darauf, daß sie mit dem Essen fertig wären. Sie sehnte sich danach, Arne zu sehen, Arnes schönes Antlitz, sehnte sich danach, hinzuknien und zu trauern und alles andere vergessen zu dürfen.

Als die Mutter ihr in die warmen Hüllen half, küßte sie die Tochter auf die Wange. Kristin war jetzt nur wenig an Liebkosungen von ihrer Mutter gewöhnt; sie taten so gut – sie lehnte den Kopf einen Augenblick auf Ragnfrids Schulter, aber sie konnte nicht weinen.

Als sie auf den Hofplatz hinaustrat, sah sie, daß noch andere mitkommen wollten – Halvdan, Jon von Laugarbru und Simon und sein Knecht. Es verursachte ihr eine unerhörte Qual, daß die beiden Fremden mit dabeisein sollten.

Der Abend war beißend kalt, und der Schnee schrie unter den Füßen; die Sterne funkelten dicht wie Reif an dem schwarzen Himmel. Als sie ein Stückweit geritten waren, hörten sie Geschrei und Gejohle und rasendes Hufgetrappel aus südlicher Richtung – etwas weiter oben kam der ganze Haufen hinter ihnen hergerast und sprengte vorbei, daß es in den Metallteilen klirrte und der Dunst der dampfenden, bereiften Pferdeleiber ihnen entgegenschlug, als sie selbst in den Schnee hinausreiten mußten. Halvdan rief der wilden Schar etwas zu – es waren die jungen Leute von den Höfen südlich im Tal; sie feierten noch Weihnachten und waren draußen, um ihre Pferde zu erproben. Einige, die zu betrunken waren, um überhaupt von sich zu wissen, sprengten donnernd und brüllend weiter, während sie auf ihre Schilde hämmerten. Aber einige begriffen die Nachricht, die Halvdan ihnen zurief; sie sonderten sich von der Schar ab, wurden still, schlossen sich Lavrans' Gefolge an und flüsterten mit den Männern in der hintersten Reihe.

Sie ritten weiter, bis sie Finsbrekken auf dem Hügel jenseits des Silsbaches sahen. Es war hell zwischen den Häusern – mitten auf dem Hofplatz hatten die Leute Kienfackeln in einen Schneehaufen gesteckt, und der Feuerschein lag rot auf dem weißen Hang, während die dunklen Balkenhäuser aussahen, als seien sie mit frischem Blut bestrichen. Eine kleine Schwester Arnes stand draußen und stampfte mit den Füßen, die Arme hatte sie unter dem Umhang verschränkt. Kristin küßte das verweinte, verfrorene Kind. Ihr Herz war schwer wie Stein, und es war, als hätte sie Blei in den Gliedern, als sie die Treppe zum oberen Stockwerk hinaufstieg, wo sie ihn aufgebahrt hatten.

Gesang und der Glanz von vielen brennenden Kerzen trafen sie in der Tür. Mitten im Raum stand der Sarg, in dem er heimgebracht worden war, mit einem Laken bedeckt; man hatte Bohlen über Böcke gelegt und den Sarg daraufgestellt. Zu Häupten stand ein junger Priester mit

einem Buch in den Händen und sang; ringsherum knieten die Leute, die Gesichter von den dicken Mänteln verhüllt.
Lavrans zündete sein Wachslicht an einer der brennenden Kerzen an, befestigte es auf dem Brett und kniete nieder. Kristin wollte desgleichen tun, brachte aber ihre Kerze nicht zum Stehen; da griff Simon zu und half ihr. Solange der Priester las, lagen alle auf den Knien und murmelten seine Worte nach; der Hauch stand ihnen um den Mund – es war eisig kalt hier oben.
Als der Priester das Buch schloß und die Leute sich erhoben – es waren bereits viele Menschen versammelt –, trat Lavrans auf Inga zu. Sie starrte Kristin an und schien die Worte des Mannes kaum zu hören; stand da und hielt die Gaben, die er ihr gereicht hatte, als fühle sie nicht, daß sie etwas in der Hand halte.
»Bist du gekommen, du auch, Kristin«, sagte sie mit einer seltsamen, gezwungenen Stimme. »Du möchtest wohl gerne meinen Sohn sehen, wie er zu mir zurückgekommen ist?«
Sie stellte ein paar Lichte zur Seite, faßte Kristin mit der einen zitternden Hand am Arm und zog mit der anderen das Bahrtuch vom Antlitz des Toten.
Es war graugelb wie Lehm, und die Lippen waren bleifarben, sie standen ein wenig offen, so daß die regelmäßigen und schmalen beinweißen Zähne wie in einem spöttischen Lächeln zu sehen waren. Unter den langen Wimpern sah man ein wenig von den gebrochenen Augen, und auf den Wangen waren einige blauschwarze Flecken, mochten es nun Spuren von Hieben oder Leichenflecken sein.
»Vielleicht willst du ihn küssen?« fragte Inga wie zuvor, und Kristin beugte sich gehorsam vor und drückte ihren Mund auf die Wange des Toten. Die war feucht wie von Tau, und sie glaubte den Leichengeruch wahrzunehmen; der Körper begann in der Hitze all der Kerzen allmählich aufzutauen.
Kristin blieb liegen, die Hände auf dem Sarg, denn sie vermochte nicht aufzustehen. Inga zog das Leichentuch mehr zur Seite, so daß der breite Messerstich über dem Schlüsselbein sichtbar wurde. Dann wandte sie sich zu den Leuten und sagte mit bebender Stimme:
»Es ist wohl eine Lüge, wie ich sehe, wenn man sagt, daß die Wunde des Toten blutet, wenn der ihn berührt, der seinen Tod verursacht hat. Er ist jetzt kälter, mein Sohn, und weniger schön als damals, da du ihn zuletzt hier drunten am Wege getroffen hast. Du küssest ihn jetzt nicht gerne, sehe ich – aber ich habe gehört, daß du seinen Mund einst nicht verschmäht hast.«
»Inga«, sagt Lavrans und tritt vor, »bist du von Sinnen – redest du irre?«
»Ja, ihr seid so wacker, vornehme Leute, ihr dort auf Jörundhof – du warst allzu reich, du Lavrans Björgulfssohn, als daß mein Sohn daran zu denken wagte, in Ehren um deine Tochter zu freien – sie selbst fand wohl auch, daß sie zu gut dazu sei, die Kristin. Aber sie war nicht zu

gut dazu, ihm des Nachts auf der Landstraße nachzulaufen und mit ihm im Gebüsch zu spielen, an dem Abend, an dem er fortritt – frag sie selbst, dann werden wir sehen, ob sie zu leugnen wagt, warum Arne hier tot liegt. – Sie mit ihrer Liederlichkeit hat das verschuldet ...«

Lavrans fragte nicht; er wandte sich an Gyrd:

»Du mußt dein Weib zügeln – sie ist von Sinnen.«

Aber Kristin hob ihr bleiches Antlitz und blickte verzweifelt um sich: »Ich traf Arne an jenem letzten Abend, denn er hatte mich darum gebeten. Aber es geschah nichts zwischen uns, das unrecht gewesen wäre.« Und es schien, daß sie sich sammelte und ganz begriff, sie rief laut: »Ich weiß nicht, was du meinst, Inga – verleumdest du Arne, der hier liegt – nie hat er mich versuchen oder mich verlocken wollen.«

Aber Inga lachte laut auf:

»Nein, Arne, nein? Aber der Priester Bentein – er ließ dich nicht so mit sich spielen. Frag nur Gunhild, Lavrans, die den Schmutz vom Rücken deiner Tochter abgewaschen hat, und frage einen jeden, der am Neujahrsabend in der Leutestube des Bischofs war, als Bentein Arne verspottete, weil er sie hatte gehen lassen und sich zu ihrem Narren gemacht hatte. Da nahm sie Bentein mit unter ihren Pelz und ging mit ihm heimwärts und wollte mit ihm das gleiche Spiel spielen ...«

Lavrans packte sie bei der Schulter und legte ihr die Hand auf den Mund:

»Schaff sie hinaus, Gyrd. Schandbar ist es, daß du so an der Leiche dieses guten Burschen redest – aber wenn auch alle deine Kinder tot hier lägen, so will ich doch nicht dastehen und zuhören, wie du über das meine lügst – du, Gyrd, wirst verantworten, was dieses wahnsinnige Weib sagt.«

Gyrd nahm seine Frau und wollte sie wegführen, aber zu Lavrans sagte er:

»Es ist wahr, sie sprachen über Kristin, Arne und Bentein, als mein Sohn das Leben verlor. Es ist begreiflich, daß du nichts davon gehört hast, aber im Herbst ging das Gerede hier im Tal ...«

Simon hieb sein Schwert in die zunächst stehende Kleidertruhe:

»Nein, gute Leute, nun mögt ihr etwas anderes zu reden finden an dieser Bahre als über meine Braut. Priester, könnt Ihr denn nicht diese Leute im Zaume halten, so daß es hier nach Brauch und Sitte zugeht?«

Der Priester – Kristin sah nun, daß es der jüngste Sohn auf Uldsvolden war, der zu Weihnachten nach Hause gekommen war – öffnete das Buch und stellte sich an der Bahre auf. Aber Lavrans rief, jene, die über seine Tochter geredet hätten, und wer es nun auch sei, sollten ihre Worte wieder hinunterschlucken müssen, und Inga schrie:

»Ja, nimm mein Leben, du, Lavrans, der mir all meinen Trost und meine Freude genommen hat – und richte ihre Hochzeit mit diesem

Ritterssohn aus, aber die Leute wissen doch, daß sie auf der Landstraße Benteins Weib wurde – hier« – sie warf das Laken, das Lavrans ihr gegeben hatte, Kristin quer über die Bahre zu, »ich brauche Ragnfrids Leinwand nicht, um Arne in die Erde zu betten – mach dir eine Frauenhaube daraus, oder hebe es auf, um deinen Strauchbalg dareinzuhüllen – und gehe hinunter und hilf Gunhild über den gehenkten Burschen trauern.«

Lavrans, Gyrd und der Priester faßten Inga. Simon versuchte Kristin, die über der Bahre lag, aufzuheben. Da schob sie seinen Arm heftig zurück, richtete sich auf die Knie auf und rief laut:

»Gott, mein Erlöser, hilf mir, dieses ist unwahr!«

Sie streckte die Hand aus und hielt sie über das ihr zunächst stehende Licht an der Totenbahre.

Es sah aus, als ducke sich die Flamme und weiche zur Seite – Kristin fühlte aller Augen auf sich gerichtet – es dünkte sie, dies währe eine lange Zeit. Da verspürte sie plötzlich einen brennenden Schmerz in der Handfläche, und mit einem gellenden Schrei fiel sie rücklings zu Boden.

Sie glaubte selbst, daß sie ohnmächtig sei, aber sie fühlte, daß Simon und der Priester sie aufhoben. Inga schrie etwas, sie sah ihres Vaters entsetztes Gesicht und hörte den Priester rufen, es dürfe niemand diese Probe anrechnen, so könne man Gott nicht zum Zeugnis reizen. Da trug Simon sie hinaus und die Treppe hinunter. Simons Knecht lief in den Stall, und gleich darauf saß Kristin, immer noch halb besinnungslos, vor Simon im Sattel, eingehüllt in seinen Umhang, während er, so schnell das Pferd vermochte, ins Tal hinunterritt.

Sie waren fast bei Jörundhof angelangt, als Lavrans sie einholte. Der Rest ihres Gefolges kam weit hinten donnernd ihnen nach.

»Sag nichts zu deiner Mutter«, sagte Simon, als er sie an der Haustür absetzte. »Wir haben heute abend schon zuviel verrücktes Gerede gehört; es ist kein Wunder, daß du zum Schluß den Verstand verloren hast.«

Ragnfrid lag wach, als sie hineinkamen, und fragte, wie es bei der Leichenwache gewesen sei. Simon ergriff das Wort und antwortete für sie alle. Ja, es seien viele Kerzen und viele Leute dagewesen. – Ja, es sei ein Priester dagewesen – Tormod von Uldsvolden –, über Sira Eirik habe er gehört, daß er bereits am Abend nach Hamar geritten sei, auf diese Weise käme man über die Schwierigkeiten mit dem Leichenbegräbnis hinweg.

»Wir müssen eine Messe für den Jungen lesen lassen«, sagte Ragnfrid. »Gott stärke Inga, sie wird hart geprüft, die gute, tüchtige Frau.«

Lavrans fiel in den Ton ein, den Simon angestimmt hatte, und bald darauf sagte Simon, nun sollten sie alle schlafen gehen: »Denn Kristin ist müde und traurig.«

Nach einer Weile, als Ragnfrid eingeschlafen war, warf sich Lavrans ein Kleidungsstück um, ging hinüber und setzte sich auf das Bett sei-

ner Töchter. Er suchte Kristins Hand im Dunkeln und sagte sehr milde:
»Nun mußt du mir sagen, Kind, was wahr ist und was Lüge ist an dem Gerede von Inga!«
Schluchzend berichtete Kristin alles, was an jenem Abend geschehen war, als Arne nach Hamar ritt. Lavrans sagte nicht viel. Da kroch Kristin näher an ihn heran, schlang ihre Arme um seinen Hals und jammerte leise:
»Ich bin trotzdem schuld an Arnes Tod – es ist doch wahr, was Inga sagte.«
»Arne selbst bat dich, ihn zu treffen«, sagte Lavrans und zog das Webstück um die nackten Schultern der Tochter. »Unbedacht war es wohl von mir, daß ich euch soviel beieinander sein ließ, aber ich glaubte, der Junge wäre verständiger. Ich will euch nicht anklagen – ich verstehe, daß diese Dinge für dich schwer zu tragen sind. Obwohl ich nie gedacht hätte, daß eine meiner Töchter in schlechten Ruf hier im Tale kommen würde – und schlimm wird es für deine Mutter sein, wenn sie davon erfährt. Daß du aber damit zu Gunhild gingst und nicht zu mir, das war so unklug, daß ich nicht begreifen kann, wie du dich so dumm anstellen konntest.«
»Ich vermag nicht mehr hier im Tal zu bleiben«, sagte Kristin weinend, »ich wage keinem Menschen mehr in die Augen zu sehen – und dann all das, was ich nun denen auf Romundhof und auf Finsbrekken angetan habe . . .«
»Ja, sie müssen nun dafür sorgen, Gyrd und auch Sira Eirik«, sagte Lavrans, »daß diese Lügen über dich mit Arne begraben werden. Im übrigen ist es Simon Andressohn, der dich in dieser Sache am besten verteidigen kann«, sagte er und streichelte sie im Dunkeln. »Findest du nicht, daß er diese Sache schön und verständig aufgenommen hat?«
»Vater« – Kristin drängte sich an ihn und bat angstvoll und innig –, »schickt mich ins Kloster, Vater. Doch, hör auf mich – ich habe seit langem daran gedacht, vielleicht wird Ulvhild gesund, wenn ich statt ihrer gehe. Erinnerst du dich der Schuhe, die ich heuer im Herbst für sie nähte, mit den Perlen drauf; ich stach mir die Finger so wund, sie bluteten von dem scharfen Goldfaden – ich saß da und nähte sie, denn ich dachte, es sei so schlecht von mir, daß ich meine Schwester nicht genug liebe, um Nonne zu werden und ihr dadurch zu helfen – Arne fragte mich einmal wegen des Klosters. Hätte ich damals ja gesagt, wäre dies alles nicht geschehen.«
Lavrans schüttelte den Kopf:
»Leg dich jetzt hin«, gebot er. »Du weißt selbst nicht, was du sagst, armes Kind, du. Nun mußt du zu schlafen versuchen.«
Aber Kristin lag wach und fühlte den Schmerz in ihrer verbrannten Hand, und Verzweiflung und Erbitterung über ihr Schicksal stürmten in ihrem Herzen. Wenn sie das sündigste Weib gewesen wäre,

hätte es ihr nicht schlechter ergehen können; alle wohl würden sie es glauben, nein, sie konnte nicht, vermochte nicht hier im Tal zu bleiben. Entsetzen auf Entsetzen durchflackerte sie – wenn die Mutter es erfuhr –, und nun war Blut zwischen ihnen und dem Priester ihres Kirchspiels, Feindschaft zwischen allen, die ringsum ihre Freunde gewesen waren, solange sie lebte. Die ärgste, quälendste Angst aber überfiel sie, wenn sie an Simon dachte und daran, wie er sie genommen und fortgeführt hatte und wie er daheim für sie eingetreten war und über sie verfügt hatte, als wäre sie sein Eigentum – Vater und Mutter hatten ihn gewähren lassen, als gehörte sie ihm bereits mehr an als ihnen.

Dann erinnerte sie sich an Arnes Gesicht, kalt und schrecklich war es gewesen. Sie dachte daran, daß sie letzthin, als sie die Kirche verließ, ein offenes Grab gesehen hatte, das auf einen Toten wartete. Die aufgehackten Erdschollen lagen auf dem Schnee, hart und kalt und grau wie Eisen – dorthin hatte sie Arne gebracht.

Plötzlich dachte sie an einen Sommerabend vor vielen Jahren. Sie hatte auf dem oberen Altan auf Finsbrekken gestanden, vor dem gleichen Raum, in dem sie an diesem Abend vom Schicksal zu Boden geschlagen worden war. Arne hatte mit ein paar Knaben unten auf dem Hofplatz Ball gespielt, und der Ball war zu ihr auf den Altan hinaufgeflogen. Sie hatte ihn hinter ihren Rücken gehalten und ihn nicht hergeben wollen, als Arne kam, um ihn zu holen; da wollte er ihn mit Gewalt nehmen – sie rangen miteinander, auf dem Altan und drinnen im Speicherraum zwischen den Truhen, die herabhängenden Fellsäcke mit den Kleidern schlugen ihnen an die Köpfe, wenn sie bei der Jagd daranstießen. Sie hatten gelacht und mit diesem Ball herumgetollt ...

Und es war, als stünde es erst jetzt klar vor ihr, daß er tot war und sie nie wieder sein schönes, kräftiges Gesicht sehen und seine warmen Hände fühlen sollte. Und kindisch und herzlos, hatte sie nie daran gedacht, wie es für ihn sein müsse, sie zu verlieren. Sie weinte verzweifelt und fand, sie habe ihr Unglück verdient. Dann aber mußte sie wieder an alles das denken, was noch ihrer wartete, und da weinte sie, weil es ihr doch eine zu harte Strafe schien, was alles noch über sie kommen sollte.

Simon war es, der Ragnfrid erzählte, was am Abend zuvor bei der Leichenwache auf Brekken geschehen war. Er machte nicht mehr aus der Sache, als nötig war. Aber Kristin war so verwirrt von Trauer und der durchwachten Nacht, daß sie eine ganz sinnlose Verbitterung gegen ihn empfand, weil er darüber sprechen konnte, als sei es gar nichts so Entsetzliches. Außerdem erregte es ihren heftigen Unwillen, daß die Eltern Simon sich gebaren ließen, als wäre er der Herr im Hause.

»Du glaubst nichts davon, Simon?« fragte Ragnfrid ängstlich.

»Nein«, erwiderte Simon. »Und ich denke auch nicht, daß sonst irgend jemand es glauben wird – sie kennen euch und das Mädchen und diesen Bentein, aber hier in diesem abgelegenen Tal ereignet sich ja nicht viel, über das man reden könnte; es ist ziemlich wahrscheinlich, daß die Leute sich diesen fetten Bissen nicht entgehen lassen werden. Nun, wir werden es ihnen zeigen, das Kristins Ruf zu feine Kost für den Bauernhaufen ist. Aber schlimm war es, daß sie sich so von seiner Roheit schrecken ließ und nicht sofort zu euch oder zu Sira Eirik selbst ging – ich glaube, dieser Dirnenpriester hätte sogleich versichert, daß er nichts Schlimmeres als einen unschuldigen Scherz damit gemeint habe, wenn du, Lavrans, ihn zur Rede gestellt hättest.«

Beide Eltern sagten, da habe Simon recht. Aber Kristin schrie auf und stampfte mit dem Fuß:

»Er warf mich ja zur Erde – ich weiß selbst kaum, was er mit mir machte – ich war ganz außer mir, ich erinnere mich an nichts mehr – alles, was ich weiß, ist daß es leicht so sein kann, wie Inga sagt – ich bin seitdem keinen Tag mehr gesund und froh gewesen.«

Ragnfrid schrie und schlug die Hände zusammen, Lavrans fuhr auf – auch Simons Gesicht veränderte sich; er sah sie scharf an, ging zu ihr hin und hob ihr das Kinn. Dann lachte er:

»Gott bewahre dich, Kristin – du würdest dich schon erinnern, wenn er dir etwas getan hätte. Es ist ja kein Wunder, daß du traurig warst und dich nicht wohl fühltest seit dem Unglücksabend, an dem du so böse erschreckt wurdest – sie, die früher nur Güte und Wohlwollen begegnet ist«, sagte er zu den anderen. »Das kann ja jeder Mensch, der nicht böse gesinnt ist und nicht lieber Böses als Gutes glaubt, an ihren Augen sehen, daß sie Jungfrau ist und nicht Weib.«

Kristin sah ihrem Bräutigam in die kleinen, festblickenden Augen. Sie hob die Hände halb empor – wollte sie ihm um den Hals legen. Da sagte er wieder:

»Du darfst nun nicht glauben, Kristin, daß du das nicht wieder vergessen könntest. Es ist nicht meine Absicht, mich jetzt sofort mit dir auf Formo niederzulassen, so daß du nie aus diesem Tal herauskommst. Keines Menschen Haar und Sinn haben die gleiche Farbe bei Regen wie bei Sonnenschein, sagte der alte König Sverre, als man den Birkebeinern vorwarf, daß sie im Glück großspurig geworden seien.«

Lavrans und Ragnfrid lächelten – es belustigte sie, zu hören, wie der junge Mann redete, als sei er ein weiser, alter Bischof. Simon fuhr fort: »Es würde sich schlecht schicken, dich, der mein Schwiegervater werden soll, zu belehren, aber das wage ich vielleicht zu sagen, daß wir strenger gehalten wurden, meine Geschwister und ich; wir durften nicht so frei mit dem Gesinde des Hauses verkehren, wie ich Kristin habe tun sehen. Meine Mutter pflegte zu sagen, wer mit Häuslerkindern spielt, der bekommt schließlich gerne Läuse – und etwas Wahres ist daran.«

Lavrans und Ragnfrid schwiegen dazu. Aber Kristin wandte sich weg, und die Lust, Simon Darre zu umarmen, die sie einen Augenblick lang gefühlt hatte, war ihr ganz vergangen.

Gegen Mittag nahmen Lavrans und Simon ihre Schneeschuhe und gingen hinaus, um nach einigen Fallen droben im Walde zu sehen. Draußen war nun schönes Wetter, Sonnenschein und keine so große Kälte mehr. Beiden Männern tat es wohl, all der Trauer und dem Weinen daheim zu entkommen, und sie gingen deshalb immer weiter, bis über die Baumgrenze hinauf.

Sie rasteten unter einem Felsen in der Sonne und aßen und tranken; dann sprach Lavrans ein wenig von Arne – er hatte viel von dem Burschen gehalten. Simon stimmte mit ein, lobte den Toten und sagte, ihn dünke es nicht verwunderlich, daß Kristin um ihren Pflegebruder trauere. Da sagte Lavrans, man sollte sie vielleicht nicht so drängen, sondern ihr ein wenig Zeit gönnen, um zur Ruhe zu kommen, ehe sie das Verspruchsfest feierten. Sie hätte davon gesprochen, daß sie gerne einige Zeit ins Kloster gehen wolle.

Simon richtete sich auf und pfiff vor sich hin.

»Dir ist das nicht recht?« fragte Lavrans.

»Doch, doch«, antwortete der andere schnell. »Dies dünkt mich der beste Rat, lieber Schwiegervater. Gib sie ein Jahr zu den Schwestern in Oslo – da mag sie dann lernen, wie die Leute draußen in der Welt übereinander reden. Ich kenne ein paar von den Jungfrauen, die dort sind«, sagte er und lachte. »Die würden sich nicht hinlegen und sterben vor Kummer darüber, daß zwei närrische Burschen sich um ihretwillen totschlagen. Nicht, daß ich eine solche zur Frau haben möchte – aber ich glaube nicht, daß es Kristin zum Schaden gereichen würde, neue Menschen zu sehen.«

Lavrans packte den Rest des Essens in den Ranzen und sagte, ohne den jungen Mann anzusehen:

»Du hast Kristin lieb, dünkt mich.«

Simon lachte ein wenig und sah Lavrans nicht an:

»Du kannst mir glauben, ich habe sie gern – und dich auch«, sagte er rasch und kurz, stand auf und nahm seine Schneeschuhe. »Ich bin keiner begegnet, mit der ich lieber verheiratet sein möchte.«

Kurz vor Ostern, solange noch Schlittenbahn im Tal und über den Mjössee war, reiste Kristin zum zweitenmal nach Süden. Simon kam nach Jörundhof, um sie ins Kloster zu begleiten – so reiste sie nun mit Vater und Bräutigam und fuhr im Schlitten, eingehüllt in Pelze, und hinter ihnen folgten die Knechte und der Schlitten mit ihrer Kleidertruhe und mit Gaben, Lebensmitteln und Rauchwerk für die Äbtissin und die Schwestern in Nonneseter.

DER KRANZ

I

Aasmund Björgulfssohns Kirchenboot fuhr eines Sonntags früh gegen Ende April an der Spitze der Hauptinsel vorüber, während die Glokken in der Klosterkirche läuteten und es über die Bucht her mit Glokkenklang aus der Stadt antwortete, stärker und schwächer, je nachdem, wie der Wind die Töne herübertrug.

Der Himmel war hoch und weißblau mit hellen, geriffelten, darüber hingewehten Wölkchen, und die Sonne glitzerte unruhig auf dem krausen Wasser. Am Strand entlang war es ganz frühjährlich, die Äcker waren fast schneefrei, und auf dem Gebüsch lagen blaue Schatten und gelblicher Glanz. Aber droben auf den Höfen, im Fichtenwald, der wie ein Rahmen rings um die Höfe von Aker lag, sah man noch Schnee, und auf den fernen blauen Bergen westlich, jenseits des Fjords, grinsten noch viele weiße Streifen.

Kristin stand vorn im Boot mit dem Vater und mit Gyrid, Aasmunds Weib. Sie blickte der Stadt mit allen den hellen Kirchen und Steinhäusern entgegen, die sich über dem Gewimmel von graubraunen Baumgärten und nackten Laubkronen erhoben. Der Wind spielte mit ihren Mantelzipfeln und zerrte ihr Haar unter der Haube hervor.

Auf Skog hatte man am Tag zuvor das Vieh auf die Weide gelassen, und da hatte sie sich wieder so nach Jörundhof heimgesehnt. Es dauerte noch lange, bis sie dort das Vieh hinauslassen konnten – weich und mitleidig sehnte sie sich nach den wintermageren Kühen in den dunklen Ställen; sie mußten noch lange warten und sich gedulden. Die Mutter, Ulvhild, die in allen diesen Jahren jede Nacht in ihren Armen geschlafen hatte, die kleine Ramborg – sie sehnte sich so sehr nach ihnen; nach allen Leuten daheim sehnte sie sich und nach den Pferden und den Hunden, nach Kortelin, den Ulvhild haben sollte, während sie fort war, und nach des Vaters Falken, die mit der Haube über dem Kopf auf ihren Stangen saßen, und an die Handschuhe aus Pferdeleder dachte sie, die man anzog, wenn man die Falken auf die Hand setzte, und an die elfenbeinernen Stäbe, mit denen man sie kraulte.

Es war, als sei all das Böse des letzten Winters so weit entfernt, und sie erinnerte sich ihrer Heimat nur so, wie sie vorher gewesen war. Sie hatten ihr auch gesagt, daß keiner in der Gemeinde so Schlimmes von ihr glaube. – Auch Sira Eirik glaubte es nicht; er war zornig und sorgenvoll über das, was Bentein getan hatte. Bentein war aus Hamar

entkommen; es hieß, daß er nach Schweden geflohen sei. Es lag also nicht so viel Grauenhaftes zwischen ihnen und dem Nachbarhof, wie sie befürchtet hatte.
Auf der Reise waren sie in Simons Heim zu Gast gewesen, und sie war mit seiner Mutter und seinen Geschwistern bekannt geworden – Ritter Andres war noch in Schweden. Es hatte ihr dort nicht gefallen, und ihr Widerwillen gegen die Leute auf Dyfrin war um so stärker, je weniger sie einen vernünftigen Grund dafür wußte. Auf dem ganzen Wege dorthin hatte sie sich selbst gesagt, daß die Leute dort keine Ursache hätten, hochmütig zu sein und sich für besser zu halten als Lavrans' Geschlecht – niemand hatte etwas von Reidar Darre, dem Birkebeiner, gewußt, bevor ihm König Sverre die Witwe des Lehensmannes auf Dyfrin als Ehefrau verschafft hatte. Aber sie waren durchaus nicht hochmütig, und Simon erzählte selbst eines Abends von seinem Vorfahren: »Ich habe es nun für gewiß erfragt, daß er Kammmacher gewesen sein soll – du kommst also in ein fast königliches Geschlecht, Kristin«, sagte er.
»Hüte doch deine Zunge, mein Sohn«, sagte seine Mutter, aber sie lachten alle miteinander. Es tat ihr so entsetzlich weh, wenn sie an ihren Vater dachte, er lachte viel, sobald Simon die geringste Ursache dazu gab – ihr dämmerte die Ahnung, der Vater hätte vielleicht gerne etwas mehr in seinem Leben gelacht. Aber sie mochte es nicht, daß er Simon so gut leiden konnte.
Über Ostern waren sie alle auf Skog gewesen. Sie hatte gemerkt, daß der Oheim ein strenger Hausvater gegen seine Bauern und sein Gesinde war – der und jener hatte sie nach ihrer Mutter gefragt und liebevoll von Lavrans gesprochen; sie hatten bessere Tage gehabt, als er noch hier wohnte. Aasmunds Mutter, Lavrans' Stiefmutter, lebte in einem Haus für sich allein auf dem Hof, sie war nicht so sehr alt, aber kränklich und schwach. Lavrans hatte daheim selten von ihr gesprochen. Einmal, als Kristin fragte, ob er eine böse Stiefmutter gehabt habe, hatte der Vater geantwortet: »Sie hat nicht viel an mir getan, weder Gutes noch Böses.«
Kristin griff nach der Hand des Vaters, und er drückte die ihre:
»Du wirst schon froh werden, meine Tochter, bei den würdigen Schwestern – da bekommst du anderes zu tun, als dich zu uns heimzusehnen...«
Sie fuhren so nahe der Stadt dahin, daß der Geruch von Teer und gesalzenen Fischen von den Bollwerken bis zu ihnen hinausgetragen wurde. Gyrid nannte die Kirchen und Höfe und die offenen Plätze, die sich vom Wasser aus hinaufzogen – Kristin kannte nichts mehr wieder vom letzten Male, außer den schwerfälligen Türmen der Halvardskirche. Sie fuhren westlich um die ganze Stadt herum und legten beim Nonnenbollwerk an.
Kristin ging zwischen ihrem Vater und ihrem Oheim durch eine Reihe von Strandschuppen, und sie kamen auf einen Weg, der über

Äcker führte. Gyrid folgte nach, von Simon an der Hand geleitet. Die Dienstleute blieben zurück, um mit einigen Männern vom Kloster das Reisegut auf einen Karren zu laden.

Nonneseter und ganz Leiran lagen innerhalb der Stadtgrenzen, aber es standen nur da und dort einige Häuser am Wege entlang. Die Lerchen trillerten über ihren Köpfen in der blaßblauen Luft, es wimmelte von kleinen gelben Blumen auf den fahlen Lehmhängen, aber längs den Zäunen war es grün bis in die Graswurzel hinunter.

Als sie das Tor durchschritten hatten und in den Kreuzgang eintraten, kamen gerade alle Nonnen aus der Kirche ihnen entgegengezogen, Gesang und Musik strömten aus der offenen Tür heraus.

Kristin sah den vielen schwarzgekleideten Frauen mit der weißen Leinenbinde um das Gesicht ganz beklommen nach. Sie verneigte sich tief, und die Männer verbeugten sich, den Hut an die Brust gedrückt. Nach den Nonnen kam eine Schar junger Mädchen – einige waren noch Kinder – in Kleidern aus ungefärbtem Fries, mit schwarz- und weißgedrehten Gürteln um den Leib und das Haar straff mit derselben Art von schwarzweißen Schnüren zurückgeflochten. Kristin sah die jungen Mädchen unwillkürlich mit stolzer Miene an, denn sie fühlte sich schüchtern und hatte Angst, die andern könnten meinen, sie sähe dumm und bäurisch aus.

Es war so prächtig im Kloster, daß sie ganz überwältigt wurde. Alle Gebäude rings um den inneren Hof waren aus grauem Stein. Auf der Nordseite ragte die Längswand der Kirche hoch über die anderen Häuser hinaus; das Dach erhob sich in zwei Absätzen, und an der Westseite hatte sie einen Turm. Der Hofraum war mit Steinen gepflastert, und ringsum lief ein überdeckter Gang, dessen Dach von schönen Säulen getragen wurde. Mitten auf dem Platz stand eine Steinsäule der Mater Misericordiae, die ihren Mantel über ein paar kniende Menschen breitete.

Eine Laienschwester kam nun und bat sie, ihr in das Sprechzimmer der Äbtissin zu folgen. Frau Groa Guttormstochter war eine große und alte Frau, sie wäre schön gewesen, hätte sie nicht so viele Barthaare um den Mund gehabt. Ihre Stimme war tief und glich einer Männerstimme. Aber sie hatte ein gewinnendes Wesen, sprach mit Lavrans darüber, daß sie seine Eltern gekannt habe, und fragte nach seiner Frau und seinen anderen Kindern. Schließlich wandte sie sich freundlich Kristin zu:

»Ich habe viel Gutes über dich gehört, und du siehst klug und wohlerzogen aus, du wirst uns gewißlich keine Ursache zur Unzufriedenheit geben. Ich habe erfahren, daß du dem wohlgeborenen und guten Mann Simon Andressohn, den ich hier sehe, anverlobt bist – es dünkt mich ein guter Rat deines Vaters und deines Gemahles, daß sie es dir vergönnen, einige Zeit hier im Hause der Jungfrau Maria zu wohnen, so daß du lernen kannst zu gehorchen und zu dienen, ehe du eingesetzt wirst zu gebieten und anzuordnen. Nun will ich es dir ans

Herz legen, daß du lernen mögest, Freude am Gebet und an den Gottesdiensten zu finden, auf daß es dir zur Gewohnheit werde, in all deinem Tun und Treiben deines Schöpfers, Gottes milder Mutter und aller Heiligen zu gedenken, die uns das beste Vorbild gewesen sind in Stärke, Rechtschaffenheit, Treue und allen Tugenden, die du zeigen mußt, wenn du ein Heim und Gesinde regieren und Kinder erziehen sollst. Ferner wirst du auch hier in diesem Hause lernen, daß einer wohl der Zeit achten soll, denn hier hat jede Stunde ihre Bestimmung und ihre Arbeit. Viele junge Mädchen und Frauen lieben es nur allzusehr, bis spät in den Morgen hinein im Bett zu liegen, aber des Abends lange am Tisch hängenzubleiben und unnötiges Geschwätz zu führen – allein, du siehst nicht aus, als wärest du so, doch du kannst nun viel lernen in diesem Jahr, das dir hier und in der anderen Heimat Wohlergehen verschaffen wird.«

Kristin verneigte sich und küßte ihr die Hand. Danach gebot ihr Frau Groa, einer ungeheuer dicken, alten Nonne, die sie Schwester Potentia nannte, in das Refektorium der Nonnen zu folgen. Die Männer und Frau Gyrid lud sie ein, mit ihr in einer anderen Stube zu speisen.

Das Refektorium war ein schöner Raum, es hatte einen gepflasterten Boden und spitzbogige Fenster mit Glasscheiben darin. Eine Türöffnung führte in eine andere Stube, und Kristin konnte sehen, daß auch dort Fenster sein mußten, denn die Sonne schien hinein.

Die Schwestern saßen bereits am Tisch und warteten auf das Essen – die älteren Nonnen auf einer mit Polstern belegten Steinbank an der Fensterwand; die jüngeren Schwestern und die barhäuptigen Jungfrauen in ihren hellen Frieskleidern saßen auf einer Holzbank an der Außenseite des Tisches. Auch im Nebenraum war ein gedeckter Tisch, der war für die vornehmsten der Pfründnerleute und für die Laiendiener; unter ihnen waren einige alte Männer. Die Menschen trugen keine Klostertracht, waren aber doch dunkel und ehrsam gekleidet.

Schwester Potentia wies Kristin ihren Platz auf der äußeren Bank an, trat dann selbst hinter den Tisch und stellte sich in der Nähe des Hochsitzes der Äbtissin am Tischende auf – dieser stand heute leer. Alle erhoben sich, in diesem Raum und im Nebenraum, während die Schwestern das Tischgebet sprachen. Danach trat eine junge, schöne Nonne vor und stieg auf eine kleine Lesekanzel, die in der Türöffnung zwischen den beiden Sälen aufgestellt war. Und während die Laienschwestern hier drinnen, zwei der jüngsten Nonnen aber in der anderen Stube Essen und Trinken auftrugen, las die Nonne mit lauter und schöner Stimme und ohne innezuhalten oder zu stammeln die Geschichte von Sancta Theodora und Sankt Didymus vor.

Zu Anfang dachte Kristin hauptsächlich daran, bei Tisch gute Sitten zu zeigen, denn sie sah, daß alle Schwestern und Mädchen sich so fein betrugen und so zierlich aßen, als säßen sie bei dem prächtigsten Gastgelage. Es herrschte Überfluß an den besten Speisen und Getränken, aber alle versorgten sich mit Maßen und griffen nur mit den äußersten

Fingerspitzen in die Schüsseln; keine verschüttete von der Tunke, weder auf das Tuch noch auf die Kleider, und alle schnitten das Fleisch so klein, daß sie sich den Mund nicht beschmutzten, und aßen so vorsichtig, daß man keinen Laut hörte.
Kristin schwitzte vor Angst, sie könnte es nicht zuwege bringen, sich so höfisch wie die anderen zu benehmen; sie fühlte sich auch unbehaglich in ihrer bunten Tracht zwischen all den schwarzen und weißen Frauen – sie bildete sich ein, daß alle sie ansähen. Als sie nun ein Stück fetter Schafbrust essen wollte und es mit zwei Fingern am Knochen hielt, während sie mit der rechten Hand davon herunterschnitt und darauf achtete, das Messer leicht und schön zu handhaben, glitt ihr das Ganze aus der Hand; Brot und Fleisch sprangen auf das Tuch, aber das Messer fiel klirrend auf die Steinfliesen.
Man hörte es so überlaut in diesem stillen Raum. Kristin wurde rot wie Blut und wollte sich nach dem Messer bücken, aber eine Laienschwester kam auf Sandalen lautlos herbei und sammelte die Sachen zusammen. Allein Kristin vermochte nicht mehr zu essen. Sie fühlte auch, daß sie sich in den Finger geschnitten hatte, und sie hatte Angst, das Tuch blutig zu machen. So saß sie da, die Hand in einen Zipfel ihres Kleides gewickelt, und dachte daran, daß sie nun das schöne hellblaue Kleid, das sie zur Reise nach Oslo bekommen hatte, beflecke – und sie wagte nicht, die Augen von ihrem Schoß zu erheben.
Nach und nach begann sie aber doch, mehr auf das zu hören, was die Nonne vorlas. Als der Fürst die Standhaftigkeit der Jungfrau Theodora nicht zum Wanken bringen konnte – sie wollte weder den Götzen opfern noch sich vermählen lassen –, befahl er, sie solle in ein Hurenhaus geführt werden. Er ermahnte sie noch auf dem Wege dorthin, sich ihres freigeborenen Geschlechtes und ihrer ehrenhaften Eltern zu erinnern, die nun ewiger Schande preisgegeben wären, und er gelobte, sie solle in Frieden leben und Jungfrau bleiben dürfen, wenn sie in den Dienst einer heidnischen Göttin träte, die sie Diana nannten.
Theodora antwortete furchtlos: »Keuschheit ist wie eine Lampe, aber Liebe zu Gott ist die Flamme; sollte ich dem Teufelsweibe, das ihr Diana nennt, dienen, so wäre meine Keuschheit nicht mehr wert als eine rostige Lampe ohne Flamme oder Öl. Du nennst mich freigeboren, aber wir alle sind als Sklaven geboren, seit sich unsere ersten Eltern dem Teufel verkauften; Christus hat mich losgekauft, und ich bin es ihm schuldig, ihm zu dienen, ich kann mich also nicht mit seinen Feinden vermählen. Er wird seine Taube verteidigen, aber wenn er es zulassen wird, daß ihr meinen Körper, der der Tempel seines Heiligen Geistes ist, zerbrecht, so wird mir das nicht zur Schande angerechnet werden, solange ich nicht darein einwillige, sein Eigentum Feindeshänden zu überantworten.«
Kristin bekam Herzklopfen, denn dies erinnerte sie in gewisser Weise an ihre Begegnung mit Bentein – es traf sie der Gedanke, daß dies vielleicht ihre Sünde war –: sie hatte nicht einen Augenblick an Gott

gedacht oder um seine Hilfe gebetet. Und nun las Schwester Cecilia weiter von Sankt Didymus. Der war ein christlicher Ritter, bisher aber hatte er sein Christentum vor allen geheimgehalten, mit Ausnahme von ein paar Freunden. Nun ging er zu dem Haus, in dem die Maid war. Er gab der Frau, die das Haus besaß, Geld, und er war der erste, der zu Theodora hineingehen durfte. Sie flüchtete wie ein erschrockener Hase in einen Winkel, aber Didymus begrüßte sie als seine Schwester und seines Herrn Braut und sagte, er sei gekommen, sie zu befreien. Dann sprach er eine Weile mit ihr und sagte: Muß nicht der Bruder das Leben für seiner Schwester Ehre wagen? Und zum Schluß tat sie, wie er ihr gebot, tauschte die Kleider mit ihm und ließ sich in des Didymus Harnisch schnüren; er zog die Haube über ihre Augen, schlug den Mantel an ihrem Kinn hoch und bat sie, hinauszugehen, das Gesicht verborgen, wie ein Jüngling, der sich schämt, an einem solchen Ort gewesen zu sein.
Kristin dachte an Arne und hatte die größte Mühe, ihre Tränen zurückzuhalten. Sie starrte mit nassen Augen vor sich hin, während die Nonne den Schluß las – wie Didymus zur Richtstätte geführt wurde und Theodora vom Gebirge herabeilte, sich dem Scharfrichter zu Füßen warf und darum bat, an seiner Stelle sterben zu dürfen. Nun stritten sich die beiden Frommen darum, wer zuerst die Krone gewinnen sollte; da wurden sie an einem Tag enthauptet. Das war am achtundzwanzigsten April im Jahre 304 nach Christi Geburt, in Antiochia, wie Sankt Ambrosius es niedergeschrieben hat.
Als sie sich vom Tisch erhoben, kam Schwester Potentia und klopfte Kristin freundlich auf die Wange: »Ja, du sehnst dich wohl nach deiner Mutter, denke ich.« Da begannen Kristins Tränen zu rinnen. Aber die Nonne tat so, als sähe sie es nicht, und führte Kristin zu dem Raume, wo sie wohnen sollte.
Es war eine schöne Stube mit Glasfenstern und einem großen Kamin an der Schmalwand, in einem der Steinhäuser beim Kreuzgang. An der einen Längswand standen sechs Bettstellen und an der anderen die Truhen der Mädchen.
Kristin wünschte sich, mit einem der kleinen Mädchen schlafen zu dürfen, aber Schwester Potentia rief einem dicken, blonden erwachsenen Mädchen: »Hier ist Ingebjörg Filippustochter, die deine Bettgenossin sein wird – macht euch nun miteinander bekannt.« Damit ging sie.
Ingebjörg nahm Kristin gleich bei der Hand und fing zu reden an. Sie war nicht sehr groß und viel zu dick, besonders im Gesicht – ihre Augen waren ganz klein, so dicke Wangen hatte sie. Aber ihre Haut war zart, weiß und rot, und ihr Haar war gelb wie Gold und so kraus, daß die dicken Flechten sich krümmten und eindrehten wie Taue – unter dem Stirnband drängten sich stets kleine Locken hervor.
Sie hub gleich an, Kristin um viele Dinge zu befragen, wartete aber nie eine Antwort ab; statt dessen erzählte sie von sich selbst und zählte

ihre Sippe in allen Zweigen auf – es waren nur tüchtige und überaus reiche Leute. Sie war selbst einem sehr reichen und mächtigen Mann verlobt, Einar Einarssohn auf Aganaes, aber er war viel zu alt und schon zum zweiten Male Witwer; das sei ihr größter Kummer, sagte sie. Kristin konnte jedoch nicht bemerken, daß sie es schwernahm. Dann schwätzten sie ein wenig über Simon Darre – es war erstaunlich, wie genau sie ihn angesehen hatte in jenem kurzen Augenblick, als sie im Kreuzgang aneinander vorbeigegangen waren. Danach wollte sie in Kristins Truhe hineinschauen – zuerst aber schloß sie ihre eigene auf und zeigte alle ihre Kleider her. Während sie in den Truhen wühlten, kam Schwester Potentia herein – sie wies sie zurecht, es sei dies keine schickliche Sonntagsbeschäftigung. Dadurch fühlte Kristin sich wieder unglücklich – sie war nie von anderen als von ihrer eigenen Mutter zurechtgewiesen worden –, und es war etwas anderes, von Fremden ermahnt zu werden.

Ingebjörg machte sich nichts daraus. Nachdem sie am Abend sich zu Bett gelegt hatten, schwätzte sie noch, bis Kristin in Schlaf fiel. Zwei ältere Laienschwestern schliefen in einem Winkel der Stube; sie sollten auf die Mädchen achtgeben, daß sie nicht während der Nacht die Hemden ablegten, denn es verstieß gegen die Regeln, daß die Mädchen sich ganz auszogen, und sollten dafür sorgen, daß sie zur Frühmesse in der Kirche aufstanden. Aber im übrigen bekümmerten sie sich nicht darum, Ordnung im Schlafraum zu halten, und taten, als merkten sie es nicht, wenn die Mädchen wach lagen und schwätzten oder die Leckereien verzehrten, die sie in ihren Truhen verborgen hatten.

Als Kristin am nächsten Morgen geweckt wurde, war Ingebjörg schon mitten in einer langen Erzählung, so daß Kristin beinahe dachte, die andere habe die ganze Nacht hindurch geschwätzt.

II

Die fremden Kaufleute, die den Sommer über in Oslo waren und handelten, kamen im Frühling um die Zeit der Kreuzmesse in die Stadt, das war zehn Tage vor dem Halvardsfest. Zu dieser Zeit strömte das Volk von allen Ortschaften zwischen dem Mjössee und der Landesgrenze herbei, so daß es in den ersten Wochen des Maimonates in der Stadt von Menschen wimmelte. Es war am vorteilhaftesten, bei den Fremden zu kaufen, bevor sie zuviel von ihren Waren abgesetzt hatten.

Schwester Potentia verwaltete die Einkäufe in Nonneseter, und am Tage vor dem St.-Halvards-Fest hatte sie versprochen, daß Ingebjörg und Kristin mit ihr in die Stadt hinunterdürften. Aber gegen Mittag kamen einige Verwandte von Schwester Potentia ins Kloster, um sie zu besuchen; nun konnte sie an diesem Tage nicht ausgehen. Da erbettelte Ingebjörg, daß sie allein gehen dürften – obgleich das gegen die Regeln war. Zur Begleitung bekamen sie einen alten Bauern mit, einen Pfründner des Klosters; er hieß Haakon.

Kristin war nun drei Wochen in Nonneseter gewesen, und in dieser ganzen Zeit hatte sie ihren Fuß nicht aus den Höfen und Gärten des Klosters gesetzt. Sie war ganz erstaunt, wie frühjährlich es draußen geworden war. Die kleinen Haine im freien Land waren hellgrün, die Anemonen wucherten dicht wie ein Teppich zwischen den hellen Stämmen; blendende Gutwetterwolken segelten über die Inseln im Fjord dahin, und die Wasserfläche lag frisch und blau und von kleinen frühjährlichen Windstößen gekräuselt da.

Ingebjörg hüpfte dahin, brach kleine belaubte Zweige von den Bäumen, roch daran und blickte den Leuten nach, denen sie begegneten, aber Haakon wies sie zurecht – schickte es sich für eine wohlgeborene Jungfrau, die noch dazu die Klostertracht trug, sich so zu benehmen? Die Mädchen mußten einander bei der Hand fassen und dicht hinter ihm hergehen, still und sittsam, aber Ingebjörg ließ Augen und Mund wandern – Haakon war etwas schwerhörig. Auch Kristin hatte nun die Jungschwesterntracht erhalten – ein ungefärbtes, grauweißes Friesgewand mit wollenem Gürtel, einem Haarband aus Wolle und einem einfachen, dunkelblauen Umhang darüber, dessen Haube über dem Kopf getragen wurde, so daß das geflochtene Haar ganz verborgen war. Und Haakon schritt ihnen mit einem großen Stab mit Messingknopf voran. Er war in ein weites, schwarzes Gewand gekleidet, hatte ein Agnus Dei aus Blei auf der Brust und ein Bild des Sankt Christophorus auf dem Hut – sein weißes Haar und der weiße Bart waren so wohl gebürstet, daß sie wie Silber in der Sonne glänzten.

Der obere Teil der Stadt, vom Nonnenbach bis hinunter zum Bischofshof, bildete eine stille Gegend; hier gab es weder Buden noch Herbergen, die Höfe gehörten meistens großen Geschlechtern aus den ringsum liegenden Gemeinden, und die Häuser wendeten der Straße dunkle und fensterlose Balkengiebel zu. An diesem Tag aber strömten auch hier oben schon Scharen von Menschen durch die Straße, und die Dienstleute standen umher, lehnten an den Hofzäunen und schwätzten mit den Vorübergehenden.

Als sie beim Bischofshof herauskamen, herrschte ein wahres Gedränge auf dem Platz vor der Halvardskirche und dem Olavskloster – Buden waren am Grashang aufgeschlagen, und es gab Gaukler, die gelehrige Hunde durch Faßreifen springen ließen. Aber Haakon wollte nicht, daß die Mädchen stehenblieben und zusahen und daß Kristin in die Kirche ging – er sagte, es sei schöner, die Kirche beim großen Fest selber anzuschauen.

Auf dem offenen Platz bei der Klemenskirche faßte Haakon die Mädchen an der Hand, denn hier war ein großer Verkehr von all den Menschen, die von den Hafenplätzen oder von den Gassen draußen zwischen den Handelshöfen kamen. Die Mädchen wollten nach dem Miklehof, wo die Schuhmacher saßen. Denn Ingebjörg hatte zwar die

Kleider, die Kristin von daheim mitbekommen hatte, sehr gut und schön befunden, aber gesagt, das Schuhwerk, das sie aus dem Tal mitgebracht habe, könne sie nicht zum Staat gebrauchen. Und als Kristin die ausländischen Schuhe gesehen hatte, deren Ingebjörg mehrere Paare besaß, dünkte es sie, daß sie sich nicht eher zufriedengeben könne, als bis sie sich ebenfalls solche gekauft habe.

Der Miklehof war einer der größten Höfe in Oslo, er reichte vom Hafen bis hinauf zur Sutaregasse und umfaßte mit mehr als vierzig Häusern zwei große Hofplätze. Und nun waren dort noch überall Buden mit Friesdächern aufgestellt; über die Zeltdächer hinaus ragte eine Säule des Sankt Crispinus. Ein großer Verkehr von Käufern herrschte dort, Frauen liefen mit Schüsseln und Töpfen zwischen den Küchenhäusern hin und her, Kinder gerieten den Leuten zwischen die Beine, Pferde wurden aus den Ställen heraus- und andere hineingeführt, und bei den Warenschuppen trugen Knechte die Lasten aus und ein. Oben auf den Altanen rings um die Oberstockwerke, wo die feinsten Waren verkauft wurden, schrien die Schuhmacher und ihre Ladengehilfen zu den Mädchen hinunter und schwenkten kleine, bunte und goldbestickte Schuhe vor ihren Augen. Aber Ingebjörg strebte zu dem Haus, wo sie Didrek sutare wußte; er war Deutscher, hatte jedoch eine Norwegerin zur Frau und besaß ein Haus im Miklehof.

Der Alte stand da und handelte mit einem Herrn, der einen Reiseumhang trug und ein Schwert am Gürtel hängen hatte, aber Ingebjörg trat dreist vor, verbeugte sich und sagte:

»Guter Herr, wollet uns vergönnen, zuerst mit Didrek zu sprechen, wir müssen noch vor dem Abendgebet wieder in unserem Kloster sein; Ihr habt vielleicht bessere Weile?«

Der Herr grüßte und trat zur Seite. Didrek stieß Ingebjörg mit dem Ellbogen an und fragte lachend, ob sie im Kloster so viel tanzten, daß sie schon alle die Schuhe, die sie im vorigen Jahre bekommen hätte, durchgetreten habe. Ingebjörg puffte ihn wieder und sagte, die seien freilich leider noch heil, Gott bessere es, aber diese Jungfrau hier – und sie zog Kristin heran. Didrek und sein Gehilfe trugen eine Kiste auf den Altan hinaus, und nun breitete er die Schuhe vor ihnen aus, ein Paar schöner als das andere. Kristin mußte sich auf einen Schrein setzen, und er zog ihr verschiedene zur Probe an; da waren weiße Schuhe und braune und rote und grüne und blaue, Schuhe mit bemalten Absätzen aus Holz und Schuhe ohne Absätze, Schuhe mit Spangen und Schuhe mit Seidenbändern daran, Schuhe aus zwei- und aus dreifarbigem Leder. Kristin dünkte es fast, sie habe Lust auf sie alle. Aber sie waren so teuer, daß sie sich ganz entsetzte – kein einziges Paar kostete weniger als eine Kuh daheim. Der Vater hatte ihr, als er abreiste, einen Beutel mit einem halben Schalpfund Silber in abgezähltem Geld gegeben – das sollte sie als Spillgeld haben, und Kristin war dies als ein großer Reichtum erschienen. Aber sie merkte Ingebjörg an, daß diese meine, sie könne sich nichts Großartiges davon kaufen.

Ingebjörg mußte des Spaßes halber ebenfalls Schuhe anproben, das koste kein Geld, sagte Didrek lachend. Sie kaufte ein Paar laubgrüne mit roten Absätzen – mußte sie auf Borg kaufen, aber Didrek kannte ja sie und ihre Leute.
Kristin verstand jedoch, daß Didrek dies nicht sehr gerne sah und daß er sich auch ärgerte, weil der große Herr im Reiseumhang fortgegangen war – sie hatten sich zu lange mit der Anprobe aufgehalten. So wählte sie denn ein Paar absatzlose Schuhe aus leuchtendblauem, dünnem Leder; sie waren mit Silber und rosenroten Steinen verziert. Aber sie mochte die grünen Seidenlitzen daran nicht. Da sagte Didrek, diese könne er umtauschen, und er zog sie mit sich in einen Winkel zuhinterst im Speicher. Dort hatte er einen Schrein mit Seidenbändern und kleinen Silberspangen – mit diesen Dingen durften die Schuhmacher eigentlich nicht handeln –, die Bänder waren auch zu breit und die Spangen zu groß für Schuhwerk, wenigstens viele davon.
Sie mußten dies und jenes von den Kleinigkeiten kaufen, und als sie mit Didrek ein wenig süßen Wein getrunken und er ihre Einkäufe in ein Stück Fries eingeschlagen hatte, war es bereits ziemlich spät, und Kristins Beutel war sehr viel leichter geworden.
Als sie wieder auf die Straße gekommen waren, schien die Sonne ganz golden, und von all dem Verkehr in der Stadt stand der Staub wie ein heller Rauch über der Straße. Es war so warm und so schön, und die Leute kamen mit großen Sträußen jungen Laubes von Eikaberg herunter, um ihre Stuben für das Fest zu schmücken. Nun kam Ingebjörg auf den Gedanken, noch nach Gjeitabru zu gehen – es pflegte dort während des Marktes auf den Angern jenseits des Flusses so viel Lustiges zu geben, Gaukler und Spielleute – ja, Ingebjörg hatte gehört, es sei ein ganzes Schiff voll ausländischer Tiere angekommen, die unten am Strand in Buden gezeigt würden. Haakon hatte im Miklehof deutsches Bier bekommen und war sehr sanft und gutgelaunt, und als ihn nun die Mädchen unter den Arm nahmen und so schön bettelten, gab er nach, und so gingen die drei hinaus gegen Eikaberg.
Auf der anderen Seite des Flusses gab es nur wenige und kleine Höfe, die über die grünen Hügel zwischen dem Fluß und dem steilen Berghang zerstreut waren. Sie gingen am Minoritenkloster vorbei, und Kristins Herz zog sich vor Scham zusammen, denn sie erinnerte sich, daß sie im Sinn gehabt hatte, den größten Teil ihres Silbers für Arnes Seele zu opfern. Sie hatte es dem Priester in Nonneseter nicht sagen wollen; sie fürchtete, ausgefragt zu werden – sie hatte gemeint, sie könnte vielleicht zu den Barfußbrüdern auf dem Anger hinauskommen, wenn Bruder Edvin jetzt wieder in seinem Kloster wäre. Sie hätte ihn so gerne getroffen – aber sie wußte nicht recht, wie sie es am schicklichsten anfangen sollte, mit einem Mönch ins Gespräch zu kommen, um ihr Anliegen vorzubringen. Und nun hatte sie nicht mehr so viel Geld und wußte nicht, ob sie eine Messe bestellen konnte – vielleicht mußte sie sich damit begnügen, ein dickes Wachslicht zu stiften.

Plötzlich hören sie ein entsetzliches Gebrüll aus unzähligen Kehlen draußen von der Strandwiese. Es geht gleichsam ein Sturm über den zusammengedrängten Menschenhaufen dort unten hin – und jetzt kommt die ganze Schar ihnen entgegengestürzt, schreiend und rufend. Alle sind von wildem Entsetzen erfüllt, und einige der Vorüberlaufenden schreien Haakon und den Mädchen zu, die Panther seien ausgebrochen.
Sie liefen eilig zur Brücke zurück und hörten, wie die Leute einander zuriefen, eine Bude sei eingestürzt und zwei Panther entkommen – einige sprachen auch von einer Schlange. Je näher sie der Brücke kamen, desto schlimmer wurde das Gedränge. Eine Frau verlor ein kleines Kind aus den Armen, dicht vor ihnen – Haakon stellte sich über das Kleine, um es zu beschützen – gleich darauf sahen sie nur noch einen Schimmer von ihm, sahen ihn mit dem Kind in den Armen, weit von ihnen entfernt, und dann hatten sie ihn verloren.
An der schmalen Brücke drängte der Volkshaufe so ungestüm, daß die Mädchen auf einen Acker hinausgeschoben wurden. Sie sahen die Leute zum Ufer hinablaufen; junge Männer warfen sich ins Wasser und schwammen, aber ältere Leute sprangen in die dort liegenden Boote, die in einem Nu zum Sinken voll belastet waren.
Kristin versuchte, Ingebjörg etwas zuzurufen – sie schrie, sie sollten zum Minoritenkloster hinüberlaufen, aus dem die Graukutten herauseilten und versuchten, die erschrockenen Menschen bei sich zu versammeln. Kristin war nicht so ängstlich wie die andere – sie sahen ja auch nichts von den wilden Tieren, aber Ingebjörg war ganz von Sinnen. Und als nun die Menschenmasse in neue Bewegung kam und von der Brücke zurückgetrieben wurde, weil eine ganze Schar von Männern, die sich in den nächstliegenden Höfen bewaffnet hatten, wieder herauseilten, einige reitend und die anderen laufend, und Ingebjörg nahe daran war, unter ein Pferd zu geraten, stieß sie einen Schrei aus und eilte in großen Sprüngen in den Wald hinauf. Kristin hätte nie gedacht, daß die andere so laufen könne – sie mußte an ein gejagtes Schwein denken, sie lief nach, damit doch nicht auch sie beide noch getrennt werden sollten.
Sie waren tief drinnen im Wald, ehe Kristin Ingebjörg zum Stehen brachte – auf einem kleinen Pfad, der auf den Weg nach Traelaborg zu führen schien. Nun blieben sie eine Weile stehen, um wieder zu Atem zu kommen; Ingebjörg schluchzte und weinte und sagte, sie wage nicht, allein durch die Stadt zurück und bis zum Kloster hinaus zu gehen.
Dies dünkte auch Kristin nicht geheuer zu sein, da es so unruhig in den Straßen war; so schlug sie denn vor, sie sollten versuchen, ein Haus zu finden, dort könnten sie vielleicht einen Jungen mieten, der sie nach Hause begleiten würde. Ingebjörg meinte, es müsse weiter unten am Strand ein Reitweg nach Traelaborg führen, und an dem entlang lägen einige Häuser, das wisse sie. So folgten sie dem Pfade weiter.

Unruhig, wie sie beide waren, glaubten sie, schon ein langes Stück gegangen zu sein, als sie endlich einen Hof inmitten von Äckern sahen. Auf dem Hofplatz fanden sie etliche Männer, die unter einigen Eschen an einem Tisch saßen und tranken, eine Frau ging hin und her und trug ihnen Kannen zu. Mürrisch und verwundert sah sie die beiden Mädchen in der Klostertracht an, und keiner der Männer schien Lust zu haben, sie zu begleiten, als Kristin ihren Wunsch vorbrachte. Schließlich aber standen doch zwei junge Burschen auf und sagten, sie wollten die Mädchen nach Nonneseter führen, wenn Kristin ihnen ein Örtug* bezahle.

Sie erkannte an ihrer Sprache, daß sie keine Norweger waren, aber sie fand, daß sie ganz ordentlich aussahen. Ihre Forderung dünkte sie unverschämt groß, aber Ingebjörg war furchtsam, und sie glaubte nicht, daß sie so spät am Tag noch allein heimgehen könnten, so sagte sie denn ja.

Sie waren noch kaum auf den Waldweg gelangt, als die Männer ihnen näher rückten und zu sprechen anfingen. Kristin mochte das gar nicht, doch sie wollte keine Angst zeigen und antwortete ihnen deshalb ruhig, erzählte von den Panthern und fragte die Burschen, wo sie her seien, sie sah sich auch um und tat so, als erwarte sie jeden Augenblick, die Männer zu sehen, die sie zu ihrer Begleitung dabeigehabt hatten – sie redete so, als wäre es eine ganze Schar gewesen. Die Männer sagten nun nach und nach immer weniger – auch verstand sie nicht viel von ihrer Sprache.

Nach einiger Zeit merkte sie, daß sie nicht auf dem Weg gingen, den sie mit Ingebjörg gekommen war, der Pfad führte in einer anderen Richtung, mehr nach Norden, und sie glaubte, sie seien schon viel zu weit gegangen. Tief drinnen in ihr glomm ein Entsetzen, das sie nicht auszudenken wagte; es gab ihr besondere Stärke, daß sie Ingebjörg dabei hatte, die so töricht war, daß sie wußte, sie müsse für sie beide zurechtkommen. Unter dem Umhang zog sie verstohlen das Reliquienkreuz heraus, das sie von ihrem Vater bekommen hatte, umschloß es fest mit der Hand, betete in ihrem Herzen innig darum, daß sie bald jemand begegnen möchten, und versuchte im übrigen, ihren ganzen Mut zu sammeln und so zu tun, als ob nichts wäre.

Bald darauf sah sie, daß der Pfad auf einen Weg mündete, und hier war eine Lichtung. Die Stadt und die Meeresbucht lagen tief unten. Die Männer hatten sie irregeführt, mit Willen oder aus Unkenntnis – sie waren hoch oben auf den Anhöhen und weit nördlich von Gjeitabru, wie sie sehen konnte; der Weg, auf den sie jetzt getroffen waren, schien dorthin zu führen.

Da blieb sie stehen, zog ihren Beutel hervor und fing an, das Geld in ihre Hand aufzuzählen.

* Örtug = ein Drittel Öre. Das Münzwesen war auf Silbergewicht aufgebaut. 1 Mark Silber war 8 Öre zu je 3 Örtug, 1 Örtug war 10 Pendiger. Zur Zeit der Erzählung aber hatte 1 Mark geprägter Münze nur eine Viertelmark Silbergewicht.

»Nun, gute Leute«, sagte sie, »brauchen wir eure Begleitung nicht mehr, hier kennen wir den Weg. Habt nun Dank für eure Mühe, und hier ist euer Lohn, um den wir einig geworden sind. Gott sei mit euch, gute Freunde.«

Die Männer nickten einander ein wenig zu, ganz einfältig, so daß Kristin fast das Lächeln ankam. Da aber sagte der eine mit einem häßlichen Grinsen, daß der Weg zur Brücke hinunter sehr öde sei; es sei nicht ratsam für sie, allein zu gehen.

»Solche Schurken oder so Dumme gibt es wohl nicht, daß sie zwei Mädchen anhalten wollten, die die Klostertracht tragen«, gab Kristin zur Antwort. »Wir wollen jetzt lieber allein gehen«, und sie reichte ihnen das Geld hin.

Der Mann ergriff sie beim Handgelenk, brachte sein Gesicht dem ihren ganz nahe und sagte etwas von »Kuß« und »Beutel« – Kristin begriff, daß er sagte, sie dürften in Frieden weitergehen, wenn sie ihnen einen Kuß und ihren Geldbeutel gäbe.

Es erfaßte sie die Erinnerung daran, wie Benteins Gesicht so nahe dem ihren gewesen war, die Angst übermannte sie für einen Augenblick, und sie fühlte sich elend und krank. Aber sie preßte die Lippen zusammen, rief in ihrem Herzen Gott und die Jungfrau Maria an – und im selben Augenblick glaubte sie, Hufschlag zu hören, auf dem Weg, der von Norden herkam.

Da schlug sie dem Mann mit dem Geldbeutel ins Gesicht, so daß er wankte, gab ihm einen Stoß vor die Brust, daß er über den Weg und ein gutes Stück den Hang hinuntertaumelte. Nun packte der andere sie von hinten, riß ihr den Beutel aus der Hand und zerrte an ihrer Halskette, bis sie zersprang – Kristin war nahe daran zu fallen, aber sie hielt sich an dem Manne fest und versuchte, ihm ihr Kreuz wieder zu entwinden. Er wollte sich losreißen – auch die Strauchdiebe hatten nun gehört, daß Leute kamen –, Ingebjörg schrie laut, und die Reiter auf dem Pfad sprengten aus allen Kräften herzu. Sie kamen aus dem Gebüsch heraus; es waren drei Männer. Ingebjörg lief ihnen schreiend entgegen, und sie sprangen von den Pferden. Kristin erkannte den Herrn von Didreks Speicher wieder; er zog sein Schwert, packte den einen der Kerle beim Kragen und verprügelte ihn mit der flachen Klinge. Seine Leute rannten dem anderen nach, ergriffen ihn und schlugen nach Herzenslust auf ihn ein.

Kristin lehnte sich an die Felswand; jetzt, hinterher, zitterte sie, am stärksten aber empfand sie ein Erstaunen darüber, daß ihr Gebet so rasch geholfen hatte. Da erblickte sie Ingebjörg; sie hatte die Kappe zurückgeschlagen, den Umhang lose über die Schultern gelegt und war im Begriff, ihre schweren hellen Zöpfe auf die Brust vorzuziehen. Bei diesem Anblick brach Kristin in Lachen aus sie sank zusammen und mußte sich an einem Baum festhalten, denn sie konnte nicht aufhören, es war, als hätte sie Wasser statt Mark in den Knochen, so schlaff fühlte sie sich; sie zitterte und lachte und weinte.

Der Herr trat hinzu und legte behutsam eine Hand auf ihre Schulter: »Ihr habt wohl mehr Angst gehabt, als Ihr zeigen wolltet, Ihr«, sagte er, und seine Stimme war gut und schön. »Aber nun müßt Ihr Euch beherrschen – Ihr hieltet Euch so mutig während der Gefahr ...«

Kristin konnte ihm nur zunicken. Er hatte schöne, helle Augen in einem schmalen, braunblassen Gesicht und tiefschwarzes Haar, das über der Stirn und hinter den Ohren ziemlich kurz geschnitten war.

Ingebjörg hatte nun ihr Haar geordnet; sie kam herbei und dankte dem Fremden mit vielen schönen Worten. Er stand da, die Hand auf Kristins Schulter, während er dem anderen Mädchen antwortete.

»Diese Galgenvögel«, sagte er zu seinen Männern, die die beiden Burschen festhielten – sie gehörten zu einem Schiff aus Rostock, berichteten sie –, »werden wir mit uns in die Stadt nehmen, damit sie im Kerker verwahrt werden. Nun wollen wir diese Jungfrauen zum Kloster heimbegleiten. Ihr findet wohl einige Riemen, um sie zu binden ...«

»Meint Ihr die Jungfrauen, Erlend?« fragte der eine seiner Leute. Es waren zwei junge, starke und gutgekleidete Burschen, und sie waren aufgeräumt nach dem Kampf.

Ihr Herr runzelte die Stirn und wollte scharf antworten. Aber Kristin legte die Hand auf seinen Ärmel:

»Laßt sie laufen, lieber Herr!« Sie schauderte ein wenig zusammen. »Ungern wollen wohl meine Schwester und ich, daß über diese Sache geredet werde.«

Der Fremde blickte zu ihr nieder, grub die Zähne in die Unterlippe und nickte, als verstünde er sie. Dann gab er jedem der beiden Gefangenen mit dem Schwertblatt einen Nackenstreich, so daß sie nach vorne taumelten. »Lauf zu«, sagte er und versetzte ihnen einen Fußtritt, und sie sprangen davon, was sie nur konnten. Der Herr wandte sich wieder zu den Mädchen und fragte, ob sie reiten wollten.

Ingebjörg ließ sich in Erlends Sattel heben, aber es zeigte sich, daß sie nicht darin sitzen konnte, sie glitt sofort wieder herab. Fragend sah er Kristin an, und sie sagte, sie sei gewohnt, im Männersattel zu reiten.

Er umfaßte ihre Knie und hob sie hinauf. Es durchfuhr sie süß und gut, daß er sie behutsam von sich abhielt, als fürchte er, ihr zu nahe zu kommen – die daheim hatten sich nie darum bekümmert, ob sie sie an sich drückten, wenn sie ihr aufs Pferd halfen. Sie fühlte sich so seltsam geehrt.

Der Ritter – wie Ingebjörg ihn nannte, obwohl er nur Silbersporen trug – bot nun dieser seine Hand, und die Knechte schwangen sich auf ihre Pferde. Nun wollte Ingebjörg, sie sollten auf jeden Fall nördlich um die Stadt herum an den Ryenbergen und den Marterstöcken vorbeireiten und nicht durch die Straßen. Dabei sprach sie davon, daß Herr Erlend und seine Knechte ja voll bewaffnet seien. Der Ritter antwortete ernsthaft, das Verbot, Waffen zu tragen, sei ja nicht so strenge – für solche, die reisen müßten –, und nun sei alles Volk in der Stadt auf der Jagd nach den wilden Tieren. Da sagte sie, sie habe Angst vor den Panthern. Kristin verstand sehr wohl, daß Ingebjörg den längsten und einsamsten Weg gehen wollte, um länger mit Erlend sprechen zu können.

»Dies ist das zweitemal, daß wir Euch heute abend aufhalten, Herr«, sagte sie, und Erlend antwortete ernsthaft:

»Das tut nichts, ich muß heute abend nicht weiter als bis nach Gerdarud – und es ist die ganze Nacht hindurch hell.«

Kristin konnte es so gut leiden, daß er weder scherzte noch sie zum besten hielt, sondern mit ihr sprach, als wäre sie seinesgleichen oder noch mehr als das. Sie dachte an Simon; sie hatte keine anderen jungen Männer höfischer Art getroffen. Dieser Mann hier war übrigens sicherlich älter als Simon.

Sie ritten in das Tal unter den Ryenbergen hinunter und am Bach entlang. Der Pfad war schmal, und die jungen Laubreiser wippten ihnen nasse, starkduftende Zweige entgegen – es war ein wenig dunkler hier unten, und die Luft war kühl, und das Laub längs dem Bachbett taufeucht.

Sie ließen die Pferde langsam gehen, und die Hufe klangen dumpf auf dem feuchten, grasüberwucherten Pfad. Kristin wiegte sich im Sattel; hinter sich hörte sie Ingebjörgs Geplauder und die dunkle, ruhige Stimme des Fremden. Er sagte nicht viel und antwortete gleichsam zerstreut – es war, als sei ihm geradeso zumute wie ihr selbst, so dünkte sie –, sie fühlte sich so merkwürdig schläfrig, aber sicher und zufrieden jetzt, da alle Geschehnisse des Tages vorüber waren.

Es war wie ein Erwachen, als sie aus dem Walde herauskamen, auf die Wiesen unterhalb der Marterstöcke. Die Sonne war untergegangen, und die Stadt und die Bucht lagen in einem klaren und bleichen Licht unter ihnen – bei den Höhenzügen von Aker war eine hellgelbe Verbrämung unter dem weißblauen Himmel. In der Stille des Abends wurden Laute von weit her getragen, als kämen sie aus der Tiefe der Abendkühle – irgendwo schrie ein Wagenrad auf einem Weg, auf den jenseits gelegenen Höfen bellten die Hunde einander an.

Aber im Wald hinter ihnen trillerten und sangen die Vögel aus voller Kehle, nun, da die Sonne untergegangen war.

In der Luft lag ein brandiger Geruch, und draußen auf dem Acker flammte es rot von einem Feuer; die große Flammenrose ließ die Klarheit der Nacht noch dunkel erscheinen.

Sie ritten zwischen den Zäunen der Klosteräcker, als der Fremde sie wieder ansprach. Er fragte, ob es ihr richtig scheine, wenn er mit zur Pforte folge und darum bitte, mit Frau Groa sprechen zu dürfen, so daß er ihr berichten könne, wie sich alles zugetragen habe. Aber Ingebjörg wollte, daß sie sich durch die Kirche einschleichen sollten; da konnten sie vielleicht ins Kloster gelangen, ohne daß ihre allzulange Abwesenheit bemerkt wurde – vielleicht hatte Schwester Potentia sie über ihrem Besuch vergessen.

Es fiel Kristin nicht ein, sich darüber zu wundern, daß es auf dem Platz vor dem westlichen Kirchentor so still war. Dort herrschte sonst an den Abenden meist viel Leben und Bewegung durch die Leute aus der Nachbarschaft, die die Kirche der Nonnen besuchten; hier lagen auch mehrere Häuser, in denen die Laiendiener und die Pfründner wohnten. An dieser Stelle nahmen sie Abschied von Erlend. Kristin stand da und streichelte das Pferd; es war schwarz und hatte einen schönen Kopf mit sanften Augen – sie fand, es gleiche Morvin, den sie daheim immer geritten hatte, als sie ein Kind war.

»Wie heißt Euer Pferd, Herr?« fragte sie, als es den Kopf von ihr wegwandte und an des Mannes Brust schnupperte.

»Bajard«, sagt er und sieht sie über den Hals des Pferdes hinweg an. »Ihr fragt nach meines Pferdes Namen, aber nicht nach dem meinen?«

»Ich will gerne Euren Namen wissen«, antwortet sie und verbeugt sich ein wenig.

»Erlend Nikulaussohn heiße ich«, sagt er.

»So mögt Ihr bedankt sein, Erlend Nikulaussohn, für Eure guten Dienste heute abend«, sagt Kristin und reicht ihm die Hand.

Plötzlich wurde ihr Gesicht von Röte übergossen; sie zog ihre Hand halb aus der seinen.

»Frau Aashild Gautestochter in Dovre, ist sie Eure Verwandte?« fragt sie.

Verwundert sah sie, daß auch er blutrot geworden war, er ließ schnell ihre Hand fahren und antwortete:

»Das ist meine Muhme. Es verhält sich so, daß ich Erlend Nikulaussohn von Husaby bin.« Er sah sie so sonderbar an, daß sie noch verwirrter wurde, aber sie faßte sich und sagte:

»Ich sollte Euch mit besseren Worten danken, Erlend Nikulaussohn, aber ich weiß nicht, was ich Euch sagen soll.«

Er verneigte sich vor ihr, und es dünkte sie nun, sie müsse Lebewohl sagen, obwohl sie gerne mehr mit ihm gesprochen hätte. In der Kirchentür wendete sie sich um, und als sie sah, daß Erlend noch bei seinem Pferd stand, grüßte sie mit der Hand zu ihm hin.

Im Kloster herrschte große Aufregung und viel Lärm. Haakon hatte einen reitenden Boten heimgeschickt, selbst ging er in der Stadt umher und suchte die Mädchen, und man hatte Leute ausgesandt, um ihm dabei zu helfen. Die Nonnen hatten gehört, daß die wilden Tiere unten in der Stadt zwei Kinder getötet und aufgefressen hätten. Das war freilich Lüge, und der Panther – es war nur einer – war schon vor der Vesperzeit von einigen Dienstleuten des Königshofes gefangen worden.

Kristin stand mit gesenktem Kopf da und schwieg still, während die Äbtissin und Schwester Potentia ihren Zorn über die Mädchen ausschütteten. Es war, als schliefe sie innerlich. Ingebjörg weinte und versuchte zu widersprechen – sie hatten ja mit Schwester Potentias Wissen, unter schicklicher Begleitung Erlaubnis zum Ausgehen erhalten, und für das, was nachher geschehen war, konnten sie doch nichts.

Aber Frau Groa sagte, nun sollten sie bis zum Schlag der Mitternachtsglocke in der Kirche bleiben und versuchen, ihre Gedanken geistigen Dingen zuzuwenden und Gott zu danken, der ihr Leben und ihre Ehre bewahrt hatte. »Da hat euch nun Gott ganz klar die Wahrheit über die Welt bewiesen«, sagte sie, »wilde Tiere und Dienstleute des Teufels bedrohen seine Kinder auf Schritt und Tritt, und es gibt keine Rettung, es sei denn, ihr haltet mit Bitten und Gebeten an ihm fest.«

Sie gab jeder eine brennende Kerze in die Hand und befahl ihnen, mit Schwester Cecilia Baardstochter zu gehen, die oft die ganzen Nächte hindurch allein in der Kirche war und betete.

Kristin stellte ihre Kerze auf Sankt Lorentii Altar und kniete auf dem Betschemel nieder. Sie starrte unverwandt in die Flammen, während sie leise ihre Paternoster und Ave-Maria betete. Nach und nach war es, als umschließe sie der Kerzenglanz, sperre alles aus, was außerhalb von ihr und dem Lichte war. Sie fühlte, wie sich ihr Herz öffnete, überströmend von Dank und Lob und Liebe zu Gott und seiner milden Mutter – sie kamen ihr so nahe. Sie hatte immer gewußt, daß sie auf sie herabblickten, aber heute in dieser Nacht *fühlte* sie, daß es so war. Sie sah die Welt wie in einem Gesicht: ein dunkler Raum, in den ein Sonnenstreifen fiel, die Stäubchen taumelten zwischen Dunkelheit und Licht aus und ein, und sie fühlte, daß sie nun endlich in den Sonnenstreifen gelangt war.

Es dünkte sie, daß sie gerne hier in dieser stillen, nächtlich-dunklen Kirche länger und länger verweilen möchte – die wenigen kleinen Lichtflecke wie goldene Sterne in der Nacht, der süßliche alte Weihrauchduft und der warme Duft brennenden Wachses, und sie in ihrem eigenen Stern ruhend.

Es war, als sei ein Glück zu Ende, als Schwester Cecilia heranglitt und sie an der Schulter berührte. Die drei Frauen verneigten sich vor dem Altar und gingen durch die kleine Südpforte nach dem Klosterhof. Ingebjörg war so schläfrig, daß sie sich niederlegte, ohne zu sprechen. Kristin war froh – sie wollte so gerne mit ihren guten Gedanken allein sein. Und es war ihr angenehm, daß sie das Hemd in der Nacht anbehalten mußten – Ingebjörg war so dick und schwitzte stark.

Sie lag lange wach, aber der tiefe Strom von Süßigkeit, der sie dahingetragen hatte, als sie in der Kirche kniete, wollte nicht wiederkommen. Doch sie fühlte noch seine Wärme in sich, sie dankte Gott innig, und es dünkte sie selbst, als fühle sie Kraft im Gemüte, während sie für ihre Eltern und Geschwister und für Arne Gyrdssohns Seele betete. Vater, dachte sie – sie sehnte sich so nach ihm, nach all dem, was sie miteinander gehabt hatten, ehe Simon Darre in ihr Leben getreten war. Eine neue Zärtlichkeit für ihn stieg in ihr auf – es war wie ein Vorbote von Mutterliebe und Muttersorge in ihrer Liebe zum Vater an diesem Abend; dunkel ahnte sie, daß es gar vieles im Leben gab, was ihm nicht beschieden worden war. Sie erinnerte sich der alten schwarzen Holzkirche auf Gerdarud – dort hatte sie nun Ostern die Gräber ihrer drei kleinen Brüder und ihrer Großmutter gesehen, des Vaters eigener Mutter, Kristin Sigurdstochter, die gestorben war, als sie ihn zur Welt gebar.

Was wohl Erlend Nikulaussohn auf Gerdarud zu tun haben mochte – das konnte sie nicht fassen.

Es war ihr eigentlich nicht recht bewußt, daß sie den Abend über noch weiter an ihn gedacht hatte. Aber die ganze Zeit hatte die Erinnerung an sein schmales, dunkles Gesicht und an seine stille Stimme irgendwo in der Dämmerung außerhalb des Lichterglanzes über ihren Gedanken geweilt.

Als sie am nächsten Morgen erwachte, schien die Sonne in die Schlafstube herein, und Ingebjörg erzählte, Frau Groa selbst habe den Laienschwestern befohlen, daß sie nicht zum Frühgesang geweckt werden sollten. Nun durften sie hinübergehen ins Küchenhaus und sich etwas zu essen holen. Kristin wurde warm vor Freude über die Freundlichkeit der Äbtissin – sie empfand es, als wäre die ganze Welt gut gegen sie gewesen.

III

Die Bauerngilde in Aker war Sancta Maria geweiht und begann ihr Fest jedes Jahr am zwanzigsten Juli, welches der Tag der Margretmesse ist. Da versammelten sich die Brüder und Schwestern mit Kindern, Gästen und Gesinde in der Kirche von Aker und hörten dort die Messe am Margretaltar an; dann zogen sie zur Gildenhalle, die beim Hofvin-Hospital lag; dort pflegte das Fest fünf Tage lang zu dauern.

Da aber sowohl die Kirche von Aker als das Hofvinsspital zu Nonneseter gehörten und da außerdem viele der Bauern in Aker Pächter des Klosters waren, so war die Sitte aufgekommen, daß die Äbtissin und einige der ältesten Schwestern die Gilde ehren sollten, indem sie den ersten Tag des Festes mitfeierten. Und diejenigen Zöglinge des Klosters, die nur zur Erziehung dort waren, aber nicht in die Schwesternschaft eintreten sollten, durften mitkommen und am Abend tanzen; sie sollten zu diesem Fest ihre eigenen Kleider tragen und nicht die Klostertracht.

Darum ging es am Abend vor der Margretmesse im Schlafhaus der Zöglinge geschäftig her; die Mädchen, die auf das Fest durften, wühlten in ihren Truhen und kleideten sich in ihren Staat, und die anderen gingen etwas bedrückt umher und schauten zu. Einige hatten kleine Töpfe in den Kamin gestellt und kochten sich Wasser, das die Haut weiß und geschmeidig machen sollte; andere brauten etwas, womit sie das Haar einrieben – wenn sie es dann in Stränge abteilten und diese straff um Lederriemen wickelten, bekamen sie krause und geringelte Locken.

Ingebjörg zog alles heraus, was sie an Staat besaß, konnte sich aber nicht klar darüber werden, was sie anziehen sollte – nicht das beste laubgrüne Samtkleid jedenfalls, das war zu kostbar und zu gut, um es auf einem solchen Bauernfest zu tragen. Aber eine kleine, magere Schwester, die nicht mitdurfte – Helga hieß sie und war schon als Kind von ihren Eltern dem Kloster geopfert worden –, zog Kristin zur Seite und flüsterte, sicher würde Ingebjörg dennoch das grüne Kleid und auch ihr hellrotes Seidenhemd anziehen.

»Du bist immer freundlich gegen mich gewesen, du Kristin«, sagte Helga. »Es geziemt sich wenig für mich, mich in solche Händel zu mischen – aber ich will es dir jetzt doch sagen. Dieser Ritter, der euch an jenem Abend in diesem Frühjahr heimgeleitete – ich habe gesehen und auch gehört, daß Ingebjörg seitdem mit ihm gesprochen hat –, sie sprachen einander in der Kirche, und er hat oben auf dem Fußpfad zwischen den Gartenzäunen auf sie gewartet, wenn sie zu Ingunn ins Pfründnerhaus ging. Aber du bist es, nach der er fragt, und Ingebjörg hat ihm versprochen, sie würde dich mit dort hinnehmen. Ich möchte aber darauf wetten, daß du bisher noch nichts davon gehört hast?«

»Es ist so, daß Ingebjörg nichts davon erwähnt hat«, erwiderte Kristin. Sie schürzte den Mund, damit die andere das Lächeln nicht sehen sollte, das hervor wollte. Hm, so also war Ingebjörg. »Vermutlich weiß sie wohl, daß ich nicht zu den Mädchen gehöre, die zum Stelldichein mit fremden Männern hinter Hausecken und Zäunen rennen«, sagte sie stolz.

»Ich hätte es mir sparen können, dir diese Neuigkeiten zu sagen, die nicht zu erwähnen ziemlicher gewesen wäre«, erwiderte Helga verletzt, und die beiden trennten sich.

Aber den ganzen Abend ging Kristin umher und bemühte sich, nicht zu lächeln, wenn jemand sie ansah.

Am nächsten Morgen säumte Ingebjörg so sehr mit dem Anziehen und ging so lange im bloßen Hemd umher, bis Kristin begriff, daß Ingebjörg sich nicht ankleiden wollte, ehe sie selbst fertig war.

Kristin sagte nichts, aber sie lachte, als sie zu ihrer Truhe ging und ihr goldgelbes Seidenhemd hervorzog. Sie hatte es noch nie getragen, und als es an ihrem Körper hinabfloß, war es weich und kühl. Es war mit Silber und blauer und brauner Seide rings um den Hals und über die Brust herab schön verziert, so weit man es im Ausschnitt des Kleides sehen konnte. Dazu gehörten Ärmel von der gleichen Art. Sie zog Leinenstrümpfe an und band sich die kleinen purpurblauen Schuhe fest, die Haakon an jenem Unglückstag glücklich heimgebracht hatte. Ingebjörg sah sie an, da sagte Kristin lachend:

»Mein Vater hat mich stets gelehrt, daß wir uns den Tieferstehenden gegenüber nicht geringschätzig zeigen sollen – aber du bist wohl so groß, daß du dich für Bauern und Pächter nicht so schmücken willst ...«

Rot im Gesicht wie eine Beere ließ Ingebjörg das Wollhemd über ihre weißen Hüften gleiten und fuhr in die hellrote Seide. – Kristin streifte ihr bestes Samtkleid über den Kopf – es war veilchenblau, über der Brust tief ausgeschnitten und mit geschlitzten Ärmeln, deren Schleppe beinahe bis zur Erde reichte. Sie schlang den vergoldeten Gürtel um die Mitte und hängte ihren Umhang aus Rauchwerk über die Schultern. Dann breitete sie ihr reiches, gelbes Haar über Rücken und Schultern aus und legte den goldenen Kopfschmuck mit den kleinen, getriebenen Rosen um die Stirn.

Sie sah, daß Helga dastand und ihnen zuschaute. Da nahm sie aus ihrer Truhe eine große Silberspange. Es war die gleiche, die sie an jenem Abend in ihrem Umhang getragen hatte, als Bentein ihr auf der Landstraße begegnet war, und sie hatte sie seitdem nie mehr tragen mögen. Nun ging sie zu Helga und sagte leise:

»Ich weiß wohl, daß du mir gestern einen Gefallen zu erweisen vermeintest, glaube nicht, daß ich dafür undankbar bin«, und sie steckte Helga die Spange an.

Auch Ingebjörg war sehr schön, als sie fertig angekleidet in ihrem grünen Gewand dastand, mit einem roten Seidenumhang über den Schultern und mit ihrem schönen, gelockten, offenen Haar. Sie hatten sich um die Wette geschmückt, dachte Kristin und lachte darüber.

Der Morgen war kühl und der Tau frisch, als die Prozession aus Nonneseter auszog und in westlicher Richtung nach Frysja ging. Die Heuernte war hier vor der Stadt fast beendet, aber längs der Zäune standen Glockenblumen und Mariengras in Büscheln; die Gerstenfelder waren in die Ähren geschossen und wogten blaßsilbern mit einem schwachen rosenroten Schimmer. An vielen Stellen, wo der Pfad schmal zwischen den Feldern hindurchführte, schlugen die Halme beinahe um die Knie der Leute zusammen.

Haakon schritt an der Spitze und trug das Abzeichen des Klosters mit dem Bild der Jungfrau Maria auf dem blauen Seidentuch. Hinter ihm gingen das Gesinde und die Pfründnerleute, dann kamen Frau Groa und vier alte Nonnen zu Pferd, und danach folgten die Zöglinge zu Fuß; ihre bunten weltlichen Festkleider leuchteten und schimmerten in der Sonne. Etliche Pfründnerfrauen und ein paar bewaffnete Dienstleute beschlossen den Zug.

Sie sangen, während sie durch die hellen Felder schritten, und wo sie auf den Nebenwegen Leuten begegneten, traten diese zur Seite und grüßten ehrerbietig. Überall ritten und gingen kleine Gruppen von Menschen, denn aus jedem Haus und von jedem Hof strömte das Volk zur Kirche. Alsbald hörten sie hinter sich Lobgesang von tiefen Männerstimmen, und sie sahen das Klosterabzeichen der Hauptinsel über einen Hügel heraufkommen – das rote Seidentuch glänzte in der Sonne, hob und senkte sich mit dem Schritt des Trägers.

Die gewaltige Erzstimme der Glocken erschallte über dem Gewieher und Schreien der Hengste, als sie den letzten Teil des Hügels zur Kirche hinaufgingen. Kristin hatte nie so viele Pferde auf einmal gesehen – ein wogendes, unruhiges Meer von glänzenden Pferderücken war ringsum auf dem Rasenplan vor der Kirchenpforte. Auf der Wiese standen und saßen und lagen feiertäglich gekleidete Menschen – aber alle erhoben sich und grüßten, als die Marienfahne von Nonneseter zwischen ihnen hindurchgetragen wurde, und alle verbeugten sich tief vor Frau Groa.

Es schien, als seien mehr Menschen gekommen, als die Kirche aufnehmen konnte, aber für die Leute vom Kloster war ein Platz ganz oben beim Altar freigehalten worden. Gleich danach kamen die Zisterziensermönche von der Hauptinsel herein und gingen auf den Chor hinauf – und dann dröhnte der Gesang aus Männer- und Knabenkehlen durch die Kirche.

Gegen Ende der Messe, einmal, als alle sich erhoben, fiel Kristins Blick auf Erlend Nikulaussohn. Er war groß, sein Kopf ragte über die Umstehenden hinaus – sie sah sein Gesicht gerade von der Seite. Er hatte eine hohe, steile und schmale Stirn, eine große und gerade Nase – sie sprang wie ein Dreieck vor und war seltsam dünn mit ihren feinen, zitternden Flügeln – irgend etwas erinnerte Kristin an einen unruhigen, aufgeschreckten Hengst. Er war nicht so schön, wie sie sich zu erinnern geglaubt hatte – die Muskeln im Gesicht zogen sich gleichsam so unfroh und lang zu dem kleinen, weichen und hübschen Mund herunter – nein, er war dennoch schön.

Er wendete den Kopf und erblickte sie. Sie wußte nicht, wie lange sie so, Auge in Auge, dastanden. Später dachte sie nur noch daran, daß die Messe ein Ende nehmen möge; sie wartete gespannt auf das, was dann geschehen würde.

Als das Volk die überfüllte Kirche verlassen wollte, entstand einiges Gedränge. Ingebjörg zog Kristin mit sich hinter das Gewühl; so wurden sie glücklich von den Nonnen, die zuerst hinausgingen, getrennt und kamen unter die letzten, die zum Opferstock traten und die Kirche verließen.

Erlend stand draußen, gleich bei der Tür, zwischen dem Priester von Gerdarud und einem dicken, rotwangigen Mann in prachtvollem, blauem Samtgewand. Erlend selbst war in Seide gekleidet, jedoch von dunkler Farbe – der Stoff war braun und schwarz gemustert –, er trug ein weites Gewand und einen schwarzen Umhang, in den kleine gelbe Falken eingewebt waren.

Sie begrüßten einander und gingen nach dem Rasenplatz, zu der Stelle, wo die Pferde der Männer angebunden standen. Während sie einige Worte über das herrliche Wetter, die schöne Messe und die große Menschenmenge, die herbeigeströmt war, wechselten, nahm der dicke, rotwangige Herr – er trug goldene Sporen und hieß Ritter Munan Baardssohn – Ingebjörg bei der Hand; er schien ganz besonderen Gefallen an dem Mädchen zu finden. Erlend und Kristin blieben zurück – sie gingen nebeneinander und schwiegen.

Als die Leute fortzureiten begannen, wurde es sehr unruhig auf dem Kirchenhügel – Pferde drängten aneinander vorbei, Menschen riefen, einige waren zornig und einige lachten. Oft saßen zwei auf einem Pferde; Männer hatten ihre Frauen hinter sich oder Kinder vorne im Sattel, junge Burschen schwangen sich bei einem Freund auf. Kristin sah die Kirchenfahne, die Nonnen und die Priester schon weit unten am Hügel.

Ritter Munan ritt vorbei; Ingebjörg saß vor ihm, in seinem Arm. Sie riefen und winkten beide. Da sagte Erlend:

»Ich habe meine Leute bei mir – sie könnten auf einem Pferd reiten, und Ihr bekommt Haftors Pferd – wenn es Euch so lieber ist?«

Kristin wurde rot, als sie antwortete:

»Wir sind nun schon so weit hinter den anderen – ich sehe Eure Leute nicht, so daß . . .«, sie mußte lachen, und Erlend lächelte.

Er schwang sich in den Sattel und half ihr, sich hinter ihn zu setzen. Daheim hatte Kristin oft so hinter dem Vater gesessen, nachdem sie zu groß geworden war, um sich rittlings auf den Pferderücken zu schwingen. Trotzdem fühlte sie sich ein wenig verlegen und unsicher, als sie ihren Arm auf Erlends Schulter legte; mit der anderen Hand stützte sie sich auf die Kruppe des Pferdes. Sie ritten langsam zur Brücke hinunter.

Nach einer Weile dünkte es Kristin, daß sie sprechen müsse, da er es nicht tat; so sagte sie:

»Es kam unerwartet, Herr, Euch heute hier zu treffen.«

»Kam es unerwartet?« fragte Erlend und wandte sich zurück zu ihr. »Hat denn nicht Ingebjörg Filippustochter Euch meinen Gruß überbracht?«

»Nein«, sagte Kristin, »ich habe nichts von einem Gruß gehört – sie hat Euer nicht erwähnt seit jenem Male, als Ihr uns im Mai zu Hilfe kamet«, sagte sie hinterlistig – sie gönnte es Ingebjörg, daß ihre Falschheit an den Tag kam.

Erlend blickte nicht zurück, aber sie konnte es seiner Stimme anhören, daß er lächelte, als er wieder fragte: »Und sie, die kleine Schwarze – zur Nonne Bestimmte – ich entsinne mich nicht ihres Namens – ich gab ihr noch dazu Botenlohn, damit sie Euch grüßen solle.«

Kristin wurde rot, dann aber mußte sie lachen: »Ja, ich bin es Helga wohl schuldig, daß ich zugebe, sie hat ihren Lohn verdient«, bekannte sie.

Erlend bewegte den Kopf ein wenig – er kam mit seinem Hals ihrer Hand nahe. Kristin schob ihre Hand sogleich ein wenig weiter auf seiner Schulter hinaus. Etwas unruhig dachte sie, daß sie vielleicht durch ihr Kommen zu diesem Fest größere Dreistigkeit als schicklich gezeigt habe, da ein Mann sie recht und schlecht zum Stelldichein gebeten hatte.

Nach einer Weile fragte Erlend:

»Wollt Ihr heute abend an meiner Seite tanzen, Kristin?«

»Das weiß ich nicht, Herr«, antwortete das Mädchen.

»Ihr denkt, das gezieme sich vielleicht nicht?« fragte er, und da sie nicht antwortete, sagte er wieder: »Es mag wohl sein, daß es sich nicht geziemt. Aber ich dachte, vielleicht würdet Ihr meinen, daß Ihr nicht schlechter werdet, wenn Ihr heute abend an meiner Hand ginget. – Im übrigen ist es nun acht Jahre her, daß ich in einem Tanze mitgeschritten bin.«

»Warum das, Herr?« fragte Kristin. »Seid Ihr vielleicht verheiratet?« Dann aber fiel ihr ein, wäre er ein verheirateter Mann, so wäre es unrichtig von ihm gehandelt, sie so zum Stelldichein zu bitten. Da wollte sie es gutmachen und sagte:

»Ihr habt vielleicht Eure Braut oder Frau verloren?«

Erlend drehte sich rasch um und sah sie sonderbar an:

»Ich? Hat nicht Frau Aashild ...? Weshalb wurdet Ihr so rot, als Ihr hörtet, wer ich war, an jenem Abend?« fragte er bald darauf.

Kristin errötete wiederum, antwortete aber nicht; da fragte Erlend abermals:

»Ich möchte gerne wissen, was Ihr von meiner Muhme über mich gehört habt.«

»Nichts anderes«, sagte Kristin rasch, »als daß sie Euch lobte. Sie sagte, Ihr wäret so schön und aus so vornehmem Geschlecht, daß ... Sie sagte, im Vergleich zu Euch und ihrer Sippe seien wir nicht so sehr hoch zu rechnen – meine Sippe und ich ...«

»Redet sie immer noch über solche Dinge, dort, wo sie nun ist?« sagte Erlend und lachte bitter. »Ja, ja, wenn ihr das ein Trost ist ... Hat sie nichts anderes über mich gesagt?«

»Was sollte das sein?« fragte Kristin. – Sie wußte nicht, warum ihr so wunderlich und beklommen zumute ward.

»Oh, sie könnte gesagt haben«, antwortete Erlend mit gesenkter Stimme und blickte vor sich hin, »sie könnte gesagt haben, daß ich ein Totschläger bin und teuer büßen mußte für Frieden und Vergleich ...«

Kristin schwieg eine lange Zeit. Dann sagte sie leise:

»Es gibt gar manchen Mann, der nicht seines Glückes Herr ist – so habe ich sagen hören. Ich habe so wenig von der Welt gesehen – aber nie werde ich von Euch glauben, Erlend, daß dies um einer – unehrenhaften – Sache willen war.«

»Gott lohne dir solche Worte, Kristin«, sagte Erlend, er wandte seinen Kopf und küßte ihr das Handgelenk so heftig, daß das Pferd unter ihnen einen Satz machte. Als es wieder ruhig ging, sagte er eindringlich: »Tanzet doch an meiner Seite heute abend, Kristin. Später werde ich Euch alles über mein Leben sagen – aber heute abend wollen wir zusammen fröhlich sein.«

Kristin antwortete ja, und sie ritten eine Weile, ohne zu sprechen. Nach einiger Zeit begann Erlend nach Frau Aashild zu fragen, und Kristin erzählte alles, was sie über sie wußte; sie lobte sie sehr.

»So sind also nicht alle Türen für Björn und Aashild verschlossen?« fragte Erlend.

Kristin antwortete, sie seien angesehene Leute, und ihr Vater und viele mit ihm meinten, das meiste, was über diese beiden gesagt würde, sei unwahr.

Was dünkte Euch um meinen Verwandten Munan Baardssohn?« fragte Erlend und lachte ein wenig.

»Ich sah ihn weiter nicht an«, sagte Kristin, »und es dünkte mich auch nicht, daß er des Ansehens groß wert wäre.«

»Wußtet Ihr nicht«, fragte Erlend, »daß er ihr Sohn ist?«

»Frau Aashilds Sohn!« sagte Kristin voller Erstaunen.

»Ja, die Schönheit ihrer Mutter konnten ihre Kinder ihr nicht nehmen, als sie alles andere nahmen«, sagte Erlend.

»Ich habe den Namen ihres ersten Mannes nicht gekannt«, meinte Kristin.

»Es waren zwei Brüder, die zwei Schwestern bekamen«, sagte Erlend. »Baard und Nikulaus Munanssöhne. Mein Vater war der ältere, meine Mutter war seine zweite Frau, aber mit der ersten Frau hatte er keine Kinder. Baard, der Aashild bekam, war auch nicht jung, und sie lebten wohl nie gut zusammen – ja, ich war ein kleines Kind, als sich dies ereignete, sie vertuschten vor mir, soviel sie konnten. Aber sie verließ das Land mit Herrn Björn und verheiratete sich mit ihm ohne den Rat ihrer Verwandten – als Baard tot war. Nun wollten die Leute diese Ehe umstoßen – sie wollten es wahrhaben, daß Björn ihr Bett nicht gemieden habe, als der erste Mann noch lebte, und daß sie zusammen darüber beraten hätten, wie sie meinen Oheim aus dem Wege räumen könnten. Das konnte man ihnen aber wohl doch nicht nachweisen, da man ihre Ehegemeinschaft nicht zu trennen vermocht hat. Aber sie mußten mit all ihrem Hab und Gut büßen – Björn hatte auch ihren Vetter erschlagen – einen Vetter meiner Mutter und Aashilds, meine ich.«

Kristin hatte Herzklopfen bekommen. Daheim hatten die Eltern streng über die Kinder gewacht, und die jungen Leute durften kein unreines Gerede hören – aber es war doch mancherlei im Tal geschehen, und Kristin hatte davon gehört – so von einem Mann, der mit einer verheirateten Frau in wilder Ehe lebte. Das war Hurerei, eine der schlimmsten Sünden; sie sollten auch eines Anschlags auf das Leben des Ehemannes schuldig sein, und darauf stand Acht und Kirchenbann. Lavrans hatte gesagt, keine Frau brauche bei ihrem Mann zu bleiben, wenn er es mit dem Eheweib eines anderen zu tun gehabt habe; solchen Hurenkindern konnte niemals Ankindung* zuteil werden, auch nicht, wenn die Eltern später frei wurden und einander heiraten durften. Ein Mann könne sein Erbe und seinen Namen einem Kinde mit einer Tordirne oder einem herumstreunenden Bettelweib verleihen, nicht aber seinem Hurenkind – selbst dann nicht, wenn die Mutter

* Ankindung: Während das Gesetz die Adoption unehelicher Abkömmlinge verhältnismäßig leicht machte, wenn beide Eltern unverheiratet waren, konnten den Kindern eines ehebrecherischen Verhältnisses keine Rechte gegeben werden.

eines Ritters Gemahl wäre. Sie dachte an den Widerwillen, den sie stets gegen Herrn Björn mit seinem bleichen Gesicht und dem fetten, zusammengefallenen Körper empfunden hatte. Sie vermochte nicht zu fassen, daß Frau Aashild immer so freundlich und fügsam gegen diesen Mann sein konnte, der sie in solche Schande gelockt hatte; daß eine so anmutsvolle Frau sich von ihm hatte betören lassen können. Er war nicht einmal freundlich gegen sie; er ließ sie sich mit aller Arbeit auf dem Hofe plagen. Björn tat nichts als Bier trinken. Und dennoch war Aashild stets mild und sanft, wenn sie mit ihrem Manne sprach. Es schien Kristin fraglich, ob der Vater eigentlich alles wußte, da er Herrn Björn zu sich eingeladen hatte. Nun, da sie daran dachte, dünkte es sie übrigens merkwürdig, daß Erlend so etwas von seinem nahen Verwandten erzählen mochte. Aber er glaubte wohl, sie wisse es von früher her. –

»Es könnte mich gelüsten«, sagte Erlend nach einer Weile, »meine Muhme Aashild einmal aufzusuchen – wenn ich nach Norden ziehe. Ist er noch schön, Björn, mein Verwandter?«

»Nein«, sagte Kristin, »er sieht aus wie Heu, das den Winter über draußen gelegen hat.«

»Ja, ja, es zehrt wohl an einem Mann«, meinte Erlend mit dem gleichen bitteren Lächeln. »Nie habe ich einen so schönen Mann gesehen – es sind nun zwanzig Jahre her, ich war damals noch ein kleiner Junge –, seinesgleichen habe ich nie gesehen.« –

Kurz darauf waren sie beim Hospiz angelangt. Es war ein sehr großes und mächtiges Gehöft mit vielen Häusern aus Stein und aus Holz – Krankenhaus, Armenhaus, Fremdenherberge für Reisende, Kapelle und Pfarrhaus. Auf dem Hofplatz herrschte ungeheure Geschäftigkeit, denn im Küchenhaus des Hospizes wurde das Essen für das Festgelage bereitet, und auch die Armen und Kranken sollten an diesem Tage aufs beste bewirtet werden.

Das Gildenhaus lag jenseits der Gärten des Hospizes, und die Leute nahmen den Weg dorthin durch den Wurzgarten, denn der war weitum berühmt. Frau Groa hatte dort Pflanzen gezogen, die in Norwegen noch niemand je erblickt hatte, abgesehen davon, daß alle die Gewächse, die auch sonst in den Gärten zu wachsen pflegten, in ihrem Wurzgarten am besten gediehen, sowohl Blumen als Gemüse und Arzeneipflanzen. Sie war die gelehrteste Frau in allen solchen Dingen und hatte selbst salernitanische Kräuterbücher in die norwegische Sprache umgeschrieben. – Frau Groa war besonders freundlich gegen Kristin gewesen, seit sie gemerkt hatte, daß sie von der Kräuterkunst etwas wußte und gerne mehr darüber erfahren wollte.

So erklärte Kristin Erlend, was in den Beeten zu beiden Seiten des grünen Weges, auf dem sie gingen, wuchs. In der Mittagssonne duftete es heiß und gewürzig nach Dill und Sellerie, Zwiebeln und Rosen, Ampfer und Goldlack. Die Obstbaumreihen am Rande des schattenlosen, sonnenheißen Wurzgartens sahen verlockend kühl aus – dort

glänzten rote Kirschen in dunklen Laubkronen, und die Apfelbäume neigten ihre Zweige, von grünen Früchten beschwert.
Rings um den Obstgarten war eine Hecke. Dort blühten noch einige Rosen – sie sahen nicht anders aus denn andere Heckenrosen, aber das Laub duftete in der Sonnenhitze wie Wein und Äpfel. Die Leute brachen sich im Vorübergehen Zweige ab und steckten sie sich an. Auch Kristin pflückte einige Rosen ab und schob sie bei den Schläfen unter dem Stirnreif ins Haar. Eine behielt sie in der Hand – bald darauf nahm Erlend die Blume an sich, sagte aber nichts.
Er trug sie eine Weile in der Hand, dann steckte er sie in seine Brustspange – dabei blickte er befangen und verlegen drein und stellte sich so ungeschickt, daß er sich die Finger blutig riß.
Im Festsaal im oberen Stockwerk des Gildenhauses waren mehrere Tische gedeckt; an den Längswänden je einer für die Männer und einer für die Frauen. Mitten im Raume standen zwei Tische an denen Kinder und junge Leute durcheinander saßen.
Am Frauentisch hatte Frau Groa im Hochsitz Platz genommen, die Nonnen und die angesehensten Ehefrauen saßen an der Wand und die unverheirateten Frauen auf der äußeren Bank, die Zöglinge von Nonneseter zuoberst. Kristin wußte, daß Erlend zu ihr hinsah, aber sie wagte nicht ein einziges Mal den Kopf zu drehen, weder als sie standen noch als sie sich niedersetzten. Erst als sie sich erhoben und der Priester die Namen der verstorbenen Brüder und Schwestern der Gilde verlas, lugte sie einmal hastig zum Tisch der Männer hinüber – sie erhaschte einen Schimmer von ihm, wie er dort an der Wand stand, hinter den brennenden Wachslichten auf dem Tisch. Er sah sie an.
Die Mahlzeit dauerte lange mit allen den Bechern, die zu Ehren Gottes, der Jungfrau Maria, Sancta Margaretas, Sankt Olavs und Sankt Halvards geleert wurden, und den Gebeten und den Liedern dazwischen.
Kristin sah durch die offene Tür, daß die Sonne untergegangen war; draußen auf dem Rasenplan ertönte Geigenlaut und Gesang, und die jungen Leute hatten bereits die Tische verlassen, als Frau Groa zu den Zöglingen sagte, sie könnten nun hinuntergehen und eine Weile spielen, wenn es sie gelüste.
Es brannten drei rote Feuer auf dem Platz; schwarz und bunt schritten die Ketten der Tänzer um sie herum. Die Spielleute saßen auf aufgestapelten Truhen und strichen ihre Geigen – sie spielten und sangen verschiedene Weisen, jeder in seinem Ring; der Leute waren allzu viele, als daß man in einem einzigen Kreis hätte tanzen können. Es war schon ziemlich dunkel – im Norden standen die waldigen Höhenzüge mit scharfem Rand kohlschwarz gegen den gelbgrünen Himmel.
Unter dem Altan des oberen Stockwerkes saßen Leute und tranken. Ein paar Männer sprangen vor, sobald die sechs Mädchen von Nonneseter die Treppe herunterkamen. Munan Baardssohn flog auf Ingebjörg zu und lief mit ihr davon, und Kristin wurde beim Handgelenk ge-

packt – von Erlend, sie kannte bereits seine Hand. Er drückte die ihre, so daß ihre Ringe aneinanderwetzten und ins Fleisch einschnitten.
Er zog sie mit sich zum äußersten Feuer. Dort tanzten viele Kinder mit; Kristin bekam mit ihrer freien Hand einen zwölfjährigen Knaben zu fassen, und Erlend führte ein kleines, schmächtiges, halberwachsenes Mädchen an seiner anderen Seite.
In diesem Ring sang gerade niemand – sie schritten im Kreis und wiegten sich nach den Geigentönen vor und zurück. Dann rief jemand, der Dänen-Sivord solle ihnen einen neuen Tanz singen. Ein langer blonder Mann mit ungeheuer großen Fäusten trat in den Kreis und trug seine Weise vor:

Es geht ein Tanz auf Munkholm,
auf weißem Sand,
da tanzet Ivar Herr Jonssohn
an der Königin Hand.

Kennet Ihr Ivar Herrn Jonssohn?

Die Spielleute kannten die Weise nicht, sie zupften ein wenig an den Saiten, und der Däne sang allein – er hatte eine schöne, starke Stimme.

Wißt Ihr noch, dänische Königin,
des Sommers Zeit,
da Ihr in Schweden wurdet
für Dänemark gefreit?

Man führte Euch aus Schweden
nach Dänemark herein.
mit Tränen auf der Wangen,
mit der goldnen Krone Schein.

Mit Tränen auf der Wangen,
mit der goldnen Krone Schein,
– Wißt Ihr noch, dänische Königin,
Ihr wart erst mein!

Die Geigen sangen wieder mit, die Tanzenden summten die neugelernte Weise und stimmten in den Endreim ein.

Und seid Ihr, Ivar Herr Jonssohn,
mein eigner Knecht und Mann,
da sollt Ihr morgen hangen
am Galgen dran!

Das aber war Ivar Herr Jonssohn,
er war nicht feig,
er sprang in das goldne Boot
im Eisenkleid.

Gott geb Euch, dänische Königin,
so manche gute Nacht,
wie der Himmel Euch zu Häupten
mit Sternen ist bedacht.

Gott geb Euch, Dänenkönig,
so manches böse Jahr,
wie die Linde trägt an Laub –
und die Hindin trägt an Haar.

Kennet Ihr Ivar Herrn Jonssohn?

Es war tief in der Nacht, und die Feuer waren nur noch Gluthaufen, die immer schwärzer und schwärzer wurden.
Kristin und Erlend standen Hand in Hand unter den Bäumen am Gartenzaun. Hinter ihnen war der Lärm des Trinkgelages verklungen – einige junge Burschen sprangen trällernd um die Gluthaufen herum –, aber die Spielmänner waren schlafen gegangen, und die meisten Leute hatten sich entfernt. Einzelne Frauen gingen umher und suchten nach ihren Männern, die das Bier irgendwo überwältigt hatte. »Wo habe ich wohl meinen Umhang hingelegt?« flüsterte Kristin. Erlend legte seinen Arm um ihre Mitte und schlang seinen Mantel um sie beide. Dicht aneinandergeschmiegt gingen sie in den Wurzgarten.
Eine Erinnerung an den heißen Kräuterduft des Tages, aber gedämpft und feucht von der Kühle des Taues, schlug ihnen dort entgegen. Die Nacht war sehr dunkel, der Himmel über den Baumwipfeln von grauen Wolken bedeckt. Sie hörten, daß noch andere Leute im Garten waren. Erlend drückte das Mädchen einmal an sich und fragte flüsternd: »Hast du nicht Angst, Kristin?«
Einen flüchtigen Augenblick lang gedachte sie der Welt außerhalb dieser Nacht – dachte, daß dies Wahnsinn sei. Aber sie war so wunderbar kraftlos. Sie schmiegte sich nur dichter an den Mann und flüsterte undeutlich – sie wußte selbst nicht was.
Sie kamen an das Ende des Weges; dort war ein Steinwall gegen den Wald zu. Erlend half ihr hinauf. Als sie auf der anderen Seite hinunterspringen sollte, fing er sie auf und hielt sie ein wenig in seinen Armen, bevor er sie zur Erde niederließ.
Sie stand mit emporgewendetem Gesicht und nahm seinen Kuß entgegen. Er hielt die Hände um ihre Schläfen gelegt – es dünkte sie so schön, zu fühlen, wie seine Finger sich in ihr Haar vergruben – es dünkte sie, sie müsse ihm wiederum etwas Liebes tun, und so faßte sie

seinen Kopf und versuchte, Erlend zu küssen, so wie er sie geküßt hatte.
Als er ihr die Hände auf den Busen legte und sie über ihre Brüste hinausgleiten ließ, war es ihr, als lege er ihr Herz bloß und nähme es, er teilte die Falten des Seidenhemdes ganz wenig und küßte sie dort – es durchdrang sie heiß bis in die Herzwurzeln.
»Dich könnte ich niemals kränken«, flüsterte Erlend. »Du dürftest niemals um meinetwillen eine Träne weinen. Nie hätte ich geglaubt, daß ein Mädchen so gut sein könne, wie du es bist, meine Kristin.«
Er zog sie ins Gras herab, unter die Büsche; sie saßen mit dem Rücken an den Steinwall gelehnt. Kristin sagte nichts, wenn er aber aufhörte, sie zu liebkosen, streckte sie die Hand aus und berührte sein Gesicht.
Nach einer Weile fragte Erlend: »Bist du nicht müde, du Liebe?« Und als Kristin sich an seine Brust schmiegte, schlang er die Arme um sie und flüsterte: »Schlaf, schlaf du, Kristin, hier bei mir.«
Sie glitt tiefer und tiefer hinein in Dunkel und Wärme und Glück an seiner Brust.
Als sie wieder zu sich kam, lag sie ausgestreckt im Grase, die Wange auf seinem Schoße, auf der braunen Seide seines Gewandes. Erlend saß wie zuvor mit dem Rücken gegen den Steinwall, sein Gesicht war grau im Morgengrauen, aber seine weitgeöffneten Augen waren so seltsam klar und schön. Sie sah, daß er seinen Mantel ganz um sie geschlungen hatte; ihre Füße waren im Pelzfutter so herrlich warm.
»Nun hast du in meinem Schoß geschlafen«, sagte er und lächelte schwach. »Gott lohne es dir, Kristin – du schliefst so ruhig wie das Kind in Mutters Arm.«
»Habt Ihr nicht geschlafen, Herr Erlend?« fragte Kristin, und er lächelte ihr in die eben erwachten Augen hinein:
»Kann sein, es kommt einmal die Nacht, da wir, du und ich, zusammen einzuschlafen wagen; ich weiß nicht, was du meinen wirst, wenn du darüber nachgedacht hast. – Ich habe heute nacht hier gewacht; noch steht so viel zwischen uns, daß es mehr ist, als hätte hier ein nacktes Schwert zwischen dir und mir gelegen. – Sag mir, ob du mich liebhaben willst, wenn diese Nacht vorüber ist?«
»Ich will Euch liebhaben, Herr Erlend«, sagte Kristin, »ich will Euch liebhaben, solange Ihr es wollt – und fürder will ich keinen anderen mehr lieben.«
»Dann«, sagte Erlend langsam, »dann möge Gott mich verlassen, wenn ich je wieder eine Frau oder ein Mädchen in meinen Armen halte, ehe ich dich in Gesetz und Ehren besitzen darf. – Sag du das auch«, bat er. Kristin sagte:
»Möge Gott mich verlassen, wenn ich je einen anderen Mann in meine Arme schließe, solange ich auf Erden lebe.«
»Wir müssen gehen«, sagte Erlend kurz darauf, »ehe die Leute wach werden.«
Sie gingen an der Außenseite des Steinwalles im Gebüsch.

»Hast du darüber nachgedacht«, fragte Erlend, »wie dies weitergehen soll?«

»Das müßt Ihr bestimmen, Erlend«, antwortete Kristin.

»Dein Vater«, fragte er nach einer Weile, »sie sagen draußen in Gerdarud, er sei ein milder und rechtschaffener Mann. Glaubst du, er würde sehr ungern willens sein, die Abmachung mit Andres Darre zurückzunehmen?«

»Mein Vater hat so oft gesagt, er wolle uns, seine Töchter, niemals zwingen«, meinte Kristin. »Es ist wohl vor allem deshalb, weil die Besitztümer so günstig beieinanderliegen. Aber mein Vater will gewiß nicht, daß ich alle Freude der Welt um dieser Sache willen verliere.« Es regte sich in ihr eine Ahnung davon, daß es vielleicht nicht so leicht gehen würde – aber sie drängte sie zurück. »Da kann es sein, daß es leichter geht, als ich heute nacht glaubte«, sagte Erlend. »Gott steh mir bei, Kristin – mich dünkt, ich könne dich nicht verlieren – nun kann ich nie wieder froh werden, wenn ich dich nicht gewinne.«

Sie trennten sich unter den Bäumen, und Kristin fand im Morgendämmern den Weg zu dem Gästehaus, wo die von Nonneseter schlafen sollten. Alle Betten waren voll, aber sie warf einen Umhang über einen Haufen Stroh am Boden und legte sich in den Kleidern hin.

Als sie erwachte, war der Tag weit vorgeschritten. Ingebjörg Filippustochter saß auf einer Bank in ihrer Nähe und nähte eine Pelzkante fest, die an ihrem Umhang abgerissen war. Sie war redselig wie immer.

»Warst du die ganze Nacht mit Erlend Nikulaussohn zusammen, du?« fragte sie. »Du solltest dich nun ein wenig in acht nehmen vor dem Burschen, Kristin – glaubst du, Simon Andressohn würde es gerne sehen, daß du ihm deine Freundschaft schenkst?«

Kristin suchte eine Schüssel und begann sich zu waschen:

»Und dein Bräutigam – glaubst du, er würde es gerne sehen, daß du heute nacht mit Munan Stumpe getanzt hast? Man wird wohl mit dem tanzen dürfen, der einen an solch einem Abend auserwählt hat. – Frau Groa hatte uns ja erlaubt . . .«

Ingebjörg sagte geringschätzig:

»Einar Einarssohn und Herr Munan sind ja Freunde – er ist doch verheiratet und alt. Häßlich ist er auch – aber angenehm und höfisch –; sieh, was er mir zur Erinnerung an diese Nacht gegeben hat«, sagte sie und wies eine Goldspange vor, die Kristin am Tag zuvor an Herrn Munans Hut gesehen hatte. »Aber dieser Erlend – ja, er wurde zwar zu Ostern des vorigen Jahres vom Bann befreit, allein sie sagen, Eline Ormstochter sei seitdem bei ihm auf Husaby gewesen – Herr Munan sagt, er sei zu Sira Jon in Gerdarud geflüchtet, denn er wird wohl fürchten, in die Sünde zurückzufallen, wenn er sie wiedersieht.«

Kristin trat auf die andere zu – weiß im Gesicht.

»Wußtest du das nicht«, sagte Ingebjörg, »daß er irgendwo im Norden in Haalogaland eine Frau von ihrem Manne weggelockt hat – und er hielt sie auf seinem Hofe, trotz des Königs Gebot und des Erzbischofs

Bann – auch haben sie zwei Kinder zusammen –, er mußte nach Schweden fliehen, und er hat so viel zur Buße geben müssen, daß Herr Munan sagt, er werde schließlich noch ein armer Mann, wenn er sich nicht bald bessere.«

»Ja, du kannst dir denken, daß ich das weiß«, sagte Kristin mit starrem Gesicht. »Aber diese Sache ist ja jetzt zu Ende.«

»Ja, das war es, was Herr Munan sagte, daß es früher schon so oft zwischen ihnen zu Ende war«, meinte Ingebjörg gedankenvoll. »Doch dich braucht dies ja nicht zu kümmern – du sollst ja Simon Darre haben. Aber schön ist er, Erlend Nikulaussohn.«

Das Gefolge von Nonneseter sollte am selben Tage nach der Vesper aufbrechen. Kristin hatte Erlend versprochen, an den Steinwall zu kommen, wo sie nachts gesessen hatten, wenn es ihr möglich sein würde.

Er lag auf dem Bauch im Gras, den Kopf in den Händen. Sobald er sie sah, sprang er auf und reichte ihr beide Hände, als sie herabhüpfen wollte. Sie nahm sie, und eine Weile standen sie da, Hand in Hand. Da sagte Kristin: »Warum erzähltest du mir das von Herrn Björn und Frau Aashild gestern?«

»Ich kann es dir ansehen, daß du es weißt«, erwiderte Erlend und ließ plötzlich ihre Hände los. »Was denkst du jetzt von mir, Kristin?

Ich war damals achtzehn Jahre«, sagte er heftig, »es sind zehn Jahre her, seit der König, mein Verwandter, mich auf die Fahrt nach Vargöy-Haus sandte – und da blieben wir den Winter über auf Steigen; sie war mit dem Lagmann, Sigurd Saksulvssohn, verheiratet. Es dünkte mich schade um sie, denn er war alt und unglaublich häßlich – ich weiß nicht, wie es sich zutrug –, ja, ich hatte sie wohl auch lieb. Ich bot Sigurd an, als Buße zu verlangen, was er wolle, ich hätte gerne recht gegen ihn gehandelt – er ist in vieler Beziehung ein tüchtiger Mann –, aber er wollte, daß es nach dem Gesetz ginge, er brachte die Sache vor das Thing – ich sollte gebrandmarkt werden wegen Hurerei mit der Frau jenes Hauses, dessen Gast ich gewesen war, verstehst du.

So kam es meinem Vater zu Ohren, und so kam es König Haakon zu Ohren – er – er jagte mich aus seinem Hof hinaus. Und wenn du alles wissen mußt – es ist jetzt nichts mehr zwischen Eline und mir als die Kinder, und sie macht sich nicht viel aus ihnen. Sie sind im Östertal, auf einem Hof, den ich dort besaß, ich habe ihn Orm, dem Jungen, gegeben – aber sie will nicht bei ihnen sein. – Sie erwartet wohl, daß Sigurd nicht ewig leben kann – ich weiß nicht, was sie will.

Sigurd nahm sie wieder zu sich – aber sie sagt, man habe sie wie einen Hund und wie eine Sklavin in seinem Hofe gehalten – da bestellte sie mich nach Nidaros zu einer Zusammenkunft. Mir ging es nicht viel besser auf Husaby bei meinem Vater. – Ich verkaufte alles, über das ich verfügen durfte, und floh mit ihr nach Halland – Graf Jacob war mir ein guter Freund. – Konnte ich anders handeln? Sie erwartete ein Kind von mir. Ich dachte, so viele Männer, die so mit der Frau eines

anderen zusammen gelebt haben, sind glimpflich davongekommen – wenn man reich ist, dann ... Doch König Haakons Art ist es, am strengsten gegen die Seinen zu sein. Wir waren ein Jahr lang voneinander getrennt, aber da starb mein Vater, und sie kehrte zurück. Dann kamen noch andere Dinge dazu. Meine Bauern weigerten sich, den Landeszins zu zahlen oder mit meinen Vertrauensmännern zu verhandeln, weil ich im Bann war – ich setzte hart auf hart, und so wurde ich des Raubes angeklagt, aber ich hatte nicht einmal Geld, mein Gesinde zu entlöhnen; du magst mir glauben, ich war zu jung, um in diesen Schwierigkeiten verständig zu handeln, und meine Verwandten wollten mir nicht helfen – außer Munan, der mir soviel half, als er um seiner Frau willen wagte.
Ja, nun weißt du es, Kristin, daß ich viel zugesetzt habe, sowohl an Gütern als auch an meiner Ehre. Besser gedient wäre dir freilich, wenn du an Simon Andressohn festhieltest.«
Kristin legte die Arme um seinen Hals:
»Wir wollen an dem festhalten, was wir heute nacht einander geschworen haben, Erlend – wenn du so denkst wie ich.«
Erlend zog sie an sich, küßte sie und sprach:
»Darauf magst du nun auch vertrauen, daß sich alles anders gestalten soll – jetzt hat niemand in der Welt Macht über mich außer dir. Oh, ich dachte so vieles heute nacht, als du in meinem Schoße schliefst, du Holde. So viel vermag kein Teufel über einen Mann, daß ich dir Kummer oder Sorgen bereiten könnte, du mein teuerstes Leben.«

IV

Zu jener Zeit, als Lavrans Björgulfssohn auf Skog wohnte, hatte er der Kirche von Gerdarud für Seelenmessen am Todestag seiner Eltern Ländereien verliehen. Björgulv Ketilssohns Jahrestag war der dreizehnte August, und Lavrans hatte mit seinem Bruder verabredet, daß er dieses Jahr Kristin zu sich holen solle, damit sie der Messe beiwohnen könne.
Sie fürchtete, es könnte etwas dazwischenkommen, so daß der Oheim sein Versprechen nicht halten würde – sie glaubte bemerkt zu haben, daß Aasmund sie nicht besonders gern mochte. Aber am Tage bevor die Messe stattfinden sollte, kam Aasmund Björgulfssohn zum Kloster und holte seine Brudertochter ab. Kristin erhielt Bescheid, sich in weltliche Tracht zu kleiden, jedoch dunkel und einfach. Die Leute hatten sich darüber aufgehalten, daß die Schwestern von Nonneseter allzuoft sich außerhalb des Klosters sehen ließen, deshalb hatte der Bischof befohlen, daß die Zöglinge, die nicht zu Nonnen geweiht werden sollten, nichts tragen dürften, das der Ordenstracht zu ähnlich wäre, wenn sie bei ihren Verwandten zu Gast weilten – damit die Gemeinde sie nicht mit den angelobten oder geweihten Nonnen verwechseln sollte.

Kristin war seelenfroh, als sie mit ihrem Oheim die Landstraße dahinritt, und Aasmund wurde munterer und freundlicher gegen sie, als er merkte, daß das Mädchen auch selbst den Mund öffnen konnte. Im übrigen war Aasmund ziemlich bedrückt; er sagte, es sähe ganz so aus, als käme es noch in diesem Herbst zum Krieg und als würde der König mit seinem Heer nach Schweden ziehen, um die Untat zu rächen, die an seinem Verwandten, dem Mann seiner Brudertochter, verübt worden sei. Kristin hatte von dem Mord an den schwedischen Herzögen gehört, und es dünkte sie dies die erbärmlichste Feiglingstat – doch lagen ihr alle Angelegenheiten des Reiches so ferne. Niemand daheim im Tal kümmerte sich viel um so etwas; sie wußte jedoch, daß ihr Vater gegen Herzog Eirik bei Ragnhildarholm und Konungahella gekämpft hatte. Aasmund berichtete von dem ganzen Vorgang zwischen dem König und den Herzögen. Kristin verstand nicht viel davon, aber sie hörte genau auf das, was der Oheim alles von den Gelöbnissen berichtete, die mit den Königstöchtern eingegangen und wieder gebrochen worden waren. Es tröstete sie, daß es nicht an allen Orten so war wie daheim in ihren Gemeinden, wo ein verabredetes Verspruchsfest für fast ebenso bindend wie eine Heirat angesehen wurde. Sie faßte Mut, berichtete von ihrem Abenteuer an dem Abend vor dem Halvardsfest und fragte ihren Oheim, ob er Erlend von Husaby kenne. Aasmund stellte Erlend ein gutes Zeugnis aus – sagte, er habe sich unklug benommen, aber die Schuld liege hauptsächlich bei seinem Vater und beim König; die hätten so getan, als wäre der junge Bursche das Horn des Teufels selbst, weil er in diese dumme Geschichte geraten war. Der König war viel zu fromm, und Herr Nikulaus war ungehalten, weil Erlend so viel wertvolles Gut auf diese Weise vertan hatte, da hatten sie denn von Hurerei und Höllenfeuer gedonnert – »und ein wenig Trotz muß doch schließlich in einem tüchtigen Burschen stecken«, sagte Aasmund Björgulfssohn. »Und das Weib war wunderbar schön. Aber du hast ja nichts mit Erlend zu schaffen, also kümmere du dich auch nicht um seine Sachen.«
Erlend kam nicht zur Messe, wie er Kristin versprochen hatte, und sie dachte mehr daran als an Gottes Worte. Sie konnte keine Reue dabei verspüren – hatte nur die seltsame Empfindung, all dem fremd gegenüberzustehen, an das sie sich früher gebunden gefühlt hatte.
Sie versuchte sich zu trösten – Erlend hielte es wohl für das Verständigste, daß niemand, der Macht über sie besaß, jetzt von dieser Freundschaft erführe. Das konnte sie selbst begreifen. Aber sie hatte sich so herzlich gesehnt, und sie weinte, als sie am Abend im Oberstock des Nebengebäudes, wo sie mit Aasmunds kleinen Töchtern schlafen sollte, zur Ruhe gekommen war.
Tags darauf ging sie mit dem jüngsten von des Oheims Kindern, einem kleinen Mädchen von sechs Jahren, in den Wald hinauf. Als sie ein Stückweit gelangt waren, kam Erlend ihnen nachgelaufen.
Kristin wußte, daß er es war, noch ehe sie gesehen hatte, wer kam.

»Ich habe den ganzen Tag hier oben auf dem Hügel gesessen und auf den Hofplatz hinuntergespäht«, sagte er, »ich dachte mir wohl, daß du eine Gelegenheit finden würdest, herauszukommen.«

»Glaubst du denn, ich sei fortgegangen, um dich zu treffen?« fragte Kristin und lachte. »Und fürchtest du dich nicht, mit Hunden und Bogen in meines Oheims Wald zu gehen?«

»Dein Oheim hat mir erlaubt, hier zum Zeitvertreib zu jagen«, sagte Erlend. »Und die Hunde gehören Aasmund – sie fanden mich heute morgen.«

Er streichelte die Tiere und hob das kleine Mädchen auf.

»Du kennst mich, du Ragndid? Aber du darfst nicht sagen, daß ihr mit mir gesprochen habt, dann sollst du das von mir bekommen.« – Er zog ein Päckchen mit Rosinen heraus und gab es dem Kind. »Ich hatte es dir zugedacht«, sagte er zu Kristin. »Glaubst du, daß das Kind hier schweigen kann?«

Sie redeten schnell und lachend, alle beide. Erlend war in ein kurzes und enges braunes Wams gekleidet und hatte eine kleine rote Seidenmütze auf sein schwarzes Haar gedrückt – er sah so jung aus, lachte und scherzte mit dem Kind, aber dazwischenhinein nahm er Kristins Hand und drückte sie, daß es weh tat.

Er sprach von Kriegsgerüchten und war froh: »Da wird es leichter für mich sein, die Freundschaft des Königs wiederzugewinnen«, sagte er, »da wird alles leichter«, fügte er heftig hinzu.

Schließlich saßen sie auf einer Wiese ein Stückweit oben im Walde. Erlend hatte das Kind auf dem Schoß, Kristin saß neben ihm; unter dem Schutz des Grases spielte er mit ihren Fingern. Er schob drei goldene Ringe in ihre Hand, die mit einer Schnur zusammengeknüpft waren:

»Später«, flüsterte er, »sollst du so viele bekommen, wie deine Hände tragen können.«

»Ich werde hier auf dieser Wiese jeden Tag um diese Zeit auf dich warten, solange du auf Skog bist«, sagte er, als sie sich trennten. »Du mußt kommen, wenn du kannst.«

Am nächsten Tag reiste Aasmund Björgulfssohn mit Frau und Kindern zu Gyrids Stammhof auf Hadeland. Sie waren von den Kriegsgerüchten aufgeschreckt; das Entsetzen steckte noch in den Bewohnern rings um Oslo seit Herzog Eiriks Plünderungszug dorthin vor etlichen Jahren. Aasmunds alte Mutter hatte solche Angst, daß sie in Nonneseter ihre Zuflucht nehmen wollte – auch war sie zu schwach, um mit den anderen zu reisen. Kristin sollte auf Skog bei der Alten – sie nannte sie Großmutter – bleiben, bis Aasmund von Hadeland zurückkäme.

Um die Mittagszeit, als die Leute auf dem Hofe rasteten, ging Kristin in den Raum hinauf, in dem sie schlief. Sie hatte einige Kleider in einem Fellsack mitgebracht, und nun wechselte sie ihr Gewand und summte dabei.

Der Vater hatte ihr ein Kleid aus dickem österländischem Baumwollstoff geschenkt, es war himmelblau mit einem dichten roten Blumenmuster; das zog sie an. Sie bürstete und kämmte ihr Haar und band es mit roten Seidenbändern zurück, schlang einen roten Seidengürtel eng um ihren Leib und steckte Erlends Ringe an die Finger; dazwischenhinein dachte sie, ob er sie wohl schön finden würde.

Die beiden Hunde, die mit Erlend im Wald gewesen waren, hatte sie des Nachts bei sich in der Giebelstube schlafen lassen – nun lockte sie sie mit. Sie schlich sich außen um die Häuser herum und schlug den gleichen Pfad in den Wald ein wie am Tag zuvor.

Die Waldwiese lag einsam und still in brennender Mittagssonne; es duftete heiß nach dem Tannenwald, der sie rings umschloß. Die Sonne stach, und der blaue Himmel wurde merkwürdig dicht und hart über den Baumwipfeln.

Kristin setzte sich in den Schatten am Rande des Waldes. Sie war nicht betrübt, weil Erlend noch nicht da war; sie wußte sicher, daß er kommen würde, und es bereitete ihr eine eigene Freude, eine kurze Weile einsam hier sitzen zu dürfen und die erste zu sein.

Sie lauschte auf das leise Summen der kleinen Lebewesen über dem gelben verbrannten Gras, riß einige verdorrte, würzig duftende Blumen ab, die sie, ohne mehr als die Hand auszustrecken, erreichen konnte, zerrieb sie zwischen den Fingern und roch daran – mit weit offenen Augen saß sie da und versank in eine Art Schlummer.

Sie rührte sich nicht, als sie ein Pferd drinnen im Walde hörte. Die Hunde knurrten und stellten die Nackenhaare auf – dann setzten sie über die Wiese dahin, bellend und wedelnd. Erlend sprang am Waldesrand vom Pferde, gab es mit einem Schlag auf die Flanke frei und lief zu ihr hinunter, mit den Hunden, die an ihm hochsprangen. Dabei umfaßte er mit den Händen ihre Schnauzen und kam mit den beiden elchgrauen, wolfähnlichen Tieren auf sie zu. Kristin lächelte und streckte die Hand aus, ohne sich zu erheben.

Einmal, während sie den schwarzbraunen Kopf betrachtete, der zwischen ihren Händen ihr im Schoße lag, stand plötzlich eine Erinnerung vor ihr. Klar und fern sah sie sie vor sich, plötzlich, wie an einem Berghang ein weit entferntes Haus klar aus dem Wolkendunkel aufleuchten kann, wenn ein Sonnenstreif an einem unruhigen Tag dorthin fällt. Und es war, als würde in ihrem Herzen jene ganze Zärtlichkeit aufgedeckt, um die Arne Gyrdssohn sie einmal gebeten hatte, als sie seine Worte noch nicht verstand. Angstvoll heftig zog sie den Mann zu sich herauf und barg sein Gesicht an ihrer Brust, küßte ihn, als fürchte sie, daß er ihr genommen werden könnte. Und als sie seinen Kopf so auf ihrem Arm sah, dünkte es sie, es sei, wie wenn man ein Kind im Schoße habe – seine Augen deckte sie mit der einen Hand zu und träufelte kleine Küsse ihm auf Mund und Wange.

Der Sonnenschein war von der Wiese verschwunden – die schwere Farbe über den Baumwipfeln hatte sich zu einem blauen Dunkel über

dem ganzen Himmel verdichtet; in der Wolke waren kleine kupferrote Lichter wie Brandrauch. Bajard kam zu ihnen herunter, wieherte einmal laut und stand unbeweglich und starrte. Gleich darauf leuchtete der erste Blitz, und der Donner folgte hart, nicht weit entfernt.
Erlend erhob sich und nahm das Pferd beim Zügel. Am unteren Ende der Wiese stand ein alter Heuschuppen; dorthin gingen sie, und er schlang Bajards Zügel gleich innerhalb der Öffnung um einen Balken. Zuhinterst in dem Schuppen lag Heu, Erlend breitete seinen Umhang aus, und sie ließen sich dort nieder, die Hunde zu ihren Füßen.
Bald darauf hing der Regen wie ein Teppich vor der Öffnung. Es rauschte im Walde und peitschte auf die Wiese nieder – bald mußten sie sich wegen der Tropfen, die vom Dache rannen, tiefer hineinflüchten. Sooft es blitzte und donnerte, fragte Erlend:
»Fürchtest du dich, Kristin?«
»Ein wenig«, flüsterte sie zurück und drängte sich eng an ihn.
Sie wußten nicht, wie lange sie so gesessen hatten – das Gewitter war ziemlich rasch vorübergegangen – es donnerte in weiter Ferne, aber die Sonne schien vor der Tür auf das nasse Gras, und die blinkenden Tropfen fielen immer seltener und seltener vom Dach. Der süße Heuduft in der Scheune wurde stärker.
»Nun muß ich gehen«, sagte Kristin, und Erlend antwortete: »Das mußt du wohl.« Er umfaßte ihren Fuß: »Du wirst naß – du mußt reiten, und ich werde gehen – zum Walde hinaus«, er blickte sie so seltsam an.
Kristin bebte – sie glaubte, das sei, weil ihr Herz so klopfte –, sie fror und hatte feuchte Hände. Als er ihre bloße Haut über dem Knie küßte, versuchte sie kraftlos, ihn wegzuschieben. Erlend hob sein Gesicht einen Augenblick – sie mußte an einen Mann denken, der eines Tages im Kloster zu essen bekommen hatte – er hatte das Brot geküßt, das man ihm reichte. Sie sank mit offenen Armen ins Heu zurück und ließ Erlend tun, wie er wollte.
Starr saß sie aufrecht, als Erlend den Kopf von seinen Armen hob. Er richtete sich heftig auf die Ellbogen auf:
»Schau nicht so drein – Kristin!«
Seine Stimme schnitt mit einem neuen, wilden Schmerz in Kristins Sinn – er war ja nicht froh – auch er war unglücklich!
»Kristin, Kristin . . .«
»Glaubst du, ich habe dich zu mir in den Wald herausgelockt, weil ich dies von dir wollte und dich mit Gewalt nehmen wollte?« fragte er nach einiger Zeit.
Sie fuhr ihm übers Haar und sah ihn nicht an:
»Gewalt war es wohl nicht – du hättest mich wohl gehen lassen, wie ich gekommen war, hätte ich dich gebeten«, sagte sie leise.
»Ich weiß nicht«, antwortete er und barg sein Gesicht in ihrem Schoß. »Glaubst du, ich werde schlecht an dir handeln?« fragte er heftig. »Kristin – ich schwöre dir bei meinem christlichen Glauben – möge Gott

mich in meiner letzten Stunde verlassen, wenn ich dir nicht die Treue halte bis zu meiner Todesstunde.«

Sie konnte nichts sagen, sie strich ihm nur wieder und wieder über das Haar. »Nun ist es wohl an der Zeit, daß ich heimgehe?« fragte sie schließlich, und es dünkte ihn, sie warte in Todesangst auf seine Antwort.

»Das ist es wohl«, antwortete er finster. Er erhob sich rasch, ging zum Pferd und machte sich an den Zügeln zu schaffen.

Da stand auch sie auf. Langsam, matt und zerschmettert begriff sie – sie wußte nicht, was sie erwartet hatte, daß er tun würde – sie auf sein Pferd setzen und sie mit sich nehmen, so daß sie nicht mehr zu anderen Menschen zurückkehren mußte. Es war, als sei ihr ganzer Körper wund vor Staunen darüber – daß es dieses Arge war, von dem sie alle sangen. Und weil Erlend ihr dieses angetan hatte, glaubte sie, sie sei nun so sein Eigentum geworden, daß sie sich nicht mehr ausdenken konnte, wie sie außerhalb seines Machtbereiches leben sollte. Sie mußte jetzt von ihm fortgehen, allein sie konnte nicht fassen, daß das geschehen sollte.

Durch den Wald hinunter ging er neben ihr und führte das Pferd, er hielt ihre Hand in der seinen, doch sie fanden kein Wort, das sie einander hätten sagen können.

Als sie so weit gekommen waren, daß sie die Häuser auf Skog sehen konnten, nahm er Abschied.

»Kristin – sei nicht so traurig – der Tag, an dem du mein Weib wirst, wird kommen, ehe du es glaubst.«

Aber ihr sank das Herz in der Brust, als sie sagte:

»So mußt du von mir fort?« Sie fragte angstvoll.

»Sowie du von Skog abgereist bist«, sagte er, und seine Stimme klang sofort frischer. »Wenn es keinen Krieg gibt, will ich mit Munan sprechen, er hat lange in mich gedrungen, ich solle mich verheiraten – er wird mich sicher begleiten und für mich bei deinem Vater werben.«

Kristin senkte den Kopf – mit jedem Wort, das er sagte, dünkte sie die Zeit, die vor ihr lag, länger und unfaßbarer – das Kloster, Jörundhof – es war, als treibe sie auf einem Strom, der sie von all dem forttrüge.

»Schläfst du allein in der Giebelstube, nun, da deine Verwandten abgereist sind«, fragte Erlend, »dann komme ich heute abend und spreche mit dir, wirst du mich einlassen?«

»Ja«, sagte Kristin leise. Und dann trennten sie sich.

Den Rest des Tages saß sie bei der Großmutter, und nach dem Nachtmahl brachte sie die alte Frau zu Bett. Dann ging sie in das Oberstockwerk hinauf, wo sie schlafen sollte. Es war ein kleines Fenster in der Wand: Kristin setzte sich auf die Truhe, die darunterstand – hatte keine Lust, zu Bett zu gehen.

Sie mußte lange warten. Es war ganz dunkel draußen, als sie leise Schritte auf dem gedeckten Söller hörte. Erlend klopfte an die Tür, die Fingerknöchel unter dem Umhang, und Kristin stand auf, zog den Riegel zurück und ließ Erlend zu sich ein.

Sie merkte, daß er sehr froh war, als sie die Arme um seinen Hals schlang und sich an ihn schmiegte.
»Ich fürchtete, du würdest mir böse sein«, sagte er.
»Du sollst nicht traurig sein wegen dieser Sünde«, sagte er einmal später. »Es ist keine große Sünde. Gottes Gesetz ist darin nicht so wie das Landesgesetz. Gunnulv, mein Bruder, hat mir das einmal dargelegt – wenn zweie beschließen, für alle Zeit aneinander festzuhalten, und sie liegen dann beieinander, dann sind sie vor Gott verheiratet und können die Verbindung nicht ohne große Sünde lösen. Ich kann dir das Wort auf lateinisch sagen, wenn es mir einfällt – ich habe es doch einmal gewußt.«
Kristin dachte darüber nach, warum Erlends Bruder das wohl gesagt hatte – aber sie wies die widerstrebende Angst, es könnte um Erlends und einer anderen willen gesagt worden sein, von sich – und versuchte in seinen Worten Trost zu finden.
Sie saßen miteinander auf der Truhe, er hielt den Arm um sie gelegt, und Kristin fühlte sich nun ruhig und sicher – an seiner Seite war der einzige Ort, wo sie sich jetzt sicher und geborgen fühlen konnte.
Von Zeit zu Zeit sprach Erlend viel und aufgeräumt – dann wieder war er lange Zeit still und liebkoste sie nur. Ohne daß Kristin es wußte, sammelte sie von allem, was er sagte, jeden kleinen Zug, der ihn schöner und ihr lieber machen und seine Schuld in allem, was sie von ihm wußte und was nicht gut war, verringern konnte.
Erlends Vater, Herr Nikulaus, war schon so alt gewesen, als er die Kinder bekam, daß er weder Geduld noch die Gabe dazu hatte, sie selbst zu erziehen; beide Söhne waren im Hause des Herrn Baard Peterssohn auf Hestnaes aufgewachsen. Erlend hatte keine anderen Geschwister als den Bruder Gunnulv; der war ein Jahr jünger und war Priester an der Christkirche in Nidaros*. »Ihn habe ich am liebsten von allen Menschen außer dir.«
Kristin fragte, ob Gunnulv ihm gleiche, aber Erlend lachte, sie seien einander sehr unähnlich, innerlich wie äußerlich. Nun war Gunnulv im Ausland und studierte – war im dritten Jahre fort, aber er hatte zweimal einen Brief heimgesandt, das letztemal im vergangenen Jahr, als er von Sancta Genoveva in Paris abreisen und nach Rom fahren wollte.
»Er wird sich freuen, Gunnulv, wenn er heimkommt und mich verheiratet findet«, sagte Erlend.
Dann sprachen sie von der großen Erbschaft, die ihm von seinen Eltern hinterlassen worden war – Kristin merkte, daß er selbst kaum Bescheid darüber wußte, wie seine Sachen jetzt standen. Sie wußte ziemlich viel von ihres Vaters Landkäufen. – Erlend hatte seine Geschäfte nach der anderen Richtung gemacht, verkauft und zerstreut und vergeudet und verpfändet, am schlimmsten in den letzten Jahren,

* Christkirche in Nidaros: Domkirche in Drontheim

als er sich von seiner Buhlerin trennen wollte und deshalb gemeint hatte, daß sein übles Leben mit der Zeit vergessen werden würde und die Verwandten sich seiner annehmen würden. Er hatte geglaubt, er könnte schließlich zum Landvogt über den halben Orkdölagau ernannt werden, wie sein Vater es gewesen war.

»Aber nun weiß ich bald nicht mehr, was das für ein Ende nehmen wird«, sagte er. »Vielleicht sitze ich schließlich auf einem Berghof wie Björn Gunnarssohn und muß den Mist auf meinem Rücken hinaustragen, wie die Knechte in früheren Zeiten, weil ich kein Pferd besitze.«

»Gott stehe dir bei«, sagte Kristin und lachte. »Da muß ich wohl zu dir kommen – ich glaube denn doch, daß ich mich besser auf Bauernwirtschaft verstehe als du.«

»Den Mistkorb hinausgetragen hast du wohl noch nicht«, sagte er und lachte auch.

»Nein, aber ich habe doch gesehen, wie sie den Dünger ausbreiten – und Korn gesät habe ich daheim fast jedes Jahr. Mein Vater pflegte selbst die nächstliegenden Äcker zu pflügen, und dann ließ er mich das erste Stück säen, denn ich sollte Glück bringen.« – Die Erinnerung tat ihrem Herzen weh – darum sagte sie hastig: »Und eine Frau mußt du haben, um zu backen und das Dünnbier zu brauen und dein einziges Hemd zu waschen und um zu melken – du mußt ein oder zwei Kühe von dem nächsten reichen Bauern leihen.«

»Oh, Gott sei Dank, daß ich dich wieder ein wenig lachen höre«, sagte Erlend und hob sie auf, daß sie wie ein Kind auf seinen Armen lag.

In den sechs folgenden Nächten, bevor Aasmund Björgulfssohn heimkam, war Erlend jeden Abend bei Kristin oben.

In der letzten Nacht schien er ebenso unglücklich zu sein wie sie; er wiederholte viele Male, daß sie keinen Tag länger als notwendig voneinander getrennt sein sollten. Zum Schluß sagte er ganz leise:

»Sollte es nun das Unglück wollen, daß ich nicht vor dem Winter hierher nach Oslo zurückkommen kann – und sollte es so gehen, daß du Freundeshilfe brauchst –, so kannst du dich ruhig an Sira Jon hier in Gerdarud wenden, wir sind Freunde seit unseren Kinderjahren, und auch auf Munan Baardssohn kannst du sicher vertrauen.«

Kristin konnte nur nicken. Sie begriff, daß er von der gleichen Sache sprach, an die sie nun jeden Tag gedacht hatte, aber Erlend nannte es nicht weiter. So schwieg auch sie und wollte nicht zeigen, wie herzbeklommen ihr zumute war.

Die anderen Male war er von ihr fortgegangen, wenn die Nacht vorrückte, aber an diesem Abend bat er innig darum, eine Weile bei ihr schlafen zu dürfen. Kristin war ängstlich, aber Erlend sagte:

»Du kannst dir doch wohl denken, wenn ich in deiner Kammer gefunden werde, dann weiß ich auch für mich einzutreten.« Sie wollte ihn selbst so gerne noch bei sich behalten, und sie vermochte nicht, ihm etwas abzuschlagen.

Aber sie fürchtete, sie könnten zu lange schlafen. So saß sie die meiste Zeit der Nacht ans Kopfende des Bettes gelehnt, schlummerte manchmal ein wenig, wußte nicht immer, ob er sie soeben geliebkost oder ob sie es nur geträumt hatte. Ihre eine Hand lag auf seiner Brust, dort wo sie sein Herz darunter klopfen fühlte, und das Gesicht hielt sie dem Fenster zugewendet, um nach dem Morgendämmern draußen sehen zu können.

Schließlich mußte sie ihn wecken. Sie warf sich einige Hüllen um und trat mit ihm auf den Altan hinaus – er kletterte über das Gebälk auf jener Seite des Hauses, die einem anderen Haus nahe zugewendet lag. Dann war er um die Ecke verschwunden. Kristin ging hinein und kroch ins Bett; nun gab sie sich völlig nach und weinte zum erstenmal, seit sie Erlends Eigentum geworden war.

V

In Nonneseter vergingen die Tage wie früher. Kristin lebte zwischen Schlafhaus und Kirche, Webzimmer, Bücherhalle und Refektorium. Die Nonnen und die Klosterleute heimsten die Ernte im Wurzgarten und von den Obstbäumen ein, die Kreuzmesse mit der Prozession im Herbst kam, dann war die Fastenzeit vor der Mikalsmesse. Kristin wunderte sich – niemand schien sie verändert zu finden. Aber sie war unter Fremden schon immer ziemlich still gewesen, und Ingebjörg Filippustochter, die bei Tag und Nacht ihre Kameradin war, sie konnte für sie beide reden.

So merkte niemand, daß sie mit allen ihren Gedanken von allem rings um sie ferne war. Erlends Buhlerin – sie sagte es sich innerlich, daß sie nun Erlends Buhlerin war. Es war jetzt, als hätte sie es geträumt – der Abend im Margretentag, die Stunde im Heuschuppen, die Nächte in ihrer Schlafstube auf Skog – entweder hatte sie das geträumt, oder sie träumte nun das, was jetzt war. Aber eines Tages mußte sie erwachen; eines Tages würde es auskommen. Nicht einen Augenblick zweifelte sie daran, daß sie nun mit Erlends Kind ginge.

Aber was mit ihr geschehen würde, wenn dies an den Tag kam, konnte sie sich nicht recht denken. Ob sie in die dunkle Kammer gesteckt oder heimgeschickt werden würde. – In weiter Ferne sah sie blasse Bilder von Vater und Mutter. – Dann schloß sie die Augen, schwindlig und krank, duckte sich vor dem Ungewitter, das sie erwartete, und versuchte, sich hart zu machen, um das Arge zu ertragen, das, wie sie glaubte, damit enden müsse, daß sie für immer in Erlends Arme gespült würde – den einzigen Ort, wo sie noch ein Heim zu haben glaubte.

So lag in dieser Spannung ebensoviel Erwartung wie Entsetzen, ebensoviel Süße wie Qual. Sie war unglücklich – aber sie fühlte ihre Liebe zu Erlend wie eine Pflanze, die in sie eingesetzt war – und diese trieb neueren und reicheren Blumenflor jeden Tag, trotz allem Unglück. In der letzten Nacht, die er bei ihr geschlafen hatte, hatte sie wie eine zarte und flüchtige Süße empfunden, daß ihrer in seiner Umarmung eine Lust und ein Glück wartete, die sie bisher noch nicht gekannt hatte; nun bebte sie bei der Erinnerung daran; sie fühlte es wie heiße, würzige Windstöße aus sonnenheißen Gärten. Strauchbalg – dieses Wort, das Inga ihr ins Gesicht geschleudert hatte – sie nahm es gleichsam entgegen und drückte es an sich. Strauchbalg, das war ein Kind, das heimlich im Wald und auf der Wiese empfangen worden war. Sie fühlte den Sonnenschein und den Geruch der Fichten über der Waldwiese. Jede neue, fiebernde Unruhe, jeden hastigen Pulsschlag im Körper nahm sie als Anzeichen der Frucht, die sie daran erinnerte, daß sie nun neue Wege eingeschlagen hatte, und wenn es auch noch so schwer wäre, sie zu Ende zu gehen, so war sie doch sicher, daß sie schließlich zu Erlend führen mußten.

Sie saß zwischen Ingebjörg und Schwester Astrid und stickte an der großen Decke mit den Rittern und Vögeln unter den Laubranken. Währenddessen dachte sie sich aus, wie sie flüchten würde, wenn die Zeit käme, da es nicht mehr verborgen gehalten werden konnte. Sie ging die Landstraße entlang, gekleidet wie ein armes Weib: alles, was sie an Gold und Silber besaß, trug sie in einem Bündel in der Hand. Sie erkaufte sich ein Dach über dem Haupte auf einem Hof irgendwo in einem abgelegenen Tal – sie ging als Dienende, trug das Eimerjoch auf dem Nacken, tat Stallarbeit, buk und wusch und wurde gescholten, weil sie nicht sagen wollte, wer der Vater des Kindes war. Dann kam Erlend und fand sie ...

Manchmal dachte sie sich aus, er käme zu spät. Schneeweiß und schön lag sie in dem ärmlichen Bauernbett. Erlend bückte sich unter dem Türrahmen; er trug den weiten schwarzen Umhang, den er umzuhaben pflegte, als er in den Nächten auf Skog zu ihr kam. Die Bauernfrau führte ihn an ihr Lager, er sank nieder und ergriff ihre kalten Hände, seine Augen waren zu Tode betrübt – hier liegst du, meine einzige Freude.

Gebeugt von Trauer ging er hinaus, seinen zarten Sohn unter den Falten des Umhangs an die Brust gedrückt; nein, sie meinte nicht, daß es so kommen würde; sie wollte nicht sterben, und Erlend sollte keinen so großen Kummer erleiden. Aber sie war so niedergedrückt, da tat es gut, sich solches auszudenken. –

Dann stand es einen Augenblick vor ihr, durcheisend und klar – das Kind, dies war nicht etwas, was sie sich ausdachte, das war das Unabwendbare; sie mußte eines Tages verantworten, was sie getan hatte – und das Herz wollte ihr vor Schrecken stillstehen.

Als aber einige Zeit vergangen war, begriff sie, es sei doch nicht so sicher, daß sie ein Kind erwarte. Sie verstand selbst nicht, daß sie sich nicht freute; es war, als hätte sie unter einer warmen Decke gelegen und geweint; nun sollte sie aufstehen und in die Kälte hinausgehen.

Noch ein Monat verging, noch ein zweiter; sie wußte sich nun ihrer Sache sicher, diesem Unglück war sie entronnen – frierend und leer fühlte sie, daß sie jetzt unglücklicher war als früher; in ihrem Herzen wuchs eine leise Bitterkeit gegen Erlend. Advent nahte heran, und sie hatte nichts von ihm oder über ihn gehört; sie wußte nicht, wo er sich befand.

Und nun dünkte es sie, daß sie diese Angst und Ungewißheit nicht aushalten könne; es war, als sei ein Band zwischen ihnen zerschnitten. Jetzt hatte sie ernstlich Angst, es könnte sich etwas ereignen, so daß sie ihn nie mehr sehen würde. Von allem, woran sie früher gebunden gewesen war, war sie nun getrennt, und das Band zwischen ihnen war so dünn. Sie dachte nicht, daß er sie verlassen würde, aber es gab so vieles, das geschehen konnte. Sie wußte nicht, wie sie die Unsicherheit dieser Wartezeit ertragen und sich von Tag zu Tag weiter quälen sollte.

Bisweilen dachte sie an die Eltern und die Schwestern, sehnte sich nach ihnen, aber so, als hätte sie diese für immer verloren.

Und bisweilen, in der Kirche und auch sonst, konnte sie eine heftige Sehnsucht danach verspüren, mit in dieser Gemeinschaft der Menschen Gott nahe zu sein. Es war dies stets ein Teil ihres Lebens gewesen; nun stand sie mit ihrer ungebeichteten Sünde abseits.

Sie sagte sich selbst, daß diese Trennung von Heim und Sippe und Christentum ja nur einige Zeit währe. Aber Erlend mußte sie an seiner Hand zurückführen. Wenn ihr Vater mit ihrer und Erlends Liebe einverstanden war, dann konnte sie zu ihm gehen wie früher; wenn sie und Erlend verheiratet waren, konnten sie beichten und für ihr Vergehen büßen.

Sie begann, Beweise dafür zu suchen, daß auch andere Menschen nicht sündenfrei waren, auch andere nicht. Sie gab mehr auf Geschwätz acht als früher und beobachtete alle Kleinigkeiten rings um sich, die darauf deuteten, daß nicht einmal die Schwestern hier im Kloster vollkommen heilig und unweltlich waren. Es waren nur kleine Dinge – unter Frau Groas Herrschaft war Nonneseter für die Welt das Vorbild einer göttlichen Schwesterngemeinschaft. Eifrig beim Gottesdienst, fleißig, fürsorglich gegen Arme und Kranke waren die Nonnen. Die Klausur war nicht so streng, daß die Schwestern nicht Besuch von ihren Freunden und Verwandten im Sprechzimmer empfangen durften, auch durften sie selbst diese in der Stadt besuchen, wenn ein besonderer Anlaß dazu war, aber noch keine Nonne hatte in all diesen Jahren, in denen Frau Groa dem Kloster vorgestanden hatte, dem Hause Schande bereitet.

Jetzt aber besaß Kristin ein offenes Ohr für alle kleinen Ungehörigkeiten innerhalb der Klostermauern: kleine Zänkereien und Eifersucht und Eitelkeit. Außer bei der Krankenpflege wollte keine der Nonnen bei der groben Hausarbeit mit Hand anlegen; alle wollten sie gelehrte und kunstfertige Frauen sein; eine wollte die andere überholen, und jene Schwestern, die für solche vornehmen Fertigkeiten nicht begabt genug waren, verloren den Mut und brachten die Zeit wie in Betäubung zu.

Frau Groa selbst war gelehrt und klug; sie wachte über dem Wandel und Fleiß ihrer geistigen Töchter, aber sie nahm sich nur wenig ihres Seelenheiles an. Gegen Kristin war sie stets gut und freundlich gewesen – sie schien sie den anderen Zöglingen vorzuziehen; aber dies geschah deshalb, weil Kristin im Lesen und Schreiben und in Handarbeiten wohlgelehrt war und fleißig und wortkarg. Frau Groa schien von den Schwestern niemals eine Antwort zu erwarten. Dagegen sprach sie gerne mit Männern. Die kamen und gingen in ihrem Sprechzimmer – Landbauern und Vertrauensmänner des Klosters, Prädikantenbrüder des Bischofs, Vertreter von der Hauptinsel, mit denen sie im Rechtsstreit lag. Sie war vollauf beschäftigt mit der Fürsorge für die großen Güter des Klosters, mit den Abrechnungen, sie schickte Kirchengewänder fort, erhielt Bücher zur Abschrift und sandte selbst solche an andere. Auch nicht die bösartigsten Menschen konnten an Frau Groas Tun etwas Unschickliches finden. Aber sie liebte es, nur von solchen Dingen zu reden, in denen Frauen selten Bescheid wissen.

Der Prior, der in einem Haus für sich selbst nördlich der Kirche wohnte, schien nicht mehr eigenen Willen zu haben als die Schreibfeder der Äbtissin. Schwester Potentia waltete hauptsächlich im Hause; und sie dachte vor allem daran, solchen Brauch im Hause zu halten, wie sie es in dem vornehmen deutschen Frauenkloster gesehen hatte, wo sie während ihres Noviziates gewesen war. Sie hieß früher Sigrid Ragnvaldstochter, hatte aber den Namen getauscht, als sie die Ordenstracht annahm, denn so war es in anderen Ländern sehr häufig Sitte; auf ihren Vorschlag hin geschah es auch, daß auch die Zöglinge, die nur für kurze Zeit in Nonneseter waren, die Jungschwesterntracht trugen.

Schwester Cecilia Baardstochter war nicht wie die anderen Nonnen. Sie ging umher, still, mit niedergeschlagenen Augen, antwortete stets sanft und demütig, war aller Dienstmagd, tat am liebsten die gröbste Arbeit, fastete mehr als vorgeschrieben war – so viel, als ihr Frau Groa erlaubte – und kniete nach dem Abendgebet stundenlang in der Kirche oder ging noch vor der Frühmesse dorthin.

Aber eines Abends, als sie den ganzen Tag am Bach gekniet und zusammen mit zwei Laienschwestern Wäsche gewaschen hatte, begann sie plötzlich beim Abendessen laut aufzuweinen. Sie warf sich auf den Steinboden, rutschte auf den Knien zwischen den Schwestern umher und schlug sich vor die Brust, und mit brennenden Wangen und unter strömenden Tränen bat sie alle, ihr zu verzeihen. Sie sei die ärgste Sünderin unter ihnen allen – steinhart vor Hochmut sei sie alle Tage gewesen. Hochmut und nicht Demut oder Dankbarkeit für Jesu Erlösertod hätten sie standhaft gemacht, wenn sie von der Welt in Versuchung geführt worden sei; sie sei hierher geflüchtet, nicht weil sie eines Mannes Seele liebe, sondern weil sie ihren eigenen Stolz liebe. Aus Hochmut habe sie ihren Schwestern gedient, Eitelkeit habe sie aus ihrem Wasserbecher getrunken, Selbstgerechtigkeit habe sie dick auf ihr trockenes Brot gestrichen, wenn die Schwestern bei den Mahlzeiten Bier tranken und Butter aßen.

Von all dem verstand Kristin nichts weiter, als daß also nicht einmal Cecilia Baardstochter wahrhaft heiligen Herzens war. Ein ungebrauchtes Talglicht, das unter dem Dach gehangen hatte und von Ruß und Spinnweben schmutzig geworden war – damit verglich die Schwester selbst ihre lieblose Keuschheit.

Frau Groa ging hin und hob das schluchzende junge Weib auf. Streng sagte sie, daß Cecilia um dieser Gesetzwidrigkeit willen zur Strafe aus dem Dormitorium der Schwestern ausziehen und sich in das Bett der Äbtissin selbst legen müsse, und dort solle sie liegenbleiben, bis sie sich vom Fieber wieder erholt habe.

»Und dann sollst du, Schwester Cecilia, acht Tage lang auf meinem Platz sitzen, wir wollen dich in geistigen Dingen um Rat fragen und dir um deiner göttlichen Lebensweise willen solche Ehren erweisen, daß du satt werden kannst an den Huldigungen sündiger Menschen. Dann kannst du darüber urteilen, ob diese so erstrebenswert sind, und dann kannst du wählen, ob du nach den Regeln leben möchtest wie wir andern oder ob du dich Übungen unterziehen willst, die niemand von dir fordert. Dann kannst du überlegen, ob du aus Liebe zu Gott, auf daß er gnädig auf dich herabblicke, alle die Dinge tun willst, von denen du sagst, du habest sie getan, damit wir zu dir aufblicken sollten.«

So geschah es. Schwester Cecilia schlief vierzehn Tage im Zimmer der Äbtissin, sie hatte heftiges Fieber, und Frau Groa selbst pflegte sie. Als sie wieder aufstehen konnte, mußte sie acht Tage lang sowohl in der Kirche als daheim im Hochsitz neben der Äbtissin sitzen, und alle warteten ihr auf – sie weinte die ganze Zeit, als würde sie geschlagen. Von da an war sie viel sanftmütiger und fröhlicher. Sie lebte fast genauso weiter wie zuvor, aber sie errötete wie eine Braut, wenn jemand sie ansah, ob sie nun den Boden fegte oder allein zur Kirche ging.

Dieses Geschehnis mit Schwester Cecilia weckte jedoch in Kristin eine starke Sehnsucht nach Frieden und Ausgleich mit allem, von dem sie sich nun ausgeschlossen fühlte. Sie dachte an Bruder Edvin, und eines Tages faßte sie Mut und bat Frau Groa um die Erlaubnis, zu den Barfußbrüdern hinausgehen und einen Freund begrüßen zu dürfen, den sie dort kannte.

Sie merkte, daß Frau Groa es nicht gerne sah – es herrschte wenig Freundschaft zwischen den Minoriten und den übrigen Klöstern im Bistum. Und die Äbtissin wurde nicht sanfter, als sie hörte, wer Kristins Freund war. Sie sagte, dieser Bruder Edvin sei ein unsicherer Gottesmann, treibe sich stets im Lande herum und wolle in fremden Bistümern terminieren. Die Leute hielten ihn vielenorts für einen heiligen Mann, er aber scheine nicht zu begreifen, daß die erste Pflicht eines Franziskaners Gehorsam gegen die Vorgesetzten sei. Er habe Vogelfreien und Geächteten die Beichte abgenommen, habe ihre Kinder getauft und sie in die Erde gebettet, ohne um Erlaubnis zu fragen – allein er habe wohl ebensosehr aus Unverstand wie aus Trotz gesündigt und geduldig die Züchtigungen ertragen, die ihm um dieser Sachen willen auferlegt worden seien. Man übe Nachsicht mit ihm, weil er tüchtig in seinem Handwerk sei, aber auch bei der Ausübung dieses Handwerks sei er mit den Leuten in Streit geraten; die Bildermeister des Bischofs in Björgvin * wollten es nicht mehr leiden, daß er dort ins Bistum käme und wirkte.

Kristin erdreistete sich, zu fragen, woher er gekommen sei, dieser Mönch mit dem unnorwegischen Namen. Frau Groa war zum Sprechen aufgelegt; sie erzählte, daß er hier in Oslo geboren sei, daß aber sein Vater ein Engländer gewesen sei, Rikard Plattenmeister, der sich mit einer Bauerntochter aus dem Skogheimgau verheiratet habe und in der Stadt ansässig geworden sei – zwei Brüder Edvins waren angesehene Waffenschmiede in der Stadt. Aber dieser älteste der Söhne des Plattenmeisters war seiner Lebtage ein unsteter Geist gewesen. Zum Klosterleben hatte er zwar von Kindesbeinen an Lust gehabt, und er war bei den Graumönchen auf der Hauptinsel eingetreten, sowie er das vorgeschriebene Alter hatte. Sie sandten ihn zur Erziehung in ein Kloster nach Frankreich – er war gut begabt; dort draußen hatte er es durchgesetzt, aus dem Orden der Zisterzienser auszutreten und in den Minoritenorden einzutreten. Und als später die Brüder eigenhändig anfingen, eine Kirche östlich von Lökken zu bauen, gegen das Verbot des Bischofs, da war Bruder Edvin einer der ärgsten und streitbarsten gewesen – ja, er hatte einen der Männer, den der Bischof gesandt hatte, um die Arbeit durch ihn einstellen zu lassen, mit einem Hammer halb erschlagen.

Es war lange her, seit jemand so viel auf einmal mit Kristin gesprochen hatte, und als nun Frau Groa sagte, sie könne jetzt gehen, beugte sich das junge Mädchen herab und küßte der Äbtissin die Hand, ehrerbietig und innig; die Tränen traten ihr dabei in die Augen. Als Frau Groa dies sah, glaubte sie, es sei aus Kummer – und da sagte sie, daß sie vielleicht doch einmal ausgehen und Bruder Edvin begrüßen dürfe.

Und einige Tage später erhielt sie den Bescheid, daß jemand vom Kloster im Königshof etwas zu tun habe, da könnte sie mit zu den Brüdern auf Lökken hinausgehen.

Bruder Edvin war daheim. Kristin hatte nicht geglaubt, daß sie beim Anblick eines anderen Menschen als Erlend so froh werden könnte. Der alte Mann saß da und streichelte ihre Hand, während sie miteinander sprachen – dankte ihr, weil sie gekommen war. Nein, er sei seit jener Nacht, in der er auf Jörundhof geschlafen habe, nicht mehr in die dortige Gegend gekommen, aber er habe erfahren, daß sie heiraten solle, und er wünsche ihr Glück dazu. Da bat Kristin, ob er mit ihr in die Kirche hinübergehen wolle.

* Björgvin: Bergen

Sie mußten zum Kloster hinaus und um dasselbe herum zum Haupteingang gehen; Bruder Edvin wagte nicht, sie durch den Hof zu führen. Er war überhaupt sehr verzagt und schien ängstlich zu sein, etwas zu tun, das Ärgernis erregen könnte. Er war sehr alt geworden, dünkte es Kristin.

Und als sie ihr Opfer auf den Altar des Priesters, der in der Kirche war, gelegt hatte und danach Edvin bat, ihr die Beichte abzunehmen, erschrak er sehr. Das wage er nicht, es sei ihm streng verboten worden, die Beichte abzunehmen.

»Ja, du hast vielleicht davon gehört«, sagte er, »es verhielt sich nun einmal so, daß ich glaubte, diesen armen Menschen jene Gaben nicht verweigern zu können, die Gott mir unentgeltlich gegeben hat. Aber ich hätte sie natürlich dazu anhalten müssen, an der richtigen Stelle Sühne zu suchen – ja, ja. Du aber, Kristin, bist ja verpflichtet, bei eurem Prior zu beichten.«

»Es ist etwas, das ich dem Prior im Kloster nicht beichten kann«, sagte Kristin.

»Denkst du, es könne dir nützen, wenn du mir das beichtest, was du vor deinem rechten Beichtvater verbergen willst«, sagte der Mönch strenger.

»Kannst du nicht meine Beichte hören«, sagte Kristin, »dann kannst du mich wohl mit dir sprechen und dich in der Sache um Rat fragen lassen, die mir auf dem Herzen liegt.«

Der Mönch blickte um sich. Die Kirche war jetzt gerade leer. So setzte er sich auf eine Truhe, die in einem Winkel stand: »Denke daran, daß ich dich nicht entsühnen kann, aber ich werde dir raten und werde mit dir schweigen, als hättest du es mir in der Beichte gesagt.«

Kristin stellte sich vor ihn hin und sagte:

»Es verhält sich so, daß ich nicht Simon Darres Weib werden kann.«

»Du weißt, daß ich dir hierin nicht anders raten kann, als dein Prior dir raten würde«, sagte Bruder Edvin. »Ungehorsamen Kindern schenkt Gott kein Glück, und dein Vater will dein Bestes, das weißt du wohl.«

»Ich weiß nicht, welches dein Rat sein wird, wenn du mich zu Ende gehört hast«, erwiderte Kristin. »Die Sache steht nun so, daß Simon zu gut dafür ist, an dem kahlen Zweig zu nagen, von dem ein anderer Mann die Blüte abgebrochen hat.«

Sie blickte dem Mönch gerade in die Augen. Aber als sie seinen Blicken begegnete und merkte, wie das vertrocknete, runzlige, alte Gesicht sich veränderte, von Trauer und Entsetzen erfüllt wurde, da war es, als zerbräche etwas in ihr selbst, die Tränen stürzten hervor, sie wollte sich auf die Knie werfen. Aber Bruder Edvin hielt sie heftig zurück:

»Nein, nein, setz dich hierher neben mich auf die Truhe – ich kann dir nicht die Beichte abnehmen.« Er rückte zur Seite und machte ihr Platz.

Sie weinte weiter; er strich ihr über die Hand und sagte leise:

»Entsinnst du dich jenes Morgens, Kristin, da ich dich dort auf der Treppe in der Hamarskirche zum erstenmal sah? Als ich im Ausland war, hörte ich einmal eine Sage von einem Mönch, der nicht glauben konnte, daß Gott uns erbärmliche und sündige Menschen alle liebe. – Da kam ein Engel und berührte seine Augen, und er sah einen Stein auf dem Grund des Meeres, und unter dem Stein lebte ein blindes, weißes, nacktes Tier, und er sah es so lange an, bis er es liebgewann, weil es so klein und armselig war. Als ich dich dort so klein und armselig in dem großen Steingebäude sitzen sah, da dachte ich, es sei begreiflich, daß Gott solche Wesen wie dich liebe, schön und rein warst du, und dennoch bedurftest du des Schutzes und der Hilfe. Ich glaubte zu sehen, wie die ganze Kirche mit dir darinnen in Gottes Hand ruhte.«
Kristin sagte leise:
»Wir haben uns mit den teuersten Schwüren aneinander gefesselt – und ich habe gehört, daß ein solches Treuegelöbnis uns vor Gott zusammengibt und uns heiligt, ganz als hätten uns unsere Eltern zusammengegeben.«
Aber der Mönch antwortete betrübt:
»Ich verstehe, Kristin, daß jemand euch von dem kanonischen Recht gesprochen hat, der es nicht ganz kennt. Du konntest dich nicht diesem Mann durch Schwüre verbinden, ohne gegen deine Eltern zu sündigen; diese hatte Gott über dich gesetzt, ehe du ihn trafst. Und ist es nicht ein Kummer und eine Schande auch für seine Verwandten, wenn sie erfahren, daß er die Tochter eines Mannes verführt hat, der sein Schild in allen seinen Jahren mit Ehren getragen hat – verlobt warst du auch. Ich verstehe, daß du meinst, nicht so sehr gesündigt zu haben, aber du wagst nicht, deinem Pfarrpriester dies zu beichten. Und wenn du meinst, daß du mit diesem Manne so gut wie verheiratet bist, warum setzest du dann nicht die Leinenhaube auf, sondern gehst immer noch mit offenem Haar unter den jungen Mädchen umher, mit denen du nicht mehr viel Gemeinschaft hast, denn du hast nun deine Gedanken wohl meist bei anderen Dingen als diese?«
»Ich weiß nicht, wo die ihre Gedanken haben«, sagte Kristin müde. »Wahr ist es, daß alle meine Gedanken bei dem Manne sind, nach dem ich mich sehne. Wäre es nicht des Vaters und der Mutter wegen, so würde ich gerne noch heute mein Haar aufbinden, ich würde mich nicht darum kümmern, eine Buhle geheißen zu werden, wenn ich nur die Seine geheißen würde.«
»Weißt du, ob dieser Mann im Sinn hat, so gegen dich zu handeln, daß du eines Tages in Ehren die Seine genannt werden kannst?« fragte Bruder Edvin.
Da sprach Kristin von all dem, was zwischen Erlend Nikulaussohn und ihr gewesen. Und während sie redete, schien sie sich überhaupt nicht zu erinnern, daß sie je an dem guten Ausgang des Ganzen gezweifelt hatte.
»Verstehst du nicht, Bruder Edvin«, sagte sie, »wir waren unser selbst

nicht mehr mächtig. Gott steh' mir bei, träfe ich ihn da draußen, wenn ich von dir fortgehe, ich ginge mit ihm, so er mich darum bäte. – Du magst mir glauben, ich habe es jetzt gesehen, es gibt auch andere Menschen, die gesündigt haben, nicht nur uns allein. – Damals, als ich daheim war, konnte ich nicht verstehen, wie etwas eine solche Macht über den Sinn der Menschen bekommen könne, daß sie dadurch die Furcht vor der Sünde vergessen, nun aber habe ich doch so viel gesehen, daß ich glaube, wenn man die Sünden, die man aus Sehnsucht oder Zorn begeht, nicht wiedergutmachen kann, dann muß es im Himmel öde sein. – Man sagt ja von dir selbst, du habest einmal einen Mann im Zorn geschlagen . . .«

»Das ist wahr«, sagte der Mönch. »Gottes Barmherzigkeit allein verdanke ich es, daß ich nicht Mörder heiße. Es ist viele Jahre her – ich war ein junger Mann, und es dünkte mich damals, ich könnte das Unrecht nicht ertragen, das der Bischof uns armen Brüdern antun wollte. König Haakon, er war damals Herzog, hatte uns den Grund zu unserem Haus geschenkt, aber wir waren nicht reich, wir mußten selbst an unserer Kirche arbeiten – mit ein paar Arbeitern, die uns mehr um Himmels Lohn als um das, was wir ihnen bezahlen konnten, an die Hand gingen. Vielleicht war es Hochmut von uns Bettelmönchen, daß wir unsere Kirche so prächtig bauen wollten, aber wir waren so froh wie die Kinder auf der Wiese und sangen Lobgesänge, während wir hämmerten und mauerten und schafften. Gott segne Bruder Ranulv, er war der Baumeister, er war ein kunstfertiger Steinmetz, ich glaube, Gott selber hatte diesem Manne Begabung für alle Wissenschaften und Künste verliehen. Ich meißelte damals Bilder in Stein, eines hatte ich gerade fertig gemacht, von Sancta Clara, die die Engel um die Weihnachtsmesse zur Sankt-Franziskus-Kirche führten – es wäre schön geworden, wir freuten uns alle darüber –, da rissen diese Teufelsschurken die Mauern ein, und die Steine fielen herab und zerbrachen meine Tafeln – ich schlug mit dem Hammer auf einen der Männer ein, ich konnte mich nicht beherrschen.

Ja, nun lächelst du, du Kristin. Aber verstehst du nicht, daß es schlecht um dich bestellt ist, denn du liebst jetzt mehr, von der Schwäche anderer Menschen zu hören als von dem Wandel guter Menschen, die dir zum Vorbild dienen könnten? –

Es ist nicht leicht, dir zu raten«, sagte er, als sie gehen mußte, »denn würdest du das tun, was am richtigsten ist, da würdest du zur Trauer deiner Eltern und zur Schande deiner ganzen Sippe werden. Aber du mußt danach trachten, von deinem an Simon Andressohn gegebenen Wort gelöst zu werden, und dann mußt du geduldig auf das Glück warten, das Gott schicken wird, und Buße tun in deinem Herzen, so gut du vermagst, und laß dich nicht von diesem Erlend in Versuchung führen, noch öfters zu sündigen, sondern bitte ihn herzlich, daß er sich mit deinen Verwandten und mit Gott aussöhnen möge.

Dich von deiner Sünde lösen kann ich nicht«, sagte Bruder Edvin, als

sie sich trennten, »aber für dich beten werde ich aus aller meiner Kraft.«
Dann legte er seine alten dünnen Hände auf ihren Scheitel und sprach Gebete des Segens und des Friedens über ihr zum Abschied.

VI

Kristin konnte sich später bei weitem nicht mehr an alles erinnern, was Bruder Edvin zu ihr gesagt hatte. Aber sie verließ ihn mit einem seltsam klaren und ruhigen Frieden in sich.
Vorher hatte sie gegen eine dumpfe und heimliche Furcht gekämpft und zu trotzen versucht: sie habe nicht so schwer gesündigt. Nun dünkte es sie, Edvin habe ihr deutlich und klar gezeigt, daß sie doch gesündigt hatte; so und so sahen ihre Sünden aus, und sie mußte sie nun auf sich nehmen und versuchen, sie geduldig und ruhig zu tragen. Sie bemühte sich, an Erlend zu denken, ohne ungeduldig zu sein – weder darüber, daß er nichts mehr von sich hören ließ, noch darüber, daß sie seine Liebkosungen entbehren mußte. Sie wollte nur treu und voller Güte gegen ihn sein. Sie dachte an ihre Eltern und gelobte sich, ihnen alle ihre Liebe zu vergelten, wenn sie erst einmal den Kummer überwunden haben würde, den sie ihnen durch den Bruch mit den Leuten auf Dyfrin bereiten würde. Und sie dachte fast am meisten an die Worte, daß sie nicht ihren Trost darin suchen solle, die Fehler der anderen zu sehen; sie fühlte, wie sie demütig und freundlich wurde, und sah bald, wie leicht es ihr fiel, die Freundschaft der Menschen zu gewinnen. Da dachte sie gleich getröstet, daß es doch nicht so schwer sei, mit den Menschen zurechtzukommen – und da schien es ihr, daß es wohl auch für sie und Erlend nicht so schwer werden könne.
Bis zu jenem Tag, an dem sie Erlend ihr Wort gab, war sie immer bestrebt gewesen, gut und recht zu handeln, aber sie hatte stets auf das Geheiß anderer gehandelt. Nun fühlte sie selbst, daß sie vom Mädchen zum Weib herangewachsen war. Dies bedeutete mehr als die heißen, heimlichen Liebkosungen, die sie geschenkt und empfangen hatte, es war mehr als das, daß sie sich der Macht ihres Vaters entzogen und unter Erlends Willen gegeben hatte. Edvin hatte ihr die Bürde auferlegt, ihr Leben nun selbst verantworten zu müssen, ja, und auch das Erlends. Und sie war bereit, diese Bürde schön und mutig zu tragen.
So ging sie nun in den Weihnachtstagen zwischen den Nonnen umher, und während der schönen Gottesdienste und der Freude und dem Frieden fühlte sie sich zwar unwürdig, aber sie tröstete sich damit, daß die Zeit bald kommen würde, da sie ihr Tun und Lassen wieder verantworten konnte.
Aber am Tage nach Neujahr erschien ganz unerwartet Herr Andres Darre mit seiner Hausfrau und allen fünf Kindern im Kloster. Sie wollten den letzten Teil der Weihnachtszeit mit Freunden und Ver-

wandten in der Stadt feiern und kamen, um Kristin für einige Tage mit zu sich in die Herberge zu nehmen.
»Ich denke, meine Tochter«, sagte Frau Angerd, »du wirst nun kaum etwas dagegen haben, neue Gesichter um dich zu sehen.«
Die Leute von Dyfrin wohnten in einem schönen Gebäude, das in einem Hof nahe der Burg des Bischofs gelegen war – es gehörte Herrn Andres' Vetter. Dort war ein großer Raum, wo die Dienstleute schliefen, und eine prächtige Giebelstube mit gemauertem Ofen und drei guten Betten; in dem einen lagen Herr Andres und Frau Angerd mit ihrem jüngsten Sohn, Gudmund, der noch ein Kind war, im anderen schlief Kristin mit den beiden Töchtern, Astrid und Sigrid, und im dritten Simon und sein ältester Bruder, Gyrd Andressohn.
Alle Kinder des Herrn Andres waren schön und wohlgestalt, Simon am wenigsten, aber dennoch sagten die Leute auch von ihm, daß er gut aussehe. Und Kristin merkte noch mehr als im Jahre zuvor auf Dyfrin, daß sowohl die Eltern als auch seine vier Geschwister am meisten auf Simon hörten und alles taten, was er wünschte. Alle Verwandten liebten einander herzlich und waren ohne Neid darin einig, Simon den ersten Platz unter sich einzuräumen.
Jetzt lebten diese Menschen in Herrlichkeit und Freuden, besuchten die Kirchen und opferten jeden Tag, trafen einander jeden Abend zum Trinken bei Freundschaftsgelagen, und die Jungen konnten spielen und tanzen. Alle erzeigten Kristin die größte Freundlichkeit, und niemand schien zu merken, wie wenig froh sie war.
Am Abend, wenn das Licht im Schlafraum erloschen war und alle ihr Lager aufgesucht hatten, pflegte Simon aufzustehen und zu dem Bett hinzugehen, in dem die Mädchen lagen. Er saß gerne eine Weile auf der Bettkante; die Worte richtete er meist an seine Schwestern, aber im Dunkeln listete seine Hand sich auf Kristins Brust und blieb dort ruhen. – Widerwillen trieb ihr den Schweiß aus den Poren.
Nun, da ihre Sinne geschärft waren, begriff sie wohl, daß es viele Dinge gab, die zu sagen Simon zu stolz und zu scheu war, seit er gemerkt hatte, daß sie nicht darauf eingehen wollte. Und sie fühlte einen seltsam bitteren Zorn gegen ihn, weil es sie dünkte, er wollte sich zu einem besseren Mann machen, als jener war, der sie genommen hatte – obwohl er ja nicht wußte, daß es diesen anderen gab.
Aber eines Abends, an dem sie fortgewesen waren und getanzt hatten, waren Astrid und Sigrid bei den Freunden geblieben und wollten bei einer Spielkameradin schlafen. Als die von Dyfrin im Laufe der Nacht in ihrem Dachraum zur Ruhe gekommen waren, ging Simon zu Kristins Bett und legte sich hinein; er legte sich auf die Felldecke.
Kristin zog die Decke bis ans Kinn herauf und kreuzte ihre Arme fest über der Brust. Bald kam Simon mit seiner Hand und wollte sie ihr auf die Brust legen. Sie fühlte die Seidennähte seines Ärmels und merkte, daß er sich nicht ausgekleidet hatte.
»Du bist im Dunkeln ebenso scheu wie bei Tage, du, Kristin«, sagte

Simon und lachte ein wenig. »Deine eine Hand kannst du mir doch wohl geben?« fragte er, und Kristin streckte ihm die Fingerspitzen hin.

»Dünkt dich nicht, wir könnten manches zu besprechen haben, da es sich nun so trifft, daß wir eine kleine Weile allein sein können«, meinte er, und Kristin dachte, nun müsse sie reden. So antwortete sie ja. Aber dann vermochte sie kein Wort mehr hervorzubringen.

»Darf ich nicht unter das Fell schlüpfen«, bat er wieder. »Hier in der Stube ist es jetzt kalt.« Und er kroch hinein zwischen das Fell und die wollene Decke, die sie auf dem bloßen Körper hatte, bog einen Arm um ihr Kopfkissen, aber so, daß er sie nicht berührte. So lagen sie einige Zeit.

»Du bist nicht leicht zu umwerben«, sagte Simon bald darauf und lachte und gab es auf, »nun verspreche ich dir, daß ich dich nicht einmal küssen will, wenn dir das zuwider ist. Aber du kannst doch wohl mit mir sprechen?«

Kristin feuchtete die Lippen mit der Zungenspitze an, schwieg aber trotzdem.

»Ich glaube, du liegst da und zitterst«, fing Simon wieder an. »Es wird doch wohl nicht so sein, daß du etwas gegen mich hast, Kristin?«

Es schien ihr, daß sie Simon nicht anlügen könne, so sagte sie »nein«, aber mehr nicht.

Simon blieb noch eine Weile liegen; er versuchte ein Gespräch in Gang zu bringen. Aber schließlich lachte er wieder und sagte:

»Ich verstehe, du meinst, ich müsse mich damit begnügen, daß du nichts gegen mich hast – für heute abend – und damit zufrieden sein. Du bist sehr stolz und – du mußt mir dennoch einen Kuß geben, dann werde ich gehen und dich nicht länger plagen.«

Er nahm sich den Kuß, richtete sich auf und setzte die Füße auf den Boden. Kristin dachte, nun werde ich ihm sagen, was gesagt werden mußte, da war er bereits an seinem Bett, und sie hörte, daß er sich entkleidete.

Am Tag darauf war Frau Angerd nicht so freundlich gegen Kristin wie sie zu sein pflegte. Das junge Mädchen begriff, daß die Frau etwas gehört haben mußte und nun meinte, die Braut habe den Sohn nicht so aufgenommen, wie die Mutter fand, daß sie es hätte tun sollen.

Gegen Nachmittag sprach Simon davon, daß er vorhabe, von einem Freunde ein Pferd einzutauschen. Er fragte Kristin, ob sie mitkommen und es ansehen wolle. Sie antwortete ja, und so gingen sie miteinander in die Stadt.

Das Wetter war frisch und schön. Es hatte nachts ein wenig geschneit, jetzt aber schien die Sonne, und es fror gerade genug, daß der Schnee unter ihren Füßen knirschte. Kristin tat es wohl, in die Kälte hinauszukommen und zu gehen, und als Simon das Pferd, das er im Sinn hatte, herausholte, redete sie ziemlich lebhaft mit ihm darüber; sie verstand sich ein wenig auf Pferde, denn sie war immer soviel mit

ihrem Vater zusammen gewesen. Und dieses hier war ein schönes Tier – ein mausgrauer Hengst mit einem schwarzen Streifen über den Rücken und die kurzgeschnittene Mähne, wohlgebaut und lebendig, aber ziemlich klein und schmächtig.
»Der hält unter einem vollbewaffneten Mann nicht lange aus«, meinte Kristin.
»Nein, dazu habe ich ihn auch nicht bestimmt«, sagte Simon.
Er zog ihn auf den Anger hinter den Häusern hinaus, ließ ihn traben und Schritt gehen, ritt darauf und wollte auch, daß Kristin ihn reiten solle.
Sie blieben deshalb lange Zeit draußen auf dem weißen Anger.
Zum Schluß, als Kristin dem Pferd Brot gab, während Simon sich mit dem Arm über seinen Rücken lehnte, sagte er plötzlich:
»Mich dünkt, Kristin, daß ihr, du und meine Mutter, euch nicht recht versteht.«
»Es war nicht meine Absicht, unfreundlich gegen deine Mutter zu sein«, gab sie zur Antwort, »aber ich weiß nichts mit Frau Angerd zu reden.«
»Du scheinst auch mit mir nichts zu reden zu haben«, sagte Simon. »Ich will mich dir nicht aufdrängen, Kristin, ehe die Zeit gekommen ist, aber es kann doch auch nicht so weitergehen, daß ich nie mit dir sprechen darf.«
»Ich bin nie redselig gewesen«, erwiderte Kristin, »das weiß ich selbst, und ich erwarte nicht, daß es dich ein großer Verlust dünken würde, wenn aus uns beiden nichts würde.«
»Du weißt gut, wie ich über diese Sache denke«, entgegnete Simon und sah sie an.
Kristin wurde rot wie Blut. Und sie fühlte erschrocken, daß sie auch Simon Darres Werbung nicht ungerne hörte. Da sagte er kurz darauf:
»Ist es Arne Gyrdssohn, Kristin, den du nicht vergessen kannst?« Kristin starrte ihn an; Simon fuhr fort, und seine Stimme war mild und gut: »Ich will dir das nicht zur Last legen, ihr seid wie Geschwister aufgewachsen, und es ist erst kaum ein Jahr vergangen. Aber du kannst getrost darauf bauen, daß ich dir wohlwill ...«
Kristins Gesicht war ganz weiß geworden. Keines von ihnen sprach, als sie in der Dämmerung durch die Stadt zurückgingen. Am Ende der Straße, in der grünblauen Luft stand die Mondsichel mit einem blanken Stern im Schoße.
Ein Jahr, dachte Kristin, und es dünkte sie, sie könne sich nicht mehr daran erinnern, wann sie Arne zuletzt einen Gedanken geschenkt hatte. Sie erschrak – vielleicht war sie ein leichtes und loses, schlechtes Weib –, ein Jahr war es her, daß sie ihn auf der Bahre gesehen hatte, daß sie geglaubt hatte, sie würde nie wieder im Leben froh werden, sie stöhnte leise vor Furcht über die Unbeständigkeit ihres eigenen Herzens und angesichts der Vergänglichkeit aller Dinge. Erlend, Er-

lend – könnte er sie vergessen? Und dennoch schien es ihr schlimmer, sollte sie ihn jemals vergessen können.
Herr Andres besuchte mit seinen Kindern das große Fest, das zur Weihnachtszeit im Königshof begangen wurde. Kristin sah all den Staat und die Pracht, die dort herrschten – sie waren auch in der Halle, wo König Haakon saß und Frau Isabel Bruce, König Eiriks Witwe. Herr Andres trat vor und begrüßte den König, während seine Kinder und Kristin etwas weiter hinten standen. Sie dachte an alles, was Frau Aashild ihr gesagt hatte; sie erinnerte sich, daß der König Erlends naher Verwandter war, die Mütter ihrer Väter waren Schwestern, und sie war Erlends verführtes Weib, sie hatte kein Recht, hier zu stehen, und am allerwenigsten zwischen diesen guten und ehrbaren Menschen, zwischen Ritter Andres' Kindern.
Da sah sie plötzlich Erlend Nikulaussohn – er war vor die Königin Isabel getreten, stand mit gesenktem Kopf, die Hand auf der Brust, während sie einige Worte zu ihm sagte; er trug das braune Seidengewand, das er bei dem Bauernfest angehabt hatte. Kristin trat hinter Herrn Andres' Töchter.
Als Frau Angerd eine ziemliche Weile später ihre drei Töchter vor die Königin führte, sah Kristin ihn nirgends, aber sie wagte auch nicht, ihre Augen vom Boden zu erheben. Sie dachte, ob er wohl irgendwo in der Halle stehe, sie glaubte seinen Blick auf sich zu fühlen, aber sie glaubte auch, daß alle Menschen sie ansähen, als müßten sie merken, daß sie hier mit dem kleinen goldenen Kranz auf ihrem offenen Haar als eine Lügnerin dastehe.
Er war nicht in der Halle, wo die jungen Leute bewirtet wurden und wo sie tanzten, nachdem man die Tische weggenommen hatte. Kristin mußte diesen Abend an Simons Hand tanzen.
An der einen Längswand stand ein Tisch, und dorthin trugen die Männer des Königs die ganze Nacht hindurch Bier und Met und Wein. Einmal, als Simon sie dort hinzog und ihr zutrank, sah sie, daß Erlend dicht bei ihr stand, hinter dem anderen. Er sah sie an, und Kristins Hand zitterte, als sie den Becher von Simon entgegennahm und an den Mund führte. Erlend flüsterte heftig auf den Mann ein, der in seiner Begleitung war, es war ein großer und wohlbeleibter, schöner, älterer Mann, der unwillig den Kopf schüttelte und ungehalten zu sein schien. Gleich darauf führte Simon sie zum Tanze zurück.
Sie wußte nicht, wie lange dieser Tanz währte, die Weise nahm kein Ende, und jeder Augenblick war lang und schmerzhaft vor Sehnsucht und Unruhe. Endlich war es vorüber, und Simon zog sie wieder zu dem Tisch mit den Getränken.
Ein Freund kam vorbei und sprach mit ihm, führte ihn einige Schritte mit sich, zu einer Gruppe junger Männer. Da stand Erlend vor ihr.
»Ich hätte dir so vieles zu sagen«, flüsterte er, »ich weiß nicht, was ich zuerst vorbringen soll – in Jesu Namen, Kristin, was ist mit dir?« fragte er hastig, denn er sah, wie sie weiß wie Kalk wurde.

Sie konnte ihn nicht deutlich sehen; es war, als sei fließendes Wasser zwischen ihren Gesichtern. Er nahm einen Becher vom Tisch, trank und reichte ihn ihr. Kristin dünkte er allzu schwer, oder ihr Arm war im Schultergelenk wie abgeschlagen; sie vermochte ihn nicht zum Mund zu heben.

»Steht es so, daß du mit deinem Bräutigam trinken willst, aber nicht mit mir?« fragte Erlend leise; aber Kristin ließ den Becher fallen und sank nach vorne, in seinen Arm.

Sie erwachte, lag auf einer Bank, den Kopf im Schoße einer fremden Jungfrau. Man hatte ihren Gürtel und die Spange an ihrer Brust gelöst, jemand stand da und schlug ihr auf die Handflächen, und ihr Gesicht war naß.

Sie setzte sich auf. Irgendwo in dem Kreis um sie herum sah sie Erlends Gesicht, weiß und krank. Sie selbst fühlte sich so schwach, als wären alle Knochen geschmolzen, und der Kopf war gleichsam groß und hohl, aber irgendwo drinnen in ihr saß ein einziger klarer und verzweifelter Gedanke und leuchtete, sie mußte mit Erlend sprechen.

Da sagte sie zu Simon Darre – er stand dicht bei ihr:

»Es war mir zu heiß – hier brennen so viele Kerzen –, und ich bin es nicht gewohnt, soviel Wein zu trinken.«

»Fühlst du dich jetzt wieder wohl?« fragte Simon. »Du hast die Leute erschreckt. – Vielleicht willst du, daß ich dich jetzt heimbegleite?«

»Wir müssen wohl warten, bis deine Eltern gehen«, sagte Kristin ruhig. »Aber setz dich hierher – ich kann nicht mehr tanzen.« Sie deutete auf das Polster neben sich, dann streckte sie ihre andere Hand zu Erlend aus:

»Setzt Euch hierher, Erlend Nikulaussohn, ich konnte meinen Gruß nicht zu Ende bringen. Ingebjörg sagte in der letzten Zeit manchmal, nun glaube sie, Ihr hättet sie ganz vergessen.«

Sie sah, daß es ihm viel schwerer fiel, sich zu fassen, als ihr – da kostete es sie große Mühe, das kleine zärtliche Lächeln zurückzuhalten, das auf ihre Lippen treten wollte.

»Ihr mögt der Jungfrau danken, daß sie sich meiner noch erinnert«, sagte er stotternd. »Mehr noch fürchtete ich, daß sie mich vergessen habe.«

Kristin zögerte ein wenig. Sie wußte nicht, was sie sagen sollte, das von Ingebjörg, der Flüchtigen, sein könnte und das Erlend doch recht deuten würde.

Da stieg in ihr eine Bitterkeit über die Ohnmacht aller dieser Monate auf, und sie sagte:

»Lieber Erlend, könnt Ihr glauben, daß wir Mädchen den Mann vergessen würden, der unsere Ehre so wacker verteidigt hat?«

Sie sah, daß er zusammenfuhr, als habe sie ihn geschlagen – sie bereute es sofort, da fragte Simon, was dies sei. Kristin erzählte ihm von Ingebjörgs und ihrem Abenteuer im Eikebergwald. Sie merkte, daß Simon es nicht gerne hörte. Da bat sie ihn, Frau Angerd zu suchen

und zu sehen, ob sie nicht bald aufbrechen könnten; sie sei nun doch müde. Als er gegangen war, blickte sie Erlend an.
»Es ist merkwürdig«, sagte dieser leise, »wie schnell du dir Rat weißt – das hätte ich nicht von dir gedacht.«
»Ich habe lernen müssen, mich zu verstellen, das magst du glauben«, erwiderte sie finster.
Erlend atmete schwer; er war immer noch sehr bleich.
»Steht es so um dich?« flüsterte er. »Du hattest doch versprochen, dich an meine Freunde zu wenden, wenn es so weit kommen sollte. Gott weiß, daß ich jeden Tag daran gedacht habe, ob das Schlimmste eingetreten sein sollte.«
»Ich weiß, was du mit dem Schlimmsten meinst«, sagte Kristin kurz. »Da brauchst du nichts zu befürchten. Am schlimmsten dünkte es mich, daß du mich nicht mit einem einzigen Worte grüßen ließest – kannst du nicht verstehen, daß ich unter den Nonnen wie ein fremder Vogel herumgehe?« Sie hielt inne, denn sie fühlte, daß die Tränen hervorbrechen wollten.
»Bist du deshalb jetzt mit den Leuten von Dyfrin zusammen?« fragte er. Da wurde sie so betrübt, daß sie nicht antworten konnte.
Sie sah Frau Angerd und Simon in die Tür treten. Erlends Hand hing über sein Knie herab, ihr ganz nahe, und sie durfte sie nicht fassen.
»Ich muß mit dir sprechen«, sagte er heftig. »wir haben einander nicht ein Wort von dem gesagt, das wir sagen sollten.«
»Komm nach dem letzten Weihnachtsfeiertag zur Messe in die Mariakirche«, antwortete Kristin rasch, erhob sich und ging den beiden anderen entgegen.
Frau Angerd war auf dem Heimweg sehr liebevoll und fürsorglich gegen Kristin und half ihr selbst ins Bett. Simon und sie sprachen erst am nächsten Tag miteinander.
Da sagte er:
»Wie ist es möglich, daß du zwischen diesem Erlend und Ingebjörg Filippustochter Botschaft vermittelst? Du sollst deine Hand nicht dazu reichen, wenn sie irgendeinen heimlichen Handel miteinander haben!«
»Es hat wohl nichts auf sich«, entgegnete Kristin, »sie ist eine Schwätzerin.«
»Ich dachte im übrigen«, meinte Simon, »du hättest so viel Vorsicht lernen können, daß du dich mit dieser Elster nicht allein in den Wald und auf die Wege hinauswagen würdest.« Aber Kristin erinnerte ihn daran, daß sie nicht durch ihre Schuld auf Irrwege geraten war. Da sagte Simon nichts mehr.
Am Tage darauf begleiteten die Leute von Dyfrin sie ins Kloster zurück, ehe sie selbst heimritten.
Erlend kam eine Woche lang jeden Tag zur Abendandacht in die Klosterkirche, ohne daß Kristin Gelegenheit hatte, ein Wort mit ihm zu wechseln. Sie kam sich wie ein Falke vor, der mit der Haube über

den Augen an die Stange gefesselt ist. Sie war über jedes Wort unglücklich, das sie bei ihrem letzten Zusammentreffen einander gesagt hatten – es hätte nicht so sein dürfen. Es half nichts, wenn sie sich selbst vorsagte, daß es zu plötzlich über sie beide gekommen war und daß sie wohl kaum gewußt hatten, was sie sagten.

Aber eines Nachmittags in der Dämmerung trat eine schöne Frau in die Sprechstube, die wie die Frau eines Städters aussah. Sie fragte nach Kristin Lavranstochter und sagte, sie sei die Frau eines Kleiderhändlers, ihr Mann sei kürzlich von Dänemark mit einigen schönen Kleidern gekommen; Aasmund Björgulfssohn wolle seiner Brudertochter eines schenken, und das Mädchen solle mit ihr gehen und es selbst auswählen.

Kristin erhielt Erlaubnis, mit der Frau zu gehen. Es dünkte sie ihrem Oheim gar nicht ähnlich, daß er ihr ein so kostbares Geschenk geben wolle, und es schien ihr merkwürdig zu sein, daß er ihr eine fremde Frau schickte. Diese war zuerst wortkarg und antwortete wenig auf Kristins Fragen, aber als sie in der Stadt waren, sagte sie plötzlich:

»Ich will dich nicht täuschen, ein so schönes Kind, wie du bist – ich will dir sagen, wie es sich verhält, dann magst du alles selbst bestimmen. Nicht dein Oheim hat mich gesandt, sondern ein Mann – du kannst seinen Namen vielleicht erraten, und kannst du es nicht, so sollst du nicht mit mir gehen. Ich habe keinen Mann und muß mich und die Meinen damit durchbringen, daß ich eine Herberge halte und Bier ausschenke; da darf man nicht Angst haben vor Sünden oder Bütteln, aber ich will mein Haus nicht dazu hergeben, daß du innerhalb meiner Türpfosten genarrt wirst.«

Kristin blieb stehen, rot im Gesicht. Sie fühlte sich so merkwürdig wund und beschämt um Erlends willen. Die Frau sagte:

»Ich werde dich zum Kloster zurückbegleiten, Kristin – aber du mußt mir etwas für die Mühe geben –, der Ritter versprach mir einen großen Lohn. Auch ich bin einmal schön gewesen, und auch ich wurde betrogen. Und dann kannst du gerne meiner ein wenig bei deinem heutigen Abendgebet gedenken – man nennt mich Brynhild Fluga.«

Kristin zog einen Ring von ihrem Finger und gab ihn der Frau:

»Das ist schön von dir, Brynhild – wenn aber der Mann mein Verwandter Erlend Nikulaussohn ist, dann habe ich nichts zu befürchten; er will, daß ich ihn mit meinem Oheim versöhne. Du brauchst nichts zu bereuen, aber du sollst bedankt dafür sein, daß du mich warnen wolltest.«

Brynhild Fluga wandte sich ab, um ein Lächeln zu verbergen.

Sie führte Kristin durch die engen Gassen hinter der Klemenskirche und gen Norden zum Flusse. Hier an den Hängen des Ufers lagen einige kleine Höfe für sich allein. Sie gingen zwischen Zäunen hindurch, und da kam ihnen Erlend entgegen. Er sah sich nach allen Seiten um, dann nahm er seinen Umhang ab, schlang ihn um Kristin und zog ihr die Haube tief über das Gesicht.

»Wie dünkt dich dieser Ausweg?« fragte er schnell und leise. »Dünkt dich, daß ich sehr Arges tue – aber ich muß mit dir sprechen.«
»Es kann uns wohl nur wenig nützen, darüber nachzudenken, was recht und was unrecht ist«, sagte Kristin.
»Sprich nicht so«, bat Erlend. »Ich trage die Schuld. Kristin, ich habe mich jeden Tag und jede Nacht nach dir gesehnt«, flüsterte er dicht an ihrem Ohr.
Es durchfuhr sie ein Beben, als sie für einen Nu seinem Blick begegnete. Als er sie so ansah, fühlte sie sich schuldig, weil sie an etwas anderes als an die Liebe zu ihm gedacht hatte.
Brynhild Fluga war vorausgegangen. Erlend fragte, als sie auf den Hof kamen:
»Willst du, daß wir in die Stube gehen, oder wollen wir oben im Dachraum miteinander reden?«
»Wie du willst«, antwortete Kristin.
»Es ist kalt oben«, sagte Erlend leise. »Wir müssen uns ins Bett legen . . .«, und Kristin nickte nur.
Kaum hatte er die Tür hinter ihnen geschlossen, lag sie in seinen Armen. Er bog sie hin und her wie eine Gerte, schloß ihr die Augen mit Küssen und erstickte sie mit Küssen, während er ihr ungeduldig ihre beiden Umhänge herunterriß und auf den Boden warf. Dann hob er das Mädchen in der hellen Klostertracht auf, drückte sie an seine Schulter und trug sie zu seinem Bett.
Erschreckt von seiner Gewalttätigkeit und von ihrer eigenen plötzlichen Begierde nach dem Mann, umarmte sie ihn und verbarg ihr Gesicht an seinem Hals.
Es war so kalt in dem Dachraum, daß sie ihren eigenen Atem wie einen Rauch gegen das kleine Licht sehen konnten, das auf dem Tisch stand. Aber im Bett waren reichlich Decken und Felle, zuoberst ein großes Bärenfell, und das zogen sie ganz bis ans Gesicht herauf. Sie wußte nicht, wie lange sie so in seine Arme gefaltet gelegen hatte, als Erlend sagte:
»Nun müssen wir von dem sprechen, das besprochen werden muß, meine Kristin, ich wage nicht, dich noch lange hierzubehalten.«
»Ich wage die ganze Nacht hierzubleiben, wenn du es willst«, flüsterte sie.
Erlend drückte seine Wange an die ihre:
»Dann wäre ich wohl nicht dein Freund. Es ist schon schlimm genug so, wie es ist, aber ins Gerede der Leute sollst du um meinetwillen nicht kommen.«
Kristin antwortete nicht – aber in ihr rührte sich etwas schmerzlich: sie begriff nicht, daß er so etwas sagen konnte, er, der sie hierher in Brynhild Flugas Hof hatte kommen lassen – sie wußte nicht, wieso sie es wissen konnte, aber sie verstand, daß dies kein guter Ort war. Und er hatte erwartet, daß alles so gehen würde, wie es gegangen war, denn er hatte einen Krug Met am Bett stehen.

»Ich habe mir schon gedacht«, sagte Erlend wieder, »wenn es nicht anders geht, dann muß ich dich mit Gewalt entführen – nach Schweden hinein –, Frau Ingebjörg nahm mich in diesem Herbst gut auf und erinnerte sich der Verwandtschaft zwischen uns. Nun aber brennen mich meine Sünden – ich bin schon früher aus dem Land entwichen, weißt du –, und ich will nicht, daß man von dir wie von der anderen spricht.«

»Nimm mich mit dir heim nach Husaby«, sagte Kristin leise. »Ich vermag nicht mehr getrennt von dir zu leben und zwischen den Zöglingen im Kloster umherzugehen. Deine Verwandten wie auch die meinen werden wohl so vernünftig sein, daß sie uns zusammenkommen lassen und sich mit uns aussöhnen.«

Erlend preßte sie an sich und stöhnte:

»Ich kann dich nicht nach Husaby führen, Kristin.«

»Warum kannst du das nicht?« fragte sie leise.

»Eline kam im Herbst dorthin«, sagte er nach einer Weile. »Ich kann sie nicht vom Hof fortbringen«, fuhr er heftig fort, »nicht ohne daß ich sie mit Gewalt zum Schlitten hinaustrage und sie fortfahre. Und mich dünkt nicht, daß ich das kann – sie hat unsere beiden Kinder mit heimgebracht.«

Kristin war es, als sinke und sinke sie. Mit einer Stimme, spröde vor Furcht, sagte sie:

»Ich glaubte, du seist von ihr getrennt.«

»Das glaubte auch ich«, antwortete Erlend kurz. »Aber sie hatte wohl in Österdalen, wo sie sich aufhielt, erfahren, daß ich ans Heiraten dächte. Du sahst den Mann, mit dem ich auf dem Fest beim König zusammen war – das war mein Pflegevater, Baard Peterssohn von Hestnaes. Ich ritt zu ihm, als ich von Schweden kam, ich war auch bei meinem Verwandten Heming Alvssohn in Saltviken; ich sprach mit den beiden darüber, daß ich nun heiraten wolle, und bat sie, mir zu helfen. Das hatte Eline erfahren.

Ich bot ihr an, zu fordern, was sie nur wollte, für sich und die Kinder, aber man erwartet, daß Sigurd, ihr Mann, den Winter nicht mehr überleben wird – und dann kann uns niemand verweigern, zusammen zu leben.

Ich schlief im Stall mit Haftor und Ulv, und Eline lag in der Stube in meinem Bett. Ich glaube, meine Dienstleute haben hinter meinem Rücken nicht schlecht gelacht.«

Kristin konnte kein Wort sagen. Bald darauf fing Erlend wieder an:

»Du weißt, an dem Tage, an dem unser beider Verspruchsfest gefeiert ist, muß sie wohl begreifen, daß es ihr nichts nützt – sie hat keine Macht mehr über mich.

Aber es ist so arg wegen der Kinder. Ich hatte sie ein Jahr lang nicht mehr gesehen – sie sind schön –, und ich kann nur wenig tun, um ihre Zukunft sicherzustellen. Es würde ihnen nicht viel geholfen haben, wenn ich mich mit der Mutter hätte verheiraten können.«

Die Tränen liefen nun Kristin über die Wangen herab. Da sagte Erlend:

»Hörtest du: Ich sagte, daß ich mit meinen Verwandten gesprochen habe? Ja, sie waren des wohl zufrieden, daß ich mich nun verheiraten wollte. Dann sagte ich, daß du es seist, die ich haben wollte, und keine andere.«

»Wollten sie denn davon nichts wissen?« fragte Kristin schließlich verzagt.

»Begreifst du nicht«, sagte Erlend finster, »daß sie nichts anders sagen konnten als – sie könnten nicht und wollten nicht mit mir zu deinem Vater reiten, ehe dieser Handel zwischen dir und Simon Andressohn wieder gelöst wäre. Es hat es für uns nicht leichter gemacht, Kristin, daß du mit den Leuten von Dyfrin Weihnachten gefeiert hast.«

Kristin brach ganz zusammen und weinte still. Sie hatte wohl gefühlt, daß in ihrer Liebe etwas Unrechtes und Unehrenhaftes war, und nun sah sie, daß die Schuld bei ihr lag.

Sie bebte vor Kälte, als sie kurz darauf aufstand und Erlend sie in beide Umhänge hüllte. Es war jetzt ganz dunkel draußen, und Erlend begleitete sie bis zum Klementskirchhof; dann brachte Brynhild sie den Rest des Weges bis Nonneseter.

VII

Die Woche darauf kam Brynhild Fluga mit der Botschaft, daß der Umhang fertig sei, und Kristin ging mit ihr und war bei Erlend in der Giebelstube wie das letztemal.

Als sie sich trennten, gab er ihr einen Umhang; »damit du im Kloster etwas vorzeigen kannst«, sagte er. Er war aus blauem Samt mit eingewebter roter Seide, und Erlend fragte, ob sie bemerke, daß es die gleichen Farben seien wie in dem Kleid, das sie an jenem Tage im Wald getragen habe.

Kristin wunderte sich selbst, daß sie so froh darüber werden konnte, als er das sagte – es dünkte sie, er habe ihr nie eine größere Freude bereitet als mit diesen Worten.

Nun aber konnten sie diese Ausrede nicht mehr brauchen, um zusammenzukommen, und es war nicht leicht, etwas Neues ausfindig zu machen. Erlend ging zur Abendmesse in die Klosterkirche, und einige Male konnte Kristin sich nach dem Gottesdienst bei den Häusern der Pfründnerleute etwas zu schaffen machen; so stahlen sie sich einige Augenblicke des Zusammenseins oben hinter den Zäunen in der Dunkelheit des Winterabends.

Da kam Kristin auf den Gedanken, Schwester Potentia um die Erlaubnis zu bitten, einige alte, gichtbrüchige Frauen, Almosenempfänger des Klosters, die etwas entfernt in einem Haus auf freiem Felde wohnten, besuchen zu dürfen. Hinter dem Haus war ein Nebengebäude, wo die Frauen eine Kuh hielten; Kristin erbot sich, die Kuh zu versorgen, wenn sie dort war, und dann ließ sie Erlend während dieser Zeit zu sich herein.

Mit leisem Staunen merkte sie, daß, so froh Erlend war, bei ihr zu sein, es ihn doch kränkte, sie auf diesen Ausweg verfallen zu sehen.

»Es war nicht zu deinem eigenen Besten, daß du mich kennengelernt hast«, sagte er eines Abends, »nun hast du gelernt, solche heimliche Auswege zu suchen.«

»Du solltest mir das nicht als Schuld vorwerfen«, erwiderte Kristin betrübt.

»Nicht dir mache ich es zum Vorwurf«, sagte Erlend rasch und scheu.

»Ich hätte selbst nicht gedacht«, fuhr sie fort, »daß es mir so leicht fallen würde, zu lügen. Aber man kann, was man muß.«

»Das ist nicht immer wahr«, sagte Erlend wie zuvor. »Entsinnst du dich, in diesem Winter konntest du deinem Bräutigam nicht einmal sagen, daß du ihn nicht haben wolltest.«

Darauf antwortete Kristin nicht, sondern streichelte sein Gesicht.

Nie fühlte sie so stark, wie lieb sie Erlend hatte, als wenn er solche Dinge sagte und sie betrübt oder nachdenklich machte. Sie war froh, daß sie die Schuld für alles, was beschämend und unrichtig in ihrer Liebe war, auf sich nehmen konnte. Hätte sie den Mut gehabt, mit Simon so zu reden, wie sie sollte, dann wären sie vielleicht nun mit der Ordnung ihrer Angelegenheiten schon weit gewesen. Erlend hatte alles getan, was er konnte, als er mit seinen Verwandten von der Hochzeit gesprochen hatte. Das sagte sie sich selbst, wenn die Tage im Kloster lang und schwer zu ertragen waren – Erlend hatte alles recht und gut machen wollen. Mit kleinem zärtlichem Lächeln dachte sie an ihn, wie er ihr von ihrer Hochzeit sprach – sie sollte in Samt und Seide zur Kirche reiten, sie sollte mit hoher Goldkrone auf dem offenen Haar, dem schönen, schönen Haar, zum Brautbett geführt werden, sagte er und ließ ihre Flechten durch seine Hände gleiten.

Einmal, als er von solchen Dingen redete, meinte Kristin gedankenvoll: »Es kann doch nicht so für dich werden, als hättest du mich nie besessen.«

Da riß er sie stürmisch an sich:

»Weiß ich denn noch, wie ich zum erstenmal Weihnachten gefeiert habe oder wie ich zum erstenmal die Wiesen daheim nach dem Winter grün werden sah? Oh, wohl erinnere ich mich noch an das erstemal, da ich dich hatte, und an jedes einzige Mal seitdem, aber dich besitzen ist immer wieder wie Weihnachten feiern und ist wie eine ewige Vogeljagd in grünen Hainen.«

Glücklich schmiegte sie sich an ihn. Nicht, weil sie je daran glauben konnte, daß es so gehen würde, wie Erlend so sicher erwartete, vielmehr dachte sie, der Tag des Gerichts würde sicher über kurz oder lang über sie hereinbrechen. Dies alles konnte doch unmöglich gut weitergehen. – Aber sie war nicht furchtsam – sie hatte weit eher davor Angst, daß Erlend nach dem Norden reisen würde, ehe die Sache aufkam, und sie wieder zurückbleiben müßte, getrennt von ihm. Er war nun auf der Burg auf Akersnes drüben; Munan Baardssohn war dort, solange der Schatzmeister in Tunsberg war, wo der König gefährlich krank darniederlag. Aber einmal mußte ja Erlend wohl nach Norden reiten und nach seinen Besitztümern sehen. Ihre Angst davor, daß er heim nach Husaby sollte, wo sein Buhle saß und auf ihn wartete, wollte sie sich nicht einmal vor sich selbst eingestehen, und auch nicht, daß sie weniger Furcht davor hatte, in der Sünde mit Erlend ertappt zu werden, als davor, allein hintreten und Simon und ihrem Vater sagen zu müssen, was ihr am Herzen lag.

Und so wünschte sie fast, daß eine Strafe über sie kommen möge, und zwar bald. Denn jetzt hatte sie keinen anderen Gedanken mehr als Erlend; sie sehnte sich nach ihm bei Tage und träumte von ihm des Nachts; Reue konnte sie nicht empfinden, aber sie tröstete sich damit, daß der Tag wohl noch kommen würde, an dem sie teuer für alles würden büßen müssen, was sie sich unerlaubterweise genommen hatten. Und in den kurzen Abendstunden, die sie im Stall der armen Frauen mit Erlend zusammen sein konnte, gab sie sich so heftig in seine Arme hin, als hätte sie ihre Seele dafür geopfert, ihm zu gehören.

Aber die Zeit verging, und es sah so aus, als sollte Erlend wirklich das Glück haben, auf das er sich verließ. Kristin merkte nie, daß man ihr im Kloster mißtraute. Ja, Ingebjörg hatte es wohl herausgebracht, daß sie sich mit Erlend traf, aber Kristin merkte, daß die andere nie dachte, es könne dies mehr als nur ein kleines Vergnügen sein, das sie sich erlaubte. Daß eine verlobte Jungfrau aus gutem Geschlecht es wagen sollte, die Abmachung, die ihre Verwandten getroffen hatten, durchbrechen zu wollen, kam Ingebjörg überhaupt nicht in den Sinn. Und wieder durchjagte sie der Schrecken einen Augenblick lang – vielleicht war es ja auch etwas ganz Unerhörtes, worauf sie sich eingelassen hatte. Und da wünschte sie wieder, es möchte entdeckt werden, damit es ein Ende nähme. –

Ostern kam. Kristin begriff nicht, wo dieser Winter geblieben war; jeder Tag, an dem sie Erlend nicht gesehen hatte, war lang gewesen, lang wie ein schlimmes Jahr, und die langen, argen Tage hatten sich aneinandergereiht zu Wochen ohne Ende – nun aber war es Frühling und Ostern, und es dünkte sie noch kaum kurze Zeit verstrichen seit jenem Weihnachten. Sie bat Erlend, er solle sie während der Feiertage nicht aufsuchen – und er fügte sich ihr in allem, worum sie ihn bat, so schien es ihr. Es war ebensosehr ihre Schuld wie die seine, daß sie miteinander gegen das Fastengebot gesündigt hatten. Aber sie wollte, daß sie die Osterfeiertage halten sollten. Obwohl es schwer war, Erlend nicht sehen zu sollen. Vielleicht mußte er sehr bald abreisen – er hatte nichts davon gesagt. Aber sie wußte, daß der König jetzt auf den Tod krank lag, und sie dachte, daß dies vielleicht einige Veränderung in Erlends Stellung bringen konnte.

So standen die Dinge für sie, als sie an einem der ersten Tage nach Ostern den Bescheid erhielt, in die Sprechstunde zu ihrem Verlobten hinunterzugehen.
Sofort, als er auf sie zukam und seine Hand ausstreckte, verstand sie, daß sich etwas ereignet hatte – sein Gesicht war nicht so, wie es zu sein pflegte; seine kleinen braunen Augen lachten nicht, sie taten nicht mit, wenn er lächelte. Und Kristin konnte es nicht ändern, daß sie sah, wie es ihn besser kleidete, wenn er nicht soviel lachte. Er sah gut aus in der Reisekleidung, die er trug – ein blaues, eng anliegendes und langes Überkleid, das die Männer Kothardi nannten, und einen braunen Schulterkragen mit Kapuze, die er nun zurückgeschlagen hatte; sein hellbraunes Haar hatte sich in der feuchten Luft stark gelockt.
Sie saßen da und redeten eine Weile. Simon war in der Fastenzeit auf Formo gewesen und von dort fast täglich nach Jörundhof hinübergekommen. Es ging ihnen gut dort, Ulvhild fühlte sich so frisch, wie man es sich von ihr nur erwarten konnte; Ramborg war nun daheim, sie war schön und lebhaft.
»In diesen Tagen ist es nun zu Ende, das Jahr, das du hier in Nonneseter sein solltest«, sagte Simon. »Sie haben wohl schon angefangen, für unser Verspruchsfest herzurichten, daheim bei euch.«
Kristin sagte nichts, da fuhr Simon fort:
»Ich sagte zu Lavrans, daß ich hierher nach Oslo reiten und mit dir darüber sprechen wolle.«
Kristin blickte nieder und brachte leise hervor:
»Es ist so, Simon, daß ich gerne unter vier Augen mit dir über diese Sache reden würde.«
»Ich habe selbst gemerkt, daß wir dies müssen«, erwiderte Simon Andressohn. »Ich wollte dich just bitten, Frau Groa zu fragen, ob wir ein wenig in den Garten hinausgehen dürfen ...«
Kristin erhob sich schnell; sie glitt lautlos aus dem Raum. Kurz darauf kam sie zurück, gefolgt von einer der Nonnen, die einen Schlüssel trug.
Es führte eine Tür von der Sprechstube hinaus in einen Wurzgarten, der hinter den westlichsten Häusern des Klosters lag. Die Nonne schloß auf. Und sie traten in einen Nebel hinaus, so dicht, daß sie nur ein paar Schritte weit zwischen den Bäumen hindurchsehen konnten. Die nächststehenden Stämme waren kohlschwarz; die Feuchtigkeit stand in Perlen an jedem Zweig und Ast. Es war ein wenig Neuschnee gefallen, der auf der feuchten Erde schmolz, aber unter den Büschen blühten schon einige kleine, weiße und gelbe Zwiebelgewächse, und es stieg ein frischer und kühler Geruch von den Veilchenblättern auf.
Simon führte sie zur nächsten Bank. Er saß ein wenig vornübergebeugt, die Ellbogen auf die Knie gestützt. Dann blickte er mit einem seltsamen kleinen Lächeln zu ihr auf.

»Ich glaube fast, ich weiß, was du mir sagen willst«, sagte er. »Es gibt einen anderen Mann, dem du Besseres gönnest als mir?«
»So ist es«, antwortete Kristin leise.
»Ich denke auch, ich weiß seinen Namen«, fuhr Simon fort, härter in der Stimme. »Es ist Erlend Nikulaussohn von Husaby?«
Nach einer Weile fragte Kristin leise:
»Es ist dir also zu Ohren gekommen?«
Simon zögerte ein wenig, ehe er antwortete:
»Du glaubst doch wohl nicht, ich sei so dumm, daß ich nichts begriffen hätte, als wir an Weihnachten zusammen waren? Damals konnte ich nichts sagen, weil Vater und Mutter dabeiwaren. Aber dies ist der Grund, warum ich diesmal allein hierhergeritten bin. Nicht weiß ich, ob es klug von mir ist, daran zu rühren, aber mich dünkt, wir müßten über diese Dinge sprechen, ehe wir zusammengegeben werden.
Nun aber verhält es sich so, daß ich, als ich gestern hierherkam, meinen Verwandten Meister Öistein traf. Und er sprach von dir. Er sagte, er habe dich eines Abends über den Klemenskirchhof gehen sehen, du seist mit einer Frau zusammen gewesen, die sie Brynhild Fluga nennen. Ich schwor einen heiligen Eid darauf, daß er sich getäuscht haben müsse. Und wenn du sagst, daß es unwahr ist, dann werde ich deinem Wort glauben.«
»Der Priester sah richtig«, antwortete Kristin trotzig. »Du hast da falsch geschworen, Simon.«
Er saß einige Zeit da, ehe er fragte:
»Weißt du, wer diese Brynhild Fluga ist, Kristin?« Als sie den Kopf schüttelte, sagte er: »Munan Baardssohn setzte sie in ein Haus hier in der Stadt, als er sich verheiratete – dort betreibt sie unerlaubten Weinausschank und ähnliches.«
»Kennst du sie?« fragte Kristin spöttisch.
»Ich war nie zum Mönch oder Priester bestimmt«, sagte Simon und wurde rot. »Aber ich weiß mich doch frei von Unrecht gegen Jungfrauen und anderer Männer Frauen. Verstehst du nicht selbst, daß es nicht das Gebaren eines ehrenhaften Mannes ist, dich am Abend in solcher Begleitung auf die Straße gehen zu lassen?«
»Erlend hat mich nicht verlockt«, sagte Kristin rot und zornig, »und nichts hat er mir versprochen. Mein Herz wandte sich ihm zu, ohne daß er mich in Versuchung geführt hatte, ich gewann ihn lieber als alle Männer, das erstemal, als ich ihn sah.«
Simon saß da und spielte mit seinem Dolch, warf ihn von einer Hand in die andere.
»Dies sind merkwürdige Worte aus dem Munde meiner eigenen Braut«, sagte er. »Das verspricht nun einen guten Anfang für uns beide, Kristin!«
Kristin holte tief Atem:
»Dir würde schlecht damit gedient sein, mich jetzt zur Hausfrau zu bekommen, Simon.«

»Der höchste Gott mag wissen, daß es diesen Anschein hat, ja«, sagte Simon Andressohn.
»Dann vertraue ich darauf«, sagte Kristin furchtsam und ängstlich, »daß du mir beistehen willst, damit Herr Andres und mein Vater diesen Handel um uns beide rückgängig machen?«
»Vertraust du darauf?« fragte Simon. Er schwieg eine Weile. »Gott weiß ob du richtig verstehst, was du selber sagst.«
»Das tue ich«, erwiderte Kristin. »Ich weiß, das Gesetz bestimmt, daß niemand eine Jungfrau gegen ihren Willen zur Ehe zwingen darf; sonst kann sie ihre Sache vor das Thing bringen . . .«
»Ich glaube, vor den Bischof«, sagte Simon und lachte barsch. »Ich habe noch keine Ursache gehabt, mich über die Gesetze für diese Dinge zu erkundigen. Und du glaubst wohl selbst nicht, daß du es nötig haben wirst. Du weißt, ich werde nicht verlangen, daß du dein Wort hältst, wenn es dir zu hart wird. Aber du wirst begreifen – es sind nun zwei Jahre her, seit unsere Hochzeit verabredet wurde, und du hast nie etwas dagegen vorgebracht, bis jetzt, da alles zum Verspruchsfest und zur Hochzeit bereit ist. Hast du bedacht, was es heißt, wenn du jetzt das Band zerreißen willst, Kristin?«
»Du willst mich ja auch nicht haben«, sagte Kristin.
»Doch«, antwortete Simon kurz. »Wenn du es anders meinst, mußt du dich besser bedenken.«
»Erlend Nikulaussohn und ich haben einander bei unserem christlichen Glauben gelobt«, sagte sie bebend, »daß, könnten wir einander nicht heiraten, so solle keines von uns je einen Mann oder eine Frau zu eigen nennen.«
Simon schwieg eine gute Weile. Dann sagte er mühsam:
»Dann verstehe ich nicht, Kristin, was du meintest, als du sagtest, er habe dich weder verlockt noch dir etwas versprochen – er hat dich aus der Gemeinschaft aller deiner Verwandten gelockt. – Hast du daran gedacht, welche Art Gemahl du bekommen wirst, wenn du dich mit einem Mann verheiratest, der eines anderen Hausfrau zu seiner Buhlerin nahm – und nun will er eines anderen Mannes Braut zur Hausfrau nehmen?«
Kristin unterdrückte das Weinen, sie flüsterte stockend:
»Das sagst du, um mir wehe zu tun.«
»Glaubst du, ich wolle dir wehe tun?« fragte Simon leise.
»Es ist nicht so, wie es gewesen wäre, wenn du . . .«, sagte Kristin zaudernd. »Du wurdest auch nicht gefragt, auch du nicht, Simon – es waren dein Vater und mein Vater, die diesen Beschluß faßten. Es wäre anders gewesen, wenn du selbst mich gewählt hättest.«
Simon hieb den Dolch in die Bank ein, so daß er darin feststand. Bald darauf zog er ihn wieder heraus, versuchte ihn in die Scheide zurückzustecken, dies gelang ihm jedoch nicht, die Spitze war verbogen. So saß er da und ließ ihn wieder von der einen Hand in die andere wandern.

»Du weißt selbst«, sagte er leise, mit einem Beben in der Stimme, »du weißt selbst, daß du jetzt lügst, wenn du es nun so drehen willst, daß ich nicht ... Du weißt sehr gut, worüber ich gerne mit dir gesprochen hätte – jedesmal – wenn du mir so begegnet bist, daß ich kein Mann gewesen wäre, hätte ich es sagen können – danach – und wenn man es mit glühenden Zangen aus mir herausgerissen hätte.
Zuerst glaubte ich, es sei dieser tote Junge: Ich dachte, ich müsse dir Frieden gönnen – du kanntest mich nicht –, mich dünkte, es wäre eine Sünde gegen dich, so bald danach. Nun sehe ich, du hast nicht lange Zeit gebraucht, um zu vergessen – nun – nun – nun ...«
»Nein«, sagte Kristin stille. »Ich verstehe dich, Simon. Nun kann ich nicht erwarten, daß du noch länger mein Freund sein willst.«
»Freund!« Simon lachte kurz und seltsam. »Hast du denn jetzt meine Freundschaft nötig?«
Kristin wurde rot.
»Du bist ein Mann, du«, sagte sie leise. »Und alt genug jetzt – du kannst wegen deiner Heirat selbst für dich handeln.«
Simon sah sie scharf an. Dann lachte er wie vorher:
»Ich begreife. Du willst, ich solle sagen, daß ich es sei, der ... Ich soll die Schuld für diesen Wortbruch auf mich nehmen?
Verhält es sich so, daß dein Wille unverrückbar ist – wagst du und willst du deine Sache durchführen –, dann werde ich tun, wie du willst«, sagte er leise. »Daheim bei meinen Leuten und vor allen deinen Verwandten – außer vor einem. Deinem Vater mußt du die Wahrheit sagen, wie sie ist. Wenn du willst, so werde ich ihm dein Anliegen vorbringen und es so glimpflich für dich machen, wie ich es kann – aber Lavrans Björgulfssohn soll wissen, daß ich niemals von einem Wort abgegangen wäre, das ich ihm gegeben habe.«
Kristin umklammerte mit beiden Händen die Kante der Bank: dies traf sie härter als alles andere, was Simon Darre bis jetzt gesagt hatte. Bleich und angstvoll blickte sie zu ihm auf.
Simon erhob sich:
»Wir müssen nun hineingehen«, sagte er. »Ich denke, wir sind alle beide ein wenig durchgefroren, und die Schwester sitzt dort und wartet mit dem Schlüssel. – Ich will dir eine Woche Zeit geben, um die Sachen zu überdenken – ich habe einiges hier in der Hauptstadt zu tun. Ich werde hierherkommen und mit dir sprechen, ehe ich abreise, es wird dir wohl kaum darum zu tun sein, mich vorher zu sehen.«

VIII

Kristin sagte sich, dies sei nun getan. Aber sie fühlte sich todmüde und aufgeschreckt und krank ganz vor Sehnsucht nach Erlends Armen.
Sie lag den größten Teil der Nacht wach da, und sie beschloß, etwas

zu tun, woran sie früher nie zu denken gewagt hatte – Erlend eine Nachricht zu senden. Es war nicht leicht, jemand zu finden, der diesen Gang für sie unternehmen konnte. Die Laienschwestern gingen niemals allein aus, und sie kannte niemand, von dem sie sich denken konnte, daß er es hätte tun mögen; die Männer, die die Landwirtschaft besorgten, waren ältere Leute und kamen selten in die Nähe der Nonnenwohnungen, außer um mit der Äbtissin selbst zu sprechen. So war nur Olav übrig. Das war ein halberwachsener Junge, der in den Obstgärten arbeitete; er war Frau Groas Pflegesohn, seitdem man ihn eines Morgens als neugeborenes Kind auf der Kirchentreppe gefunden hatte. Die Leute sagten, seine Mutter sei eine der Laienschwestern; sie hätte zur Nonne geweiht werden sollen, aber nachdem sie sechs Monate in der dunklen Kammer gesessen hatte – wegen groben Ungehorsams, so hieß es, und das war um die Zeit gewesen, als das Kind gefunden wurde –, hatte sie die Laienschwesterntracht erhalten und seitdem in den Viehställen gearbeitet. Kristin hatte in diesen Monaten oft an Schwester Ingrids Schicksal gedacht, aber sie hatte wenig Gelegenheit gefunden, mit ihr zu sprechen. Es war gewagt, auf Olav zu vertrauen – er war nur ein Kind, und Frau Groa und alle Nonnen plauderten und scherzten mit ihm, wenn sie den Jungen sahen. Aber Kristin dachte, sie habe nun nicht mehr viel zu verlieren. Und ein paar Tage später, als Olav eines Morgens zur Stadt sollte, überredete Kristin ihn, die Botschaft nach Akersnes hinauszutragen, Erlend möge dafür sorgen, daß sie sich treffen könnten.

Am selben Nachmittag kam Ulv, Erlends Reitknecht, ans Sprechgitter. Er sagte, er sei einer von Aasmund Björgulfssohns Leuten und solle von seinem Hausvater aus bitten, daß die Brudertochter ein wenig in die Stadt mitgehen dürfe, denn Aasmund habe keine Zeit, nach Nonneseter zu kommen. Kristin fürchtete, dies würde schlimm ausgehen, aber als Schwester Potentia fragte, ob sie den Boten kenne, sagte sie ja. So ging sie mit Ulv zu Brynhild Flugas Haus.

Erlend erwartete sie in der Dachstube; er war in Angst und in Spannung, und sie begriff sofort, daß er nun wieder um das besorgt war, was er am meisten zu fürchten schien.

Immer gab es ihr einen Stich, daß er solche Angst davor hatte, sie könnte ein Kind erwarten – wenn sie nun doch schon nicht ohne einander leben konnten. Aufgeregt, wie sie an diesem Abend war, sagte sie ihm das jetzt, ziemlich heftig. Erlend wurde dunkelrot im Gesicht, er legte den Kopf auf ihre Schulter:

»Du hast recht«, sagte er. »Ich muß versuchen, dich in Ruhe zu lassen, und darf nicht dein Glück so aufs Spiel setzen. Wenn du willst . . .«

Sie schlang die Arme um ihn und lachte, er aber packte sie hart um die Mitte, zwang sie auf die Bank nieder und nahm selbst auf der anderen Seite des Tisches Platz. Als sie ihm die Hand hinüberreichte, küßte er sie heftig auf die innere Handfläche:

»Ich habe mehr hinter mir als du«, sagte er heftig. »Du solltest wissen, du, wie sehr mir daran liegt, daß wir mit vollen Ehren heiraten können.«

»Da hättest du mich nicht nehmen sollen«, sagte Kristin.

Erlend barg sein Gesicht in der Hand.

»Nein, wollte Gott, ich hätte dir dieses Unrecht nicht zugefügt«, sagte er.

»Das wünschest weder du noch ich«, sagte Kristin und lachte übermütig. »Und kann ich mich nur schließlich mit meiner Sippe und mit Gott wieder versöhnen, dann werde ich mir keine Sorgen darum machen, wenn ich mich unter der Frauenhaube verheiraten muß. Und darf ich nur bei dir sein, so, dünkt mich oft, könnte ich auch ohne Frieden leben.«

»Du sollst die Ehre wieder auf meinen Hof bringen«, sagte Erlend, »und ich sollte dich nicht in meine Unehre hinabziehen.«

Kristin schüttelte den Kopf. Dann sagte sie:

»Dann wirst du wohl froh werden, wenn du hörst, daß ich mit Simon Andressohn gesprochen habe und daß er mich nicht an die Abmachungen binden will, die getroffen wurden, ehe ich dir begegnete.«

Erlend wurde über die Maßen froh, und Kristin mußte alles erzählen. Doch verschwieg sie die herabsetzenden Worte, die Simon über Erlend gesagt hatte: sie erwähnte nur, daß er vor Lavrans die Schuld nicht auf sich nehmen wolle.

»Das ist begreiflich«, sagt Erlend kurz. »Sie halten wohl viel voneinander, dein Vater und er? Ja, mich wird er wohl nicht so gut leiden können – Lavrans.«

Kristin nahm diese Worte als ein Zeichen dafür, daß Erlend doch erfaßte, welch ein hartes Stück Weg sie noch vor sich habe; ehe sie ihr Ziel erreicht hätten, und sie war dankbar dafür. Aber er kam nicht wieder darauf zurück, er war voller Freude und sagte, er habe Angst gehabt, sie könne nicht den Mut dazu finden, mit Simon zu sprechen.

»Du magst ihn in einer Weise gern, das kann ich sehen«, sagte er.

»Kann es dir«, fragte Kristin, »nach allem, was zwischen mir und dir gewesen ist, etwas anhaben, wenn ich anerkenne, daß Simon rechtschaffen und auch tüchtig ist?«

»Wärst du mir nie begegnet«, sagte Erlend, »dann hättest du gute Tage mit ihm haben können, Kristin. Warum lachtest du?«

»Ach, ich muß an etwas denken, was Frau Aashild einmal sagte«, antwortete Kristin. »Ich war damals noch ein Kind, aber es war die Rede davon, daß die guten Tage den verständigen Leuten zufielen, die besten Tage aber jenen, die unklug zu sein wagten.«

»Gott segne Muhme Aashild, daß sie dich solche Dinge lehrte«, sagte Erlend und hob sie auf den Schoß. »Es ist seltsam, Kristin. Nie habe ich bemerkt, daß du ängstlich warst.«

»Hast du das nie bemerkt?« fragte sie, dicht an ihn gedrängt.

Er setzte sie auf den Bettbalken und nahm ihr die Schuhe ab, dann aber zog er sie wieder zum Tisch zurück.

»Ach nein, Kristin – jetzt sieht es doch wieder hell für uns beide aus. Ich hätte wohl nicht so gegen dich gehandelt, wie ich getan habe«, sagte er und strich ihr über das Haar, »hätte es mir nicht, sooft ich dich sah, gleich unwahrscheinlich geschienen, daß sie mir ein so feines und schönes Weib geben wollten. – Setz dich her und trink mit mir«, bat er.

Gleich darauf klopfte es an die Tür – es hörte sich so an, als schlüge einer mit dem Schwertknauf dagegen.

»Schließt auf, Erlend Nikulaussohn, so ihr darinnen seid!«

»Das ist Simon Darre«, sagte Kristin leise.

»Schließt auf, Mann, in des Teufels Namen – so Ihr ein Mann seid!« rief Simon und schlug wieder gegen die Tür.

Erlend ging zum Bett und nahm sein Schwert vom Nagel. Er blickte sich ratlos um: »Hier gibt es keinen Platz, wo du dich verstecken könntest – außer im Bett.«

»Das würde es kaum besser machen«, sagte Kristin. Sie war aufgestanden und sprach sehr ruhig, aber Erlend sah, daß sie zitterte. »Du mußt aufschließen«, sagte sie wie zuvor. Simon hämmerte wieder an die Tür.

Erlend ging hin und zog den Riegel zurück. Simon trat ein, er hielt ein gezogenes Schwert in der Hand, stieß es aber sofort wieder in die Scheide zurück.

Eine Zeitlang standen die drei da und sagten nichts. Kristin bebte, aber dennoch fühlte sie in diesem Augenblick eine seltsam süße Spannung – tief drinnen in ihr wurde etwas lebendig und witterte dem Kampf zweier Männer entgegen. Und sie atmete tief auf: das hier war der Schluß eines schweigenden Wartens und der Sehnsucht und der Angst endloser Monate. Sie sah von einem zum anderen, bleich und glänzenden Auges – da brach ihre Spannung in einer unfaßlich erschauernden Verzweiflung zusammen. In Simon Darres Augen lag mehr kalte Geringachtung als Groll oder Eifersucht, und sie sah es Erlend hinter seiner trotzigen Miene an, daß er vor Scham brannte. Es dämmerte ihr, wie andere Männer urteilen würden über ihn, der sie an einen solchen Ort zu sich hatte kommen lassen, und sie begriff: dies war, als hätte er sich ins Gesicht schlagen lassen müssen; sie fühlte, daß er darauf brannte, das Schwert zu ziehen und über Simon herzufallen.

»Weshalb bist du hierhergekommen, Simon?« rief sie laut und angstvoll.

Beide Männer wandten sich ihr zu.

»Um dich heimzuholen«, sagte Simon. »Hier kannst du nicht bleiben.«

»Ihr habt nicht mehr über Kristin Lavranstochter zu gebieten«, sagte Erlend heftig, »sie ist nun mein . . .«

»Das ist sie wohl«, sagte Simon rasch, »und in ein schönes Brautgemach hast du sie gebracht.«

Er stand einige Zeit da und atmete schwer; dann gewann er Macht über seine Stimme und sprach ruhig:
»Aber es verhält sich nun so, daß ich noch ihr Verlobter bin – bis ihr Vater sie holen kann. Und solange gedenke ich mit Speer und Schwert zu verteidigen, was von ihrer Ehre noch zu retten ist – in den Augen der Leute ...«
»Das brauchst du nicht; ich kann selbst ...« Er wurde wieder rot wie Blut unter Simons Blicken. »Glaubst du, ich ließe mir von so einem Knaben, wie du bist, drohen«, brauste er auf und legte die Hand auf den Schwertknauf.
Simon verschlang seine Hände auf dem Rücken.
»Ich bin nicht so ängstlicher Art, daß ich fürchtete, du könntest glauben, ich fürchte mich«, sagte er wie zuvor. »Ich werde mit dir kämpfen, Erlend Nikulaussohn, zum Teufel, darauf kannst du dich verlassen, wenn du nicht innerhalb einer angemessenen Frist bei Kristins Vater um sie hast werben lassen.«
»Ich tue das nicht auf dein Geheiß, Simon Andressohn«, sagte Erlend heftig; die Röte übergoß sein Gesicht.
»Nein, tu du das, um wiedergutzumachen, was du gegen ein so junges Weib verbrochen hast«, erwiderte Simon unbeirrbar, »dann ist es um so besser für Kristin.«
Kristin schrie laut auf, gepeinigt durch Erlends Pein. Sie stampfte auf den Boden:
»Geh doch, Simon, geh – was hast du mit unseren Sachen zu schaffen!«
»Das habe ich gerade gesagt«, antwortete Simon. »Ihr müßt mich so lange ertragen, bis dein Vater uns voneinander freigegeben hat.«
Kristin brach ganz zusammen:
»Geh, geh, ich komme sofort nach. Jesus, weshalb quälst du mich so, Simon – dich dünkt ja doch wohl selbst nicht, ich sei es wert, daß du dich um meine Sachen bekümmerst.«
»Es ist auch nicht um deinetwillen, daß ich das tue«, erwiderte Simon. »Erlend – wollet nicht Ihr ihr sagen, daß sie mit mir kommen soll?«
Erlends Gesicht bebte. Er rührte an ihre Schulter:
»Du mußt es tun, Kristin. Simon Darre und ich werden ein andermal miteinander sprechen.«
Kristin erhob sich gehorsam. Sie legte den Umhang an. Ihre Schuhe standen beim Bett – sie entsann sich dessen, aber sie vermochte nicht, sie vor Simons Augen anzuziehen.
Draußen hatte der Nebel sich wieder herabgesenkt. Kristin ging eilends dahin, den Kopf gebeugt und die Hände in den Umhang verkrampft. Ihre Kehle war von unterdrücktem Weinen wie abgeschnürt – wild sehnte sie sich nach einem Ort, wohin sie hätte flüchten können, um allein sein und schluchzen, schluchzen zu dürfen. Das Schlimmste stand ihr wohl noch bevor, sie hatte an diesem Abend etwas Neues zu kosten bekommen – und sie wand sich darunter –, hatte zu fühlen

bekommen, wie jener Mann gedemütigt wurde, dem sie sich hingegeben hatte.

Simon ging dicht an ihrem Ellbogen, während sie durch die Gassen lief, durch die Straßen und über die offenen Plätze, wo die Häuser zurücktraten und sie nichts sehen konnten außer dem Nebel. Einmal, als sie über etwas stolperte, ergriff er sie beim Arm, damit sie nicht falle: »Lauf doch nicht so«, sagte er. »Die Leute sehen uns nach. – Wie du zitterst!« fügte er milder hinzu. Kristin schwieg und ging weiter.

Sie glitt im Straßenschmutz aus, war durchnäßt und hatte eiskalte Füße – ihre Strümpfe waren aus Leder, aber dünn; sie fühlte, daß sie zerrissen, der Schmutz drang auf die nackte Haut ein.

Sie erreichten die Brücke, die über den Klosterbach führte, und gingen langsamer die Hänge auf der anderen Seite hinauf.

»Kristin«, sagte Simon plötzlich, »dies darf dein Vater niemals erfahren.«

»Wie konntest du wissen, daß ich – dort war?« fragte Kristin.

»Ich kam, um mit dir zu sprechen«, antwortete Simon kurz. »Da hörte ich von diesem Knecht deines Oheims. Ich wußte, daß Aasmund auf Hadeland ist. Sehr schlau im Erfinden seid ihr nicht. – Hörtest du, was ich sagte?«

»Ja«, entgegnete Kristin. »Ich war es, die Erlend benachrichtigen ließ, daß wir uns im Flugahof treffen sollten, ich kannte die Frau ...«

»Oh, pfui doch! Oh, aber du konntest nicht wissen, was sie für eine ist – und er ... Hörst du«, sagte Simon hart, »ist es so, daß es sich verbergen läßt, dann mußt du vor Lavrans verbergen, was du fortgeworfen hast. Und kannst du es nicht, so mußt du versuchen, ihm das Häßlichste der Schande zu ersparen.«

»Du bist sehr besorgt um meinen Vater«, sagte Kristin bebend. Sie versuchte, trotzig zu sprechen, aber ihre Stimme war nahe daran, vor Weinen zu brechen.

Simon ging eine Weile weiter. Dann blieb er stehen – sie konnte sein Gesicht erkennen, wie sie so allein miteinander mitten im Nebel standen. So hatte er noch nie zuvor ausgesehen.

»Ich habe es gemerkt, sooft ich bei euch daheim war«, sagte er, »ihr habt wenig Verständnis dafür gehabt, ihr Weibervolk, was Lavrans für ein Mann ist. Er hat euch nicht in der Hand, sagt dieser Trond Gjesling – sollte er sich wohl um so etwas kümmern, Lavrans, der dazu geschaffen wäre, über *Männer* zu herrschen! Er wäre ein Führer gewesen, einer, dem die Männer freudig gefolgt wären. Es ist jetzt nicht mehr die Zeit für solche Kerle – mein Vater war mit ihm bei Baagahus zusammen. Aber es ist nichts weiter aus allem geworden, als daß er da oben im Tal umhergegangen ist, fast wie ein Bauer. – Allzu jung wurde er verheiratet – und deine Mutter – mit ihrem Gemüt – konnte ihm das Leben dort kaum leichter machen. Wohl ist es so, daß er viele Freunde hat, aber glaubst du, er habe *einen*, der ihm gleichkäme? Seine Söhne hat er nicht behalten dürfen, ihr Töchter wart es, die das Geschlecht nach ihm neu hätten aufbauen sollen; muß er nun den Tag erleben, an dem er sieht, daß die eine ohne Gesundheit und die andere ohne Ehre ist?«

Kristin preßte die Hände aufs Herz; es dünkte sie, sie müsse es umklammern, um sich so hart zu machen, wie sie sein müßte.

»Warum sagst du das?« flüsterte sie nach einer Weile. »Du würdest mich doch niemals mehr dein eigen nennen wollen.«

»Das – wollte ich wohl – nicht«, sagte Simon unsicher. »Gott steh' mir bei, Kristin, ich sehe dich noch an jenem Abend an der Bahre auf Finsbrekken. – Aber der Teufel mag mich bei lebendigem Leibe holen, wenn ich je wieder einem Mädchen um seiner Augen willen traue!

Versprich mir, daß du Erlend nicht mehr triffst, ehe der Vater kommt«, sagte er, als sie am Tor standen.

»Das will ich nicht versprechen«, antwortete Kristin.

»Dann muß er es mir versprechen«, sagte Simon.

»Ich werde ihn nicht treffen«, antwortete Kristin rasch.

»Den kleinen Hund, den ich dir einmal sandte«, sagte Simon, ehe sie sich trennten, »den kannst du deinen Schwestern geben – sie haben ihn so gerne –, wenn es dir nicht zu sehr widerstrebt, ihn im Hause zu sehen.

Ich reite morgen früh beizeiten nordwärts«, sagte er, und dann gab er ihr zum Abschied die Hand, während die Pförtnerschwester zusah.

Simon Darre ging zur Stadt zurück. Er ging dahin und schlug mit der geballten Faust in die Luft, redete halblaut und fluchte in den Nebel hinein. Er schwor sich selbst, daß er nicht *ihr* nachtrauere. Kristin, das war etwas gewesen, von dem er geglaubt hatte, es sei das schiere Gold; als er es aber in der Nähe sah, da war es nur Messing und Zinn. Weiß wie eine Schneeflocke hatte sie dort gekniet und ihre Hand in die Flamme gehalten, das war im vergangenen Jahr gewesen; in diesem Jahr trank sie Wein mit einem verbannten Wüstling im Dachraum des Flugahofes – zum Teufel, nein! Das war etwas für Lavrans Björgulfssohn, der da oben auf Jörundhof saß und glaubte – niemals wäre es wohl Lavrans in den Sinn gekommen, daß man ihn so betrügen könnte. Nun sollte er, Simon, selbst die Nachricht überbringen und mithelfen, für einen anderen zu lügen, das war es, weshalb sein Herz so sehr vor Sorgen und Kummer brannte.

Kristin hatte nicht daran gedacht, ihr Simon Darre gegebenes Versprechen zu halten, aber sie konnte mit Erlend nur ein paar Worte wechseln – eines Abends oben am Wege.

Sie stand da und hielt seine Hand, merkwürdig unterwürfig, während er von dem sprach, was sich kürzlich in Brynhilds Haus zugetragen hatte. Mit Simon Andressohn wollte er ein anderes Mal sprechen.

»Hätten wir da oben gekämpft, dann wäre es in der ganzen Stadt bekanntgeworden«, sagte Erlend heftig. »Das wußte auch er ganz genau, dieser Simon.«

Kristin fühlte, wie dieses Ereignis ihn getroffen hatte. Auch sie hatte seitdem unaufhörlich daran gedacht – sie konnte nicht davon loskommen: in diesem Abenteuer stand Erlend mit noch weniger Ehren da als sie selber. Und sie fühlte, nun waren sie wahrlich ein Fleisch und Blut – sie mußte alles, was er tat, mitverantworten, selbst wenn sie sein Handeln nicht billigte, und mußte es an sich selbst verspüren, wenn Erlend seine Haut zu Markte trug.

Drei Wochen später kam Lavrans Björgulfssohn nach Oslo und holte seine Tochter ab.

Kristin hatte Angst, und sie war herzenswund, als sie in die Sprechstube ging, um mit ihrem Vater zusammenzutreffen. Als erstes fiel ihr auf, als sie ihn im Gespräch mit Schwester Potentia stehen sah, daß er nicht so aussah, wie sie sich seiner erinnert hatte. Vielleicht hatte er sich nicht verändert, seitdem sie sich vor einem Jahr getrennt hatten, aber sie hatte ihn all die Jahre hindurch als den jungen, gewandten und schönen Mann gesehen, um dessentwillen sie als Kind solchen Stolz empfunden hatte, daß er ihr Vater war. Jeder Winter und jeder Sommer, die da oben in der Heimat über ihn hingegangen waren, hatten ihn wohl gezeichnet und älter gemacht, während sie von den Jahren zum erwachsenen jungen Weib entfaltet worden war – aber sie hatte es nicht gesehen. Sie hatte nicht gesehen, daß sein Haar an manchen Stellen gebleicht war und an den Schläfen einen rostartigen roten Schimmer bekommen hatte, wie eben blondes Haar ergraut. Die Wangen waren trockener und länger geworden, und die Muskeln des Gesichtes führten wie Stränge zum Mund; die jugendliche helle Röte war gleichmäßig verwittert. Er war nicht gebeugt, trotzdem aber wölbten sich die Schulterblätter auf eine andere Art unter dem Umhang. Er schritt leicht und fest dahin, als er ihr mit ausgestreckter Hand entgegenging, und doch waren es nicht die alten weichen und raschen Bewegungen. – Das war sicherlich voriges Jahr auch schon alles so gewesen, nur hatte sie es nicht gesehen. Vielleicht war ein kleiner Zug hinzugekommen – ein Zug von Niedergeschlagenheit –, der die Ursache dazu war, daß sie jetzt dies alles sah. Sie brach in Tränen aus.

Lavrans legte den Arm um ihre Schulter und stützte ihre Wange mit der Hand.

»So, so, sei nun ruhig, Kind«, sagte er sanft.

»Seid Ihr mir böse, Vater?« fragte sie leise.

»Du wirst wohl verstehen können, daß ich das bin«, erwiderte er, fuhr aber fort, ihre Wange zu streicheln. »Aber du weißt ja auch, daß du keine Angst vor mir zu haben brauchst«, sagte er traurig. »Nein, nun mußt du dich beruhigen, Kristin, schämst du dich nicht, dich so zu betragen?« – denn sie weinte so, daß sie sich auf die Bank setzen mußte.

»Wir wollen nicht hier über diese Dinge reden, wo die Leute aus und ein gehen«, sagte er, setzte sich neben sie und nahm ihre Hand. »Willst du denn nicht nach deiner Mutter fragen – und nach deinen Schwestern?«

»Was sagt die Mutter dazu?« fragte die Tochter.

»Ach, das kannst du dir wohl denken, aber wir wollen jetzt nicht davon sprechen«, sagte er wieder. »Im übrigen geht es ihr gut.« Und er begann allerhand von daheim, vom Hofe, zu erzählen, bis Kristin nach und nach ruhiger wurde.

Sie aber empfand nur, daß durch das Schweigen des Vaters über ihren Bruch des Gelöbnisses die Spannung immer ärger wurde. Er gab ihr Geld, das sie unter die Armen des Klosters verteilen sollte, und Gaben für die Laienschwestern. Er selbst beschenkte das Kloster und die Schwestern reichlich, und keiner in Nonneseter dachte etwas anderes, als daß Kristin nun zum Verspruchsfest und zu ihrer Hochzeit heimfahren würde. Die letzte Mahlzeit speisten sie beide an Frau Groas Tisch im Zimmer der Äbtissin, und Frau Groa stellte Kristin das beste Zeugnis aus.

Aber all dieses nahm doch schließlich ein Ende. Sie hatte Schwestern und Freundinnen an der Klosterpforte zum letztenmal Lebewohl gesagt, Lavrans führte sie zu ihrem Pferd und hob sie in den Sattel hinauf. Es war so merkwürdig, mit dem Vater und mit den Dienstleuten von Jörundhof diesen Weg zur Brücke zu reiten, den sie sonst im Dunkeln entlanggeschlichen war; es war seltsam, so ehrenvoll und frei durch Oslos Straßen zu reiten. Sie dachte an ihren prächtigen Hochzeitszug, von dem Erlend so oft gesprochen hatte, das Herz wurde ihr schwer; alles wäre leichter erschienen, wenn er sie entführt hätte. Es war noch eine so lange Zeit, in der sie im geheimen eine andere sein mußte, als sie es offen vor allen Leuten sein konnte. Dann aber fiel ihr Blick auf das gealterte, ernste Gesicht des Vaters, und sie versuchte, Erlend recht zu geben.

In der Herberge waren noch mehrere Reisende. Am Abend saßen sie alle miteinander in einer kleinen Stube mit offenem Feuer, in der nur zwei Betten standen; Lavrans und Kristin sollten dort schlafen, denn sie waren die vornehmsten Gäste der Herberge. Die anderen entfernten sich, als es auf die Nacht zuging, brachen nach und nach auf, um ihre Schlafplätze aufzusuchen, und wünschten freundlich gute Nacht. Kristin dachte daran, daß sie zu Brynhild Flugas Haus geschlichen war und sich von Erlend hatte umarmen lassen; krank vor Kummer und vor Furcht davor, daß sie nie mehr die Seine werden würde, dünkte es sie, sie gehöre nicht mehr hierher.

Der Vater saß auf der Bank und betrachtete sie.

»Nach Skog kommen wir diesmal nicht?« fragte Kristin, um das Schweigen zu brechen.

»Nein«, antwortete Lavrans, »ich habe für einige Zeit genug an dem, was ich von deinem Oheim hören mußte, weil ich nicht Macht gegen dich gebrauchen will«, erklärte er, als sie ihn ansah.

»Ja, ich hätte dich gezwungen, dein Wort zu halten«, sagte er kurz darauf, »wäre es nicht Simons wegen gewesen, der sagte, er wollte keine widerwillige Hausfrau haben.«

»Ich habe Simon niemals mein Wort gegeben«, entgegnete Kristin rasch. »Du hast früher immer gesagt, daß du mich nie zur Ehe zwingen würdest . . .«

»Es wäre wohl nicht Zwang, wenn ich forderte, du solltest bei einer Verabredung beharren, die die ganze Zeit allen Menschen bekannt gewesen ist«, antwortete Lavrans. »Zwei Winter lang hat man euch Verlobte genannt, und du hast nichts dagegen geäußert und hast keinen Widerwillen dagegen gezeigt, bis jetzt der Hochzeitstag festgesetzt worden war. Willst du darauf sündigen, daß die Sache im vorigen Jahr verschoben wurde und du deswegen Simon deine Treue nicht in die Hand versprochen hast, dann nenne ich das kein ehrliches Verhalten.«

Kristin stand da und blickte ins Feuer.

»Ich weiß nicht, was schlimmer ist«, fuhr der Vater fort, »ob es nun heißen soll, daß du Simon von dir gestoßen hast oder daß du verschmäht worden bist. Herr Andres sandte mir die Botschaft« – Lavrans wurde rot, als er das sagte –, »er zürne dem Sohne und bitte mich, als Buße so viel zu verlangen, als ich für angemessen finde. Ich mußte der Wahrheit die Ehre geben und antworten – ich weiß nicht, ob das andere besser gewesen wäre –, wenn von Buße die Rede sei, so wären wir die nächsten dazu. Schande bringt uns beides.«

»Ich kann nicht verstehen, daß es eine so große Schande sein soll«, sagte Kristin leise. »Da Simon und ich einig sind.«

»Einig«, nahm Lavrans das Wort auf. »Er machte kein Hehl daraus, daß er mißvergnügt war, aber er sagte, nach dem, was ihr miteinander gesprochen hättet, glaube er nicht, daß etwas anderes als Unglück dabei herauskäme, wenn er forderte, daß du die Verabredung halten solltest. Aber nun mußt du mir sagen, wie das über dich gekommen ist.«

»Hat Simon nichts darüber gesagt?« fragte Kristin.

»Er schien zu meinen«, sagte der Vater, »daß du deine Gedanken einem anderen zugewandt habest. – Du mußt mir nun sagen, wie sich das verhält, Kristin.«

Kristin dachte ein wenig nach.

»Gott weiß«, sagte sie leise, »ich sehe wohl ein, Simon könnte gut genug für mich sein, und mehr als das. Aber es ist wahr, ich wurde mit einem anderen Mann bekannt, und da verstand ich, daß ich nie mehr im Leben eine frohe Stunde haben würde, müßte ich mit Simon leben – nein, und er alles Gold von England sein eigen nennen würde – ich würde – ich würde lieber den anderen haben, auch wenn er nicht mehr als eine einzige Kuh besäße.«

»Du erwartest wohl nicht, daß ich dich einem niederen Manne gebe«, sagte der Vater.

»Er ist meinesgleichen, und mehr als das«, antwortete Kristin. »Ich meinte nur, er hat wohl genug an Gütern und Land, aber ich will lieber mit ihm auf dem blanken Stroh schlafen, als mit irgendeinem anderen Mann in einem seidenen Bett.«

Der Vater schwieg einige Zeit.
»Ein Ding ist es, Kristin, daß ich dich nicht dazu zwingen will, einen Mann zu nehmen, der dir widerstrebt, obwohl Gott und der heilige Olav wissen mögen, was du gegen den Mann haben kannst, dem ich dich anverlobt habe. Aber ein anderes Ding ist es, ob der, dem du dein Herz zugewandt hast, so ist, daß ich dich mit ihm vermählen kann. Jung bist du und wenig verständig, und seine Augen auf eine Jungfrau zu werfen, die verlobt ist, das pflegt ein rechtschaffener Mann nicht zu tun.«
»Darin hat sich kein Mensch in der Gewalt«, sagte Kristin heftig.
»O ja, doch. Aber so viel wirst du wohl verstehen, ich will die Leute auf Dyfrin nicht so kränken, daß ich dich sofort wieder verlobe, sobald du Simon den Rücken gedreht hast – und am allerwenigsten einem Mann, der für angesehener oder reicher gehalten werden könnte. Du mußt mir nun sagen, wer dieser Mann ist«, fügte er nach einiger Zeit hinzu.
Kristin preßte die Hände zusammen und atmete schwer. Dann sagte sie sehr langsam:
»Ich kann es nicht, Vater. Es ist so: bekomme ich diesen nicht, dann kannst du mich ins Kloster bringen, und ich verlasse es nie wieder – ich glaube nicht, daß ich dann lange leben werde. Es würde sich jedoch nicht schicken, seinen Namen zu nennen, ehe ich weiß, ob er so guten Willens zu mir ist wie ich zu ihm. Du – du darfst mich nicht zwingen, zu sagen, wer er ist, ehe – ehe es sich zeigt, ob – ob er mit seinen Verwandten bei dir zu werben gedenkt.«
Lavrans schwieg lange. Er konnte nicht anders als es gutheißen, daß seine Tochter es in dieser Weise nahm; so sagte er schließlich ganz sachlich: »Laß es also so sein. Es ist verständlich, daß du am liebsten seinen Namen verschweigen willst, wenn du nicht weißt, was er zu tun gedenkt. – Du mußt nun zu Bett gehen, Kristin«, sagte er nach einiger Zeit.
Er ging zu ihr und küßte sie:
»Du hast mir manchen Kummer und Sorge mit diesem Einfall verursacht, meine Tochter – aber das weißt du, dein Wohl liegt mir am meisten am Herzen – Gott mag es wissen, was du auch tatest, daran ändert es nichts –, er und seine milde Mutter werden uns wohl helfen, so daß ich dieses noch zum besten wenden kann. – Geh nun und sieh zu, daß du gut schläfst.«
Nachdem er sich gelegt hatte, war es Lavrans, als höre er ein leises Weinen von der anderen Wand, wo die Tochter lag. Aber er tat, als schlafe er. Er hatte nicht das Herz, ihr zu sagen, daß er fürchte, nun würde auch das alte Gerede über sie und Arne und Bentein wieder ausgegraben werden, aber es lag ihm schwer auf dem Gemüt, wie wenig er es zu verhindern vermochte, daß der gute Ruf seines Kindes hinter seinem Rücken befleckt wurde. Und das schlimmste war, daß ihn dünkte, sie habe durch ihre Gedankenlosigkeit vieles selbst verschuldet.

LAVRANS BJÖRGULFSSOHN

I

Kristin kam in der schönsten Frühjahrszeit nach Hause. Der Fluß strömte heftig rings um Hof und Äcker, und durch das junge Laub des Erlengestrüpps glitzerte und flimmerte das Wasser weiß von Silbergefunkel. Es war, als besäßen die Lichtblitze Stimmen und sängen mit dem Rauschen des Flusses: wenn die Abenddämmerung einfiel, rann das Wasser gleichsam mit trägerem Laut dahin. Das Rauschen des Wassers erfüllte die Luft über Jörundhof Tag und Nacht hindurch, so daß es Kristin war, als fühle sie die Balkenwände selbst von dem Ton erzittern wie den Boden eines Saitenspiels.

Kleine Wasserstränge leuchteten oben an den Bergseiten, die Tag für Tag in blauen Dunst gehüllt standen. Die Wärme dampfte und bebte über den Äckern; die Keime des Getreides verhüllten die Erde fast ganz, und der Rasen wurde dicht und glänzte wie Seide, wenn der Wind darüber hinstrich. Es duftete süß von Hainen und Höhen, und sobald die Sonne gesunken war, strömte ein starker, kühler und säuerlicher Duft nach Säften und Wachstum aus; es war, als atme die Erde auf, tief und erquickt.

Bebend gedachte Kristin des Augenblicks, da Erlend sie aus seiner Umarmung ließ. Jeden Abend legte sie sich, krank vor Sehnsucht, schlafen, und am Morgen erwachte sie heiß und müde von ihren eigenen Tränen.

Sie vermochte es nicht zu fassen, daß sie daheim es unterlassen konnten, auch nur mit einem einzigen Wort das zu erwähnen, was ihre Gedanken vollkommen erfüllte. Aber Woche auf Woche verging, und sie schwiegen über ihren Wortbruch gegen Simon und forschten nicht danach, was sie im Sinn hatte. Der Vater war nun, nachdem die Frühjahrsarbeit getan war, viel im Wald; er sah sich nach seinen Teerbrennern um, nahm Falken und Hunde mit und blieb viele Tage fort. Wenn er daheim war, redete er mit der Tochter ebenso freundlich, wie er es früher getan hatte, aber es war, als habe er ihr so wenig zu sagen, und niemals bat er sie, ihn zu begleiten, wenn er ausritt.

Kristin hatte sich gefürchtet, zu den Klagen der Mutter heimzukommen, aber Ragnfrid erwähnte nie etwas, und dies dünkte sie noch schwerer zu ertragen.

Zu seinem Biergelage zur Zeit der Jonsmesse teilte Lavrans Björgulfssohn jedes Jahr so viel an Fleisch und Lebensmitteln unter die Armen der Gemeinde aus, wie man in der letzten Fastenwoche im Haus gespart hatte. Die, die dem Jörundhof am nächsten wohnten, pflegten selbst zu kommen und das Almosen zu holen; da wurden sie gut bewirtet, und Lavrans und seine Gäste und das ganze Hausgesinde scharten sich um diese Armen, denn einige alte Leute unter ihnen kannten viele Sagas und Lieder. Dann saßen sie in der Feuerstube und verkürzten sich die Zeit mit Biertrinken und freundlichem Gespräch, und des Abends tanzte man auf dem Hofplatz.

In diesem Jahr war der Jonsmessetag kalt und bewölkt, aber niemand war darüber betrübt, denn die Bauern im Tale hatten bereits die Trokkenheit zu fürchten begonnen. Seit dem Sankt-Halvards-Tag war kein Regen mehr gefallen, und im Gebirge hatte es wenig Schnee gegeben, so daß die Leute sich nicht erinnern konnten, in den letzten dreizehn Jahren den Fluß um die Mittsommerzeit je so niedrig gesehen zu haben.

Lavrans und seine Gäste waren deshalb guter Laune, als sie in die Feuerstube hinuntergingen, um die Almosenempfänger zu begrüßen. Die Armen saßen rings um den Tisch, aßen Milchgrütze und tranken Starkbier dazu, und Kristin ging herum und bediente die Alten und Kranken.

Lavrans begrüßte seine Gäste und fragte, ob sie mit der Bewirtung zufrieden seien. Danach ging er zu einem alten Gemeindearmen, der an diesem Tag auf Jörundhof eingezogen war, und hieß ihn willkommen. Der Mann hieß Haakon, er war unter dem alten König Haakon Krieger gewesen und hatte die letzte Fahrt des Königs nach Schottland mitgemacht. Er war nun verarmt und fast blind; die Leute hatten ihm angeboten, ihm eine Hütte zu geben, aber er wollte lieber reihum auf den Höfen sein, wo er überall mehr als ein geehrter Gast aufgenommen wurde, denn er war merkwürdig reich an Kenntnissen und hatte viel von der Welt gesehen.

Lavrans stand da, die eine Hand auf der Schulter seines Bruders: Aasmund Björgulfssohn war nach Jörundhof zu Gast gekommen. Er fragte auch Haakon, wie er mit dem Essen zufrieden sei.

»Das Bier ist gut, Lavrans Björgulfssohn«, sagte Haakon. »Aber eine Mähre hat uns wohl heute die Grütze gekocht. Angelegene Köchin kocht angebrannte Grütze, sagt das Sprichwort, und die Grütze ist angebrannt.«

»Es ist schlimm«, sagte Lavrans, »daß ich euch angebrannte Grütze gebe. Aber das alte Wort trifft wohl nicht immer zu, darf ich hoffen, denn meine Tochter selbst hat diese Grütze gekocht.« Er lachte und befahl Kristin und Tordis, sie sollten eilen und die Fleischschüsseln hereinholen.

Kristin schlüpfte rasch hinaus und zum Küchenhaus hinüber. Ihr Herz klopfte, sie hatte einen Schimmer von des Oheims Gesicht erhascht, als Haakon dies von der Köchin und der Grütze gesagt hatte.

Spät am Abend sah sie, daß der Vater und der Oheim lange auf dem

Hofplatz auf und ab gingen und miteinander redeten. Ihr schwindelte vor Angst, und dies wurde nicht besser, als sie am nächsten Tag merkte, daß der Vater wortkarg und unfroh war. Aber er sagte nichts.

Er sagte auch nichts, nachdem der Oheim abgereist war. Aber Kristin bemerkte, daß er nicht soviel mit Haakon redete, wie er sonst zu tun pflegte, und als die Zeit, in der sie den Alten beherbergen sollten, um war, erbot sich Lavrans nicht, ihn noch eine Weile zu behalten, sondern ließ ihn zum nächsten Hof ziehen.

Im übrigen gab es für Lavrans Björgulfssohn der Ursachen, unfroh und mürrisch zu sein, in diesem Sommer genug, denn nun sah es im Tal ganz nach einem Mißjahr aus, und die Bauern hielten ein Thing ab, um darüber zu beraten, wie sie dem herannahenden Winter begegnen sollten. Schon gegen Ende des Spätsommers war es für die meisten gewiß, daß sie einen großen Teil ihrer Herden schlachten oder zum Verkauf nach Süden führen und dafür Getreide zum Winter für ihre Leute daheim kaufen mußten. Das Jahr zuvor war kein gutes Getreidejahr gewesen, und die Vorräte an altem Korn waren deshalb geringer als sonst.

Eines Morgens, zu Anfang des Herbstes, ging Ragnfrid mit ihren drei Töchtern hinaus und sah nach der Leinwand, die sie auf der Bleiche liegen hatte. Kristin lobte das Gewebe der Mutter sehr. Da strich diese der kleinen Ramborg über das Haar.

»Dies soll in deine Truhe kommen, Kleine.«

»Mutter«, sagte Ulvhild, »werde ich denn keine Truhe bekommen, wenn ich ins Kloster soll?«

»Du weißt, daß du nicht weniger von daheim mitbekommst als deine Schwestern«, entgegnete Ragnfrid. »Aber du bedarfst ja nicht dergleichen Dinge. Und schließlich weißt du doch auch, daß du bei deinem Vater und mir bleiben sollst, solange wir leben – wenn du willst.«

»Und wenn du ins Kloster kommst«, sagte Kristin mit unsicherer Stimme, »so kann es sein, Ulvhild, daß ich dann schon seit vielen Jahren Nonne bin.«

Sie blickte zur Mutter hinüber, aber Ragnfrid schwieg.

»Wäre es so mit mir bestellt, daß ich heiraten könnte«, meinte Ulvhild, »dann hätte ich mich nie von Simon abgewendet; er war freundlich, und er war so traurig, als er von uns allen Abschied nahm.«

»Du weißt, daß dein Vater gesagt hat, wir dürfen nie darüber sprechen«, rügte Ragnfrid, aber Kristin sagte trotzig:

»Ja, ich weiß, er war trauriger darüber, sich von euch allen trennen zu müssen als von mir.«

Die Mutter fuhr zornig auf:

»Hätte er dir seine Trauer zu erkennen gegeben, so hätte er wohl wenig Stolz besessen, du hast gegen Simon Andressohn nicht schön gehandelt, meine Tochter. Trotzdem bat er uns, wir sollten dir nicht drohen oder dich verfluchen.«

»Nein, er meinte wohl, er habe mich so sehr verflucht«, sagte Kristin wie vorher, »daß kein anderer es mehr nötig habe, mir zu sagen, wie erbärmlich ich sei. Aber ich bemerkte nicht, daß Simon sich viel aus mir machte, ehe er wußte, daß ich einen anderen Mann lieber hatte als ihn.«

»Geht heim«, befahl die Mutter den beiden Kleinen. Sie setzte sich auf einen Stamm, der dort lag, und zog Kristin an ihre Seite.

»Du weißt wohl«, begann sie, »man hat es stets für am schicklichsten und ehrenhaftesten angesehen, daß ein Mann nicht zuviel von Liebe zu seiner Braut spreche, allein mit ihr zusammensitze oder sich zu heftig zeige ...«

»Ach, ich möchte wissen«, fiel Kristin ihr ins Wort, »ob junge Leute, die einander liebhaben, sich niemals vergessen, sondern stets daran denken, was die Alten für schicklich erachten.«

»Hüte dich davor, du, Kristin«, warnte die Mutter, »daß du das jemals vergissest.« Sie schwieg einige Zeit. »Freilich, ich verstehe: dein Vater fürchtet, du habest deine Liebe einem Mann zugewendet, dem er dich ungern geben will.«

»Was hat mein Oheim gesagt?« fragte Kristin eine Weile später.

»Nichts anderes«, erwiderte die Mutter, »als daß Erlend von Husabys Sippe besser sei als sein Ruf. Ja, Erlend hat wohl Aasmund gebeten, bei Lavrans ein Wort für ihn einzulegen. Dein Vater ward wenig froh, als er dies hörte.«

Aber Kristin saß strahlend da. Erlend hatte mit ihrem Oheim gesprochen. Und sie hatte so sehr gelitten, weil er nichts von sich hatte hören lassen!

Da sagte die Mutter wieder:

»Aasmund hat etwas davon erwähnt, es sei in Oslo das Gerücht gegangen, dieser Erlend habe sich in den Straßen rings um das Kloster herumgetrieben, und du seist hinausgegangen und habest mit ihm an den Zäunen gesprochen.«

»Und?« fragte Kristin.

»Aasmund rät ja zu diesem Handel, verstehst du«, sagte Ragnfrid. »Da aber wurde Lavrans ärgerlicher, als ich ihn je gesehen habe. Er sagte, ein Freier, der diesen Weg zu seiner Tochter gehe, solle ihn mit dem Schwert in der Hand finden. Unehrenhaft genug sei die Art, wie wir uns den Leuten auf Dyfrin gegenüber betragen hätten, aber wenn Erlend dich verlockt habe, im Dunkeln mit ihm in den Gassen herumzulaufen, noch dazu während du in einem Nonnenkloster warst, so sähe er dies als ein vollgültiges Zeichen dafür an, daß dir besser damit gedient sei, wenn du diesen Gatten verlörest.«

Kristin preßte die Hände im Schoß zusammen, die Farbe kam und ging in ihrem Gesicht. Die Mutter legte einen Arm um ihre Mitte, aber Kristin entwand sich ihr und schrie, außer sich:

»Laßt mich, Mutter, wollt Ihr etwa fühlen, ob ich um die Mitte dicker geworden sei?«

Im nächsten Augenblick stand sie auf und hielt die Hand gegen ihre Wange; verwirrt blickte sie in die funkelnden Augen der Mutter. Niemand hatte sie geschlagen, seit sie ein kleines Kind gewesen war.

»Setz dich«, sagte Ragnfrid. »Setz dich«, wiederholte sie so, daß die Tochter gehorchte. Einige Zeit saß die Mutter schweigend da; als sie redete, war ihre Stimme unsicher:

»Ich habe es wohl bemerkt, Kristin, sehr gut hast du mich nie leiden können. Ich dachte, es sei vielleicht deshalb, weil du glaubtest, ich liebte dich nicht so sehr – nicht so, wie dein Vater dich liebt. Ich ließ es dabei bewenden und dachte, wenn einmal die Zeit kommt, da du selbst Kinder geboren hast, dann wirst du es wohl verstehen.

Ich stillte dich noch, da strecktest du schon deinem Vater die Hände entgegen, sobald er sich näherte, und ließest meine Brust, so daß dir meine Milch über die Lippen rann. Lavrans fand dies lustig – und Gott weiß, daß ich es ihm gönnte; ich gönnte es auch dir, daß dein Vater scherzte und lachte, sooft er dich sah. Mich dünkte selbst, es sei Sünd' und schade um dich, du kleines Wesen, daß ich das viele Weinen nicht sein lassen konnte. Ich dachte mehr darüber nach, ob ich auch dich verlieren sollte, als ich mich darüber freute, dich zu besitzen. Aber Gott und die Jungfrau wissen es, daß ich dich nicht weniger liebte, als Lavrans es tat.«

Die Tränen rannen Ragnfrid über die Wangen, doch ihr Gesicht war ganz ruhig und ihre Stimme auch:

»Gott weiß, daß ich um der Freundschaft willen, die zwischen euch bestand, nie einen Groll gegen ihn oder dich hegte. Ich dachte, daß ich ihm nicht allzuviel Freude geschenkt hatte in den Jahren, die wir zusammen lebten; ich war froh, daß er dich besaß. Auch dachte ich, wäre Ivar, mein Vater, so gegen mich gewesen . . .

Es gibt viele Dinge, Kristin, vor denen sich zu hüten eine Mutter ihre Tochter lehren sollte. Ich dachte, das sei nicht notwendig bei dir, die du in allen diesen Jahren soviel mit deinem Vater zusammen warst – du solltest doch wohl wissen, was ehrenhaft und rechtschaffen ist. Was du vorhin sagtest – glaubst du, ich könnte denken, du würdest Lavrans solch einen Kummer bereiten?

Ich wollte dir nur sagen, ich wünschte, daß du einen Mann bekommen möchtest, zu dem du Liebe hegen kannst. Da aber mußt du dich verständig betragen, nicht Lavrans auf den Gedanken kommen lassen, du habest dir einen Unglücksmann auserwählt und einen, der nicht der Frauen Frieden und Ehre achtet. Denn einem solchen wird er dich nicht geben, auch nicht, wenn es gälte, dich vor offener Schande zu bewahren. Da ließe Lavrans lieber den Stahl Recht sprechen zwischen sich und dem, der dein Leben vertan hätte . . .«

Damit erhob sich die Mutter und ließ sie allein.

II

Am Tage der Bartholomäusmesse, am vierundzwanzigsten August, wurde dem Tochtersohn des seligen Königs Haakon auf dem Haugathing gehuldigt. Unter den Männern, die vom nördlichsten Gudbrandstal dorthin entsandt wurden, war Lavrans Björgulfssohn. Er hieß Königsmann seit seiner Jugend, aber er war in allen diesen Jahren selten dem Gefolge des Königs nahe gekommen und hatte nie versucht, aus dem guten Namen, den er sich im Feldzug gegen Herzog Eirik erworben hatte, einen Nutzen zu ziehen. Er fühlte auch wenig Lust, zu dem Huldigungsthing zu fahren, aber er konnte sich der Sendung nicht entziehen. Die Erkorenen aus dem Nordtal hatten auch den Auftrag, zu versuchen, im Süden des Landes Korn zu kaufen und es mit Schiffen nach dem Raumstal senden zu lassen.

Die Leute in den Gemeinden waren mutlos und fürchteten sich vor dem herannahenden Winter. Es schien den Bauern auch schlimm, daß nun wieder ein Kind König von Norwegen werden sollte. Alle Leute erinnerten sich der Zeit, da König Magnus gestorben war und seine Söhne noch Kinder waren, und Sira Eirik sagte:

»Vae terrae, ubi puer rex est. Das heißt in unserer Sprache: Keine Nachtruhe haben die Ratten auf dem Hofe, wenn die Katze jung ist.«

Ragnfrid Ivarstochter schaltete auf dem Hof, während der Mann fort war, und es war gut für Kristin und auch für sie, daß sie Kopf und Hände voller Arbeit hatten. In der ganzen Gemeinde waren die Leute damit beschäftigt, Moos auf den Bergen zu sammeln und Rinde zu schälen, denn es hatte wenig Heu und fast kein Stroh gegeben, und selbst das Laub, das man nach der Jonsmesse heimgebracht hatte, war vergilbt und schlecht. Am Kreuzmessetag, an dem Sira Eirik das Kruzifix über die Felder trug, weinten viele im Zuge und beteten laut, Gott möge sich über Volk und Vieh erbarmen.

Einige Wochen nach der Kreuzmesse kam Lavrans Björgulfssohn vom Thing heim.

Die Leute waren längst zur Ruhe gegangen, aber Ragnfrid war noch in der Webstube. Sie hatte nun tagsüber so viel zu besorgen, daß sie oft noch bis spät in die Nacht hinein webte und nähte. Ragnfrid hielt sich so gern in diesem Haus auf. Es sollte das älteste Gebäude auf dem Hof sein. Die Leute sagten, es stünde hier seit der Heidenzeit. Kristin und eine Magd, mit Namen Astrid, waren bei ihr, sie saßen an der Feuerstätte und spannen.

Eine Weile hatten sie schweigsam und schläfrig dagesessen, als sie den Hufschlag eines einzelnen Pferdes vernahmen; ein Mann kam in großer Eile auf den nassen Hofplatz eingeritten. Astrid trat in die Vorstube und sah hinaus; gleich darauf kehrte sie zurück, gefolgt von Lavrans Björgulfssohn.

Die Frau und auch die Tochter sahen sofort, daß er ziemlich betrunken war. Er taumelte und hielt sich an der Rauchlochstange, während Ragn-

frid ihm den triefend nassen Umhang und den Hut abnahm und ihm den Schwertgürtel abschnallte.
»Wo hast du Halvdan und Kolbein gelassen«, sagte sie ein wenig erschrocken, »bist du ihnen unterwegs davongeritten?«
»Nein, ich ritt auf dem Loptshof von ihnen fort«, gab er zur Antwort und lachte ein wenig. »Mich erfaßte solche Sehnsucht, heimzukommen – ich fand eher keine Ruhe –, sie gingen dort unten zu Bett, da nahm ich Guldsvein und ritt heim.
Du mußt mir ein wenig zu essen bringen, Astrid«, bat er die Magd. »Trage es hier herein, dann brauchst du in dem Regen nicht so weit zu gehen. Aber spute dich, ich habe seit heute früh nichts mehr gegessen.«
»Bekamst du denn auf Loptshof nichts zu essen?« fragte die Hausfrau erstaunt.
Lavrans setzte sich auf die Bank, schüttelte sich und lachte ein wenig: »Freilich gab es dort zu essen, aber ich hatte keine Lust auf Essen, als ich dort war. Ich trank eine Zeitlang mit Sigurd – doch dann dachte ich, ich könnte ebensogut gleich heimreiten, anstatt bis morgen zu warten.«
Astrid kam mit Bier und Essen, sie hatte auch trockene Schuhe für Lavrans mitgebracht.
Mit unsicheren Händen wollte er sich die Sporen abschnallen, fiel jedoch immer vornüber.
»Komm her, Kristin«, bat er, »und hilf deinem Vater. Ich weiß, du tust dies aus liebendem Herzen – aus liebendem Herzen ja – heute.«
Kristin gehorchte und kniete nieder. Da umfaßte er mit beiden Händen ihren Kopf und hob ihn auf:
»Du weißt doch wohl, meine Tochter – ich will nichts anderes als dein Wohl. Keinen Kummer würde ich dir bereiten, außer wenn ich wüßte, daß ich dir dadurch später vielen Kummer erspare. Du bist noch sehr jung, Kristin – siebzehn Jahre bist du nun heuer geworden – drei Tage nach der Havardsmesse – siebzehn Jahre bist du ...«
Kristin war mit ihrer Dienstleistung zu Ende. Ein wenig bleich stand sie auf und setzte sich wieder auf ihren Hocker beim Feuer.
Der Rausch schien in Lavrans nachzulassen, je mehr er sich satt aß. Er antwortete auf die Fragen der Hausfrau und der Magd nach dem Thing – ja, es sei schön gewesen; sie hätten Korn kaufen können und etwas Mehl und Malz, einen Teil in Oslo und einen in Tunsberg; es seien ausländische Waren – sie hätten besser sein können, aber auch schlechter; ja, er habe viele Verwandte und auch Bekannte getroffen und bringe Grüße mit heim. Aber seine Antworten kamen nur tropfenweise.
»Ich sprach mit Herrn Andres Gudmundssohn«, sagte er, als Astrid hinausgegangen war. »Simon hat sein Verspruchsbier mit der jungen Witwe auf Manvik getrunken. Die Hochzeit soll um die Zeit der Andreasmesse auf Dyfrin abgehalten werden. Er hat diesmal selbst gefreit, der Junge. Ich hielt mich in Tunsberg ein wenig von Herrn An-

dres ferne, aber er suchte mich auf, wollte mir sagen, er wisse es für bestimmt, Simon habe Frau Halfrid zum erstenmal heuer um die Mittsommerzeit gesehen. Er fürchtete, ich könnte glauben, Simon habe diese reiche Heirat vor Augen gehabt, als er mit uns brach.« Lavrans saß da und lachte freudlos. »Ihr begreift, dieser ehrenhafte Mann fürchtete sehr, wir könnten so etwas von seinem Sohne glauben.«
Kristin atmete leichter. Sie dachte, es sei dies, worüber der Vater so erregt war. Vielleicht hatte er die ganze Zeit gehofft, es könne doch noch dazu kommen, zu dieser Hochzeit zwischen Simon Andressohn und ihr. Zuerst hatte sie gefürchtet, er habe etwas über ihr Betragen in Oslo unten erfahren.
Sie erhob sich und bot gute Nacht. Da sagte der Vater, sie solle noch ein wenig warten.
»Ich habe noch eine Nachricht«, sagte Lavrans. »Ich hätte es dir verschweigen können, Kristin, aber es ist besser, du erfährst es. Es ist das, daß du versuchen mußt, den Mann, dem du deine Liebe zugewendet hast, zu vergessen.«
Kristin war mit hängenden Armen und gesenktem Kopf dagestanden. Nun blickte sie in das Gesicht des Vaters auf. Sie bewegte die Lippen, brachte aber nichts Hörbares heraus.
Lavrans sah vor dem Blick der Tochter weg; er machte eine Bewegung mit der Hand:
»Du weißt sehr wohl, daß ich mich nicht widersetzen wollte, könnte ich nur glauben, es gereiche dir zum Nutzen.«
»Was sind es für Nachrichten, die Ihr auf dieser Reise erfahren habt, Vater?« fragte Kristin mit klarer Stimme.
»Erlend Nikulaussohn und sein Verwandter Herr Munan Baardssohn kamen in Tunsberg zu mir«, antwortete Lavrans. »Herr Munan bat um dich für Erlend, und ich antwortete ihm nein.«
Kristin stand da und atmete schwer.
»Warum wollt Ihr mich Erlend Nikulaussohn nicht geben?« fragte sie.
»Ich weiß nicht, wieviel du über den Mann weißt, den du zum Gemahl haben willst«, sagte Lavrans. »Kannst du nicht selbst die Ursache erkennen, so wird es wenig angenehm für dich sein, sie aus meinem Munde zu hören.«
»Ist es deshalb, weil er mit dem Bann belegt und verwiesen war?« fragte Kristin wie zuvor.
»Weißt du, was die Ursache war, daß König Haakon seinen nahen Verwandten vom Hofe wies – und daß Erlend schließlich in den Bann kam, weil er dem Gebote des Erzbischofs trotzte – und daß er nicht allein aus dem Lande zog?«
»Ja«, sagte Kristin. Ihre Sprache wurde unsicher: »Ich weiß auch, daß er achtzehn Jahre alt war, als er mit ihr bekannt wurde – mit seiner Buhle.«
»So alt war ich, als ich heiratete«, antwortete Lavrans. »Als ich jung

war, hielten wir dafür, daß ein Mann mit achtzehn Jahren für sich einstehen und seine eigene Wohlfahrt und die anderer wahrnehmen könne.«

Kristin stand schweigend da.

»Du nanntest die Frau, mit der er zehn Jahre zusammen gelebt und mit der er Kinder gezeugt hat, seine Buhle«, sagte Lavrans kurz darauf. »Wenig froh würde ich sein an dem Tag, an dem ich meine Tochter mit einem Gemahl von daheim fortschickte, der jahraus, jahrein ein offenes Buhlenleben geführt hat, bevor er sich verheiratete. Aber du weißt, dies war nicht nur ein Buhlenleben.«

»Ihr urteiltet nicht so hart über Frau Aashild und Herrn Björn«, sagte Kristin leise.

»Dennoch kann ich nicht sagen, daß ich es gerne sehen würde, wenn wir in Schwägerschaft mit ihnen kämen«, erwiderte Lavrans.

»Vater«, sagte Kristin, »seid Ihr denn Euer ganzes Leben lang so sündenfrei gewesen, daß Ihr so hart über Erlend zu urteilen wagt«?

»Gott weiß«, antwortete Lavrans barsch, »daß ich niemand für einen größeren Sünder ansehe, als ich selber einer bin. Aber man kann doch nicht von mir fordern, meine Tochter jedem beliebigen Mann zu geben, den es gelüstet, sie zu erbitten, nur deswegen, weil wir alle der Gnade Gottes bedürfen.«

»Ihr wißt, daß ich es nicht so meinte«, sagte Kristin heftig. »Vater – Mutter – Ihr seid doch jung gewesen. – Wißt ihr nicht mehr, daß es nicht leicht ist, sich vor jener Sünde zu bewahren, die die Liebe verursacht?«

Lavrans wurde blutrot.

»Nein«, sagte er kurz.

»Dann wißt Ihr nicht, was Ihr tut«, schrie Kristin verzweifelt, »wenn Ihr Erlend Nikulaussohn und mich trennt!«

Lavrans setzte sich wieder auf die Bank.

»Du bist erst siebzehn Jahre alt, Kristin«, fing er wieder an. »Es mag ja sein, daß er und du, daß ihr einander lieber gewonnen habt, als ich glaubte. Aber er ist kein so junger Mann mehr, daß er nicht begriffen haben müßte – wäre er ein guter Mensch, so hätte er sich einem so jungen, unmündigen Kind, wie du es bist, nicht mit Liebesworten genähert. – Daß du einem anderen anverlobt warst, dünkte ihn wohl eine geringe Sache.

Aber ich verheirate meine Tochter nicht mit einem Mann, der zwei Kinder mit der Ehefrau eines anderen hat. Weißt du, daß er Kinder hat?

Du bist zu jung, um zu verstehen, daß ein solches Unrecht Zank und Streit mit sich bringt – und Unfrieden für die Sippe – ohne Ende. Dieser Mann kann weder sein eigenes Blut im Stich lassen, noch kann er die Kinder an den richtigen Platz im Leben stellen – er kann nur schwer einen Weg finden, um seinen Sohn unter den Leuten zu fördern oder die Tochter mit einem anderen Mann als einem Untergebenen oder

Kleinbauern zu verheiraten. Sie müßten nicht von Fleisch und Blut sein, diese Kinder, wenn sie nicht gegen dich und deine Kinder Haß fühlten.

Begreifst du nicht, Kristin – solche Sünden – Gott vergibt vielleicht solche Sünden leichter als viele andere, aber sie zerstören das Geschlecht, so daß es nie wieder aufgerichtet werden kann. Auch ich dachte an Björn und Aashild – da stand dieser Mann, ihr Sohn, vor mir, er sitzt im Golde, er gehört zu den Räten des Königs, sie haben ihr mütterliches Erbe erhalten, er und seine Brüder, und er hat in allen diesen Jahren seine Mutter in ihrer Armut nicht aufgesucht. Ja, diesen Mann hatte dein Freund zum Fürsprecher erwählt.

Nein, sage ich, nein. In dieses Geschlecht kommst du nicht, solange mein Kopf noch über der Erde ist.«

Kristin schlug die Hände vors Gesicht und brach in Tränen aus:

»Da will ich Gott Tag und Nacht, Tag und Nacht bitten, so Ihr Euren Sinn nicht ändert, möge er mich von hinnen wegnehmen!«

»Es ist unnötig, heute abend noch mehr darüber zu reden«, sagte der Vater gequält. – »Du glaubst mir wohl nicht, aber ich muß so über dich bestimmen, wie ich meine, es verantworten zu können. Geh nun zur Ruhe, Kind.«

Er hielt ihr die Hand hin, aber sie wollte sie nicht sehen und ging schluchzend zur Stube hinaus.

Die Eltern blieben noch einige Zeit sitzen. Dann sagte Lavrans zu seiner Frau:

»Möchtest du mir einen Schluck Bier holen – nein, hole etwas Wein«, bat er. »Ich bin müde ...«

Ragnfrid tat, wie er gebeten hatte. Als sie mit der hohen Kanne zurückkehrte, hatte er das Gesicht in die Hände gelegt. Er blickte auf, strich ihr über das Kopftuch und über die Arme:

»Ärmste, nun bist du naß geworden. – Trink mir zu, Ragnfrid.«

Sie berührte die Kanne nur mit den Lippen.

»Nein, trink doch mit mir«, sagte Lavrans heftig und wollte seine Frau auf den Schoß ziehen. Widerwillig fügte sie sich ihm. Lavrans sagte:

»Du wirst in dieser Sache wohl auf meiner Seite stehen, mein Weib? Am besten ist es doch für Kristin, wenn sie von Anfang an begreift, daß sie sich diesen Mann aus dem Sinn schlagen muß.«

»Es wird hart sein für das Kind«, sagte die Mutter.

»Ja, ich begreife das«, antwortete Lavrans.

Sie saßen eine Weile da, da fragte Ragnfrid:

»Wie sieht er aus, dieser Erlend von Husaby?«

»Oh!« sagte Lavrans und zog die Antwort hinaus. »Ein schöner Mann ist er – in seiner Art. Aber er sieht nicht aus, als tauge er zu viel anderem, als Frauen zu betören.«

Sie schwiegen wieder eine Weile, da sagte Lavrans abermals:

»Mit dem großen Erbe, das er von Herrn Nikulaus übernahm, hat er wohl so gewirtschaftet, daß es sehr klein geworden ist. Für solch einen

Schwiegersohn habe ich nicht gestrebt und gearbeitet und versucht, meine Kinder sicherzustellen.«

Die Mutter ging unruhig auf und ab. Lavrans fuhr fort:

»Am wenigsten behagte es mir, daß er versuchte, Kolbein mit Silber zu bestechen, er sollte Kristin einen heimlichen Brief von ihm überbringen.«

»Hast du den Brief gelesen?« fragte Ragnfrid.

»Nein, das mochte ich nicht«, sagte Lavrans schroff. »Ich gab ihn Herrn Munan zurück und sagte ihm, was ich von solch einem Betragen denke. Sein Siegel hatte er auch daran gehängt; ich weiß nicht, was ich zu solchen Kinderstreichen sagen soll. Herr Munan zeigte mir, daß es das Geheimsiegel König Skules war, das Erlend von seinem Vater ererbt hat. Er meinte wohl, ich sollte bedenken, welch große Ehre es sei, wenn sie um meine Tochter bitten. Aber ich denke, Herr Munan hätte diese Sache nicht mit soviel Wärme für Erlend geführt, hätte er nicht begriffen, daß mit diesem Mann die Macht und die Ehre des Husaby-Geschlechtes, die die Sippe in Herrn Nikulaus' und Herrn Baards Tagen gewonnen hatte, zu sinken beginnen. Erlend kann nun nicht mehr erwarten, eine Heirat zu machen, wie sie seiner Geburt entspräche.«

Ragnfrid blieb vor ihrem Mann stehen:

»Nun weiß ich nicht, Hausvater, ob du in dieser Sache recht hast. Da ist vor allem zu nennen, daß, so wie die Zeiten sind, gar manche Männer ringsum auf den großen Höfen sich mit weniger Macht und Ehren haben begnügen müssen, als ihre Väter vor ihnen besessen hatten. Das weißt du selbst am besten, es ist nicht mehr so leicht, Reichtum, sei es an Land oder durch den Handel, zu erwerben, wie es dies früher in der Welt war ...«

»Ich weiß, ich weiß«, unterbrach sie der Mann ungeduldig, »um so mehr gilt es, sein Erbe mit Vorsicht zu verwalten.«

Aber Ragnfrid fuhr fort:

»Und dann noch dies: Mich dünkt nicht, daß Kristin eine ungleiche Heirat für Erlend sein könnte. In Schweden gehört dein Geschlecht mit zu den besten, dein Großvater und dein Vater trugen den Ritternamen hier im Lande. Meine Vorfahren waren Lehnsherren, viele hundert Jahre lang, vom Vater auf den Sohn, bis zurück zu Ivar dem Alten; mein Vater und mein Großvater waren Landvögte. Zwar habt ihr, du und Trond, weder Standesnamen noch Land von der Krone erhalten. Da aber dünkt mich, man könnte sagen, es stehe mit Erlend Nikulaussohn nicht anders als mit euch.«

»Das ist nicht das gleiche«, sagte Lavrans heftig. »Für Erlend lagen Macht und Rittername bereit, und er wandte sich um der Hurenschaft willen davon ab. Aber ich verstehe nun, daß auch du gegen mich bist. Mag sein, daß auch dich wie Aasmund und Trond es eine Ehre für mich dünkt, wenn nun diese großen Leute meine Tochter für einen der Ihren haben wollen.«

»Ich habe dir gesagt«, erwiderte Ragnfrid etwas hitzig, »mich dünkt nicht, daß du empfindlich zu sein und zu fürchten brauchtest, Erlends Verwandte könnten meinen, sie ließen sich in dieser Sache herab. Aber verstehst du denn aus alledem nicht – das sanfte und fügsame Kind hatte den Mut, sich uns zu widersetzen und Simon Darre zu verschmähen? – Hast du denn nicht gesehen, daß Kristin ganz und gar verändert ist, seit sie von Oslo gekommen ist, siehst du denn nicht, daß sie umhergeht, als sei sie verhext? – Begreifst du denn nicht: sie hat diesen Mann so lieb, daß hier ein großes Unglück geschehen kann, wenn du nicht nachgibst.«

»Was meinst du damit?« sagte der Vater und blickte scharf auf.

»Mancher Mann begrüßt seinen Schwiegersohn und weiß es nicht«, sagte Ragnfrid.

Es war, als erstarre der Mann. Langsam wurde er weiß im Gesicht: »Du, ihre Mutter!« sagte er heiser. »Hast du – hast du – so sichere Zeichen gesehen, daß du deine eigene Tochter dessen zu beschuldigen wagst?«

»Nein, nein«, sagte Ragnfrid rasch. »Ich meinte nicht das, was du denkst. Aber niemand kann wissen, was geschehen ist oder was noch geschehen kann. Sie hat keinen anderen Gedanken als den einen, daß sie diesen Mann liebt – das habe ich gesehen –, sie könnte uns eines Tages zeigen, daß sie ihn lieber hat als die Ehre – oder das Leben!«

Lavrans sprang auf:

»Bist du närrisch? Kannst du von unserem schönen, guten Kind so etwas denken? Sie kann doch nicht weit gekommen sein, dort, wo sie war – bei den Nonnen. Sie ist doch keine Stalldirne, soviel ich weiß, die sich hinter einem Zaun wegwirft. Du mußt doch verstehen, sie kann diesen Mann weder oft gesehen noch oft gesprochen haben – das gibt sich wohl wieder; es ist doch nur die Laune eines jungen Mädchens. Gott weiß, es ist für mich schwer genug, zu sehen, wie sie sich abhärmt, aber du magst mir glauben, es wird mit der Zeit vorübergehen!

Leben sagst du, und Ehre. – Hier, daheim auf meinem eigenen Hof, kann ich wohl über meine Tochter wachen. Auch glaube ich nicht, daß eine Jungfrau aus gutem Geschlecht und erzogen im Christentum und in Ehrbarkeit sich so schnell von Ehre oder Leben trennt. He, über so etwas machen die Leute ihre Lieder – aber ich denke es mir so: wenn ein Mann oder ein Mädchen in Versuchung ist, so etwas zu tun, so machen sie eine Weise daraus, und damit ist ihnen geholfen, und sie lassen es sein.

Du selbst«, sagte er und blieb vor seiner Frau stehen. »Es gab einen anderen, den du lieber gehabt hättest, zu der Zeit, als wir beide verheiratet wurden. Was glaubst du, wie es dir ergangen wäre, wenn dein Vater dich in diesem Falle nach deinem Willen hätte handeln lassen?«

Nun war es Ragnfrid, die totenbleich wurde:

»Jesus Maria! Wer hat dir gesagt ...?«

»Sigurd auf Loptshof sagte etwas davon – bald nachdem wir in dieses Tal heraufgezogen waren«, erwiderte Lavrans. »Aber antworte mir auf das, was ich dich gefragt habe – glaubst du denn etwa, du wärest froher geworden, wenn Ivar dich jenem Manne gegeben hätte?«
Ragnfrid stand mit tiefgesenktem Kopf da.
»Jener Mann«, antwortete sie fast unhörbar, »wollte mich nicht haben.« Es ging wie ein Ruck durch ihren Körper – sie stieß mit der geballten Hand in die Luft hinaus.
Da legte Lavrans behutsam die Hände auf ihre Schultern.
»Ist es *dies?*« fragte er überwältigt, und ein tiefes und trauriges Staunen brach durch seine Stimme durch, »war es dies – in allen diesen Jahren – hast du um *ihn* getrauert – Ragnfrid?«
Sie zitterte heftig, sagte aber nichts.
»Ragnfrid?« fragte er wie zuvor. »Aber später – als Björgulf tot war – und dann – als du – als du wolltest – daß ich so gegen dich sei, wie ich nicht sein konnte. Dachtest du da an den anderen?« flüsterte er angstvoll und verwirrt und gequält.
»Wie kannst du auf solche Gedanken kommen?« flüsterte sie, dem Weinen nahe.
Lavrans legte seine Stirn gegen die ihre und bewegte den Kopf ein wenig hin und her.
»Ich weiß nicht. Du bist so seltsam; alles, was du heute abend sagtest. – Ich erschrak, Ragnfrid. Ich verstehe mich wohl nicht auf Frauensinn.«
Ragnfrid lächelte bleich und legte ihre Hände um seinen Hals.
»Gott mag es wissen, Lavrans – ich bettelte bei dir, weil ich dich mehr liebte, als es für eines Menschen Seele gut ist. Und ich haßte den anderen so, daß ich fühlte, wie sich der Teufel darüber freute.«
»Ich habe dich gern gehabt, mein Weib«, sagte Lavrans leise und küßte sie, »von ganzer Seele. Das weißt du doch? Mich dünkte, wir hatten es gut zusammen – Ragnfrid?«
»Du warst der beste Mann«, sagte sie mit einem kleinen Schluchzen und schmiegte sich an ihn.
Er umfaßte sie heftig:
»Heute nacht würde ich gerne bei dir schlafen, Ragnfrid. Und wolltest du so gegen mich sein wie in alten Zeiten, dann würde ich nicht – solch ein Narr sein.«
Ragnfrid erstarrte in seinen Armen, entzog sich ihnen ein wenig:
»Es ist jetzt Fastenzeit«, sagte sie leise – seltsam hart.
»Das ist wahr.« Der Mann lachte ein wenig. »Du und ich, Ragnfrid, wir haben alle Fasten gehalten und haben versucht, in allen Dingen nach Gottes Gebot zu leben. Und es dünkt mich fast – wir wären vielleicht froher gewesen, wenn wir jetzt etwas mehr zu bereuen hätten.«
»Rede nicht so, du«, bat die Frau verzweifelt und preßte ihre mageren Hände um seine Schläfen. »Du weißt doch wohl, ich will nicht, daß du etwas anderes tust, als was dich selbst recht dünkt.«

Er zog sie an sich, noch einmal – dabei stöhnte er laut:
»Gott helfe ihr! Gott helfe uns allen, Ragnfrid. – Ich bin müde«, sagte er und ließ sie los. »Du willst jetzt wohl auch zur Ruhe gehen?«
Er blieb an der Tür stehen und wartete, während sie das Feuer auf dem Herd löschte, die kleine eiserne Lampe am Webstuhl ausblies und die Glut zerdrückte. Sie gingen miteinander durch den Regen zum Wohnhaus hinüber.
Lavrans hatte schon den Fuß auf die Treppe gesetzt, als er sich zu seiner Frau zurückwandte, die noch in der Tür zum Vorraum stand. Er zog sie noch ein letztes Mal heftig an sich und küßte sie im Dunkeln. Dann machte er das Zeichen des Kreuzes über ihrem Gesicht und ging hinauf.
Ragnfrid warf die Kleider ab und kroch ins Bett. Eine Zeitlang lag sie da und lauschte auf die Schritte des Mannes oben in der Dachstube – dann knackte das Bett dort oben, und es wurde still. Ragnfrid kreuzte die hageren Arme über ihren welken Brüsten.
Ja, Gott steh mir bei, dachte sie. Was war sie doch für eine Frau, was war sie doch für eine Mutter. Nun war sie bald alt. Und immer noch war sie die gleiche. Sie bettelte nicht mehr wie damals, als sie beide jung waren, als sie diesen Mann bestürmt und bedrängt hatte, der sich in sich verschloß, scheu und beschämt, wenn sie heftig wurde – der kalt wurde, wenn sie ihm mehr geben wollte als sein Gattenrecht. So war es gewesen – und so hatte sie ihre Kinder empfangen, jedesmal – gedemütigt, rasend vor Scham, weil sie sich nicht mit seiner lauen Gattenliebe begnügen konnte. Dann, wenn sie ein Kind erwartete und der Güte und Zartheit bedurfte, dann hatte er so viel zu geben gehabt. Wenn sie krank und geplagt war, fiel des Mannes unermüdliche, sanfte Fürsorge für sie wie Tau auf ihr heißes Gemüt. Gerne nahm er ihr jede Last ab und trug sie selbst, aber etwas war in seinem innersten Wesen verschlossen, das er nicht geben wollte. Sie hatte ihre Kinder so geliebt, daß es war, als würde ihr das Herz herausgerissen, sooft sie eines verlor. – Gott, Gott, wie war sie doch beschaffen, die mitten in allen Qualen jenen Tropfen der Süßigkeit hatte schmecken können, daß er ihren Kummer an sich nahm und ihn an den seinen legte?
Kristin – gerne wäre sie für ihre Tochter durchs Feuer gegangen – sie glaubten das nicht, nicht Lavrans und nicht das Kind, aber es war so. Trotzdem fühlte sie einen Zorn gegen sie, der einem Haß glich. Um seinen Kummer über den Kummer des Kindes zu vergessen, hatte er heute abend gewünscht, sich in seinem Weib zu lösen.
Ragnfrid wagte nicht aufzustehen, denn sie wußte nicht, ob Kristin in dem anderen Bett vielleicht wach lag. Aber sie erhob sich lautlos auf die Knie, und die Stirn auf das Fußende des Bettes gelegt, versuchte sie zu beten. Für die Tochter, für ihren Mann und für sich selbst. Während die Kälte nach und nach ihren Körper erstarren ließ, zog sie wieder auf eine ihrer wohlbekannten Nachtwanderungen aus und versuchte ihrem Herzen einen Weg zu einer Friedensheimat zu bahnen.

III

Haugen lag hoch oben an den Hängen auf der Westseite des Tales. In dieser Mondnacht war die ganze Welt weiß. Woge auf Woge wölbten sich die weißen Berge unter dem blaßblauen, sternenarmen Himmel. Selbst die Schatten, die Felskuppen und Bergrücken über die Schneeflächen hinwarfen, schienen seltsam leicht und hell, denn der Mond segelte so hoch dahin.

Leuchtend weiß von Schnee und Reif zog sich der Wald rings um die weißen Flächen der Wiesen und Felder mit ihrem kleinen Gewimmel von Zäunen und Häusern zum Tal hinab. Aber ganz unten auf der Talsohle verdichteten sich die Schatten zur Dunkelheit.

Frau Aashild kam aus dem Stall, schloß ihn hinter sich zu und blieb ein wenig im Schnee draußen stehen. Weiß war die ganze Welt, und doch währte es noch über drei Wochen, bis die Adventszeit begann. Kälte zur Klemensmesse – da war der Winter wohl allen Ernstes gekommen. O ja, das gehörte gerne zum Mißjahr. –

Die alte Frau seufzte schwer in die Öde hinaus. Wiederum Winter und Kälte und Einsamkeit. – Dann nahm sie den Melkeimer und das Licht und ging zum Wohnhaus. Sie blickte noch einmal um sich.

Da kamen auf halber Höhe des Hanges vier schwarze Punkte aus dem Walde heran. Vier Männer zu Pferd – eine Speerspitze blitzte im Mondschein. Die Pferde schritten nur mühsam bergauf – niemand hatte seit dem Schneefall hier Bahn gebrochen. Ob sie wohl hierher wollten?

Vier bewaffnete Männer. – Niemand, der ein rechtschaffenes Anliegen an sie hatte, würde auf solche Art zu ihr kommen. Sie dachte an die Truhe, in der ihre und Björns Kleinodien lagen. Sollte sie sie in einem Nebengebäude verstecken?

Sie blickte in den Winter und die Öde rings um sich hinaus. Dann trat sie ins Haus. Die beiden alten Hunde, die vor dem Ofen gelegen hatten, schlugen mit den Schweifen gegen den Boden. Die jungen Hunde hatte Björn mit in die Berge genommen. Sie blies die Glut im Ofen an und legte Holz darauf, füllte den eisernen Kessel mit Schnee und setzte ihn auf das Feuer. Dann seihte sie Milch in ein Holzgefäß ab und trug es in die Milchkammer hinter dem Vorraum.

Aashild legte das schmutzige, ungefärbte Frieskleid, das nach Stall und Schweiß roch, ab, zog ein dunkelblaues Gewand an und vertauschte das blaue Kopftuch mit einem weißen Linnentuch, das sie sich um Kopf und Hals in Falten ordnete. Sie zog die zottigen Pelzstiefel aus und schlüpfte in Schuhe mit Silberspangen.

Dann machte sie sich daran, ihre Stube in Ordnung zu bringen – glättete die Kissen und das Fell im Bett, auf dem Björn tagsüber gelegen hatte, wischte den Langtisch ab und rückte die Bankpolster zurecht.

Frau Aashild stand vor dem Herd und rührte die Abendgrütze, als die Hunde anschlugen. Sie hörte die Pferde auf dem Hofplatz, Männer

kamen in den Vorraum; und einer stieß mit dem Speer gegen die Tür. Aashild nahm die Grütze vom Feuer, strich an ihrem Kleid hinab, und die Hunde an ihrer Seite, ging sie zur Tür und schloß auf.
Draußen auf dem mondhellen Hof hielten drei junge Männer vier bereifte Pferde. Der Mann, der im Vorraum stand, rief erfreut:
»Muhme Aashild, kommst du selbst und schließest uns auf! Da muß ich sagen: Bien trouvé!«
»Schwestersohn! Nein, bist du es? Da sage ich das gleiche! Geh in die Stube hinein, indes ich deinen Männern den Stall zeige.«
»Bist du allein auf dem Hof?« fragte Erlend. Er ging mit, als sie den Männern den Weg wies.
»Ja, Herr Björn und unser Knecht zogen mit dem Schlitten in die Berge; sie wollten versuchen, einiges Futter heimzuführen, das wir da droben geborgen haben«, sagte Aashild. »Und eine Magd habe ich nicht«, fügte sie lachend hinzu.
Bald darauf saßen die vier jungen Männer auf der äußeren Bank, den Rücken gegen den Tisch, und sahen der alten Frau zu, die still und eifrig damit beschäftigt war, ihnen etwas zu essen vorzusetzen. Sie legte ein Tuch auf den Tisch und stellte ein brennendes Licht darauf, brachte Butter, Käse, einen Bärenschinken und einen hohen Stapel dünnen, feinen Brotes. Sie holte Bier und Met aus dem Keller unter der Stube, schüttete die Grütze in ein feines Holzgefäß und bat die Leute, sich zurechtzusetzen und anzufangen.
»Das ist wenig für euch junge Burschen«, meinte sie lachend. »Ich muß wohl noch einen Topf Grütze kochen. Morgen soll es euch besser gehen – aber im Winter schließe ich das Küchenhaus ab, außer wenn ich backe oder braue. Wir sind wenig Leute hier auf dem Hof, und ich fange an, alt zu werden, Schwestersohn.«
Erlend lachte und schüttelte den Kopf. Er beobachtete, daß seine Leute sich so höfisch und ehrerbietig gegen die alte Frau betrugen, wie er es nie zuvor an ihnen gesehen hatte.
»Du bist eine seltsame Frau, Muhme. Meine Mutter war zehn Jahre jünger als du, und sie sah, als wir zum letztenmal bei dir waren, älter aus, als du heute abend aussiehst.«
»Ja, die Jugend verließ Magnhild rasch genug«, meinte Frau Aashild leise. »Woher kommst du?« fragte sie kurz danach.
»Ich war eine Zeitlang auf einem Hof nördlich in Lesja«, sagte Erlend. »Ich hatte mir dort ein Unterkommen verschafft. Ich weiß nicht, ob du erraten kannst, was ich hier in dieser Gegend zu tun habe?«
»Du meinst, ob ich weiß, daß du um Lavrans Björgulfssohns Tochter hier auf Jörundhof hast freien lassen?« sagte Frau Aashild.
»Ja«, erwiderte Erlend. »Ich ließ auf schickliche und ehrenhafte Art um sie fragen, und Lavrans Björgulfssohn sagte schroff nein. Nun weiß ich mir, da Kristin und ich uns nicht voneinander zwingen lassen wollen, keinen besseren Rat, als sie mit Gewalt zu entführen. Ich habe, ich habe einen Späher hier im Tal gehabt, und ich weiß, daß ihre Mutter

von der Klemensmesse an eine Zeitlang auf Sundbu sein wird, und Lavrans ist mit den anderen Männern aufgebrochen, um die Wintervorräte vom Fjord herüber nach Sil zu bringen.«

Frau Aashild saß einige Zeit schweigend da:

»Diesen Plan, Erlend, mußt du fahrenlassen«, sagte sie. »Auch glaube ich nicht, daß das Mädchen dir gutwillig folgen wird, und du wirst doch wohl nicht Gewalt gebrauchen wollen.«

»Doch, sie folgt mir. Wir haben oft darüber gesprochen; sie selbst hat mich viele Male gebeten, ich solle sie entführen.«

»Hat Kristin . . .!« rief Frau Aashild aus. Dann lachte sie: »Deswegen darfst du noch nicht darauf vertrauen, daß das Mädchen dir folgen wird, wenn du kommst, um sie beim Wort zu nehmen.«

»Doch«, sagte Erlend. »Und nun hatte ich gedacht, Muhme, du solltest einen Boten nach Jörundhof senden, ob Kristin zu dir zu Gast kommen wolle – auf eine Woche oder so etwas, solange die Eltern fort sind. Da könnten wir in Hamar sein, ehe jemand merkt, daß sie fort ist«, erklärte er.

Frau Aashild erwiderte, ständig lächelnd:

»Hast du auch bedacht, was wir antworten sollen, Herr Björn und ich, wenn Lavrans kommt und uns wegen seiner Tochter zur Rechenschaft zieht?«

»Ja«, sagte Erlend. »Wir waren vier bewaffnete Männer, und das Mädchen war willig.«

»Ich will dir dabei nicht helfen«, entgegnete die Frau heftig. »Lavrans ist uns lange Jahre ein getreuer Mann gewesen; er und seine Frau sind ehrenhafte Leute, und ich will mich nicht dazu hergeben, sie zu betrügen oder das Mädchen in Schande zu bringen. Laß diese Jungfrau in Frieden, Erlend. Es wäre nicht zu früh, wenn deine Verwandten jetzt andere Taten von dir erführen als nur immer, daß du mit gestohlenen Frauen landaus und landein ziehst.«

»Wir müssen unter vier Augen miteinander reden, Muhme«, forderte Erlend kurz.

Frau Aashild ergriff ein Licht, ging mit Erlend in die Milchkammer und schloß die Tür hinter sich. Sie setzte sich auf eine Mehltruhe; Erlend stand vor ihr, die Hände im Gürtel, und blickte auf sie hinab.

»Du kannst Lavrans Björgulfssohn dann auch berichten, daß Sira Jon in Gerdarud uns getraut hat, ehe wir weiter zu Frau Ingebjörg Haakonstochter in Schweden zogen.«

»So«, sagte Frau Aashild. »Weißt du, ob Frau Ingebjörg euch wohl aufnehmen wird, wenn ihr dorthin kommt?«

»Ich sprach mit ihr in Tunsberg«, meinte Erlend. »Sie grüßte mich als ihren lieben Verwandten und dankte mir, weil ich ihr meine Dienste hier oder in Schweden anbot. Und Munan hat versprochen, mir Briefe an sie mitzugeben.«

»Du weißt ja wohl«, sagte Frau Aashild, »daß Kristin, selbst wenn du einen Priester dazu bringen kannst, euch zu trauen, alles Recht auf Erb

und Eigen verloren hat. Und ihre Kinder werden nicht deine gesetzlichen Erben. Unsicher ist es, ob man sie als deine Frau ansehen wird.«
»Nicht hier im Lande vielleicht. Das ist es auch, weshalb ich nach Schweden Zuflucht nehme. Ihr Vorfahre, Laurentius Lagmann, war mit Jungfrau Bengta auch nicht auf andere Art verheiratet – sie bekamen nie die Zustimmung ihres Bruders, und doch wurde sie als Frau angesehen.«
»Es waren keine Kinder da«, sagte Frau Aashild. »Glaubst du, meine Söhne würden die Hände von deinem Erbe lassen, wenn Kristin als Witwe mit Kindern zurückbliebe, deren eheliche Geburt man anzweifeln könnte?«
»Du tust Munan Unrecht«, sagte Erlend. »Deine anderen Kinder kenne ich wenig – und du hast keine Ursache, freundlich von ihnen zu denken, das weiß ich. Aber Munan ist alle Zeit mein wohlgetreuer Verwandter gewesen – er will mich gerne verheiratet sehen; er freite für mich bei Lavrans. Im übrigen kann ich den Kindern, die wir bekommen, Erbe und Namen verleihen.«
»Damit zeichnest du die Mutter als Buhlerin«, sagte Frau Aashild. »Aber ich verstehe nicht, daß dieser sanftmütige Mann, Jon Helgessohn, es wagen will, es mit seinem Bischof zu tun zu bekommen dadurch, daß er dich gegen das Gesetz traut.«
»Ich beichtete bei ihm in diesem Sommer«, sagte Erlend gedämpft. »Da versprach er, uns zu trauen, wenn alle anderen Wege versperrt sein sollten.«
»So also«, sagte Frau Aashild. »Da hast du eine schwere Sünde auf dich geladen, Erlend. Kristin hatte es gut daheim bei ihrem Vater und ihrer Mutter – eine gute Heirat mit einem schönen und ehrenhaften Mann aus gutem Geschlecht war für sie verabredet.«
»Kristin hat nun selbst gesagt«, brachte Erlend vor, »daß du davon gesprochen habest, wir, sie und ich, würden gut zusammenpassen. Und daß Simon Andressohn kein Mann für sie sei.«
»Ach, ich habe gesagt, und ich habe gesagt«, schnitt die Muhme ab. »Ich habe soviel gesagt in meinem Leben. – Ich verstehe nicht, wie du bei Kristin deinen Willen so leicht hast durchsetzen können. Oft könnt ihr euch doch nicht getroffen haben. Und ich hätte nicht geglaubt, daß es leicht zu gewinnen wäre, dieses Mädchen.«
»Wir trafen uns in Oslo«, sagte Erlend. »Später war sie bei ihrem Oheim in Gerdarud. Sie kam heraus und traf mich im Walde.« Er blickte nieder und sagte sehr leise: »Ich hatte sie da draußen für mich allein ...«
Frau Aashild fuhr auf. Erlend senkte den Kopf noch tiefer.
»Und danach – war sie gut Freund mit dir?« fragte Aashild ungläubig.
»Ja«, Erlend lächelte weich und zitternd. »Wir waren Freunde danach. Und es war ihr nicht so unerträglich, aber sie ist ohne Schuld. Damals

war es, daß sie wollte, ich solle sie entführen, sie wollte nicht zu ihren Verwandten zurück.«
»Aber du wolltest es nicht?«
»Nein, ich wollte versuchen, sie mit Zustimmung ihres Vaters zur Frau zu bekommen.«
»Ist das lange her?« forschte Frau Aashild.
»Es war um die Lavransmesse ein Jahr her«, antwortete Erlend.
»Du hast dich mit dem Freien nicht übereilt«, sagte Frau Aashild.
»Ihre Verlobung war nicht gelöst«, verteidigte sich Erlend.
»Und seitdem bist du ihr nicht mehr zu nahe getreten?« fragte Aashild.
»Wir konnten es so einrichten, daß wir uns einige Male trafen.« Wieder glitt das zitternde Lächeln über das Gesicht des Mannes. »In einem Haus in der Handelsstadt.«
»In Gottes Namen«, sagte Frau Aashild. »Ich will dir und ihr helfen, so gut ich kann. Ich verstehe, daß es zu hart ist für Kristin, bei den Eltern zu sein und dies mit sich herumzutragen. Mehr ist es wohl nicht?« fragte sie.
»Nicht, soviel ich weiß«, sagte Erlend kurz.
»Hast du daran gedacht«, fragte die Muhme ein wenig später, »daß Kristin im ganzen Tal Freunde und Verwandte hat?«
»Wir müssen im geheimen fahren, so gut wir vermögen«, sagte Erlend. »Darum gilt es, rasch fortzukommen, damit wir schon einen Vorsprung haben, ehe der Vater heimkehrt. Du mußt uns deinen Schlitten leihen, Muhme.«
Aashild zuckte mit den Schultern:
»Dann ist noch ihr Oheim auf Skog da – wenn er hört, daß du mit seiner Brudertochter in Gerdarud Hochzeit feierst?«
»Aasmund hat für mich mit Lavrans gesprochen«, sagte Erlend. »Er darf nicht Mitwisser sein, das ist wahr, aber er drückt wohl ein Auge zu; wir müssen bei Nacht zum Priester kommen und bei Nacht weiterfahren. Ich glaube, auch Aasmund wird es Lavrans hinterher schon klarmachen, daß es sich für einen gottesfürchtigen Mann wie Lavrans nicht gezieme, uns zu trennen, wenn wir vom Priester getraut sind, daß er weit eher seine Zustimmung geben müsse, damit wir auch nach dem Gesetz Ehegatten werden. Du mußt ihm das gleiche sagen. Er mag selbst bestimmen, was er für die Versöhnung fordert, und mag zur Buße verlangen, was ihm angemessen erscheint.«
»Ich glaube nicht, daß man in dieser Sache Lavrans Björgulfssohn gut wird raten können«, sagte Frau Aashild. »Bei Gott und Sankt Olav, mir will dieser Handel schlecht gefallen, Schwestersohn. Aber ich verstehe, daß dies der letzte Ausweg ist, den du ergreifen kannst, wenn du den Schaden, den du Kristin zugefügt hast, wiedergutmachen willst. Ich werde selbst morgen nach Jörundhof reiten, wenn du mir einen deiner Dienstleute leihen willst und wenn Ingrid vom Hang drüben das Vieh an meiner Stelle versorgen will.«

Frau Aashild kam am nächsten Abend nach Jörundhof, gerade als der Mondschein mit dem letzten Schimmer des Tageslichtes kämpfte. Als Kristin auf den Hofplatz hinaustrat und den Gast empfing, sah Frau Aashild, wie bleich und schmalwangig das junge Mädchen geworden war.

Frau Aashild saß am Ofen und spielte mit den beiden Kleinen. Heimlich forschend betrachtete sie Kristin, die den Tisch deckte. Abgemagert war sie, und still sah sie aus. Sie war immer still gewesen, aber es war eine andere Stille, die jetzt über dem Mädchen lag. Frau Aashild erriet die ganze Spannung und den ganzen starren Trotz, die dahinter verborgen waren.

»Ihr habt wohl vernommen«, sagte Kristin und trat zu ihr hin, »was im Herbst hier geschehen ist?«

»Ja, daß mein Schwestersohn um dich gefreit hat?«

»Erinnert Ihr Euch«, fragte Kristin, »daß Ihr einmal sagtet, er und ich könnten gut zusammenpassen. Nur daß er zu reich sei und sein Geschlecht zu vornehm für mich?«

»Ich höre, daß Lavrans anderer Meinung ist«, sagte Frau Aashild trocken.

In Kristins Augen glomm es auf, und sie lächelte ein wenig. Sie ist gut genug für Erlend, dachte Frau Aashild. So ungerne sie es auch tat, sie mußte sich doch wohl Erlend fügen und ihm den Dienst erweisen, um den er sie gebeten hatte.

Kristin bereitete dem Gast das Lager im elterlichen Bett, und Frau Aashild bat, das junge Mädchen möge mit ihr schlafen. Nachdem sie sich niedergelegt hatten und es in der Stube still geworden war, brachte Frau Aashild ihr Anliegen vor.

Es wurde ihr seltsam schwer ums Herz, als sie sah, wie dieses Kind gar nicht an den Kummer zu denken schien, den es seinen Eltern bereiten würde. Ich habe doch mehr als zwanzig Jahre in Sorgen und Qualen bei Baard verbracht, dachte Frau Aashild. Aber so ist es wohl für uns alle. Kristin schien nicht einmal bemerkt zu haben, wie sehr Ulvhild in diesem Herbst abgefallen war; Frau Aashild dachte, es sei wenig wahrscheinlich, daß das Mädchen diese kleine Schwester jemals noch am Leben sehen werde. Aber sie sagte nichts darüber; je länger Kristin diese wilde Freude und den Übermut aufrechterhalten konnte, desto besser war es wohl.

Kristin stand auf, und im Dunkeln sammelte sie ihre Schmucksachen in ein kleines Kästchen, das sie mit zu sich ins Bett nahm. Da sagte Frau Aashild nun doch: »Dennoch dünkt es mich ein besserer Rat zu sein, Kristin, daß Erlend hierher reitet, wenn dein Vater heimkehrt, daß er offen aussagt, ein wie großes Unrecht er gegen dich begangen hat, und seine Sache in Lavrans' Hände legt.«

»Da, glaube ich, würde mein Vater Erlend töten«, entgegnete Kristin.

»Das tut Lavrans nicht, wenn Erlend sich weigert, das Schwert wider seinen Schwiegervater zu ziehen«, antwortete Aashild.

»Ich will nicht, daß Erlend so gedemütigt werde«, sagte Kristin. »Und mein Vater soll nicht erfahren, daß Erlend mich berührt hat, ehe er in Ehren um mich gefreit hatte.«

»Glaubst du, Lavrans wird weniger erzürnt sein«, fragte Aashild, »wenn er erfährt, daß du mit Erlend von daheim entflohen bist, und glaubst du, dieses wird leichter für ihn zu ertragen sein? Du wirst nach dem Gesetz nichts anderes als Erlends Buhle sein, solange du mit ihm zusammen lebst, ohne daß dich dein Vater ihm gegeben hat.«

»Es ist etwas anderes«, sagte Kristin, »wenn ich darum Erlends Buhle werde, weil er mich nicht zur Ehefrau bekommen konnte.«

Frau Aashild schwieg. Sie dachte daran, daß sie Lavrans Björgulfssohn gegenübertreten mußte, wenn er heimkam und erfuhr, daß seine Tochter geraubt worden war.

Da sagte Kristin:

»Ich verstehe, Frau Aashild, Euch dünkt, ich sei ein schlechtes Kind. Aber hier auf dem Hofe war jeder Tag, seit der Vater vom Thing heimgekommen ist, eine Qual für ihn wie für mich. Es ist für alle am besten, wenn diese Sache nun ein Ende nimmt.«

Sie ritten am nächsten Tag frühzeitig vom Jörundhof fort und kamen kurz nach der Vesperzeit nach Haugen. Erlend empfing sie auf dem Hofplatz, und Kristin warf sich ihm in die Arme, ohne Rücksicht auf den Knecht, der Frau Aashild und sie begleitet hatte. Drinnen in der Stube begrüßte sie Björn Gunnarssohn und danach die beiden Leute Erlends, als kenne sie diese gut von früher. Frau Aashild konnte ihr nicht anmerken, daß sie schüchtern oder furchtsam war. Und später, als sie bei Tisch saßen und Erlend seinen Plan darlegte, redete auch Kristin mit und meinte wegen des Weges, sie sollten am nächsten Abend so spät von Haugen wegreiten, daß sie, wenn der Mond unterging, bis Rosten kämen, und im Dunkeln weiter durch Sil und am Loptshof vorbei und von da längs dem Ottfluß bis zur Brücke und dann auf der westlichen Seite des Tales auf einsamen Wegen weiter, solange die Pferde aushielten. Tagsüber könnten sie auf einer der Niederalmen rasten, die dort an den Hängen lagen, »denn soweit der Thinggau Holledis reicht, können wir auf Leute treffen, die mich kennen.«

»Hast du an das Futter für die Pferde gedacht?« fragte Frau Aashild. »Ihr könnt in einem Jahr wie diesem den Leuten kein Futter auf den Almen wegnehmen – so sich dort überhaupt Futter findet – und du weißt, daß heuer niemand hier im Tale Futter zu verkaufen hat.«

»Ich habe daran gedacht«, antwortete Kristin. »Ihr müßt uns Futter und Essen für drei Tage leihen. Auch deshalb ist es wichtig, daß wir keine zu große Schar sind – Erlend muß Jon nach Husaby zurückschicken. Das Jahr ist im Trondgau besser gewesen, und von dort können wohl einige Fuhren vor Weihnachten über das Gebirge geführt werden. Ich kenne ein paar arme Leute in der südlichen Gemeinde, und ich möchte gerne, daß Ihr sie mit einem Almosen von Erlend und mir unterstütztet, Frau Aashild.«

Björn brach in ein seltsam unfrohes Gelächter aus. Frau Aashild schüttelte den Kopf. Aber Ulv hob seine dunklen, scharfen Augen auf und blickte Kristin mit einem eigenen, frechen Lächeln an:

»Es herrscht niemals Überfluß auf Husaby, Kristin Lavranstochter, weder in guten noch in schlechten Jahren. Aber vielleicht wird es anders, wenn Ihr dort ans Ruder kommt. Eure Rede hört sich so an, als wäret Ihr die Hausfrau, die Erlend braucht.«

Kristin nickte dem Mann ruhig zu und fuhr fort. Sie meinte, sie müßten sich soviel wie möglich vom Hauptwege fernhalten. Und es schien ihr nicht ratsam, den Weg über Hamar zu nehmen. Erlend wendete ein, daß dort Munan säße – es handle sich um den Brief an die Herzogin.

»Dann muß sich Ulv bei Fagaberg von uns trennen und zu Herrn Munan reiten, während wir uns westlich vom Mjössee halten und quer über Land und auf Schleichwegen über Hadeland nach Haketal reiten. Von dort aus soll ein öder Weg gen Süden nach Margretatal führen, so habe ich den Oheim sagen hören. Es ist nicht ratsam für uns, über Raumarike zu reiten um diese Zeit, da die große Hochzeit auf Dyfrin gefeiert werden soll«, sagte sie lächelnd.

Erlend trat zu ihr hin und faßte sie an der Schulter, und sie lehnte sich an ihn, ohne sich um all die Leute zu bekümmern, die dabeisaßen und es sahen. Frau Aashild sagte ärgerlich:

»Kein Mensch sollte meinen, daß du zum erstenmal von daheim fortläufst.«

Und Herr Björn lachte laut wie zuvor.

Kurz darauf stand Frau Aashild auf, um ins Küchenhaus zu gehen und das Essen zu bereiten. Sie hatte dort Feuer gemacht, weil Erlends Leute die Nacht über in diesem Haus schlafen sollten. Nun bat sie Kristin mitzukommen: »Denn ich will Lavrans Björgulfssohn beschwören können, daß ihr nicht einen Augenblick in meinem Haus allein gewesen seid«, sagte sie böse.

Kristin lachte und ging mit ihr. Gleich danach kam Erlend zu ihnen hereingeschlendert, zog sich einen Dreifuß an die Feuerstätte, setzte sich und war den Frauen im Wege. Er faßte nach Kristin, sooft sie ihm nahe kam, während sie geschäftig umhereilte. Schließlich zog er sie zu sich auf sein Knie.

»Es ist schon so, wie Ulv sagt, du bist die Hausfrau, die ich brauche.«

»Ach ja«, sagte Frau Aashild ärgerlich, »dir mag freilich gut mit ihr gedient sein. Sie ist es, die bei diesem Abenteuer alles aufs Spiel setzt – du wagst nicht viel.«

»So ist es«, sagte Erlend. »Aber ich habe doch den Willen gezeigt, den rechten Weg zu ihr zu gehen. Sei nun nicht so böse, Muhme Aashild.«

»Ich muß wohl böse sein«, erwiderte diese. »Kaum hast du deine Sachen in Ordnung, treibst du es wieder so, daß du mit einer Frau von allem davonlaufen mußt.«

»Du magst bedenken, Muhme«, sagte Erlend, »es ist von jeher so gewesen, daß es nicht die schlechtesten Männer waren, die sich um einer Frau willen in Ungunst brachten – so berichten alle Sagas.«
»Ach Gott, steh uns bei«, sagte Aashild. Ihr Gesicht wurde weich und jung. »Diese Reden habe ich schon früher gehört, Erlend.« – Sie umfaßte seinen Kopf und zog ihn bei den Haaren.
In diesem Augenblick riß Ulv Haldorssohn die Tür auf und schloß sie rasch hinter sich: »Nun ist ein Gast auf den Hof gekommen, Erlend – den du am allerwenigsten wirst sehen mögen, denke ich.«
»Ist es Lavrans Björgulfssohn?« fragte Erlend und sprang auf.
»So gut stehen die Dinge nicht«, erwiderte der Mann. »Es ist Eline Ormstochter.«
Die Tür wurde von außen geöffnet; die Frau, die hereinkam, schob Ulv zur Seite und trat ins Licht vor. Kristin blickte zu Erlend hinüber. Zuerst war es, als welke er und sinke zusammen; dann richtete er sich auf, dunkelrot im Gesicht.
»Wo, zum Teufel, kommst du her – was willst du hier?«
Frau Aashild trat vor und sagte:
»Ihr müßt mit mir in die Stube kommen, Eline Ormstochter – so viel Sitte haben wir doch hier auf dem Hof, daß wir unsere Gäste nicht im Küchenhaus empfangen.«
»Ich erwarte mir nicht, Frau Aashild«, erwiderte die andere, »daß Erlends Verwandte mich als Gast begrüßen. – Fragtest du, woher ich komme – ich komme von Husaby, das wirst du wohl wissen, ich kann dich von Orm und Margret grüßen; es geht ihnen gut.«
Erlend antwortete nicht.
»Als ich hörte, daß du Gissur Arnfinssohn Geld für dich holen ließest und daß du wieder nach Süden wolltest«, fuhr sie fort, »da dachte ich, du würdest wohl dieses Mal bei deinen Verwandten im Gudbrandstal haltmachen. Ich wußte, daß du um die Tochter des Nachbarn hattest fragen lassen.«
Sie sah zum erstenmal zu Kristin hinüber und begegnete den Augen des Mädchens. Kristin war sehr bleich, aber sie blickte die andere ruhig und forschend an.
Sie war ruhig wie Stein und war sich dessen vom ersten Augenblick an bewußt, als sie hörte, wer gekommen war – der Gedanke an Eline Ormstochter war es, vor dem sie beständig geflohen war; sie hatte ihn mit Trotz und Unruhe und Ungeduld übertäuben wollen. Die ganze Zeit hatte sie sich bemüht, sich nicht auszudenken, ob Erlend sich ganz und gar von seiner früheren Buhle frei gemacht habe. Nun war sie eingeholt worden, nutzlos war es, länger dagegen anzukämpfen. Aber sie bat nicht für sich.
Sie sah, daß Eline Ormstochter schön war. Eline war nicht mehr jung, aber schön, und einstmals mußte sie strahlend schön gewesen sein. Sie hatte die Haube zurückgeschlagen; ihr Kopf war kugelrund und hart. Die Backenknochen standen ein wenig vor, aber man konnte sehen,

daß sie doch einmal hold gewesen sein mußte. Das Kopftuch bedeckte nur den Hinterkopf; während des Sprechens strich Eline das goldglänzende Haar unter das Linnen zurück. Kristin hatte nie so große Augen an einer Frau gesehen, sie waren dunkelbraun, rund und hart, aber unter den schmalen, kohlschwarzen Brauen und den langen Wimpern nahmen sie sich seltsam schön aus gegen das goldene Haar. Ihre Haut und die Lippen waren nach dem Ritt in der Kälte rauh, aber das konnte ihr nicht zuviel Abbruch tun; dazu war sie zu schön. Der schwere Reiseumhang verhüllte ihre Gestalt, jedoch sie bewegte sich und hielt sich, wie es nur eine Frau tut, die den sichersten Stolz über die Pracht ihres Körpers in sich trägt. Sie war kaum so groß wie Kristin, hatte aber eine solch aufrechte Haltung, daß sie größer wirkte als das schlanke und zartgliedrige Mädchen.

»War sie die ganze Zeit bei dir auf Husaby?« fragte Kristin leise.

»Ich bin nicht auf Husaby gewesen«, sagte Erlend kurz und wurde wieder rot. »Ich war den größten Teil dieses Sommers auf Hestnaes.«

»Dies ist nun die Nachricht, die ich dir bringen wollte, Erlend«, sagte Eline. »Du brauchst dich nicht mehr bei deinen Verwandten herumzutreiben und deren Gastfreundschaft in Anspruch zu nehmen, weil ich dein Haus verwalte. Ich bin jetzt im Herbst Witwe geworden.«

Erlend stand da wie vorher.

»Nicht ich habe dich gebeten, im vorigen Jahr nach Husaby zu kommen und dort zu walten«, brachte er mühsam heraus.

»Ich hörte, daß dort alles darniederlag«, sagte Eline. »Und da ich soviel Wohlwollen für dich von alters her hatte, Erlend, dünkte mich, ich müsse mich deines Wohlergehens annehmen – obgleich Gott wissen mag, daß du gegen unsere Kinder und mich nicht recht gehandelt hast.«

»Für die Kinder habe ich getan, was ich konnte«, sagte Erlend. »Und du weißt sehr gut, daß es um ihretwillen geschah, wenn ich mich in dein Bleiben auf Husaby fand. Daß du ihnen oder mir dadurch genützt hättest, kannst du wohl selbst nicht meinen«, sagte er und lächelte höhnisch. »Gissur wäre gewiß auch ohne deine Hilfe zurechtgekommen.«

»Ja, du hast immer soviel auf Gissur vertraut«, sagte Eline und lachte leise. »Aber, Erlend – jetzt bin ich frei. Wenn du willst, so kannst du nun das Versprechen einlösen, das du mir einmal gegeben hast.«

Erlend schwieg.

»Entsinnst du dich«, fragte Eline, »der Nacht, da ich deinen Sohn gebar? Da versprachst du, mich zu ehelichen, wenn Sigurd stürbe.«

Erlend fuhr mit der Hand durch sein vom Schweiß nasses Haar.

»Ja, ich entsinne mich«, sagte er.

»Willst du dieses Wort nun einlösen?« fragte Eline.

»Nein«, erwiderte Erlend.

Eline Ormstochter blickte zu Kristin hinüber – lächelte ein wenig und nickte. Sah dann wieder Erlend an.

»Das ist zehn Jahre her, Eline«, fuhr Erlend fort. »Seitdem haben wir jahraus, jahrein wie zwei Verdammte in der Hölle gelebt.«
»Wohl nicht nur das!« sagte sie mit dem gleichen Lächeln.
»Es sind Jahre und Jahre her, seit es anders war«, sagte Erlend zermürbt. »Den Kindern kann es nichts nützen. Und du weißt – du weißt, daß ich es kaum mehr ertrage, mit dir in einer Stube zu sein!« Er schrie es fast.
»Davon merkte ich nichts, als du diesen Sommer daheim warst«, sagte Eline mit einem vielsagenden Lächeln. »Da waren wir einander nicht feind – nicht immer.«
»Wenn du Freundschaft so auslegst, dann meinethalben«, gab Erlend müde zu.
»Wollt ihr hier stehenbleiben?« warf Frau Aashild ein. Sie schöpfte die Grütze in zwei große Holzschüsseln und gab Kristin die eine davon. Das Mädchen nahm sie in Empfang. »Geht hinüber damit – du, Ulv, nimm die andere, stellt sie auf den Tisch; ein Nachtmahl müssen wir haben, verhalte es sich nun so oder so.«
Kristin und Ulv gingen mit den Schüsseln. Frau Aashild wandte sich zu den beiden anderen:
»Kommt ihr nun auch; es hat wenig Sinn, daß ihr hier steht und einander ankeift.«
»Es ist besser, Eline und ich sprechen uns jetzt aus«, meinte Erlend.
Da erwiderte Frau Aashild nichts mehr, sondern ging.
Drüben in der Stube hatte Kristin den Tisch gedeckt und Bier aus dem Keller geholt. Sie saß auf der äußeren Bank, aufrecht wie eine Kerze und mit ruhigem Gesicht, aber sie aß nicht. Auch die anderen hatten keine große Lust zu essen, weder Björn noch Erlends Leute. Nur der Mann, der mit Eline gekommen war, und Björns Knecht aßen. Frau Aashild setzte sich hin und nahm ein wenig von der Grütze. Niemand sprach ein Wort.
Endlich kam Eline Ormstochter allein herein. Frau Aashild bot ihr einen Platz zwischen Kristin und sich selbst an. Eline setzte sich und aß ein wenig. Ab und zu flog es wie der Widerschein eines versteckten Lächelns über ihr Gesicht, und sie schielte zu Kristin hinüber.
Nach einer Weile ging Aashild ins Küchenhaus hinüber.
Das Feuer auf dem Herd war fast niedergebrannt. Erlend saß auf dem Dreifuß davor, zusammengekrümmt, den Kopf auf den Armen.
Frau Aashild ging zu ihm hin und legte die Hand auf seine Schulter: »Gott verzeih dir, Erlend, was hast du da angerichtet?«
Erlend blickte auf, sein Gesicht war von Elend entstellt.
»Sie erwartet ein Kind«, sagte er und schloß die Augen.
Frau Aashilds Gesicht flammte auf, sie drückte seine Schulter hart: »Welche von ihnen?« fragte sie rauh und höhnisch.
»Ja, meines ist es nicht«, sagte Erlend, erlöscht wie zuvor. »Aber du wirst es mir wohl kaum glauben – das wird wohl niemand.«
Er sank wieder zusammen.

Frau Aashild setzte sich vor ihn auf den Rand der Feuerstätte.

»Du mußt nun versuchen, dich zu ermannen, Erlend. Es ist nicht so leicht, dir in dieser Sache zu glauben. Kannst du darauf schwören, daß es nicht das deine ist?«

Erlend hob sein verstörtes Gesicht:

»So wahr ich der Barmherzigkeit Gottes bedarf. So wahr ich hoffe, daß, daß Gott meine Mutter da oben getröstet hat für all das, was sie hier auf Erden hat erdulden müssen – ich habe Eline nicht mehr berührt, seit ich Kristin zum erstenmal gesehen habe!« Er schrie es, so daß Frau Aashild ihn zurückdämmen mußte.

»Dann versteh' ich nicht, daß dies solch ein Unglück sein soll. Du mußt herausfinden, wer der Vater ist, und ihn kaufen, damit er sie heiratet.«

»Ich denke, es ist Gissur Arnfinssohn – mein Verwalter auf Husaby«, sagte Erlend müde. »Wir sprachen im vorigen Herbst darüber – und später auch. Sigurds Tod wurde ja schon seit einiger Zeit erwartet. Er war bereit, sie zu heiraten, sobald sie Witwe würde, wenn ich ihr eine angemessene Mitgift geben wollte.«

»Ja«, sagte Frau Aashild. Erlend fuhr fort:

»Sie beteuert hoch und heilig, sie wolle ihn nicht haben. Sie will mich als Vater angeben. Wenn ich mich freischwören würde – meinst du, man würde etwas anderes glauben, als daß ich falsch schwöre?«

»Du mußt sie davon abbringen können«, sagte Frau Aashild. »Es gibt nun keinen anderen Ausweg, als daß du noch morgen mit ihr nach Husaby heimfährst. Und dann mußt du hart sein und fest und diese Heirat mit deinem Verwalter und Eline in Ordnung bringen.«

»Ja«, sagte Erlend. Dann warf er sich vornüber und schluchzte laut.

»Begreifst du nicht, Muhme – was wird wohl Kristin glauben?«

Erlend verbrachte die Nacht mit seinen Dienstleuten im Küchenhaus. In der Stube lag Kristin bei Frau Aashild in dem einen Bett und Eline Ormstochter im anderen. Björn ging hinaus und legte sich in den Stall zu den Pferden.

Am nächsten Morgen folgte Kristin Frau Aashild in den Stall hinüber. Während dann die Frau ins Küchenhaus ging, um das Frühmahl zu bereiten, trug Kristin die Milch in die Stube.

Dort brannte ein Licht auf dem Tisch. Eline war angekleidet und saß auf der Kante ihres Bettes. Kristin grüßte sie still, holte einen Scheffel und seihte die Milch durch.

»Willst du mir einen Schluck Milch geben?« fragte Eline. Kristin nahm eine hölzerne Schöpfkelle und reichte sie ihr, Eline trank begehrlich und sah über den Rand der Kelle hinaus zu Kristin hin.

»So, du bist die Kristin Lavranstochter, die mich der Freundschaft Erlends beraubt hat«, sagte sie und gab die Schöpfkelle zurück.

»Ihr müßt selbst wissen, ob noch eine Freundschaft zu rauben war«, antwortete die Junge.

Eline biß sich in die Lippe.

»Was wirst du tun, du«, sagte sie, »wenn Erlend deiner müde wird und dir eines Tages anbietet, dich mit einem seiner Leute zu verheiraten? Wirst du dich auch darin Erlend fügen?«
Kristin antwortete nicht, da lachte die andere und sagte:
»Nun fügst du dich ihm in allen Dingen, das kann ich mir denken. Was meinst du, Kristin – wollen wir um unseren Mann würfeln, wir beiden Buhlen des Erlend Nikulaussohn?« Als sie keine Antwort erhielt, lachte sie wieder und sagte: »Bist du so einfältig, daß du nicht leugnest, eine Buhle zu sein?«
»Um deinetwillen mag ich nicht lügen«, sagte Kristin.
»Das würde dir auch nicht viel nützen«, erwiderte Eline wie zuvor.
»Ich kenne den Burschen, ich. Er brauste wohl wie ein Birkhahn auf dich nieder, als ihr das zweitemal zusammen wart, das kann ich mir denken. Es ist schade um dich, du schönes Kind, so wie du hier stehst.«
Kristin wich das Blut aus den Wangen. Krank vor Widerwillen sagte sie leise:
»Ich will nicht mit dir reden.«
»Denkst du, er wird schließlich besser gegen dich handeln als gegen mich?« fuhr Eline fort. Da antwortete Kristin scharf:
»Ich werde nicht über Erlend klagen, was er auch tun wird. Ich selbst habe mich auf diesen Irrpfad begeben, und ich werde nicht jammern und klagen, wenn er mich in den Abgrund führt.«
Eline schwieg eine Weile. Dann sagte sie, rot und unsicher:
»Ich war Jungfrau, auch ich, als er mich bekam, Kristin – obwohl ich sieben Jahre lang die Frau jenes alten Mannes geheißen wurde. Aber du kannst wohl nicht verstehen, was das für ein elendes Leben war.«
Kristin schauerte heftig zusammen. Eline sah sie an. Dann nahm sie aus ihrer Reisetruhe, die neben ihr auf dem Bett-Tritt stand, ein kleines Horn. Sie erbrach das Siegel und sagte leise:
»Du bist jung und ich bin alt, Kristin. Ich weiß wohl, es ist unnütz für mich, wider dich zu streiten, jetzt ist deine Zeit da. Willst du mit mir trinken, Kristin?«
Kristin rührte sich nicht. Da führte die andere das Horn zum Munde. Kristin beobachtete, daß sie nicht trank. Eline sagte:
»Diese Ehre kannst du mir wohl erweisen, daß du mir zutrinkst und mir versprichst, meinen Kindern keine harte Stiefmutter zu werden?«
Kristin ergriff das Horn. In diesem Augenblick öffnete Erlend die Tür. Er stand eine Weile da, blickte von der einen der beiden Frauen zur anderen.
»Was heißt das?« fragte er.
Da antwortete Kristin, und ihre Stimme war schneidend und wild:
»Wir trinken einander zu, wir, deine Buhlen.«
Er packte sie beim Handgelenk und nahm das Horn. »Schweig«, sagte er barsch. »Du sollst nicht mit ihr trinken.«
»Weshalb nicht?« sagte Kristin wie vorher. »Sie war ebenso rein, sie wie ich, als du sie verführtest.«

»Das hat sie so oft gesagt, daß ich glaube, sie glaubt es nun selbst«, antwortete Erlend. »Erinnerst du dich, wie du mich dazu triebst, mit diesem Gerede zu Sigurd zu gehen, und wie er Zeugen dafür erbrachte, daß er dich früher mit einem anderen Mann ertappt hatte?«
Weiß vor Ekel wandte Kristin sich ab. Eline war dunkelrot geworden, dann sagte sie trotzig:
»Dennoch wird sie nicht aussätzig werden, wenn sie mit mir trinkt.«
Erlend wandte sich Eline zornig zu – da war es, als würde sein Gesicht plötzlich lang und starr, er schnappte vor Entsetzen nach Luft:
»Jesus!« sagte er fast unhörbar. Er packte Eline beim Arm.
»Trink du ihr zu«, sagte er hart und bebend. »Trink du zuerst, dann wird sie mit dir trinken.«
Eline entwand sich ihm mit einem Stöhnen. Sie flüchtete rücklings durch die Stube, er folgte ihr. »Trink«, sagte er. Er riß den Dolch aus dem Gürtel und folgte ihr. »Trink den Trunk, den du Kristin eingeschenkt hast.« Er packte Eline beim Arm und zog sie an den Tisch vor, zwang sie zu dem Horn hinab.
Eline schrie einmal auf und verbarg das Gesicht im Arm.
Erlend ließ sie los, stand da und bebte.
»Eine Hölle hatte ich bei Sigurd«, schrie Eline, »du, du gelobtest – aber du bist schlimmer gegen mich gewesen, du, Erlend!«
Da trat Kristin vor und ergriff das Horn:
»Eine von uns zweien muß trinken – uns beide kannst du nicht halten.«
Erlend entriß ihr das Horn, schleuderte sie in den Raum zurück, daß sie auf Frau Aashilds Bett taumelte. Er zwang den Trank Eline Ormstochter an den Mund – stand, das Knie auf der Bank, neben ihr und versuchte, mit der Hand ihren Kopf umfassend, ihr den Trunk hineinzuzwingen.
Sie langte unter seinem Arm durch, erhaschte den Dolch auf dem Tisch und stieß nach dem Manne. Der Stoß ritzte nicht viel mehr als seine Kleider. Da wandte sie die Spitze gegen sich selbst, und gleich danach sank sie der Länge nach in seine Arme.
Kristin stand auf und kam herzu. Erlend hielt Eline umfaßt, ihr Kopf hing über seinen Arm herab. Sie begann fast sofort zu röcheln – Blut drang ihr in den Hals und rann zum Mund heraus. Sie spie einen Teil aus und sagte:
»Dir hatte ich ihn zugedacht – den Trunk – für die vielen Male – die du mich betrogen hast.«
»Hole Muhme Aashild herbei«, sagte Erlend gedämpft. Kristin stand unbeweglich.
»Sie stirbt«, sagte Erlend wie vorher.
»Da fährt sie besser als wir«, erwiderte Kristin. Erlend sah sie an – die Verzweiflung in seinen Augen machte sie weich. Sie verließ die Stube.
»Was gibt es?« fragte Frau Aashild, als Kristin sie aus dem Küchenhaus holte.

»Wir haben Eline Ormstochter getötet«, sagte Kristin. »Sie stirbt.«
Frau Aashild lief zur Stube hinüber. Aber Eline hauchte ihr Leben aus, als die Frau zur Tür hereinkam.
Frau Aashild hatte die Tote auf die Bank gebettet, ihr das Blut vom Mund gewaschen und das Gesicht mit dem Kopftuch bedeckt. Erlend stand hinter der Leiche, an die Wand gelehnt.
»Begreifst du«, sagte Frau Aashild, »daß dies das Schlimmste war, was geschehen konnte?«
Sie hatte Holz und Zweige auf das Feuer gelegt; nun stellte sie das Horn mitten hinein und blies die Flamme an.
»Kannst du auf deine Dienstleute vertrauen?« fragte Frau Aashild wieder.
»Auf Ulv und Haftor, glaube ich. Jon und den Mann, der mit Eline kam, kenne ich weniger.«
»Du verstehst«, sagte Frau Aashild, »kommt es auf, daß ihr, Kristin und du, zusammen hier wart und daß ihr allein mit Eline wart, als sie starb, so hättest du Kristin ebensogut von Elines Gebräu trinken lassen können. Und wenn von Gift die Rede sein wird, so werden sich die Leute erinnern, wessen ich früher beschuldigt gewesen war. Hatte sie irgendwelche Verwandte oder Freunde?«
»Nein«, sagte Erlend gedämpft. »Sie hatte niemand außer mir.«
»Dennoch«, nahm Frau Aashild das Wort wieder auf, »kann es schwierig werden, dies zu verbergen und die Leiche fortzuschaffen, ohne daß der böseste Verdacht auf dich fällt.«
»Sie soll in geweihte Erde kommen«, sagte Erlend, »und wenn es mich Husaby kosten sollte. Was sagst du, Kristin?«
Kristin nickte.
Frau Aashild saß schweigend da. Je mehr sie darüber nachdachte, desto unmöglicher schien es ihr, einen Ausweg zu finden. Im Küchenhaus saßen die vier Männer – selbst wenn Erlend von ihnen allen Schweigen erkaufen konnte, selbst wenn ein paar von ihnen und Elines Dienstknecht bestochen werden konnten, außer Landes zu ziehen: unsicher blieb es doch allezeit. Und auf Jörundhof wußten sie, daß Kristin hier war. – Wenn Lavrans dies erfuhr, dann vermochte sie sich nicht auszudenken, was er tun würde. Und außerdem galt es nun, die Tote fortzuschaffen. An den Weg westwärts über das Gebirge war jetzt nicht zu denken; es gab noch den Weg nach Raumstal oder über das Gebirge nach Drontheim oder nach Süden durch das Tal. Und wenn die Wahrheit aufkäme, so würde man sie doch niemals glauben – selbst wenn man sich damit zufriedengeben würde.
»Ich muß mich mit Björn darüber beraten«, sagte sie, stand auf und ging hinaus.
Björn Gunnarssohn hörte den Bericht seiner Frau an, ohne eine Miene zu verziehen und ohne seine Blicke von Erlend abzuwenden.
»Björn«, sagte Aashild verzweifelt. »Es muß einer beschwören, daß er sah, wie sie selbst Hand an sich legte.«

Langsam dunkelte in Björns Augen Leben auf; er sah seine Frau an, und sein Mund verzog sich zu einem schiefen Lächeln:
»Du meinst, dieser eine sollte ich sein?«
Frau Aashild schlang ihre Finger ineinander und hob die Hände zu ihm auf: »Björn, du weißt, was es für diese beiden gilt ...«
»Und da meinst du, mit mir sei es so und so aus?« fragte er langsam. »Oder meinst du, es sei noch so viel übrig von jenem Mann, der ich einmal war, daß ich wagen würde, falsch zu schwören, um den Jungen vor dem Untergang zu bewahren? Ich, der selbst hinuntergetreten wurde – damals vor allen diesen Jahren. Hinuntergetreten, sage ich«, wiederholte er.
»Das sagst du, weil ich jetzt alt bin«, flüsterte Aashild.
Kristin brach in so lautes Weinen aus, daß es durch die Stube gellte. Sie hatte im Winkel bei Aashilds Bett gesessen, steif und still. Nun begann sie überlaut zu weinen. Es war, als hätte Frau Aashilds Stimme ihr Herz aufgerissen. Es war beschwert gewesen von Erinnerungen an die Süßigkeit der Liebe, gleichsam, als ließe erst diese Stimme Kristin ganz erfassen, was ihre und Erlends Liebe gewesen war. Die Erinnerung an ein heißes und heftiges Glück überspülte alles andere, spülte den harten Haß der Verzweiflung dieser letzten Nacht hinweg. Sie wußte nur noch von ihrer Liebe und von ihrem Willen, auszuharren.
Sie blickten alle drei nach ihr hin. Da trat Herr Björn zu ihr, faßte sie unter das Kinn und sah auf sie hinab:
»Sagst du, Kristin, daß sie es selbst tat?«
»Es ist jedes Wort wahr, das Ihr gehört habt«, sagte Kristin fest. »Wir bedrohten sie, bis sie es tat.«
»Sie hatte Kristin ein schlimmeres Schicksal zugedacht«, sagte Aashild.
Herr Björn ließ das Mädchen los. Er ging zur Leiche hin, hob sie auf das Bett, wo Eline die Nacht zuvor geschlafen hatte, und legte sie dicht an die Wand, dann breitete er die Decken sorgsam darüber.
»Jon und den Knecht, den du nicht kennst, mußt du nach Husaby heimsenden mit dem Bescheid, daß Eline dich nach Süden begleitet. Laß sie zur Mittagszeit fortreiten. Sag, daß die Frauen hier schlafen; sie sollen im Küchenhaus essen. Dann magst du mit Ulv und Haftor sprechen. Hat sie schon früher damit gedroht, so etwas zu tun? Dann könntest du Zeugen dafür anführen, wenn nach so etwas gefragt werden sollte.«
»Jeder Mensch, der in den letzten Jahren, die wir zusammen gelebt haben, auf dem Hof gewesen ist«, sagte Erlend müde, »kann bezeugen, daß sie drohte, sich selbst zu entleiben – und auch mich zu töten –, wenn ich davon sprach, daß ich mich von ihr trennen wolle.«
Björn lachte barsch: »Das dachte ich mir. Heute abend müssen wir sie zur Reise anziehen und in den Schlitten setzen. Du mußt dich neben sie setzen ...«
Erlends Körper schwankte, wie er so dastand:

»Das kann ich nicht.«
»Gott weiß, wieviel bei *dir* noch vom Manne übrig sein wird, wenn du noch zwanzig Jahre selbst für dich einstehen mußt«, sagte Björn. »Glaubst du, daß du wenigstens den Schlitten lenken kannst? Dann werde ich bei ihr sitzen. Wir müssen in der Nacht und auf unbegangenen Wegen fahren, bis wir in Fron unten sind. Bei dieser Kälte kann niemand wissen, wie lange sie tot gewesen ist. Wir fahren zu der Herberge der Mönche auf Roaldstad. Dort bezeugen wir beide, daß ihr hinten im Schlitten in einen Wortstreit geraten seid. Es ist beglaubigt, daß du nicht mehr mit ihr hast leben wollen, seit du vom Bann befreit wurdest, und daß du um ein Mädchen geworben hast, das dir ebenbürtig ist. Ulv und Haftor müssen sich auf dem ganzen Wege von uns fernhalten, damit sie, wenn es notwendig sein sollte, schwören können, daß Eline noch am Leben war, als sie sie das letztemal sahen. Das kannst du wohl bei ihnen erreichen? Bei den Mönchen kannst du sie in den Sarg legen – und dann mußt du mit den Priestern um ihren Grabesfrieden und um Seelenfrieden für dich selbst handeln.
Ja, das ist nicht schön. Aber du hast es nicht so gemacht, daß es schöner werden kann. Steh nicht da wie eine Kindsmutter, die in Ohnmacht fällt. Gott steh dir bei, Junge, dir hat das Messer bisher wohl noch nicht an der Gurgel gesessen.«
Vom Gebirge herunter wehte ein beißender Wind – von den Schneewächten rauchte es fein und silberblank gegen die mondblaue Luft, als die Männer fortfuhren.
Sie hatten zwei Pferde voreinander gespannt. Erlend saß vorne auf dem Schlitten.
Kristin trat zu ihm hin:
»Diesmal, Erlend, mußt du versuchen, mir Botschaft zu senden, wie diese Fahrt ausgegangen ist und was aus dir wird.«
Er preßte ihre Hand so fest, daß sie glaubte, das Blut müßte ihr bei den Nägeln herausspringen.
»Wagst du immer noch, an mir festzuhalten, Kristin?«
»Ja, immer noch«, sagte sie, und kurz darauf: »An dieser Tat tragen wir beide Schuld – ich reizte dich auf, denn ich wollte ihren Tod.«
Frau Aashild und Kristin blickten dem Gefährt nach. Der Schlitten glitt über die Schneewächten auf und nieder. Er verschwand in einer Senkung – kam weiter unten auf einer weißen Fläche wieder zum Vorschein. Dann aber fuhren die Männer in den Schatten einer Anhöhe hinein und verschwanden ganz.
Die beiden Frauen saßen vor dem Herd, den Rücken gegen das leere Bett gewendet, aus dem Frau Aashild Decken und Stroh entfernt hatte. Sie fühlten beide, wie leer es hinter ihnen gähnte.
»Willst du, daß wir heute nacht im Küchenhaus schlafen?« unterbrach Frau Aashild das Schweigen.
»Es ist wohl gleichgültig, wo wir uns hinlegen«, meinte Kristin.
Frau Aashild ging hinaus und blickte nach dem Wetter aus.

»Ja, wenn Sturm oder Tauwetter eintritt, dann gelangen sie nicht weit, ehe es aufkommt«, sagte Kristin.
»Hier auf Haugen bläst es immer«, antwortete Frau Aashild. »Das ist hier kein Zeichen für einen Wetterumschlag.«
Dann saßen sie wie vorher.
»Du darfst nicht vergessen«, sagte Frau Aashild einmal, »welches Schicksal sie euch zugedacht hatte.«
Kristin antwortete leise:
»Ich denke daran, daß ich an ihrer Stelle vielleicht das gleiche gewollt hätte.«
»Niemals hättest du die Schuld daran auf dich nehmen mögen, daß ein anderer Mensch aussätzig geworden wäre«, sagte Frau Aashild heftig.
»Erinnerst du dich, Muhme: du sagtest einmal zu mir, es sei gut, wenn man das nicht zu tun wage, was einen nicht schön dünkt. Aber es sei nicht so gut, wenn einen etwas nicht schön dünkt, weil man es nicht zu tun wagt.«
»Du würdest es um der Sünde willen nicht tun«, sagte Frau Aashild.
»Nein, das glaube ich nicht«, erwiderte Kristin. »Ich habe schon viel getan, von dem ich einstmals geglaubt hatte, ich würde es um der Sünde willen nicht wagen. Aber damals erkannte ich nicht, daß es eine Folge der Sünde ist, andere niedertreten zu müssen.«
»Erlend wollte mit seinem schlechten Leben aufhören, lange ehe er dich traf«, antwortete Aashild heftig. »Es war schon früher aus zwischen den beiden.«
»Ich weiß es«, sagte Kristin. »Aber Erlend hat ihr wohl nie Grund gegeben zu glauben, seine Vorsätze seien so fest, daß sie sie nicht erschüttern könnte.«
»Kristin«, bat Frau Aashild, »du willst doch wohl nicht jetzt von Erlend lassen. Jetzt kann euch niemand schützen, wenn ihr euch nicht gegenseitig schützt.«
»So würde wohl kaum ein Priester raten«, sagte Kristin und lächelte kalt. »Aber ich weiß, daß ich nicht von Erlend lassen werde – und wenn ich meinen eigenen Vater niedertreten müßte.«
Frau Aashild erhob sich.
»Wir können ebensogut eine Arbeit vornehmen, wie so dasitzen«, sagte sie. »Es wäre ja doch ein eitles Beginnen, wenn wir uns schlafen legten.«
Sie holte das Butterfaß aus der Milchkammer, trug einige Gefäße mit Milch herein, leerte sie um und wollte buttern.
»Laß mich das tun«, bat Kristin. »Ich habe einen jüngeren Rücken.«
Sie arbeiteten, ohne miteinander zu sprechen; Kristin stand an der Tür zur Milchkammer und butterte, und Aashild kämmte Wolle beim Herd. Erst als Kristin ausgebuttert hatte und die Butter kneten wollte, fragte sie plötzlich: »Muhme Aashild – habt Ihr niemals Angst vor dem Tag, an dem Ihr vor Gottes Richterstuhl stehen müßt?«

Frau Aashild stand auf, ging zu Kristin und blieb vor ihr im Licht stehen:

»Vielleicht habe ich den Mut, den, der mich so geschaffen hat, wie ich bin, zu fragen, ob er sich meiner erbarmen will, wenn die Zeit gekommen ist. Denn ich habe nie um seine Barmherzigkeit gebeten, als ich gegen sein Gebot handelte. Und nie habe ich Gott oder Menschen gebeten, mir einen Deut von der Buße nachzulassen, die ich auf dieser Erde schuldig wurde.«

Kurz darauf sagte sie leise:

»Munan, mein ältester Sohn, war zwanzig Jahre alt. Damals war er nicht so, wie er jetzt ist. Sie waren nicht so, damals, meine Kinder.«

Kristin erwiderte still:

»Ihr habt doch alle diese Jahre hindurch Tag und Nacht Herrn Björn an Eurer Seite gehabt.«

»Ja – auch das habe ich gehabt«, sagte Aashild.

Kurz darauf war Kristin mit dem Buttern fertig. Frau Aashild meinte, sie sollten nun versuchen, ein wenig zu schlafen.

Drinnen in dem dunklen Bett legte sie ihren Arm um Kristins Schulter und zog den jungen Kopf an sich. Und es dauerte nicht lange, bis sie an den gleichmäßigen und stillen Atemzügen hörte, daß Kristin eingeschlafen war.

IV

Der Frost hielt an. In jedem Stall des ganzen Tales klagten und brüllten die hungrigen Tiere und litten unter der Kälte. Und die Leute sparten schon jetzt aufs äußerste am Futter.

In diesem Jahr gab es keine großen Gastereien zu Weihnachten, man hielt sich daheim, jeder bei sich.

Um Weihnachten herum nahm die Kälte zu – es schien, als sei jeder Tag kälter als der vorhergehende. Die Leute konnten sich kaum an einen so harten Winter erinnern – es fiel auch kein Schnee mehr, selbst nicht drinnen im Gebirge, sondern der Schnee, der um die Zeit der Klemensmesse gefallen war, fror hart wie Stein. Die Sonne schien jetzt, da die Tage zunahmen, von einem klaren Himmel herab. In den Nächten sprühten und flackerten die Windlichter über den Bergkämmen im Norden, sie flackerten über den halben Himmel, doch sie brachten keinen Wetterumschlag, ab und zu konnte es einen Tag lang bewölkt sein, es taumelte ein wenig trockener Schnee durch die Luft herab, und dann war wieder klares Wetter und brennende Kälte. Der Fluß murrte und gluckste träge unter den Eisbrücken.

Jeden Morgen dachte Kristin, nun vermöchte sie nicht mehr, nun halte sie den Tag nicht mehr bis zu Ende aus. Denn jeder Tag war ihr wie ein Zweikampf mit dem Vater. Und sollten sie jetzt so gegeneinander stehen, da jedes lebende Wesen, Mensch wie Tier, in allen Gemeinden unter einer gemeinsamen Prüfung litt?

Wenn aber der Abend kam, hatte sie dennoch ausgehalten.
Der Vater war nicht unfreundlich. Sie sprachen nie über das, was zwischen ihnen lag. Aber sie fühlte hinter allem, was er nicht sagte, daß er unbeugsam fest entschlossen war, auf seiner Weigerung zu beharren.
Und in ihr brannte die Entbehrung, die Sehnsucht nach seiner Freundschaft. Das tat ihr entsetzlich weh, denn sie wußte, wieviel anderes der Vater zu tragen hatte – und daß er, wäre es so gewesen wie früher, mit ihr darüber gesprochen hätte.
Sie waren zwar auf Jörundhof besser geborgen als auf den meisten übrigen Höfen, aber auch hier fühlten sie das Mißjahr an jedem Tag und zu jeder Stunde. Sonst pflegte Lavrans im Winter seine jungen Pferde abzurichten, dieses Jahr aber hatte er sie im Herbst alle südlich im Lande verkauft. Und die Tochter vermißte es, seine Stimme draußen auf dem Hofplatz zu hören und ihn mit den schlanken, zottigen Zweijährigen sich in jenem Spiel herumtummeln zu sehen, das er so sehr liebte.
Zwar waren Scheunen und Vorratshäuser des Hofes noch von der Ernte des vorigen Jahres nicht ganz leer gewesen, aber nach Jörundhof kamen viele Leute und baten um Hilfe, gegen Entgelt oder als Gabe, und keiner bat vergebens.
Eines Abends spät kam ein ganz alter, in Pelze gekleideter Mann auf Schiern. Lavrans sprach mit ihm draußen auf dem Hofplatz, und Halvdan trug ihm das Essen in die Feuerstube. Niemand auf dem Hof wußte, wer er war – man vermutete in ihm einen von jenen Leuten, die drinnen in den Bergen lebten; vielleicht war Lavrans dort mit ihm zusammengekommen. Aber der Vater erwähnte nichts von dem Besuch und ebensowenig Halvdan.
Und eines Abends kam ein Mann, der mit Lavrans Björgulfssohn viele Jahre lang in Unfrieden gelebt hatte. Lavrans ging mit ihm ins Vorratshaus. Aber als er wieder in die Stube kam, sagte er heftig zu Ragnfrid:
»Alle suchen sie Hilfe bei mir. Hier auf meinem Hof aber sind alle gegen mich. Du auch, Weib.«
Da fuhr die Mutter Kristin an:
»Hörst du, was dein Vater zu mir sagt! Ich bin nicht gegen dich, Lavrans. Du weißt ja auch, du, Kristin, was hier südlich auf Roaldstad im Spätherbst geschah, als er in Begleitung des anderen Hurenkerls, seines Verwandten von Haugen, durch das Tal hinunterfuhr – sie nahm sich das Leben, das unselige Weib, das er von allen ihren Verwandten weggelockt hatte.«
Starr und hart antwortete Kristin:
»Ich merke, daß ihr ihm die Jahre, in denen er strebte, aus der Sünde herauszukommen, ebenso schwer anrechnet wie die Jahre, in denen er in der Sünde gelebt hat.«
»Jesus Maria«, rief Ragnfrid und schlug die Hände zusammen. »Was

ist aus dir geworden! Hat nicht einmal das deinen Sinn zu ändern vermocht?«

»Nein«, sagte Kristin. »Ich habe den Sinn nicht geändert.«

Da blickte Lavrans, der auf der Bank bei Ulvhild saß, auf:

»Das habe auch ich nicht, Kristin«, sagte er gedämpft.

Aber Kristin wußte in ihrem Herzen, daß sie in einer Weise den Sinn geändert hatte, wenn auch nicht den Sinn, so doch die Anschauung. Sie hatte Botschaft über den Verlauf jener Unglücksfahrt erhalten. Es war leichter gegangen, als man hatte erwarten dürfen. Ob sich nun die Kälte in die Wunde gesetzt hatte, oder wovon es auch kam, der Messerstich, den Erlend in die Brust erhalten hatte, hatte sich verschlimmert; er mußte eine Zeitlang in der Herberge auf Roaldstad krank zu Bett liegen. Herr Björn hatte ihn in diesen Tagen gepflegt. Aber dadurch, daß Erlend verwundet war, war es leichter, das andere zu erklären und glaubhaft zu machen.

Als er weiterfahren konnte, brachte er die Tote in einem Sarg bis nach Oslo. Dort hatte er durch Sira Jons Vermittlung einen Grabplatz für sie auf dem Kirchhof der abgerissenen Nikulauskirche erhalten, und dann hatte er dem Bischof zu Oslo selbst gebeichtet, und dieser hatte ihm auferlegt, zum Heiligen Blut in Schwerin zu wallfahrten. Jetzt war er außer Landes gezogen.

Sie konnte nirgends hin wallfahrten und Erlösung finden. Für sie hieß es dasitzen, warten und grübeln und versuchen, im Widerstand gegen die Eltern auszuharren. Es fiel ein seltsam winterkaltes Licht auf alle Erinnerungen an ihre Zusammenkünfte mit Erlend. Sie dachte an seine Gewalttätigkeit – in Liebe und Kummer –, und es schien ihr, hätte sie vermocht, alle Dinge ebenso heftig zu nehmen und sogleich mit ihnen dahinzustürmen wie er, da wären sie ihr nachher vielleicht kleiner und leichter zu ertragen gewesen. Es kam vor, daß sie dachte, vielleicht gebe Erlend sie auf. Es dünkte sie, als habe sie wohl immer eine leise Furcht davor gehegt, er könnte sie aufgeben, wenn es zu schwierig werden würde. Aber sie wollte ihn nicht aufgeben, ohne daß er selbst sie von allen Eiden freisprach.

So ging es dem Ende des Winters zu. Und Kristin konnte sich nicht mehr länger täuschen, sondern mußte erkennen, daß sie nun die schwerste aller Prüfungen erwartete, denn jetzt hatte Ulvhild nicht mehr viele Tage zu leben. Und mitten in ihrem bitteren Kummer über die Schwester sah sie mit Grauen, daß ihre eigene Seele von der Sünde wahrlich verwirrt und verzehrt war. Denn trotz dem sterbenden Kinde, und obwohl sie die unsägliche Trauer der Eltern vor Augen hatte, mußte sie immer an dies eine denken; wenn Ulvhild stirbt, wie soll ich es da ertragen, den Vater anzusehen, ohne mich vor ihn hinzuwerfen, ihm alles zu beichten und ihn zu bitten, mir zu verzeihen und mit mir zu tun, was er will.

Sie waren in der Fastenzeit. Die Leute schlachteten die kleinen Viehbestände, die sie zu retten gehofft hatten, damit die Tiere doch nicht von selber verenden sollten. Und die Menschen wurden krank von all dem Fisch, von dem sie sich nährten, und von der wenigen und elenden Mehlkost dazu. Sira Eirik befreite die ganze Gemeinde von dem Verbot der Milchspeisen. Aber die Leute hatten kaum einen Tropfen Milch.

Ulvhild lag im Bett. Sie lag allein im Bett der Töchter, und jede Nacht wachte jemand bei ihr. Es konnte geschehen, daß der Vater und Kristin miteinander bei ihr saßen. In einer solchen Nacht sagte Lavrans zur Tochter: »Erinnerst du dich, was Bruder Edvin über Ulvhilds Schicksal sagte? Ich dachte schon damals, daß er vielleicht dieses hier meine. Aber da schob ich es von mir weg.«

In solchen Nächten sprach er bisweilen von dem und jenem aus der Zeit, in der die Kinder klein waren. Kristin saß bleich und verzweifelt da und begriff, daß der Vater hinter diesen Worten bei ihr bettelte.

Eines Tages war Lavrans mit Kolbein ausgezogen, um ein Bärenlager nördlich im Bergwald auszuheben. Sie kamen mit einer Bärin auf dem Schlitten heim, und Lavrans trug ein lebendes Bärenjunges im Kittel. Es machte Ulvhild ein wenig Spaß, als er es ihr zeigte. Aber Ragnfrid sagte, dies sei doch jetzt nicht die Zeit, ein solches Tier aufzuziehen, und was er denn jetzt damit wolle?

»Ich will es großziehen, um es vor der Kammer meiner Töchter anzubinden«, erwiderte Lavrans und lachte rauh.

Aber sie konnten dem Bärenjungen nicht die richtige fette Milch verschaffen, und so tötete Lavrans es einige Tage später.

Die Sonne bekam so viel Macht, daß es um die Mitte des Tages ein wenig von den Dächern herabtropfte. Die Meisen klammerten sich an den Balkenwänden auf der Sonnenseite fest und hackten, daß es hallte, während sie nach den Fliegen suchten, die in den Spalten schliefen. Draußen auf den Feldern leuchtete der Schnee hart und glänzend wie Silber.

Endlich, eines Abends, schienen sich Wolken über den Mond zu ziehen. Am Morgen erwachten die Leute auf Jörundhof in einem so dichten Schneegewirbel, daß sie nach keiner Seite einen Ausblick hatten.

An diesem Tage wurde es ihnen klar, daß Ulvhild sterben würde.

Das ganze Hausgesinde war in der Stube versammelt, und Sira Eirik kam herüber. Es brannten viele Kerzen in der Stube. Am frühen Abend erlosch Ulvhild still und ruhig in den Armen der Mutter.

Ragnfrid trug es besser, als man erwartet hatte. Die Eltern saßen beieinander, sie weinten alle beide ganz still. Alle, die in der Stube waren, weinten. Als Kristin zum Vater ging, legte er den Arm um ihre Schulter. Er fühlte, wie sie bebte und zitterte, und da zog er sie an sich. Aber es schien ihr selbst, als müsse er fühlen, daß sie ihm mehr entrückt war als die kleine Tote im Bett.

Sie begriff nicht, wie sie es aushielt. Sie erinnerte sich kaum selbst an das, was sie vorher ertragen hatte, aber schlaff und stumm vor Schmerz hielt sie sich aufrecht und fiel ihm nicht zu Füßen.

In der Kirche wurden vor dem Altar von Sankt Tomas ein paar Dielen aufgerissen, und dort grub man in die steinharte Erde ein Grab für Ulvhild Lavranstochter.
Es schneite dicht und still während all der Tage, in denen das Kind auf dem Stroh lag; es schneite, als man Ulvhild zu Grabe trug, und fuhr fort zu schneien, fast ohne Aufhören, einen ganzen Monat hindurch.
Für alle die Menschen, die da auf die Erlösung durch den Frühling warteten, schien es, als wolle dieser niemals kommen. Die Tage wurden lang und hell, und das Tal lag in einem Dampf von schmelzendem Schnee, solange die Sonne darauf schien. Aber die Kälte hielt sich in der Luft, und die Wärme bekam keine Gewalt. In den Nächten fror es hart – es krachte im Eise, es dröhnte in den Bergen drinnen, die Wölfe heulten, und die Füchse bellten ganz unten im Tal wie mitten im Winter. Die Leute schabten Rinde für das Vieh, aber die Tiere brachen haufenweise im Stall zusammen. Niemand wußte, wie das enden sollte.
Kristin ging hinaus, an einem jener Tage, da in den Wegfurchen das Wasser rieselte und der Schnee wie Silber über den Flächen glänzte. Auf der Sonnenseite waren die Schneewächten hohlgefressen, so daß das feine Eisgitter der Harschverbrämung mit leisem Silberklang zersprang, wenn sie mit dem Fuß daranstieß. Aber im kleinsten Schatten stand die scharfe Kälte in der Luft und war der Schnee hart.
Sie ging zur Kirche hinauf, sie wußte selbst nicht, was sie da sollte, aber es zog sie hin. Der Vater war dort, es waren einige Bauern da, Gildenbrüder, die im Kirchrundgang eine Zusammenkunft hatten, das wußte sie.
Oben am Hügel begegnete sie mehreren Bauern, die herunterkamen. Sira Eirik befand sich unter ihnen. Die Männer waren alle zu Fuß, sie gingen in einem finsteren, zottigen Haufen, zusammengeduckt, und redeten nicht miteinander; mürrisch erwiderten sie ihren Gruß, als sie vorüberging.
Kristin dachte, es sei lange her, daß jeder Mensch in der Gemeinde ihr Freund gewesen war. Jetzt wußten wohl alle, daß sie eine schlechte Tochter war. Vielleicht wußten sie auch mehr über sie. Nun glaubten sie wohl auch alle, daß an dem alten Gerede über Arne und Bentein doch etwas Wahres gewesen war. Vielleicht stand sie im übelsten Ruf. Sie warf den Kopf zurück und ging zur Kirche.
Die Tür stand angelehnt. Es war kalt drinnen, aber dennoch strömte es ihr wie Wärme entgegen aus diesem dunklen und braunen Raum, mit den hochaufstrebenden Holzsäulen, die das Dunkel zu dem Gebälk des Daches emporhoben. Auf den Altären brannte kein Licht, aber durch den Türspalt fiel ein wenig Sonne herein und blitzte schwach auf den Bildern und den Gefäßen.
Vorn beim Tomasaltar sah sie den Vater auf den Knien liegen, den Kopf auf die gefalteten Hände gesenkt, mit denen er die Mütze an die

Brust drückte. Scheu und betrübt schlich sich Kristin hinaus und blieb in dem Bogengang stehen, der sich rings um die Kirche zog. In dem Rahmen des Bogens zwischen den zwei kleinen Holzsäulen, bei denen sie stand und die sie umfaßt hielt, sah sie Jörundhof liegen und hinter ihrem Heim den blaßblauen Dunst über dem Tal. In der Sonne blitzte der Fluß weiß von Wasser und Eis durch das ganze Tal hinaus. Aber das Erlengebüsch an seinem Lauf entlang war gelbbraun von der Blüte, der Nadelwald war hier oben bei der Kirche auch schon frühjährlich grün, und in dem Hain gleich in der Nähe plusterten und zwitscherten und pfiffen kleine Vögel. O ja, solch ein Vogelsang war jeden Abend nach Sonnenuntergang gewesen.

Und sie fühlte jene Sehnsucht, von der sie geglaubt hatte, sie sei jetzt aus ihr herausgequält, die Sehnsucht im Blut und im Körper, die rührte sich jetzt, zart und schwach, als erwache sie aus dem Winterschlaf.

Lavrans Björgulfssohn kam heraus und schloß die Kirchentür hinter sich ab. Er trat vor und blieb in der Nähe der Tochter stehen, blickte durch den nächsten Bogen über das Land hinaus. Sie sah, wie dieser Winter den Vater verheert hatte. Sie begriff selbst nicht, daß sie jetzt daran rühren konnte, aber es entfuhr ihr dennoch:

»Ist es wahr, was die Mutter vor kurzem sagte: du habest zu ihr gesagt: wäre es Arne Gyrdssohn gewesen, da hättest du mir willfahrt?«

»Ja«, antwortete Lavrans und blickte sie nicht an.

»Das sagtest du nicht, solange Arne lebte«, erwiderte Kristin.

»Davon war nie die Rede gewesen. Ich merkte wohl, daß der Junge dich gern hatte – aber er sagte nichts – und er war jung –, und ich bemerkte nie, daß du so an ihn dachtest. Du konntest doch nicht erwarten, daß ich meine Tochter einem Manne *anbieten* würde, der nichts besitzt.« Er lächelte flüchtig. »Aber ich hatte den Jungen gern«, sagte er leise. »Und hätte ich dich in Liebe zu ihm zerquält gesehen . . .«

Sie blieben stehen und blickten hinaus. Kristin fühlte, daß der Vater sie ansah; sie bemühte sich, ruhig im Gesicht zu sein, aber sie merkte, wie weiß sie wurde.

Da trat der Vater zu ihr hin, legte beide Arme um sie und preßte sie an sich. Er bog ihren Kopf zurück, sah der Tochter ins Gesicht und barg es wieder an seiner Schulter.

»Jesus Christus, kleine Kristin, bist du denn so unglücklich?«

»Ich glaube, ich sterbe darüber, Vater«, sagte sie dicht an ihm.

Sie brach in Tränen aus. Aber sie weinte, weil sie in seinen Liebkosungen gefühlt und in seinen Augen gelesen hatte, daß er nun vom Kummer zermürbt war und seinen Widerstand nicht mehr länger aufrechtzuerhalten vermochte. Sie hatte ihn überwunden.

Gegen Ende der Nacht erwachte sie davon, daß der Vater sie im Dunkeln an der Schulter berührte:

»Steh auf«, sagte er leise, »hörst du?«

Da hörte sie, daß es um die Ecken des Hauses sang – der tiefe, volle Ton des von Feuchtigkeit gesättigten Südwindes. Es troff vom Dache,

es flüsterte unablässig vom Regen, der auf weichen, schmelzenden Schnee fiel.
Kristin warf das Kleid über und folgte dem Vater zur äußeren Tür nach. Zusammen standen sie da und blickten in die helle Mainacht hinaus – warmer Wind und Regen schlugen ihnen entgegen – der Himmel war eine Welt von geballten, treibenden Regenwolken, es brauste aus den Wäldern, es pfiff zwischen den Häusern, und von den Bergen droben hörte man das dumpfe Dröhnen abstürzender Schneemassen.
Kristin suchte die Hand ihres Vaters und hielt sie fest. Er hatte sie gerufen und ihr dieses zeigen wollen. So war es früher zwischen ihnen gewesen, damals würde er es auch getan haben. Und jetzt war es wieder so.
Als sie wieder hineingingen, um sich schlafen zu legen, sagte Lavrans:
»Der fremde Mann, der in dieser Woche hier war, überbrachte mir einen Brief von Herrn Munan Baardssohn. Er gedenkt in diesem Sommer hier heraufzukommen, um nach seiner Mutter zu schauen, und da bat er, ob er mich aufsuchen dürfe und mit mir sprechen könne.«
»Was werdet Ihr ihm antworten, mein Vater?« flüsterte sie.
»Das kann ich jetzt nicht sagen«, erwiderte Lavrans. »Aber ich werde mit ihm sprechen, und dann werde ich so handeln, wie ich es glaube vor Gott verantworten zu können, meine Tochter.«
Kristin kroch wieder zu Ramborg ins Bett, und Lavrans legte sich neben sein schlafendes Weib. Er lag da und dachte daran, daß nur wenige Höfe im Tale so gefährdet wären wie Jörundhof, wenn die Überschwemmung stark und überraschend käme. Es ging die Rede von einer Prophezeiung, der zufolge der Fluß den Hof einmal mitreißen würde.

V

Der Frühling kam mit einem Schlag. Wenige Tage, nachdem die Kälte gebrochen war, lag das Tal schwarzbraun unter den Regenschauern. Die Wasser tosten an den Hängen herab, der Fluß wuchs und lag wie ein bleigrauer See im Talgrunde, mit kleinen schwimmenden Hainen an der Oberfläche und einer heimtückisch kochenden Furche in der Strömung. Auf Jörundhof stand das Wasser weit über die Äcker hinein. Jedoch war der Schaden überall geringer, als die Leute befürchtet hatten.
Man kam erst spät zur Frühjahrsbestellung, und die Bauern säten ihr knappes Saatgut aus mit der Bitte zu Gott, er möge es bis zum Herbst vor Nachtfrost bewahren. Und es hatte den Anschein, als wollte er sie nun erhören und ihre Bürden ein wenig erleichtern. Der Juni brachte günstiges Wetter, der Sommer wurde gut, und in den Menschen keimte die Hoffnung auf, daß die Spuren des Mißjahres mit der Zeit verlöscht würden.

Die Heuernte war vorüber, da kamen eines Abends vier Männer nach Jörundhof geritten. Es waren zwei Herren mit zwei Reitknechten, Herr Munan Baardssohn und Herr Baard Peterssohn auf Hestnaes.
Ragnfrid und Lavrans ließen den Tisch in der Großstube decken und Betten für die Gäste in der Giebelstube des Vorratshauses herrichten. Lavrans bat die Herren, mit ihrem Anliegen zu warten und es am nächsten Tag vorzubringen, wenn sie von der Reise ausgeruht seien. Herr Munan führte während der Mahlzeit das Wort, er richtete seine Rede häufig an Kristin und sprach so, als wären sie gute Bekannte. Sie sah, daß der Vater das nicht liebte. Herr Munan war untersetzt, rot im Gesicht, häßlich, redselig und von etwas närrischem Wesen. Die Leute nannten ihn Munan Stumpf oder Munan Tanz. Aber trotz diesem Wesen war Frau Aashilds Sohn doch ein verständiger und tüchtiger Mann, der von der Krone in mehreren Angelegenheiten mit Botschaften betraut worden war und dessen Wort im Rat der Großen des Reiches etwas galt. Er saß auf dem mütterlichen Erbhof in der Skogheimsharde, war sehr reich und hatte eine reiche Heirat gemacht. Frau Katrin, seine Frau, war merkwürdig häßlich und machte den Mund selten auf, der Mann aber sprach immer von ihr, als sei sie die klügste Frau, so daß die Leute sie im Scherze Frau Katrin, die Kluge mit der schönen Stimme nannten. Sie schienen gut und liebevoll miteinander zu leben, obwohl Herr Munan wegen seines losen Wandels vor und auch nach der Heirat berüchtigt war.
Herr Baard Peterssohn war ein schöner und stattlicher alter Mann, wenn auch ein wenig wohlbeleibt und schwerfällig. Haar und Bart waren jetzt etwas verblichen, aber immer noch eher blond als weiß. Seit dem Tod des Königs Magnus Haakonsson hatte er in Ruhe auf seinen großen Besitztümern in Nordmöre gelebt. Er war Witwer, schon zum zweitenmal, und hatte viele Kinder, alle schön, wohlerzogen und in guten Verhältnissen.
Am nächsten Tag begaben sich Lavrans und seine Gäste zur Unterredung in die Giebelstube. Lavrans bat seine Frau, mit dabeizusein, aber sie wollte nicht. »Dies muß ganz in deinen Händen liegen. Du weißt, es wird der schwerste Kummer für unsere Tochter sein, wenn diese Sache nicht zustande kommt, aber ich sehe wohl ein, daß gegen diese Heirat nicht wenig sprechen mag.«
Herr Munan legte einen Brief von Erlend Nikulaussohn vor. Erlend bot Lavrans darin an, er möge in allem und jedem über die Bedingungen verfügen, wenn er ihm seine Tochter Kristin geben wolle. Erlend selbst war bereit, seine Besitztümer schätzen und seine Einkünfte von unbeeinflußten Männern prüfen zu lassen und Kristin eine Morgengabe zum Geschenk zu machen, durch die sie Besitzerin des dritten Teiles seines Eigentums würde, außer ihrer eigenen Mitgift und allem Erbe von ihren Verwandten, wenn sie ohne Kinder, die den Vater überlebten, Witwe werden sollte. Des weiteren bot er an, Kristin mit voller Selbständigkeit über ihren Teil des Besitzes ver-

fügen zu lassen, sowohl über das, was sie von daheim besäße, als über das, was sie von ihm erhielte. Wenn Lavrans eine andere Anordnung der Besitzverteilung wünsche, so wolle er gerne auf ihn hören und sich danach richten. Nur in einer Sache sollten Kristins Verwandte sich verpflichten: Sollten sie einmal die Vormundschaft über Kinder von ihm und ihr übernehmen, dann sollten sie nie versuchen, die Schenkungen umzustoßen, die er seinen Kindern mit Eline Ormstochter vermacht hatte, sondern zu Gültigkeit bestehen lassen, daß diese Schenkungen aus seinem Besitz ausgeschieden wurden, bevor die Ehe mit Kristin Lavranstochter eingegangen worden war. Zum Schluß erbot sich Erlend, die Hochzeit mit aller geziemenden Pracht bei sich auf Husaby auszurichten.

Lavrans ergriff das Wort und sagte:

»Dies ist ein schönes Angebot. Ich verstehe, daß es eurem Verwandten sehr am Herzen liegt, mit mir einig zu werden. Ich ersehe dies auch daraus, daß er Euch, Herr Munan, dazu vermocht hat, zum zweitenmal in einer solchen Angelegenheit zu einem Manne wie mir zu kommen, der außerhalb dieses Tales keine große Geltung hat, und daß ein Herr wie Ihr, Herr Baard, die Beschwerden dieser Reise auf sich genommen hat, um Herrn Munan zu unterstützen. Nun aber will ich zu Erlends Angebot sagen, daß meine Tochter nicht dazu erzogen ist, selbst über Güter und Reichtümer zu verfügen, denn ich hatte stets im Sinne, sie einem solchen Manne zu geben, dem ich ruhig das Wohlergehen des Kindes in die Hände legen konnte. Nicht weiß ich, ob Kristin dazu taugt, mit solcher Macht ausgestattet zu werden, aber ich glaube kaum, daß sie sich dabei wohl fühlen wird. Sie ist milde und fügsamen Sinnes – und dies ist einer der Gründe, die mir im Sinne lagen, als ich mich dieser Heirat widersetzte, nämlich daß Erlend doch in vielen Stücken Unverstand bewiesen hat. Wäre sie eine gebieterische, derbe und eigenwillige Frau, dann stünde die Sache gleich ganz anders.«

Herr Munan brach in Gelächter aus und sagte:

»Lieber Lavrans, klagt Ihr darüber, daß das Mädchen zuwenig eigenwillig sei?« Und Herr Baard sagte mit einem kleinen Lächeln:

»Es dünkt mich doch, Eure Tochter hätte bewiesen, daß es ihr nicht an Willen fehlt – zwei Jahre lang hat sie, Euch zum Trotze, an Erlend festgehalten.«

Lavrans sagte:

»Das weiß ich gut genug, trotzdem weiß ich, was ich sage. Schlimm ist es für sie selbst gewesen in der Zeit, in der sie mir getrotzt hat, und sie wird nicht lange froh sein mit einem Manne, außer er vermag über sie zu gebieten.«

»Das wäre doch zum Teufel«, sagte Herr Munan. »Da müßte Eure Tochter allen Frauen, die ich gekannt habe, sehr wenig gleichen, denn ich habe nicht eine einzige gesehen, die nicht am liebsten über sich selbst und auch noch über ihren Mann hätte gebieten wollen.«

Lavrans zuckte mit den Schultern und antwortete nicht.
Da sagte Baard Peterssohn:
»Ich kann mir denken, Lavrans Björgulfssohn, daß Eure Freude an dieser Heirat zwischen Eurer Tochter und meinem Pflegesohn nicht größer geworden ist, seit es mit der Frau, die er bei sich gehabt hatte, ein solches Ende nahm. Aber nun mögt Ihr wissen, es ist aufgekommen, daß dieses arme Weib sich von einem anderen Mann, Erlends Verwalter auf Husaby, hat verführen lassen. Erlend wußte darum, als er mit ihr durch das Tal fuhr, er hatte sich erboten, sie mit geziemender Mitgift auszustatten, wenn der andere sie heiraten wollte.«
»Seid Ihr dessen gewiß, daß es sich so verhält?« fragte Lavrans. »Wenngleich ich nicht weiß, ob die Sache dadurch schöner wird. Hart muß es sein für eine Frau aus gutem Geschlecht, an der Hand des Herrn auf dem Hof einzuziehen und vom Knecht hinausgeleitet zu werden.«
Munan Baardssohn fiel ein:
»Ich verstehe, Lavrans Björgulfssohn, das, was Ihr hauptsächlich gegen meinen Schwestersohn einzuwenden habt, ist, daß er dieses Mißgeschick mit Sigurd Saksulvssohns Frau gehabt hatte. Und es ist richtig, schön war das nicht. Aber Ihr müßt bedenken, Mann, in Gottes Namen – da lebte der junge Bursche in einem Hause mit einem jungen und schönen Weib, und sie hatte einen alten, kalten, untauglichen Gemahl – und Nacht ist es dort oben ein halbes Jahr lang; mich dünkt, man konnte nicht viel anderes erwarten, es sei denn, Erlend wäre geradezu ein heiliger Mann gewesen. Es läßt sich nicht leugnen, Mönchsfleisch hat Erlend nie gehabt, aber ich glaube auch nicht, daß Eure junge, schöne Tochter damit zufrieden wäre, wenn Ihr ihr einen Mönch zum Manne gäbet. – Es ist richtig, Erlend machte seine Sachen dumm und nachher noch schlimmer. – Aber diese Geschichte muß doch einmal ein Ende nehmen; wir, seine Verwandten, haben uns bemüht, dem Jungen wieder auf die Beine zu helfen, die Frau ist tot, und Erlend hat nach besten Kräften für ihren Leib und ihre Seele gesorgt, der Bischof von Oslo selbst hat ihn von seiner Sünde gelöst, und nun ist er heimgekehrt, gereinigt durch das Heilige Blut in Schwerin – wollt Ihr gestrenger sein als der Bischof in Oslo oder der Erzbischof oder wer es nun ist, der das Kostbare Blut da unten hütet?
Lieber Lavrans, es ist so, ein reines Leben ist etwas Schönes, aber das vermag wahrlich ein erwachsener Mann nicht zu führen ohne besondere Gnade Gottes. Bei Sankt Olav – Ihr müßt doch bedenken, der heilige König selbst besaß diese Gabe nicht eher, als bis sich sein Leben hier unten dem Ende zuneigte – vermutlich war es Gottes Wille, daß er erst den tüchtigen Burschen König Magnus zeugen sollte, der den Ansturm der Heiden auf die nördlichen Länder zurückwarf. König Olav bekam diesen Sohn nicht mit seiner Königin, und doch sitzt er unter den höchsten Heiligen im Himmelreich. Ja, ich sehe es Euch an, dies dünkt Euch eine unziemliche Rede.«

Herr Baard unterbrach:
»Lavrans Björgulfssohn, ich mochte diese Sache nicht besser leiden als Ihr, als Erlend das erstemal zu mir kam und sagte, daß er seinen Sinn einem Mädchen zugewandt habe, das einem anderen versprochen war. Aber ich habe später begriffen, es ist eine so starke Liebe zwischen diesen zwei jungen Menschen, daß es eine große Sünde wäre, ihre Freundschaft zu trennen. Erlend war mit mir zusammen auf dem letzten Weihnachtsfest, das König Haakon für seine Leute gab – dort trafen sie sich, und sobald sie einander sahen, sank Eure Tochter ohnmächtig um und lag eine lange Zeit wie tot da – und ich sah es meinem Pflegesohn an, daß er lieber sein Leben verlieren würde als sie.«
Lavrans saß einige Zeit schweigend da, ehe er antwortete:
»Ja, so etwas dünkt einen schön, wenn man es in einer Rittersage aus den südlichen Ländern hört. Aber wir sind nun einmal nicht in Bretland, und Ihr würdet wohl auch mehr von einem Manne fordern, den Ihr zum Schwiegersohn nehmen solltet, als nur, daß Eure Tochter um seinetwillen vor Liebe umsinkt, vor aller Leute Augen ...«
Die beiden anderen schwiegen, da fuhr Lavrans fort:
»Ich denke mir, ihr guten Herren, hätte nicht Erlend Nikulaussohn sowohl seinen Besitz als auch seinen Ruf sehr vermindert, dann säßet ihr nicht hier und bätet einen Mann in meinen Verhältnissen so sehr darum, ihm seine Tochter zu geben. Aber ich will nicht, daß man von Kristin sage, es sei ihr eine Ehre widerfahren, als sie auf Husaby einheiratete und einen Mann von des Landes besten Geschlechtern zum Gemahl bekam, nachdem der Mann sich so mit Schande beladen hatte, daß er sich keine bessere Heirat erwarten und das Ansehen seines Geschlechtes nicht aufrechterhalten konnte.«
Er erhob sich heftig, ging in der Stube auf und ab.
Aber Herr Munan fuhr auf:
»Nein, Lavrans, redet Ihr von Sich-mit-Schande-Beladen, dann sollt Ihr doch wahrhaftigen Gottes wissen, daß Ihr allzu hochmütig seid.«
Herr Baard unterbrach ihn, er ging zu Lavrans:
»Hochmütig seid Ihr, Lavrans, Ihr seid wie jene Bauern in früherer Zeit, von denen wir gehört haben, die weder Ehren noch Adel von den Königen annehmen wollten, weil ihr Hochmut es nicht zuließ, daß die Leute sagen könnten, sie schuldeten jemand Dank außer sich selbst. Das aber sage ich Euch, stünde Erlend mit so viel Ehre und Reichtum da, wie dem Jungen angeboren war, so würde ich mich trotzdem nicht für erniedrigt ansehen, wenn ich einen wohlhabenden Mann aus gutem Geschlechte darum bäte, seine Tochter meinem Pflegesohn zu geben, so ich merkte, daß den beiden jungen Menschen das Herz zerspringen würde, sollten sie getrennt werden. Besonders«, sagte er leise und legte Lavrans eine Hand auf die Schulter, »wenn es so stünde, daß es für das Seelenheil beider am besten wäre, sie könnten einander heiraten.«

Lavrans entzog sich der Hand des anderen; sein Gesicht wurde verschlossen und kalt:
»Ich verstehe gewiß nicht, was Ihr meint, Herr.«
Die beiden Männer blickten einander eine Weile an; da sagte Herr Baard:
»Ich meine, daß Herr Erlend mir gesagt hat, die beiden haben sich einander mit den teuersten Eiden verschworen. Vielleicht denkt Ihr, Ihr hättet die Macht, Euer Kind davon loszusprechen, nachdem es ohne Eure Zustimmung geschworen hat. Aber Erlend könnt Ihr nicht lossprechen – und ich kann es nicht anders ansehen, als daß das, was hauptsächlich im Wege steht, Euer Hochmut ist – und Euer Haß gegen die Sünde. Aber in diesem Punkte, dünkt es mich, wollt Ihr strenger sein als Gott selbst, Lavrans Björgulfssohn!«
Lavrans antwortete etwas unsicher:
»Mag sein, daß etwas Wahres an dem ist, was Ihr mir hier sagt, Herr Baard. Aber ich habe mich besonders deshalb widersetzt, weil mich dünkte, Erlend sei ein zu unverläßlicher Mann, um ihm meine Tochter anzuvertrauen.«
»Ich glaube, ich darf jetzt für meinen Pflegesohn bürgen«, sagte Baard gedämpft. »Er hat Kristin so lieb, und ich weiß, wenn Ihr sie ihm gebt, wird er so arten, daß Ihr keine Ursache haben werdet, über den Schwiegersohn zu klagen.«
Lavrans antwortete nicht sogleich. Da sagte Herr Baard eindringlich und streckte die Hand aus:
»In Gottes Namen, Lavrans Björgulfssohn, gebt Euer Jawort!«
Lavrans legte seine Hand in die Herrn Baards:
»In Gottes Namen!«
Ragnfrid und Kristin wurden heraufgerufen, und Lavrans teilte ihnen seinen Entschluß mit. Herr Baard begrüßte die beiden Frauen auf edle Weise, Herr Munan ergriff Ragnfrids Hand und redete die Hausfrau höfisch an, aber Kristin begrüßte er auf ausländische Art mit einem Kuß, und er ließ sich Zeit bei dieser Begrüßung. Kristin fühlte, daß der Vater sie dabei anblickte.
»Wie gefällt dir dein neuer Verwandter, Herr Munan?« fragte er spöttisch, als er im Laufe des Abends einen Augenblick mit ihr allein war.
Kristin sah ihren Vater flehend an. Da strich er ihr ein paarmal über das Gesicht und sagte nichts mehr.
Als Herr Baard und Herr Munan sich zur Ruhe begaben, sagte Munan:
»Ich wollte nicht wenig darum geben, könnte ich Lavrans Björgulfssohns Gesicht sehen, erführe er die Wahrheit über diese teure Tochter. Hier haben wir beide, du und ich, auf den Knien darum betteln müssen, daß Erlend eine Frau zum Weibe bekommt, die er in Brynhildes Haus viele Male bei sich gehabt hat.«
»Wahr deinen Mund«, erwiderte Herr Baard erbittert. »Es ist das

Schlimmste, was Erlend je tat, daß er dieses Kind an solche Orte gelockt und daß Lavrans das nie erfahren hat; es ist am besten für uns alle, wenn diese beiden nun Freunde werden können.«

Es wurde verabredet, daß das Verspruchsfest noch im selben Herbste gefeiert werden sollte. Lavrans sagte, er könne kein sehr großes Gelage veranstalten, weil im vorigen Jahr eine solche Mißernte im Tal gewesen sei; dafür wolle er die Hochzeit selbst ausrichten und sie mit der geziemenden Pracht auf Jörundhof abhalten. Als Ursache seiner Forderung, daß die Verlobungszeit ein Jahr lang dauern sollte, erwähnte er wiederum das Mißjahr.

VI

Das Verspruchsfest wurde aus mehreren Gründen verschoben; es fand erst zu Neujahr statt, aber Lavrans war damit einverstanden, daß die Hochzeit deswegen nicht weiter verschoben werden sollte, sie sollte gleich nach der Mikalsmesse gefeiert werden, wie die erste Verabredung gelautet hatte.

So lebte denn Kristin auf Jörundhof und war Erlends richtige Braut. Zusammen mit der Mutter sah sie die ganze Aussteuer durch, die für sie angesammelt worden war, und arbeitete fleißig daran, die Truhen noch mehr mit Bettzeug und Kleidern zu füllen, denn Lavrans wollte, daß an nichts gespart würde, nachdem er nun einmal seine Tochter dem Herrn auf Husaby versprochen hatte.

Kristin wunderte sich selbst darüber, daß sie jetzt nicht froher war. Aber trotz aller Geschäftigkeit herrschte keine richtige Freude auf Jörundhof.

Die Eltern vermißten Ulvhild schmerzlich, das merkte sie. Sie begriff jedoch, daß es nicht nur dies war, was sie so still und unfroh machte. Sie waren freundlich gegen sie, sprachen sie aber mit ihr über Erlend, dann merkte sie, daß sie sich dazu zwangen und es taten, um ihr Freude zu machen und ihr Freundlichkeit zu erweisen, nicht, weil sie selbst Lust dazu hatten, von ihm zu sprechen. Ihre Freude über die Heirat war nicht größer geworden, seit sie mit dem Mann bekannt geworden waren. Erlend war auch selbst still gewesen und hatte sich zurückgehalten in der kurzen Zeit, die er zur Verlobung auf dem Jörundhof gewesen war – und anders konnte es wohl auch nicht sein, dachte Kristin, er wußte ja, daß ihr Vater nur ungerne seine Zustimmung erteilt hatte.

Sie selbst und Erlend hatten kaum zehn Worte unter vier Augen wechseln können. Und es war ungewohnt und seltsam für sie beide gewesen, so vor aller Leute Augen beieinanderzusitzen. Sie hatten da nur wenig zu reden gewußt, weil sie so viel Heimliches miteinander gehabt hatten. Es dämmerte eine unsichere Angst in ihr auf, unbestimmt und dunkel, aber stets gegenwärtig, daß es auf die eine oder andere Weise vielleicht schwierig für sie beide werden könnte, wenn

sie nun verheiratet wären, weil sie einander vorher so allzu nahegestanden hatten und dann allzulange voneinander getrennt gewesen waren.
Aber sie versuchte es sich aus dem Kopf zu schlagen. Es war beabsichtigt, daß Erlend sie um die Zeit des Weißen Sonntags besuchen sollte. Er hatte Lavrans und Ragnfrid gefragt, ob sie etwas dagegen hätten, daß er käme, und Lavrans hatte ein wenig gelacht und geantwortet, er würde seinen Schwiegersohn doch wohl gut aufnehmen, dessen könne Erlend gewiß sein.
In diesen Tagen konnten sie dann zusammen draußen sein, sie konnten wie in alten Zeiten miteinander sprechen, und da würde er sich wohl verflüchtigen, dieser Schatten, der durch die lange Trennung zwischen sie gekommen war, als jeder für sich allein hatte gehen und das Seine allein hatte tragen müssen, dachte Kristin.
Zu Ostern waren Simon Andressohn und seine Frau auf Formo. Kristin sah sie in der Kirche. Simons Frau stand nicht weit von ihr entfernt.
Sie muß viel älter sein als er, dachte Kristin – nahe den Dreißigern. Frau Halfrid war schmächtig und klein und mager, aber sie hatte ein seltsam anmutiges Gesicht. Selbst die fahle, braune Farbe ihres Haares, das unter dem Kopftuch hervorquoll, war gleichsam so sanft, und voller Sanftheit waren ihre Augen; sie waren groß und grau, mit einem Schimmer von kleinen Goldsprenkeln darin. Jeder Zug in ihrem Gesicht war fein und rein, aber ihre Haut war etwas graubleich, und wenn sie den Mund öffnete, sah man, daß sie keine guten Zähne hatte. Sie sah nicht kräftig aus und sollte auch kränklich sein, sie war sogar ein paarmal schlimm daran gewesen, hörte Kristin. Kristin sann darüber nach, wie Simon wohl mit dieser Frau leben mochte.
Die Leute von Jörundhof und die von Formo hatten einander ein paarmal unter den Kirchhügel hinweg gegrüßt, doch nicht miteinander gesprochen. Aber am dritten Tag war Simon ohne seine Frau in der Kirche. Da trat er zu Lavrans, und sie redeten eine Weile miteinander. Kristin hörte, daß Ulvhild zwischen ihnen erwähnt wurde. Danach sprach er mit Ragnfrid. Ramborg, die bei der Mutter stand, sagte ganz laut: »Ich erinnere mich gut an dich – ich weiß, wer du bist.« Simon hob das Kind ein wenig auf und schwang es herum:
»Das ist schön von dir, Ramborg, daß du mich nicht vergessen hast.«
Kristin selbst begrüßte er nur von weitem. Und die Eltern taten der Begegnung später keine Erwähnung.
Aber Kristin dachte ziemlich viel daran. Es war doch merkwürdig gewesen, Simon Darre als verheirateten Mann wiederzusehen. Soviel Altes war dabei lebendig geworden: sie erinnerte sich ihrer blinden und untergebenen Liebe zu Erlend damals. Jetzt hatte sich das ein wenig verändert. Sie dachte darüber nach, ob Simon seiner Frau erzählt habe, auf welche Weise er und sie sich voneinander getrennt hatten, aber sie wußte ja, daß er dies »um des Vaters willen« nicht getan hatte, dachte sie spöttisch. Es war so seltsam armselig, daß sie

immer noch unverheiratet bei ihren Eltern umherging. Aber verlobt waren sie, Simon konnte sehen, daß sie ihren Trotz durchgesetzt hatten. Was Erlend auch sonst getan haben mochte, an ihr hatte er treu festgehalten, und sie war nicht lose oder leichtfertig gewesen.

Eines Abends, noch zu Anfang des Frühlings, wollte Ragnfrid einen Boten talwärts zu Alt-Gunhild senden, der Witwe, die das Rauchwerk nähte. Der Abend war so schön, daß Kristin darum bat, selbst zu Gunhild reiten zu dürfen; schließlich wurde es ihr erlaubt, da die Männer alle beschäftigt waren.

Es war nach Sonnenuntergang, und zu dem grüngoldnen Himmel stieg ein feiner weißer Frosthauch auf. Kristin hörte bei jedem Hufschlag den spröden Laut des Eises, das sich gegen Abend wieder gebildet hatte und nun unter den Hufen zerbrach und rasselnd nach allen Seiten spritzte. Aber im Dickicht längs des Weges jubelte der Vogelgesang weich und frühlingshaft voll in die Dämmerung hinein. Kristin ritt rasch talabwärts, sie dachte an nichts Bestimmtes, sondern fühlte nur, daß es gut war, wieder einmal draußen zu sein. Sie ritt dahin, die Augen auf die junge Mondsichel geheftet, die eben hinter dem Bergkamm auf der anderen Seite des Tales hinabsinken wollte. Und als das Pferd plötzlich zur Seite sprang und sich aufbäumte, wäre sie fast hinuntergefallen.

Sie sah einen dunklen Körper zusammengekrümmt am Wegrand liegen – zuerst empfand sie Furcht. Die schreckliche Angst davor, allein unterwegs Menschen zu begegnen, saß ständig in ihr. Dann dachte sie, es könnte ein kranker Wanderer sein, und als sie ihr Pferd wieder in der Gewalt hatte, wendete sie und ritt zurück, während sie fragend rief, wer da sei.

Das Bündel rührte sich ein wenig, und eine Stimme sagte:

»Ich glaube, du bist es selbst, Kristin Lavranstochter.«

»Bruder Edvin«, fragte sie leise. Sie war nahe daran, zu glauben, dies sei Blendwerk oder Teufelei, die sie narren wollten. Aber sie ging zu ihm hin; es war wirklich der Alte, und er konnte sich nicht ohne Hilfe erheben.

»Lieber Vater, wandert Ihr um diese Jahreszeit draußen umher?« fragte sie erstaunt.

»Gelobt sei Gott, der dich heute abend diesen Weg sandte«, sagte der Mönch. Kristin merkte, daß er am ganzen Körper zitterte. »Ich wollte nach Norden zu euch, aber nun konnte ich nicht mehr weiterkommen heute abend. Ich glaubte fast, es sei Gottes Wille, daß ich hier auf diesen Wegen, auf denen ich mein ganzes Leben gewandert bin, liegenbleiben und sterben sollte. Aber ich hätte gern erst gebeichtet und die Letzte Ölung bekommen. Und ich wollte dich noch einmal sehen, meine Tochter ...«

Kristin half dem Mönch auf ihr Pferd; sie führte es am Zaum und stützte ihn. Während er beklagte, daß sie nun in dem halbgefrorenen Wegschmutz nasse Füße bekäme, jammerte er leise vor Schmerzen.

Er erzählte, daß er seit Weihnachten in Eyabu gewesen sei; einige reiche Bauern der Gemeinde hatten während des Mißjahres gelobt, die Kirche mit neuem Zierat ausschmücken zu lassen. Aber es war nur langsam vorwärtsgegangen mit der Arbeit: er hatte den Winter über an einer Krankheit gelitten – es war ein Magenübel, so daß er Blut brach und kein Essen vertrug. Er glaubte selbst, daß er nicht mehr lange zu leben habe, und er sehnte sich nun heim nach seinem Kloster, wollte am liebsten dort bei seinen Brüdern sterben dürfen. Da aber hatte ihn die Sehnsucht befallen, vorher noch ein letztes Mal in das Tal heraufzukommen, und so war er mit einem Priestermönch gereist, der von Hamar nach Norden fuhr, da er der neue Hausvater in der Pilgrimsherberge auf Roaldstad werden sollte. Von Fron aber war er dann allein weitergewandert.

»Ich hörte, daß du verlobt worden bist«, sagte er, »mit diesem Manne. Und da bekam ich solche Sehnsucht danach, dich zu sehen. Es dünkte mich schmerzlich, daß dies unsere letzte Zusammenkunft gewesen sein sollte, damals in der Kirche draußen bei uns. Es hat mir so schwer auf dem Herzen gelegen, Kristin, daß du auf die Wege des Unfriedens geraten warst.«

Kristin küßte die Hand des Mönches und sagte:

»Nicht weiß ich, Vater, was ich getan und wie ich es verdient habe, daß Ihr mir so große Liebe erzeiget.«

Der Mönch antwortete leise:

»Ich habe oft gedacht, Kristin, wären wir häufiger zusammengekommen, da hättest du wie meine geistige Tochter werden können.«

»Meint Ihr, Ihr würdet mich dann dahin geführt haben, daß ich meinen Sinn dem Klosterleben zugewendet hätte?« fragte Kristin. Bald darauf sagte sie: »Sira Eirik legte mir ans Herz, daß ich, wenn ich nicht meines Vaters Zustimmung erhalten und mit Erlend verheiratet werden würde, in eine göttliche Schwesternschaft eintreten sollte, um meine Sünden zu tilgen.«

»Ich habe oft darum gebetet, daß du Sehnsucht nach dem Klosterleben fühlen möchtest«, sagte Bruder Edvin. »Aber nicht mehr, seitdem du mir das sagtest, was du weißt. Ich wollte, daß du mit deinem Jungfrauenkranz zu Gott kämest, Kristin.«

Als sie auf Jörundhof anlangten, mußte Bruder Edvin hineingetragen und zu Bett gebracht werden. Sie legten ihn in die alte Winterstube, die Feuerstube, und sorgten auf das beste für ihn. Er war sehr krank, und Sira Eirik kam mit Mitteln für Leib und Seele auf den Hof und nahm sich seiner an. Der Priester sagte, der Alte habe den Krebs, und er könne nicht mehr lange zu leben haben. Bruder Edvin selbst meinte, wenn er wieder ein wenig zu Kräften gekommen sei, wolle er nach Süden zurück und versuchen, sein Kloster zu erreichen. Sira Eirik äußerte zu den anderen, er glaube nicht, daß daran auch nur zu denken sei.

Allen auf Jörundhof schien es, als sei mit dem Mönche großer Friede und große Freude bei ihnen eingezogen. Die Leute gingen den ganzen Tag in der Feuerstube aus und ein, und es mangelte nie an jemand, der nachts bei dem Kranken wachen wollte. Alle, die Zeit hatten, scharten sich zusammen und setzten sich und hörten zu, wenn Sira Eirik herüberkam und dem Sterbenden aus heiligen Büchern vorlas, und sie sprachen mit Bruder Edvin über geistliche Dinge. Und wenngleich auch vieles von dem, was er sagte, dunkel und unklar war, wie auch früher schon, so schien es den Leuten doch, er stärke und tröste ihre Seele, denn ein jeder konnte merken, daß Bruder Edvin ganz erfüllt war von Liebe zu Gott.

Aber der Mönch wollte auch gerne von allen möglichen anderen Dingen hören, fragte nach Neuigkeiten aus dem Tale und ließ Lavrans von dem Mißjahr berichten. Es gab Leute, die in der Bedrängnis zu üblen Mitteln gegriffen und sich an Helfer gewandt hatten, die christliche Männer scheuen mußten. Ein wenig weiter drinnen in den Bergen westlich des Tales waren an einer Stelle mehrere große weiße Steine, die wie die heimlichen Dinge der Menschen gestaltet waren, und es waren Leute darauf verfallen, diesen Scheußlichkeiten Eber und Katzen zu opfern. Da hatte Sira Eirik ein paar der frömmsten und mutigsten Bauern eines Nachts mit dorthin genommen und hatte mit ihnen die Steine zertrümmert. Lavrans war mit dabeigewesen und konnte bezeugen, daß sie ganz mit Blut beschmiert gewesen waren und daß Knochen und ähnliches ringsherum gelegen hatten. Es ging auch die Rede, daß oben im Heital die Leute eine alte Frau auf einen Felsen gesetzt hatten und sie drei Donnerstagnächte hindurch alte Zaubersprüche hatten singen lassen.

Eines Nachts saß Kristin allein bei Bruder Edvin.

Gegen Mitternacht erwachte er und schien große Schmerzen zu leiden. Da bat er Kristin, das Buch über die Wunder der Jungfrau Maria zu nehmen, das Sira Eirik ihm geliehen hatte, und daraus vorzulesen.

Kristin war nicht gewohnt, laut zu lesen, aber sie setzte sich auf die Bettstufe und stellte das Licht neben sich; dann legte sie das Buch auf die Knie und las, so gut sie konnte.

Nach einiger Zeit sah sie, daß der Kranke dalag und die Zähne zusammenbiß; er ballte vor Schmerzen die abgezehrten Hände.

»Ihr leidet hart, lieber Vater«, sagte Kristin betrübt.

»Dies scheint mir nur so. Aber ich weiß, es ist Gott, der mich wieder zum Kind gemacht hat und mich umhertreibt. –

Ich entsinne mich, einmal, als ich noch klein war – vier Winter war ich alt –, da war ich von daheim fort und in den Wald gelaufen. Ich verirrte mich dort und war viele Tage und Nächte fort. – Meine Mutter war unter den Leuten, die mich fanden, und als sie mich in die Arme nahm, biß sie mich in den Nacken, daran kann ich mich erinnern. Ich glaubte, sie tue das, weil sie böse auf mich sei, aber später verstand ich das besser.

Nun sehne ich mich aus diesem Walde heim. Es steht geschrieben:

Verlasset alles, was ihr habt, und folget mir nach, aber es gab so allzu vieles hier in der Welt, was mir am Herzen lag und was ich nicht gerne verlassen wollte . . .«

»Ihr, Vater?« sagte Kristin. »Stets habe ich sagen hören, daß Ihr ein Vorbild des reinen Lebenswandels, der Armut und der Demut gewesen seid.«

Der Mönch lächelte ein wenig:

»Ja, du junges Kind glaubst wohl, es gäbe keine anderen Lockungen in der Welt als Wollust und Reichtum und Macht. Ich sage dir, dies sind kleine Dinge, die wir am Wegrande finden, und ich, ich liebte die Wege selbst – nicht die kleinen Dinge der Welt liebte ich, sondern die ganze Welt. Gott verlieh mir die Gnade, Frau Armut und Frau Keuschheit von Jugend an zu lieben, und deshalb glaubte ich, mit diesen Gespielinnen ginge ich sicher dahin, und so bin ich umhergewandert und gegangen und habe mir gewünscht, alle Wege der Erde kennenzulernen. Und mein Herz und meine Gedanken sind umhergewandert und gegangen, auch sie – ich fürchte, ich bin mit meinen Gedanken über die dunkelsten Dinge oft irregegangen. Aber nun ist es zu Ende, kleine Kristin, nun will ich heim in mein Kloster und alle meine eigenen Gedanken ablegen und die klaren Worte des Guardians hören, darüber, was ich glauben und über meine Sünde denken soll und über die Gnade in Gott.«

Bald darauf schlief er ein. Kristin setzte sich an den Herd und achtete auf das Feuer. Aber gegen die Morgenstunden, als sie selbst dem Einschlummern nahe war, sagte Bruder Edvin plötzlich von seinem Bett her: »Ich bin froh, Kristin, daß diese Sache mit Erlend Nikulaussohn und dir zu einem guten Ende geführt ist.«

Da brach Kristin in Tränen aus:

»Wir haben soviel Unrechtes getan, ehe wir soweit kamen. Und am meisten nagt es an meinem Herzen, daß ich meinem Vater soviel Kummer bereitet habe. Er ist auch jetzt nicht froh darüber. Und trotzdem weiß er doch nicht – wüßte er alles, da entzöge er mir wohl seine Freundschaft ganz und gar.«

»Kristin«, sagte Bruder Edvin milde, »begreifst du denn nicht, Kind, daß du deshalb vor ihm schweigen mußt und ihm deshalb keinen Kummer mehr bereiten darfst, weil er nie Buße von dir verlangen würde. Es gibt nichts, was du tun könntest, was den Sinn deines Vaters gegen dich zu ändern vermöchte.«

Ein paar Tage später fühlte Bruder Edvin sich so wohl, daß er nach Süden ziehen wollte. Da dieses ihm so am Herzen lag, ließ Lavrans eine Art Bahre machen, die zwischen zwei Pferden aufgehängt wurde, und so führte er den Kranken nach Süden bis nach Lindstad hinunter; dort bekam Bruder Edvin neue Pferde und neue Begleitung, und so wurde er bis nach Hamar gebracht. Hier starb er im Kloster der Predigerbrüder und wurde in deren Kirche beerdigt. Später verlangten die Barfüßer, daß ihnen die Leiche ausgeliefert werde, weil viele Leute

rings von den Gemeinden ihn für einen heiligen Mann hielten und von ihm als von Sankt Even sprachen; die Bauern im Gebirge und in den Tälern bis ganz hinauf nach Trondheim beteten zu ihm. Es entstand zwischen den beiden Klöstern ein langer Streit um die Leiche.
Davon hörte Kristin erst viel später. Aber sie trauerte sehr, als sie von dem Mönche Abschied nahm. Es dünkte sie, er allein kenne ihr Leben ganz und gar – er hatte das unschuldige Kind gekannt, das sie unter dem Schutze ihres Vaters gewesen war, und er hatte ihr heimliches Leben mit Erlend gekannt, so daß er wie eine Spange war, schien es ihr, die alles, was sie liebgehabt hatte, mit dem zusammenband, was jetzt ihre Gedanken erfüllte. Nun war sie gänzlich getrennt von jener Jungfrau, die sie selbst einmal gewesen war.

VII

»Ich denke«, sagte Ragnfrid und tauchte prüfend den Finger in das warme Gebräu in den Gefäßen, »nun ist es so kühl, daß wir die Hefe daruntermischen können.«
Kristin hatte in der Türe des Brauhauses gesessen und gesponnen, während sie darauf wartete, daß der Sud sich abkühlte. Sie legte die Spindel auf die Türschwelle, wickelte den kleinen Bottich mit aufgelöster Bierhefe aus dem Tuch und maß ab.
»Schließ erst die Tür«, bat die Mutter, »damit kein Zug dazukommt. – Du gehst umher, als ob du schliefest, Kristin«, sagte sie ärgerlich.
Kristin ließ das Gemisch langsam in die Braugefäße rinnen, während Ragnfrid rührte.
Geirhild Drivstochter rief dem Hatt, aber es war Oden. Da kam er und half ihr, das Bier zu brauen; als Lohn verlangte er das, was zwischen dem Bottich und ihr war. – Das war eine Saga, die Lavrans einmal erzählt hatte, als Kristin noch klein war.
Das, was zwischen dem Bottich und ihr war. – Kristin fühlte sich krank und betäubt von der Hitze und dem süßen Kräuterdampf in dem dunklen, abgeschlossenen Brauhaus.
Draußen auf dem Hofplatz ging Ramborg mit einer Schar von Kindern im Kreis herum und sang:

Der Adler sitzt auf dem höchsten Fels
und krümmt seinen goldnen Fang ...

Kristin folgte der Mutter durch den kleinen Vorraum hinaus, wo leere Bierbottiche und allerlei Gerätschaften lagen. Von dort führte eine Tür auf einen Streifen Grundes zwischen der hinteren Wand des Brauhauses und dem Zaun um den Gerstenacker. Etliche Schweine stießen und bissen einander und schrien, während sie sich um die hinausgeschütteten lauwarmen Treber rauften.

Kristin beschattete die Augen gegen die blendende Mittagssonne. Die Mutter betrachtete die Schweine und sagte:

»Mit weniger als achtzehn Renntieren werden wir nicht zurechtkommen.«

»Werden wir so viele brauchen, glaubt Ihr?« erwiderte die Tochter zerstreut.

»Ja, wir müssen jeden Tag Wildbret mit Speck auftragen«, antwortete die Mutter. »Und an Vögeln und Hasen haben wir kaum mehr, als wir in der Großstube allein verbrauchen. Du mußt bedenken, es kommen an die zweihundert Menschen her – mit Dienstleuten und Kindern –, und die Armen, die gesättigt werden sollen. Und selbst wenn ihr, du und Erlend, am fünften Tag fortzieht, so werden doch manche der Gäste eine ganze Woche bleiben – zum mindesten.

Du mußt nun hier warten und auf das Bier achten, Kristin«, sagte Ragnfrid. »Ich will gehen und mich um das Essen für den Vater und die Ernteleute kümmern.«

Kristin holte ihre Spindel und setzte sich an die Hintertür. Sie schob den Wollhalter unter den Arm, ihre Hände aber sanken ihr mit der Spindel in den Schoß.

Hinter dem Zaun glänzten die Ähren der Gerste wie Silber und Seide in der Sonne. Zwischen dem Rauschen des Flusses hörte sie dann und wann den Ton der Sensen in den Wiesen draußen – zuweilen schlug das Eisen auf einen Stein. Der Vater und das Gesinde arbeiteten emsig, um mit der Heuernte fertig zu werden. Es gab ja so vieles zu tun bis zu ihrer Hochzeit.

Der Geruch der lauwarmen Treber und die bittere Ausdünstung der Schweine – ihr wurde wieder übel. Und die Mittagshitze ließ sie schwindlig und matt werden. Blaß und steif im Rücken saß sie da und wartete, daß es vorübergehen sollte – sie wollte nicht wieder krank werden.

So hatte sie sich früher noch nie gefühlt. Es nützte auch nichts, wenn sie sich damit zu trösten versuchte, daß es noch nicht sicher sei, sie könne sich noch irren. Das, was zwischen dem Bottich und ihr war. – Achtzehn Renntiere. An die zweihundert Hochzeitsgäste. – Die Leute würden etwas zu lachen haben, wenn es aufkam, daß dieses ganze Aufgebot nur um einer schwangeren Frau willen gemacht worden war, die man noch rechtzeitig vorher hatte verheiraten wollen.

O nein. Sie warf das Spinngerät von sich und fuhr auf. Die Stirn an die Wand des Brauhauses gelehnt, erbrach sie sich in die Nesseln, die dort üppig wucherten. Es wimmelte von braunen Raupen auf den Nesseln – als sie das sah, wurde ihr noch übler.

Kristin fuhr mit den Händen über die vom Schweiß nassen Schläfen. O nein, es war ganz sicher. –

Sie sollten am zweiten Sonntag nach der Mikalsmesse getraut werden, und dann sollte ihre Hochzeit fünf Tage lang gefeiert werden. Bis dahin waren es noch mehr als zwei Monate. Da konnten sie es ihr wohl ansehen – die Mutter und die anderen Frauen im Tale. Die waren immer so klug in solchen Dingen, wußten es stets, wenn eine Frau ein Kind erwartete, Monate, bevor Kristin begreifen konnte, woran sie es erkannten. – Die Ärmste, sie ist so blaß. – Ungeduldig rieb Kristin ihre Wangen mit den Händen, denn sie fühlte, daß diese blutlos und bleich waren.

Früher, da hatte sie ja so oft gedacht, dies müßte wohl einmal eintreffen. Und sie hatte sich nicht so entsetzlich davor gefürchtet. Aber damals wäre es nicht das gleiche gewesen, da sie einander nicht auf gesetzliche Weise bekommen konnten und durften. Man rechnete es ja gewiß für eine Schande, und für eine Sünde dazu; galt es aber jungen Leuten, die sich nicht durch Zwang voneinander trennen lassen *wollten,* so urteilte man nachsichtig und sprach mit Wohlwollen von ihnen. *Sie* hätte sich nicht geschämt. Aber wenn so etwas zwischen Brautleuten vorkam, dann wurde nur darüber gelacht und derb gescherzt. Sie fand selbst, daß es lächerlich sei; hier brauten sie Bier und mischten Wein, es sollte geschlachtet und gebacken und gebraten werden für eine Hochzeit, die von sich reden machen würde, und ihr, der Braut, wurde schlecht, wenn sie nur das Essen roch, sie schlich sich mit kaltem Schweiß auf der Stirn hinter die Wirtschaftsgebäude und fühlte sich elend. –

Erlend! Sie biß die Zähne vor Zorn aufeinander. Er hätte ihr das ersparen können. Denn sie hatte nicht gewollt. Er hätte daran denken sollen, daß früher, als alles so ungewiß für sie gewesen war, als sie auf nichts anderes als auf seine Liebe vertrauen konnte, daß sie ihm da immer, immer zu Willen gewesen war. Er hätte sie lassen sollen, als sie versuchte, sich zu weigern, weil sie fand, es sei nicht schön von ihnen, sich etwas zu erstehlen, nachdem der Vater im Beisein ihrer beiden Verwandten ihre Hände zusammengelegt hatte. Aber er hatte sie genommen, halb mit Gewalt, und mit Lachen und Liebkosen; so daß es ihr nicht möglich gewesen war, zu zeigen, wie ernsthaft ihr Widerstreben gemeint war.

Sie ging hinein und sah nach dem Bier, kam wieder zurück und beugte sich über den Zaun. Das Korn wogte schwach in einem leisen Luftzug und glänzte in der Sonne. Sie konnte sich nicht erinnern, die Felder je so dicht und üppig gesehen zu haben wie in diesem Jahr. Draußen blitzte der Fluß, und sie hörte die Stimme ihres Vaters – die Worte konnte sie nicht unterscheiden, aber sie lachten, die Leute draußen auf der Insel im Fluß.

Ob sie zu ihrem Vater gehen sollte und es ihm sagen? Ihm sagen, es sei besser, all diesen Aufwand zu unterlassen, sie und Erlend still zusammenzugeben, ohne feierliche Trauung in der Kirche und ohne großes Gelage – nun, da es sich nur noch darum handelte, ihr den Frauennamen zu verleihen, ehe für alle Menschen sichtbar wurde, daß sie Erlends Kind schon unter dem Herzen trug.

Auch Erlend wurde zum Spott, genauso wie sie selbst – oder es wurde ihm noch schlimmer ausgelegt; er war doch kein Junge mehr. Aber er war es gewesen, der diese Hochzeit gewünscht hatte, er hatte sie als Braut in Seide und Samt und hoher Goldkrone sehen wollen – er hatte dies gewollt und hatte sie außerdem noch in allen jenen süßen, heimlichen Stunden besitzen wollen. Sie hatte sich ihm in allem und jedem gefügt. Sie wollte ihm nun auch in allem anderen weiter zu Willen sein.

Dann würde er zuletzt wohl sehen, daß niemand beides auf einmal haben konnte. Er, der von dem großen Weihnachtsgelage gesprochen hatte, das er auf Husaby abhalten wollte, im ersten Jahr, in dem sie als seine Hausfrau auf dem Hofe sitzen würde – da wollte er allen seinen Verwandten und Freunden und den Leuten aus den Gemeinden in weitem Umkreis die schöne Krone zeigen, die er bekommen hatte. Kristin lächelte höhnisch. Dieses Gelage würde nun kommende Weihnachten kaum abgehalten werden.

Zur Gregorsmesse ungefähr würde es soweit sein. Ein Sturm von Gedanken erfaßte sie, wenn sie sich sagte, daß sie um die Gregorsmesse ein Kind gebären sollte. Ein wenig Angst davor hatte sie auch – sie erinnerte sich der Schreie ihrer Mutter, die zwei Tage und Nächte lang über den Hof hingegellt hatten, damals als Ulvhild zur Welt kam. Drüben auf Ulvsvold waren zwei junge Frauen hintereinander bei der Geburt gestorben – und die beiden ersten Frauen von Sigurd auf Loptshof. Und ihre eigene Großmutter, nach der sie genannt worden war.

Aber sie fühlte auch anderes als Angst. Sie hatte es sich in diesen Jahren so oft ausgedacht, immer wieder, wenn sie bemerkt hatte, daß sie noch nicht schwanger war: vielleicht sollte das die Strafe für sie und Erlend sein, daß sie nun weiterhin unfruchtbar bleiben würde. Sie sollten vergebens warten und warten müssen auf das, was sie früher befürchtet hatten, sollten so grundlos hoffen müssen, wie sie vorher grundlos gefürchtet hatten. Bis sie schließlich wissen würden, daß man sie einmal einsam aus Erlends altererbtem Hofe hinaustragen werde und sie dann dahingegangen wären – sein Bruder war ja Priester, die Kinder, die der hatte, konnten ihn nie beerben. Munan Stumpe und seine Söhne würden auf den Hof kommen und sich auf ihren Platz setzen, und Erlend würde aus dem Geschlecht ausgelöscht sein.

Sie drückte die Hand fest gegen ihren Leib. Es war da – zwischen dem Zaun und ihr, zwischen dem Bottich und ihr. Zwischen ihr und der ganzen Welt war es: Erlends echter Sohn. Sie hatte die Probe, von der sie Frau Aashild einmal hatte sprechen hören, bereits gemacht, die Probe mit Blut aus dem rechten und aus dem linken Arm. Es war ein Sohn, den sie trug. Was er ihr wohl bringen würde? Sie entsann sich ihrer toten kleinen Brüder, der traurigen Gesichter der Eltern, sooft man ihrer erwähnte, sie entsann sich, wie oft sie die Eltern um Ulvhilds willen verzweifelt gesehen hatten – und der Nacht, da Ulvhild starb. Und sie dachte an all den Kummer, den sie selbst ihnen bereitet

hatte, an das vergrämte Gesicht des Vaters – und noch war kein Ende der Sorgen, die sie über Vater und Mutter bringen würde.
Trotzdem, trotzdem. Kristin senkte ihren Kopf auf den Arm, der auf dem Zaun lag; die andere Hand hielt sie noch über ihrem Leib. Wenn es ihr auch neuen Kummer brachte, wenn es ihr auch den Tod bringen würde – sie wollte lieber sterben, um Erlend einen Sohn zu gebären, als daß nach ihrer beider Tod die Höfe leer stehen und das Getreide auf ihren Äckern für Fremde wogen sollte.
Es kam jemand in den Vorraum. Das Bier! dachte Kristin, ich hätte längst danach sehen sollen. Sie richtete sich auf, da tauchte Erlend unter dem Türrahmen auf und trat in den Sonnenschein heraus, strahlend froh:
»Stehst du hier!« sagte er. »Und du gehst mir nicht einmal einen Schritt entgegen?« fragte er sie; er trat auf sie zu und umarmte sie.
»Liebster, bist du zu uns gekommen?« sagte sie erstaunt.
Er mußte soeben vom Pferde gesprungen sein, hatte noch den Umhang ums Kinn, war schmutzig und ganz staubig. Er war in einen roten Kittel gekleidet, der in Falten vom Halsausschnitt herabfiel und an den Seiten bis fast unter die Arme aufgeschlitzt war. Während sie durch das Brauhaus und über den Hofplatz dahinschritten, schlug sich sein Gewand so auf, daß seine Schenkel bis zur Hüfte sichtbar wurden. Es war merkwürdig: sie hatte nie zuvor beachtet, daß er ein wenig nach auswärts ging, früher hatte sie nur gesehen, daß er lange, schlanke Beine hatte, schmale Fußgelenke und kleine, wohlgeformte Füße.
Erlend war mit einer ganzen Schar gekommen, mit fünf Knechten und vier ledigen Pferden. Er erklärte Ragnfrid, er sei gekommen, um Kristins Hausrat zu holen; es wäre doch behaglicher für sie, ihre Sachen auf Husaby vorzufinden, wenn sie dorthin käme. Und da die Hochzeit so spät im Herbst stattfinden solle, könnte es schwierig werden, sie dann noch zu befördern, und zu Schiff könnte wohl gar etwas vom Seewasser verdorben werden. Nun hatte der Abt in Nidarholm ihm angeboten, daß er es mit dem Frachtschiff des Laurentiusklosters senden könne – sie erwarteten, daß dieses ungefähr um den Tag von Mariä Himmelfahrt von Veöy absegeln sollte. Deshalb war er gekommen, um den Hausrat durch das Raumstal zum Fjord hinüberzufrachten.
Er saß in der Tür des Küchenhauses, trank Bier und redete, während Ragnfrid und Kristin die Wildenten rupften, die Lavrans am Tage zuvor heimgebracht hatte. Mutter und Tochter waren allein daheim; die Mägde befanden sich auf der Wiese bei der Heuarbeit. Er sah so froh aus, war so zufrieden mit sich selbst, in einer so vernünftigen Angelegenheit hierhergekommen zu sein.
Die Mutter ging hinaus, und Kristin achtete auf den Spieß mit den Vögeln. Durch die offene Tür konnte sie die Leuteschar sehen, die dort im Schatten auf der anderen Seite des Hofes lag und den Bierkrug unter sich wandern ließ. Erlend saß auf der Türschwelle, schwätzte

ein wenig und lachte, die Sonne schien gerade auf sein bloßes, tiefschwarzes Haar; sie entdeckte einige graue Fäden darin. Ja, er war sicher bald zweiunddreißig Jahre, aber er gab sich wie ein ausgelassener Junge. Sie wußte, sie würde es nicht über sich bringen, ihm etwas von ihren Kümmernissen zu erzählen – früh genug, wenn er selbst es sah. Lachlustige Zärtlichkeit strömte über ihren kleinen bösen Zorn hinweg, strömte darüber hinweg wie ein glitzernder Fluß über die Steine des Grundes.
Sie liebte ihn über alles – das erfüllte ihr Gemüt, obwohl sie die ganze Zeit das andere sah und wußte. Wie wenig paßte dieser Hofmann in dem feinen roten Kittel, mit Silbersporen an den Füßen und dem goldgeschmückten Gürtel in die Erntegeschäftigkeit hier auf Jörundhof. Sie beachtete auch, daß der Vater nicht zum Hofe heimkam, obgleich die Mutter Ramborg zum Fluß hinuntergesandt und ihm hatte sagen lassen, welcher Gast gekommen war.
Erlend stand bei ihr dort und faßte sie um die Schultern:
»Kannst du es begreifen«, sagte er strahlend. »Dünkt es dich nicht seltsam, daß es unsere Hochzeit ist, um derentwillen all diese Vorbereitungen getroffen werden?«
Kristin gab ihm einen Kuß und schob ihn zur Seite, goß Fett über die Vögel und bat ihn, nicht im Wege zu stehen. Nein, sie wollte es nicht sagen ...
Lavrans kam erst zum Abendessen auf den Hof heim – zusammen mit dem Gesinde. Er war nicht viel anders gekleidet als die Arbeitsleute und trug einen ungefärbten knielangen Frieskittel und eine bis zu den Knöcheln reichende Hose aus dem gleichen Stoff; er ging barfuß und trug die Sense über der Schulter. Das einzige, worin seine Kleidung sich von der des Gesindes unterschied, war ein Schulterkragen aus Leder für den Falken, der auf seiner linken Schulter saß. Er führte Ramborg an der Hand.
Lavrans begrüßte seinen Schwiegersohn recht herzlich und bat um Entschuldigung, weil er nicht eher gekommen war, sie mußten mit der Feldarbeit schaffen, was sie konnten, denn er selbst war gezwungen, zwischen der Heu- und der Getreideernte eine Reise nach der Handelsstadt zu machen. Als aber Erlend nach dem Essen sein Anliegen vorbrachte, wurde Lavrans ziemlich unzugänglich.
Jetzt Wagen und Pferde entbehren, das konnte er unmöglich. Erlend antwortete, er selbst habe vier ledige Pferde mitgebracht. Lavrans meinte, es würden mindestens drei Lasten werden. Außerdem müsse das Mädchen die Kleider noch hierbehalten. Und das Bettzeug, das Kristin mitbekommen solle, brauchten sie während der Hochzeit hier auf dem Hofe, für die Lagerstätten der vielen Gäste, die sie beherbergen sollten.
Nein, nein, meinte Erlend. Es würde sich wohl auch ein Rat finden, die Sachen im Herbst zu befördern. Aber er habe sich gefreut und habe gemeint, es höre sich vernünftig an, als der Abt vorgeschlagen

hatte, daß die Sachen mit dem Klosterschiff befördert werden könnten. Der Abt hatte sich der Verwandtschaft erinnert: »Dessen erinnern sie sich nun alle«, sagte Erlend lächelnd. Die Unzufriedenheit des Schwiegervaters schien ihn nicht im geringsten zu berühren.

Man einigte sich dann doch darauf, daß Erlend einen Wagen geliehen bekommen und eine Last von jenen Sachen fortfahren sollte, die Kristin am notwendigsten brauchte, wenn sie in ihr neues Heim einziehen würde.

Am Tag darauf waren sie eifrig mit dem Einpacken beschäftigt. Der große und der kleine Webstuhl, meinte die Mutter, könnten jetzt fortkommen; sie würde vor der Hochzeit wohl kaum mehr Zeit haben, zu weben. Ragnfrid und die Tochter schnitten das Gewebe ab, das darauf befestigt war. Es war ungefärbter Fries, aber aus dem feinsten, weichsten Gewebe, mit eingesponnenen Noppen von schwarzer Wolle, die ein regelmäßiges Sprenkelmuster bildeten. Kristin und die Mutter rollten den Stoff zusammen und legten ihn in den Fellsack. Kristin dachte, dies eigne sich gut als Windeltuch, es würde sich auch schön ausnehmen, wenn man rote oder blaue Bänder daraufsetzte.

Auch der Nähtisch, den Arne einmal verfertigt hatte, konnte mitgegeben werden. Kristin nahm alles aus dem Schrein, was sie so nach und nach von Erlend erhalten hatte. Sie zeigte der Mutter den blauen Samtumhang mit rotem Muster, den sie auf ihrem Brautritt tragen sollte. Die Mutter drehte und wendete ihn und befühlte den Stoff und das Pelzfutter.

»Das ist ein sehr kostbarer Umhang«, sagte Ragnfrid. »Wann gab dir Erlend den?«

»Den gab er mir, als ich in Nonneseter war«, erwiderte die Tochter.

Kristins Brauttruhe, in der die Mutter alles gesammelt hatte, schon als das Mädchen noch klein war, wurde umgepackt. Sie war mit Feldern geziert, und in jedes Feld war ein springendes Tier oder ein Vogel zwischen Laub hineingeschnitzt. Das Brautkleid legte Ragnfrid in eine ihrer eigenen Truhen. Es war nicht ganz fertig, sie hatten im Winter daran genäht. Es war aus scharlachroter Seide und so geschnitten, daß es sehr straff am Körper anliegen sollte. Kristin dachte, nun würde es ihr über der Brust zu eng werden.

Gegen Abend lag die Last fertig und verschnürt unter dem Wagendach. Erlend sollte früh am nächsten Morgen aufbrechen.

Er stand neben Kristin und lehnte sich über den Hofzaun, blickte nach Norden, wo eine schwarze Gewitterwolke das Tal füllte. Donner rollte drin in den Bergen, aber nach Süden zu lagen die Wiesen und der Fluß in gelbem, stechendem Sonnenlicht.

»Erinnerst du dich an das Gewitter damals im Walde bei Gerdarud?« fragte er leise und spielte mit ihren Fingern.

Kristin nickte und versuchte zu lächeln. Die Luft war so schwer und schwül, ihr Kopf schmerzte, und sie schwitzte bei jedem Atemzug.

Lavrans trat zu den beiden am Zaun und sprach vom Wetter. Es pflegte

nur selten Schaden anzurichten, hier unten im Tale, aber Gott mochte wissen, ob man nicht von verunglückten Kindern und Pferden oben im Gebirge hören würde.
Über der Kirche auf dem Hügel war es schwarz wie die Nacht. Ein Blitz ließ eine Schar von Pferden erkennen, die zusammengedrängt und unruhig auf der Wiese vor dem Kirchhofzaun standen. Lavrans glaubte nicht, daß sie hierher ins Tal gehörten, es seien eher Pferde von Dovre, die oben unterhalb Jetta in den Bergen geweidet hatten; er wolle doch hinaufgehen und nach ihnen schauen, rief er durch das Dröhnen des Donners, ob vielleicht einige von seinen Pferden darunter wären. –
Ein entsetzlicher Blitz zerriß die Dunkelheit dort oben, der Donner krachte, so daß man nicht einen Laut verstehen konnte. Die Pferde sprengten über die Wiesen unterhalb der Berghänge dahin. Die drei Menschen bekreuzigten sich –
– da kam noch ein Blitz; es war, als öffne sich der Himmel über ihnen, eine gewaltige schneeweiße Feuerschlange zischte auf sie herab – die drei wurden gegeneinander geworfen, sie standen mit geschlossenen, geblendeten Augen da und verspürten einen Geruch wie von verbranntem Stein, und das Krachen des Donners zersprengte ihnen fast die Ohren.
»Sankt Olav, hilf uns«, sagte Lavrans leise. »Seht die Birke! Seht die Birke!« rief Erlend; die hohe Birke schien zu wanken, dann löste sich ein großer Ast ab und sank zur Erde, einen langen Fetzen aus dem Stamm reißend.
»Ich glaube, es brennt, Jesus Christus! Es brennt im Kirchendach«, rief Lavrans.
Sie standen und starrten hinüber – nein – doch! Rote Flammen züngelten zwischen den Schindeln unter dem Dachreiter empor.
Beide Männer setzten in großen Sprüngen über den Hofplatz. Lavrans riß alle Türen auf und schrie hinein; die Leute strömten heraus.
»Nehmt Äxte, nehmt Äxte – die großen Äxte«, rief er, »und Hakken ...« Er rannte vorbei zum Stall. Gleich darauf kam er heraus, Guldsvein an der Mähne, er schwang sich auf das ungesattelte Pferd und sprengte nordwärts; das große Beil in der Hand. Erlend ritt gleich hinterher – alle Männer folgten. Etliche waren zu Pferd, aber einige konnten die erschrockenen Tiere nicht bändigen, gaben es auf und liefen hinterher. Zum Schluß kamen Ragnfrid und die Mägde des Hofes mit Bottichen und Eimern.
Niemand schien mehr das Unwetter zu fühlen. Im Licht der Blitze sah man die Menschen aus den Häusern weiter unten im Tale strömen. Sira Eirik lief schon oben den Hügel hinauf, gefolgt von seinen Leuten. Es donnerte von Pferdehufen unten auf der Brücke – ein paar Männer sprengten vorbei; sie wendeten die weißen, entsetzten Gesichter ihrer brennenden Kirche zu.
Es ging ein leichter Wind von Südosten. Das Feuer hatte die Nord-

wand schon stark erfaßt; im Westen war die Eingangstür bereits unzugänglich. Aber die Südseite und der Chor waren noch nicht ergriffen.

Kristin und die Frauen von Jörundhof gelangten südlich von der Kirche auf den Friedhof, an eine Stelle, wo der Zaun niedergebrochen war.

Der gewaltige rote Schein beleuchtete den Wald nördlich der Kirche und den Platz mit den Balken, die zum Anbinden der Pferde dienten. Dorthin konnte der Hitze wegen niemand kommen – das Kreuz stand dort allein, in Flammen gebadet. Es sah aus, als lebe es und rühre sich.

Durch das Knattern und Zischen des Feuers klang das Dröhnen der Äxte gegen die Balken der Südwand. Im Rundgang standen Männer, die hieben und hämmerten drauflos, während andere versuchten, den Rundgang selbst einzureißen. Einige riefen den Frauen von Jörundhof zu, Lavrans und noch ein paar Männer seien Sira Eirik in die Kirche gefolgt.

Sie müßten versuchen, eine Öffnung in die Wand zu brechen – es leckten kleine Feuerzungen auch hier zwischen den Schindeln auf dem Dache. Wenn der Wind drehte oder sich legte, dann würde das Feuer die ganze Kirche umfassen.

An Löschen zu denken war unnütz; es war keine Zeit, um eine Kette bis zum Fluß hinunter zu bilden, aber auf Ragnfrids Geheiß stellten die Frauen sich auf und reichten Wasser aus dem kleinen Bach, der westlich am Wege entlanglief – so konnten sie wenigstens die Südwand und die Männer, die dort arbeiteten, besprengen. Sie schluchzten laut, viele der Frauen, vor Spannung und vor Angst für die Leute, die in das brennende Gebäude eingedrungen waren, und vor Kummer über ihre Kirche.

Kristin stand ganz vorn in der Frauenkette und reichte die Eimer; sie starrte atemlos auf die Kirche, in der die Männer arbeiteten, der Vater und gewiß auch Erlend.

Die Säulen des Rundganges lagen niedergerissen in einem Durcheinander von Balken und Schindeln des Daches. Die Männer rannten mit aller Macht gegen die Balkenwand an, eine ganze Schar hatte einen Stamm aufgehoben und rammte die Wand.

Erlend und einer seiner Leute kamen durch die kleine Tür südlich beim Chor heraus; sie trugen zwischen sich die große Truhe aus der Sakristei – jene, auf der Eirik zu sitzen pflegte, wenn er die Beichte abnahm. Erlend und der Mann zerrten die Truhe auf den Kirchhof hinaus.

Kristin hörte nicht, was er rief, als er wieder in den Rundgang zurücklief. Er war geschmeidig wie eine Katze, wie er so sprang – seine Überkleider hatte er abgeworfen und war nur in Hemd, Hose und Strümpfen.

Die anderen nahmen seinen Ruf auf, es brannte in der Sakristei und im Chor; keiner konnte mehr vom Langschiff auf zur Südtür gelangen, das Feuer versperrte jetzt beide Ausgänge. Ein paar Stämme in der

Wand waren bereits zersplittert, Erlend hatte einen Brandkasten erfaßt, riß und zerrte an den Balken; es gelang ihnen, eine Öffnung in die Wand zu brechen, während andere schrien, sie sollten achtgeben, das Dach könne über denen, die drinnen seien, einstürzen; das Schindeldach brannte jetzt auch auf dieser Seite heftig, und die Hitze wurde immer unerträglicher.

Erlend stieg durch die Öffnung hinein und half Sira Eirik heraus. Der Priester trug im Schoß seines Gewandes die heiligen Gefäße des Altars.

Ein junger Bursche folgte ihnen, die Hand über dem Gesicht und das hohe Prozessionskreuz vor sich herschiebend. Lavrans kam nach. Er hielt des Rauches wegen die Augen geschlossen und wankte unter dem schweren Kruzifix, das er in den Armen hielt; es war viel höher als der Mann selbst.

Die Leute sprangen hinzu und halfen ihnen auf die Erde herunter. Sira Eirik stolperte, fiel in die Knie, und die Altargefäße rollten den Hang hinunter. Die silberne Taube sprang auf und die Hostie fiel heraus; der Priester hob sie auf, wischte sie ab und küßte sie, während er laut schluchzte; er küßte den vergoldeten Männerkopf, der über dem Altar gestanden hatte und einige Haare und Nägel des Sankt Olav enthielt.

Lavrans Björgulfssohn stand noch da und hielt das Kruzifix. Seine Arme lagen auf den Armen des Kreuzes, er beugte den Kopf auf die Schultern des Christusbildes; es sah aus, als neige der Erlöser sein schönes, betrübtes Gesicht tröstend dem Manne zu.

Auf der Nordseite der Kirche stürzte das Dach nun stückweise ein; ein brennender Balken wurde hinausgeschleudert und traf die große Glocke im Glockengestühl beim Kirchhofszaun. Die Glocke ertönte mit einem tiefen schluchzenden Laut, der in einem langen Stöhnen, übertönt vom Krachen des Feuers, dahinstarb.

Niemand hatte unterdessen des Gewitters geachtet, es hatte nicht lange gedauert, aber auch das hatten die Leute wohl nicht bemerkt. Jetzt donnerte und blitzte es weit unten im Tale, der Regen, der seit einiger Zeit fiel, nahm zu, und der Wind legte sich.

Aber plötzlich war es, als würde ein Segel von Flammen vom Grunde aus gehißt – ein Nu, und mit einem Aufheulen umspannte das Feuer die Kirche von einem Ende zum anderen.

Die Leute stürzten vor der verzehrenden Hitze davon. Erlend war plötzlich an Kristins Seite und zog sie mit hinunter. Er roch verbrannt, sie hatte die Hand voller versengter Haare, als sie ihm über Kopf und Gesicht fuhr.

Sie konnten bei dem Dröhnen des Brandes ihre Stimmen nicht hören. Aber Kristin sah, daß seine Augenbrauen bis zur Wurzel weggebrannt waren, er hatte Brandwunden im Gesicht, und auch sein Hemd hatte verbrannte Stellen. Lachend zog er sie mit sich den anderen nach.

Die Leute folgten dem weinenden alten Priester und Lavrans Björgulfssohn mit dem Kruzifix.
Am Rande des Friedhofes stellte Lavrans das Kreuz ab und lehnte es an einen Baum, er sank auf die Trümmer des Zaunes nieder. Sira Eirik saß schon dort, er streckte die Arme nach der brennenden Kirche aus.
»Leb wohl, leb wohl, du Olavskirche. Gott segne dich, du meine Olavskirche, Gott segne dich für jede Stunde, die ich in dir gesungen und die Messe gelesen habe – du Olavskirche, gute Nacht, gute Nacht.«
Die Gemeinde weinte laut mit ihm. Der Regen strömte auf die Menschengruppen herab, aber niemand dachte ans Gehen. Es hatte nicht den Anschein, als könnte das Feuer in dem geteerten Holzwerk durch den Regen gedämpft werden, brennende Stücke und glutrote Schindeln wurden umhergeschleudert.
Gleich darauf stürzte der Dachreiter in das Feuer hinab, und eine Garbe von Funken stieg gen Himmel.
Lavrans saß da und hielt die eine Hand vor das Gesicht; der andere Arm lag auf seinen Knien, und Kristin sah, daß der Ärmel von der Schulter bis ganz hinunter blutig war, das Blut rann ihm über die Finger. Sie ging hin und berührte ihn.
»Es wird nicht schlimm sein – irgend etwas fiel mir auf die Schulter«, sagte er und blickte auf. Er war weiß bis in die Lippen. »Ulvhild«, flüsterte er schmerzlich und blickte nachdenklich in das Flammenmeer.
Sira Eirik hörte das und legte eine Hand auf seine Schulter.
»Das weckt dein Kind nicht, Lavrans – Ulvhild schläft gleich gut, ob es auch über ihrer Ruhestätte brennt«, sagte er. »Sie hat das Heim ihrer Seele nicht verloren, wie es uns anderen heute geschehen ist.«
Kristin barg ihr Gesicht an Erlends Brust, stand so da und fühlte seine Arme um ihre Schultern. Da hörte sie den Vater nach seinem Weib fragen.
Einige antworteten, eine Frau habe vor Schrecken Kindswehen bekommen. Man habe sie in den Pfarrhof getragen, und Ragnfrid sei mitgegangen.
Kristin erinnerte sich wieder dessen, was sie ganz vergessen hatte, seitdem sie gewahr geworden war, daß die Kirche brannte. Sie hätte sicher so etwas nicht sehen dürfen. Es lebte ein Mann südlich im Tale, der einen roten Fleck über das halbe Gesicht hatte; man erzählte, seine Mutter habe eine Feuersbrunst gesehen, als sie ihn trug. Liebe heilige Jungfrau Maria, betete sie innerlich, laß mein Kind keinen Schaden davon haben.
Am Tag darauf wurde ein Gemeindething auf dem Kirchenhügel einberufen – man wollte darüber beraten, wie man die Kirche von neuem aufbauen könnte.
Kristin suchte Sira Eirik auf Romundhof auf, ehe er zum Thing gehen wollte. Sie fragte den Priester, ob er meine, daß sie das als ein Zeichen nehmen müsse. Vielleicht sei es Gottes Wille, daß sie ihrem Vater sage,

wie unwürdig sie sei, unter der Brautkrone zu gehen; es gezieme sich besser, sie ohne Ehrenfest Erlend Nikulaussohn zur Ehefrau zu geben.

Aber Sira Eirik fuhr sie an, seine Augen sprühten vor Zorn:

»Glaubst du, Gott kümmert sich so viel darum, wie ihr Hündinnen herumstreunt und euch wegwerft, daß er um deinetwillen eine schöne, ehrenvolle Kirche zusammenbrennen lassen sollte! Laß du deinen Hochmut fahren und mache deiner Mutter und Lavrans nicht eine Sorge, über die sie nur schwer hinwegkommen würden. Trägst du die Krone nicht in Ehren an deinem Ehrentag, so ist das schlimm für dich, aber desto mehr habt ihr, du und Erlend, die kirchliche Weihe nötig, wenn ihr zusammengegeben werdet. Ein jeder muß für seine Sünden einstehen; deshalb ist wohl dieses Unglück über uns alle gekommen. Versuche deinen Lebenswandel zu bessern, und helft die niedergebrannte Kirche hier wiederaufzubauen, du und auch Erlend.«

Kristin dachte, sie habe es ja noch nicht gesagt, dieses letzte, was hinzugekommen war – aber sie gab sich damit zufrieden.

Sie ging mit den Männern zum Thing. Lavrans trug den Arm in einer Schlinge, und Erlend hatte viele Brandwunden im Gesicht; er sah schlimm aus, aber er lachte darüber. Keine der Wunden war groß, und er sagte, er hoffe, sie würden ihn an seinem Hochzeitstag nicht mehr entstellen. Er stand nach Lavrans auf und gelobte, vier Mark Silber für die Kirche zu stiften und im Namen seiner Braut, mit Lavrans' Zustimmung, ein Stück Land von Kristins Äckern in der Gemeinde.

Erlend mußte wegen seiner Wunden eine Woche auf Jörundhof bleiben. Es dünkte Kristin, Lavrans könne seinen Schwiegersohn seit jener Brandnacht besser leiden; die Männer schienen nun gute Freunde zu sein.

Da dachte sie, vielleicht würde der Vater Erlend Nikulaussohn noch so liebgewinnen, daß er es nachsichtig beurteilen und es nicht so schwernehmen würde, wie sie befürchtet hatte, wenn die Zeit käme, da er merken mußte, daß sie sich gegen ihn vergangen hatten.

III

Dieses Jahr war ein ungewöhnlich gutes Jahr im ganzen nördlichen Teil des Tales. Es gab viel Heu, und alles kam trocken unter Dach, von den Almen kehrten die Leute mit großen Vorräten und fettem Vieh heim – und sie waren in diesem Jahr von Raubtieren gnädig verschont geblieben. Das Getreide stand so schön, daß nur wenig Menschen sich erinnern konnten, es schöner gesehen zu haben, die Ähren reiften gut aus und waren reich an Körnern, und das Wetter war das allerbeste. Zwischen der Bartholomäusmesse und Mariä Geburt, in jener Zeit, in der man die Frostnächte am ehesten zu befürchten hatte, regnete es ein wenig und war milde und bewölkt, danach aber kam der Herbstmonat mit Sonne und Wind und mit milden, dunstigen Nächten. In der Woche nach der Mikalsmesse war das Getreide im ganzen Tal eingebracht.

Auf Jörundhof schafften sie und bereiteten sich zur großen Hochzeit vor. Die letzten zwei Monate hatte Kristin jeden Tag von früh bis spät so viel zu tun gehabt, daß ihr nur wenig Zeit geblieben war, sich um anderes als die Arbeit zu bekümmern. Sie sah, daß sie breit über die Brust wurde, die kleinen hellroten Brustwarzen färbten sich braun und schmerzten wie Wunden, jeden Morgen, wenn sie in die Kälte hinaus mußte – aber es verging, wenn sie sich warmgearbeitet hatte, und dann dachte sie nur noch daran, was sie alles bis zum Abend getan haben sollte. Wenn sie den Rücken manchmal aufrichten und sich ausruhen mußte, fühlte sie, daß es schwerer wurde, das, was sie im Schoße trug, aber sie war immer noch schmal und schlank anzusehen. Sie strich mit den Händen über ihre langen feinen Hüften hinunter. Nein, sie mochte sich jetzt keine Sorgen darüber machen. Es konnte sie überkommen, daß sie mit einer leise zehrenden Sehnsucht dachte, in einem Monat ungefähr würde sie wohl das Leben spüren. Dann war sie auf Husaby. Vielleicht freute sich Erlend. – Sie schloß die Augen und biß in ihren Verlobungsring, sah Erlends Gesicht vor sich, bleich vor Erregung, wie er oben in der guten Stube gestanden und mit lauter und klarer Stimme die Verlobungsworte gesprochen hatte:

»So seien denn Gott und diese Männer, die hier stehen, meine Zeugen, daß ich, Erlend Nikulaussohn, mich Kristin Lavranstochter nach Gottes und der Menschen Gesetz unter den Bedingungen, die hier vor diesen anwesenden Zeugen besprochen wurden, anverlobe. Daß ich dich zur Frau besitzen soll und du mich zum Mann besitzen sollst, solange wir beide leben, in Ehegemeinschaft zusammen wohnend, mit aller Gemeinsamkeit, die Gottes Gesetz und das Gesetz des Landes kennen.«

Sie lief geschäftig über den Hofplatz von Haus zu Haus und blieb einen Augenblick stehen: der Vogelbeerbaum hatte dieses Jahr so viele Beeren, es würde einen schneereichen Winter geben. Und die Sonne schien auf die bleichen Stoppelfelder, wo das Korn auf Hocken stand. Wenn doch das Wetter bis über die Hochzeit andauern wollte!

Lavrans hielt daran fest, daß die Tochter in der Kirche getraut werde. Deshalb war bestimmt worden, daß dies in der Kapelle auf Sundbu geschehe. Am Samstag sollte der Brautzug über die Höhen nach Vaage hinüberreiten, sie sollten auf Sundbu und in den Nachbarhöfen übernachten und am Sonntag nach der Brautmesse zurückreiten. Am gleichen Abend nach der Vesper, wenn der Sonntag zu Ende war, sollte die Hochzeit gefeiert werden und Lavrans seine Tochter Erlend übergeben. Und nach Mitternacht sollten Braut und Bräutigam zu Bett gebracht werden.

Am Freitagnachmittag stand Kristin auf dem Altan und blickte auf den Zug, der von Norden her an der abgebrannten Kirche auf dem Hügel vorübergeritten kam. Es waren Erlend und alle seine Brautherren. Kristin strengte die Augen an, um ihn von den anderen unterscheiden zu können. Sie durften einander nicht sehen, kein Mann durfte Kristin jetzt sehen, bis sie am nächsten Morgen im Brautgewand vorgeführt werden würde.

Dort, wo der Weg nach Jörundhof abzweigte, trennten sich ein paar Frauen von der Schar. Die Männer ritten weiter nach Laugarbru; sie sollten die Nacht dort verbringen.

Kristin begab sich hinunter, um den Ankommenden entgegenzugehen. Sie fühlte sich so müde nach dem Bad, und ihr Haarboden schmerzte – die Mutter hatte eine so starke Lauge verwendet, damit das Haar für den nächsten Tag recht hell würde.

Frau Aashild Gautestochter ließ sich aus dem Sattel in Lavrans' Arme gleiten. Wie leicht und jung sie sich hält, dachte Kristin. Die Frau ihres Sohnes, Herrn Munans Frau, Katrin, sah fast älter aus, sie war groß und wohlbeleibt, und Haut und Augen waren farblos. Seltsam, dachte Kristin, sie ist häßlich, und er ist treulos, und dennoch sagen die Leute, sie leben gut zusammen. Dann waren zwei Töchter des Herrn Baard Peterssohn gekommen, die eine verheiratet und die andere unverheiratet. Sie waren weder häßlich noch schön, sahen treuherzig und gut aus, zeigten sich aber ziemlich zurückhaltend gegen Fremde. Lavrans dankte ihnen höfisch dafür, daß sie ihm die Ehre erwiesen hatten, zu dieser Hochzeit den weiten Weg so spät im Herbst zu machen.

»Erlend wurde bei unserem Vater erzogen, als er noch ein Knabe war«, sagte die ältere von ihnen, ging auf Kristin zu und begrüßte sie.

Nun kamen zwei junge Männer in scharfem Trab auf den Hof geritten, sie sprangen von den Pferden und liefen Kristin, die ins Haus eilte und sich versteckte, lachend nach. Es waren Trond Gjeslings junge Söhne, hübsche und vielversprechende Burschen. Sie führten die Brautkrone von Sundbu in einem Schrein mit sich. Trond und seine Frau sollten erst am Sonntag nach der Messe mit nach Jörundhof kommen.

Kristin war in die Feuerstube geflüchtet, Frau Aashild kam nach, legte die Hand auf Kristins Schultern und zog ihr Gesicht zu dem ihren herab, zum Kuß.

»Ich bin froh, daß ich diesen Tag erleben darf«, sagte Frau Aashild.

Sie sah, wie dünn sie geworden waren, Kristins Hände, die sie in den ihren hielt. Sie sah, daß die Braut auch sonst mager geworden war, aber eine volle Brust hatte. Alle Gesichtszüge waren schmaler und feiner geworden als früher, die Schläfen schienen ein wenig in den Schatten des schweren, feuchten Haares eingesunken zu sein. Die Wangen rundeten sich nicht mehr, und die frische Farbe war verblaßt. Aber Kristins Augen waren sehr viel größer und dunkler geworden.

Frau Aashild küßte sie wiederum.

»Ich sehe, daß du jetzt viel hinter dir hast, Kristin«, sagte sie. »Du sollst heute abend einen Trunk von mir bekommen, durch den du morgen ausgeruht und frisch sein wirst.«

Kristins Lippen begannen zu beben.
»Still«, sagte Frau Aashild und streichelte ihre Hand. »Ich freue mich darauf, dich morgen zu schmücken – man soll keine schönere Braut gesehen haben, als du morgen sein wirst.«
Lavrans ritt nach Laugarbru hinüber, um mit seinen Gästen, die dort waren, zu Tisch zu sitzen.
Die Männer konnten das Essen nicht genug loben, eine bessere Freitagskost bekäme man nicht im reichsten Kloster. Es gab Roggenmehlmus, gekochte Bohnen, weißes Brot, und als Fisch bekamen sie nur Forellen, gesalzene und frische, und fetten Raekling.
Je mehr die Männer sich am Bier gütlich taten, desto aufgeräumter wurden sie und desto derber und derber scherzten sie mit dem Bräutigam. Alle Brautherren Erlends waren viel jünger als er selbst, seine Altersgenossen und Freunde waren alle schon seit langer Zeit verheiratet. Nun lachten ihn die Männer aus, daß er schon so alt sei und nun zum erstenmal ins Brautbett solle. Einige von Erlends älteren Verwandten, die noch ziemlich nüchtern waren, saßen da und fürchteten bei jedem Wort, das fiel, es könne das Gespräch jetzt auf Dinge kommen, die besser nicht berührt würden. Herr Baard von Hestnaes behielt Lavrans im Auge. Dieser trank viel, aber es hatte nicht den Anschein, als mache das Bier ihn froher, wie er so im Hochsitz saß – sein Gesicht wurde immer gespannter, während seine Augen starrer und starrer blickten.
Aber Erlend, der zur Rechten des Schwiegervaters saß, antwortete übermütig auf die Scherze und lachte viel; er war rot im Gesicht, und seine Augen blitzten.
Plötzlich braust Lavrans auf:
»Der Wagen, Schwiegersohn – weil ich gerade daran denke, was hast du mit dem Wagen gemacht, den du im Sommer von mir entlehntest?«
»Wagen?« sagt Erlend.
»Erinnerst du dich nicht, du entlehntest früh im Sommer einen Wagen von mir. – Weiß Gott, es war ein guter Wagen, und ich werde nie einen besseren bekommen, denn ich war selbst dabei, als er hier auf dem Hof gebaut wurde. Du gelobtest und du schworst, das bezeuge ich vor Gott und das wissen meine Leute, du gelobtest, mir diesen Wagen zurückzubringen, aber dieses Wort hast du nicht gehalten.«
Einige der Gäste riefen, das sei doch jetzt nicht der Rede wert, aber Lavrans schlug auf den Tisch und fluchte, er wolle wissen, wo Erlend den Wagen gelassen habe.
»Ach, der steht wohl noch auf dem Hof am Fjord, wo wir das Schiff nach Veöy bekamen«, erwiderte Erlend gleichgültig. »Ich dachte nicht, daß das so wichtig wäre. Seht Ihr, Schwiegervater, es war eine lange und schwere Fahrt durch die Täler mit der Last, und als wir an den Fjord kamen, hatte keiner meiner Männer große Lust, den ganzen Weg mit dem Wagen wieder zurückzufahren und dann über das Ge-

birge im Norden nach Trondheim zu reiten. Da dachte ich, es habe wohl einstweilen Zeit ...«

»Nein, jetzt soll mich doch der Teufel auf der Stelle holen, wenn ich je deinesgleichen gesehen habe«, fuhr Lavrans dazwischen. »Was hast du für Sitten in deinem Hause, bist du es oder sind es deine Dienstleute, die darüber bestimmen, wo sie hinfahren wollen oder nicht?«

Erlend zuckte mit den Schultern:

»Es ist richtig, vieles ist anders gewesen bei mir daheim, als es hätte sein sollen, den Wagen werde ich nun zu Euch zurückschicken, wenn Kristin und ich dort hinkommen. – Lieber Schwiegervater«, sagte er lächelnd und streckte die Hand aus, »glaubt mir, jetzt kommt ein anderer Zug in alles und auch in mich, nun, da ich Kristin als Hausfrau mit heimnehme. Es war übel, die Geschichte mit diesem Wagen. Aber ich verspreche Euch, dies soll das letztemal sein, daß Ihr Grund habt, über mich zu klagen.«

»Lieber Lavrans«, bat Baard Peterssohn, »söhnt Euch mit ihm aus in dieser geringen Sache.«

»Gering oder nicht gering«, begann Lavrans, aber dann hielt er inne und schüttelte Erlend die Hand.

Kurz danach brach er auf, und die Gäste auf Laugarbru suchten ihre Schlafstätten auf.

Am Samstag vor der Mittagszeit waren Frauen und Mädchen eifrig in der alten Giebelstube beschäftigt. Einige richteten das Brautbett her, und andere beendeten die Schmückung der Braut.

Ragnfrid hatte dieses Haus zum Brauthaus gewählt, weil es den kleinsten Giebelraum hatte, sie konnten in dem neuen Dachraum viel mehr Gäste beherbergen; es war ein Raum, den sie selbst im Sommer zum Schlafen benützt hatten, als Kristin noch klein war, ehe Lavrans das große Wohnhaus gebaut hatte, in dem sie nun Sommer und Winter wohnten. Aber dieses alte Gebäude war außerdem noch fast das schönste auf dem Hofe, seitdem Lavrans es instand gesetzt hatte; es war baufällig gewesen, als sie auf Jörundhof eingezogen waren. Innen wie außen war es mit den schönsten Holzschnitzereien geschmückt, und wenn auch die Dachstube nicht groß war, so war sie desto leichter mit Teppichen und Webstücken und Fellen schön zu verkleiden.

Das Brautbett stand bereit, mit seidenbezogenen Kissen, schöne Teppiche waren wie ein Zelt ringsherum gehängt; über die Felle und die Webstücke war eine gestickte seidene Decke gebreitet. Ragnfrid und einige andere Frauen waren damit beschäftigt, Wandteppiche an den Balkenwänden aufzuhängen und Polster auf die Bänke zu legen.

Kristin saß in einem Lehnstuhl, den man heraufgetragen hatte. Sie war in ihr scharlachrotes Brautgewand gekleidet. Große Spangen hielten es über der Brust zusammen und schlossen das gelbe seidene Hemd an der Halsöffnung, goldene Armringe glänzten auf den gelben Seidenärmeln. Ein vergoldeter silberner Gürtel war dreimal um ihre Mitte geschlungen, und um den Hals und auf der Brust lag Kette an

Kette, als äußerste die alte, goldene des Vaters mit dem großen Reliquienkreuz. Ihre Hände, die im Schoß lagen, waren schwer von Ringen.
Frau Aashild stand hinter ihrem Stuhl und bürstete das schwere, goldbraune Haar.
»Morgen sollst du es zum letzten Male offen tragen«, sagte sie lächelnd und wand die roten und grünen seidenen Binden, die die Krone stützen sollten, um Kristins Kopf. Dann scharten sich die Frauen um die Braut.
Ragnfrid und Gyrid von Skog nahmen die große Brautkrone der Gjesling-Sippe vom Tisch. Sie war ganz vergoldet, die Zacken endeten abwechselnd in einem Kreuz und in einem Kleeblatt, und der Reifen war mit Bergkristallen besetzt.
Die Frauen drückten sie der Braut in die Stirn. Ragnfrid war bleich und ihre Hände zitterten dabei.
Kristin stand langsam auf. Jesus, wie schwer war all dies Gold und Silber! Da nahm Frau Aashild sie bei der Hand und führte sie an einen großen Wasserbottich, während die Brautjungfern die Türen dem Sonnenschein öffneten, damit es hell werde im Raume.
»Spiegle dich nun, Kristin«, sagte Aashild, und Kristin beugte sich über den Bottich. Sie sah ihr eigenes Gesicht weiß aus dem Wasser heraufsteigen, es kam so nahe, daß sie die Goldkrone darüber erblickte. Ringsherum rührten sich so viele helle und dunkle Schatten im Spiegel – eine Erinnerung wollte auftauchen –, dann war es, als sollte sie ohnmächtig werden; sie umfaßte den Rand des Bottichs. Da legte Frau Aashild die Hand auf die ihre und grub die Nägel so schmerzend ein, daß sie dadurch zu sich kam.
Unten von der Brücke her hörte man Lurhörner* blasen. Vom Hof wurde heraufgerufen, der Bräutigam komme jetzt mit seinem Gefolge. Die Frauen geleiteten Kristin auf den Altan.
Auf dem Hofplatz wogte es von Pferden in prächtigem Zaumzeug und von feiertäglich gekleideten Menschen, es glitzerte und schimmerte in der Sonne. Kristin blickte hinaus, vorbei an allem, hinaus in das Tal. Die Heimat lag hell und still unter einem dünnen, nebelblauen Dunst, und aus dem Dunst stiegen die Berge grau von Felsen und schwarz von Wäldern empor, und die Sonne goß ihr Licht von einem wolkenlosen Himmel in das Becken des Tales hinab.
Erst jetzt wurde Kristin es gewahr: alles Laub war abgefallen, die Haine schimmerten silbergrau und nackt. Nur das Erlengebüsch längs des Flusses trug noch ein wenig vergilbtes Grün oben an den Spitzen, und die eine oder andere Birke hielt noch ein paar weißlichgelbe Blätter an den Zweigenden fest. Aber die Bäume waren fast kahl – mit Ausnahme der Eberesche, die noch mit braunrotem Laub rings um die blutroten Beeren schimmerte. In dem stillen Tal duftete der aschen-

* Lur: Eine Art Alphorn.

farbene Teppich aus angefallenem Laub, der überall ausgebreitet lag, säuerlich nach Herbst.
Wären nicht die Vogelbeerbäume gewesen, dann hätte es sehr wohl zeitig im Frühjahr sein können. Und wäre nicht die Stille gewesen ... Aber es war herbststill, so still. Jedesmal, wenn die Lurhörner schwiegen, hörte man keinen anderen Laut aus dem Tal als das Läuten der Kuhglocken von allen abgeernteten Feldern und Wiesen, auf denen das Vieh weidete.
Der Fluß war wasserarm und klein, er rauschte ganz still; nur ein paar kleine Rinnsale liefen zwischen Sandbänken und großen Inseln von weißen, rundgeschliffenen Steinen. Kein Tosen der Bäche von den Höhen, es war solch ein trockener Herbst gewesen. Dennoch schimmerte es überall naß auf den Wiesen, aber das war nur die Feuchtigkeit, die im Herbst aus der Erde aufsteigt, wenn auch die Tage noch so warm sind und die Luft noch so klar ist.
Die Menge unten auf dem Hofplatz teilte sich und machte dem Gefolge des Bräutigams Platz. Die jungen Brautherren ritten gerade vor; unter den Frauen auf dem Altan entstand Unruhe.
Frau Aashild war neben der Braut:
»Halte dich nun gut, Kristin«, sagte sie, »jetzt hast du nicht mehr weit, bis du unter der Frauenhaube geborgen bist.«
Kristin nickte hilflos. Sie fühlte, wie entsetzlich weiß sie im Gesicht sein mußte.
»Ich bin wohl allzu bleich für eine Braut«, sagte sie leise.
»Du bist die schönste Braut«, antwortete Aashild, »und dort reitet Erlend – schönere zwei als euch muß man suchen gehen.«
Erlend selbst ritt bis unter den Altan. Er sprang vom Pferde, leicht und ungehemmt von den schweren, faltenreichen Gewändern. Kristin erschien er so schön, daß es ihr im ganzen Körper weh tat.
Er war dunkel gekleidet, in ein bis auf die Füße reichendes, geschlitztes Seidengewand von welkbrauner Farbe, mit eingewebtem schwarz und weißem Muster. Um den Leib hatte er einen goldgeschmückten Gürtel und an der linken Hüfte ein Schwert mit Gold am Heft und an der Scheide. Über seine Schultern fiel ein schwerer, dunkelblauer Samtumhang herab, und auf dem schwarzen Haar trug er eine schwarze, französische, seidene Mütze, die an den Seiten wie Flügel zusammengefaltet war und in zwei lange Enden auslief; das eine Ende war von der linken Schulter quer über die Brust nach hinten geworfen.
Erlend grüßte seine Braut, trat zu ihrem Pferd und stellte sich dort mit der Hand am Sattelknopf auf, während Lavrans die Treppe hinaufstieg. Kristin wurde so sonderbar und schwindlig zumute bei all dieser Pracht, der Vater sah so fremd aus in dem feierlichen, bis auf die Füße reichenden grünen Samtgewand. Aber die Mutter war graubleich unter dem Kopftuch in ihrem roten Seidenkleid. Ragnfrid kam herzu und legte ihrer Tochter den Umhang um.
Dann nahm Lavrans die Braut bei der Hand und führte sie zu Erlend

hinunter. Der hob sie auf das Pferd und stieg dann selbst in den Sattel. So hielten die beiden Seite an Seite vor dem Brauthaus, während der Zug sich in Bewegung setzte und durch das Hoftor hinausritt. Voran die Priester, Sira Eirik und Sira Tormud von Ulvsvolden, ein Kreuzesbruder von Hamar, der ein Freund des Vaters war. Dann ritten die Brautherren und die Jungfrauen, Paar auf Paar. Und nun war die Reihe an Erlend und ihr. Nach ihnen kamen die Eltern der Braut, die Verwandten, Freunde und Gäste in langer Reihe zwischen den Zäunen, die zur Landstraße führten. Ein langes Stück weit waren Vogelbeertrauben, Tannenzweige und die letzten weißen Baldersblümlein des Herbstes gestreut, und längs des Weges, den der Zug nehmen sollte, standen viele Leute und grüßten mit Zurufen. Am Sonntag, gleich nach Sonnenuntergang, kehrte der Reiterzug nach Jörundhof zurück. Durch die erste Dämmerung leuchteten die roten Feuer vom hochzeitlichen Hofe her. Die Spielleute sangen und ließen Geigen und Trommeln ertönen, während die Schar dem warmen roten Schein entgegenritt.

Kristin fiel fast vornüber, als Erlend sie vor dem Altan des Brauthauses vom Pferde hob.

»Ich fror so auf dem Weg über das Gebirge«, flüsterte sie, »ich bin so müde.« Sie blieb ein wenig stehen; als sie die Treppe hinaufstieg, wankte sie bei jeder Stufe.

Oben in der Feststube wurde es den verfrorenen Hochzeitsgästen bald wieder warm, alle die Kerzen, die in dem Raum brannten, verbreiteten Wärme, dampfend heißes Essen wurde herumgeboten, und Wein und Met und starkes Bier machten die Runde. Der Lärm der Stimmen und das Geräusch der essenden Menschen toste wie von ferne in Kristins Ohren.

Sie saß da und konnte nicht recht warm werden. Nach einiger Zeit brannten ihre Wangen, aber die Füße wollten nicht auftauen, und über den Rücken liefen ihr Frostschauer hinab. All das schwere Gold drückte sie nach vorne, wie sie so im Hochsitz an Erlends Seite saß.

Sooft der Bräutigam ihr zutrank, mußte sie auf die roten Flecken sehen, die jetzt, da er nach dem Ritt in der Kälte nach und nach warm wurde, in seinem Gesicht so deutlich sichtbar wurden. Es waren die Male von den Brandwunden im Sommer.

Ein fürchterlicher Schrecken war gestern abend über sie gekommen, als sie auf Sundbu zu Tisch saßen, als sie Björn Gunnarssohns erloschenem Blick begegnete, der auf ihr und Erlend ruhte – jenen Augen, die sich nicht rührten und nicht blinzelten.

Man hatte Herrn Björn in das Rittergewand gekleidet, er sah aus wie ein toter Mann, der durch Zauberei wieder zum Leben erweckt worden war.

Nachts schlief sie zusammen mit Frau Aashild – sie war die nächste Verwandte des Bräutigams.

»Was ist mit dir, Kristin?« sagte Frau Aashild ein wenig ungeduldig. »Jetzt mußt du bis zum Ende durchhalten und dir nicht so nachgeben.«

»Ich denke«, sagte Kristin schaudernd, »an alle die, denen wir wehe getan haben, um diesen Tag erleben zu können.«

»Ihr habt es wohl auch nicht nur gut gehabt«, meinte Frau Aashild. »Erlend gewiß nicht. Und ich meine, du hattest es noch schlimmer.«

»Ich denke an seine schutzlosen Kinder«, sagte die Braut wie vorher, »ich möchte wissen, ob sie ahnen, daß ihr Vater heute Hochzeit feiert.«

»Denk an dein eigenes Kind«, sagte Aashild. »Sei froh, daß du mit ihm, dem Vater deines Kindes, Hochzeit feierst.«

Kristin lag da, zum Versinken schwindlig. Es war so seltsam, das ausgesprochen zu hören, was seit drei Monaten und noch länger sie jeden einzelnen Tag erfüllt hatte, ohne daß sie einer lebenden Seele auch nur ein Wort hatte sagen dürfen. Aber dies half ihr nur eine kleine Weile. »Ich denke an sie, die es mit dem Leben hat büßen müssen, daß sie Erlend liebgehabt hat«, flüsterte sie bebend.

»Es kann sein, daß du es selbst mit dem Leben büßen mußt, noch ehe du um ein halbes Jahr älter bist«, sagte Frau Aashild hart. »Freue dich, solange du es noch kannst.

Was soll ich dir denn sagen, Kristin«, fuhr die ältere Frau milde fort, »hast du denn den Mut jetzt ganz verloren? Es wird noch früh genug von euch verlangt werden, daß ihr alles bezahlt, was ihr euch genommen habt; mach dir darüber keine Gedanken.«

Aber Kristin war es, als stürze in ihrem Gemüt Laue auf Laue herab, alles wurde niedergerissen, was sie seit jenem Schreckenstag auf Haugen aufgebaut hatte. In der ersten Zeit hatte sie wild und blind nur daran gedacht, auszuhalten. Und sie hatte ausgehalten, bis es leichter geworden war – und sich dem Ende zuneigte, da hatte sie alle Gedanken von sich geschoben außer dem einen, daß sie nun endlich Hochzeit feiern würde, endlich Erlends Hochzeit.

Sie und Erlend knieten während der Brautmesse nebeneinander. Aber alles war wie ein Traumgesicht gewesen – die Kerzen, die Bilder, die blinkenden Gefäße, die Priester in Chorhemd und Meßgewand. Alle Menschen, die sie von früher her kannte, schienen ihr wie Traumbilder, die die Kirche in ihren fremden Feiertagsgewändern füllten. Aber Herr Björn stand an einer Säule und blickte mit seinen toten Augen zu ihnen hin, und es dünkte sie, die andere Tote müsse mit ihm, in seinem Arm, zurückgekommen sein.

Sie versuchte, zu Sankt Olavs Bildnis aufzusehen – rot und weiß und schön stand er auf seine Axt gelehnt und trat sein eigenes, sündiges, menschliches Wesen unter die Füße, aber Herr Björn zog ihren Blick an. Und in seiner Nähe sah sie Eline Ormstochters totes Gesicht, gleichgültig blickte sie Kristin an. Sie waren über Eline hinweggeschritten, um bis hierher zu gelangen – und Eline gönnte es ihnen.

Sie hatte sich aufgerichtet, hatte alle die Steine fortgewälzt, die Kristin auf die Tote aufzuhäufen versucht hatte: Erlends vergeudete Jugend, den Verlust seiner Ehre und seines Wohlergehens, die Gunst der Freunde, das Heil seiner Seele. Die Tote schüttelte das alles von sich ab. Er wollte mich haben, und ich wollte ihn haben, du wolltest ihn haben, und er wollte dich haben, sagte Eline. Ich habe gebüßt, und er muß büßen, und du mußt büßen, wenn deine Zeit gekommen ist. Wenn die Sünde vollendet ist, gebiert sie tot . . .

Ihr war, als knie sie mit Erlend auf einem kalten Stein. Er kniete da, mit den roten Brandflecken in seinem bleichen Gesicht; sie kniete unter der schweren Brautkrone und spürte das dumpfe, drückende Gewicht in ihrem Schoße: die Sündenbürde, die sie trug. Sie hatte mit ihrer Sünde gespielt und sich mit ihr getummelt, sie gemessen wie in kindlichem Spiel. Heilige Jungfrau – jetzt war bald die Zeit erfüllt, daß sie vollendet vor ihr liegen, sie mit lebendigen Augen ansehen, ihr die Brandmale der Sünde zeigen würde, die häßliche Gebrechlichkeit der Sünde, haßerfüllt mit gerungenen Händen gegen die Brust ihrer Mutter schlagen würde. Wenn sie ihr Kind geboren hatte, die Sündenmale daran sah und es liebte, wie sie ihre Sünde geliebt hatte, da würde das Spiel zu Ende gespielt sein.

Kristin dachte, wenn sie nun schreien würde, daß es den Gesang und die tiefen, betenden Männerstimmen übertönte, daß es über die Menschen hinhallte, würde sie dann Elines Gesicht loswerden, würde dann in die Augen des toten Mannes Leben kommen? Aber sie biß die Zähne zusammen. –

Heiliger König Olav, ich rufe dich an. Dich bitte ich vor allen anderen im Himmel um Hilfe, denn ich weiß, du liebtest Gottes Gerechtigkeit über alles. Ich rufe dich an, du mögest deine Hand auf das Unschuldige, das in meinem Mutterleibe ist, legen. Wende Gottes Zorn von dem Unschuldigen ab, wende ihn auf mich. Amen im teuren Namen des Herrn.

Meine Kinder, sagte Eline, sind unschuldig, und es gibt doch keinen Platz für sie in den Ländern der Christenheit. Dein Kind ist in der Acht gezeugt wie meine Kinder. Du kannst in dem Land, das du hinter dir gelassen hast, nicht mehr Recht für dein Kind fordern, als ich es für die meinen fordern konnte. –

Heiliger Olav, ich bitte dich trotzdem um Barmherzigkeit. Bitte um Gnade für meinen Sohn, nimm ihn in deinen Schutz, dann werde ich ihn mit bloßen Füßen zu deiner Kirche tragen, ich werde meinen goldenen Stirnschmuck zu dir bringen und ihn auf deinem Altar niederlegen, wenn du mir helfen willst. Amen. –

Ihr Gesicht war starr wie Stein, so kämpfte sie, um ruhig zu bleiben, aber es zuckte und bebte in ihrem Körper, während sie auf den Knien lag und Erlend angetraut wurde.

Und jetzt saß sie neben ihm im Hochsitz und empfand alles rings um sich nur wie eine Luftspiegelung in der Betäubung des Fiebers.

Es waren Spielleute da, die auf Harfen und Geigen spielten, und es

spielte und sang von unten in der Stube und von draußen im Hofe herauf. Ein Schein von rotem Feuer drang herein, wenn die Türen geöffnet und die Speisen aus- und eingetragen wurden.
Ringsum am Tisch erhob man sich, sie stand zwischen ihrem Vater und Erlend. Mit lauter Stimme verkündete der Vater, daß er nun seine Tochter Kristin Erlend Nikulaussohn zum Weibe gegeben habe. Erlend dankte seinem Schwiegervater und dankte allen guten Leuten, die sich versammelt hatten, um ihn und sein Weib zu ehren.
Nun hieß es, Kristin solle sich setzen, und Erlend legte ihr seine Brautgabe in den Schoß. Sira Eirik und Herr Munan Baardssohn rollten Urkunden auf und verlasen das Besitztum des Paares. Währenddessen standen die Brautherren mit den Speeren in den Händen da und stießen ab und zu während der Verlesung, und wenn die Gaben und die Geldsäcke auf den Tisch gelegt wurden, mit den Speerschäften auf den Boden.
Die Tischplatten und Tischböcke wurden hinausgeräumt, Erlend führte Kristin mitten in die Stube, und sie tanzten. Kristin dachte, unsere Brautherren und Brautjungfern sind allzu jung für uns; alle, die mit uns jung waren, sind fortgezogen aus diesen Gefilden, wie sind wir hierher zurückgekommen?
»Du bist so seltsam, Kristin«, flüsterte Erlend während des Tanzes. »Ich habe Angst um dich, Kristin – bist du nicht froh?«
Sie gingen von Gebäude zu Gebäude und begrüßten ihre Gäste. Es brannten viele Kerzen in allen Stuben, und überall war es voll von trinkenden und singenden Menschen, und allerorten wurde getanzt. Kristin war es, als kenne sie sich nicht mehr aus daheim, sie hatte jedes Gefühl für die Zeit verloren – die Stunden und Bilder flossen so merkwürdig unzusammenhängend durcheinander.
Die Herbstnacht war mild; auch im Hofplatz saßen Spielleute, und das Volk tanzte um das Feuer. Sie schrien, das Brautpaar möchte auch ihnen die Ehre erweisen, und sie tanzte mit Erlend auf dem kalten, taufeuchten Hofplatz. Ihr Kopf wurde gleichsam ein wenig wacher und klarer davon.
Draußen im Dunkeln schwamm ein helles Nebelband über dem Fluß. Die Berge standen tiefschwarz gegen die sternenbesäte Luft.
Erlend führte Kristin vom Tanze weg, preßte sie unter einem Altan im Dunkeln an sich.
»Ich habe es dir noch nicht einmal sagen können: du bist so schön, so schön und so lieblich. Deine Wangen sind so rot wie Flammen«, er drückte gleichzeitig seine Wange an die ihre. »Kristin, was ist mit dir?« – »Ich bin so müde, so müde«, flüsterte sie zurück.
»Nun werden wir bald schlafen gehen«, antwortete der Bräutigam und blickte zum Himmel hinauf. Die Milchstraße hatte sich gedreht, und stand fast genau von Süden nach Norden. »Weißt du auch, daß wir nicht mehr miteinander geschlafen haben, seit jener einzigen Nacht, die ich auf Skog bei dir in der Kammer war?«

Einige Zeit später rief Sira Eirik auf den Hof hinaus, nun sei es Montag. Die Frauen kamen und wollten die Braut zu Bette führen – Kristin war so müde, daß sie sich dem kaum zu widersetzen vermochte, wie sie es der Schicklichkeit halber tun mußte. Sie ließ sich von Frau Aashild und von Gyrid auf Skog bei der Hand nehmen und aus dem Saal hinausführen. Die Brautherren standen mit brennenden Kerzen und gezogenen Schwertern am Fuße der Treppe; sie bildeten einen Ring um die Frauenschar und begleiteten Kristin über den Hofplatz zur Brautkammer hinauf.

Die Frauen nahmen ihr den Brautstaat ab, Stück für Stück, legten ihn fort. Kristin sah, daß über dem Fußende des Bettes ein veilchenblaues Samtkleid hing, das sie am nächsten Tage tragen sollte, und darüber lag ein langes schneeweißes, feingefältetes Linnen. Es war das Frauentuch, das Erlend für sie mitgebracht hatte, morgen sollte sie ihr Haar in einem Knoten aufbinden und das Tuch darüberlegen. Es sah so frisch und kühl und ruhespendend aus.

Zuletzt stand sie vor dem Brautbett, mit nackten Füßen, bloßen Armen, nur noch in das bis zu den Knöcheln reichende goldgelbe Seidenhemd gekleidet. Die Krone hatten sie ihr wieder aufgesetzt – die sollte ihr der Bräutigam abnehmen, wenn sie beide allein waren.

Ragnfrid legte ihre Hände auf die Schultern der Tochter, küßte sie auf die Wange – Gesicht und Hände der Mutter waren seltsam kalt, aber es war, als zersprenge ihr ein Weinen tief drinnen die Brust. Dann schlug sie die Decke zurück und gebot der Braut, im Bett sitzend Platz zu nehmen. Kristin gehorchte und lehnte sich gegen die aufgeschichteten seidenen Kissen am Kopfende zurück; den Kopf mußte sie, der Krone wegen, ein wenig vorneigen. Frau Aashild bedeckte sie bis zur Mitte, legte ihre Hände auf die seidene Decke und griff in das schimmernde Haar der Braut, zog es vor und breitete es über der Brust und den nackten schlanken Oberarmen aus.

Die Männer führten den Bräutigam herein. Munan nahm Erlend den goldenen Gürtel mit dem Schwert ab; während er es über dem Bett aufhängte, flüsterte er der Braut etwas zu, Kristin verstand nicht, was er sagte, aber sie lächelte so gut sie vermochte.

Die Brautherren schnürten Erlends Seidengewand auf und streiften ihm das schwere, lange Kleidungsstück über den Kopf. Er setzte sich in den Lehnstuhl, und sie waren ihm beim Ablegen der Sporen und Stiefel behilflich.

Ein einziges Mal wagte die Braut aufzublicken und seinen Augen zu begegnen.

Dann wünschte man ihnen gute Nacht. Der Raum leerte sich von den Hochzeitsgästen. Zuletzt ging Lavrans Björgulfssohn hinaus und schloß die Tür zum Brauthaus.

Erlend stand auf, streifte die Unterkleider ab und warf sie auf die Bank. Er stand vor dem Bett, hob Kristin die Krone vom Haupt, löste die seidenen Binden aus ihrem Haar und legte alles auf den Tisch.

Dann kam er zurück und stieg in das Bett. Und neben ihr auf dem Lager kniend umfaßte er ihren Kopf, preßte ihn an seine nackte, heiße Brust, während er den roten Streifen küßte, den die Krone auf ihrer Stirn hinterlassen hatte.

Kristin warf die Arme um seine Schultern und schluchzte laut – süß und wild fühlte sie, nun entflohen sie, der Schrecken, die Spukgestalten – jetzt, jetzt waren es wieder nur er und sie. Er hob ihr Gesicht einen Augenblick, blickte darauf hinab und strich mit einer Hand über ihr Gesicht und ihren Körper, seltsam hastig und roh, als risse er eine Decke weg:

»Vergiß«, bat er flüsternd und heiß, »vergiß alles, Kristin, du – alles, außer, daß du mein Weib bist und ich dein Mann.«

Er schlug die letzte der Kerzenflammen mit der Hand aus und warf sich neben sie im Dunkeln hin, auch er schluchzte:

»Nie habe ich geglaubt, nie in allen diesen Jahren, daß wir diesen Tag erleben würden.«

Draußen auf dem Hofplatz verstummte der Lärm nach und nach. Müde vom Ritt am Tag zuvor und betäubt vom Trinken trieben sich die Gäste aus Anstand noch eine kleine Weile herum, aber immer mehr und mehr schlichen davon und suchten den Platz auf, wo sie schlafen sollten.

Ragnfrid geleitete jene, die am meisten geehrt werden mußten, zu ihren Lagern und bot ihnen gute Nacht. Den Hausvater, der ihr dabei hätte helfen sollen, sah sie nirgends.

Nur noch einige kleine Gruppen von jungen Leuten – hauptsächlich Gesinde – standen auf dem dunklen Hofplatz, als sie sich schließlich davonschlich, um ihren Mann zu suchen und ihn zu Bett zu bringen. Lavrans war gegen Ende des Abends tüchtig betrunken gewesen, das hatte sie gesehen.

Sie stolperte schließlich über ihn, als sie suchend zum Hofe hinausschlich, er lag hinter der Badestube, der Länge nach und mit dem Gesicht im Gras.

In der Dunkelheit tastend erkannte sie – ja, das war er.

Sie glaubte, er schlafe, packte ihn bei der Schulter und wollte ihn von der eiskalten Erde aufrichten. Aber er schlief nicht – jedenfalls nicht ganz.

»Was willst du?« fragte er mit rauher Stimme.

»Du kannst hier nicht liegenbleiben«, sagte sie. Sie stützte ihn, denn er schwankte. Mit der einen Hand strich sie an seinem samtenen Gewand hinunter. »Es ist Zeit, daß auch wir zu Bett gehen.« Sie schob ihre Hand unter seinen Arm und führte den taumelnden Mann an der Rückseite der Hofgebäude entlang zum Hof zurück.

»Du hast den Blick nicht gehoben, Ragnfrid, als du unter der Krone auf dem Brautbett saßest«, sagte er wie vorher. »Unsere Tochter war weniger scheu, ihre Blicke waren nicht scheu, als sie ihren Bräutigam ansah.«

»Sie hat sieben Halbjahre auf ihn gewartet«, sagte die Mutter leise. »Da mußte sie wohl aufzublicken wagen ...«

»Nein, der Teufel hol mich, wenn die gewartet haben«, schrie der Vater, und die Hausfrau versuchte erschrocken, ihn zu beschwichtigen. Sie befanden sich auf dem schmalen Weg zwischen dem Abtritt und einem Zaun. Lavrans schlug mit der geballten Faust gegen den Grundbalken des Abtritts.

»Ich legte dich zum Spott und zur Schande hierher, du Balken. Ich legte dich hierher, damit der Kot dich auffresse. Ich legte dich hierher zur Strafe, weil du mein liebes kleines Mädchen erschlagen hattest. Ich hätte dich über meiner Tür einfügen sollen und dich mit schmückenden Schnitzereien ehren und dir danken sollen, weil du sie vor Schande und Kummer bewahrt hast, denn durch dich starb meine Ulvhild als ein unschuldiges Kind.«

Er wandte sich um, taumelte gegen den Zaun und fiel mit dem Oberkörper darauf; den Kopf auf die Arme gelegt, weinte er unbändig, unter langem und tiefem Stöhnen.

Seine Frau umfaßte seine Schultern:

»Lavrans, Lavrans.« Aber sie konnte ihn nicht beruhigen.

»Oh, nie, nie, nie hätte ich sie diesem Manne geben dürfen. Gott steh' mir bei – ich habe es wohl die ganze Zeit gewußt – er hat ihre Jugend und ihre schönen Ehren niedergebrochen. Ich glaubte es nicht, nein, sollte ich so etwas von Kristin glauben, aber ich wußte es dennoch. Trotzdem ist sie zu gut für diesen weichen Burschen, der sich selbst und sie vergeudet hat; hätte er sie auch zehnmal verführt, ich hätte sie ihm nicht geben dürfen, auf daß er noch mehr von ihrem Leben und ihrem Glück verspielen kann.«

»Was war anderes zu tun«, sagte die Mutter müde. »Du begreifst es ja auch, sie gehörte bereits ihm ...«

»Ja, ich hätte es nicht nötig gehabt, einen so großen Aufwand zu treiben, um Erlend das zu geben, was er sich schon selbst genommen hatte«, sagte Lavrans. »Das ist mir ein tüchtiger Mann, den sie da bekommen hat, meine Kristin.« Er rüttelte am Zaun. Dann weinte er wieder. Ragnfrid schien es, als sei er gleichsam etwas nüchterner geworden, aber jetzt nahm der Rausch wieder überhand.

So betrunken und so über sich verzweifelt, wie der Mann war, glaubte sie nicht, ihn in die Feuerstube, wo sie schlafen sollten, hinüberziehen zu können – der Raum war voll von Gästen. Sie blickte um sich – gleich in der Nähe stand eine kleine Scheune, wo sie das gute Heu für die Pferde bis zum Frühjahr aufbewahrten. Sie ging hin und sah hinein, es lag niemand dort; da führte sie ihren Mann hinein und schloß die Tür hinter sich.

Ragnfrid häufte das Heu rings um ihn und sich auf und legte ihre Überkleider über sie beide. Lavrans weinte von Zeit zu Zeit und sagte etwas, aber es war so verworren, daß sie keinen Sinn darin finden konnte. Nach einiger Zeit legte sie seinen Kopf in ihren Schoß.

»Mein lieber Mann – wenn sie nun eine solche Liebe zueinander gefaßt haben – vielleicht wird alles besser, als wir glauben.«
Lavrans antwortete stoßweise – er schien jetzt wieder bei klarerem Verstand zu sein:
»Verstehst du denn nicht, jetzt hat er vollkommen Macht über sie, er, der sich selbst nie in der Gewalt hatte. Nur schwerlich wird sie den Mut haben, sich gegen etwas aufzulehnen, was ihr Mann will – und wenn sie es eines Tages muß, dann wird sie das so schmerzlich peinigen – dieses mein sanftes Kind.
Nun begreife ich bald nicht mehr, weshalb Gott mir so viele und schwere Sorgen auferlegt – ich habe mich getreulich bemüht, seinen Willen zu erfüllen. Warum hat er unsere Kinder von uns genommen, Ragnfrid, eines nach dem anderen, erst unsere Söhne, dann die kleine Ulvhild, und jetzt habe ich sie, die ich am liebsten hatte, ohne Ehre, einem unzuverlässigen und unverständigen Manne gegeben. Nun bleibt uns nur noch die Kleine, und es dünkt mich jetzt unklug, mich über sie zu freuen, ehe ich sehe, wie es mit Ramborg gehen wird.«
Ragnfrid zitterte wie Laub. Da umfaßte der Mann ihre beiden Schultern:
»Leg dich hin«, bat er, »dann schlafen wir«, und den Kopf auf dem Arm seiner Frau lag er eine Weile da, seufzte ab und zu, schlief dann aber endlich ein.
Es war noch ganz finster in der Scheune, als Ragnfrid sich wieder bewegte, sie war erstaunt, geschlafen zu haben. Sie tastete mit der Hand umher; Lavrans saß aufrecht, die Finger über den Knien verschlungen:
»Bist du schon wach?« fragte sie erstaunt. »Frierst du?«
»Nein«, antwortete er mit verrosteter Stimme, »aber ich kann nicht wieder einschlafen.«
»Denkst du an Kristin?« fragte die Mutter. »Es kann ja besser gehen, als wir glauben, Lavrans«, sagte sie wieder.
»Ja, daran denke ich«, antwortete der Mann. »Ja, ja. Ob Jungfrau oder Frau, sie kam doch mit dem ins Brautbett, dem sie ihre Liebe zugewandt hatte. Das ist weder dir noch mir widerfahren, meine arme Ragnfrid.«
Die Frau stieß ein dumpfes tiefes Stöhnen aus, sie warf sich ins Heu zurück. Lavrans legte seine Hand auf ihre Schulter.
»Aber ich habe es nicht vermocht«, sagte er heftig und schmerzvoll.
»Nein, ich vermochte nicht so zu sein, wie du mich haben wolltest, als wir jung waren. Ich bin nicht so . . .«
Nach einer Weile sagte Ragnfrid leise und weinend:
»Wir haben trotzdem gut zusammengelebt – Lavrans – in allen diesen Jahren.«
»Das habe auch ich geglaubt«, erwiderte er finster.
Die Gedanken schoben und drängten einander in seinem Innern. Der eine nackte Blick, den Bräutigam und Braut einander zugeworfen hat-

ten, die beiden jungen Gesichter, die in einer roten Flamme aufglühten, ihn dünkte dies eine Schamlosigkeit. Es hatte ihn versengt, daß dies seine Tochter war. Er sah immer noch diese Augen, und wild und verblendet kämpfte er dagegen, die Hülle von etwas in seinem eigenen Herzen herabreißen zu lassen, von dem er nie hatte wissen wollen, daß es da war; er hatte sich gegen seine eigene Frau gewehrt, als sie danach suchte.

Er habe nicht gekonnt, wiederholte er im Innern und hart. In des Teufels Namen, er war als Knabe verheiratet worden, er hatte nicht selbst gewählt, sie war älter als er, er hatte sie nicht begehrt; er hatte sie nicht von ihr lernen wollen – die Liebe. Jetzt noch wurde ihm heiß vor Scham, wenn er daran dachte, daß sie ihn dazu hatte bringen wollen, sie zu lieben, wenn er eine solche Liebe nicht von ihr gewollt hatte. Daß sie ihm all das angeboten hatte, worum er sie nie gebeten hatte.

Er war ihr ein guter Mann gewesen, das hatte er selbst geglaubt. Er hatte ihr alle nur mögliche Ehre erwiesen, ihr volle Handlungsfreiheit gelassen und in allem mit ihr Rats gepflogen, war ihr treu gewesen – und sie hatten ja auch sechs Kinder gehabt. Er wollte nur mit ihr leben dürfen, ohne daß sie immer nach dem in seinem Herzen griff, das er selbst nicht entblößen wollte.

Keiner hatte er seine Liebe zugewandt. – Ingunn, Karls Frau auf Bru. Lavrans errötete im Dunkeln. Er war stets dort zu Gast gewesen, wenn er durch das Tal gereist war. Er hatte mit der Hausfrau sicher nicht ein einziges Mal unter vier Augen gesprochen. Aber wenn er sie sah, wenn er nur an sie dachte, empfand er etwas wie den ersten Duft der Äcker im Frühjahr, gleich nachdem der Schnee weggetaut ist. Er wußte es jetzt, es hätte auch ihm widerfahren können, daß er geliebt hätte, auch ihm.

Aber er war so jung verheiratet worden, und er war scheu geworden. So kam es dahin, daß er sich am wohlsten draußen im Wald fühlte, dort im Gebirge, wo alles Lebendige freien Raum rings um sich haben will, Raum, um zu fliehen, wo alles scheu gegen das Fremde späht, das sich anschleichen will.

Einmal im Jahr gab es eine Zeit, da die Tiere im Wald und auf dem Felde ihre Scheu vergaßen. Da sie dem Weibchen entgegenbrausten. Ihm aber war die Frau gegeben worden. Und sie hatte ihm alles angeboten, worum er nicht geworben hatte. –

Aber die Jungen im Neste. – Sie waren der kleine warme Fleck in der Wildnis gewesen, die innigste, süßeste Lust in seinem Leben. Die kleinen hellen Mädchenköpfe unter seiner Hand.

Er war verheiratet worden – beinahe ungefragt: Freunde – er hatte viele, und er hatte keine. Krieg – das war Freude gewesen, aber es gab keinen Krieg mehr – seine Rüstung hing oben in der Giebelstube, wenig gebraucht. Er war Bauer geworden. – Aber er hatte Töchter gehabt, alles, was er durchlebt hatte, war ihm lieb geworden, weil er dabei für sie gesorgt hatte, für die feinen, weichen, kleinen Wesen, die er in seinen Händen gehalten hatte. Er entsann sich des kleinen zweijährigen Körpers Kristins an seiner Schulter, ihres flachsblonden, weichen Haares an seiner Wange, entsann sich ihrer kleinen Hände, die sich an seinem Gürtel festhielten, wenn er mit ihr hinter sich auf dem Pferde ausritt, während ihre runde, harte Kinderstirn gegen seine Schulterblätter stieß.

Und jetzt hatte auch sie diese heißen Augen – und sie hatte das Ihre bekommen.

Sie saß dort im Halbschatten gegen die seidenen Kissen des Bettes gelehnt. Im Kerzenschein war sie ganz golden – goldene Krone und das goldene Hemd, und das goldene Haar über den nackten goldenen Armen. Ihre Augen waren nicht mehr scheu.

Der Vater stöhnte vor Scham.

Und dennoch war es, als blute ihm das Herz. Um dessentwillen, was er selbst nicht erhalten hatte. Und um der Frau an seiner Seite willen, der er nichts hatte geben können.

Krank vor Mitleid griff er im Dunkeln nach Ragnfrids Hand:

»Ja, ich glaubte, wir lebten gut zusammen«, sagte er. »Ich glaubte, du trauertest um unsere Kinder. – Ja, und daß du ein schweres Gemüt habest. Nie dachte ich daran, daß ich es sein könnte, der dir nicht ein guter Gatte war.«

Ragnfrid zitterte wie im Krampf:

»Du warst stets ein guter Gatte, Lavrans.«

»Hm.« Lavrans saß da, das Kinn ganz auf die Knie herabgesenkt. »Dennoch hättest du es vielleicht besser gehabt, wenn du so verheiratet worden wärest wie unsere Tochter heute.«

Ragnfrid fuhr auf, schrie leise und schneidend:

»Weißt du es! Wie erfuhrst du es – wie lange hast du es gewußt?«

»Ich weiß nicht, wovon du sprichst«, sagte Lavrans nach einer Weile mit seltsam gedrückter Stimme.

»Ich spreche davon, daß ich keine Jungfrau war, als ich dein Weib wurde«, antwortete Ragnfrid, und ihre Stimme war klar und klingend vor Verzweiflung.

Nach einiger Zeit antwortete Lavrans wie zuvor:

»Das habe ich bis heute nie gewußt.«

Ragnfrid lag im Heu, von Schluchzen geschüttelt. Als der Anfall vorüber war, hob sie den Kopf ein wenig. Durch die Öffnung in der Wand begann schwaches, graues Licht hereinzusickern. Sie konnte ihren Mann erkennen, er saß da, die Arme um die Knie geschlungen, unbeweglich, als wäre er aus Stein.

»Lavrans – sprich zu mir«, jammerte sie.

»Was willst du, daß ich sagen soll?« fragte er, ohne sich zu rühren.

»Ach, ich weiß nicht – verfluche mich – schlage mich ...«

»Das wäre jetzt wohl ein wenig spät«, antwortete der Mann; es lag etwas wie der Schatten eines Hohnlächelns in seiner Stimme.

Ragnfrid weinte wieder. »Ja, ich achtete dessen nicht, daß ich dich dabei betrog. So sehr betrogen und so gekränkt hatte man mich selbst, dünkte mich. Niemand hatte mich geschont. Sie kamen mit dir – ich sah dich ja nur dreimal, bevor wir verheiratet wurden –, mich dünkte, du seist nur ein Knabe, rot und weiß, so jung und kindisch.«

»Das war ich«, sagte Lavrans, und es kam ein wenig mehr Klang in seine Stimme. »Und deshalb hätte ich geglaubt, daß du als Frau dich mehr gescheut haben würdest, einen zu betrügen, der so jung war, daß er nichts begriff.«

»So dachte ich später«, sagte Ragnfrid weinend, »als ich dich kennengelernt hatte. Bald genug kam die Zeit, da ich meine Seele zwanzigmal dafür hergegeben hätte, hätte ich dir gegenüber frei von Schuld werden können.«

Lavrans saß stumm und unbeweglich; da sagte seine Frau wieder:

»Du fragst nach nichts?«

»Wozu soll das nützen! Er war es – dessen Leichenzug wir auf Feginsbrekka begegneten, als wir Ulvhild nach Nidaros brachten?«

»Ja«, sagte Ragnfrid. »Wir mußten aus dem Wege gehen, in die Wiese hinein. Ich sah, wie seine Bahre vorbeigetragen wurde – mit Priestern und Mönchen und bewaffneten Dienstleuten. Ich hörte, daß ihm ein guter Tod beschieden war – ausgesöhnt mit seinem Gott. Wie wir so dastanden mit Ulvhilds Tragbahre zwischen uns, betete ich, meine Sünden und mein Kummer möchten am Jüngsten Tage ihm zu Füßen gelegt werden.«

»Ja, das tatest du wohl«, sagte Lavrans, und es war wieder ein Schatten des Hohnes in seiner ruhigen Stimme.

»Du weißt nicht alles«, sagte Ragnfrid, kalt vor Verzweiflung. »Entsinnst du dich, daß er im ersten Winter, den wir verheiratet waren, zu uns auf Skog kam?«

»Ja«, erwiderte der Mann.

»Als Björgulf mit dem Tode kämpfte. Oh, da hat keiner mich geschont. Er war betrunken, als er es mir antat; später sagte er, er habe mich nie liebgehabt, er wolle mich nicht haben, er bat mich, es zu vergessen. – Mein Vater wußte nichts davon, er hat dich nicht betrogen, das darfst du nicht glauben. Aber Trond, wir waren damals die besten Freunde, ihm klagte ich es. Er wollte den Mann zwingen, mich zu heiraten, aber er war nur ein Knabe, er bekam Hiebe. Später riet er mir, es zu verschweigen und dich zu nehmen.«

Sie saß still da.

»Als er nach Skog kam. Es war ein Jahr vergangen; ich dachte nicht soviel daran. Aber er kam dorthin, er sagte, daß er bereue; nun hätte er mich haben wollen, wenn ich unverheiratet gewesen wäre, er liebe mich. So sagte er. Gott mag urteilen, ob er die Wahrheit sagte. Als er wieder fort war – ich wagte mich nicht auf den Fjord hinaus, ich wagte es nicht um der Sünde willen, nicht mit dem Kinde. Und dann hatte ich, dann hatte ich angefangen, dich so liebzuhaben!« Sie schrie einmal auf, wie in wilder Qual. Der Mann wandte ihr rasch den Kopf zu.

»Als Björgulf geboren war – oh, mich dünkte, ich hätte ihn lieber als mein Leben. Als er dalag und mit dem Tod kämpfte, da dachte ich, erlischt er, so erlösche auch ich. Aber ich betete nicht zu Gott, er möge das Leben des Knaben schonen.«

Lavrans schwieg sehr lange, ehe er fragte, mit toter Stimme und schwer:

»War das deshalb, weil ich nicht sein Vater war?«

»Ich wußte nicht, ob du es seist«, sagte Ragnfrid erstarrend.

Lange saßen sie beide in Todesstille da. Da fragte der Mann plötzlich heftig:

»In Jesu Namen, Ragnfrid – warum sagst du mir das – jetzt?«

»Ich weiß es nicht.« Sie rang ihre Hände, daß die Finger in den Gelenken knackten. »Damit du deine Rache an mir nehmen kannst. Jage mich von deinem Hofe.«

»Glaubst du, das würde mir helfen?« Seine Stimme bebte vor Hohn. »Es sind auch noch unsere Töchter da«, sagte er still. »Kristin – und die Kleine.«

Ragnfrid saß eine Weile da.

»Ich denke daran, wie du über Erlend Nikulaussohn urteilst«, sagte sie leise. »Wie urteilst du da über mich?«

Den Mann durchfuhr ein langer Schauer – und löste die Starre ein wenig.

»Du hast nun – wir haben nun – bald siebenundzwanzig Jahre miteinander gelebt. Dies ist nicht so wie mit einem fremden Menschen. Ich verstehe, du hast es schwerer als schwer gehabt.«

Ragnfrid sank unter seinen Worten schluchzend zusammen. Sie wagte nicht, nach seiner Hand zu greifen. Er rührte sich nicht, saß still wie ein Toter. Da weinte sie lauter und lauter, ihr Mann saß immer noch unbeweglich und blickte auf das graue Licht rings um die Tür. Schließlich lag sie da, als seien alle Tränen aus ihr geronnen. Da fuhr er flüchtig über ihren Arm hinab. Und sie begann wieder zu weinen.

»Erinnerst du dich«, sagte sie unter Tränen. »Erinnerst du dich jenes Mannes, der einmal zu uns kam, während wir auf Skog waren? Er, der die alten Lieder kannte? Erinnerst du dich des einen Liedes von einem toten Mann, der vom Fegfeuer zurückgekommen war und seinem Sohn von dem erzählte, was er gesehen hatte? Da hörte man ein Getöse aus dem tiefsten Grund der Hölle, es mahlten dort ungetreue Frauen Erde als Speise für ihre Männer, blutig waren die Steine, mit denen sie mahlten, blutig hing ihnen das Herz aus der Brust.«

Lavrans sagte nichts.

»Ich habe in allen diesen Jahren an jene Worte gedacht«, sagte Ragnfrid. »Jeden Tag war es, als blute mein Herz, denn jeden Tag dünkte mich, ich mahlte dir Erde zur Speise.«

Lavrans wußte selbst nicht, warum er so antwortete, wie er tat. Ihn dünkte, seine Brust sei leer und hohl wie die eines Mannes, dem man Herz und Lunge herausgerissen habe. Aber schwer und müde legte er die Hand auf den Kopf seiner Frau und sagte:

»Der Fels muß wohl zu Erde gemahlen werden, meine Ragnfrid, ehe das Korn wachsen kann.«

Als sie seine Hand nehmen und küssen wollte, riß er diese heftig an sich. Dann blickte er auf seine Frau hinab, nahm ihre Hand, legte sie auf seine Knie und neigte sein kaltes, erstarrtes Antlitz darauf. Und so blieben sie sitzen, ohne sich zu bewegen und ohne mehr miteinander zu sprechen.

ZWEITES BUCH

DIE FRAU

Dem Andenken meines Vaters
Ingwald Undset

DIE FRUCHT DER SÜNDE

I

Am Abend vor der Simonsmesse legte Baard Peterssohns Lastschiff an der Flußmündung bei Birgsi an. Abt Olav von Nidarholm war selbst an den Strand hinausgeritten, um seinen Verwandten Erlend Nikulaussohn zu begrüßen und die junge Frau, die Erlend heimführte, willkommen zu heißen. Die Jungvermählten sollten Gäste des Abtes sein und die Nacht über auf Vigg bleiben.

Erlend führte die leichenblasse, elend aussehende junge Frau über das Bollwerk. Der Abt sprach scherzend über die Mühsal der Seereise; Erlend lachte und meinte, seine Frau habe wohl große Sehnsucht danach, sich in ein Bett legen zu dürfen, das fest und sicher an einer Wand stehe. Und Kristin gab sich Mühe zu lächeln, aber sie dachte, gutwillig würde sie ihr Leben lang nicht wieder auf ein Schiff gehen. Sie wurde schon krank, wenn Erlend sich ihr nur näherte, so sehr roch er nach Schiff und Meer; sein Haar war vom Seewasser ganz strähnig und verklebt. Er war all die Zeit auf dem Schiff vor Freude ganz außer sich gewesen, und Herr Baard hatte gelacht: draußen auf Möre, wo Erlend aufgewachsen war, hatten die Buben von früh bis spät rudernd und segelnd auf dem Wasser gelegen. Die beiden, Erlend und Herr Baard, hatten Kristin wohl ein wenig bedauert, aber nicht so, dünkte es sie, wie ihr erbärmlicher Zustand es verdient hätte. Sie sagten nur immer wieder, das Übelbefinden würde sich geben, sobald sie sich daran gewöhnt hätte, auf dem Schiff zu sein. Aber sie hatte sich die ganze Zeit gleich krank gefühlt.

Noch am nächsten Morgen, während sie durch das bewohnte Tal hinaufritten, war es ihr, als segle sie. Bergauf und bergab ging es, über die großen steilen Lehmhügel, und wenn sie versuchte, auf dem Bergrücken vor ihr dem Blick einen Halt zu geben, so war es, als schwankte das ganze Land, es erhob sich wie Wellen und wurde zu dem hellen, blauweißen Wintermorgenhimmel hinaufgeschleudert.

Auf Vigg hatte sich am Morgen eine ganze Schar von Erlends Freunden und Nachbarn eingestellt, um die Neuvermählten heimzugeleiten, so daß sie mit einem großen Gefolge dahinritten. Es donnerte unter den Pferdehufen, denn die Erde war jetzt vom Herbstfrost hart wie Eisen. Menschen und Pferde waren in Dampf gehüllt; die Leiber der Tiere und Haar und Pelzwerk der Menschen beschlugen sich mit Reif. Erlend schien ebenso weißhaarig wie der Abt, sein Gesicht glühte vom Morgentrunk und dem beißenden Luftzug. Er trug heute sein Hochzeitsgewand; er sah so jung und so froh aus, daß ein Leuchten von ihm ausging, und Freude und Munterkeit klangen in seiner schönen, weichen Stimme, während er im Dahinreiten mit seinen Gästen lachte und ihnen zurief.

Kristins Herz begann so wunderlich zu zittern – vor Kummer und vor Zärtlichkeit und vor Angst. Sie war immer noch krank seit der Reise, litt an diesem brennenden Gefühl in der Brust, das sie jetzt überfiel, sobald sie auch nur das Geringste gegessen oder getrunken hatte; sie fror jämmerlich, und tief in ihrem Innersten glomm der kleine, dumpfe und stumme Zorn gegen Erlend, weil er so unbekümmert war. Aber trotzdem stieg, nun, da sie sah, wie treuherzig stolz und vor Freude strahlend er sie als Gattin heimführte, eine bittere Reue in ihr empor; das Herz tat ihr weh vor Mitleid mit ihm. Jetzt wünschte sie doch, sie hätte, anstatt ihrem Eingensinn zu folgen, es lieber Erlend wissen lassen, als er im Sommer bei ihnen daheim gewesen war – es zieme sich schlecht, daß ihre Hochzeit mit allzu großem Prunk gefeiert würde. Aber sie hatte es ihm gegönnt, daß er es sehen sollte, auch er – wie die Demütigung für ihr Tun ihnen nicht erspart bleiben würde.

Auch hatte sie ihren Vater gefürchtet. Und sie hatte gedacht, wenn erst die Hochzeit gefeiert sei, würden sie ja so weit fortziehen; sie würde ihr Heimattal für lange Zeit nicht mehr sehen, nicht eher, als bis alles Gerede über sie ganz und gar verstummt wäre. –

Jetzt begriff sie, daß dies hier viel schlimmer wurde. Erlend hatte wohl von dem großen Fest gesprochen, das er anläßlich ihres Einzuges auf Husaby feiern wollte, aber sie hatte nicht gedacht, daß dies gleichsam eine neue Hochzeitsfeier werden sollte. Und die Gäste waren hier jene Menschen, unter denen Erlend und sie leben sollten, deren Achtung und Freundschaft sie gewinnen mußten. Sie waren es, die Erlends Torheiten und Unglück all die Jahre über vor Augen gehabt hatten. Und jetzt glaubte er selbst, er habe seinen Ruf vor ihnen wiederhergestellt, dürfe nun auf jenem Platz zwischen seinesgleichen stehen, der ihm nach Geburt und Vermögen zustand. Nun würde er wohl zum Gelächter in den Gemeinden hier werden, wenn es auskam, daß er sich mit seiner eigenen, angelobten Braut vergangen hatte.

Der Abt beugte sich zu ihr hinüber: »Ihr seht so ernsthaft aus, Kristin Lavranstochter. Habt Ihr die Seekrankheit noch nicht überstanden? Oder sehnt Ihr Euch vielleicht nach Eurer Mutter?«

»Ach ja, Herr«, sagte Kristin leise, »Ich denke wahrlich an meine Mutter.«

Sie waren nach Skaun hinaufgekommen. Sie ritten hoch oben am Hang entlang. Unter ihnen auf der Talsohle stand der Laubwald weiß und zottig vom Reif; es glitzerte in der Sonne, es blinkte von einem kleinen blauen See dort unten. Dann kamen sie aus einem Tannengehölz heraus. Erlend deutete vorwärts:

»Da siehst du Husaby, Kristin. Gott gönne dir viele frohe Tage dort, mein Weib!« sagte er mit warmer Stimme.

Vor ihnen dehnten sich große breite Äcker aus. Der Hof lag auf einer breiten Stufe mitten am Hang, ganz nahe einer hellen, kleinen Steinkirche, die Häuser standen gerade südlich davon; es waren ihrer viele, und sie waren groß; der Rauch wirbelte aus den Dachöffnungen. Die Glocken der Kirche hoben zu läuten an, und vom Hof strömten die Menschen dem Zug entgegen, rufend und grüßend. Die jungen Männer des Brautgefolges schlugen ihre Waffen gegeneinander, mit Lärm und Getöse und Freudengeschrei zog die Schar auf dem Hof des jungverheirateten Mannes ein.

Vor der Kirche machten sie halt; Erlend hob seine junge Frau vom Pferd und geleitete sie zur Tür, wo eine ganze Schar von Priestern und Klerikern sie empfing. Es war bitter kalt drinnen, und das Tageslicht sickerte durch die kleinen rundbogigen Fenster im Langschiff herein, so daß der Kerzenglanz im Chor verblaßte.

Kristin fühlte sich verloren und ängstlich, als Erlend ihre Hand losließ und sich auf die Seite der Männer hinüberbegab, während sie selbst sich in die Schar der fremden, feiertäglich gekleideten Frauen einreihte. Das Amt war sehr schön. Aber Kristin fror, und als sie versuchte, ihr Herz zu erleichtern und emporzuheben, schien es ihr, als würden ihre Gebete zu ihr zurückgehaucht. Sie dachte, es sei vielleicht kein gutes Zeichen, daß es Sankt-Simons-Tag war – da dies doch der Schutzheilige jenes Mannes war, an dem sie nicht gut gehandelt hatte.

Von der Kirche aus begab sich die Menge, zum Zug geordnet, auf den Hof hinunter, zuerst die Priester, dann Kristin und Erlend Hand in Hand, und die Gäste paarweise hinterher. Kristin vermochte sich nicht so weit zu fassen, daß sie den Hof genauer betrachten konnte. Der Hofplatz war lang und schmal; die Häuser lagen in zwei Reihen auf der Süd- und auf der Nordseite. Sie waren mächtig und dicht zusammengebaut, schienen aber alt und verfallen zu sein.

Der Zug hielt vor der Tür zum Wohnhaus an, und die Priester sprengten Weihwasser. Dann führte Erlend die junge Frau durch eine dunkle Vorstube.

Zu ihrer Rechten wurde eine Tür aufgeschlagen, die in strahlendes Licht führte. Gebückt trat sie durch den Türrahmen und stand mit Erlend in seiner Halle.

Es war die größte Stube, die sie je auf einem Hof gesehen hatte. Mitten im Raum befand sich eine Herdstätte, die war so lang, daß an ihren beiden Enden je ein Feuer brannte, und die Halle war so breit, daß die Querbalken mit geschnitzten Holzsäulen abgestützt waren – der Raum dünkte sie eher eine Kirche oder eine Königshalle zu sein denn eine Stube auf einem Hof. Oben am östlichen Giebel, wo an der Schmalseite der Hochsitz sich aus der Mitte der Bank hervorhob, waren geschlossene Betten zwischen den Wänden und den Säulen eingebaut.

Und jetzt brannte solch eine Menge Lichter im Raum auf den mit kostbaren Schüsseln und Platten beladenen Tischen und auf Kerzenhaltern, die an den Wänden befestigt waren. Nach alter Zeiten Brauch hingen Waffen und Schilder zwischen den ausgespannten Teppichen. Hinter dem Hochsitz war die Wand mit einem Stück Samt verkleidet, und dorthin hängte nun ein Mann Erlends goldverziertes Schwert und seinen weißen Schild mit dem roten springenden Löwen.

Dienstleute und Frauen aus dem Gesinde hatten die Gäste von ihren Überkleidern befreit. Erlend nahm sein Weib bei der Hand und führte sie zur Herdstätte; die Gäste bildeten hinter ihnen einen Halbkreis. Dann trat eine dicke Frau mit einem milden Gesicht vor und glättete Kristins Kopftuch, das unter dem Umhang ein wenig zerknittert worden war. Als sie auf ihren Platz zurückging, nickte sie den beiden jungen Menschen zu und lächelte; Erlend nickte lächelnd zurück und blickte auf sein Weib hinab. Da schien sein Antlitz schöner zu sein denn je. Und wieder fühlte Kristin, wie das Herz ihr sank: er jammerte sie so sehr. Sie wußte, was er nun dachte, da er sie so mit dem langen schneeweißen Frauentuch über dem scharlachroten Brautgewand hier in seiner Stube stehen sah. An diesem Morgen hatte sie einen langen gewebten Gürtel unter ihren Kleidern eng um Leib und Hüften winden müssen, ehe das Kleid schön sitzen wollte. Sie hatte sich auch die Wangen mit einer roten Salbe eingerieben, die Frau Aashild ihr gegeben hatte. Bei dieser Arbeit hatte sie gekränkt und sorgenvoll daran gedacht, daß Erlend sie wohl nicht viel ansah, jetzt, seit er sie bekommen hatte – da er doch immer noch nichts begriff. Jetzt bereute sie es bitter, daß sie es ihm nicht gesagt hatte.

Während das Ehepaar so dastand, Hand in Hand, gingen die Priester rund durch die Stube, segneten das Haus und die Feuerstätte, das Bett und den Tisch.

Dann überreichte eine Frau aus dem Gesinde Erlend die Schlüssel des Hauses. Er hängte den schweren Bund an Kristins Gürtel, und während er dies tat, sah er aus, als hätte er sie am liebsten sofort geküßt. Ein Mann brachte ein großes Horn, mit goldenen Ringen umwunden. Erlend setzte es an den Mund und trank ihr zu:

»Heil und Glück auf deinem Hof, Herrin!«

Und die Gäste riefen und lachten, während Kristin mit ihrem Manne trank und den Rest des Weines ins Feuer goß.

Dann, als Erlend Nikulaussohn sein Weib zum Hochsitz führte und die Gäste sich zu Tisch setzten, fingen die Spielleute zu spielen an.

Am dritten Tage begannen die Gäste aufzubrechen, und am fünften Tag zur Nonezeit zogen die letzten fort. Nun war Kristin allein mit ihrem Mann auf Husaby.

Als erstes gebot sie dem Gesinde, alles Bettzeug aus dem Bett herauszunehmen, die Bettstatt selbst und die Wände der Stube mit Lauge abzuwaschen und das Stroh hinauszutragen und zu verbrennen. Dann ließ sie frisches Stroh einfüllen und das Bett mit ihrer von zu Hause mitgebrachten Wäsche bereiten. Es währte bis tief in die Nacht hinein, ehe diese Arbeit beendet war. Kristin gebot, daß mit allen Bettstellen auf dem Hof so verfahren werde, und alle Felldecken sollten in der Badestube erhitzt werden, die Mägde sollten gleich am nächsten Morgen die Arbeit anpacken und so viel vom Fleck bringen, als ihnen vor dem Sonntag noch möglich wäre. Erlend schüttelte den Kopf und lachte, sie sei doch wahrlich eine Frau! Aber er war ziemlich beschämt.

Kristin hatte in der ersten Nacht nicht viel schlafen können, obwohl die Priester ihr Bett geweiht hatten. Obenauf waren seidenbezogene Kissen, Linnenlaken und die schönsten Decken und Felle gebreitet, aber darunter war schmutziges und stickiges Stroh, und in den Decken und in dem prächtigen schwarzen Bärenfell, das zuoberst lag, waren Läuse.

Vieles und vielerlei hatte sie in diesen Tagen bereits gesehen. Unter den kostbaren Teppichen, mit denen die Wände geschmückt waren, hatte man Ruß und Schmutz nicht von den Balken gewaschen. Ungeheure Mengen hatte es beim Gelage zu essen gegeben, aber vieles war verdorben gewesen und schlecht zubereitet. Auch hatten sie mit grünem und nassem Holz schüren müssen, das kaum brennen wollte und die Stube mit Rauch erfüllte.

Schlechte Wirtschaft war ihr überall begegnet, als sie am zweiten Tag mit Erlend umhergegangen war und sich auf dem Hof umgesehen hatte. Wenn das Gastlager zu Ende war, würden leere Vorratshäuser und Scheunen zurückbleiben; die Mehlkästen waren beinahe ausgefegt. Und sie begriff nicht, wie Erlend mit dem vorhandenen Vorrat an Heu und Stroh all die Pferde und den großen Viehbestand durchzufüttern gedachte – an Laub war nicht einmal genug für die Schafe gesammelt worden.

Ein Dachraum aber war halbvoll von Leinwand, die zu nichts verwendet worden war, das mußte der Hauptteil von den Ernten vieler Jahre sein. Und ein Schuppen war mit uralter, ungewaschener und stinkender Wolle angefüllt, zum Teil in Säcken, zum Teil offen auf dem Boden liegend. Als Kristin hineingriff, rollten ihr kleine braune Puppen über die Hand; es waren Motten und Würmer hineingekommen.

Das Vieh war jämmerlich, mager, räudig und wund, und noch nirgends hatte sie so viele alte Tiere gesehen. Nur die Pferde waren schön und gut gepflegt. Und doch gab es darunter keines, das sich mit Guldsvein oder mit Ringdrott, dem jetzigen Hengst ihres Vaters, hätte messen können. Slöngvanbauge, den ihr der Vater von daheim mitgegeben hatte, war das schönste Pferd im Stall von Husaby. Sie mußte den Arm um seinen Hals legen und ihr Gesicht an seine Wange drücken, als sie zu ihm kam. Und diese mächtigen Leute hier aus der Drontheimer Gegend betrachteten das Tier und priesen seine kräftigen starken Beine, die tiefe Brust und den hohen Hals, den kleinen Kopf und die breiten Lenden. Der Alte von Gimsar schwor bei Gott und dem bösen Feind, es sei eine große Sünde, daß man diesen Gaul verschnitten hätte – welch ein Streithengst hätte er sein können. Da mußte Kristin ein wenig mit Ringdrott, dem Gaul ihres Vaters, prahlen. Er war noch viel größer und stärker, es gab keinen Hengst, der ihm über war, ja ihr Vater hatte ihn mit den berühmtesten Pferden bis ganz von Sogn her kämpfen lassen. Die seltsamen Namen – Slönvanbauge und Ringdrott – hatte Lavrans diesen Pferden gegeben, weil sie so hellgoldfarben und wie mit rotgoldenen Ringen gezeichnet waren. Die Mutter Ringdrotts war eines Sommers drinnen bei den Eberbergen* von der Weide verschwunden, und sie hatten geglaubt, der Bär habe sie geraubt. Da aber kehrte sie im Spätherbst wieder auf den Hof zurück, und das Fohlen, das sie im Jahr darauf bekam, war sicher nicht von einem Hengst gezeugt, der den Menschen über der Erde gehörte. Darum verbrannten sie Schwefel und Brot über dem Fohlen, und Lavrans stiftete die Stute der Kirche, um sich sicher zu fühlen. Aber das Füllen wuchs so schön heran, daß er jetzt sagte, lieber wolle er seinen halben Besitz verlieren als Ringdrott.

Erlend lachte und sagte:

»Du bist sonst wortkarg, Kristin, aber wenn du von deinem Vater sprichst, dann wirst du wohlberedt!«

Kristin schwieg jäh. Sie erinnerte sich an das Gesicht des Vaters, als sie mit Erlend fortreiten sollte und er sie aufs Pferd hinaufhob. Er hatte eine frohe Miene angenommen, denn es standen so viele Leute rings um sie, aber sie sah seine Augen. Er strich ihr über den Arm und ergriff ihre Hand zum Abschied. In diesem Augenblick hatte sie wohl hauptsächlich daran gedacht, wie froh sie sei, daß sie nun fortkomme. Jetzt dünkte es sie, die Erinnerung an ihres Vaters Augen damals müßte ihr das ganze Leben lang in der Seele brennen.

So ging also Kristin Lavranstochter daran, in ihrem Haus zu schalten und zu walten. Jeden Morgen stand sie in aller Frühe auf, obwohl Erlend dagegen sprach und so tat, als wollte er sie mit Gewalt im Bett zurückhalten: kein Mensch erwarte doch von einer jungverheirateten Frau, daß sie vor Morgengrauen schon auf den Beinen sei.

Wenn sie sah, wie hier alles darniederlag und wie vieler Dinge sie sich hier anzunehmen hatte, so durchfuhr es sie scharf und hart: nun gut, sie hatte eine Sünde auf sich geladen, um hierherzukommen, mochte es so sein, aber es war auch eine Sünde, so mit Gottes Gaben umzugehen, wie es hier geschah. Schande war es für jene, die früher hier gewirtschaftet hatten, und für alle, die Erlends Hab und Gut so hatten verkommen lassen. Seit zwei Jahren hatte Husaby keinen ordentlichen Verwalter mehr gehabt; Erlend selbst war in dieser Zeit sehr viel von daheim fort gewesen, und außerdem verstand er sich nicht gut auf die Bewirtschaftung eines Hofes. Da war es wohl nicht mehr als begreiflich, wenn seine Vertrauensleute in den weiter entfernten Gemeinden ihn so betrogen, wie Kristin es vermutete, und wenn das

* Eberberge: Rondanegebirge.

Gesinde auf Husaby nur so viel arbeitete, wie es selbst Lust hatte, und nur dann und wann oder wie es jedem einzelnen behagte. Es war nicht leicht für sie, jetzt wieder alles in Ordnung zu bringen.

Eines Tages sprach sie darüber mit Ulf Haldorssohn, Erlends Knappen. Sie müßten wenigstens mit dem Dreschen ihres selbstgeernteten Kornes fertig werden – es gab dessen sowieso nicht allzuviel –, bevor die Zeit des großen Schlachtens anbreche. Ulf sagte: »Du weißt ja, Kristin, daß ich kein Knecht bin. Wir sollten doch Erlends Knappen sein, Haftor und ich, und ich habe keine Übung mehr in Bauernarbeit.«

»Ich weiß es«, sagte Kristin. »Aber die Sache ist so, Ulf, daß es für mich nicht leicht sein wird, hier im Winter allem vorzustehen, ein Neuling wie ich hier im Norden des Gebirges bin und unbekannt mit unseren Leuten. Gut gehandelt wäre es von dir, wenn du mir helfen und mich anweisen wolltest.«

»Ich begreife es, Kristin, leicht wirst du es nicht haben in diesem Winter«, sagte der Mann und sah sie mit einem kleinen Lächeln an – mit jenem seltsamen Lächeln, das er stets hatte, wenn er mit ihr oder Erlend sprach. Es war frech und spöttisch, und trotzdem lag doch Güte und eine Art Achtung vor ihr in seinem Wesen. Es dünkte sie auch, sie habe nicht das Recht, gekränkt zu sein, wenn Ulf sich ein vertraulicheres Wesen ihr gegenüber herausnahm, als es sich vielleicht ziemte. Sie selbst und Erlend hatten diesen Mann Mitwisser ihres zuchtlosen und unredlichen Betragens werden lassen; und nun begriff sie, daß er wußte, wie es um sie stand. Das mußte sie nun ertragen, sie sah ja auch, wie Erlend sich in alles fand, was immer Ulf sagte oder tat, und sehr viel Ehrfurcht erwies der Mann seinem Herrn nicht. Aber sie waren von Kindheit an Freunde gewesen; Ulf war von Möre draußen, der Sohn eines Kleinbauern, der in der Nähe von Baard Peterssohns Hof wohnte. Er sagte du zu Erlend und jetzt auch zu ihr, aber hier im Norden war es überhaupt mehr Sitte, du zueinander zu sagen, als daheim in ihrem Tal.

Ulf Haldorssohn war ein recht stattlicher Mann, groß und dunkel, mit schönen Augen, aber sein Mund war häßlich und roh. Kristin hatte von den Mägden auf dem Hof schlimme Dinge über ihn gehört; wenn er in der Stadt war, trank er fürchterlich, lärmte und stürmte in die Häuser, die bei Gjeilene lagen, aber wenn er daheim auf Husaby war, dann war er es, an dem man die meiste Stütze hatte, der Tüchtigste, der Arbeitsamste und der Klügste. Kristin mochte ihn jetzt gut leiden.

»Es wäre wohl für keine Frau leicht, auf diesen Hof zu kommen, nach allem, was hier gewesen ist«, sagte er wieder. »Trotzdem glaube ich, Frau Kristin, du wirst deine Sache besser machen, als es den meisten anderen Frauen möglich wäre. Du bist ja auch keine von denen, die sich hinsetzen und jammern und seufzen, sondern du denkst daran, wie du das Erbe für deine Nachkommen retten kannst, wenn kein anderer dafür sorgt. Und das weißt du wohl, daß du auf mich vertrauen kannst, ich will dir helfen, soviel in meinen Kräften steht. Du darfst dabei nicht vergessen, daß ich nicht gewohnt bin, mit Bauernarbeit zu tun zu haben. Aber wenn du mich um Rat fragen willst und ich mich mit dir besprechen darf, so wird dieser Winter schließlich ganz gut vorübergehen.«

Kristin dankte Ulf und ging ins Haus.

Ihr war schwer ums Herz vor Angst und Unruhe, aber sie versuchte sich davon loszureißen. Es bedrückte sie, daß sie sich nicht auf Erlend verstand; immer noch schien er nichts zu ahnen. Noch eines aber gab es, und das war das schlimmere: sie spürte kein Leben in dem Kind, das sie trug. Mit zwanzig Wochen sollte es sich rühren, das wußte sie, jetzt waren schon drei Wochen über diese Zeit verstrichen. Des Nachts lag sie da und fühlte diese Bürde, die wuchs und schwerer wurde und doch weiterhin gleich dumpf und leblos blieb. Und alles, was sie je über Kinder gehört hatte, die lahm, mit steifen Sehnen oder ohne Gliedmaßen ans Licht der Welt gekommen waren – Geschöpfe, die kaum eine menschliche Gestalt hatten –, all das schwebte ihr nun vor. An ihren geschlossenen Augen zogen Bilder von kleinen zarten Kindern vorüber, grauenhaft entstellt; das eine Schreckbild verschmolz in ein noch schlimmeres. Südlich im Tal daheim, auf Lidstad hatten sie ein Kind – ja, es war jetzt wohl erwachsen. Ihr Vater hatte es gesehen, aber er wollte nie davon reden; sie hatte bemerkt, wie arg es ihm war, wenn jemand davon sprach. Wie es wohl aussehen mochte? O nein, heiliger Olav, bitte für mich! Sie mußte fest an die Gnade des heiligen Königs glauben, sie hatte doch ihr Kind in seine Obhut gegeben, geduldig wollte sie für ihre Sünden leiden und sich mit ganzer Seele an der Hilfe und Gnade für das Kind trösten. Der böse Feind selbst mußte es sein, der sie mit diesen häßlichen Bildern in Versuchung führte, um sie in die Verzweiflung zu locken. Aber in den Nächten war es schwer. Wenn ein Kind keine Gliedmaßen hatte, wenn es lahm war, dann konnte die Mutter wohl auch kein Lebenszeichen spüren. Erlend merkte im Halbschlaf, daß sein Weib unruhig dalag, er nahm sie fester in seinen Arm und drückte sein Gesicht an ihren Hals.

Aber am Tage tat sie, als sei nichts geschehen. Und jeden Morgen kleidete sie sich sorgfältig an, um noch eine kurze Zeit vor dem Hausgesinde zu verbergen, daß sie nicht mehr allein war.

Auf Husaby war es Sitte, daß nach der Abendmahlzeit das Gesinde sich in die Häuser zurückzog, wo es schlief. Dann saßen Kristin und Erlend allein in der Halle. Überhaupt waren die Bräuche hier auf dem Hofe mehr wie in alten Tagen, als man noch Sklaven und Sklavenweiber zur Arbeit hatte. Es stand kein bodenfester Tisch in der Halle, sondern am Morgen und Abend wurde auf einem großen Brett aufgetischt, das über Böcke gelegt war, und nach der Mahlzeit wurde das Brett wieder an der Wand aufgehängt. Zu den anderen Mahlzeiten holten sich die Leute ihr Essen, setzten sich auf die Bänke und aßen dort. Kristin wußte, so war es früher der Brauch gewesen. Jetzt aber, da man nur noch schwer die Männer dazu bringen konnte, bei Tisch aufzuwarten, und da man allgemein sich mit Mägden zur Hausarbeit begnügen mußte, paßte dies nicht mehr – die Frauen wollten sich nicht mit den schweren Tischbohlen krankschleppen. Die Mutter, erinnerte sich Kristin, hatte erzählt, daß sie auf Sundbu, als sie erst acht Winter alt war, schon einen festen Tisch in die Stube bekamen, was die Frauen in jeder Beziehung ein großer Vorteil dünkte. – Jetzt brauchten sie nicht mehr mit aller Näharbeit in die Frauenstube hinauszugehen, sondern konnten in der Stube sitzen bleiben und dort zuschneiden und arbeiten, auch sah es so stattlich aus, wenn man stets Kerzenhalter und ein paar schöne Schalen auf dem Tisch stehen hatte. Kristin dachte, sie wollte Erlend zum Sommer um einen Tisch an der nördlichen Langwand bitten.

So war es daheim, und da hatte der Vater seinen Hochsitz am Tischende, die Betten aber standen an der Wand zum Vorraum. Ihre Mutter saß zuoberst auf der äußeren Bank, so daß sie hin und her gehen und das Auftragen der Speisen beobachten konnte. Nur wenn sie Gäste hatten, saß Ragnfrid an der Seite ihres Mannes. Hier aber war der Hochsitz mitten unter dem Ostgiebel, und Erlend wollte, daß sie immer neben ihm sitze. Daheim bot der Vater stets den Dienern Gottes den Platz im Hochsitz an, wenn solche Gäste auf Jörundhof waren, und er selbst und Ragnfrid warteten ihnen auf, während sie aßen und tranken. Das aber wollte Erlend nicht tun, außer wenn sie von hohem Rang waren. Er liebte die Priester und Mönche nicht sehr, es seien teure Freunde, meinte er. Kristin mußte daran denken, was der Vater und Sira Eirik stets sagten, wenn die Leute über die Geldgier der Kirchenmänner klagten: jedermann vergaß die sündige Freude, die er sich bereitet hatte, wenn er dafür bezahlen sollte.

Sie fragte Erlend nach dem Leben hier auf Husaby in früheren Zeiten. Aber er wußte merkwürdig wenig davon. Das und das habe er gehört, wenn er sich recht erinnere, aber er wisse es nicht mehr so genau. König Skule hatte den Hof besessen und hier Gebäude errichtet, hatte wohl die Absicht gehabt, Husaby zu seinem Wohnsitz zu machen, als er Rein dem Nonnenkloster schenkte. Erlend war sehr stolz darauf, daß sein Geschlecht vom Herzog abstammte, wie er den König stets nannte, und von dem Bischof Nikulaus; der Bischof war der Vater seines Großvaters Munan Bischofssohn gewesen. Aber Kristin schien es, er wisse nicht mehr über diese Männer, als ihr selbst von den Erzählungen ihres Vaters her bekannt war. Daheim war das anders. Weder der Vater noch die Mutter taten groß mit der Macht und dem Ansehen ihrer Ahnen. Aber sie sprachen oft von ihnen und stellten, was sie Gutes von den Vorfahren wußten, als ein Beispiel hin, oder sie erzählten von ihren Fehlern und von dem Übel, das daraus entstanden war, zur Warnung. Und sie wußten kleine lustige Geschichten: über Ivar Gjesling, den Alten, und seine Feindschaft mit König Sverre, über Ivar des Propstes rasche und witzige Antworten, über Haavard Gjeslings ungeheure Fettleibigkeit und über das wunderbare Weidmannsglück Ivar Gjeslings, des Jungen. Lavrans erzählte von dem Bruder seines Großvaters oder Vatersvaters, der die Folkungejungfrau aus dem Kloster Vreta entführt hatte, von dem Großvater selbst, dem schwedischen Herrn Ketil, und von der Mutter seines Vaters, Ramborg Sunestochter, die sich stets nach Vestergautland heimsehnte und auf dem Venern mitsamt dem Schlitten durchs Eis gebrochen war, als sie einmal bei ihrem Bruder auf Solberga zu Gast gewesen. Er sprach von der Waffentüchtigkeit seines Vaters und dessen unsagbarer Trauer um seine erste junge Gattin, Kristin Sigurdstochter, die nach Lavrans' Geburt im Kindbett gestorben war. Und er las aus einem Buch über seine Urahne vor, die heilige Frau Elin in Skövde, der die Gnade zuteil geworden war, Gottes Blutzeugin zu sein. Der Vater hatte oft gesagt, er wolle mit Kristin eine Pilgerfahrt zum Grabe dieser seligen Witwe machen. Aber es war nie etwas daraus geworden.

In ihrer Angst und Not versuchte Kristin zu dieser Heiligen zu beten, an die sie selbst mit Blutsbanden geknüpft war. Sie betete zu Sancta Elin für ihr Kind und küßte das Kreuz, das sie von ihrem Vater erhalten hatte; es waren darin ein paar Fasern von dem Totenhemd der Heiligen eingeschlossen. Aber Kristin fürchtete sich vor Sancta Elin, jetzt, da sie selbst ihre Sippe so geschändet hatte. Wenn sie zu Sankt Olav und Sankt Tomas um Fürbitte flehte, da fühlte sie oft ihre Klagen zu lebenden Ohren und mitleidigen Herzen dringen. Diese beiden Märtyrer der Gerechtigkeit liebte ihr Vater vor allen anderen Heiligen, ja sogar vor Sankt Laurentius selbst, nach dem er doch den Namen trug und dessen Tag im Spätherbst er oft mit einem großen Biergelage und reichen Gaben ehrte. Den heiligen Tomas hatte der Vater selbst eines Nachts, als er verwundet vor Baagahus lag, im Traum gesehen. Kein Mensch hätte zu schildern vermocht, wie lieblich und ehrwürdig der Heilige anzusehen war, und Lavrans hatte nichts anderes hervorbringen können als »Herre, Herre!« Aber der strahlende Bischof hatte mit milder Hand Lavrans' Wunde berührt und ihm Leben und Genesung versprochen, so daß er sein Weib und seine Tochter wiedersehen sollte, wie er es sich im Gebet gewünscht hatte. Damals aber hatte kein Mensch geglaubt, daß Lavrans Björgulfssohn die Nacht überstehen würde.

Ja, sagte Erlend. So etwas konnte man ja erzählen hören. Ihm sei nun nie derartiges widerfahren, und das sei wohl begreiflich, er sei ja auch kein frommer Mann so wie Lavrans.

Dann erkundigte sich Kristin nach den Leuten, die ihren Einzug mit ihnen gefeiert hatten. Erlend wußte auch über diese nicht viel zu sagen. Kristin fiel es auf, wie unähnlich ihr Mann dem Menschenschlag hier in den Tälern war. Viele unter ihnen waren schön, mit ihren hellen und rotwangigen Gesichtern, aber sie hatten runde, harte Köpfe und waren kräftig und derb gewachsen, von den Alten waren viele übermäßig fett. Erlend hatte unter seinen Gästen wie ein fremder Vogel ausgesehen. Er war um einen Kopf größer als die meisten Männer, schmal und mager, mit schlanken Gliedmaßen und feinen Gelenken. Und er hatte schwarzes, seidenweiches Haar, eine blaßbraune Haut, aber hellblaue Augen unter kohlschwarzen Brauen und beschattenden, schwarzen Wimpern. Seine Stirn war hoch und schmal, die Schläfen eingesunken, die Nase ein wenig zu groß und der Mund ein wenig zu klein und weich für einen Mann, aber er war trotzdem schön; sie hatte keinen Mann gesehen, der nur halb so schön war wie Erlend. Selbst seine weiche, stille Stimme war der satten Stimme der anderen unähnlich.

Erlend lachte und sagte, daß ja auch sein Geschlecht nicht von hier sei – mit Ausnahme der Urgroßmutter väterlicherseits, Ragnfrid Skulestochter. Die Leute sagten, er habe große Ähnlichkeit mit dem Vater seiner Mutter, Gaute Erlendssohn von Skogheim. Kristin fragte, was er über diesen Mann wisse. Aber er wußte fast nichts.

Dann war es eines Abends, Erlend und Kristin waren im Begriff, sich auszukleiden. Erlend konnte seinen Schuhriemen nicht lösen, er schnitt ihn ab, und das Messer fuhr ihm in die Hand. Er blutete stark und fluchte häßlich; Kristin holte einen Leinenlappen aus ihrem Schrein. Sie war im bloßen Hemd. Erlend legte seinen anderen Arm um ihre Mitte, während sie ihm die Hand verband.

Plötzlich sah er ihr entsetzt und verwirrt ins Gesicht, wurde selbst dabei glühend rot. Kristin beugte den Kopf.

Erlend zog seinen Arm zurück. Er sagte nichts, da ging Kristin still fort und kroch ins Bett. Ihr Herz schlug dumpf und hart gegen die Rippen. Dann und wann sah sie zu ihrem Mann hinüber. Er hatte ihr den Rücken zugewandt, langsam zog er ein Kleidungsstück nach dem anderen aus. Dann kam er zum Bett und legte sich nieder.

Kristin wartete darauf, daß er reden würde. Sie wartete so, daß mitunter das Herz keinen Schlag zu tun schien, sondern in der Brust nur zitternd stillstand.

Aber Erlend sagte kein Wort. Er nahm sie nicht in seinen Arm.

Schließlich legte er zögernd eine Hand auf ihre Brust, drückte sein Kinn gegen ihre Schultern, so daß die Bartstoppeln sie stachen. Da er immer noch nichts sagte, drehte Kristin sich der Wand zu.

Es war, als sinke und sinke sie. Nicht ein Wort hatte er ihr zu sagen – nun, da er wußte, daß sie sein Kind diese lange schwere Zeit hindurch getragen hatte. Kristin biß im Dunkeln die Zähne zusammen. Sie wollte nicht betteln bei ihm; wenn er schweigen wollte, so konnte auch sie schweigen, und sollte es bis zu dem Tage sein, an dem sie das Kind gebar. Der Groll floß in ihr über. Aber sie lag still und ohne sich zu rühren an der Wand. Und Erlend lag im Dunkeln schweigend da. Stunde auf Stunde lagen sie so, und der eine wußte, daß der andere nicht schlief. Schließlich hörte sie an seinem gleichmäßigen Atem, daß er eingeschlummert war. Da ließ sie die Tränen rinnen, wie sie wollten, vor Kummer und vor Kränkung und vor Scham. Dies, dünkte sie, würde sie ihm nie vergessen können.

Drei Tage lang gingen Erlend und Kristin so umher – Erlend glich einem begossenen Hunde, wie es die junge Frau dünkte. Sie war heiß und hart vor Zorn, wurde wild vor Erbitterung, wenn sie bemerkte, wie er sie forschend ansah, aber den Blick rasch zurückzog, sobald sie ihm ihre Augen zuwandte.

Am Morgen des vierten Tages saß sie in der Stube, als Erlend, zum Ausreiten gekleidet, in die Tür trat. Er sagte, er wolle nach Medalby hinüber – ob sie mitkommen und den Hof ansehen wolle; er gehöre mit zu ihrer Morgengabe. Kristin bejahte, und Erlend half ihr selbst in die zottigen hohen Stiefel und in den schwarzen Ärmelumhang mit den Silberspangen.

Auf dem Hofplatz standen vier gesattelte Pferde, aber Erlend sagte nun, Haftor und Egil könnten daheim bleiben und beim Dreschen helfen. Dann hob er selbst seine Frau in den Sattel. Kristin begriff, daß Erlend jetzt im Sinn hatte, das in Ordnung zu bringen, was unbesprochen zwischen ihnen lag. Dennoch sagte er nichts, während sie langsam dahinritten, gegen den Wald im Westen zu.

Sie waren nun schon weit im Schlachtmonat*, aber trotzdem war hier im Tal noch kein Schnee gefallen. Der Tag war frisch und schön, die Sonne gerade heraufgekommen, und es glitzerte und blitzte golden auf dem weißen Reif überall, auf der Erde und auf den Bäumen. Sie ritten über das Land von Husaby. Kristin sah, daß es nur wenig Getreideland und Stoppelfelder gab, sondern meist brachliegende und alte Wiesen, bucklig, vermoost und mit Erlenschößlingen überwuchert. Sie sprach darüber.

Der Mann antwortete übermütig:

»Weißt du nicht, du, Kristin, die du dich so gut darauf verstehst, auf einem Hof zu schalten und zu walten, daß es sich schlecht lohnt, so nahe bei der Stadt Korn zu bauen; man gewinnt mehr, wenn man Butter und Wolle gegen Getreide und Mehl bei den fremden Kaufleuten tauscht ...«

»Da hättest du alles das tauschen sollen, was auf deinen Speichern liegt und nun seit langem verdorben ist«, antwortete Kristin. »Im übrigen weiß ich sehr wohl, daß nach dem Gesetz jeder Mann, der Land bebaut, auf drei Teile Korn säen, den vierten Teil aber brachliegen lassen soll. Und der eigene Hof des Herrn sollte doch wohl nicht schlechter gepflegt sein als die Höfe der Pächter – so sagte mein Vater stets ...«

Erlend lachte ein wenig und erwiderte:

»Ich habe in diesem Stück nie nach dem Gesetz gefragt; wenn ich das bekomme, was mir zusteht, können meine Bauern auf ihren Höfen schalten, wie es ihnen gefällt, und ich schalte auf Husaby, wie es mir am geeignetsten und besten erscheint.«

»Willst du denn klüger sein«, fragte Kristin, »als unsere Vorfahren

* Schlachtmonat: November.

und Sankt Olav und König Magnus, die diese Gesetze aufgestellt haben?«

Erlend lachte wiederum und sagte:

»Daran hatte ich nicht gedacht. – Zum Teufel auch, wie gut du dich auf Gesetz und Recht des Landes verstehst, Kristin!«

»Ich weiß ein wenig von diesen Dingen«, erklärte Kristin, »weil mein Vater oft, wenn Sigurd vom Loptshof bei uns war und wir am Abend daheim saßen, ihn bat, uns die Gesetze vorzusprechen. Der Vater meinte, es könne dem Gesinde und den jungen Leuten von Nutzen sein, Kenntnis von diesen Dingen zu erhalten, und so sprach uns Sigurd das eine oder andere Gesetz vor.«

»Sigurd«, sagte Erlend. »Ach ja, jetzt erinnere ich mich, ich sah ihn bei unserer Hochzeit. Das war der langnasige, zahnlose Greis, der speichelte und weinte und dir die Brust tätschelte; er war sogar an jenem Morgen noch stinkvoll, als die Leute zu uns heraufkamen und zusahen, wie ich dir das Frauenlinnen umband.«

»Er hat mich gekannt seit – ich kann nicht so weit zurückdenken«, antwortete Kristin böse. »Er pflegte mich auf seinen Schoß zu nehmen und mit mir zu spielen, als ich ein kleines Mädchen war.«

Erlend lachte wiederum:

»Das ist mir ein seltsames Vergnügen, daß ihr dasitzen mußtet und dem Alten zuhören, wie er euch Gesetz auf Gesetz vorsang. Lavrans ist doch in jeder Art anders als andere Männer. – Sonst pflegt man gern zu sagen, wenn der Bauer die Gesetze des Landes und der Hengst seine Stärke kennten, dann möchte der Teufel Ritter sein.«

Kristin stieß einen Ruf aus und schlug ihrem Pferd in die Weichen. Erlend sah zornig und erstaunt seiner Frau nach, wie sie ihm davonritt.

Plötzlich gab er seinem Pferd die Sporen. Jesus, die Furt – über die war jetzt nicht hinüberzukommen, der Lehmhang war im Herbst abgerutscht. Als Slöngvanbauge den anderen Gaul hinter sich wußte, griff er noch weiter aus. Erlend erschrak zu Tode, wie sie doch die steilen Hänge hinunterjagte. Er sprengte durch den Niederwald an ihr vorbei, schlug einen Bogen und schnitt ihr dort, wo der Pfad ein kleines Stück weit flach verlief, den Weg ab, so daß sie anhalten mußte. Als er an ihre Seite kam, sah er, daß sie jetzt wohl selbst ein wenig ängstlich geworden war.

Erlend neigte sich zu seinem Weib vor und schlug sie auf die Wange, daß es sang, und Slöngvanbauge sprang zur Seite, erschrocken und sich aufbäumend.

»Ja, das hast du verdient«, sagte Erlend mit zitternder Stimme, als die Pferde sich beruhigt hatten und sie wieder Seite an Seite ritten. »Wie du dahinrastest, sinnlos im Zorn. Du hast mich erschreckt ...«

Kristin hielt den Kopf so, daß er ihr Gesicht nicht sehen konnte. Erlend wünschte, er hätte sie nicht geschlagen. Dann aber sagte er wieder:

»Ja, du hast mich erschreckt, Kristin – so dahinzustürmen! Und noch dazu jetzt«, sagte er ganz leise.
Kristin gab keine Antwort und sah ihn nicht an. Aber Erlend fühlte, daß sie jetzt weniger zornig war als zuvor, da er ihr Heim verspottet hatte. Er wunderte sich sehr darüber, aber er sah, daß es sich so verhielt.
Sie kamen nach Medalby, und Erlends Pächter trat heraus und wollte sie in die Stube führen. Aber Erlend meinte, sie könnten zuerst die Häuser ansehen, und Kristin solle dabeisein. »Ihr gehört jetzt der Hof, und sie versteht sich besser darauf als ich, Stein«, sagte er lächelnd. Es waren einige Bauern anwesend, die als Zeugen dienen sollten, und unter ihnen befanden sich auch ein paar von Erlends anderen Pächtern.
Stein war am letzten Umzugstag hierher auf den Hof gekommen und hatte seit dieser ganzen Zeit den Grundherrn gebeten, er möchte doch heraufkommen und sehen, in welchem Zustand die Häuser übernommen worden waren, oder er möchte wenigstens einen Vertrauensmann senden. Die Bauern bezeugten, daß nicht ein einziges Gebäude wirklich instand und dicht gewesen sei und daß die, die jetzt verfallen waren, schon so gewesen seien, als Stein hierherkam. Kristin sah, daß es ein guter Hof war, aber er war vernachlässigt worden. Dieser Stein schien ihr ein tüchtiger Mann zu sein, und Erlend zeigte sich denn auch sehr nachgiebig und versprach ihm einige Erleichterungen im Pachtzins, bis er die Häuser ausgebessert habe.
Dann gingen sie in die Stube, und dort war der Tisch mit gutem Essen und starkem Bier gedeckt. Die Frau des Bauern bat Kristin, es zu entschuldigen, daß sie ihr nicht vors Haus entgegengegangen sei. Aber der Mann gestatte ihr nicht, sich unter freien Himmel zu begeben, ehe sie nach ihrem Kindbett in der Kirche gewesen sei. Kristin begrüßte die Frau freundlich, und dann mußte sie zur Wiege hingehen und das Kind ansehen. Es war das erste bei diesen Leuten, und es war ein Sohn, zwölf Nächte alt, groß und stark.
Jetzt wurden Erlend und Kristin zum Hochsitz geführt, und auch alle übrigen setzten sich nieder und tranken eine gute Weile. Während der Mahlzeit sprach Kristin am meisten von allen; Erlend sagte wenig und ebenso auch die Bauern, aber Kristin glaubte doch zu merken, daß die Leute sie gut leiden mochten.
Da erwachte das Kind, jammerte erst und fing dann an, so fürchterlich zu schreien, daß die Mutter hingehen und es an die Brust legen mußte. Kristin sah ein paarmal zu den beiden hinüber, und als der Knabe satt war, nahm sie ihn der Frau ab und hielt ihn auf ihrem Arm.
»Schau her«, sagte sie. »Dünkt dich nicht, daß dies ein schöner und prächtiger Bursche ist?«
»Das ist er wohl«, antwortete der Mann und sah nicht hinüber.
Kristin saß eine Weile mit dem Kind da, ehe sie es der Mutter zurückgab.

»Ich will diesem deinem Sohn eine Gabe senden, Arndis«, sagte sie, »denn er ist das erste Kind, das ich auf den Armen gehalten habe, seit ich hierher nördlich vom Gebirge gekommen bin.«
Heiß und trotzig, mit einem kleinen Lächeln, sah Kristin ihren Mann an und dann die Bauern auf der Bank. Dem einen und anderen zuckten die Mundwinkel ein ganz klein wenig, dann aber sahen sie vor sich hin, die Gesichter vor lauter Ernst erstarrt. Da stand ein uralter Mann auf; er hatte bereits reichlich getrunken. Jetzt nahm er die Schöpfkelle aus der Bierschüssel, legte sie auf den Tisch und hob die schwere Schale:
»Da wollen wir darauf trinken, Herrin, daß das nächste Kind, das du auf deinen Arm legst, der neue Bauer auf Husaby sei!«
Kristin erhob sich und nahm die schwere Schale entgegen. Sie bot sie erst ihrem Mann. Erlend nippte kaum daran, aber Kristin trank tief und lang:
»Dank für den Gruß, Jon in Skog«, sagte sie und nickte fast strahlend und lächelnd. Dann reichte sie die Schale weiter.
Erlend war rot und voll Zorn, soviel Kristin sehen konnte. Sie selbst war nur von einer ganz unwahrscheinlichen Lust erfüllt, zu lachen und froh zu sein. Eine Weile später mahnte Erlend zum Aufbruch, und so begaben sie sich auf den Heimweg.
Sie waren ein Stückweit geritten, ohne miteinander zu sprechen, da sagte Erlend plötzlich heftig:
»Glaubst du, es ist notwendig, selbst die Bauern merken zu lassen, daß du mit einem Kind unterm Herzen geheiratet hast? Du kannst dich dem Teufel darauf verschreiben, daß das Gerede über uns beide bald durch alle Gemeinden hier am Fjord fliegen wird.«
Kristin antwortete zuerst nichts. Sie blickte geradeaus über den Kopf des Pferdes hinweg, und jetzt war sie so weiß im Gesicht geworden, daß Erlend erschrak.
»Das werde ich nicht vergessen, solange ich lebe«, sagte sie endlich und sah ihn nicht an, »daß dies die ersten Worte waren, mit denen du ihn begrüßtest, deinen Sohn, den ich mit Hoffen und Bangen unter meinem Gürtel trage.«
»Kristin!« sagte Erlend flehentlich.
»Meine Kristin«, bettelte er, da sie nicht antwortete und ihn nicht ansah. »Kristin!«
»Herre?« fragte sie kalt und höfisch und wandte den Kopf nicht.
Erlend fluchte, gab seinem Pferd die Sporen und jagte über den Weg dahin, daß die Funken stoben. Aber bald darauf kam er wieder zu ihr zurückgeritten.
»Jetzt wäre ich beinahe so bös geworden«, sagte er, »daß *ich* von *dir* fortgeritten wäre.«
»Da hätte es geschehen können«, erwiderte Kristin ruhig, »daß du reichlich und lange auf mich hättest warten müssen, ehe ich dir nach Husaby nachgekommen wäre.«

»Wie du redest«, sagte der Mann und gab es auf.
Wieder ritten sie ein Stück Weges, ohne miteinander zu sprechen. Nach einer Weile kamen sie an eine Stelle, wo ein kleiner Pfad über einen Bergrücken führte. Erlend sagte zu seinem Weib:
»Ich hatte gedacht, wir könnten über die Höhe hier reiten – es ist ein wenig weiter, aber ich fühle Lust, hier einmal mit dir umherzustreifen.«
Kristin nickte gleichgültig.
Nach einer Weile sagte Erlend, es sei nun besser, wenn sie zu Fuß weitergingen. Er band die Pferde an einem Baum fest.
»Gunnulf und ich hatten hier auf diesem Berg eine Feste«, sagte er. »Es könnte mich gelüsten, zu sehen, ob noch etwas von unserer Burg übrig ist.«
Er nahm sie bei der Hand. Sie fand sich darein, blickte jedoch im Gehen zu Boden und gab acht, wo sie ihre Füße hinsetzte. Es währte nicht lange, da waren sie auf der Höhe. Über dem bereiften Laubwald im Einschnitt des kleinen Baches lag Husaby auf dem Hang ihnen gerade gegenüber, riesig groß und mächtig mit der steinernen Kirche und vielen großen Gebäulichkeiten, mit breiten Äckern ringsum und dem dunklen Waldhang dahinter.
»Die Mutter«, sagte Erlend leise, »ging oft mit uns hierher. Aber immer saß sie da und starrte nach Süden, zum Dovregebirge hinauf. Sie sehnte sich wohl früh und spät von Husaby fort. Oder sie wandte sich gen Norden und sah durch den Taleinschnitt hinaus, dort, wo du es blauen siehst; das sind die Berge jenseits des Fjords. Nie blickte sie zum Hof hinunter.«
Seine Stimme war weich und flehend. Aber Kristin sprach weder, noch sah sie ihn an. Da stieß er im Gehen mit dem Fuß an das gefrorene Heidekraut:
»Nein, hier ist wohl nichts mehr von Gunnulfs und meiner Feste. Ja, ja, es ist auch lange her, seit wir uns hier herumtrieben und spielten, Gunnulf und ich.«
Er erhielt keine Antwort. – Gleich unterhalb der Stelle, an der sie standen, war eine kleine gefrorene Wasserlache. – Erlend hob einen Stein auf und warf ihn hinunter. Das Wasser war bis auf den Grund gefroren, so daß nur ein kleiner weißer Stern in dem schwarzen Spiegel entstand. Erlend nahm noch einen Stein und warf stärker, noch einen und noch einen, jetzt warf er im vollen Zorn und wollte um jeden Preis das ganze Eis zersplittern. Da fiel sein Blick auf das Gesicht seines Weibes, ihre Augen waren dunkel vor Verachtung, sie lächelte höhnisch über sein kindisches Gebaren.
Erlend wandte sich jäh um, aber Kristin wurde im selben Augenblick totenblaß, und ihre Augenlider fielen herab. Sie stand da und griff tastend in die Luft, schwankte, als sollte sie sinken, dann fand sie an einem Baumstamm halt.
»Kristin, was ist dir?« fragte er ängstlich.

Sie antwortete nicht, es war, als lausche sie auf etwas. Ihre Augen waren fern und seltsam.
Jetzt fühlte sie es wieder. Tief drinnen in ihrem Schoß war es, wie wenn ein Fisch mit der Schwanzflosse schlägt. Und wieder war es, als drehe sich die ganze Erde rings um sie, ihr wurde schwindelig und schwach, aber nicht so sehr wie das erstemal.
»Was ist mit dir?« wiederholte Erlend noch einmal.
So sehr hatte sie auf dieses gewartet, hatte sich kaum zu ihrer großen Seelenangst zu bekennen gewagt. Sie konnte nicht darüber sprechen – jetzt, nachdem sie den ganzen Tag böse aufeinander gewesen waren. Nun sagte er es.
»War es das Kind, das sich in dir rührte?« fragte er leise und legte ihr die Hand auf die Schulter.
Da warf sie allen Zorn von sich, schmiegte sich an den Mann und barg ihr Gesicht an seiner Brust.
Eine Weile später gingen sie wieder zu der Stelle hinunter, wo ihre Pferde angebunden standen. Der kurze Tag war fast zu Ende; in ihrem Rücken, im Südwesten, sank die Sonne hinter den Baumwipfeln, rot und matt im Frostnebel.
Erlend untersuchte sorgfältig Spangen und Riemen des Sattelzeugs, ehe er sein Weib aufs Pferd hob. Dann ging er zu seinem eigenen Pferd und machte es los. Er wollte seine Handschuhe nehmen, die er in den Gürtel gesteckt hatte, aber er fand nur den einen. Suchend blickte er zurück.
Da konnte Kristin sich nicht enthalten zu sagen:
»Es nützet nichts, hier nach deinem Handschuh zu suchen, Erlend!«
»Du hättest es mir wohl sagen können, wenn du sahst, daß ich ihn verlor, ob du auch noch so böse auf mich warst«, sagte er. Es waren jene Handschuhe, die Kristin für ihn genäht und ihm mit ihren Brautgaben geschenkt hatte.
»Er fiel aus deinem Gürtel, als du mich schlugst«, sagte Kristin sehr leise und blickte nieder.
Erlend stand bei seinem Pferd, die Hand auf dem Sattelknauf. Er sah scheu und unglücklich aus. Dann aber brach er in Lachen aus:
»Nie hätte ich geglaubt, Kristin – zu jener Zeit, da ich um dich freite und zu meinen Freunden ging und bettelte, sie möchten für mich reden, und mich so demütig und so armselig machte, um dich zu bekommen –, daß du solch eine Hexe sein könntest!«
Da lachte auch Kristin:
»Nein, da hättest du wohl die Sache viel früher aufgegeben, und wer weiß, vielleicht wäre es zu deinem eigenen Besten gewesen.«
Erlend trat ein paar Schritte auf sie zu und legte die Hand auf ihr Knie:
»Gott steh mir bei, Kristin, hast du jemals von mir gehört, daß ich das tat, was zu meinem Besten war?«
Er lehnte sein Gesicht in ihren Schoß und blickte seinem Weib blitzend

ins Gesicht. Rot und froh senkte Kristin den Kopf und versuchte ihr Lächeln und ihre Augen zu verbergen.

Dann nahm er ihr Pferd beim Zaum und ließ sein eigenes hinterherfolgen; so führte er sie, bis sie den Hang hinuntergekommen waren. Sooft sie einander ansahen, lachte er, und sie wandte das Gesicht von ihm ab, um zu verbergen, daß auch sie lachte.

»Nun«, sagte er übermütig, als sie wieder auf dem Weg waren, »wollen wir heimreiten nach Husaby, meine Kristin, und so froh sein wie zwei Diebsgesellen!«

II

Am Weihnachtsabend stürmte es und goß es in Strömen. Man konnte die Schlitten nicht verwenden, und so mußte Kristin daheimbleiben, als Erlend und die übrigen Bewohner des Hofes zur Nachtmesse nach der Kirche in Birgsi ritten.

Sie stand unter der Tür des Wohnhauses und sah ihnen nach. Die Kienfackeln der Männer beleuchteten die alten dunklen Häuser mit rotem Schein und spiegelten sich in dem nassen Glatteis des Hofplatzes. Der Wind fuhr in die Flammen und drückte sie flach zur Seite. Kristin blieb stehen, solange sie das Dröhnen der Pferdehufe in der Nacht hörte.

Drinnen in der Halle brannten Kerzen auf dem Tisch. Die Reste der Abendmahlzeit standen da, Schüsseln, in denen noch Grütze war; Fischgräten und halbverzehrte Brotlaibe schwammen in verschüttetem Bier. Die Mägde, die daheim bleiben mußten, hatten sich bereits auf dem Bodenstroh schlafen gelegt. Kristin war mit ihnen und einem alten Mann namens Aan allein auf dem Hof. Aan hatte schon Erlends Großvater auf Husaby gedient; jetzt wohnte er in einer kleinen Hütte unten am See, kam aber gern tagsüber zum Hof herauf, bastelte allerlei und meinte, daß er viel arbeite. Heute abend war er am Tisch eingeschlafen, und Erlend und Ulf hatten ihn lachend in einen Winkel getragen und eine Decke über ihn gebreitet.

Daheim auf Jörundhof war jetzt der Boden dick mit Schilf belegt, denn sämtliche Bewohner des Hauses sollten in den heiligen Nächten miteinander in der Stube schlafen. Bevor sie zur Kirche fuhren, pflegten sie die Reste der Fastenmahlzeit fortzuräumen, die Mutter und die Mägde deckten den Tisch, so schön sie nur konnten, mit Butter und verschiedenem Käse, mit Stapeln von dünnem, hellem Brot, mit glänzendem Speck und dem schönsten luftgedörrten Schaffleisch. Silberkannen und Methörner standen schimmernd da. Und der Vater selbst hatte die Biertonne auf die Bank gelegt.

Kristin drehte ihren Stuhl der Feuerstätte zu, sie mochte den häßlichen Tisch nicht ansehen. Eines der Mädchen schnarchte so laut, daß es entsetzlich anzuhören war.

Das war nun auch eines von den Dingen, die sie an Erlend nicht liebte:

daheim bei sich aß er so häßlich und nachlässig, stocherte in den Schüsseln nach guten Bissen herum, wollte sich kaum die Hände waschen, ehe er zu Tisch ging, und dann durften die Hunde auf seinen Schoß springen und ihr Fressen mit vom Tisch läppern, während die Leute aßen. Da war es ja nicht anders zu erwarten, als daß auch das Gesinde bei Tisch keine Sitten hatte. – Daheim war sie angehalten worden, schön zu essen – und langsam. Denn es ziemt sich nicht, sagte die Mutter, daß die Herrschaft warten muß, bis das Gesinde gegessen hat, und wer hart arbeitet, muß Zeit haben, sich richtig satt zu essen.

»Gunna«, rief Kristin leise der großen gelben Hündin zu, die mit einem ganzen Knäuel von Jungen bei der Herdstätte lag. Sie war so bösartig, darum hatte Erlend sie nach der alten Hausfrau auf Raasvold genannt.

»Armes Tier du«, flüsterte Kristin und streichelte die Hündin, die herbeigekommen war und ihren Kopf auf Kristins Knie gelegt hatte. Der Rücken der Hündin war schmal wie ein Messerrücken, und die Zitzen streiften fast den Boden. Die Jungen fraßen die Mutter beinahe auf. »Ja, armes Tier du, ja!«

Kristin lehnte den Kopf an die Stuhllehne zurück und sah in das rußige Gebälk hinauf. Sie war müde.

Ach nein, leicht hatte sie es nicht gehabt in diesen Monaten, hier auf Husaby. Am Abend jenes Tages, als sie von Medalby heimgekommen waren, hatte sie ein wenig mit Erlend gesprochen. Da begriff sie, daß er in dem Glauben gewesen war, sie zürne ihm, weil er dies über sie gebracht hatte.

»Ich weiß noch«, sagte er leise, »jenen Tag im Frühling, wir gingen durch den Wald nördlich der Kirche. Ich weiß noch, du batest mich, dich sein zu lassen ...«

Kristin war froh gewesen, weil er dies sagte. Sie wunderte sich oft, wie vieles Erlend sonst vergessen zu haben schien.

Dann aber sagte er:

»Trotzdem aber hätte ich das nicht von dir geglaubt, Kristin, daß du so herumgehen und einen heimlichen Groll gegen mich tragen und dich dabei sanftmütig und froh zeigen könntest. Denn du mußt schon seit langem gewußt haben, wie es um dich stand. Ich hatte von dir geglaubt, du seiest so klar und ehrlich wie der Strahl der Sonne.«

»Ach Erlend«, sagte sie bekümmert. »Du weißt wohl am besten von allen in der Welt, daß ich verbotene Wege gegangen und falsch gewesen bin gegen jene, die mein Bestes wollten.« Aber sie wollte so gern, daß er begriff. »Nun weiß ich nicht, ob du dich erinnerst, mein Freund, daß du früher so gegen mich gehandelt hast, wie es gar manche nicht schön nennen würden. Und Gott und die Jungfrau Maria wissen, daß ich keinen Groll gegen dich hegte, und ich liebte dich nicht weniger.«

Erlends Gesicht wurde weich:

»So dachte ich«, sagte er leise. »Das aber weißt du wohl auch – ich

strebte all diese Jahre danach, das wiederaufzurichten, was ich niedergebrochen hatte. Ich tröstete mich damit, es würde zum Schluß so kommen, daß ich dich für deine Treue und Geduld belohnen könnte.«
Da hatte sie ihn gefragt:
»Du hast wohl von dem Bruder meines Großvaters und der Jungfrau Bengta gehört, die gegen den Willen ihrer Verwandten aus Schweden flüchteten. Gott strafte sie damit, daß er den beiden kein Kind schenkte. Hast du in diesen Jahren nie gefürchtet, er könnte uns so strafen?«
Bebend und leise hatte sie zu ihm gesagt:
»Du wirst dir wohl denken können, mein Erlend, daß ich nicht sehr froh war im Sommer, als ich dies zum erstenmal gewahr wurde. Trotzdem dachte ich ... Ich dachte, solltest du mir sterben, ehe wir verheiratet wären, so wollte ich doch lieber mit deinem Kinde zurückbleiben als allein. Ich dachte, sollte ich daran sterben, so wäre es doch besser so, als daß du keinen echten Sohn besäßest, der nach dir den Hochsitz einnehmen könnte, wenn du von dieser Erde fortgehen müßtest.«
Erlend antwortete heftig:
»Da wollte mich dünken, daß dieser Sohn allzu teuer erkauft wäre, sollte er dich das Leben kosten. Rede nicht so, Kristin. So nahe steht mir Husaby nicht«, sagte er ein wenig später. »Besonders seitdem ich weiß, daß Orm nie Husaby von mir erben kann.«
»Liegt dir mehr an *ihrem* Sohn als an meinem?« fragte Kristin darauf.
»An *deinem* Sohn?« Erlend lachte leise. »Von ihm weiß ich ja noch nicht mehr, als daß er ungefähr ein halbes Jahr früher kommt, als gut ist. Orm habe ich seit zwölf Jahren lieb ...«
Eine Weile später fragte Kristin:
»Sehnst du dich manchmal nach diesen deinen Kindern?«
»Ja«, erwiderte der Mann. »Früher reiste ich oft nach dem Östertal, wo sie leben, und sah mich nach ihnen um.«
»Du könntest jetzt in der Adventszeit dorthin reisen«, meinte Kristin leise. – »Würdest du denn nicht unzufrieden darüber sein?« fragte Erlend froh.
Kristin hatte geantwortet, sie würde das begreiflich finden. Da hatte er gefragt, ob sie etwas dagegen hätte, wenn er die Kinder zum Weihnachtsfest mit heimnähme. »Einmal mußt du sie ja doch sehen.« Und wiederum hatte sie geantwortet, daß ihr auch dieses begreiflich scheinen würde.
Während Erlends Abwesenheit war Kristin fleißig und bereitete alles für Weihnachten vor. Es quälte sie sehr, jetzt unter allen diesen fremden Männern und Frauen umherzugehen; sie mußte sich hart zusammennehmen, wenn sie sich im Beisein der beiden Mägde, die auf Erlends Geheiß bei ihr in der Halle schliefen, aus- und anziehen sollte. Sie mußte sich immer erst selber daran gemahnen, daß sie es niemals über sich gebracht hätte, allein in dem großen Haus zu liegen, wo vor ihr eine andere bei Erlend geschlafen hatte.

Die Mägde des Hofes waren nicht besser, als man erwarten konnte. Bauern, die auf ihre Töchter hielten, hatten diese nicht in Dienst geben wollen auf einen Hof, wo der Herr ganz offensichtlich mit einer Ehebrecherin zusammen lebte und eine solche im Haus walten ließ.

Die Mägde waren faul und nicht gewohnt, einer Hausfrau zu gehorchen. Einigen von ihnen jedoch gefiel es bald, daß Kristin das Haus in Ordnung brachte und selbst ihnen bei der Arbeit voranging. Sie wurden redselig und froh, wenn Kristin ihnen zuhörte und ihnen freundlich und munter antwortete. Und Kristin zeigte dem Gesinde jeden Tag ein sanftes und ruhiges Gesicht. Sie wies niemand zurecht; wenn aber eine der Mägde ihrem Befehl widersprach, so tat die Hausfrau so, als glaube sie, die andere könne die Arbeit nicht ausführen, und zeigte ihr ruhig und freundlich, wie sie getan werden sollte. Auf diese Weise hatte es Kristin ihren Vater mit den neuen Dienstknechten machen sehen, wenn sie störrisch waren, und kein Mann hatte es ein zweites Mal gewagt, Lavrans auf Jörundhof zu widersprechen.

So würde es den Winter hindurch wohl gehen. Später wollte sie dann versuchen, jene Mägde fortzuschicken, die sie nicht mochte oder denen sie keine Sitte beibringen konnte.

Eine Arbeit gab es, die Kristin nicht zur Hand zu nehmen wagte, außer wenn sie sich vor fremden Augen sicher wußte. Doch am Morgen, sobald sie allein war, nähte sie an der Wäsche für das Kind – Windeln aus weichem Fries, Tücher von rotem und grünem Stoff aus der Stadt und weißes Leinen zum Taufkleid. Während sie mit dieser Arbeit beschäftigt dasaß, schwankte ihr Gemüt zwischen Angst und Vertrauen gegenüber den heiligen Freunden der Menschen, deren Fürbitte sie erfleht hatte. Nun wußte sie ja, das Kind lebte und rührte sich in ihr, so daß sie weder bei Tag noch bei Nacht Ruhe fand. Aber sie hatte von Kindern gehört, die mit einem Balg zur Welt gekommen waren an Stelle des Gesichtes, den Kopf in den Nacken gedreht, die Zehen dort, wo die Fersen sein sollten. Und sie sah Svein vor sich, dessen halbes Gesicht blaurot war, weil seine Mutter sich an einem Brand versehen hatte.

Dann warf sie die Arbeit weg, ging hin und verneigte sich vor dem Bild der Jungfrau Maria, betete sieben Ave. Bruder Edvin hatte gesagt, die Mutter Gottes empfinde allemal eine gleich große Freude beim Englischen Gruß, auch wenn er aus dem Munde des erbärmlichsten Sünders käme. Und am meisten erfreue sich das Herz Marias bei den Worten Dominus tecum; die solle Kristin immer dreimal wiederholen.

Dies Gebet half ihr stets für eine Weile. Sie kannte ja schließlich auch viele Leute, Männer wie Frauen, die Gott und seine Mutter nur wenig ehrten und die Gebote nur schlecht erfüllten, ohne daß sie darum mißgestalte Kinder bekommen hatten. Oft war Gott barmherzig und suchte die Sünden der Eltern nicht an den armen Kindern heim, wenn er auch ab und zu einmal den Menschen ein Zeichen dafür schicken

mußte, daß er ihre Bosheit nicht unablässig ertrage. Aber das würde doch nicht gerade *ihrem* Kinde widerfahren.
Dann rief sie in ihrem Herzen Sankt Olav an. Über ihn hatte sie so viel gehört, daß es ihr schien, sie müsse ihn, während er im Lande lebte, gekannt und ihn hier auf Erden gesehen haben. Er war nicht groß, sondern eher rundlich, aber aufrecht und schön, mit der Goldkrone und der schimmernden Glorie um das goldene gelockte Haar. Ein roter, gekräuselter Bart rahmte das feste, verwitterte und derbe Gesicht ein. Und seine tiefen, flammenden Augen sahen quer durch alle Menschen hindurch; in diese wagte keiner hineinzublicken, der etwas Böses getan hatte. Auch sie wagte es nicht, sie sah zu Boden vor seinem Blick, doch sie fürchtete sich nicht. Es war mehr wie damals, als sie klein war und die Augen vor ihrem Vater niederschlagen mußte, wenn sie etwas Schlimmes getan hatte. Sankt Olav sah sie an, streng, aber nicht hart; sie hatte ja versprochen, ihren Lebenswandel zu bessern. Sie sehnte sich so tief danach, nach Nidaros * zu kommen und in seinem Heiligtum niederzuknien. Als sie hier heraufreisten, hatte Erlend ihr versprochen, sehr bald mit ihr dorthin zu reiten. Aber die Reise wurde aufgeschoben. Und jetzt begriff Kristin, daß er nur ungern mit ihr reisen würde; er schämte sich und fürchtete das Gerede der Leute.
Eines Abends, während sie mit ihrem Gesinde am Tisch saß, sagte eine der Dirnen, ein junges Mädchen, das im Haus mithalf:
»Ich meine, Frau, es wäre wohl besser, wir fingen jetzt an, Windeln und Kinderkleider zu nähen, ehe wir dieses Gewebe aufsetzen, von dem Ihr spracht.«
Kristin tat, als habe sie nicht gehört, und sprach wieder über das Färben. Da fing das Mädchen wiederum an: »Aber vielleicht habt Ihr die Kinderwäsche schon von daheim mitgebracht?«
Kristin lächelte ein wenig und wandte sich wieder den anderen zu. Als sie nach einer Weile flüchtig zu der Magd hinüberblickte, saß diese mit feuerrotem Gesicht da und spähte ängstlich zur Hausmutter hin. Kristin lächelte wieder und sprach mit Ulf über den Tisch hin. Da fing die Junge plötzlich zu heulen an. Kristin lachte ein wenig, und das Mädchen weinte lauter und lauter, bis sie schluchzen und schnupfen mußte.
»Nein, hör nun auf damit, Frida«, sagte Kristin schließlich ruhig. »Du hast dich als erwachsene Dienstmagd hierher verdungen; jetzt mußt du dich nicht aufführen, als seiest du ein kleines Mädchen.«
Die Magd seufzte – sie habe nicht frech sein wollen, und Kristin solle es ihr nicht nachtragen.
»Nein«, sagte Kristin lächelnd wie zuvor. »Iß jetzt und wein nicht mehr. Wir haben nicht mehr Verstand, als Gott uns vergönnt hat, auch wir anderen nicht.«

* Nidaros: Drontheim.

Frida sprang auf und lief hinaus, laut schluchzend.

Später, als Ulf Haldorssohn bei Kristin stand und mit ihr über die Arbeit des nächsten Tages redete, lachte er und sagte:

»Um dich, Kristin, hätte Erlend schon vor zehn Jahren freien sollen. Da stünden seine Sachen nun in jeder Beziehung besser.«

»Glaubst du?« fragte sie lächelnd wie vorher. »Da war ich neun Winter alt. Meinst du, Erlend hätte so sehr dazu getaugt, Jahr und Tag dahinzuleben und auf eine Kinderbraut zu warten?«

Ulf lachte und ging hinaus.

Aber in der Nacht lag Kristin da und weinte vor Verlassenheit und Demütigung.

Dann, eine Woche vor Weihnachten, kam Erlend heim, und Orm, sein Sohn, ritt an der Seite des Vaters. Es gab Kristin einen Stich ins Herz, als er den Jungen vor sie hinführte und ihn hieß, seine Stiefmutter zu begrüßen.

Es war das schönste Kind. So, so hatte sie sich gedacht, sollte er aussehen, der Sohn, den sie trug. Bisweilen, wenn sie es wagte, froh zu sein und zu glauben, daß ihr Kind gesund und wohlgeschaffen zur Welt kommen würde, und wenn sie sich ausmalte, wie der Knabe an ihren Knien aufwachsen würde, dann dachte sie sich ihn so, so ähnlich seinem Vater.

Orm war für sein Alter vielleicht ein wenig klein und zart, doch schön gewachsen, feingliedrig und mit hübschem Angesicht, dunkel von Haut und Haar, aber mit großen blauen Augen und einem roten, weichen Mund. Er begrüßte seine Stiefmutter höfisch, aber sein Gesicht war hart und kalt. Kristin hatte nicht viel Gelegenheit, mit dem Jungen näher zu sprechen. Doch sie fühlte seine Blicke, wo sie ging und stand, und hatte das Gefühl, als würde sie noch plumper und schwerer im Körper und im Gang, wenn sie spürte, wie das Kind sie anstarrte.

Sie sah Erlend nicht viel mit dem Sohn sprechen, bemerkte aber wohl, daß es der Knabe war, der sich abweisend verhielt. Kristin sprach mit ihrem Mann darüber, wie schön Orm sei und wie klug er aussehe. Seine Tochter hatte Erlend nicht mitgenommen, Margret schien ihm noch zu klein, um jetzt im Winter diese lange Reise zu machen. Sie sei noch viel schöner als der Bruder, sagte er stolz, als Kristin sich nach dem kleinen Mädchen erkundigte – auch viel lebhafter sei sie; ihre Pflegeeltern könne sie um den kleinen Finger wickeln. Sie habe goldgelbes gelocktes Haar und braune Augen.

Dann ist sie wohl ihrer Mutter ähnlich, dachte Kristin. Sie konnte nichts dafür, daß die Eifersucht in ihr brannte. Ob Erlend wohl seine Tochter ebenso liebte, wie ihr eigener Vater sie geliebt hatte? Erlends Stimme war so weich und warm gewesen, als er von Margret gesprochen hatte.

Kristin stand auf und trat zur äußeren Tür hinaus. Draußen war es so dunkel und regenschwer, daß man weder Mond noch Sterne sehen konnte. Aber sie dachte, es müsse wohl bald Mitternacht sein. Sie nahm das Licht vom Vorraum, ging in die Stube und zündete es an, dann warf sie den Umhang über und ging in den Regen hinaus.

»In Jesu Namen«, flüsterte sie und bekreuzigte sich dreimal, als sie in die Nacht hinaustrat. Ganz am oberen Ende des Hofplatzes lag das Haus des Geistlichen. Es stand jetzt leer. Seit Erlend vom Bann befreit worden war, hatte es keinen Hauskaplan mehr auf Husaby gegeben; ab und zu kam einer von den Hilfsgeistlichen aus Orkedal herüber und las die Messe, der neue Priester, der in die Kirche hier eingesetzt worden war, weilte noch mit Meister Gunnulf im Auslande; die beiden waren wohl Freunde von der Schule her. Man hatte sie in diesem Sommer daheim erwartet; jetzt glaubte Erlend, sie würden wohl nicht eher als nach Frühlingsanfang ins Land kommen. Gunnulf hatte in seiner Jugend eine Lungensucht durchgemacht, so daß er wohl kaum zur Winterszeit heimreisen würde.

Kristin trat in das leere, kalte Haus und suchte nach dem Kirchenschlüssel. Dann blieb sie eine Weile stehen. Draußen war der Boden sehr glatt und die Nacht pechschwarz und windig und regnerisch. Es war ein Wagnis für sie, zur Nachtzeit hinauszugehen und noch dazu in der Weihnachtszeit, in der die Luft von allen bösen Geistern erfüllt ist. Aber sie konnte ihre Absicht nicht aufgeben – sie mußte zur Kirche.

Ich gehe hier in Gottes, des Allmächtigen, Namen, flüsterte sie in die Luft hinaus. Und während sie mit dem Licht vor sich herleuchtete, setzte sie die Füße dorthin, wo Erdhügel und Steine aus dem holprigen, nassen Glatteis herausragten.

Im Dunkeln schien der Weg zur Kirche sehr lang. Endlich aber stand sie auf der Steinschwelle vor der Tür.

Drinnen war es beißend kalt, viel kälter als draußen im Regen. Kristin ging bis zum Chorbogen und kniete vor dem Kruzifix nieder, das sie in der Dunkelheit über sich erkennen konnte.

Als sie ihre Gebete gesprochen und sich erhoben hatte, stand sie eine Weile da; es war, als habe sie erwartet, daß ihr irgend etwas widerfahren müsse. Aber nichts geschah. Sie fror und fürchtete sich in der dunklen, öden Kirche.

Dann schlich sie zum Altar hinauf und beleuchtete die Bilder. Sie waren alt, häßlich und unfreundlich. Der Altartisch war nur nackter Stein – sie wußte, daß die Decken, Bücher und Gefäße in einer Kiste verschlossen aufbewahrt wurden.

Im Langschiff lief eine Bank an der Wand entlang. Kristin ging hin und setzte sich; das Licht stellte sie auf den Boden. Ihr Umhang war naß, und sie selbst war naß und hatte kalte Füße. Sie versuchte, das eine Bein unter sich zu ziehen, da aber tat ihr das Sitzen so weh. Sie schlang den Umhang dicht um sich und bemühte sich, ihre Gedanken darauf zu sammeln, daß nun wiederum die heilige Mitternachtsstunde sei, da Christus sich von Maria, der Jungfrau in Bethlehem, hatte gebären lassen.

Verbum caro factum est et habitavit in nobis *.
Sie dachte an Sira Eiriks tiefe und reine Stimme. Und an Audun, den alten Diakon, der nie mehr gesund wurde. Und an ihre Kirche daheim, wo sie neben ihrer Mutter gestanden und die Weihnachtsmesse gehört hatte. Kein einziges Jahr war vergangen, in dem sie nicht die Christmesse gehört hatte. Sie versuchte, sich an noch mehr der heiligen Worte zu erinnern, aber sie konnte nur an ihre Kirche und alle die bekannten Gesichter denken. Ganz vorn auf der Seite der Männer stand ihr Vater und starrte mit fernen Augen in den blendenden Lichterdunst des Chors.
Es war so unfaßlich, daß ihre Kirche daheim nicht mehr stand. Sie war abgebrannt. Kristin brach bei diesem Gedanken in Weinen aus. Und hier saß sie allein in der Dunkelheit, in dieser Nacht, da alle christlichen Menschen sich zu Freude und Herrlichkeit im Gotteshaus versammelten. Auch dies war wohl so, wie es sein sollte, heute nacht war sie ausgeschlossen von dem Fest zu Ehren der Geburt des Gottessohnes durch eine hehre und reine Jungfrau.
Die Eltern verbrachten wohl diese Weihnachten auf Sundbu. Aber heute nacht wurde in der Kapelle keine Messe gelesen; Kristin wußte, daß die Leute von Sundbu in der Weihnacht stets zum Gottesdienst nach der Hauptkirche auf Ladalm ritten.
Es war das erstemal, so weit sie zurückdenken konnte, daß sie nicht in der Christmesse war. Sie mußte noch ganz klein gewesen sein, als ihre Eltern sie das erstemal mitnahmen; denn sie konnte sich entsinnen, man hatte sie in einen Fellsack gesteckt, der innen zottig war, und der Vater hatte sie im Arm gehalten. Es war eine entsetzlich kalte Nacht, und sie ritten durch einen Wald, die Kienfackeln beleuchteten die schneebeschwerten Fichten. Ihres Vaters Gesicht war purpurrot im Fackelschein, und die Pelzkante an seiner Kappe war kreideweiß vom Reif. Von Zeit zu Zeit beugte er sich zu ihr herab und biß sie ein wenig in die Nasenspitze, fragte sie, ob sie es spüre, und dann rief er zur Mutter zurück, noch habe sich Kristin die Nase nicht erfroren. Sie mußten damals noch auf Skog gewohnt haben, sie war wohl drei Winter alt gewesen. Die Eltern waren noch ganz junge Leute. Jetzt erinnerte sie sich der Stimme ihrer Mutter in jener Nacht, hell und fröhlich und voller Lachen, wenn sie dem Mann etwas zurief und nach dem Kinde fragte. Ja, die Stimme der Mutter hatte frisch und jung geklungen.
Bethlehem, das bedeutet in norwegischer Sprache Ort des Brotes. Denn dort wurde den Menschen jenes Brot gegeben, das die Nahrung des ewigen Lebens ist.
Um die Stunde der Tagesmesse trat dann Sira Eirik an das Lesepult und trug das Evangelium in der Sprache des Landes vor.
In der Zeit zwischen den Messen hielten sich die Leute in der Festhalle

* Verbum caro . . .: Und das Wort ward Fleisch und wohnte unter uns.

nördlich von der Kirche auf. Sie hatten etwas zu trinken bei sich und ließen die Gefäße wandern. Die Männer gingen ab und zu in die Ställe hinüber und sahen nach den Pferden. Aber in den Vigiliennächten im Sommer blieb die Gemeinde auf der Kirchenwiese, und da tanzte die Jugend in der Zeit zwischen den Gottesdiensten.

Und die selige Jungfrau Maria hüllte selbst ihren Sohn in Windeln. Sie legte ihn in die Krippe, aus der sonst Ochsen und Esel fraßen. – Kristin preßte die Hände in die Seiten.

Kleiner Sohn, du mein süßer eigener, eigener Sohn. Gott wird sich deiner erbarmen um seiner seligen Mutter willen. Selige Maria, du klarer Meeresstern, du Morgenröte des ewigen Lebens, die die Sonne der Allwelt gebar – hilf uns! Kleiner Knabe, was ist heute nacht mit dir, du bist so unruhig? Fühlst du unter meinem Herzen, wie so elendiglich ich friere?

Es war am Tag der Unschuldigen Kinder vergangene Weihnachten, als Sira Eirik die Botschaft über jene unschuldigen Kinder auslegte, die von den grausamen Kriegsknechten auf den Armen der Mütter geschlachtet wurden. Aber Gott hatte diese jungen Knaben auserkoren, vor allen anderen Blutzeugen zuerst in die Himmelshalle einzutreten. Und dies sollte ein Zeichen dafür sein, daß solchen das Reich des Himmels gehört. Und er nahm einen kleinen Knaben und stellte ihn mitten unter sie. Ehe ihr nicht werdet wie dieser, könnt ihr nicht in die Hallen des Himmelreiches eingehen, liebe Brüder und Schwestern. Möge dies ein Trost sein für jeden unter euch, Mann oder Weib, der über den Tod eines Kindes trauert. Da hatte Kristin gesehen, wie sich die Blicke des Vaters und der Mutter durch die Kirche hin begegneten, und sie hatte ihren Blick gesenkt, denn sie begriff, daß dieses nicht für sie war.

Das hatte sich im vorigen Jahr zugetragen. Das erste Weihnachten seit Ulvhilds Tod. Oh – aber nicht mein Kind! Jesus, Maria! Laßt mich meinen Sohn behalten.

Der Vater hatte voriges Jahr nicht im Stefanszug mitreiten wollen, schließlich aber hatten die Männer ihn so lange bedrängt, daß er doch mitkam. Der Ritt führte gewöhnlich vom Kirchenhügel daheim bis hinunter zur Flußmündung beim Loptshof; dort trafen die Reiter mit den Männern aus dem Ottatal zusammen. Sie erinnerte sich, wie der Vater auf seinem goldfarbenen Hengst vorübersprengte; er richtete sich auf und stand in den Steigbügeln, legte sich auf den Hals des Pferdes vor, schrie und hetzte den Hengst, und hinter ihm kam der ganze Zug nachgedonnert.

Aber im vergangenen Jahr war er früh heimgekommen, und er war vollkommen nüchtern gewesen. Sonst pflegten die Männer an diesem Tag spät heimzukehren und gewaltig betrunken zu sein. Denn sie mußten auf jeden Hofplatz einreiten und die Becher, die man ihnen herausbrachte, leeren, auf Christus und auf Sankt Stefan, der als erster den Stern im Osten gesehen hatte, als er die Fohlen des Königs

Herodes in den Jordan zur Tränke ritt. Auch die Pferde bekamen an diesem Tag Bier, damit sie wild und übermütig wurden. Am Stefanstag, da wollten sich die Bauern mit ihren Pferden bis zur Zeit des Abendgebetes tummeln – an diesem Tag konnte man die Männer nicht dazu bringen, etwas anderes zu reden oder zu denken, als was mit Pferden zusammenhing.

Sie konnte sich eines Weihnachtsfestes erinnern, als das große Trinkgelage auf Jörundhof abgehalten worden war. Da hatte der Vater einem Priester, der sich unter den Gästen befand, einen roten Junghengst, den Sohn von Guldsvein, versprochen, wenn es dem Priester gelänge, sich auf das ungesattelte Pferd hinaufzuschwingen, während es frei im Hof herumtrabe.

Das war vor langer Zeit geschehen, noch bevor das Unglück mit Ulvhild eintraf. Die Mutter stand mit der kleinen Schwester auf dem Arm vor der Haustür, und Kristin hielt sich an ihrem Rock fest, ein wenig ängstlich.

Der Priester lief hinter dem Pferd her, packte es beim Halfter, lief, daß ihm der lange Rock um die Beine fegte, ließ dann das sich aufbäumende übermütige Tier los:

»Fola, fola – hoia fola, hoia!« rief er singend. Er hüpfte und tanzte wie ein Geißbock herum. Der Vater und ein alter Bauer standen da und hielten einander umhalst, ihre Gesichter waren vollkommen aufgelöst vom Lachen und vom Rausch.

Entweder mußte der Priester den Roten gewonnen haben, oder Lavrans hatte ihm das Tier einfach geschenkt, denn Kristin erinnerte sich, daß der Priester auf dem Junghengst von Jörundhof fortritt. Da waren sie wohl alle miteinander wieder nüchtern; Lavrans hielt dem Priester ehrerbietig den Steigbügel, und sie alle wurden von ihm mit drei Fingern zum Abschied gesegnet. Es war offenbar ein Geistlicher von ziemlichem Ansehen gewesen.

Ach ja. Es war daheim oft lustig gewesen zu Weihnachten. Dann kamen die Weihnachtsböcke. Der Vater hob Kristin auf seinen Rücken; seine Joppe war vereist und das Haar naß. Denn um für den Gottesdienst wieder klare Köpfe zu haben, schütteten sich die Männer beim Brunnen gegenseitig Eiswasser über die Köpfe. Sie lachten, wenn die Frauen sich darüber entsetzten. Der Vater nahm Kristins kleinen kalten Hände und drückte sie gegen seine Stirn, die immer noch rot und brennend heiß war. Das war draußen auf dem Hofplatz, um die Abendzeit, ein junger weißer Mondschimmer hing in der wassergrünen Luft über dem Bergkamm. Als Lavrans wieder mit ihr in die Stube trat, schlug er ihren Kopf aus Versehen gegen den Türstock, so daß sie eine große Beule an der Stirn bekam. Später saß sie dann bei Tisch auf seinem Schoß. Er drückte ihr die Klinge seines Dolches gegen die Beule, fütterte sie mit guten Bissen und ließ sie mit aus seinem Becher trinken. So fürchtete sie sich nicht vor den Weihnachtsböcken, die in die Stube hereingestürmt kamen.

O Vater, o Vater! Mein lieber, guter Vater!
Laut aufschluchzend barg Kristin ihr Gesicht in den Händen. Oh, wenn ihr Vater wüßte, wie sie diese Weihnachtsnacht verbrachte!
Als sie über den Hofplatz zurückging, sah sie, daß vom Dach des Küchenhauses Funken aufstiegen. Die Mägde hatten sich darangemacht, Essen für die Kirchenleute zu bereiten.
In der Halle war es dämmerig. Die Lichter auf dem Tisch waren herabgebrannt, und das Feuer auf der Feuerstätte war fast erloschen. Kristin legte mehr Holz auf und blies die Glut an. Da sah sie, daß Orm in ihrem Stuhl saß. Er stand auf, sobald die Stiefmutter ihn gewahrte.
»Aber Kind!« sagte Kristin. »Bist du denn nicht mit deinem Vater und den anderen zur Messe geritten?«
Orm schluckte ein paarmal hinunter:
»Er vergaß, mich zu wecken, denke ich mir. Er sagte, ich solle mich ein wenig auf das Bett an der Südwand legen. Er würde mich wecken.«
»Das ist schlimm, Orm«, meinte Kristin.
Der Junge antwortete nicht. Nach einer Weile sagte er:
»Ich glaubte, du seist trotzdem mitgegangen, ich wachte auf und war ganz allein hier in der Halle.«
»Ich war eine Weile drüben in der Kirche«, antwortete Kristin.
»Wagst du denn in der Weihnachtsnacht hinauszugehen?« fragte der Junge. »Weißt du nicht, daß die wilde Jagd hätte kommen und dich mitnehmen können?«
»Es sind wohl nicht nur die bösen Mächte heute nacht unterwegs«, gab sie zur Antwort. »In der Weihnacht sind wohl alle Geister ... Ich kannte einen Mönch, er ist jetzt tot – ich denke, er steht vor Gottes Antlitz, denn er war die reine Güte selbst. Er erzählte mir ... Hast du je einmal von den Tieren im Stall gehört, wie sie in der Weihnacht miteinander redeten? Sie konnten in damaliger Zeit Lateinisch. Da krähte der Hahn: ›Christus natus est!‹ Nein, jetzt weiß ich es nicht mehr genau. Die anderen Tiere fragten: ›Wo denn?‹ und die Ziege meckerte: ›Betlem, Betlem‹ – und das Schaf sagte: ›Eamus, eamus‹.«
Orm lächelte höhnisch:
»Hältst du mich für so ein Kind, daß du meinst, mich mit Geschichten trösten zu können? Du solltest mich auf den Schoß nehmen und mir die Brust geben.«
»Ich sagte es wohl hauptsächlich, um mich selbst zu trösten, Orm«, entgegnete Kristin still. »Auch ich wäre gern mit in die Messe gegangen.«
Nun ertrug sie es nicht mehr länger, den häßlichen Tisch anzusehen. Sie ging hin, kehrte alle Überreste in einen Trog und stellte diesen der Hündin auf den Boden hin. Dann suchte sie einen Graswisch unter der Bank hervor und reinigte die Tischplatte.
»Willst du mit mir in das westliche Vorratshaus gehen, Orm, und Brot und Salzfleisch holen, damit wir zum heiligen Morgen decken können?« fragte Kristin.

»Warum läßt du das nicht deine Mägde tun?« fragte der Knabe.
»Bei mir daheim lehrten mich Vater und Mutter«, antwortete die junge Frau, »daß an Weihnachten keiner den anderen um etwas bitten solle, sondern jeder solle bestrebt sein, soviel wie möglich selbst zu tun. Der war am seligsten, der in den Feiertagen dem anderen am meisten dienen konnte.«
»Aber mich bittest du doch«, sagte Orm.
»Das ist etwas anderes – du bist ja der Sohn hier auf dem Hof.«
Orm ergriff das Licht, und sie gingen miteinander über den Hofplatz. Drinnen im Vorratshaus füllte Kristin zwei Tröge mit Weihnachtskost. Sie nahm auch ein Bündel großer Talglichte. Während sie noch damit beschäftigt waren, sagte der Junge:
»Das ist wohl Bauernbrauch, wovon du vorhin sprachst. Denn ich habe gehört, daß er nur ein Frieskittelbauer sei, der Lavrans Björgulfssohn.«
»Von wem hast du das gehört?« fragte Kristin.
»Von Mutter«, sagte Orm. »Als wir das letztemal hier auf Husaby wohnten, hörte ich sie oft und oft zu Vater sagen, nun könne er sehen, daß nicht einmal ein grauer Bauer ihm seine Tochter zum Weibe geben möge.«
»Es ist wohl schön gewesen auf Husaby in jener Zeit«, sagte Kristin kurz.
Der Junge gab keine Antwort. Um seinen Mund bebte es.
Kristin und Orm trugen die vollen Tröge zur Halle zurück, und sie deckte den Tisch. Aber sie mußte noch einmal ins Vorratshaus hinüber, um etwas zu holen. Orm ergriff den Trog und sagte ein wenig befangen:
»Ich will für dich gehen, Kristin, es ist so glatt auf dem Hofplatz.«
Sie blieb vor der Haustür stehen und wartete, in Gedanken versunken, bis er zurückkam.
Dann setzten sie sich an die Feuerstätte – sie in den Lehnstuhl und der Knabe auf einen Holzschemel in ihrer Nähe. Nach einer Weile sagte Orm Erlendssohn leise:
»Erzähl mir doch noch mehr, während wir hier sitzen, Stiefmutter!«
»Erzählen?« fragte Kristin ebenso.
»Ja – eine Geschichte oder so etwas – die zur Weihnachtsnacht paßt«, sagte der Knabe verlegen.
Kristin lehnte sich im Stuhl zurück und umfaßte mit den dünnen Händen die Tierköpfe der Armlehnen:
»Der Mönch, von dem ich sprach, ist auch in Engelland gewesen. Und er berichtete, es gäbe dort einen Ort, da wüchsen Dornenbüsche, die in jeder Weihnacht mit weißen Blumen blühen. Sankt Josef von Arimathia ging bei diesem Ort an Land, als er vor den Heiden flüchtete, und dort stieß er seinen Stab in die Erde, und der schlug Wurzeln und blühte. Er war der erste, der christlichen Glauben nach Bretland trug. Glastonborg heißt der Ort – jetzt erinnere ich mich. Bruder Edvin hatte

selbst diese Sträucher gesehen. Dort in Glastonborg wurde er mit seiner Königin beerdigt, der König Artur, von dem du wohl hast sagen hören – er, der einer der sieben würdigsten Kämpfer der Christenheit war.
In Engelland sagen sie, daß Christi Kreuz aus Erlenholz gemacht war. Wir aber brannten daheim in den Weihnachtstagen Eschenholz, denn es war Eschenholz, womit Sankt Josef, Christi Stiefvater, ein Feuer anmachte – für die Jungfrau Maria und den neugeborenen Sohn Gottes, den Jesusknaben. Das hat mein Vater auch von Bruder Edvin gehört.«
»Aber hier nördlich des Gebirges wachsen nur wenig Eschen«, sagte der Knabe. »Man hat sie in früheren Zeiten zu Speerschäften verwendet, weißt du. Ich kenne keine andere Esche hier auf dem ganzen Grund von Husaby als die eine, die hier östlich am Hofgatter steht, und die kann der Vater nicht schlagen, denn unter ihr wohnt der Urbauer*. Du, Kristin, in Romaborg haben sie ja das heilige Kreuz, da können sie doch wohl herausfinden, ob es wahr ist, daß es aus Erlenholz gemacht ist.«
»Ja«, meinte Kristin. »Ich weiß nicht, ob es wahr ist. Denn du weißt, man sagte ja auch, das Kreuz sei aus einem Schößling vom Baum des Lebens gemacht, den Seth im Garten des Paradieses holen und zu Adam heimbringen durfte, ehe er starb.«
»Ja«, sagte Orm. »Aber erzähle es doch.«
Eine Weile später wandte Kristin sich zu dem Kind:
»Jetzt solltest du dich ein wenig hinlegen, Verwandter, und schlafen. Es dauert noch lange, bis die Kirchenleute zurückkommen.«
Orm stand auf:
»Wir haben einander noch nicht als Verwandte begrüßt, Kristin Lavranstochter.« Er ging hin und nahm ein Horn vom Tisch, trank seiner Stiefmutter zu und reichte ihr das Gefäß.
Sie fühlte es wie Eiswasser über den Rücken laufen. Sie mußte jener Stunde gedenken, da Orms Mutter mit ihr trinken wollte. Und die Frucht in ihrem Leibe bewegte sich gewaltsam. Was ist mit ihm heute nacht, dachte die Mutter. Es war, als fühle der ungeborene Knabe alles, was sie fühlte, als friere er, wenn sie fror, und als krümme er sich in Angst, wenn sie sich fürchtete. Da aber darf ich nicht so weich sein, dachte Kristin. Sie ergriff das Horn und trank mit ihrem Stiefsohn.
Als sie es Orm zurückreichte, strich sie ihm sanft über die schwarze Haarlocke. Nein, ich will dir gewiß keine böse Stiefmutter werden, dachte sie. Du schöner, schöner Sohn meines Erlend.
Sie war in ihrem Stuhl eingeschlafen, als Erlend heimkam und die steifgefrorenen Fäustlinge auf den Tisch warf.
»Seid ihr schon hier?« fragte Kristin erstaunt. »Ich glaubte, ihr würdet noch die Tagesmesse anhören.«

* Urbauer: Der erste Mann, der an dieser Stelle das Land rodete und den Hof gründete.

»Oh, an zwei Messen habe ich für lange Zeit genug«, sagte Erlend. Kristin nahm seinen vereisten Umhang. »Ja, jetzt ist klarer Himmel, jetzt friert es.«
»Es war nicht schön, daß du vergaßest, Orm zu wecken«, tadelte ihn seine Frau.
»War er böse darüber?« fragte der Vater. »Ich hatte es nicht vergessen«, sagte er leise. »Aber er schlief so gut, da dachte ich ... Du kannst dir denken, die Leute in der Kirche starrten mich schon genug an, weil ich ohne dich kam. Ich hatte keine Lust, noch obendrein mich mit diesem Jungen an meiner Seite zu zeigen.«
Kristin sagte nichts, aber es tat ihr weh. Es dünkte sie nicht schön gehandelt von Erlend.

III

Diese Weihnachten bekamen sie nicht viel Gäste auf Husaby zu sehen. Erlend wollte nirgends hin, wo er eingeladen war, sondern ging daheim auf seinem Hof umher und war schlechter Laune.
Er nahm sich diese Wendung mehr zu Herzen, als sein Weib wissen konnte. Er hatte soviel mit seiner Verlobten geprahlt, seitdem seine Verwandten ihm das Jawort auf Jörundhof geholt hatten. Nichts wollte er weniger, als daß jemand glauben könnte, er sehe sie oder einen ihrer Verwandten für geringer an als seine eigenen Leute. Nein, alle sollten wissen: er hielt es für eine Ehre und eine Genugtuung, daß Lavrans Björgulfssohn ihm seine Tochter anverlobte. Jetzt würden die Leute sagen, er habe das Mädchen wohl für nicht viel mehr angesehen als für ein Bauernkind, da er es gewagt hatte, ihren Vater zu kränken, indem er bei der Tochter schlief, noch ehe sie ihm zur Ehe gegeben war.
Auf seiner Hochzeit hatte Erlend die Eltern seiner Frau heftig bedrängt, sie sollten unbedingt im Sommer nach Husaby kommen und sehen, wie es ihnen gehe. Er wollte ihnen beiden gern zeigen, daß er ihre Tochter nicht in kleine Verhältnisse gebracht hatte. Aber er hatte sich auch darauf gefreut, in der Gegend umherzureiten und sich in Begleitung dieser schönen und stattlichen Schwiegereltern sehen zu lassen; er begriff, daß Lavrans und Ragnfrid sich unter den Angesehensten noch hervorhoben, wo sie auch hinkamen. Und er hatte geglaubt, seit jenem Mal, da er auf Jörundhof war und die Kirche abbrannte, könne Lavrans ihn trotz allem ganz gut leiden. Nun war es wenig wahrscheinlich, daß das Wiedersehen zwischen ihm und den Verwandten seines Weibes für irgendeinen der beiden Teile Angenehmes bringen würde.
Es kränkte Kristin, daß Erlend so oft seine schlechte Laune an Orm ausließ. Der Junge hatte keine gleichaltrigen Spielgefährten, und so konnte er oft im Wege sein und zur Last fallen. Er verursachte auch allerlei Verdruß. Eines Tages hatte er unerlaubterweise seines Vaters

französische Armbrust genommen und dabei am Schloß etwas zerbrochen. Erlend wurde sehr böse; er schlug Orm hinters Ohr und schwor, daß der Junge auf Husaby keine Armbrust mehr anrühren dürfe.
»Es war nicht Orms Schuld«, sagte Kristin, ohne sich umzudrehen. Sie saß mit dem Rücken zu den beiden und nähte. »Die Feder war verzogen, als er sie nahm, und er versuchte, sie wieder einzurichten. So unvernünftig darfst du doch nicht sein, daß du deinem großen Sohn verwehrst, eine Armbrust von all den vielen hier auf dem Hof zu benützen. Gib ihm doch lieber eine von denen, die in der Waffenkammer sind.«
»Du kannst ihm selber eine Armbrust schenken, wenn du magst«, sagte Erlend zornig.
»Das kann ich gern«, entgegnete Kristin wie zuvor. »Ich werde mit Ulf darüber sprechen, wenn er das nächstemal zur Stadt reitet.«
»Geh hin, Orm, und bedanke dich bei deiner freundlichen Stiefmutter«, knurrte Erlend, seine Stimme klang spöttisch und zornig.
Orm tat dies. Und dann machte er, daß er so rasch wie möglich zur Tür hinaus kam. Erlend stand eine Weile da.
»Das tatest du nur, um mich zu ärgern, Kristin«, sagte er.
»Ja, ich weiß, ich bin eine Hexe. Du hast mir das schon früher gesagt«, entgegnete sein Weib.
»Erinnerst du dich auch, du meine Süße«, sagte Erlend betrübt, »daß ich damals nicht im Ernst sprach?«
Kristin gab weder eine Antwort, noch blickte sie von ihrer Arbeit auf. Da ging er; und hinterher saß sie da und weinte. Sie hatte Orm gern, und sie fand, Erlend sei oft ungerecht gegen seinen Sohn. Außerdem aber quälten sie das wortkarge Wesen und die unfrohen Mienen ihres Mannes so sehr, daß sie die halben Nächte hindurch weinte. Dann hatte sie den ganzen Tag darauf Kopfschmerzen. Ihre Hände waren jetzt so mager geworden, daß sie ein paar kleine silberne Ringe, die sie noch aus ihrer Kinderzeit besaß, vor den Verlobungsring und den Brautring stecken mußte, damit ihr diese nicht im Schlaf vom Finger fielen.
Am Sonntag vor Beginn der Fastenzeit kamen am späten Nachmittag Herr Baard Peterssohn mit seiner Tochter, der Witwe, und Herr Munan Baardssohn mit seiner Frau unerwartet nach Husaby. Erlend und Kristin gingen auf den Hofplatz hinaus, um die Gäste willkommen zu heißen.
Kaum bekam Herr Munan Kristin zu sehen, so schlug er Erlend derb auf die Schulter:
»Du hast es verstanden, Verwandter, dafür zu sorgen, daß deine Frau gedeiht, das sehe ich wohl. Du bist jetzt nicht mehr so dünn und jämmerlich, wie du auf deiner Hochzeit warst, Kristin – und hast auch viel frischere Farben jetzt«, lachte er, denn Kristin war so rot geworden wie eine Hagebutte.
Erlend gab keine Antwort. Herrn Baards Miene war finster, die beiden

Frauen aber taten, als hörten und sähen sie nichts; still und höfisch begrüßten sie die Gastgeber.

Während sie aufs Essen warteten, ließ Kristin Bier und Met an die Feuerstätte bringen. Munan Baardssohn redete ohne Aufhören. Er hatte einen Brief von der Herzogin an Erlend bei sich – sie hatte gefragt, was aus ihm und seiner Braut geworden sei. Ob er sich nun mit der gleichen Jungfrau verheiratet habe, die er nach Schweden habe entführen wollen. Es war eine verteufelte Reise gewesen, jetzt mitten im Winter – durch die Täler hinauf und mit dem Schiff nach Nidaros. Aber er fuhr im Auftrag des Königs, da half kein Murren. Er hatte auch seine Mutter auf Haugen besucht und brachte Grüße von ihr.

»Wart Ihr auf Jörundhof?« fragte Kristin leise.

Nein, denn er hatte erfahren, daß sie dort zum Leichenbegängnis auf Blakarsarv gereist seien. Es war ein unheimliches Ereignis gewesen. Die Hausfrau, Tora, ein Geschwisterkind Ragnfrids, war vom Altan des Vorratshauses hinuntergestürzt und hatte sich das Rückgrat gebrochen, und es war ihr Mann gewesen, der sie aus Unachtsamkeit hinausgestoßen hatte, auf einem dieser alten Vorratshäuser, wo statt eines richtigen Altans nur einige Bretter über die oberen Balkenenden gelegt waren. Ihren Mann Rolv hatte man binden und Tag und Nacht bewachen müssen, seitdem das Unglück geschehen war, er wollte Hand an sich legen.

Die Leute saßen still da, zusammenschaudernd. Kristin kannte diese Verwandten nur wenig, aber sie waren bei ihrer Hochzeit gewesen. Ihr war so seltsam und schwach zumute, es wurde ihr schwarz vor den Augen. Munan saß ihr gerade gegenüber, er sprang auf. Als er über sie geneigt stand und ihre Schulter umfaßt hielt, sah er freundlich aus; Kristin begriff, daß es vielleicht nicht so merkwürdig war, wenn Erlend diesen Vetter so gern hatte.

»Ich kannte ihn, den Rolv, als wir Kinder waren«, sagte er. »Die Leute bedauerten Tora Guttormstochter; es hieß, er sei wild und eigensinnig. Nun kann man doch sehen, daß er sie liebhatte. Ach ja, mancher Mann prahlt und tut so, als wollte er gern von seiner Frau geschieden sein, aber die meisten Männer wissen doch wohl, daß es am wehsten tut, die Frau zu verlieren.«

Baard Peterssohn erhob sich jäh und trat zu der Bank an der Wand.

»Gott verdamme meinen Mund«, sagte Herr Munan leise. »Daß ich doch nie das Maul halten kann.«

Kristin begriff nicht, worum es sich handelte. Der Schwindel war jetzt vorüber, aber sie hatte ein so beklemmendes Gefühl, alle schienen ihr so seltsam. Sie war froh, als das Gesinde die Speisen hereintrug.

Munan sah zum Tisch hinüber und rieb sich die Hände:

»Ich dachte mir doch, wir würden nichts dabei verlieren, wenn wir zu dir kämen, Kristin, ehe wir anfangen müssen, Fastenspeisen zu kauen. Hast du wirklich in dieser kurzen Zeit solche Leckereien zuwege gebracht? Man sollte fast glauben, du hättest bei meiner Mutter das

Hexen gelernt. Aber ich verstehe, du bist tüchtig darin, all das herbeizuschaffen, womit eine Hausfrau ihren Mann erfreuen kann.«

Sie setzten sich zu Tisch. Für die Gäste waren Samtkissen auf die Wandbank zu beiden Seiten des Hochsitzes gelegt. Das Gesinde saß auf der äußeren Bank, Ulf Haldorssohn in der Mitte, Erlend gerade gegenüber.

Kristin sprach leise mit den fremden Frauen und bemühte sich, zu verbergen, wie übel ihr war. Aber immer wieder warf Munan Baardssohn etwas dazwischen, das spaßhaft sein sollte. Und immer wieder waren es Anspielungen auf Kristins Zustand. Sie tat, als höre sie nicht.

Munan war ein ungewöhnlich beleibter Mann. Seine kleinen, hübsch geformten Ohren saßen ganz vergraben in dem roten, fleischigen Hals, und sein Bauch war ihm im Wege, wenn er sich zu Tisch setzen wollte.

»Ja, ich habe mich oft über die Geschichte von der Auferstehung des Fleisches gewundert«, sagte er. »Ob ich wohl einmal mit diesem Wanst, den ich mir da zugelegt habe, auferstehen werde, wenn jener Tag kommt? Du wirst ja bald wieder schmal um die Mitte sein, Kristin, bei mir ist es schlimmer. Ob du es glaubst oder nicht, aber ich war einmal ebenso schlank im Gürtel wie Erlend dort, als ich zwanzig Winter zählte.«

»Hör jetzt auf, Munan«, bat Erlend leise. »Du quälst Kristin ...«

»Gerne, wenn du es willst«, erwiderte der andere. »Du bist jetzt obenauf, kann ich mir denken; du sitzest jetzt an deinem eigenen Tisch mit einem Eheweib neben dir im Hochsitz. Ja, beim obersten Gott, es war auch nicht mehr zu früh, du bist alt genug, Junge! Ja, freilich werde ich den Mund halten, da du es befiehlst. Dir sagte nie jemand, wann du reden oder schweigen solltest – früher, wenn du an *meinem* Tische saßest –, du warst oft und lang mein Gast, und ich glaube, du konntest nie das Gefühl haben, du seiest nicht willkommen.

Aber wer weiß, ob Kristin es so ungern sieht, wenn ich ein wenig mit ihr scherze – was sagst du, meine schöne Verwandte – du warst doch früher nicht so handscheu? Ich kenne Erlend seit der Zeit, da er noch ganz klein war, und ich glaube sagen zu dürfen, daß ich dem Jungen stets alles Gute gegönnt habe. Rasch und mannhaft bist du, mit dem Schwert in der Hand, sei es zu Pferd oder an Bord eines Schiffes. Aber Sankt Olav soll mich mit seiner Axt in zwei Hälften spalten, wenn ich dich noch eines Tages auf deinen langen Beinen dastehen und vor Mann oder Weib Aug in Aug all das verantworten sehe, was du in deiner Gedankenlosigkeit angerichtet hast. Nein, mein lieber Freund, da läßt du den Kopf hängen wie der Vogel im Bauer und wartest darauf, daß Gott und deine Verwandten dir aus der Klemme helfen. Ja, du bist ja eine so kluge Frau, Kristin, ich denke, du weißt es, ich meine, dir kann es not tun, jetzt ein wenig lachen zu dürfen; du hast in diesem Winter gewiß genug an beschämten Mienen und an Sorge und Reue gesehen ...«

Kristin saß mit dunkelrotem Gesicht da. Ihre Hände zitterten, und sie

wagte nicht, zu Erlend hinüberzublicken. Der Zorn kochte in ihr – hier saßen die fremden Frauen und Orm und das Gesinde. War dies nun die Höflichkeit von Erlends reichen Verwandten?
Da sagte Herr Baard so leise, daß nur die Zunächstsitzenden es hören sollten:
»Ich begreife nicht, was hierbei zu scherzen ist. Ich sagte gut für dich, Erlend, vor Lavrans Björgulfssohn . . .«
»Ja, zum Teufel auch, das war dumm von dir, Pflegevater«, entgegnete Erlend laut und heftig. »Und ich kann nicht begreifen, wie du so töricht sein konntest. Denn du, du kanntest mich ja doch wohl.«
Jetzt aber verlor Munan alle Herrschaft über sich.
»Ja, jetzt will ich euch sagen, warum mich dieses so lustig dünkt. Weißt du noch, was du mir antwortetest, Baard, als ich zu dir kam und sagte, wir müßten jetzt Erlend zu dieser Heirat verhelfen; nein, jetzt *will* ich reden, Erlend soll wissen, was du von mir glaubtest. So und so steht es zwischen ihnen, sagte ich, und bekommt er Kristin Lavranstochter nicht, dann mögen Gott und die Jungfrau Maria wissen, was für närrische Streiche wir noch zu hören bekommen. Da fragtest du, ob ich ihn deshalb endlich mit der verführten Maid verheiraten wollte, weil ich dächte, sie sei vielleicht unfruchtbar, da sie so lange verschont geblieben war. Aber ich denke, ihr kennt mich, ihr anderen, ihr wißt, ich bin meinen Verwandten ein getreuer Verwandter . . .« Er brach vor Rührung in Tränen aus.
»So mögen denn Gott und alle Heiligen meine Zeugen sein, daß ich nie nach deinen Gütern getrachtet habe, Verwandter – im übrigen steht ja auch noch Gunnulf zwischen mir und Husaby; aber ich erwiderte dir, Baard, das weißt du, dem ersten Sohn, den Kristin bekäme, wollte ich meinen goldverzierten Dolch mit der Walbeinscheide geben. – Hier kannst du ihn haben«, rief er weinend und schleuderte die prachtvolle Waffe ihr über den Tisch zu. »Wird es diesmal kein Sohn, so wird es wohl im nächsten Jahr einer.«
Tränen der Scham und des Zornes rannen Kristin über die heißen Wangen. Sie kämpfte schwer, um nicht zusammenzubrechen. Die beiden fremden Frauen aber saßen da und aßen so ruhig, als seien sie an solche Auftritte gewöhnt. Und Erlend flüsterte ihr zu, sie solle den Dolch nehmen: »Sonst hört Munan den ganzen Abend nicht mehr damit auf.«
»Ja, und dann will ich auch das nicht verbergen«, fuhr Munan fort, »ich gönne es deinem Vater, Kristin, er soll sehen, wie voreilig er war, als er deine Sache vertrat. So hochmütig war Lavrans, wir waren ihm nicht gut genug, wir, und du warst allzu fein und rein, als daß du einen Mann wie Erlend in deinem Bett hättest dulden können. Er redete, als glaube er, du könntest zur Nachtzeit nichts anderes tun als im Nonnenchor singen. Ich sagte ihm, lieber Lavrans, sagte ich, Eure Tochter ist eine schöne und frische junge Maid voller Leben, und die Winternacht ist lang und kalt hierzulande.«

Kristin zog das Kopflinnen vor ihr Gesicht, sie schluchzte laut und wollte aufstehen, aber Erlend zog sie wieder auf den Sitz zurück:
»Du mußt dich beherrschen«, sagte er heftig. »Kümmere dich nicht um Munan; du siehst ja doch, er ist vollkommen betrunken.«
Sie fühlte, wie Frau Katrin und Frau Vilborg es kläglich von ihr fanden, daß sie sich nicht besser in der Gewalt hatte. Aber sie konnte dem Weinen nicht Einhalt tun.
Baard Peterssohn sagte wütend:
»Halt dein verfaultes Maul! Du bist zwar deiner Lebtag ein Schwein gewesen, aber trotzdem kannst du doch ein krankes Weib mit deinem dreckigen Gerede in Frieden lassen.«
»Schwein hast du gesagt, ja, ich habe mehr Buhlenkinder als du, das ist wahr. Aber eines habe ich nie getan – und auch Erlend nicht –, nie habe ich einen anderen Mann dazu gekauft, den Kindsvater für mich zu machen.«
»Munan!« Erlend schrie es und sprang auf. »Jetzt verkünde ich Frieden hier in meiner Halle!«
»Ach, verkünde du Frieden in deinem Hintern! Den nennen die Kinder den Vater, der sie gezeugt hat, im Schweineleben, wie du sagst!« Munan schlug auf den Tisch, daß Näpfe und Schüsseln tanzten. »Unsere Söhne leben nicht als Knechte im Haus ihrer Verwandten. Hier aber sitzt dein Sohn mit dir am Tisch, und er sitzt auf der Gesindebank, das will mir nun als die ärgste Schande erscheinen.«
Baard fuhr auf und schlug dem anderen einen Krug ins Gesicht. Die Männer prallten aufeinander, so daß die Tischplatte sich neigte und Speisen und Getränke den Leuten auf der äußeren Bank in den Schoß fielen.
Kristin saß weiß und mit halboffenem Munde da. Einmal blickte sie zu Ulf hinüber, der Mann lachte ganz offen, roh und böse. Dann wippte er die Tischplatte zurück und preßte sie gegen die beiden Kämpfenden.
Erlend stieg auf den Tisch hinauf. Mitten in den verschütteten Speisen kniend, bekam er Munans Arme zu fassen, griff ihm unter die Achseln und hob ihn zu sich herauf. – Erlends Gesicht wurde dabei rot vor Anstrengung. Munan gelang es, dem Alten einen Fußtritt zu versetzen, so daß Baard aus dem Mund blutete, da schleuderte Erlend ihn über den Tisch mitten in die Stube. Er selbst sprang nach – schweratmend wie ein Blasebalg stand er da.
Der andere kam auf die Füße und rannte gegen Erlend an, der ihm ein paarmal unter den Armen durchschlüpfte. Dann umfaßte er Munan und hielt ihn im Griff seiner langen zähen Glieder umklammert. Erlend war geschmeidig wie eine Katze, aber Munan verlor den Boden unter den Füßen nicht – stark und schwer, wie er war, ließ er sich nicht niederringen. Sie taumelten rund in der Stube herum, während die Dienstmägde aufheulten und schrien und keiner der Männer Miene machte, die beiden voneinander zu trennen.

Da stand Frau Katrin auf, schwer und fett, und langsam stieg sie über den Tisch, so ruhig, als ginge sie über die Treppe.
»Nein, hört jetzt auf«, sagte sie mit ihrer zähen, satten Stimme. »Laß ihn los, Erlend! Es war übel, Gemahl – so zu einem alten Mann und nahen Verwandten zu reden.«
Die Männer gehorchten ihr. Munan stand zahm da und ließ sich von seinem Weib mit dem Kopftuch das Blut von der Nase wischen. Sie gebot ihm, zu Bett zu gehen, und er gehorchte fügsam, als sie ihn zu dem Bett an der Südwand führte. Sie und einer von seinen Leuten zogen ihm ein Kleidungsstück nach dem andern aus, wälzten ihn hinein und schlossen die Tür des Bettes.
Erlend war an den Tisch getreten; er beugte sich an Ulf vorbei, der noch so dasaß wie vorher.
»Ziehvater!« sagte er unglücklich. Er schien seine Frau ganz vergessen zu haben. Herr Baard saß da und wiegte den Kopf hin und her, und die Tränen rollten ihm über die Wangen.
»Er hätte ja nicht zu dienen brauchen, der Ulf«, kam es hervor, während das Schluchzen ihn stieß. »Du hättest den Hof nach Haldor übernehmen können, du weißt, daß dies meine Absicht war.«
»Es ist kein so großartiger Hof, den du Haldor gabst, du kauftest der Magd deines Weibes einen billigen Mann«, erwiderte Ulf. »Er rodete und brachte den Hof gut in die Höhe; es dünkte mich recht und billig, daß meine Brüder ihn nach ihrem Vater übernahmen. Dies war nur das eine, aber ich hatte auch keine Lust, als Bauer dazusitzen, und schon gar nicht dort oben am Hang, wo ich auf den Hofplatz von Hestnaes hinunterstarren konnte; mir war es, als hörte ich jeden Tag zu uns herauf, wie Paal und Vilborg schalten, weil du deinem Hurensohn ein allzu großes Geschenk gemacht hattest.«
»Ich erbot mich, dir zu helfen, Ulf«, sagte Baard weinend, »als du mit Erlend hinausziehen wolltest. Ich sagte dir alles in dieser Sache, sobald du alt genug warst, um zu verstehen. Ich bat dich, du solltest dich an mich, deinen Vater, wenden ...«
»Ich nenne den meinen Vater, der mich versorgte, als ich klein war. Und das war Haldor. Er war gut gegen die Mutter und gegen mich. Er lehrte mich, auf einem Pferd zu reiten und das Schwert zu handhaben wie ein Bauer seinen Flegel, ich erinnere mich, wie Paal dies einmal sagte ...«
Ulf schleuderte sein Messer, das er soeben in der Hand hielt, weg, so daß es klirrend über den Tisch fuhr. Dann erhob er sich, nahm es wieder an sich und wischte es hinten an seinem Schenkel ab, steckte es in die Scheide und wandte sich zu Erlend:
»Mach nun diesem deinem Gastgelage ein Ende und schick die Leute zu Bett! Siehst du denn nicht, daß deinem Weib die Festgebräuche in unserer Sippe noch ungewohnt sind?«
Damit ging er zur Stube hinaus.
Herr Baard blickte ihm nach; er sah so kläglich alt und verfallen aus,

wie er so zusammengesunken zwischen den Samtkissen saß. Seine Tochter Vilborg und einer von seinen Leuten halfen ihm auf die Füße und führten ihn hinaus.

Kristin saß allein im Hochsitz, sie weinte und weinte. Als Erlend sie anrührte, schlug sie seine Hand heftig zur Seite. Sie schwankte ein paarmal, als sie durch die Stube ging, aber sie antwortete kurz nein, als er fragte, ob sie krank sei.

Sie konnte diese geschlossenen Betten so wenig leiden. Daheim hatten sie nur Teppiche nach der Stube zu aufgehängt, und da wurde es nicht so heiß und erstickend. Und jetzt war es schlimmer denn je – es fiel ihr schon ohnehin so schwer, zu atmen. Den harten Ballen, der sie bis unter das Brustbein drückte, hielt sie für den Kopf des Kindes; sie bildete sich ein, es bohre sich mit seinem kleinen schwarzen Kopf bis zwischen ihre Herzwurzeln hinein; es erstickte sie, wie Erlend es früher getan hatte, wenn er seinen dunkelhaarigen Kopf in ihre Brust gedrückt hatte. Aber heute nacht lag keine Süßigkeit in diesem Gedanken.

»Willst du denn nie aufhören zu weinen, du?« fragte der Mann und wollte seinen Arm unter ihre Schulter schieben.

Er war ganz nüchtern. Er vertrug viel und trank auch meist ziemlich wenig. Kristin dachte, dies hätte bei ihnen daheim in alle Ewigkeit nicht vorkommen können; nie hatte sie dort gehört, daß Männer einander Schmähworte zuriefen oder Dinge ans Tageslicht zogen, die besser verschwiegen worden wären. Wie oft sie auch ihren Vater in gewaltigem Rausch umhertaumeln und die Stube voll betrunkener Gäste gesehen hatte, so war es doch nie vorgekommen, daß er nicht noch die Sitten in seinem Haus aufrechterhalten konnte; stets hatten Friede und guter Wille geherrscht, bis die Leute von den Bänken fielen und in guter Laune und Einigkeit einschliefen.

»Liebste du, nimm es doch nicht so schwer«, bat Erlend.

»Und Herr Baard!« brach sie weinend aus. »Pfui! Wie hat er gehandelt – er, der zu meinem Vater sprach, als habe er Gottes Botschaft zu überbringen – ja, Munan erzählte mir davon bei unserem Verspruchsbier.«

Erlend antwortete leise:

»Ich weiß wohl, Kristin, daß ich Ursache genug habe, meine Augen vor deinem Vater niederzuschlagen. Er ist ein tüchtiger Mann, aber mein Pflegevater ist nicht schlechter. Inga, die Mutter von Paal und Vilborg, lag sechs Jahre lang lahm und krank da, ehe sie starb. Das war, bevor ich nach Hestnaes kam, aber ich habe sagen hören, daß nie ein Gatte sein krankes Weib treuer und liebevoller gepflegt habe. Das war um jene Zeit, als Ulf zur Welt kam.«

»Diese Schmach ist wohl noch größer – mit der Magd seines kranken Weibes ...«

»Du stellst dich oft so kindisch an, daß man nicht mit dir reden kann«, sagte Erlend mutlos. »Gott steh mir bei, Kristin, du wirst in diesem

Frühjahr zwanzig Jahre – und es sind doch einige Winter her, seit man dich für ein erwachsenes Weib ansehen muß.«
»Ja, wahrlich, du hast ein Recht, mich um deswillen zu verhöhnen.«
Erlend stöhnte laut:
»Du weißt selbst, daß ich es nicht so meinte. Aber du hast auf Jörundhof gelebt und hast immer Lavrans gehört – so wacker und männlich er ist, so redet er doch oft, als wäre er ein Mönch und nicht ein erwachsener Mann.«
»Hast du je von einem Mönch gehört, der sechs Kinder hatte?« fragte sie gekränkt.
»Ich habe von Skurda-Grim gehört, daß er sieben hatte«, sagte Erlend verzweifelt. »Der vorige Abt in Holm ... Nein, Kristin, Kristin, weine doch nicht so. Um Gottes willen, hast du denn den Verstand verloren?«
Munan war am nächsten Morgen sehr zahm. »Ich konnte doch nicht denken, daß du dir mein Biergeschwätz so zu Herzen nehmen würdest, kleine Kristin«, sagte er ernsthaft und strich ihr über die Wange. »Sonst hätte ich meinen Mund schon besser gehütet.« Er sprach mit Erlend darüber, daß es doch seltsam für Kristin sein müsse, den Jungen hier herumgehen zu sehen; es wäre am besten, Orm für die nächste Zeit fortzuschaffen, er erbot sich, ihn eine Weile zu sich zu nehmen. Erlend war dies recht, und Orm wollte gern mit Munan gehen. Aber Kristin entbehrte das Kind sehr, sie hatte ihren Stiefsohn liebgewonnen.
Jetzt war sie an den Abenden wieder allein mit Erlend, und an ihm hatte sie nicht viel Gesellschaft. Er saß an der Feuerstätte, sprach dann und wann ein Wort, nahm einen Schluck zu sich und spielte ein wenig mit seinen Hunden. Dann ging er zur Wand hin und streckte sich auf der Bank aus – und dann legte er sich zu Bett, fragte ein paarmal, ob sie sich nicht bald zur Ruhe legen wolle, und schlief ein.
Kristin saß da und nähte. Sie atmete hörbar, kurz und schwer. Aber jetzt war es nicht mehr lange hin. Sie konnte sich gleichsam nicht mehr daran erinnern, wie es war, leicht und geschmeidig um die Mitte zu sein – seinen Schuh ohne Mühe und Anstrengung binden zu können.
Jetzt versuchte sie, wenn Erlend schlief, auch nicht mehr die Tränen zurückzuhalten. In der Stube war kein Laut, außer von dem zusammensinkenden Feuer auf der Herdstätte und von den Hunden, die sich ab und zu bewegten. Bisweilen wunderte sie sich – worüber hatten sie doch früher gesprochen, Erlend und sie? Sie hatten wohl nicht viel gesprochen, hatten anderes zu tun gehabt in den kurzen und gestohlenen Augenblicken, in denen sie sich trafen.
Um diese Zeit des Jahres pflegten die Mutter und die dienenden Frauen an den Abenden in der Webstube zu sitzen. Dann kamen auch der Vater und die Männer dazu und setzten sich mit ihrer Arbeit hin; sie besserten Lederzeug und Gerätschaften aus und schnitzten Holzgegenstände. Die kleine Stube war ganz voll von Menschen, das Gespräch

rann still und gemächlich zwischen ihnen dahin. War einer aufgestanden und hatte aus dem Biergefäß getrunken, so fragte er stets, ehe er die Kelle wieder weghängte, ob es einen andern zu trinken gelüste: dies war ein fester Brauch.
Dann berichtete der eine oder andere unter ihnen ein Stück aus einer Sage, von den Riesen der Vorwelt, die mit Geistern und Riesinnen gekämpft hatten. Oder der Vater erzählte, während er Holz schnitzte, Rittersagen, wie er sie in der Halle des Herzogs Haakon hatte berichten hören, als er in jungen Jahren dort Page gewesen war. Seltsam schöne Namen hörte man – König Osantrix, Ritter Titurel – Sisibe, Guniver, Gloriana und Isodd hießen die Königinnen. An anderen Abenden aber erzählten sie Lügengeschichten und scherzhafte Märchen, bis die Männer laut lachten und die Mutter und die Mägde kichernd die Köpfe schüttelten.
Ulvhild und Astrid sangen. Die Mutter hatte die allerschönste Stimme, sie aber mußte man inständig bitten, ehe man sie dazu brachte, zu singen. Der Vater machte sich nicht so kostbar, und er konnte so schön auf seiner Harfe spielen.
Dann legte Ulvhild Rocken und Spindel weg und griff sich hinten an die Hüften.
»Bist du jetzt müde im Rücken, kleine Ulvhild?« fragte der Vater und nahm sie auf seinen Schoß. Irgend jemand brachte das Brettspiel, und der Vater und Ulvhild schoben die Figuren hin und her, bis es Schlafenszeit war. Kristin erinnerte sich, wie die goldenen Locken der kleinen Schwester über den braungrünen Friesärmel des Vaters hinflossen. Er hielt den schwachen kleinen Rücken so zärtlich und liebevoll umfaßt.
Vaters große, schlanke Hände mit einem schweren Goldring an jedem kleinen Finger. Diese Ringe hatten seiner Mutter gehört. Den mit dem roten Stein, ihren Brautring, sollte Kristin nach seinem Tode haben. Aber den an seiner rechten Hand, mit dem Stein, der zur Hälfte blau und zur Hälfte weiß war wie sein Wappenschild, den hatte Herr Björgulf für seine Gemahlin anfertigen lassen, als sie das Kind erwartete; sie sollte ihn erhalten, wenn sie ihm einen Sohn geboren hatte. Drei Nächte lang hatte Kristin Sigurdstochter den Ring getragen, dann band sie ihn dem Jungen um den Hals, und Lavrans sagte, er wolle ihn mit ins Grab nehmen.
Oh, was würde ihr Vater sagen, wenn er das über sie erfuhr? Wenn es sich in den Gemeinden daheim verbreitete und wenn er überall, wo er ging und stand, in der Kirche und auf dem Thing oder bei den Zusammenkünften wissen mußte, daß jedermann hinter seinem Rücken darüber lachte, wie er sich zum Narren hatte halten lassen. Auf Jörundhof hatten sie eine Buhlerin mit der Sundbu-Krone auf offenem Haar zur Hochzeit aufgeputzt ...
»Die Leute sagen wohl von mir, ich könne meine Kinder nicht züchtigen.« Sie sah das Gesicht ihres Vaters vor sich, als er dies sagte, er

wollte streng und ernsthaft sein, aber seine Augen waren lustig. Sie hatte in irgendeiner kleinen Sache gefehlt, ihn ungefragt angesprochen, während Fremde bei ihm waren, oder etwas Ähnliches. »Ja, du, Kristin, du hast nicht viel Angst vor deinem Vater, du!« Dann mußte er lachen, und sie lachte mit. »Ja, aber das ist arg, Kristin.« Und keiner von ihnen wußte, was denn so arg sei, daß sie nicht die richtige Angst vor ihrem Vater habe oder daß er so ganz unmöglich seinen Ernst bewahren konnte, wenn er sie zurechtweisen sollte.

Es war, als rücke die unerträgliche Furcht, es könne mit dem Kind irgend etwas nicht in Ordnung sein, immer ferner und ferner, je mehr Kristin von ihrem Körper geplagt und gequält wurde. Sie versuchte in die Zukunft zu denken – in einem Monat, da hatte sie ihren Sohn bereits eine Weile. Aber es wurde nicht ganz wirklich für sie. Sie sehnte und sehnte sich nur immerzu nach ihrer Heimat.

Einmal fragte Erlend, ob er nach ihrer Mutter senden solle. Aber sie hatte nein geantwortet – sie glaube nicht, daß die Mutter eine so große Reise im Winter ertragen könne. Jetzt bereute sie es. Und sie bereute, daß sie Tordis auf Laugarbru abgewiesen hatte, die ihr nach dem Norden hatte folgen und ihr im ersten Winter ihrer Hausfrauenschaft an die Hand hatte gehen wollen. Aber sie hatte sich vor Tordis geschämt. Tordis war die Magd der Mutter daheim auf Sundbu gewesen, war mit nach Skog und wieder heim ins Tal gezogen. Als Tordis heiratete, hatte Lavrans ihren Mann als Verwalter auf Jörundhof angenommen, weil Ragnfrid nicht ohne ihre geliebte Magd zu sein vermochte. Kristin hatte keine Dienstmagd von daheim mitnehmen wollen. Jetzt schien es ihr entsetzlich, kein einziges bekanntes Gesicht sehen zu sollen, wenn ihre schwere Stunde sie zu Boden zwang*. Sie fürchtete sich – sie wußte so wenig über das Kindbett einer Wöchnerin. Die Mutter hatte nie mit ihr darüber gesprochen und hatte nie gewollt, daß junge Mädchen dabei waren, wenn sie einer Frau in Kindesnöten half; das erschreckt die Jungen nur, sagte sie. Es konnte sicher entsetzlich sein – Kristin erinnerte sich daran, wie die Mutter Ulvhild bekam. Das aber, sagte Ragnfrid, sei daher gekommen, daß sie sich vergessen hätte und unter einem Zaun durchgeschlüpft wäre; ihre anderen Kinder hätte sie leicht geboren. Kristin jedoch fiel ein, daß sie selbst aus Unachtsamkeit auf dem Schiff unter einem Tau durchgeschlüpft war.

Immer traf es ja nicht zu – sie hatte die Mutter und andere Frauen über solche Dinge sprechen hören. Ragnfrid stand daheim im Tal in dem Ruf, die beste Wehmutter zu sein, und sie schlug es nie ab, zu Hilfe zu kommen, ob es sich nun um eine Bettlerin handelte oder um die verführte Tochter des ärmsten Mannes und ob das Wetter auch so war, daß drei Männer auf Schneeschuhen mitgehen und sie abwechselnd auf dem Rücken tragen mußten.

* Zu Boden zwang: Die Frauen gebaren auf dem Fußboden kniend.

Aber da war es doch ganz undenkbar, daß eine so erfahrene Frau wie ihre Mutter nicht begriffen hatte, was ihr in diesem Sommer fehlte, als sie so elend daran war. Dies traf Kristin mit einemmal. Dann – dann war es doch ganz sicher und gewiß, daß die Mutter kam, auch wenn sie nicht nach ihr gesandt hatten! Ragnfrid würde es wohl nicht dulden, daß eine fremde Frau ihre Tochter in diesem Kampfe stützen sollte. Die Mutter würde kommen – sie war sicher schon unterwegs hierher. Oh! So würde sie also ihre Mutter um Verzeihung bitten dürfen für alles, was sie an ihr verbrochen hatte; ihre eigene Mutter würde sie stützen, sie würde vor den Knien ihrer eigenen Mutter knien dürfen, wenn sie das Kind gebar. Die Mutter kommt, die Mutter kommt – Kristin schluchzte befreit in ihre Hände. Ja, Mutter, verzeih mir, Mutter.

Der Gedanke, daß die Mutter zu ihr unterwegs sei, setzte sich in Kristin so fest, daß sie eines Tages zu fühlen glaubte, heute käme die Mutter. Und gegen den Vormittag zu nahm sie den Umhang über und ging hinaus, um ihr auf dem Weg, der vom Gaultal nach Skaun führt, zu begegnen. Niemand beachtete, daß sie den Hof verließ.

Erlend hatte zur Ausbesserung der Häuser Stämme herschaffen lassen, der Weg war also gut, trotzdem fiel ihr das Gehen schwer – sie wurde atemlos, bekam Herzklopfen und Schmerzen in den Seiten; nachdem sie eine Weile gegangen war, war es ihr, als sollte die gespannte Haut zerbersten. Und der größte Teil des Weges führte durch dichten Wald. Sie fürchtete sich wohl – man hatte jedoch in diesem Winter nichts von den Wölfen im Tal verspürt. Und Gott würde sie wohl beschützen, sie, die dahinging, um ihrer Mutter zu begegnen, vor ihr niederzufallen und sie um Verzeihung zu bitten, und sie konnte nicht aufhören zu gehen.

Sie gelangte bis zu einem kleinen See, an dem einige kleine Höfe lagen. Dort, wo der Weg aufs Eis hinausführte, ließ sie sich auf einem gefällten Baumstamm nieder, saß eine Weile, ging ein wenig hin und her, wenn sie fror, und wartete viele Stunden lang. Aber schließlich mußte sie wieder heimkehren.

Am Tag darauf wanderte sie den gleichen Weg. Aber als sie über den Hofplatz eines der kleinen Höfe am See ging, kam ihr die Bäuerin dort nachgelaufen.

»Um Gottes willen, du darfst das nicht tun!«

Als Kristin dies hörte, erschrak sie so sehr, daß sie sich nicht mehr vom Fleck zu rühren vermochte; bebend, mit schreckerfüllten Augen sah sie die Bäuerin an.

»Durch den Wald, denk doch, wenn die Wölfe dich witterten. Auch anderes Böses könnte über dich kommen; wie kannst du nur etwas so Unsinniges tun!«

Die Bäuerin umschlang die junge Frau mit dem Arm und stützte sie, blickte ihr in das magere, gelbweiße und braungefleckte Gesicht:

»Du mußt zu uns hereinkommen und dich ein wenig ausruhen; dann werden wir dich heimbegleiten, jemand von hier«, sagte die Frau des Bauern und zog sie mit sich.

Es war ein kleines und ärmliches Haus, und drinnen war es sehr unordentlich, eine Menge kleiner Kinder spielte auf dem Boden. Die Mutter schickte sie ins Küchenhaus hinüber, nahm dem Gast den Umhang ab, führte ihn zur Bank und zog ihm die Schuhe aus, an denen der Schnee haftete. Dann hüllte sie ein Fell um Kristins Füße. So sehr auch Kristin die Bäuerin bat, sich nicht soviel Umstände zu machen, tischte diese doch zu essen auf und brachte Bier aus der Weihnachtstonne. Währenddessen dachte die Bäuerin, wie schlecht auf Husaby doch alles bestellt sei! Sie selbst war die Frau eines armen Mannes, hatte wenig Hilfe auf dem Hof gehabt, ja, meistens gar keine, nie aber hatte Öistein es geduldet, daß sie ohne Begleitung die Eingrenzung des Hofes überschritt, in der Zeit, in der sie ein Kind erwartete. – Ja, wenn sie nach Einbruch der Dunkelheit auch nur in den Stall hinüber sollte, mußte jemand in ihrer Nähe sein. Aber die reichste Frau in der Gemeinde durfte hingehen und sich dem ärgsten Tod aussetzen, und nicht eine christliche Seele gab auf sie acht, obwohl das Gesinde auf Husaby einander auf die Füße trat und nichts arbeitete. Es war doch wohl so, wie die Leute sagten, daß Erlend Nikulaussohn seine Heirat bereits bereute und gleichgültig gegen die Frau war.

Aber sie redete die ganze Zeit mit Kristin und nötigte sie zu essen und zu trinken. Kristin schämte sich förmlich – aber sie bekam solche Lust zu essen, wie sie schon – ja, seit dem Frühjahr nicht mehr gehabt hatte; die Speisen dieser freundlichen Frau schmeckten so gut. Und die Bäuerin lachte und sagte, die Frauen der Großen seien wohl auch nicht anders geschaffen als andere. Während man daheim das Essen nicht ansehen könne, sei man doch oft ganz gierig nach fremder Kost, selbst wenn sie derb und ärmlich wäre.

Sie heiße Audfinna Audunstochter und sei von Updal, sagte sie, und als sie merkte, daß sich ihr Gast dadurch heimischer fühlte, fuhr sie fort, von ihrem Heim und ihrer Gemeinde zu erzählen. Und noch ehe Kristin es sich bewußt war, hatte sich auch ihr selbst die Zunge gelöst.

Sie redete von *ihrem* Heim und von ihren Eltern und ihrem Tal. Audfinna begriff, daß das Herz der jungen Frau vor Heimweh beinahe zu brechen drohte, da ermunterte sie Kristin heimlich dazu, weiterzusprechen. Und heiß und verwirrt von dem starken Bier, sprach Kristin, bis sie zugleich weinte und lachte. Alles, was sie in den einsamen Abendstunden auf Husaby vergeblich vom Herzen hatte schluchzen wollen, löste sich nun nach und nach in ihr, während sie dieser freundlichen Bäuerin erzählen durfte.

Es war ganz dunkel über dem Rauchloch, aber Audfinna wollte, Kristin solle warten, bis Öistein oder die Söhne vom Wald heimkehrten und sie heimbegleiten konnten. Kristin wurde nach und nach stiller und schläfriger, aber sie saß da und lächelte, mit glänzenden Augen –

so wohl hatte sie sich, seit sie nach Husaby gekommen war, nicht mehr gefühlt.

Da riß ein Mann die Tür auf, rief in die Stube hinein, ob sie die Herrin gesehen hätten, wurde sie gewahr und fuhr wieder hinaus. Gleich darauf tauchte Erlends lange Gestalt im Türrahmen auf. Er legte die Axt weg, die er in der Hand hielt, sank rücklings gegen die Wand; er mußte mit den Händen stützend hinter sich greifen und konnte nicht reden.

»Du hast Angst um deine Frau gehabt?« fragte Audfinna und trat auf ihn zu.

»Ja, ich schäme mich nicht, es zu sagen!« Er fuhr sich durch das Haar. »Solche Angst wie ich heute abend hat gewiß noch nie ein Mann ausgestanden. Als ich hörte, daß sie in den Wald gegangen war ...«

Audfinna erzählte, wie Kristin hierhergekommen war. Erlend ergriff die Hand der Bäuerin:

»Dieses werde ich dir nie vergessen, weder dir noch deinem Bauern«, sagte er.

Dann ging er zu seiner Frau, stellte sich an ihre Seite und legte eine Hand um ihren Nacken. Er sprach nicht ein Wort zu ihr, aber er blieb so stehen, solange sie in der Stube waren.

Jetzt kamen die Leute von Husaby und die Männer von den nächsten Höfen herein. Sie alle sahen aus, als könnten sie eine Herzstärkung brauchen, und Audfinna bot ihnen Bier zum Trunk, ehe sie fortgingen.

Die Männer glitten auf ihren Schneeschuhen über die Äcker hin, Erlend aber hatte die seinen einem Knecht gegeben; er ging neben Kristin und geleitete sie, unter seinem Umhang sie umfassend, den Hang hinunter. Es war jetzt ganz dunkel und sternenklar.

Da kam es aus dem Wald hinter ihnen – ein langgezogenes Heulen, das in der Nacht immer mehr und mehr anwuchs. Es waren Wölfe, viele. Erlend blieb bebend stehen, ließ Kristin los, und sie fühlte, wie er das Zeichen des Kreuzes machte, während er die andere Hand um die Axt krampfte. »Wärst du jetzt – o nein!« Er zog sie so hart an sich, daß sie leise jammerte.

Die übrigen Männer machten sofort kehrt und strebten, so rasch sie konnten, zu den beiden zurück. Sie warfen die Schneeschuhe über die Schultern und schlossen einen engen Kreis von Speeren und Äxten rings um Kristin. Die Wölfe folgten ihnen bis ganz nach Husaby – so nahe, daß die Leute dann und wann im Dunkel einen Schimmer von ihnen erspähten.

Als sie daheim in die Halle traten, waren viele der Männer grau und weiß im Gesicht. »Das war das Ärgste«, sagte einer, und zugleich mußte er sich an der Feuerstätte erbrechen. Die erschrockenen Mägde brachten die Hausfrau zu Bett. Essen konnte sie nichts. Aber jetzt, da die kranke, entsetzliche Angst überstanden war, tat es ihr doch gewissermaßen gut, zu sehen, wie alle sich um sie geängstigt hatten.

Als sie allein in der Halle waren, kam Erlend zu ihr und setzte sich auf den Bettrand:

»Warum hast du das getan?« flüsterte er. Und da sie nicht antwortete, sagte er noch leiser:

»Bist du so traurig darüber, daß du auf meinen Hof gekommen bist?«

Es währte eine Weile, ehe sie begriff, was er meinte:

»Jesus Maria! Wie kannst du so etwas denken!«

»Was meintest du, wie du – damals, als wir auf Medalby waren und ich von dir fortreiten wollte – sagtest, ich hätte lange warten können, ehe du mir nach Husaby nachgekommen wärst?« fragte er wie vorher.

»Ach, ich redete im Zorn«, erwiderte Kristin leise und beschämt. Und jetzt erzählte sie ihm, weshalb sie in diesen Tagen fortgegangen war. Erlend saß ganz still da und hörte ihr zu.

»Wann wird wohl der Tag kommen, an dem es dich dünkt, daß du hier bei mir auf Husaby daheim bist?« sagte er und beugte sich in der Dunkelheit über sie.

»Oh, es wird jetzt wohl nicht mehr viel länger als eine Woche dauern«, flüsterte Kristin und lachte unsicher. Als er sein Gesicht auf das ihre hinabsenkte, schlang sie die Arme um seinen Hals und gab den Kuß heftig zurück.

»Dies ist das erstemal, daß du mich wieder um den Hals nimmst, seit ich dich schlug«, sagte Erlend leise. »Lange trägst du nach, meine Kristin.«

Es durchlief sie der Gedanke, dies sei seit jenem Abend, da er ihren Zustand bemerkt hatte, das erstemal, daß sie es wagte, ihn zu liebkosen, ohne von ihm darum gebeten worden zu sein.

Aber von diesem Tage an war Erlend so freundlich gegen sie, daß Kristin jeden Augenblick bereute, den sie ihm gegrollt hatte.

IV

Die Gregorsmesse* kam und ging. Kristin hatte sicher geglaubt, dies sei die äußerste Frist für sie. Jetzt aber kam schon bald die Marienmesse in der Fastenzeit, und sie war immer noch auf.

Erlend mußte nach Nidaros zum Mittfastenthing; er glaubte sicher, bis zum Montagabend wieder daheim sein zu können, aber es wurde Mittwoch früh, und er war immer noch nicht heimgekehrt. Kristin saß in der Halle und wußte nicht, was sie tun sollte; es war, als habe sie nicht die Kraft, irgend etwas anzufangen.

Sonnenlicht strömte durch das Rauchloch herab; sie fühlte, wie es heute draußen ganz frühlingshaft sein mußte. Da erhob sie sich und warf einen Umhang über.

* Gregorsmesse: 13. Februar. Marienmesse: 25. März

Sollte eine Frau ein Kind zu lange tragen, wäre es ein gutes Gegenmittel, wenn sie das Brautpferd Getreide aus ihrem Schoß fressen ließe, hatte eine der Mägde erzählt. Kristin stand eine Weile unter der Stubentür – in dem blendenden Sonnenschein lag der Hofplatz ganz braun da, mit glitzernden Wasserbächen, die blanke Eisstreifen in den Pferdemist und Schmutz wuschen. Der Himmel spannte sich seidenblau und glänzend über den alten Häusern aus; die beiden Schiffsköpfe auf dem Dach des östlichen Vorratshauses leuchteten heute mit einem Rest alter Vergoldung in der Luft. Das Wasser troff und rann von den Dächern, und der Rauch wirbelte und tanzte unter kleinen lauen Windstößen.

Kristin ging zum Stall hinüber und trat ein, füllte ihren geschürzten Rock an der Truhe mit Hafer. Der Stallgeruch und die Geräusche der Pferde, die sich in der Dunkelheit bewegten, taten ihr gut. Aber es waren Leute im Stall. Da schämte sie sich, das zu tun, weshalb sie gekommen war.

Sie ging hinaus und warf das Korn den Hühnern vor, die auf dem Hofplatz umhertrippelten und sich sonnten. Gedankenverloren sah sie Tore, dem Pferdeknecht, zu, der den grauen Wallach striegelte und putzte – der Gaul haarte stark. Von Zeit zu Zeit schloß sie die Augen und wandte ihr welkes, stubenblasses Gesicht dem Sonnenschein zu.

So stand sie, als drei Männer auf dem Hof einritten. Der vorderste war ein junger Priester, den sie nicht kannte. Sobald er sie gewahr wurde, sprang er aus dem Sattel und ging mit ausgestreckter Hand geradeswegs auf sie zu.

»Gewiß hattet Ihr mir diese Ehre nicht zugedacht, Fraue, daß Ihr hier stehen und mich empfangen wolltet«, sagte er lächelnd. »Aber ich muß dennoch dafür danken. Denn Ihr seid doch sicherlich die Gemahlin meines Bruders, Kristin Lavranstochter?«

»Da seid Ihr wohl Meister Gunnulf, mein Schwager?« erwiderte sie, flammend rot. »Gott zum Gruß, Herr! Und willkommen daheim auf Husaby!«

»Dank für den guten Gruß«, sagte der Geistliche; er beugte sich herab und küßte ihre Wange; sie wußte, daß dies im Ausland der Brauch war, wenn Verwandte einander begegneten. »Glück mit Euch, Erlends Gemahlin!«

Ulf Haldorssohn kam heraus und hieß einen Knecht, die Pferde der Fremden zu versorgen. Gunnulf begrüßte Ulf herzlich:

»Bist du hier, Verwandter? – Ich hatte die Kunde erwartet, daß du jetzt verheiratet und ansässig geworden seist.«

»Nein, ich heirate nicht, es sei denn, ich müßte zwischen Weib und Galgen wählen«, erwiderte Ulf und lachte, und der Priester lachte ebenfalls. »Ich habe dem Teufel so fest gelobt, unverheiratet zu bleiben, wie du das gleiche Gott versprochen hast.«

»Ja, da wärst du also geborgen, nach welcher Seite du dich auch wendest, Ulf«, antwortete Meister Gunnulf lächelnd. »Denn an dem Tag, an dem du das Versprechen, das du dem Leibhaftigen gegeben hast, brichst, tust du gut daran. Aber wiederum heißt es doch auch, ein Mann soll sein Wort halten, und wäre es dem Teufel selbst gegenüber. – Ist Erlend nicht daheim?« fragte er erstaunt.

Er bot Kristin die Hand, als sie sich anschickten, ins Wohnhaus zu gehen.

Um ihre Verlegenheit zu verbergen, hielt sich Kristin zwischen den dienenden Frauen und sah beim Decken des Tisches nach dem Rechten. Sie bot Erlends gelehrtem Bruder den Platz im Hochsitz an, als sie aber dort nicht neben ihm sitzen wollte, setzte er sich unten auf die Bank neben sie.

Nun, da Meister Gunnulf an ihrer Seite Platz genommen hatte, schien er mindestens einen halben Kopf kleiner zu sein als Erlend, er wirkte aber kräftiger. Er war stärker und gedrungener in Bau und Gliedmaßen, und seine breiten Schultern waren vollkommen gerade. Erlends Schultern hingen ein wenig herab. Gunnulf war dunkel gekleidet, sehr geziemend für einen Priester, aber das bis auf die Füße reichende Gewand, das am Hals oben fast bis an den Kragen des Leinenhemdes ging, war mit emaillierten Knöpfen geschlossen, und an dem gewebten Gürtel hing sein Eßbesteck in einer silbernen Scheide.

Verstohlen blickte sie zu dem Gesicht des Geistlichen auf. Er hatte einen runden starken Kopf und ein mageres, rundes Gesicht mit breiter, niederer Stirn, ein wenig großen Backenknochen und ein fein gerundetes Kinn. Die Nase war gerade und die Ohren klein und hübsch, aber sein Mund war lang und schmal, und die Oberlippe ragte ein ganz klein wenig hervor und beschattete den kleinen roten Tropfen der Unterlippe. Nur das Haar glich dem Erlends, der dichte Kranz um die Tonsur des Priesters war schwarz, zeigte den trockenen Glanz von Ruß und sah ebenso seidenweich aus wie Erlends Haarschopf. Im übrigen war er seinem Geschwisterkind Munan Baardssohn nicht unähnlich; nun konnte sie begreifen, daß Munan in seiner Jugend wirklich einmal hübsch gewesen sein sollte. Nein, er glich Aashild, der Muhme; jetzt sah sie, daß er die gleichen Augen hatte wie Frau Aashild, bernsteingelb und leuchtend unter schmalen und geraden schwarzen Brauen.

Anfangs empfand Kristin einige Scheu vor diesem Schwager, der an den großen Schulen in Paris und im Welschland in so vielen Wissenschaften ausgebildet worden war, aber nach und nach vergaß sie ihre Verlegenheit. Es fiel so leicht, mit Gunnulf zu reden. Er schien gleichsam nicht über sich selbst zu sprechen, am allerwenigsten wollte er mit seiner Weisheit prahlen. Aber bis Kristin sich ein wenig gefaßt hatte, hatte er schon so viel erzählt, daß es ihr schien, sie habe nie zuvor geahnt, eine wie große Welt es außerhalb Norwegens gab. Sie vergaß sich selbst und all das ihre, während sie dasaß und in das runde knochige Gesicht des Priesters mit dem frischen und feinen Lächeln aufblickte. Er hatte unter dem Gewand den Fuß auf das andere Knie

gelegt und hielt den Knöchel mit den weißen, kräftigen Händen umschlossen.
Als er im Lauf des Nachmittags zu ihr in die Stube trat, fragte er, ob sie mit ihm ein Brettspiel spielen wollte. Kristin mußte gestehen, daß im Hause wohl kaum ein Brettspiel zu finden sei.
»Nicht?« fragte der Priester erstaunt. Er trat zu Ulf:
»Weißt du, Ulf, was Erlend mit dem goldenen Brettspiel der Mutter gemacht hat? – Was ist aus den Spielsachen geworden, die sie zurückgelassen hat, er wird sie doch wohl nicht jemand anderem gegeben haben?«
»Sie sind in einem Schrein oben in der Waffenkammer«, sagte Ulf. »Es war ihm wohl weit eher darum zu tun, daß niemand anderer sie bekommen sollte von denen, die früher hier auf dem Hof waren«, murmelte der Mann leise. »Willst du, daß ich den Schrein hole, Gunnulf?«
»Das hat unserem Ahnherrn Bischof Nikulaus gehört«, sagte Gunnulf.
»Ja, Erlend kann doch wohl nichts dagegen haben«, meinte der Priester.
Bald darauf kamen die beiden mit einem großen, geschnitzten Schrein zurück. Der Schlüssel steckte, und Gunnulf schloß auf. Zuoberst lag ein Langleik* und ein anderes Saitenspiel, desgleichen Kristin noch nie gesehen hatte. Gunnulf nannte es Psalterion – er ließ die Finger über die Stränge gleiten, aber sie waren völlig verstimmt. Rollen aus Band, Seidenknäuel, verzierte Handschuhe und seidene Kopftücher und drei Bücher mit Spangen lagen in dem Schrein. Zum Schluß fand der Pfarrer das Brettspiel; es hatte weiße und vergoldete Felder, und die Figuren waren aus Walroßbein, weiß und golden.
Erst jetzt kam Kristin der Gedanke, daß sie, solange sie hier auf Husaby gewesen war, nicht ein einziges Mal etwas von jenen Dingen gesehen hatte, die den Leuten zum Zeitvertreib dienen konnten.
Kristin mußte nun ihrem Schwager gestehen, daß sie ungeschickt im Brettspiel sei und auch in der Handhabung des Saitenspiels nicht viel tauge. Aber auf die Bücher war sie neugierig.
»Ja, du hast wohl gelernt, in Büchern zu lesen, Kristin?« fragte der Priester, und nun konnte sie ein wenig stolz antworten, daß sie dies alles bereits in ihrer Kindheit gelernt habe und daß sie im Kloster für ihre Tüchtigkeit im Lesen und Schreiben gelobt worden sei.
Meister Gunnulf stand lächelnd über sie gebeugt, während sie in den Büchern blätterte. Das eine enthielt eine Rittersage von Tristan und Isolde, und das andere handelte von heiligen Männern – sie schlug es bei der Sankt-Marteins-Sage auf. Das dritte Buch war lateinisch und besonders schön mit großen bunten Kapitalbuchstaben gemalt.
Kristin las halblaut:

* Langleik: Eine Art einfacher Zither.

Averte faciem tuam a peccatis meis et omnes iniquitates meas dele*.
Cor mundum crea in me, Deus, et spiritum rectum innova in visceribus meis*.
Ne projicias me a facie tua et Spiritum Sanctum tuum ne auferas a me*.
»Verstehst du das?« fragte Gunnulf, und Kristin nickte und sagte, daß sie wohl ein wenig verstünde. Sie kannte die Wörter so einigermaßen gut, und es berührte sie seltsam, daß sie ihr gerade jetzt vor Augen kommen sollten. Es zuckte ein wenig in ihrem Gesicht, und die Tränen wollten hervorbrechen. Da nahm Gunnulf das Saitenspiel auf den Schoß und sagte, er wolle versuchen, es instand zu setzen.
Während sie so dasaßen, hörten sie Pferdegetrappel auf dem Hofplatz – gleich darauf stürmte Erlend in die Halle herein, strahlend froh; er hatte gehört, wer gekommen war. Die Hände einander auf die Schultern gelegt, standen die Brüder da; Erlend fragte und wartete nicht auf Antwort. Gunnulf war zwei Tage in Nidaros gewesen, und es war ein Zufall, daß sie dort einander nicht getroffen hatten.
»Das ist doch merkwürdig«, meinte Erlend. »Ich hätte geglaubt, die ganze Geistlichkeit an der Christkirche müßte dir in Prozession entgegengehen, wenn du heimkommst, so weise und überaus gelehrt, wie du nun sein mußt.«
»Kannst du denn wissen, du, ob sie es nicht taten?« fragte der Bruder lächelnd. »Du kommst der Christkirche nicht allzu nahe, wenn du in der Stadt bist, habe ich gehört.«
»Nein, Junge – ich dränge mich nicht an meinen Herrn Erzbischof heran, wenn ich es vermeiden kann – er hat mir einmal den Pelz verbrannt«, lachte Erlend übermütig. »Wie gefällt dir der Schwager, Allerliebste? – Wie ich sehe, hast du dich mit Kristin schon angefreundet, Bruder. Sie macht sich wenig aus unseren übrigen Verwandten.«
Erst als sie sich zum Abendtisch setzen wollten, merkte Erlend, daß er noch in Pelzmütze und Umhang war und das Schwert noch am Gürtel hängen hatte.
Es wurde der lustigste Abend, den Kristin auf Husaby verlebt hatte. Erlend zwang den Bruder, mit Kristin im Hochsitz Platz zu nehmen; er selbst schnitt ihm das Essen zurecht und schenkte ihm in seinem Becher ein. Als er Gunnulf das erstemal zutrank, ließ er sich auf ein Knie nieder und wollte dem Bruder die Hand küssen: »Heil und Glück, Herr! Wir müssen lernen, Kristin, dem Erzbischof geziemend Ehren zu erweisen – ja, gewiß wirst du wohl einmal Erzbischof, du, Gunnulf!«
Das Gesinde verließ die Halle erst spät, aber die Brüder und Kristin blieben noch weiterhin beim Trunk sitzen. Erlend hatte sich auf den Tisch gesetzt und wandte seinem Bruder das Gesicht zu:

* Averte faciem tuam . . .: Verbirg dein Antlitz vor meinen Sünden und tilge alle meine Missetat.
* Schaffe in mir, Gott, ein reines Herz und den rechten Geist erneuere in meinem Innern.
* Verwirf mich nicht vor deinem Angesicht und nimm deinen Heiligen Geist nicht von mir!
Psalm 51

»Ja, ich dachte auf meiner Hochzeit daran«, sagte er und deutete auf die Truhe der Mutter, »dachte daran, daß Kristin sie bekommen sollte. Aber ich vergesse so leicht, und du, Bruder, vergißt nichts. Aber der Ring unserer Mutter ist an eine schöne Hand gekommen, sollte ich meinen?« Er nahm Kristins Hand auf sein Knie und spielte mit ihrem Verlobungsring.

Gunnulf nickte. Er legte das Psalterion Erlend auf den Schoß: »Sing jetzt, Bruder, du sangst früher so schön und spieltest so gut.«

»Das ist nun viele Jahre her«, sagte Erlend ernsthafter. Dann ließ er die Finger über die Saiten gleiten:

König Olav, Haralds Sohn,
ritt im dichten Wald,
fand eine kleine Fußspur dort,
– hört die große Sage.

Sprach er da, Finn Arnessohn,
er ritt an der Spitze der Schar.
Hold muß so kleiner Fuß wohl sein
in schönen Scharlachstrümpfen.

Erlend lächelte, während er sang, und Kristin sah zum Priester auf, ein wenig scheu, ob ihm vielleicht diese Weise von Sankt Olav und Alvhild nicht gefallen könnte. Gunnulf saß lächelnd da, jedoch, sie fühlte es plötzlich für gewiß, er lächelte nicht über die Weise, sondern über Erlend.

»Kristin braucht nicht zu singen; dir ist jetzt wohl eng um die Brust, du Liebe«, sagte dieser und strich ihr über die Wange. »Aber jetzt kannst *du* . . .« Er reichte seinem Bruder das Saitenspiel.

Man hörte es dem Spiel und Gesang des Priesters an, daß er in einer guten Schule gelernt hatte:

Der König ritt nordwärts übers Gebirge –

Er hört die Taube klagen dort:
Der Falke trug mein Herze fort!

Er ritt dem Falken nach so weit,
der flog über Berge und Täler breit.

Er sah ihn in einen Garten ziehn,
wo Blumen alle Tage blühn.

In diesem Garten ist ein Saal,
behängt mit Purpur allüberall.

Dort liegt ein Ritter, verrinnend sein Blut,
es ist unser Herr so wacker und gut.

Der blaue Scharlach hüllt ihn ein,
Corpus domini ist gewebt darein. –

»Wo hast du diese Weise gelernt?« fragte Erlend.

»Oh, ein paar junge Burschen sangen sie in Kanterborg vor der Herberge, in der ich wohnte«, sagte Gunnulf. »Ich versuchte sie in die norwegische Zunge umzudichten. Aber es klingt nicht so gut«; er saß da und spielte die Melodie auf den Saiten.

»Nein, Bruder, es ist weit über Mitternacht. Kristin kann es wohl nötig haben, in ihr Bett zu kommen. – Bist du müde, mein Weib?«

Kristin blickte scheu zu den Männern auf; sie war sehr bleich:

»Ich weiß nicht, ich darf mich jetzt wohl nicht in das Bett hier legen.«

»Bist du krank?« fragten sie beide und beugten sich über sie.

»Ich weiß nicht«, sagte sie wie vorher. Sie griff sich rückwärts an die Hüften. »Es ist ein seltsames Gefühl im Rücken.«

Erlend sprang auf und ging zur Tür. Gunnulf folgte nach: »Es ist schlimm, daß ihr sie nicht rechtzeitig hergeholt habt, die Frauen, die ihr helfen sollen«, sagte er. »Ist es viel früher, als sie erwartet hat?«

Erlend wurde brennend rot: »Kristin meinte, sie brauche niemand anderen als ihre Mägde. Die haben selbst Kinder gehabt, einige unter ihnen«, er versuchte zu lachen.

»Du bist nicht ganz bei Trost!« Gunnulf sah ihn an. »Jedes Häuslerweib hat die Nachbarsfrauen bei sich, wenn ihre Stunde kommt – soll dein Weib sich in den Winkel verkriechen und sich verstecken wie eine Katze, die werfen will? Nein, Bruder, so viel Manns mußt du sein, daß du die besten Hausfrauen im Tal für Kristin herbeiholst.«

Erlend neigte sein schamrotes Gesicht:

»Du sprichst die Wahrheit, Bruder. Ich will selber nach Raasvold hinunterreiten – zu den anderen Höfen kann ich die Männer schicken. Bleibe du dann bei Kristin!«

»Willst du fortgehen?« fragte Kristin entsetzt, als Erlend seinen Umhang nahm.

Er trat auf sie zu und umfaßte sie.

»Ich will die besten Frauen für dich holen, meine Kristin. Gunnulf bleibt bei dir, während die Mägde die Klein-Stube für dich herrichten«, sagte er und küßte sie.

»Kannst du nicht nach Audfinna Audunstochter senden?« bat sie. »Aber nicht ehe es Morgen wird – ich will nicht, daß sie um meinetwillen aus dem Schlaf geweckt wird –, sie hat viel Arbeit, das weiß ich.«

Gunnulf fragte den Bruder, wer Audfinna sei.

»Dies will mir nicht ziemlich scheinen«, meinte der Priester. »Das Weib eines deiner Pachtbauern ...«

»Kristin soll es so haben, wie sie will«, erklärte Erlend. Und während der Bruder ihn hinausbegleitete und Erlend auf sein Pferd wartete, erzählte er, wie Kristin mit der Bäuerin bekannt geworden war. Gunnulf biß sich auf die Lippe und sah gedankenvoll drein.

Jetzt entstanden Lärm und Leben auf dem Hof, Männer ritten fort, und Frauen kamen hereingelaufen und fragten, wie es der Herrin gehe. Kristin sagte, es sei noch nicht gefährlich mit ihr, aber sie sollten in der Kleinstube alles zurechtmachen. Sie würde Bescheid sagen lassen, wenn sie dorthin begleitet werden wolle.

Dann war sie allein mit dem Geistlichen. Sie gab sich Mühe, gleichmäßig und munter wie zuvor mit ihm zu sprechen.

»Du fürchtest dich nicht, du, Kristin?« sagte er mit einem kleinen Lächeln.

»Doch, ich fürchte mich!« Sie blickte in seine Augen auf – ihre eigenen waren schwarz und erschrocken. »Weißt du, Schwager, ob sie hier auf Husaby geboren sind, die anderen Kinder von Erlend?«

»Nein«, erwiderte Gunnulf rasch. »Der Knabe ist bei Hunehals geboren und das Mädchen drinnen in Strind, auf einem Hof, den Erlend damals besaß. – Steht es so«, fragte er kurz darauf, »daß dich die Erinnerung an jene andere Frau, die früher hier mit Erlend gelebt hat, quält?«

»Ja«, antwortete Kristin.

»Du kannst Erlends Betragen in diesem Handel mit Eline nur schwer beurteilen«, sagte der Priester ernsthaft. »Es war nicht leicht für Erlend, sich zurechtzufinden, es war nie leicht für Erlend, zu wissen, was recht sei. Denn schon als wir noch kleine Kinder waren, verhielt es sich so, daß alles, was Erlend tat, von der Mutter gelobt und vom Vater getadelt wurde. Ja, er hat dir wohl so viel von unserer Mutter erzählt, daß du das alles weißt.«

»Ich kann mich nicht erinnern, daß er öfter als zwei- oder dreimal von ihr gesprochen hat«, sagte Kristin. »Aber ich habe wohl begriffen, daß er sie liebhatte.«

Gunnulf sagte leise:

»Nie hat es wohl solch eine Liebe zwischen einer Mutter und ihrem Sohne gegeben. Die Mutter war viel jünger als mein Vater. Da geschah dies mit Muhme Aashild – unser Oheim Baard starb, und es hieß – ja, du weißt es wohl? Vater glaubte das Schlimmste und sagte zu Mutter ... Erlend warf einmal mit dem Messer nach seinem Vater, er war noch nicht groß; er fuhr ihm mehr als einmal um der Mutter willen ins Gesicht, in der Zeit, in der er daheim aufwuchs.

Als unsere Mutter krank wurde, trennte er sich von Eline Ormstochter. Der Mutter fielen offene Wunden ins Fleisch, und unser Vater sagte, es sei der Aussatz. Er schickte sie von daheim fort, wollte sie zwingen, in die Pfründe bei den Schwestern ins Spital zu gehen. Da holte Erlend die Mutter und reiste mit ihr nach Oslo; sie waren auch bei Aashild, die eine gute Ärztin ist, und der französische Arzt des Königs sagte

ebenfalls, daß es nicht Aussatz sei. Damals nahm König Haakon Erlend liebevoll auf und bat ihn, es mit dem Grab des heiligen Königs Erik Valdemarssohn, des Vaters der Mutter des Königs, zu versuchen. Dort hatten schon viele Heilung für Hautkrankheiten gefunden.
Erlend fuhr mit der Mutter nach Dänemark, aber sie starb südlich von Stad an Bord seines Schiffes. Als Erlend mit ihr heimkehrte – ja, du mußt bedenken, daß Vater sehr alt war und Erlend sein Leben lang ein ungehorsamer Sohn gewesen war –, als Erlend mit Mutters Leiche nach Nidaros kam, hielt der Vater sich in unserem Hof in der Stadt auf. Er wollte Erlend nicht ins Haus lassen, ehe es sich gezeigt hätte, ob der Sohn von der Seuche angesteckt sei oder nicht. Erlend nahm sein Pferd und ritt fort und rastete nicht eher, als bis er zu dem Hof kam, wo Eline mit seinem Sohne lebte. Seitdem hielt er fest an ihr, trotz allem, obwohl er selbst ihrer überdrüssig war, und so geschah es, daß er sie hierher nach Husaby brachte und daß er, als er Herr auf dem Hof wurde, alles in ihre Hände legte. Sie hatte ihn dadurch in der Gewalt, daß sie sagte, wenn er sie nach dieser Sache verlasse, sei er wert, selbst mit Aussatz geschlagen zu werden.
Aber jetzt ist es wohl an der Zeit, daß die Frauen sich deiner annehmen, Kristin«; er blickte in das graue junge Gesicht hinab, das in Entsetzen und Qual erstarrt war. Aber als er zur Tür gehen wollte, schrie sie laut hinter ihm her:
»Nein, nein, geh nicht von mir fort!«
»Desto früher ist es vorüber«, tröstete der Priester, »wenn du schon so krank bist.«
»Das ist es nicht!« Sie umschloß hart seinen Arm. »Gunnulf!«
Ihn dünkte, er habe nie ein solches Entsetzen im Gesicht eines Menschen gesehen.
»Kristin, du mußt doch bedenken, daß es für dich nicht schlimmer ist als für andere Frauen.«
»Doch. Doch.« Sie drückte ihr Gesicht gegen die Arme des Priesters. »Denn jetzt weiß ich, daß Eline und ihre Kinder hier sitzen sollten. Er hatte ihr Treue und Ehe versprochen, noch ehe ich seine Buhlerin wurde.«
»Du weißt das?« sagte Gunnulf ruhig. »Erlend verstand sich nicht besser darauf. Aber du begreifst doch, daß er dieses Versprechen nicht halten konnte, nie hätte der Erzbischof seine Einwilligung zu einer Ehe zwischen diesen beiden gegeben. Denke doch nicht so, als sollte deine Heirat nicht gelten. Du bist Erlends richtige Gemahlin ...«
»Oh, ich hatte alles Recht, auf Erden zu leben, verspielt, lange ehe ich dies wurde. Und obendrein war es noch schlimmer, als ich es wußte. Oh, könnte ich doch sterben, und würde dieses Kind nie geboren werden; ich wage nicht zu sehen, was ich in mir genährt habe.«
»Gott erbarme sich deiner, Kristin, du weißt nicht, was du sagst! Möchtest du wünschen, daß dein Kind ungeboren und ungetauft sterben soll?«

»Ja, das, was unter meinem Herzen gewachsen ist, muß ja wohl dem Teufel gehören. Das kann nicht gerettet werden. Oh, hätte ich doch den Trunk getrunken, den Eline mir anbot, es wäre vielleicht eine Sühne gewesen für alles, was wir gesündigt hatten, Erlend und ich. Dann wäre dieses Kind nie gezeugt worden. Oh, ich habe es die ganze Zeit gedacht, Gunnulf; wenn ich sehen würde, was ich in mir genährt habe, da würde ich verstehen lernen, daß es besser für mich gewesen wäre, das Gift des Aussatzes zu trinken, das Eline mir anbot, statt sie, die Erlend zuerst an sich gebunden hatte, in den Tod zu treiben.«
»Kristin«, sagte Gunnulf. »Du weißt nicht, was du sagst. Nicht du warst es, die das arme Weib in den Tod trieb. Erlend hätte das Wort, das er ihr gegeben hatte, als er jung war und wenig von Gesetz und Recht wußte, nicht halten *können*. Nie hätte er mit ihr ohne Sünde leben können. Und sie selbst hatte sich von einem anderen verführen lassen, und Erlend wollte sie mit ihm verheiraten, als er es erfuhr. Nicht ihr seid daran schuld, daß sie sich das eigene Leben nahm.«
»Willst du wissen, wie es zuging, daß sie sich das Leben nahm?« Kristin war nun so verzweifelt, daß sie ganz ruhig sprach. »Wir waren zusammen auf Haugen, Erlend und ich, da kam auch sie hin, sie hatte ein Horn bei sich, sie wollte, ich sollte mit ihr trinken; jetzt verstehe ich, sie hatte es wohl Erlend zugedacht, aber als sie mich bei ihm fand, da wollte sie, daß ich ... Ich erkannte den Betrug, ich sah, daß sie selbst nichts von dem Trunk kostete, als sie das Horn an die Lippen setzte. Aber ich wollte trinken; als ich zu wissen bekam, daß er sie die ganze Zeit bei sich auf Husaby gehabt hatte, war es mir gleichgültig, ob ich lebte oder starb. Da trat Erlend herein, er drohte ihr mit dem Messer, sie sollte zuerst trinken. Sie bat und bat, und er wollte sie schon loslassen. Da gewann der Teufel Gewalt über mich, ich ergriff das Horn; eine von uns, eine von deinen beiden Buhlerinnen, sagte ich – ich reizte Erlend auf –, du kannst nicht uns beide halten, sagte ich. Da geschah es, daß sie sich mit Erlends Messer tötete, aber Björn und Aashild fanden einen Rat, um zu verbergen, wie es sich zugetragen hatte.«
»So, Muhme Aashild war also bei diesem Rat dabei«, sagte Gunnulf hart. »Ich verstehe – sie hatte dich Erlend in die Hände gespielt.«
»Nein!« brach Kristin heftig aus. »Frau Aashild bat uns – sie bat Erlend, und sie bat mich, so sehr, daß ich nicht begreife, wie ich zu widerstehen wagte –, wir möchten so ehrenhaft handeln, wie es noch möglich sei, meinem Vater zu Füßen fallen und ihn für unser Unrecht um Verzeihung bitten. Aber ich wagte nicht. Ich redete mich darauf hinaus, daß ich Angst habe, der Vater könne Erlend töten. – Oh, ich wußte sehr wohl, daß mein Vater jenem Manne nichts getan hätte, der sich selbst und seine Sache ihm in die Hände gab. Ich redete mich auf die Angst hinaus, es würde ihm solchen Kummer bereiten, daß er nie wieder seinen Kopf aufrecht tragen könnte. Oh, später habe ich bewiesen, daß ich nicht so sehr besorgt darum war, meinem Vater keinen Kummer zu

bereiten. Du kannst nicht wissen, Gunnulf, welch ein guter Mann mein Vater ist. Niemand, der meinen Vater nicht kennt, kann wissen, wie freundlich er allezeit gegen mich war. Stets hat er soviel auf mich gehalten. Ich wollte nicht, daß er erführe, wie schamlos ich geworden war, daß ich, während er glaubte, ich säße bei den Schwestern in Oslo und lernte alles, was recht und gut ist – ja, ich trug die Jungschwesterntracht, als ich mit Erlend in Ställen und in Dachkammern unten in der Stadt herumlag.«

Sie blickte zu Gunnulf auf. Sein Gesicht war weiß und hart wie Stein.

»Begreifst du jetzt, daß ich Angst habe. Sie, die ihn bei sich aufnahm, als er, vom Aussatz angesteckt, heimkehrte . . .«

»Würdest du das nicht getan haben?« fragte der Priester still.

»Doch. Doch. Doch.« Ein Schatten des früheren wilden und süßen Lächelns flog über das verstörte Gesicht des Weibes.

»Im übrigen war Erlend nicht krank«, sagte Gunnulf. »Niemand außer unserm Vater hat auch nur einen Augenblick daran gedacht, daß unsere Mutter an Aussatz gestorben sei.«

»Ich aber muß in den Augen Gottes doch wohl wie eine Aussätzige dastehen«, sagte Kristin. Sie legte ihr Gesicht auf den Arm des Priesters, den sie umklammert hielt. »So von Sünden verseucht, wie ich bin . . .«

»Meine Schwester«, sagte Gunnulf leise und legte seine andere Hand auf ihr Kopflinnen. »So sündig bist du nun doch wohl nicht, du junges Kind, daß du vergessen hast, wie Gott, so gut er den Körper eines Menschen vom Aussatz zu reinigen vermag, auch deine Seele von der Sünde reinigen kann.«

»Ach, ich weiß nicht«, schluchzte sie, an seinen Arm geschmiegt. »Ich weiß nicht, ich bereue auch nicht, Gunnulf. Angst habe ich aber trotzdem. Angst hatte ich, als ich mit Erlend vor der Kirchentür stand und der Geistliche uns zusammengab – Angst hatte ich, als ich mit ihm zur Brautmesse ging, mit der Goldkrone auf dem offenen Haar, denn ich wagte nicht, zu meinem Vater von der Schande zu sprechen, mit allen meinen ungesühnten Sünden, ja, ich wagte nicht, meinem Pfarrpriester die Wahrheit zu beichten. Aber während ich im Winter hier umherging und sah, wie ich mit jedem Tag häßlicher wurde, da hatte ich noch mehr Angst, denn Erlend war nicht so gegen mich wie früher. Ich dachte an jene Zeit, da er an den Abenden in meine Schlafkammer auf Skog kam . . .«

»Kristin«, Gunnulf versuchte ihr Gesicht zu heben, »jetzt darfst du an so etwas nicht denken! Denke daran, daß Gott jetzt deinen Kummer und deine Reue sieht. Wende dich an die milde Jungfrau Maria, die sich über jeden Bekümmerten erbarmt.« – »Begreifst du nicht – ich trieb einen anderen Menschen dazu, sich selbst das Leben zu nehmen.«

»Kristin«, sagte der Priester streng. »Wagst du, so hochmütig zu sein, daß du glaubst, das Maß deiner Sünden vermöchte Gottes Barmherzigkeit zu übertreffen?«

Immer wieder strich er über ihr Kopflinnen.
»Erinnerst du dich nicht, meine Schwester, wie der Teufel Sankt Martein in Versuchung führen wollte. Der Feind fragte, ob Sankt Martein gewißlich daran zu glauben wagte, wenn er allen jenen Sündern, die ihm beichteten, Gottes Barmherzigkeit versprach. Da antwortete der Bischof: Auch dir wage ich Gottes Verzeihung zu versprechen, in der gleichen Stunde, in der du darum bittest – wolltest du nur deinen Hochmut fahrenlassen und glauben, daß seine Liebe größer ist als dein Haß.«
Gunnulf fuhr fort, der weinenden Frau den Kopf zu streicheln. Unterdessen dachte er, *so* hat Erlend also gegen seine junge Braut gehandelt. Sein Mund wurde dabei weiß und hart.
Audfinna Audunstochter kam als erste der Frauen. Sie fand die Wöchnerin drüben in der Kleinstube; Gunnulf saß bei ihr, und ein paar Mägde machten sich im Raum zu schaffen.
Audfinna begrüßte den Priester ehrerbietig, aber Kristin stand auf und ging mit ausgestreckter Hand auf sie zu:
»Hab Dank dafür, daß du gekommen bist, Audfinna; ich weiß, es ist nicht leicht für die Deinen daheim, dich zu entbehren.«
Gunnulf hatte die Frau forschend betrachtet. Jetzt stand auch er auf:
»Schön ist es von dir, daß du so rasch kamst; es tut not, daß meines Bruders Frau jemand bei sich hat, an dem sie sich trösten kann – sie ist fremd hier in dieser Gegend, jung und unerfahren.«
»Jesus, sie ist so weiß wie ihr Kopflinnen«, flüsterte Audfinna. »Meint Ihr, Herr, daß ich wagen darf, ihr einen kleinen Schlaftrunk zu geben – sie bedarf gewiß ein wenig der Ruhe, ehe es sie härter überkommt.«
Still und eifrig machte sie sich zu schaffen, prüfte das Lager, das die Mägde auf dem Boden zurechtgemacht hatten, und bat sie, noch mehr Kissen und noch mehr Stroh zu bringen. Dann stellte sie kleine Steintöpfe mit Wurzeln darin ans Feuer. Danach machte sie sich daran, alle Bänder und Knoten an Kristins Gewand zu lösen, und zuletzt zog sie der Kranken die Nadeln aus dem Haar.
»Niemals habe ich etwas so Schönes gesehen!« sagte sie, als die ganze Flut der goldbraunen Seidenmähne um das weiße Gesicht herabrollte. Sie mußte lachen: »Es hat ihm wohl kaum Abbruch getan, weder an Fülle noch an Glanz, daß du es ein wenig länger offen getragen hast, als recht war.«
Sie bettete Kristin sorgsam in die Kissen auf dem Boden und deckte sie zu: »Trink nun dieses hier, dann fühlst du die Wehen nicht so stark, versuche dazwischen immer ein wenig zu schlafen.«
Gunnulf wollte jetzt gehen. Er kam heran und beugte sich über Kristin.
»Du wirst für mich beten, Gunnulf?« fragte sie bettelnd.
»Ich werde so lange für dich beten, bis ich dich mit deinem Kinde auf dem Arm gesehen habe – und auch später noch«, sagte er und schob ihre Hände wieder unter das Webstück.

Kristin lag im Halbschlummer da. Sie fühlte sich fast wohl. Die Schmerzanfälle in ihren Lenden kamen und gingen und kamen wiederum, doch waren sie so ganz anders als alles, was sie bisher kannte, daß sie jedesmal, wenn es vorüber war, fast meinte, sie habe sich dies alles nur eingebildet. Nach der Qual und dem Grauen der frühen Morgenstunden hatte sie ein Gefühl, als sei sie bereits über die schlimmste Angst und Pein hinübergerettet. Audfinna bewegte sich so still und hängte Kinderwäsche auf, Decken und Felle, um sie an der Feuerstätte zu wärmen, rührte ein wenig in ihren Töpfen, so daß es im Raum nach Kräutern roch. Schließlich schlummerte Kristin so halb und halb zwischen jedem Weheanfall und glaubte sich daheim im Brauhaus auf Jörundhof, wo sie ihrer Mutter helfen sollte, ein großes Webstück zu färben; es war wohl der Dampf der Eschenrinde und der Nesseln.
Dann kamen die Wehmütter, eine nach der anderen, die Frauen von den Höfen im Tale und in Birgsi. Audfinna zog sich unter die dienenden Frauen zurück. Gegen den Abend fühlte Kristin große Schmerzen. Die Frauen sagten, sie solle auf und ab gehen, solange sie dies vermöchte. Das quälte sie sehr – die ganze Stube war jetzt voll von Frauen, und sie mußte zwischen ihnen umhergehen wie eine Stute, die verkauft werden soll. Von Zeit zu Zeit mußte sie es dulden, daß die fremden Frauen sie mit ihren Händen drückten und betasteten, und dann redeten sie miteinander. Schließlich sagte Frau Gunna von Raasvold, die alles in der Stube anzuordnen hatte, Kristin könne sich nun auf den Boden legen. Frau Gunna teilte die Frauen ein, einigen gebot sie zu schlafen und den anderen zu wachen: »Ja, es wird nicht schnell gehen – aber schrei nur, Kristin, wenn es weh tut, und kümmere dich nicht um die Schlafenden. Wir sind ja doch alle hier, um dir zu helfen, armes Kind«, sagte sie mild und gut und streichelte der Jungen die Wangen.
Kristin lag da und zerbiß sich die Lippen und zerknüllte die Decken in ihren schweißfeuchten Händen. Es war quälend heiß in der Stube, aber die Frauen sagten, es müsse so sein. Nach jeder Wehe rann ihr der Schweiß herab.
Dazwischen lag sie da und dachte an das Essen für all die Frauen. Sie wollte so gern vor deren Augen ihr Haus in guter Ordnung wissen. Torbjörg, der Köchin, hatte sie geboten, Molke in das Wasser zu tun, in dem der frische Fisch gekocht wurde. Wenn nur Gunnulf dies nicht für eine Übertretung des Fastengebotes ansah. Sira Eirik hatte gesagt, es wäre dies keine Übertretung, denn Molke sei keine Milch, und die Fischbrühe würde ja auch weggeschüttet. Den getrockneten Fisch, den Erlend im Herbst fürs Haus beschafft hatte, durften sie auf keinen Fall zu kosten bekommen – so verdorben und voller Würmer, wie er war.
»Selige Jungfrau Maria – wird es lange dauern, bis du mir helfen und beistehen wirst, glaubst du wohl – oh, jetzt tut es so weh, so weh, so weh!« Sie mußte versuchen, noch ein wenig auszuhalten, ehe sie sich nachgab und schrie.

Audfinna saß bei der Feuerstätte und achtete auf die Wasserkessel. Kristin wünschte so sehr, sie hätte Mut genug zu der Bitte, Audfinna solle herkommen und ihre Hand halten. Sie wußte nicht, was sie dafür gegeben hätte, jetzt eine bekannte und freundliche Hand halten zu dürfen. Aber sie scheute sich, darum zu bitten. –

Während des nächsten Vormittags lag eine Art verschüchterter Stille über Husaby. Es war der Tag vor der Mariamesse, und die Hofarbeit sollte bis zur None getan sein, aber die Männer waren zerstreut und nachdenklich, und die aufgeschreckten Mägde verrichteten ihre Arbeit unachtsam. Die Leute hatten ihre junge Herrin liebgewonnen – und es hieß, es ginge ihr nicht gut.

Erlend stand draußen auf dem Hofplatz und sprach mit seinem Schmied. Er versuchte, mit seinen Gedanken bei der Sache zu bleiben, über die der Schmied sprach. Da kam Frau Gunna rasch auf ihn zu.

»Es will mit deinem Weib nicht vorwärtsgehen, Erlend – wir haben jetzt alle Mittel versucht. Du mußt mitkommen – vielleicht kann es helfen, wenn sie auf deinen Schoß gesetzt wird. Geh hinein und ziehe einen kurzen Kittel an, aber mach rasch; sie hat es so schwer, das arme, junge Weib!«

Erlend war blutrot geworden. Er erinnerte sich: Im Falle eine Frau nicht von dem Kind erlöst werden konnte, das sie im geheimen empfangen hatte, sollte es helfen, wenn man sie auf die Knie des Kindsvaters setzte.

Kristin lag unter einigen Decken auf dem Boden; zwei Frauen saßen bei ihr. Beim Eintreten schon sah Erlend, wie sie sich zusammenkrümmte und ihren Kopf hin und her drehend der einen Frau in den Schoß bohrte – aber sie gab keinen Schmerzenslaut von sich.

Als der Anfall vorüber war, blickte sie mit wilden, erschrockenen Augen auf; die aufgesprungenen, braunen Lippen entblößten die Zähne. Jede Spur von Jugend und Liebreiz war aus dem aufgeschwollenen, rotgeflammten Gesicht gewichen – selbst das Haar war mit dem Stroh und mit der Wolle von den Fellen zu einem schmutzigen Filz zusammengeklebt. Sie sah Erlend an, als kenne sie ihn nicht sofort. Als sie jedoch begriff, weshalb die Frauen nach ihm gesandt hatten, schüttelte sie heftig den Kopf:

»Bei uns daheim ist es nicht Sitte, daß Männer dabei sind, wenn eine Frau gebiert.«

»Hier im Norden hält man es manchmal so«, sagte Erlend leise. »Kann es deine Qual ein wenig verkürzen, meine Kristin, so mußt du doch ...«

»Ach!« Als er bei ihr niederkniete, schlang sie die Arme um ihn und preßte sich an ihn. Zusammengekrümmt und bebend kämpfte sie sich durch die Wehen hindurch, ohne einen Laut von sich zu geben.

»Darf ich zwei Worte allein mit meinem Manne reden«, sagte sie atemlos und rasch, als es vorüber war. Die Frauen zogen sich zurück.

»War es damals, als sie in Kindesnöten war, daß du ihr versprachst, wie sie sagte, sie zu heiraten, wenn sie Witwe würde, war es in jener Nacht, als Orm geboren wurde?« flüsterte Kristin leise.

Erlend rang nach Luft, als habe man ihm einen Schlag in die Herzgrube versetzt. Dann schüttelte er heftig den Kopf:

»Ich war in jener Nacht auf der Burg – meine Leute hatten die Wache. Ich versprach es, als ich am Morgen in unsere Herberge heimkehrte und sie den Knaben in meine Arme legte.

Hast du hier gelegen und an all das gedacht, Kristin?«

»Ja.« Wieder klammerte sie sich an ihn, während die Schmerzenswelle über ihr zusammenschlug. Erlend trocknete den Schweiß, der ihr über das Gesicht rann.

»Nun, da du dieses weißt«, fragte er, als sie wieder still dalag, »willst du nicht doch, daß ich so bei dir bleibe, wie Frau Gunna sagt?«

Aber Kristin schüttelte den Kopf. Und schließlich mußten die Frauen Erlend gehen lassen.

Dann aber war es, als sei damit ihre Kraft gebrochen. In wilder Angst schrie sie vor jeder Wehe, die sie kommen fühlte, laut hinaus und bettelte jammernd um Hilfe. Wenn jedoch die Frauen davon sprachen, ihren Mann wieder hereinzuholen, schrie sie nein, lieber wolle sie zu Tode gepeinigt werden.

Gunnulf und der Schreiber, der mit ihm gekommen war, gingen zur Kirche, um den Abendgesang zu singen. Wer von den Leuten des Hofes nicht bei der Wöchnerin weilte, folgte ihnen. Aber Erlend schlich sich, noch ehe es zu Ende war, zur Kirche hinaus und ging zu den Häusern hinüber.

Über den Höhenzügen im Westen, auf der anderen Seite des Tales, war der Himmel gelbrot – der Frühlingsabend begann klar und hell und mild zu dämmern. Da und dort brach ein Stern hervor, weiß in der hellen Luft. Ein kleiner Nebelfetzen trieb über den Laubwald unten am See dahin, und dort, wo die Äcker der Sonne zugewandt lagen, waren schneefreie Stellen; in der Luft lag ein Geruch von Erde und schmelzendem Schnee.

Die Kleinstube war das westlichste Gebäude auf dem Hofplatz, sie lag gegen die Talsenkung hin. Erlend ging hinüber und stand eine Weile an der hinteren Wand. Als er sich dagegenlehnte, fühlte er noch die Sonnenwärme in den Balken. Oh, sie schrie. – Er hatte einmal eine Färse unter den Tatzen eines Bären schreien hören, das war oben auf der Alm gewesen, als er noch ein halbwüchsiger Bursche war. Arnbjörn, der Senne, und er selbst liefen südwärts zum Wald hin. Er erinnerte sich noch an das Zottige, das sich aufrichtete und zu einem Bären mit rotem, heißem Rachen wurde. Arnbjörns Speer brach unter den Schlägen des Bären mitten entzwei – da riß der Mann Erlends Speer an sich, denn der Knabe stand von Grauen gebannt da. Die Färse vor ihnen lebte noch, aber Euter und Schenkel waren weggefressen.

»Meine Kristin, o meine Kristin, Herr, um deiner seligen Mutter willen, erbarme dich!« Er floh zur Kirche zurück.

Die Mägde kamen mit den Speisen für den Abend in die Halle herein, sie stellten den Tisch nicht auf, sondern setzten alles bei der Feuerstätte ab. Die Männer nahmen Brot und Fisch und gingen zu den Bänken, saßen schweigend auf ihren Plätzen, aßen ein wenig, aber niemand schien große Eßlust zu haben. Niemand kam, um die Schüsseln nach der Mahlzeit hinauszutragen, und keiner von den Leuten erhob sich, um schlafen zu gehen. Sie blieben sitzen, blickten ins Feuer und redeten nicht miteinander.
Erlend hatte sich in den Winkel beim Bett verkrochen, er ertrug es nicht, daß jemand sein Gesicht sah.
Meister Gunnulf hatte eine kleine Tranlampe angezündet und sie auf die Armlehne des Hochsitzes gestellt. Er setzte sich daneben auf die Bank, mit einem Buch in der Hand, unaufhörlich und lautlos bewegten sich seine Lippen ganz wenig.
Einmal stand Ulf Haldorssohn auf, trat zur Feuerstätte vor und nahm ein Stück weiches Brot, suchte ein wenig unter den Holzscheiten und nahm eines davon. Dann ging er hinüber in den Winkel bei der Eingangstür, wo der alte Aan saß. Die beiden machten sich, hinter Ulfs Umhang verborgen, mit dem Brot zu schaffen; Aan schnitzte und schnitt an dem Holzscheit herum. Ab und zu schielten die anderen Männer zu ihnen hin. Nach einer Weile standen die beiden auf und verließen die Halle. Gunnulf sah ihnen nach, sagte jedoch nichts. Er fuhr wieder in seinen Gebeten fort.
Einmal fiel ein junger Bursche von der Bank hinunter, fiel im Schlaf auf den Boden. Er erhob sich, blickte verwirrt um sich. Dann seufzte er ein wenig und setzte sich wieder hin.
Ulf Haldorssohn und Aan kamen still herein und gingen zu den Plätzen, auf denen sie vorher gesessen hatten. Die Männer blickten zu ihnen hinüber, aber niemand sagte etwas. Plötzlich sprang Erlend auf. Er ging durch die Halle zu seinen Leuten hinüber. Er war hohläugig, und sein Gesicht war grau wie Lehm.
»Weiß keiner von euch einen Rat«, sagte er. »Du, Aan!« flüsterte er.
»Es hat nicht geholfen«, gab Ulf ebenso leise zur Antwort.
»Es ist wohl so bestimmt, daß sie dieses Kind nicht besitzen soll«, sagte Aan und wischte sich die Nase. »Da nützen weder Blut noch Ruinen. Es ist ein Jammer, Erlend, daß du diese freundliche Frau so bald verlieren solltest.«
»Ach, red doch nicht, als wäre sie schon tot«, bat Erlend, gebrochen und verzweifelt. Er ging zu seinem Winkel zurück und warf sich mit dem Kopf gegen das Fußende des Schrankbettes.
Einmal ging ein Mann hinaus und kam wieder herein:
»Der Mond ist aufgegangen«, sagte er. »Es ist bald Morgen ...«
Kurz darauf trat Frau Gunna in die Halle. Sie sank auf der Bettlerbank bei der Tür zusammen – ihr graues Haar stand gesträubt, das Kopftuch war auf den Rücken geglitten. Die Männer erhoben sich, kamen langsam auf sie zu.

»Einer von euch muß hinübergehen und sie halten«, sagte sie weinend. »Wir können nicht mehr. Du mußt zu ihr gehen, Gunnulf, man kann nicht wissen, was für ein Ende dies nehmen wird.«
Gunnulf stand zögernd auf und schob das Gebetbuch in die Gürteltasche.
»Auch du mußt kommen, Erlend«, sagte Frau Gunna.
Das rauhe und gebrochene Brüllen begegnete ihm in der Tür – Erlend blieb bebend stehen. Er sah einen Schimmer von Kristins verzerrtem, unkenntlichem Gesicht zwischen einigen weinenden Frauen – sie lag auf den Knien, und die anderen stützten sie.
Unten bei der Tür knieten ein paar dienende Frauen zusammengesunken vor den Bänken; sie beteten laut und unablässig. Erlend warf sich bei ihnen hin und barg seinen Kopf in den Armen. Kristin schrie und schrie, und jedesmal war es, als erstarre er in ungläubigem Entsetzen. Es konnte doch nicht so sein ...
Einmal wagte er hinüberzublicken. Jetzt saß Gunnulf auf einem Hokker vor ihr und hielt sie unter den Armen. Frau Gunna kniete an ihrer Seite und hatte die Arme um ihren Leib geschlungen, aber Kristin kämpfte in Todesangst dagegen und wollte die Frau wegdrängen.
»O nein, o nein, laß mich los – ich kann nicht – Gott, Gott, hilf mir ...«
»Gott wird dir jetzt bald helfen, Kristin«, sagte der Priester jedesmal. Eine Frau hielt eine Schüssel mit Wasser bereit, und nach jeder Wehe befeuchtete der Priester ein Tuch und fuhr damit der Kranken über das Gesicht – bis in die Haarwurzeln hinein und zwischen die Lippen, aus denen Schleim floß.
Dann warf Kristin den Kopf in Gunnulfs Arme und versank einen Augenblick in Schlaf – aber die Qualen rissen sie gleich wieder aus dem Schlummer. Und der Priester sagte immer wieder:
»Jetzt, Kristin, bist du bald erlöst.«
Niemand wußte mehr, welche Zeit in der Nacht es war. Das Tagesgrauen grinste schon grau durch das Rauchloch herab.
Dann, nach einem langen, unsinnigen Entsetzensschrei wurde es vollkommen still. Erlend hörte, daß die Frauen geschäftig wurden – er wollte aufblicken; da vernahm er jemand überlaut weinen und kroch wieder in sich zusammen – er wagte nicht, es zu erfahren.
Da schrie Kristin wieder, ein hoher und wilder Jammerruf, der nicht mehr dem verrückten, unmenschlichen Tiergebrüll von vorher glich. Erlend fuhr auf.
Gunnulf stand gebückt da und hielt sie, die immer noch kniete, umfaßt. In tödlichem Grauen starrte sie auf etwas, das Frau Gunna ihr in einem Schaffell entgegenhielt. Die feuchte und dunkelrote Masse glich dem Eingeweide eines geschlachteten Tieres.
Der Geistliche zog sie dicht an sich:
»Meine Kristin – du hast einen so feinen und schönen Sohn geboren,

wie ihn nur je eine Mutter Gottes Gnade verdankte – und er atmet!« wandte Gunnulf sich heftig zu den weinenden Frauen. »Er atmet – Gott wird nicht so grausam sein und uns nicht erhören.«

Noch während der Priester sprach, geschah es. Durch den müden, verwirrten Kopf der Mutter schwirrte der halbvergessene Anblick einer Knospe, die sie im Klostergarten gesehen hatte – etwas, aus dem rote, zerknitterte Seidenfetzen herausquollen – sie breiteten sich zur Blüte aus.

Der unförmige Fleischklumpen rührte sich – es lebte in ihm –, er streckte sich aus und wurde zu einem ganz kleinen, weinroten Kind von menschlicher Gestalt: es hatte Arme und Beine und Hände und Füße, an denen vollkommene Finger und Zehen waren, es rührte sich und wimmerte ein wenig.

»Wie klein, wie klein, wie klein er ist.« Kristin rief es mit einer dünnen gebrochenen Stimme und sank lachend und weinend zusammen. Die Frauen ringsum lachten auf und wischten sich die Tränen ab, und Gunnulf legte ihnen Kristin in die Arme.

»Rollt ihn in einem Trog, damit er besser schreien kann«, sagte der Priester und folgte den Frauen, die den neugeborenen Knaben zur Feuerstätte trugen.

Als Kristin aus der langen Ohnmacht erwachte, lag sie im Bett. Sie war von den verschwitzten, entsetzlichen Kleidern befreit worden, und Wärme und Heilung durchströmten ihren Körper so beseligend gut, man hatte ihr kleine Säckchen mit warmer Nesselgrütze aufgelegt und sie in warme Decken und Felle gehüllt.

Als Kristin sprechen wollte, bat eine Frau sie, zu schweigen. Es war vollkommen still in der Stube. Und durch die Stille drang eine Stimme, die sie nicht gleich erkennen konnte:

»Nikulaus, im Namen des Vaters, des Sohnes und des Heiligen Geistes ...«

Man hörte Wasser rieseln.

Kristin richtete sich ein wenig auf dem Ellbogen auf und blickte hinüber. Bei der Herdstätte stand ein Priester in weißem Gewande, und Ulf Haldorssohn hob ein rotes, zappelndes, nacktes Kind aus dem großen Messingbecken, gab es der Got und nahm die brennende Kerze in Empfang.

Sie hatte das Kind geboren – das Kind war es, das nun mit seinem Geschrei die Worte des Geistlichen fast völlig übertönte. Aber sie war so müde - sie war gleichgültig und wollte schlafen.

Da hörte sie Erlends Stimme – wie er rasch und erschrocken sagte: »Der Kopf – er hat einen so seltsamen Kopf.«

»Er ist geschwollen«, sagte eine Frau ruhig. »Das ist kein Wunder – er mußte hart um sein Leben kämpfen, dieser Knabe.«

Kristin rief etwas. Es war, als erwache sie, ganz bis ins innerste Herz hinein – es war ihr Sohn, und er hatte um sein Leben gekämpft, auch er, ganz wie sie.

Gunnulf wandte sich rasch und lächelnd um, er hob das kleine weiße Bündel aus Frau Gunnas Schoß und trug es zum Bett hin. Er legte den Knaben der Mutter in den Arm. Krank vor Zärtlichkeit und Glück drückte sie ihr Antlitz gegen den kleinen Schimmer eines roten seidenweichen Gesichts zwischen den Tüchern.

Sie sah zu Erlend auf. Schon einmal früher hatte sie ihn mit einem solchen grauen und verheerten Gesicht vor sich gesehen, sie konnte sich nicht erinnern, wann, ihr war so verwirrt und seltsam zumute, aber sie wußte, es war gut, daß sie keine Erinnerung mehr daran hatte. Und es war gut, ihn so mit dem Bruder stehen zu sehen, der Priester hatte ihm eine Hand auf die Schulter gelegt. Unendlicher Friede und selige Ruhe legten sich über sie, während sie den großen Mann in Alba und Stola dastehen sah; das runde, magere Gesicht unter dem schwarzen Haarkranz war so stark, aber er lächelte schön und gut.

Erlend stieß seinen Dolch tief in die Balkenwand hinter der Mutter und dem Kinde.

»Das ist jetzt nicht mehr nötig«, sagte der Pfarrer lächelnd. »Der Knabe ist ja getauft.«

Kristin erinnerte sich an etwas, was Bruder Edvin einmal gesagt hatte. Ein neugetauftes Kind sei ebenso heilig wie die heiligen Engel im Himmel. Die Sünden der Eltern seien von ihm abgewaschen, und es selbst habe ja noch nicht gesündigt. Scheu und behutsam küßte sie das kleine Gesicht.

Frau Gunna trat zu ihnen heran. Sie war erschöpft und müde und erzürnt über den Vater, da er nicht daran gedacht hatte, den helfenden Frauen mit einem Wort zu danken. Und der Geistliche hatte ihr das Kind weggenommen und es der Mutter gebracht, das wäre ihr Amt gewesen, sowohl weil sie die Frau entbunden als auch weil sie die Got des Knaben gemacht hatte.

»Du hast deinen Sohn noch nicht begrüßt, Erlend, oder ihn auf deine Arme genommen«, sagte sie böse.

Erlend nahm das Wickelkind aus den Armen der Mutter, beugte sein Gesicht einen Augenblick zu ihm hinab:

»Ich werde dich wohl kaum so ganz lieben können, bevor ich vergessen habe, daß du deine Mutter so entsetzlich gequält hast«, sagte er und legte den Knaben wiederum zu Kristin.

»Ja, gib ihm nur die Schuld dafür«, sagte die alte Frau zornig. Meister Gunnulf lachte, und da lachte auch Frau Gunna mit. Sie wollte das Kind nehmen und es in die Wiege legen, aber Kristin bat so sehr darum, es noch eine Weile bei sich haben zu dürfen. Gleich darauf schlief sie ein, den Sohn im Arm – fühlte kaum noch, wie Erlend sie berührte, vorsichtig, als habe er Angst, ihr dadurch weh zu tun, und schlief wieder weiter.

V

Am zehnten Tag nach der Geburt des Kindes sagte Meister Gunnulf zu seinem Bruder, als er mit diesem am Morgen allein in der Halle war: »Jetzt ist es wohl an der Zeit, Erlend, daß du den Verwandten deiner Frau Botschaft sendest, wie es um sie steht.«

»Ich meine, es hat keine solche Eile«, erwiderte Erlend. »Sie werden auf Jörundhof kaum so übermäßige Freude empfinden, wenn sie erfahren, daß hier bereits ein Sohn auf dem Hof ist.«

»Kannst du glauben«, fragte Gunnulf, »daß Kristins Mutter nicht schon im Herbst begriffen haben sollte, wie es um ihre Tochter stand? Da ist sie jetzt doch wohl besorgt...«

Erlend erwiderte nichts.

Aber ein wenig später am gleichen Tag, als Gunnulf in der Klein-Stube saß und mit Kristin sprach, kam Erlend herein. Er trug eine Pelzmütze auf dem Kopf, einen kurzen und dicken Überrock aus Fries, lange Hosen und zottige Stiefel. Er beugte sich über seine Frau und klopfte ihr die Wange.

»Nun, meine Kristin, soll ich auf Jörundhof Grüße ausrichten? Denn ich gehe jetzt dorthin nach Süden und überbringe die Nachricht von unserem Sohn.«

Kristin stieg das Blut heiß in die Wangen, sie sah zugleich erschrocken und froh aus. »Es ist nicht mehr, als dein Vater von mir verlangen kann«, sagte Erlend, »daß ich selbst mit dieser Nachricht komme.«

Kristin lag eine Weile still da.

»Sag ihnen daheim«, bat sie leise, »daß ich mich jeden Tag, seit ich von daheim fortfuhr, danach gesehnt habe, Vater und Mutter zu Füßen zu fallen und um ihre Verzeihung zu betteln.«

Kurz darauf ging Erlend. Kristin dachte nicht daran, zu fragen, auf welche Art er reisen wolle. Aber Gunnulf folgte dem Bruder auf den Hofplatz hinaus. Vor der Tür zur Halle standen Erlends Schneeschuhe und ein Stab mit einer Speerspitze.

»Du gehst auf Schneeschuhen?« sagte Gunnulf. »Wer wird dich begleiten?«

»Niemand«, antwortete Erlend lachend. »Das solltest du doch am besten wissen, Gunnulf, daß es für niemand leicht ist, auf Schneeschuhen mit mir gleichen Schritt zu halten.«

»Dies dünkt mich verwegen«, meinte der Priester. »Es gibt dieses Jahr viele Wölfe in den Hochwäldern, wie man erzählt.«

Erlend lachte nur und trat in die Schneeschuhe. »Ich denke, daß ich noch vor Einbruch der Dunkelheit die Gjeitskarsalmen oben erreichen werde. Es bleibt jetzt schon länger hell. Ich kann am Abend des dritten Tages auf Jörundhof sein.«

»Von Gjeitskar bis zum Fahrweg ist ein ungünstiger Weg, dort sind auch schlimme Nebellöcher. Und du weißt, daß es im Winter auf den Almen nicht ganz geheuer ist.«

»Du kannst mir ja deinen Feuerstahl leihen«, sagte der andere wie zuvor, »für den Fall, daß ich genötigt sein sollte, meinen eigenen zu werfen – über irgendeine Elfenfrau, die etwa eine ungeziemende Courtoisie von mir verheiratetem Mann verlangt. Höre, Bruder, jetzt folge ich deinem Rat und fahre zu Kristins Vater, ihm Bußen anzubieten, wie sie ihm recht dünken, aber auf welche Art ich reise, das magst du mich doch selbst bestimmen lassen.«

Damit mußte Meister Gunnulf sich begnügen. Aber dem Gesinde gebot er streng, es vor Kristin geheimzuhalten, daß Erlend allein fortgegangen war.

Hellgelb spannte sich der Abendhimmel über die blauenden Schneeflächen der Berge im Süden, als Erlend an der Kirche vorüber den Hang hinuntersauste, so daß der Harsch schrie und kreischte. Hoch oben stand der Halbmond und leuchtete weiß und betaut in der Abenddämmerung.

Auf Jörundhof wirbelte dunkler Rauch aus den Dachlöchern zu dem bleichen, klaren Himmel auf. Axthiebe klangen kalt und gleichmäßig in die Stille hinaus.

Am Hofeingang sprang die Hundeschar dem Kommenden mit lautem Gebell entgegen. Drinnen auf dem Hofplatz trippelten zottige Ziegen herum, dunkel in der klaren Dämmerung, sie knabberten an einem Haufen Tannenzweige mitten im Hof. Drei winterlich gekleidete kleine Kinder liefen dazwischen umher.

Der Friede an diesem Ort berührte Erlend seltsam stark. Unbeholfen stand er da und wartete auf Lavrans, der dem Fremden entgegenging – der Schwiegervater hatte unten beim Holzschuppen gestanden und mit einem Mann gesprochen, der lange Scheiter für einen Zaun abspaltete. Als er seinen Schwiegersohn erkannte, blieb Lavrans plötzlich stehen – stieß den Speer, den er in der Hand hielt, hart in den Schnee.

»Kommst du?« fragte er leise. »Allein? Ist – ist etwas . . .? Wie geht es zu, daß du so kommst?« fragte er eine Weile später.

»So geht es zu.« Erlend nahm sich zusammen und blickte dem Schwiegervater in die Augen. »Mich dünkte, ich könnte nicht weniger tun als selbst kommen und euch diese Nachricht melden. – Kristin gebar am Morgen des Maria-Messe-Tages einen Sohn. – Ja, es geht ihr jetzt gut«, fügte er rasch hinzu.

Lavrans stand eine Weile da. Er drückte die Zähne hart in die Unterlippe – sein Kinn zitterte ein wenig.

»Das sind Neuigkeiten!« sagte er nach einer Zeit.

Die kleine Ramborg war herbeigekommen und stand an der Seite des Vaters. Sie blickte auf, glühendrot im Gesicht. »Schweig still«, sagte Lavrans barsch, obwohl das Mädchen kein Wort gesagt hatte, sondern nur errötet war. »Steh nicht da – geh weg.«

Er sagte nichts mehr. Vornübergebeugt und die linke Hand um den Stab gepreßt, stand Erlend da. Er blickte auf den Schnee hinunter. Die

rechte Hand hatte er in das Wams geschoben. Lavrans deutete darauf: »Hast du dich verwundet?«
»Ein wenig«, sagte Erlend. »Ich fuhr gestern abend in der Dunkelheit über ein paar Felsen hinaus.«
Lavrans umfaßte das Handgelenk und fühlte vorsichtig nach: »Knochen sind nicht gebrochen, glaube ich«, sagte er. »Du kannst es selbst ihrer Mutter sagen«, er ging aufs Wohnhaus zu, als Ragnfrid auf den Hofplatz herauskam. Erstaunt sah sie ihrem Manne nach, da erkannte sie Erlend und ging rasch auf ihn zu.
Ohne etwas zu sagen, hörte sie Erlend an, während er seine Botschaft zum zweiten Male vorbringen mußte. Aber ihre Augen wurden feucht und glänzend, als Erlend zum Schluß sagte: »Ich dachte, du hättest vielleicht schon früher, ehe sie im Herbst von hier fortging, begriffen – dachte, du müßtest jetzt um sie besorgt sein ...«
»Das war schön von dir, Erlend«, sagte sie unsicher, »daß du daran gedacht hast. Wohl bin ich jeden Tag in Angst gewesen, seitdem du sie uns fortgenommen hast.«
Lavrans kam zurück:
»Hier ist Fuchsfett – ich sehe, du hast dir deine Wangen erfroren, Eidam. Du mußt ein wenig in der Vorstube warten, Ragnfrid nimmt sich wohl deiner an und sorgt dafür, daß du auftaust – wie steht es mit deinen Füßen? – du mußt die Stiefel ausziehen, damit wir nachsehen können.«
Als die Leute zur Abendmahlzeit eintraten, verkündete Lavrans ihnen die Neuigkeit und hieß ein starkes Bier hereintragen, damit sie sich einen frohen Abend machen könnten. Aber es kam beim Biergelage zu keiner rechten Lustigkeit – Lavrans selbst hatte eine Schale voll Wasser vor sich. Er bat Erlend um Nachsicht, aber er habe bereits als Knabe das Gelöbnis getan, in der Fastenzeit nur Wasser zu trinken. So saßen die Leute ziemlich still da, und das Gespräch floß nur träge bei dem guten Bier dahin. Die Kinder kamen von Zeit zu Zeit zu Lavrans, er legte den Arm um sie, wenn sie sich an seine Knie lehnten, aber er ging nur zerstreut auf ihre Fragen ein. Ramborg antwortete kurz und spitz, wenn Erlend mit ihr scherzen wollte, sie wollte zeigen, daß sie diesen Schwager nicht liebte. Sie war jetzt im achten Winter, frisch und schön, aber sie glich ihren Schwestern nicht.
Erlend fragte, wer die anderen Kinder seien. Lavrans erwiderte, der Knabe sei Haavard Trondssohn, das jüngste Kind auf Sundbu. Es war so langweilig für ihn dort zwischen den erwachsenen Geschwistern, da hatte sich nun der Knabe zu Weihnachten ausgedacht, daß er mit seiner Muhme, der Schwester seines Vaters, hierherkommen wolle. Das Mädchen war Helga Rolvstochter; als die Verwandten nach dem Leichenbegängnis heimzogen, hatten sie die Kinder von Blakarsarv mitnehmen müssen, es war ein allzu großer Jammer für die Kinder, ihren Vater in diesem Zustande zu sehen. Für Ramborg bedeuteten diese Pflegegeschwister Unterhaltung und Gesellschaft.

»Wir fangen jetzt an zu altern, Ragnfrid und ich«, sagte Lavrans. »Und diese hier ist ausgelassener und spielerischer, als Kristin war.« Er fuhr der Tochter über das gelockte Haar.

Erlend setzte sich neben die Schwiegermutter, und sie fragte ihn über Kristins Wochenbett aus. Erlend sah, daß der Schwiegervater ihnen beiden zuhörte. Dann stand Lavrans auf und nahm Hut und Umhang. Er wollte zum Pfarrhof hinübergehen, sagte er, und Sira Eirik bitten, zu ihnen zum Bier zu kommen.

Lavrans folgte dem festgetretenen Weg über die Äcker nach Romundhof. Der Mond war im Begriff unterzugehen, aber über den weißen Bergen funkelten Tausende von Sternen. Lavrans hoffte, den Priester daheim anzutreffen; er brachte es nicht länger über sich, allein bei den anderen zu sitzen.

Aber als er sich auf dem Weg zwischen den Zäunen beim Hofe befand, sah er ein kleines Licht auf sich zukommen. Der alte Audun trug es; als er hörte, daß Menschen auf dem Wege waren, klingelte er mit der kleinen Silberglocke. Lavrans Björgulfssohn warf sich im Schnee des Wegrandes auf die Knie.

Audun ging vorüber, mit dem Licht und der Glocke, deren Ton dünn und sanft durch die Luft klang. Hinterher ritt Sira Eirik. Er hob das Allerheiligste in die Höhe, als er an dem knienden Mann vorbeikam, blickte nicht zur Seite, sondern ritt still vorbei, während Lavrans sich verneigte und die Hände seinem Erlöser zum Gruß entgegenstreckte.

Es war der Sohn von Einar Hnufa, der dem Priester folgte, so ging es also mit dem Alten jetzt zu Ende! Ach ja! Lavrans sprach die Gebete für Sterbende, ehe er sich erhob und heimging. Diese nächtliche Begegnung mit Gott hatte ihn trotzdem sehr gestärkt und getröstet.

Als sie sich zur Ruhe gelegt hatten, fragte er seine Frau:

»Wußtest du etwas davon, daß es so um Kristin stand?«

»Wußtest du es nicht?« sagte Ragnfrid.

»Nein«, erwiderte der Mann kurz, und sie konnte daraus entnehmen, daß es ihm trotzdem dann und wann durch den Kopf gegangen war.

»Ich hatte wohl im Sommer hier eine Zeitlang Angst«, sagte die Mutter zögernd. »Ich sah, daß sie die Speisen nicht vertrug. Dann aber dachte ich, ich hätte mich geirrt. Sie schien die ganze Zeit, während wir die Vorbereitungen zur Hochzeit trafen, so froh zu sein ...«

»Ja, sie hatte ja auch allen Grund dazu«, meinte der Vater ein wenig spöttisch. »Aber daß sie dir nichts sagte – dir, ihrer Mutter.«

»Ja, jetzt denkst du daran, jetzt, da sie gefehlt hat«, antwortete Ragnfrid bitter. »Du weißt doch, Kristin hat nie Zuflucht bei mir gesucht.«

Lavrans sagte nichts mehr. Bald darauf wünschte er seiner Frau freundlich gute Nacht und legte sich still neben sie. Er fühlte, daß er lange Zeit keinen Schlaf finden würde.

Kristin – Kristin – sein kleines Mädchen.

Nie hatte er mit einem Wort an das gerührt, was Ragnfrid ihm in jener Nacht gestanden hatte. Und wenn sie nur ein wenig gerecht war, so konnte sie nicht sagen, er hätte es sie fühlen lassen, daß er daran dachte. Er hatte sein Wesen ihr gegenüber nicht geändert, hatte eher danach getrachtet, ihr noch mehr Freundschaft und Liebe zu erweisen. Aber es war nicht das erstemal in diesem Winter, daß er solche Bitterkeit bei Ragnfrid bemerkt oder daß er es erlebt hatte, wie sie in unschuldigen Worten von ihm nach einer versteckten Kränkung suchte. Er begriff es nicht, und er wußte es nicht zu ändern, mochte es denn so sein.

Vater unser, der du bist im Himmel ... Er betete für Kristin und ihr Kind. Dann betete er für sein Weib und sich selbst. Schließlich betete er um Kraft, auf daß er Erlend Nikulaussohn geduldigen Sinnes ertrage, solange er den Eidam auf seinem Hofe zu sehen gezwungen war.

Lavrans wollte es nicht zulassen, daß sein Tochtermann sich auf den Heimweg begab, ehe es sich zeigte, welcher Art die Verletzung an seinem Handgelenk war. Und er wollte nicht, daß Erlend allein zurückging.

»Kristin würde sich freuen, wenn Ihr mitkämt«, sagte Erlend eines Tages.

Lavrans schwieg eine Weile. Dann brachte er eine Menge Einwände vor. Ragnfrid würde gewiß nicht gern allein hier auf dem Hof bleiben. Und führe er schon einmal so weit nach Norden, so würde er wohl schwerlich zur Frühjahrsarbeit zurückkommen. Aber es endete doch damit, daß er mit Erlend fortzog. Er nahm keinen Mann mit – heimwärts wollte er mit dem Schiff nach Raumsdal reisen; dort konnte er sich für den Heimweg durchs Tal Pferde zu leihen nehmen, er hatte überall längs des Weges Bekannte.

Sie redeten nicht viel auf ihrer Wanderung, aber sie kamen gut miteinander aus. Es war für Lavrans nicht leicht, mit dem anderen gleichen Schritt zu halten; er wollte nicht merken lassen, daß ihm der Eidam zu rasch ging. Aber Erlend erkannte dies und richtete sich gleich nach dem Schwiegervater. Er gab sich große Mühe, dem Vater seiner Frau zu Gefallen zu sein, und er hatte eine ruhige, sanftmütige Art, wenn er wünschte, jemandes Freundschaft zu gewinnen.

Am dritten Abend suchten sie ihr Obdach für die Nacht in einer Steinhütte. Sie hatten schlimmes Wetter und Nebel gehabt, aber Erlend schien sich stets unverändert sicher zurechtzufinden. Lavrans hatte beobachtet, daß Erlend eine erstaunlich sichere Kenntnis aller Zeichen und Merkmale in der Luft und auf der Erde, im Wesen und in den Gewohnheiten der Tiere hatte, und stets wußte er, wo er war. Und alles, was Lavrans, berggewohnt, wie er war, sich selbst durch Sehen, Beobachten und Gedächtnis angeeignet hatte, das schien der andere blindlings zu wissen. Erlend lachte selbst darüber, er fühlte es nur eben so an sich.

Sie fanden die Steinhütte im Dunkeln, genau um die Zeit, wie Erlend gesagt hatte. Lavrans dachte daran, wie er selber sich einmal in einer solchen Nacht einen Bogenschuß weit von seiner eigenen Pferdehütte in den Schnee hatte eingraben müssen. Die Hütte hier war so eingeschneit, daß sie durch das Rauchloch eindringen mußten. Erlend verhängte die Öffnung mit einer Pferdehaut, die er in der Hütte fand, und befestigte sie mit Holzscheiten, indem er diese an den Balken verspreizte. Den hereingewehten Schnee fegte er mit einem Schneeschuh zur Seite und machte mit dem gefrorenen Holz, das sich vorfand, ein Feuer auf der Herdstätte. Dann zog er drei oder vier Schneehühner unter der Bank hervor – er hatte sie hier auf seinem Weg nach Süden zurückgelassen –, nahm von dem Lehm des Bodens, der rings um die Herdstätte auftaute, packte jedes der Hühner darin ein und warf diese Klumpen in die Glut.

Lavrans lag auf der Erdbank, wo Erlend ihm mit ihren Ranzen und Mänteln, so gut es ging, ein Lager bereitet hatte.

»So machen es die Kriegsleute mit den gestohlenen Hühnern, Erlend«, sagte Lavrans lachend.

»Ja, ich lernte allerhand, als ich im Dienst des Grafen stand«, erwiderte Erlend ebenso.

Jetzt war Erlend frisch und lebhaft, nicht still und ein wenig teilnahmslos, wie ihn der Schwiegervater sonst meist gesehen hatte. Vor der Erdbank auf dem Boden sitzend, fing er an, von den Jahren zu erzählen, da er beim Grafen Jacob in Halland gedient hatte. Er war Scharhauptmann auf der Burg gewesen und hatte mit drei kleinen Schiffen draußen gelegen und die Küste bewacht. Erlends Augen glichen denen eines Kindes; er prahlte nicht, er ließ nur den Mund laufen. Lavrans lag da und sah zu ihm hinab.

Lavrans hatte oft Gott um Geduld mit diesem Tochtermann gebeten; jetzt war er beinahe böse auf sich selbst, weil er Erlend besser leiden mochte, als er wollte, und er dachte daran, daß er in jener Nacht, als ihre Kirche abbrannte, den Eidam gern gehabt hatte. An diesem langen Körper lag es nicht, wenn Erlend die Männlichkeit fehlte. Es stach dem Vater schmerzlich ins Herz, wie schade es um Erlend war, er hätte zu Besserem getaugt als dazu, Frauen zu verführen. Aber aus allem anderen waren nicht viel mehr als Knabenstreiche geworden. Wären die Zeiten so gewesen, daß ein Fürst diesen Mann sich heranziehen und ihn hätte verwenden können – aber so, wie die Welt jetzt war, wo jedermann in vielen Dingen sich auf sein eigenes Urteil verlassen mußte, und ein Mann in Erlends Verhältnissen mußte ja für sein eigenes Wohl und das vieler Menschen sorgen.

Und das war Kristins Gatte.

Erlend blickte zum Schwiegervater auf und wurde selbst ernsthaft. Dann sagte er:

»Ich will Euch um eins bitten, Lavrans, ehe wir zu mir heimkommen, daß Ihr mir sagen sollt, was Ihr wohl auf dem Herzen habt.«

Lavrans schwieg.

»Ihr wißt«, sagte Erlend wie zuvor, »ich will Euch gern zu Füßen

fallen, wie immer Ihr es auch wünscht, und ich will so büßen, wie es Euch als geziemende Züchtigung für mich dünkt.«
Lavrans blickte in das Gesicht des jungen Mannes hinab, dann lächelte er absonderlich:
»Es dürfte schwierig sein, Erlend – für mich, es zu sagen, und für dich, es zu tun. – Du mußt nun der Kirche auf Sundbu und auch den Priestern, die ihr zu Narren gemacht habt, ein gehöriges Geschenk geben«, sagte er heftig. »Ich will nicht mehr darüber reden! – Mit deiner Jugend kannst du dich auch nicht entschuldigen. Ehrenhafter wäre es gewesen, Erlend, wenn du mir zu Füßen gefallen wärst, ehe ich eure Hochzeit ausrichtete.«
»Ja«, sagte Erlend. »Aber damals wußte ich nicht, daß die Sachen so standen und daß die Kränkung, die ich Euch zugefügt hatte, eines Tages ans Licht kommen mußte.«
Lavrans setzte sich aufrecht:
»Wußtest du nicht, als du heiratetest, daß Kristin . . .«
»Nein«, sagte Erlend und sah verzagt aus. »Wir waren fast zwei Monate miteinander verheiratet, ehe ich es merkte.«
Lavrans sah ihn etwas erstaunt an, sagte jedoch nichts. Da begann Erlend wiederum, schwach und unsicher:
»Ich bin froh, Schwiegervater, daß Ihr mitkamt; Kristin war den ganzen Winter über so schwermütig – sie mochte kaum ein Wort mit mir reden. Gar manches Mal schien es mir, als könne sie weder auf Husaby noch mit mir zusammen leben.«
Ein wenig kalt und abweisend erwiderte Lavrans:
»So ist es wohl mit allen jungen Frauen. Jetzt, da sie wieder gesund ist, werdet ihr wohl ebenso gute Freunde werden wie zuvor«, sagte er und lächelte ein wenig spöttisch.
Aber Erlend saß da und starrte in den Gluthaufen. Jetzt wußte er es plötzlich bestimmt, aber gefühlt hatte er es vom ersten Augenblick an, da er das kleine rote Kindergesicht an Kristins weißer Schulter erblickt hatte. Es würde nun nie wieder so zwischen ihnen, wie es gewesen war.
Als der Vater zu Kristin in die Kleinstube trat, setzte sie sich im Bett aufrecht und streckte die Hände nach ihm aus. Sie schlang die Arme um seine Schultern und weinte und weinte, bis Lavrans ganz ängstlich wurde.
Sie war eine Zeitlang auf gewesen, hatte dann aber erfahren, daß Erlend allein fortgewandert war, und als seine Heimkunft sich hinauszog, ängstigte sie sich so sehr, daß ein Fieber hinzukam. Da mußte sie wieder zu Bett.
Man merkte, wie schwach sie noch war – sie weinte um alles und jedes. – Der neue Hauskaplan, Sira Eiliv Serkssohn, war in Erlends Abwesenheit auf den Hof gekommen. Er wollte Kristin manchmal vorlesen, aber sie weinte so unvermutet bei allen möglichen Dingen, daß er bald nicht mehr wußte, was er sie hören lassen durfte.

Eines Tages, als der Vater bei ihr saß, wollte Kristin das Kind selbst wickeln, damit er richtig sehen könnte, wie schön und gut gewachsen der Knabe sei. Da lag er nackt zwischen den Windeln auf der Decke vor ihr und zappelte.

»Was ist das für ein Mal hier auf seiner Brust?« fragte Lavrans.

Gleich über dem Herzen hatte das Kind ein paar kleine, blutrote Flecke; es sah aus, als habe dort eine blutige Hand den Knaben berührt. Kristin war damals, als sie das Zeichen zum erstenmal sah, selbst erschrocken. Aber sie hatte versucht, sich zu trösten und sagte auch jetzt:

»Es ist wohl nur ein Feuermal – ich griff mir an die Brust, als ich die Kirche brennen sah.«

Den Vater durchfuhr ein Stich. Er wußte ja nicht, wie lange – oder wieviel – sie verborgen hatte. Und er begriff nicht, daß sie – sein eigenes Kind – es über sich gebracht hatte – vor ihm . . .

»Ich glaube nicht, daß Ihr meinen Sohn so richtig liebhabt«, sagte Kristin oftmals zu ihrem Vater, und Lavrans lachte leise und antwortete, doch, das tue er. Er hatte auch sowohl auf die Wiege wie auf das Bett der Wöchnerin reiche Gaben gelegt.

Aber Kristin fand, daß niemand ihren Sohn genügend liebe – Erlend am allerwenigsten.

»Schaut ihn an, Vater«, bat sie, »habt Ihr gesehen, jetzt lachte er – habt Ihr je ein so schönes Kind wie Naakkve gesehen, Vater?«

Immer und immer wieder fragte sie danach. Einmal sagte Lavrans wie in Gedanken:

»Haavard, dein Bruder – unser zweiter Sohn –, war ein wunderschönes Kind.«

Nach einer Weile fragte Kristin mit schwacher Stimme:

»Er war jener von meinen Brüdern, der am längsten lebte?«

»Ja. Er wurde zwei Winter alt. – Jetzt darfst du nicht wieder weinen, meine Kristin«, bat er still.

Weder Lavrans noch Gunnulf Nikulaussohn waren damit einverstanden, daß der Knabe Naakkve genannt wurde; er war auf den Namen Nikulaus getauft. Erlend hielt daran fest, daß Naakkve der gleiche Name sei, aber Gunnulf führte dagegen an, daß schon in den Sagen aus der heidnischen Zeit von Männern berichtet würde, die Naakkve hießen. Trotzdem wollte Erlend nicht den Namen gebrauchen, den sein eigener Vater getragen hatte. Und Kristin nannte den Knaben stets so, wie Erlend ihren Sohn das erstemal begrüßt hatte.

Es gab nach Kristins Meinung außer ihr selbst nur noch einen Menschen auf Husaby, der vollkommen verstand, welch ein herrliches und hoffnungsvolles Kind Naakkve war. Dies war der neue Priester, Sira Eiliv. Der zeigte sich in diesem Punkt fast ebenso verständig wie die Mutter.

Sira Eiliv war ein feingliedriger Mann, klein, mit einem kleinen runden Bauch – dies verlieh ihm ein etwas lächerliches Aussehen. Er war sehr unansehnlich, selbst Leute, die schon ein paarmal mit dem Priester gesprochen hatten, erkannten ihn nicht ohne weiteres wieder, so durchschnittlich war sein Gesicht. Haar und Haut hatten die gleiche Tönung – wie rotgelber Sand –, und seine runden wasserblauen Augen waren vollkommen flach. Sein Wesen war still und schüchtern, aber Meister Gunnulf sagte, bei seiner großen Gelehrtheit hätte auch Sira Eiliv die Grade erhalten können, wenn er nicht so wenig verstünde, etwas aus sich zu machen. Viel mehr aber als mit Weisheit sei er doch mit einem reinen Lebenswandel, mit Demut und inniger Liebe zu Christus und seiner Kirche geschmückt.

Er war von niedriger Geburt und wirkte, obwohl nicht viel älter als Gunnulf Nikulaussohn, doch fast ein wenig ältlich. Gunnulf kannte ihn, seit sie zusammen die Schule in Nidaros besucht hatten, und er sprach stets mit großer Liebe von Eiliv Serkssohn. Erlend fand, sie hätten einen recht unansehnlichen Priester auf Husaby bekommen, Kristin jedoch dachte nicht so; sie faßte sogleich Vertrauen und Zuneigung zu ihm.

Auch nachdem Kristin zum ersten Male in der Kirche gewesen war, blieb sie weiterhin mit dem Kind in der Klein-Stube wohnen. Der Kirchgang wurde ein schwerer Tag für sie – Sira Eiliv geleitete sie durch die Kirchentür hindurch, aber er wagte nicht, ihr den Leib des Herrn zu reichen. Sie hatte ihm gebeichtet, aber um der Sünde willen, die sie durch ihre Mitschuld an dem unschuldigen Tod eines anderen Menschen begangen hatte, mußte sie Vergebung vom Erzbischof zu erlangen suchen. An jenem Morgen, als Gunnulf in ihrer Seelenqual bei ihr gesessen hatte, hatte er ihr ans Herz gelegt, sie müsse, sobald sie aus körperlicher Lebensgefahr befreit sei, eilends Heilung für ihre Seele suchen. Sobald sie wieder gesund genug dazu war, wollte sie das Sankt Olav gegebene Versprechen einlösen. Nun hatte er durch seine Fürbitte ihren Sohn gesund und lebend dem Licht und dem Bad der Taufe erhalten, jetzt wollte sie barfuß zu seinem Grabe wandern und dort ihren goldenen Kranz, den Ehrenschmuck der Jungfrau, den sie so schlecht gehütet und zu Unrecht getragen hatte, niederlegen. Und Gunnulf riet ihr, sich zu dieser Fahrt durch einsames Leben, Gebete, Lesen und Nachdenken vorzubereiten, auch durch Fasten, dieses aber mit Maßen, um des Säuglings willen.

An jenem Abend, als sie nach ihrem Kirchgang trauernd dasaß, war Gunnulf zu ihr gekommen und hatte ihr ein Paternosterband geschenkt. Er sagte, daß im Ausland nicht nur Mönche, Nonnen und Priester solche Bänder bei ihren Andachtsübungen zu Hilfe nähmen. Dieser Rosenkranz war über die Maßen schön; die Perlen waren aus einer Art gelben Holzes, das so süß und stark duftete, daß es einen wohl daran gemahnen konnte, wie ein gutes Gebet sein sollte – ein Opfer des Herzens und eine Sehnsucht nach Hilfe für ein gottgefälliges Leben. Dazwischen waren Perlen aus Bernstein und Gold, und das Kreuz war aus schönem Email.

Wenn Erlend seiner jungen Frau draußen auf dem Hofplatz begegnete, blickte er ihr sehnsüchtig nach. So schön wie jetzt war sie nie gewesen – groß und schlank in dem einfachen erdbraunen Kleid aus ungefärbtem Fries. Das Frauentuch aus grobem Leinen, das Haar und Hals und Schultern verhüllte, konnte nur noch stärker zeigen, wie schimmernd hell ihre Haut geworden war. Wenn die Frühlingssonne unmittelbar auf ihr Gesicht fiel, so war es, als dringe das Licht tief in ihr Fleisch ein, so klar war sie – Augen und Lippen wurden wie durchsichtig. Wenn er in die Kleinstube kam, um das Kind anzusehen, so schlug sie die großen weißen Augenlider nieder, sobald er sie ansah – sie schien so schamhaft und rein, daß er es kaum wagte, ihre Hand mit seinen Fingern zu berühren. Wenn sie Naakkve an der Brust hatte, legte sie einen Zipfel ihres Kopftuches über den kleinen Schimmer ihres weißen Körpers. Es war, als wollte man seine Frau geradezu von ihm weg in den Himmel senden.
Dann scherzte er halb ärgerlich mit dem Bruder und dem Schwiegervater, wenn sie des Abends in der Halle saßen – lauter Männer. Husaby sei ja eine richtige Kollegiatkirche geworden. Hier lebten nun Gunnulf und Sira Eiliv – den Schwiegervater könne man für einen halben Priester rechnen –, und jetzt wollten sie auch ihn noch zu einem Priester machen. Das gäbe dann drei Priester auf dem Hof. Aber die anderen lachten über ihn.
In diesem Frühjahr nahm sich Erlend Nikulaussohn seines Hofes sehr an. Dieses Jahr wurden alle Zäune ausgebessert und die Gattertüren rechtzeitig eingesetzt, das Pflügen und die Frühjahrsarbeiten wurden gründlich und zeitig abgetan, und Erlend kaufte wunderschönes Stallvieh. Er hatte zu Neujahr einen Teil des alten Bestandes schlachten müssen, und sehr schade war es nicht gewesen um all das alte jämmerliche Vieh, das er im Stall gehabt hatte. Er verschaffte sich Leute zum Teerbrennen und zum Sammeln von Birkenrinde, die Häuser des Hofes wurden abgedichtet und die Dächer ausgebessert. Husaby war seit der Zeit, da der alte Herr Nikulaus noch bei vollen Kräften war, nicht mehr so gut instand gehalten worden. Ja, Erlend suchte Rat und Stütze bei dem Vater seiner Frau, erzählten sich die Leute. Zwischen all dieser Arbeit fuhr Erlend von Zeit zu Zeit mit seinem Bruder, dem Priester, und Lavrans zu Freunden und Verwandten in der Umgegend. Jetzt aber fuhr er auf anständige Weise mit ein paar tüchtigen und ordentlichen Männern. Früher war Erlend mit einem ganzen Gefolge von zuchtlosen und verrückten Kerlen umhergeritten. Das so lange gärende, ärgerliche Gerede der Leute über Erlend Nikulaussohns schamloses Leben und über die Vernachlässigung und Zerstörung auf Husaby sank zu gutgelauntem Scherz zusammen. Die Leute lächelten und sagten, Erlends junge Hausfrau habe in sechs Monaten viel zuwege gebracht.
Einige Zeit vor der Botolvsmesse ritten Lavrans Björgulfssohn und Meister Gunnulf nach Nidaros. Lavrans sollte einige Tage lang Gast

des Priesters sein, er wollte in Nidaros das Heiligtum Sankt Olavs und die anderen Kirchen in der Stadt aufsuchen, ehe er wieder heimwärts nach Süden zog. Von seiner Tochter und ihrem Mann trennte er sich in Liebe und Freundschaft.

VI

Kristin sollte drei Tage nach der Seljumannamesse* nach Nidaros gehen – gegen Ende des Monats begann schon die Unruhe und Geschäftigkeit in der Stadt vor der Olavsmesse, und eher war der Erzbischof dort nicht anzutreffen.

Am Abend zuvor war Meister Gunnulf nach Husaby gekommen, und früh am nächsten Morgen ging er mit Sira Eiliv in die Kirche zum Frühgesang. Als Kristin zur Kirche ging, lag der Tau grau wie ein Fell auf dem Gras, aber die Sonne vergoldete die Bäume oben am Berghang, und der Kuckuck schrie in den Wäldern – es sah aus, als sollte sie ein schönes Wanderwetter bekommen.

Außer Erlend und seiner Frau und den Priestern im erleuchteten Chor war niemand in der Kirche. Erlend schaute auf Kristins nackte Füße. Eiskalt mußte es für sie sein, so auf dem Steinboden zu stehen. Sie sollte die acht Wegstunden nur von den Gebeten der Zurückbleibenden begleitet sein. Er bemühte sich, sein Herz zu Gott zu erheben, so, wie er es seit vielen Jahren nicht mehr getan hatte.

Sie war in einen aschgrauen Kittel gekleidet, mit einem Strick um die Mitte. Darunter, so wußte er, trug sie nur ein Hemd aus grobem Rupfen. Ein straff gebundenes Friestuch verbarg ihr Haar.

Als sie aus der Kirche heraustraten, in die Morgensonne, wartete eine Magd mit dem Kinde. Kristin setzte sich auf einen Baumstamm; den Rücken ihrem Mann zugewandt, saß sie da und ließ den Jungen sich nochmals herzlich satt trinken, ehe sie sich auf den Weg machte. Erlend blieb bewegungslos stehen, ein Stück abseits – seine Wangen waren weiß und kalt vor Spannung.

Die Priester kamen ein wenig später heraus – sie hatten erst ihre Meßgewänder in der Sakristei abgelegt. Sie blieben bei Kristin stehen. Sira Eiliv ging bald darauf zum Hof hinunter. Gunnulf jedoch half ihr das Kind gut und fest auf den Rücken binden. In einem Beutel, der ihr um den Hals hing, hatte sie den Goldkranz, Geld und ein wenig Brot und Salz. Sie nahm den Stock zur Hand, verneigte sich tief vor dem Priester und begann still den Weg nach Norden zu gehen, der zum Wald hinaufführte.

Erlend blieb zurück – erschreckend weiß im Gesicht. Plötzlich fing er an zu laufen. Nördlich der Kirche waren ein paar Hügel mit einem mageren Grashang und mit abgefressenem Gestrüpp von Wacholder und Zwergbirken – hier pflegten die Ziegen zu weiden. Erlend lief

* Seljumannamesse: 8. Juli

hinauf – von dort aus konnte er sie noch ein kleines Stück weit sehen, ehe sie im Wald verschwand.
Gunnulf folgte dem Bruder langsam nach. Der Priester schien so groß und dunkel in dem hellen Morgen. Er war sehr bleich, auch er.
Erlend stand mit halboffenem Munde da, die Tränen rannen über seine weißen Wangen. Plötzlich stürzte er vornüber, in die Knie – dann warf er sich ausgestreckt in das kurze Gras, lag da und schluchzte und schluchzte und riß und zerrte mit seinen langen braunen Fingern an dem Heidekraut.
Gunnulf stand unbeweglich. Er blickte auf den weinenden Mann hinab, sah hinüber zu dem Wald, wo das Weib verschwunden war.
Erlend hob den Kopf ein wenig:
»Gunnulf – war es notwendig, daß du ihr dieses auferlegtest? – War es notwendig?« fragte er wieder. »Hättest du sie nicht freisprechen können?«
Der andere gab keine Antwort; da fing Erlend wieder an.
»Ich hatte doch gebeichtet und gebüßt, ich.« Er setzte sich aufrecht. »Ich habe ihr dreißig Seelenmessen und eine Jahresmesse und ein Grab in geweihter Erde gekauft – ich habe die Sünde dem Bischof Helge gebeichtet und das Heilige Blut in Schwerin aufgesucht. Hätte nicht das Kristin ein wenig helfen können?«
»Selbst wenn du dieses getan hast«, sagte der Priester still, »selbst wenn du Gott ein zerknirschtes Herz dargeboten und dich ganz mit ihm ausgesöhnt hast, so solltest du doch wohl begreifen, daß du noch Jahr und Tag danach streben mußt, die Spuren deiner Sünden hier auf Erden auszulöschen. Was du der zugefügt hast, die jetzt deine Gattin ist, indem du sie zuerst in ein unreines Leben und danach in Menschenmord hinabgezogen hast, das kannst nicht du für sie gutmachen, das kann allein Gott. Bete darum, daß er seine Hand über sie hält auf dieser Fahrt, wo du sie nicht begleiten und sie nicht beschützen kannst. Und solange ihr beide lebt, Bruder, vergiß es nicht, daß du dein Weib so von deinem Hof hast fortgehen sehen – mehr noch um deinetwillen als um ihrer eigenen Sünden willen.«
Nach einer Weile sagte Erlend:
»Ich hatte bei Gott und bei meinem christlichen Glauben geschworen, ehe ich ihr die Ehre nahm, daß ich nie eine andere Frau haben wollte, und sie versprach, nie einen anderen Mann zu nehmen, solange wir auf Erden leben. Du selbst hast gesagt, Gunnulf, daß dies vor Gott dem Bündnis einer Ehe gleichkäme; wer danach einen anderen heirate, lebe in Hurerei. Dann aber konnte es doch kein unreines Leben sein, wenn Kristin mir angehörte.«
»Nicht daß du mit ihr lebtest, war die Sünde«, sagte der Priester nach einiger Zeit. »Hätte es geschehen können, ohne dadurch das Recht eines anderen Menschen zu verletzen, aber du triebst sie ja in sündigem Aufruhr gegen alle, die Gott über dieses Kind gesetzt hatte, und zuletzt brachtest du Blutschuld über sie. Auch das sagte ich damals,

als wir über diese Sache sprachen: Deshalb hat die Kirche Gesetze über die Ehe aufgestellt und befohlen, daß jedes Paar aufgeboten werden soll und wir Priester nicht einen Mann und eine Jungfrau gegen den Willen der Sippen zusammengeben.« Gunnulf setzte sich nieder, faltete die Hände über dem einen Knie und starrte über das sommerhelle Land hinaus, wo der kleine See auf dem Grund des Tales blau blinkte. »Du mußtest es doch selber wissen, Erlend, du hattest ein Stachelgestrüpp von Wildrosen und Dornen und Nesseln um dich gesät – konntest du da ein junges Mädchen zu dir hereinziehen, ohne daß sie sich blutige Wunden ins Fleisch riß?«

»Du tratest mehr als einmal für mich ein, Bruder, damals, als es um mich und Eline ging«. sagte Erlend leise. »Das habe ich dir nie vergessen.«

»Ich glaube kaum, daß ich dies getan hätte«, erwiderte Gunnulf, und seine Stimme zitterte, »wenn ich mir von dir hätte denken können, du würdest so herzlos sein, so gegen eine reine und feine Jungfrau vorzugehen – ein Kind an Jahren, im Vergleich zu dir.«

Erlend gab keine Antwort. Gunnulf fragte leise:

»Zu jener Zeit in Oslo – dachtest du nie daran, wie es Kristin ergehen würde, wenn sie ein Kind bekäme – während sie im Nonnenkloster wohnte und die Anverlobte eines anderen war? Ihr Vater war ein stolzer und ehrgeiziger Mann, alle ihre Verwandten gehörten einer vornehmen Sippe an, ungewohnt, Schande zu ertragen.«

»Du darfst mir glauben, daß ich daran dachte«, Erlend hatte den Kopf zur Seite gewandt. »Munan hatte versprochen, sich ihrer anzunehmen – dies sagte ich ihr auch.«

»Munan! Brachtest du es über dich, einem Mann wie Munan gegenüber von Kristins Ehre zu sprechen ...«

»Er ist nicht so, wie du glaubst«, sagte Erlend kurz.

»Dann ist da unsere Verwandte, Frau Katrin. Denn es war doch wohl nicht die Absicht, daß er Kristin auf einen seiner anderen Höfe bringen sollte, wo seine Buhlerinnen sitzen?«

Erlend schlug mit der Hand auf den Boden, daß die Knöchel bluteten:

»Wenn die Ehefrau beim Bruder des Mannes beichtet, brockt wohl der Teufel selber die Suppe ein!«

»Sie hat nicht bei mir gebeichtet«, sagte der Priester, »und ich bin nicht ihr Pfarrherr. Sie klagte mir in bitterer Angst und Not – und ich versuchte, ihr zu helfen und ihr Rat und Trost zu geben, wie es mich am besten dünkte.«

»Gut.« Erlend warf den Kopf zurück und sah seinen Bruder an. »Das weiß ich selbst; ich hätte es nicht tun sollen, hätte sie nicht in Brynhilds Hof zu mir kommen lassen sollen.«

Sprachlos saß der Priester eine Weile da.

»In Brynhild Flugas ...«

»Ja, hat sie das nicht gesagt, nachdem sie alles andere erzählte?«

»Es wird Kristin schwer genug fallen, in der Beichte solches über ihren eigenen Mann zu sagen«, erwiderte der Priester nach einiger Zeit. »Ich kann mir denken, daß sie lieber sterben würde, als so etwas an anderer Stelle zu sagen.« Gunnulf saß eine Weile da, dann sagte er hart und heftig:

»Meintest du, Erlend, daß du vor Gott ihr Gatte warst, der sie schützen und beschirmen sollte, da will mir dein Vorgehen noch schlimmer erscheinen. Du locktest sie in Haine und Scheunen, führtest sie über die Türschwelle einer Dirne. Und zuletzt hinauf zu Björn Gunnarssohn und Frau Aashild ...«

»Du sollst nicht so über Muhme Aashild sprechen«, warf Erlend leise ein.

»Früher hast du selbst gesagt, du glaubtest, die Muhme hätte den Tod unseres Oheims verschuldet – sie und dieser Mann Björn.«

»Mir ist das gleichgültig«, erwiderte Erlend heftig. »Ich hänge an Muhme Aashild.«

»Ja, das habe ich gemerkt«, meinte der Priester. Sein Mund verzog sich zu einem kleinen schiefen, höhnischen Lächeln. »Da du es ihr zumutetest, mit Lavrans Björgulfssohn zusammenzutreffen, nachdem du mit seiner Tochter entkommen gewesen wärest. Mir scheint, Erlend, als meintest du, deine Freundschaft sei wert, sehr teuer erkauft zu werden.«

»Jesus!« Erlend barg sein Gesicht in den Händen. Aber der Priester fuhr fort:

»Hättest du die Seelenqual deines Weibes gesehen, als sie vor Grauen ob ihrer Sünden bebte, ohne Beichte und ohne Hilfe – und sie saß da und sollte dein Kind gebären, und der Tod stand vor ihrer Tür – sie selbst noch ein Kind und so unglücklich ...«

»Ich weiß, ich weiß!« Erlend bebte. »Ich weiß, daß sie dalag und daran dachte in ihren Qualen. Um Jesu willen, Gunnulf, schweig jetzt – ich bin doch dein Bruder!«

Der andere aber fuhr ohne Schonung fort:

»Wäre ich ein Mann gewesen wie du und nicht Priester – und hätte ich ein so junges und gutes Mädchen irregeführt, ich würde mich von der anderen befreit haben. – Gott steh' mir bei, lieber hätte ich so gehandelt wie Muhme Aashild an ihrem Mann und hätte dafür ewig in der Hölle gebrannt, als zu dulden, daß meine schuldlose Liebste solche Leiden durchmachte, wie du sie über dies Kind gebracht hast.«

Erlend saß ein Weile da, bebend:

»Du sagst, du seist Priester«, sagte er leise. »Bist du ein so guter Priester, daß du nie gesündigt hast – mit einem Weib?«

Gunnulf sah den Bruder nicht an. Eine Blutwelle flutete rot über sein Gesicht.

»Du hast kein Recht, so zu fragen, trotzdem aber werde ich dir antworten. Er, der für uns am Holz des Kreuzes starb, weiß, wie sehr ich seiner Barmherzigkeit bedarf. Aber ich sage dir, Erlend – hätte er auf der ganzen runden Scheibe der Erde nicht einen einzigen Diener, der rein und unbefleckt von Sünde wäre, und gäbe es in seiner heiligen Kirche nicht einen einzigen Priester, der getreuer und würdiger wäre als ich erbärmlicher Verräter des Herrn – so ist es doch das Gebot und Gesetz des Herrn, das in dieser Kirche gelehrt wird. Sein Wort kann nicht vom Munde eines unreinen Priesters besudelt werden, sondern es kann allein unsere Lippen verbrennen und verzehren, dies aber verstehst du vielleicht nicht. Aber das weißt du trotzdem so gut wie ich und jeder andere schmutzige Sklave des Teufels, den er mit seinem Blut erkauft hat – an Gottes Gesetzen kann nicht gerüttelt und seine Ehre kann nicht verringert werden. So gewiß wie seine Sonne gleich gewaltig ist, ob sie nun über dem unfruchtbaren Meer und öden Felsgebirgen scheint oder über diesen lieblichen Tälern . . .«

Erlend hielt sein Gesicht in den Händen verborgen. Lange saß er so da, aber als er sprach, war seine Stimme trocken und hart:

»Priester oder nicht Priester – da du kein so strenges, reines Leben geführt hast – begreifst du das nicht . . .? Könntest du an einer Frau, die in deinen Armen geschlafen – dir zwei Kinder geboren hat –, könntest du an der so handeln, wie die Muhme an ihrem Mann gehandelt hat?«

Der Priester schwieg eine Weile. Dann sagte er ein wenig spöttisch:

»Du urteilst doch nicht so hart über Muhme Aashild.«

»Es kann ja nun wohl für einen Mann nicht so sein wie für eine Frau. Ich entsinne mich des letzten Males, da sie hier auf Husaby waren, zusammen mit Herrn Björn. Wir saßen hier an der Feuerstätte, die Mutter und die Muhme, und Herr Björn spielte auf der Harfe und sang ihnen vor – ich stand an sein Knie gelehnt. Da rief Oheim Baard nach ihr – er lag zu Bett und wollte, daß sie jetzt schlafen gehe –, er gebrauchte so unverbrämte und schamlose Worte. Die Muhme stand auf und auch Herr Björn; er verließ die Stube, aber vorher sahen sie einander an. – Ja, später, als ich alt genug war, um zu begreifen, dachte ich mir, vielleicht ist es wahr. Ich hatte erbettelt, Herrn Björn zu dem Haus hinüberleuchten zu dürfen, in dem er schlafen sollte, aber ich wagte es nicht, und ich wagte auch nicht, in der Halle zu schlafen – ich lief hinaus und legte mich zu den Leuten im Knechtehaus. Bei Jesus, Gunnulf, es kann für einen Mann nicht so sein, wie es wohl an jenem Abend für Aashild war.

Nein, Gunnulf – ein Weib töten, wie – ohne daß man sie mit einem anderen antrifft . . .«

Aber Erlend hatte es ja getan. Doch dies vermochte Gunnulf dem Bruder nicht zu sagen. Dann fragte der Priester kalt:

»War denn auch das nicht wahr, daß Eline dir untreu gewesen ist?«

»Untreu!« Erlend wandte sich dem Bruder zu, jäh und aufflammend. »Meinst du, ich sollte es ihr zur Last legen, daß sie sich an Gissur gehalten hat, nachdem ich sie so oft – immer wieder – hatte wissen lassen, daß es zwischen uns nun zu Ende sein müsse?«

Gunnulf neigte den Kopf:

»Nein. Du hast wohl recht«, sagte er müde und leise.
Aber durch diese schwache Zustimmung, die ihm geworden war, flammte Erlend auf; er warf den Kopf zurück und sah den Priester an.
»Du bist so besorgt um Kristin, du, Gunnulf. Wie du dich doch das ganze Frühjahr hindurch um sie bekümmert hast – beinahe mehr, als es sich für einen Bruder und einen Priester geziemt! Es ist fast, als gönntest du sie mir nicht. Wäre es nicht deshalb gewesen, weil es so um sie stand, als du sie zum ersten Male sahst, dann könnten die Leute glauben ...«
Gunnulf sah ihn an. Außer sich unter dem Blick des Bruders sprang Erlend auf – auch Gunnulf erhob sich. Da Gunnulf den Blick nicht von ihm wandte, ging Erlend mit geballter Faust auf ihn los. Der Priester umfaßte sein Handgelenk. Erlend wollte auf den Bruder eindringen, aber Gunnulf stand unverrückbar.
Erlend wurde sofort zahm. »Ich hätte daran denken sollen, daß du Geistlicher bist«, sagte er leise.
»Wie du siehst, brauchst du deshalb keine Reue zu empfinden«, erwiderte Gunnulf mit einem kleinen Lächeln – Erlend stand da und rieb sein Handgelenk.
»Ja, du hattest schon immer eine verteufelte Kraft in den Händen.«
»Das hier erinnert mich an die Zeit, da wir Knaben waren.« Gunnulfs Stimme wurde seltsam weich und mild. »Ich habe so oft an sie gedacht in diesen Jahren, in denen ich von daheim fort war, an unsere Knabenzeit. Oft waren wir aufeinander böse, aber es dauerte nie lange, Erlend.«
»Jetzt, Gunnulf«, sagte der andere traurig, »kann es nie mehr so werden wie damals, als wir Knaben waren.«
»Nein«, antwortete der Priester still. »Das kann es wohl nicht ...«
Sie standen lange schweigend da. Endlich sagte Gunnulf:
»Ich reise jetzt fort, Erlend. Ich gehe hinunter zu Eiliv und nehme Abschied von ihm, und dann reise ich fort. Ja, ich will hinaus zu dem Priester in Orkedal, und ich werde nicht nach Nidaros gehen, während sie dort ist.« Er lächelte ein wenig.
»Gunnulf! Ich meinte es nicht so – geh nicht so von mir fort.«
Gunnulf stand da. Er holte ein paarmal heftig Atem, dann sagte er:
»Du sollst eines über mich erfahren, Erlend – nachdem du nun weißt, daß ich dies alles über dich erfahren habe. – Setz dich!«
Gunnulf setzte sich wie zuvor. Erlend streckte sich vor ihm aus, legte die Hand unter das Kinn und blickte in das seltsam starre und gespannte Gesicht des Bruders auf. Dann lächelte er leise:
»Was ist es, Gunnulf – willst du mir beichten?«
»Ja«, sagte der Bruder leise. Dann aber schwieg er wieder lange Zeit. Erlend sah, wie er einmal die Lippen bewegte und die gefalteten Hände über den Knien zusammenpreßte.
»Was ist es?« Erlend mußte flüchtig lächeln. »Es wird doch wohl

nicht so sein, daß – daß eine holde Frau dort unten in den südlichen Ländern ...«

»Nein«, sagte der Priester. Seine Stimme wurde seltsam rauh. »Es handelt nicht von Liebe.

Weißt du, Erlend, wie es zuging, daß ich zum Geistlichen bestimmt wurde?«

»Ja. Als unsere Brüder gestorben waren und die daheim glaubten, sie würden auch uns beide verlieren ...«

»Nein«, sagte Gunnulf. »Minan hielten sie für gesund, und Gaute war überhaupt nicht von der Seuche erfaßt, er starb erst im Winter darauf. Du aber lagst da und warst dem Ersticken nahe, und da gelobte die Mutter, mich dem Dienst Sankt Olavs zu weihen, wenn er dein Leben retten wollte.«

»Wer hat dir das gesagt?« fragte Erlend nach einer Weile.

»Ingrid, meine Pflegemutter.«

»Ja, ich selbst wäre ja wohl auch eine seltsame Gabe für Sankt Olav gewesen«, sagte Erlend und lachte ein wenig. »Mit mir wäre ihm nur schlecht gedient gewesen. – Aber du hast doch gesagt, Gunnulf, du seist sehr zufrieden damit, daß du von Kindesbeinen an zum Geistlichen berufen warst.«

»Ja«, sagte der Priester. »Aber es war nicht immer so. Ich entsinne mich eines Tages, da du, begleitet von Munan Baardssohn, von Husaby fortrittest, um zu unserem Verwandten, dem König, zu fahren und ihm zur Hand zu sein. Dein Pferd tanzte unter dir, und deine neuen Waffen glänzten und schimmerten. Ich sollte nie Waffen tragen dürfen, ich ... Schön warst du, Bruder – du warst erst sechzehn Winter alt, und es war schon Jahr und Tag darüber vergangen, seit ich bemerkt hatte, daß Frauen und Mädchen dich liebten.«

»Diese Herrlichkeit währte kurz«, sagte Erlend. »Ich lernte, meine Nägel quer abzuschneiden, mit jedem zweiten Wort den Namen Jesu zu mißbrauchen und den Schaden, den ich mit dem Schwert angerichtet, mit dem Dolch zu flicken. Dann wurde ich nach dem Norden gesandt und begegnete ihr – und wurde mit Schande aus dem Königsgefolge gejagt, und unser Vater verschloß seine Tür vor mir.«

»Und du verließest das Land mit einer schönen Frau«, sagte Gunnulf still wie zuvor. »Und wir erfuhren daheim, daß du Befehlshaber auf Graf Jacobs Burg geworden warst.«

»Ja, das war nun nicht so großartig, wie es sich daheim anhörte«, meinte Erlend lächelnd.

»Der Vater und du, ihr wart nicht gut Freund – mich achtete er nicht einmal so viel, um schlecht Freund mit mir zu sein. Die Mutter hatte mich gern, das weiß ich, aber wie wenig wert sie mir war im Vergleich zu dir, das merkte ich erst wirklich, als du außer Landes gefahren warst. Du, Bruder, warst der einzige, der mich richtig gern hatte. Und Gott weiß es, daß du mein lieber Freund auf Erden warst. Aber in der Zeit, da ich jung und unverständig war, da konnte es geschehen, daß

ich dachte, du habest doch so ungleich viel mehr bekommen als ich. Jetzt habe ich es dir gesagt, Erlend!« Erlend lag da, das Gesicht ins Gras gedrückt. »Geht nicht fort, Gunnulf«, bat er.
»Doch«, sagte der Priester. »Jetzt haben wir einander allzu vieles gesagt. Mögen Gott und die Jungfrau Maria es so fügen, daß wir uns in einer besseren Stunde wiederfinden. Leb wohl, Erlend.«
»Leb wohl«, sagte Erlend und blickte nicht auf.
Als Gunnulf einige Stunden später zur Reise gekleidet aus dem Priesterhaus trat, sah er im Süden einen Mann über die Äcker auf den Wald zureiten. Ein Bogen hing ihm über die Schulter, und drei Hunde umkreisten das Pferd. Es war Erlend.
Unterdessen folgte Kristin rasch dem Waldpfad über den Hang hinauf. Die Sonne stand jetzt hoch, und die Tannenwipfel schimmerten gegen den Sonnenhimmel, aber hier im Walde war es noch morgenkühl und frisch. Der Geruch nach Fichten und mooriger Erde und nach dem Scharlachkraut, das überall mit kleinen hellroten Zwillingsglocken in Blüte stand, erfüllte die Luft so gut, und der grasüberwucherte Pfad war feucht und weich und tat den Füßen wohl. Kristin sprach im Dahingehen ihre Gebete, und ab und zu blickte sie zu den kleinen weißen Gutwetterwolken auf, die im Blau über den Baumwipfeln schwammen. Sie mußte die ganze Zeit an Bruder Edvin denken. So war er gewandert und gewandert, jahraus und jahrein, von der ersten Frühjahrszeit bis zum Spätherbst. Die Bergpfade entlang, durch schwarze Schluchten und unter weißen Schneefirnen dahin. Er rastete auf Almen, trank aus Bächen und aß dazu von dem Brot, das Senninnen und Pferdehirten ihm heraustrugen, dann bot er Lebewohl und wünschte Gottes Frieden und Segen auf Menschen und Vieh herab. Über rauschende Waldhänge stieg der Mönch ins Tal hinab; hager und lang, mit gebeugtem Rücken und gesenktem Kopf wanderte er die Straße, vorbei an bebauten Höfen und Wohnplätzen – und hinter ihm blieb überall, wohin er kam, wie gutes Wetter seine liebevolle Fürbitte für alle Menschen zurück.
Kristin begegnete keinem lebenden Wesen außer ab und zu ein paar Kühen – auf diesem Bergrücken lagen Almen. Aber der Steig war gut, und über die Moore waren Knüppeldämme gelegt. Kristin fürchtete sich nicht – sie hatte das Gefühl, als schreite der Mönch unsichtbar an ihrer Seite. Bruder Edvin, wenn es wahr ist, daß du ein heiliger Mann bist, wenn du jetzt vor Gottes Angesicht stehst, dann bitte für mich! Herr Jesus Christus, Heilige Maria, Sankt Olav. Sie sehnte sich nach dem Ziel der Wanderung, sie sehnte sich danach, die Bürde der jahrelang verborgen gehaltenen Sünden, das Gewicht der Messen und Gottesdienste, die sie besucht hatte, ohne Beichte und unbußfertig, von sich werfen zu dürfen, sie sehnte sich danach, frei und gereinigt zu werden, mehr noch, als sie in diesem Frühjahr, da sie den Knaben unter dem Herzen trug, sich danach gesehnt hatte, von ihrer leiblichen Bürde erlöst zu werden.

Der Knabe schlief so gut und ruhig auf dem Rücken der Mutter. Er erwachte nicht eher, als bis sie durch den Wald zu den Snefuglhöfen hinuntergekommen war und nun über Budviken und den Fjordarm bei Saltnes blicken konnte. Dort setzte sie sich auf die Erde, holte das Bündel mit dem Kinde nach vorn in den Schoß und öffnete ihren Kittel an der Brust. Es tat gut, den Knaben anlegen zu können, es tat gut, sitzen zu dürfen, es war herrlich, im ganzen Körper zu fühlen, wie die steinharten, milchprallen Brüste sich leerten, während der Knabe daran trank.

Das Tal mit seinen Höfen lag still unter ihr da und briet in der Sonne – mit grünen Wiesen und hellen Äckern zwischen dunklem Wald. Da und dort stieg ein wenig Rauch aus den Dächern. Auf manchen Wiesen hatte man schon mit der Heuernte begonnen.

Von Saltnessand durfte sie sich mit dem Boot nach Steine hinüberrudern lassen. Jetzt befand sie sich in ganz unbekannten Gegenden. Der Weg nach Byneset führte eine Weile an Höfen vorbei, dann kam sie wieder in den Wald, aber es war nun nicht mehr sehr weit zwischen den einzelnen menschlichen Siedlungen. Sie war sehr müde. Dann aber dachte sie an ihre Eltern, die waren auf nackten Füßen den ganzen Weg von Jörundhof in Sil übers Dovregebirge und hinunter nach Nidaros gegangen und hatten Ulvhild auf einer Bahre zwischen sich getragen. Sie durfte noch nicht daran denken, daß Naakkve schwer auf dem Rücken laste.

Der Kopf juckte entsetzlich, weil sie unter dem dicken Friestuch so stark schwitzte. Und rund um die Mitte, wo der Strick ihre Kleider an den Körper drückte, hatte das Hemd auf der Haut gescheuert, so daß sie sicher schon wund war.

Mit der Zeit belebte sich der Weg. Dann und wann ritten Leute nach der einen oder anderen Richtung an ihr vorüber. Sie holte einen Bauernkarren mit Waren nach der Stadt ein, die schweren Scheibenräder rumpelten und polterten über Wurzeln und Steine, schrien und kreischten. Zwei Männer zerrten ein Stück Schlachtvieh hinter sich her. Sie betrachteten die junge Pilgerin ein wenig wegen ihrer Schönheit, im übrigen aber waren die Leute in diesen Gegenden an solche Wanderer gewöhnt. An einer Stelle, ein Stück vom Weg entfernt, zimmerten ein paar Leute an einem Haus; die riefen ihr zu, und ein alter Mann kam ihr nachgelaufen und bot ihr einen Schluck Bier an. Kristin neigte den Kopf, trank und dankte mit jenen Worten, die arme Leute sonst ihr zu sagen pflegten, wenn sie ihnen Almosen gab.

Einige Zeit danach mußte sie wiederum rasten. Sie fand einen kleinen grünen Hügel am Weg; dort floß ein Bach. Kristin legte das Kind ins Gras; es erwachte und schrie laut, so daß sie eilig und zerstreut die ihr auferlegten Gebete zu Ende murmelte. Dann nahm sie Naakkve auf den Schoß und wickelte ihn aus. Er brauchte frische Windeln, sie hatte jedoch nicht viel zum Wechseln mitgenommen; da wusch sie die Tücher aus und legte sie zum Trocknen auf einige heiße Steine in der Sonne.

Die Umschlagtücher hüllte sie nur lose um den Knaben. Es behagte ihm sehr, so daliegen und zappeln zu dürfen, während er am Busen seiner Mutter trank. Glücklich betrachtete Kristin seine feinen, rosig weißen Gliedmaßen und drückte seine eine Hand zwischen ihre Brüste, während sie ihn stillte.

Zwei Männer ritten in scharfem Trab vorbei. Kristin sah flüchtig auf, es war ein vornehmer Mann und sein Knecht. Plötzlich jedoch hielt der Herr sein Pferd an, sprang aus dem Sattel und ging zu der Stelle zurück, wo sie saß. Es war Simon Andressohn.

»Ja, vielleicht siehst du es nicht gern, daß ich dich begrüße?« fragte er. Simon stand da, hielt sein Pferd am Zügel und blickte auf sie hinab. Er war in Reisekleidern, einem ärmellosen Lederwams und einem hellblauen Leinenkittel, trug eine kleine Seidenmütze auf dem Kopf und war ziemlich rot und verschwitzt im Gesicht. »Es war merkwürdig, dich zu erblicken, aber vielleicht hast du keine Lust, mit mir zu sprechen?«

»Du kannst dir doch denken – wie lebst du, Simon?«

Kristin zog die bloßen Füße unter das Kleid und wollte das Kind von der Brust nehmen. Aber der Knabe schrie, fuhr suchend mit dem Munde herum, so daß sie ihn wieder anlegen mußte. Sie zog den Kittel über der Brust zusammen, so gut sie konnte, saß da und blickte nieder.

»Gehört er dir?« fragte Simon und deutete auf das Kind. »Ja, das war dumm gefragt«, lachte er. »Es ist wohl ein Sohn? Er hat immer Glück, Erlend Nikulaussohn!« Simon hatte sein Pferd an einen Baum gebunden, jetzt setzte er sich, ein wenig von Kristin entfernt, auf einen Stein. Er nahm sein Schwert zwischen die Knie, hielt die Hände um den Knauf und lockerte mit der Scheidenspitze die Erde auf.

»Das ist eine Überraschung, dir hier im Norden zu begegnen, Simon«, meinte Kristin, um etwas zu sagen.

»Ja«, erwiderte Simon. »Früher hatte ich ja auch in diesem Teil des Landes nichts zu tun.«

Kristin erinnerte sich, gehört zu haben – bei ihrem Begrüßungsfest auf Husaby –, daß der jüngste Sohn von Arne Gjavvaldssohn auf Ranheim Andres Darres jüngste Tochter bekommen sollte; nun fragte sie, ob er dort gewesen sei.

»Du weißt davon?« fragte Simon. »Ach ja, man hat wohl auch hier in den Gemeinden schon davon erfahren.«

»Dann ist es also wahr«, sagte Kristin, »daß Gjavvald Sigrid bekommen soll?«

Simon blickte jäh auf, preßte die Lippen zusammen:

»Ich merke, daß du doch nicht alles weißt.

»Ich bin den ganzen Winter nicht über den Hofplatz von Husaby hinausgekommen«, sagte Kristin. »Und wenig Leute habe ich gesehen. Ich hörte, daß von dieser Heirat die Rede war.«

»Ja, du kannst es ebenso gern aus meinem Munde erfahren – man wird es wohl auch hier bald wissen.« Er saß eine Weile da. »Gjavvald starb drei Tage vor der Winternacht* – er stürzte mit dem Pferd und brach sich das Rückgrat. Erinnerst du dich, kurz ehe man nach Dyfrin kommt, dort, wo der Weg östlich vom Fluß führt und wo er jäh und steil abfällt – ach nein, das weißt du wohl nicht. Wir waren auf dem Weg zu ihrem Verspruchsbier; Arne und seine Söhne waren mit dem Schiff nach Oslo gekommen ...« Dann schwieg Simon.

»Sie, Sigrid, hatte sich wohl darauf gefreut, mit Gjavvald verheiratet zu werden«, fragte Kristin scheu und ängstlich.

»Ja«, sagte Simon. »Und sie bekam einen Sohn von ihm – in diesem Frühjahr am Tage der Apostelmesse ...«

»Ach, Simon!«

Sigrid Andrestochter mit den braunen Locken rings um das kleine runde Gesicht. Wenn sie lachte, hatte sie tiefe Grübchen in den Wangen. Grübchen und kleine, kindliche, weiße Zähne, die hatte auch Simon. Kristin erinnerte sich, daß sie damals, als sie weniger sanft gegen ihren Verlobten gestimmt war, dies unmännlich gefunden hatte, besonders nachdem sie mit Erlend bekannt geworden war. Sie hatten viel Ähnlichkeit miteinander, Sigrid und Simon, aber an ihr war es nur schön, daß sie so rundlich war und soviel lachte. Damals war sie vierzehn Winter alt gewesen. Ein so frohes Lachen wie bei Sigrid hatte Kristin nie gehört. Simon pflegte die jüngste Schwester stets zu necken und ein wenig zu ärgern – Kristin hatte begriffen, daß er sie von seinen Geschwistern am liebsten mochte.

»Du weißt, unser Vater hing am meisten an Sigrid«, sagte Simon. »Darum wollte er, daß sie und Gjavvald erst sehen sollten, ob sie einander gern hätten, ehe er diesen Handel mit Arne abschloß. Und das taten sie. – Mich dünkte, um einiges mehr, als gut war. Wenn sie sich trafen, konnten sie einander nicht nahe genug kommen – und sie scherzten und lachten beständig – das war im Sommer auf Dyfrin. Und sie waren so jung. Niemand jedoch hätte sich dieses erwarten können. Und die Astrid, du weißt, sie war schon verlobt, während du und ich ... Na, sie hatte ja nichts dagegen, Torgrim war ja sehr reich und freundlich in seiner Weise, aber niemand und nichts ist ihm recht, und nun glaubt er, alle Krankheiten und Schäden zu haben, die uns Menschen überhaupt nur befallen können. Da waren wir nun alle miteinander froh, als Sigrid so zufrieden mit ihrer bevorstehenden Heirat war ...

Und als wir Gjavvald so auf den Hof brachten ... Halfrid, mein Weib, nahm Sigrid mit heim nach Mandvik. Und später kam es dann auf, daß Sigrid nicht allein nach Gjavvald zurückblieb.«

Sie schwiegen eine Zeitlang. Dann sagte Kristin leise:

»Das war keine Lustreise für dich, diese Sache, Simon.«

»Ach nein.« Dann lachte er ein wenig. »Aber ich bin jetzt schon bald

* Winternacht: 14. Oktober

daran gewöhnt, in unglückseligen Angelegenheiten zu reiten, Kristin. Und ich war wohl der nächste dazu, der Vater brachte es nicht über sich, und sie sind jetzt bei mir auf Mandvik, Sigrid und der Knabe. Aber er erhält jetzt seines Vaters Platz in der Sippe, und ich merkte es ihnen allen an, unwillkommen wird er wohl nicht sein, der arme kleine Junge, wenn er nun dorthin gebracht wird.«

»Und deine Schwester«, fragte Kristin atemlos. »Wo soll sie bleiben?«

Simon blickte zu Boden:

»Unser Vater will sie jetzt daheim auf Dyfrin haben«, erwiderte er leise.

»Simon! Wie kannst du das Herz dazu haben, in so etwas einzuwilligen?!«

»Du begreifst doch wohl«, antwortete er, ohne aufzublicken, »es bedeutet einen großen Vorteil für den Knaben, daß er so von Anfang an bereits in die Sippe seines Vaters kommt. Halfrid und ich, wir würden sie alle beide so gern bei uns haben. Keine Schwester hätte treuer und herzlicher gegen die andere sein können, als Halfrid gegen Sigrid war. Keiner von uns Verwandten ist hart gegen sie gewesen – das darfst du ja nicht glauben. Auch nicht der Vater, obwohl er seitdem ein gebrochener Mann ist. Aber kannst du es nicht begreifen? – Ungerecht wäre es, wenn eines von uns sich dem widersetzte, daß der unschuldige Knabe Erbe und Ebenbürtigkeit nach seinem Vater bekommt.«

Kristins Kind ließ die Brust los. Die Mutter zog rasch das Kleid zusammen und preßte den Kleinen bebend dicht an sich. Wohlzufrieden stieß er ein paarmal auf, so daß die Milch ihm über den Mund und über die Hände der Mutter floß.

Simon sah verstohlen zu den beiden hinüber und sagte mit einer Art Lächeln: »Du hattest mehr Glück, Kristin, als meine Schwester.«

»Ja, dir kann es wohl nicht gerecht erscheinen«, erwiderte Kristin leise, »daß ich Frau heiße und mein Kind ehelich ist. Ich hätte es wohl verdient, mit einem vaterlosen Buhlenkind dazusitzen.«

»Das wäre mir wohl das Ärgste erschienen, was ich hätte erfahren können«, sagte Simon. »Ich gönne dir alles Gute, Kristin«, fügte er leiser hin.

Gleich darauf erkundigte er sich nach dem Wege. Nach Norden herauf war er mit dem Schiff von Tunsberg gekommen, erzählte er. »Jetzt muß ich weiterreiten, damit ich meinen Mann wieder einhole . . .«

»Ist es Finn, der dich begleitet?« fragte Kristin.

»Nein. Finn ist jetzt verheiratet, er ist nicht mehr bei mir. Erinnerst du dich noch an ihn?« fragte Simon, und seine Stimme klang ein wenig erfreut.

»Ist er ein hübsches Kind, Sigrids Knabe?« fragte Kristin und betrachtete Naakkve.

»Ich höre sie so sagen. Ich finde, ein Wickelkind sieht aus wie das andere«, antwortete Simon.

»Da hast du wohl selber kein Kind«, meinte Kristin und mußte ein wenig lächeln.
»Nein«, antwortete er kurz. Dann nahm er Abschied und ritt fort.
Als Kristin weiterging, nahm sie den Knaben nicht wieder auf den Rücken. Sie trug ihn im Arm und preßte sein Gesicht an ihren Hals. Sie konnte an nichts anderes denken als an Sigrid Andrestochter. Ihr Vater hätte dies nicht vermocht. Lavrans Björgulfssohn, der fortreiten sollte, um für das Buhlenkind seiner Tochter Sitz und Rechte unter den Verwandten des Vaters zu erbetteln – nie hätte er das zu tun vermocht. Und nie, nie hätte er das Herz dazu gehabt, ihren Säugling von ihr zu nehmen – ein kleines Kind aus den Armen der Mutter zu reißen, es von ihrer Brust zu reißen, während noch die Muttermilch seine unschuldigen Lippen netzt! Mein Naakkve, nein, das hätte er wohl nicht über sich gebracht, und wenn es zehnmal gerecht gewesen wäre, mein Vater hätte das nicht getan!
Aber sie konnte das Bild nicht loswerden: Eine Reiterschar, die oben im Einschnitt verschwindet, dort, wo das Tal eng wird und die Berge sich zusammendrängen, schwarz von Wäldern. Ein kalter Hauch strömt von dem Fluß aus, der donnernd über Felsbänke stürzt, eisgrün, schäumend, mit schwarzen, tiefen und ruhigen Stellen dazwischen. Wer sich dort hineinstürzt, wird unweigerlich von Fels zu Fels geschmettert. Jesus, Maria ...
Dann sah sie die Äcker daheim bei Jörundhof in einer hellen Sommernacht – sah sich selbst den Pfad hinablaufen bis zu dem grünen Platz im Erlenwald beim Fluß – dort, wo sie Wäsche zu waschen pflegten. Heftig und eintönig rauschend fließt das Wasser in dem flachen Bett, das mit grünen Steinen angefüllt ist. – Herr Jesus, ich kann nicht anders.
Oh, aber der Vater hätte nicht das Herz dazu gehabt. Nicht, und wenn es auch noch so gerecht gewesen wäre. Wenn ich auf meinen bloßen Knien gebeten, gebeten und gebeten hätte: Vater, du darfst mein Kind nicht von mir nehmen ...
Kristin stand auf Feginsbrekka und sah die Stadt in goldener Abendsonne unter sich liegen. Längs den breiten, glänzenden Windungen des Flusses lagen braune Höfe mit Wasendächern; sie sah die dunklen Laubkuppeln in den Gärten und helle Steinhäuser mit gezackten Giebeln, sie sah Kirchen, deren schwarze, schindelverkleidete Firste emporragten, und Kirchen mit mattschimmerndem Bleidach. Aber über dem grünen Land, über der herrlichen Stadt erhob sich die Christkirche so riesenhaft und strahlend hell, daß gleichsam alles ihr zu Füßen lag. Die Abendsonne mitten auf der Brust und mit blitzendem Fensterglas, mit Türmen und schwindelnd hohen Spitzen und goldenen Wetterfahnen stand sie da und deutete in den hellen Sommerhimmel hinauf.
Ringsum lagen sommergrüne Gemeinden, mit würdigen Großhöfen an den Hängen. Draußen öffnete sich hell und weit der Fjord, mit treibenden Schatten von den großen Sommerwolken, die auf der ande-

ren Seite über die schimmernd blauen Berge heraufzogen. Die Klosterinsel lag wie ein grüner Kranz mit steinweißen Häuserblumen da und klatschte leise in den See. So viele Schiffsmaste draußen an der Flußmündung, so viele schöne Häuser!

Überwältigt, schluchzend brach die junge Frau vor dem Kreuz am Wegrand zusammen, dort, wo Tausende von Pilgern gelegen und Gott dafür gedankt hatten, daß helfende Hände sich den Menschen auf ihrer Fahrt durch die gefährliche und schöne Welt entgegenstreckten.

In Kirchen und Klöstern läutete es zur Vesper, als Kristin den Christkirchhof betrat. Einen Augenblick wagte sie am Westgiebel der Kirche hinaufzuspähen – dann schlug sie geblendet die Augen nieder.

Dieses Werk hatten nicht Menschen aus eigener Kraft zustande gebracht – hier hatte Gottes Geist durch den heiligen Öistein und durch die Baumeister, die ihm folgten, gewirkt. Zu uns komme dein Reich, dein Wille geschehe, wie im Himmel also auch auf Erden – jetzt verstand sie die Worte. Ein Abglanz von der Herrlichkeit des Reiches Gottes zeugte in diesen Steinen davon, daß sein Wille alles Schöne war. Kristin bebte. Ja, Gott mußte sich mit Groll von allem Häßlichen abwenden – von Sünde und Schande und Unreinheit.

Auf den Altanen der Himmelsburg standen heilige Männer und Frauen, so schön, daß Kristin sie nicht anzusehen wagte. Die unverwelkbaren Ranken der Ewigkeit schlangen sich still und lieblich hinan – sprangen aus Spitzen und Türmen hervor und blühten in Steinmonstranzen auf. Über der mittleren Tür hing Christus am Kreuz. Maria und Johannes, der Evangelist, standen an seiner Seite, sie waren weiß, wie aus Schnee geformt, und auf dem Weiß glänzte Gold.

Dreimal umschritt sie betend die Kirche. Die mächtigen Mauermassen mit dem verwirrenden Reichtum an Pfeilern und Bogen und Fenstern, der Schimmer der gewaltigen schiefen Fläche des Daches, der Turm, die goldene Spitze hoch oben im Himmelsraum – Kristin sank unter ihrer Sünde zusammen.

Sie bebte, als sie den behauenen Stein des Portals küßte. In einem Gedankenblitz sah sie die dunkle Holzschnitzerei rings um die Kirchentüre daheim, dort hatte ihr Kindermund nach Vater und Mutter den Kuß aufgedrückt.

Sie besprengte das Kind und sich selbst mit Weihwasser und dachte daran, wie der Vater das gleiche getan, als sie klein war. Das Kind fest an sich gedrückt, schritt sie durch die Kirche vor.

Sie ging dahin wie in einem Wald – die Säulen waren gefurcht wie alte Bäume –, und in diesen Wald herein sickerte das Licht durch die farbigen Glasfenster, bunt und klar wie ein Gesang. Hoch über ihr regten sich im Steinlaub Tiere und Menschen, und Engel spielten auf Instrumenten – noch viel weiter oben, in noch schwindelnderer Höhe, spannten sich die Gewölbe und hoben die Kirche zu Gott empor. In einer Halle, die nach der Seite zu abzweigte, wurde an einem Altar Gottesdienst abgehalten. Kristin sank bei einer Säule in die Knie. Der

Gesang schnitt in sie ein wie zu starkes Licht. Jetzt erkannte sie, wie tief im Staube sie lag. –
Pater noster. Credo in unum Deum. Ave Maria, gratia plena. Sie hatte ihre Gebete dadurch gelernt, daß sie Vater und Mutter die Worte nachsprach, noch ehe sie den Sinn begriff – zu einer Zeit, deren sie sich kaum mehr entsinnen konnte. Herr Jesus Christus. Gab es eine Sünderin gleich ihr?
Hoch unter dem Triumphbogen, emporgehoben über die Menschen, hing Christus, der ans Kreuz Geschlagene. Die reine Jungfrau, seine Mutter, stand unter ihm und sah in Todesschmerz zu ihrem unschuldigen Sohn auf, der dort wie ein Verbrecher zu Tode gemartert wurde.
Und hier lag sie auf den Knien, die Frucht ihrer Sünde im Arm. Sie preßte den Knaben an sich – er war frisch wie ein Apfel, rot und weiß wie eine Rose –, jetzt war er wach, lag da und blickte mit seinen klaren, süßen Augen zu ihr auf.
Gezeugt in Sünden. Getragen unter ihrem harten bösen Herzen, aus ihrem sündebefleckten Leib geboren, so hell, so gesund, so unsagbar lieblich und frisch und rein. Diese unverdiente Gnade zerbrach ihr das Herz, von Reue zerknirscht lag sie da, und Schluchzen und Tränen drangen aus ihrer Seele wie Blut aus einer Todeswunde.
Naakkve, Naakkve, mein Kind. – Gott sucht die Sünden der Väter an ihren Kindern heim. – Wußte ich das nicht? Doch, ich wußte es. Aber ich war ohne Barmherzigkeit für das unschuldige Leben, das in meinem Schoß erweckt werden konnte, auf daß es dann um meiner Sünden willen verflucht und gepeinigt werde.
Bereute ich meine Sünde, als ich dich in mir trug, mein geliebter, geliebter Sohn? O nein, es war nicht Reue. Mein Herz war hart vor Groll und bösen Gedanken in jener Stunde, da ich zum ersten Male fühlte, wie du dich bewegtest, so klein und wehrlos. – Magnificat anima mea Dominum. Et exultavit spiritus meus in Deo salutari meo* So sang sie, die milde Königin der Frauen, als sie auserkoren war, den zu empfangen, der für unsere Sünden sterben sollte. Nicht gedachte ich des Erlösers meiner eigenen Sünden und der Sünden meines Kindes. O nein, es war nicht Reue, sondern ich machte mich klein und erbärmlich und bettelte darum, daß das Gesetz der Gerechtigkeit durchbrochen werden möge, denn ich hätte es nicht ertragen können, wenn Gott sein Gesetz gehalten und mich nach dem Wort gezüchtigt hätte, das ich mein Leben lang kannte.
Ach ja, jetzt wußte sie es. Sie hatte gedacht, Gott sei wie ihr eigener Vater, und auch der heilige Olav sei so wie ihr Vater. Die ganze Zeit hatte sie zutiefst in ihrem Herzen darauf vertraut, daß sie in dem Augenblick, in dem die Strafe härter wäre, als sie zu ertragen vermochte, Erbarmen statt Gerechtigkeit finden würde.

* Magnificat anima . . .: Meine Seele hochpreiset den Herrn. Und mein Geist freuet sich Gottes, meines Heilandes.

Sie weinte so sehr, daß sie sich nicht erheben konnte, wenn die Leute während des Gottesdienstes aufstanden – über ihrem Kind zu einem Haufen zusammengebrochen, blieb sie liegen. In ihrer Nähe knieten einige Menschen, die sich ebenfalls nicht erhoben; es waren zwei gutgekleidete Bäuerinnen mit einem jungen Knaben zwischen sich.
Kristin blickte zum Chor hinauf. Hoch oben hinter goldenen Gittertüren glänzte in der Dunkelheit über dem Altar Sankt Olavs Schrein. Es rann ihr eiskalt über den Rücken. Dort lag sein heiliger Leib und wartete auf den Tag der Auferstehung. Da würde der Deckel aufspringen, und er würde sich erheben. Mit der Axt in der Hand würde er durch diese Kirche schreiten. Und aus dem Steinboden, aus der Erde draußen, aus jedem Friedhof im ganzen Lande Norwegen würden die toten, gelben Beingerippe emporschießen, würden in Fleisch gekleidet werden und sich um ihren König scharen. Jene, die danach getrachtet hatten, in seiner Blutspur zu wandeln, und jene, die zu ihm geflüchtet waren, auf daß er ihnen die Lasten von Sünde und Trauer und Krankheit tragen helfe, an die sie im Leben sich selbst und ihre Kinder gefesselt hatten. Nun drängen sie sich um ihren König und bitten ihn, ihre Not vor Gott darzutun. Herr, höre, was ich für dieses Volk erbitte. So sehr habe ich es geliebt, daß ich mit Freuden Verbannung und Not und Haß und Tod auf mich nahm, damit nur kein Mann oder Weib in Norwegen aufwüchse, ohne von deinem Erlösertod für alle Sünder zu wissen. Herr, der du uns befahlst, hinzugehen und alle Menschen zu deinen Jüngern zu machen – mit meinem Blut schrieb ich, Olav Haraldssohn, deine Botschaft für diese meine armen Untertanen in die norwegische Sprache um. –
Kristin schloß die Augen, krank und von Schwindel befallen. Vor ihr stand das Antlitz des Königs – seine flammenden Augen sahen bis auf den Grund ihrer Seele –, jetzt bebte sie vor Sankt Olavs Blick.
Dort oben in deinem Tale, Kristin, wo ich weilte, als meine eigenen Landsleute mich aus meinem Erbreich vertrieben, weil sie Gottes Gesetze nicht dulden wollten, wurde dort nicht eine Kirche erbaut? Kamen nicht kundige Männer hin und lehrten euch Gottes Gebote?
Du sollst deinen Vater und deine Mutter ehren. Du sollst nicht töten. Gott sucht die Sünden der Väter an den Kindern heim. Ich starb, auf daß ihr diese Weisheit erfahren solltet. Hast du sie erfahren, Kristin Lavranstochter?
Ja, ja, Herr und König!
Die Olavskirche daheim – sie sah den heimischen, balkenbraunen Raum vor sich. Dort war es nicht so hoch bis zum Dach, daß einen Schrecken erfüllen konnte. Die Kirche war zu Gottes Ehre treuherzig aus dunklen und geteerten Stämmen errichtet worden, wie die Menschen ihre Wohnhäuser und Ställe und Scheunen bauten. Aber die Stämme waren zu geschmeidigen Stäben zurechtgehauen, und sie waren aufgerichtet und zu Wänden für das Haus Gottes zusammengefügt worden. Und also, das lehrte Sira Eirik jedes Jahr am Kirchweihtag,

geziemt es uns, mit den Werkzeugen des Glaubens an unserem sündigen, natürlichen Menschen ein getreues Glied der Kirche Christi herauszuhauen und zu schnitzen.
Hast du dies vergessen, Kristin? Wo sind die Werke, die am Jüngsten Tag für dich zeugen sollen, als für ein Glied der Kirche Gottes, die guten Werke zum Beweise, daß du Gott angehörst?
Jesus, ihre guten Werke! Sie hatte die Gebete gesprochen, die man ihr eingelernt hatte. Sie hatte die Almosen weitergegeben, die ihr der Vater in die Hände gelegt hatte, sie war ihrer Mutter an die Hand gegangen, wenn diese die Armen gekleidet, die Hungrigen gesättigt und die Wunden der Kranken verbunden hatte.
Die bösen Werke aber waren ihre eigenen.
Sie hatte sich an alle angeklammert, die ihr Schutz und Stütze boten. Bruder Edvins liebevolle Ermahnungen, seine Trauer über ihre Sünde, seine zärtliche Fürbitte, all das hatte sie angenommen und hatte sich in brennende Sündenlust hinausgeschleudert, sobald sie außerhalb des Lichtkreises seiner alten milden Augen war. In Ställen und Scheunen hatte sie sich weggeworfen und kaum Scham darüber empfunden, daß sie die gute und würdige Frau Groa betrog, sie hatte die freundliche Fürsorge der frommen Schwestern entgegengenommen und war nicht vor Scham vergangen, als die Nonnen dem Vater ihre Bescheidenheit und ihr sittsames Betragen rühmten.
O Vater. Am schlimmsten war der Gedanke an ihn. – Der Vater, der ihr nicht ein einziges unsanftes Wort gesagt hatte, als er sie in diesem Frühjahr besuchte.
Simon hatte es verschwiegen, daß er seine Verlobte mit einem Mann in einer Herberge für fahrende Kriegsleute ertappt hatte. Und sie hatte ihn die Schuld für ihren Wortbruch auf sich nehmen lassen, hatte ihn vor ihrem Vater ihre Schuld tragen lassen.
Ach, aber der Vater, das war das schlimmste. Nein, die Mutter, das war noch schlimmer. Sollte ihr Naakkve aufwachsen, um dereinst seiner Mutter so wenig Liebe zu erweisen, wie sie ihrer eigenen Mutter gezeigt hatte, oh, das könnte sie nicht ertragen. Die Mutter, die sie geboren und an ihrer Brust genährt und über ihr gewacht hatte, wenn sie krank war, die Mutter, die sie gewaschen und ihr das Haar gekämmt und sich darüber gefreut hatte, daß es schön war. Und in der ersten Stunde, da es Kristin dünkte, sie könnte die Hilfe und den Trost ihrer Mutter brauchen, da hatte sie erwartet, daß die Mutter trotz aller Verachtung zu ihr kommen würde. Du darfst glauben, deine Mutter wäre hierhergekommen, um bei dir zu sein, wenn sie gewußt hätte, daß es dir ein Trost wäre, so hatte der Vater gesagt, o Mutter, Mutter, Mutter!
Sie dachte an das Wasser aus dem Brunnen daheim. Es sah rein und klar aus, wenn es in den Holznäpfen stand. Doch der Vater besaß einen Glasbecher, und wenn er diesen mit Wasser füllte und die Sonne schien hindurch, so war es trübe und voller Unreinheit.

Ja, Herre König, jetzt sehe ich, wie ich bin!
Güte und Liebe hatte sie von allen Menschen entgegengenommen, als wäre dies ihr Recht. Sie sah kein Ende ab von all der Güte und Liebe, die sie ihr Leben lang empfangen hatte. Aber das erstemal, da ein Mensch wider sie aufgestanden war, da hatte sie sich erhoben wie eine Kreuzotter, die sich aufrichtet und sticht. Hart und scharf wie ein Messer war ihr Wille gewesen, als sie Eline Ormstochter in den Tod trieb.
Ebenso wie sie sich gegen Gott selbst erhoben hätte, wenn er seine gerechte Hand auf ihren Nacken gelegt haben würde. Oh, wie hatten Vater und Mutter es ertragen können: drei kleine Kinder hatten sie verloren, Ulvhild hatten sie in den Tod sinken sehen, nachdem sie die langen, kummervollen Jahre danach gestrebt hatten, dem Kind Gesundheit zu verschaffen. Aber die beiden hatten alle Prüfungen mit Geduld ertragen, nie daran gezweifelt, daß Gott das Beste für ihr Kind wollte. Und dann brachte sie all diese Sorge und Schande über die Eltern.
Aber wäre ihrem Kinde etwas widerfahren, hätte man ihr das Kind genommen, so wie man es jetzt Sigrid Andrestochter nahm ... Oh, führe uns nicht in Versuchung, sondern erlöse uns von dem Übel.
Ganz bis dicht an den Rand des Höllenschlundes war sie gewandert. Hätte sie den Knaben verloren, dann würde sie sich in den rauchenden Abgrund geworfen haben, würde sich mit Hohn der Hoffnung, mit den guten und liebevollen Menschen, die sie liebten, emporgehoben zu werden, verschlossen haben – hätte sich selbst dem Teufel ausgeliefert.
Da war es wohl kein Wunder, daß Naakkve ein Zeichen wie von einer blutigen Hand auf seiner Brust trug.
O heiliger Olav, der du mich erhörtest, da ich deine Hilfe für mein Kind erbat. Ich bat darum, du möchtest die Strafe mich treffen lassen und das unschuldige Kind verschonen. Ja, Herr, ich weiß, wie ich meinen Teil unseres Paktes erfüllte.
Wie ein wildes, heidnisches Tier hatte sie sich unter der ersten Züchtigung aufgebäumt. Erlend. Nicht ein einziges Mal hatte sie geglaubt, daß er sie nicht mehr liebe. Denn hätte sie das geglaubt, so hätte sie auch nicht mehr zu leben vermocht. O nein, sie hatte gedacht, heimlich bei sich selbst, wenn sie wieder schön und gesund und munter wäre, dann sollte es so werden, daß er um sie bitten sollte. Nicht etwa, als wäre er im vergangenen Winter lieblos gegen sie gewesen. Aber sie, die von Kindheit an gehört hatte, daß der Teufel sich stets in der Nähe einer schwangeren Frau halte, um sie in Versuchung zu führen, solange sie schwach ist, sie hatte den Lügen des Satans ein williges Ohr geliehen. Sie hatte getan, als glaube sie, Erlend mache sich nichts aus ihr, weil sie häßlich und krank war – wenn sie bemerkte, wie nahe es ihm ging, daß er sich selbst und sie ins Gerede der Leute gebracht hatte. Seine kleinen, scheuen und zärtlichen Worte hatte sie ihm in den Mund

zurückgeschlagen, und wenn sie selbst ihn dazu getrieben hatte, heftige und unbedachte Dinge zu sagen, so holte sie die immer wieder hervor und machte ihm einen Vorwurf daraus. Jesus, was für ein böses Weib war sie, sie war eine schlechte Gattin gewesen.

Verstehst du jetzt, Kristin, wie sehr du der Hilfe bedarfst?

Ja, Herre König, jetzt verstehe ich es. Ich bedarf deiner Stütze bitterlich, damit ich mich nicht wieder von Gott abwende. Sei mit mir, du, sein Fürst und König unter den Menschen, wenn ich mit meinen Bitten vortrete, bitte um Gnade für mich, heiliger Olav, bitte für mich!

Cor mundum crea in me, Deus, et Spiritum rectum innova in visceribus meis.

Ne projicias me a facie tua –

Libera me de sanguinibus, Deus, Deus salutis meae ...

Der Gottesdienst war zu Ende, die Menschen verließen die Kirche. Die beiden Bäuerinnen, die neben Kristin gekniet hatten, standen auf. Aber der Knabe zwischen ihnen, er stand nicht auf; er begann sich auf dem Boden fortzubewegen, indem er die Fingerknöchel gegen die Fliesen stemmte und wie eine unflügge, junge Krähe weiterhüpfte. Er hatte winzig kleine Beine, die zusammengekrümmt unter seinem Rumpf lagen. Die Frauen gingen so, daß sie ihn so gut wie möglich mit ihren Kleidern verdeckten.

Als sie außer Sicht waren, warf Kristin sich nieder und küßte den Boden dort, wo die anderen an ihr vorbeigegangen waren.

Ein wenig verwirrt und ratlos stand sie am Eingang zum Chor, als ein junger Priester durch die Gittertür heraustrat. Er blieb vor der verweinten jungen Frau stehen, und Kristin vertraute ihm ihr Anliegen an, so gut sie konnte. Zuerst verstand er nicht. Sie suchte den goldenen Kranz hervor und reichte ihn hin.

»Ah, seid Ihr Kristin Lavranstochter, Erlends Frau auf Husaby?«

Er sah sie ein wenig erstaunt an; ihr Gesicht war vom Weinen ganz verschwollen. »Ja, ja, Euer Schwager, Meister Gunnulf, sprach davon, ja ...«

Er führte sie in die Sakristei hinaus, nahm ihr den Kranz ab, wickelte ihn aus dem Linnen und betrachtete ihn, dann lächelte er leise:

»Ja – Ihr werdet wohl begreifen –, bei solchen Dingen müssen Zeugen dabeisein. – Ihr könnt eine solche Kostbarkeit nicht einfach so fortgeben wie ein Butterbrot. Aber ich kann es einstweilen in Verwahrung nehmen, Ihr werdet es wohl nicht gern in der Stadt mit Euch herumtragen. Ach, bitte doch Herrn Arne, er möge sich hierherbemühen«, wandte er sich an einen Kirchendiener. »Euer Gemahl müßte ja eigentlich auch hier sein, glaube ich, wenn alles ganz richtig sein sollte. Aber vielleicht hat Gunnulf einen Brief von ihm ...

Ihr sollt vor den Erzbischof selbst geführt werden, war es nicht so? Oder vor Hauk Tomassohn, den Pönitentiarius, ich weiß nicht, ob Gunnulf mit Herrn Eiliv gesprochen hat. Aber Ihr müßt morgen zum Frühgesang hierherkommen, dann könnt Ihr nach den Laudes nach mir fragen, ich heiße Paal Aslakssohn. Den da« – er deutete auf das Kind – »müßt Ihr in der Herberge zurücklassen. Ihr werdet bei den Schwestern in Bakke schlafen, ich glaube mich zu erinnern, daß Euer Schwager dies so angab.«

Ein anderer Priester kam herein, und die beiden redeten ein wenig miteinander. Der erste schloß einen kleinen Schrein in der Wand auf, nahm eine Schalenwaage und wog den Kranz, während der andere etwas in ein Buch schrieb. Dann legten sie den Kranz in den Wandschrein und schlossen ab.

Herr Paal wollte sie hinauslassen, fragte aber noch, ob er ihren Sohn zu Sankt Olavs Schrein hinaufheben solle.

Er nahm den Knaben mit dem sicheren, ein wenig gleichgültigen Griff des Priesters, der gewohnt ist, Taufkinder anzufassen. Kristin folgte mit in die Kirche, da fragte er, ob nicht auch sie den Schrein küssen wolle.

Ich wage es nicht, dachte Kristin, aber sie folgte dem Priester die Treppe hinauf zu der Erhöhung, auf der der Schrein stand. Vor ihren Augen strahlte gleichsam ein großes, kreideweißes Licht, als sich ihre Lippen der goldenen Truhe näherten.

Der Priester sah sie ein wenig an, besorgt, sie könne ohnmächtig werden. Aber sie hielt sich aufrecht. Dann ließ er die Stirn des Kindes das Heiligtum berühren.

Herr Paal folgte ihr bis zur Kirchentür und fragte, ob sie nun sicher sei, den Weg bis zur Fähre finden zu können. Dann wünschte er ihr gute Nacht – er sprach die ganze Zeit gleichmäßig und trocken wie irgendein anderer höfischer junger Mann.

Es hatte ein wenig zu regnen begonnen, und köstlicher Geruch dampfte lebendig aus Gärten und von den Straßen auf, die neben den Furchen der Räderspuren frisch und grün waren wie ein Hofplatz. Kristin schützte den Knaben gegen den Regen, so gut sie konnte – er war so schwer, so schwer jetzt, daß sie ihre Arme vom Tragen gar nicht mehr fühlte. Und er jammerte und weinte beständig – wahrscheinlich war er wieder hungrig.

Die Mutter war todmüde – von der langen Wanderung und von all dem Weinen und der gewaltsamen Gemütserschütterung in der Kirche. Sie fror, und der Regen nahm zu, die Tropfen klatschten auf die Bäume herab, so daß die Blätter blitzten und bebten. Kristin folgte den schmalen Durchlässen zwischen den Häusern und kam auf einen Platz, wo sie zum Fluß hinuntersah, der breit und grau dahinströmte, an der Oberfläche von fallenden Tropfen durchlöchert wie ein Sieb.

Es war kein Fährboot zu sehen. Sie redete zwei Männer an, die unter eine am Rand des Wassers auf Pfählen erbaute Bootshütte gekrochen waren. Diese sagten, sie solle weiter hinaus zur Flußmündung gehen – dort hätten die Nonnen ein Haus, und dort sei auch der Fährmann.

Kristin schleppte sich wieder zu dem Platz hinauf, mit wunden Füßen, durchnäßt und müde. Sie kam zu einer kleinen grauen Steinkirche –

dahinter lagen ein paar Häuser, von einem Zaun umgeben. Naakkve schrie ganz fürchterlich, so daß sie die Kirche nicht betreten konnte. Aber sie hörte den Gesang durch die scheibenlosen Fensterhöhlen heraus und erkannte die Antiphon Regina Coeli laetare – Freue dich, Maria, Himmelskönigin –, denn er, den du zu tragen auserkoren warst, ist auferstanden, wie er gesagt hat. Halleluja!
Das war es, was die Minoriten nach dem Kompletorium sangen. Bruder Edvin hatte sie diesen Hymnus an die Mutter des Herrn gelehrt, in den Nächten, die sie bei ihm durchwachte, als er todkrank bei ihnen daheim auf Jörundhof lag. Sie schlich sich in den Kirchhof, und mit ihrem Kind auf dem Arm stand sie an der Wand und sprach den Gesang leise vor sich hin.
Nichts, Kristin, was du auch tätest, könnte deines Vaters Gesinnung gegen dich ändern. Gerade darum darfst du ihm nicht noch mehr Kummer bereiten.
Wie deine durchbohrten Hände am Kreuz ausgebreitet waren, o teurer Herr der Sonnenburg. – So weit wie eine Seele vom rechten Weg abirrt, so weit waren die durchbohrten Hände sehnsuchtsvoll ausgebreitet. Nichts bedurfte es, außer des einen, daß die sündige Seele sich den offenen Armen entgegenwandte, gutwillig, wie das Kind zu seinem Vater geht, und nicht wie ein Sklave, den man zu seinem strengen Herrn jagt. – Jetzt begriff sie, wie häßlich die Sünde war. Wieder drang dieser Schmerz in ihre Brust, als müsse das Herz vor Reue und Scham ob all der unverdienten Gnade zerbrechen.
Nahe an der Kirchenwand war ein wenig Schutz vor dem Regen. Sie setzte sich auf einen Grabstein und schickte sich an, den Hunger des Kindes zu stillen. Dazwischenhinein beugte sie sich nieder und küßte den kleinen flaumhaarigen Kopf.
Sie mußte eingeschlafen sein. Irgend jemand berührte ihre Schulter. Ein Mönch und ein alter Laienbruder mit dem Grabscheit in der Hand standen vor ihr. Der Barfüßer fragte, ob sie eine Nachtherberge suche.
Ein Gedanke durchfuhr sie – sie wollte viel lieber die Nacht hier bei den Minoriten, den Brüdern von Bruder Edvin, zubringen. Und es war so weit hinaus nach Bakke – und sie war zum Umfallen müde. Da gebot der Mönch dem Laiendiener, diese Frau in die Frauenherberge zu führen – »und gib ihr ein wenig Kalmuslauge für ihre Füße, sie sind wund, wie ich sehe.«
Es war erstickend dumpf und dunkel in der Frauenherberge, die außerhalb der Einzäunung an einem Durchlaß zwischen den Häusern lag. Der Laienbruder brachte Kristin Waschwasser und ein wenig Essen, und sie saß an der Feuerstätte und versuchte, das Kind zu beruhigen. Naakkve spürte es wohl, daß die Mutter erschöpft war und an diesem Tage gefastet hatte; er weinte und wimmerte von Zeit zu Zeit, während er an der leeren Brust sog. Kristin nahm dann und wann einen Schluck von der Milch, die der Laienbruder ihr gebracht hatte; sie versuchte, diese aus ihrem Mund in den des Kindes zu sprit-

zen, aber der Kleine beschwerte sich laut gegen diese neue Art der Speisung, und der Alte lachte und schüttelte den Kopf. Sie sollte die Milch selbst trinken, dann käme sie dem Knaben wohl auch zugute.

Endlich ging er. Kristin kroch in eine der Bettstellen zuoberst unter dem Firstbalken. Von dort aus konnte sie eine Luke erreichen. In der Herberge herrschte ein fürchterlicher Geruch; es lag eine Frau da, die Leibschmerzen hatte. Kristin öffnete die Luke, die helle und kühle Sommernacht, die regenfeuchte Luft strömten über sie herein. Sie saß in dem kurzen Bett, den Nacken an die Wandbalken gestützt; es waren so wenig Kissen in dem Bett. Der Knabe schlief auf ihrem Schoß. Sie hatte die Luke nach einer Weile wieder schließen wollen, war aber vorher schon eingeschlafen.

Mitten in der Nacht erwachte sie. Der Mond schien herein, sommerlich, honiggelb und bleich, er schien auf das Kind und sie, beleuchtete die Wand mitten vor ihr. Da gewahrte sie, daß ein Mensch mitten in dem Mondenstrom stand, schwebend zwischen Boden und Dachgebälk.

Er war in eine aschgraue Kutte gekleidet, groß und mit gebeugtem Rücken. Jetzt wandte er ihr das uralte gefurchte Antlitz zu. Es war Bruder Edvin. Er lächelte so unsagbar zärtlich – ein wenig verschmitzt, genauso wie damals, als er noch auf Erden lebte.

Kristin geriet keineswegs in Erstaunen. Demütig, glücklich, voller Erwartung sah sie ihn an und wartete darauf, was er sagen oder tun würde.

Der Mönch lächelte ihr zu, er hielt einen alten schweren Pelzfäustling zu ihr empor, dann hängte er ihn an einem Mondstrahl auf. Darauf lächelte er noch mehr, nickte ihr zu und war verschwunden.

HUSABY

I

Gleich nach Neujahr bekamen sie eines Tages unerwartete Gäste auf Husaby. Es waren Lavrans Björgulfssohn und der alte Smid Gudleikssohn von Dovre, sie befanden sich in Begleitung von zwei Herren, die Kristin nicht kannte. Erlend aber war sehr erstaunt, seinen Schwiegervater in dieser Gesellschaft zu sehen, es waren Herr Erling Vidkunssohn zu Giske und Bjarköy und Haftor Graut in Godöy, er wußte nicht, daß Lavrans diese beiden kannte. Herr Erling erklärte, sie seien auf Neset zusammengetroffen, er habe mit Lavrans und Smid im Sechsmännergericht zusammengesessen, das nun endlich den Erbstreit zwischen den Erben des Herrn Jon Haukssohn entschieden habe. Dann seien er und Lavrans ins Gespräch über Erlend gekommen, und Erling, der in Nidaros etwas zu tun hatte, habe Lust bekommen, die Leute auf Husaby zu begrüßen, wenn Lavrans ihn begleiten und mit ihm nach Norden segeln wollte. Smid Gudleikssohn sagte lächelnd, er habe sich beinahe selbst mit auf die Fahrt eingeladen:

»Ich wollte doch unsere Kristin wiedersehen, die schönste Rose im Nordtal. Und dann dachte ich, meine Verwandte Ragnfrid würde mir Dank dafür wissen, wenn ich ihren Gemahl ein wenig im Auge behielte und sähe, was für große Dinge er mit so klugen und mächtigen Männern ausheckt. Ja, dein Vater hat in diesem Winter anderes zu tun, meine Kristin, als nur mit uns von Hof zu Hof zu fahren und Weihnachten zu feiern, bis die Fastenzeit beginnt. Nun haben wir alle diese Jahre in guter Ruhe und Gemächlichkeit daheim auf unseren Höfen gesessen, und jeder hat sich um das Seine bekümmert. Jetzt aber will Lavrans uns königsgetreue Männer aus den Tälern dazu bringen, mitten im härtesten Winter zusammen nach Oslo zu reiten, jetzt sollen wir den großen Herren im Rate Ratschläge geben und uns um des Königs Angelegenheiten bekümmern, sie führen die Sache des armen unmündigen Kindes so schlecht, sagt Lavrans.«

Herr Erling sah ein wenig verlegen aus. Erlend zog die Augenbrauen hoch.

»Habt Ihr teil an diesen Beratungen, Schwiegervater – wegen der großen Hofversammlung?«

»Nein, nein«, erwiderte Lavrans, »ich reite zur Versammlung, ebenso wie die anderen Königsmänner im Tal, da wir dorthin berufen wurden.«

Aber Smid Gudleikssohn fing wieder an. Es sei doch Lavrans, der ihn überredet habe und ebenso den Herstein auf Kruke und Trond Gjesling und Guttorm Sneis und andere, die nicht hatten fahren wollen.
»Nun, pflegt ihr auf diesem Hof hier die Gäste nicht ins Haus zu bitten?« fragte Lavrans. »Jetzt wollen wir darüber urteilen, ob Kristin ebenso gutes Bier braut wie ihre Mutter.« Erlend sah nachdenklich aus, und Kristin wunderte sich sehr.
»Was gibt es, Vater?« fragte sie ein wenig später, als er mit ihr in die Kleinstube gegangen war, wohin sie das Kind um der Fremden willen gebracht hatte.
Lavrans saß da und schaukelte den Tochtersohn auf den Knien. Naakkve war jetzt zehn Monate alt, groß und schön. Er hatte zu Weihnachten schon einen Kittel und Strümpfe bekommen.
»Ich kann mich nicht erinnern, Vater, daß Ihr früher Eure Stimme in solchen Angelegenheiten habt hören lassen«, sagte die Tochter wieder. »Stets habt Ihr gesagt, für Land und Leute sei es das beste, wenn der König herrsche und jene Männer, die er an seine Seite rufe. Erlend sagt, dieser Angriff sei ein Werk der Mächtigen südlich im Lande; sie wollten Frau Ingebjörg und die Männer, die ihr als Ratgeber vom Vater zur Seite gestellt worden waren, verdrängen und wollten sich wieder die Macht anmaßen, die sie früher besaßen, als König Haakon und sein Bruder noch Kinder waren. Aber daraus entsteht ein großer Schaden für das Reich, so habt Ihr früher, wie ich mich erinnere, selbst gesagt.«
Lavrans flüsterte ihr zu, sie solle die Kindsmagd hinaussenden. Als sie allein waren, fragte er:
»Woher hat Erlend diese Kundschaft – stammt sie von Munan?«
Kristin sagte, Orm habe, als er im Herbst nach Hause gekommen sei, einen Brief von Herrn Munan mitgebracht. Sie sagte nicht, daß sie selbst ihn Erlend vorgelesen hatte; er war nicht geschickt darin, Schrift zu deuten. Aber in diesem Brief klagte Munan sehr darüber, daß nun jeder wappenführende Mann in Norwegen glaube, mehr von der Reichsverweserschaft zu verstehen als die Herren, die König Haakon zu seinen Lebzeiten um sich gehabt habe, und daß sie meinten, besser für das Wohl des jungen Königs sorgen zu können als jene hochgeborene Frau, seine eigene Mutter. Er hatte Erlend gewarnt, gäbe es Anzeichen dafür, daß die norwegischen Herren sich anschickten, es so zu machen, wie die Schweden es im Sommer in Skara gemacht hätten, nämlich Pläne zu schmieden gegen Frau Ingebjörg und ihre alten, erprobten Ratgeber, dann sollten die Verwandten der hohen Frau sich bereit halten, und Erlend sollte mit Munan in Hamar zusammentreffen.
»Erwähnte er nichts davon«, fragte Lavrans und kitzelte Naakkve mit einem Finger unter dem dicken Kinn, »daß ich einer von den Männern bin, die sich den unerlaubten Botschaften widersetzten, mit denen Munan ins Tal hinauffuhr – im Namen unseres Königs?«

»Ihr!« sagte Kristin. »Habt Ihr in diesem Herbst Munan Baardssohn getroffen?«
»Das habe ich«, antwortete Lavrans. »Und große Einigkeit herrschte nicht zwischen uns.«
»Habt Ihr über mich gesprochen?« fragte Kristin rasch.
»Nein, meine kleine Kristin«, sagte der Vater und lachte ein wenig. »Ich kann mich nicht erinnern, daß das Gespräch zwischen uns dieses Mal auf dich gekommen wäre. – Weißt du, ob es wahr ist, daß dein Mann nach Süden zu fahren gedenkt, um Munan Baardssohn zu treffen?«
»Ich glaube es«, erwiderte Kristin. »Sira Eiliv setzte kürzlich einen Brief für Erlend auf, und er redete davon, daß er wohl bald nach Süden reisen müsse.«
Lavrans saß eine Weile da und blickte auf das Kind nieder, das mit den Fingern an dem Dolchgriff spielte und dabei versuchte, in den Bergkristall zu beißen.
»Ist es wahr, daß man Frau Ingebjörg die Herrschaft entreißen will?« fragte Kristin.
»Frau Ingebjörg ist etwa so alt wie du«, entgegnete der Vater, immer noch mit seinem Lächeln. »Niemand will der Mutter des Königs jene Ehren und jene Macht nehmen, zu denen sie geboren ist. Aber der Erzbischof und einige Freunde und Verwandte unseres seligen Königs haben eine Versammlung einberufen, um zu beraten, wie Macht und Ehre der hohen Frau und das Wohl des Volkes am besten gewahrt werden sollen.«
Kristin sagte leise: »Ich merke wohl, Vater, daß Ihr dieses Mal nicht nur um Naakkves und meinetwillen nach Husaby gekommen seid.«
»Nicht nur deshalb«, sagte Lavrans. Dann lachte er: »Und ich merke, meine Tochter, daß dir das wenig zusagt!«
Er legte seine eine Hand über ihr Gesicht und streichelte auf und nieder. So hatte er immer getan, seit sie ein kleines Mädchen war, jedesmal, wenn er sie gezankt oder geneckt hatte.
Währenddessen saßen Herr Erling und Erlend oben in der Waffenkammer, so hieß das große Haus, das nordöstlich auf dem Hofplatz dicht neben dem Hofzaun stand. Es war hoch wie ein Turm, mit drei Stockwerken; im obersten befand sich ein Raum mit Schießscharten, und dort wurden alle Waffen aufbewahrt, die auf dem Hof nicht täglich in Gebrauch waren. König Skule hatte dieses Haus erbaut.
Herr Erling und Erlend trugen Pelzmäntel, denn es war bitter kalt in dem Raum. Der Gast ging umher und betrachtete die vielen schönen Waffen und Rüstungen, die Erlend von seinem Großvater, Gaute Erlendssohn, geerbt hatte.
Erling Vidkunssohn war ein ziemlich kleiner Mann, von zarter Gestalt, dabei ein wenig rundlich; er bewegte sich aber leicht und gefällig. Besonders hübsch von Angesicht war er nicht, obgleich er wohlgeformte Züge hatte, aber sein Haar war hellrötlich, und Augenbrauen und

Wimpern waren weiß, die Augen ziemlich hellblau. Wenn die Leute trotzdem fanden, daß Herr Erling gut aussehe, so kam dies vielleicht daher, daß alle ihn als den reichsten Ritter in Norwegen kannten. Er hatte jedoch auch ein besonders gewinnendes, angenehmes Wesen. Überaus verständig war er, wohlgelehrt und reich an Kenntnissen, und da er niemals danach strebte, seine Weisheit hervorzukehren, und stets bereit war, auf andere zu hören, so stand er in dem Ruf, einer der klügsten Männer im Lande zu sein. Er war gleichaltrig mit Erlend Nikulaussohn, und sie waren durch das Stovreimsgeschlecht miteinander verwandt, wenn auch weit entfernt; sie hatten einander stets gekannt, aber irgendeine nahe Freundschaft hatte zwischen ihnen nicht bestanden.

Erlend saß auf einer Truhe und sprach von dem Schiff, das er in diesem Sommer für sich hatte bauen lassen; es war ein Schiff für zweiunddreißig Ruderer, und er glaubte, es würde ein besonders rasches und leicht zu lenkendes Fahrzeug werden. Er hatte sich zwei Schiffbauer vom Norden kommen lassen und mit ihnen zusammen selber die Arbeit überwacht.

»Schiffbau ist nämlich eines der wenigen Dinge, auf die ich mich verstehe, Erling«, sagte er, »und du sollst sehen, es wird ein schöner Anblick sein, wenn Margygren die Meereswellen durchschneidet.«

»Margygren? Das ist aber ein unheimlich heidnischer Name, den du da deinem Schiff gibst, Verwandter«, sagte Herr Erling und lachte ein wenig. »Gedenkst du denn, damit nach Süden zu fahren?«

»Bist du ebenso fromm wie mein Weib? – Auch sie sagt, dies sei ein heidnischer Name. Ja, sie liebt auch das Schiff an sich nicht, aber sie stammt ja aus den Tälern – sie verträgt die See nicht.«

»Ja, sie sieht fromm und fein und liebreizend aus, deine Gattin«, sagte Herr Erling höflich. »Wie man es sich bei den Leuten, von denen sie abstammt, erwarten durfte.«

»Ja.« Erlend lachte ein wenig. »Kein Tag vergeht, an dem sie nicht die Messe hört. Und Sira Eiliv, unser Priester, den du sahst, liest uns aus den heiligen Büchern vor, außer Bier und Leckereien weiß er nichts Besseres, als vorlesen zu dürfen. Und die armen Leute kommen zu Kristin und fragen sie um Rat und Hilfe, sie würden gern den Saum ihres Rockes küssen, glaube ich; meine eigenen Männer kenne ich nicht wieder. Sie ist fast wie eine jener Frauen, von denen in den heiligen Sagen geschrieben steht; weißt du noch, König Haakon zwang uns, dazusitzen und zuzuhören, wenn der Priester vorlas, damals, als wir Pagen waren? Hier ist jetzt vieles anders auf Husaby als das letzte Mal, da du mein Gast warst, Erling. – Seltsam übrigens, daß du diesmal zu mir kommen mochtest«, fügte er nach einer Weile hinzu.

»Du sprachst von der Zeit, da wir beide Pagen waren«, sagte Erling Vidkunssohn mit einem Lächeln, das ihm gut stand. »Da waren wir doch Freunde? Damals erwarteten wir alle von dir, Erlend, daß du es noch weit bringen würdest hier im Lande.«

Aber Erlend lachte nur: »Ja, das erwartete auch ich.«
»Kannst du nicht mit mir zusammen nach Süden segeln, Erlend?« fragte Herr Erling.
»Ich hatte gedacht, den Landweg zu nehmen«, erwiderte der andere.
»Das ist aber doch mühsam für dich – über das Gebirge, jetzt zur Winterszeit«, meinte Herr Erling. »Erfreulich und angenehm würde es doch sein, wenn du dich Haftor und mir zugeselltest.«
»Ich habe nun schon versprochen, mit einigen anderen zu fahren«, entgegnete Erlend.
»Ach ja, du gehst mit deinem Schwiegervater, nun, das ist ja auch begreiflich.«
»Ja, nein; ich kenne diese Männer aus dem Tal, mit denen er reitet, so wenig.« Erlend saß eine Weile da. »Nein, ich habe versprochen, bei Munan in Stange vorbeizusehen«, sagte er rasch.
»Du kannst es dir sparen, dort nach Munan zu sehen«, antwortete der andere. »Er ist zu seinen Höfen auf Hising gereist, und es kann vielleicht eine Weile dauern, bis er wieder nach Norden kommt. Ist es lange her, seit du von ihm gehört hast?«
»Es war um die Zeit der Mikkalsmesse, da schrieb er mir aus Ringabu.«
»Ja, du weißt doch wohl, was sich im Herbst im Tal zugetragen hat?« fragte Erling. »Nicht? Du weißt doch wohl, daß Munan selbst zu den Vögten rings um den Mjössee und ins Tal hinaufritt und Briefe überbrachte, die Bauern sollten ihre volle Kriegssteuer mit Kost und Pferden entrichten – sechs Bauern zu einem Pferd –, und der Adel sollte die Pferde senden, selbst aber daheim sitzen dürfen. Hast du das nicht erfahren? Und daß die Bewohner der nördlichen Täler sich weigerten, diese Steuer zu entrichten, als Munan mit Eirik Topp auf dem Thing in Vaage erschien? Es war im übrigen Lavrans Björgulfssohn, der die Gegenrede führte – er forderte Eirik auf, die Steuern auf gesetzlichem Wege einzutreiben, wenn an den vorgeschriebenen Abgaben etwas fehlen sollte; aber er nannte es einen Übergriff, eine Kriegssteuer von den Bauern zu fordern, um einen Dänen in der Fehde gegen den Dänenkönig zu unterstützen, und er sagte, wenn unser König einen Dienst von seinen Getreuen verlangen wollte, so würden sie rasch genug zur Hand sein, mit guten Waffen und Pferden und bewaffneten Männern, aber er sende nicht einen Ziegenbock mit einem Hanfstrick um den Hals von Jörundhof fort, außer der König verlange, daß er ihn selber zum Heereszug reiten solle. Aber, weißt du denn das nicht? Smid Gudleikssohn sagt, Lavrans habe seinen Bauern versprochen, die Buße für alle aufzubringen, wenn es notwendig werden sollte.«
Erlend war sehr erstaunt.
»Das hat Lavrans getan! Niemals habe ich gehört, daß mein Schwiegervater sich in andere Dinge mischte als in solche, die ihn selbst und die Besitztümer seiner Freunde betrafen.«
»Er tut es wohl nicht oft«, meinte Herr Erling. »Soviel aber verstand

ich, als ich jetzt auf Neset war: wenn Lavrans Björgulfssohn in einer solchen Sache das Wort ergreift, so werden ihm alle folgen, denn er spricht nicht, ohne die Sache so gut zu kennen, daß seine Worte nur schwer widerlegbar sind. Jetzt soll er im Zusammenhang mit diesen Ereignissen Briefe mit seinen Verwandten in Schweden gewechselt haben – Frau Ramborg, seine Vater-Mutter, und Herrn Erngisles Vater-Vater waren ja Kinder zweier Brüder, er hat also eine große Sippe da drüben. So still er auch ist, dein Schwiegervater, so hat er doch keine geringe Macht in den Gemeinden, wo die Leute ihn kennen. – Wenngleich er sie nicht oft gebraucht.«

»Ja, jetzt verstehe ich, warum du dich mit ihm zusammengetan hast, Erling«, erwiderte Erlend lächelnd. »Ich wunderte mich schon, daß ihr so warme Freunde geworden seid.«

»Kann dich das wundern?« entgegnete Erling besinnlich. »Ein sonderbarer Mann müßte der sein, der Lavrans auf Jörundhof nicht gern seinen Freund nennen würde. Dir wäre wohl besser damit gedient, Verwandter, wenn du auf ihn statt auf Munan hörtest.«

»Munan war vom ersten Tag an, da ich von daheim fort war, wie ein älterer Bruder gegen mich«, sagte Erlend ein wenig heftig. »Nie hat er mich im Stich gelassen, wenn ich in die Enge getrieben war, nun ist er in die Enge getrieben.«

»Munan kommt schon zurecht«, sagte Erling Vidkunssohn so ruhig wie zuvor. »Die Briefe, die er überbrachte, waren mit dem Sigill des norwegischen Reiches versiegelt – widerrechtlicherweise, aber das ist ja nicht seine Sache. Ja, und noch mehr: er war es, der sein Siegel damals anhängte, als er bei der Verlobung der Jungfrau Eufemia den Zeugen machte, aber dies kann nur schwer aufgedeckt werden, ohne daß dabei an jemand gerührt wird, den wir nicht ... Um die Wahrheit zu sagen, Erlend, ich glaube, Munan kommt ohne deine Unterstützung zurecht, du aber kannst dir selber schaden ...«

»Ich verstehe, Ihr wollt Frau Ingebjörg zu Leibe«, sagte Erlend. »Ich aber habe nun meiner Verwandten versprochen, ihr in der Heimat wie in der Fremde zu dienen.«

»Das habe auch ich«, erwiderte Erling. »Und ich gedenke dieses Versprechen zu halten; das tut wohl jeder norwegische Mann, der unserem Herrn und Verwandten König Haakon gedient und ihn geliebt hat. Und ihr ist jetzt am besten damit gedient, daß man sie von den Ratgebern trennt, die eine so junge Frau zu ihrem und ihres Sohnes Unglück beraten.«

»Glaubst du«, fragte Erlend gedämpft, »daß ihr das vermögt?«

»Ja«, sagte Erling Vidkunssohn fest. »Das glaube ich. Und das glauben wohl alle, die nicht auf« – er zuckte die Achseln – »böswilliges und loses Gerede hören. Und das sollten doch wir, die Verwandten der hohen Frau, am allerletzten tun.«

Eine Dienerin hob die Luke im Boden und fragte, ob es ihnen recht sei, wenn die Hausfrau jetzt die Speisen in die Halle tragen lasse.

Während die Leute bei Tisch saßen, wollte das Gespräch immer wieder die großen Neuigkeiten streifen, die in der Luft lagen. Kristin merkte, daß sowohl ihr Vater als auch Herr Erling davon ablenkten; sie berichteten über Brautkauf und Todesfälle, Erbstreitigkeiten und Besitzwechsel zwischen Verwandten und Freunden. Kristin wurde unruhig und wußte selbst kaum, weshalb. Diese Männer hatten ein Anliegen an Erlend, das begriff sie. Und obwohl sie es sich nicht selbst eingestehen mochte, kannte sie ihren Mann jetzt doch gut genug, um zu wissen, daß er trotz seinem Eigensinn vielleicht doch ziemlich leicht zu lenken war, von einer festen Hand im weichen Handschuh, wie das Sprichwort sagt.
Nach der Mahlzeit rückten die Herren an der Feuerstätte zusammen, blieben dort sitzen und tranken. Kristin ließ sich auf der Bank nieder, nahm den Rahmen auf den Schoß und flocht an ihrer Spitze. Gleich darauf kam Haftor Graut, legte ein Kissen auf den Boden und setzte sich der Hausfrau zu Füßen. Er hatte Erlends Saitenspiel auf den Knien und spielte ein wenig und erzählte. Haftor war ein ganz junger Mann, mit blondem, gelocktem Haar und sehr schönen Zügen, jedoch war sein Gesicht mit Sommersprossen übersät. Kristin merkte bald, daß er herzlich redselig war. Er hatte erst kürzlich eine reiche Heirat gemacht, langweilte sich jedoch daheim auf seinen Höfen; das war der Grund, weshalb er zu der Adelsversammlung fahren wollte.
»Aber es ist begreiflich, daß Erlend Nikulaussohn lieber daheim sitzen will«, sagte er und legte seinen Kopf in ihren Schoß. Kristin rückte ein wenig weg, lachte und sagte, soviel sie wisse, gedenke ihr Gemahl nach Süden zu reisen, »welchen Grund es auch haben mag«, sagte sie mit unschuldiger Miene. »Es herrscht soviel Unruhe im Land zu diesen Zeiten, für eine einfältige Frau ist es nicht leicht, von diesen Dingen etwas zu verstehen.«
»Und doch ist diesmal die Einfalt einer Frau fast die einzige Ursache«, antwortete Haftor lachend und rückte nach. »Ja, so sagen Erling und Lavrans Björgulfssohn, ich möchte wissen, was sie damit meinen. Was glaubt Ihr, Herrin Kristin? Frau Ingebjörg ist eine gute, einfältige Frau, vielleicht sitzt sie jetzt so da wie Ihr, flicht Seide mit ihren schneeweißen Fingern und denkt: hartherzig würde es sein, dem getreuen Vertrauten ihres dahingegangenen Gatten eine geringe Hilfe zur Verbesserung seiner Machtstellung zu verweigern.«
Erlend kam hinzu und setzte sich so zu seiner Frau, daß Haftor ein wenig zur Seite rücken mußte.
»Solchen Unsinn schwätzen die Frauen in den Herbergen zusammen, wenn die Männer dumm genug sind, sie mit an den Versammlungsort zu nehmen.«
»In meiner Heimat sagt man, wo ein Rauch ist, da ist auch ein Feuer«, entgegnete Haftor.
»Ja, das Wort haben wir auch bei uns«, mischte sich Lavrans drein; er und Erling waren hinzugetreten. »Aber ich habe mich davon zum

Narren halten lassen, Haftor, im letzten Winter – ich wollte mein Licht an frischem Pferdemist anzünden...«, er setzte sich auf die Tischkante. Herr Erling holte ihm sofort den Becher und reichte ihm diesen mit einem höfischen Neigen, dann setzte sich der Ritter neben Lavrans auf die Bank.

»Es ist wenig wahrscheinlich, Haftor«, sagte Erlend, »daß ihr da oben in Haalogaland wissen könnt, was Frau Ingebjörg und ihre Ratgeber von dem Vorhaben der Dänen ahnen. Ich weiß nicht, ob ihr nicht kurzsichtig wart, als ihr euch der Bitte des Königs um Hilfe widersetztet. Herr Knut – ja, wir können ja ebensogut seinen Namen nennen, ist doch er es, den wir alle in unseren Gedanken haben –, er scheint mir nicht der Mann zu sein, der sich im Schlaf überrumpeln läßt. Ihr seid zu weit von den großen Fleischtöpfen entfernt, als daß ihr riechen könntet, was darin siedet. Und besser vorbedacht als nachgeschaut, sage ich.«

»Ja«, sagte Herr Erling. »Man könnte beinahe sagen, sie kochen für uns im Nachbarhof – wir Norweger sind schon bald wie die Unmündigen; man schickt uns durch die Tür die Grütze herein, die sie in Schweden gekocht haben – friß sie, wenn du zu essen haben willst! Dies war ein Fehler, den unser Herr König Haakon begangen hat: er stellte das Küchenhaus am Rande des Hofplatzes auf, als er Oslo zur ersten Stadt des Landes machte. Früher lag es mitten im Hof, wenn wir schon bei dieser Redewendung bleiben wollen – Björgvin oder Nidaros –, aber hier befiehlt nur der Erzbischof und das Kapitel allein – ja, was meinst du, Erlend, du als Drontheimer, der alle seine Güter und seine Macht hier im Drontheimischen hat?«

»Ja. Bei Gottes Blut, Erling, wenn ihr das wollt, den Kochkessel heimholen und ihn über der richtigen Feuerstätte aufhängen, dann...«

»Ja«, sagte Haftor. »Schon allzulang haben wir uns hier im Norden damit begnügen müssen, die Suppe zu riechen und kalten Kohl zu löffeln.«

Lavrans fiel ein:

»Die Sache ist die, Erlend, ich hätte es nicht auf mich genommen, das Wort für meine Gemeinde daheim zu führen, besäße ich nicht Briefe von meinem Verwandten, Herrn Erngisle, und wüßt' ich nicht, daß keiner von den Männern, die in diesen Dingen mit Recht zu entscheiden haben, Friedens- und Vertragsbruch im Sinne hätte, weder in dem Reich des Dänenkönigs noch in den Reichen unseres Königs.«

»Wißt Ihr, wer jetzt in Dänemark entscheidet, Schwiegervater, dann wißt Ihr mehr als die meisten anderen Männer«, sagte Erlend.

»Eines weiß ich. Es gibt einen Mann, dem niemand die Herrschaft überlassen möchte, weder hier noch in Schweden noch in Dänemark. Und das war der Zweck des schwedischen Vorgehens in Skara in diesem Sommer, das ist der Zweck der Versammlung, die wir in Oslo abhalten: es soll allen, die es bisher noch nicht begriffen haben, klargemacht werden, daß alle besonnenen Männer sich hierüber einig sind.«

Sie hatten nun alle so viel getrunken, daß sie mit ziemlich lauter Stimme sprachen, mit Ausnahme des alten Smid Gudleikssohn, der in seinem Stuhl an der Feuerstätte eingenickt war. Erlend rief laut:
»Ja, ihr seid so besonnen, daß nicht einmal der Leibhaftige euch drankriegen kann. Es ist begreiflich, wenn ihr Knut Porse fürchtet. Ihr versteht das nicht, ihr guten Herren, es ist nicht seine Art, genügsam und faul dazusitzen und zuzusehen, wie ein Tag nach dem anderen sich dahinschleppt und wie Gott das Gras wachsen läßt. Ich wollte, ich träfe Knut Porse wieder, ich kannte ihn, als ich in Halland war. Und ich wollte nichts dagegen haben, an dieses Ritters Stelle zu sein.«
»Das hätte ich nicht im Beisein meiner Frau zu sagen gewagt«, meinte Haftor Graut.
Aber auch Erling Vidkunssohn hatte jetzt einiges getrunken. Er versuchte noch, sein höfisches Gebaren aufrechtzuerhalten, aber es gelang ihm nicht mehr: »Du!« sagte er und brach in lautes Gelächter aus, »du, Verwandter! – Nein, Erlend!« Er schlug dem anderen auf die Schulter und lachte und lachte.
»Nein, Erlend«, sagte Lavrans unverblümt, »dazu gehört mehr, als Frauen betören zu können. Wäre Knut Porse nicht mehr als der Fuchs im Gänsestall, da wären wir Großen von Norwegen viel zu faul, als daß wir alle von unseren Höfen ausrückten, um ihn zu vertreiben, selbst wenn die Gans die Mutter unseres Königs wäre. Aber wen Herr Knut auch immer dazu verführen kann, um seinetwillen Dummheiten zu machen – er selbst macht keine Dummheiten, ohne seine Absicht damit zu haben. Er hat sein Ziel, der Bursche, und sei gewiß, daß er es nicht aus den Augen läßt.«
Es entstand eine Pause im Gespräch. Dann sagte Erlend – es blitzte in seinen Augen:
»Da wünschte ich, daß Herr Knut ein Norweger wäre!«
Die anderen saßen eine Weile da. Herr Erling nahm einen Schluck aus dem Becher und sagte darauf:
»Gott bewahre uns – hätten wir einen solchen Mann unter uns hier in Norwegen, da, fürchte ich, hätte der Landfrieden ein rasches Ende.«
»Landfrieden!« erwiderte Erlend höhnisch.
»Ja, Landfrieden«, erwiderte Erling Vidkunssohn. »Du darfst nicht vergessen, Erlend, nicht wir von der Ritterschaft allein bauen dieses Land. Du würdest vielleicht Freude daran haben, wenn hier ein abenteuerlustiger und ehrgeiziger Mann wie Knut Porse erstünde. So war es früher; wenn da ein Mann hierzulande eine Schar Aufrührer um sich versammelte, so war es immer leicht für ihn, Gefolgschaft unter den Großen zu finden. Entweder gewannen sie und erlangten Würden und Ehren, oder es gewannen ihre Verwandten, und dann wurde ihnen Leben und Besitz geschenkt – ja – es steht auch von denen geschrieben, die das Leben verloren, aber der größte Teil rettete sich, ob es nun so oder so zuging – so war es bei *unseren* Vätern. Aber der Bauernhaufen und die Leute in der Stadt, Erlend, das Arbeitsvolk, dem gar oft

in einem Jahr Zins für zwei Herren abgefordert wurde und das froh sein mußte, sooft eine Schar durch die Täler fuhr, ohne die Höfe zu verbrennen und das Vieh zu erschlagen, der breite Haufen, der so unerträgliche Beschwerden und Gewalt dulden mußte – der, glaube ich, dankt Gott und Sankt Olav für König Haakon und König Magnus und dessen Söhne, welche die Gesetze gestärkt und den Frieden gefestigt haben.«

»Ja. Ich glaube gern, daß du das glaubst.« Erlend warf den Kopf zurück. Lavrans saß da und betrachtete den Jüngeren, Erlend war jetzt ganz lebhaft. Röte flog über sein dunkles, hitziges Gesicht, die Kehle spannte sich wie ein Bogen in dem schlanken braunen Hals. Dann blickte Lavrans zu seiner Tochter hinüber. Kristin hatte die Arbeit sinken lassen und folgte aufmerksam dem Gespräch der Männer.

»Bist du sicher, daß die Bauern und der gemeine Mann so denken und die neue Herrschaft preisen? Es ist wahr, sie hatten oft harte Zeiten durchzumachen, früher, als Könige und Gegenkönige mit den Heeren durch das Land zogen. Gewiß, die Leute entsinnen sich noch der Zeit, da sie mit Vieh und Frauen und Kindern in die Berge fliehen mußten, während ihre Höfe unten im Tal in Flammen standen. Ich habe sie davon erzählen hören. Aber ich weiß, sie erinnern sich auch noch an etwas anderes – an ihre eigenen Väter, die mit in den Kriegsscharen waren; nicht wir allein spielten um die Macht, Erling, nein, auch die Bauernsöhne spielten mit, sie auch; es kam vor, daß sie unsere Erbgüter gewannen. Wenn das Gesetz im Lande herrrscht, dann kann es nicht geschehen, daß ein Dirnensohn von Skidan, der seines Vaters Namen nicht weiß, die Witwe eines Lehensmannes und ihre Güter bekommt, so wie Reidar Darre es erhielt; sein Nachkomme war gut genug als Mann für deine Tochter, Lavrans, und jetzt hat er die Brudertochter deiner Gemahlin, Erling. Jetzt herrschen Gesetz und Recht; wie es zugeht, weiß ich nicht, das aber, das weiß ich, daß das Land der Bauern in unsere Hände übergeht, und zwar mit Hilfe des Gesetzes, je mehr dieses herrscht, desto rascher verlieren jene die Macht und das Recht, in Sachen des Reiches oder in ihren eigenen Angelegenheiten mitzureden. Und das, Erling, das weiß der Bauer auch! O nein, seid nicht so sicher, ihr Herren, daß der große Haufen sich nicht nach jener Zeit zurücksehnt, da er seine Höfe durch Feuer und Gewalt verlieren – aber wiederum durch das Waffenglück auch mehr gewinnen konnte, als durch das Recht zu gewinnen war.«

Lavrans nickte.

»Erlend hat damit nicht so ganz unrecht«, sagte er langsam.

Aber Erling Vidkunssohn erhob sich:

»Mag sein – daß das Volk sich besser jener wenigen Männer entsinnt, die aus geringen Verhältnissen aufstiegen und Herren wurden – in der Zeit des Schwertes –, als jener unsagbar vielen, die in schwarzer Armut und tiefem Elend untergingen. Obwohl niemand den kleinen Leuten ein so harter Herr war wie sie; ich glaube, daß durch sie das

Sprichwort vom Bauern, der aufs Pferd kommt, entstanden ist: Der Mann muß zum Herrn geboren sein, sonst wird er ein harter Herr – ist er als Kind zwischen Knechten und Mägden aufgewachsen, wird er viel leichter verstehen, daß wir ohne die kleinen Leute in vieler Beziehung unser Leben lang hilflos sind wie die Kinder und daß wir um Gottes willen, aber ebensosehr auch um unserer selbst willen ihnen wiederum mit unseren Kenntnissen dienen und sie mit unserer Ritterschaft verteidigen sollten. Noch nie hat ein Reich bestehen können, ohne daß die Großen das Recht der Kleinen mit ihrer Macht beschützen konnten und auch wollten.«

»Du könntest mit meinem Bruder um die Wette predigen, Erling«, sagte Erlend lächelnd. »Aber ich glaube, die Leute im Drontheimischen mochten uns Große früher besser leiden, als wir ihre Söhne auf die Heereszüge mitnahmen, unser Blut mit dem ihren vermischt über die Schiffsplanken rinnen ließen und mit unseren Knechten die Ringe zerschlugen und die Beute teilten. – Ja, du hörst, Kristin, bisweilen schlafe ich mit einem offenen Ohr, wenn Sira Eiliv aus den großen Büchern vorliest.«

»Solche Güter, die zu Unrecht erworben sind, kommen nicht bis auf den dritten Erben«, sagte Lavrans Björgulfssohn. »Hast du das nicht gehört, Erlend?«

»Gehört habe ich es wohl!« Erlend lachte laut. »Allein gesehen habe ich es nicht.«

Erling Vidkunssohn sagte:

»Es verhält sich so, Erlend, zu Herren sind wenige geboren, alle aber sind dazu geboren, zu dienen; das rechte Herrentum ist, der Diener seiner Diener zu sein.«

Erlend verschränkte die Hände hinter seinem Nacken und dehnte sich, lächelnd:

»Daran habe ich nie gedacht. Und ich glaube auch nicht, daß meine Pächter mir für eine Dienstleistung zu danken haben. Trotzdem, so seltsam es ist, können sie mich gut leiden, glaube ich.« Er rieb schmeichelnd seine Wange an Kristins junger schwarzer Katze, die ihm auf die Schulter gesprungen war und jetzt schnurrend, mit gekrümmtem Rücken um seinen Hals herumstieg. »Aber mein Weib dort – sie ist die dienstbereiteste Frau, obgleich ihr keine Ursache habt, es zu glauben, denn Kannen und Krüge hier sind leer, meine Kristin!«

Orm, der schweigend dagesessen hatte und dem Gespräch der Männer gefolgt war, stand sofort auf und ging hinaus.

»Die Hausfrau hat sich so gelangweilt, daß sie eingeschlafen ist«, sagte Haftor lächelnd. »Und die Schuld daran habt ihr, ihr hättet mich in Ruhe mit ihr reden lassen sollen, mich, der sich darauf versteht, mit Frauen zu sprechen.«

»Ja, diese Reden waren gewiß zu lang für Euch, Fraue«, begann Herr Erling entschuldigend, aber Kristin antwortete mit einem Lächeln:

»Es ist wahr, Herre, ich habe nicht alles begriffen, was heute abend hier gesprochen wurde, aber ich behalte es wohl im Gedächtnis, und ich habe ja viel Zeit, um später darüber nachzudenken.«

Orm kam mit einigen Mägden zurück, die mehr zu trinken brachten. Der Knabe ging umher und schenkte ein. Traurig betrachtete Lavrans das schöne Kind. Er hatte versucht, mit Orm Erlendssohn ins Gespräch zu kommen, aber der Knabe war wortkarg geblieben, trotz seinem artigen und höfischen Wesen.

Eine der Mägde flüsterte Kristin zu, in der Klein-Stube sei Naakkve aufgewacht und schreie entsetzlich. Da wünschte die Hausfrau gute Nacht und folgte den Dienerinnen, als diese den Raum verließen.

Die Männer begannen wieder zu trinken. Herr Erling und Lavrans wechselten dann und wann einen Blick, dann sagte der Ritter:

»Über eines, Erlend, wollte ich mit dir sprechen. Vermutlich wird von dem Land rings um den Fjord hier und von Möre Kriegssteuer gefordert werden; die Leute im Norden haben Angst, die Russen könnten zum Sommer mit stärkerer Macht wiederkommen, so daß sie den Schutz des Landes nicht allein zu bewältigen vermöchten. Dies ist nun der erste Gewinn, den wir der Königsgemeinschaft mit Schweden zu verdanken haben; gerecht ist es doch wohl nicht, ihn die Bewohner von Haalogaland allein auskosten zu lassen. Nun verhält es sich aber so, daß Arne Gjavvaldssohn zu alt und zu kränklich ist, es kam also die Rede darauf, dich zum Befehlshaber über die Schiffe der Bauern von dieser Seite des Fjords zu machen. Was würdest du dazu meinen?«

Erlend schlug die eine Hand in die andere, sein ganzes Antlitz strahlte:

»Was ich dazu meinen würde!«

»Ein großes Aufgebot würde wohl kaum zustande kommen«, dämpfte Erling sogleich ab. »Aber es käme darauf an, sich bei den Vögten umzutun. Du bist jetzt bekannt hier im Lande, es war unter den Herren im Rat die Rede davon, du seiest vielleicht der Mann, etwas in dieser Sache auszurichten. Manche erinnern sich noch, daß du nicht wenig Ehre gewannst, als du bei Graf Jacob die Landesverteidigung anführtest; ich selbst entsinne mich, gehört zu haben, wie er zu König Haakon sagte, der König habe unklug gehandelt, als er gegen einen begabten jungen Menschen so hart vorgegangen sei; er sagte, du seist dazu bestimmt, deinem König eine Stütze zu sein.«

Erlend schnippte mit den Fingern:

»Du wirst doch nicht etwa unser König werden, Erling Vidkunssohn! Ist das vielleicht euer Plan«, fragte er laut lachend, »Erling zum König zu machen?«

Erling sagte ungeduldig:

»Nein, Erlend, verstehst du denn nicht, daß ich jetzt im Ernst sprach?«

»Gott steh' mir bei – hast du denn vorher gescherzt? Ich glaubte, du habest den ganzen Abend ernsthaft geredet; nun ja, laß uns also ernstlich miteinander sprechen, sag mir alles über diese Sache, Verwandter.«

Kristin lag schlafend da, mit dem Kind an der Brust, als Erlend in die Kleinstube kam. Er hielt einen Kienspan an die Glut der Feuerstätte und beleuchtete die beiden eine gute Weile.

Wie schön sie war – und was für einen schönen Sohn sie hatten! Kristin war jetzt immer so schläfrig am Abend; kaum hatte sie sich hingelegt und den Knaben in den Arm genommen, so schliefen sie alle beide. Erlend lachte ein wenig und warf den Span wieder ins Feuer zurück. Langsam kleidete er sich aus.

Zum Frühjahr mit Margygren, gefolgt von drei oder vier andern wohlausgerüsteten Schiffen, nach Norden zu fahren! Haftor Graut mit drei Schiffen von Haalogaland, aber Haftor besaß keine Erfahrung, über ihn konnte er wohl gebieten, wie er wollte; ja, er begriff, hier würde er selbst gebieten dürfen. Allzu ängstlich und furchtsam sah dieser Haftor nicht aus. Erlend streckte sich und lächelte in der Dunkelheit. Er hatte gedacht, die Mannschaft für Margygren draußen aus Möre zu holen. Aber hier in der Gemeinde und in Birgsi gab es eine Menge derber, frischer Burschen, die beste Auswahl konnte er treffen.

Er war nun nicht viel länger als ein Jahr verheiratet. Schwangerschaft, Buße und Fasten, und jetzt nichts anderes als der Knabe an allen Ecken und Enden, Tag wie Nacht. Und doch – sie war die gleiche, süße, junge Kristin; wenn es ihm gelang, sie die Reden des Pfarrers und den gierigen Säugling für eine kleine Weile vergessen zu lassen ...

Er küßte sie auf die Schulter, aber sie merkte es nicht. Die Ärmste, sie sollte schlafen dürfen, er hatte so vieles zu denken in dieser Nacht. Erlend drehte sich von ihr ab, lag da und starrte in die Stube hinein, auf den kleinen Gluthaufen der Feuerstätte. Ja, er sollte eigentlich aufstehen und Asche darüber decken, aber er mochte nicht.

Bruchstückweise und ohne Zusammenhang kamen die Erinnerungen aus der Jugend. Ein bebender Schiffssteven, der einen kurzen Augenblick auf die heranrollende Meereswoge wartete – die See, die darüber hinspülte. Das gewaltige Getöse von Sturm und Meer. Der ganze Bootskörper gab unter dem Druck der Wogen nach, der Mast schnitt seinen wilden Bogen durch die jagenden Wolken. Dies war irgendwo draußen vor der Küste von Halland gewesen. Überwältigt fühlte Erlend, wie ihm die Tränen in die Augen traten. Er hatte selbst nicht gewußt, wie diese untätigen Jahre ihn gequält hatten.

Am nächsten Morgen standen Lavrans Björgulfssohn und Herr Erling Vidkunssohn oben am Ende des Hofplatzes und betrachteten einige von Erlends Pferden, die frei außerhalb der Umzäunung weideten.

»Ich meine«, sagte Lavrans, »wenn Erlend bei dieser Versammlung dabei ist, dann nimmt er – als Verwandter des Königs und der Königsmutter – eine solche Stelle und Würde ein, daß er in die Reihe der Ersten vortreten muß. Nun weiß ich nicht, Herr Erling, ob Ihr darauf vertrauen zu können glaubt, daß sein Urteil in diesen Sachen ihn nicht

eher auf die andere Seite führen wird. Wenn Ivar Ogmundssohn versucht, einen Gegenzug zu machen, Erlend ist auch an jene Männer nahe gebunden, die mit Herrn Ivar gehen werden.«
»Ich glaube kaum, daß Herr Ivar etwas unternehmen wird«, sagte Erling Vidkunssohn. »Und Munan«? Erling schob die Lippen ein wenig vor. »Munan ist klug genug, sich fernzuhalten; er weiß, daß es sonst nicht leicht allen klarwerden könnte, wieviel oder wiewenig Munan Baardssohn gilt.« Sie lachten alle beide. »Es ist – ja, Ihr wißt das wohl noch besser als ich, Lavrans Lagmanssohn, da Ihr Eure Sippe und Verwandten dort drüben habt, daß die schwedischen Herren nur ungern unsere Ritterschaft der ihren gleichstellen wollen. Es könnte doch wohl sein, daß wir keinen der Reichsten und Höchstgeborenen missen können – wir dürfen uns wohl nicht gestatten, einem Mann wie Erlend Urlaub zu geben, damit er daheim sitzt, mit seinem Weibe scherzt und seine Besitztümer verwaltet, wie er sie nun auch verwalten mag«, fügte Erling hinzu, als er Lavrans' Miene sah.
Dieser lächelte flüchtig. »Glaubt Ihr jedoch, es sei unklug, in Erlend zu dringen, um ihn für uns zu gewinnen, so werde ich es nicht tun.«
»Ich glaube, lieber Herr«, sagte Lavrans, »daß Erlend hier in den Tälern nützen kann. Wie Ihr selbst sagtet, man kann gewärtig sein, daß dieses Aufgebot in den Gemeinden südlich vom Namdalgau mit Unwillen aufgefaßt wird, dort nämlich, wo die Leute glauben, sie hätten von den Russen nichts zu fürchten. Es könnte sein, daß Erlend der Mann dazu ist, die Leute in diesen Dingen etwas zu bekehren.«
»Er hat ein so verflucht loses Maul«, entfuhr es Herrn Erling.
Lavrans antwortete mit einem kleinen Lächeln:
»Vielleicht verstehen viele solche Sprache besser als die Rede einsichtsvollerer Männer.« Wieder sahen sie einander an, und beide lachten.
»Wie es auch sei, er kann mehr Schaden anrichten, wenn er auf der Versammlung erscheinen und seine Stimme zu laut erheben sollte ...«
»Ja, wenn Ihr ihn dort nicht zurückhalten könnt, dann ...«
»Das kann ich auf jeden Fall nicht länger, als bis er solche Vögel trifft, in deren Strich er gerne fliegt; mein Eidam und ich sind allzu ungleich.«
Erlend kam zu ihnen: »Hat euch die Messe so satt gemacht, daß ihr keinen Morgenimbiß braucht?«
»Ich habe nichts von Morgenimbiß gehört – ich bin hungrig wie ein Wolf – und durstig!« Lavrans streichelte ein schmutzigweißes Pferd, bei dem er gerade stand. »Den Mann, Eidam, der deine Arbeitsgäule versorgt, den würde ich vom Hofe jagen, noch ehe ich zu Tische ginge, wenn er *mein* Mann wäre.«
»Das wage ich nicht um Kristins willen«, sagte Erlend. »Er hat eine ihrer Mägde geschwängert ...«
»Ja, rechnet ihr das hier im Tale für eine solche Großtat«, sagte Lavrans und zog die Brauen ein wenig hoch, »daß er euch deshalb unentbehrlich dünkt?«

»Nein, aber Ihr begreift«, sagte Erlend lachend, »Kristin und der Priester wollen die beiden verheiraten – und ich soll dem Mann so auf die Beine helfen, daß er sich und sein Weib ernähren kann. Das Mädchen will nicht, und ihr Vormund will nicht, und Tore will schon gar nicht, aber ich darf ihn nicht hinauswerfen; Kristin fürchtet, daß er dann das Tal verläßt. Im übrigen hat er jetzt Ulf Haldorssohn über sich, wenn der daheim ist.«

Erling Vidkunssohn ging Smid Gudleikssohn entgegen; Lavrans sagte zu Erlend:

»Kristin scheint mir in letzter Zeit etwas bleich.«

»Ja«, fiel Erlend eifrig ein. »Könnt Ihr nicht mit ihr reden, Schwiegervater? Dieser Junge saugt ihr noch das Mark aus den Knochen. Ich glaube, sie will ihn wie irgendein Häuslerweib bis zur dritten Fastenzeit an der Brust behalten.«

»Ja, sie liebt ihren Sohn sehr«, sagte Lavrans und lächelte ein wenig.

»Ja.« Erlend schüttelte den Kopf. »Drei Stunden lang sitzen sie da, sie und Sira Eiliv, und reden darüber, daß der Junge da oder dort rot geworden ist, und über jeden Zahn, den er bekommt, und dann meinen sie, es sei ein großes Wunder geschehen. Ich habe es nie anders gewußt, als daß Kinder Zähne bekommen, und ich würde mich mehr darüber wundern, wenn unser Naakkve keine bekäme.«

II

Im Jahr darauf, gegen Ende der Weihnachtszeit, kamen eines Abends Kristin Lavranstochter und Orm Erlendssohn ganz unerwartet zu Meister Gunnulf in seinen Stadthof.

Den ganzen Tag, schon seit dem Vormittag, hatte es geweht und naß geschneit, und jetzt gegen Abend wuchs das Wetter zu einem wahren Schneesturm an. Die beiden waren ganz mit Schnee bedeckt, als sie in die Stube traten, wo der Priester mit seinem Hausgesinde beim Essen saß.

Erschrocken fragte Gunnulf, ob es daheim auf Husaby etwas gegeben habe. Aber Kristin schüttelte den Kopf. Erlend sei bei einem Gastgelage auf Gelmin, antwortete sie auf die Frage des Schwagers, sie aber sei so müde gewesen, daß sie nicht mitgekonnt habe.

Der Priester dachte daran, daß sie den ganzen Weg zur Stadt geritten war – die Pferde waren vollkommen erschöpft –, das letzte Stück hatten sie kaum noch vermocht, sich durch die Schneewehen hindurchzuarbeiten. Gunnulf gab Kristin zwei Frauen mit, die sollten ihr trockene Kleider anlegen. Es waren seine Pflegemutter und deren Schwester, andere Frauen gab es nicht auf dem Hof des Priesters. Er selbst nahm sich des Brudersohnes an. Unterdessen erzählte Orm:

»Kristin ist krank, glaube ich. Ich sagte es dem Vater, aber er wurde böse.«

Sie sei in letzter Zeit ganz außer sich gewesen, erzählte der Knabe. Er wußte nicht, was es war. Er konnte sich nicht erinnern, wer von ihnen beiden, Kristin oder er selbst, den Gedanken gefaßt hatte, hierher zu reiten; ja, es war doch Kristin gewesen, die davon gesprochen hatte, daß sie sich so sehr nach der Christkirche sehnte, und er hatte darauf geantwortet, da wolle er sie begleiten. Heute morgen nun, gleich nachdem der Vater von daheim fortgeritten war, hatte Kristin erklärt, sie wolle jetzt reisen. Orm hatte sich ihr gefügt, obgleich das Wetter drohend aussah, Kristins Augen wollten ihm nicht gefallen.

Als Kristin jetzt wieder hereinkam, dachte Gunnulf, daß diese auch ihm nicht gefielen. Unheimlich mager sah sie aus in Ingrids schwarzem Kleid, das Gesicht bleich wie Bast, und die Augen mit den dunkelblauen Ringen darunter tief eingesunken – der Blick war seltsam und schwarz.

Es waren über drei Monate vergangen, seit er sie zuletzt gesehen hatte – damals, als er zur Kindstaufe auf Husaby war. Sie hatte gut ausgesehen, wie sie so zum Staat im Bett lag, und sie hatte gesagt, sie fühle sich frisch, es sei eine leichte Entbindung gewesen. So hatte denn auch er dagegen gesprochen, als Ragnfrid Ivarstochter und Erlend dieses Kind einer Amme geben wollten. Kristin weinte und bettelte darum, Björgulf an ihrer eigenen Brust haben zu dürfen. Der zweite Sohn war nach Lavrans' Vater genannt worden.

Vor allem fragte der Priester darum nach Björgulf, er wußte, daß Kristin auch die Amme nicht gut leiden mochte, die man dem Kind gegeben hatte. Jetzt aber sagte sie, der Kleine gedeihe gut, und Frida habe ihn sehr gern, pflege ihn viel besser, als man habe erwarten können. Und Nikulaus? fragte der Oheim. War er noch ebenso schön? Auf das Gesicht der Mutter trat ein kleines Lächeln. Naakkve wurde mit jedem Tag schöner und schöner. Nein, er redete nicht viel, aber im übrigen war er in jeder Beziehung seinem Alter voraus und so groß. Niemand würde glauben, daß er erst im zweiten Winter stünde, das sagte auch Frau Gunna.

Dann sank Kristin wieder zusammen. Meister Gunnulf betrachtete die beiden, das Weib des Bruders und den Sohn des Bruders, die ihm zu beiden Seiten saßen. Sie sahen müde und verkümmert aus, so daß ihm bei ihrem Anblick ganz beklommen zumute wurde.

Orm machte ja immer einen schwermütigen Eindruck. Der Knabe war jetzt fünfzehn Jahre alt; er wäre der schönste Bursche gewesen, hätte er nicht so weich und schwach ausgesehen. Er war beinahe so groß wie sein Vater, aber seine Gestalt war allzu schlank und schmalschultrig. Auch im Gesicht glich er Erlend, aber seine Augen waren viel dunkler blau, und der Mund unter dem ersten zarten schwarzen Bartflaum war noch kleiner und weicher und stets über einer vergrämten, kleinen Furche an den Mundwinkeln geschlossen. Selbst der schmale, braune Nacken unter dem schwarzen gelockten Haar sah seltsam unglücklich aus, wie der Junge so vornübergebeugt dasaß und aß.

Kristin hatte noch nie mit ihrem Schwager in dessen eigener Stube zu Tisch gesessen. Im Jahr zuvor war sie mit Erlend zum Frühjahrsthing in die Stadt gekommen, und da hatte sie in diesem Hof gewohnt, den Gunnulf von seinem Vater geerbt hatte; damals aber wohnte der Priester im Domherrenhof als Vikar für einen der Domherren. Jetzt war Meister Gunnulf Kirchspielpfarrer von Steine, aber er hatte einen Hilfspfarrer zur Seite und überwachte während der Krankheit des Kantors, Herrn Eirik Finssohn, die Arbeit des Bücherschreibens für die Kirchen des erzbischöflichen Stiftes. Während dieser Zeit wohnte er auf seinem eigenen Hof.
Die Stube war etwas anders als die Räume, an die Kristin gewohnt war. Es war ein Balkenhaus, aber mitten an der östlichen Giebelwand hatte Gunnulf einen großen Kamin mauern lassen, ähnlich wie er sie in den südlichen Ländern gesehen hatte; dort brannte ein Scheiterfeuer auf einem Rost. Der Tisch stand an der einen Langwand, und an der gegenüberliegenden Wand waren Bänke mit Schreibbrettern angebracht; vor einem Bild der Jungfrau Maria brannte eine Lampe aus gelbem Metall, und nahe dabei standen Gestelle, auf denen Bücher lagen.
Fremd schien ihr die Stube, und fremd schien ihr der Schwager, nun, da sie ihn hier mit seinem Gesinde, Schreibern und Knechten, die so seltsam halb priesterlich wirkten, bei Tisch sitzen sah. Es waren auch ein paar arme Leute dabei, alte Männer und ein junger Knabe, dessen leere Augenhöhlen mit dünnen, roten, hautartigen Lidern verklebt waren. Auf der Frauenbank, bei den beiden alten Frauen, saß ein Mädchen mit einem zweijährigen Kind auf dem Schoß; sie schlang verhungert die Speisen hinunter und stopfte auch in das Kind so viel hinein, bis dem die Backen zu platzen drohten.
Es war Sitte, daß alle Priester an der Christkirche den armen Leuten eine Abendmahlzeit gaben. Aber wie Kristin gehört hatte, kamen zu Gunnulf Nikulaussohn weniger Bettler als zu den anderen Priestern, obwohl – oder weil – er sie bei sich in der Stube sitzen ließ und jeden Bettler wie einen geehrten Gast bewirtete. Sie bekamen Essen aus seinen eigenen Schüsseln und Bier aus des Priesters eigenen Tonnen. Da kamen sie nur, wenn sie glaubten, einmal eine Fleischspeise nötig zu haben, aber im übrigen gingen sie lieber zu den anderen Priestern, wo sie Grütze und dünnes Bier im Küchenhaus erhielten.
Sobald der Schreiber mit dem Tischgebet nach dem Essen fertig war, wollten die armen Gäste gehen. Gütig sprach Gunnulf mit jedem einzelnen, fragte, ob sie nicht über Nacht hierbleiben wollten oder ob sie sonst einen Wunsch hätten; aber nur der blinde Knabe blieb zurück. Das Mädchen mit dem Kind bat der Priester ganz besonders, doch hierzubleiben und den Kleinen nicht zur Nachtzeit hinauszutragen, sie aber murmelte eine Entschuldigung und beeilte sich, fortzukommen. Da bat Gunnulf einen der Diener, dafür zu sorgen, daß Arnstein, der Blinde, Bier bekäme und ein gutes Bett im Gästehaus. Dann nahm er

einen Umhang mit Kapuze: »Ihr beide, Orm und Kristin, seid wohl müde und wollt euch zur Ruhe legen. Audhild wird für euch sorgen; ich denke, ihr werdet bereits schlafen, wenn ich aus der Kirche komme.«
Da bat Kristin, mit ihm gehen zu dürfen. »Deshalb bin ich hierhergekommen«, sagte sie und richtete ihre verzweifelten Augen auf Gunnulf. Ingrid lieh ihr einen trockenen Umhang, und sie schloß sich mit Orm der kleinen Schar an, die den Pfarrhof verließ.
Die Glocken läuteten, als hingen sie dicht über ihren Köpfen oben in dem schwarzen Nachthimmel – es waren nur ein paar Schritte bis zur Kirche. Sie wateten durch tiefen, nassen Neuschnee. Das Wetter war jetzt still, dann und wann sank noch eine kleine Schneeflocke herab und schimmerte schwach in der Dunkelheit.
Todmüde versuchte Kristin sich an die Säule zu lehnen, bei der sie stand, aber der Stein durcheiste sie. Sie stand in der dunklen Kirche und starrte zum Licht des Chores empor. Sie konnte Gunnulf dort oben nicht sehen. Aber er saß dort zwischen den Priestern, mit seiner Kerze bei seinem Buch. – Nein, sie konnte sich wohl trotz allem nicht mit ihm aussprechen.
Heute abend war es, als sollte es nirgends für sie eine Hilfe geben. Sira Eiliv daheim wies sie zurecht, weil sie ihre Alltagssünden so schwernahm; er sagte, dies sei eine Versuchung zum Hochmut; sie solle nur fleißig sein in Gebeten und guten Werken, dann finde sie keine Zeit, soviel über derlei nachzudenken. »Der Teufel ist nicht so dumm, er versteht schon, daß er dann zuletzt doch deine Seele verlieren würde, und führt dich gar nicht erst soviel in Versuchung.«
Sie lauschte dem Wechselgesang und dachte an die Kirche der Nonnen in Oslo. Dort hatte sie selbst ihre kleine armselige Stimme in den Lobgesang gemischt, und unten im Langschiff hatte Erlend gestanden, bis zum Kinn in den Umhang gehüllt, beide dachten sie nur an eine Gelegenheit, sich heimlich sprechen zu können.
Und diese heidnische und brennende Liebe hatte sie für keine so entsetzliche Sünde gehalten. – Sie konnten ja nicht anders, und sie waren ja beide unverheiratet. Es war mehr eine Übertretung der menschlichen Gesetze. Erlend wollte ja herauskommen aus seinem entsetzlichen Sündenleben, und sie hatte gedacht, er würde eher Kraft dazu gewinnen, sich von der alten Last zu befreien, wenn sie ihr Leben und ihre Ehre und ihr Glück in seine Hände legte.
Das letzte Mal, als sie hier in dieser Kirche kniete, hatte sie vollauf begriffen: wenn sie ehedem in ihrem Herzen also gesprochen, dann war das nur ein Versuch gewesen, Gott mit Lügen und Schelmenstreichen zu betrügen. Nicht ihrer Tugend, sondern ihrem guten Glück hatten sie es zu danken, daß es noch Gebote gab, die sie nicht übertreten, und Sünden, die sie nicht begangen hatten. Wäre sie schon die Frau eines anderen gewesen, als sie Erlend begegnete, sie wäre nicht besorgter gewesen für sein Seelenheil und seine Ehre als jene andere, die sie so unbarmherzig verurteilt hatte. Es gab nichts, so schien es ihr

jetzt, wozu sie sich damals, in Verirrung und Verzweiflung, nicht hätte hinreißen lassen können. Sie hatte gefühlt, wie die Liebe ihren Willen verhärtete, bis er scharf und hart war wie ein Messer, bereit, alle Bande der Verwandtschaft, des Christentums, der Ehre zu durchschneiden. Nichts anderes war mehr in ihr gewesen als der brennende Hunger, ihn zu sehen, ihm nahe zu sein, die Lippen seinem heißen Munde und den Schoß der tödlich süßen Lust zu öffnen, die er sie gelehrt hatte.

O nein. Der Teufel war doch wohl nicht so sicher, daß er ihre Seele verlieren würde. Aber als sie hier gelegen, zerknirscht vor Kummer über ihre Sünden, über die Härte ihres Herzens, über ihr unreines Leben und die Blindheit ihrer Seele – da hatte sie gefühlt, wie der heilige König sie unter seinen schirmenden Mantel nahm. Sie hatte seine starke, warme Hand ergreifen dürfen, er hatte ihr das Licht gezeigt, das der Ursprung aller Stärke und Heiligkeit ist. Sankt Olav hatte Kristins Augen auf den gekreuzigten Christus hingelenkt – siehe, Kristin, so groß ist Gottes Liebe. Ja, sie hatte begonnen, Gottes Liebe und Geduld zu begreifen. Aber sie hatte sich wiederum von dem Licht abgewandt und ihr Herz davor verschlossen, und jetzt wohnte nichts anderes in ihren Gedanken als Ungeduld und Zorn und Furcht.

Erbärmlich, erbärmlich war sie. Sie hatte es selbst begriffen, solch ein Weib wie sie bedurfte harter Prüfungen, ehe es von seiner Lieblosigkeit geheilt werden konnte. Trotzdem war sie so ungeduldig, daß es sie dünkte, ihr Herz müsse brechen über den Kümmernissen, die ihr auferlegt worden waren. Es waren kleine Kümmernisse, aber es waren ihrer so viele, und sie besaß so wenig Geduld.

Sie erkannte die hohe, schlanke Gestalt ihres Stiefsohnes drüben auf der Seite der Männer.

Sie *konnte* nichts dafür. Den Knaben liebte sie, als wäre er ihr eigenes Kind; aber es war ihr unmöglich, Margret liebzugewinnen. Sie hatte danach gestrebt und gestrebt und hatte sich dazu zwingen wollen, das Kind zu lieben, gleich vom ersten Tag an im vorigen Winter, da Ulf Haldorssohn mit ihr nach Husaby gekommen war. Kristin selbst schien dies entsetzlich, wie konnte sie solch einen Unwillen und Zorn gegen ein kleines Mädchen von neun Jahren empfinden! Sie wußte sehr wohl, es kam zum Teil daher, daß das Kind seiner Mutter so erschrekkend ähnlich sah; sie konnte Erlend nicht begreifen; er war nur stolz auf die Schönheit seiner kleinen, goldgelockten, braunäugigen Tochter, und niemals schien das Kind unheimliche Erinnerungen im Vater zu erwecken. Es war, als habe Erlend alles, was die Mutter dieser Kinder betraf, völlig vergessen. – Aber daß Margret jener anderen Frau so sehr glich, war nicht der einzige Grund, weshalb Kristin gegen die Stieftochter eingenommen war. Margret ertrug es nicht, wenn jemand sie etwas lehren wollte, sie war hochmütig und böse gegen das Gesinde, auch unaufrichtig war sie und scharwenzelte um ihren Vater herum, obwohl sie ihn nicht so liebte, wie Orm es tat, sondern sich stets nur,

um etwas zu erreichen, mit Liebkosungen und Schmeicheleien an Erlend heranmachte. Und Erlend überschüttete sie mit Geschenken und gab allen Launen des Mädchens nach. Auch Orm liebte seine Schwester nicht, hatte Kristin bemerkt.
Kristin litt darunter, sich so hart und böse zu fühlen, daß sie Margrets Betragen nicht ohne Unwillen und Selbstgerechtigkeit mit ansehen konnte. Noch mehr litt sie darunter, die ewigen Reibereien zwischen Erlend und seinem ältesten Sohn hören und sehen zu müssen. Sie litt am allermeisten deshalb, weil sie begriff, daß Erlend in seinem tiefsten Innern diesen Knaben grenzenlos liebte – und ungerecht und heftig gegen Orm wurde aus der hilflosen Ungewißheit heraus, was mit dem Sohn zu beginnen oder wie ihm die Zukunft zu sichern sei. Erlend hatte seinen Buhlenkindern Hof und Vieh gegeben, aber es war gleichsam ganz unausdenkbar, daß Orm zum Bauern taugte. Und dann gab Erlend sich vollkommen nach, wenn er sah, wie schwach und kraftlos Orm war, nannte den Sohn verrottet, wollte ihn gewaltsam abhärten, beschäftigte sich stundenlang mit ihm, um ihn im Gebrauch von schweren Waffen zu üben, die der Knabe unmöglich zu führen vermochte, zwang ihn dazu, des Abends zu trinken, bis er krank wurde, und hetzte den Jungen auf gewagten und ermüdenden Jagden fast zu Tode. In alledem erkannte Kristin Erlends Angst; er war oft wild vor Kummer, das begriff sie, weil dieser feine und schöne Sohn nur für einen einzigen Platz taugte, und dort stand ihm seine Geburt im Wege. Und dann wußte Kristin, wie wenig Geduld Erlend besaß, wenn er sich für jemand ängstigen und sorgen mußte, den er liebte.
Sie sah, daß auch Orm dies begriff. Und sie sah, wie das Gemüt des Jungen zerrissen war von Liebe zum Vater und Stolz auf ihn und von Verachtung für die Ungerechtigkeit des Mannes, der sein eigenes Kind den Kummer büßen ließ, den doch der Vater und nicht der Knabe verursacht hatte. Orm aber hatte sich an seine junge Stiefmutter angeschlossen; bei ihr war es, als atme er auf und fühle sich freier. Wenn er allein mit ihr war, konnte er scherzen und lachen – auf seine stille Art. Das aber mochte Erlend nicht leiden; es war, als habe der Vater die beiden im Verdacht, über sein Gebaren zu Gericht zu sitzen.
O nein, es war nicht leicht für Erlend – kein Wunder, daß er empfindlich war, wenn es die beiden Kinder galt. Trotzdem ...
Sie bebte noch vor Schmerz, wenn sie daran dachte.
In der vergangenen Woche war der Hof voller Gäste gewesen. Als Margret nach Hause kam, hatte Erlend den Dachraum über dem Nebenraum und der Vorstube der Halle für sie herrichten lassen, es sollte ihr Jungferngemach sein, sagte er, und dort schlief sie mit der Magd, die der Vater ihr zur Bedienung und zur Gesellschaft gegeben hatte; auch Frida schlief dort mit Björgulf. Als sie nun aber so viele Weihnachtsgäste bekamen, hatte Kristin in diesem Dachraum ein Lager für die jungen Männer bereiten lassen; die beiden Mägde und der Säugling mußten jetzt im Haus der Dienerinnen schlafen. Aber gerade

weil Kristin gedacht hatte, Erlend würde es vielleicht nicht recht sein, wenn sie Margret bei dem Gesinde schlafen ließ, hatte sie ihr auf einer der Bänke in der Halle, wo die Frauen und die jungen Mädchen schliefen, ein Bett herrichten lassen. Margret war des Morgens immer schwer zu wecken; an diesem Morgen hatte Kristin sie oftmals geweckt, aber Margret hatte sich wieder umgedreht, lag da und schlief immer noch, nachdem alle anderen auf waren. Kristin wollte, daß die Halle geräumt und in Ordnung gebracht werde; die Gäste sollten einen Morgenimbiß haben, und da verlor sie nun ganz die Geduld. Sie zog Margret die Kissen unter dem Kopf weg und nahm ihr die Decke fort. Doch als sie das Kind so nackt auf dem Bettfell liegen sah, nahm sie ihren eigenen Umhang von den Schultern und breitete ihn über Margret. Es war ein Tuch aus einfachem, ungefärbtem Fries; Kristin trug es nur, wenn sie zwischen dem Küchenhaus und den Vorratshäusern hin und her ging, um nach dem Rechten zu sehen.

In diesem Augenblick kam Erlend herein, er schlief mit einigen anderen Männern in einem Nebengebäude, denn Frau Gunna lag bei Kristin im Ehebett. Er wurde völlig rasend, packte sie beim Arm, so daß die Spuren seiner Finger noch immer auf der Haut zu sehen waren: »Meinst du, daß diese meine Tochter in Stroh und Fries liegen kann? Margit gehört mir, wenn sie auch nicht dir gehört, was für deine eigenen Kinder nicht zu gut ist, das ist auch für sie recht und billig. Hast du nun das unschuldige kleine Mädchen vor diesen Frauen verhöhnt, so sollst du dies auch vor den gleichen Frauen wiedergutmachen – decke Margit mit dem wieder zu, was du ihr weggenommen hast.«

Erlend war am Abend zuvor betrunken gewesen, und in solchem Fall war er am nächsten Morgen stets reizbar. Auch dachte er wahrscheinlich, die Frauen würden untereinander reden, wenn sie Elines Kinder sahen. Und dies kränkte und schmerzte ihn um des Ansehens der Kinder willen. Trotzdem ...

Kristin hatte versucht, mit Sira Eiliv darüber zu sprechen. Aber er konnte ihr hierin nicht helfen. Gunnulf hatte gesagt, daß sie die Sünden, die sie gebeichtet und gesühnt hatte, ehe Eiliv Serkssohn ihr Pfarrpriester wurde, dem neuen Beichtvater gegenüber nicht mehr zu nennen brauchte, außer wenn sie selbst finde, er müsse davon wissen, um in ihren Angelegenheiten urteilen und raten zu können. Es gab darum vieles, was Kristin dem Priester bisher noch nicht gesagt hatte, obwohl sie selbst fühlte, daß sie auf diese Weise in Sira Eilivs Augen als ein besserer Mensch dastand, als sie in Wirklichkeit war. Aber es tat ihr so wohl, die Freundschaft dieses guten und reinen Mannes zu besitzen. Erlend neckte sie damit, sie aber fand großen Trost an Sira Eiliv. Mit ihm konnte sie über ihre Kinder sprechen, soviel sie wollte; über alle die kleinen Ereignisse, mit denen sie Erlend zur Stube hinaus langweilte, über alle diese Kleinigkeiten unterhielt sich der Priester gern mit ihr. Er hatte viel Geschick mit kleinen Kindern und verstand sich so gut auf deren verschiedene Schmerzen und Krankheiten. Erlend lachte sie aus, wenn sie selbst ins Küchenhaus ging und Leckereien bereitete, die sie dem Priester hinübersandte – denn Sira Eiliv aß und trank gerne gut –, und ihr machte es Freude, sich mit solchen Dingen abzugeben und das zu erproben, was sie bei ihrer Mutter gelernt oder im Kloster gesehen hatte. Erlend war es gleichgültig, was er aß, wenn er nur stets Fleisch bekam, außer in der Fastenzeit. Aber Sira Eiliv kam und sprach über die Speisen und dankte und pries Kristins Tüchtigkeit, wenn sie ihm einen Spieß mit jungen Schneehühnern, eingehüllt in feinen Speck, oder eine Schüssel mit Renntierzungen in französischem Wein und Honig hinübergesandt hatte. Und er gab ihr Ratschläge für ihren Garten, verschaffte ihr Stecklinge von Tautra, wo sein Bruder Mönch war, und vom Olavskloster, dessen Prior sein guter Freund war. Und dann las er ihr vor und konnte soviel Schönes und Kurzweiliges von dem Leben draußen in der Welt berichten.

Aber gerade daß er ein so guter und treugesinnter Mann war, machte es oft schwierig, mit ihm über das Böse zu sprechen, das sie in ihrem eigenen Herzen erblickte. Als sie ihm bekannte, welche Bitterkeit damals über Erlends Betragen mit Margret in ihr aufgestiegen war, hatte er ihr ans Herz gelegt, Nachsicht mit ihrem Gatten zu üben. Aber er schien doch zu meinen, daß Erlend allein sich vergangen habe, indem er seine Gattin so ungerecht anließ, und dies im Beisein von Fremden. Kristin meinte dies wohl ebenfalls, auch sie. Aber zuinnerst in ihrem Herzen fühlte sie eine Mitschuld, über die sie sich nicht klarwerden konnte und die ihr tiefes Herzweh bereitete.

Kristin blickte zu dem Heiligenschrein auf, der mattgolden oben in dem Halbdunkel hinter dem Hochaltar schimmerte. Sie hatte es so bestimmt erwartet: wenn sie nun wiederum hier stünde, so würde abermals etwas geschehen – eine Erlösung in ihrem Gemüte. Wiederum würde eine lebendige Quelle in ihrem Herzen springen und all die Unruhe und Angst, Bitterkeit und Verwirrung, die es erfüllte, wegspülen.

Aber heute abend war niemand da, der Geduld und Nachsicht mit ihr hatte. Hast du noch nicht einmal das gelernt, Kristin – deine Selbstgerechtigkeit an das Licht der göttlichen Gerechtigkeit zu halten, deine heidnische und eigensüchtige Liebe an das Licht der Liebe? Du willst es ja nicht lernen, Kristin.

Aber das letzte Mal, als sie hier gekniet, da hatte sie Naakkve im Arm gehalten. Sein kleiner Mund an ihrer Brust wärmte so gut bis ins Herz hinein, es wurde wie weiches Wachs, ließ sich so leicht von der himmlischen Liebe formen. Sie *hatte* ja doch Naakkve, er lief daheim in der Halle umher, so lieblich und so süß, daß es ihr die Brust zersprengen wollte, wenn sie nur an ihn dachte. Sein weiches, lockiges Haar begann jetzt dunkler zu werden; er wurde gewiß so schwarzhaarig wie sein Vater. Und er war so sprühend voller Leben und Munterkeit. Sie machte ihm Tiere aus alten Fellen, und er warf sie umher und sprang danach mit den jungen Hunden um die Wette. Dann endete es oft damit, daß der Fellbär auf die Feuerstätte fiel und verbrannte, mit Qualm und scheußlichem Gestank, und Naakkve stand da und heulte und schrie und stampfte und bohrte den Kopf in ihren Schoß, dort endeten noch alle seine Abenteuer. Die Mägde stritten sich um seine Gunst, die Männer hoben ihn auf und warfen ihn in die Luft, wenn sie in die Stube hereinkamen. Sah der Knabe Ulf Haldorssohn, dann lief er auf ihn zu und umklammerte die Beine des Mannes. – Ulf hatte ihn manchmal mit auf die Weide hinausgenommen. Erlend schnippte für seinen Sohn mit den Fingern und setzte ihn einen Augenblick auf die Schulter, doch achtete der Vater von allen auf Husaby des Knaben am wenigsten. Obwohl er Naakkve wirklich liebte. Erlend war glücklich darüber, daß er jetzt zwei eheliche Söhne besaß.

Das Herz der Mutter krampfte sich zusammen:

Björgulf hatten sie ihr genommen. Er weinte, wenn sie ihn in den Armen halten wollte, und Frida legte ihn sofort wieder an ihre eigene Brust; die Pflegemutter wachte eifersüchtig über dem Knaben. Aber das nächste Kind gab Kristin nicht her. Die Mutter und Erlend hatten gesagt, sie sollte jetzt geschont werden, und so hatten sie ihr den neugeborenen Sohn genommen und ihn einer anderen Frau gegeben. Es war fast, als fühle sie eine Art rachsüchtige Freude bei dem Gedanken, wie damit nichts anderes erreicht worden war, als daß sie nun das dritte Kind erwarten durfte, noch ehe Björgulf volle elf Monate war.

Sie wagte nicht, mit Sira Eiliv darüber zu sprechen. Er würde wohl nur glauben, sie gräme sich darüber, daß ihr dies schon wieder bevorstehen sollte. Aber das war es nicht.

Von ihrer Wallfahrt war sie mit tiefem, innerlichem Grauen zurückgekehrt, nie mehr sollte dieser wilde Sinn Macht über sie gewinnen. Den ganzen Sommer hatte sie allein mit ihrem Kind in der Altstube gesessen, hatte im Herzen die Worte des Erzbischofs und Gunnulfs Reden erwogen, war unermüdlich im Gebet und in der Buße gewesen, fleißig bei der Arbeit, um den vernachlässigten Hof wieder in die Höhe zu bringen, bemüht, die Zuneigung ihres Gesindes durch Güte und Fürsorge für dessen Wohl zu gewinnen, eifrig bestrebt, allen rings um sich, soweit ihre Hände und ihre Macht reichten, zu helfen und zu dienen. Ein kühler und lieblicher Frieden sank auf sie herab. Sie schöpfte immer neue Kraft aus den Gedanken an ihren Vater und aus den Gebeten zu den heiligen Männern und Frauen, von denen Sira Eiliv vorlas und deren Standhaftigkeit und Mut ihre Gedanken gefangenhielten. Und weich vor Glück und Dankbarkeit gedachte sie Bruder Edvins, der ihr in jener Nacht im Mondschein erschienen war. Sie hatte seine Botschaft wohl verstanden, als er so mild lächelte und seinen Fäustling an dem Mondbalken aufhängte. Wenn sie nur Glauben genug besäße, so würde sie eine gute Frau werden.

Als das erste Jahr ihrer Ehe zu Ende gegangen war, mußte sie wieder zu ihrem Gatten zurückziehen. Sie tröstete sich, wenn sie sich unsicher fühlte; der Erzbischof selbst hatte ihr ans Herz gelegt, im Zusammenleben mit ihrem Manne ihre neue Gesinnung zu beweisen. Und sie sorgte ja mit eifriger Liebe für sein Wohlergehen und seine Ehre. Erlend selbst hatte gesagt: »Es ist doch so gekommen, Kristin, du hast die Ehre wieder nach Husaby gebracht.« Die Leute erwiesen ihr soviel Liebe und Achtung; alle schienen bereit, zu vergessen, daß sie ihre Ehe mit einer kleinen Übereilung begonnen hatte. Überall, wo die Hausfrauen zusammenkamen, wurde sie um Rat gefragt, die Leute lobten ihre Wirtschaft auf dem Hofe, sie wurde als Brautmutter und Wehmutter auf die großen Höfe geholt, niemand ließ es sie fühlen, daß sie jung und unerfahren und ein Neuling in den Tälern war. Das Gesinde blieb den Abend über in der Halle sitzen, genau wie daheim auf Jörundhof; sie hatten alle irgendeine Frage an die Herrin. Es erfaßte sie wie ein Rausch, daß die Leute so freundlich gegen sie waren und daß Erlend solchen Stolz über sie empfand.

Da bekam Erlend den Oberbefehl über das Aufgebot an Schiffen in den südlichen Küstengauen. Er fuhr umher und ritt und segelte und hatte viel zu tun mit Leuten, die kamen, und mit Briefen, die fortgesandt werden sollten. Er war so jung und schön und so aufgeräumt; das schlaffe, unfrohe Wesen, das sie früher so oft an ihm beobachtet hatte, war wie weggeblasen. Er strahlte hellwach wie der Morgen. Jetzt hatte er wenig Zeit für sie übrig; sie aber wurde verwirrt und ausgelassen, wenn er ihr mit dem lächelnden Gesicht und den abenteuerlustigen Augen nahe kam.

Sie hatte mit ihm über den Brief gelacht, der von Munan Baardssohn gekommen war. Der Ritter war nicht selbst bei der Adelsversammlung gewesen, aber er spottete über die ganze Veranstaltung und besonders darüber, daß man Erling Vidkunssohn die Führung des Reiches übertragen hatte. Als erstes hatte Erling sich selber Würden verliehen; er sollte jetzt Reichsverweser genannt werden. Munan schrieb auch über Kristins Vater:

»Der Bergwolf von Sil kroch unter einen Stein und verhielt sich ganz still. Ich meine, dein Schwiegervater suchte Obdach bei den Priestern der Laurentiuskirche und ließ seine schöne Stimme bei den Beratungen nicht ertönen. Hatte dort in seinem Verwahr Briefe unter dem Sigill des Herrn Erngisle und des Herrn Karl Turessohn; sind sie noch nicht zerschlissen, so war das Pergament zäher als die Schuhsohlen des Leibhaftigen. Auch mögest du wissen, daß Lavrans dem Kloster Nonneseter acht Mark reinen Silbers schenkte. Sichtbarlich hat der Mann begriffen, daß Kristin es dort nicht so langweilig gehabt hat, wie es mit Rechten hätte sein sollen.«

Wohl hatte sie einen Stich des Schmerzes und der Scham bei diesem Satz empfunden, aber sie hatte doch mit Erlend lachen müssen. Der Winter und das Frühjahr waren für sie in einem Rausch von Munterkeit und Glück vergangen. Ab und zu ein Sturm um Orms willen.

Erlend wußte nicht, ob er den Knaben mit sich nach Norden nehmen sollte. Es endete mit einem Ausbruch zu Ostern. Des Nachts weinte Erlend in ihren Armen: er wage nicht, seinen Sohn mit an Bord zu nehmen, er befürchte, Orm könne auf einem Kriegszug nicht seinen Mann stellen. Sie hatte Erlend und sich selbst – und den Jungen – damit getröstet, daß der Knabe vielleicht mit den Jahren kräftiger würde. An dem Tag, da sie mit Erlend nach Birgsi ritt, hatte sie weder ängstlich noch betrübt sein können. Sie war wie trunken von ihm und seiner Freude und seinem Übermut.

Da hatte sie selbst nicht gewußt, daß sie bereits das zweite Kind erwartete. Sie hatte geglaubt – wenn sie sich nicht frisch fühlte –, Erlend wäre so unbändig, es hätte soviel Unruhe und Trinkgelage daheim gegeben, und Naakkve sauge sie aus. Als sie das neue Leben in sich fühlte, war sie ... Sie hatte sich so sehr auf den Winter gefreut, darauf, mit ihrem schönen, starken Mann die Stadt und die Täler zu besuchen, sie war ja selbst jung und schön. Sie hatte sich vorgenommen, den Knaben zum Herbst zu entwöhnen – es war zu mühsam, ihn und die Kindsmagd überallhin mitzunehmen. Sie war so sicher gewesen, daß Erlend in diesem Kriegszug gegen die Russen zeigen würde, wie er auch zu anderem taugte, als nur dazu, seinen Namen und seine Güter zu vergeuden. Nein, sie hatte keine Freude empfunden, und sie hatte dies zu Sira Eiliv gesagt. Da wies der Priester sie sehr hart um ihrer lieblosen und weltlichen Gesinnung willen zurecht. Und den ganzen Sommer hindurch hatte sie danach gestrebt, froh zu sein und Gott für das neue Kind zu danken, das sie erwartete, und für die guten Nachrichten, die sie über Erlends kühne Fahrt im Norden erhielt.

Dann kehrte Erlend kurz vor der Mikkalsmesse heim. Und sie hatte gemerkt, daß er nicht sehr erfreut war über das, was vor der Tür stand. Und am Abend hatte er es ausgesprochen:

»Ich glaubte, wenn ich dich einmal bekommen würde, so sollte es wie ein immerwährendes Weihnachtsgelage sein. Aber es hat den Anschein, als würden es beinahe nur lange Fasten.«

Sooft sie daran dachte, stieg ihr eine Blutwelle ins Gesicht, ebenso heiß wie an jenem Abend, da sie sich von ihm abwandte, dunkelrot und ohne Tränen. Erlend hatte versucht, mit Liebe und Güte den Eindruck seiner Worte zu verwischen. Aber sie konnte nicht darüber hinwegkommen. Jenes Feuer in ihr, das alle Reuetränen und alle Sündenangst nicht zu löschen und zu ersticken vermocht hatten, war gleichsam wie von Erlends Fuß zertreten worden, als er jene Worte aussprach.

Spät in der Nacht saßen sie daheim vor dem Kamin bei Gunnulf, er und Kristin und Orm. Eine Kanne mit Wein und einige kleine Becher standen am Rand der Feuerstätte. Meister Gunnulf hatte mehrere Male vorgeschlagen, die Gäste sollten sich nun zur Ruhe begeben. Aber Kristin bat, sitzen bleiben zu dürfen.

»Entsinnst du dich, Schwager«, fragte sie, »ich erzählte dir einmal, daß unser Priester daheim mir riet, mich dem Kloster zu weihen, wenn der Vater nicht in eine Heirat zwischen Erlend und mir einwilligen würde.«

Gunnulf blickte unwillkürlich zu Orm hinüber. Aber Kristin sagte mit einem kleinen kranken Lächeln:

»Glaubst du, der erwachsene Bursche da wisse nicht, daß ich ein schwaches und sündiges Weib bin?«

Meister Gunnulf erwiderte leise:

»Fühltest du damals einen Drang zum Klosterleben in deinem Innersten, Kristin?«

»Gott hätte meine Augen wohl öffnen können, wenn ich erst einmal in seinem Dienst gestanden hätte.«

»Vielleicht meinte er, deinen Augen täte es not, geöffnet zu werden, damit du verstehen lerntest, daß du in seinen Diensten stehen mußt, wo immer du auch seiest. Gatte, Kinder und Gesinde auf Husaby bedürfen dessen wohl sehr, daß eine getreue und geduldige Dienerin Gottes unter ihnen ist und für ihr Wohl sorgt.

Sicherlich geht jene Jungfrau die beste Ehe ein, die sich Christus zum Bräutigam erwählt und sich nicht einem sündigen Manne hingibt. Aber ein Kind, das bereits unrecht getan hat ...«

»Ich wollte, daß du mit deinem Kranz zu Gott gekommen wärst«, flüsterte Kristin. »So sagte er zu mir, Bruder Edvin Rikardssohn, von dem ich dir schon oft gesprochen habe. Bist du der gleichen Meinung ...?«

Gunnulf Nikulaussohn nickte:

»Obgleich manch eine Frau sich mit solch einer Kraft aus dem Sündenleben emporgehoben hat, daß wir jetzt um ihre Fürbitte beten dürfen. Dies geschah früher öfter in der Welt, als die Märtyrerin mit harter Pein und Scheiterhaufen und glühenden Zangen bedroht wurde, wenn sie sich eine Christin nannte. Ich habe oft gedacht, Kristin, daß es damals leichter war, sich aus den Ketten der Sünde loszureißen, da es mit solch einem gewaltsamen Riß geschehen konnte. Obwohl wir Menschen so verdorben sind – der Mut wohnt doch gar manchem von Natur aus in der Brust – und der Mut ist es meist, der eine Seele dazu treibt, Gott zu suchen. So haben also die Peinigungen wohl ebenso viele zur Treue geführt, wie sie andere zum Abfall trieben. Aber ein junges, irregeleitetes Kind, der Sündenlust entrissen, noch ehe es verstehen gelernt hat, was diese über seine Seele bringt – und in die Gemeinschaft von reinen Jungfrauen aufgenommen, die sich hingegeben haben, für jene zu wachen und zu beten, die draußen in der Welt schlafen.

Wollte Gott, es wäre bald Sommer«, unterbrach sich der Priester plötzlich und stand auf.

Die beiden anderen sahen ihn erstaunt an.

»Ja, ich muß an den Kuckuck daheim morgens auf den Hängen von Husaby denken. Wir hörten ihn stets zuerst im Osten, von der Anhöhe hinter den Häusern, und dann kam die Antwort weit drüben aus dem Wald rings um By – es klang in der Morgenstille so schön über den See hin. Dünkt es dich nicht schön auf Husaby, Kristin?«

»Wenn der Kuckuck im Osten schreit, ist's zum Weinen nicht mehr weit«, sagte Orm Erlendssohn leise. »Mich dünkt Husaby der allerschönste Hof der Welt.«

Einen Augenblick lang legte der Priester die Hände auf die schmalen Schultern des Brudersohnes:

»So dachte auch ich, Verwandter. Es war auch für mich der väterliche Hof. Der jüngste Sohn steht dem Erbe nicht näher als du, mein Orm!«

»Als der Vater mit meiner Mutter lebte, standest du der Erbschaft am nächsten«, sagte der Junge ebenso leise.

»Wir können nichts dafür, ich und meine Kinder, Orm«, sagte Kristin bekümmert.

»Du hast ja wohl auch bemerkt, daß ich keinen Groll gegen euch hege«, entgegnete jener still.

»Es ist doch solch ein breites und offenes Tal«, sagte Kristin nach einer Weile. »Man hat einen so weiten Blick von Husaby aus, und der Himmel ist so – so weit. Dort, wo ich her bin, ist der Himmel gleichsam wie ein Dach dicht über den Bergen. Das Tal liegt so rund und grün und frisch unten im Schutz der Bergwände. Die Welt ist so handlich, nicht zu groß und nicht zu eng.« Sie seufzte und bewegte die Hände in ihrem Schoß.

»Der Mann, mit dem dein Vater dich verheiraten wollte, hatte wohl dort sein Heim?« fragte der Priester, und Kristin nickte.

»Bist du manchmal traurig, weil du nicht ihn bekamst?« fragte er wieder. Sie schüttelte den Kopf.

Gunnulf ging hin und nahm ein Buch aus dem Gestell. Dann setzte er sich wieder beim Feuer nieder, öffnete die Schließen und wendete suchend die Blätter um. Er las jedoch nicht, sondern saß mit dem aufgeschlagenen Buch auf den Knien da.

»Als Adam und sein Weib Gottes Willen getrotzt hatten, da fühlten sie in ihrem eigenen Fleisch eine Kraft, die ihrem Willen trotzte. Gott hatte sie geschaffen, Mann und Weib, jung und schön, auf daß sie miteinander leben und Erben zeugen sollten für die Gaben seiner Güte, die Lieblichkeit des Paradiesgartens, die Frucht vom Baum des Lebens und die ewige Seligkeit. Sie brauchten sich ihrer Gestalt nicht zu schämen, denn solange sie Gott gehorsam waren, blieb ihr ganzer Körper mit allen seinen Gliedern ihrem Willen untertan, so wie Hand und Fuß es sind.«

Blutrot preßte Kristin die gefalteten Hände unter der Brust zusammen. Der Priester beugte sich ein wenig zu ihr vor; sie fühlte seine starken hellbraunen Augen auf ihrem gesenkten Gesicht:

»Eva raubte das, was Gott gehörte, und ihr Gemahl nahm es an, als sie ihm gab, was mit Recht ihres Vaters und Schöpfers Eigentum war. Jetzt würden sie ihm gleich sein – da merkten sie, daß sie zunächst

ihm in diesem gleich wurden: so wie sie seine Herrschaft in der großen Welt verraten hatten, so war nun ihre Herrschaft über die kleine Welt, über das fleischliche Haus der Seele, verraten. Wie sie ihren Herrn und Gott verraten hatten, so verriet nun der Körper seinen Herrn, die Seele.
Da schienen ihnen diese Körper so häßlich und hassenswert, daß sie sich Kleider machten, um sie zu verbergen. Zuerst nur eine kurze Schürze aus Feigenlaub. Aber je mehr sie das Wesen ihrer eigenen fleischlichen Natur kennenlernten, desto höher machten sie die Kleider, bis über die Stelle, wo das Herz sitzt, und über den Rücken, der unwillig ist, sich zu beugen. Ganz bis in diese letzten Tage hinein, da die Männer selbst noch das äußerste Glied der Finger und Zehen in Stahl kleiden und ihr Antlitz hinter dem Helmgitter verbergen, so sind Unfrieden und Verrat in der Welt gewachsen.«
»Hilf mir, Gunnulf«, bat Kristin. Sie war bis in die Lippen hinein weiß. »Ich – ich kenne meinen eigenen Willen nicht.«
»So sage ›Dein Wille geschehe‹«, erwiderte der Priester leise. »Du weißt, sein Wille soll geschehen, damit du dein Herz seiner Liebe öffnest. Da mußt du ihn wieder lieben aus der ganzen Kraft deiner Seele.«
Jäh wandte Kristin sich dem Schwager zu:
»Du weißt nicht, wie lieb ich Erlend hatte. Und meine beiden Kinder ...!«
»Meine Schwester – alle andere Liebe ist nur wie die Spiegelung des Himmels in den Wasserpfützen eines schmutzigen Weges. Du wirst selbst beschmutzt, wenn du dich in sie vertiefen willst. Gedenkst du aber stets, daß es eine Spiegelung des Lichtes von jenem anderen Heim ist, dann wirst du dich des goldenen Anblicks freuen und dich wohl davor hüten, ihn zu zerstören, indem du den Schmutz aufwühlst, der auf dem Grunde liegt.«
»Ja. Aber du bist Priester, Gunnulf, und hast Gott selbst gelobt, diese – Nöte – zu fliehen.«
»Das hast auch du, Kristin, als du versprachst, den Teufel und sein Werk zu meiden. Des Teufels Werk ist jenes, das in süßer Lust beginnt und damit endet, daß zwei Menschen wie Schlangen und Nattern die Zähne ineinanderschlagen. Das lernte Eva, da sie ihrem Manne und ihrem Geschlecht Gottes Eigentum bringen wollte und ihnen nichts anderes brachte als Verbannung und Blutschuld und den Tod, der in die Welt kam, als der Bruder den Bruder tötete auf jenem ersten kleinen Acker, wo Dornen und Disteln auf den Steinhaufen rings um die dürftigen Erdflecke wucherten.«
»Ja. Aber du bist Priester, du«, sagte sie wie vorher. »Dir ist nicht die tägliche Prüfung auferlegt, dich mit dem Willen eines anderen zu vereinen«, sie brach in Tränen aus »geduldig zu sein ...«
Der Priester sagte mit einem kleinen Lächeln:
»In diesem Punkt herrscht Uneinigkeit zwischen Leib und Seele bei

jedem Kind einer Mutter. Darum sind Weihe und Brautmesse eingesetzt, auf daß Mann und Weib eine Hilfe in ihrem Zusammenleben haben sollen, Eheleute und Eltern und Kinder und Hausgenossen als getreue und helfende Begleiter auf dem Weg zum Heim des Friedens.«
Kristin antwortete leise:
»Mich dünkt, es müsse leichter sein, zu wachen und zu beten für jene, die draußen in der Welt schlafen, als sich mit seinen eigenen Sünden abzumühen.«
»So ist es«, sagte der Priester scharf. »Aber du glaubst doch wohl nicht, Kristin, daß auch nur *ein* gottgeweihter Mann gelebt hat, der nicht gezwungen war, sich selbst gegen den Feind zu wehren, zur gleichen Zeit, da er auch versuchen mußte, das Lamm gegen den Wolf zu schützen?«
Kristin sagte leise und scheu:
»Ich hatte geglaubt, daß die, so zwischen Heiligtümern leben und über alle starken Bitten und Gebete verfügen ...«
Gunnulf beugte sich vor, machte sich mit dem Feuer zu schaffen und blieb dann, die Ellbogen auf die Knie gestützt, so sitzen:
»In diesen Tagen sind es sechs Jahre, seit wir nach Rom kamen, Eiliv und ich und zwei schottische Priester, mit denen wir in Avignon bekannt geworden waren. Wir hatten den ganzen Weg zu Fuß zurückgelegt.
Kurz vor Beginn der Fastenzeit kamen wir in die Stadt. Da hält das Volk in südlichen Ländern große Feste und Gastgelage ab; sie nennen es carne vale. Da fließt der Wein in den Gasthäusern, roter und weißer in Strömen, und das Volk tanzt in den Nächten unter freiem Himmel, auf den offenen Plätzen brennen Fackeln und Scheiterhaufen. Um diese Zeit ist Frühling in Italia, und die Blumen sprießen hervor auf Wiesen und in Gärten, und die Frauen schmücken sich damit und werfen Rosen und Veilchen auf die Leute in den Straßen hinab; sie sitzen oben an den Fenstern, haben seidene Decken und kostbare ausländische Stoffe über die Steinmauern hinausgehängt. Denn dort unten sind alle Häuser aus Stein, und die Ritter haben ihre Burgen und festen Häuser mitten in der Stadt. Dort in jener Stadt gibt es wohl kein Stadtgesetz oder ein Gesetz über den Stadtfrieden, denn sie und ihre Dienstknechte kämpfen miteinander in den Straßen, daß das Blut rinnt.
In der Gasse, darin wir wohnten, lag ein solches Kastell, und dessen Herr hieß Ermes Malavolti. Dieses Gebäude beschattete die ganze enge Gasse, in der unsere Herberge lag, und unser Gemach war finster und kalt wie das Gefängnisloch einer steinernen Burg. Oft, wenn wir ausgingen, mußten wir uns an die Mauer drücken, während er mit Silberglocken an den Kleidern und mit einem ganzen Gefolge von Bewaffneten hindurchschritt, daß Schlamm und Unrat unter den Hufen aufspritzten, denn in jenem Lande wirft das Volk allen Dreck und Schmutz einfach vor die Türen. Die Straßen sind kalt und finster und eng wie

Bergschluchten, haben wenig Ähnlichkeit mit den grünen Straßen in unseren Städten. Um die Zeit des carne vale werden dort Rennen abgehalten; man läßt wilde arabische Pferde um die Wette laufen ...«
Der Priester saß eine Weile, dann begann er wieder:
»Dieser Herr Ermes hatte eine Verwandte bei sich im Hause. Isota hieß sie, und sie hätte Isodd, die Blonde, selbst heißen können. Ihre Haut und ihr Haar waren fast wie Honig, ihre Augen jedoch waren sicherlich schwarz. Ich sah sie einige Male an einem Fenster.
Aber außerhalb der Stadt ist das Land öder als die ödesten Höhen hier im Lande, wo nur Renntiere und Wölfe hausen und wo der Adler schreit. Trotzdem sind dort in den Bergen ringsum Städte und Kastelle, und draußen auf den grünen Ebenen sieht man überall Spuren davon, daß früher einmal Menschen dort gewohnt haben, nun weiden da große Herden von Schafen und Scharen weißer Rinder. Die Hirten sind beritten und führen lange Spieße. Sie sind ein gefährliches Volk, sie erschlagen und berauben die Wanderer und verscharren die Leichen in Erdhöhlen.
Aber draußen auf diesen grünen Ebenen liegen die Pilgerkirchen ...«
Meister Gunnulf schwieg eine Weile.
»Vielleicht erscheint uns dieses Land deshalb so unsagbar öde, weil dort jene Stadt liegt, die einstmals Königin über die ganze heidnische Welt war und Christi Braut wurde. Nun aber haben die Wächter die Stadt verlassen, und in dem tollen Festlärm wirkt der Ort wie eine verlassene Frau. Die Wüstlinge haben sich der herrenlosen Burg bemächtigt, und sie haben die Frau dazu verführt, an Lust und Blutvergießen und Unfrieden teilzunehmen. –
Aber unter der Erde gibt es Herrlichkeiten, kostbarer als alle Herrlichkeiten, darauf die Sonne scheint. Dort sind die Gräber der heiligen Märtyrer in das harte Gestein gehauen, und dort sind ihrer so viele, daß einem bei dem Gedanken daran schwindelt. Wenn man an die große Zahl dieser Märtyrer denkt, die hier um Christi willen den Tod erlitten haben, dann will einem jedes Staubkorn, das die Hufe der Pferde jener Wüstlinge aufwirbeln, heilig und anbetungswürdig erscheinen.«
Der Priester zog eine dünne Kette unter dem Gewand hervor und öffnete das daran hängende kleine Silberkreuz. Darin lag etwas Schwarzes, ähnlich einem Stück Baumschwamm, und ein kleiner, grünlicher Knochen.
»Einmal waren wir den ganzen Tag unten in diesen Gängen gewesen und hatten unsere Gebete in Höhlen und Oratorien gesprochen, wo einst die ersten Jünger von Sankt Peter und Sankt Paul zur Messe zusammenkamen. Da gaben uns die Mönche diese Heiligtümer. Denn ihnen gehörte die Kirche, unter die wir hinabgestiegen waren. Dies ist ein Stückchen eines Schwammes, wie ihn die frommen Jungfrauen gebrauchten, um das Märtyrerblut aufzutrocknen, auf daß es nicht verlorengehe, und dies der Fingerknöchel eines heiligen Mannes, des-

sen Namen nur Gott allein weiß. Da gelobten wir vier einander, jeden Tag diesen Heiligen, dessen Ehre den Menschen unbekannt ist, anzurufen. Und wir wählten den namenlosen Märtyrer zum Zeugen dafür, daß wir nie vergessen wollten, wie wir des Lohnes Gottes und der Ehre der Menschen so völlig unwürdig seien, und daß wir uns stets erinnern wollten, wie nichts in der Welt des Begehrens wert sei außer Gottes Barmherzigkeit.«

Kristin küßte das Kreuz ehrerbietig und gab es Orm, der desgleichen tat. Da sagte Gunnulf plötzlich:

»Ich will dir dieses Heiligtum schenken, Verwandter.«

Orm ließ sich auf ein Knie nieder und küßte die Hand des Oheims. Gunnulf legte die Kette mit dem Kreuz dem Knaben um den Hals.

»Fühlst du nicht Lust in dir, diese Stätten zu sehen, Orm?«

Die Gesichtszüge des Knaben hellten sich zu einem Lächeln auf:

»Ja, das weiß ich bestimmt, ich werde einmal dorthin kommen.«

»Hast du nie den Drang in dir gefühlt, Priester zu werden?« fragte der Oheim.

»Doch«, antwortete der Knabe. »Immer, wenn der Vater diese meine schwachen Arme verwünschte. Aber ich weiß nicht, ob es ihm recht wäre, wenn ich Priester würde. Dann ist auch noch das andere, was du ja weißt«, fuhr er leise fort.

»Für deine Geburt kann wohl Dispens beschafft werden«, erwiderte der Priester ruhig. »Vielleicht, Orm, können wir einmal miteinander nach dem Süden ziehen, du und ich.«

»Erzähl noch mehr, Oheim«, bat Orm leise.

»Ja, das will ich.« Gunnulf umfaßte die Armlehne des Stuhles und blickte ins Feuer.

»Während ich dort wanderte und nichts anderes sah als die Erinnerungen an die Märtyrer und indessen ich der unzähligen Qualen gedachte, die jene um Jesu Namen willen ertragen hatten, kam eine schwere Versuchung über mich. Ich dachte daran, daß der Herr nur einige Stunden lang ans Kreuz genagelt war. Doch seine Nachfolger waren viele Tage lang mit unausdenkbaren Qualen gepeinigt worden – Frauen mußten zusehen, wie ihre Kinder vor ihren Augen zu Tode gequält wurden, zarten Jungfrauen wurde das Fleisch mit eisernen Kämmen von den Knochen gekämmt, junge Männer wurden Raubtieren und wilden Stieren entgegengetrieben. Da wollte es mir scheinen, als hätten viele von diesen mehr ertragen als Christus selbst. Ich grübelte hierüber nach, bis ich glaubte, es müsse mir Herz und Hirn zersprengen. Endlich aber ward mir jene Erleuchtung, um die ich gebetet und gebettelt hatte. Und ich begriff, daß wir alle den Mut haben müßten, so zu leiden, wie diese gelitten hatten. Wer wollte so töricht sein, daß er nicht gern Qualen und Mühen auf sich nähme, wenn dies der Weg zu einem getreuen und standhaften Bräutigam wäre, der mit offenen Armen und blutiger Brust und vor Liebe brennend auf uns wartet.

Er aber liebte die Menschen. Und darum starb er als der Bräutigam, der ausgegangen ist, um seine Braut aus den Händen der Räuber zu retten. Und sie binden ihn und peinigen ihn zu Tode, er aber sieht seine geliebteste Freundin mit seinen Henkern am Tisch sitzen, sieht sie mit ihnen scherzen und seine Qualen und seine getreue Liebe verspotten.«

Gunnulf Nikulaussohn schlug die Hände vors Gesicht:

»Da verstand ich, daß diese gewaltige Liebe alles in der Welt erhält – selbst das Feuer in der Hölle. Denn wenn Gott wollte, könnte er die Seele mit Gewalt ergreifen; wir wären ganz machtlos in seiner Hand. Aber da er uns liebt, wie der Bräutigam die Braut, so will er uns nicht zwingen, sondern will, daß ihm diese Braut aus freien Stücken folge, und da muß er es dulden, daß sie ihn flieht und scheut. Aber ich habe auch gedacht, daß vielleicht doch keine Seele auf ewig verlorengehen kann. Denn jede Seele muß diese Liebe begehren, so dünkt es mich, aber es scheint so teuer erkauft, alle anderen Güter um des einen willen fahrenzulassen. Wenn jedoch das Feuer allen widerspenstigen und gottesfeindlichen Willen verzehrt hat, dann wird schließlich der Wille zu Gott, und wäre er auch nicht größer denn ein Nagel in einem ganzen Haus, doch endlich in der Seele liegen, wie das Eisen auf einem Brandplatz zurückbleibt.«

»Gunnulf« – Kristin erhob sich zur Hälfte –, »mir wird angst.«

Gunnulf sah auf, weiß, mit flammenden Augen:

»Auch mir wurde angst. Denn ich begriff, jene Qual der Liebe Gottes wird nicht enden, solange auf Erden Männer und Jungfrauen geboren werden und solange er darum bangen muß, ihre Seele zu verlieren – solange er täglich und stündlich seinen Leib und sein Blut auf tausend Altären hingibt und solange es Menschen gibt, die das Opfer verschmähen.

Und ich war voll Entsetzen über mich selbst, der ich unrein an seinem Altar gedient, die Messe mit unreinen Lippen gelesen und seinen Leib mit unreinen Händen emporgehoben hatte, und ich dünkte mich jenem Manne gleich, der seine Geliebte an einen Ort der Schande gebracht und sie verraten hatte.«

Gunnulf fing Kristin in seinen Armen auf, als sie umsank, und trug zusammen mit Orm das ohnmächtige Weib zum Bett hinüber.

Nach einer Weile öffnete sie die Augen, setzte sich aufrecht und schlug die Hände vors Gesicht. Sie brach in Weinen aus, wild und klagend:

»Ich kann nicht, ich kann nicht. Gunnulf, wenn du so sprichst, dann verstehe ich, daß ich nie ...«

Gunnulf ergriff ihre Hand. Aber sie wandte den Kopf von dem wilden und bleichen Antlitz des Mannes ab.

»Kristin. Du darfst dich nicht mit einer geringeren Liebe begnügen als jener, die zwischen Gott und der Seele ist.

Kristin, blicke um dich, siehe, was die Welt ist. Du, die zwei Kinder zur Welt gebracht hat, hast du nie daran gedacht, daß jedes neugeborene Kind zuerst in Blut getauft wird und daß das erste, was der Mensch auf dieser Erde einatmet, Blutdampf ist? Dünkt dich nicht, du, als Mutter, solltest mit allem Fleiß danach trachten, daß deine Söhne nicht in diesen ersten Taufpakt mit der Welt zurückfallen, sondern an jenem anderen Pakt festhalten, den sie mit Gott am Taufbrunnen eingingen.«

Kristin schluchzte und schluchzte.

»Ich fürchte mich vor dir, Gunnulf«, sagte sie wiederum, »wenn du so sprichst, dann verstehe ich, daß ich nie den Frieden zu finden vermag.«

»Gott wird dich finden«, erwiderte der Priester leise. »Sei ruhig und fliehe nicht vor ihm, der dich gesucht hat, noch ehe du im Mutterleibe geworden warst.«

Er saß eine Weile an ihrem Bett. Dann fragte sie still und ruhig, ob er Ingrid wecken und die Frauen bitten solle, ihr aus den Kleidern zu helfen. Kristin schüttelte den Kopf.

Da machte er dreimal das Zeichen des Kreuzes über ihr. Dann wünschte er Orm gute Nacht und ging in den kleinen Raum neben der Stube, wo er schlief.

Orm und Kristin legten ihre Kleider ab. Der Knabe schien abgrundtief in Gedanken versunken. Als Kristin sich gelegt hatte, kam er zu ihr. Er betrachtete ihr vom Weinen verstörtes Gesicht und fragte, ob sie wolle, daß er bei ihr sitze, bis sie eingeschlafen sei.

»O nein – o nein, Orm, du wirst wohl müde sein, so jung, wie du bist. Es muß schon spät in der Nacht sein.«

Orm blieb noch eine Weile stehen.

»Dünkt es dich nicht seltsam«, sagte er plötzlich. »Vater und Oheim Gunnulf – so ungleich sie einander sind, so haben sie doch in einer Weise viel Ähnlichkeit.«

Kristin lag da und dachte nach:

»Ja, vielleicht – sie sind anders als andere Männer.«

Bald darauf war sie eingeschlafen, und Orm ging zu dem anderen Bett hinüber. Er zog sich aus und kroch unter die Decke. Er hatte ein Leinenlaken unter sich, und die Kissen waren mit Linnen überzogen. Wohlig streckte der Knabe sich auf dem glatten kühlen Lager aus. Sein Herz klopfte vor Spannung jenem neuen Abenteuer entgegen, zu dem ihm die Worte des Oheims den Weg gewiesen hatten. Gebete, Fasten, alles, was er geübt hatte, weil er dazu angehalten worden war, wurden plötzlich etwas Neues – Waffen in einem herrlichen Krieg, nach dem er sich sehnte. Vielleicht würde er Mönch werden – oder Priester –, wenn er Dispens dafür erhalten könnte, daß er im Ehebruch gezeugt worden war.

Gunnulfs Lager bestand aus einer Holzbank mit einer Felldecke über einer dünnen Schicht Stroh und einem einzigen kleinen Kofkissen, so daß er flach ausgestreckt liegen mußte. Der Priester nahm sein

Gewand ab, legte sich in den Unterkleidern hin und zog die dünne Friesdecke über sich.
Den kleinen Docht, der um einen eisernen Dorn gewickelt war, ließ er brennen.
Gunnulf war nach seinen eigenen Worten von Angst und Unruhe niedergedrückt.
Er fühlte sich ohnmächtig vor Sehnsucht nach jener Zeit; sollte er denn nie wieder jene Hochzeitsfreude des Herzens empfinden, die ihn in jenem Frühling in Rom so ganz erfüllt hatte? Zusammen mit seinen drei Brüdern erging er sich in der Sonne auf den grünen, blumenbesternten Wiesen. Er zitterte und wurde schwach, wenn er sah, wie schön die Welt war, und dabei wußte er, daß all dieses nichts bedeutete gegen die Reichtümer des jenseitigen Lebens. Trotzdem grüßte ihn diese Welt hier mit tausend kleinen, frohen und süßen Erinnerungen an den Bräutigam. Die Lilien auf dem Felde und die Vögel unter dem Himmel erinnerten an Christi Wort, und von solchen Eseln, wie man sie hier sah, und von solchen Brunnen, wie die aus Stein gemauerten Zisternen, an denen sie vorübergingen, hatte er gesprochen. Bei den Mönchen der Kirchen, die sie aufsuchten, erhielten sie zu essen, und wenn sie den blutroten Wein tranken und die goldene Rinde von dem Weizenbrot brachen, dann verstanden die vier Prediger aus dem Gerstenlande, warum Christus, vor aller anderen Nahrung, die Gott den Menschen gegeben hatte, den reinen Wein und den reinen Weizen geehrt hatte, indem er sich beim Messeopfer in diesem Gleichnis zeigen wollte.
In jenem Frühling hatte Gunnulf weder Unruhe noch Furcht gekannt. So losgelöst von allen Versuchungen dieser Welt hatte er sich gefühlt, daß ihm alles, worüber er früher angstvoll gegrübelt, jetzt, da er den lauen Sonnenschein auf sich ruhen fühlte, so leicht begreiflich erschien. Wie doch dieser sein Körper durch das Feuer zum Leib der Verklärung gereinigt werden konnte. Leicht und losgelöst von den Bedürfnissen der Erde, brauchte er nicht mehr Schlaf als der Kuckuck in den Frühlingsnächten. Das Herz sang in seiner Brust, er fühlte seine Seele wie eine Braut im Arm des Bräutigams.
Er hatte selbst gefühlt, daß dies nicht währen konnte. Kein Mensch auf Erden konnte lange so leben. Und er hatte jede Stunde dieses hellen Frühlings wie ein Pfand entgegengenommen, ein gnädiges Versprechen, das ihn zur Ausdauer stärken sollte, wenn die Wolken über ihm sich verdunkelten und der Weg in finstere Schluchten, über tosende Flüsse und über kalte Schneefirne führte.
Aber erst als er nach Norwegen zurückgekehrt war, hatte der Unfriede so richtig Macht über sein Gemüt gewonnen.
Hier wartete seiner so vieles. Hier waren seine Besitztümer. Das große väterliche Erbe – und die reiche Pfarre. Hier war der Weg, den er vor sich hatte. Der Platz im Domkapitel; er wußte, daß er ihm bestimmt war. Wenn er sich nicht von allem trennte, was er besaß – in das

Kloster der Prädikantenbrüder eintrat, zum Mönch sich weihen ließ und sich unter die Regeln beugte. Dies war das Leben, das er begehrte – mit halbem Herzen.

Und wenn er nun alt genug und im Kampf genügend gestählt war. Unter der Krone Norwegens lebten noch Heiden oder Menschen, irregeführt von den Irrlehrern, die die Russen im Namen des Christentums vorschickten. Das Lappenvolk und die anderen halbwilden Völker, an die er stets denken mußte, war nicht Gott selbst es, der in ihm das Begehren geweckt hatte, in die Länder dieser Menschen zu fahren und ihnen das Wort und das Licht zu bringen?

Aber er schob die Gedanken von sich und entlastete sich selbst damit, daß er dem Erzbischof gehorchen müsse. Herr Eiliv riet ihm davon ab. Herr Eiliv hatte mit Gunnulf gesprochen und ihm zugehört und hatte ihm deutlich gezeigt, daß er zu dem Sohn seines alten Freundes, Herrn Nikulaus auf Husaby, rede. »Ihr könnt doch niemals maßhalten, ihr Nachkommen der Töchter des Skogheims-Gaute, ob es nun gut oder böse ist, worauf ihr euer Begehren richtet.«

Die Erlösung des Lappenvolkes lag dem Erzbischof selbst schwer auf der Seele, aber dazu bedurfte es nicht eines Lehrvaters, der lateinisch schrieb und sprach wie seine Muttersprache, auch im Gesetz nicht weniger gelehrt war als in Arithmetica und Algorithmus. Gunnulf hatte doch wohl seine Weisheit erhalten, um sie zu gebrauchen, »aber ungewiß will es mir scheinen, ob es dir gegeben ist, zu den armen und einfältigen Menschen dort oben im Norden zu sprechen.«

Ach, in jenem süßen Frühling hatte Gunnulf seine Weisheit nicht für ehrwürdiger gehalten als die Fertigkeiten, die jedes kleine Mädchen bei seiner Mutter lernt: spinnen und brauen und backen und melken, jener Unterricht, dessen jedes Kind bedarf, um sein Werk in der Welt zu verrichten.

Gunnulf hatte seinem Erzbischof die Unruhe und Angst geklagt, die ihn überkam, wenn er an seinen Reichtum dachte und daran, wie gern er reich war. Zur Notdurft seines eigenen Lebens brauchte er wenig; er selbst lebte wie ein armer Mönch. Aber er liebte es, zahlreiche Menschen an seinem Tisch sitzen zu sehen, er liebte es, den Bedürfnissen der Armen mit seinen Gaben zuvorzukommen. Und er liebte seine Pferde und seine Bücher.

Herr Eiliv sprach ernsthaft über die Ehrungen der Kirche. Einige waren dazu auserwählt, die Kirche durch ein kostbares und würdiges Auftreten zu ehren, ebenso wie andere dazu auserwählt waren, durch freiwillige Armut der Welt zu zeigen, daß Reichtum an sich nichts ist. Er erinnerte an jene Erzbischöfe und Prälaten und Priester früherer Zeiten, die Unbilden, Verfolgungen und Kränkungen von den Königen hatten erdulden müssen, weil sie das Recht der Kirche behaupteten. Ein übers andere Mal hatten sie gezeigt, daß sie allen Dingen entsagten und Gott folgten, wenn es von norwegischen Gottesmännern verlangt wurde. Gott würde selbst das Zeichen geben, wenn es von

uns verlangt würde; so wir uns nur dieses fest vor Augen halten, brauchen wir nicht zu befürchten, daß der Reichtum ein Seelenfeind werden könnte.
Die ganze Zeit hatte Gunnulf bemerkt, wie wenig der Erzbischof damit einverstanden war, daß er soviel dachte und grübelte. Gunnulf schienen Herr Eiliv Kortin und seine Priester Männern zu gleichen, die unermüdlich an ihrem Hause mauerten und mauerten: die Ehre der Kirche und die Macht der Kirche und das Recht der Kirche. Gott wußte, daß er, Gunnulf, für die Sache der Kirche wohl ebenso eifrig sein wollte wie irgendein anderer Priester, er wollte sich nicht der Arbeit des Stein- und Kalktragens zum Bau entziehen. Aber es war, als fürchteten sich die andern davor, in das Haus einzutreten und darin auszuruhen. Und als befürchteten sie, auf Irrwege zu geraten, wenn sie zuviel dachten.
Das fürchtete *er* nicht. Unmöglich konnte ein Mann in Ketzerei verfallen, der den Blick unverwandt auf das Kreuz heftete und sich unablässig in den Schutz der heiligen Jungfrau gab. Nicht dies war die Gefahr für ihn.
Die Gefahr – das war seine unstillbare Sehnsucht, die Neigung und Freundschaft der Menschen zu gewinnen. Er, der im innersten Grunde seines Wesens gefühlt hatte: Gott liebt mich, für Gott ist meine Seele ebenso lieb und kostbar wie jede andere unsterbliche Seele auf Erden.
Aber hier daheim stieg es wieder in ihm auf – die Erinnerung an alles, was ihn während des Heranwachsens und in der Jugend gequält hatte. Daß die Mutter ihn nicht so liebte, wie sie Erlend liebte. Daß der Vater sich nicht so um ihn bekümmern mochte, wie er sich unablässig um Erlend bekümmerte. Später, bei Baard auf Hestnes, war immer Erlend der Hervorragende und Erlend der Übeltäter, er ging nur so neben dem Bruder einher. – Erlend, Erlend war der Anführer aller jungen Burschen. Erlend war jener, den die Dienstmägde verwünschten und über den sie trotzdem lachten. Und Erlend war der, den er selbst über alles auf Erden liebte. Wenn nur Erlend ihn hätte lieben wollen, aber er konnte an Erlends Gegenliebe nicht satt werden. Erlend war der einzige, der ihn leiden mochte, aber Erlend mochte so viele gut leiden.
Und nun mußte Gunnulf zusehen, in welcher Weise der Bruder mit allem umging, was ihm zugefallen war. Gott allein mochte wissen, wie das mit dem Reichtum auf Husaby noch enden würde; in Nidaros wurde über Erlends unverständiges Gebaren genug geredet. Daß er dessen nicht mehr achtete! Gott hatte ihm schon vier schöne Kinder geschenkt – sie waren schön, auch die Kinder, die er während seines losen Lebenswandels gezeugt hatte –, er nahm dies nicht wie eine Gnade hin, sondern wie etwas, das so sein mußte.
Dann endlich hatte er die Liebe einer reinen feinen Jungfrau aus guter Sippe gewonnen. Wie der Bruder an ihr gehandelt hatte, er konnte Erlend nicht mehr achten, nun, da ihm dies zu Ohren gekommen war.

Gunnulf wurde ungeduldig mit sich selbst, wenn er Züge feststellte, die er mit dem Bruder gemeinsam hatte. So alt Erlend war, wurde er doch bald rot und bald blaß, wie ein halb erwachsenes Mädchen. – Gunnulf war zornig darüber, weil er fühlte, wie auch in seinem eigenen Gesicht das Blut so leicht kam und ging. Das hatten sie von ihrer Mutter – sie wechselte die Farbe um eines Wortes willen.

Jetzt nahm Erlend es wie etwas Selbstverständliches hin, daß seine Gattin eine gute Frau war, ein Spiegel für alle Hausfrauen, jetzt, nachdem er jahraus, jahrein versucht hatte, dieses junge Kind zu verderben und es in die Irre zu führen. Aber Erlend schien nicht einmal daran zu denken, daß es anders sein könnte – nun, da er verheiratet war mit ihr, die er selbst Wollust, Betrug und Verlogenheit gelehrt hatte, schien es ihm kein Bedürfnis zu sein, seine Gattin dafür zu ehren, daß sie trotz alledem immer noch wahrheitsliebend, treu, ehrbar und gut war.

Und doch wieder – als im Sommer und im Herbst die Nachrichten von Erlends Fahrten im Norden kamen, da hatte Gunnulf nur eine *einzige* Sehnsucht gekannt – bei dem Bruder zu sein. Erlend als Stellvertreter und Kriegsmann des Königs in Haalogaland und er, Gunnulf, Verkünder des Gotteswortes in den öden, halb heidnischen Gegenden am Gandviksmeer.

Gunnulf stand auf. An der einen Schmalwand des Raumes hing ein hohes Kruzifix, und davor lag eine große Steinplatte.

Er kniete auf der Platte nieder und streckte die Arme nach den Seiten aus. Er hatte seinen Körper zu dieser Stellung abgehärtet und konnte stundenlang so daknien, still wie ein Stein. Die Blicke auf das Kruzifix geheftet, wartete er auf den Trost, der zu ihm kam, wenn er sich ganz zur Betrachtung des Kreuzes sammeln konnte.

Jedoch der erste Gedanke, der ihm nun kam, war: würde er sich von diesem Bild trennen können? Sankt Franziskus und seine Brüder besaßen Kreuze, die sie sich selbst aus ein paar Ästen gefertigt hatten. Er mußte dieses holde Bildnis wegschenken, der Kirche auf Husaby konnte er es schenken. Bauern, Kinder und Frauen, die dort zur Messe kamen, konnten durch solch ein sichtbares Bild von der liebevollen Milde des Erlösers im Leiden gestärkt werden. Einfältige Seelen wie Kristin. Er selbst würde dessen nicht bedürfen.

Nacht für Nacht hatte er mit verschlossenen Sinnen und gefühllosen Gliedern auf den Knien gelegen, bis er die Erscheinung sah. Den Hügel mit den drei Kreuzen gegen den Himmel. Jenes Kreuz in der Mitte, ausersehen, den König des Himmels und der Erden zu tragen, zitterte und bebte, es neigte sich wie ein Baum im Sturm, als entsetze es sich davor, die allzu kostbare Last, das Opfer für die Sünden der ganzen Welt, zu tragen. Der Herr des himmlischen Sturmzeltes bezwang es, wie der Ritter seinen Streithengst bezwingt; den Heerführer der Sonnenburg trug es in den Kampf. Da geschah jenes Wunder, das der Schlüssel zu tieferen und immer tieferen Wundern war. Das Blut, das über das Kreuz herabrann, zur Erlösung für alle Sünder und zur Heilung allen Kummers, dieses Blut war das sichtbare Zeichen. Dieses erste Wunder konnte die Augen der Seele öffnen zur Betrachtung der noch dunkleren Wunder – Gott, der zur Erde herabstieg, der Sohn einer Jungfrau und der Bruder des Menschengeschlechtes, der die Hölle bezwang und mit seiner Beute befreiter Seelen zu dem blendenden Lichtmeer emporstürmte, aus dem die Welt hervorgegangen ist und das die Welt erhält. Hinein in diese grundlose und ewige Tiefe von Licht wurden seine Gedanken gezogen, und dort in dem Licht vergingen sie und verschwanden wie eine Schar Vögel im Glanz des Abendhimmels.

Erst als es von der Kirche her zum Frühgesang läutete, stand Gunnulf auf. Es war ganz still, als er durch die Stube ging, sie schliefen, Kristin und Orm.

Draußen auf dem pechschwarzen Hofplatz stand der Priester eine Weile wartend da. Aber niemand von seinen Leuten kam, um ihn zur Kirche zu begleiten. Er verlangte nicht, daß sie mehr als zwei Gottesdienste am Tag hören sollten. Ingrid aber, seine Pflegemutter, ging fast stets mit ihm zum Frühgesang. An diesem Morgen schlief sie wohl auch. Ach ja, sie war den Abend zuvor lange auf gewesen.

Den Tag über sprachen die drei Verwandten wenig zusammen und nur über nebensächliche Dinge. Gunnulf sah müde aus, aber er scherzte über allerlei. »Wie töricht waren wir doch gestern abend – da saßen wir so sorgenvoll wie drei verlassene Kinder«, sagte er einmal; es ereigneten sich viele lustige Dinge in Nidaros, mit Pilgern und anderen Leuten, von denen die Priester sich gegenseitig scherzend erzählten. Ein alter Mann aus dem Herjetal war im Auftrag seiner ganzen Gemeinde nach Nidaros gepilgert, und dann hatte er alle Gebete vollkommen durcheinandergebracht; es hätte schlimmer ausgesehen in seiner Gemeinde, wenn Sankt Olav ihn beim Wort genommen hätte, wie ihm später einfiel.

Gegen Abend kam Erlend an, triefend naß – er war bis zur Stadt gesegelt, und jetzt ging wieder ein starker Wind. Wütend war er und überfiel Orm sofort mit zornigen Worten. Gunnulf hörte eine Weile zu:

»Wenn du so zu Orm redest, Erlend, dann bist du ganz wie unser Vater – wie er zu sein pflegte, wenn er mit dir sprach.«

Erlend schwieg jäh. Dann polterte er wieder los:

»Ich weiß, aber so unvernünftig war ich als Knabe nicht, vom Hof davonzulaufen, ein krankes Weib und ein Knabe, der noch ein Kind ist, im Schneesturm! Mit Orms Männlichkeit kann man sonst nicht so laut prahlen, aber seinen Vater fürchtet er nicht, das kannst du sehen!«

»Auch du hast deinen Vater nicht gefürchtet«, meinte der Bruder lächelnd.

Orm stand vor dem Vater, schwieg und bemühte sich, gleichgültig auszusehen.

»Ja, du kannst gehen«, sagte Erlend. »Ich habe jetzt die ganze Wirtschaft auf Husaby bald satt. Das aber weiß ich, diesen Sommer soll Orm mich nach Norden begleiten, dann wird aus diesem Schoßkind Kristins wohl endlich einmal etwas werden. Er ist auch gar nicht so ungeschickt«, wandte er sich eifrig an den Bruder. »Er schießt treffsicher, das kann ich dir sagen – furchtsam ist er nicht –, aber er ist immer störrisch und verstockt, und dann ist es gleichsam, als habe er kein Mark in den Knochen ...«

»Ja, wenn du deinen Sohn oft so ausschiltst wie jetzt, dann ist es kein Wunder, daß er verstockt wird«, sagte der Priester.

Erlend schlug um, lachte und sagte:

»Ich mußte doch vom Vater oft noch Schlimmeres ertragen, und das weiß Gott, ich wurde nicht verstockt dadurch. Aber laß es gut sein – nun bin ich hier, jetzt wollen wir die Weihnachtszeit feiern, da nun einmal Weihnachten ist. Wo ist Kristin? Was war es denn wieder, was sie dir sagen wollte?«

»Ich glaube nicht, daß sie über etwas Bestimmtes mit mir sprechen wollte«, entgegnete der Priester. »Sie hatte Sehnsucht, in der Weihnachtszeit die Messe hier zu hören.«

»Sie sollte sich doch an dem genügen lassen können, was sie daheim hat, dünkt mich«, sagte Erlend. »Aber es ist ein Jammer um sie – sie verliert ihre ganze Jugend auf diese Weise.« Er schlug die eine Hand in die andere. »Ich verstehe unsern Herrgott nicht, er kann doch nicht meinen, daß uns jedes Jahr ein neuer Sohn not tut.«

Gunnulf blickte den Bruder an.

»Hm. Ja, ich weiß ja nicht, was unser Herrgott meint, daß euch not tut. Aber der Kristin tut wohl am meisten not, daß du freundlich gegen sie bist.«

»Ja, das tut ihr wohl not«, sagte Erlend leise.

Am nächsten Morgen ging Erlend mit seiner Frau zur Tagesmesse. Sie wollten zur Gregoriuskirche – Erlend hörte stets die Messe dort, wenn er in der Stadt war. Die beiden gingen allein, und auf dem Weg, wo der Schnee zu schweren und nassen Haufen zusammengeweht war, geleitete Erlend seine Gattin fein und höfisch an der Hand. Er hatte ihr gegenüber mit keinem Wort ihre Flucht erwähnt, und gegen Orm war er seit dem ersten Sturm immer freundlich gewesen.

Kristin ging bleich und still dahin, den Kopf ein wenig gesenkt; der lange schwarze Pelzumhang mit den silbernen Schließen schien schwer auf ihrem schmächtigen und dünnen Körper zu lasten.

»Soll ich mit dir heimreiten – dann kann Orm zu Schiff nach Hause fahren?« fragte der Mann. »Du willst wohl lieber nicht über den Fjord fahren, du ...«

»Nein, du weißt, ich gehe nur ungern auf ein Schiff.«

Das Wetter war jetzt still und lind, von den Bäumen fiel von Zeit zu Zeit die Last des schweren, nassen Schnees herab. Der Himmel hing tief und dunkelgrau über der weißen Stadt. Auf dem Schnee lag ein grüngrauer Schimmer von Nässe, und die Balkenwände der Häuser und die Zäune und Baumstämme schienen in der feuchten Luft schwarz. Kristin dünkte es, sie habe nie die Welt so kalt und bleich und verblichen gesehen.

III

Kristin saß mit Gaute auf dem Schoß und blickte von dem Hügel nördlich des Hofes ins Land hinaus. Es war solch ein schöner Abend. Der See unten lag vollkommen blank und still da und spiegelte die Höhen und die Höfe von By und die goldenen Wolken am Himmel wider. Ein starker Duft von Laub und Erde stieg nach dem Regen vom Tage zuvor auf. Das Gras unten auf den Wiesen mußte bereits kniehoch sein, und die Erde auf den Äckern war schon ganz von Grün bedeckt.

Die Luft trug weit an diesem Abend. Jetzt begannen wieder die Pfeifen und Trommeln und Geigen unten auf der Tanzwiese bei Vinjar – es klang so schön hier herauf.

Der Kuckuck schwieg oft lange Zeit, dann aber lockte er wieder irgendwo weit drüben im südlichen Wald. Und die Vögel pfiffen und sangen in allen Hainen rings um den Hof, aber nur dann und wann und leise, denn die Sonne stand noch hoch.

Brüllend und läutend kam das Vieh von dem eingezäunten Weideland oberhalb des Hofes herab.

»Nun bekommt mein Gaute bald seine Milch«, scherzte sie mit dem Kind und hob es empor. Der Knabe lag wie gewöhnlich mit dem schweren Kopf auf der Schulter der Mutter. Von Zeit zu Zeit schmiegte er sich dichter an; Kristin nahm es für ein Zeichen, daß er ihr Plaudern und ihre Schmeichelworte doch verstand.

Sie ging zu den Häusern hinunter. Vor dem Wohnhaus sprangen Naakkve und Björgulf umher und lockten die Katze, die sich vor ihnen auf das Dach gerettet hatte. Dann griffen die Knaben wieder zu dem zerbrochenen Dolch, den sie gemeinsam besaßen, und gruben weiter an dem Loch im Erdboden der Vorstube.

Dagrun kam und brachte in einer Bütte Ziegenmilch, und die Hausfrau ließ Gaute eine Schöpfkelle nach der anderen voll dieses warmen Trunkes schlürfen. Der Knabe brummte böse, wenn die Dienstfrau ihn anredete, schlug nach ihr und verbarg sich an der Brust der Mutter, wenn die Magd nach ihm greifen wollte.

»Und doch scheint es mir so, als sei er frischer geworden«, sagte die Stallmagd.

Kristin hob das kleine Gesicht mit ihrer Hand empor; es war gelbweiß wie Talg, und die Augen blickten stets müde. Gaute hatte einen großen schweren Kopf und dünne kraftlose Glieder. Acht Tage nach der Lavransmesse wurde er zwei Jahre alt, aber noch immer konnte er nicht auf seinen Füßen stehen, auch hatte er erst fünf Zähne und konnte noch kein Wort sprechen.

Sira Eiliv sagte, Gliederkrankheit sei es nicht, weder das Meßgewand noch die Altartücher hätten geholfen. Überall, wohin der Priester auch kam, fragte er um Rat für die Krankheit, die über Gaute gekommen war. Kristin wußte, daß der Priester in allen seinen Gebeten des Kindes gedachte. Aber zu ihr konnte er nichts anderes sagen, als daß sie sich demütig unter Gottes Willen beugen müsse. Und dann solle sie Gaute warme Ziegenmilch zu trinken geben.

Armer kranker Knabe! – Kristin drückte ihn an sich und küßte ihn, als die Magd gegangen war. Wie schön, wie schön er war. Sie glaubte zu sehen, daß er der Sippe ihres Vaters nachschlug, seine Augen waren dunkelgrau und das Haar hell wie Flachs, dick und seidenweich.

Jetzt fing er wieder an zu jammern. Kristin stand auf und ging mit ihm auf und ab. So klein und schmächtig er war, so war er auf die Dauer doch schwer, aber Gaute wollte nirgends anders sein als in den Armen der Mutter. So trug sie ihn denn herum und schläferte ihn ein, während sie in der dämmerigen Halle auf und nieder ging.

Draußen ritt jemand auf den Hofplatz ein. Ulf Haldorssohns Stimme dröhnte zwischen den Häusern. Kristin trat in die Tür des Vorraums, mit dem Kind auf den Armen.

»Du mußt heute abend dein Pferd wohl selber absatteln, Ulf, die Knechte sind alle beim Tanz. Es tut mir leid, daß du damit geplagt wirst, aber du mußt entschuldigen . . .«

Ulf murmelte ärgerlich etwas vor sich hin, während er absattelte. Unterdessen drängten Naakkve und Björgulf sich um ihn und wollten auf das Pferd aufsitzen dürfen, wenn es auf die Weide hinübergeführt würde.

»Nein, du mußt bei Gaute bleiben, mein Naakkve, mußt mit deinem Bruder spielen, damit er nicht weint, während ich im Küchenhaus bin.«

Der Knabe machte ein saures Gesicht. Aber gleich darauf kroch er auf allen vieren, brummte und stieß mit dem Kopf gegen den Kleinen, den Kristin neben der Tür auf ein Kissen gesetzt hatte. Die Mutter beugte sich hinab und strich Naakkve übers Haar. Er war so gut zu seinen kleinen Brüdern.

Als Kristin mit der großen Schüssel in den Armen wieder die Halle betrat, saß Ulf Haldorssohn auf der Bank und spielte mit den Kindern. Gaute war gern bei Ulf, solange die Mutter nicht zu sehen war, jetzt aber wimmerte er gleich wieder und streckte die Arme nach ihr aus. Kristin stellte das Gefäß ab und nahm Gaute zu sich.

Ulf blies den Schaum von dem frisch abgezapften Bier, trank und stocherte in den kleinen Näpfen in der großen Schüssel herum.

»Sind deine Mägde heute abend alle fort?«

Kristin erwiderte: »Es sind Geigen und Trommeln und Pfeifen gekommen, eine Schar Spielleute, die nach einer Hochzeit von Orkdal herübergewandert sind. Du kannst dir denken, als sie das erfuhren – es sind ja junge Mädchen.«

»Du läßt sie fortrennen und ausfliegen, Kristin. Ich glaube fast, du hast Angst, es könnte zum Herbst schwer sein, eine Amme zu finden.«

Unwillkürlich glättete Kristin das Kleid über ihrer schlanken Mitte. Sie war bei den Worten des Mannes dunkelrot im Gesicht geworden. Ulf lachte kurz und hart:

»Wenn du aber die ganze Zeit Gaute mit dir herumträgst, dann wird es dir wohl so gehen wie voriges Jahr. Komm her zu deinem Pflegevater, Junge, dann darfst du mit mir heute abend aus einer Schüssel essen.«

Kristin gab keine Antwort. Sie setzte ihre drei kleinen Söhne in einer Reihe auf die Bank an der anderen Wand, holte die Schüssel mit Milchgrütze herbei und zog sich einen kleinen Hocker heran. Da saß sie und fütterte die Kinder, obgleich Naakkve und Björgulf aufbegehrten; sie wollten Löffel haben und selber essen. Der eine war nun vier und der andere bald drei Jahre alt.

»Wo ist Erlend?« fragte Ulf.

»Margret wollte zum Tanz, da ging er mit ihr.«

»Es ist nur gut, daß er so viel Verstand hat, seine Tochter zu hüten«, sagte Ulf.

Wiederum gab Kristin keine Antwort. Sie zog die Kinder aus und legte sie schlafen, Gaute in die Wiege und die beiden anderen ins Ehebett. Erlend hatte sich dreingefunden, sie dort zu haben, seitdem Kristin im Jahr zuvor von der schweren Krankheit wieder aufgestanden war.

Als Ulf satt war, streckte er sich auf der Bank aus. Kristin zog den Kubbestuhl* zur Wiege hin, holte den Korb mit Wollgarnen und machte sich daran, Knäuel zu ihrem Gewebe zu wickeln, während sie leise und langsam die Wiege bewegte.

»Willst du nicht schlafen gehen?« fragte sie einmal, ohne den Kopf zu wenden. »Du bist doch wohl müde, Ulf?«

Der Mann erhob sich, legte Holz aufs Feuer und trat dann zur Hausfrau. Er setzte sich auf die Bank ihr gerade gegenüber. Kristin sah, daß er nicht so verkommen vom Zechen aussah wie sonst, wenn er einige Tage in Nidaros gewesen war.

»Du fragst nicht einmal nach Neuigkeiten aus der Stadt, Kristin?« sagte er und sah sie an, vorgebeugt und die Ellbogen auf die Schenkel gestützt.

Ihr Herz begann vor Furcht zu pochen; sie verstand aus der Miene und dem Wesen des Mannes, daß es nun wieder Neuigkeiten gab, die nicht gut waren. Doch sie antwortete mit einem sanften und ruhigen Lächeln:

»Berichte doch, Ulf, hast du etwas Neues erfahren?«

»Ach ja.« Aber er suchte erst seinen Ranzen hervor und packte die Dinge aus, die er für sie in der Stadt geholt hatte. Kristin dankte ihm.

* Kubbestuhl: Aus einem Baumstamm in einem Stück herausgeschnitzter Stuhl.

»Ich merke, daß du etwas Neues in der Stadt erfahren hast«, sagte sie nach einer Weile fragend.
Ulf blickte die junge Frau an, dann wandte er seine Augen dem bleichen, schlafenden Kind in der Wiege zu.
»Schwitzt er immer so am Kopf?« fragte er leise und strich behutsam das feuchte Haar weg. »Kristin – damals, als du mit Erlend verheiratet wurdest – der Brief, der über eure Güter zwischen euch aufgesetzt wurde, lautete der nicht dahin, daß du selber über seine Morgengabe und den Besitz, den er dir mit der Morgengabe schenkte, verfügen solltest?«
Kristins Herz klopfte stärker, sie antwortete jedoch ruhig:
»Erlend hat mich stets um Rat gefragt, Ulf, und hat stets meine Einwilligung eingeholt bei allem, was dieses Gut betraf. Handelt es sich um jene Teile des Hofes im Vertal, die er an Vigleik auf Lyng verkauft hat?«
»Ja«, antwortete Ulf. »Jetzt hat er das Schiff Hugrekken von Vigleik gekauft. Er muß nun also zwei Schiffe unterhalten. Was bleibt da für dich, Kristin?«
»Erlends Anteil an Skjervastad, zwei Stücke Land in Ulfkelstad und das, was er von Aarhammar besitzt«, sagte sie. »Du glaubst doch wohl nicht, daß Erlend dieses Besitztum ohne meinen Willen und ohne mir Erstattung dafür zu geben, verkauft hat?«
»Hm.« Ulf saß eine Weile da. »Trotzdem hast du geringere Einnahmen, Kristin. Skjervastad – von dort bekam Erlend in diesem Winter das Heu, dafür hat er dem Bauern drei Jahre lang den Zehent erlassen.«
»Erlend konnte doch nichts dafür, daß uns das Heu im vergangenen Jahr nicht trocknen wollte. Ich weiß, Ulf, du tatest alles, was du konntest, aber bei all dem Elend, das im vorigen Sommer hier herrschte ...«
»Von Aarhammar verkaufte er mehr als die Hälfte an die Schwestern in Rein, damals, als er sich darauf vorbereitete, mit dir außer Landes zu flüchten« – Ulf lachte ein wenig –, »oder gab es als Pfand – das bedeutet das gleiche bei Erlend. Frei von Kriegssteuer, die ganzen Steuern lasten auf Audun, dem Bauern jenes Hofes, der jetzt dein Eigentum heißen soll.«
»Kann er nicht vom Kloster Äcker pachten?« fragte Kristin.
»Die hat sein Nachbar, der Pächter der Schwestern, in Händen«, sagte Ulf. »Es ist schwer für die Pächter, zurechtzukommen, wenn die Güter so zerstückelt werden, wie Erlend es tut.«
Kristin schwieg. Sie wußte es nur zu gut.
»Es geht rasch bei Erlend«, fuhr Ulf fort, »das Geschlecht zu vermehren und den Besitz zu mindern.«
Als Kristin nichts antwortete, sagte er wiederum:
»Du hast bald *viele* Kinder, Kristin Lavranstochter.«
»Immer noch keines zu verlieren«, erwiderte sie, und die Stimme bebte ein wenig.

»Fürchte nichts für Gaute, er wird schon noch stark mit der Zeit«, meinte Ulf leise.
»Es geht, wie Gott will, aber es ist schwer, abzuwarten.«
Er vernahm die verborgene Leidenschaft in der Stimme der Mutter, und es kam so etwas seltsam Hilfloses über den schweren dunklen Mann.
»Es verschlägt so wenig, Kristin, vieles hast du nun hier auf Husaby erreicht, wenn aber Erlend jetzt mit zwei Schiffen draußen liegen will – ich glaube nicht so recht daran, daß im Norden Frieden werden wird, und dein Mann ist so wenig schlau, er versteht es nicht, das zu seinem Vorteil anzuwenden, was er in diesen zwei Jahren gewonnen hat. Schlechte Jahre haben wir gehabt, und du bist beständig kränklich. Soll es weiterhin so gehen, so wirst du wohl schließlich in die Knie gezwungen werden, du junge Frau. Ich habe dir hier auf dem Hof geholfen, so gut ich konnte, aber dieses andere, Erlends Unverstand . . .«
»Ja, das weiß Gott«, brach sie ab, »du bist – du bist uns der beste Verwandte gewesen, Ulf, mein Freund, und nie kann ich es dir danken oder es dir lohnen.«
Ulf erhob sich, zündete eine Kerze an der Feuerstätte an, steckte sie auf den Kerzenhalter auf dem Tisch und blieb dort stehen, den Rücken der Hausfrau zugewandt. Kristin hatte bei den letzten Worten ihre Hände in den Schoß sinken lassen, jetzt begann sie wieder Garn aufzuwickeln und mit dem Fuß die Wiege zu treten.
»Kannst du nicht deinen Leuten eine Botschaft zukommen lassen?« fragte Ulf leise. »So daß Lavrans im Herbst mit heraufreist, wenn Mutter zu dir kommen soll?«
»Ich habe nicht vorgehabt, meiner Mutter im Herbst die Mühe zu machen. Sie wird allmählich alt, und es geschieht allzuoft, daß meine schwere Stunde kommt, ich kann sie nicht jedesmal bitten, mir zu helfen.«
Sie lächelte ein wenig gezwungen.
»Tu es diesmal«, antwortete Ulf. »Und bitte deinen Vater, mitzukommen, damit du ihn in diesen Dingen um Rat fragen kannst.«
»Ich will meinen Vater nicht in diesen Dingen um Rat bitten«, sagte sie still und fest.
»Und Gunnulf?« fragte Ulf nach einer Weile. »Kannst du nicht mit ihm sprechen?«
»Es ziemt sich nicht, ihn jetzt mit solchen Dingen zu beunruhigen«, entgegnete Kristin wie zuvor.
»Meinst du, weil er ins Kloster gegangen ist?« Ulf lachte spöttisch. »Nie habe ich bemerkt, daß die Mönche sich weniger darauf verstünden, mit Besitztümern zu schalten als andere Leute.«
»Wenn du dir nirgends Rat holen willst, Kristin, dann mußt du selbst mit Erlend sprechen«, sagte er, als sie nicht antwortete. »Denke an deine Söhne, Kristin!«
Kristin saß lange still da.

»Du, Ulf, der du so gut gegen unsere Kinder bist«, sagte sie schließlich. »Mir wollte es vernünftiger scheinen, wenn du heiratetest und für deine eigenen Sachen sorgen könntest, als daß du hier umhergehst und dich mit Erlends und meinen Schwierigkeiten plagst.«
Ulf wandte sich der Frau zu. Er hielt mit den Händen die Tischkante hinter sich umklammert und sah Kristin Lavranstochter an. Noch war sie gleich rank und schlank und schön wie immer, wie sie dort saß. Ihr Gewand war aus dunklem, selbstgefärbtem Wollstoff, um ihr stilles, bleiches Antlitz jedoch lag ein feines weiches Linnen. Der Gürtel mit dem Schlüsselbund war mit kleinen Silberrosen besetzt. Auf der Brust glitzerten die beiden Ketten mit den zwei Kreuzen daran. Das größere an einer vergoldeten Kette, die beinahe bis zum Gürtel reichte, hätte sie von ihrem Vater erhalten. Darüber lag die dünne, silberne Kette mit dem kleinen Kreuz, das Orm der Stiefmutter hatte geben lassen mit der Bitte, sie möchte es stets tragen.
Immer noch war sie aus jedem Kindbett gleich schön aufgestanden, nur ein wenig stiller, mit etwas schwererer Verantwortung auf den jungen Schultern. Die Wangen ein wenig schmaler, die Augen ein wenig dunkler und ernsthafter unter der breiten, weißen Stirn, der Mund etwas weniger rot und voll. Aber wenn es so weiterging, würde sie ihren Liebreiz wohl verloren haben, noch ehe viele Jahre vergangen waren.
»Dünkt es dich nicht, Ulf, du hättest es schöner, wenn du dich auf deinem eigenen Hof niederließest?« fing sie wieder an. »Du hast noch weiteres Land in Skjoldvirkstad dazugekauft, hat mir Erlend erzählt, du besitzest bald den halben Hof. Und Isak hat nur das eine Kind – Aase ist schön und auch freundlich – eine tüchtige Frau, und sie scheint dich gern zu mögen.«
»Trotzdem will ich sie nicht haben, wenn ich sie heiraten soll«, der Mann grinste roh und lachte dazu. »Im übrigen ist Aase Isakstochter zu gut, um ...« Seine Stimme schlug um. »Ich habe nie einen anderen Vater gekannt als einen Pflegevater, Kristin, und ich glaube, es ist mir so bestimmt, daß ich auch keine anderen Kinder als Pflegekinder bekommen soll.«
»Da will ich zur Jungfrau Maria beten, daß du ein besseres Glück finden mögest, Verwandter.«
»Ich bin auch nicht mehr so jung. Fünfunddreißig Winter, Kristin«, er lachte. »Es fehlt nicht viel, daß ich dein Vater sein könnte.«
»Da müßtest du schon sündhaft früh angefangen haben«, antwortete Kristin; sie bemühte sich, leicht und heiter zu sprechen.
»Willst du dich jetzt nicht schlafen legen?« fragte Ulf gleich darauf.
»Doch, bald – aber du bist wohl müde, Ulf, du solltest zur Ruhe gehen.«
Der Mann wünschte still gute Nacht und ging hinaus.
Kristin nahm den Kerzenhalter vom Tisch und beleuchtete die beiden schlafenden Knaben in dem Schrankbett. Björgulfs Augen waren nicht

verklebt, Gott sei gedankt dafür. Das Wetter war jetzt eine Zeitlang gut gewesen. Sobald der Wind ein wenig schärfer blies oder das Wetter so schlecht war, daß die Kinder in der Stube beim Feuer bleiben mußten, bekam er tränende Augen. Lange stand sie da und betrachtete die beiden Kinder. Dann beugte sie sich über Gaute in der Wiege.

Sie waren so frisch wie junge Vögel gewesen, alle ihre drei kleinen Söhne, bis diese Seuche im vergangenen Sommer in die Täler kam. Das Scharlachfieber, es raffte die Kinder rings auf den Höfen um den Fjord dahin, daß es ein Jammer war, es zu hören und zu erfahren. Kristin hatte alle ihre Kinder behalten dürfen, alle ihre eigenen . . .

Fünf Tage und Nächte lang hatte sie beim Bett an der Südwand gesessen, wo sie alle drei lagen, mit roten Flecken am ganzen Körper und kranken, lichtscheuen Augen, die kleinen Leiber glühend heiß. Sie saß da, die Hände unter der Decke, und klopfte Björgulf auf die Fußsohlen, während sie sang und sang, bis ihre kleine Stimme nur noch ein heiseres Flüstern war.

Ritters, Ritters, Ritters Pferd
ist das beste Eisen wert
unterm hohen, hohen Huf.

Und des Herzogs, Herzogs Pferd
ist das hellste Silber wert
unterm hohen, hohen Huf.

Aber gar des Königs Pferd,
schieres Gold nur ist es wert
unterm rosenhellen Huf.

Björgulf war am leichtesten erkrankt, hielt sich aber am unruhigsten. Hörte sie auch nur eine kurze Weile zu singen auf, so wollte er sofort die Bettdecke abwerfen. Gaute – erst zehn Monate alt – war so elend daran, daß sie glaubte, er könne nicht weiterleben. Er lag an ihrer Brust in Decken und Felle eingehüllt und hatte nicht Kraft genug, um zu trinken. Sie hielt ihn auf dem einen Arm, und mit der anderen Hand klopfte sie Björgulfs Fußsohlen.

Dann und wann, wenn es sich so traf, daß sie alle drei kurze Zeit schliefen, legte Kristin sich zu ihnen auf den Bettrand, in allen Kleidern. Erlend kam und ging und betrachtete seine drei kleinen Söhne mit ratlosen Blicken. Er versuchte ihnen vorzusingen, aber sie machten sich nichts aus der schönen Stimme des Vaters – die Mutter sollte singen, obwohl sie keine Singstimme hatte.

Die Dienerinnen kamen und redeten der Herrin zu, sie solle sich schonen, die Männer erkundigten sich, Orm versuchte den kleinen Brüdern etwas vorzuspielen. Seine Tochter hatte Erlend auf Kristins Rat ins Oestertal gesandt, aber Orm wollte auf Husaby bleiben; er war ja jetzt auch erwachsen. Sira Eiliv saß am Bett der Kinder, wenn er nicht unterwegs bei Kranken war. Der Priester sorgte und kümmerte sich seine ganze Wohlbeleibtheit herunter, die er sich auf Husaby zugelegt hatte; es packte ihn hart an, so viele schöne Kinder sterben zu sehen. Auch einige Erwachsene starben.

Dann eines Abends waren alle Kinder so viel besser, daß Kristin ihrem Gatten versprach, diese Nacht die Kleider abzulegen und zu Bett zu gehen; Erlend erbot sich, zusammen mit den Mägden zu wachen und sie zu rufen, wenn es notwendig sein sollte. Aber bei der Abendmahlzeit sah sie, daß Orm einen flammend roten Kopf hatte, seine Augen leuchteten im Fieber. Er sagte, es sei nichts, aber plötzlich fuhr er auf und lief hinaus. Als Erlend und Kristin ihm nachgingen, stand er auf dem Hofplatz und erbrach sich.

Erlend umschlang den Knaben. »Orm – mein Sohn – bist du krank?«

»Mein Kopf schmerzt mich so sehr«, klagte der Knabe und ließ das Haupt schwer auf die Schulter des Vaters sinken.

So wachten sie denn die Nacht hindurch bei Orm. Fast die ganze Zeit lag er da und redete irr, schrie laut und schlug mit den langen Armen um sich, als sehe er furchtbare Dinge. Was er sagte, konnten sie nicht verstehen.

Am Morgen brach Kristin zusammen. Es zeigte sich, daß sie wieder in der Hoffnung gewesen war, nun ging es ihr sehr schlecht, und eine Zeitlang lag sie fast wie in Todesschlaf versunken da, und danach wurde sie von einem schweren Fieber befallen. Orm hatte über zwei Wochen im Grabe gelegen, ehe sie etwas von dem Tod des Stiefsohnes erfuhr.

Da war Kristin so schwach, daß sie nicht einmal richtige Trauer empfinden konnte. Sie war so blutlos und matt, daß nichts ihr naheging, und fand es gut, dazuliegen und nur mit halbem Bewußtsein zu leben. Sie hatte eine entsetzliche Zeit hinter sich, in der die Frauen kaum wagten, sie zu berühren, zu pflegen und rein zu halten, aber in der Fieberverwirrung verschwamm dies alles für sie. Jetzt tat es gut, die Pflege zu genießen. Rings um ihr Bett hingen viele duftende Kränze aus Bergblumen, zur Abwehr gegen die Fliegen, die Leute hatten sie von den Almen herabgesandt, und wenn Regen zu erwarten war, rochen die Blumen besonders süß. Eines Tages brachte Erlend die Kinder zu ihr, Kristin sah, wie sehr die Seuche ihnen zugesetzt hatte und daß Gaute die Mutter nicht wiedererkannte, aber selbst das schmerzte noch nicht. Sie fühlte nur stets Erlends Nähe.

Er ging jeden Tag zur Messe und kniete bei Orms Grab und betete. Der Friedhof war bei der Pfarrkirche auf Vinjar, aber einige kleine Kinder des Geschlechtes waren in der Kirche auf Husaby beigesetzt – zwei Brüder Erlends und eine kleine Tochter von Munan Bischofssohn. Kristin hatte es oft leid getan um diese Kleinen, die so ganz allein unter den Steinfliesen lagen. Jetzt hatte Orm Erlendssohn seine letzte Ruhestätte zwischen diesen Kindern gefunden.

In jener Zeit, in der man für Kristins Leben bangte, kamen die Bettlerscharen, die zum Olavstag nach Nidaros wanderten, durch die Gemeinde gezogen. Es waren fast jedes Jahr dieselben Weiber und Männer. Die Menschen waren stets freigebig gegen die Armen, da deren Fürbitten besonders kräftig sein sollten. Und die Bettler hatten sich im Lauf der Jahre, seit Kristin auf Husaby lebte, zur Gewohnheit gemacht, nach Skaun herüberzukommen; sie wußten, sie bekamen auf diesem Hof ein Nachtlager, reichlich zu essen und Almosen, ehe sie weiterzogen. Jetzt wollte das Gesinde die Armen fortweisen, weil die Herrin krank lag. Als aber Erlend, der die beiden letzten Sommer im Norden gewesen war, erfuhr, daß seine Frau diese Bettler so liebevoll aufzunehmen pflegte, befahl er, man solle sie alle beherbergen und so bewirten, wie Kristin es getan hatte. Und am Morgen begab er sich selbst unter die Schar, half einschenken und ihnen das Essen herbeitragen, gab ihnen selbst Almosenspenden und bat sanftmütig um ihre Fürbitte für sein Weib. Viele von den Bettlern weinten, als sie hörten, daß die sanfte junge Frau auf den Tod krank liege.

Dies hatte Sira Eiliv ihr erzählt, als sie frischer wurde. Erst gegen Weihnachten war sie so weit gekräftigt, daß sie selbst wieder ihre Schlüssel an sich nehmen konnte.

Als Kristin krank geworden war, hatte Erlend sogleich ihren Eltern Nachricht gesandt. Lavrans und Ragnfrid waren jedoch um jene Zeit südlich im Lande bei einer Hochzeit auf Skog. Später kamen sie nach Husaby; da ging es Kristin schon besser, aber sie war so müde, daß sie nicht viel mit ihnen zu sprechen vermochte. Am liebsten war es ihr nur immer, Erlend an ihrem Bett zu haben.

Schwach und leicht fröstelnd und blutarm schmiegte sie sich an seinen gesunden Körper. Das alte Feuer im Blut war verschwunden, so sehr verschwunden, daß sie sich nicht mehr daran erinnern konnte, wie es war, so zu lieben; aber mit diesem Feuer war auch die Unruhe und Bitterkeit der letzten Jahre verschwunden. Es dünkte sie, jetzt habe sie es gut. Obwohl die Trauer um Orm schwer auf ihnen beiden lag und Erlend nicht begriff, wie sehr sie für den kleinen Gaute fürchtete, ging es ihr doch jetzt so gut bei ihm. Er hatte solche Angst gehabt, sie zu verlieren, dies war ihr klargeworden.

Schwierig und schmerzlich war es da, jetzt mit ihm sprechen zu sollen, an etwas zu rühren, was den Frieden und die Freude zwischen ihnen stören konnte.

Sie stand in der hellen Sommernacht vor der Tür zum Wohnhaus, als die Leute vom Tanz heimkehrten. Margret hing am Arm des Vaters. Sie war so reich geschmückt und angetan, daß es besser zu einer Hochzeit getaugt hätte als zu einem Tanz auf der Wiese, wo alle möglichen Leute zusammentrafen. Aber die Stiefmutter hatte vollkommen aufgehört, sich in die Erziehung des Mädchens einzumischen. Erlend sollte mit seiner eigenen Tochter tun und lassen, was er wollte.

Sie waren durstig, Erlend und Margret, und Kristin holte Bier für sie.

Das Mädchen saß da und erzählte, sie und die Stiefmutter waren jetzt gute Freunde, da diese nicht mehr versuchte, sie zu belehren. Erlend lachte über alles, was die Tochter vom Tanz erzählte. Endlich aber begaben Margret und ihre Magd sich in den Dachraum hinauf, um schlafen zu gehen.

Der Mann fuhr fort, in der Stube auf und ab zu wandern; er dehnte sich, gähnte, sagte jedoch, er sei nicht müde. Mit den Fingern durch sein langes schwarzes Haar streichend, sagte er:

»Es war keine Zeit dazu, als wir aus der Badestube kamen, wegen dieses Tanzes – ich meine, du solltest mir jetzt das Haar schneiden, Kristin, so kann ich doch am Sonntag nicht umhergehen.«

Kristin wandte ein, es sei doch dunkel, aber Erlend lachte und deutete zum Rauchloch hinauf; es war bald schon wieder Tag. Da zündete sie das Licht noch einmal an, hieß ihn sich setzen und legte ein Tuch um seine Schultern. Während sie schnitt, rückte er hin und her, kitzelig, und lachte, wenn die Schere seinem Halse nahe kam.

Sorgfältig las sie das abgeschnittene Haar auf und verbrannte es auf der Feuerstätte, schüttelte auch das Tuch über den Flammen aus. Dann kämmte sie Erlends Haar glatt zurück und schnippte da und dort, wo die Kante nicht ganz gleichmäßig war, mit der Schere etwas weg.

Erlend ergriff ihre Hände, wie sie so hinter ihm stand, legte sie um seinen Hals und blickte mit lächelndem, zurückgebogenem Antlitz zu ihr auf: »Du bist müde«, sagte er dann, ließ sie los und erhob sich mit einem kleinen Seufzer.

Erlend segelte gleich nach Mittsommer nach Björgvin. Er war sehr ungehalten darüber, daß seine Frau wieder nicht imstande war, mit ihm zu reisen. – Sie lächelte müde: sie hätte ja trotzdem nicht von Gaute fortgehen können.

So saß Kristin auch diesen Sommer allein auf Husaby. Nur gut, daß sie dieses Jahr das Kind nicht vor der Matthiasmesse* erwartete; es verursachte so viel Ungelegenheiten für sie und auch für die Frauen, die bei ihr sein sollten, wenn diese Tage gerade in die Erntezeit fielen.

Kristin fragte sich, ob das nun beständig so weitergehen solle. Die Zeiten waren jetzt anders als in ihrer Jugend. Vom Dänenkrieg hatte sie ihren Vater erzählen hören, und sie erinnerte sich der Zeit, da er von daheim fort war, um dem Heereszug gegen Herzog Eirik zu folgen. Von jenem Krieg hatte er die großen Narben auf dem Körper heimgebracht. Aber zu Hause in den Tälern war trotzdem alles gleichsam so weit vom Krieg entfernt, dorthin würde der Krieg wohl nie mehr kommen, das dachten gewiß alle. Die meiste Zeit war Frieden, und der Vater lebte daheim, verwaltete seine Besitztümer, dachte und sorgte für sie alle.

Jetzt herrschte stets Unruhe; alle redeten von Unfrieden und Aufgebot

* Matthiasmesse: 21. September

und Reichsverwaltung. In Kristins Kopf vermischte sich das alles mit dem Bild vom Meer und der Küste, das sie jenes einzige Mal gesehen hatte, als sie nach dem Norden heraufgezogen war. Von der Küste kamen sie, und nach der Küste fuhren sie, geistliche und weltliche Herren, den Kopf voller Absichten, Pläne, Gegenpläne und Überlegungen. Seiner hohen Geburt und seinem Reichtum nach gehörte auch Erlend zu ihnen. Aber sie fühlte, daß er so halb und halb außerhalb dieses Kreises stand.

Kristin grübelte und dachte darüber nach, was die Ursache für diese Stellung ihres Gatten sein mochte. Wofür nahmen ihn eigentlich seine Standesgenossen?

Als er nur der Mann war, den sie liebte, hatte sie nie nach solchen Dingen gefragt. Wohl hatte sie gesehen, daß er jäh und heftig und unbedachtsam war und eine besondere Gabe hatte, sich unklug zu verhalten. Aber damals hatte sie für alles eine Entschuldigung gewußt, hatte sich nie mit der Frage beschäftigt, was seine Sinnesart wohl einmal über sie beide bringen könnte. Wenn sie einander erst heiraten durften, würde alles anders werden – so hatte sie sich getröstet. Bisweilen dämmerte es ihr selbst, daß sie seit jener Stunde zu denken angefangen hatte, da sie begriff, sie hätten einem Kinde das Leben gegeben. Wieso war Erlend, den die Leute rings im Tale leichtsinnig und unklug nannten, ein Mann, auf den sich niemand verlassen konnte?

Sie hatte sich auf ihn verlassen. Sie dachte an den Dachraum in Brynhilds Haus, sie erinnerte sich, wie das Band zwischen ihm und der anderen schließlich zerrissen wurde. Sie gedachte seines Verhaltens zu jener Zeit, da sie seine Verlobte geworden war. Aber er hatte an ihr festgehalten, allen Demütigungen und abschlägigen Antworten zum Trotz; sie hatte gesehen, er wollte sie auch nicht um alles Gold der Erde verlieren.

Sie mußte an Haftor auf Godöy denken. Der hatte sie stets mit Dummheiten und Schmeicheleien verfolgt, wenn sie zusammentrafen, und sie hatte sich nie darum bekümmert. Es war wohl nur seine Art zu scherzen. Sie konnte es auch jetzt nicht anders glauben; sie hatte den munteren, schönen Mann gerne gemocht – ja, sie mochte ihn jetzt noch. Aber daß jemand so etwas nur als Scherz nehmen konnte, nein, das begriff sie nicht.

Sie hatte Haftor Graut bei den Königsfestlichkeiten in Nidaros wieder getroffen, und er hatte sich auch hier stets in ihrer Nähe gehalten, wie er immer zu tun pflegte. Eines Abends gelang es ihm, sie mit sich in einen Dachraum zu ziehen, und sie legte sich mit ihm auf ein Bett, das dort stand. Sie konnte sich nicht vorstellen, daß sie in ihrer Heimat so etwas getan hätte; dort war es nicht Brauch bei den Festgelagen, daß Männer und Frauen so zu zweit sich absonderten. Hier aber taten es alle, niemand schien es unziemlich zu finden, es sollte wohl eine fremdländische Rittersitte sein. Als sie hereinkamen, lag Frau Elin, Herrn Erlings Gemahlin, mit einem schwedischen Ritter auf einem anderen

Bett; sie redeten über die Ohrenschmerzen des Königs, wie man hören konnte. – Der Schwede sah erfreut aus, als Frau Elin aufstehen und wieder in die Halle zurückkehren wollte.

Als Kristin merkte, daß es Haftor voller Ernst war mit dem, worum er bat, während sie so dalagen und sich unterhielten, war sie vor Erstaunen nicht dazu gekommen, zu erschrecken oder auch nur gehörig böse zu sein. Haftor und sie waren doch beide verheiratet, beide hatten sie Kinder mit ihrem Ehegemahl. Sie hatte wohl nicht so ganz daran geglaubt, daß so etwas wahr sein, so etwas wirklich geschehen könnte. Trotz allem, was sie selbst getan und erlebt hatte – nein, daß so etwas geschehen könnte, hatte sie nicht geglaubt. Voller Lachen und munter und einschmeichelnd war Haftor gewesen; sie brachte es nicht fertig, sich zu sagen, er habe sie verführen wollen; so ernsthaft war er nicht gewesen. Aber er hatte sie doch dazu bringen wollen, die schlimmste Sünde zu begehen.

Er verließ das Bett, sobald sie ihn gehen hieß, er war zahm geworden, schien jedoch mehr erstaunt als beschämt. Und er fragte ganz ungläubig, ob sie wirklich meine, daß verheiratete Leute nie untreu seien. – Sie müsse doch schließlich wissen, nur wenige Männer könnten von sich sagen, sie hätten nie eine Buhlerin gehabt. Die Frauen seien vielleicht ein wenig besser, aber ...

»Habt Ihr an alles geglaubt, was die Priester von Sünden und ähnlichem predigen, auch damals, als Ihr noch ein junges Mädchen wart?« fragte er. »Dann verstehe ich nicht, Kristin Lavranstochter, wie es zugehen konnte, daß Erlend seinen Willen bei Euch bekam.«

Er hatte ihr ins Gesicht gesehen, und ihre Augen mußten wohl gesprochen haben, obgleich sie nicht für viel Gold mit Haftor über dieses hätte reden mögen. Denn seine Stimme klang singend hell vor Erstaunen, als er sagte:

»Ich glaubte immer, so etwas würde nur erdichtet – in Liedern.«

Sie hatte niemand gegenüber diese Sache erwähnt, auch nicht Erlend gegenüber. Er konnte Haftor gut leiden. Und wenn es auch entsetzlich war, daß es Menschen gab, die so leichtfertig sein konnten wie Haftor Graut, so hatte sie doch nicht das Empfinden, es ginge sie dies etwas an. Haftor hatte auch von da an nicht mehr den Versuch gemacht, sich an sie heranzudrängen; jetzt saß er nur da und starrte sie mit weit offener Verwunderung in seinen meerblauen Augen an, wenn er und Kristin zusammentrafen.

Nein, war Erlend leichtsinnig, so war er es jedenfalls nicht auf diese Art. Und war er wirklich so unklug? dachte sie. Sie sah, daß die Leute manchmal, wenn er etwas sagte, stutzten und hinterher die Köpfe zusammensteckten. In Erlend Nikulaussohns Reden stak oft viel Wahrheit und Richtigkeit. Doch sah er niemals das, was die anderen Herren nie aus den Augen verloren – die vorsichtige, hinterhältige Klugheit, mit der sie einander bewachten. Ränke nannte es Erlend und brach in sein übermütiges Gelächter aus, das die Leute ein wenig

reizte, sie auf die Dauer aber doch entwaffnete. Sie lachten dann auch, schlugen ihm auf die Schulter und sagten, er sei zwar sehr scharfsichtig, aber auch kurzsichtig.
Dann machte er seine eigenen Worte mit übermütigem und gedankenlosem Scherz wieder zunichte. Und die Leute vertrugen bei Erlend viel von dieser Art. Dunkel ahnte sein Weib und fühlte sich dabei gedemütigt, weshalb alle mit seinem unbedachten Mundwerk Nachsicht hatten. Erlend ließ sich zurückschrecken, sobald er einem Mann begegnete, der an einer Ansicht festhielt; selbst wenn er diese Meinung unmöglich für klug halten konnte, verließ er doch seinen eigenen Standpunkt in allem und jedem, deckte aber seinen Rückzug mit losem Geschwätz über den andern. Und die Leute waren damit zufrieden, daß Erlend diese innere Feigheit besaß; so unbesonnen er im übrigen mit seinem eigenen Wohl und Wehe umging, so abenteuerlustig er war, so tollkühn verliebt in jede Gefahr, der man mit Waffenmacht entgegentreten konnte. Sie brauchten sich trotzdem nicht von Erlend Nikulaussohn beunruhigen zu lassen.
Im Jahr zuvor war der Reichsverweser gegen Ende des Winters in Nidaros gewesen und mit ihm der kleine König. Kristin hatte das große Fest im Königshof besucht. Still und würdig hatte sie mit ihrem seidenen Kopftuch, mit ihrem schönsten Schmuck über dem roten Brautgewand zwischen den höchstgeborenen Frauen gesessen. Mit wachen Augen hatte sie das Betragen ihres Gatten unter den Männern beobachtet, hatte ausgespäht und gelauscht und darüber nachgedacht, wie sie überall spähte und lauschte und nachdachte, wohin sie auch mit Erlend kam und wo sie merkte, daß die Leute über Erlend sprachen.
Gar manches hatte sie erfaßt. Herr Erling Vidkunssohn war bereit, alles dafür einzusetzen, um die Herrschaft Norwegens bis zum Gandviksmeer hinauf zu behaupten, um Haalogaland zu schützen und zu schirmen. Aber Rat und Ritterschaft standen gegen ihn und wollten nichts Ernstliches unternehmen. Der Erzbischof selbst und die Priesterschaft im Erzbistum waren nicht abgeneigt, die Sache mit Geldmitteln zu unterstützen – das wußte sie durch Gunnulf –, aber die übrigen Männer der Kirche im ganzen Lande widersetzten sich, obgleich es einen Krieg mit Gottes Widersachern, Ketzern und Heiden, galt. Die Vornehmen arbeiteten gegen den Reichsverweser, jedenfalls hier im Trondheimischen. Sie hatten es sich zur Gewohnheit gemacht, über die Worte der Gesetzbücher und der Krone ein wenig hinwegzugehen, und es behagte ihnen nur schlecht, daß Herr Erling in diesen Stücken den Geist seines seligen Verwandten, König Haakons, so scharf zur Geltung brachte. Aber nicht um dieser Dinge willen wollte Erlend sich nicht so verwenden lassen, wie es, soviel sie jetzt verstand, in der Absicht des Reichsverwesers gelegen hatte. Erlend fühlte sich von dem ernsthaften und würdigen Wesen des anderen gelangweilt, und da rächte er sich, indem er ein wenig über seinen mächtigen Verwandten spottete.

Kristin glaubte Herrn Erlings Stellung zu Erlend jetzt zu verstehen. Einerseits besaß der Reichsverweser eine Art Vorliebe für Erlend von ihrer gemeinsamen Jugend her, und andererseits hatte er wohl gedacht, gelänge es ihm, den vornehmen und kühnen Herrn auf Husaby zu gewinnen, der aus der Dienstzeit unter Graf Jacob auch einige Erfahrung in der Kriegskunst besaß, jedenfalls mehr als die meisten der anderen, die immer nur daheim auf ihren Höfen saßen, so könnte dies sowohl für seinen eigenen Plan als auch für Erlends Wohlergehen von Nutzen sein. Aber dahin war es also nicht gekommen.

Zwei Sommer hatte Erlend bis in den späten Herbst hinein draußen gelegen, war in den Gewässern der langen Nordküste umhergekreuzt und hatte mit den vier kleinen Fahrzeugen, die seiner Fahne folgten, auf die Räuberschiffe Jagd gemacht. Er war ganz oben im Norden, in Tana, an Land gegangen, um in einer norwegischen Neusiedlung frische Lebensmittel zu holen, gerade als die Karelen dort im Begriff waren, zu plündern, und mit der Handvoll Leute, die mit ihm an Land gekommen waren, hatte er achtzehn der Räuber gefangen und sie an dem Firstbalken der halbverbrannten Scheune aufgehängt. Er hatte eine Schar Russen niedergehauen, die ins Gebirge fliehen wollte, hatte irgendwo draußen zwischen den Schären einige feindliche Schiffe ausgeräumt und verbrannt. Im Norden gingen Gerüchte von seinem raschen Wagemut; seine Untergebenen aus dem Trondheimischen und aus Möre liebten ihren Anführer um seiner Abgehärtetheit willen und weil er bereit war, alle Mühsal und alle Härten des Lebens mit seiner Mannschaft zu teilen. Er hatte Freunde gewonnen, sowohl unter den kleinen Leuten als auch unter den jungen Söhnen der Großen nördlich in Haalogaland, wo die Menschen sich nun beinahe daran gewöhnt hatten, ihre eigenen Küsten allein verteidigen zu müssen.

Aber trotzdem gereichte Erlend dem Reichsverweser nicht zur Hilfe bei seinen Plänen für einen großen Kreuzzug nach Norden. Im Trondheimischen prahlten zwar die Leute mit seinen Taten im Kampfe gegen die Russen – wenn die Rede hierauf kam, erinnerten sie sich gerne daran, daß er ihr Landsmann war: Ja, es hatte sich da gezeigt, daß in den jungen Burschen hier am Fjord noch die alte gute Art steckte! Aber was Erlend von Husaby auch sagte und was er auch tat, nie war es etwas, das erwachsene und verständige Männer verpflichten konnte.

Sie sah, daß Erlend auch weiterhin zu den Jungen gezählt wurde. Obgleich er ein Jahr älter war als der Reichsverweser. Sie verstand, es sagte vielen sehr zu, daß er so war und daß seine Worte und seine Taten als Ratschlag und Handlungsweise eines jungen, unbesonnenen Mannes hingestellt werden konnten. Auf diese Weise war er beliebt und verwöhnt, und man prahlte mit ihm, ohne ihn doch als vollberechtigten Mann zu nehmen. Und sie sah, wie bereitwillig er es auf sich nahm, der zu sein, zu dem ihn seine Standesgenossen machen wollten.

Er war für den Russenkrieg, er sprach über die Schweden, die sich mit den Norwegern in den König teilten. Sie wollten die norwegischen

Herren und Ritter nicht als ebenbürtige Adelsmänner anerkennen. Hatte man etwa, solange die Welt bestand, je in irgendeinem Lande von den Adeligen in anderer Weise Kriegsgefolgschaft verlangt, als daß sie auf ihren eigenen Pferden reiten und ihren eigenen Schild in der Schlacht führen sollten? Kristin wußte, dies war ungefähr das gleiche, was ihr Vater damals auf dem Thing in Vaage ausgesprochen hatte, und er hatte es Erlend vorgehalten, als dieser keine Lust dazu fühlte, sich den Plänen Munan Baardssohn zu entziehen. Nein, sagte Erlend jetzt, und er führte das mächtige Geschlecht seines Schwiegervaters drinnen im Gebirge an, er wisse zu genau, wofür die schwedischen Herren die Norweger ansähen. »Wenn wir nicht zeigen, wozu wir taugen, dann kann man uns bald nur noch für Mündel der Schweden rechnen.«

Ja, meinten die Leute, es sei etwas Wahres daran. Aber dann sprachen sie wieder über den Reichsverweser. Erling hatte das Seine dort oben zu schützen, für das er besorgt sein mußte; die Karelen hatten in dem einen Jahr Bjarkö über dem Kopf seines Verwalters angezündet und die Bauern beraubt. Und Erlend schlug um und scherzte – Erling Vidkunssohn denke wohl nicht an das Seine, dessen sei er gewiß. Erling sei ein so edler, feiner und vornehmer Ritter, man hätte keinen prächtigeren Mann finden können, um ihn an die Spitze des Ganzen zu stellen. Bei Gott, Erling sei so ehrenhaft und ehrwürdig wie der schönste goldene Buchstabe vorne im Gesetzbuch. Die Leute lachten und hielten sich weniger an Erlends Lobesworte über die Rechtschaffenheit des Reichsverwesers als daran, daß Erlend ihn mit einem vergoldeten Buchstaben verglichen hatte.

Nein, sie nahmen Erlend nicht ernst, selbst jetzt nicht, da er doch auf eine gewisse Art geehrt wurde. Aber in jener Zeit, da er, jung und trotzig und verzweifelt, ein Hurenleben führte und die Frau des andern trotz königlichem Gebot und Kirchenbann nicht fortschicken wollte, damals hatten sie ihn ernst genommen, hatten sich in tiefer Entrüstung über sein gottloses und schändliches Leben von ihm abgewandt. Das war jetzt vergessen und vergeben – und Kristin verstand, es lag eine gewisse Dankbarkeit darin, wenn ihr Gatte sich jetzt so willig fügte und so war, wie die Leute ihn gerne haben wollten; er hatte wohl bitter gelitten in jener Zeit, da er aus dem Kreise seiner Genossen daheim ausgestoßen war. Ach – sie mußte an ihren Vater denken, wenn er – mit einem ganz leisen Achselzucken – untüchtigen Männern Zins und Schulden erließ. Es sei Christenpflicht, mit denen Nachsicht zu üben, die nicht für sich einstehen könnten. War dies die Art, auf die man Erlend seine Jugendsünden verziehen hatte?

Er hatte die Verantwortung für seine Sünde getragen, bis er sie, Kristin, traf und sie ihm lernbereit in neue Sünden folgte. War denn sie es, die ...

Aber Erlend hatte für sich eingestanden, damals, als er mit Eline lebte. Nein. Nun wurde ihr vor ihren eigenen Gedanken angst.

Und sie gab sich Mühe, allen Kummer und alle Sorgen um Dinge, in die sie nicht eingreifen konnte, zu verscheuchen. Sie wollte nur an das denken, bei dem sie durch ihre Umsicht etwas ausrichten konnte. Alles andere mußte sie in Gottes Hände legen. Gott hatte ihr überall geholfen, wo ihr eigenes Streben nicht helfen konnte. Husaby war jetzt so weit in die Höhe gebracht, daß es bald ein guter Hof werden konnte wie früher – trotz der schlechten Jahre. Drei gesunde, schöne Söhne hatte Gott ihr gegönnt – jedes Jahr hatte der Herr ihr das Leben von neuem geschenkt, wenn sie in Kindesnöten dem Tode begegnen mußte; mit voller Gesundheit hatte er sie von jedem Kindbett wiederum aufstehen lassen. Alle ihre drei süßen Kleinen hatte sie im vergangenen Jahr behalten dürfen, als die Krankheit so viele schöne Kinder in den Gemeinden hinwegraffte. Und Gaute – Gaute würde gesund werden, das glaubte sie bestimmt.
Es verhielt sich wohl so, wie Erlend sagte; er mußte ein so kostspieliges Leben führen, wie er es tat. Sonst konnte er sich unter seinen Standesgenossen nicht hervortun und jene Rechte und Einnahmen von der Krone erzielen, zu denen ihn seine Geburt berechtigte. Sie mußte eben glauben, daß er dies besser verstünde als sie.
Es war unvernünftig, sich vorzustellen, es hätte in irgendeiner Weise besser um ihn gestanden damals, da er in Sündenketten mit einer anderen lebte – und mit ihr selbst. Immer deutlicher und deutlicher sah sie sein Gesicht in jener Zeit vor sich – verheert von Sorgen, verzerrt von Leidenschaft. Nein, nein, es war gut so, wie es jetzt war. Er war nur ein wenig zu sorglos und unbedacht.
Erlend kam kurz vor der Mikkalsmesse heim. Er hatte gehofft, Kristin im Bett zu finden, aber sie ging immer noch umher. Sie kam ihm unten auf dem Weg entgegen. Diesmal war ihr Gang entsetzlich schwerfällig, aber wie immer trug sie Gaute auf dem Arm; die beiden größeren Söhne liefen vor ihr her.
Erlend sprang vom Gaul und setzte die Knaben in den Sattel. Dann nahm er der Gattin den jüngsten Sohn ab und wollte ihn tragen. Es leuchtete in Kristins weißem, abgezehrtem Gesicht auf, als Gaute sich nicht vor dem Vater fürchtete, so erkannte der Knabe ihn wohl wieder. Sie erkundigte sich nicht nach den Erlebnissen des Mannes, sondern sprach nur von den vier Zähnen, die Gaute bekommen hatte, die hatten ihn so krank gemacht.
Dann brach der Knabe in ein Geschrei aus; er hatte sich die Wange an des Vaters Brustschließe blutig gerissen. Nun verlangte er wieder zur Mutter zurück, und sie wollte ihn nehmen, sosehr auch Erlend dagegen war.
Erst am Abend, als sie allein in der Halle saßen und die Kinder schliefen, fragte Kristin ihren Mann nach seiner Björgvins-Fahrt, als sei dies etwas, dessen sie sich erst jetzt erinnere.
Erlend blickte seine Frau heimlich an. Arme liebste Freundin, sie sah so elend aus. Dann erzählte er zuerst allerlei Kleinigkeiten. Erling

hatte ihn gebeten, sie zu grüßen und ihr dieses hier zu geben; es war ein Bronzedolch, von Grünspan verzehrt. Sie hatten ihn draußen auf Giske in einem Geröll gefunden. So etwas helfe gegen Gliederkrankheit, sagte man; wenn es das war, woran Gaute litt, sollte sie es in die Wiege legen. Kristin hüllte den Dolch wieder in das Tuch, erhob sich mühsam und ging zur Wiege. Sie legte das Bündel zu all dem anderen, das unter den Kissen lag, eine Steinaxt, die man im Erdboden gefunden hatte, ein Bibergeil, Kreuze aus Bast geflochten, Silber und Feuerstahl, Wurzeln von Marienhand und Olavsbart.

»Leg dich jetzt, meine Kristin«, bat Erlend liebevoll. Er kam herzu und zog ihr Schuhe und Strümpfe aus. Währenddessen erzählte er ihr.

Haakon Ogmundssohn war zurückgekommen, und der Frieden mit den Russen und Karelen war geschlossen und besiegelt. Er selbst würde nun im Herbst nach Norden fahren. Denn es war wohl kaum anzunehmen, daß dort so schnell Ruhe herrschen würde. Es wurde daher notwendig, daß auf Vargöy ein Mann saß, der das Land kannte. Ja, er war dort als Burghauptmann des Königs mit aller Vollmacht ausgerüstet, die Burg mußte stärker befestigt werden, damit der Friede dort oben bei den neuen Landesgrenzen verteidigt werden konnte.

Erlend sah seiner Frau gespannt ins Gesicht. Sie schien ein wenig erschrocken, aber sie fragte nicht viel, und es war klar, daß sie nicht ganz begriff, was diese Nachrichten bedeuteten. Er sah, wie müde sie war, darum sprach er nicht mehr weiter davon, sondern blieb noch eine Weile auf dem Bett bei ihr sitzen.

Er selbst wußte, was er auf sich genommen hatte. Er lachte still vor sich hin, während er beim Auskleiden hin und her ging. Das bedeutete kein Daheimsitzen mit dem silbernen Gürtel um den Wanst, kein Biergelage für Freunde und Verwandte, da konnte man nicht seine Nägel fein und gleichmäßig beschneiden, während man seine Lehensmänner und Unteranführer dahin und dorthin schickte, so wie es hier südlich im Lande die Burghauptleute des Königs trieben. Die Burg auf Vargöy war nun aber auch eine Festung von eigener Art.

Lappen, Russen, Karelen und ein gemischtes Gezücht von allerlei Trollpack, Zauberern, Heidenhunden und Lieblingslämmern des Teufels, denen beigebracht werden sollte, den Sendboten des Reiches Zins und Zehent zu entrichten und die norwegischen Heimstätten, die in einem Umkreis wie von hier nach Möre zerstreut lagen, in Frieden zu lassen. Frieden – vielleicht konnte dort oben mit der Zeit einmal Landfrieden werden – solange seine Zeit dort währte, war wohl nur dann mit Frieden zu rechnen, wenn der Teufel in der Messe war. Und außerdem hatte er seine eigenen, verwegenen Tollköpfe im Zaum zu halten. So gegen den Frühling zu, wenn sie anfingen, von der Dunkelheit und dem Sturm, dem Höllenlärm des Meeres und der Kälte den Kopf zu verlieren und wenn es schmal herging mit Mehl und Butter und Getränken und sie sich um ihre Weiber rauften und das Leben auf der Insel kaum mehr auszuhalten war. Er hatte ein wenig davon zu sehen bekommen, als er mit Gissur Galle als Junge dort oben war. Ho, ho, dort konnte man sich nicht auf die faule Haut legen!

Jetzt saß Ingolf Peit dort, er war ganz tüchtig. Aber Erling hatte vollkommen recht: dort oben mußte ein Mann aus der Ritterschaft sich der Dinge annehmen; vorher würde niemand begreifen, daß es der feste Wille des norwegischen Königs war, seine Herrschaft über dieses Land zu behaupten. Ho, ho, in diesem Land würde er sein wie eine Nähnadel in einem Webstück. Weit und breit keine norwegische Ansiedlung bis ganz hinunter nach Malang.

Ingolf war ein tüchtiger Mann – wenn er einen über sich hatte. Erlend würde Ingolf die Führung über Hugrekken überlassen. Margygren war das prächtigste Schiff, das hatte er jetzt erkannt. Erlend lachte leise und glücklich. Er hatte es so oft zu Kristin gesagt – *diese* Nebenfrau mußte sie ertragen.

Er erwachte davon, daß im Finstern ein Kind schrie. Er hörte, wie Kristin sich drüben im Bett an der anderen Wand rührte und leise und beruhigend redete; es war Björgulf, der jammerte. Es kam öfters vor, daß der Knabe nachts erwachte und ihm die Augen ganz zugeklebt waren, dann feuchtete die Mutter sie mit der Zunge an. Erlend hatte stets gefunden, dies sei schrecklich anzusehen.

Kristin summte leise da drüben. Der kleine dünne Ton quälte ihn.

Erlend entsann sich, was er geträumt hatte. Er ging irgendwo an einem Strand entlang; es war Ebbe, und er sprang von Stein zu Stein. Weit draußen lag das Wasser bleich und glänzend und leckte im Tang, es war wie in einer stillen, bewölkten Sommernacht, keine Sonne. Vor der silberhellen Fjordöffnung sah er das Schiff vor Anker liegen, schwarz und schlank, wie es sich ganz leise auf den Wellen wiegte. Es roch so heidnisch herrlich nach See und Algen . . .

Das Herz wurde ihm krank vor Sehnsucht. Jetzt in der Finsternis der Nacht, wie er so hier im Gastbett lag und ihm der einförmige Ton der Ammenweise im Ohr bohrte, jetzt empfand er, wie er sich sehnte. Fort von daheim und den Kindern, von denen das Haus überquoll, fort von allem Gerede über Hofwirtschaft, Gesinde, Pächter und Kinder und fort von der Herzensangst um sie, die stets krank umherging und mit der er immer Mitleid empfinden mußte.

Er preßte die Hände über seinem Herzen zusammen. Es war, als höre es auf zu schlagen, läge nur still da und bebe vor Schrecken in der Brust. Er sehnte sich fort von ihr. Wenn er daran dachte, was sie nun durchmachen mußte, so schwach und kraftlos, wie sie jetzt war – er wußte, es konnte jetzt zu jeder Stunde eintreten –, dann dünkte ihn, er müsse vor Angst ersticken. Aber wenn er Kristin verlieren würde – er konnte sich nicht ausdenken, wie er dann weiterleben sollte. Doch er vermochte auch nicht, mit ihr zusammenzuleben, nicht jetzt; er wollte fort von alledem und aufatmen, es war, als gelte es für ihn das Leben.

Jesus, mein Erlöser – oh, was war er doch für ein Mann! Er sah es jetzt in dieser Nacht. Kristin, mein süßes, mein liebstes Weib – so rich-

tig herzenstiefe Freude hatte er bei ihr nur damals gekannt, da er sie auf Abwege führte.
Er, der so sicher geglaubt hatte, an dem Tag, da er Kristin vor Gott und den Menschen zur Ehe und zu eigen bekäme, würde alles Böse so völlig aus seinem Leben gestrichen sein, daß er alles Frühere vergessen müßte.
Es war wohl so um ihn bestellt, daß er einen wirklich guten und reinen Menschen nicht in seiner Nähe ertrug. Denn Kristin – ja, seitdem sie sich befreit hatte von Sünde und Unreinheit, in die er sie hineingeführt – war wie ein Engel aus dem Reiche Gottes. Mild und treu, sanftmütig, tüchtig, aller Ehren würdig. Die Ehre hatte sie wieder nach Husaby gebracht. Sie war wiederum die gleiche wie damals in jener Sommernacht, als die blutjunge, zarte, reine Jungfrau sich dort im Klostergarten unter seinen Umhang geschmiegt hatte und er, während er den feinen jungen Körper an seiner Seite fühlte, dachte – der Teufel selbst brächte es nicht über sich, dieses Kind zu kränken oder ihm Kummer zu bereiten.
Die Tränen strömten Erlend über das Gesicht.
So war es also wahr, was sie ihm gesagt hatten, die Priester, daß Sünde die Seele eines Mannes wie Rost auffresse, denn nun fand er weder Ruhe noch Frieden hier bei seinem geliebten Weib – fort von ihr und all dem Ihren sehnte er sich. Er hatte sich in Halbschlummer geweint, als er merkte, daß sie auf war und summend und beruhigend hin und her ging.
Erlend sprang aus dem Bett, stolperte in der Dunkelheit über einige Kinderschuhe, ging auf seine Frau zu und nahm ihr Gaute ab. Der Knabe begann zu schreien, und Kristin sagte klagend: »Jetzt hatte ich ihn beinahe zum Einschlafen gebracht.«
Der Vater schüttelte das schreiende Kind, gab ihm ein paar Schläge hinten drauf, und als das Kind noch ärger schrie, beruhigte er es mit so heftiger Stimme, daß Gaute sein Schreien entsetzt abbrach. Solches war ihm noch nie in seinem Leben widerfahren.
»Jetzt mußt du aber doch endlich einmal vernünftig sein, Kristin.« Die Heftigkeit übermannte ihn ganz und gar, wie er so dastand, aufgeschreckt, nackt und frierend in dem pechschwarzen Raum, mit einem schluchzenden Kind auf den Armen. »Das muß ein Ende haben, sage ich – wozu hast du denn Kindsmägde – die Kinder sollen bei ihnen schlafen, du kannst das ja nicht aushalten.«
»Kannst du es mir denn nicht vergönnen, meine Kinder bei mir zu haben in der Zeit, die mir noch übrig ist«, antwortete Kristin leise und klagend.
Erlend *wollte* nicht verstehen, was sie meinte.
»In der Zeit, die du noch übrig hast, bedarfst du der *Ruhe*. Leg dich jetzt hin, Kristin«, bat er leise.
Er nahm Gaute mit sich in sein Bett – summte ihm etwas vor und suchte im Dunkeln nach seinem Gürtel auf der Bettstufe. Die kleinen

Silberplatten, mit denen der Gürtel besetzt war, rasselten und klirrten, als der Knabe damit spielte.

»Es wird doch wohl nicht der Dolch daran sein?« fragte Kristin ängstlich von ihrem Bett her, und Gaute brach in erneutes Schreien aus, als er die Stimme der Mutter vernahm. Erlend beruhigte ihn und klirrte mit dem Gürtel, endlich ließ das Kind nach und wurde ruhig.

Man konnte doch kaum wünschen, daß dieses elende, kränkliche Kind heranwuchs – es war nicht sicher, daß Gaute menschlichen Verstand besaß.

O nein, o nein, seligste Jungfrau Maria, das meinte er nicht; er wünschte doch seinem eigenen kleinen Sohn nicht den Tod. Nein, nein, Erlend drückte das Kind ganz in seinen Arm und legte sein Gesicht auf das feine, weiche Haar.

Ihre schönen Söhne. Aber es ermüdete ihn, früh und spät von ihnen zu hören und allenthalben über sie zu stolpern. Wie drei kleine Buben auf einem großen Hof zu gleicher Zeit an allen Orten sein konnten, das begriff er nicht. Aber er erinnerte sich, wie brennend es ihn bei Eline gekränkt hatte, daß sie sich nicht um ihre Kinder bekümmerte. Er war doch wohl ein ungerechter Mann, denn nun grämte er sich darum, weil er Kristin nie mehr anders sah als mit den Kindern an ihrem Rockschoß.

Wenn er seine ehelichen Söhne umarmte, hatte er nie jenes Gefühl empfunden wie damals, als man ihm Orm zum erstenmal in den Arm legte. Oh, Orm, Orm, mein Sohn. – Schon damals war er Elines so überdrüssig gewesen, überdrüssig ihres Eigensinns und ihrer Heftigkeit und ihrer zügellosen Liebe. Er hatte erkannt, sie war zu alt für ihn. Und er hatte angefangen zu verstehen, was diese Tollheit ihn kosten würde. Aber er hatte auch gefunden, daß er sie nicht von sich stoßen dürfte, nachdem sie um seinetwillen alles verloren hatte. Die Geburt des Knaben hatte ihn veranlaßt, es mit der Mutter auszuhalten, so schien es ihm. Als er Orms Vater wurde, war er noch zu jung gewesen, um die Stellung des Kindes – die Mutter war ja die Ehefrau eines anderen Mannes – recht zu erkennen.

Wieder stiegen ihm die Tränen auf, und er zog Gaute dichter an sich heran. Orm – keines seiner Kinder hatte er so geliebt wie diesen Knaben; er entbehrte ihn sehr und bereute so bitter jedes harte und heftige Wort, das er zu ihm gesagt hatte. Unmöglich hatte Orm wissen können, wie sein Vater ihn liebte. Erbitterung und Verzweiflung hatten Erlend immer heftiger erfaßt, je mehr es ihm klarwurde, daß man Orm nie für seinen echten Sohn ansehen würde, daß er nie den Wappenschild seines Vaters erben könnte. Eifersucht hatte den Vater erfüllt, weil er sah, daß der Sohn sich enger an die Stiefmutter anschloß als an ihn selbst, und Kristins gleichmäßige, milde Güte gegen den Knaben war Erlend wie ein stiller Vorwurf erschienen.

Dann kamen jene Tage und Nächte; er ertrug es nicht, daran zu denken. Orm lag auf der Totenbahre im Dachraum, und die Frauen kamen und sagten, sie glaubten nicht, daß Kristin dies überleben würde. Die Leute hoben in der Kirche das Grab für Orm aus und fragten, ob auch Kristin dort bestattet werden oder ob sie zur Gregoriuskirche gebracht und dort neben Erlends Eltern beigesetzt werden solle.

Oh, aber – er hielt den Atem an vor Angst bei diesen Gedanken. Hinter ihm lag sein ganzes Leben voller Erinnerungen, vor denen er geflohen war, weil er nicht daran zu denken vermochte. Nun, in dieser Nacht sah er es. Er konnte es im Alltag so einigermaßen vergessen. Aber er konnte sich nicht dagegen wehren, daß es in einer Stunde wie dieser jetzt auftauchte – und da war ihm, als sei aller Mut aus ihm herausgepreßt.

Die Tage auf Haugen – für gewöhnlich glückte es ihm beinahe, sie zu vergessen. Er war nicht mehr auf Haugen gewesen seit jener Nacht, da er von dort fortfuhr, und er hatte Björn und Aashild bei seiner Hochzeit zum letztenmal gesehen. Er scheute sich, Herrn Björn zu begegnen. Und jetzt ... Er dachte daran, was Munan erzählt hatte; es hieß, die beiden gingen dort um; es spuke so auf Haugen, daß man die Häuser leerstehen ließ. Kein Mensch wollte dort wohnen, und wenn er auch den Hof umsonst bekommen hätte.

Björn Gunnarssohn hatte eine Art von Mut besessen, wie sie Erlend selbst – das wußte er – nie haben würde. Björns Hand war sicher gewesen, als er sein Weib tötete – mitten ins Herz, sagt Munan.

In diesem Winter wurden es zwei Jahre, seit Björn und Frau Aashild gestorben waren. Eine Woche lang hatten die Leute keinen Rauch aus den Häusern auf Haugen aufsteigen sehen; da nahmen sich einige Männer ein Herz und gingen hinauf. Herr Björn lag mit durchschnittener Kehle im Bett; er hielt seine tote Gattin im Arm. Auf dem Boden vor dem Bett lag sein blutiger Dolch.

Alle hatten verstanden, wie es zugegangen war; trotzdem gelang es Munan Baardssohn und seinem Bruder, die beiden in geweihte Erde zu bringen; sie konnten Räubern zum Opfer gefallen sein, wurde gesagt, obwohl die Truhe mit Björns und Aashilds Besitz unberührt war. Mäuse und Ratten hatten die Leichen verschont – es gab übrigens derlei Ungeziefer nicht auf Haugen –, und dies sahen die Leute als sicheres Zeichen für die Zauberkunst der Frau an.

Munan Baardssohn war durch das Ende seiner Mutter aufgeschreckt worden. Er hatte sich gleich danach auf eine Pilgerfahrt nach Sankt Jacob in Kompostella begeben.

Erlend entsann sich des Morgens nach jener Nacht, da seine eigene Mutter gestorben war. Sie lagen im Moldöy-Sund vor Anker, der Nebel stand weiß und dicht rings um sie, nur von Zeit zu Zeit erhaschten sie einen Schimmer von der Felswand, an der sie lagen. Aber als das Boot mit dem Priester an Land ruderte, warf der Fels den Laut der Ruderschläge mit dumpfem Widerhall zurück. Erlend stand vorne auf dem Schiff und sah die andern fortrudern. Alles war naß vom Nebel, wo er auch hingriff, die Feuchtigkeit lag in Perlen auf seinem

Haar und auf seinen Kleidern. Und der fremde Priester und sein Begleiter saßen vorn im Boot und duckten sich mit hochgezogenen Schultern über dem Heiligtum zusammen, das sie im Schoß hielten. Sie glichen Habichten im Regenwetter. Die Ruderschläge und das Knirschen in den Dollen und der Widerhall vom Felsen klangen noch träge weiter, lange nachdem das Boot vom Nebel verschlungen worden war.

Da hatte auch er gelobt, eine Pilgerfahrt zu machen. Damals war nur *ein* Gedanke in ihm gewesen; er mußte das lieblich süße Antlitz seiner Mutter wiedersehen, wie es früher gewesen war, mit der weichen, glatten, blaßbraunen Haut. Jetzt lag sie tot dort unten, das Gesicht von den entsetzlichen Wunden zerstört, aus deren Rissen kleine, klare Wassertropfen hervorgequollen waren, jedesmal, wenn sie versucht hatte, ihm zuzulächeln.

Er konnte doch wohl nichts dafür, daß der Vater ihn so empfangen hatte. Und daß er sich einem Menschen zugewandt hatte, der ausgestoßen war wie er selbst.

Da hatte er sich die Pilgerfahrt aus dem Kopf geschlagen, und dann hatte er an seine Mutter nicht mehr denken wollen. So schlimm sie es auf Erden gehabt hatte, so war sie jetzt wohl dort, wo Frieden herrschte, und für ihn gab es keinen sonderlichen Frieden, nachdem er wieder mit Eline angefangen hatte.

Frieden – das hatte er wohl nur ein einziges Mal in seinem Leben empfunden – in jener Nacht, da er hinter dem Steinwall gegen den Wald zu auf Hofvin saß und Kristin umfaßt hielt, die in seinem Schoß schlief, ihren ruhigen, sanften, ungestörten Kinderschlaf. Er hatte es nicht lange über sich gebracht, ihren Frieden zu schonen. Und es war nicht Frieden, was er später bei ihr gefunden hatte, und er fand auch jetzt keinen Frieden bei ihr. Obgleich er sah, daß alle anderen auf Husaby Frieden bei seiner jungen Frau fanden.

Und jetzt sehnte er sich nur danach, fortzukommen zu Unfrieden. Er sehnte sich wild und verrückt nach dieser einsamen Insel und nach dem donnernden Meer rings um die Vorländer dort oben im Norden, nach der endlosen Küste und den gewaltigen Fjorden, die alle Fallen und allen Verrat der Welt in sich bergen konnten, nach den Menschen, deren Sprache er nur bruchstückweise kannte, nach ihrer Zauberkunst und Wankelmütigkeit und Durchtriebenheit, nach Krieg und See und nach dem Gesang seiner eigenen Waffen und der seiner Leute.

Erlend schlief endlich ein und wachte wieder auf – was hatte er doch jetzt geträumt? Ja, ihm träumte, er habe in einem Bett gelegen, mit einem schwarzen Lappenmädchen an jeder Seite. Irgend etwas halb Vergessenes mußte es sein, etwas, das ihm begegnet war, damals, als er mit Gissur oben im Norden war: eine wilde Nacht, da sie alle betrunken und wie von Sinnen gewesen waren. Er konnte sich von dem Ganzen an nichts weiter erinnern als an den herben Wildgeruch der Frauen.

Hier lag er nun mit seinem kleinen, kranken Sohn im Arm und hatte solche Träume. Er erschrak so sehr über sich selbst, daß er nicht mehr einzuschlafen wagte. Und er vermochte nicht wach zu bleiben. Ja, er mußte doch ein Unglücksmann sein. Starr vor Angst lag er unbeweglich da und fühlte das Herz in der Brust pochen, indes er sich nach der Erlösung durch das Morgengrauen sehnte.

Er vermochte Kristin zu überreden, daß sie den nächsten Tag im Bett blieb. Denn er glaubte es nicht mit ansehen zu können, wie sie sich – so elend – im Haus herumschleppte. Er saß bei ihr und spielte mit ihrer Hand. Sie hatte die schönsten Arme gehabt: schlank, aber doch so rund, daß die feinen, kleinen Knöchel in den zarten Gelenken nicht hervortraten. Jetzt standen die Knöchel an dem abgemagerten Arm wie Knollen heraus, und die Haut an der Innenseite war bläulichweiß.

Draußen stürmte und regnete es, daß das Wasser am Hang aufspritzte. Als Erlend gegen Abend einmal von der Waffenkammer herunterkam, hörte er Gaute irgendwo auf dem Hofplatz schmerzlich schreien und weinen. Da fand er in dem engen Durchlaß zwischen zwei Gebäuden seine drei kleinen Söhne; mitten unter dem vom Dach herabströmenden Regenwasser saßen sie. Naakkve hielt den Kleinen mit beiden Händen fest, während Björgulf versuchte, dem schreienden Kind einen lebenden Wurm hineinzuzwingen. Björgulf hatte die ganze Hand voll hellroter Würmer, die sich zwischen seinen Fingern krümmten und wanden.

Die Knaben standen mit gekränkten Mienen da, während der Vater sie ausschalt. Aan, der Alte, so verteidigten sie sich, hätte doch gesagt, daß Gaute seine Zähne schmerzlos bekommen würde, wenn man ihn dazu bringen könnte, ein Stück von einem lebenden Wurm abzubeißen.

Sie waren alle drei triefend naß vom Scheitel bis zur Sohle. Erlend brüllte nach den Kindsmägden, die kamen herbeigestürzt, eine aus der Arbeitsstube und eine aus dem Stall. Der Herr zankte sie fluchend aus, schob Gaute wie ein Ferkel unter den Arm und jagte die anderen vor sich her in die Halle hinein.

Bald darauf saßen die Kleinen, trocken und zufrieden, in ihren blauen Feiertagskitteln in einer Reihe auf der Stufe vor dem Bett der Mutter. Der Vater hatte sich einen Hocker herbeigeholt, erzählte allerlei Unsinn und drückte die Kinder lachend an sich, um den letzten Rest des nächtlichen Schreckens in seinem eigenen Innern zu betäuben. Die Mutter jedoch lächelte glücklich, weil Erlend mit ihren Kindern spielte. Erlend erzählte, er besitze eine Lappenhexe, zweihundert Winter alt und so eingetrocknet, daß sie nicht größer sei als so! Er bewahre sie in einem Fellbeutel in der großen Kiste auf, die in seinem Bootsschuppen stehe. Ja, freilich, sie bekam etwas zu essen – in jeder Weihnacht einen Christenschinken – damit reichte sie ein ganzes Jahr lang. Und wenn die Kinder nicht still und gut wären und nicht aufhörten, die kranke Mutter zu ärgern, dann würden auch sie in diesen Fellsack gesteckt werden.

»Die Mutter ist krank, weil sie unsere Schwester trägt«, sagte Naakkve, stolz darauf, daß er sich darin auskannte.
Erlend zog den Knaben an den Ohren zu sich heran:
»Ja – und wenn sie geboren ist, diese eure Schwester, dann werde ich meiner Lappenhexe sagen, sie soll euch verzaubern, und dann sollt ihr weiße Bären werden und im wilden Wald herumlaufen, meine Tochter aber wird alles erben, was ich besitze.«
Die Kinder schrien und kletterten auf das Bett zur Mutter hinauf – Gaute verstand nichts, schrie jedoch mit und krabbelte auch hinauf, weil die Brüder es taten. Kristin klagte – Erlend dürfe nicht so schlimme Scherze machen. Naakkve aber taumelte wieder herunter; ganz verzückt vor Lachen und Schrecken fuhr er auf den Vater los, hängte sich ihm an den Gürtel und biß schreiend und jubelnd nach Erlends Händen.
Auch dieses Mal bekam Erlend nicht die Tochter, die er sich so sehr wünschte. Kristin gebar ihm zwei große, schöne Söhne, die sie aber beinahe das Leben kosteten.
Erlend ließ die Knaben taufen, den einen nach Ivar Gjesling, den anderen aber nach König Skule. Dessen Name war sonst in der Sippe nicht erhalten geblieben; Frau Ragnfrid hatte gesagt, ihr Vater sei ein Unglücksmann gewesen, und deshalb solle niemand nach ihm genannt werden. Aber Erlend schwor darauf, daß keiner seiner Söhne einen stolzeren Namen trage als dieser jüngste.
Es war nun inzwischen so spät im Herbst geworden, daß Erlend nach Norden reisen mußte, sobald Kristin über die schlimmste Gefahr hinweg war. Und er meinte in seinem Herzen, es sei ganz gut, daß er schon fortfahre, ehe sie wieder vom Bett aufstand. Fünf Söhne in fünf Jahren; das konnte wohl genug sein, und er wollte nicht in der Angst leben müssen, sie könnte im Kindbett sterben, während er oben auf Vargöy saß.
Auch Kristin dachte ähnlich, das merkte er wohl. Sie beklagte sich nicht mehr, daß er von ihr fortfahren wollte. Sie hatte jedes Kind, das kommen sollte, als eine kostbare Gabe Gottes betrachtet und die Qualen hingenommen als etwas, dem sie sich unterwerfen mußte. Diesmal aber hatte sie so entsetzlich Schweres durchgemacht, daß Erlend begriff, wie ihr aller Mut vergangen war. Sie lag da, mit einem Antlitz gelb wie Lehm, und betrachtete die beiden kleinen Bündel an ihrer Seite, und ihre Augen sahen nicht so glücklich drein wie sonst nach dem Kommen der anderen.
Erlend saß bei ihr und machte in Gedanken die ganze Reise nach Norden. Eine schwere Seefahrt würde es jetzt so spät im Herbst wohl werden, und seltsam würde es sein, in diese lange Nacht hinaufzukommen. Aber er empfand unaussprechliche Sehnsucht. Diese letzte Angst um seine Frau hatte allen Widerstand in seinem Inneren vollkommen gebrochen; willenlos überließ er sich der Sehnsucht, von zu Hause fortzukommen.

IV

Erlend Nikulaussohn lebte beinahe zwei Jahre als Landesverteidiger und Hauptmann des Königs auf der Festung auf Vargöy. Während dieser ganzen Zeit kam er nicht südlicher als einmal nach Bjarköy, als er und Herr Erling Vidkunssohn eine Zusammenkunft verabredet hatten. Im zweiten Sommer, den Erlend fort war, starb endlich Henning Alfssohn, und Erlend wurde sein Nachfolger als Vogt im Orkdölagau. Haftor Graut kam nach Norden, um ihn auf Vargöy abzulösen.

Erlend war froh und glücklich, als er im Herbst, einige Tage nach der Marienmesse, nach Süden segelte. Jenes Amt zu erhalten, das sein Vater einmal innegehabt hatte, war die Genugtuung, nach der er sich in allen diesen Jahren gesehnt hatte. – Nicht, als ob es ein Ziel gewesen wäre, das zu erreichen er sich jemals bemüht hatte, aber es war ihm stets bewußt gewesen: er brauchte dieses Amt, um auf jenen Platz zu gelangen, der ihm gebührte – sowohl in seinen eigenen Augen als in denen seiner Standesgenossen. Jetzt hatte es nichts mehr zu bedeuten, daß man ihn für ein wenig andersgeartet ansah als die anderen, die Stubenhocker – es war nichts Falsches mehr in seiner Sonderstellung.

Und er sehnte sich heim. Es war friedlicher gewesen in Finnmarken, als er erwartet hatte. Schon der erste Winter hatte ihm zugesetzt; er lebte untätig dort in der Burg und konnte auch die Ausbesserung der Festung nicht fördern. Sie war vor siebzehn Jahren gut instand gesetzt worden, nun aber vollkommen verfallen.

Dann kamen der Frühling und der Sommer und Leben und Unruhe – da und dort in den Fjorden fanden Zusammenkünfte mit den norwegischen und halbnorwegischen Steuereintreibern und den Wortführern der Stämme aus dem Inneren des Landes statt. Erlend fuhr mit seinen beiden Schiffen umher, dieses Leben gefiel ihm. Auf der Insel wurden die Gebäude ausgebessert und die Befestigungen verstärkt. Aber im Jahr darauf war es wieder still.

Haftor würde nun wohl dafür sorgen, daß wieder Unruhe entstand. Erlend lachte. Sie waren miteinander beinahe bis nach Trjanema gesegelt, und dort war Haftor eine Lappenfrau untergekommen, die er mit sich nahm. Erlend redete auf ihn ein, er solle bedenken, es gelte den Heiden zu zeigen, daß die Norweger die Herren seien; und da müsse man sich vorsehen, die Leute nicht unnötig aufzureizen, in Anbetracht der geringen Anzahl von Männern, die man um sich hätte. Man dürfte sich auch nicht dreinmischen, wenn die Lappen untereinander kämpften und sich umbrächten; die Freude müsse man ihnen ungestört lassen, dagegen aber gelte es, wie ein Habicht hinter den Russen und den Kolaleuten, oder wie das Pack eben heiße, her zu sein. Die Weiber aber müßte man in Frieden lassen; erstens einmal wären sie alle miteinander Hexen, und zweitens gebe es genug, die sich selber anböten. Aber der Junge von Godöy mußte es treiben, wie er wollte, bis er dazugelernt hatte.

Haftor wollte von seinen Höfen und von seiner Frau fort. Und Erlend wollte zu den Seinen heim. Er sehnte sich ganz krank nach Kristin und Husaby und der Heimat und allen seinen Kindern – nach allem daheim bei Kristin.

Im Lyngsfjord wurde ihm von einem Schiff erzählt, das einige Mönchspriester an Bord hatte. Es sollten Prädikanten von Nidaros sein, die nach Norden fahren und versuchen wollten, unter den Heiden und Ketzern in den Grenzgegenden den wahren Glauben einzupflanzen.

Erlend glaubte sicher zu sein, daß Gunnulf sich unter ihnen befand. Und drei Nächte später saß er wirklich allein mit seinem Bruder in einer Erdgamme, die zu einem kleinen norwegischen Hof an jenem Strand gehörte, wo sie einander gefunden hatten.

Erlend war seltsam bewegt. Er hatte die Messe gehört und war mit seiner Schiffsmannschaft zum Altar gegangen – das einzige Mal beinahe hier im Norden, außer wenn er auf Bjarköy war. Die Kirche auf Vargöy war ohne Priester; in der Burg lebte ein Diakon, und der hatte wohl versucht, die Feiertage für sie in Ordnung zu halten, im übrigen aber war es um die Seelenhilfe der Norweger dort oben im Norden nicht sonderlich bestellt. Sie mußten sich eben damit trösten, daß sie wie auf einer Art Kreuzzug lebten und daß ihnen ihre Sünden also nicht allzu streng angerechnet würden.

Darüber sprach er nun gerade mit Gunnulf, und der Bruder hörte mit einem fernen und seltsamen Lächeln um den schmalen Mund zu. Es sah stets aus, als ziehe er die Unterlippe ein wenig ein, wie man es gern tut, wenn man über irgend etwas heftig nachdenkt, es beinahe begreift, aber die Sache noch nicht ganz geklärt hat.

Die Nacht ging schon fast zu Ende. Alle übrigen Leute auf dem Hof schliefen; die Brüder wußten, daß nur sie allein wachten. Und sie waren beide von dem Seltsamen ergriffen, das darin lag, daß sie hier allein saßen.

Das Rauschen des Meeres und des Sturmes erreichte schwach und gedämpft durch die Erdwand ihr Ohr. Dann und wann stieß ein Lufthauch herein, fachte die Glut auf der Feuerstätte an und ließ die Flamme der Tranlampe ein wenig aufflackern. Es fand sich kein Hausgerät in der Hütte; die Brüder saßen auf der niederen Erdbank, die an drei Seiten des Raumes entlanglief, und zwischen ihnen lag Gunnulfs Schreibbrett mit dem Tintenhorn, der Schreibfeder und einer Rolle Pergament. Gunnulf hatte verschiedenes aufgeschrieben, was ihm der Bruder von Zusammenkünften und Ansiedlern dort, von Peilungen und Wetterzeichen und von Wörtern aus der Sprache der Samen, der Lappen, erzählt hatte, gerade wie es Erlend eben eingefallen war. Gunnulf hatte selbst den Befehl über das Schiff; Sunnivasuden hieß es, denn die Prädikantenbrüder hatten Sancta Sunniva zur Schutzheiligen für ihr Vorhaben auserwählt.

»Ja, wenn es euch nur nicht so ergeht wie den Märtyrern von Selja«, meinte Erlend, und wiederum lächelte Gunnulf ein wenig.

»Du nennst mich unruhig, du, Gunnulf«, fing er wieder an. »Wie sollte man dich dann nennen? Erst bist du die ganzen Jahre im Süden umhergewandert, und kaum bist du heimgekehrt, so läufst du von Amt und Pfründen davon, um dem Teufel und seinen Kindern oben im Norden in Velli-aa zu predigen. Dabei kannst du ihre Sprache nicht, und sie verstehen nicht die deine. Mich dünkt es, du seist noch unsteter als ich.«
»Ich brauche weder für Güter noch für Verwandte zu sorgen«, erwiderte der Mönch. »Ich habe mich nun von allen Banden befreit, du aber hast dich gebunden, Bruder.«
»Ach ja. Wer nichts besitzt, der ist wohl frei.«
Gunnulf antwortete:
»Alles, was ein Mann besitzt, hält ihn fester, als er es hält.«
»Hm. Ach nein, Teufel noch einmal. Zugegeben, daß Kristin mich hält, aber meine Güter und die Kinder, die sollen mich nicht besitzen.«
»Denke nicht so, Bruder«, meinte Gunnulf leise. »Denn da kann es leicht geschehen, daß du sie verlierst.«
»Nein, ich will nicht so werden wie die anderen Männer, die stehen bis ans Kinn in ihrer Erde«, sagte Erlend lächelnd, und auch der Bruder lächelte ein wenig.
»Schönere Kinder als Ivar und Skule sah ich niemals«, sagte Gunnulf. »Ich glaube, du sahst in dem Alter so aus, es ist nicht zu verwundern, daß unsere Mutter dich so sehr liebte.«
Beide Brüder hatten eine Hand auf das Schreibbrett zwischen ihnen gelegt. Selbst in dem schwachen Licht der Tranlampe sah man, wie ungleich die Hände dieser beiden Männer waren. Die des Mönches, nackt und ohne Ringe, weiß und fest, kleiner und viel gedrungener als die des anderen, sah trotzdem viel stärker aus, obwohl Erlends Faust jetzt in der Handfläche hart war wie Horn, und eine blauweiße Narbe von einem Pfeilschuß die dunkle Haut vom Handgelenk bis in den Ärmel hinein zeichnete. Aber die Finger an Erlends schmaler, braungegerbter Hand waren mager und in den Gelenken knorrig wie Äste und mit goldenen Ringen und Steinen dicht besetzt.
Erlend fühlte Lust, die Hand seines Bruders zu ergreifen, aber er schämte sich – so trank er ihm nur zu und verzog den Mund über das schlechte Bier.
»Es dünkt dich also, daß Kristin jetzt wieder ganz frisch und gesund ist?« fragte Erlend wieder.
»Ja, als ich im Sommer auf Husaby war, blühte sie wie eine Rose«, antwortete der Mönch und lächelte ein wenig. Er wartete eine Weile, dann sagte er ernsthaft: »Um eines will ich dich bitten, Bruder – denk ein wenig mehr an Kristins und deiner Kinder Wohl, als du bisher getan hast. Und laß dich von ihr beraten, und füge dich den Entscheidungen, die sie und Eiliv beschlossen haben; sie warten nur auf dein Einverständnis.«

»Ich bin ja mit diesen ihren Plänen, von denen du sprichst, nicht recht einverstanden«, sagte Erlend zögernd. »Und jetzt wird doch wohl auch meine Stellung anders ...«

»Deine Besitztümer erhalten mehr Wert, wenn du die Güter besser vereinst«, antwortete der Mönch. »Mich dünkten Kristins Ratschläge verständig, als sie sie vorbrachte.«

»Es gibt wohl auch in Norwegens Landen keine Frau, die unbeschränkter herrscht als sie«, sagte Erlend.

»Schließlich bist doch du es, der befiehlt«, erwiderte Gunnulf wiederum. »Und du – du herrschest ja auch über Kristin, wie du willst«, sagte er mit seltsam schwacher Stimme.

Erlend lachte leise hinten im Hals, dehnte sich und gähnte. Dann sagte er plötzlich ernsthaft:

»Du hast nun auch über sie geherrscht, mein Bruder. Und es ist nicht ganz sicher, daß deine Ratschläge nicht bisweilen unserer Freundschaft in die Quere gekommen sind.«

»Meinst du die Freundschaft zwischen dir und deinem Weib oder die Freundschaft zwischen uns Brüdern?« fragte der Mönch langsam.

»Beides«, antwortete Erlend, als sei dies ein Gedanke, der ihm erst jetzt kam. »So arg fromm braucht doch wohl eine Laienfrau nicht zu sein«, sagte er leichter.

»Ich habe sie beraten, wie ich es für das beste hielt. – Wie es das beste ist«, berichtigte Gunnulf sich selbst.

Erlend betrachtete den Mönch in der groben, grauweißen Kutte der Prädikantenbrüder, mit der zurückgeschlagenen, schwarzen Kapuze, die in dicken Falten rund um den Hals hinten über den Schultern lag. Der Schädel war so geschoren, daß jetzt nur noch ein schmaler Haarkranz um das runde, magere und bleiche Gesicht stand, aber das Haar war noch ebenso dicht und schwarz wie in Gunnulfs jungen Tagen.

»Ja, du bist ja jetzt nicht mein Bruder, nicht mehr als jedermanns Bruder«, sagte Erlend und wunderte sich selbst über die tiefe Bitterkeit in seiner eigenen Stimme.

»So ist es nicht – obgleich es so sein müßte.«

»Dann helfe mir Gott – ich glaube fest, das ist der Grund dafür, weshalb du zu den Lappen gehen willst!« sagte Erlend.

Gunnulf beugte den Kopf. Es glühte in seinen gelbbraunen Augen.

»In gewissem Sinn ist dies auch der Grund«, sagte er leise und rasch.

Sie breiteten die Felle und Decken aus, die sie mitgebracht hatten. Es war jedoch zu kalt und feucht im Raume, als daß sie sich hätten ausziehen können, so wünschten sie einander gute Nacht und legten sich auf die Erdbank hin, die des Rauches halber ganz tief unten am Boden war.

Erlend lag da und dachte an die Nachrichten, die er von daheim bekommen hatte. Er hatte in diesen Jahren nicht viel gehört – zwei Briefe von seiner Frau waren in seine Hände gelangt, aber sie waren alt gewesen, bis sie zu ihm gekommen waren. Sira Eiliv hatte sie für Kristin geschrieben; sie konnte selbst schreiben, sehr gut und auch schön, aber sie schrieb ungern, denn es dünkte sie für eine ungelehrte Frau nicht ganz geziemend.

Kristin würde wohl noch frömmer werden, jetzt, da in der Nachbargemeinde ein Heiligtum errichtet worden war, und zwar für einen Mann, den sie zu seinen Lebzeiten selbst gekannt hatte, und nun war ihrem Sohne Gaute dort für seine Krankheit Heilung geworden, und sie selbst hatte wieder ihre volle Gesundheit erlangt, nachdem sie seit der Geburt der Zwillinge so schwach gewesen war. Gunnulf erzählte, daß die Prädikantenbrüder zu Hamar Edvin Rikardssohns Leichnam schließlich an dessen Brüder in Oslo hatten zurückgeben müssen und daß diese nun alles über Bruder Edvins Leben und über die Wunder, die er zu seinen Lebzeiten wie auch nach seinem Tode vollbracht haben sollte, aufschreiben ließen. Sie beabsichtigten, diese Schrift dem Papst zu senden und darum einzugeben, daß der Mönch heiliggesprochen würde. Einige Bauern vom Gaultal und vom Medaltal waren nach Süden gefahren, um die Wunder zu bezeugen, die Bruder Edvin durch seine Gebete in den Gemeinden dort und bei einem Kruzifix bewirkt hatte, das von ihm selbst geschnitzt worden war und das sich jetzt auf Medalhus befand. Sie hatten gelobt, auf dem Vatsberg, wo er einige Sommer lang als Einsiedler gelebt hatte und wo eine Quelle floß, deren Heilkraft man ihm verdankte, eine kleine Kirche zu errichten. Da hatten sie eine Hand der Leiche erhalten, um sie in dieser Kirche aufzubewahren.

Kristin hatte zwei Silberschalen geopfert und die große Mantelschließe mit blauen Steinen, die sie von ihrer Großmutter, Ulvhild Haavardstochter, besaß, und hatte daraus von Tiedeken Paus in der Stadt eine silberne Hand für die Fingerknöchel Bruder Edvins anfertigen lassen.

Und als der Erzbischof zur Zeit der Jonsmesse, ein Jahr nachdem Erlend nach Norden gereist war, die Kirche einweihte, war sie mit Sira Eiliv und ihren Kindern und mit großem Gefolge zur Feier auf dem Vatsberg oben.

Von da an war Gaute rasch gesund geworden, hatte gehen und reden gelernt und war jetzt wie andere Kinder seines Alters. Erlend streckte sich aus; es war wohl das größte Glück, das ihnen widerfahren konnte, daß Gaute jetzt gesund war. Er wollte der Kirche ein Stück Land schenken. Gaute war blond, sagte Gunnulf, und schön von Angesicht – wie die Mutter. Da hätte er jetzt nur ein kleines Mädchen sein sollen, und dann hätte er Magnhild heißen müssen. Ja, er sehnte sich jetzt auch nach seinen schönen Söhnen.

Gunnulf Nikulaussohn lag da und dachte an jenen Frühlingstag vor drei Jahren, da er nach Husaby hinaufritt. Auf dem Weg dorthin begegnete er einem Manne vom Hof – die Hausfrau sei nicht daheim, sagte der, sie sei bei einer kranken Frau.

Er ritt auf einem schmalen, grasüberwucherten Weg zwischen alten Zäunen dahin; an den Hängen über und unter ihm stand junger Laubwald bis hinunter zum Fluß, der frühlingshaft in der Talsenke dahinbrauste. Gunnulf ritt der Sonne entgegen, und die zarten grünen Blätter glänzten wie goldene Flammen an den Ästen, aber drinnen im Wald fiel bereits der Schatten kühl und tief auf den Grasgrund.

Als er ein Stück weiter kam, sah er einen Schimmer vom See, der dunkel das andere Ufer und den blauen Himmel spiegelte und das Bild der großen Sommerwolken trug, das in den Wirbeln der Oberfläche zusammenschmolz und wieder zerbrach. Weit, weit unter dem Reitpfad lag auf grünen, blumenbunten Wiesen ein kleiner Hof. Eine Schar Frauen mit weißen Kopftüchern stand draußen auf dem Hofplatz, aber Kristin war nicht unter ihnen.

Ein wenig weiter entfernt sah er ihr Pferd; es ging mit einigen anderen auf der Weide. Vor ihm tauchte der Weg in eine Höhle aus grünem Schatten. Und dort, wo er sich an der nächsten Hangwelle emporwand, stand sie am Zaun unter dem Laub und lauschte dem Vogelgesang. Er sah, wie ihre schmale, schwarze Gestalt sich über den Zaun in den Wald hinein neigte; das Kopftuch und der weiße Arm leuchteten auf. Er nahm die Zügel kürzer, ritt ihr Schritt für Schritt entgegen. Aber als er näher kam, sah er, daß es ein alter Birkenstamm war.

Am nächsten Abend, als seine Leute ihn in die Stadt segelten, saß der Priester selbst am Ruder. Er fühlte sein Herz fest und neugeboren in der Brust, jetzt konnte nichts seinen Vorsatz zum Wanken bringen.

Er wußte nun, was ihn in der Welt zurückgehalten hatte: es war die unstillbare Sehnsucht, die er seit seinen Knabenjahren empfunden hatte. Er wollte die Zuneigung der Menschen gewinnen. Um geliebt zu werden, war er gütig, sanft und voller Scherz gegen geringe Leute gewesen; er hatte seine Weisheit glänzen lassen, aber mit Zurückhaltung und Demut, unter den Priestern in der Stadt, damit sie ihn lieben sollten; er war nachgiebig gewesen gegen Herrn Eiliv Kortin, da dieser mit seinem Vater befreundet war und da er wußte, wie Herr Eiliv die Leute gerne haben wollte. Er war liebevoll und sanft gegen Orm gewesen, um dem launischen Vater ein wenig von der Liebe des Knaben abzugewinnen. Und er war streng und heischend gegen Kristin gewesen, weil er verstand, daß sie jemand brauchte, der nicht zurückwich, wenn sie nach einer Stütze griff, jemand, der nicht irreführte, wenn sie kam und folgewillig war.

Aber nun sah er es klar; es war ihm mehr darum zu tun gewesen, ihr Vertrauen für sich selbst zu gewinnen, als sie im Vertrauen zu Gott zu stärken.

Heute abend nun hatte Erlend das Wort gefunden. Nicht mein Bruder, nicht mehr als der Bruder aller Menschen. Das war der Umweg, den er gehen mußte, ehe seine Bruderliebe *irgendeinem* Menschen nützen konnte.

Zwei Wochen später hatte er seine Güter unter seine Verwandten und die Kirche verteilt und das Profeßgewand der Prädikantenbrüder angetan. Und nun im Frühjahr, da alle Gemüter durch das entsetzliche

Unglück, das das Land heimsuchte, bis zum Grund aufgewühlt waren – der Blitz hatte die Christkirche in Nidaros, Sankt Olavs Haus, angezündet und bis auf die Hälfte niedergebrannt –, war es Gunnulf gelungen, die Unterstützung des Erzbischofs für seinen alten Plan zu gewinnen. Zusammen mit Bruder Olav Jonssohn, der gleich ihm zum Priester geweiht war, und drei jüngeren Mönchen, einem aus Nidaros und zweien vom Prädikantenorden in Björgvin, zog er nun nach Norden, um den unseligen Heiden, die innerhalb der Grenzen eines christlichen Landes in Finsternis lebten und starben, das Licht des Wortes zu bringen.

Christus, du Gekreuzigter! Jetzt habe ich alles fortgegeben, was mich binden konnte. Mich selbst habe ich in deine Hand gegeben, wenn du mich für würdig befindest, mit meinem Leben die Leibeigenen des Satans freizukaufen. Nimm mich, auf daß ich erkenne, daß ich dein Sklave bin, denn dann besitze ja auch ich dich. – Dann würde wohl einmal, wieder einmal sein Herz in der Brust rufen und singen, wie es gerufen und gesungen hatte, als er über die grünen Ebenen bei Romaborg von Pilgerkirche zu Pilgerkirche dahinwanderte – »ich gehöre meinem Geliebten, und zu ihm steht mein Begehren . . .«

So lagen die Brüder da und dachten sich, jeder auf seiner Bank in der kleinen Hütte, in den Schlaf. Auf der Feuerstätte zwischen ihnen glomm ein wenig Glut. Immer weiter und weiter entfernten sie sich voneinander in ihren Gedanken. Und am nächsten Tag fuhr der eine gen Norden und der andere gen Süden.

Erlend hatte Haftor Graut versprochen, nach Godöy zu fahren und seine Schwester mit nach Süden zu nehmen. Sie war mit Baard Aasulfssohn in Lensviken verheiratet – dieser war auch ein Verwandter von Erlend, aber sehr entfernt.

Am ersten Morgen, als Margygren in der schönen Brise mit geblähten Segeln gegen das blaue Gebirge durch den Godöysund hinausschnitt, stand Erlend oben achtern auf seinem Schiff. Ulf Haldorssohn führte das Ruder. Da kam Sunniva an Deck. Die Kapuze des Mantels war ihr herabgefallen, und der Wind strich das Kopftuch von ihrem sonnengelben, gekräuselten Haar zurück. Sie hatte dieselben meerblauen, blitzenden Augen wie der Bruder, und wie er war auch sie schön von Angesicht; aber sie hatte viele Sommersprossen, auch auf den kleinen rundlichen Händen.

Vom ersten Abend an, da er sie auf Godöy sah – wenn ihre Augen sich trafen, blickten sie zur Seite und mußten heimlich lächeln, alle beide –, hatte Erlend gewußt, daß sie ihn kannte, und er kannte sie. Sunniva Olavstochter, die konnte er mit der bloßen Hand nehmen, und sie wartete darauf, daß er es tun würde.

Nun, als er mit ihrer Hand in der seinen dastand, er hatte ihr heraufgeholfen, fiel sein Blick auf Ulfs rohes und dunkles Gesicht. Ulf wußte es wohl auch. Erlend wurde merkwürdig beschämt unter dem Blick des Mannes. Nun erinnerte er sich an alles das, dessen sein Verwandter

und Knappe Mitwisser gewesen war – an jede Tollheit, in die er sich seit seinen ersten Jugendjahren hineingestürzt hatte. Ulf hatte es nicht nötig, ihn höhnisch anzusehen; es war ja nicht seine Absicht gewesen, dieser Frau näher zu treten, als Tugend und Ehre es gestatteten, so tröstete er sich selbst. Er war jetzt doch so alt und durch Schaden klug geworden, daß man ihn ruhig nach Haalogaland ziehen lassen konnte, ohne befürchten zu müssen, er würde sich mit der Frau eines anderen Mannes in Unverständigkeiten verlieren. Er hatte jetzt selbst eine Frau; er war Kristin treu gewesen vom ersten Tag an, da er sie gesehen hatte, und bis jetzt – und jenes, das sich dort oben im Norden zugetragen hatte, konnte kein vernünftiger Mann mitzählen. Aber im übrigen hatte er eine Frau nicht einmal angesehen – nicht so. Er wußte dies selbst – mit einer Norwegerin, noch dazu mit einer Ebenbürtigen – nein, er würde nie wieder Frieden in seinem Herzen finden, wenn er Kristin so verriete. – Aber diese Reise nach Süden, mit dieser hier an Bord, die würde wohl ein Wagnis werden.
Ein wenig half es, daß sie unterwegs meist schweres Wetter hatten, so daß er anderes zu tun bekam, als mit der Frau zu scherzen. In Dynöy mußte er unter Land gehen und einige Tage warten. Und während sie dort lagen, ereignete sich etwas, das zur Folge hatte, daß Frau Sunniva ihm weit weniger verlockend erschien.
Erlend, Ulf und einige der Leute schliefen in dem gleichen Verschlag, in dem Sunniva und ihre Mägde lagen. Eines Morgens war er allein drinnen, und die Frau war noch nicht aufgestanden. Da rief sie ihm, sagte, sie habe einen goldenen Ring im Bett verloren. Er mußte herkommen und suchen helfen; sie kroch auf den Knien im Bett herum und war nur mit dem Hemd bekleidet. Immer wieder drehten sie sich einander zu, und jedesmal stieg beiden ein Diebeslächeln in die Augen. Dann griff sie nach ihm. Ja, er hatte sich wohl selbst kaum so übermäßig schicklich betragen, Zeit und Ort waren nicht dazu angetan, aber sie war so frech und schamlos willig, daß er plötzlich ganz kalt wurde. Brennend rot vor Scham wandte er sich von diesem vor Lachen und Übermut aufgelösten Gesicht ab; ohne jeden Vorwand machte er sich los und ging hinaus. Sandte dann die Mägde zu ihrer Herrin hinein.
Nein, zum Teufel, er war doch keine junge Ratte, die sich im Bettstroh fangen ließ! Verführen, schon recht, aber sich verführen lassen, das war etwas anderes. Er mußte doch auch wieder lachen, hier stand er und war von einer schönen Frau davongerannt wie jener hebräische Joseph. Ja, es geschieht allerlei zu Wasser und auch zu Lande.
Nein, Frau Sunniva. Oh, er mußte an *eine* denken – an eine, die er kannte. Sie war hingegangen, um ihn in einer Herberge für fahrende Kriegsleute zu treffen – und sie kam so züchtig und würdig, wie eine königliche Jungfrau, die zur Messe geht. In Wäldern und Scheunen hatte sie ihm angehört, Gott möge ihm verzeihen, er hatte ihre Geburt und ihre Ehre vergessen; sie hatte sie um seinetwillen vergessen, aber

sie von sich zu werfen, das hatte sie nicht vermocht. Ihre Herkunft regte sich in ihr, selbst wenn sie nicht daran dachte.
Gott segne dich, meine Kristin, und Gott steh' mir bei; die Treue, die ich dir im geheimen und vor der Kirchentür gelobte, die will ich halten, oder ich will kein Mann sein. So ist es.
Bei Yrjar dann brachte er Frau Sunniva an Land, sie hatte Verwandte dort. Das beste war, daß sie doch auch nicht zu sehr erzürnt schien, als sie sich trennten. Er hatte es nicht nötig gehabt, den Kopf zu senken und wie ein Mönch vor sich hinzustarren; sie hatten noch viel Spaß und Kurzweil gehabt. Zum Abschied schenkte er der Frau einige kostbare Felle zu einem Umhang, und sie versprach, daß er sie darin sehen dürfe. Sie würden einander doch wohl da und dort wieder einmal begegnen. Die Ärmste, der Mann, den sie hatte, war nicht jung und dazu etwas kränklich.
Erlend aber fühlte sich glücklich, weil er zu seiner Frau heimkam und nichts vor ihr zu verbergen brauchte, und er empfand Stolz über seine eigene erprobte Standhaftigkeit. Und er war ganz wirr und toll vor Sehnsucht nach Kristin, sie war doch die süßeste und schönste Rose und Lilie – und sie gehörte ihm!
Kristin war unten am Fjord, um Erlend zu empfangen, als er bei Birgsi anlegte. Fischer hatten die Botschaft nach Vigg gebracht, daß Margygren draußen bei Yrjar gesehen worden war. Kristin hatte ihre beiden ältesten Söhne und Margret mit sich, und daheim auf Husaby war alles zu dem Gastgelage für die Freunde und Verwandten vorbereitet, mit denen Erlends Heimkunft gefeiert werden sollte.
Kristin war so schön geworden, daß Erlend bei ihrem Anblick der Atem stockte. Aber sie war doch verändert. Das Mädchenhafte, das auch nach jedem überstandenen Kindbett immer noch über ihr gelegen hatte – das Zarte und Schwächliche, Nonnenhafte unter der Frauenhaube –, das war nun verschwunden. Sie war eine junge, blühende Frau und Mutter. Ihre Wangen leuchteten rund und frisch zwischen den weißen Enden des Kopflinnens, die Brust war hoch und fest unter den Ketten und Schließen, die darauf blitzten. Die Hüften rundeten sich breiter und weicher unter dem Schlüsselgürtel und der vergoldeten Scheide mit Schere und Messer. Ja, ja, sie war nur schöner geworden, sie sah nicht mehr aus, als könnte man sie ihm so leicht zum Himmel entführen wie früher. Selbst die großen, schmalen Hände waren voller und weißer geworden.
Die Nacht über schliefen sie auf Vigg, im Haus des Abtes dort. Und es war eine junge, rosenrote und frohe Kristin, sanft und schwach vor Glück, die diesmal mit ihm zu dem Gastgelage auf Husaby ritt, als sie am nächsten Tage heimwärts zogen. Es gab so viele ernsthafte Dinge, über die sie mit ihrem Gatten nach der Heimkunft hätte sprechen sollen. Es waren tausend Dinge wegen ihrer Kinder, Sorgen um Margret, und da waren ihre Pläne, wie sie die Güter wieder in die Höhe bringen wollte. Aber dies alles trat im Rausch der Feste zurück.

Sie zogen von einem Gastgelage zum anderen, und Kristin begleitete ihn, wenn er als Vogt umherritt. Erlend hielt jetzt noch mehr Leute auf Husaby, Boten und Briefe kamen und gingen zwischen ihm und seinen Beauftragten und Vertrauensleuten. Erlend war stets munter und ausgelassen, sollte etwa er nicht zum Vogt taugen, er, der mit seinem Schädel schon bald gegen jedes Landesgesetz und Christenrecht angerannt war? Solches war gut erlernt und nicht leicht vergessen. Einen leichten und raschen Geist besaß der Mann, und er hatte in der Jugend einen guten Unterricht genossen. Jetzt kam dies bei ihm wieder zur Geltung. Er gewöhnte sich daran, Briefe selbst zu lesen und hatte einen Isländer als Schreiber angestellt. Früher hatte Erlend sein Siegel unter alles gesetzt, das andere ihm vorgelesen hatten, und hatte nur ungern eine Zeile Geschriebenes angesehen – das hatte Kristin in diesen zwei Jahren erfahren müssen, in denen sie mit allem vertraut geworden war, was sich in seinen Brieftruhen befand.
Jetzt kam ein Leichtsinn über sie, wie sie ihn nie zuvor gekannt hatte. Sie wurde lebhafter und war weniger still, wenn sie sich unter Leuten befand, denn sie fühlte, daß sie jetzt sehr schön war, und sie war nun zum ersten Male seit ihrer Heirat ganz gesund und frisch. Und am Abend, wenn sie und Erlend zusammen in einem fremden Bett im Dachraum auf einem der großen Höfe oder in einer Bauernstube lagen, lachten und flüsterten und scherzten sie über die Leute, denen sie begegnet waren, und über die Neuigkeiten, die sie erfahren hatten. Erlends Reden waren lockerer denn je, und die Leute schienen ihn besser leiden zu können denn je zuvor.
Sie sah dies an ihren eigenen Kindern: die waren wie hingerissen vor Entzücken, wenn der Vater sich dann und wann mit ihnen abgab. Naakkve und Björgulf spielten jetzt nur noch mit Bogen, Speeren und Äxten. Da konnte es geschehen, daß der Vater in seinem Gang über den Hofplatz innehielt, ihnen zusah und sie anwies: »Nicht so, mein Sohn, so mußt du es halten.« – Er schob den Griff der kleinen Faust zurecht und brachte die Finger in die richtige Stellung. Dann waren die Kinder ganz außer sich vor Eifer.
Die beiden ältesten Söhne waren unzertrennlich. Björgulf war der größte und stärkste von ihnen, er war ebenso groß wie Naakkve, der eineinhalb Jahre älter war und dicker. Er hatte stark gekraustes, tiefschwarzes Haar, das kleine Gesicht war breit, aber schön, die Augen blauschwarz. Eines Tages fragte Erlend die Mutter besorgt, ob sie wisse, daß Björgulf auf dem einen Auge nicht gut sehe; er schiele auch ein ganz klein wenig. Kristin glaubte nicht, daß dies etwas auf sich habe, es würde sich wohl noch geben. Es war so gekommen, daß sie sich dieses Kindes stets am wenigsten annahm; er war in einer Zeit zur Welt gekommen, da sie von der Pflege Naakkves erschöpft war, und Gaute war so rasch nach ihm gekommen. Er war das kräftigste von den Kindern, gewiß auch das klügste, aber wortkarg. Erlend liebte diesen Sohn am meisten.

Obwohl es Erlend nicht voll zum Bewußtsein kam, war er ein wenig gegen Naakkve eingenommen, weil der Knabe ungelegen gekommen war und nach seinem Vater genannt wurde. Und Gaute war nicht so, wie er sich erwartet hatte. Der Knabe hatte einen großen Kopf, begreiflicherweise, denn zwei Jahre lang hatte es geschienen, als wüchse an ihm nur der Kopf, nun kam der Körper gut nach. Sein Verstand war zwar ganz gut, aber er sprach sehr langsam, denn wenn er rasch redete, geriet er ins Stottern oder Stammeln, und dann machte sich Margret über ihn lustig. Kristin war diesem Knaben gegenüber sehr schwach, obwohl, wie Erlend meinte, gewissermaßen doch der Älteste ihr Lieblingskind war, aber Gaute war so schwach gewesen, und er glich ein wenig ihrem Vater, mit dem flachsgelben Haar und den dunklen grauen Augen, und er hing sehr an der Mutter. Ein wenig vereinsamt lebte er zwischen den beiden Ältesten, die immer zusammenhielten, und den Zwillingen dahin, die noch so klein waren, daß sie noch ihre Pflegemütter hatten.

Kristin hatte jetzt weniger Zeit für die Kinder, und sie mußte sie mehr als früher, wie andere Frauen, den Dienstmägden überlassen – die ältesten aber zogen es schon vor, mit den Männern auf dem Hof herumzulaufen. Sie grübelte nicht mehr mit der alten, krankhaften Zärtlichkeit über die Kinder nach, sondern spielte und lachte mit ihren Söhnen, wenn sie Zeit dazu fand, sie um sich zu versammeln.

Um die Zeit des Jahreswechsels traf auf Husaby ein Brief mit Lavrans Björgulfssohns Siegel ein. Er war von seiner eigenen Hand geschrieben und durch den Priester in Orkedal gesandt, der im Süden gewesen war; der Brief war also zwei Monate alt. Die größte Neuigkeit, die darin stand, war, daß Lavrans seine Tochter Ramborg dem Simon Andressohn auf Formo verlobt hatte. Die Hochzeit sollte im Frühjahr zur Zeit der Kreuzmesse stattfinden.

Kristin war über alle Maßen erstaunt. Aber Erlend sagte, er habe sich wohl gedacht, daß es so kommen würde – schon damals, als er erfahren hätte, daß Simon Darre Witwer geworden sei und sich nach dem Tode des alten Herrn Andres Gudmundssohn auf seinem Hof in Sil niedergelassen habe.

V

Simon Darre hatte es hingenommen wie etwas, das so sein müsse, als sein Vater für ihn die Heirat mit der Tochter von Lavrans Björgulfssohn verabredete. Es war in seiner Sippe stets der Brauch gewesen, daß die Eltern in solchen Dingen verfügten. Er hatte sich gefreut, als er sah, wie schön und lieblich die Braut war. Im übrigen hatte er nie etwas anderes gedacht, als daß er mit jener Frau gut auskommen würde, die der Vater ihm erwählte. Kristin und er paßten nach Alter, Wohlstand und Geburt gut zusammen; war Lavrans auch von etwas höherer Geburt, so war dafür Simons Vater Ritter gewesen und hatte

König Haakon nahegestanden, während der andere stets zurückgezogen auf seinen Höfen gelebt hatte. Und Simon hatte stets gesehen, daß verheiratete Leute gut zusammen auskamen, wenn sie einander ebenbürtig waren.

Dann kam jener Abend im Dachraum auf Finsbrekken, als die Leute das unschuldige junge Mädchen vernichten wollten. Von jener Stunde an hatte er wohl gewußt, daß er seine Braut mehr liebte als nur so, wie es eben sein sollte. Er hatte nicht viel darüber nachgedacht, er war nur froh gewesen; zwar sah er, daß das Mädchen scheu und schüchtern gegen ihn war, aber auch darüber dachte er nicht nach. Dann kam die Zeit in Oslo, da er über diese Dinge nachdenken mußte, und dann jener Abend im Dachraum des Flugahofes.

Er war in etwas hineingeraten, von dem er geglaubt hatte, daß es in der Welt nicht vorkommen könne zwischen ehrbaren Leuten aus gutem Geschlecht und in der jetzigen Zeit. Geblendet und verwirrt taumelte er aus seiner Verlobung heraus; sein äußeres Wesen aber war kühl und ruhig und gleichmäßig, als er mit seinem Vater und mit ihrem Vater über die Angelegenheit sprach.

So hatte er sich außerhalb der Gepflogenschaft seiner Sippe gestellt, und dann tat er das, was ebenfalls in seinem Geschlecht unerhört war: ohne sich überhaupt mit seinem Vater zu beraten, freite er um die reiche junge Witwe auf Mandvik. Es blendete ihn, als er merkte, daß Frau Halfrid ihn leiden konnte; sie war reicher und aus vornehmerem Geschlecht als Kristin, Sohnestochter des Barons Tore Haakonssohn von Tunsberg, Witwe des Ritters Finn Aslakssohn, und sie war schön und hatte ein so feines und adeliges Wesen, daß ihn dünkte, mit ihr verglichen seien alle Frauen in seinem eigenen Kreis wie Bäuerinnen. Verwünscht noch einmal, er wollte ihnen allen miteinander zeigen, daß er die feinste Frau bekommen konnte; ihr Reichtum und alles, was sie besaß, war noch größer und vornehmer als der Besitz jenes Trondheimers, durch den Kristin in Schande geraten war. Und eine Witwe, das war recht und gut, da wußte man, wie man daran war, der Teufel sollte noch an die Jungfrauen glauben.

Er hatte gemerkt, daß es nicht so einfach war, in der Welt zurechtzukommen, wie er daheim auf Dyfrin gemeint hatte. Dort bestimmte der Vater über alles und jedes, und seine Meinung war die richtige. Zwar war Simon einige Zeit beim Königsgefolge gewesen und hatte als Page gedient, er hatte beim väterlichen Hauspriester daheim einigen Unterricht genossen; so konnte also geschehen, daß er dies und jenes, was der Vater sagte, ein wenig seltsam fand. Dann und wann lehnte er sich wohl auch dagegen auf, aber mehr wie im Scherz, und es wurde als Scherz aufgefaßt. Wie klug du sein kannst, Simon, sagte dann der Vater lachend und mit ihm die Mutter und seine Geschwister, die Herrn Andres niemals widersprachen. Aber alles geschah so, wie der Vater wollte; das fand auch er selbst in der Ordnung.

In jenen Jahren, in denen er mit Halfrid Erlingstochter verheiratet war

und auf Mandvik lebte, lernte er mit jedem Tag ein wenig gründlicher, daß das Leben viel verkehrter und verwickelter sein konnte, als Herr Andres Gudmundssohn sich jemals hätte träumen lassen.
Daß er mit seiner Frau, wie er sie nun hatte, nicht würde auskommen können, das hätte Simon nie erwartet. Tief in seinem Innersten saß ein quälendes Erstaunen, wenn er seine Frau ansah, wie sie den ganzen Tag über im Haus umherging, so schön mit ihren sanften Augen, mit einem Mund, der so süß war, wenn sie ihn geschlossen hielt; nie hatte er eine Frau Kleider und Schmuck mit soviel Anmut tragen sehen. Und in der Finsternis und Dunkelheit der Nacht zehrte der Widerwille gegen sie alle Jugend und Frische in ihm auf; sie war kränklich, ihr Atem war unfrisch, ihre Liebkosungen plagten ihn. Und dann war sie so gut, daß er eine verzweifelte Scham empfand, aber in ihm sträubte sich nun einmal alles gegen sie.
Dazu kam, daß sie noch nicht lange verheiratet waren, als er schon begriff, sie würde ihm nie ein lebendes, ausgetragenes Kind gebären können. Er merkte, daß sie selbst noch trauriger darüber war als er; es schnitt ihm mit Messern ins Herz, wenn er dabei an *ihr* Schicksal dachte. Allerlei war ihm zu Ohren gekommen, es stünde deshalb so um sie, weil sie von Herrn Finn mit Fußtritten und Schlägen so mißhandelt worden war, daß sie mehrmals einen Schaden davongetragen hatte. Herr Finn empfand eine ganz sinnlose Eifersucht auf seine junge schöne Frau. Ihre Verwandten hatten sie von ihm fortschaffen wollen, aber Halfrid meinte, es sei die Pflicht eines christlichen Weibes, bei ihrem Ehegatten auszuhalten, ob er nun so oder so geartet sei.
Wenn jedoch Simon und sie kinderlos blieben, mußte er schließlich alle Tage fühlen, daß es *ihr* Besitz war, auf dem sie lebten, *ihr* Reichtum, den er verwaltete. Er verwaltete ihn verständig und wohlbedacht. Aber in diesen Jahren wuchs in ihm die Sehnsucht nach Formo empor, nach dem Stammhof seiner Vater-Mutter, den er schon immer nach dem Vater hatte übernehmen sollen. Ihm schien es nun, er sei dort oben im Gudbrandstal beinahe mehr daheim als in Romerike.
Die Leute fuhren fort, seine Gattin *Frau* Halfrid zu nennen, wie sie zur Zeit ihres ersten Mannes, des Ritters, genannt worden war. Dadurch hatte er noch stärker das Gefühl, nur ihr Verwalter auf Mandvik zu sein.
So kam der Tag, an dem sie allein zusammen in der Stube saßen, Simon und sein Weib. Eine der Mägde hatte gerade bei ihnen etwas zu tun gehabt. Halfrid sah ihr nach.
»Ich weiß nicht«, sagte sie, »ich fürchte, Jorunn ist diesen Sommer schwanger ...«
Simon hielt eine Armbrust auf den Knien und machte sich am Schloß zu schaffen. Er tauschte eine Schraube aus, betrachtete die Feder innen im Schloß und antwortete, ohne aufzublicken:
»Ja. Und es ist von mir, das Kind.«
Seine Frau sagte nichts. Als er nach einiger Zeit zu ihr hinblickte, saß

sie da und nähte, ebenso in ihre Arbeit vertieft, wie er in die seinige vertieft gewesen war.
Simon tat es herzlich leid. Leid, daß er seine Frau so gekränkt hatte, und leid, daß er sich mit dem Mädchen eingelassen hatte, und ärgerlich war er, weil er die Vaterschaft auf sich genommen hatte. Er selbst war seiner Sache durchaus nicht sicher – Jorunn ließ sich leicht gewinnen. Eigentlich hatte er sie nie gemocht; sie war häßlich, besaß jedoch eine flinke Zunge, und es machte Spaß, mit ihr zu reden, und sie war es gewesen, die im vergangenen Winter stets auf ihn gewartet hatte, wenn er spät heimkam. Er hatte übereilt geantwortet in der Meinung, seine Frau würde klagen und ihn entschuldigen. Das war dumm gedacht, er hätte wissen müssen, daß Halfrid sich dazu für viel zu gut hielt. Aber nun war es geschehen, und seine eigenen Worte verneinen wollte er nicht. So mußte er sich denn damit abfinden, Vater des Kindes seiner Magd zu heißen, ob er wollte oder nicht.
Halfrid erwähnte die Sache erst nach Jahresfrist wieder; da fragte sie eines Tages, ob er wisse, daß Jorunn nach Borg verheiratet werden solle. Simon wußte das sehr wohl, denn er selbst hatte ihr eine Aussteuer gegeben. Wo das Kind erzogen werden solle, fragte seine Frau. Bei den Eltern der Mutter, wo es jetzt sei, erwiderte Simon. Da sagte sie:
»Mich dünkt, es würde sich besser geziemen, wenn deine Tochter hier auf deinem Hof aufwüchse.«
»Auf deinem Hof, meinst du?« fragte Simon.
Über das Antlitz der Frau fuhr ein leises Beben.
»Das weißt du doch wohl, mein Gemahl, solange wir beide leben, bist du der Herr hier auf Mandvik«, sagte sie.
Simon trat auf sie zu und legte die Hände auf die Schultern seiner Frau:
»Wenn es wirklich so ist, meine Halfrid, daß du meinst, du könntest es ertragen, dieses Kind hier bei uns zu sehen, so will ich dir viel Dank für deine Großmut wissen.«
Der Vorschlag war ihm nicht recht. Er hatte das Kind einige Male gesehen. Es war ein ziemlich häßliches Mädchen, und er konnte keinerlei Ähnlichkeit mit sich oder einem aus seiner Sippe erkennen. Er glaubte weniger denn je, daß er der Vater war. Und er war tief verärgert, als er erfuhr, daß Jorunn die Kleine hatte Arngjerd taufen lassen, nach seiner Mutter, ohne ihn um Erlaubnis zu fragen. Aber nun mußte er Halfrid ihren Willen lassen. Sie holte das Kind nach Mandvik, beschaffte eine Amme und sorgte selbst dafür, daß der Kleinen nichts fehlte. Wenn ihr das Kind vor die Augen kam, nahm sie es oft selbst auf den Schoß und gab sich mit ihm ab, freundlich und liebevoll. Und je öfter Simon die Kleine sah, desto besser konnte er sie leiden – er war sehr kinderlieb. Jetzt glaubte er auch einige Ähnlichkeit zwischen Arngjerd und sich zu erkennen. Es war wohl denkbar, daß Jorunn klug genug gewesen war, sich im Zaum zu halten, nachdem der Herr

selbst ihr zu nahe gekommen war. – So war Arngjerd doch wohl seine Tochter, und das, wozu Halfrid ihn überredet hatte, war das beste und ehrenhafteste.
Als sie fünf Jahre verheiratet waren, gebar Halfrid ihrem Gatten einen gesunden Knaben. Sie war durchstrahlt vor Glück; gleich nach der Geburt jedoch wurde sie schwerkrank, und es war allen bald klar, daß sie sterben mußte. Trotzdem war sie getrosten Mutes, als sie ein letztes Mal noch eine Weile bei Sinnen war: »Nun wirst du hier auf Mandvik sitzen, Simon, und für dein und mein Geschlecht über alles verfügen«, sagte sie zu ihrem Mann.
Von da an nahm das Fieber so stark zu, daß sie nichts mehr von sich wußte, und so drang, während sie noch über der Erde war, der Kummer, daß der Knabe einen Tag vor ihr starb, nicht mehr bis zu ihrem Bewußtsein vor. Und in der anderen Heimat empfand sie wohl keinen Kummer mehr darüber, sondern war froh, daß sie ihren Erling bei sich hatte, dachte Simon.
Simon erinnerte sich später, daß er in jener Nacht, da die beiden Leichen oben im Dachraum lagen, an einem Zaun stand, der einen Acker zum Fjord hinunter eingrenzte. Es war kurz vor der Jonsmesse, und die Nacht war so hell, daß der Vollmond kaum zu leuchten vermochte. Das Wasser lag blank und bleich da und gluckste und rieselte ein wenig am Strand. Simon hatte kaum mehr als eine Stunde geschlafen seit jener Nacht, da der Knabe geboren wurde; dies schien ihm nun sehr lange her, und er war so müde, daß er kaum Trauer zu empfinden vermochte. Damals war er siebenundzwanzig Jahre alt.
Als im Lauf des Sommers das Erbe geteilt war, übergab Simon den Hof Mandvik Stig Haakonssohn, dem Vetter Halfrids. Er selbst zog nach Dyfrin und blieb den Winter über dort.
Der alte Herr Andres lag mit Wassersucht und vielen Krankheiten und Plagen zu Bett; es ging jetzt mit ihm zu Ende, und er jammerte viel – das Leben war in letzter Zeit auch nicht sehr leicht für ihn gewesen. Es war nicht alles so für seine schönen und vielversprechenden Kinder gekommen, wie er gewollt und erwartet hatte. Simon war viel beim Vater und versuchte mit Gewalt den gleichmäßigen und scherzhaften Ton von früher zu finden, aber der Alte jammerte unaufhörlich. Helga Saksetochter, die Gyrd geheiratet hatte, war so vornehm, daß sie nicht wußte, auf was für Unmöglichkeiten sie verfallen sollte – Gyrd wagte hier auf seinem eigenen Hof keinen Schritt zu tun, ohne seine Frau um Erlaubnis zu fragen. Und dieser Torgrim, der stets und beständig seinem Schwiegervater vorjammerte, nie hätte Torgrim die Tochter bekommen, hätte Herr Andres gewußt, wie zuwider dieser Mann war, der weder zu leben noch zu sterben vermochte. Astrid hatte keine Freude an ihrer Jugend und ihrem Wohlstand, solange ihr Mann lebte. Sigrid ging hier umher, niedergedrückt und vergrämt, Lachen und Übermut hatte sie ganz verlernt, seine liebe Tochter. Warum mußte sie ein Kind bekommen – und Simon keines! Herr Andres weinte, unglücklich und

alt und krank. Gudmund war gegen alle Heiraten gewesen, die sein Vater ihm vorgeschlagen hatte, und Herr Andres war so alt und untauglich geworden, daß er den Burschen vollkommen verwildern ließ. Aber das Unglück hatte damit begonnen, daß Simon und dieses Bauernmädchen sich ihren Eltern widersetzt hatten. Und das war Lavrans' Schuld – so wacker er sonst als Mann unter Männern war, brach er doch vor seinen Weibern daheim gleich in die Knie. Das Mädchen hatte wahrscheinlich geschluchzt und geschrien, und sofort war er weich geworden und hatte nach dem vergoldeten Hurenbock im Trondheimischen geschickt, der nicht einmal warten konnte, bis er die Braut mit Weihen empfangen hatte. Wäre Lavrans jedoch in seinem Hause Herr gewesen, dann hätte er, Andres Darre, wohl zeigen können, daß er einem bartlosen jungen Burschen von einem Sohn Vernunft beizubringen vermöchte. Kristin Lavranstochter, die bekam Kinder, die – jeden elften Monat einen zappelnden Sohn, so hatte er gehört.

»Das kommt teuer, Vater«, sagte Simon lachend. »Da wird die Erbschaft bös zerstückelt.« Er nahm Arngjerd und hob sie auf seinen Schoß – sie war gerade in die Stube hereingetrippelt.

»Ja, die da wird nicht die Ursache sein, daß dein Erbe in zu kleine Teile geht, wer es nun auch einmal teilen wird«, sagte Herr Andres zornig. Er hatte die Sohnestochter in einer Weise ganz gern, aber es kränkte ihn, daß Simon ein Hurenkind bekommen hatte. »Hast du an eine neue Heirat gedacht, Simon?«

»Laß doch Halfrid erst kalt werden in ihrem Grab, Vater«, sagte Simon und fuhr über das falbe Haar des Kindes. »Ich werde mich schon wieder verheiraten – aber solche Eile hat es doch wohl nicht.«

Dann nahm er die Armbrust und die Schneeschuhe und ging in den Wald, um ein wenig Luft zu schöpfen; er verfolgte mit seinen Hunden den Elch auf dem Harsch oder er schoß Auerhähne von den Baumwipfeln, schlief in den Nächten in der Waldalm von Dyfrin und war froh, allein zu sein.

Es scharrte draußen auf dem Harsch von Schneeschuhen, die Hunde fuhren auf, und von draußen antwortete Hundegebell. Simon schlug die Tür in die mondblaue Nacht hinaus auf, und herein kam Gyrd, schlank und groß und schön und still. Er sah jetzt jünger aus als Simon, der stets ein wenig fetter gewesen und in den Jahren auf Mandvik noch ein gut Teil schwerer geworden war.

Den Ranzen mit Mundvorrat zwischen sich, saßen die Brüder da, aßen, tranken und blickten ins Feuer.

»Du hast wohl gemerkt«, sagte Gyrd, »daß Torgrim großen Lärm schlagen wird, wenn der Vater einmal nicht mehr ist – und er hat Gudmund auf seine Seite gebracht. Und Helga. Sie wollen Sigrid nicht das volle Schwesternteil zugestehen.«

»Ich habe das gemerkt. Aber ihr Erbteil muß sie bekommen, das sollten wir, du und ich, doch wohl durchsetzen können, Bruder.«

»Am besten wäre es wohl, wenn der Vater selbst dies noch ordnete, ehe er stirbt«, meinte Gyrd.
»Nein, laß den Vater in Frieden sterben«, meinte Simon. »Wir beide werden es wohl zuwege bringen, unsere Schwester zu beschützen, so daß sie ihr nicht die Haut abziehen können, weil sie so ins Unglück gekommen ist.«
Die Erben Herrn Andres Darres schieden in bitterer Feindschaft. Gyrd war der einzige, von dem Simon Abschied nahm, als er das Heim verließ, und Simon wußte, daß Gyrd mit seiner Frau jetzt nicht die schönsten Tage haben würde. Sigrid nahm er mit sich nach Formo, sie sollte ihm sein Haus führen, und er wollte ihre Besitztümer verwalten.
An einem graublauen Tag, zur Zeit der Schneeschmelze, als der Erlenwald am Fluß braun von Knospen war, ritt er auf seinem eigenen Hof ein. Als er, mit Arngjerd auf dem Arm, das Wohnhaus betreten wollte, fragte Sigrid Andrestochter:
»Warum hast du so gelächelt, Simon?«
»Habe ich gelächelt?«
Er hatte gedacht, daß dies eine andere Heimkunft sei, als er sie sich einmal erwartet hatte – für jenen Tag, an dem er hier auf dem Hof seiner Vater-Mutter seinen Wohnsitz nehmen würde. Eine verführte Schwester und ein Buhlenkind, das waren nun seine Nächsten.

Im ersten Sommer sah er nicht viel von den Leuten auf Jörundhof – er mied sie mit Absicht.
Aber am Sonntag nach der letzten Marienmesse im Herbst fügte es sich so, daß er in der Kirche neben Lavrans Björgulfssohn stand und daß sie es beide waren, die einander den Messekuß geben sollten, als Sira Eirik geboten hatte, den Frieden der heiligen Kirche im eigenen Herzen walten zu lassen. Und als Simon die schmalen trockenen Lippen des älteren Mannes an seiner Wange fühlte und das Gebet des Friedens über sich flüstern hörte, ward er seltsam ergriffen. Er verstand, daß dies alles für Lavrans mehr bedeutete als nur die Erfüllung eines Kirchenbrauches.
Als die Messe zu Ende war, eilte Simon hinaus, traf jedoch bei den Pferden mit Lavrans zusammen, der ihn bat, mit nach Jörundhof zu kommen und zur Mahlzeit zu bleiben. Simon antwortete, seine Tochter sei krank, und seine Schwester säße allein bei ihr. Da wünschte Lavrans dem Kinde gute Besserung und reichte Simon die Hand zum Abschied.
Einige Tage danach hatten die Leute auf Formo schwer zu arbeiten, um die Ernte hereinzubringen, denn das Wetter sah unsicher aus. Als am Abend der erste Schauer losbrach, war der größte Teil des Getreides unter Dach. Simon lief im strömenden Regen über den Hofplatz, breites, goldenes Sonnenlicht, das durch die Wolken brach, beleuchtete das Wohnhaus und die Felswand dahinter – da sah er ein kleines Mädchen im Regen und in der Sonne vor der Tür zum Wohnhaus stehen. Die

Kleine hatte seinen Lieblingshund bei sich, nun riß sich dieser los und sprang an ihm empor, und von seinem Halsband hing ein gewebter Frauengürtel auf die Erde herab.
Er sah, daß das Mädchen ein Kind vornehmer Leute war; sie hatte zwar keinen Umhang und war barhäuptig, aber ihr weinrotes Kleid war aus ausländischem Tuch, bestickt und an der Brust mit einer vergoldeten Schließe zusammengeheftet. Eine seidene Schnur hielt das stark gelockte, regendunkle Haar aus der Stirn zurück. Die Kleine hatte ein munteres, zierliches Gesicht mit breiter Stirn und spitzem Kinn, große und strahlende Augen, und ihre Wangen waren flammend rot, als sei sie rasch gelaufen.
Simon ahnte, wer die Kleine war, und begrüßte sie mit ihrem Namen, Ramborg.
»Was ist der Anlaß, daß du mich so ehrst und uns besuchst?«
»Der Hund«, sagte sie, während sie ihm ins Haus folgte, um vor dem Regen geschützt zu sein. Das Tier habe sich angewöhnt, nach Jörundhof hinüberzulaufen; nun bringe sie es zurück. Ja, sie wisse, daß es sein Hund sei, sie habe gesehen, wie er neben ihm, Simon, einherlief, wenn er ausritt. Simon schalt sie ein wenig aus, weil sie allein hierhergegangen war; er sagte, er wolle Pferde satteln lassen und sie selbst nach Hause begleiten. Aber zuerst müsse sie etwas zu essen bekommen. Ramborg lief sofort zu dem Bett hinüber, wo die kranke kleine Arngjerd lag; beide, das Kind und Sigrid, freuten sich über den Gast, denn Ramborg war frisch und lebhaft. Sie glich nicht ihren Schwestern, fand Simon.
Er ritt mit Ramborg bis dorthin, wo der eingezäunte Weg zum Hof abzweigte, und hätte dort umgedreht, wäre er nicht Lavrans begegnet, der soeben erfahren hatte, daß das Kind nicht bei seinen Gespielinnen auf Laugarbru war; er wollte gerade mit seinen Leuten ausreiten, um zu suchen – er war sehr besorgt. Simon mußte nun mit ins Haus kommen, und als er erst einmal in der Stube im Oberstock saß, verließ ihn seine Scheu, und er fand sich bald mit Ragnfrid und Lavrans zurecht. Sie blieben noch lange beim Trunk sitzen, und da das Wetter nun sehr schlecht geworden war, nahm er mit Dank ein Lager für die Nacht an.
Es waren zwei Betten in der oberen Stube. Ragnfrid schmückte das eine schön für den Gast, und nun handelte es sich darum, wo Ramborg schlafen sollte – bei den Eltern oder in einem anderen Haus.
»Nein, ich, ich will in meinem eigenen Bett liegen«, sagte das Kind. »Darf ich nicht bei dir schlafen, Simon?« bat sie.
Der Vater sagte, der Gast solle nicht mit Kindern im Bett geplagt sein, aber Ramborg drang weiter darauf, daß sie bei Simon schlafen wolle. Schließlich sagte Lavrans streng, sie sei zu groß, um das Bett mit einem fremden Mann zu teilen.
»Nein, Vater, das bin ich nicht«, trotzte sie. »Ich bin doch nicht zu groß, Simon?«
»Du bist zu klein«, antwortete Simon lachend. »Verlange in fünf Jah-

ren bei mir zu schlafen, dann werde ich gewiß nicht nein sagen. Dann aber wirst du wohl einen anderen Mann haben wollen als einen häßlichen und dicken alten Witwer, kleine Ramborg!«

Lavrans schien den Scherz nicht zu lieben, er sagte scharf, sie solle nun den Mund halten und sich im Bett der Eltern schlafen legen. Aber Ramborg rief doch noch:

»Jetzt hast du um mich gebeten, Simon Darre, so daß mein Vater es hören konnte!«

»So ist es«, antwortete Simon lachend. »Aber ich fürchte, er wird mir ein Nein zur Antwort geben, Ramborg.«

Von diesem Tag an waren die Bewohner von Formo und Jörundhof ständig beisammen. Ramborg kam zum Nachbarhof, sooft sie Gelegenheit hatte, spielte mit Arngjerd, als sei das Kind ihre Puppe, lief mit Sigrid umher, half bei der Hausarbeit und setzte sich auf Simons Schoß, wenn sie alle in der Stube waren. Er gewöhnte sich dabei an, so mit dem Mädchen zu scherzen und es zu liebkosen, wie er in früheren Zeiten getan hatte, als sie und Ulvhild für ihn die Stelle von Schwestern einnahmen.

Simon hatte zwei Jahre in dem Tal gelebt, als Geirmund Hersteinssohn auf Kruke um Sigrid Andrestochter freite. Das Geschlecht auf Kruke war ein altes Freibauerngeschlecht, aber wenn auch der und jener unter den Männern in der Gefolgschaft der Könige gedient hatte, so war der Name dieser Sippe doch nie über die Grenzen der Gemeinden hinaus bekannt geworden. Dennoch war diese Heirat so gut, wie Sigrid sich nur erwarten durfte, und sie selbst wollte gern mit Geirmund verheiratet sein. So schlossen denn ihre Brüder den Handel ab, und Simon richtete der Schwester die Hochzeit bei sich aus.

Eines Abends kurz zuvor, während sie eifrig hin und her liefen, um alles zu dem Gastgelage vorzubereiten, sagte Simon im Scherz, er könne sich nicht denken, wie es jetzt mit seinem Haus gehen solle, wenn Sigrid ihn verlasse.

Da sagte Ramborg:

»Du mußt dich zwei Jahre lang behelfen, Simon, so gut du kannst. Mit vierzehn Jahren ist ein Mädchen zur Heirat reif, dann kannst du mich ja zu dir heimnehmen.«

»Nein, dich will ich nicht haben«, sagte Simon lachend. »Ich traue mir nicht zu, ein so wildes Mädchen wie dich im Zaum zu halten.«

»Stille Wasser sind am trügerischsten, sagt mein Vater«, gab Ramborg zurück. »Ich bin wild, das bin ich. Meine Schwester war zahm und still. Hast du Kristin jetzt vergessen, Simon Andressohn?«

Simon sprang von der Bank auf, nahm das Mädchen in seine Arme und hob sie bis zu seiner Schulter empor, er küßte sie auf den Hals, so daß ein roter Fleck davon entstand. Entsetzt und erstaunt ließ er sie los, packte Arngjerd, drückte und preßte sie ebenso an sich, um es zu verwischen. Er tollte und jagte mit den Mädchen herum, mit dem halberwachsenen und dem kleinen, so daß sie auf Tische und Bänke flüchteten, und zuletzt setzte er sie bei der Tür auf den Querbalken hinauf und lief davon.

Sie sprachen fast nie von Kristin, drüben auf Jörundhof – in seinem Beisein.

Ramborg Lavranstochter wuchs heran und wurde schön. Das Gerede der Leute war schon eifrig dabei, sie zu verheiraten. Eine Zeitlang war es Eindride Haakonssohn von den Valders-Gjeslingern. Sie waren zwar im vierten Glied miteinander verwandt, aber Lavrans und Haakon waren beide so reich, daß sie es sich wohl leisten konnten, dem Papst im Welschland einen Brief zu senden, um Dispens zu erhalten. Damit konnten einige der alten Rechtsstreitigkeiten ein Ende finden, die sich hingezogen hatten, seitdem die alten Gjeslinger auf Herzog Skules Seite gestanden und König Haakon ihnen ihre Güter in Vaage genommen und an Sigurd Eldjarn gegeben hatte. Ivar, der junge Gjesling, hatte Sundbu durch Heirat und Tausch wiedererhalten, aber diese Angelegenheit hatte eine unendliche Reihe von Reibereien und Uneinigkeiten mit sich gebracht. Lavrans selbst lachte darüber; der Teil der Beute, den er für seine Gattin fordern konnte, war die Kalbshaut und das Wachs nicht wert, das er in dieser Sache verbraucht hatte, nicht zu reden von den Anstrengungen und Reisen. Aber nun steckte er schon seit seiner Heirat in der Sache, und nun wollte er auch an dem Seinen festhalten. –

Aber Eindride Gjesling feierte mit einem anderen Mädchen Hochzeit, und auf Jörundhof schien man darüber nicht traurig zu sein. Man war zur Hochzeit geladen, und Ramborg erzählte stolz, als sie nach Hause kam, daß vier Männer bei Lavrans um sie gefreit hatten, für sich selbst oder für Verwandte. Lavrans hatte darauf geantwortet, er wolle keinen Handel für die Tochter abschließen, ehe sie alt genug sei, um in der Sache selbst ein Wort mitzureden.

Dabei blieb es bis zum Frühjahr jenes Jahres, da Ramborg vierzehn Winter alt war. Da stand sie eines Abends bei Simon im Stall auf Formo und sah ein Kalb an, das sie dort bekommen hatten. Es war weiß mit großen braunen Flecken, und Ramborg fand, die Flecke glichen genau einer Kirche. Simon saß auf der trennenden Holzwand, das Mädchen stützte sich auf seine Knie, und er zog sie an den Zöpfen:

»Das bedeutet wohl, daß du bald deinen Brautritt zur Kirche machen wirst, Ramborg.«

»Ja, du weißt wohl, daß mein Vater dir nicht nein antworten wird, an dem Tag, an dem du um mich wirbst«, sagte sie. »Ich bin jetzt so erwachsen, daß ich gut in diesem Jahr heiraten kann.«

Simon zuckte innerlich ein wenig zusammen, aber er versuchte zu lachen:

»Kommst du jetzt wieder mit diesem Unsinn!«

»Du weißt genau, daß es kein Unsinn ist«, sagte das Mädchen und schlug ihre großen Augen zu ihm auf. »Ich habe es seit langem ge-

wußt, daß ich am liebsten zu dir hierher nach Formo ziehen möchte. Warum hast du mich in diesen Jahren so oft geküßt und auf deinen Schoß genommen, wenn du mich nicht haben willst?«
»Haben wollte ich dich wohl gern, meine Ramborg. Aber ich habe nie geglaubt, daß eine so schöne und junge Maid mir bestimmt sein könne. Ich bin siebzehn Jahre älter als du; du hast wohl noch nie bedacht, daß du einmal einen alten, griesgrämigen, dickbäuchigen Gatten haben würdest, während du selbst ein Weib in deinen besten Jahren wärst.«
»Meine besten Jahre sind *jetzt*«, sagte sie strahlend. »Und noch bist du nicht sehr hinfällig, Simon!«
»Häßlich bin ich auch; du wirst es bald satt haben, mich zu küssen!«
»Das zu glauben, hast du keine Ursache«, antwortete sie lachend wie zuvor und reichte ihm ihren Mund dar. Aber er küßte sie nicht.
»Ich will mir deinen Unverstand nicht zunutze machen, du Süße, du. Lavrans will dich in diesem Sommer mit nach Süden nehmen. Hast du deinen Sinn nicht geändert, bis du zurückkommst, dann will ich Gott und Unserer Lieben Frau für ein Glück danken, das größer ist, als ich mir erwartet hatte, aber dich binden will ich nicht, holde Ramborg.«

Er nahm seine Hunde, Speer und Bogen und ging noch den gleichen Abend ins Gebirge hinauf. Droben lag noch sehr viel Schnee; er ging an seiner Alm vorbei und nahm von dort die Schneeschuhe mit, hielt sich dann an dem See südlich der Eberkämme auf und jagte eine Woche lang Renntiere. Aber an dem Abend, an dem er heimwärts zog, wurde er wiederum unruhig und furchtsam. Es sah Ramborg ähnlich, daß sie trotzdem mit ihrem Vater gesprochen hatte. Als er an der Alm von Jörundhof vorbeiglitt, sah er Rauch und Funken aus dem Dach aufsteigen; er dachte, Lavrans selbst sei vielleicht drin, und begab sich hinauf.
An dem Wesen des anderen glaubte er zu erkennen, daß er richtig vermutet hatte. Aber sie blieben sitzen und redeten über den letzten schlechten Sommer und darüber, wann man wohl daran denken könne, in diesem Jahr das Stallvieh auf die Alm zu treiben, redeten von der Jagd und von Lavrans' neuem Falken, der mit rauschenden Schwingen über den Eingeweiden der erbeuteten Vögel am Boden saß; die Vögel selbst brieten am Spieß über dem Feuer. Lavrans war nur hinaufgegangen, um sich nach der Hütte seiner Pferdehirten im Ilmandstal umzusehen; sie sollte eingestürzt sein, hatten einige Leute aus dem Oestertal erzählt, die in den letzten Tagen vorbeigekommen waren. So verging der größte Teil des Abends. Da fing Simon schließlich an:
»Ich weiß nicht – hat Ramborg dir etwas von dem gesagt, was wir eines Abends miteinander besprochen haben?«
Lavrans erwiderte langsam:
»Ich meine, du hättest gerne erst mit mir sprechen können, Simon; du kannst dir wohl denken, welche Antwort du erhalten hättest. Ja, ja, ich verstehe, es kann sich so ergeben haben, daß du zuerst dem Mädchen

gegenüber etwas davon erwähntest, und das soll auch keinen Unterschied machen. Ich freue mich, daß ich mein Kind in die Hand eines guten Mannes geben kann.«

Also ist über die Sache nicht mehr viel zu sagen, dachte Simon. Seltsam war es trotzdem. – Hier saß er, der nie daran gedacht hatte, einer ehrbaren Jungfrau oder Frau zu nahe zu treten, und war durch seine Ehre daran gebunden, sich mit einem Mädchen zu verheiraten, das er am liebsten nicht bekommen hätte; dennoch machte er einen Versuch:

»So verhält es sich doch auch wiederum nicht, Lavrans, daß ich mich hinter deinem Rücken an deine Tochter herangemacht hätte; ich dachte, ich sei so alt, daß sie es nicht für mehr als für eine Art Bruderschaft aus früherer Zeit nehmen würde, wenn ich soviel mit ihr redete. Und wenn du findest, ich sei zu alt für sie, so soll mich das nicht wundernehmen, und es soll der Freundschaft zwischen uns keinen Abbruch tun.«

»Nur wenig Männern bin ich begegnet, die ich lieber an Sohnes Statt sähe als dich, Simon«, erwiderte Lavrans. »Und ich möchte gern noch selbst Ramborg fortgeben. Du weißt, wer ihre Heirat zu bestimmen haben wird, wenn ich nicht mehr bin.« Es war das erstemal, daß zwischen ihnen beiden auf Erlend Nikulaussohn hingewiesen wurde. »In vieler Beziehung ist mein Schwiegersohn besser, als ich glaubte, da ich mit ihm bekannt wurde. Aber ich weiß nicht, ob er geeignet ist, in kluger Weise über die Heirat eines jungen Mädchens zu bestimmen. Und ich merke an Ramborg, daß sie dieses hier selbst gern will.«

»Das meint sie jetzt«, sagte Simon. »Aber sie ist noch kaum der Kindheit entwachsen. Ich will also nicht in dich drängen, wenn du findest, daß erst noch einige Zeit verstreichen soll.«

»Und ich«, sagte Lavrans – er zog die Stirn ein wenig hoch –, »ich will dir meine Tochter nicht aufdrängen, das darfst du nicht glauben.«

»Du darfst mir glauben«, sagte Simon rasch, »es gibt in Norwegens Landen keine Jungfrau, die ich lieber haben möchte als Ramborg. Es verhält sich so, Lavrans: mich dünkt es ein allzu großes Glück für mich, wenn ich eine so holde und junge und gute Braut bekomme, reich und aus den vornehmsten Geschlechtern stammend. Und dich zum Schwiegervater«, fügte er ein wenig verlegen hinzu.

Lavrans lachte befangen:

»Oh, du weißt, was ich von dir halte, und du wirst mit meinem Kind und ihrem Erbe so umgehen, daß wir nie Ursache haben werden, diesen Handel zu bereuen, ihre Mutter und ich . . .«

»Das verspreche ich, mit Gottes und aller heiligen Männer Hilfe«, sagte Simon.

Dann reichten sie einander die Hand. Simon gedachte des ersten Males, da er einen solchen Handel durch seinen Handschlag mit Lavrans bekräftigt hatte. Ihm zog sich das Herz schmerzhaft zusammen.

Aber Ramborg war wirklich eine bessere Heirat, als er sich hatte erwarten dürfen. Es lebten nur die beiden Töchter, um sich in die Erbschaft nach Lavrans zu teilen. Und er sollte bei jenem Mann an Sohnes Statt treten, den er stets von allen, die er kannte, am meisten geehrt und geliebt hatte. Und Ramborg war jung und liebreizend und munter.

Und er mußte nun doch endlich verständig sein wie ein erwachsener Mann. Hatte er denn immer noch gemeint, er würde die als Witwe bekommen, die ihm als Jungfrau nicht bestimmt war – nachdem jener andere ihre Jugend genossen hatte – und dazu ein Dutzend Stiefsöhne seiner Art –, nein, da verdiente er, daß seine Brüder ihn für unmündig erklärten und ihm die Zügel aus der Hand nähmen. Erlend wurde so alt wie der Stein im Fels, das wurden solche Burschen immer.

Ja, sie sollten nun also verschwägert werden. Sie hatten einander seit jenem Abend in dem Haus in Oslo nicht mehr gesehen. Nun, diese Erinnerung mußte für den andern noch weniger angenehm sein als für ihn. Er wollte Ramborg ein guter Gatte werden, ohne Falschheit. Obwohl es nicht ganz sicher war, daß das Kind ihn nicht in eine Falle gelockt hatte.

»Du sitzest da und lachst?« fragte Lavrans.

»Lachte ich? – Es kam mir etwas in den Sinn.«

»Sag, was es ist, Simon, damit auch ich lachen kann.«

Simon Andressohn heftete den Blick seiner scharfen kleinen Augen auf den anderen.

»Ich dachte an – Frauen. Ich möchte wissen, ob eine Frau Mannestreue und -gelöbnis so achtet, wie wir es untereinander tun, wenn sie oder eines der Ihren etwas gewinnen kann, dadurch, daß sie sich darüber hinwegsetzt. Halfrid, mein erstes Weib ... Ja, dies habe ich bisher keiner christlichen Seele anvertraut, Lavrans Björgulfssohn, und ich werde es keinem anderen Menschen anvertrauen. Sie war ein so gutes, frommes und rechtschaffenes Weib, wie ihresgleichen, glaube ich, kaum je gelebt hat. – Ich habe dir erzählt, wie es sich zutrug, daß Arngjerd auf die Welt kam. Aber damals, als wir merkten, wie es um Sigrid stand, ja, da wollte sie, daß wir meine Schwester verborgen hielten, und sie wollte so tun, als sei sie selbst krank und wollte dann Sigrids Kind für das ihre ausgeben. Dann hätten wir einen Erben gehabt, das Kind wäre gut aufgehoben gewesen, und Sigrid hätte bei uns bleiben können und hätte sich nicht von ihm zu trennen brauchen. Sie war sich, glaube ich, nicht bewußt, daß dies ein Betrug an ihren eigenen Verwandten gewesen wäre.«

Lavrans sagte nach einer kleinen Weile:

»Da könntest du jetzt auf Mandvik sitzen, Simon.«

»Ja.« Simon Darre lachte hart. »Und vielleicht mit ebenso gutem Recht wie gar mancher Mann auf dem Stück Land, das er das Erbe seiner Väter nennt. Da wir ja in diesen Dingen auf nichts anderes vertrauen können als auf die Ehrbarkeit der Frauen ...«

Lavrans warf dem Falken die Haube über den Kopf und setzte ihn sich aufs Handgelenk.

»Das ist eine seltsame Rede für einen Mann, der sich mit Heiratsgedanken trägt«, sagte er leise. Es klang etwas wie Unwille durch seine Stimme.
»Über *deine* Tochter denkt wohl niemand so«, entgegnete Simon.
Lavrans blickte auf den Falken hinab und kraulte ihm mit einem Span die Federn:
»Auch nicht über Kristin?« flüsterte er.
»Nein«, sagte Simon fest. »Schön hat sie nicht an mir gehandelt, aber nie bemerkte ich, daß sie die Unwahrheit sprach. Sie sagte es offen und ehrlich, daß sie einem Manne begegnet sei, den sie mehr liebe als mich.«
»Du gabst sie so bereitwillig frei«, fragte der Vater leise, »geschah dies nicht, weil du – irgendwelche – Gerüchte – über sie gehört hattest?«
»Nein«, versicherte Simon wie zuvor. »Ich hatte niemals Gerüchte über Kristin gehört.«
Es wurde verabredet, daß das Verspruchsbier noch im gleichen Sommer getrunken und die Hochzeit nach Ostern des nächsten Jahres gefeiert werden sollte, wenn Ramborg fünfzehn Jahre alt war.
Kristin hatte ihr Heim nicht mehr gesehen seit jenem Tag, da sie als Braut von ihm fortgeritten war; dies war nun acht Winter her. Jetzt kehrte sie mit großem Gefolge zurück, mit ihrem Gatten, Margret, fünf Söhnen, Kindermägden, Mägden, Knechten und Pferden mit Reisegut. Lavrans war ihnen entgegengeritten; sie trafen sich auf dem Gebirge von Dovre. Kristin weinte nicht mehr so schnell wie in ihrer Kindheit, als sie aber ihren Vater auf sich zureiten sah, füllten sich ihre Augen mit Tränen. Sie hielt das Pferd an, ließ sich aus dem Sattel gleiten und lief ihrem Vater entgegen, und als sie zusammentrafen, umfaßte sie seine Hände und küßte sie demütig. Lavrans sprang sofort vom Pferd und hob die Tochter in seinen Armen empor. Dann schüttelte er Erlend die Hand, der ebenso wie die anderen jetzt seinem Schwiegervater zu Fuß und mit ehrerbietigem Gruß entgegenging.
Am nächsten Tag kam Simon nach Jörundhof herüber, um seine neuen Verwandten zu begrüßen. Gyrd Darre und Geirmund von Kruke waren mit ihm, deren Frauen aber waren auf Formo zurückgeblieben. Simon wollte seine Hochzeit bei sich feiern, so daß es dort viel Arbeit für die Frauen gab.
Die Begegnung fiel so aus, daß Simon und Erlend einander ungezwungen und frei begrüßten. Simon war Herr über sich selbst, und Erlend gab sich so wohlgemut und munter, daß der andere dachte, er habe gewiß vergessen, wo sie einander zum letzten Male gesehen hatten. Danach gab Simon Kristin die Hand. Sie beide waren weniger sicher, und ihre Blicke ruhten nur ganz flüchtig ineinander.
Kristin dachte, er habe sehr verloren. In seiner Jugend war er doch ganz hübsch gewesen, obgleich er auch damals schon zu dick und kurz-

halsig war. Seine stahlgrauen Augen hatten zwischen den schweren Lidern klein geschienen, der Mund war zu zierlich, und die Lachgrübchen waren zu groß gewesen in dem kindlich runden Gesicht. Aber er hatte eine frische Farbe gehabt, eine milchweiße Stirn unter dem schönen, hellbraunen und gelockten Haar. Das lockige Haar besaß er noch, ebenso nußbraun und voll, aber sein ganzes Gesicht war braunrot, und den Augen gefurcht und mit schweren Wangen und einem Doppelkinn. Und er war so schwerfällig geworden, hatte auch einen kleinen Bauch bekommen. Er sah jetzt nicht mehr aus wie ein Mann, der Lust fühlen konnte, sich des Abends auf den Bettrand zu legen, um mit seinem Mädchen zu tuscheln. Kristin tat es leid um ihre junge Schwester, sie war so frisch und lieblich und so kindlich froh darüber, daß sie verheiratet werden sollte. Schon am ersten Tag hatte sie Kristin die Truhen mit dem Heiratsgut und Simons Festgaben gezeigt, und sie hatte erzählt, wie sie von Sigrid Andrestochter über einen vergoldeten Schrein gehört hatte, der in der Brautkammer auf Formo stand; es seien zwölf kostbare Kopflinnen darin, und diesen Schrein sollte sie am ersten Morgen von ihrem Vater bekommen. Arme Kleine, sie wußte wohl nicht, was Ehe war. Kristin empfand es schmerzlich, daß sie ihre kleine Schwester so wenig kannte – Ramborg war zweimal nach Husaby gekommen, aber dort war sie immer störrisch und unfreundlich gewesen –, sie konnte Erlend nicht leiden und auch nicht Margret, die gleichaltrig mit ihr war.

Simon dachte, daß er erwartet – vielleicht gehofft hatte, Kristin würde ein wenig verbraucht aussehen, nach so vielen Kindern. Aber sie blühte vor Jugend und Gesundheit, sie reckte sich noch immer ebenso gerade auf, hatte noch den gleichen anmutigen Gang, obgleich sie jetzt ein wenig fester auftrat. Sie war die schönste Mutter zwischen ihren fünf schönen jungen Söhnen.

Sie trug ein Gewand aus hausgewebter, rostbrauner Wolle mit einem Muster von dunkelblauen Vögeln; er konnte sich erinnern, daß er dabeigestanden und zugesehen hatte, während sie an diesem Stück webte.

Als sie sich in der Stube oben zu Tisch setzen wollten, entstand einige Unruhe. Skule und Ivar begannen zu schreien; sie wollten zwischen ihrer Mutter und der Pflegemutter sitzen, wie sie es gewohnt waren. Lavrans dachte, es schicke sich nicht, daß Ramborg weiter unten sitze als die Dienerin und die Kinder der Schwester, darum bat er die Tochter, sich zu ihm in den Hochsitz zu setzen, da sie nun ja bald von daheim scheiden solle.

Die kleinen Buben von Husaby waren unruhig und schienen nicht recht zu wissen, wie man sich bei Tisch zu benehmen hat. Man saß noch nicht lange bei der Mahlzeit, da verschwand der kleine, hellblonde Gaute unter dem Tisch und kam bei der Bank an Simons Knie wieder heraus.

»Darf ich die seltsame Scheide sehen, die du da an deinem Gürtel hast,

Verwandter?« sagte er; er sprach langsam und ernsthaft. Er meinte die große, silberbeschlagene Scheide für einen Löffel und zwei Messer, auf die sein Blick gefallen war.

»Das darfst du, Verwandter. Wie heißt du, Vetter?«

»Gaute Erlendssohn heiße ich, Vetter.« Er legte das Stück Speck auf Simons silbergraues Gewand aus flämischem Tuch, zog das Messer aus der Scheide und betrachtete es genau. Dann nahm er das Messer und den Löffel, womit Simon aß, steckte alles an seinen Platz, und nun konnte er auch sehen, wie es sich ausnahm, wenn das ganze Eßgerät in der Scheide saß. Er war sehr ernsthaft und an Gesicht und Fingern voller Fett. Simon blickte lächelnd in das kleine, hübsche, eifrige Gesicht.

Gleich darauf standen die beiden Ältesten auch an der Männerbank, und die Zwillinge rollten unter den Tisch und begannen dort zwischen den Beinen der Leute zu spielen, krochen hervor und sprangen dann hinüber zu den Hunden beim Ofen. Für die Erwachsenen gab es nur wenig Ruhe zum Essen. Wohl redeten Mutter und Vater ihnen zu und baten, sich schön ruhig hinzusetzen, aber die Kinder achteten nicht darauf; auch lachten die Eltern die ganze Zeit über sie und schienen ihr Unwesen nicht weiter ernst zu nehmen, auch nicht, als Lavrans in ziemlich scharfem Ton einen seiner Männer bat, die kleinen Burschen in die darunterliegende Stube zu schaffen, damit man hier doch sein eigenes Wort verstehen könnte.

Die Leute von Husaby sollten im Oberstock schlafen, und während nach der Mahlzeit für die Männer noch mehr zum Trinken hereingebracht wurde, zogen Kristin und ihre Mägde die Kinder in einen Winkel, um sie auszukleiden. Sie hatten sich beim Essen dermaßen beschmutzt, daß die Mutter sie ein wenig abwaschen wollte. Aber die kleineren wollten nicht gewaschen werden, und die größeren spritzten das Wasser umher, und alle miteinander fuhren zwischen jedem Kleidungsstück, das die Frauen ihnen auszogen, in der Stube hin und her. Endlich waren sie allesamt in dem einen Bett untergebracht, dort aber fuhren sie fort, herumzutollen und einander zu necken und zu stoßen und zu lachen und zu schreien, und Kissen und Decken und Laken wurden umhergeschleudert, so daß der Staub aufwirbelte und es in der ganzen Stube nach Heu roch. Kristin lachte und sagte gleichmütig, die Kinder seien so munter, weil sie sich in einem fremden Haus befänden.

Ramborg ging mit ihrem Verlobten hinaus und begleitete ihn in der Frühlingsnacht ein Stück des Weges. Gyrd und Geirmund waren vorausgeritten. Simon stand da und sagte gute Nacht. Er hatte den einen Fuß bereits im Steigbügel, da wandte er sich noch einmal dem Mädchen zu, nahm sie in seine Arme und drückte das zarte Kind an sich, so daß sie dabei leise und glücklich aufächzte.

»Gott segne dich, meine Ramborg – wie fein und schön du bist, allzu fein und schön für mich«, murmelte er in ihre wilden Locken hinein.

Ramborg stand da und sah ihm nach, als er in dem dunstigen Mondlicht davonritt. Sie rieb sich den Arm, sein Griff war so fest gewesen, daß es schmerzte. Unsinnig vor Freude dachte sie daran, daß es jetzt nur noch drei Tage dauerte, bis sie mit ihm verheiratet sein würde.

Lavrans stand mit Kristin vor dem Lager der Kinder und sah ihr zu, wie sie die kleinen Körper zurechtbettete. Die ältesten waren bereits große Knaben, mit magerem Rumpf und schlanken, hageren Gliedern, aber die beiden kleinen waren rundlich und rosigweiß, mit Falten und Grübchen an den Gelenken. Ihn dünkte es ein schöner Anblick, wie sie rot und warm dalagen, das üppige Haar feucht von Schweiß, im Schlaf gleichmäßig atmend. Es waren gesunde schöne Kinder, aber nie hatte er so schlecht erzogene Knaben gesehen wie diese seine Tochtersöhne. Es war nur gut, daß Simons Schwester und Schwägerin an diesem Abend nicht hier gewesen waren. Aber er durfte wohl nicht von Kindererziehung reden, er. – Lavrans seufzte leise und machte das Kreuzeszeichen über den kleinen Köpfen.

Dann feierte Simon Andressohn seine Hochzeit mit Ramborg Lavranstochter, und es verlief alles in jeder Beziehung schön und prächtig. Braut und Bräutigam sahen froh aus, und es schien vielen, daß Ramborg an ihrem Ehrentag liebreicher sei, als Kristin gewesen war – nicht so blendend schön wie Kristin, aber viel froher und sanfter; alle konnten es den klaren, unschuldigen Augen dieser Braut ansehen, daß sie heute die goldene Krone der Gjesling-Sippe mit vollen Ehren trug.

Und froh und stolz saß sie mit aufgestecktem Haar in dem Armstuhl vor ihrem Brautbett, als die Gäste am ersten Morgen zu dem jungen Paar heraufkamen. Lachend und voll munterer Scherze sahen sie zu, wie Simon seiner jungen Frau das Frauenlinnen um den Kopf legte. Begrüßungsrufe und Waffengetöse erfüllten den Raum, als Ramborg sich erhob und ihrem Mann die Hand reichte, rank und rotwangig unter dem weißen Tuch. Es geschah nicht so oft, daß zwei Abkömmlinge vornehmer Sippen in der gleichen Gemeinde einander heirateten – es stellte sich oft eine zu nahe Verwandtschaft heraus, wenn man die Sippen bis in alle Zweige verfolgte. Darum sahen alle diese Hochzeit für ein großes Freudenfest an.

VI

Gleich am Anfang war es Kristin daheim aufgefallen, daß alle die alten Männerköpfe, die die Windbretter an den Dachfirsten geschmückt hatten, verschwunden waren. Hingegen war ein Türmchen mit Laubwerk und Vögeln und einer vergoldeten Wetterfahne auf dem neuen Vorratshaus angebracht worden. Auch die alten Pfosten beim Hochsitz in der Feuerstube hatte man gegen neue vertauscht. Die alten waren in der Form von Männern geschnitzt gewesen, häßlich genug, aber sie hatten sicherlich dort gestanden, seitdem das Haus erbaut worden war, und es war eine Gepflogenheit gewesen, sie zu den Festzeiten mit Fett einzuschmieren und mit Bier zu übergießen. In die neuen Pfosten hatte der Vater zwei Männer mit Helm und Schild mit dem Kreuzeszeichen geschnitzt. Es sei nicht Sankt Olav selbst, sagte er, denn es dünkte ihn unziemlich, daß ein sündiger Mensch Abbilder der Heiligen in seinem Haus habe, ohne vor ihnen seine Gebete zu verrichten, aber sie konnten gleichsam zwei Kämpen von den Getreuen Sankt Olavs sein. Alle die alten Holzschnitzereien hatte Lavrans selbst kleingehackt und verbrannt – die Knechte wagten es nicht. Es wurde ihnen noch so halb und halb gestattet, in den heiligen Nächten Speisen hinauszutragen zu dem großen Stein auf dem Jörundhügel; Lavrans fand, es wäre doch eine Sünde, dem Urbauern das zu entziehen, was er nun, solange auf dem Hof Menschen gelebt hatten, zu bekommen gewohnt war. Jener Bauer war gestorben, noch lange ehe das Christentum nach Norwegen gekommen war, so daß man es ihm nicht zur Last legen konnte, daß er ein Heide war.

Die Leute sahen es ungern, daß Lavrans Björgulfssohn solche Veränderungen vornahm. Für ihn mochte es ja recht sein, er konnte sich an anderer Stelle Sicherheiten erkaufen. Diese schienen nicht weniger kräftig zu sein, denn Lavrans hatte das gleiche Bauernglück wie zuvor. Aber man fragte sich doch, ob die Geister sich nicht rächen würden, wenn ein Mann auf den Hof käme, der weniger fromm wäre und nicht so gebefreudig bei allem, was die Kirche anging. Für kleine Leute jedenfalls war es billiger, den Alten das Gewohnte zu geben, als in Streit mit ihnen zu geraten und sich an die Priester halten zu müssen.

Im übrigen war es durchaus ungewiß, wie es mit der Freundschaft zwischen Jörundhof und dem Hof des Priesters einmal gehen würde, wenn Sira Eirik nicht mehr wäre. Der Priester war jetzt alt und schlaff geworden und mußte sich einen Hilfspriester halten. Er hatte mit dem Bischof über seinen Tochtersohn Bentheim Jonssohn gesprochen, aber auch Lavrans redete mit dem Bischof, der von früheren Zeiten her sein Freund war. Die Leute fanden das nicht recht. Wohl konnte man annehmen, daß der junge Priester Kristin Lavranstochter an jenem Abend zu nahe getreten war und das Mädchen vielleicht erschreckt hatte, aber man konnte doch auch nicht wissen, ob nicht sie selbst die Veranlassung zu seiner Frechheit gegeben hatte. War doch später herausgekommen, daß sie nicht so schüchtern war, wie es geschienen hatte. Aber Lavrans hatte die ganze Zeit seine Tochter für zu gut gehalten und sie auf den Händen getragen, ganz als wäre sie ein Heiligenschrein.

Nach diesem Vorfall war das Verhältnis zwischen Sira Eirik und Lavrans einige Zeitlang kühl. Aber dann kam dieser Sira Solmund, und er geriet mit dem Pfarrherrn sogleich in Streit wegen einiger Äcker, von denen man nicht wußte, ob sie zum Pfarrgut oder zu Eiriks Eigentum gehörten. Lavrans wußte am besten Bescheid über jeden Länderkauf in der Gemeinde bis weit zurück in der Zeit, und seine

Zeugenaussage gab hier den Ausschlag. Seitdem waren er und Sira Solmund keine Freunde. Sira Eirik und Audun, der alte Diakon, wohnten jetzt beinahe auf Jörundhof, so konnte man wohl sagen, denn sie kamen jeden Tag herüber und saßen bei Lavrans, klagten über alle Ungerechtigkeiten und Plagen, die sie von dem neuen Priester erdulden mußten, und wurden bedient, als wären sie zwei Bischöfe.

Kristin hatte darüber einiges von Borgar Trondssohn auf Sundbu erfahren; er hatte sich sein Weib aus dem Trondheimischen geholt und war mehrere Male auf Husaby zu Gast gewesen. Trond Gjesling war vor ein paar Jahren gestorben; dies schien niemand für einen großen Schaden zu halten, denn er war fast wie ein Schandfleck in der alten Sippe gewesen: geizig, störrisch und kränklich. Lavrans allein hatte es mit Trond ausgehalten, denn ihn jammerte des Schwagers und noch mehr Gudrids, des Weibes. Jetzt waren sie tot, und alle ihre vier Söhne wohnten zusammen auf dem Hof; es waren vielversprechende, wackere und schöne Männer, so daß die Leute dies für einen guten Tausch ansahen. Zwischen ihnen und dem Oheim auf Jörundhof herrschte große Freundschaft. – Er ritt jedes Jahr ein paarmal nach Sundbu und begleitete sie auf der Jagd im Westgebirge. Aber auch Borgar sagte, es sei ganz unvernünftig, wie Lavrans und Ragnfrid sich jetzt mit Bußen und Gottesfürchtigkeit plagten. »Wasser schüttet er sich zur Fastenzeit immer noch wie verrückt in den Hals, doch dem Bier spricht er nicht mehr mit dem gleichen vergnügten Herzen zu wie früher, dein Vater«, sagte Borgar. Keiner könne sich auf diesen Mann verstehen. – Es sei doch undenkbar, daß Lavrans irgendeine heimliche Sünde zu büßen habe, und soweit die Leute davon wüßten, habe er doch sicher so christlich gelebt wie nur irgendeines der Kinder Adams, außer den Heiligen.

Tief und verborgen regte sich in Kristins Herzen eine Ahnung, weshalb der Vater danach strebte, Gott immer näher und näher zu kommen. Aber sie wagte nicht, klar zu verstehen.

Sie wollte nicht zugeben, daß sie sah, wie verändert der Vater war. Er war noch nicht so sehr gealtert: er hatte sich schlank erhalten und bewegte sich noch schön und geschmeidig. Das Haar war stark ergraut, jedoch fiel dies nicht auf, da er stets so blond gewesen war. Trotzdem – in ihrer Erinnerung stand das Bild jenes jungen, strahlend schönen Mannes vor ihr – die frische Rundung der Wangen in dem länglichen, schmalen Gesicht, die helle Röte der Haut unter dem sonnverbrannten Schimmer, der Mund rot und voll mit tiefen Winkeln. Jetzt war sein muskelstarker Körper bis auf Knochen und Sehnen eingeschrumpft, das Gesicht braun und scharf wie in Holz geschnitzt, die Wangen dünn und mager, mit einem Muskelknoten in jedem Mundwinkel. Ja, aber er war auch kein junger Mann mehr, obgleich er doch auch wieder nicht so sehr alt war.

Ruhig, besonnen und nachdenklich war er stets gewesen, und sie wußte, daß er schon von Kindheit an mit besonderem Eifer die Gebote des Christentums befolgt hatte, Messen und Gebete in der Römersprache geliebt und die Kirche aufgesucht hatte als jenen Ort, an dem er seine größte Freude fand. Aber alle hatten damals gefühlt, wie freier Mut und Lebensfreude im Gemüt des stillen Mannes breit und ruhig dahinwogten. Nun schien es, als sei etwas in ihm abgeebbt.

Kristin hatte ihn nur ein einziges Mal betrunken gesehen, seitdem sie daheim war – an einem Abend der Hochzeit auf Formo. Da hatte er ein wenig getaumelt, und seine Stimme war rauh gewesen, aber besondere Lustigkeit hatte er nicht gezeigt. Sie entsann sich des Vaters von ihrer Kindheit her – bei den großen Biergelagen an den hohen Feiertagen und bei Gastgelagen –, wie er da aus vollem Halse lachen konnte, sich bei jedem Scherz auf die Schenkel schlug und alle Männer, die ihn an Leibeskräften gleich schienen, aufforderte, mit ihm zu ringen und die Kräfte zu messen; wie er die Pferde erprobte und im Tanze sprang, aber selbst am meisten lachte, wenn er unsicher auf den Füßen stand; wie er Gaben ausstreute und vor Gutmütigkeit und Freundlichkeit gegen alle Menschen überströmte. Sie begriff, daß ihr Vater den großen Rausch brauchte, von Zeit zu Zeit, zwischen der ständigen Arbeit, den strengen Fasten, die er einhielt, und dem stillen Leben daheim mit den Seinen, die in ihm ihren besten Freund und ihre Stütze erblickten.

Sie fühlte auch, daß ihr Mann niemals dieses Bedürfnis hatte, sich zu betrinken, wohl weil er sich so wenig Zwang auferlegte, wenn er auch noch so nüchtern war, sondern stets seinen Einfällen Folge leistete, ohne viel über Recht oder Unrecht nachzugrübeln oder darüber, was die Leute für guten Brauch und verständiges Gebaren ansahen. Erlend war starken Getränken gegenüber der mäßigste Mann, den sie je gekannt hatte; er trank, um den Durst zu löschen und um der Gesellschaft willen, ohne sich viel daraus zu machen.

Jetzt hatte Lavrans Björgulfssohn das alte gute Verhältnis zu den Bierschalen verloren. Er hatte nicht mehr das in sich, was er im Rausch auslösen mußte. Nie war ihm der Gedanke gekommen, seine Sorgen in unmäßigem Trinken zu ersäufen, und es kam ihm auch jetzt nicht in den Sinn; er kannte es nicht anders, als daß ein Mann nur mit seiner Freude sich zum Trinken setzen sollte.

Mit seinen Sorgen war er an eine andere Stelle gegangen. Ein Bild schwebte der Tochter stets in halbem Dämmern vor – der Vater in jener Nacht, da die Kirche abbrannte. Er stand unter dem Kruzifix, das er herausgerettet hatte, das Kreuz halb tragend und sich halb dagegen lehnend. Ohne es klar zu Ende zu denken, ahnte Kristin, daß die Furcht für ihre und ihrer Kinder Zukunft bei jenem Mann, den sie erwählt hatte, und das Gefühl seiner eigenen Machtlosigkeit in dieser Beziehung ein Teil der Sorgen waren, die Lavrans verändert hatten.

Dies nagte im geheimen an ihrem Herzen. Und sie war heimgekommen, müde von der Unruhe des letzten Winters, müde von dem Leichtsinn, mit dem sie sich selbst an Erlends Sorglosigkeit in Ruhe gewiegt hatte. Sie wußte, daß er verschwenderisch war und blieb, nicht die Fähigkeit besaß, seine Besitztümer zu verwalten, die sich unter seiner Leitung langsam und unaufhörlich verringerten. Wohl hatte sie ihn dazu überredet, dies und jenes auf ihren und Sira Eilivs Rat hin zu ordnen, aber sie brachte es nicht über sich, immer und ewig mit ihm über solche Dinge zu sprechen; es war verlockend, jetzt auch einmal mit ihm froh zu sein. Sie fühlte sich des Kampfes und Streites mit allem um sie und mit ihrem eigenen Inneren so müde. Aber sie war so geartet, daß auch die Sorglosigkeit sie ängstlich machte und an ihr zehrte.

Hier daheim hatte sie den Frieden ihrer Kindheit unter dem Schutz des Vaters wiederzufinden gehofft.

Nein, sie fühlte sich so unsicher. Erlend hatte jetzt gute Einnahmen aus seinem Amt, dafür trat er aber auch mit immer größerem Prunk auf und umgab sich mit immer zahlreicherem Gesinde und Gefolge. Und außerdem hatte er begonnen, sie nun völlig von alldem in seinem Leben fernzuhalten, das nicht ihr allernächstes gemeinsames Leben betraf. Sie merkte, daß er ihre wachsamen Augen nicht über seinem Tun und Lassen haben wollte. Mit Männern redete er mehr als gern über alles, was er dort oben im Norden gesehen und erlebt hatte. Ihr gegenüber erwähnte er niemals etwas davon. Dazu kamen noch andere Dinge. Er war in diesen Jahren ein paarmal Frau Ingebjörg, der Königin-Mutter, und Herrn Knut Porse begegnet; es hatte sich nie so gegeben, daß sie mit dabei hätte sein können. Nun war Herr Knut Herzog in Dänemark, und König Haakons Tochter hatte sich mit ihm durch Heirat verbunden. Dies hatte in manchem norwegischen Gemüt bitteren Groll erweckt; es waren gegen die hohe Frau Schritte unternommen worden, die Kristin nicht verstand. Und der Bischof in Björgvin hatte heimlich einige Truhen nach Husaby gesandt; sie waren jetzt an Bord von Margygren, und das Schiff lag draußen bei Neset. Erlend hatte Briefschaften erhalten und wollte zum Sommer nach Dänemark segeln. Er wollte Kristin unbedingt mitnehmen, aber sie widersetzte sich. Sie begriff, daß Erlend sich unter diesen Mächtigen als Ebenbürtiger und lieber Verwandter bewegte, und sie ängstigte sich. Es war so wenig Verlaß auf einen so unvorsichtigen Mann wie Erlend. Aber sie wagte doch nicht mitzufahren. Dort draußen würde sie ihm nicht mit Rat beistehen können, und sie wollte sich nicht der Gefahr aussetzen, mit Leuten zusammenzukommen, unter denen sie, eine schlichte Hausfrau, sich nicht behaupten konnte. Und dann hatte sie Angst vor dem Meer; die Seekrankheit stand vor ihr wie etwas, das schlimmer war als die schwerste Geburt.

So lebte sie daheim auf Jörundhof, bebenden und unruhigen Herzens.

Eines Tages war sie mit ihrem Vater unten auf Skjenne. Und sie hatte wiederum die merkwürdige Kostbarkeit gesehen, die die Leute dort auf dem Hof besaßen. Es war ein Sporn aus dem reinsten Golde, groß

und von veralteter Form, mit seltsamen Verzierungen; sie wußte, wie jedes Kind in der Gemeinde, woher er stammte.
Es war in der ersten Zeit, nachdem Sankt Olav das Christentum ins Tal gebracht hatte, daß Audhild, die Holde von Skjenne, in den Berg gelockt worden war. Man schaffte Kirchenglocken auf den Berg hinauf und läutete nach dem Mädchen – am dritten Abend kam sie den Hang heruntergeschritten, so geschmückt mit Gold, daß sie wie ein Stern glänzte. Da zerriß das Seil, die Glocke rollte über das Gestein hinunter, und Audhild mußte wieder in den Berg zurück.
Aber viele Jahre später kamen eines Nachts zwölf Recken und Priester. Es war der erste Priester, der hierher nach Sil gekommen war. Sie hatten goldene Helme und silberne Harnische und ritten auf dunkelbraunen Hengsten. Das waren Audhilds Söhne, die sie mit dem Bergkönig bekommen hatte, und sie baten darum, ihrer Mutter ein christliches Begräbnis und ein Grab in geweihter Erde zu geben. Sie habe ihren Glauben bewahrt und die Feiertage der Kirche im Berg gehalten und habe so innig um diese Gnade gebeten. Allein der Priester schlug es ihnen ab; die Leute sagten, er habe darum nun selbst keine Ruhe im Grabe, sondern wanke in den Herbstnächten im Wald nördlich der Kirche umher, wo man ihn vor Reue über seine Härte weinen höre. In der gleichen Nacht hatten die Audhildssöhne sich auf Skjenne gezeigt und dort den alten Eltern die Grüße der Mutter überbracht. Da fand man am Morgen den goldenen Sporn auf dem Hofplatz. Die Leute auf dem Hof glaubten, auch weiterhin auf die Verwandtschaft mit den Skjennemännern rechnen zu dürfen, denn sie waren im Gebirge stets von besonderem Glück begünstigt. Während Kristin mit dem Vater in der Sommernacht heimwärts ritt, sagte Lavrans zur Tochter:
»Diese Audhildssöhne sprachen die christlichen Gebete, wie sie sie von ihrer Mutter gehört hatten. Gottes Namen und Jesu Namen konnten sie nicht aussprechen, aber das Vaterunser und das Credo sprachen sie folgendermaßen: Ich glaube an jenen Allmächtigen, ich glaube an den eingeborenen Sohn, ich glaube an den stärksten Geist. Und dann sprachen sie: Gegrüßet seist du, Fraue, die die gesegnete ist unter den Weibern, und gesegnet ist die Frucht deines Leibes, der Trost aller Welt...«
Kristin blickte scheu zu dem mageren, wetterharten Gesicht des Vaters auf. In der hellen Sommernacht schien es so von Sorgen und Grübeleien zerfurcht, wie sie es noch nie gesehen hatte.
»Das habt Ihr mir früher nie erzählt«, sagte sie leise.
»Wirklich? Ach nein, ich dachte wohl, du könntest schwerere Gedanken davon bekommen, als du mit deinen Jahren zu tragen vermöchtest. Sira Eirik sagte, es stehe beim Apostel Sankt Paulus geschrieben, nicht die Menschheit allein seufze unter Qualen.«

Eines Tages saß Kristin auf der obersten Stufe der Treppe, die zum Oberstockwerk führte, und nähte, als Simon auf den Hof geritten kam und unterhalb ihres Platzes anhielt, jedoch ohne sie zu erblicken. Die Eltern kamen beide heraus. Nein, Simon wollte nicht absteigen, Ramborg habe ihn nur gebeten, wenn er einmal vorbeikäme, nachzufragen, ob sie das Schaf, das ihr Lieblingslamm gewesen sei, etwa auf die Bergweide gegeben hätten; sie wolle es bei sich haben.

Kristin sah, wie ihr Vater sich den Kopf kratzte. Ramborgs Schaf, ja. Er lachte vor Zorn. Das war nun schlimm, er hatte gehofft, sie würde es vergessen haben. Denn er hatte jedem seiner beiden ältesten Tochtersöhne eine kleine Axt geschenkt, und als erstes hatten sie diese dazu benutzt, Ramborgs Schaf zu erschlagen.

Simon lachte ein wenig: »Ja, die Buben von Husaby, das sind ein paar Kerle ...«

Kristin lief die Treppe hinab, löste ihre silberne Schere von der Gürtelkette:

»Gib das Ramborg als Buße dafür, daß meine Söhne ihr Schaf erschlugen. Ich weiß, sie hat sich diese Schere gewünscht, seit sie klein war. Niemand soll sagen, daß meine Söhne ...« Sie hatte heftig gesprochen, jetzt schwieg sie jäh. Ihr Blick war auf ihre Eltern gefallen, diese sahen Kristin unwillig und erstaunt an.

Simon nahm die Schere nicht, er schien verlegen zu sein. Da wurde er Björgulfs gewahr und ritt zu ihm hin, beugte sich hinunter und hob den Knaben vor sich in den Sattel:

»So, du treibst Raub hier in unseren Tälern, du bist jetzt mein Gefangener, und morgen können deine Eltern zu mir herüberkommen, dann wollen wir über das Lösegeld verhandeln.«

Damit grüßte er lachend zurück und ritt mit dem Knaben fort, der in seinen Armen lachte und zappelte. Simon hatte sich mit den Erlendssöhnen sehr angefreundet; Kristin erinnerte sich, daß er stets die Zuneigung von Kindern besessen hatte; ihre kleinen Schwestern hatten ihn geliebt.

Es stimmte sie seltsam böse, daß er Kinder so gern hatte und eine solche Gabe besaß, mit ihnen zu spielen, während ihr Gemahl so wenig auf Kindergeschwätz hören mochte.

Am Tage darauf, als sie auf Formo waren, merkte sie übrigens, daß Simon bei seinem Weib keinen großen Dank für diesen kleinen Gast geerntet hatte.

»Niemand wird erwarten, daß Ramborg sich schon viel aus Kindern macht«, sagte Ragnfrid, »sie ist ja selbst kaum der Kindheit entwachsen. Das wird schon anders werden, wenn sie einmal älter ist.«

»Das wird es wohl.« Simon und seine Schwiegermutter wechselten einen Blick und ein ganz kleines Lächeln. Ja, dachte Kristin, es sind ja bald zwei Monate vergangen seit der Hochzeit.

Zerrissen und unruhigen Gemütes, wie Kristin jetzt war, ließ sie ihre Laune über Erlend aus. Er nahm diesen Aufenthalt auf dem Hof des Vaters seines Weibes zufrieden und vergnügt hin wie ein rechtschaffener Mann. Mit Ragnfrid hielt er gute Freundschaft, und er ließ deutlich erkennen, daß er seinen Schwiegervater herzlich liebte; auch Lavrans schien den Eidam gut leiden zu können. Kristin aber war nun so empfindsam geworden, daß sie fühlte, wie in der Güte ihres Vaters gegen Erlend viel von jener nachsichtigen Zartheit lag, die Lavrans stets für jedes Lebewesen übrig hatte, das ihm nicht tüchtig genug schien, um selbst zurechtzukommen. Seine Liebe zu dem anderen Tochtersohn war nicht so geartet. Dem Simon begegnete er wie einem Freund und Genossen. Und obgleich Erlend dem Schwiegervater im Alter viel näher stand als Simon, so sagten Simon und Lavrans du zueinander, während von Anfang an, seitdem Erlend mit Kristin verlobt war, Lavrans du zu ihm und Erlend Ihr zum Vater gesagt hatte. Lavrans hatte ihm nie eine Änderung hierin angeboten.

Auch Simon und Erlend waren gute Freunde, wenn sie zusammentrafen, aber sie suchten gegenseitig ihre Gesellschaft nicht auf. Kristin empfand weiterhin eine heimliche Scheu vor Simon Darre – um deswillen, was er von ihr wußte, und mehr noch deshalb, weil sie daran dachte, daß er damals mit Ehren dagestanden hatte und Erlend mit Schmach. Es machte sie rasend, wenn sie daran denken mußte, daß Erlend selbst dies anscheinend hatte vergessen können. So war sie nicht immer sehr freundlich gegen ihren Mann. War Erlend dann in der Laune, ihre Gereiztheit gutmütig und mit Sanftmut zu ertragen, dann ärgerte es sie, daß er sich ihre Worte nicht zu Herzen gehen ließ. Ein anderes Mal konnte es geschehen, daß seine Geduld sehr kurz war, und dann wurde er heftig, sie aber gab scharfe und kalte Antworten zurück.

Eines Abends saßen sie in der Feuerstube auf Jörundhof. Lavrans fühlte sich immer noch in diesem Hause am wohlsten, besonders bei Regenwetter und schwerer Luft wie heute, denn drüben in der Großstube unter dem Oberstockwerk war die Decke niedrig, und dort wurde der Rauch des Feuers lästig, während in der Feuerstube der Rauch unter dem Firstbalken hinzog, selbst wenn man des Wetters halber das Rauchloch schließen mußte.

Kristin saß an der Feuerstätte und nähte; sie war schlechter Laune und langweilte sich. Ihr gegenüber nickte Margret über ihrer Arbeit ein und gähnte von Zeit zu Zeit; die Kinder lärmten und tobten im Raum. Ragnfrid war auf Formo, und der größere Teil des Gesindes befand sich draußen. Lavrans saß in seinem Hochsitz und Erlend zuoberst auf der äußeren Bank; zwischen ihnen lag das Schachbrett, und sie schoben die Figuren schweigend und nach vielem Nachdenken hin und her. Einmal waren Ivar und Skule im Begriff, einen jungen Hund zwischen sich in Stücke zu zerreißen, Lavrans stand auf und nahm ihnen das schreiende kleine Tier weg; er sagte nichts, sondern setzte sich mit dem Hund auf dem Schoß wieder zum Spiel.

Kristin trat zu ihnen hin, legte eine Hand auf die Schulter ihres Mannes und sah so dem Spiel zu. Erlend war viel weniger tüchtig im Schachspiel als der Schwiegervater, so daß er meistens verlor, wenn sie des Abends spielten, aber das ertrug er geduldig und gleichmütig. An diesem Abend spielte er sehr schlecht. Kristin stand dabei und machte ihm deshalb Vorwürfe, nicht sehr sanft und freundlich. Da sagte Lavrans schließlich ein wenig ungehalten:

»Wie kann auch Erlend seine Gedanken beim Spiele haben, wenn du so dastehst und ihn beunruhigst. Was willst du hier, Kristin, aufs Brettspiel hast du dich doch nie verstanden!«

»Nein, Ihr meint gewiß, ich verstünde mich auf nichts.«

»Auf eines verstehst du dich nicht, das sehe ich«, sagte der Vater scharf, »und zwar darauf, wie es sich für eine Frau geziemt, zu ihrem Gatten zu sprechen. Es wäre besser, du wiesest deine Kinder zur Ruhe – sie treiben es ja schlimmer als die Wilde Jagd.«

Kristin ging hin und setzte ihre Kinder in einer Reihe auf die Bank und nahm selbst bei ihnen Platz.

»Seid jetzt still, meine Söhne«, sagte sie, »euer Mutter-Vater will nicht, daß ihr hier in der Stube spielt und scherzt.«

Lavrans blickte zur Tochter hinüber, schwieg jedoch. Bald darauf kamen die Kindsmägde herein, und Kristin, die Mägde und Margret gingen mit den Kindern, um sie ins Bett zu legen. Erlend sagte, als er mit dem Schwiegervater allein war:

»Ich wollte, Schwiegervater, Ihr hättet Kristin nicht so zurechtgewiesen. Wenn es ihr ein Trost ist, in ihrer schlechten Laune auf mich zu hacken, dann – mit ihr reden nützt nichts, und sie verträgt es nicht, daß einer ein Wort über ihre Kinder sagt.«

»Und du«, fragte Lavrans, »gedenkst du es zu dulden, daß deine Söhne so ohne Zucht aufwachsen? Wo stecken sie denn immer, die Mägde, die die Kinder hüten und auf sie achten sollen.«

»In Eurer Knechtestube, denke ich«, sagte Erlend lachend und dehnte sich. »Aber ich wage nicht, zu Kristin ein Wort über ihre Mägde zu sagen; da wird sie furchtbar zornig, und dann gibt sie mir zu hören, daß wir, sie und ich, anderen kein Beispiel gewesen wären.«

Am Tag darauf war Kristin draußen und pflückte am Rande einer Wiese südlich des Hofes Erdbeeren; da rief ihr Vater von der Tür der Schmiede ihr zu und bat sie, zu ihm zu kommen.

Kristin kam, ein wenig widerwillig. Es handelte sich wohl wieder um Naakkve. An diesem Morgen hatte er ein Gatter aufgemacht, und die Kühe waren in einen Gerstenacker gelaufen.

Der Vater nahm ein glühendes Eisen aus dem Feuer und legte es auf den Amboß. Die Tochter setzte sich und wartete, und lange war kein anderer Laut außer den Hammerschlägen auf dem funkensprühenden Eisen und die singende Antwort des Ambosses zu hören. Schließlich fragte Kristin, was er von ihr wolle.

Das Eisen war jetzt kalt. Lavrans legte Zange und Vorhammer weg und trat zu ihr. Gesicht und Haar voller Ruß, schwarz an Kleidern und Händen, und mit dem großen Schurzfell sah er strenger aus als sonst.

»Ich rief dich zu mir, meine Tochter; denn ich wollte dir dieses sagen:

Hier auf meinem Hof mußt du deinem Gemahl jene Ehrfurcht erweisen, die sich für eine Gattin geziemt. Ich will nicht hören, daß meine Tochter ihrem Manne so antwortet, wie du gestern Erlend geantwortet hast.«
»Es ist neu, Vater, daß Ihr meint, Erlend sei ein Mann, dem man Ehrfurcht zu erweisen hätte.«
»Er ist *dein* Mann«, sagte Lavrans. »Ich habe doch wahrlich nicht Gewalt gegen dich angewandt, um diese Heirat zustande zu bringen. Das magst du bedenken.«
»Ihr seid so gute Freunde«, antwortete Kristin. »Hättet Ihr ihn damals so gekannt, wie Ihr ihn jetzt kennt, so hättet Ihr es sicher gern getan.«
Der Vater blickte auf sie hinab, ernsthaft und betrübt:
»Jetzt redest du übereilt, Kristin, und sagst etwas, von dem du weißt, daß es nicht wahr ist. Ich versuchte nicht, dich mit Zwang zu halten, als du deinen richtigen Verlobten wegwerfen wolltest, obwohl du weißt, daß ich Simon herzlich liebhatte.«
»Nein – aber auch Simon wollte mich ja nicht haben, darum ...«
»Ach. Er war zu hochgesinnt, als daß er starr auf seinem Recht bestanden hätte, da du ihn nicht wolltest. Aber ich weiß nicht, ob er in seinem Herzen so sehr dagegen gewesen wäre, hätte ich so gehandelt, wie Andres Darre wollte – und nicht den Einfällen nachgegeben, die ihr beiden jungen Leute hattet. Und fast weiß ich nicht, ob nicht der Ritter recht hatte – nun, wenn ich sehe, daß du mit jenem Gemahl nicht geziemlich leben kannst, den du dir ertrotzt hast ...«
Kristin lachte laut und häßlich: »Simon! Nie hättet Ihr Simon mit Gewalt dazu bringen können, die Frau zu heiraten, die er mit einem anderen Mann in einem solchen Hause angetroffen hatte.«
Lavrans rang um Luft. »Haus?« sagte er unwillkürlich.
»Ja – eines, das ihr Männer ein Dirnenhaus nennt. Jene, die es besaß, war Munans Buhlerin, sie selbst warnte mich davor, dorthin zu gehen. Ich sagte, ich wolle meinen Verwandten dort treffen, ich wußte nicht, daß er *ihr* Verwandter war.« Sie lachte abermals, wild und häßlich.
»Schweig!« sagte der Vater.
Eine Weile stand er da. Ein Zittern lief über sein Gesicht, ein Lächeln, das wie ein Erbleichen war. Sie mußte an die Laubhänge am Berge denken – wie sie erbleichen, wenn der Windstoß jedes Blatt umwendet – ein zitterndes und bleiches Leuchten.
»Der erfährt viel, der nicht fragt.«
Kristin brach auf ihrer Bank zusammen, stützte sich auf den einen Ellbogen und hob die andere Hand vor ihre Augen. Zum erstenmal hatte sie Angst vor ihrem Vater – Todesangst.
Er wandte sich von ihr ab, ging hin und nahm den Vorhammer, stellte ihn auf seinen Platz zwischen dem anderen Werkzeug. Dann sammelte er Feilen und die kleinen Gerätschaften zusammen, machte sich daran, auf den Querbalken zwischen den Wänden alles in Ordnung

zu legen. Er stand mit dem Rücken zu ihr; seine Hände zitterten heftig.

»Hast du nie daran gedacht, Kristin – Erlend verschwieg dieses.«

Lavrans stand vor ihr, blickte auf das weiße, furchtsame Gesicht hinab. »Ich erwiderte ihm nein, ins Gesicht hinein, als er in Tunsberg mit seinen reichen Verwandten zu mir kam und um dich freite, dachte ich doch nicht, ich sei es, der ihm Dank schulde dafür, daß er die Ehre meiner Tochter wiederaufrichten wollte. Manch ein anderer Mann hätte es mich wissen lassen.

Er aber kam wieder, warb um dich mit allen Ehren. Nicht alle Männer wären so eifrig bemüht gewesen, ein Mädchen zur Ehe zu gewinnen, das bereits – bereits – so weit war wie du damals.«

»Dies, denke ich, hätte kein Mann Euch zu sagen gewagt.«

»Den kalten Stahl hat Erlend noch nie gefürchtet.« Lavrans' Gesicht bekam plötzlich einen unsagbar müden Ausdruck, seine Stimme sank tot und klanglos zusammen. Dann aber raffte er sich wieder auf, still und starr:

»So schlimm es auch ist, Kristin; am schlimmsten dünkt es mich, daß du es aussprichst, jetzt, nachdem er dein Mann und der Vater deiner Söhne ist.

Verhält es sich so, wie du sagst, dann wußtest du das Schlimmste über ihn, noch ehe du dir ertrotztest, ihn heiraten zu dürfen. Er war doch bereit, dich so teuer zu erkaufen, als wärest du eine ehrliche Jungfrau. Viel Freiheit im Herrschen und Befehlen hat er dir vergönnt. So magst du nun deine Sünde dadurch wiedergutmachen, daß du mit Verstand herrschest und dort ausgleichst, wo es Erlend an Vorsicht gebricht, das bist du Gott und deinen Kindern schuldig.

Ich selbst habe gesagt, und andere haben das gleiche gesagt, Erlend scheine zu nichts anderem zu taugen als dazu, Frauen zu verführen. Auch du bist mit schuld daran, daß solches gesagt wurde. – Das hast du nun selbst bewiesen. Seither hat er gezeigt, daß er auch zu anderem taugt.

Dein Mann hat sich durch Mut und Raschheit im Kriegszug einen guten Namen erworben. Es ist kein geringer Gewinn für deine Söhne, daß ihr Vater in den Ruf der Kühnheit und Waffentüchtigkeit gekommen ist. Daß er – unverständig war, das mußtest *du* am besten von uns allen wissen. Am besten löschest du deine Schande aus, indem du den Gemahl, den du dir selbst erwählt hast, ehrst und ihm hilfst . . .«

Kristin war zusammengesunken, den Kopf in den Händen. Jetzt blickte sie auf, bleich und verzweifelt:

»Grausam war es von mir, Euch dieses zu sagen. Oh! – Simon bat mich, es war das einzige, worum er mich bat, ich möchte es Euch ersparen, das Ärgste zu hören.«

»Simon bat dich, mich zu schonen.« Sie hörte das verletzte Gefühl aus seiner Stimme heraus. Und sie begriff, wie grausam auch dies von ihr war, ihm zu sagen, daß ein Fremder glaubte, sie daran erinnern zu müssen, ihren Vater zu schonen.

Da setzte sich Lavrans neben sie hin, nahm ihre eine Hand zwischen seine beiden und legte sie auf sein Knie.

»Grausam war es, meine Kristin«, sagte er mild und kummervoll. »Gut bist du gegen alle, mein gutes Kind, aber ich habe auch schon früher bemerkt, daß du grausam sein kannst gegen jene, die du allzusehr liebst. Um Jesu willen, Kristin, erspare es mir, daß ich mich so um dich ängstigen muß. Daß dieser dein wilder Sinn noch mehr Kummer über dich und die Deinen bringt. Du gebärdest dich wie ein Fohlen, das zum erstenmal an die Deichsel gespannt wird, dort, wo du dich mit deinem Herzen verbunden fühlst.«

Schluchzend sank sie zu ihm hinüber, und der Vater umschloß sie eng und fest mit den Armen. So blieben sie lange sitzen, Lavrans schwieg. Endlich hob er ihren Kopf:

»Nun bist du schwarz geworden«, sagte er mit einem kleinen Lächeln. »Dort im Winkel liegt ein Tuch, aber du wirst wohl nur noch schwärzer davon. Du mußt hinübergehen und dich waschen; jetzt können dir alle ansehen, daß du auf dem Schoß des Schmiedes gesessen hast.«

Er schob sie sanft zur Tür hinaus, schloß diese und stand eine Weile still. Dann wankte er die wenigen Schritte zur Bank hin, sank nieder und blieb dort sitzen, den Nacken gegen einen Wandbalken gestützt und das verzerrte Gesicht nach oben gewandt. Er preßte mit aller Kraft die eine Hand gegen das Herz. Es dauerte ja nie so lange. Die Atemnot, der schwarze Schwindel, der Schmerz strömte vom Herzen in die Glieder aus, es kämpfte und bebte, tat einige harte Schläge und stand zitternd wiederum still. Das Blut hämmerte in den Halsadern. Nach einer Weile würde es wohl vergehen. Es ging stets vorüber, wenn er ein wenig stillgesessen hatte. Aber es kam wieder, öfter und öfter.

Erlend hatte mit seiner Schiffsmannschaft verabredet, mit ihr am Abend der Jakobsmesse auf Veöy zusammenzutreffen, blieb aber einige Zeit länger auf Jörundhof, um mit Simon einen Raubbären zu jagen, der unter dem Almvieh gehaust hatte. Als er von dieser Jagd heimkehrte, war Nachricht für ihn da, daß einige seiner Männer mit den Leuten in der Stadt Händel angefangen hätten, und er mußte eilen, um sie auszulösen. Auch Lavrans hatte dort etwas zu tun, und so ritt er mit dem Eidam.

Als sie auf der Insel anlangten, ging es aufs Ende der Olavsmesse zu. Erling Vidkunssohns Schiff lag dort, und bei der Abendmesse trafen sie den Reichsverweser in der Peterskirche. Er begleitete sie in den Mönchshof, wo Lavrans Herberge genommen hatte, speiste mit ihnen und sandte seine Männer zum Schiff hinunter nach einem besonders guten französischen Wein, den er in Nidaros gekauft hatte.

Aber das Gespräch schlich träge dahin, während sie tranken. Erlend saß in eigene Gedanken vertieft, mit frohen Augen wie stets, wenn er auf etwas Neues ausziehen sollte, jedoch bei den Reden der andern

zerstreut. Lavrans nippte nur von dem Wein, und Herr Erling war still.
»Du siehst müde aus, Verwandter«, sagte Erlend zu ihm.
Ja, sie hätten hartes Wetter gehabt, als sie heute nacht über die Husastadbucht fuhren, er sei nicht schlafen gegangen.
»Und du mußt scharf reiten, wenn du zum Tag der Lavransmesse nach Tunsberg kommen willst. Viel Ruhe und Behaglichkeit wirst du wohl auch dort nicht finden. Ist Meister Paal jetzt beim König?«
»Ja. Kommst du nicht nach Tunsberg?«
»Es müßte denn sein, um den König zu fragen, ob er seiner Mutter einen liebevollen Sohnesgruß entbieten will« – Erlend lachte. »Oder ob Bischof Audfinn der hohen Frau einen Gruß senden will.«
»Viele wundern sich darüber, daß du nach Dänemark fährst, jetzt, da die Großen des Reiches in Tundsberg zusammenkommen«, sagte Herr Erling.
»Ja, ist es nicht seltsam, daß die Leute sich immer über mich wundern müssen? Ich kann doch wohl Lust haben, wieder ein weniges von den Sitten und Gebräuchen zu sehen, die ich nicht mehr gesehen habe, seit ich das letztemal in Dänemark war – wieder einmal im Turnier dabeizusein –, besonders jetzt, da unsere Verwandte uns eingeladen hat. Kein anderer von ihren Verwandten hier im Land will sie ja jetzt anerkennen, außer Munan und ich.«
»Munan ...« Erling runzelte die Stirn. Dann lachte er: »Steckt noch so viel Leben in dem alten Saubären, hätte ich beinahe gesagt, daß er seinen Speck noch von der Stelle rühren kann? So, er will ein Turnier veranstalten, Herzog Knut. Munan soll wohl auch in die Schranken reiten?«
»Ja – es ist ein Jammer, Erling, daß du nicht mitkommen und diesen Anblick genießen kannst.« Auch Erlend lachte. »Ich merke wohl, du fürchtest, Frau Ingebjörg könnte uns zu diesem Kindsbier geladen haben, damit wir ein anderes Bier brauen und sie dazu bitten sollen. Du weißt doch selbst am besten, mein Schritt ist zu schwer und mein Herz zu leicht, als daß ich mich zu Schlichen eignen würde. Und dem Munan habt ihr ja jeden einzelnen Zahn ausgezogen.«
»Ach nein, von dieser Seite befürchten wir wohl kaum besondere Schliche. Darüber muß Ingebjörg Haakonstochter sich nun doch klar sein, daß sie durch ihre Heirat mit Porse alles Recht in ihrem eigenen Land verspielt hat. Für sie ist es nicht geraten, ihren Fuß über die Schwelle hier zu setzen, seitdem sie ihre Hand in die jenes Mannes gelegt hat, von dem wir nicht einmal den kleinen Finger innerhalb unserer Landesgrenzen sehen wollen.«
»Ja, es war klug von euch, den Knaben von seiner Mutter zu trennen«, sagte Erlend finster. »Noch ist er nur ein Kind, und schon haben wir Männer Norwegens allen Grund, den Kopf hoch zu tragen, wenn wir an den König denken, dem wir die Treue geschworen haben.«
»Schweig still«, sagte Erling Vidkunssohn leise und verzweifelt. »Das – ist gewißlich unwahr.«

Die beiden anderen konnten ihm ansehen, daß er wußte, wie wahr es war. Obgleich König Magnus Eirikssohn noch ein Kind war, sollte er doch bereits von einer Sünde angesteckt sein, die unter christlichen Männern zu nennen sich nicht geziemte. Ein schwedischer Schreiber, der das Amt hatte, ihn während seines Aufenthaltes in Schweden im Lesen der Bücher zu unterweisen, hatte ihn auf unnennbare Weise irregeführt.

Erlend sagte:

»Auf jedem Hof und in jedem Unterschlupf hier im Norden bei uns flüstern sich die Leute zu, die Christkirche sei abgebrannt, weil der König unwürdig sei, auf Sankt Olavs Platz zu sitzen.«

»Um Gottes willen, Erlend, ich sage, es ist ungewiß, ob es auf Wahrheit beruht! Und wir müssen doch glauben, daß dieses Kind, König Magnus, in Gottes Augen ohne Schuld ist. Er kann sich rein waschen. Du sagst, wir hätten ihn von seiner Mutter getrennt! Ich sage, Gott strafe die Mutter, die ihr Kind so im Stich läßt, wie Ingebjörg ihren Sohn im Stich gelassen hat – vertraue nicht auf eine solche Frau, du, Erlend – vergiß nicht, daß es treulose Menschen sind, mit denen du jetzt zusammentreffen wirst!«

»Ich meine, sie haben einander die Treue gut genug gehalten. Aber du, du redest, als fiele dir jeden Tag ein Himmelsbrief in den Schoß; darum glaubst du wohl, dir anmaßen zu dürfen, es mit Kirchenfürsten aufzunehmen.«

»Nein, hör jetzt auf, Erlend. Sprich von dem, was du verstehst, Junge, oder schweig still.« Herr Erling hatte sich erhoben; sie standen beide, er und Erlend, zornig und mit roten Köpfen da.

Erlend verzog den Mund vor Ekel:

»Ein Tier, das von Menschen mißbraucht worden ist, erschlagen wir und schmeißen das Aas in den Wasserfall.«

»Erlend!« Der Reichsverweser umklammerte die Tischkante mit beiden Händen. »Du hast selbst Söhne«, sagte er leise. »Kannst du so etwas sagen. Oh, hüte deine Zunge, Erlend. Überlege erst, ehe du sprichst, dort, wo du jetzt hinkommst. Und überlege zwanzigmal, ehe du handelst.«

»Macht ihr es so, wenn ihr über die Angelegenheiten des Reiches beratet, dann wundert es mich nicht, daß alles verkehrt geht. Aber du brauchst keine Angst zu haben« – er räusperte sich –, »ich – werde gewiß nichts tun. Aber es ist herrlich, jetzt in diesem Lande zu leben. Ja, du mußt ja morgen frühzeitig heraus. Und mein Schwiegervater ist müde.«

Als er gute Nacht gewünscht hatte, blieben die beiden anderen noch sitzen, ohne etwas zu sagen. Erlend schlief an Bord seines Schiffes. Erling Vidkunssohn saß da und drehte seinen Becher zwischen den Fingern.

»Ihr hustet?« fragte er, um etwas zu sagen.

»Alte Leute sind leicht verschleimt. Wir haben jetzt so viele Plagen, lieber Herr, von denen ihr Jungen gar nichts wißt«, sagte Lavrans lächelnd.

Dann saßen sie wieder schweigend da. Bis Erling Vidkunssohn wie halb zu sich sagte:

»Ja, so denken alle, daß es schlecht bestellt ist um dieses Reich. Vor sechs Jahren, in Oslo, da glaubte ich, es hätte sich klar gezeigt, daß ein festes Bestreben bestünde, das Königtum aufrechtzuerhalten – bei den Männern aus jenen Geschlechtern, die dazu geboren sind. Ich – baute darauf.«

»Ich glaube, Ihr saht damals recht, Herr. Aber Ihr selbst sagtet, wir seien gewohnt, uns um unseren König zu scharen. Jetzt ist er ein Kind – und die halbe Zeit in einem anderen Lande.«

»Ja. Manchmal denke ich: es ist kein Schaden, ist auch ein Nutzen dabei. Früher, als unsere Könige wie die Hengste sprangen, da gab es genug schöner Fohlen aufzustellen; das Volk brauchte nur jenes zu erkiesen, das am besten um sich biß.«

Lavrans lachte ein wenig: »Ach ja.«

»Wir sprachen darüber vor drei Jahren, Lavrans Lagmanssohn, als ihr von Eurer Wallfahrt nach Skövde kamt und Eure Verwandten in Gautland besucht hattet.«

»Ich erinnere mich, Herr, Ihr schenktet mir die Ehre, mich aufzusuchen.«

»Nein, nein, Lavrans, Ihr braucht nicht so höfisch zu sein.« Der andere machte eine ungeduldige Bewegung mit der Hand. »Es kam so, wie ich sagte«, meinte er finster. »Keiner vermag jetzt die Herren im Lande um sich zu scharen. Wer den größten Hunger hat, der drängt sich vor; etwas ist immer noch im Trog. Aber die, die danach trachten könnten, Macht und Reichtum wie in der Zeit unserer Väter auf ehrenvolle Weise zu gewinnen, die treten nicht hervor.«

»Es sieht so aus. Aber die Ehre ist mit dem Banner des Führers verknüpft.«

»Da müssen die Männer glauben, daß meinem Banner wenig Ehren folgen«, sagte Erling trocken. – »Ihr habt Euch von allem ferngehalten, das Euren Namen hätte bekannt machen können, Lavrans Lagmanssohn.«

»So habe ich es gehalten, seit ich verheiratet bin, Herr. Und verheiratet wurde ich frühzeitig; meine Frau war kränklich und vertrug es nicht, viel unter Menschen zu kommen. Und es hat den Anschein, als könne unsere Sippe hier in Norwegen nicht gedeihen. Meine Söhne starben jung, und nur einer von meinen Brudersöhnen brachte es zum erwachsenen Mann.«

Es tat ihm leid, daß er dies gesagt hatte. Erling Vidkunssohn hatte in diesem Punkt selbst viel Kummer erlebt. Seine Töchter waren gesund herangewachsen, aber auch ihm war nur ein einziger seiner Söhne am Leben geblieben, und es hieß, der Knabe habe eine schwache Gesundheit. Aber Herr Erling fragte nur:

»Ihr habt auch in der mütterlichen Sippe keine nahen Verwandten, soviel ich weiß?«
»Nein, keine näheren als die Kinder einer Schwester meines Mutter-Vaters. Sigurd Lodinssohn hatte nur Töchter, und sie starben beide beim ersten Kind – meine Muhme nahm das ihre mit ins Grab.«
Dann saßen sie wieder eine Weile schweigend da.
»Solche Männer wie Erlend«, sagte der Reichsverweser leise, »sind am gefährlichsten. Solche, die ein wenig über ihre eigene Nase hinausdenken. Aber doch nicht weit genug. Ja, ist nicht Erlend wie ein faules Kind?« Er schob im Ärger den Weinbecher auf dem Tisch umher. »Er ist doch gut begabt? Und von guter Geburt und kühn. Aber nie mag er so viel über eine Sache hören, daß er sie bis ins letzte versteht. Und würde er wirklich einmal einem Mann bis zu Ende zuhören, so hätte er wohl den Anfang vergessen, ehe man noch beim Schluß angelangt wäre.«
Lavrans blickte zu dem anderen hinüber. Herr Erling war seit dem letztenmal, da er ihn gesehen hatte, sehr gealtert. Er sah verbraucht und müde aus, schien seinen Platz weniger auszufüllen. Er hatte feine, klare Gesichtszüge, aber sie waren etwas zu klein, und außerdem war seine Haut ein wenig welk, war es immer gewesen. Lavrans fühlte, daß dieser Mann, obgleich er ein rechtschaffener Ritter war, klug und bereit, unverbrüchlich und ohne sich zu schonen zu dienen, in jedem Ausmaß um einiges zu klein war, um an der Spitze zu stehen. Wäre er um einen Kopf größer gewesen, hätte er wohl eher eine vollzählige Gefolgschaft gefunden.
Lavrans sagte leise:
»So klug ist Herr Knut doch wohl auch – wenn er dort unten an irgendeinen Angriff denkt –, einzusehen, daß er in geheimen Aufträgen keinen großen Nutzen von Erlend erwarten kann.«
»Ihr liebt diesen Eidam in gewisser Beziehung, Lavrans«, sagte der andere beinahe ärgerlich. »Offen gestanden, besonderen Grund, ihn zu lieben, habt Ihr doch nicht.«
Lavrans saß da, tauchte den Finger in verschütteten Wein und fuhr zeichnend auf der Tischplatte umher. Herr Erling bemerkte, daß ihm die Ringe jetzt sehr locker an den Fingern saßen:
»Habt *Ihr* denn Grund dazu?« Lavrans blickte mit dem kleinen feinen Lächeln auf. »Trotzdem glaube ich, daß auch Ihr ihn gern habt!«
»Ach ja. Gott mag wissen ...
Aber Ihr könnt darauf schwören, Lavrans, Herrn Knut fährt jetzt gar manches durch den Sinn; er ist jetzt Vater eines Knaben, der ein Tochtersohn König Haakons ist.«
»Selbst Erlend muß verstehen können, daß der Vater dieses Kindes einen allzu breiten Rücken hat und daß der kleine Junker niemals um ihn herumkommen kann. Und die Mutter hat um dieser Heirat willen das ganze Volk gegen sich.«
Kurz darauf stand Erling Vidkunssohn auf und gürtete sein Schwert

um; höfisch nahm Lavrans den Umhang des Gastes vom Haken und hielt ihn bereit; da schwankte er plötzlich und wäre umgesunken, hätte nicht Herr Erling ihn in seinen Armen aufgefangen. Nur mit Mühe vermochte Herr Erling Lavrans, der groß und schwer war, zum Bett hinüberzutragen. Ein Schlaganfall war es nicht, aber Lavrans war bleich und hatte blaue Lippen, die Glieder waren schlapp und weich. Herr Erling lief über den Hofplatz und weckte den Herbergsvater.

Lavrans schien ganz beschämt, als er wieder zu sich kam. Ja, es sei eine Schwäche, die sich ab und zu melde, seit einer Elchjagd vor zwei Wintern, bei der er sich im Schneegestöber verirrt hatte. So etwas ist wohl nötig, ehe ein Mann lernt, daß die Jugend vorbei ist, lächelte er entschuldigend.

Herr Erling wartete, bis der Mönch den Kranken zur Ader gelassen hatte, obwohl Lavrans ihn bat, sich nicht zu bemühen, da er doch schon in aller Morgenfrühe weitermüsse.

Der Mond stand schimmernd und hoch über den Bergen auf dem Festland, und darunter lag das Wasser schwarz, draußen aber auf dem Fjord floß das Licht wie Silberschollen. Kein Rauch stieg aus den Dachöffnungen, das Gras auf den Hausdächern glitzerte betaut im Mondlicht. Niemand befand sich auf der einzigen kurzen Straße der Stadt, als Herr Erling rasch die wenigen Schritte zum Königshof hinunterging, wo er schlafen sollte. Er sah seltsam schmächtig und klein aus im Mondschein, den schwarzen Umhang dicht um sich gezogen, ein wenig zusammenschaudernd. Ein paar schläfrige Knechte, die auf ihn gewartet hatten, taumelten mit einem Licht auf den Hofplatz heraus. Der Reichsverweser nahm das Licht, hieß die Männer zu Bett gehen – und schauderte wieder zusammen, während er die Treppe zum Oberstockwerk hinaufstieg.

VII

Gleich nach der Bartholomäusmesse begab sich Kristin mit ihrem großen Gefolge von Kindern, Gesinde und Reisegut auf die Heimfahrt. Lavrans ritt mit ihr bis Hjerdkinn hinauf.

Sie gingen dort auf dem Hofplatz auf und ab und redeten miteinander, Lavrans und die Tochter, es war am Morgen, er sollte wieder zurückreiten. Auf dem Gebirge lag blendende Sonne, die Moore waren bereits rot, und die Hügel von den Kleinbirken gelb wie Gold; draußen auf den Bergweiten blitzte Wasser auf und verdunkelte sich wieder, je nachdem die Schatten der großen, hellen Gutwetterwolken darüber hinzogen. Unaufhörlich wallten sie aus den fernen Tälern und Schluchten auf und sanken wieder zurück zwischen die Felskuppen und blauen Berge, die mit Neuschneefeldern und alten Firnen weit draußen am Gesichtskreis den Blick begrenzten. Die kleinen, graugrünen Getreideäcker, die zu der Gebirgsherberge gehörten, unterschieden sich in ihrer Farbe so seltsam von dieser herbstlich leuchtenden Bergwelt.

Der Wind blies scharf und frisch, Lavrans zog Kristin die Kapuze, die ihr der Wind über die Schultern geweht hatte, wieder um den Kopf und glättete den Zipfel des Kopflinnens darunter.
»Mich dünkt, du bist bleich und schmalwangig geworden auf meinem Hof daheim«, sagte er. »Sind wir nicht gut gegen dich gewesen, Kristin?« – »Doch, das seid ihr. Das ist es nicht ...«
»Es ist ja auch eine mühselige Reise für dich mit allen diesen Kindern«, meinte der Vater.
»Ach ja. Obgleich nicht diese fünf daran schuld sind, daß ich bleiche Wangen habe.« Sie lächelte flüchtig, und als der Vater sie erschrocken und fragend ansah, nickte sie und lächelte leise zurück. Der Vater blickte weg, aber nach einer Weile fragte er:
»Verstehe ich recht, du wirst also vielleicht nicht so bald wieder in unser Tal heimkommen?«
»Acht Jahre soll es nun diesmal nicht wieder dauern«, sagte sie wie vorher. Da erhaschte sie einen Schimmer von dem Gesicht des Mannes. »Vater! O – Vater!«
»Still, still, meine Tochter.« Unwillkürlich faßte er sie bei den Armen und hielt sie zurück, als sie sich an seine Brust werfen wollte. »Nein, Kristin ...«
Er nahm ihre Hand fest in die seine und begann, mit ihr zu gehen. Sie hatten sich ein wenig von den Häusern entfernt, folgten nun einem Steig durch das gelbe Birkendickicht, ohne zu wissen, wo sie gingen. Der Vater sprang über einen kleinen Bach, der den Pfad kreuzte, wandte sich zur Tochter zurück und reichte ihr die Hand hinüber.
Sie sah, selbst an dieser kleinen Bewegung, daß er nicht mehr so gelenkig und voller Spannkraft war wie einst. Sie hatte es schon früher gesehen und dessen nicht geachtet; er sprang nicht mehr so leicht in den Sattel, wie er früher zu tun pflegte, er lief nicht mehr in einem Satz die Treppe hinauf, hob einen schweren Gegenstand nicht mehr so wie sonst. Er bewegte seinen Körper steifer und vorsichtiger, als trüge er einen schlummernden Schmerz im Körper, den er nicht wecken wollte. Das Blut pochte sichtbar in den Halsadern, wenn er von einem Ritt heimkehrte. Bisweilen hatte sie bemerkt, daß sein Gesicht wie geschwollen war und daß er Säcke unter den Augen hatte; sie entsann sich eines Morgens, als sie in die Stube kam und der Vater halb angekleidet im Bett lag, die nackten Beine herausgestreckt; die Mutter hockte vor ihm und rieb seine Knöchel.
»Wenn du um jeden Mann trauern willst, den das Alter fällt, dann wirst du viel klagen müssen, Kind«, sagte er ruhig und still. »Du hast jetzt selbst große Söhne, Kristin, es kann dir doch nicht unerwartet kommen, wenn du siehst, wie dein Vater bald ein alter Mann ist. Wenn wir uns trennten, als ich noch jung war, konnten wir doch auch nicht sicherer wissen als jetzt, ob wir uns hier auf Erden je wieder treffen würden. Dennoch kann ich noch lange leben; es kommt, wie Gott will, Kristin.«

»Seid Ihr krank, Vater?« fragte sie tonlos.
»Einige Beschwerden bringen die Jahre mit sich«, erwiderte der Vater leichthin.
»Ihr seid nicht alt, Vater. Ihr seid zweiundfünfzig Jahre ...«
»Mein Vater wurde nicht so alt. Komm und setz dich zu mir.«
Es war hier wie ein niedriges, grasüberwuchertes Kissen unter einer Felswand, die sich über den Bach neigte. Lavrans nahm den Umhang ab, faltete ihn zusammen, setzte sich und zog die Tochter zu sich herab. Vor ihnen gluckste und rieselte der Bach über die kleinen Steine dahin, spielte mit einem Weidenzweig, der ins Wasser hinabtauchte. Der Vater saß da, den Blick den blauen und weißen Bergen weit hinter der herbstlichen Hochfläche zugewandt.
»Ihr friert, Vater«, sagte Kristin, »nehmt meinen Umhang.« Sie nestelte den Haken auf, dann nahm Lavrans das Tuch und schlang sich den einen Zipfel um seine Schultern, so daß sie beide darin eingehüllt waren. Er legte seinen Arm um ihre Mitte.
»Du weißt doch, meine Kristin, unweise ist der, der über den Hingang eines Menschen weint. Du bist besser bei Christus geborgen als bei mir – hast du wohl sagen hören; ich baue auf Gottes Barmherzigkeit. Sie ist nicht so lange, die Zeit, in der Freunde voneinander getrennt sind. Dich wird sie vielleicht bisweilen lang dünken, jetzt, solange du jung bist, aber du hast deine Kinder und deinen Mann. Wenn du einmal in meine Jahre kommst, dann wird es dir scheinen, als sei kaum einige Zeit verflossen, seit du uns, die wir dahingegangen sind, gesehen hast, und wenn du die vergangenen Winter nachrechnest, wirst du dich wundern, daß es ihrer so viele waren. Jetzt ist es mir, als sei es gar nicht lange her, seit ich selbst ein Knabe war, und doch sind so viele Jahre vergangen, seit du als kleines blondes Mädchen mir nachliefst, wo ich ging und stand; du folgtest so getreu deinem Vater – Gott lohne dir, meine Kristin, all die Freude, die ich an dir hatte.«
»Ja, lohnt er mir's so, wie ich dir's lohnte«, sie sank vor ihm in die Knie, umfaßte seine Handgelenke und küßte seine Handflächen, während sie ihr weinendes Gesicht darin verbarg. »O Vater, mein lieber Vater, kaum war ich eine erwachsene Jungfrau, so lohnte ich Euch Eure Liebe mit dem bittersten Kummer.«
»Nein, nein, Kind, weine nicht so.« Er zog seine Hände an sich, richtete Kristin zu sich auf, dann saßen sie wie zuvor.
»Auch in diesen Jahren habe ich viel Freude an dir erlebt, Kristin. Schöne und vielversprechende Kinder habe ich zu deinen Füßen aufwachsen sehen; du bist eine tüchtige und verständige Frau geworden, und ich habe bemerkt, daß du dich mehr und mehr daran gewöhnt hast, dort Hilfe zu suchen, wo sie am besten zu finden ist, wenn du in Nöten warst. Kristin, mein allerbestes Gold, weine nicht so schmerzlich. Du kannst dem Wesen schaden, das du unter deinem Gürtel trägst«, flüsterte er. »Sei doch nicht so traurig!«
Allein, er vermochte nicht, sie zu beruhigen. Da zog er die Tochter

ganz auf seinen Schoß herüber und setzte sie auf sein Knie; jetzt hielt er sie so wie damals, als sie klein war; ihre Arme lagen um seinen Hals, und sie barg ihr Gesicht an seiner Schulter.

»Es gibt etwas, das ich noch zu keiner Mutter Kind gesagt habe, außer zu meinem Priester; jetzt will ich es dir sagen. In der Zeit, da ich heranwuchs, daheim auf Skog, und in der ersten Zeit, in der ich im Königsgefolge war, da fühlte ich den Drang in mir, ins Kloster zu gehen, sobald ich alt genug dazu sein würde. Ja, ich hatte kein Gelübde abgelegt, auch nicht in meinem eigenen Herzen. Auch zog mich gar manches nach der anderen Seite hin. Aber wenn ich mit dem Boot da draußen auf dem Botnfjord lag und fischte und die Glocken bei den Brüdern auf der Hauptinsel läuten hörte, dann dünkte mich doch, daß es mich dorthin am allermeisten zöge.

Als ich dann sechzehn Winter alt war, ließ mein Vater den Plattenharnisch aus spanischen, damaszierten Stahlplatten für mich anfertigen – Rikard, der Engländer, in Oslo, setzte ihn zusammen, und ich erhielt mein Schwert – jenes, das ich stets gebrauche – und den Pferdepanzer. Damals war es nicht so friedlich im Lande wie jetzt zu deiner Zeit, wir führten Krieg mit den Dänen, und ich wußte, daß ich meine schönen Waffen gar bald würde brauchen können. Und ich brachte es nicht über mich, sie wegzulegen. Ich tröstete mich damit, daß mein Vater es nicht gern sähe, wenn sein ältester Sohn Mönch würde, und daß ich meinen Eltern nicht zuwiderhandeln dürfte.

Ich selbst aber habe die Welt erwählt, und wenn die Welt gegen mich war, versuchte ich zu denken, daß es unmännlich wäre, über das Schicksal zu klagen, das ich mir selbst erkoren hatte. Denn das habe ich mit jedem dahingehenden Jahr immer tiefer und tiefer verstanden. – Es gibt keine würdigere Wirksamkeit für den Menschen, dem es vergönnt ist, ein wenig von Gottes Gnade zu erkennen, als Gott zu dienen und für jene Menschen zu wachen und zu beten, denen noch der Blick durch den Schatten der weltlichen Dinge verdunkelt ist. Trotzdem muß ich doch sagen, meine Kristin, es würde mir schwerfallen, Gott zuliebe das Leben zu opfern, das ich auf meinen Höfen zugebracht habe, mit der Sorge für zeitliche Dinge und mit weltlicher Freude – mit deiner Mutter an meiner Seite und mit euch Kindern. Da muß ein Mann, der Abkömmlinge seines Leibes zeugt, es auch ertragen können, daß es im Herzen brennt, wenn er sie verliert oder die Welt sich ihnen entgegenstellt. Gott, der ihnen die Seele gab, besaß sie von jeher, und nicht ich.«

Kristin wurde von Schluchzen geschüttelt.

Da begann der Vater, sie wie ein kleines Kind in den Armen zu wiegen.

»Gar viele Dinge verstand ich nicht, als ich jung war. Mein Vater liebte auch Aasmund, aber nicht so wie mich. Um meiner Mutter willen, verstehst du; er vergaß sie nie, aber er nahm dann Inga, weil sein Vater es wünschte. Jetzt wollte ich, ich könnte meiner Stiefmutter

schon hier auf Erden begegnen und sie um Verzeihung bitten dafür, daß ich ihrer Güte nie geachtet hatte.«
»Du hast doch oft gesagt, Vater, deine Stiefmutter hätte dir weder Böses noch Gutes getan«, sagte Kristin unter Tränen.
»Ja, Gott steh' mir bei, ich wußte es nicht besser. Jetzt dünkt es mich eine große Sache, daß sie nicht ihren Haß auf mich warf und mir niemals ein böses Wort gab. Was würdest du dazu sagen, Kristin, wenn du sähest, daß der Stiefsohn stets und in allem und jedem deinem Sohn vorgezogen wird?«
Kristin war etwas ruhiger geworden. Sie hatte jetzt den Kopf gewandt und richtete den Blick auf die Berge hinüber. Eine große blaue Wolkenwand unterhalb der Sonne verdunkelte den Himmel, einige goldene Strahlen stachen hindurch, es blitzte scharf vom Bach auf.
Dann brach ihr Schluchzen von neuem los.
»O Vater, mein Vater, soll ich Euch nie wieder im Leben sehen, dann ...«
»Gott beschirme dich, Kristin, mein Kind, auf daß wir uns wiederfinden an jenem Tag, wir alle, die wir auf Erden Freunde waren – und jede Menschenseele. Christus und die Jungfrau Maria und Sankt Olav und Sankt Tomas werden dich im Leben beschützen.« Er nahm ihr Gesicht zwischen seine Hände und küßte sie auf den Mund. »Gott sei dir gnädig, Gott leuchte dir im Lichte dieser Welt und in dem großen Lichte jenseits ...«
Einige Stunden später, als Lavrans Björgulfssohn von Hjerdkinn fortritt, ging die Tochter ein Stückweit an der Seite seines Pferdes. Der Knecht war schon ziemlich weit voraus, aber Lavrans ritt nur Schritt für Schritt weiter. Es tat so weh, ihr verweintes, verzweifeltes Gesicht zu sehen. So hatte sie auch in der Gaststube gesessen, die ganze Zeit, während er aß und mit ihren Kindern sprach, mit ihnen scherzte und eines nach dem anderen auf den Schoß nahm.
Lavrans sagte leise:
»Traure nicht mehr um das, was du um *meinetwillen* zu bereuen hast, Kristin. Aber erinnere dich daran, wenn deine Kinder heranwachsen und es dir vielleicht scheinen will, sie seien gegen dich oder ihren Vater nicht so, wie du es geziemend finden könntest. Und denke dann auch an das, was ich dir von meiner Jugend erzählte. Getreu ist deine Liebe zu ihnen, das weiß ich, aber du bist am widerspenstigsten, wenn du am meisten liebst, und Eigensinn wohnt in deinen Knaben, das habe ich gesehen«, fügte er mit einem kleinen Lächeln hinzu.
Schließlich bat Lavrans, sie solle nun umkehren und zurückgehen, »ich möchte nicht, daß du allein so weit von den Häusern fortgehst.« Sie waren in eine Talsenke zwischen kleinen Hügeln gelangt, die unten von Birkenwald umsäumt waren und an deren Seiten sich Steingeröll emporzog.
Kristin schmiegte sich an den Fuß des Vaters im Steigbügel. Sie streichelte mit den Fingern über seine Kleider und seine Hand und den

Sattel und über Hals und Lenden des Pferdes, drückte den Kopf dahin und dorthin und weinte mit so tiefem, jammervollem Stöhnen, daß der Vater meinte, das Herz müsse ihm über ihrem großen Kummer brechen.

Er sprang vom Pferd und schloß die Tochter in seine Arme, hielt sie zum letztenmal umfaßt. Wieder und wieder machte er das Zeichen des Kreuzes über ihr und befahl sie in Gottes und der Heiligen Schutz. Schließlich sagte er, nun müsse sie ihn loslassen.

Dann trennten sie sich. Aber als er ein Stückweit gekommen war, sah Kristin, daß der Vater den Schritt des Pferdes zurückhielt, und sie begriff, daß er weinte, wie er so von ihr fortritt.

Sie lief in den Birkenwald hinein, eilte weiter und begann den vom Laube goldenen Steinhang des nächsten Hügels hinaufzuklettern. Aber die Felsbrocken waren groß, und es kostete Mühe, hinaufzugelangen, und der kleine Hügel war höher, als sie geglaubt hatte. Endlich erreichte sie den Gipfel, da aber war der Vater zwischen den Höhen verschwunden. Sie warf sich ins Beerenkraut, das auf der Kuppe wuchs, und da blieb sie weinend liegen, das Gesicht in den Armen verborgen.

Lavrans Björgulfssohn kam spät am Abend nach Jörundhof heim. Es durchlief ihn ein gutes, warmes Gefühl, als er sah, daß in der Feuerstube noch Leute auf waren; es flackerte schwach von dem Feuerschein hinter den winzigen Glasscheiben, die auf den Rundgang hinaussahen. In diesem Haus hatte er sich stets am heimischsten gefühlt.

Ragnfrid saß allein drinnen, mit einer großen Näharbeit vor sich auf dem Tisch. Neben ihr stand ein Talglicht in einem Messinghalter. Sie erhob sich sogleich, begrüßte ihn, legte mehr Holz aufs Feuer und ging selbst, um Essen und Trinken zu holen. Nein, sie hätte die Mägde längst zur Ruhe geschickt, sie hätten einen harten Tag gehabt, dafür aber sei jetzt auch das Gerstenbrot für die ganze Zeit bis Weihnachten gebacken. Paal und Gunstein seien im Gebirge, um Flechten heimzuholen. Da sie gerade von Flechten sprächen: wolle Lavrans sein Wintergewand aus dem Webstück haben, das mit Flechte, oder aus dem anderen, das mit Heidekraut gefärbt sei? Orm im Moor sei heute morgen hier gewesen und habe gefragt, ob er einige Lederseile kaufen könne. Sie habe die Seile genommen, die zuvorderst im Schuppen gehangen hätten, und habe gesagt, er könne sie geschenkt bekommen. Ja, mit seiner Tochter gehe es ein wenig besser – die Wunde am Bein heile jetzt schön zu.

Lavrans antwortete und nickte, während er und der Knecht aßen und tranken. Aber der Hausvater war rasch mit dem Essen fertig. Er stand auf, wischte das Messer hinten an seiner Hose ab und nahm ein Knäuel in die Hand, das bei Ragnfrids Platz lag. Der Faden war auf eine Spule aufgewickelt, deren Enden in der Form eines Vogels geschnitzt waren; an dem einen war ein Stückchen vom Schwanz abgebrochen. Lavrans glättete die Bruchstelle aus, schnitzte ein wenig daran herum, so daß

das Tier nun einen kurzen Schwanz hatte. Vor langer Zeit einmal hatte er seiner Frau eine ganze Reihe solcher Fadenspulen gemacht.
»Willst du das selbst machen?« fragte er und betrachtete ihre Arbeit. Sie hatte ein Paar seiner ledernen Hosen auf den Knien; Ragnfrid setzte etliche Flecke auf den Beinen auf, innen, wo sie vom Sattel abgewetzt waren. »Das ist eine harte Arbeit für deine Finger, Ragnfrid.«
»Oh!« Ragnfrid legte die Lederstücke aufeinander und stach mit der Ahle Löcher hindurch.
Der Knecht wünschte gute Nacht und ging hinaus. Mann und Frau waren allein. Er stand an der Feuerstätte und wärmte sich, den einen Fuß auf den Rand gestützt und mit einer Hand die Rauchlochstange umfassend. Ragnfrid sah zu ihm hinüber. Da wurde sie gewahr, daß er den kleinen Ring mit den Rubinen – den Brautring seiner Mutter – nicht trug. Er sah, daß sie dies bemerkt hatte.
»Ja, ich gab ihn Kristin«, sagte er. »Er war ja immer für sie bestimmt gewesen, und ich dachte, sie könnte ihn ebensogut jetzt schon bekommen.«
Dann blickte eines das andere an, sie sollten sich jetzt wohl schlafen legen. Er aber blieb stehen wie zuvor, und sie saß bei ihrer Arbeit. Sie wechselten einige Worte über Kristins Reise, über diese und jene Arbeit, die es auf dem Hof gab, über Ramborg und über Simon, dann redeten sie wieder davon, daß sie sich wohl schlafen legen sollten, aber keines von ihnen rührte sich.
Da zog Lavrans den goldenen Ring mit dem blauen und weißen Stein von seiner rechten Hand und trat zu seiner Frau. Scheu und verlegen ergriff er ihre Hand und schob ihr den Ring an den Finger; er mußte ein paarmal versuchen, ehe er den Finger fand, auf den der Ring paßte. Er kam auf den Mittelfinger vor den Trauring zu sitzen.
»Diesen sollst nun du haben, so will ich es«, sagte er leise und sah sie nicht an.
Ragnfrid saß lautlos still da – mit blutroten Wangen.
»Warum tust du das?« flüsterte sie schließlich. »Glaubst du, ich gönnte unserer Tochter nicht ihren Ring ...«
Lavrans schüttelte den Kopf und lächelte ein wenig:
»Ach, du verstehst wohl, weshalb ich das tue.«
»Du hast früher einmal gesagt, diesen Ring willst du mit ins Grab nehmen«, sagte sie wie vorher. »Den solle keiner nach dir tragen.«
»Darum sollst du ihn auch nie von deiner Hand nehmen, Ragnfrid, versprich mir das. Nach dir, so will ich es, soll ihn keiner mehr tragen.«
»Warum tust du das?« fragte sie wiederum und hielt den Atem an.
Der Mann blickte ihr ins Gesicht:
»In diesem Frühjahr waren es vierunddreißig Jahre, seit wir zusammengegeben wurden. Ich war damals ein unmündiger Knabe; während der ganzen Zeit meines Mannestums standest du an meiner Seite,

wenn ich Sorgen hatte und wenn es mir gut ging. Gott helfe mir, ich erfaßte nur allzu wenig, wie schwer du zu tragen hattest, während wir zusammen lebten.

Jetzt aber dünkt mich, ich hätte die ganze Zeit gefühlt, wie gut es tat, daß du bei mir warst.

Ich weiß nicht, ob du wirklich geglaubt hast, ich hätte unsere Kristin lieber als dich. Sie war meine höchste Freude, und sie bereitete mir den größten Kummer, das ist wahr. Aber du bist ihrer aller Mutter gewesen. Jetzt dünkt mich, es sei am schwersten, dich zu verlassen, wenn ich einmal fort muß.

Darum sollst du meinen Ring niemand geben – auch nicht einer von unseren Töchtern, sondern sollst sagen, daß man ihn dir nicht abnehmen darf.

Vielleicht dünkt dich, mein Weib, du habest bei mir mehr Kummer gehabt als Freude; verkehrt ging es mit uns in einer Weise, aber trotzdem dünkt es mich, wir seien gute Freunde gewesen. Und ich habe gedacht, wir würden uns dereinst so wiederfinden, daß das Verkehrte uns nicht mehr trennt, sondern daß die Freundschaft, die uns verband, durch Gott aufs neue besser aufgebaut wird.«

Ragnfrid hob das bleiche, gefurchte Antlitz; es brannte in den großen eingesunkenen Augen, als sie zu ihrem Manne aufblickte. Er hielt immer noch ihre Hand; sie betrachtete sie, wie sie so in der seinen lag, ein wenig hochgehoben. Die drei Ringe glänzten nebeneinander, zuunterst der Verlobungsring, darüber der Trauring und zuletzt dieser neue ...

Es schien ihr so seltsam. Sie entsann sich des Augenblicks, da Lavrans ihr den ersten ansteckte, bei der Rauchlochstange in der Stube daheim auf Sundbu, ihre Väter standen bei ihnen. Lavrans war rot und weiß, mit runden Wangen, kaum der Kindheit entwachsen, ein wenig schüchtern, als er einen Schritt von Herrn Björgulfs Seite weg vortrat.

Den zweiten hatte er ihr vor der Kirchentür in Gerdarud an den Finger gesteckt, im Namen des dreieinigen Gottes, unter der Hand des Priesters.

Sie fühlte, mit diesem letzten Ring hatte er sich ihr wiederum angetraut. Er wollte ihr die Gewißheit geben, wenn sie nun bald an seinem entseelten Leibe säße, daß er sie mit diesem Ring der starken und lebendigen Kraft verbunden hatte, die diesem Staub und dieser Asche innegewohnt. –

Es war, als zerspringe ihr das Herz in der Brust, blute und blute, jung und heftig. Vor Trauer über die warme und lebendige Liebe, um die sie noch heimlich weinte, weil sie sie verloren hatte, vor angstvollem Glück über diese bleiche, leuchtende Liebe, von der sie bis an die äußersten Grenzen des Erdenlebens gezogen wurde. Durch die kommende tiefste Dunkelheit verspürte sie den Schein einer anderen und milderen Sonne, verspürte den Duft der Blumen des Gartens am Ende der Welt. –

Lavrans legte die Hand seines Weibes in ihren Schoß zurück und setzte sich auf die Bank, ein wenig von ihr entfernt, mit dem Rücken zum Tisch und einen Arm auf die Platte gestützt. Er sah Ragnfrid nicht an, sondern blickte ins Feuer.

Sie sagte, trotz allem still und ruhig, als sie das Wort wieder ergriff:

»Ich hätte nicht gedacht, mein Gemahl, daß du mich so liebhättest.«

»Doch«, antwortete er ebenso ruhig.

Sie saßen eine Weile schweigend. Ragnfrid nahm die Arbeit vom Schoß und legte sie neben sich auf die Bank. Nach einer Weile fragte sie leise:

»Was ich dir in jener Nacht sagte – hast du es vergessen?«

»Vergessen kann ein Mann in dieser Welt solches wohl nicht. Und es ist wahr, ich habe selbst gefühlt, daß es nicht besser wurde zwischen uns, nachdem ich dies erfahren hatte. Obgleich Gott allein weiß, Ragnfrid, wie hart ich kämpfte, damit du nie merken solltest, daß ich soviel daran dachte.«

»Ich wußte nicht, daß du soviel daran dachtest.«

Er wandte sich jäh ihr zu und sah sie an.

Da sagte Ragnfrid:

»Meine Schuld ist es, daß es schlimmer wurde zwischen uns, Lavrans. Mich dünkte, konntest du genauso gegen mich sein wie zuvor – nach jener Nacht –, so mußtest du dir noch weniger aus mir gemacht haben, als ich gedacht hatte. Wärst du mir nach diesem ein harter Mann gewesen, hättest du mich geschlagen, und wenn auch nur ein einziges Mal im Rausch, so hätte ich meinen Kummer und meine Reue besser ertragen können. Aber daß du es so leichtnahmst ...«

»Hast du geglaubt, ich nähme es leicht?«

Das schwache Beben in seiner Stimme machte sie wild vor Sehnsucht. Sie wollte sich in ihn hineinstürzen, bis auf den Grund jener bewegten Tiefe, die seine Stimme gespannt und angestrengt erzittern ließ. Sie flammte auf:

»Ja, hättest du mich ein einziges Mal umarmt, nicht weil ich dein von Gott angetrautes Weib war, das man dir an die Seite gelegt hatte, sondern jenes Weib, das du ersehnt und erkämpft hattest. Da hättest du nicht so gegen mich sein können, als seien jene Worte ungesagt gewesen.«

Lavrans dachte nach:

»Nein. Das – hätte ich wohl nicht gekonnt. Nein.«

»Hättest du die gleiche Freude empfunden über deine Verlobte wie Simon über unsere Kristin?«

Lavrans gab keine Antwort. Nach einer Weile sagte er, wie gegen seinen Willen, leise und furchtsam:

»Warum nanntest du *Simon*?«

»Mit dem anderen konnte ich dich doch wohl nicht vergleichen«, erwiderte Ragnfrid verwirrt und selbst erschrocken, aber sie versuchte zu lächeln. »Ihr seid einander doch allzu ungleich.«

Lavrans erhob sich, ging ein paar Schritte vor, unruhig – dann sagte er noch leiser:

»Gott wird Simon nicht verraten.«

»Dünkte dich niemals«, fragte Ragnfrid, »daß Gott dich verraten habe?«

»Nein.«

»Was dachtest du in jener Nacht, als wir dort in dem Schuppen saßen, als du in *einem* Augenblick erfuhrst, daß wir, die du beide am meisten und am getreuesten geliebt hattest, daß wir beide dich so sehr verraten hatten, wie wir nur vermochten?«

»Ich dachte wohl nicht viel«, entgegnete der Mann.

»Und später«, fuhr sein Weib fort, »wenn du immer daran dachtest, wie du sagtest ...«

Lavrans wandte sich von ihr ab. Sie sah, wie eine dunkle Röte über seinen sonnverbrannten Hals hinunterfloß:

»Ich dachte daran, wie oft ich Christus verraten hatte«, sagte er sehr leise.

Ragnfrid erhob sich – stand eine Weile da, ehe sie wagte, zu ihm hinzugehen und ihm die Hand auf die Schulter zu legen. Als er sie umfaßte, neigte sie die Stirn auf seine Brust herab; er fühlte, daß sie weinte. Lavrans zog sie dichter an sich heran und lehnte sein Gesicht an ihren Kopf.

»Jetzt, Ragnfrid, wollen wir schlafen gehen«, sagte er nach einer Weile. Miteinander traten sie vor das Kruzifix, verneigten sich und machten das Zeichen des Kreuzes. Lavrans sprach die Abendgebete, er sprach sie in der Kirchensprache, leise und klar, und sein Weib wiederholte die Worte nach ihm.

Dann entkleideten sie sich. Ragnhild legte sich auf die innere Seite des Bettes, das jetzt ein viel niedrigeres Kopfpolster hatte, weil ihr Mann in der letzten Zeit oft von Schwindel geplagt war. Lavrans verschloß die Tür mit Bolzen und Riegel, scharrte Asche über die Glut auf der Feuerstätte, blies das Licht aus und legte sich zu Ragnfrid ins Bett. Im Dunkel lagen sie da, und ihre Arme berührten sich. Nach einer Weile verflochten sie ihre Finger ineinander.

Ragnfrid Ivarstochter dachte, dies sei wie eine neue Brautnacht und eine seltsame Brautnacht. Glück und Unglück flossen zusammen und trugen sie auf so heftigen Wogen dahin, daß sie fühlte, wie ihre Seele nun die ersten Wurzeln aus dem Körper zu lösen begann; jetzt hatte die Hand des Todes auch sie gestreift, zum ersten Male.

So mußte es gehen, wenn es so angefangen hatte wie mit ihnen. Sie entsann sich des ersten Males, da sie ihren Verlobten sah. Da war er freundlich gegen sie gewesen, ein wenig verlegen, aber doch bereit, seine Verlobte zu lieben. Selbst daß der junge Bursche so strahlend schön war, hatte sie aufgereizt, sein Haar, das so dicht und glatt und hell um das rote und weiße, mit goldenem Flaum bedeckte Gesicht hing. Ihr Herz war da eine einzige brennende Wunde bei dem Gedan-

ken an einen Mann, der nicht schön und nicht jung war und nicht zart wie Milch und Blut, und sie verging vor Sehnsucht danach, von seinen Armen umschlossen zu werden und ihm dabei das Messer in die Kehle zu stoßen. – Und das erstemal, als ihr Verlobter versucht hatte, sie zu liebkosen – sie saßen daheim auf einer Treppe, und er ergriff mit einer Hand ihre Zöpfe –, da fuhr sie auf, wandte sich ihm zu, weiß vor Zorn, und ließ ihn allein.
Oh, sie entsann sich jener nächtlichen Fahrt, als sie mit Trond und Tordis durch das Jerntal zu der Frau mit den Zauberkünsten auf Dovre ritt. Auf den Knien hatte sie gelegen, Ring und Armbänder hatte sie sich, vor Frau Aashild auf dem Boden liegend, heruntergerissen, vergebens hatte sie darum gebettelt, ein Mittel zu erhalten, auf daß ihr Bräutigam bei ihr nicht seinen Willen bekommen könnte. – Sie entsann sich der langen Reise, mit dem Vater, den Verwandten, den Brautjungfern und den Gaben, die sie von daheim mitbrachte, durchs Tal hinunter, über das Unterland hin, zur Hochzeit auf Skog, und sie entsann sich der ersten Nacht – und aller späteren Nächte –, da sie die unbeholfenen Liebkosungen des jungverheirateten Knaben entgegengenommen hatte, kalt wie Stein, ohne zu verbergen, wie wenig Freude sie daran fand.
Nein, Gott hatte sie nicht betrogen. Barmherzig hatte er ihren Notschrei vernommen, als sie ihn anrief, während sie in ihrem Unglück immer tiefer und tiefer sank, selbst als sie ihn, ohne Glauben, erhört zu werden, anrief. Es war, als sei ein schwarzes Meer über sie hereingestürzt. – Jetzt trugen die Wogen sie einer so seltsamen und süßen Seligkeit entgegen, sie wußte, sie würden sie aus dem Leben hinaustragen.
»Sprich mit mir, Lavrans«, bat sie leise. »Ich bin so müde.«
Der Mann flüsterte:
»Venite ad me omnes, qui laborati et onerati estis. Ego reficiam vos* – hat der Herr gesagt.«
Er schob einen Arm unter ihre Schulter, zog sie ganz dicht an sich heran. So lagen sie eine Weile, Wange an Wange. Dann sagte sie leise:
»Jetzt habe ich zur Mutter Gottes gebetet, sie möge für mich bitten, daß ich nicht mehr lange nach dir zu leben brauche, Lavrans.«
Seine Lippen und seine Wimpern streiften im Dunkeln ihre Wange so schwach wie Schmetterlingsflügel:
»Meine Ragnfrid, meine Ragnfrid ...«

* Venite ad me ...: Kommt her zu mir alle, die ihr mühselig und beladen seid, ich will euch erquicken.

VIII

Kristin lebte diesen Winter daheim auf Husaby und wollte nirgends hingehen; sie redete sich darauf hinaus, daß sie nicht gesund sei. Aber sie war nur müde. So müde war sie noch nie in ihrem Leben gewesen, sie war müde vom Lustigsein und müde vom Kummer und am müdesten vom Grübeln.

Wenn sie das Kind, das sie erwartete, erst bekommen hätte, würde es besser werden, dachte sie; sie sehnte sich so entsetzlich danach; es war, als sollte es sie retten. Wenn es ein Sohn wurde und ihr Vater starb, noch ehe er geboren wurde, so sollte er seinen Namen erhalten. Und sie dachte daran, wie sie dieses Kind lieben und es an ihrer eigenen Brust nähren würde; es war jetzt so lange her, seit sie einen Säugling gehabt hatte, daß sie vor Sehnsucht weinen mußte, wenn sie sich ausdachte, wie sie nun bald wieder solch ein kleines Wesen im Arm halten würde.

Sie sammelte ihre Söhne um sich wie früher und gab sich Mühe, ihnen ein wenig mehr Zucht und Sitte beizubringen. Sie fühlte, daß sie hierin nach dem Wunsch ihres Vaters handelte, und dies verlieh ihrer Seele gleichsam ein wenig Frieden. Sira Eiliv hatte jetzt begonnen, Naakkve und Björgulf im Schreiben und in der lateinischen Sprache zu unterweisen, und Kristin saß oft mit im Priesterhaus, wenn die Kinder dort zum Lernen waren. Aber sie waren nicht sehr lernbegierig, und alle waren unlenksam und wild, bis auf Gaute, so daß dieser auch weiterhin das Schoßkind der Mutter blieb, wie Erlend es nannte.

Erlend war zu Allerheiligen von Dänemark heimgekehrt, sehr aufgeräumt. Seine Verwandte, Frau Ingebjörg, und der Herzog hatten ihn aufs ehrenvollste empfangen; sie hatten ihm herzlich für seine Gaben an Fellen und Silber gedankt, er war im Turnier mitgeritten und hatte Hirsche und Rehe gejagt, und als sie sich trennten, hatte Herr Knut ihm einen kohlschwarzen, spanischen Hengst geschenkt, die hohe Frau jedoch hatte liebevolle Grüße und zwei silbergraue Windhunde für seine Gattin gesandt. Kristin fand diese ausländischen Hunde tückisch und treulos und befürchtete, sie könnten ihren Kindern Schaden zufügen. Und die Leute in den Gemeinden redeten viel über den kastilianischen Hengst. Erlend sah gut aus auf dem hochbeinigen, leichtgebauten Pferd, aber solche Tiere paßten nicht in dieses Land, und Gott mochte wissen, wie der Hengst im Gebirge oben zurechtkommen würde. Indessen kaufte Erlend überall, wo ihn sein Amt hinführte, die prächtigsten schwarzen Stuten und besaß nun auf jeden Fall einen Stall, der schön anzusehen war. Im übrigen hatte Erlend Nikulaussohn angefangen, seinen Reitpferden feine und ausländische Namen zu geben: Belkolor und Bajard und ähnliche; dieser Hengst aber, sagte er, sei so schön, daß er keines solchen Schmuckes bedürfe – er hieß nur einfach »Ruß«.

Erlend war sehr ärgerlich darüber, daß sein Weib ihn nirgendshin begleiten wollte. Krank schien sie nicht zu sein – sie fiel weder in Ohnmacht noch erbrach sie sich diesmal, man sah ihr nicht einmal etwas an –, und bleich und müde wurde sie wohl nur, weil sie ständig daheim saß und grübelte und über seinen Untaten brütete. Es war um die Weihnachtszeit, es kam zu heftigen Zwistigkeiten zwischen ihnen. Und nun ging Erlend nicht mehr zu ihr und leistete Abbitte für seine Heftigkeit, wie er sonst immer getan hatte. Bis jetzt war er stets in dem Glauben gewesen, daß er die Schuld trage, wenn Uneinigkeit zwischen ihnen herrschte. Kristin war gut, sie hatte stets recht, und wenn er sich daheim nicht wohl fühlte und sich langweilte, so war seine Natur daran schuld, die eben so beschaffen war, daß er des Guten und Rechten müde wurde, wenn er allzuviel davon erhielt. In diesem Sommer jedoch hatte er mehr als einmal bemerkt, daß der Schwiegervater ihm recht gab und der Meinung zu sein schien, Kristin ließe es an hausfraulicher Sanftmut und Verträglichkeit fehlen. Da kam ihm der Gedanke, daß sie kleinlich übelnehmerisch war und ihm nur schwer geringe Sünden vergab, die von ihm nicht böse gemeint gewesen waren. Stets hatte er sie um Verzeihung gebeten, wenn er erst ein wenig Zeit zum Nachdenken gehabt hatte, und sie hatte geantwortet, sie vergebe ihm, danach aber hatte er sehen müssen, daß es zwar vergeben, aber nicht vergessen war.

So war er viel von daheim fort und nahm nun oft seine Tochter Margret mit sich. Die Erziehung dieses Kindes war stets eine Quelle der Uneinigkeit zwischen ihnen gewesen. Zwar sprach Kristin nie darüber, aber Erlend wußte sehr wohl, was sie – und andere Leute – meinten. Er hatte Margret in jeder Beziehung wie ein eheliches Kind gehalten, und die Leute nahmen sie, wenn sie den Vater und die Stiefmutter begleitete, so auf, als wäre sie ein solches. Auf Ramborgs Hochzeit war sie eine der Brautjungfern gewesen und hatte den goldenen Kranz auf ihrem offenen Haar getragen. Viele der Frauen sahen das nicht gern, aber Lavrans hatte mit ihnen geredet, und auch Simon hatte gesagt, keiner dürfe dies Erlend gegenüber erwähnen oder mit dem Mädchen darüber sprechen; das schöne Kind könne doch nichts dafür, daß es unter so unglücklichen Umständen zur Welt gekommen sei. Kristin merkte, daß Erlend den Plan hegte, Margret mit einem Mann aus guter Sippe zu vermählen, und daß er glaubte, es müßte ihm in der Stellung, die er nun innehatte, gelingen, diesen Plan durchzusetzen, obgleich das Mädchen, in Hurerei gezeugt, nur schwerlich in eine ganz sichere, unverrückbare Stellung gebracht werden konnte. Dies wäre vielleicht möglich gewesen, wenn die Leute das richtige Vertrauen dazu gehabt hätten, daß Erlend seine Macht und seinen Reichtum zu bewahren und zu vermehren imstande wäre. Obwohl Erlend aber in einer Weise geliebt und geehrt wurde, setzte doch keiner ein volles Vertrauen darein, daß der Wohlstand auf Husaby erhalten bliebe. Darum befürchtete Kristin, er werde seine Pläne mit Margret nur schwer durchsetzen können. Und obwohl sie Margret nicht sonderlich liebte, dauerte sie das Kind, und sie bangte vor dem Tag, da der Übermut des Mädchens vielleicht geknickt werden würde – wenn sie sich mit einer viel geringeren Heirat begnügen mußte, als sie durch ihren Vater zu erwarten gelernt, und mit ganz anderen Lebensumständen als jenen, in denen er sie erzogen hatte.

Gleich nach Lichtmeß kamen eines Tages drei Männer von Formo nach Husaby; sie waren mit Schneeschuhen über das Gebirge gegangen und brachten Erlend eine eilige Botschaft von Simon Andressohn. Simon schrieb, der Schwiegervater sei jetzt krank, und es stehe nicht zu erwarten, daß er noch lange leben würde; Lavrans lasse Erlend bitten, nach Sil zu kommen, wenn es ihm möglich sei; er wolle gern mit seinen beiden Schwiegersöhnen darüber reden, wie alles nach seinem Tode geordnet werden sollte.

Erlend blickte seine Gattin im geheimen an. Sie war jetzt schwerfällig geworden, sehr bleich und schmal im Gesicht, und sie sah so betrübt aus; jeden Augenblick wollten die Tränen hervorbrechen. Da bereute er sein Wesen gegen sie in diesem Winter – die Krankheit des Vaters kam für sie nicht unerwartet, und wenn sie solch einen heimlichen Kummer mit sich herumtrug, so mußte er ihr verzeihen, daß sie unvernünftig gewesen war.

Wenn er allein auf Schneeschuhen übers Gebirge ging, konnte er diesen Weg nach Sil ziemlich rasch zurücklegen, sollte er aber sein Weib mitnehmen, dann würde es eine lange und beschwerliche Reise werden. Und dann mußte er warten, bis die Waffenthinge in der Fastenzeit vorüber waren, mußte erst seine Lehnsmänner einberufen; auch gab es noch einige Versammlungen und Thinge, bei denen er selbst anwesend sein mußte. Bis sie dann die Reise antreten konnten, würde die Zeit schon gefährlich nahe sein, zu der Kristin ihre Niederkunft erwartete – und Kristin, die ja nicht einmal im gesunden Zustande den Seeweg vertrug! Aber er wagte nicht, sich auszudenken, daß sie ihren Vater vor seinem Tode nicht mehr sehen sollte. Am Abend, als sie sich schlafen gelegt hatten, fragte er Kristin, ob sie die Reise zu machen wage.

Er hielt sich für belohnt, als sie sich in seinen Armen ausweinte, dankbar und voller Reue über ihre Unfreundlichkeit gegen ihn im Winter Erlend wurde weich und zärtlich wie stets, wenn er einer Frau Kummer bereitet hatte und gezwungen war, anzusehen, wie sie vor seinen Augen der Schmerz übermannte. So nahm er Kristins Vorschlag leidlich geduldig auf. Er hatte sofort gesagt, daß er die Kinder nicht dabei haben wolle. Die Mutter aber meinte, Naakkve sei doch jetzt so alt, daß es ihm dienlich sein könne, beim Heimgang seines Großvaters dabeizusein. Erlend verneinte das. Dann fand sie, Ivar und Skule seien zu klein, um unter der Obhut der Dienerinnen zurückzubleiben. Nein, sagte Erlend. Und den Gaute habe der Vater so gern gehabt. Nein, sagte Erlend, es sei für Ragnfrid schwierig genug, so wie es um sie stünde, eine Wöchnerin auf den Hof zu bekommen, während ihr Gatte auf dem Sterbebett lag, und sie wiederum hätten große Mühe, das Neugeborene nach Hause zu bringen. Entweder müsse sie das Kind auf einem von Lavrans Höfen zurücklassen oder sie müsse auf Jörundhof warten, bis es Sommer würde; da aber müsse er dann im voraus heimkehren. Er hielt ihr alles vor Augen, immer und immer wieder, aber er bemühte sich, ruhig und eindringlich zu reden.

Dann fiel ihm ein, daß er vielleicht von Nidaros das und jenes mitbringen sollte, was die Schwiegermutter zum Leichenschmaus brauchen könnte: Wein und Wachs, Weizenmehl und Paradiesgrütze und ähnliches. Aber endlich kamen sie doch fort und langten am Tage vor der Gjartrudmesse auf Jörundhof an.

Aber es gestaltete sich daheim so ganz anders für Kristin, als sie gedacht hatte.

Sie mußte große Dankbarkeit empfinden, daß sie ihren Vater noch einmal sehen durfte. Wenn sie an seine Freude dachte, als sie kam, und wie er Erlend dafür gedankt hatte, dann war sie froh. Aber sie fühlte, daß sie jetzt so sehr außerhalb stand, und das war schmerzlich.

Es war nur noch ein kurzer Monat, bis ihre Stunde kam; darum verbot Lavrans streng, daß sie bei der Pflege eine Handreichung leistete; sie durfte weder mit den anderen nachts bei ihm wachen, noch wollte es die Mutter dulden, daß sie bei all der Arbeit auch nur im geringsten mithalf. Den ganzen Tag über saß sie beim Vater, aber es traf sich nur selten, daß sie eine Stunde allein waren. Beinahe täglich kamen Gäste auf den Hof, Freunde, die Lavrans Björgulfssohn noch einmal zu seinen Lebzeiten sehen wollten. Es freute den Vater, obgleich er sehr müde davon wurde. Heiter und herzlich sprach er mit allen, Frauen und Männern, Geringen und Vornehmen, Jungen und Alten, dankte für ihre Freundschaft, bat um ihre Fürbitte für seine Seele und wünschte sich ein Wiedersehen mit ihnen am Tag der Freuden. Des Nachts aber, wenn seine nächsten Angehörigen bei ihm waren, lag Kristin im Oberstock, starrte in die Dunkelheit und konnte keinen Schlaf finden, weil sie an den Heimgang des Vaters und an die Unvernunft und Bosheit ihres eigenen Herzens denken mußte.

Mit Lavrans ging es rasch aufs Ende zu. Er hatte sich aufrecht gehalten, bis Ramborg ihr Kind geboren hatte und Ragnfrid nicht mehr soviel auf Formo zu sein brauchte; er hatte sich auch eines Tages hinfahren lassen und seine Tochter und sein Tochterkind besucht; Ulvhild war das kleine Mädchen getauft worden. Dann aber legte er sich zu Bett und stand nun wohl nicht mehr auf.

Er lag in der Großstube unter dem Oberstock. Man hatte ihm dort auf der Hochsitzbank eine Art Bett bereitet; denn er konnte es nicht vertragen, auf einem hohen Kopfpolster zu liegen; da befiel ihn gleich Schwindel, er bekam Ohnmachtsanfälle und Herzkrämpfe. Sie wagten nicht mehr, ihn zur Ader zu lassen; dies hatte man im Laufe des

Herbstes und Winters so oft tun müssen, daß er jetzt ganz blutarm war, und er vermochte nur wenig zu essen und zu trinken. Die feinen und schönen Gesichtszüge des Vaters waren jetzt scharf, und die Bräune war aus seinem wetterfrischen Gesicht gewichen; es schimmerte gelb wie Bein, und die Lippen und Augenwinkel waren blutlos blaß. Ungeschoren, welk und kraftlos lag das volle, blonde und weißgesprenkelte Haar auf dem blaugemusterten Bezug des Kissens; was ihn jedoch am meisten veränderte, war der rauhe und graue Bart, der jetzt unter dem Kinn und an dem langen und breiten Hals hervorwuchs, wo die Sehnen wie dicke Stränge sich abzeichneten. Lavrans war früher stets streng darauf bedacht gewesen, sich vor jedem Messetag zu barbieren. Sein Körper war abgemagert, so daß er beinahe nur noch wie ein Gerippe aussah. Aber er sagte, es ginge ihm gut, wenn er so ausgestreckt daliege und sich nur wenig rühre. Und er war stets heiter und fröhlich.

Sie schlachteten und brauten und buken zum Leichenschmaus, trugen das Bettzeug hinaus und sahen es durch; alles, was vorher getan werden konnte, wurde jetzt getan, so daß es still sein würde, wenn der letzte Kampf kam. Lavrans lebte sehr auf, wenn er diese Vorbereitungen hörte, sein letztes Gelage sollte nicht das geringste sein, das auf Jörundhof stattgefunden hatte: mit allen Ehren und Würden wollte er sich von seiner Macht trennen. Eines Tages wollte er die beiden Kühe sehen, die bei seinem Leichenzug mitgeführt werden sollten und für Sira Eirik und Sira Solmund bestimmt waren, und so wurden sie denn zu ihm in die Stube geführt. Sie hatten den ganzen Winter hindurch das doppelte Futter bekommen und waren nun auch so schön und fett wie Almkühe um die Zeit der Olavsmesse, obwohl jetzt im Frühjahr Futtermangel herrschte. Er selber lachte am allermeisten, als die eine Kuh etwas auf den Stubenboden verlor. Aber er fürchtete, sein Weib könnte sich mit all der Arbeit ganz aufreiben. – Kristin hatte sich selbst für eine tüchtige Hausfrau gehalten, dafür galt sie doch daheim in Skaun, jetzt aber fand sie sich im Vergleich mit ihrer Mutter vollkommen untauglich. Niemand begriff, wie Ragnfrid es zuwege brachte, alles das zu leisten, was sie leistete, und trotzdem schien sie nie lange von ihrem Gatten fern zu sein; auch saß sie jede Nacht bei ihm und wachte.

»Denke nur nie an mich, Lavrans«, sagte sie und legte ihre Hand in die seine. »Du weißt, wenn du nicht mehr bist, werde ich mich von allen solchen Mühen ausruhen.«

Lavrans Björgulfssohn hatte sich vor mehreren Jahren bei den Prädikantenbrüdern in Hamar eine Ruhestätte gekauft, und Ragnfrid Ivarstochter sollte seinen Leichnam dorthin begleiten und bei ihm bleiben; sie wollte in einem Hof, den die Mönche in der Stadt besaßen, als Pfründnerin leben. Zuerst sollte der Sarg in die Kirche hier daheim getragen werden, mit großen Gaben für diese und die Priester, Lavrans Hengst sollte mit Rüstung und Waffen nachgeführt werden, und dies sollte Erlend mit fünfundvierzig Mark Silber auslösen. Einer von seinen und Kristins Söhnen sollte sie wohl erhalten – am liebsten jenes Kind, das sie nun trug, wenn es ein Sohn wurde –, vielleicht wird es einmal ein Lavrans auf Jörundhof, lächelte der Kranke. Auf der Reise durchs Gudbrandstal hinunter sollte der Leichnam ebenfalls in mehrere Kirchen gebracht werden und dort über Nacht stehen bleiben; diese waren in Lavrans' Testament mit Geldspenden und Wachslichtern bedacht worden.

Eines Tages sprach Simon darüber, daß der Schwiegervater sich nun aufgelegen habe; er hatte Ragnfrid geholfen, den Kranken zu heben und zu waschen.

Kristin verzweifelte über ihr eigenes eifersüchtiges Herz. Sie konnte es so schwer ertragen, daß die Eltern Simon Andressohn solche Vertraulichkeit erwiesen. Er war auf Jörundhof so daheim, wie Erlend es nie gewesen war. Beinahe jeden Tag stand sein großes zottiges Pferd am Zaun angebunden, Simon saß mit Hut und Umhang drinnen bei Lavrans; er wollte sich nicht lange aufhalten. Bald darauf trat er dann in die Tür und rief, man solle seinen Gaul nun doch in den Stall führen. Er war in alle Angelegenheiten des Vaters eingeweiht, holte den Briefschrein und suchte Urkunden und Abschriften hervor, half Ragnfrid in ihren Sachen und sprach mit dem Großknecht über die Felderbestellung. Kristin dachte daran, daß sie über alles in der Welt gewünscht hatte, ihr Vater möchte Erlend liebgewinnen – und gleich das erstemal, da ihr Vater gegen sie zu ihm gehalten hatte, hatte sie sofort das Allerschlimmste getan . . .

Simon Andressohn war sehr traurig darüber, daß er seinen Schwiegervater so bald verlieren sollte. Aber es freute ihn über alle Maßen, daß er diese kleine Tochter bekommen hatte. Lavrans und Ragnfrid sprachen viel von der kleinen Ulvhild, und Simon konnte alle ihre Fragen wegen des Wohlergehens und Gedeihens der Kleinen beantworten. Auch hier fühlte Kristin, wie ihr die Eifersucht ins Herz stach, Erlend hatte sich nie in dieser Weise um ihre Kinder bekümmert. Bisweilen dünkte es sie fast lächerlich, wenn Simon, dieser nicht mehr ganz junge Mann mit dem schweren, braunroten Gesicht, dasaß und so kundig über das Bauchgrimmen und die Eßlust eines Säuglings redete.

Simon holte sie eines Tages mit dem Schlitten ab; sie müsse doch zu ihnen kommen und ihre Schwester und deren Kind sehen.

Er hatte die alte schwarze Feuerstube, die von den Frauen auf Formo einige hundert Jahre lang bezogen worden war, wenn sie Kinder gebären sollten, ganz umbauen lassen. Die Feuerstätte war entfernt worden, man hatte einen Ofen gemauert, und ein schönes, geschnitztes Bett war warm und gut an eine Seite des Ofens gestellt worden, und auf der Wand gerade gegenüber stand ein herrlich geschnitztes Bild der Mutter Gottes, so daß man es vom Bett aus stets vor Augen haben konnte. Bodendielen waren gelegt, ein Fenster aus Glas in die Wand eingefügt und hübsches kleines Hausgerät und neue Bänke waren aufgestellt worden. Simon wollte, daß Ramborg dieses Haus als Frauenstube benütze, hier konnte sie ihre eigenen Sachen unterbringen, konnte andere Frauen bewirten, und wenn auf dem Hof ein Gastgelage war, konnten sich jene Frauen hierher zurückziehen, die nicht so gern dabei waren, wenn die Männer im Laufe des Abends von Trunkenheit überwältigt wurden.

Ramborg hatte sich zu Ehren des Gastes ins Bett gelegt. Sie war mit einem seidenen Kopftuch und einem roten Leibchen mit weißen Pelzkanten vorne an der Brust geschmückt, hatte mit Seide bezogene Kissen im Rücken, und über die Bettdecken war ein Stück geblümten Samtes gebreitet. Vor dem Bett stand Ulvhild Simonstochters Wiege. Es war die alte schwedische Wiege, die Ramborg Sunestochter nach Norwegen mitgebracht hatte; in ihr hatten Kristins Vater und Großvater, sie selbst und alle ihre Geschwister gelegen. Nach Brauch und Sitte hätte Kristin als die älteste Tochter diese Wiege mit ihrem Brautgut mitbekommen müssen, aber es war nicht darüber gesprochen worden, als sie sich verheiratete. Sie hatte wohl gemerkt, daß die Eltern es absichtlich vergaßen – erachteten sie Erlends und ihre Kinder nicht für würdig, darin zu schlafen?

Seitdem vermied sie es, nach Formo zu kommen; sie sagte, es strenge sie zu sehr an.

Sie fühlte sich auch krank, aber dies kam von Kummer und Seelenangst, denn sie konnte es sich nicht verhehlen, daß es immer schmerzlicher für sie wurde, je länger sie daheim war. So war sie beschaffen: es schmerzte sie, daß jetzt, da es mit ihrem Vater zu Ende ging, doch seine Gattin ihm am allernächsten stand.

Stets hatte sie gehört, wie das Zusammenleben ihrer Eltern als Beispiel für eine schöne und würdige Ehe in Einigkeit, Treue und gutem Willen hervorgehoben wurde. Sie aber hatte gefühlt, ohne darüber nachzudenken, daß es trotzdem etwas gab, was die Eltern trennte – einen unbestimmten Schatten, er machte das Leben still daheim, obgleich sie friedlich und gut miteinander lebten. Jetzt stand kein Schatten mehr zwischen ihren Eltern. Sie redeten gleichmäßig und still eines mit dem andern, meist über alltägliche Kleinigkeiten, aber Kristin fühlte, daß in ihre Augen und in den Klang ihrer Stimmen etwas Neues gekommen war. Sie bemerkte, daß der Vater seine Frau stets vermißte, wenn sie nicht bei ihm war. Wenn er selbst sie dazu überredet hatte, sich ein wenig auszuruhen, lag er wie in einer leisen Unruhe wartend da, und wenn sie eintrat, war es, als folge mit ihr Frieden und Freude für den Kranken. Eines Tages hörte Kristin, wie sie über ihre gestorbenen Kinder sprachen; dennoch sahen sie glücklich dabei aus. Wenn Sira Eirik herüberkam und Lavrans vorlas, saß Ragnfrid stets bei ihnen; da nahm Lavrans oft die Hand seines Weibes, lag da und spielte mit ihren Fingern und drehte an ihren Ringen.

Kristin wußte, daß der Vater sie nicht weniger liebte als zuvor. Aber erst jetzt hatte sie bemerkt, daß er ihre Mutter liebte. Und sie erfaßte den Unterschied zwischen der Liebe des Mannes zu einer Frau, mit der er das ganze Leben in guten und bösen Tagen verbracht hatte, und seiner Liebe zu dem Kind, das nur seine Freuden geteilt und seine innigste Zärtlichkeit entgegengenommen hatte. Und sie weinte und betete zu Gott und Sankt Olav um Hilfe, denn sie gedachte jenes tränenschweren und zärtlichen Abschieds im Herbst oben auf dem Gebirge; es durfte nicht wahr sein, daß sie nun wünschte, es möchte dies der letzte gewesen sein.

Am Sommertag* bekam Kristin ihren sechsten Sohn, und schon am fünften Tag darauf stand sie auf und ging ins Wohnhaus hinüber, um bei ihrem Vater zu sein. Lavrans sah dies nicht gern; es war auf seinem Hof nie Brauch gewesen, daß eine Wöchnerin vor ihrem Kirchgang sich unter freien Himmel begab.

Auf jeden Fall durfte sie nicht über den Hofplatz gehen, ohne daß die Sonne am Himmel stand. Ragnfrid hörte zu, während er darüber sprach.

»Da muß ich daran denken, Hausvater«, sagte sie, »daß wir Frauen dir nie recht viel Gehorsam gezeigt haben, sondern meist das taten, was wir selbst wollten.«

»Ist dir das nie früher bewußt geworden?« fragte der Mann lächelnd. »Dann ist es nicht die Schuld deines Bruders Trond; erinnerst du dich, er schalt stets darüber, daß ich euch zu sehr euern Willen ließ.«

Am nächsten Messetag feierte Ramborg ihren Kirchengang, und danach kam sie zum erstenmal seit ihrem Kindbett nach Jörundhof. Mit ihr kam Helga Rolvstochter – auch sie war jetzt verheiratet. Bei Lavrans saß gerade Haavard Trondssohn von Sundbu. Diese drei jungen Menschen waren gleichaltrig und hatten drei Jahre hindurch wie Geschwister auf Jörundhof gelebt. Damals hatte Haavard sich am meisten unter ihnen hervorgetan und bei ihren Spielen den Anführer gemacht, weil er ein Knabe war. Jetzt ließen ihn die beiden jungen Frauen mit ihren weißen Kopflinnen deutlich fühlen, daß sie erfahrene Frauen mit Männern, Kindern und Höfen waren, während er nur ein unmündiges und unverständiges Kind war. Lavrans bereitete dies viel Spaß.

»Warte nur, bis du selbst eine Frau hast, Haavard, mein Pflegesohn, dann erst wirst du richtig zu wissen bekommen, wie wenig du verstehst«, sagte er, und alle Männer in der Stube lachten und stimmten zu.

Sira Eirik kam täglich zu dem Sterbenden herüber. Die Augen des alten Pfarrpriesters waren jetzt schwach geworden, die Schöpfungsgeschichte auf norwegisch und die Evangelien und Psalmen auf lateinisch aber konnte er noch ebenso gut und fließend lesen wie früher, weil er die Bücher genau kannte. Nun aber hatte Lavrans vor einigen Jahren unten auf Saastad ein großes Buch erstanden; aus diesem wollte

* Sommertag: 14. April

er jetzt am liebsten hören, Sira Eirik aber vermochte mit seinen schlechten Augen nicht darin zu lesen. Da bat der Vater seine Tochter Kristin, sie möchte versuchen, ob sie es lesen könne. Und als sie sich ein wenig an das Buch gewöhnt hatte, gelang ihr dies auch gut und schön, und es bedeutete eine große Freude für sie, daß es nun etwas gab, was sie ihrem Vater zuliebe tun konnte.

In diesem Buch standen Dinge wie Zwiegespräche zwischen Furcht und Mut, zwischen Glauben und Zweifel, Leib und Seele. Es standen auch einige Heiligengeschichten darin und mehrere Berichte über Männer, die schon zu ihren Lebzeiten vom Geist erfüllt gewesen waren und die Qualen der Unterwelt, die Prüfungen des Fegfeuers und die Seligkeit des Himmelreiches gesehen hatten. Lavrans sprach viel vom Fegfeuer, in das er nun bald zu kommen erwartete, aber er war frei von aller Furcht. Er hoffte auf große Hilfe durch die Fürbitte seiner Freunde und der Priester und tröstete sich damit, daß Sankt Olav und Sankt Tomas ihn bei der letzten Prüfung stärken würden, wie er die Stärkung, die von ihnen ausging, in diesem Leben oft gefühlt hatte. Stets hatte er gehört, daß, wer fest im Glauben sei, keinen Augenblick die Seligkeit aus den Augen verliere, zu der die Seele durch das heiße Feuer eingeht. Kristin dünkte es, ihr Vater freue sich wie auf eine Mannesprobe. Sie entsann sich undeutlich aus ihrer Kindheit, wie damals die Eidmänner des Königs aus dem Tal zum Heereszug gegen Herzog Eirik auszogen; jetzt schien es ihr, als sähe der Vater seinem Tod so entgegen, wie er damals dem Abenteuer und den Kämpfen entgegengesehen hatte.

Da sagte sie eines Tages, es dünke sie, dem Vater seien hier im Leben so viele Prüfungen auferlegt gewesen, daß ihm die im Jenseits leicht gemacht werden müßten. Lavrans antwortete, dieser Meinung sei er jetzt nicht; er sei ein reicher Mann gewesen, in einem hervorragenden Geschlecht geboren, habe Freunde und Erfolg in der Welt gehabt. »Meine schwersten Sorgen waren, daß ich nie das Antlitz meiner Mutter gesehen habe und daß ich meine Kinder verlor, aber nun sind das bald keine Sorgen mehr. Und so ist es auch mit anderen Dingen, die mich in meinem Leben bedrückt haben – es sind keine Sorgen mehr.«

Die Mutter war oft dabei, wenn Kristin vorlas, auch fremde Leute waren anwesend, und Erlend wollte jetzt gern dabeisitzen und zuhören. Alle diese Menschen hatten Freude daran, sie selbst aber wurde aufgerührt und verzweifelt; sie dachte an ihr eigenes Herz, das so genau wußte, was recht und gut war und doch stets zu Ungerechtigkeit neigte. Und sie fürchtete für ihr kleines Kind, wagte des Nachts kaum zu schlafen vor Angst, es könnte ungetauft sterben. Stets mußten zwei Frauen bei ihr wachen, und doch wagte sie selbst nicht, einzuschlafen. Ihre anderen Kinder waren alle getauft worden, noch ehe sie drei Tage alt waren, aber mit diesem letzten wartete man, da es so groß und stark war und man es gern nach Lavrans nennen wollte –

hier im Tal hielten die Leute streng an dem Brauch fest, daß der Name eines lebenden Mannes nicht fortgegeben werden dürfe.
Eines Tages, als sie beim Vater saß und das Kind auf dem Schoß hielt, bat er sie, die Windeln zu lösen; er hatte bisher noch nicht mehr von dem Kleinen gesehen als das Gesicht. Sie tat, wie er sie gebeten hatte, und legte den Knaben in die Arme ihres Vaters. Lavrans streichelte über die kleine gewölbte Brust und nahm eine der kleinen runden Hände in die seinen:
»Seltsam ist es, Verwandter, daß du in meinem Harnisch stehen sollst; jetzt würdest du ihn nicht besser ausfüllen, als ein Wurm eine hohle Nuß ausfüllt, und diese Hand muß noch sehr wachsen, ehe sie meinen Schwertknauf umfassen kann. Wenn man solche kleine Burschen sieht wie diesen hier, so kann man beinahe verstehen, daß Gott uns nicht zum Waffentragen geschaffen hat. Du aber wirst nicht sehr viel größer werden, du kleiner Kerl, und schon wirst du dich danach sehnen, Waffen in die Hand zu bekommen. Nur die wenigsten Männer, die Frauen je geboren haben, besitzen so große Liebe zu Gott, daß sie der Waffenehre abschwören. Ich besaß diese Liebe nicht.«
Er lag eine Weile da und betrachtete das zarte Kind:
»Du trägst deine Kinder unter einem liebevollen Herzen, meine Kristin – der Knabe ist rund und groß, du aber bist bleich und schlank wie eine Gerte, und so, sagte deine Mutter, sei es immer gewesen, wenn du von ihnen erlöst warst. Ramborgs Tochter war schmächtig und klein«, fügte er lachend hinzu, »aber Ramborg selbst blüht wie eine Rose.«
»Es will mir darum seltsam scheinen, daß sie ihr Kind nicht an ihrer eigenen Brust nähren mag«, erwiderte Kristin.
»Auch Simon war dagegen; er sagte, er wolle ihr dies Geschenk nicht so lohnen, daß sie Schaden leide; du darfst nicht vergessen, Kristin, Ramborg war noch nicht volle sechzehn Jahre alt, war selbst kaum den Kinderschuhen entwachsen, als sie die Tochter bekam – und nie hatte sie vorher eine Stunde der Krankheit gekannt –, es ist nicht zu verwundern, daß sie nur kurze Geduld hatte. Du warst ein erwachsenes Weib, als du verheiratet wurdest, meine Kristin!«
Plötzlich wurde Kristin von heftigem Weinen befallen; sie wußte selbst kaum, weshalb sie so weinte. Aber es war so wahr, sie hatte ihre Kinder geliebt vom ersten Augenblick an, da sie wußte, daß sie sie in ihrem Schoße trug, sie hatte sie geliebt, während sie sie mit Unruhe quälten, sie beschwerten und sie verunstalteten. Sie hatte ihre kleinen Gesichter geliebt vom ersten Male an, da sie sie sah, und liebte sie jede Stunde, während sie heranwuchsen und sich veränderten und männlich wurden. Aber niemand hatte sie so richtig mit ihr geliebt und sich so richtig mit ihr gefreut – Erlend war nicht so geartet, er mochte sie wohl ganz gern – aber bei Naakkve fand er, er sei zu zeitig gekommen, und bei den anderen hatte er stets gesagt, daß ihrer einer zuviel sei. Es dämmerte ihr, was sie über die Frucht der Sünde

hatte denken müssen, in jenem ersten Winter, den sie auf Husaby lebte. Sie begriff, daß sie deren Bitterkeit zu kosten bekommen hatte, wenn auch nicht so, wie sie befürchtet hatte. Damals war etwas zwischen sie und Erlend getreten, und das konnte wohl nie wiedergutgemacht werden.

Ihrer Mutter hatte sie nie nahegestanden, ihre Schwestern waren noch kleine Kinder gewesen, als sie erwachsen war, Spielgenossinnen hatte sie nie gehabt. Sie war zwischen Männern aufgewachsen und hatte sich ganz dem hingeben können, sanft und weich zu sein, denn stets waren Männer um sie gewesen, die schirmend und wehrend ihre Hände zwischen sie und alles in der Welt gehalten hatten. Jetzt schien es ihr so selbstverständlich, daß sie selbst nur Söhne gebar, lauter Knaben bekam, die sie mit ihrem Blut und an ihrer Brust nähren durfte, lieben und schirmen und pflegen durfte, bis sie so groß waren, daß auch sie unter die Männer treten konnten. Sie erinnerte sich, von einer Königin gehört zu haben mit dem Beinamen Knabenmutter. Die hatte in ihrer Kindheit sicher eine Hecke von wachsamen Männern um sich gehabt. –

»Was ist denn nun mit dir, Kristin?« fragte der Vater nach einer Weile still.

Sie konnte ihm dieses nicht sagen. So brachte sie schließlich, als ihre Tränen nachließen, nur hervor:

»Soll ich nicht traurig sein, Vater, wenn Ihr hier liegt?«

Schließlich, als Lavrans in sie drang, sprach sie von ihrer Furcht für das ungetaufte Kind. Da befahl er sofort, daß der Knabe am nächsten Messetag in die Kirche gebracht werden solle; er sagte, er glaube nicht, daß er um dieser Sache willen sterbe, ehe Gottes Stunde inne sei:

»Und außerdem habe ich doch lange genug hier gelegen«, sagte er und lachte. »Kümmerliche Taten begleiten unseren Eingang und unseren Ausgang, Kristin; in Krankheit werden wir geboren, und in Krankheit sterben wir, wenn wir nicht einen jähen Tod finden. Als ich jung war, dünkte mich der schönste Tod, auf der Walstatt gefällt zu werden. Aber einem sündigen Mann kann das Krankenlager wohl not tun, obgleich ich jetzt nicht fühlen kann, daß meine Seele wächst, auch wenn ich noch länger hier liege.«

So wurde der Knabe am nächsten Sonntag getauft und erhielt den Namen seines Großvaters. Kristin und Erlend wurde dies draußen in den Gemeinden sehr übelgenommen, obgleich Lavrans Björgulfssohn allen, die kamen, sagte, er hätte es verlangt; er wollte nicht einen Heiden in seinem Hause haben, wenn der Tod an die Tür käme.

Lavrans begann nun, sich Sorgen zu machen, daß sein Tod mitten in die Zeit der Frühjahrsbestellung treffen könnte, sehr ungelegen für die vielen Leute, die gern ihm zu Ehren seinem Leichenbegängnis folgen wollten. Aber vierzehn Tage nach der Taufe des Kindes trat Erlend zu Kristin in die alte Webstube, wo sie seit der Geburt schlief. Der Tag war schon vorgeschritten, die Zeit des Morgenimbisses war vorüber; sie lag noch zu Bett, denn der Knabe war unruhig gewesen. Erlend war sehr bewegt; still und liebevoll sagte er zu ihr, sie müsse nun aufstehen und zu ihrem Vater gehen. Lavrans habe beim Morgengrauen schwere Herzkrämpfe gehabt und danach lange ohnmächtig dagelegen. Jetzt sei Sira Eirik bei ihm und habe ihm soeben die Beichte abgenommen.

Es war der fünfte Tag nach der Halvardsmesse*. Der Regen fiel gleichmäßig und warm. Als Kristin auf den Hofplatz hinauskam, verspürte sie im schwachen Südwind den Erdgeruch von frisch gepflügten und gedüngten Äckern. Das Tal lag braun unter dem Frühlingsregen, die Luft blaute zwischen den hohen Bergen, und der Nebel trieb in halber Höhe an den Hängen entlang. Aus den Hainen längs dem wasserreichen grauen Fluß klang es von kleinen Glocken – die Ziegenherden waren hinausgelassen worden und knabberten an den mit Knospen besetzten Zweigen. Es war ein Wetter, wie es das Herz des Vaters stets erfreut hatte, Winter und Kälte nahmen für Menschen und Tiere ein Ende, das Vieh wurde aus engen, dunklen Ställen und vom Futtermangel erlöst.

Sie erkannte an dem Gesicht des Vaters sofort, daß der Tod jetzt sehr nahe war. Um die Nasenflügel war er schneeweiß, die Lippen und die Höhlen um die großen Augen waren bläulich, das Haar hatte sich geteilt und lag in feuchten Strähnen um die breite, mit Schweißtropfen bedeckte Stirn. Aber er war jetzt bei voller Besinnung und sprach klar, wenn auch langsam und mit schwacher Stimme.

Das Gesinde trat, einer nach dem andern, ans Lager vor, Lavrans gab ihnen allen die Hand, dankte für ihre Dienstleistungen, bat sie, ihm zu verzeihen, so er gegen sie in irgendwelcher Weise gefehlt hätte, und bat sie, seiner Seele in einem Gebet zu gedenken. Dann nahm er Abschied von seinen Angehörigen. Die Töchter bat er, sich herabzubeugen, damit er sie küssen könne, er wünschte den Segen Gottes und aller Heiligen auf sie herab. Sie weinten bitterlich beide, und die junge Ramborg warf sich der Schwester in die Arme. Einander umschlungen haltend, traten die beiden Lavranstöchter an ihren Platz am Fußende des Bettes zurück, und die jüngere fuhr fort, an Kristins Brust zu weinen.

Erlends Gesicht bebte, und die Tränen liefen ihm über die Wangen, als er Lavrans' Hand hob und sie küßte, während er seinen Schwiegervater leise bat, ihm alles zu verzeihen, womit er in all den Jahren seinem Sinn entgegengehandelt hätte. Lavrans sagte, dies tue er aus vollem Herzen, und er bat Gott, alle Tage mit Erlend zu sein. Es lag ein seltsam bleiches Licht über Erlends schönem Antlitz, als er still zurücktrat und sich an die Seite seiner Gattin stellte, Hand in Hand mit ihr.

Simon Darre weinte nicht, aber er kniete nieder, als er die Hand des

* Halvardsmesse: 15. Mai

Schwiegervaters zum Kuß ergriff, er blieb eine Weile so liegen und hielt sie fest. »Warm und gut ist deine Hand, Eidam«, sagte Lavrans mit einem schwachen Lächeln. Ramborg wandte sich ihrem Manne zu, als er zu ihr trat, und Simon legte seinen Arm um ihre zarten Mädchenschultern.

Zuletzt nahm Lavrans Abschied von seiner Frau. Sie flüsterten einige Worte miteinander, die niemand hörte, und wechselten einen Kuß im Beisein aller anderen, wie es sich geziemen konnte, wenn der Tod in der Stube war. Danach kniete Ragnfrid vor dem Lager ihres Mannes nieder, das Gesicht dem seinen zugewandt; sie war weiß, still und ruhig.

Sira Eirik blieb im Hause, nachdem er den Sterbenden mit dem Öl gesalbt und ihm die Wegzehrung gegeben hatte. Er saß zu Häupten des Bettes und betete, Ragnfrid saß jetzt auf der Bettkante. So vergingen einige Stunden. Lavrans lag mit halbgeschlossenen Augen da. Dann und wann bewegte er unruhig den Kopf auf den Kissen, fuhr ein wenig mit den Händen auf der Decke umher, holte von Zeit zu Zeit schwer stöhnend Atem. Sie glaubten, er habe die Sprache verloren, aber ein Todeskampf war dies nicht.

Es wurde früh dunkel, und der Priester zündete ein Licht an. Die Leute saßen still da, sahen den Sterbenden an und lauschten dem Rieseln und Träufeln des Regens draußen rings um das Haus. Dann kam es wie eine Unruhe über den Kranken, der Körper bebte, das Gesicht wurde blau, und Atemnot schien ihn zu quälen. Sira Eirik griff unter seine Schultern, hob ihn in sitzende Stellung, während er Lavrans' Kopf an seine Brust legte und ihm das Kreuz zeigte.

Lavrans öffnete die Augen, heftete den Blick auf das Kruzifix in der Hand des Priesters und sprach leise, aber so klar, daß die meisten in der Stube es hörten:

»Exsurrexi, et adhuc sum tecum*.«

Noch einige Zuckungen durchliefen den Körper, seine Hände tasteten auf der Bettdecke umher. Sira Eirik hielt ihn noch weiterhin eine Weile an sich gelehnt. Dann legte er behutsam die Leiche seines Freundes auf die Kissen zurück, küßte seine Stirn und glättete ihm das Haar, ehe er Augenlider und Nase zudrückte, erhob sich und begann ein Gebet zu sprechen.

Kristin durfte während der Nacht mit den andern bei der Leiche wachen. Man hatte Lavrans im oberen Stockwerk auf Stroh gebettet; denn man erwartete viele Menschen zur Leichenwache, und dort war am meisten Platz.

Der Vater dünkte sie unsagbar schön, wie er so im Kerzenglanz dalag, das goldenblasse Angesicht entblößt. Man hatte das Schweißtuch heruntergeschlagen, damit es nicht beschmutzt werden sollte von den vielen, die herbeikommen und das Gesicht des Toten sehen wollten. Sira

* Exsurrexi . . .: Wenn ich aufwache, bin ich noch bei dir (Psalm 139, 18).

Eirik und der Pfarrpriester von Kvam sangen über der Leiche. Der letztere war am Abend gekommen, um von Lavrans Abschied zu nehmen, hatte ihn jedoch nicht mehr am Leben getroffen.

Aber schon am nächsten Tag begannen die Gäste auf dem Hof einzureiten, und jetzt mußte Kristin der Schicklichkeit halber sich zu Bett legen, da sie immer noch nicht in der Kirche gewesen war. Jetzt war sie es, deren Kindbett mit seidenen Decken und den schönsten Kissen bereitet wurde. Die Wiege wurde von Formo heimgeholt; darin lag nun der kleine Lavrans, und jeden Tag gingen Leute ein und aus, um sie und das Kind zu sehen.

Die Leiche des Vaters blieb auch weiterhin schön, wie Kristin hörte – sie war nur etwas gelblicher geworden. Und noch niemals hatte man so viele Lichter zur Bahre eines toten Mannes bringen sehen.

Am fünften Tag begann der Leichenschmaus, er war in jeder Beziehung über die Maßen prächtig; auf dem Hof selbst und auf Laugarbru standen mehr als hundert fremde Pferde, und auch auf Formo wurden Gäste untergebracht. Am siebenten Tag wurde das Erbe in Einigkeit und Freundschaft geteilt, Lavrans hatte selbst alles vor seinem Tode geordnet, und alle fügten sich genau seinen Wünschen.

Am nächsten Tag sollte für den Leichnam, der sich jetzt in der Olavskirche befand, die Reise nach Hamar beginnen.

Am Abend zuvor – es war schon fast mehr in der Nacht – kam Ragnfrid in die Feuerstube, wo die Tochter mit ihrem Kind schlief. Die Hausfrau war sehr müde, aber ihr Gesicht war still und klar. Sie hieß die Mägde hinausgehen:

»Zwar sind alle Häuser voll, aber ihr findet wohl einen Winkel; diese letzte Nacht, die ich auf meinem Hof zubringe, möchte ich selbst bei meiner Tochter wachen.«

Sie nahm Kristin das Kind aus den Armen, trug es zur Feuerstätte und richtete es für die Nacht her.

»Seltsam muß es für Euch sein, Mutter, von diesem Hof ziehen zu müssen, auf dem Ihr alle diese Jahre mit meinem Vater gelebt habt«, sagte Kristin. »Ich verstehe kaum, daß Ihr es vermögt.«

»Ich vermöchte wohl viel weniger hier zu leben«, antwortete Ragnfrid und wiegte den kleinen Lavrans auf den Knien, »ohne deinen Vater hier auf dem Hofe zu sehen.

Du hast nie gehört, wie es sich zutrug, daß wir in dieses Tal herzogen und hier wohnen blieben«, begann sie nach einer Weile wieder. »In jener Zeit, als die Nachricht kam, daß Ivar, mein Vater, bald seinen Geist aufgeben würde, war ich nicht imstande zu reiten; Lavrans mußte allein nordwärts reisen. Ich erinnere mich noch, es war ein so schönes Wetter an dem Abend, da er fortzog – er liebte es schon damals, erst spät fortzureiten, wenn es kühl war; er wollte Oslo noch am gleichen Abend erreichen – es war kurz vor Mittsommer. Ich begleitete ihn bis dorthin, wo der Weg vom Hof den Kirchweg kreuzt – entsinnst du dich, dort sind einige hohe kahle Felsen und ringsumher unfruchtbarer Boden – die schlechteste Erde auf Skog, dort herrscht immer Trockenheit, aber in diesem Jahr stand das Korn schöner auf jenen Feldern, und wir redeten darüber. Lavrans führte sein Pferd, und ich hatte dich an der Hand – du warst vier Winter alt.

Als wir an die Wegkreuzung kamen, wollte ich, daß du heimlaufen solltest. Du hattest wenig Lust dazu, da aber sagte dein Vater, du solltest versuchen, fünf weiße Steine zu finden, um sie in Kreuzform in den Bach, gleich dort, wo er aus der Erde herausquillt, zu legen; das sollte ihn gegen den Zauber im Mjörsawald schützen, wenn er dort vorüberkam. Da liefst du davon.«

»Ist das etwas, was die Leute sagen?« fragte Kristin.

»Ich habe es weder vorher noch nachher gehört. Ich denke, dein Vater erfand es in jenem Augenblick. Erinnerst du dich nicht, er erfand so vieles, wenn er mit dir spielte?«

»Doch. Ich erinnere mich.«

»Ich begleitete ihn durch den Wald, bis zum Zwergenstein. Da bat er mich, umzukehren, und dann ging er mit mir wieder bis zur Wegkreuzung zurück; er lachte und sagte, ich könnte doch wohl wissen, daß er mich jetzt auf keinen Fall allein durch den Wald gehen lassen würde, um so mehr, als auch schon die Sonne untergegangen sei. Als wir so dort am Wegkreuz standen, legte ich meine Arme um seinen Hals; mir war so schwer zumute, weil ich nicht mit heimreisen konnte. – Auf Skog konnte ich mich nie so recht wohl fühlen, und ich sehnte mich stets nach dem Tal im Norden zurück. Lavrans tröstete mich und sagte dann zum Schluß: ›Wenn ich zurückkomme und dich mit meinem Sohn auf den Armen finde, dann kannst du mich bitten, um was du willst, und so es in der Macht eines Menschen steht, es dir zu geben, sollst du nicht umsonst gebeten haben.‹ Darauf antwortete ich, daß ich dann darum bitten würde, hierher auf meinen Erbhof zu ziehen und hier zu wohnen. Deinem Vater sagte dies wenig zu, und er erwiderte denn auch: ›Hättest du nicht um etwas Größeres bitten können?‹ Er lachte ein wenig, und ich dachte, er würde es nie tun, und dies schien mir auch begreiflich. Dann weißt du ja, wie es zuging, Sigurd, dein jüngster Bruder, lebte nicht eine Stunde; Halvdan taufte ihn, und er starb gleich darauf.

Dein Vater kam eines frühen Morgens heim; er hatte den Abend zuvor in Oslo erfahren, wie es daheim stand, und war daraufhin sofort weitergeritten. Ich lag noch zu Bett, ich war so traurig, daß ich nicht aufstehen mochte, am liebsten wäre ich nie wieder aufgestanden. Gott verzeihe mir, aber wenn sie dich zu mir hereinbrachten, drehte ich mich der Wand zu und wollte dich nicht sehen, dich kleines Wesen. Da aber sagte Lavrans, als er auf meinem Bettrand saß, noch mit Umhang und Schwert angetan, daß wir nun versuchen sollten, ob es nicht besser für uns sei, auf Jörundhof zu leben, und so geschah es, daß wir von Skog fortzogen. Nun aber kannst du dir wohl denken, daß ich nicht mehr hier wohnen mag, seit Lavrans fort ist.«

Ragnfrid brachte der Mutter das Kind und legte es ihr an die Brust. Sie nahm die seidene Decke fort, die man während des Tages über Kristins Bett gebreitet hatte, faltete sie zusammen und legte sie beiseite. Dann stand sie eine Weile da und betrachtete die Tochter, berührte den dikken goldbraunen Zopf, der zwischen den weißen Brüsten lag:

»Dein Vater fragte mich so oft, ob dein Haar noch ebenso reich und schön sei. Es war ihm eine solche Freude, daß du über den vielen Kindern, die du bekamst, deine Schönheit nicht verlorst. Er freute sich so sehr über dich in den letzten Jahren, darüber, daß du eine so tüchtige Frau geworden warst und gesund und schön mit all den prächtigen kleinen Söhnen rings um dich dastandest.«

Kristin schluckte ein paarmal die Tränen hinunter.

»Zu mir, Mutter, sprach er oft davon, daß Ihr die beste Gattin gewesen seid – er sagte, ich sollte Euch dies erzählen –«, sie schwieg verlegen, und Ragnfrid lachte leise:

»Lavrans hätte doch wissen können, daß er es nicht nötig hatte, mir von seinem Wohlwollen berichten zu lassen.« Sie streichelte den Kopf des Kindes und die Hand der Tochter, die den Kleinen umfaßt hielt. »Aber vielleicht wollte er ... Du darfst nicht glauben, meine Kristin, daß ich dir je die Liebe deines Vaters mißgönnt habe. Recht und begreiflich ist es, daß du ihn mehr geliebt hast, als du mich liebtest. Du warst ein so süßes und liebliches kleines Mädchen; ich erkannte es nicht genug an, daß Gott mich dich behalten ließ. Ich dachte stets mehr an das, was ich verloren hatte, als an all das Gute, was ich besaß.«

Ragnfrid setzte sich auf das Bett:

»Sie hatten andere Gebräuche auf Skog als daheim bei uns. Ich kann mich nicht entsinnen, daß mein Vater mich je geküßt hat; er küßte meine Mutter, als sie auf der Totenbahre lag. Mutter küßte Gudrun in der Messe, denn sie stand ihr am nächsten, dann küßte die Schwester mich – sonst pflegten wir bei uns nie so etwas zu tun.

Auf Skog war die Sitte anders; wenn wir von der Kirche heimkehrten und den Leib des Herrn empfangen hatten und daheim auf dem Hofplatz von den Pferden stiegen, da küßte Herr Björgulf seine Söhne und mich auf die Wange, wir aber küßten ihm die Hand. Danach küßten alle Eheleute einander, und dann gaben wir jedem vom Gesinde, der mit im Gottesdienst gewesen war, die Hand und wünschten uns gegenseitig, daß die Vereinigung mit dem Leib des Herrn Gnade bringen möge. Lavrans und Aasmund pflegten sehr häufig ihrem Vater die Hand zu küssen, wenn sie Gaben oder dergleichen von ihm erhielten. Wenn der Vater oder die Mutter hereinkamen, erhoben sich die Söhne stets und blieben stehen, bis sie gebeten wurden, sich zu setzen. Dies dünkten mich zuerst Narrenbräuche und ausländisches Wesen zu sein.

Später, in den Jahren, die ich mit deinem Vater zusammen lebte, als wir unsere Söhne verloren, und in all den Jahren, da wir so große Angst und Sorge um unsere Ulvhild erlitten, da war es gut für mich, daß Lavrans so erzogen worden war: zu milderen und liebevolleren Sitten.«

Nach einer Weile sagte Kristin leise:

»Vater hat also Sigurd nie gesehen?«

»Nein«, antwortete Ragnfrid, ebenso still. »Auch ich sah ihn nicht, solange er am Leben war.«

Kristin lag eine Weile still da, dann sagte sie:

»Trotzdem dünkt mich, Mutter, Ihr habt doch viel Gutes in Eurem Leben gehabt.«

Die Tränen begannen über Ragnfrid Ivarstochters bleiches Gesicht zu rinnen:

»Gott steh' mir bei, ja. So dünkt es mich nun selbst.«

Kurz darauf nahm sie den Säugling, der jetzt eingeschlafen war, behutsam von der Brust der Mutter und legte ihn in die Wiege. Sie heftete Kristins Hemd mit der kleinen Schließe zusammen, fuhr der Tochter über die Wange und bat sie, jetzt zu schlafen. Kristin hob eine Hand. »Mutter ...«, sagte sie bittend.

Ragnfrid beugte sich hinab, zog die Tochter an sich und küßte sie viele Male. Das hatte sie in all den Jahren, seit Ulvhild gestorben war, nicht mehr getan.

Als Kristin am nächsten Tag hinter der Ecke des Wohnhauses stand und zu den Hängen des Flusses hinübersah, war das schönste Frühjahrswetter. Es roch nach Wachstum, überall sang es von befreiten Bächen, über allen Hainen und auf den Wiesen lag ein grüner Hauch. Dort, wo der Weg oberhalb Laugarbru am Berg entlangführte, leuchtete der Winterroggen wie ein Teppich frisch und schimmernd auf – Jon hatte im vergangenen Jahr dort den Niederwald geschwendet und Getreide in das Erdreich gesät.

Wenn der Leichenzug an dieser Stelle vorüberkäme, würde sie ihn am besten sehen.

Und dann zog das Gefolge am Steinhang, oberhalb des frischen neuen Roggenackers, vorbei.

Sie konnte alle Priester unterscheiden, die an der Spitze ritten, es waren in der ersten Schar auch Kirchendiener dabei, die Kreuze und Kerzen trugen. Die Flammen konnte sie im Licht des klaren Tages nicht sehen, aber sie erkannte die Kerzen wie dünne weiße Striche. Dann kamen die beiden Pferde, die den Sarg des Vaters auf einer Bahre zwischen sich trugen, und dann konnte sie Erlend auf dem schwarzen Pferd unterscheiden, die Mutter, Simon und Ramborg, und viele ihrer Verwandten und Freunde in dem langen Gefolge.

Eine Zeitlang vernahm sie den Gesang der Priester schwach über dem Tosen des Flusses, dann aber erstarb die Melodie der Hymnen in dem Flußrauschen und in dem Geriesel der Frühlingsbäche an den Hängen. Kristin blieb stehen und starrte hinüber, noch lange, nachdem das letzte Saumpferd mit dem Reisegut im Gehölz dort hinten verschwunden war.

ERLEND NIKULAUSSOHN

I

Ragnfrid Ivarstochter überlebte ihren Mann nicht mehr ganz zwei Jahre, sie starb früh im Winter des Jahres 1332. Es ist weit von Hamar bis Skaun, so daß man auf Husaby ihren Tod erst erfuhr, als sie schon länger als einen Monat unter der Erde lag. Aber um die Zeit des Weißen Sonntags kam Simon Andressohn nach Husaby; es gab jetzt zwischen den Verwandten wegen der Hinterlassenschaft Ragnfrids dieses und jenes zu besprechen. Kristin Lavranstochter besaß nun Jörundhof, und es wurde so geordnet, daß Simon ihre Güter beaufsichtigen und mit ihren Bauern abrechnen sollte; er hatte das Gut schon zu Lebzeiten der Schwiegermutter verwaltet, während Ragnfrid in Hamar lebte.

Gerade um diese Zeit hatte Erlend Ärger und Unannehmlichkeiten wegen einiger Sachen, die sich in seinem Gau zugetragen hatten. Im Herbst zuvor hatte der Bauer auf Forbregd in Updal, Huntjov, seinen Nachbarn getötet, weil dieser seine Frau eine Hexe genannt hatte. Die Bewohner des Tales brachten den Mörder gebunden zum Vogt, und Erlend hielt ihn in einem Dachraum gefangen. Als aber die Winterkälte zunahm, ließ er den Mann frei unter seinen Knechten umhergehen. Huntjov war mit Erlend auf Margygren im Norden gewesen und hatte sich dort als tapfer und tüchtig erwiesen. Erlend stellte denn auch den Mann ins schönste Licht, als er ein Schreiben über Huntjovs Sache einsandte und um Haftentlassung bis zum Urteil für ihn bat. Und als Ulf Haldorssohn Bürgschaft dafür übernahm, daß Huntjov rechtzeitig zum Thing in Orkedal eintreffen werde, ließ Erlend den Bauern zu Weihnachten heim. Da aber reisten der Mann und sein Weib fort, um den Herbergsvater im Drivtal zu besuchen – er war mit ihnen verwandt –, und auf dieser Fahrt verschwanden sie. Erlend glaubte, sie seien in dem schweren Unwetter, das um jene Zeit geherrscht hatte, umgekommen, viele Leute jedoch sagten, sie seien geflohen, jetzt könnten die Knechte des Vogtes ihnen nachlaufen. Und dann kamen neue Dinge über die Verschwundenen auf, daß Huntjov schon einige Jahre vorher einen Mann im Gebirge getötet und die Leiche im Geröll vergraben habe, einen Mann, den Huntjov im Verdacht hatte, seinem Pferd die Seiten aufgeschlitzt zu haben. Und es stellte sich nun als sicher heraus, daß sein Weib Zauberei getrieben hatte.

Jetzt begannen der Priester in Updal und die Vertrauensmänner des

Erzbischofs diesen Gerüchten über Zauberei nachzuforschen, und dies führte dazu, daß üble Dinge darüber aufkamen, wie die Leute in vielen Orten im Orkdölagau es mit ihrem Christentum hielten. Hauptsächlich war dies in den entlegenen Tälern, Rennabu, Updalsskogen, der Fall, aber auch ein alter Mann aus Budviken wurde dem Erzbischof in Nidaros vorgeführt. Hier zeigte Erlend so wenig Eifer, daß die Leute darüber redeten. Da war auch dieser alte Aan, der unten am See unterhalb Husaby gewohnt hatte und beinahe zu Erlends Gesinde mitgerechnet werden mußte. Er hatte sich mit Runen und Zaubersprüchen abgegeben, und er hatte sicher Abbilder in seiner Stube gehabt, denen er, wie die Leute sagten, opferte. Aber nichts Derartiges wurde in seiner Hütte gefunden. Erlend selbst und Ulf Haldorssohn waren wohl bei ihm gewesen, als er starb, und sie hatten sicherlich gar manches auf die Seite geräumt, ehe der Priester kam, behaupteten die Leute. Ja, wenn man jetzt näher darüber nachdachte, so war doch auch Erlends leibliche Muhme der Zauberei, der Hurerei und des Gattenmordes bezichtigt worden, obgleich Frau Aashild Gautestochter zu klug und zu geschickt war und wohl auch zu mächtige Freunde besessen hatte, als daß man sie irgendeiner Tat hätte überführen können. Und gleichzeitig erinnerten sich die Leute wiederum, daß Erlend in seiner Jugend recht wenig christlich gelebt und dem Bann der Kirche getrotzt hatte.
Das Ende davon war, daß der Erzbischof Erlend zu einer Unterredung zu sich nach Nidaros kommen ließ. Simon begleitete den Schwager in die Stadt; er wollte seinen Schwestersohn von Ranheim holen, denn es bestand die Absicht, den Jungen, der eine Zeitlang bei seiner Mutter sein sollte, mit ins Tal heimzunehmen.
Es war in der Woche, ehe das Frühjahrsthing abgehalten werden sollte, und um diese Zeit befanden sich viele Leute in der Stadt. Als die beiden Männer zum Erzbischofshof kamen und in die Sprechstube gewiesen wurden, befanden sich mehrere der Chorherren und einige weltliche Herren dort – unter ihnen der Frühjahrsthingrichter Harald Nikulaussohn, ferner Olav Hermannssohn, Richter in Nidaros, Ritter Guttorm Helgessohn, Vogt in Jemtland, auch Arne Gjavvaldssohn, der sofort auf Simon Darre zuging und ihn herzlich begrüßte. Arne zog Simon mit sich in eine Fensternische, und sie setzten sich dort.
Simon war nicht recht wohl zumute. Er hatte Arne nicht mehr getroffen, seit er vor zehn Jahren auf Ranheim war, und obgleich ihn die Leute dort so gut aufgenommen hatten, hatte der Anlaß zu jener Fahrt doch eine Narbe in seinem Inneren hinterlassen.
Während Arne stolz von dem jungen Gjavvald erzählte, saß Simon da und behielt seinen Schwager im Auge. Erlend stand im Gespräch mit dem Schatzmeister. Er hieß Herr Baard Peterssohn, war jedoch nicht mit der Hestnes-Sippe verwandt. Man konnte nicht sagen, daß Erlends Haltung der Höfischkeit entbehrte; er war jedoch sehr frei und ungezwungen, wie er so dastand und mit dem alten Herrn sprach – ein wenig auf Zehen und Absatz wippend, die Hände auf dem Rücken inein-

andergelegt. Wie fast immer war er in dunkle Farben gekleidet, aber sehr schön; er trug ein veilchenblaues Wams, das ihm knapp am Körper saß und an den Seiten geschlitzt war, einen schwarzen Schulterkragen, dessen Kapuze so zurückgeschlagen war, daß sich das graue Seidenfutter zeigte, einen silberbeschlagenen Gürtel und hohe, rote Stiefel, die über den Waden fest geschnürt waren und die schlanken, schönen Beine und Füße des Mannes erkennen ließen.

In dem scharfen Licht der Glasfenster des steinernen Gebäudes konnte man wohl sehen, daß Erlend Nikulaussohn an den Schläfen ziemlich grau geworden war. Rings um den Mund und unter den Augen war das feine, sonnverbrannte Gesicht jetzt ein wenig von Runzeln gefurcht, auch auf dem langen, schönen, geschwungenen Hals waren ein paar Querfalten entstanden. Dennoch sah er noch sehr jung aus zwischen den anderen Herren – wenngleich er durchaus nicht der Jüngste in der Stube war. Aber er war ebenso schlank und geschmeidig, bewegte sich noch in der gleichen freien, ein wenig unachtsamen Art wie in der Jugend und hatte noch denselben federnden und leichten Schritt, als er jetzt, nachdem der Schatzmeister ihn verlassen hatte, anfing, in der Stube auf und ab zu gehen, immer noch die Hände auf dem Rücken zusammengelegt. Die anderen Herren setzten sich alle nieder; sie unterhielten sich untereinander mit leisen trockenen Stimmen. Erlends leichte Schritte und das Klirren seiner kleinen Silbersporen waren allzu deutlich hörbar.

Endlich bat ihn ein jüngerer Mann ärgerlich, Platz zu nehmen: »Und mach doch keinen solchen Lärm, Mann!«

Erlend hielt jäh inne, zog die Brauen hoch, dann wandte er sich lachend dem Sprecher zu:

»Wo trankst du gestern abend, Verwandter Jon, daß du einen so empfindlichen Kopf hast«, sagte er und setzte sich. Als Richter Harald zu ihm trat, erhob er sich und blieb stehen, bis der andere sich gesetzt hatte, ließ sich dann aber neben dem Richter auf den Stuhl fallen, schlug das eine Bein über das andere und hielt die Hände um die Knie geschlungen, während jener sprach.

Erlend hatte Simon sehr offenherzig von all den Unannehmlichkeiten erzählt, die ihm dadurch erwachsen waren, daß er sich den Mörder und die Hexe hatte entschlüpfen lassen. Aber unmöglich konnte jemand sorgloser aussehen als Erlend, wie er so dasaß und mit dem Richter über diese Sache sprach. Jetzt kam der Erzbischof. Er wurde von zwei Männern zu seinem Hochsitz geführt und mit Kissen ringsum gestützt. Simon hatte Eiliv Kortin noch nie vorher gesehen. Er sah alt und schwach aus, schien zu frieren, obgleich er mit einem Pelzumhang bekleidet war und eine mit Pelz besetzte Mütze trug. Als die Reihe an Erlend kam, führte er dem Erzbischof seinen Schwager vor, und Simon ließ sich auf ein Knie nieder, während er Herrn Eilivs Ring küßte. Auch Erlend küßte ehrerbietig den Ring.

Er betrug sich auch sehr schicklich und ehrerbietig, als er endlich vor dem Erzbischof stand, nachdem dieser eine gute Weile mit den anderen Herren über verschiedene Dinge gesprochen hatte. Aber er antwortete ziemlich leichthin auf die Fragen, die einer der Domherren ihm stellte, und seine Miene war offen und unschuldig.

Doch, er habe dieses Gerede über Zauberei seit vielen Jahren gehört. Aber solange sich keiner an ihn als den Vertreter des Gesetzes gewandt hatte, konnte er doch unmöglich dazu verpflichtet sein, jedem Gerede nachzuforschen, das zwischen den Weibern einer Gemeinde gehe. Es müsse wohl eher der Priester sein, der zu ergründen hätte, ob hier Anlaß vorhanden sei, eine Anklage zu erheben.

Dann wurde nach diesem alten Mann gefragt, der auf Husaby gewohnt hatte und von dem die Leute behaupteten, er habe gezaubert.

Erlend lächelte ein wenig: Ja, Aan habe selbst damit geprahlt, aber Proben seiner Kunst hätte er nie gesehen. Schon als er noch ein Kind war, habe er Aan von ein paar Weibern reden hören, die er Haern und Skögul und Snotra genannt habe; er habe das jedoch nie für etwas anderes als für Märchen und Scherz genommen. »Mein Bruder Gunnulf und unser Priester, Sira Eiliv, haben ihn zwar mehrere Male ausgefragt, aber sie haben wohl nichts Unrechtes an ihm gefunden, da sie nichts unternommen haben. Der Mann kam ja auch an jedem Messetag zur Kirche und konnte seine christlichen Gebete.« Großes Zutrauen zu Aans Künsten habe er nie gehabt, und seitdem er oben im Norden etwas von Lappenzauber und Hexenkunst gesehen habe, sei es ihm klargeworden, daß Aaans Kenntnisse nur Narrenstreiche gewesen seien.

Da fragte der Priester, ob es wahr sei, daß Erlend selbst einmal etwas von Aan erhalten habe – etwas, das ihm in amore Glück bringe?

Ja, erwiderte Erlend rasch und offen und lächelnd. Damals wäre er wohl fünfzehn Jahre alt gewesen – vor etwa achtundzwanzig Jahren. Es sei ein kleiner Lederbeutel gewesen mit einem weißen Stein darin und wahrscheinlich einigen getrockneten Teilen von Tieren. Aber er habe auch damals nicht viel an solche Dinge geglaubt; ein Jahr darauf, im ersten Jahr, als er am Königshof war, hatte er es fortgegeben. Es war in einer Badestube in der Stadt gewesen; er hatte den Zauber im Übermut einigen anderen jungen Burschen gezeigt. Da war später einer der Männer aus dem Königsgefolge zu ihm gekommen und hatte es kaufen wollen, Erlend hatte es ihm gegen ein schönes Barbiermesser gegeben.

Man fragte, wer dieser Herr wohl gewesen sei.

Erlend wollte zuerst nicht damit herausrücken. Aber der Erzbischof selbst verlangte von ihm, daß er spreche. Mit Schalk in den blauen Augen blickte Erlend auf:

»Es war Herr Ivar Ogmundssohn . . .«

Die Leute machten seltsame Gesichter. Von dem alten Herrn Guttorm Helgessohn vernahm man ein merkwürdiges Prusten. Herr Eiliv selbst gab sich Mühe, nicht zu lächeln. Da wagte Erlend zu sagen, mit nieder-

geschlagenen Augen, während er sich ein wenig auf die Unterlippe biß:
»Herr, Ihr werdet doch den guten Ritter nicht mit dieser alten Sache behelligen. Wie ich Euch sagte – ich glaubte selbst nicht viel daran – und ich merkte nie einen Unterschied zwischen uns beiden, auch nachdem ich ihm diese Kostbarkeit gegeben hatte.«
Herr Guttorm beugte sich brüllend vor, und dann gaben die Männer einer nach dem anderen nach und lachten laut. Der Erzbischof kicherte leise, hustete und schüttelte den Kopf. Es war allgemein bekannt, daß Herr Ivar in gewissen Dingen Besseres wollte, als ihm glückte.
Nach einer Weile hatte sich aber doch einer der Chorherren so weit gefaßt, daß er daran erinnern konnte, sie seien zusammengekommen, um über ernsthafte Dinge zu sprechen. Erlend fragte ein wenig scharf, ob von irgendeiner Seite eine Anklage gegen ihn erhoben und ob dies ein Verhör sei; er habe die Sache nicht anders aufgefaßt, als daß man ihn zu einer Unterredung habe kommen lassen. Die Unterredung wurde daraufhin fortgesetzt, jedoch brachte es einige Störung mit sich, daß Guttorm Helgessohn immer wieder in Gekicher ausbrach.
Am Tag darauf, als die beiden Schwäger von Ranheim fortritten, lenkte Simon das Gespräch auf diese Zusammenkunft. Simon fand, Erlend nehme die Sache sehr leicht; er glaubte doch verstanden zu haben, daß unter den Großen mehrere waren, die ihm, wenn möglich, etwas anhängen wollten.
Erlend sagte, er wisse wohl, daß sie dies gerne täten, wenn es ihnen gelänge. Denn hier im Norden neigten ja die meisten zum Kanzler – mit Ausnahme des Erzbischofs, in dem Erlend einen zuverlässigen Freund besaß. Aber Erlends Vorgehen war in allen Dingen gesetzlich. Er beriet sich stets mit seinem Schreiber, Klöng Aressohn, der über die Maßen gesetzeskundig war. Erlend sprach nun ernsthaft, lächelte nur flüchtig, als er sagte, niemand habe wohl erwartet, daß er sich in seinen Angelegenheiten so gut auskennen würde, wie es der Fall sei – weder seine lieben Freunde hier in den Tälern noch die Herren im Rat. Im übrigen sei er nicht sicher, daß er das Amt behalten wolle, wenn jetzt andere Bedingungen gelten sollten als die, die unter Erling Vidkunssohn geherrscht hatten. Bei ihm stünden die Dinge nun so, besonders seit dem Tode der Eltern seiner Frau, daß er es nicht nötig habe, um die Gunst jener Herren zu werben, die durch die Mündigsprechung des Königs zur Macht gelangt waren. Ja, den verfaulten Jungen konnten sie ebensogut jetzt wie später mündigsprechen, er wurde nicht männlicher, wenn man ihn noch aufbewahrte. Um so früher würde es sich zeigen, was er im Schilde führte oder vielmehr die schwedischen Herren, die seine Ratgeber waren. Das Volk würde bestätigen müssen, daß Erlend trotz allem klargesehen habe. Norwegen würde es teuer zu stehen kommen, wenn König Magnus versuchte, Skaane unter die schwedische Krone zu bringen, und es würde zum Krieg mit den Dänen führen, im selben Augenblick, in dem *ein* Mann, Däne oder Deut-

scher, die Macht dort im Land erhielte. Und der Frieden im Norden, der für zehn Jahre geschlossen worden war ... Jetzt sei die halbe Zeit vergangen, und es sei ungewiß, ob die Russen sich noch einmal ebensolange an die Abmachung halten würden. Er, Erlend glaube nicht recht daran, und das tue auch Erling nicht. Nein, der Kanzler Paal sei zwar ein *gelehrter* Mann, in vieler Beziehung auch verständig, vielleicht hatten alle miteinander nicht soviel Grütze im Kopf wie sein guter Gaul »Ruß« hier. Nun aber waren sie Erling los, einstweilen. Und einstweilen konnte auch er selbst gut zur Seite treten. Aber Erling und seine Freunde würden es wohl am liebsten sehen, wenn er, Erlend, seine Macht und seinen Wohlstand hier im Norden aufrechterhielte, er wisse also nicht recht, was er tun solle.

»Mir scheint, du hast jetzt gelernt, Herrn Erlings Weise zu singen«, konnte Simon Darre sich nicht enthalten zu sagen.

Erlend erwiderte, ja, so sei es. Er habe im vergangenen Sommer, bei seinem Aufenthalt in Björgvin, auf Herrn Erlings Hof gewohnt und habe nun gelernt, den Mann besser zu verstehen. Vor allem sei es Erling darum zu tun, den Landfrieden aufrechtzuerhalten. Aber er wolle, daß Norwegens Macht den Frieden des Löwen habe, das heiße, keiner dürfe dem Löwen König Haakons einen Zahn ausbrechen oder die Krallen beschneiden, auch solle der Löwe nicht mehr dazu abgerichtet werden, für ein anderes Volk den Jagdhund zu machen. Im übrigen läge es nun Erling am Herzen, den alten Zwistigkeiten zwischen den Norwegern und Frau Ingebjörg ein Ende zu machen. Nun, da sie Witwe sei, könne man nur wünschen, daß sie wiederum einige Macht über ihren Sohn gewinne. Wohl sei es richtig, sie hege so übermäßige Liebe zu den Kindern, die sie Knut Porse geboren habe, daß es den Anschein erwecke, als hätte sie ihren ältesten Sohn in gewisser Beziehung vergessen, aber es würde wohl anders werden, wenn sie wieder mit ihm zusammentreffe. Und es verhalte sich nicht so, daß Frau Ingebjörg irgendeinen Grund hätte, zu wünschen, König Magnus solle in die Unruhen in Skaane hineingezogen werden, weil seine Halbbrüder ihr Lehen dort hätten.

Simon dachte, dies höre sich so an, als sei Erlend ganz gut unterrichtet. Aber er wunderte sich über Erling Vidkunssohn; glaubte denn der frühere Reichsverweser, daß Erlend Nikulaussohn die Fähigkeit habe, in solchen Dingen zu urteilen, oder standen die Sachen nun so, daß Erling jetzt nach der nächstbesten Stütze griff. Der Bjarkö-Ritter trat seine Macht wohl nur ungern ab. Man hatte ihm zwar nie nachsagen können, daß er sie zu seinem eigenen Vorteil gebrauche, aber er war ja schließlich auch so gestellt, daß er hierauf verzichten konnte. Nur das eine sagten alle: daß er mit den Jahren immer eigensinniger und selbstherrlicher geworden sei, und sooft einer der anderen Herren des Reichsrates versucht hatte, sich gegen ihn aufzulehnen, war er so herrisch und überlegen gewesen, daß er die Rede eines anderen kaum mehr anhören wollte.

Es überraschte nicht an Erlend, daß er nun sozusagen mit beiden Beinen auf Herrn Erling Vidkunssohns Schiff übergestiegen war – nun, da es Gegenwind bekommen hatte, und es schien ungewiß, ob es Herrn Erling oder Erlend selbst von Nutzen sein konnte, daß er sich seinem reichen Verwandten allem Anschein nach mit Haut und Haar angeschlossen hatte. Obwohl Simon sich eingestehen mußte, daß, so unvorsichtig Erlend auch über Leute und Angelegenheiten sprach, seine Rede doch keinen ganz unverständigen Eindruck machte.

Am Abend jedoch war Erlend ganz wild und ausgelassen. Er lebte jetzt auf dem Nikulaushof, den sein Bruder ihm geschenkt hatte, als er ins Kloster ging. Kristin war mit dreien der Kinder, den beiden ältesten und dem jüngsten, bei ihm, und mit ihr seine Tochter Margret.

Gegen Abend kam eine ganze Schar Leute zu ihnen herein, darunter mehrere der Herren, die am Morgen zuvor der Zusammenkunft mit dem Bischof beigewohnt hatten. Erlend lachte und lärmte über den Tisch hinweg, als sie nach der Mahlzeit beieinandersaßen und tranken. Er hatte von einer Schale auf dem Tisch einen Apfel genommen, ritzte und schnitt mit dem Messer daran herum, dann rollte er ihn Frau Sunniva Olavstochter, die ihm gerade gegenübersaß, in den Schoß.

Nun wollte Sunnivas Nachbarin den Apfel sehen und griff nach ihm, jene wollte jedoch nicht loslassen, und so pufften die beiden Frauen einander unter Schreien und Lachen. Aber Erlend rief, Frau Eyvor solle von ihm ebenfalls einen Apfel bekommen. Es dauerte nicht lange, so hatte er allen anwesenden Frauen einen Apfel zugeworfen – es stünden auf allen Liebesrunen, sagte er.

»Du richtest dich zugrunde, Junge, wenn du alle diese Pfänder einlösen willst«, rief ein Mann.

»Dann löse ich sie eben nicht ein; darauf habe ich auch schon früher verzichten müssen«, gab Erlend zurück, und es entstand wiederum viel Gelächter.

Aber der Isländer Klöng hatte einen der Äpfel angesehen und rief nun, es seien keine Runen, sondern nur ein sinnloses Gekritzel. Er wollte ihnen nun zeigen, wie richtige Runen geritzt würden. Da rief Erlend, dies dürfe er nicht:

»Dann verlangt man wohl gar, daß ich dich binden soll, Klöng – und ich kann nicht ohne dich zurechtkommen.«

Unter all diesem Lärm war Erlends und Kristins jüngster Sohn in die Stube hereingetrippelt. Lavrans Erlendssohn war jetzt ein wenig über zwei Jahre alt und ein besonders schönes Kind, hell und rundlich, mit seidenfeinem, blondem und lockigem Haar. Die Frauen auf der Außenbank holten denn auch sofort den Jungen zu sich; sie gaben ihn von Schoß zu Schoß und liebkosten ihn, ziemlich übermütig, denn sie waren jetzt wirr und ausgelassen, alle miteinander. Kristin, die an der Wand im Hochsitz neben ihrem Mann saß, verlangte, daß man ihr das Kind gebe, und der Kleine jammerte und wollte zu ihr, allein dies half alles nichts.

Plötzlich sprang Erlend über den Tisch und ergriff das Kind, das nun schrie, weil Frau Sunniva und Frau Eyvor es zwischen sich hin und her zogen und sich darum stritten. Der Vater hob den Knaben auf, redete ihm freundlich zu und begann, als der Kleine immer noch weinte, ihn hin und her zu wiegen, während er ihn in dem halbdunkeln Teil des Raumes auf und ab trug. Jetzt war es, als habe Erlend seine Gäste völlig vergessen. Der kleine helle Kopf des Kindes lag an der Schulter des Vaters unter dessen schwarzem Haar, und Erlend liebkoste zuweilen mit halboffenen Lippen die kleine Hand, die sich auf seine Brust stützte. So ging er umher, bis die Magd hereinkam, die das Kind in Obhut hatte und es schon längst zu Bett hätte bringen müssen.
Jetzt riefen einige der Gäste, Erlend solle ihnen einen Tanz vorsingen – er habe eine so schöne Stimme. Zuerst weigerte er sich, aber dann ging er zu dem Platz, wo seine junge Tochter auf der Frauenbank saß. Er umfaßte Margret und hob sie aus der Bank heraus:
»Komm, meine Margret, und tanze an der Hand deines Vaters!«
Ein junger Mann trat vor und ergriff die Hand des Mädchens: »Margit hat mir versprochen, heute abend an meiner Hand zu tanzen.« Aber Erlend hob die Tochter in seinen Armen auf und stellte sie auf einer anderen Seite zu Boden:
»Tanz du mit deiner Frau, Haakon, ich tanzte auch nicht mit anderen zu der Zeit, da ich so jung verheiratet war wie du jetzt.«
»Ingebjörg sagt, sie könne nicht, und ich habe Haakon versprochen, bei ihm zu tanzen, Vater«, warf Margret ein.
Simon Darre wollte nicht tanzen. Eine Weile stand er bei einer alten Frau und sah zu, dann und wann streifte sein Blick Kristin. Sie stand oben am Tischende, während ihre Dienerinnen aufräumten und den Tisch abwischten, mehr zu trinken brachten und welsche Nüsse hereintrugen. Später setzte sie sich zum Kamin hin und sprach mit einem Priester, der sich unter den Gästen befand. Nach einer Weile gesellte sich Simon diesen beiden zu.
Als Erlend ein oder zwei Tänze getanzt hatte, trat er zu seiner Frau:
»Komm und tanz mit uns, Kristin«, sagte er bittend und streckte seine Hand aus.
»Ich bin müde«, erwiderte sie und blickte kurz auf.
»Bitte du sie, Simon; sie kann es nicht abschlagen, mit dir zu tanzen.«
Simon erhob sich halb von seinem Platz und streckte seine Hand aus, allein Kristin schüttelte den Kopf: »Bitte mich nicht, Simon – ich bin so müde.«
Erlend blieb ein wenig stehen; er sah aus, als sei er ärgerlich. Dann ging er zurück zu Frau Sunniva, ergriff deren Hand in der Tanzkette, während er rief, nun könne Margit ihnen vorsingen.
»Wer ist das, der deiner Stieftocher am nächsten tanzt?« fragte Simon. Er dachte, daß er das Gesicht dieses Burschen nicht leiden könne, obgleich er ein stattlicher und schöner junger Mann war, mit frischem, braunem Gesicht, schönen Zähnen und blitzenden Augen, die aber eng

am Nasenrücken saßen, Mund und Kinn waren groß und stark, während die obere Hälfte des Gesichtes schmal war. Kristin sagte, es sei Haakon Eindridessohn von Gimsar, Sohnessohn von Tore Eindridessohn, dem Vogt im Gauldölagau. Haakon sei erst kürzlich mit der kleinen, hübschen jungen Frau verheiratet worden, die Olav, dem Richter, auf dem Schoß sitze – dieser sei ihr Got. Simon war diese Frau aufgefallen, denn sie glich ein wenig seiner ersten Gattin, obgleich sie nicht so schön war. Als er nun erfuhr, daß auch eine gewisse Verwandtschaft bestand, ging er hin und begrüßte Ingebjörg, setzte sich und sprach mit ihr.

Nach einiger Zeit löste sich der Tanzring. Die älteren Leute hielten sich ans Trinken, aber die Jugend fuhr fort zu singen und zu spielen. Erlend kam mit einigen älteren Männern an die Feuerstätte heran, er führte jedoch Frau Sunniva immer noch an der Hand, gleichsam gedankenlos. Die Männer setzten sich in der Nähe des Feuers hin, so daß für Frau Sunniva kein Platz mehr blieb, sie aber stand vor Erlend und verzehrte Walnüsse, die er für sie zwischen seinen Fingern knackte.

»Du bist aber doch ein unhöflicher Mann, Erlend«, sagte sie plötzlich. »Du sitzest, und ich muß vor dir stehen.«

»Setz dich«, sagte Erlend lachend und zog sie auf seinen Schoß herunter. Sie wehrte sich, lachte und rief der Hausfrau zu, ob sie sehe, wie ihr Mann mit ihr umgehe.

»Das tut Erlend, weil er gut ist«, gab Kristin lachend zur Antwort. »Nie streicht ihm meine Katze um die Beine, ohne daß er sie auf den Schoß nimmt.«

Erlend und Frau Sunniva blieben sitzen wie zuvor und ließen sich nichts anmerken, aber sie waren beide rot geworden. Er hatte den einen Arm leicht um sie gelegt, als wisse er kaum, daß sie dasitze, während er und die Herren wiederum über diese Feindschaft zwischen Erling Vidkunssohn und dem Kanzler Paal sprachen, die die Gedanken der Leute so sehr beschäftigte. Erlend sagte, Paal Baardssohn zeige nun seine Gesinnung gegen Erling oft auf eine rechte Weiberart – hier könnten sie ein Beispiel hören:

Im vergangenen Sommer war einer der jungen Söhne des Landes an den Königshof gekommen. Dieses arme Kind aus Vors war eifrig bestrebt, sich vornehme Bräuche und höfisches Wesen anzueignen, und wollte denn auch seine Rede mit schwedischen Worten ausschmücken – französisch war es früher, jetzt aber war es schwedisch; da fragte der Junge eines Tages ein paar andere, was »traakig« – langweilig – auf norwegisch bedeute. Herr Paal hört das und sagt: »Traakig, lieber Freund, das ist so, wie Frau Elin, Herrn Erlings Gemahlin ist.« Der Knabe glaubte nun, dies bedeute schön oder höfisch, denn das war sie doch, und der arme Kerl hatte wohl nicht viel Gelegenheit gehabt, die Frau *reden* zu hören. Aber eines Tages begegnet Erling ihm auf der Treppe vor der Halle und hält ihn an und spricht freundlich mit dem Jungen, ob es ihm in der Stadt gefalle und ähnliches, und bittet ihn,

seinen Vater zu grüßen. Der Junge dankt und sagt, die größte Freude für seinen Vater bedeute es wohl, wenn er nun heimkomme mit Grüßen auch »von Euch, lieber Herr, und Eurer langweiligen Gemahlin«. Da versetzt Erling ihm einen Schlag hinters Ohr, so daß der Bursche drei, vier Stufen rücklings hinuntertaumelt, bis ein Mann ihn in seinen Armen auffängt. Nun entstand große Aufregung, Leute kamen hinzu, und die Sache wurde aufgeklärt. Erling war wütend – er wurde ja dadurch zum Gespött –, ließ sich jedoch nichts anmerken. Und alles, was der Kanzler dazu äußerte, waren ein Lachen und die Worte, er hätte besser sagen sollen, »traakig«, das sei so wie der Reichsverweser, dann hätte der Junge es wohl nicht mißverstehen können.
Die Gäste waren sich darüber einig, daß ein solches Benehmen des Kanzlers wenig würdig sei, aber sie lachten doch darüber. Simon hörte schweigend zu, wie er so, die Wange in die Hand gestützt, dasaß. Er dachte, Erlend zeige seine Freundschaft für Erling Vidkunssohn auf eine seltsame Weise; ja, aus dieser Geschichte ging doch klar hervor, daß Erling ziemlich aus dem Gleichgewicht geraten sein mußte, wenn er glaubte, daß ein junger Bursche, frisch in die Stadt gekommen, wagte, dazustehen und ihn auf der Treppe des Königshofes ins Gesicht zu verspotten. Daß Erlend auf seine, Simons, frühere Schwagerschaft mit Frau Elin und Herrn Erling Rücksicht nehmen würde, konnte Simon wohl kaum erwarten.
»Woran denkst du, Kristin?« fragte er. – Sie saß so still da, mit geradem Rücken, die Hände im Schoß gefaltet. Aber sie antwortete:
»Jetzt dachte ich an Margret.«
Im Laufe der Nacht, als Erlend und Simon einmal auf den Hof hinaustraten, schreckten sie zwei Leute auseinander, die hinter der Hausecke gestanden hatten. Die Nächte waren taghell, und Simon erkannte Haakon von Gimsar und Margret Erlendstochter. Erlend sah ihnen nach. Er war ziemlich nüchtern, und der andere verstand, daß ihm diese Sache wenig zusagte, aber er meinte wie entschuldigend, die beiden hätten einander von Kindesbeinen an gekannt und hätten sich stets miteinander geneckt. Simon dachte, wenn auch gar nichts dahintersteckte, so wäre trotzdem die junge Frau Ingebjörg zu bedauern.
Aber am Tag darauf hatte der junge Haakon auf dem Nikulaushof etwas zu bestellen, und er fragte auch nach Margit. Da fuhr Erlend ihn an:
»Meine Tochter ist nicht Margit für dich. Und wenn ihr gestern nicht fertig geworden seid mit dem, was du ihr zu sagen hast, dann mußt du es jetzt bei dir behalten.«
Haakon zuckte mit den Schultern, und als er ging, bat er, *Margareta* zu grüßen.
Die Leute von Husaby blieben bis über das Thing in Nidaros, und Simon fühlte sich nur mäßig wohl. Erlend war oft mißgelaunt, wenn er in seinem Stadthaus wohnte, weil Gunnulf dem Hospital, das auf der anderen Seite des Apfelgartens lag, das Nutznießungsrecht einiger

der Häuser eingeräumt hatte, die dem Hospital zugewandt lagen, und ebenso einige Rechte auf den Garten. Erlend wollte durchaus diese Rechte des Krankenhauses ablösen. Es behagte ihm nicht, die Kranken im Garten und auf dem Hofplatz zu haben – auch waren viele von ihnen häßlich anzusehen –, und dann befürchtete er die Ansteckungsgefahr für seine Kinder. Aber er konnte mit den Mönchen, die dem Hospital vorstanden, nicht einig werden.

Dann war da Margret Erlendstochter. Simon merkte, daß die Leute ziemlich viel über sie redeten und daß Kristin sich dies nahegehen ließ, während der Vater dagegen gleichgültig zu sein schien; Erlend glaubte sich wohl sicher, daß er seine Tochter verteidigen könne und daß es nichts zu bedeuten habe. Dennoch erwähnte er eines Tages Simon gegenüber, daß Klöng Aressohn offenbar seine Tochter gern haben möchte und daß er nicht recht wisse, wie er in dieser Sache handeln solle. Er hatte nichts anderes gegen den Isländer einzuwenden, als daß er ein Priesterssohn war; man sollte doch von Margrets Kindern nicht sagen können, daß an der Geburt beider Eltern ein Schandfleck hafte. Im übrigen war Klöng ein angenehmer Mann, frohgelaunt, klug und sehr gelehrt. Er war bei seinem Vater, Sira Are, aufgewachsen und von ihm selbst unterwiesen worden. Sira Are hatte den Sohn Priester werden lassen wollen und wohl bereits Schritte getan, um ihm Dispens zu verschaffen, nun aber wollte Klöng die Weihe nicht empfangen. Es schien, als gedenke Erlend die Sache hinauszuziehen; bot sich keine bessere Heirat, so konnte er die Tochter ja immer noch Klöng Aressohn geben.

Im übrigen hatte Erlend schon einmal ein so gutes Angebot für seine Tochter gehabt, daß die Leute viel über seinen Hochmut und Unverstand redeten, als er den Handel nicht zustande kommen ließ. Es war ein Sohnessohn des Barons Sigvat in Leirhole. Sigmund Finssohn hieß der Mann; er war nicht reich, denn Finn Sigvatssohn besaß elf Kinder, die alle noch lebten, und er war nicht mehr ganz jung – in Erlends Alter ungefähr –, aber ein angesehener und verständiger Mann. Und mit den Ländereien, die Erlend seiner Tochter gegeben hatte, als er Kristin Lavranstochter ehelichte, und mit all dem, was er im Laufe der Jahre dem Kinde an Schmuckstücken und Kostbarkeiten geschenkt, und mit der Mitgift, die er mit Sigmund verabredet hatte, wäre Margret in die besten Verhältnisse gekommen. Es war Erlend auch eine große Freude gewesen, einen solchen Freiersmann für seine Buhlentochter zu bekommen. Als er jedoch mit diesem Bräutigam zu seiner Tochter heimkehrte, fiel es dem Mädchen ein, daß es ihn nicht haben wolle, weil Sigmund am Rande des einen Augenlides ein paar Warzen hatte und dies ihn ihr unerträglich machte, wie sie sagte. Erlend fügte sich dem, und als Sigmund böse wurde und von einem Bruch des Handschlags sprach, wurde Erlend ebenfalls hitzig, sagte, der andere müsse doch wohl verstehen können, daß alle Verabredungen mit Vorbehalt der Zustimmung der Tochter getroffen seien; seine Margret solle nicht gezwungenermaßen ins Brautbett steigen. Kristin war zwar in diesem Punkt mit ihrem Manne einig, er sollte keinen Zwang auf das Mädchen ausüben, aber sie war doch der Meinung gewesen, Erlend hätte ernsthaft mit seiner Tochter reden und ihr das Verständnis dafür beibringen sollen, daß Sigmund Finssohn eine so gute Heirat war, wie sie sich Margret bei ihrer Herkunft unmöglich besser erwarten konnte. Erlend aber war sehr zornig auf sein Weib geworden, nur weil sie sich erdreistet hatte, mit ihm darüber zu sprechen. All dies war Simon auf Ranheim erzählt worden. Dort weissagte man, daß es unmöglich ein gutes Ende nehmen könnte; Erlend sei zwar jetzt ein mächtiger Mann, und die Jungfrau sei über die Maßen schön, es könne ihr jedoch gewiß nicht zum Nutzen gereichen, daß der Vater sie so verwöhnt und ihren Eigensinn und Hochmut alle die Jahre her noch angefacht hatte.

Nach dem Frühjahrsthing kehrte Erlend heim nach Husaby, mit der Gattin, den Kindern und Simon Darre, der nun seinen Schwestersohn Gjavvald Gjavvaldssohn bei sich hatte. Simon war besorgt, daß dieses Wiedersehen, auf das Sigrid sich so unsagbar freute, nicht gut ausfallen könnte. Sigrid auf Kruke lebte in guten Verhältnissen, besaß drei schöne Kinder von ihrem Gatten, und Geirmund war der beste Mann auf Erden; er war es gewesen, der mit dem Schwager besprochen hatte, daß dieser Gjavvald mit nach Süden nehmen solle, damit die Mutter ihn sehen könne, denn Sigrid konnte das Kind nicht aus dem Kopf bringen. Gjavvald aber hatte sich sehr an seine Großeltern gewöhnt; die alten Leute liebten das Kind ganz unsinnig, gaben ihm alles, was er nur wollte, und gehorchten allen seinen Launen, und auf Kruke war es nicht so wie auf Ranheim. Auch durfte man sich nicht erwarten, meinte Simon, daß Geirmund es gerne sehen würde, wenn der Buhlensohn seines Weibes zu Besuch kam und dabei Gewohnheiten an den Tag legte wie ein Königskind, seinen eigenen Knecht hatte, einen älteren Mann, den der Knabe beherrschte und über den er gebot und der sich gegen keine Sinnlosigkeit des Knaben aufzulehnen wagte. Aber für die Erlendssöhne wurde es eine Festzeit, als Gjavvald auf den Hof kam. Erlend fand, daß seine Söhne hinter dem Enkel Arne Gjavvaldssohns nicht zurückstehen sollten, und darum bekamen Naakkve und Björgulf von ihrem Vater alles, was der Gast nach ihren Berichten besaß.

Jetzt, da die ältesten Söhne so groß waren, daß Erlend mit ihnen ausreiten und sie überallhin mitnehmen konnte, nahm er sich der Knaben mehr an. Simon bemerkte, daß Kristin keine ungeteilte Freude darüber empfand; es dünkte sie, daß sie nicht nur Gutes lernten, wenn sie mit den Leuten des Vaters zusammen waren. Gerade wegen der Kinder fielen die meisten unfreundlichen Worte zwischen den Eheleuten; selbst wenn sie nicht geradezu stritten, so waren sie doch jedenfalls viel öfter nahe daran, als Simon es für geziemend hielt. Und es dünkte ihn, Kristin habe die größere Schuld. Erlend wurde leicht heftig, sie aber sprach oft wie aus einem tiefen und verborgenen Groll heraus. So war es eines Tages, als sie einige Klagen über Naakkve vorbrachte. Der Vater erwiderte, er wolle mit dem Knaben im Ernst reden; als dann Kristin daraufhin etwas sagte, rief er zornig aus, schon des Gesindes wegen könne er den großen Sohn doch wohl nicht verprügeln.

»Nein, dazu ist es jetzt zu spät. – Hättest du es getan, solange er jünger war, dann würde er jetzt auf dich hören. Damals aber schautest du ihn überhaupt nie an.«

»O ja, das tat ich wohl. Aber es war doch wohl begreiflich, daß ich ihn dir überließ, solange er klein war, und es ist doch auch kein Manneswerk, kleine Buben zu verhauen, die noch nicht einmal Hosen anhaben.«

»In der vergangenen Woche hast du nicht so gedacht«, erwiderte Kristin höhnisch und bitter.

Erlend gab keine Antwort, sondern stand auf und ging hinaus. Und Simon fand, dies sei von Kristin nicht schön gesagt. Sie hatte auf etwas angespielt, was sich in der Woche vorher zugetragen hatte. Erlend und Simon kamen damals auf den Hofplatz hereingeritten, und der kleine Lavrans lief ihnen mit einem Holzschwert entgegen. Als er am Pferd des Vaters vorbeilief, schlug er im Übermut mit dem Schwert nach dem Bein des Tieres. Dieses bäumte sich auf, gleich darauf lag der Knabe unter den Pferdehufen. Erlend riß den Gaul zurück und zwang ihn zur Seite, warf Simon die Zügel zu; er war weiß im Gesicht vor Schrecken, als er den Kleinen in seine Arme aufhob. Als er aber sah, daß dem Kind gar nichts zugestoßen war, legte er den Kleinen über seinen linken Arm, nahm das Holzschwert und klopfte damit Lavrans' blanken Hintern; der Junge hatte noch keine Hosen an. In der ersten Erregung fühlte er nicht, wie hart er zuschlug, und Lavrans ging immer noch mit blaugrünem Sitzfleisch umher. Danach aber versuchte Erlend den ganzen Tag über mit dem Knaben wieder gut Freund zu werden, doch der Kleine trotzte, hielt sich zur Mutter und schlug und stieß nach seinem Vater. Und als der kleine Lavrans am Abend im Ehebett, wo er schlief – denn er wurde nachts noch von der Mutter gestillt –, zur Ruhe gebracht worden war, saß Erlend den ganzen Abend bei ihm; von Zeit zu Zeit berührte er leise das schlafende Kind und betrachtete es. Er sagte selbst zu Simon, daß er von seinen Söhnen diesen Knaben am meisten liebe.

Als Erlend zu den Sommerthingversammlungen auszog, machte Simon sich auf den Heimweg. Er ritt das Gaultal aufwärts, so daß die Funken unter den Hufen stoben. Einmal, sie ritten gerade einige Hügel etwas langsamer hinan, fragten seine Leute lachend, ob sie denn einen Weg von drei Tagen in zweien zurücklegen sollten. Simon gab lachend zur Antwort, das möchte er am liebsten, »denn jetzt sehne ich mich nach Formo«. Das war stets der Fall, wenn er eine Zeitlang von seinem Hof fortgewesen war; er war gern daheim und freute sich stets, wenn er sein Pferd heimwärts lenken konnte. Aber ihn dünkte, so wie diesmal habe er sich noch nie danach gesehnt, zu dem Tal und dem Hof und zu seinen kleinen Töchtern heimzukommen, ja, er sehnte sich jetzt auch nach Ramborg. Im Grunde schien es ihm unvernünftig, aber dort auf Husaby war ihm zumute gewesen, daß er nun zu verstehen glaubte, was das Vieh am Leibe spürt, wenn ein Gewitter aufzieht.

II

Den ganzen Sommer hindurch dachte Kristin an nicht viel anderes als an das, was Simon ihr vom Tode ihrer Mutter erzählt hatte.

Ragnfrid Ivarstochter war allein gestorben; niemand war bei ihr gewesen, als sie ihren letzten Seufzer tat, außer einer Dienerin, die schlief. Es nützte nicht viel zu denken, daß sie, wie Simon sagte, ja doch wohlvorbereitet gestorben war. Wie durch eine besondere Fügung Gottes hatte sie einige Tage zuvor einen solchen Hunger nach dem Leib des Erlösers empfunden, hatte gebeichtet und das Sakrament bei dem Priestermönch im Kloster empfangen, der ihr Seelsorger war. Gewißlich war ihr ein guter Tod zuteil geworden. Simon hatte ihren Leichnam gesehen und sagte, es sei ein merkwürdiger Anblick für ihn gewesen. Sie sei so schön geworden im Tode; sie war doch eine Frau nahe den Sechzigern und hatte schon seit vielen Jahren ein stark gefurchtes und faltiges Gesicht gehabt, aber dieses sei nun ganz verändert gewesen, verjüngt und geglättet, sie habe geradezu wie eine schlafende junge Frau ausgesehen. Nun war sie an der Seite ihres Gatten zur letzten Ruhe gebettet worden; dorthin hatte man auch kurze Zeit nach Lavran's Tod die Überreste von Ulvhild Lavranstochter übergeführt. Über die Gräber war eine große Steinplatte gelegt worden, die durch ein schön gehauenes Kreuz in zwei Teile geteilt wurde, und auf einem verschlungenen Band stand ein langer lateinischer Vers geschrieben, den der Klosterprior gedichtet hatte, aber Simon konnte sich des Inhaltes nicht mehr genau entsinnen, denn er verstand nicht viel von dieser Sprache.

Ragnfrid hatte in dem Hof oben in der Stadt, in dem die Pfründner des Klosters wohnten, ein Haus für sich selbst gehabt, zu ebener Erde einen einfachen Raum und darüber eine schöne Dachstube. Dort oben wohnte sie allein mit einer armen Bauersfrau, die sich bei den Brüdern gegen eine geringe Bezahlung verdungen hatte, um der einen oder anderen der reicheren Pfründnerinnen behilflich zu sein. Im letzten halben Jahr aber war wohl Ragnfrid es gewesen, die der anderen diente, denn die Witwe – Torgunna hieß sie – war sehr gebrechlich geworden, und Ragnfrid pflegte sie mit großer Liebe und Sorgfalt.

Am letzten Abend, den sie erlebte, war sie in der Klosterkirche zum Nachtgesang und danach im Küchenhaus des Pfründnerhofes gewesen. Sie kochte eine gute Suppe mit einigen Stärkungsmitteln darin und sagte zu den anderen Frauen, diese wolle sie Torgunna geben, dann, hoffe sie, könne die Frau am nächsten Morgen so gekräftigt sein, daß sie den Frühgesang besuchen könne. Das war das letztemal, daß man die Jörundhofwitwe am Leben sah. Weder sie noch die Bäuerin kamen zur ersten Gebetsstunde, und auch nicht zur Prim. Als einige der Mönche im Chor bemerkten, daß Ragnfrid auch zur Tagesmesse nicht in der Kirche war, wunderten sie sich. – Sie hatte noch nie drei Gottesdienste an einem Tage versäumt. Da sandten sie einen Boten in die Stadt hinauf, um fragen zu lassen, ob Lavrans Björgulfssohns Witwe krank sei. Als die Leute in den Dachraum kamen, fanden sie die Suppenschüssel unberührt auf dem Tisch stehen; im Bett schlief Torgunna friedlich, der Wand zugekehrt, Ragnfrid Ivarstochter aber lag vor der Bettstatt, die Hände über der Brust gefaltet, tot und schon beinahe ganz kalt. Simon und Ramborg kamen zu ihrem Leichenbegängnis herbeigeeilt, das sehr schön war.

Jetzt, da soviel Menschen auf Husaby lebten und Kristin sechs Söhne hatte, fand sie nicht mehr die Zeit dazu, alle die einzelnen Arbeiten, die der Haushalt mit sich brachte, zu überwachen. Sie mußte eine Schaffnerin unter sich haben, und meistens saß nun die Hausfrau mit einer Näharbeit beschäftigt in der Halle; es gab stets jemand, der Kleider brauchte, Erlend, Margret oder die Knaben.

Zum letztenmal hatte sie ihre Mutter gesehen, wie diese hinter der Bahre des Vaters ritt – an jenem hellen Frühlingstag, da sie selbst auf der Wiese bei Jörundhof stand und den Leichenzug ihres Vaters sich über den grünen Teppich des Winterroggens unter dem Geröllfeld dahinbewegen sah.

Kristins Nadel flog und flog, und sie dachte an die Eltern und an die Heimat auf Jörundhof. Jetzt, da alles Erinnerung war, schien es ihr, sie erblicke so vieles, was sie nicht gesehen hatte, als sie noch mittendrin lebte und die Liebe und den Schutz des Vaters und die unentwegte stille Fürsorge und Arbeit der schweigsamen, schwermütigen Mutter als etwas Selbstverständliches hinnahm. Sie dachte an ihre eigenen Kinder; sie liebte diese mehr als das Blut ihres Herzens und verlor sie in keiner wachen Stunde aus dem Sinn. Trotzdem ging ihr vieles und mancherlei durch den Kopf, worüber sie *grübelte* – die Kinder liebte sie, ohne zu grübeln. Solange sie daheim war, hatte sie nie etwas anderes gedacht, als daß das ganze Leben der Eltern und deren Tun und Handeln sich nur um ihret- und ihrer Schwestern willen abspiele. Jetzt glaubte sie zu verstehen, wie zwischen ihren Eltern, die von den Vätern in ihrer Jugend beinahe ungefragt zusammengegeben worden waren, heftige Ströme des Kummers und der Freude hin und wider geflossen waren; sie wußte von nichts, wußte nur, daß sie gemeinsam aus ihrem Leben gegangen waren. Jetzt begriff sie, daß das Leben dieser beiden Menschen noch vieles andere umschlossen hatte als nur die Liebe zu den Kindern, und doch war diese Liebe stark und weit und unergründlich tief gewesen, wahrend ihre, Kristins, Gegenliebe schwach und gedankenlos und eigensüchtig gewesen war, auch damals, in ihrer Kindheit, als die Eltern noch die ganze Welt für die Kinder bedeuteten. Es war ihr, als sehe sie sich selbst weit, weit entfernt stehen – ganz klein durch diesen Abstand von Zeit und Entfernung; sie stand unter dem Strom von Sonnenlicht, das durch das Rauchloch in der alten Feuerstube daheim, der Winterstube in ihrer Kindheit, hereinströmte. Die Eltern standen ein wenig im Dunkel des Raumes, sie wirkten so groß, wie sie damals auf sie gewirkt hatten, als sie klein war, und sie lächelten ihr zu, so wie sie nun selbst wußte, daß man lächelt, wenn ein kleines Kind zu einem kommt und schwere und bedrückende Gedanken beiseite schiebt.

»Ich dachte, Kristin, wenn du selbst einmal Kinder geboren hast, dann wirst du wohl besser verstehen . . .«

Sie entsann sich noch, wie die Mutter dies sagte. Traurig dachte die Tochter, daß sie wohl auch jetzt ihre Mutter noch nicht verstand. Aber sie begann zu begreifen, wie vieles sie nicht verstand.

In diesem Herbst starb Erzbischof Eiliv. Ungefähr um die gleiche Zeit traf König Magnus eine Veränderung in den Bedingungen mehrerer Vögte des Landes, aber nicht bei Erlend Nikulaussohn. Erlend hatte, als er im letzten Sommer, bevor der König mündig wurde, im Björgvin war, es verbrieft bekommen, daß er von den Gebühren für Freibriefe, Bußen für Ungehorsam gegen königliches Gebot und bei Besitzeinziehung den vierten Teil erhalten sollte; es war viel darüber geredet worden, daß er gegen Ende einer Reichsverweserschaft noch solche Belehnung bekam. Da Erlend viele Ländereien im Gau besaß und meistens auf seinen eigenen Höfen wohnte, wenn er von Amts wegen umherfuhr, die Bauern jedoch ihre Herbergspflicht gegen ihn mit Geld ablösen mußten, hatte er große Einkünfte. Allerdings bekam er wenig an Landzins herein, und er führte ein großes Haus. Abgesehen vom Gesinde hatte er nie weniger als zwölf bewaffnete Männer bei sich auf Husaby; diese ritten die besten Pferde und waren vortrefflich ausgerüstet, und wenn er im Gau umherfuhr, so wurden seine Leute mit Herrenkost verpflegt.

Eines Tages, als Richter Harald und der Vogt vom Gauldölagau auf Husaby waren, kam die Rede hierauf. Erlend erwiderte, viele dieser Männer seien mit ihm gewesen, als er oben im Norden gelebt habe: »Da teilten wir alles, wie es sich traf, Dörrfisch und abscheuliches Bier. Nun wissen die Männer, denen ich Nahrung und Kleidung gebe, daß ich ihnen weißes Brot und starkes Bier gönne, und wenn ich sie im Zorn zur Hölle schicke, so wissen sie doch, daß sie sich nicht eher auf den Weg zu machen brauchen, als bis ich selbst voranreite.«

Ulf Haldorssohn, der jetzt der Anführer von Erlends Leuten war, äußerte denn auch später zu Kristin, daß es sich ganz so verhalte. Erlends Männer liebten ihn, und er hatte sie vollkommen in der Hand.

»Das weißt du selbst, Kristin, niemand darf Erlends Reden so sehr ernst nehmen, man muß ihn nach seinen Taten beurteilen.«

Im übrigen erzählte man sich auch, daß Erlend außer seinen Leuten auch noch in den Tälern Männer habe – auch außerhalb des Orkdölagaues –, die er durch einen Eid auf seinen Schwertknauf an sich gebunden hatte. Schließlich kam denn auch ein Königsbrief in dieser Sache, aber Erlend antwortete, diese Männer hätten zu seiner Schiffsmannschaft gehört, und er habe sie im ersten Frühjahr, als er nach Norden fahren sollte, vereidigt. Es wurde ihm dann auferlegt, seine Leute beim nächsten Thing, das er abhalten würde, um Urteil und Rechtsspruch kundzugeben, vom Eide zu entbinden und hierzu auch die Männer aus anderen Gauen zur Zusammenkunft zu berufen und ihnen die Reise zu bezahlen. Er hatte dann auch wirklich zu dem Thing in Orkedal einige seiner alten Schiffsleute von Möre draußen einberufen, aber niemand erfuhr etwas davon, daß er sie oder irgendeinen anderen Mann, dessen Anführer er gewesen war, des Eides entbunden hätte. Die Angelegenheit wurde indessen nicht weiter verfolgt, und im Laufe des Herbstes hörten die Leute auf, darüber zu reden.

Im Spätherbst reiste Erlend nach dem Süden hinunter und war um die Weihnachtszeit bei König Magnus, der in diesem Jahr in Oslo saß. Erlend war verstimmt, daß er seine Frau nicht hatte bewegen können, mitzukommen, aber Kristin fühlte keinen Mut zu der beschwerlichen Winterreise und blieb auf Husaby.

Erlend kam drei Wochen nach Weihnachten zurück und brachte schöne Geschenke für seine Frau und alle Kinder mit. Kristin erhielt eine silberne Glocke, mit der sie ihren Mägden läuten konnte, Margret bekam eine Spange aus purem Gold, denn so etwas besaß sie bisher noch nicht, obwohl sie eine Menge Schmuckstücke aus Silber und vergoldetem Metall hatte. Als aber die Frauen miteinander bei ihren Schreinen standen und diese Kostbarkeiten aufbewahren wollten, blieb etwas an Margrets Ärmel hängen. Rasch nahm es das Mädchen fort und verbarg es mit der Hand, während es zur Stiefmutter sagte:

»Das ist von meiner Mutter – darum wollte der Vater nicht, daß ich es dir zeigte.«

Aber Kristin war noch röter geworden als das Mädchen. Ihr Herz hämmerte vor Angst, aber es dünkte sie, sie *müsse* ein Wort mit der Jungen reden und sie warnen.

Nach einer Weile sagte sie leise und unsicher:

»Es gleicht der goldenen Spange, die Frau Helga auf Gimsar bei hohen Festlichkeiten zu tragen pflegte.«

»Ja, viel Gold ist anderem Golde ähnlich«, erwiderte das Mädchen kurz.

Kristin verschloß ihren Schrein und ließ dann die Hände darauf gestützt ruhen, damit Margret nicht sehen sollte, wie sie zitterten.

»Meine Margret«, sagte sie leise und sanft, mußte innehalten, nahm jedoch ihre ganze Kraft zusammen:

»Meine Margret, ich habe bitter bereut – nie konnte ich so ganz an einer Freude teilnehmen, obgleich mein Vater mir alles, was ich gegen ihn verbrochen hatte, aus vollem Herzen vergab; du weißt, daß ich um deines Vaters willen viel gegen meine Eltern gesündigt habe. Aber je länger ich lebe und je mehr ich zu verstehen lerne, desto schwerer wird mir die Erinnerung daran, wie ich ihre Güte damit belohnte, daß ich ihnen Kummer bereitete. Meine Margret – dein Vater ist doch dein Leben lang gut gegen dich gewesen ...«

»Du brauchst keine Angst zu haben, Mutter«, erwiderte das Mädchen. »Ich bin nicht deine richtige Tochter; du brauchst keine Angst zu haben, daß ich in dein schmutziges Hemd schlüpfe oder in deine Schuhe trete.«

Kristin wandte ihr zornsprühendes Gesicht der Stieftochter zu. Dann preßte sie die Hand hart um das Kreuz, das sie an ihrem Halse trug, und schluckte die Worte hinunter, die ihr auf der Zunge lagen.

Noch am gleichen Abend ging sie nach der Vesper zu Sira Eiliv, sie starrte vergebens nach einem Anzeichen im Gesicht des Priesters. – War bereits ein Unglück geschehen, und wußte er darum? Sie erinnerte sich ihrer eigenen irregeleiteten Jugend, und sie sah Sira Eiriks Angesicht vor sich, das nichts verriet, während er zwischen ihr und ihren gutgläubigen Eltern ging, ihr sündiges Geheimnis in seinem Busen verschließend – und sie seinen ernsten Drohungen und Warnungen gegenüber stumm und verhärtet blieb. Und sie erinnerte sich, wie sie selbst ihrer Mutter Erlends Gaben zeigte, die er ihr in Oslo geschenkt hatte. – Das war, nachdem sie nach Recht und Brauch mit ihm verlobt war. Die Miene der Mutter blieb unerschütterlich ruhig, als sie die Sachen in die Hand nahm, eine nach der anderen, sie ansah, lobte und weglegte.

Sie war voller Angst und Verzweiflung und hütete Margret nach besten Kräften. Erlend merkte, daß seiner Frau etwas fehlte, und eines Abends, als sie sich schlafen gelegt hatten, fragte er sie nach dem Grund und ob sie wieder ein Kind erwarte.

Kristin ließ eine Weile verstreichen, ehe sie antwortete, daß sie das glaube. Und als der Mann sie liebevoll in seinen Arm nahm und nicht mehr fragte, brachte sie es nicht über sich zu sagen, daß es etwas anderes sei, das so schwer auf ihr laste. Aber als Erlend ihr zuflüsterte, sie solle sich diesmal Mühe geben und ihm eine Tochter schenken, vermochte sie nicht zu antworten, sondern lag steif vor Angst da und dachte, Erlend würde noch frühzeitig genug erfahren, welche Freude ein Mann an seinen Töchtern hatte.

Einige Nächte später waren die Leute auf Husaby ein wenig betrunken und mit übervollem Magen zu Bett gegangen, denn es war in den letzten Tagen vor Beginn der Fastenzeit, sie schliefen deshalb schwer. Aber im Laufe der Nacht erwachte der kleine Lavrans im Bett seiner Eltern, schrie und gebärdete sich im Halbschlaf, um an die Mutterbrust gelegt zu werden. Er sollte jetzt jedoch entwöhnt werden. Erlend erwachte, knurrte böse, nahm aber den Knaben, gab ihm Milch aus einer Schüssel, die auf der Bettstufe stand, und legte ihn dann auf seiner anderen Seite wieder zurecht.

Kristin war schon wieder tief im Schlaf versunken, als sie fühlte, daß

Erlend sich im Bett aufsetzte. Halb wach fragte sie, was es gebe; mit einer Stimme, die ihr fremd war, bat er sie, still zu sein. Lautlos glitt er aus dem Bett; sie merkte, daß er sich einige Hüllen umwarf; als sie sich jedoch auf den Ellbogen aufrichtete, drückte er sie mit einer Hand wieder in die Kissen zurück, während er sich vorbeugte und sein Schwert ergriff, das zu Häupten des Bettes hing.

Leise wie ein Luchs bewegte er sich vorwärts, aber sie verstand, daß er die Stiege hinaufschlich, die zu Margrets Kammer oberhalb der Vorstube führte.

Einen Augenblick lang lag sie ganz kraftlos vor Angst da, dann setzte sie sich auf, streifte sich Hemd und Kleid über und suchte im Dunkeln nach ihren Schuhen auf dem Boden vor dem Bett.

In diesem Augenblick durchschnitt der Schrei einer Frau in der Kammer oben die Stille – man mußte ihn über den ganzen Hof hin hören können. Erlends Stimme rief ein oder zwei Worte, dann vernahm man das Klirren von aneinanderschlagenden Schwertern und das Getrampel von Füßen dort oben, dann den Laut einer Waffe, die zu Boden fiel, und Margrets Schreckensschreie.

Zusammengeduckt kniete Kristin an der Feuerstätte, schob mit den bloßen Händen die heiße Asche beiseite und blies die Glut an. Als sie ein Stück Kienholz zum Brennen gebracht hatte und es mit den bebenden Händen hochhielt, sah sie Erlend oben in der Dunkelheit; er sprang herunter, ohne der Stiege zu achten, das Schwert trug er blank in der Hand – er lief zur Tür hinaus.

Von allen Seiten sahen die Köpfe der Knaben aus der Dunkelheit hervor. Sie trat an das nördliche Bett, wo die drei Ältesten schliefen, bat sie, sich niederzulegen, und schloß die Bettür. Ivar und Skule, die sich auf der Bank aufgesetzt hatten und ängstlich und erschrocken ins Licht blinzelten, hieß sie ins Ehebett kriechen und schloß auch sie ein. Dann zündete sie ein Licht an und ging auf den Hofplatz hinaus.

Es regnete – für einen Augenblick sah sie, während ihr Licht sich in dem glänzenden nassen Eis widerspiegelte, daß vor der Tür zum Nachbarhaus – der Reisigenstube, wo Erlends Knechte schliefen – eine Menge Leute stand. Da verlöschte ihr Licht – es herrschte kurz kohlschwarze Nacht –, dann aber kam ein Licht aus der Reisigenstube heraus, Ulf Haldorssohn trug es.

Er beugte sich über den dunklen Körper, der zusammengekrümmt auf dem nassen Eise lag. Kristin kniete nieder und rührte den Mann mit den Händen an – es war der junge Haakon von Gimsar, besinnungslos oder tot. Ihre Hände waren sofort voller Blut. Zusammen mit Ulf gelang es ihr, den Körper auszustrecken und umzudrehen. Das Blut strömte aus dem rechten Arm, von dem die Hand abgeschlagen war.

Unwillkürlich warf sie einen Blick dorthin, wo der Laden an der Lichtöffnung in Margrets Kammer vom Winde hin und her geschlagen wurde. Sie konnte kein Gesicht dort oben unterscheiden, aber es war auch sehr dunkel.

Während sie in den Wasserpfützen kniete und mit aller Kraft Haakons Handgelenk umklammerte, um den Blutstrahl zu hemmen, ward sie sich der Männer Erlends bewußt, die halb angekleidet ringsum standen. Dann sah sie Erlends graues, verzerrtes Gesicht – mit einem Zipfel seines Gewandes wischte er das blutige Schwert ab – er war nackt unter dem Kittel und stand mit bloßen Füßen da.
»Einer von euch schaff' mir ein Band her – und du, Björn, geh hinauf und wecke Sira Eiliv, wir müssen ihn ins Pfarrhaus hinauftragen.«
Sie nahm den Lederriemen, der ihr gereicht wurde, und schnürte damit den Armstumpf ab. Plötzlich sagte Erlend, hart und wild:
»Niemand rühre ihn an! Laßt den Mann dort liegen, wo er sich selbst hingelegt hat.«
»Du begreifst wohl, Erlend«, sagte Kristin ruhig, obgleich ihr Herz so heftig schlug, als sollte es zerspringen, »daß dies nicht geschehen kann.«
Erlend stieß das Schwert hart gegen die Erde:
»Ja – dein Fleisch und Blut ist es nicht – das mußte ich jeden Tag in all diesen Jahren fühlen.«
Kristin erhob sich, leise flüsterte sie dicht bei ihm:
»Trotzdem gönne ich es ihr, daß dieses verborgen gehalten wird – wenn es möglich ist. Ihr Leute«, wandte sie sich an die Männer, die ringsumher standen, »seid eurem Herrn so treu, daß ihr nicht eher über dieses Geschehnis reden werdet, ehe er euch erzählt hat, wie dieser Streit zwischen Haakon und ihm entstand.«
Alle Männer bejahten dies. Einer wagte sich hervor: sie seien davon erwacht, daß sie eine Frau hätten schreien hören, als würde ihr Gewalt angetan, gleich darauf sprang jemand auf das Dach der Reisigenstube herab, dann aber sei er wohl ausgeglitten, sie hörten ein Abrutschen und dann ein dumpfes Auffallen auf der Erde. Aber Kristin bat den Mann zu schweigen. Jetzt kam Sira Eiliv gelaufen.
Als Erlend sich umwandte und hineinging, eilte ihm sein Weib nach, wollte sich an ihm vorbeidrängen. Er ging zur Treppe, da lief sie wieder dazwischen und faßte ihn beim Arm:
»Erlend – was willst du mit dem Kinde tun?« fragte sie hastig und blickte ihm in das wilde graue Gesicht.
Er gab keine Antwort, versuchte sie abzuschütteln, sie aber klammerte sich an ihm fest.
»Warte, Erlend, warte – dein Kind! Du weißt ja nicht – der Mann war ja völlig angekleidet«, versuchte sie verzweifelt.
Er schrie laut auf, ehe er antwortete; sie wurde leichenblaß vor Grauen, seine Worte waren so roh und seine Stimme unkenntlich vor wildem Schmerz.
Da kämpfte sie stumm mit dem wütenden Mann, er knurrte und knirschte mit den Zähnen. Bis sie in dem Halbdunkel seinen Blick einfing: »Erlend – laß mich zuerst zu ihr gehen. Ich habe den Tag nicht vergessen, da ich nicht besser war als Margret.«

Da ließ er sie los und taumelte rücklings an die Wand, stand da und bebte wie ein verendendes Tier. Kristin ging hin und zündete ein Licht an, kam zurück und stieg an ihm vorbei zu Margrets Kammer hinauf.
Das erste, was sich ihr im Lichte darbot, war ein Schwert, das nicht weit entfernt vom Bett auf dem Boden lag, und dicht daneben die abgehauene Hand. Kristin riß sich das Kopftuch herunter, das sie, ohne zu wissen, lose über ihr offenes Haar gebunden hatte, ehe sie zu den Männern hinausgegangen war. Jetzt ließ sie es über das fallen, was auf dem Boden lag.
Margret saß zusammengekrochen auf den Kopfkissen des Bettes – starrte mit großen, weit aufgerissenen Augen Kristins Licht entgegen. Sie hielt die Decke um sich gezogen, aber die weißen Schultern schimmerten nackt unter dem goldenen lockigen Haar. Auf dem Boden und im ganzen Raum war viel Blut verspritzt.
Kristins Spannung löste sich in einem heftigen Weinen; es war solch ein jammervoller Anblick, dieses schöne junge Kind und dieses Entsetzen zu sehen. Da schrie Margret laut:
»Mutter – was will der Vater mit mir tun?«
Kristin konnte es nicht hindern, daß mitten in dem tiefen Mitleid mit dem Mädchen ihr das Herz in der Brust gleichsam kleiner und härter wurde. Margret fragte nicht, was ihr Vater mit Haakon getan hatte. Einen Augenblick sah sie es vor sich – Erlend auf der Erde liegend und ihr eigener Vater mit dem blutigen Schwert über ihm, und sie selbst . . . Aber Margret hatte sich nicht von der Stelle gerührt. Kristin vermochte es nicht zu hindern, daß der alte verächtliche Unwille gegen Elines Tochter sich wieder regte, als Margret sich ihr an die Brust warf, bebend, vor Angst beinahe von Sinnen. Sie setzte sich auf das Bett und versuchte, das Kind ein wenig zu beruhigen.
So saßen sie, als Erlend in der Treppenluke auftauchte. Er hatte sich jetzt ganz angekleidet. Margret schrie wiederum und verbarg sich in den Armen der Stiefmutter. Kristin sah einen Augenblick zu ihrem Mann auf; er war jetzt ruhiger, aber bleich und fremd im Gesicht. Zum erstenmal sah er so alt aus, wie er war.
Als er aber ruhig sagte: »Du mußt jetzt hinuntergehen, Kristin, ich will allein mit meiner Tochter sprechen«, gehorchte sie. Behutsam bettete sie das Mädchen in die Kissen, deckte sie bis ans Kinn hinauf zu und ging dann hinunter.
Sie tat wie Erlend, kleidete sich vollständig an – in dieser Nacht fand gewiß niemand mehr Schlaf auf Husaby – und versuchte, die aufgeschreckten Kinder und das Gesinde zu beruhigen.
Am nächsten Morgen, Schneetreiben hatte eingesetzt, verließ Margrets Magd, ihr Hab und Gut in einem Sack auf dem Rücken, weinend den Hof. Der Herr jagte sie mit den schlimmsten Worten davon und drohte ihr, sie auspeitschen zu lassen, weil sie ihre Herrin so verkauft hatte.
Dann nahm er das übrige Gesinde ins Verhör – ob nicht die Mägde Unrat geahnt hätten, seitdem Ingeleiv im Herbst und im Winter

immer wieder bei ihnen geschlafen hatte und nicht in der Kammer bei Margret. Und ob es ihnen nicht aufgefallen sei, daß die Hunde bei ihnen eingeschlossen worden waren. Aber sie verneinten, wie es begreiflich war.

Da nahm er sich schließlich sein Weib unter vier Augen vor. Herzenskrank und todmüde hörte Kristin ihm zu und versuchte, seinen Ungerechtigkeiten mit sanftmütigen Worten zu begegnen. Sie leugnete nicht, daß sie Angst gehabt hatte, und sie hielt sich zurück, ihm zu sagen, daß sie ihm nicht von ihrer Furcht gesprochen habe, weil sie bei ihren Versuchen, ihm oder Margret Ratschläge zum Besten des Mädchens zu geben, immer nur Undank geerntet hatte. Und sie schwor bei Gott und der Jungfrau Maria, nie hätte sie bemerkt oder sich ausdenken können, daß dieser Mann des Nachts zu Margret in die Kammer käme.

»Du!« sagte Erlend höhnisch. »Du sagst selbst, du erinnerst dich der Zeit, da du nicht besser warst als Margret. – Und Gott der Herr im Himmel weiß, du hast mich jeden Tag in den Jahren unseres Zusammenlebens merken lassen, daß du das Unrecht, das ich an dir beging, nicht vergessen hattest, obwohl du ebenso willig gewesen warst wie ich und dein Vater und nicht ich einen großen Teil des Unglücks verursachte, indem er mir dich als Gattin verweigerte. – Ich war bereit genug, von der ersten Stunde an, die Sünde wiedergutzumachen. Als du den Gimsarschmuck sahst« – er umfaßte hart die Hand seines Weibes, an der zwei Ringe schimmerten, die Erlend ihr gegeben hatte, da sie zusammen auf Gerdarud waren –, »konntest du das nicht deuten, du hast ja selbst in diesen Jahren jene Ringe getragen, die ich dir gab, als du mir deine Ehre schenktest.«

Kristin war vor Müdigkeit und Kummer dem Umfallen nahe; sie antwortete leise:

»Ich möchte wissen, Erlend, ob du dich noch der Zeit erinnerst, da du meine Ehre gewannst.«

Da schlang er die Arme um seinen Kopf, warf sich auf die Bank und wand und krümmte sich. Kristin setzte sich in einiger Entfernung von ihm hin; sie wünschte, ihm helfen zu können. Sie verstand, daß dieses Mißgeschick ihn um so schwerer traf, als er selbst so an anderen gesündigt hatte, wie jetzt an ihm gesündigt worden war. Und er, der nie die Schuld für ein Unglück, das er selbst verursacht hatte, auf sich nehmen wollte, vermochte unmöglich die Schuld für dieses hier zu tragen, und es gab niemand andern als sie, auf den er die Schuld abwälzen konnte. Aber sie wurde nicht weniger böse als bekümmert und von Furcht erfüllt vor dem, was nun geschehen würde.

Dazwischen war sie oben bei Margret. Das Mädchen lag vollkommen unbeweglich und bleich da und starrte vor sich hin. Immer noch nicht hatte sie nach Haakons Schicksal gefragt. Kristin wußte nicht, ob sie es nicht wagte oder ob sie über ihrem eigenen Jammer ganz stumpf geworden war.

Am Nachmittag sah Kristin Erlend und Klöng, den Isländer, durch das Schneegestöber miteinander zur Waffenkammer gehen. Aber es dauerte nur eine kurze Weile, dann kehrte Erlend allein zurück. Kristin sah einen Augenblick auf, als er ins Licht hereintrat und an ihr vorüberging; später wagte sie nicht mehr ihre Blicke in den Winkel der Stube zu richten, wo er sich verkrochen hatte. Sie hatte gesehen, daß er vollkommen gebrochen war.

Eine Weile später, sie war gerade oben in der Kammer, kamen Ivar und Skule hereingelaufen und meldeten der Mutter, daß Klöng der Isländer noch am Abend fortreisen solle. – Die Knaben waren traurig darüber, denn der Schreiber war ihr guter Freund. Er packte jetzt seine Sachen, wollte noch in der Nacht nach Birgsi hinunter.

Sie hatte bereits erraten, was sich zugetragen hatte. Erlend hatte seine Tochter dem Schreiber angeboten, und der hatte das verführte Mädchen nicht haben wollen. Was Erlend dieses Gespräch gekostet haben mochte – ihr wurde schwindelig und krank zumute, und sie vermochte den Gedanken nicht zu Ende zu denken.

Am Tag darauf wurde vom Pfarrhaus herübergeschickt. Haakon Eindridessohn bat, mit Erlend sprechen zu dürfen. Erlend ließ zur Antwort geben, er habe nichts mit Haakon zu besprechen. Sira Eiliv sagte zu Kristin, Haakon würde, wenn er am Leben bliebe, ein vollkommener Krüppel sein. – Abgesehen davon, daß er seine rechte Hand verloren hatte, hatte er sich auch noch beim Sturz vom Hausdach Rücken und Hüften schwer verletzt. Aber er wollte heim, so wie er war, und der Priester hatte versprochen, ihm einen Schlitten zu verschaffen. Er bereute jetzt seine Sünde aus vollem Herzen, sagte, Margrets Vater sei im Recht gewesen, wie man das Gesetz auch auslegen wolle, aber er möchte am liebsten, daß alle dazu beitrügen, diese Sache niederzuschlagen, damit sein Vergehen und Margrets Schande soviel wie möglich verborgen gehalten würden. Am Nachmittag wurde er zu dem Schlitten hinausgetragen, den Sira Eiliv auf Repstad zu leihen bekommen hatte, und der Priester ritt selbst mit ihm ins Gaultal hinüber.

Am nächsten Tag dann, es war Aschermittwoch, mußten die Leute von Husaby zur Gemeindekirche auf Vinjar hinuntergehen. Aber zur Vesperzeit gelang es Kristin, den Ministranten dazu zu überreden, sie in die Kirche daheim einzulassen.

Sie fühlte noch die Asche auf ihrem Haupt, als sie am Grab des Stiefsohnes niederkniete und die Paternoster für seine Seele sprach.

Von dem Knaben war jetzt wohl nicht viel mehr übrig als die Knochen hier unter dem Stein. Knochen und das Haar und einige Fasern von den Kleidern, in die er gehüllt gewesen war. Sie hatte die Überreste ihrer kleinen Schwester gesehen, als man die Leiche ausgrub, um sie nach Hamar zu überführen. Staub und Asche – sie dachte an das schöne Antlitz ihres Vaters, an die Mutter mit den großen Augen in dem gefurchten Gesicht und ihre Gestalt, die sich so erstaunlich jung und zart und zierlich erhalten hatte, obgleich Ragnfrid im Gesicht so frühzeitig alt geworden war. Sie lagen unter einem Stein und zerfielen, wie Häuser zerfallen, aus denen die Menschen fortgezogen sind. Bilder drehten sich vor ihr im Kreise: die verbrannten Reste der Kirche daheim, ein Hof im Silsaatal, an dem sie vorüberkamen, wenn sie nach Vaage ritten: Die Häuser standen öde und sanken zusammen, die Menschen, die die Äcker dort bebauten, wagten nach Sonnenuntergang nicht mehr dorthin zu gehen. Sie dachte an ihre lieben Toten – an deren Mienen und deren Stimmen und Lächeln und Gewohnheiten und Tun und Lassen –; sie selbst waren in jenes andere Land hinübergegangen, es war so schmerzlich, an ihre Gestalten zu denken; es war wie die Erinnerung an das eigene Heim, wenn man wußte, daß es jetzt öde stand und daß die verfaulenden Balken zusammenstürzten.

Sie saß auf der Wandbank in der leeren Kirche, der alte, kalte Geruch nach Räucherwerk hielt ihre Gedanken an Bilder des Todes und an den Verfall zeitlicher Dinge gebunden. Und sie vermochte nicht, ihre Seele so weit zu erheben, daß sie einen Schimmer jenes Landes erblickte, wo die Toten *waren,* wo alle Liebe und Güte und Treue schließlich hinfloß und *währte.* Jeden Tag, wenn sie für ihren Seelenfrieden betete, schien es ihr selbst unrichtig, daß *sie* für jene beten sollte, in deren Seele bereits hier auf Erden viel mehr Frieden gewohnt hatte, als sie je an einem Menschen gekannt hatte, seitdem sie ein erwachsenes Weib war.

Sira Eiliv sagte wohl, das Gebet für die Toten sei stets gut, gut für einen selbst, wenn jene bereits im Frieden Gottes weilten.

Ihr aber half dies nicht. Ihr war, als müsse, wenn ihr müder Leib endlich unter einem Stein verfaulte, immer noch ihre unruhige Seele irgendwo in der Nähe umherflattern, so wie ein unseliges Gespenst klagend um die zusammengesunkenen Häuser eines öden Hofes irrt. Denn in ihrem Gemüt blieb die Sünde weiterhin wohnen, wie die Wurzel des Unkrauts, die die Erde durchzieht. Es blüht und leuchtet und duftet nicht mehr, aber dennoch ist es in der Erde vorhanden, bleich und stark und lebendig. Trotz all der Zärtlichkeit, die ihr Inneres erfüllte, als sie die Verzweiflung ihres Mannes sah – sie besaß nicht den Willen, die Stimme zu betäuben, die, gekränkt und verbittert, in ihr fragte – kannst du so zu *mir* reden, hast du vergessen, wie ich dir meine Treue und meine Ehre gab, hast du vergessen, wie ich deine geliebte Freundin war? Obwohl sie begriff, daß sie selbst, solange diese Stimme in ihr nagte, so zu ihm sprechen würde, als ob *sie* vergessen hätte. –

Sie warf sich in Gedanken vor Sankt Olavs Schrein nieder, griff nach den zerfallenen Fingerknöcheln Bruder Edvins dort in der Kirche auf dem Vatsgebirge, umklammerte mit den Händen die Reliquiengefäße mit den kleinen Resten des Sterbekleides einer toten Frau und dem Knochensplitter eines unbekannten Märtyrers, griff schutzsuchend nach den kleinen Überresten, die durch Tod und Vernichtung hindurch ein weniges von der Seelenkraft des Dahingegangenen bewahrt hatten gleich jener Zaubermacht, die dem in der Erde gefundenen rostzerfressenen Schwert eines alten Kämpen anhaften kann.

Am Tag darauf ritt Erlend in die Stadt. Nur von Ulf und noch einem Mann begleitet. Er kam während der ganzen Fastenzeit nicht mehr nach Husaby, sondern Ulf holte seine Gefolgschaft und zog mit ihnen fort, um Erlend beim Mittfastenthing in Orkedal zu treffen.

Als Ulf mit Kristin allein war, erzählte er, Erlend habe mit Tiedeken Paus, dem deutschen Goldschmied in Nidaros, verabredet, daß Margret gleich nach Ostern mit Tiedekens Sohn Gerlak verheiratet werden sollte.

Erlend kam zu den Feiertagen heim. Er war jetzt ruhig und gefaßt, aber Kristin schien zu verstehen, daß er über diese Sache nicht so leicht hinwegkommen würde, wie er über so vieles andere hinweggekommen war – ob es nun daran lag, daß er doch nicht mehr so jung war, oder daran, daß bisher nichts ihn so tief gedemütigt hatte. Margret schien allem, was ihr Vater für sie angeordnet hatte, ganz gleichgültig gegenüberzustehen.

Eines Abends, als Mann und Frau allein waren, sagte Erlend aber doch:

»Wäre sie mein eheliches Kind gewesen – oder ihre Mutter eine unverheiratete Frau, nie hätte ich sie einem Fremden gegeben, während es so um sie steht; ich hätte ihr und dem Ihren Schutz und Schirm geboten. Dies ist das ärgste – aber bei ihrer Geburt kann wohl ein Ehegatte sie am besten schützen.« –

Aber während Kristin alles für das Scheiden der Stieftochter vorbereitete, sagte Erlend eines Tages kurz:

»Du fühlst dich wohl nicht so gesund, daß du mit uns zur Stadt kommen könntest?«

»Du weißt doch, daß ich mitkommen werde, wenn du es wünschest«, sagte Kristin.

»Warum sollte ich es wünschen? Hast du früher nicht Mutterstelle an ihr vertreten, so brauchst du es auch jetzt nicht zu tun: eine freudige Hochzeit wird es nicht. Und Frau Gunna auf Raasvold und ihre Schwiegertochter haben versprochen, sich der Verwandtschaft zu erinnern und zu kommen.«

So blieb Kristin auf Husaby, während Erlend in Nidaros seine Tochter Gerlak Tiedekenssohn zur Ehe gab.

III

In diesem Sommer, kurz vor Johanni, kehrte Gunnulf Nikulaussohn in sein Kloster zurück. Erlend war zum Frühjahrsthing in der Stadt; er sandte einen Boten heim, ob Kristin imstande sei, in die Stadt zu kommen, um den Schwager zu begrüßen. Kristin ging es nicht sonderlich gut, sie kam aber dennoch. Als sie mit Erlend zusammentraf, sagte dieser, es scheine ihm, als sei die Gesundheit des Bruders völlig zerrüttet. Sie hatten keinen besonderen Erfolg gehabt mit ihrem Zug, die Brüder dort oben im Munkefjord. Die von ihnen erbaute Kirche wurde nie eingeweiht, denn der Erzbischof konnte in diesen unruhigen Zeiten nicht nach dem Norden kommen; sie hatten während der ganzen Zeit die Messen an ihrem Reisealtar abhalten müssen. Schließlich gingen ihnen Brot und Wein und Kerzen und Öl zu den Gottesdiensten aus, und als Bruder Gunnulf und Bruder Aslak nach Vargöy segeln wollten, um das Fehlende zu holen, hatten die Lappen einen Zauber ausgesprochen, so daß das Boot kenterte und sie drei Tage und Nächte auf einer Schäre zubringen mußten. Seitdem waren sie beide krank gewesen, und Bruder Aslak war nach Verlauf von einiger Zeit gestorben. Während der Langen Fasten hatten sie sehr an Skorbut gelitten, denn es fehlten ihnen Speisen aus Mehl und Pflanzen zum Dörrfisch. Da hatte Bischof Haakon von Bergen und Meister Arne, der an der Spitze des Domkapitels in Nidaros stand, während Herr Paal in der Kurie war und die Weihe empfing, jenen Mönchen, die noch am Leben waren, befohlen, heimzukehren; an ihrer Stelle sollten einstweilen die Priester auf Vargöy die Herde am Munkefjord warten und pflegen.

Aber obwohl Kristin nicht unvorbereitet war, entsetzte sie sich doch sehr, als sie Gunnulf Nikulaussohn wiedersah. Sie begleitete Erlend am nächsten Tag zum Kloster, wo sie in die Sprechstube geführt wurden. Der Mönch kam herein; er ging gebeugt, der Haarkranz war ganz grau geworden, unter den eingesunkenen Augen war die Haut faltig und dunkelbraun, aber in dem glatten weißen Gesicht sah man bleifarbene Flecke, und die gleichen Flecke hatte er auch auf der Hand, als er diese aus dem Kuttenärmel zog und sie ihr entgegenstreckte. Er lächelte, und sie sah, daß er mehrere Zähne verloren hatte.

Sie setzten sich und redeten eine Weile miteinander, aber es war, als habe Gunnulf auch das Reden verlernt. Er sagte es selbst, ehe die anderen gingen.

»Aber du, Erlend, bist der gleiche, du scheinst nicht älter geworden zu sein«, meinte er und lächelte ein wenig.

Kristin wußte sehr wohl, daß sie jetzt elend aussah. Und Erlend war schön, wie er so dastand, groß und schlank und dunkel und gut gekleidet. Trotzdem dachte Kristin in ihrem Herzen, daß er sich doch sehr verändert habe, auch er – seltsam, daß Gunnulf dies nicht sah –, er war früher stets so scharfsichtig gewesen.

Gegen Ende des Sommers war Kristin einmal oben in der Kleiderkammer, und Frau Gunna auf Raasvold stand bei ihr. Diese war nach Husaby gekommen, um Kristin beizustehen, wenn sie nun wieder in die Wochen kommen sollte. Da hörten sie Naakkve und Björgulf auf dem Hofplatz unten singen, während die Knaben ihre Messer schliffen – eine rohe und liederliche Weise, die sie aus vollem Hals hinausschrien.

Die Mutter geriet außer sich vor Zorn, ging hinunter zu den beiden und redete mit ihnen in den härtesten Worten. Und dann wollte sie wissen, von wem sie solche Dinge gelernt hätten – wahrscheinlich in der Reisigenstube –, wer aber von den Männern lehrte die Kinder solches? Die Knaben wollten nicht antworten. Da kam Skule unter der Treppe hervor; er sagte, die Mutter könne sich das Schelten sparen, denn die Weise hätten sie dadurch gelernt, daß der Vater sie immer gesungen habe.

Frau Gunna rief heftig, ob sie denn so wenig Gottesfurcht besäßen, daß sie solche Lieder sängen – jetzt, da sie an keinem Abend, den sie sich schlafen legten, wissen konnten, ob sie nicht, noch ehe die Hähne krähten, mutterlos sein würden. Kristin sagte nichts und ging still ins Haus. Später, als sie sich ein wenig auf ihr Bett gelegt hatte, kam Naakkve herein und ging zu ihr hin. Er ergriff die Hand der Mutter, sagte jedoch nichts, und dann fing er ganz leise zu weinen an. Da sprach sie ihm sanft und mit scherzenden Worten zu, bat ihn, nicht zu trauern und zu jammern, sie habe es nun sechsmal überstanden und würde es auch ein siebentes Mal überstehen. Aber der Knabe weinte immer mehr und mehr. Schließlich mußte sie ihm erlauben, sich zwischen sie und die Wand zu legen, wo er dann, die Arme um den Hals der Mutter geschlungen und den Kopf an ihre Brust gedrückt, weiterweinte, aber sie konnte ihn nicht dazu bringen, zu sagen, worüber er so traurig war, obwohl er bei ihr lag, bis die Dienerinnen das Nachtmahl hereintrugen.

Naakkve stand jetzt im zwölften Jahr, er war groß für sein Alter und wollte gern ein männliches und erwachsenes Wesen zur Schau tragen, aber er hatte ein weiches Gemüt, und die Mutter konnte manchmal beobachten, daß er sehr kindlich war. Er war alt genug gewesen, um das Unglück mit der Halbschwester erfassen zu können; die Mutter fragte sich, ob er wohl auch verstünde, wie sehr sich der Vater seitdem verändert hatte.

Erlend war stets so gewesen, daß er in der Erregung die ärgsten Dinge sagen konnte, aber er hatte früher, außer im Zorn, nie einem Menschen böse Worte gegeben. Und er war so schnell bereit gewesen, alles wiedergutzumachen, wenn er selbst wieder gut war. Jetzt konnte er kalten Angesichts harte und häßliche Dinge sagen. Früher hatte er arg geflucht und geschworen; hatte er in gewisser Beziehung diese böse Gewohnheit abgelegt, so war dies deshalb geschehen, weil er gesehen, wie es die Hausfrau schmerzte und Sira Eiliv, für den seine Achtung mit der Zeit sehr gewachsen war, kränkte. Nie doch aber war seine Rede unhöfisch oder liederlich gewesen, und er hatte es nie gemocht, wenn andere Männer solche Reden führten – in diesem Punkt war er viel zurückhaltender gewesen als mancher Mann, der ein reineres Leben geführt hatte. Wie schwer es auch Kristin kränkte, solche Dinge von ihren unmündigen Söhnen zu hören, besonders jetzt in ihrem Zustande, und zu erfahren, daß sie dies von ihrem Vater gelernt hatten, so gab es doch etwas anderes, das sie noch mehr kränkte und sie den bittersten Geschmack im Munde fühlen ließ: sie verstand, daß Erlend immer noch kindisch genug war, zu glauben, hart auf hart zu setzen, wenn er nun nach der Schande der Tochter unsaubere und sittenlose Worte und Redewendungen führte.

Frau Gunna hatte ihr erzählt, daß Margret einige Zeit vor der Olavsmesse einen toten Knaben geboren hatte. Auch wollte sie wissen, daß Margret sich bereits ziemlich getröstet habe. Sie kam gut aus mit Gerlak, er war freundlich gegen sie. Erlend besuchte die Tochter, wenn er in der Stadt war, und Gerlak machte viel Wesens aus seinem Schwiegervater; aber Erlend war nicht sonderlich gewillt, den anderen als seinen Verwandten anzuerkennen. Daheim auf Husaby aber hatte Erlend den Namen seiner Tochter nicht mehr erwähnt, seit sie vom Hof fortgezogen war.

Kristin bekam wiederum einen Sohn, er ward Munan genannt, nach Erlends Großvater. Die ganze Zeit, während sie in der Kleinstube lag, kam Naakkve täglich zur Mutter herein und brachte ihr Beeren und Nüsse, die er im Wald gesammelt, oder Kränze, die er aus Heilkräutern geflochten hatte. Erlend kehrte heim, als das jüngste Kind drei Wochen alt war; er saß viel bei seinem Weib und gab sich Mühe, sanft und liebevoll zu sein, und dieses Mal klagte er nicht darüber, daß das Neugeborene kein Mädchen war, auch nicht darüber, daß es schwach und so wenig lebensfähig schien. Aber Kristin antwortete nur wenig auf seine liebevollen Worte, sie war still und nachdenklich und betrübt, und diesmal gewann sie ihre Gesundheit nur sehr langsam wieder.

Den ganzen Winter hindurch kränkelte Kristin, und das Kind schien nicht weiterleben zu können. Dadurch hatte die Mutter kaum für etwas anderes einen Gedanken als für das arme kleine Ding. Auf diese Weise hörte sie nur mit halbem Ohr all dem Gerede über die großen Neuigkeiten zu, die man in diesem Winter erfuhr. König Magnus war durch seinen Versuch, in Skaane die Herrschaft zu erlangen, in die größte Geldverlegenheit gekommen und hatte von Norwegen Hilfe und Abgaben begehrt. Einige der Herren im Rat waren zwar bereit, ihn in dieser Sache zu unterstützen, als aber die Gesandten des Königs nach Tunsberg kamen, war der Schatzmeister verreist, und Stig Haakonssohn, der Befehlshaber der Festung Tunsberg, verschloß die Burg vor den Männern des Königs und bereitete sich darauf vor, sie mit Waffengewalt zu verteidigen. – Er besaß nur wenige Leute, aber Erling Vidkunssohn, sein Oheim, der auf seinem Hof in Aker lebte, sandte vierzig seiner bewaffneten Männer in die Festung, als er selbst nach Westen segelte. Gleichzeitig lehnten die Vettern des Königs, Jon und Sigurd Haftorssöhne, sich um eines Urteils willen, das sich gegen einige ihrer Männer gerichtet hatte, gegen den König auf. Erlend lachte darüber und sagte, die Haftorssöhne hätten sich hierin jung und dumm gezeigt. Die Unzufriedenheit mit König Magnus war jetzt groß. Die Vornehmen des Landes forderten, daß ein Reichsverweser an die Spitze des Landes gestellt und daß das Reichssiegel einem norwegischen Manne in die Hände gegeben werden solle, wenn der König um seiner Absichten in Skaane willen die meiste Zeit in Schweden zu bleiben gedächte. Die Bevölkerung und die Geistlichkeit in den Handelsstädten waren durch die Gerüchte von einer Geldanleihe des Königs bei den deutschen Städten in Schrecken versetzt worden. Der Übermut der Deutschen und ihre Nichtachtung der Gesetze und Sitten des Landes waren bereits mehr als unerträglich, und nun hieß es, der König habe ihnen noch größere Rechte und Freiheiten in den norwegischen Städten eingeräumt, so daß die Verhältnisse für die handeltreibenden Norweger, die bereits unter schwierigen Umständen litten, völlig unhaltbar wurden. Im Volk hielt sich das Gerücht von der heimlichen Sünde König Magnus' aufrecht, und jedenfalls waren viele der Pfarrpriester und der umherwandernden Mönche in dem Glauben einig, daß diese den Grund zu dem Brand der Olavskirche in Trondheim bildete. So suchten denn auch die Bauern hier die Ursache des vielen Unglücks, das in den letzten Jahren bald das eine, bald das andere Tal heimgesucht hatte: Krankheit des Viehs, brandiges Korn, das Menschen und Tieren Qualen und Seuche brachte, schlechte Heu- und Getreideernten. Erlend sagte daher, wären die Haftorssöhne verständig genug gewesen, sich noch eine Weile ruhig zu verhalten und sich den Ruhm der Leutseligkeit und eines vornehmen Wesens zu erwerben, würde das Volk sich wohl erinnert haben, daß auch sie Tochtersöhne König Haakons waren.

Aber die Unruhe brach aus, und ihre Ursache war, daß der König zum Reichsverweser Ivar Ogmundssohn ernannt hatte. Erling Vidkunssohn, Stig Haakonssohn, die Haftorssöhne und alle ihre Gesinnungsgenossen waren des Landesverrats bezichtigt. Sie ließen sich einschüchtern, gingen hin und söhnten sich mit dem König aus. Es gab einen mächtigen Mann aus dem Oberland namens Ulf Saksessohn, er hatte mit auf der Seite der Haftorssöhne gestanden und fuhr nun nicht mit zur Versöhnung mit dem König. Er kam nach Weihnachten nach Nidaros und war dort sehr viel mit Erlend zusammen, und von ihm bekamen die Leute im Norden Bescheid über die Dinge, so wie Ulf sie ansah. Kristin war sehr gegen diesen Mann eingenommen; sie kannte ihn nicht, aber sie kannte seine Schwester Helga Saksestochter, die mit Gyrd Darre auf Dyfrin verheiratet war. Diese war schön, aber sehr hochmütig, und Simon liebte sie nicht, obgleich Ramborg sich gut mit ihr vertrug. Im Laufe der Fastenzeit kamen dann Briefe an die Vögte, Ulf Saksessohns Landesverweisung sollte auf den Thingen verkündet werden, aber da war er bereits mitten im Winter schon außer Landes gesegelt.

In diesem Frühling verbrachten Kristin und Erlend die Osterzeit in ihrem Haus in der Stadt und hatten das kleinste Kind, Munan, bei sich, denn im Kloster Bakke lebte eine Schwester, die eine so tüchtige Heilkundige war, daß alle kranken Kinder, die sie in die Hand bekam,

wieder gesund wurden, wenn es nicht in Gottes Ratschluß gelegen war, sie sterben zu lassen.
Eines Tages, kurz nach dem Fest, kam Kristin mit dem Kleinen vom Kloster heim. Der Knecht und die Magd, die sie begleitet hatten, traten mit in die Stube herein. Erlend war allein drinnen, er lag auf einer der Bänke. Als der Knecht hinausgegangen war und die Frauen ihre Umhänge abgelegt hatten – Kristin saß mit dem Kind an der Feuerstätte, und die Magd wärmte ein Öl, das sie von der Nonne erhalten hatten –, fragte Erlend von der Bank aus, was Schwester Ragnhild über das Kind gesagt habe. Kristin gab kurze Antworten, während sie die Windeln löste, schließlich antwortete sie überhaupt nicht mehr.
»Steht es so schlecht mit dem Knaben, Kristin, daß du es nicht sagen willst?« fragte er, und sein Ton klang ein wenig ungeduldig.
»Du hast schon früher danach gefragt, Erlend«, erwiderte seine Frau kühl, »und ich habe es dir oftmals erklärt. Aber wenn du dir so wenig aus dem Knaben machst, daß du dich nicht einmal von einem Tag zum anderen erinnern kannst ...«
»Auch mir ist es widerfahren, Kristin«, sagte Erlend, er stand auf und ging zu ihr hin, »daß ich dir zwei- oder dreimal auf etwas antworten mußte, was du selbst mich gefragt hattest; denn du fandest es nicht der Mühe wert, dich meiner Antwort zu erinnern.«
»Das waren sicher nicht so große Dinge wie die Gesundheit der Kinder«, sagte sie wie zuvor.
»Nun, es waren auch keine Kleinigkeiten – jetzt in diesem Winter; mir lagen sie sehr am Herzen.«
»Das ist nicht wahr, Erlend. Es ist Jahr und Tag her, seit du mit mir über jene Dinge sprachst, die dir am meisten am Herzen lagen.«
»Geh hinaus, Signe«, sagte Erlend zu der Magd. Seine Stirn war rot geworden, er wandte sich seiner Frau zu: »Ich verstehe, worauf du anspielst. Darüber will ich aber nicht mit dir reden, solange deine Magd zuhört – selbst wenn du so gut mit ihr stehst, daß du es gar nicht beachtest, ob sie anwesend ist, wenn du mit deinem Mann einen Streit vom Zaun brichst und sagst, daß ich unwahr spreche.«
»Am wenigsten will man von jenen Leuten lernen, mit denen man zusammen lebt«, sagte Kristin kurz.
»Es ist nicht leicht zu verstehen, was du meinst. Nie habe ich unsanft mit dir gesprochen, wenn Fremde es hören konnten, oder vergessen, dir vor unserem Gesinde Ehrfurcht zu erweisen.«
Kristin brach in ein seltsam krankes und bebendes Lachen aus.
»Du hast ein kurzes Gedächtnis, Erlend! In all diesen Jahren hat Ulf Haldorssohn bei uns gelebt. Erinnerst du dich, wie du es zuließest, daß er und Haftor mich zu dir in die Schlafkammer bei Brynhild in Oslo begleiteten?«
Erlend sank auf die Bank nieder, starrte seine Gattin mit halboffenem Munde an. Sie aber fuhr fort:
»Es hat sich nicht viel an Ungeziemlichkeit und Nichtachtung auf Hu-

saby – oder an anderen Orten – ereignet, die du vor deinen Dienern zu verbergen dachtest, ob es nun dir selbst oder deinem Weibe zur Schande gereichte.«

Erlend saß wie zuvor und blickte sie entsetzt an.

»Entsinnst du dich des ersten Winters, den wir verheiratet waren; ich erwartete Naakkve, und es stand so, daß es schwer genug für mich war, Gehorsam und Ehrfurcht in meinem Haus zu fordern. Entsinnst du dich, wie du mich stütztest, entsinnst du dich, dein Pflegevater war mit fremden Frauen, Mägden und Knechten bei uns zu Gast, unsere eigenen Leute saßen mit uns am Tisch – entsinnst du dich, daß Munan mir jeden Fetzen herunterriß, hinter dem ich mich hätte verbergen können, und du saßest kleinlaut da und wagtest nicht, ihm den Mund zu stopfen!«

»Jesus! Hast du das fünfzehn Jahre mit dir herumgetragen!« Dann schlug er die Augen zu ihr auf; sein Blick schien so seltsam hellblau, und seine Stimme war schwach und hilflos. »Trotzdem, meine Kristin, scheint es mir zwischen uns beiden nicht so zu stehen, daß wir einander unfreundliche und bissige Worte sagen.«

»Nein«, erwiderte Kristin, »es schnitt mir auch noch ärger ins Herz, damals bei unserem Weihnachtsgelage, als du mich ausschaltest, weil ich Margret meinen Umhang übergeworfen hatte – und Frauen aus drei Gauen dabeistanden und zuhörten . . .«

Erlend gab keine Antwort.

»Trotzdem legst du es mir zur Last, daß es mit Margret so ging, wie es gegangen ist; jedesmal, wenn ich mit einem Wort versuchte, sie zu erziehen, lief sie zu dir, und du gebotest mir mit unfreundlicher Rede, das Mädchen in Frieden zu lassen – sie gehöre dir und nicht mir.«

»Dir zur Last gelegt – habe ich es nicht!« entgegnete Erlend mühsam, er kämpfte schwer, um ruhig zu sprechen. »Wäre eines unserer Kinder eine Tochter gewesen, so hättest du wohl leichter verstanden, daß so etwas wie diese Sache mit meiner Tochter – dem Vater bis aufs Mark dringt.«

»Ich glaubte, ich hätte dir im Frühling des vergangenen Jahres bewiesen, daß ich dies begriff«, sagte sein Weib leise. »Ich brauchte wohl nur an meinen eigenen Vater zu denken.«

»Trotzdem«, fuhr Erlend ruhig fort wie vorher, »war dies noch schlimmer. Ich war ein unverheirateter Bursche. Jener Mann – war verheiratet. Ich war nicht gebunden – ich war nicht so gebunden«, verbesserte er sich selbst, »daß ich nicht hätte frei werden können.«

»Und trotzdem machtest du dich nicht frei«, sagte Kristin. »Erinnerst du dich, wie es zuging, daß du frei wurdest?«

Erlend sprang auf und schlug sie ins Gesicht. Danach stand er entsetzt da und blickte starr vor sich hin; es entstand ein rotes Mal auf der weißen Wange. Kristin aber saß steif und still und mit harten Augen da. Das Kind hatte angefangen, erschrocken zu weinen – sie wiegte es ein wenig im Schoß hin und her und beruhigte es.

»Das – das war häßlich gesagt, Kristin«, sagte der Mann unsicher.

»Als du mich das letztemal schlugst«, sprach sie leise, »trug ich dein Kind unter meinem Herzen. Jetzt hast du mich geschlagen, während ich dein Kind auf dem Schoß hielt.«

»Ja, wir bekommen ja auch nichts als Kinder«, schrie er ungeduldig.

Sie schwiegen. Erlend begann rasch auf und ab zu gehen. Sie trug das Kind in den Nebenraum und legte es ins Bett; als sie wieder unter die Tür trat, blieb er vor ihr stehen:

»Ich – ich hätte dich nicht schlagen sollen, meine Kristin. Ich wollte, ich hätte es nicht getan – ich werde dies wohl ebensolange bereuen, wie ich es das vergangene Mal bereute. Du aber – du hast mich schon einmal hören lassen, daß dich dünke, ich vergesse so allzu leicht. Du vergissest nichts – kein Unrecht, das ich je dir zugefügt habe. Ich habe doch versucht – versucht, dir ein guter Gemahl zu sein, aber es dünkt dich wohl nicht wert, dich dessen zu erinnern. Du – du bist schön, Kristin ...« Er sah ihr nach, als sie an ihm vorbeiging.

Ach, das stille und würdige Gebaren der Hausfrau war ebenso schön wie der zarte Liebreiz des jungen Mädchens, sie war breiter über Brust und Hüften, aber sie war auch größer; sie hielt sich gerade, und der Hals trug den kleinen runden Kopf noch ebenso schön und stolz. Das bleiche verschlossene Antlitz mit den großen, dunkelgrauen Augen reizte und erregte ihn noch ebensosehr, wie das runde, rosenrote Kindergesicht seinen unruhigen Sinn durch die seltsame Ruhe gereizt und erregt hatte. Er ging hin und ergriff ihre Hand: »Für mich, Kristin, bleibst du stets die schönste aller Frauen und die liebste!«

Sie überließ ihm ihre Hand, erwiderte jedoch den Druck nicht. Und er schleuderte sie von sich; die Heftigkeit gewann wieder Gewalt über ihn:

»Du sagst, ich vergesse. Vergessen – ist wohl nicht immer die größte Sünde. Ich habe mich nie als ein frommer Mann gebärdet, aber ich weiß noch alles, was ich als Kind von Sira Jon gelernt habe, und die Diener Gottes haben es auch später mir ins Gedächtnis gebracht. Eine Sünde ist es, über jenen Sünden zu brüten und sie nicht zu vergessen, die wir dem Priester gebeichtet, die wir vor Gott gebüßt haben und für die wir aus Hand und Mund des Priesters Vergebung erlangt haben. Und es geschieht nicht aus Frömmigkeit, Kristin, daß du stets diese unsere alten Sünden wieder aufreißest, sondern du willst mir das Messer zeigen, sooft ich nicht nach deinem Willen handle.«

Er ging von ihr fort und kam wieder zurück:

»Herrschsüchtig. Gott weiß, daß ich dich liebe, Kristin, obgleich ich sehe, daß du herrschsüchtig bist, und obgleich du mir nie vergeben hast, daß ich unrecht an dir gehandelt und dich zu Unrecht verleitet habe. Ich habe viel von dir ertragen, Kristin, aber ich will es nicht mehr ertragen, daß ich nie Frieden haben soll vor diesen alten, unglückseligen Dingen, und ich will es nicht dulden, daß du mit mir sprichst, als sei ich dein Knecht.«

Kristin bebte vor Erregung, als sie antwortete:
»Ich habe nicht mit dir gesprochen, als seist du ein Knecht. Hast du mich je *einmal* hart oder heftig zu einem Menschen reden hören, den man für einen geringeren ansehen konnte als mich – und wäre es auch der untüchtigste und schlechteste unter unserem Gesinde gewesen? Ich weiß mich vor Gott frei von der Sünde, die Armen mit Worten oder Taten gekränkt zu haben. Du aber solltest mein *Herr* sein, dir sollte ich gehorchen, und dich sollte ich ehren, sollte mich vor dir beugen und mich auf dich stützen, nächst Gott – nach Gottes Gesetz, Erlend! Und habe ich die Geduld verloren, und habe ich so zu dir gesprochen, wie es einem Weibe nicht geziemt, mit seinem Gemahl zu sprechen – so war dies wohl darum, weil du es mir so oft schwer machtest, meinen Unverstand unter dein besseres Wissen zu beugen, meinen Gemahl und Herrn so zu ehren und ihm so zu gehorchen, wie ich selbst am liebsten wollte. Und vielleicht mag es sein, daß ich erwarte, du – vielleicht, daß ich glaubte, ich könnte dich dazu aufreizen, zu zeigen, du seist der Mann und ich nur ein armes Weib.
Aber tröste dich, Erlend. Ich werde dich nicht mehr mit Worten kränken, und von diesem Tage an werde ich nie vergessen, dich so sanft anzureden, als wäre Knechtsblut in dir.«
Erlend war dunkelrot im Gesicht geworden. – Er erhob die geballte Faust gegen sie, dann wandte er sich jäh auf dem Absatz um, nahm Umhang und Schwert von der Bank bei der Tür und stürzte hinaus.
Draußen war Sonnenschein, und es wehte ein scharfer Wind; die Luft war kalt, von den Dächern und den windgeschüttelten Baumkronen sprühten ihm blanke Funken von gefrorenen Tropfen entgegen. Der Schnee auf den Hausdächern leuchtete wie Silber, und hinter den schwarzgrünen Waldhängen rings um die Stadt glitzerten die Berge in dem scharfen und strahlenden Winterfrühlingstag kaltblau und leuchtendweiß.
Erlend lief durch die Straßen und Gassen – rasch, aufs Geratewohl. In ihm kochte es; sie hatte unrecht gehabt, von Anfang an ganz sonnenklar unrecht, und er hatte recht gehabt, und er hatte sich verrannt und sie geschlagen und sein Recht verringert, aber sie *hatte* unrecht. Was er nun mit sich anfangen sollte, wußte er nicht. Er fühlte keine Lust, irgendwelche Bekannte aufzusuchen, und heimgehen wollte er auch nicht.
In der Stadt war es ziemlich lebhaft. Ein großes Frachtschiff von Island – das erste in diesem Frühjahr – war am Vormittag eingelaufen. Erlend trieb sich im Westen in den Straßen umher und kam bei der Marteinskirche heraus, er begab sich zu den Bollwerken hinunter. Aus den Schenken und Herbergen drang bereits Lärm und Schreien, obwohl es noch früh am Nachmittag war. In seiner Jugend war er selbst oft in solche Häuser gegangen – mit Freunden und Genossen. Jetzt aber würden sich die Leute die Augen aus den Köpfen starren und sich das Maul darüber zerreißen, wenn der Vogt im Orkdölagau, der in der

Stadt ein Haus besaß und daheim Überfluß an Bier und Met hatte, in eine Schenke träte und einen Trunk ihres schlechten Bieres verlangte. Tatsächlich aber hatte er hierauf am meisten Lust – dazusitzen und mit den Kleinbauern zu trinken, die in die Stadt gekommen waren, und mit Dienstknechten und Seeleuten. – Bei denen gab es keinen Aufruhr, wenn der Mann seiner Frau eins hinter die Ohren gab, die waren gut daran. – Zur roten Hölle! Wie sollte ein Mann mit einer Frau fertig werden, wenn er sie ihrer Geburt und der eigenen Ehre wegen nicht verprügeln durfte – einen Wortstreit mit einer Frau konnte nicht einmal der Teufel selber ausfechten. Eine Hexe war sie – und so schön –; hätte er sie doch so lange schlagen können, bis sie wieder gut war.

Von allen Kirchen begannen die Glocken die Leute zur Vesper herbeizurufen, der Frühlingswind trug die Töne in einem Brausen über ihn in die unruhige Luft hinaus. Sie ging jetzt wohl in die Christkirche, die heilige Hexe. – Würde es Gott und der Jungfrau Maria und dem Heiligen Olav klagen, daß ihr Mann ihr eins hinters Ohr versetzt hatte. Erlend sandte den Schutzheiligen seines Weibes einen Gruß voller sündiger Gedanken, während die Glocken läuteten und schallten und klangen. Er lenkte seine Schritte zur Gregoriuskirche.

Das Grab seiner Eltern war vor dem Anna-Altar im nördlichen Chorgang des Langschiffes. Während er seine Gebete sprach, wurde er gewahr, daß Frau Sunniva Olavstochter mit ihrer Magd durch die Kirchentür hereinkam. Als er mit dem Beten fertig war, ging er zu ihr hin und begrüßte sie.

In all den Jahren, seit er mit Frau Sunniva bekannt geworden war, hatten sie so zueinander gestanden, daß sie jedesmal, wenn sie zusammentrafen, ziemlich frei miteinander scherzten und Kurzweil trieben. Und an diesem Abend, während sie auf der Bank saßen und auf den Anfang des Abendgesanges warteten, war er so übermütig, daß sie ihn mehrere Male daran erinnern mußte, sie seien doch in der Kirche, und es kämen ständig Leute herein.

»Jaja«, sagte Erlend, »aber du bist heute abend so schön, Sunniva! Es ist so hübsch, mit einer Frau zu scherzen, die so sanfte Augen hat.«

»Eigentlich bist du es ja nicht wert, Erlend Nikulaussohn, daß ich dich mit sanften Augen ansehe«, sagte sie lachend.

»Da will ich einmal kommen und mit dir scherzen, wenn es dunkel geworden ist«, erwiderte Erlend ebenso. »Wenn der Abendgesang zu Ende ist, werde ich dich heimbegleiten.«

Jetzt betraten die Priester den Chor, und Erlend ging in das südliche Schiff hinüber, stellte sich unter die Männer.

Als der Gottesdienst zu Ende war, verließ er die Kirche durch die Haupttür. Er sah Frau Sunniva und ihre Magd ein Stück weiter unten in der Straße, dachte, es sei besser, wenn er ihr nicht folgte, sondern gleich heimging. In diesem Augenblick kam eine Schar Isländer von dem Frachtschiff die Straße herauf, sie hielten im Gehen einander an der Hand und taumelten und schienen den beiden Frauen den Weg versperren zu wollen. Erlend lief zu Frau Sunniva hin. Sowie die Seeleute einen Herrn mit dem Schwert am Gürtel auf sich zukommen sahen, wichen sie zur Seite und machten den Frauen Platz.

»Es wird doch wohl am besten sein, wenn ich dich nach Hause begleite«, sagte Erlend, »es ist heute abend unruhig in der Stadt.«

»Was glaubst du denn, Erlend – eine so alte Frau wie ich. – Wer weiß, vielleicht sehe ich es gar nicht so ungern, wenn mich die Männer noch so schön finden, daß sie mir den Weg versperren mögen.«

Darauf gab es für einen höfischen Mann nur eine einzige Antwort.

Er kehrte am nächsten Tag im Morgendämmern zu seinem eigenen Hof zurück, stand eine Weile vor der verschlossenen Tür des Wohnhauses, frierend, todmüde, herzenskrank und mißmutig. Das Gesinde durch Klopfen wecken, hineingehen und zu Kristin, die mit dem Kind an der Brust schlief, ins Bett kriechen – nein. Er trug den Schlüssel zum Dachraum im östlichen Vorratshaus bei sich; dort war verschiedenes aufbewahrt, für das er verantwortlich war.

Erlend schloß sich ein, zog die Stiefel aus und legte einige Webstücke aus Fries und ein paar leere Säcke auf das Stroh in der Bettstelle. Dann wickelte er sich in den Umhang, kroch unter die Säcke und hatte das Glück, erschöpft und verwirrt, wie er war, bald alles im Schlaf zu vergessen.

Kristin war bleich und verwacht, als sie sich mit ihrem Gesinde zum Morgenimbiß setzte. Einer der Männer sagte, er habe den Herrn – der drüben in der Dachkammer schlafe – zu Tisch gerufen, Erlend aber habe ihn zum Teufel geschickt.

Erlend sollte nach der Frühmesse nach Elgeseter hinaus und bei etlichen Hofverkäufen den Zeugen machen. Es gelang ihm jedoch, von der darauffolgenden Mahlzeit im Refektorium loszukommen und auch von Arne Gjavvaldssohn, der ebenfalls nicht bei den Brüdern sitzen bleiben und trinken wollte, sondern Erlend zuredete, mit ihm nach Ranheim zu reiten.

Danach bereute er es, daß er sich von den anderen getrennt hatte – als er allein zur Stadt ging, war er ganz entsetzt –, jetzt sah er sich gezwungen, über das nachzudenken, was er getan hatte. Einen Augenblick war er versucht, gleich zur Gregoriuskirche zu gehen; es war ihm erlaubt, einem der Priester dort zu beichten, wenn er in Nidaros war. Wenn er es aber wiederum tat, nachdem er gebeichtet hatte, dann war die Sünde viel größer. Es war besser, noch ein wenig zu warten.

Sunniva mußte ja jetzt meinen, er sei ein Küken, das sie mit der bloßen Hand habe fangen können. Nein, der Teufel sollte ihn holen, wenn er geglaubt hatte, ein Weib könne ihn soviel Neues lehren. – Hier ging er immer noch mit offenem Mund vor Erstaunen über das, was er erlebt hatte. Er hatte sich eingebildet, doch recht erfahren zu sein in ars amoris oder wie die gelehrten Männer es nannten. Wäre er jung und grün gewesen, so hätte er sich jetzt wohl stolz gefühlt und hätte es großartig gefunden. Aber er mochte die Frau nicht – dieses verrückte Weib; er war ihrer überdrüssig, er war aller Frauen überdrüssig, außer seiner eigenen – und er war auch ihrer überdrüssig! Beim heiligen Kreuz, er war so mit ihr verheiratet gewesen, daß er selbst ganz fromm dabei geworden war, denn er hatte an ihre Frömmigkeit geglaubt, aber es war ein schöner Lohn gewesen, den er für seine Treue und Liebe von seiner frommen Gattin erhalten hatte. – Welch eine Hexe war sie doch! Er entsann sich ihrer beißenden, boshaften Worte vom Abend zuvor – so, sie fand, er betrage sich, als fließe Knechtsblut in seinen Adern! – Und die andere, Sunniva, meinte wohl, er sei noch ganz unerfahren und schüchtern, weil er sich von ihr hatte überrumpeln lassen und weil ihr sein entsetztes Erstaunen über ihre Liebeskünste nicht verborgen geblieben war. Er wollte ihr jetzt beweisen, daß er als Mann nicht heiliger war denn sie als Frau. Er hatte ihr versprochen, zur Nacht zum Baardshof hinunterzukommen. – Nun gut, das konnte er ja tun; die Sünde war begangen, da konnte er ebensogut die Freude mit in Kauf nehmen, die sich bot.

Da er ja doch Kristin bereits die Treue gebrochen hatte – und sie selbst mit ihrem bösen und ungerechten Betragen daran schuld war.

Er ging heim, trieb sich in den Ställen und in den Nebengebäuden herum und suchte etwas, worüber er schelten konnte, zankte sich mit der Magd des Priesters aus dem Spital, weil sie Malz in das Dörrhaus getragen hatte, obwohl er genau wußte, daß seine Leute diesmal bei ihrem Stadtaufenthalt das Haus nicht brauchten. Er wünschte, er hätte seine Knaben hier, an ihnen hätte er Gesellschaft gehabt. – Er wünschte, er hätte sofort nach Husaby heimreisen können. Aber er war gezwungen, in der Stadt auf die Briefe aus dem Süden zu warten; es war zu gewagt, solche Boten in seinem Heim draußen im Tale zu empfangen.

Kristin erschien nicht bei der Abendmahlzeit. Sie liege in der Kammer zu Bett, sagte Signe, ihre Magd, und blickte ihren Herrn vorwurfsvoll an. Erlend erwiderte barsch, er habe sie nicht nach ihrer Frau gefragt. Als die Leute die Stube verlassen hatten, ging er in den Nebenraum. Dort war es bedrückend dunkel. Erlend beugte sich zu Kristin aufs Bett hinab:

»Weinst du?« fragte er sehr leise, denn sie atmete so seltsam. Aber sie antwortete mit zugeschnürtem Hals, daß sie nicht weine.

»Bist du müde? Ja, ich will jetzt auch zur Ruhe gehen«, sagte er leise.

Kristins Stimme zitterte, als sie erwiderte:

»Dann wäre es mir am liebsten, Erlend, wenn du auch heute dort schliefest, wo du in der vergangenen Nacht warst.«

Erlend gab keine Antwort. Er ging hinaus und holte das Licht aus der Stube, öffnete seine Kleidertruhe. Er war gut genug gekleidet, um überall hingehen zu können, denn er trug noch von dem Vormittag auf Elgeseter das veilchenblaue Gewand. Jetzt aber wechselte er dennoch die Kleider, langsam und mit Nachdruck, schlüpfte in ein rotes

Seidenhemd und einen mausgrauen halblangen Samtkittel mit kleinen silbernen Glocken an den Zipfeln der Ärmel, bürstete sich das Haar und wusch die Hände. Dazwischen sah er zu seiner Frau hinüber – sie schwieg und rührte sich nicht. Dann ging er fort, ohne gute Nacht zu wünschen. Am nächsten Tag kam er ganz offen um die Zeit des Morgenimbisses auf den Hof heim.

So ging es eine Woche lang. Da kehrte Erlend eines Abends heim – er hatte oben bei Hangar zu tun gehabt – und erfuhr, daß Kristin am Morgen nach Husaby geritten war.

Er war sich bereits darüber klar, daß noch nie ein Mann weniger Freude an einer Sünde gehabt habe als er, bei diesem Handel mit Sunniva Olavstochter. Er fühlte sich innerlich dieser unsinnigen Frau so herzlich müde, war ihrer überdrüssig, während er mit ihr spielte und sie liebkoste. Unbedacht war er auch gewesen – die ganze Stadt und die ganze Gegend wußte wohl bereits, daß er allnächtlich zum Baardshof wanderte –, und doch war Sunniva es nicht wert, daß er um ihretwillen seinen Ruf befleckte. Ab und zu auch hatte er daran gedacht, daß es Folgen nach sich ziehen könnte. – Die Frau hatte ja doch einen Mann, wenn er auch ältlich und kränklich war, ein Jammer um Baard, daß er mit solch einem wilden und unverständigen Weib verheiratet sein mußte; er, Erlend, war wohl kaum der erste, der der Ehre dieses Mannes zu nahe getreten war. Und Haftor – aber er hatte nicht daran gedacht, als er sich mit Sunniva einließ, daß sie Haftors Schwester war, dessen entsann er sich erst, als es zu spät war. Es stand so schlimm, wie es nur konnte, und jetzt begriff er, daß Kristin es wußte.

Sie würde doch nicht darauf verfallen, ihn beim Erzbischof anzuklagen – sich die Erlaubnis zu erbitten, von ihm fortzuziehen. Sie konnte nach Jörundhof flüchten, aber um diese Jahreszeit war es unmöglich für sie, über das Gebirge zu ziehen, ganz unmöglich, wenn sie die kleinen Kinder mitnehmen wollte, und von denen reiste Kristin nicht weg. Nein, so früh im Jahr konnte sie mit Munan und Lavrans auch nicht mit dem Schiff fahren, tröstete er sich. Oh, aber es würde Kristin nicht gleichen, beim Erzbischof Hilfe gegen ihn zu suchen – sie hatte Grund dazu –, aber er würde freiwillig ihr gemeinsames Bett meiden, bis sie verstünde, daß er aufrichtig bereute. Kristin würde dies alles doch nie so offenbar werden lassen wollen. Aber es regte sich in ihm der Gedanke, daß es ziemlich lange her war, seitdem er bei seinem Weibe genau wußte, wessen sie fähig war oder nicht.

Des Nachts lag er in seinem eigenen Bett und überlegte hin und her. Es wurde ihm klar, daß er sich noch unvernünftiger gebärdet hatte, als er sich von Anfang an bewußt gewesen war, da er sich auf dieses jämmerliche Abenteuer einließ, jetzt, während er mitten in den größten Plänen stand.

Er verfluchte sich selbst, der um seines Weibes willen noch so ein Narr war, daß sie ihn zu diesem hatte treiben können. Er verfluchte Kristin und Sunniva. Zum Teufel! Er war doch nicht mehr auf Frauen ver-

sessen als andere Männer, hatte eher mit weniger zu schaffen gehabt als die meisten anderen, die er kannte.
Aber es war, als habe der Leibhaftige selbst ihm dieses eingebrockt. Er konnte einer Frau nicht nahekommen, ohne bis an die Schultern im Sumpf zu versinken.
Jetzt sollte es ein Ende haben. Gott sei Lob und Dank dafür, daß er jetzt anderes unter den Händen hatte. Bald, bald bekam er wohl Frau Ingebjörgs Brief. Ja, auch hier kam er von Weibersachen nicht los, aber das war wohl die Strafe Gottes für seine Sünden in der Jugend. Erlend lachte im Dunkeln vor sich hin. Frau Ingebjörg mußte verstehen, daß es sich so verhielt, wie sie es ihr klargelegt hatten. Es galt, ob es einer ihrer Söhne oder einer der Söhne ihrer Buhlenschwester sein würde, den die Norweger gegen König Magnus aufstellten. Und sie liebte die Kinder, die sie mit Knut Porse bekommen hatte, wie sie ihre übrigen Kinder nie geliebt hatte.
Bald, bald – dann würde der scharfe Wind und die salzige Brise wieder seine Brust füllen. Gott im Himmel, es würde guttun, sich von den Meereswellen durchnässen und sich bis ins Mark hinein gesundblasen zu lassen – eine herrlich lange Zeit von allem Weibergetue verschont zu sein.
Sunniva – mochte sie denken, was sie wollte. Er ging nicht mehr hin. Und Kristin konnte seinetwegen gern nach Jörundhof reiten. Für sie und die Kinder würde es vielleicht am besten und sichersten sein, wenn sie den Sommer über im Gudbrandstal ein wenig abseits lebten. Später würde er sich schon wieder mit ihr aussöhnen.
Am nächsten Morgen ritt er nach Skaun hinauf. Er fand doch keine Ruhe, bis er wußte, was seine Frau zu tun beabsichtigte.
Sie empfing ihn höfisch, sanft und kühl, als er im Laufe des Tages nach Husaby kam. Ungefragt sagte sie kein Wort zu ihm, auch kein unfreundliches, und sie verwehrte es ihm auch nicht, als er am Abend, gleichsam prüfend, kam, um sich in das Ehebett zu legen. Als sie aber eine Weile so gelegen hatten, versuchte er zögernd, seine Hand auf ihre Brust zu legen.
Kristins Stimme bebte, doch Erlend konnte nicht ergründen, ob aus Kummer oder aus Erbitterung, als sie flüsterte:
»Ein so geringer Mann bist du wohl nicht, Erlend, daß du es mir noch schlimmer machen willst. Ich kann jetzt nicht mit dir streiten, unsere Kinder schlafen rings um uns. Und nachdem ich sieben Söhne mit dir gehabt habe, wäre es mir am liebsten, unser Gesinde erführe nicht, daß ich weiß, wie du mich gekränkt hast.«
Lange lag Erlend da, ehe er zu antworten wagte:
»Ja. Gott steh mir bei, Kristin, ich habe dich gekränkt. Ich hätte es – hätte es nicht getan, wenn ich es hätte leichter nehmen können, daß du mir an jenem Tag in Nidaros so böse Worte gabst. – Glaube nicht, ich sei heimgekommen, um deine Verzeihung zu erbetteln, ich weiß wohl, daß dies jetzt zuviel von dir verlangt wäre.«

»Ich verstehe, daß Munan Baardssohn recht hatte«, erwiderte Kristin, »der Tag kommt niemals, an dem du selbst die Schuld für das auf dich nimmst, was du angerichtet hast. Du mußt dich Gott zuwenden und Versöhnung mit ihm erstreben – mich brauchst du weniger um Verzeihung zu bitten als ihn.«

»Ja, ich merke es«, sagte Erlend bitter. Dann sprachen sie nicht mehr miteinander. Und am nächsten Morgen ritt er nach Nidaros zurück.

Er war einige Tage in der Stadt gewesen, als Frau Sunnivas Magd eines Abends zu ihm in die Gregoriuskirche kam. Erlend meinte, er müsse doch ein letztes Mal mit der Frau sprechen, und bat das Mädchen, an diesem Abend Wache zu halten, dann würde er den gleichen Weg kommen wie sonst.

Wie ein Hühnerdieb hatte er kriechen und klettern müssen, um zu dem Dachraum zu gelangen, wo sie beisammen gewesen waren. Jetzt schämte er sich fast krank darüber, daß er sich so zum Narren gemacht hatte, in seinem Alter und in seiner Stellung. Aber anfangs hatte es ihn belustigt, es so jugendlich zu treiben.

Frau Sunniva empfing ihn im Bett:

»Du kommst ja recht spät!« lachte sie und gähnte. »Beeile dich nun, mein Freund, und schlüpfe ins Bett, dann können wir später darüber reden, wo du so lange gewesen bist.«

Erlend wußte nicht recht, was er tun sollte oder wie er ihr das sagen sollte, was ihm auf dem Herzen lag. Unwillkürlich begann er seine Kleider zu lösen.

»Unvernünftig haben wir es getrieben. Sunniva – es ist wohl kaum ratsam, daß ich heute nacht hierbliebe. Baard ist doch wohl einmal daheim zu erwarten?« sagte er.

»Bist du bange vor meinem Mann?« fragte Sunniva aufreizend. »Du hast doch selbst gesehen, daß Baard nicht einmal dann die Ohren gespitzt hat, wenn wir mitten vor seinen Augen unseren Scherz trieben. Erfährt er, daß du des Nachts hierhergekommen bist, so werde ich ihm wohl beibringen, daß es nur das alte Geschwätz war. Er traut mir viel zuviel ...«

»Ja, er scheint dir viel zuviel zu trauen«, lachte Erlend und grub seine Finger in das helle Haar und in die festen weißen Schultern.

»Findest du?« Sie packte ihn beim Handgelenk. »Traust auch du deiner Frau? Ich war noch schamhaft und ehrbar, als Baard mich bekam.«

»*Meine* Frau wollen wir aus dem Spiel lassen«, sagte Erlend scharf und ließ sie los.

»Wieso? Dünkt es dich weniger geziemlich, mit mir von Kristin Lavranstochter zu sprechen als von Herrn Baard, meinem Gemahl?«

Erlend biß die Zähne zusammen und antwortete nicht.

»Du gehörst wohl zu den Männern, Erlend«, sagte Sunniva spöttisch, »die sich für so gewinnend und schön halten, daß man eine Frau kaum darum anklagen darf, wenn ihre Tugend vor ihnen so zerbrechlich ist wie Glas – mag sie im übrigen so fest sein wie Stahl.«

»Das habe ich von dir nie geglaubt«, entgegnete Erlend roh.
Sunnivas Augen blitzten:
»Was wolltest du denn von mir, Erlend – wenn du so gut verheiratet warst?«
»Ich habe gesagt, du sollst mein Weib nicht nennen.«
»Dein Weib oder mein Mann ...«
»*Du* warst es immer, die anfing, von Baard zu sprechen, und du warst die Ärgste, ihn zu verspotten«, sagte Erlend erbittert. »Und selbst wenn du ihn nicht mit Worten verspottet hättest, so konnte ich doch wohl wissen, wie lieb du seine Ehre hattest, da du dir noch einen anderen Mann neben ihm nahmst. *Sie* – wird nicht geringer dadurch, daß ich mich vergangen habe.«
»Ist es das, was du mir sagen willst, daß du Kristin liebst, obwohl du mich gern genug hast, um mit mir zu spielen.«
»Ich weiß nicht, wie gern ich dich habe; du zeigtest mir, daß du mich gern hattest.«
»Und Kristin macht sich nichts aus deiner Liebe?« höhnte sie. »Ich habe doch gesehen, wie sanft sie dich anzublicken pflegt, Erlend.«
»Halt den Mund jetzt«, schrie der Mann. »Sie wußte vielleicht, was ich wert war«, sagte er hart und haßerfüllt. »Du und ich, wir sind einander wohl nicht gleich.«
»Verhält es sich so«, fragte Sunniva drohend, »daß ich eine Geißel sein sollte, mit der du dein Weib züchtigen wolltest?«
Erlend stand da und atmete hörbar:
»Du kannst es so nennen. Aber du selbst legtest dich mir zurecht.«
»Hüte dich«, sagte Sunniva, »daß die Geißel dich nicht selber trifft.«
Sie saß aufrecht im Bett und wartete. Aber Erlend machte keine Miene zu widersprechen oder sich mit seiner Freundin auszusöhnen. Er zog sich fertig an und ging fort, ohne noch mehr zu ihr zu sagen.
Er war nicht sehr zufrieden mit sich selbst oder mit der Art, wie er sich von Sunniva getrennt hatte. Ehrenvoll war es für ihn nicht gewesen. Aber mochte es nun so sein – jedenfalls war er sie losgeworden.

IV

In diesem Frühling und Sommer bekamen die Leute auf Husaby nicht viel von ihrem Herrn zu sehen. Die wenigen Male, die er auf seinem Hof war, begegneten er und seine Gattin einander mit Höflichkeit und Freundlichkeit. Erlend machte keinerlei Versuch, die Wand niederzureißen, die sie zwischen sich und ihm errichtete, obgleich er ihr oft forschend nachblickte. Im übrigen schien er vielerlei Dinge außerhalb des Heimes im Kopf zu haben. Nach dem Betrieb des Hofes fragte er nie mit einem Wort.
Dies erwähnte auch seine Frau, als er kurz nach der Kreuzmesse wollte, daß sie ihn ins Raumstal hinauf begleite. Er hatte im Oberland etwas

zu tun, fragte, ob sie die Kinder mitnehmen und eine Zeitlang auf Jörundhof wohnen und Freunde und Verwandte im Tal dort besuchen wolle. Aber Kristin wollte dies unter keinen Umständen.

Er hielt sich um die Zeit des Gerichtsthinges in Nidaros und später draußen im Orkedal auf, dann kehrte er heim nach Husaby, war aber gleich mit den Vorbereitungen zu einer Björgvins-Reise vollauf beschäftigt. Margygren lag draußen bei Nidarholm, und er wartete nur auf Haftor Graut, mit dem zusammen er segeln sollte.
Drei Tage vor der Margretmesse begann die Heuernte auf Husaby. Es war das schönste Wetter, und als das Gesinde nach der Mittagsrast wieder auf die Wiesen hinausging, wollte Olav, der Großknecht, auch die Kinder mitnehmen.
Kristin war in der Kleiderkammer, die sich im mittleren Stockwerk des Waffenhauses befand. Das Haus war so gebaut, daß zu diesem Raum eine äußere Treppe hinaufführte und auf einen Altan auslief, das obere Stockwerk aber ragte darüber vor, und zu diesem führte nur eine angelehnte Leiter und eine Luke von der Kleiderkammer aus hinauf. Sie war offen, denn Erlend hielt sich gerade oben in der Waffenkammer auf.
Kristin trug den Pelzumhang heraus, den Erlend auf die Seereise mitnehmen wollte, und schüttelte ihn auf dem Altan aus. Da vernahm sie den Lärm einer großen Reiterschar, und zugleich sah sie aus dem Wald beim Gautalsweg Leute herausreiten. Im nächsten Augenblick stand Erlend an ihrer Seite:
»Ist es wahr, Kristin, daß das Feuer heute morgen im Küchenhaus verlöschte?«
»Ja, Gudrid warf den Kessel um, wir müssen bei Sira Eiliv Feuer leihen.«
Erlend sah zum Priesterhaus hinüber:
»Nein, er darf nicht in diese Sache mit hineingezogen werden, Gaute«, rief er leise zu dem Knaben hinunter, der sich unter dem Altan herumtrieb, einen Rechen nach dem anderen in die Hand nahm und wenig Lust hatte, zur Heuarbeit hinauszugehen. »Komm auf die Treppe herauf – nicht weiter, sonst können sie dich erblicken.«
Kristin starrte ihren Mann an, so hatte sie ihn noch nie gesehen – die gespannte, wache Ruhe in seiner Stimme, im Gesicht, während er nach Süden zu dem Weg hinunterspähte – über seiner ganzen geschmeidigen Gestalt, als er in die Kammer zurücklief und gleich darauf mit einem flachen, in Leinwand eingenähten Bündel zurückkam. Dieses gab er dem Knaben:
»Verstecke das an deiner Brust, und merke wohl auf, was ich dir sage. Du mußt diese Briefe retten; es gilt mehr, als du verstehen kannst, mein Gaute. Nimm deinen Rechen über die Schulter und gehe ruhig über die Felder hinunter, bis du an das Erlengestrüpp kommst. Halte dich im Dickicht bis zum Wald hinunter – du kennst dich dort gut aus,

das weiß ich –, schleiche dich durch das dickste Gebüsch den ganzen Weg hinüber bis Skjoldvirkstad. Sieh dich wohl um, ob dort auf dem Hof alles ruhig ist. Bemerkst du Anzeichen von Unruhe oder von fremden Leuten in der Nähe, so halte dich verborgen. Bist du aber gewiß, daß alles sicher ist, dann geh hin und gib dies Ulf, wenn er daheim ist. Kannst du jedoch die Briefe nicht in seine Hände legen, ohne sicher zu sein, daß niemand sich in der Nähe befindet, so verbrenne sie, sobald es dir möglich ist. Aber gib wohl darauf acht, daß Schrift und Siegel und alles völlig vernichtet werden und daß das Bündel nicht in die Gewalt eines anderen Mannes als Ulf gelangt. Gott steh uns bei, mein Sohn – das sind große Dinge, um sie einem zehn Winter alten Knaben anzuvertrauen, vieler guter Männer Leben und Wohlfahrt hängt daran – verstehst du, daß es viel gilt, Gaute?«

»Ja, Vater. Ich habe alles verstanden, was Ihr mir gesagt habt.« Gaute hob sein kleines, helles, ernsthaftes Gesicht zu ihm auf, wie er so auf der Treppe stand.

»Sage Isak, wenn Ulf nicht daheim ist, daß er sofort und die ganze Nacht hindurch nach Hevne reiten muß, um ihnen zu sagen, er weiß schon wem, daß ich glaube, es sei ein Gegenwind aufgekommen, und fürchte, meine Fahrt sei behext worden. Verstehst du?«

»Ja, Vater. Ich erinnere mich an alles, was Ihr gesagt habt.«

»So geh nun. Gott schütze dich, mein Sohn.«

Erlend lief in die Waffenkammer hinauf, wollte die Luke zufallen lassen, Kristin war jedoch schon halb hindurchgeschlüpft. Er wartete, bis sie oben war, dann schloß er zu und lief zu einer Kiste, aus der er verschiedene Briefschaften nahm. Er zerrte die Siegel herunter und zertrat sie auf dem Boden, riß das Pergament in Fetzen und ballte es um den Schlüssel zusammen, den er mit allem übrigen durch eine Lichtluke auf die Erde hinunterwarf, wo hinter dem Haus die Nesseln dicht und hoch wucherten. Die Hände um die Luke gelegt, stand er da und starrte dem kleinen Knaben nach, der am Rande eines Getreideackers zur Wiese hinuntertrabte, vorbei an dem Erntevolk, das mit Sensen und Rechen reihenweise hintereinander herging. Als Gaute in der kleinen Bodensenke zwischen Acker und Wiese verschwunden war, schloß Erlend die Luke. Jetzt hörte man die Hufschläge laut und nahe beim Hof.

Erlend wandte sich seiner Frau zu:

»Kannst du das beiseite schaffen, was ich jetzt hinuntergeworfen habe – lasse Skule, er ist klug – sag ihm, er soll es in die Grube hinter dem Stall werfen. Dich werden sie wohl im Auge behalten und vielleicht auch die großen Burschen. Aber durchsuchen werden sie dich kaum.« Er schob ihr die Siegelbruchstücke in den Busen. »Zu erkennen sind sie wohl nicht mehr, aber . . .«

»Bist du in Gefahr, Erlend?« fragte sie still. Als er ihr ins Gesicht sah, warf er sich in ihre ausgebreiteten Arme. Einen Augenblick drückte er sie an sich:

»Ich weiß es nicht, Kristin. Es wird sich wohl bald zeigen. Tore Eindridessohn reitet an der Spitze der Männer, und Herr Baard ist mit ihnen, wenn ich recht gesehen habe. Ich erwarte mir nicht, daß Tore im Guten hierherkommt.«

Jetzt waren die Reiter auf dem Hofplatz. Erlend blieb einen Augenblick stehen. Dann küßte er sein Weib heftig, öffnete die Luke und eilte hinunter. Als Kristin auf den Altan hinaustrat, stand Erlend im Hof und half dem Schatzmeister, einem alten und schwerfälligen Mann, aus dem Sattel. Es waren zusammen mit Herrn Baard und dem Vogt des Gauldölagaus mindestens dreißig bewaffnete Männer.

Während Kristin über den Hofplatz schritt, hörte sie den Vogt sagen:

»Ich kann dich von deinen Vettern grüßen, Erlend. Borgar und Guttorm genießen bereits die Gastfreundschaft des Königs in Veöy, und ich denke, Haftor Toressohn hat jetzt um diese Zeit Ivar und den Jungen daheim auf Sundbu bereits aufgesucht. Graut nahm Herr Baard gestern in die Stadt mit.«

»Und jetzt bist du hierhergekommen, um mich zu der gleichen hohen Versammlung zu holen, kann ich mir denken«, sagte Erlend lachend.

»So ist es, Erlend.«

»Und dann wollt ihr wohl den Hof hier durchsuchen? Ah, ich habe solches doch schon so oft mitgemacht, daß ich die Reihenfolge kennen sollte.«

»So große Dinge wie Landesverrat hast du noch nicht unter den Händen gehabt«, erwiderte Tore.

»Nein, bis jetzt nicht«, sagte Erlend. »Und es sieht so aus, als spielte ich mit den schwarzen Steinen, Tore, und als hättest du mich matt gesetzt – ist es nicht so, Verwandter?«

»Wir müssen nun die Briefe finden, die du von Frau Ingebjörg Haakonstochter erhalten hast«, sagte Tore Eindridessohn.

»Die sind in der mit rotem Leder bezogenen Kiste, oben in der Waffenkammer, aber es steht nicht viel darin, außer was in Briefen steht, wie liebevolle Verwandte sie einander zu senden pflegen – und alt sind sie alle. Stein hier kann euch hinaufbegleiten.«

Die Angekommenen waren von den Pferden gestiegen, und das Gesinde strömte jetzt auf dem Hofplatz zusammen.

»In denen, die wir Borgar Trondssohn abgenommen haben, stand mehr«, meinte Tore. Erlend pfiff leise.

»Wir können wohl in die Stube hineingehen«, sagte er, »hier sammeln sich immer mehr Leute an.«

Kristin ging mit den Männern in die Halle. Auf ein Zeichen Tores kamen ein paar der fremden Bewaffneten mit.

»Du mußt dein Schwert abliefern, Erlend«, sagte Tore von Gimsar, als sie drinnen standen, »zum Zeichen, daß du unser Gefangener bist.«

Erlend schlug sich auf die Hüften, um zu zeigen, daß er keine anderen Waffen bei sich trage als den Dolch im Gürtel. Aber Tore sagte wiederum:

»Du mußt uns dein Schwert geben, zum Zeichen ...«
»Ja, soll es so fein zugehen, dann ...«, sagte Erlend, er lachte ein wenig. Dann ging er hin und nahm sein Schwert vom Haken, hielt es an der Scheide und reichte Tore Eindridessohn den Knauf mit einer leichten Verbeugung dar.
Der Alte von Gimsar löste die Bänder, zog das Schwert ganz heraus und fuhr mit dem Finger die Blutrinne entlang.
»Ist das jenes Schwert, Erlend, das du ...?«
Erlends blaue Augen blitzten wie Stahl, sein Mund wurde ein schmaler Streifen:
»Ja, das ist das Schwert, mit dem ich deinen Sohnessohn züchtigte, als ich ihn bei meiner Tochter fand.«
Tore stand mit dem Schwert da, er betrachtete es und sagte drohend:
»Du, der selbst das Gesetz aufrechterhalten sollte, Erlend – du mußtest wohl wissen, daß du damals ein wenig weiter gingst, als das Gesetz dir recht gibt.«
Erlend warf den Kopf zurück, heftig und mit heißen Wangen:
»Es gibt ein Gesetz, Tore, das weder von Königen noch vom Thing umgestoßen werden kann – nämlich, daß ein Mann die Ehre seiner Frauen mit dem Schwert verteidigt.«
»Es ist gut für dich, Erlend Nikulaussohn, daß dir gegenüber niemand dieses Gesetz hat gelten lassen«, erwiderte Tore von Gimsar gehässig. »Da hättest du so vieler Leben bedurft wie die Katze ...«
Aufreizend langsam sagte Erlend:
»Ist die heutige Angelegenheit nicht so ernsthaft, daß es Euch zur Unzeit dünken sollte, Euch in die alten Sachen aus meiner Jugend zu mischen?«
»Ich weiß nicht, ob Baard in Lensviken findet, daß das so alte Sachen sind.« Erlend fuhr auf und wollte antworten, aber Tore schrie dazwischen: »Du solltest erst die Probe machen, Erlend, ob deine Buhlerinnen so klug sind, daß sie Geschriebenes lesen können, ehe du mit Geheimbriefen im Hosengürtel auf nächtliche Besuche gehst. – Frage Baard hier, wer uns davon unterrichtet hat, daß du auf Verrat gegen deinen König sinnst, dem du die Treue geschworen und von dem du ein Amt zu Lehen empfangen hast.«
Unwillkürlich führte Erlend eine Hand zur Brust hinauf. Einen Augenblick sah er sein Weib an, und Blutröte ergoß sich dunkel über sein Gesicht. Da lief Kristin hin und schlang ihre Arme heftig um seinen Hals. Erlend blickte ihr Gesicht an, er sah nichts anderes darin als Liebe.
»Erlend – Gemahl!«
Der Schatzmeister hatte sich bisher beinahe ganz schweigend verhalten. Jetzt trat er zu den beiden und sagte leise:
»Liebe Fraue, es wäre vielleicht am besten, Ihr nähmet die Kinder und die Dienerinnen mit Euch in die Frauenstube hinüber und hieltet Euch dort auf, solange wir auf dem Hof sind.«

Erlend ließ sein Weib mit einem letzten Druck seines Armes um ihre Schultern los:
»Es ist am besten, meine eigene Kristin, du tust so, wie Herr Baard sagt.«
Kristin hob sich auf die Fußspitzen und bot ihm ihren Mund. Dann ging sie auf den Hofplatz hinaus, und aus der verwirrten Menschenschar sammelte sie ihre Kinder und Dienerinnen zusammen und nahm sie mit sich in die Kleinstube; ein anderes Frauengemach gab es nicht auf Husaby.
Mehrere Stunden lang saßen sie dort, und die Ruhe und Fassung der Hausfrau hielt die aufgeschreckte Schar einigermaßen im Zaum. Dann trat Erlend ein, ohne Waffen und zur Reise gekleidet. Zwei fremde Bewaffnete blieben an der Tür stehen.
Er gab den ältesten Söhnen die Hand und hob die kleinsten auf, während er fragte, wo Gaute sei: »... du mußt ihn grüßen, Naakkve, er ist wohl wie gewöhnlich mit seinem Bogen in den Wald gelaufen. Sag ihm, er dürfe nun doch meinen englischen Fußbogen haben, den ich ihm am letzten Sonntag verweigerte.«
Kristin schmiegte sich an ihn, ohne etwas zu sagen.
»Wann kommst du zurück, Erlend, Freund?« flüsterte sie flehend.
»Wann Gott will, mein Weib.«
Sie blieb zurück, kämpfte darum, nicht zusammenzubrechen. Er pflegte sie sonst nie anders anzureden als mit ihrem Taufnamen, und diese seine letzten Worte erschütterten sie bis in die Herzwurzeln. Es war, als verstünde sie jetzt erst so ganz, was geschehen war.
Bei Sonnenuntergang saß Kristin oben am Hang nördlich der Häuser.
Noch nie hatte sie den Himmel so rot und golden gesehen. Über dem Höhenrücken gerade gegenüber lag eine große Wolke; sie war wie eine Vogelschwinge geformt. Es glühte in ihr wie Eisen auf der Herdstätte, es leuchtete klar wie Bernstein. Kleine goldene Fetzen wie Federn lösten sich los und schwammen in die Luft hinaus. Und tief unten im See, auf dem Grund des Tales, spiegelten sich Himmel und Wolken und Berge wider; es war, als quelle der Feuerschein aus der Tiefe dort unten herauf und lege sich über alles, was sie sah.
Das Gras in den Wiesen war ausgewachsen, und die Seidenschwänze der Halme schimmerten dunkelrot unter dem roten Licht des Himmels; die Gerste war in die Ähren geschossen, und diese fingen den Schein auf jungen, seidenglänzenden Haaren auf. Die Dächer der Hofgebäude bogen sich unter der Last von Sauerampfer und Butterblumen, die auf dem Dachwasen wuchsen, und die Sonne lag in breiten Strahlen darüber; die schwarzen Schindeln auf dem Kirchendach erglühten dunkel, und die hellen Steine der Mauer wurden sanft vergoldet.
Die Sonne brach unter der Wolke durch, lag auf dem Rande des Höhenzuges und beleuchtete Waldrücken an Waldrücken, weit hinaus. Es war ein so klarer Abend – das Licht ließ kleine Höfe zwischen den bewaldeten Höhen erkennen –, Kristin konnte Almen und Einöden in

den Wäldern unterscheiden, von denen sie früher nie gewußt hatte, daß man sie von Husaby aus sehen konnte. Mächtige Bergleiber stiegen im Süden gegen Dovre zu auf, rotviolett dort, wo sonst stets Nebel und Wolken zu lagern pflegten.

Die kleinste Glocke der Kirche unten begann zu läuten, und die Kirchenglocke auf Vinjar gab Antwort. Kristin saß über ihre zusammengelegten Hände gebeugt, bis der letzte der dreimal drei Schläge in der Luft verklungen war.

Jetzt war die Sonne hinter dem Bergrücken – der Goldglanz verblich, und die Röte wurde mehr rosenrot und sanft. Nachdem die Glocken verklungen waren, wuchs das Rauschen des Waldes an und breitete sich wieder über alles; das Rieseln des kleinen Baches im Laubwald unten im Tal drang stärker herauf. Von dem nahe gelegenen Weideplatz vernahm man das bekannte Klingeln der Viehglocken, ein Käfer surrte ein halbes Mal um sie herum und verschwand.

Sie sandte ihren Gebeten einen letzten Seufzer nach – eine Bitte um Verzeihung, weil ihre Gedanken während des Gebetes nicht gesammelt gewesen waren.

Der schöne große Hof lag unter ihr am Hang – wie ein Schmuckstück an dem breiten Busen des Berges. Sie sah über all das Land hin, das sie mit ihrem Gatten besessen hatte. Die Gedanken an dieses Gut, die Sorgen dafür, hatten ihre Seele bis an den Rand erfüllt. Sie hatte gearbeitet und gekämpft; bis heute abend war ihr selbst nicht bewußt geworden, was sie zuwege gebracht und wieviel sie erreicht hatte.

Sie hatte es als ihr Teil auf sich genommen, das sie geduldig und mit aufrechtem Rücken tragen mußte, daß dies alles auf ihr ruhte. Sie hatte sich bemüht, geduldig zu sein und sich unter dem, was ihr das Leben auferlegte, aufrecht zu halten, sooft sie fühlte, daß sie nun wieder ein Kind unter dem Herzen tragen mußte – wieder und wieder. Mit jedem Sohn, der die Schar vermehrte, hatte sie gefühlt, wie ihre Verantwortung für das Gedeihen und die gesicherte Stellung der Sippe wuchs; sie sah heute abend, daß auch ihre Fähigkeit, das Ganze zu überblicken, daß auch ihre Wachsamkeit mit jedem Kinde zugenommen hatte, für das sie wachen mußte. Nie hatte sie so klar gesehen wie an diesem Abend, was das Schicksal von ihr gefordert und was es ihr mit diesen sieben Söhnen geschenkt hatte. Immer und immer wieder hatte die Freude über sie den Schlag ihres Herzens beschleunigt, die Angst um ihretwillen es zerrissen; sie waren ihre Kinder, diese großen Burschen mit den mageren, eckigen Knabenleibern, wie sie es gewesen waren, als sie so klein und rund waren, daß sie sich kaum weh tun konnten, wenn sie auf ihren Fahrten zwischen der Bank und den Knien der Mutter hinpurzelten. Es waren die ihren, wie sie es in jener Zeit gewesen waren, da sie sie aus der Wiege heraushob und an ihre Brust legte und den Kopf stützen mußte, der auf dem zarten Hals wie eine Glockenblume hin und her nickte. Wohin sie auch in der Welt wandern würden, wo sie auch gingen und ihre Mutter vergaßen, ihr war es, als müsse das Leben der Söhne sich in ihrem eigenen rühren, als müßten sie eins sein mit ihr, wie sie es gewesen waren, als sie, die Mutter, allein auf Erden von dem neuen Leben wußte, das in ihr verborgen lag und von ihrem Blut trank und ihre Wangen bleich machte. Immer wieder und immer wieder hatte sie jene quälende Angst durchgekostet, die ihr den Schweiß durch die Poren trieb, wenn sie fühlte, daß ihre Stunde wieder gekommen war, daß sie wieder in die Tiefen der Kindsnöte hinabgezogen werden sollte, bis sie mit einem neuen Kinde in den Armen emporgetragen wurde; um wieviel reicher und stärker und mutiger nach jedem Kind, das verstand sie erst heute abend.

Und trotzdem sah sie heute abend, daß sie die gleiche Kristin von Jörundhof war, die nicht gelernt hatte, ein unsanftes Wort zu ertragen, weil sie ihr Leben lang von einer so starken und sanften Liebe beschützt gewesen war. In Erlends Händen war sie noch die gleiche.

Ja. Ja. Ja. Es war richtig; jahraus, jahrein war sie umhergegangen und hatte sich jeder Wunde erinnert, die er ihr geschlagen hatte, obwohl sie sich stets bewußt gewesen war, daß er sie nicht so verletzt hatte wie ein erwachsener Mensch, der dem anderen böse will, sondern wie ein Kind, das seinen Spielgenossen im Spiel schlägt. Sie hatte die Erinnerung an jede seiner Kränkungen sorgsam gepflegt, wie man eine eiternde Wunde pflegt. Und jede Demütigung, die er sich selber zugezogen hatte, indem er jedem seiner Einfälle nachgab, hatte sie wie ein Peitschenhieb auf die bloße Haut getroffen und ihr offene Wunden zugefügt. Nicht, daß sie mit Willen und Absicht den Groll gegen ihren Gatten in sich hegte, sie wußte, daß sie sonst nicht kleinen Sinnes war, aber sie wurde es, wenn es sich um ihn handelte. Wenn es sich um Erlend handelte, konnte sie nichts vergessen, und jeder kleinste Riß in ihrem Gemüt, den er verursacht hatte, brannte und blutete und schwoll an und schmerzte unablässig.

Ihm gegenüber wurde sie nie klüger, nie stärker. Soviel sie sich auch Mühe gab, auch in ihrem Zusammenleben mit ihm tüchtig und fromm und stark zu scheinen, sie war es doch nicht in Wirklichkeit. Stets, stets hatte es in ihr vor Sehnsucht gejammert, wieder seine Kristin aus den Wäldern von Gerdarud zu sein.

Damals hätte sie lieber alles getan, was schlecht und sündig war, als ihn verloren. Um Erlend an sich zu binden, hatte sie ihm alles gegeben, was sie besaß, ihre Liebe und ihren Leib, ihre Ehre und ihr Erbe an Gottes Erlösung. Und sie hatte gegeben, was ihr zu geben einfallen konnte und was nicht ihr gehörte: die Ehre ihres Vaters und das Vertrauen zu seinem Kinde, alles, was erwachsene und kluge Männer aufgebaut hatten, um ein kleines, unmündiges Mädchen zu schützen, hatte sie umgestürzt; ihren Plänen für die Wohlfahrt und das Glück des Geschlechtes, ihren Hoffnungen auf die Frucht ihrer Arbeit, wenn sie selbst einmal unter der Erde liegen würden, hatte sie ihre Liebe entgegengestellt. Weit mehr als ihr eigenes Leben hatte sie bei diesem

Spiel eingesetzt, in dem Erlend Nikulaussohns Liebe der einzige Gewinn war.

Und sie hatte gewonnen. Sie hatte es gewußt von dem Augenblick an, da er sie in den Gärten auf Hofvin zum ersten Male geküßt hatte, bis er sie jetzt heute in der Kleinstube küßte, ehe er als Gefangener von seinem Heim fortgeführt wurde; Erlend liebte sie so wie sein eigenes Leben. Und hatte er nicht gut gegen sie gehandelt, so hatte sie doch beinahe von der ersten Stunde an, in der sie ihm begegnet war, gewußt, wie er auch gegen sich selbst zu handeln pflegte. Hatte er nicht stets gut an ihr gehandelt, so hatte er doch an ihr besser gehandelt als an sich selbst.

Jesus, wie hatte sie ihn gewonnen! Heute abend gestand sie es sich selbst ein; sie selber hatte ihn durch ihre Kälte und durch ihre giftigen Worte zum Ehebruch getrieben. Jetzt gestand sie es sich selbst ein. Sogar in diesen Jahren, da sie stets seine ungeziemliche Neckerei mit diesem Weibe, Sunniva, gesehen und sich darüber gegrämt hatte, hatte sie mitten in ihrem Zorn eine hochmütige und trotzige Freude empfunden. Niemand wußte von einem offenbaren Fleck an Sunniva Olavstochters Ruf, aber Erlend redete und scherzte mit ihr wie ein Söldner mit einer Wirtsmagd. Von ihr, Kristin, hatte er gewußt, daß sie jene belügen und betrügen konnte, die am festesten auf sich bauten, daß sie sich willig zu den schlimmsten Orten locken ließ; er hatte trotzdem an sie geglaubt, hatte sie stets nach besten Kräften geehrt. Wie leicht er auch die Furcht vor der Sünde vergaß, wie leicht er auch schließlich sein vor der Kirchentür Gottes gegebenes Versprechen gebrochen hatte, er war stets traurig gewesen über seine Sünden gegen sie, hatte jahrelang gekämpft, um seine Versprechen ihr gegenüber halten zu können.

Sie selbst hatte ihn erwählt. Sie hatte ihn in einem Rausch der Liebe erwählt, und sie hatte ihn jeden Tag in den harten Jahren daheim auf Jörundhof von neuem erwählt. Seine unbekümmerte Liebe drängte die Liebe des Vaters zurück, die es nicht ertrug, daß ein unsanfter Windhauch sie berührte. Sie hatte das Schicksal verschmäht, das der Vater ihr gönnte, als er sie in die Arme eines Mannes legen wollte, der sie gewißlich auf den sichersten Wegen geführt hätte und sich sogar noch gebückt haben würde, um jeden kleinsten Stein auf die Seite zu räumen, an dem sie ihren Fuß hätte stoßen können. Sie hatte erwählt, dem anderen zu folgen, von dem sie wußte, daß er auf Irrwegen ging. Mönche und Priester hatten ihr den Weg der Reue und Buße heim zum Frieden gewiesen, sie hatte lieber den Unfrieden erwählt, als daß sie ihre köstliche Sünde hätte fahrenlassen.

Darum gab es nur eines für sie: sich nicht zu Boden drücken zu lassen und nicht zu klagen, was auch an der Seite dieses Mannes über sie kommen würde. Schwindelnd lange schien es ihr nun her zu sein, seit sie ihren Vater verlassen hatte. Aber sie sah sein geliebtes Gesicht vor sich, entsann sich seiner Worte an jenem Tag in der Schmiede, da sie ihm den letzten Messerstoß ins Herz versetzte, erinnerte sich ihres Gespräches oben auf dem Gebirge in jenem Augenblick, da sie verstand, daß die Tür des Todes für ihren Vater geöffnet war. Unwürdig ist es, über das Schicksal zu klagen, das man sich selbst erwählt hat. Heiliger Olav, hilf mir, auf daß ich mich der Liebe meines Vaters nicht völlig unwürdig erweisen muß.

Erlend, Erlend! Als sie ihm in der Jugend begegnete, gestaltete sich das Leben für sie wie ein reißender Fluß in seinem Lauf über Felsen und Gestein. In diesen Jahren auf Husaby hatte das Leben sich ausgebreitet, hatte wie ein weiter und großer See dagelegen, in dem sich alles rings um sie widerspiegelte. Sie erinnerte sich, wie der Fluß daheim, wenn er im Frühjahr über die Ufer trat, breit und grau und mächtig im Talgrund lag, mit dem Treibholz, das er mit sich führte, und mit den Laubkronen, die, im Boden verwurzelt, nun auf dem Wasser schwankten. In der Mitte zeigten kleine, dunkle, drohende Wirbel, wo der Strom unter der glatten Fläche heftig und wild und gefährlich ging. Jetzt wußte sie, daß ihre Liebe zu Erlend in allen diesen Jahren hingeflossen war wie ein heftiger und gefährlicher Strom unter ihrem Leben. Jetzt riß er sie mit sich fort, sie wußte nicht, wohin.

Erlend, geliebter Freund!

Noch einmal betete Kristin ein Ave in den roten Abend hinaus. Gegrüßest seist du, Maria, voll der Gnaden! Ich wage nicht, dich um mehr als um eines zu bitten, das sage ich jetzt: Rette Erlend, rette das Leben meines Mannes!

Sie blickte auf Husaby hinab und dachte an das Leben ihrer Söhne. Jetzt, da der Hof im Abendlicht dalag wie ein Traumbild, das ausgelöscht werden konnte, jetzt, da die Angst um das ungewisse Schicksal der Kinder ihr Herz durchbebte, fiel es ihr ein: Nie hatte sie Gott aus vollem Herzen für die reichen Früchte gedankt, die ihre Mühe in allen diesen Jahren getragen hatte. Und ebensowenig hatte sie je so richtig dafür gedankt, daß ihr siebenmal ein Sohn beschert worden war.

Aus der Kuppel des Abendhimmels, von den Gemeinden unter ihrem Blick drang murmelnd der Messeton herauf, den sie tausendmal gehört hatte, die Stimme des Vaters, die ihr die Worte erklärt hatte, als sie ein Kind war und an seinem Knie stand: so singt Sira Eirik im Präfatio, wenn er sich dem Altar zuwendet, und das heißt in unserer Sprache:

»Wahrlich, es ist würdig und recht, geziemend und erlösend, daß wir immer und an allen Orten Dir danken, Herr, unser Gott, allmächtiger Vater, ewiger Gott ...«

Als sie das Gesicht aus ihren Händen hob, sah sie Gaute den Hügel heraufkommen. Kristin saß still da und wartete, bis der Knabe vor ihr stand, dann streckte sie ihre Hand aus und ergriff die seine. Sie waren auf einer Wiese, und rings um den Stein, auf dem sie saß, konnte sich weit und breit kein Mensch verborgen halten.

»Wie hast du den Auftrag deines Vaters ausgeführt, mein Sohn?« fragte sie leise.
»Wie er es mich hieß, Mutter. Ich gelangte so auf den Hof, daß niemand es sah. Ulf war nicht daheim, und so verbrannte ich das, was mir Vater anvertraut hatte, auf der Feuerstätte in der Stube. Ich nahm es aus dem Tuch heraus.« Er zögerte ein wenig. »Mutter – es waren neun Siegel daran.«
»Mein Gaute.« Die Mutter legte den Arm um seine Schultern und sah dem Knaben ins Gesicht. »Dein Vater hat große Dinge in deine Hände legen müssen. Wenn du dir nicht mehr anders zu helfen weißt, sondern meinst, du müßtest zu jemand davon sprechen, so sage deiner Mutter, was dir auf der Seele liegt. Aber am besten will es mich dünken, wenn du ganz schweigen könntest, mein Sohn!«
Das helle Antlitz unter dem glatten flachsgelben Haar, die großen Augen, der volle, feste, runde Mund – wie ähnlich er jetzt seinem Vater war. Gaute nickte. Dann legte er einen Arm um die Schulter der Mutter. Schmerzlich süß fühlte Kristin, daß sie ihren Kopf an die zarte Brust des Knaben lehnen konnte; er war jetzt so groß, daß sie, wenn er stand und sie saß, mit ihrem Kopf gerade bis an sein Herz reichte. Zum ersten Male war sie es, die sich an das Kind lehnte.
Gaute sagte: »Isak war allein daheim. Ich zeigte ihm nicht, was ich trug, sondern sagte nur, ich hätte etwas, das ich verbrennen müßte. Da machte er ein großes Feuer auf der Herdstätte an, ehe er hinausging und das Pferd sattelte.«
Die Mutter nickte. Dann ließ er sie los, wandte sich ihr zu und sagte, kindisch furchtsam und mit Erstaunen in der Stimme:
»Mutter, wißt Ihr, was sie sagen? – Sie sagen, Vater – wolle *König* werden.«
»Das klingt wenig wahrscheinlich, mein Junge«, erwiderte sie mit einem Lächeln.
»Aber seiner Geburt nach kann er es werden, Mutter«, meinte der Knabe ernsthaft und stolz. »Und mich dünkt, der Vater würde besser dazu taugen als die meisten Männer.«
»Still.« Sie ergriff wieder seine Hand. »Mein Gaute – nachdem dein Vater dir solches Vertrauen gezeigt hat, mußt du begreifen, daß du und wir alle nichts sagen oder meinen dürfen, sondern unseren Mund wohl hüten müssen, bis wir etwas erfahren haben, wodurch wir beurteilen können, ob wir reden sollen und wie. Ich reite morgen nach Nidaros – und wenn es mir gelingt, mit deinem Vater unter vier Augen sprechen zu dürfen, so werde ich ihm gewiß sagen, daß du seinen Auftrag gut ausgeführt hast.«
»Nehmt mich mit Euch, Mutter!« bat der Knabe heftig.
»Wir dürfen niemand auf den Gedanken bringen, Gaute, daß du etwas anderes bist als ein gedankenloses Kind. Du mußt versuchen, mein kleiner Sohn, daheim zu spielen und so froh zu sein, wie du kannst. – Damit dienst du ihm am besten.«

Naakkve und Björgulf kamen langsam den Hang herauf. Sie gingen auf die Mutter zu, standen so jung und gespannt und bewegt da. Kristin sah: sie waren noch so sehr Kinder, daß sie in ihren Ängsten zur Mutter flüchteten – und dem Mannesalter doch so nahe gerückt, daß sie die Mutter gern trösten oder beschützen wollten, hätten sie gewußt, wie sie es machen sollten. Sie reichte jedem der Knaben eine Hand. Aber sie und die Knaben sprachen nicht viel miteinander.

Bald darauf gingen sie hinunter, Kristin die Hände auf die Schultern der beiden ältesten Söhne gelegt.

»Du blickst mich so an, Naakkve?« Aber der Knabe wurde rot, drehte den Kopf weg und antwortete nicht.

Er hatte noch nie darüber nachgedacht, wie die Mutter aussah. Es war Jahr und Tag her, seit er angefangen hatte, seinen Vater mit anderen Männern zu vergleichen: der Vater war der Schönste und der Hervorragendste. Die Mutter war die Mutter, die neue Kinder bekam; diese entwuchsen den Händen der Frauen und reihten sich in Leben und Treiben und in Streit und Freundschaft der Brüderschar ein; die Mutter wußte fast gegen alle Übel Rat, die Mutter war auf dem Hof wie das Feuer auf der Feuerstätte, sie trug das Leben daheim, wie die Äcker um Husaby die Ernte des Jahres trugen, Leben und Wärme strahlten von ihr aus wie von dem Vieh und den Pferden im Stall. Niemals hatte der Knabe daran gedacht, sie mit anderen Frauen zu vergleichen.

Heute abend sah er es plötzlich: sie war eine stolze und schöne Frau. Mit der breiten, weißen Stirn unter dem Linnentuch, dem geraden Blick der stahlgrauen Augen unter dem ruhigen Bogen der Brauen, mit der vollen Brust und den langen, ebenmäßigen Gliedern. Sie bewegte ihre hohe Gestalt rank wie eine Klinge. Aber er konnte nicht darüber sprechen, sondern schritt errötend und schweigend mit ihrer Hand auf seinem Nacken dahin.

Gaute ging hinter Björgulf und hielt sich an dem Gürtel der Mutter im Rücken fest. Der ältere Bruder begann zu zanken, weil der Kleine ihm auf die Fersen trat, und sie fingen an, einander ein wenig zu stoßen und zu puffen. Die Mutter mahnte sie zur Ruhe und beendete ihren Streit, und der ernsthafte Ausdruck ihres Gesichtes milderte sich dabei zu einem Lächeln. Sie waren doch nicht mehr als Kinder, ihre Söhne.

Des Nachts lag sie wach da – mit Munan, der an ihrer Brust schlief, und Lavrans zwischen sich und der Wand.

Kristin versuchte, sich einen Begriff über die Angelegenheit ihres Mannes zu bilden.

Sie konnte nicht glauben, daß es so gefährlich sei; Erling Vidkunssohn und die Vettern des Königs auf Sudrheim waren des Landes- und Königsverrats angeklagt gewesen; sie saßen noch ebenso sicher und reich im Lande wie früher, wenn sie auch nicht mehr ebenso hoch in der Gunst des Königs standen.

Wahrscheinlich hatte Erlend sich auf einige Ungesetzlichkeiten ein-

gelassen, um Frau Ingebjörg zu dienen. Er hatte ja in allen Jahren die Freundschaft mit seiner hohen Verwandten aufrechterhalten; Kristin wußte, daß er ihr vor fünf Jahren, als er in Dänemark bei ihr zu Gast war, gar manchen unerlaubten Dienst erwiesen hatte, der geheimgehalten werden mußte. Jetzt, da Erling Vidkunssohn sich der Sache Frau Ingebjörgs angenommen hatte und ihr die Macht über den Besitz verschaffen wollte, den sie in Norwegen besaß – es war wohl denkbar, daß Erling sie an Erlend gewiesen oder daß sie selbst sich an den Vetterssohn ihres Vaters gewandt hatte, nachdem das Verhältnis zwischen Erling und dem König ein kühles geworden war. Und daß Erlend in dieser Angelegenheit unvorsichtig vorgegangen war.
Dann aber schien es nicht begreiflich, wie ihre Verwandten auf Sundbu in diese Sache hineingezogen sein konnten.
Aber es konnte unmöglich anders enden als mit einer völligen Aussöhnung Erlends mit dem König, wenn seine Schuld in nichts weiter bestand als in zu großem Eifer im Dienste der Königsmutter.
Landesverrat. Sie hatte von dem Sturz Audun Hugleikssohns gehört. – Das hatte sich in der Jugend ihres Vaters ereignet. Aber es waren entsetzliche Untaten, die Herrn Audun nachgesagt wurden. Ihr Vater erklärte seinerzeit, es sei eine Lüge. – Jungfrau Margret Eirikstochter sei in den Armen des Bischofs von Björgvin gestorben, und Audun sei nicht mit auf der Fahrt gewesen, so daß er sie also nicht an die Heiden habe verkaufen können. Jungfrau Isabel sei dreizehn Jahre alt gewesen, Audun aber mehr als ein halbes Jahrhundert, da er sie als König Eiriks Braut holte – es sei eine Sünde für einen Christenmenschen, solchen Gerüchten, wie jenen über diese Brautfahrt, auch nur Gehör zu schenken. Die Weisen über Audun wollte der Vater nicht daheim auf seinem Hof dulden. Außerdem waren es unerhörte Dinge, die Audun Hestakorn nachgesagt wurden; er sollte die ganze Kriegsmacht König Haakons an den französischen König verkauft und auch versprochen haben, ihm mit zwölfhundert Schiffen zu Hilfe zu kommen. Dafür habe er sich sieben Tonnen Gold bezahlen lassen. Aber für die Mehrzahl der Leute im Lande wurde es nie ganz aufgeklärt, warum Audun Hugleikssohn auf Nordnes am Galgen sterben mußte.
Sein Sohn ging außer Landes – die Leute sagten, er habe im Heer des französischen Königs Dienst genommen. Die Sohnestöchter des Aalhusritters, Gyrid und Signe, hatten die Richtstätte des Großvaters mit seinem Pferdeknecht verlassen. Es hieß, sie lebten irgendwo in einer Berggemeinde im Haddingjatal als arme Bäuerinnen.
Es war doch gut, daß sie keine Tochter besaßen, sie und Erlend. Nein, sie wollte nicht an so etwas denken. Es war so wenig wahrscheinlich, daß Erlends Sache einen schlimmeren Ausgang nehmen sollte als – die Erling Vidkunssohns und der Haftorssöhne.
Nikulaus Erlendssohn von Husaby. Oh, nun fand sie selbst – Husaby war der schönste Hof in Norwegens Landen.
Sie wollte zu Herrn Baard gehen und vollen Bescheid erhalten. Der

Schatzmeister war stets ihr Freund gewesen. Auch Olav, der Richter – in früherer Zeit. Aber Erlend war zu weit gegangen, damals als die Entscheidung des Richters wegen des Hofes in der Stadt so gegen seinen Willen ausgefallen war. Und Olav nahm sich das Unglück mit dem Mann seines Patenkindes so zu Herzen.

An nahen Verwandten besaßen sie niemand, weder Erlend noch sie, so groß ihre Sippe sonst war. Munan Baardssohn galt jetzt nicht mehr viel. Er hatte sich Gesetzwidrigkeiten zuschulden kommen lassen, als er Vogt auf Ringerike war; er machte allzu heftige Versuche, seinen vielen Kindern in der Welt vorwärtszuhelfen – vier besaß er aus seiner Ehe und fünf außerhalb derselben. Und er sollte seit Frau Katrins Tod sehr verloren haben. Inge im Rygau, Julitta und ihren Mann, Ragnrid, die in Schweden verheiratet war, kannte Erlend wenig; dies waren die Kinder, die Herr Baard und Frau Aashild hinterlassen hatten. Zwischen den Leuten auf Hestnes und Erlend hatte seit Herrn Baard Peterssohns Tod keine Freundschaft mehr bestanden; Tormod auf Raasvold war zum Kind geworden, und seine und Frau Gunnas Kinder waren tot und die Kindeskinder unmündig.

Sie selbst besaß hier im Lande von der väterlichen Seite her keine anderen Verwandten als Ketil Aasmundssohn auf Skog und Sigurd Kyrning, der mit der ältesten Tochter des Oheims verheiratet war. Die zweite war Witwe und die dritte Nonne. Von den Männern auf Sundbu schienen alle vier durch die Sache in Mitleidenschaft gezogen zu sein. Mit Erlend Eldjarn hatte Lavrans sich bei der Verteilung der Erbschaft nach Ivar Gjesling so verfeindet, daß sie seitdem einander nicht mehr hatten sehen wollen; dadurch kannte sie den Mann ihrer Muhme und dessen Söhne überhaupt nicht.

Erlends einziger naher Verwandter war der kranke Mönch im Prädikantenkloster. Und der, der ihr in der Welt am nächsten stand, war Simon Darre, da er mit ihrer einzigen Schwester verheiratet war.

Munan wachte auf und weinte. Kristin drehte sich im Bett herum und legte das Kind auf die andere Seite. Sie konnte ihn nicht mit nach Nidaros nehmen, so ungewiß wie alles stand. Vielleicht blieb dies der letzte Trunk, den der Kleine von der Brust der eigenen Mutter bekam. Vielleicht war es das letztemal auf der Welt, daß sie so dalag und ein kleines Kind an sich drückte, so gut, so gut. Wenn Erlend ein Todesurteil drohte. Heilige Mutter Gottes, wenn sie je einen Tag oder eine Stunde lang ungeduldig gewesen war um der Kinder willen, die Gott ihr geschenkt... Sollte dies der letzte Kuß sein, den sie von solch einem kleinen milchsüßen Mund bekam?

V

Kristin begab sich am nächsten Abend, gleich nachdem sie in die Stadt gekommen war, zum Königshof. Wo in diesem Hof haben sie wohl Erlend untergebracht? dachte sie und sah sich zwischen den vielen Steinhäusern um. Ihr schien, als denke sie mehr daran, wie es Erlend ergehe, als an das, was sie erfahren wollte. Aber sie erhielt den Bescheid, daß der Schatzmeister nicht in der Stadt sei.

Ihre Augen brannten nach der langen Bootsfahrt in dem Sonnengeglitzer, und die Milch drohte ihre überfüllten Brüste zu sprengen. Als das Gesinde, das in der Stube lag, eingeschlafen war, stand sie auf und ging die ganze Nacht hindurch auf und ab.

Am nächsten Tag sandte sie Haldor, ihren eigenen Knecht, zum Königshof. Er kam heim, entsetzt und unglücklich – Ulf Haldorssohn, sein Oheim, war bei dem Versuch, zu dem Kloster auf Holm hinüberzukommen, auf dem Fjord gefangengenommen worden. Der Schatzmeister war noch nicht zurückgekehrt.

Diese Nachricht erschreckte auch Kristin tief. Ulf hatte im letzten Jahr nicht auf Husaby gewohnt, sondern als Lehnsmann des Vogtes die meiste Zeit auf Skjoldvirkstad gelebt, das er nun zum größten Teil besaß. Was mochte dies für eine Sache sein, mit der so viele Männer verquickt zu sein schienen? Krank und übernächtig, wie sie war, konnte sie sich der schlimmen Angst nicht erwehren.

Am Morgen des dritten Tages war Herr Baard noch nicht heimgekommen. Und eine Botschaft, die Kristin ihrem Gatten zu senden versucht hatte, gelangte nicht bis zu ihm. Sie dachte daran, Gunnulf im Kloster aufzusuchen, brachte es jedoch nicht über sich. Unermüdlich ging und ging und ging sie daheim in der Stube auf und ab, mit halb geschlossenen, brennenden Augen. Dazwischen hinein war es, als bewegte sie sich im Halbschlaf, kaum aber legte sie sich hin, überfielen Furcht und Schmerzen sie so sehr, daß sie, hellwach, wieder aufstehen und umhergehen mußte, um es ertragen zu können.

Gleich nach der None kam Gunnulf Nikulaussohn zu ihr herein. Kristin ging auf den Mönch zu:

»Hast du Erlend gesehen – Gunnulf, wessen beschuldigt man ihn?«

»Das sind schlimme Nachrichten, Kristin. Nein, sie wollen keinen Menschen in Erlends Nähe kommen lassen, am allerwenigsten uns Klosterleute. Sie glauben, Abt Olav habe Kenntnis von seinem Vorhaben besessen. Geld hat er dort geliehen, aber die Brüder beschwören alle, nicht gewußt zu haben, wozu er es verwenden wollte, als sie das Siegel des Konvents dazu hergaben. Und Herr Olav verweigert jegliche Auskunft.«

»Ja. Aber was ist – ist die Herzogin, die Erlend dazu verführt hat, diese ...«

Gunnulf antwortete:

»Es scheint weit eher, als hätten sie ihr hart zusetzen müssen, ehe sie darauf einging. Den Brief, von dem – jemand – das Konzept gesehen hat und den Erlend und seine Freunde ihr im Frühjahr sandten, werden sie wohl nicht zwischen die Finger bekommen, außer sie können die hohe Frau durch Drohungen dazu zwingen, ihn aus den Händen zu lassen. Und sie haben keine Konzepte gefunden. Aber nach dem Antwortbrief und Herrn Aage Laurisens Brief, den sie Borgar Trondssohn in Veöy abnahmen, scheint es wohl gewiß zu sein, daß sie von Erlend und jenen Männern, die sich verpflichtet hatten, ihm in dieser Sache beizustehen, ein solches Schreiben erhalten hat. Es scheint festzustehen, daß sie lange Zeit Furcht hegte, Junker Haakon nach Norwegen zu senden, daß man ihr aber klargelegt hat, König Magnus könne, welchen Ausgang die Sache auch nehme, dem Kinde unmöglich etwas zufügen, da es sein Bruder sei. Gewann Haakon Knutssohn die Königsgewalt in Norwegen nicht, so war er nicht viel anders gestellt als vorher, aber diese Männer waren bereit, ihr Gut und Leben dafür zu opfern, um ihn auf den Königsthron zu erheben.«

Lange saß Kristin still da.

»Ich verstehe. Das hier sind größere Dinge, als zwischen Herrn Erling oder den Haftorssöhnen und dem König bestanden.«

»Ja«, erwiderte Gunnulf gedämpft. »Es sollte heißen, Haftor Olavssohn und Erlend segelten nach Björgvin. In Wirklichkeit aber war es Kalundborg, dem die Fahrt galt, und sie sollten Junker Haakon mit sich nach Norwegen führen, während König Magnus im Auslande weilte und sich auf der Brautfahrt befände.«

Kurz darauf sagte der Mönch wie zuvor:

»Es sind jetzt wohl – bald hundert Jahre her, seit ein Großer Norwegens solches gewagt hat, versucht hat, den zu stürzen, der der Erbfolge nach König war, und einen Gegenkönig aufzustellen.«

Kristin saß da und starrte vor sich hin, Gunnulf konnte ihr Gesicht nicht sehen.

»Ja. Die letzten Männer, die dieses Spiel wagten, waren Erlends und deine Vorväter. – Auch damals standen meine dahingegangenen Verwandten aus der Gjesling-Sippe auf König Skules Seite«, fügte sie nach einer Weile gedankenvoll hinzu.

Sie begegnete Gunnulfs forschendem Blick und brach heiß und heftig aus:

»Ich bin nur ein einfältiges Weib, Gunnulf – wenig nur achtete ich darauf, wenn mein Gemahl mit anderen Männern über solche Dinge sprach – nur ungern hörte ich zu, wenn er mit mir darüber sprechen wollte. – Gott steh mir bei, ich besaß nicht Verstand genug, um so wichtige Angelegenheiten zu begreifen. Aber wie unverständig ich auch bin – ohne Sinn für anderes als meine Hausfrauenpflichten und Kindererziehung –, auch ich weiß, daß das Recht einen allzu weiten Weg zurücklegen mußte, bis eine Sache zum König vordrang und wieder heim in die Täler kam, und ich habe verstanden, daß es dem Volk in diesem Lande weniger gut geht und daß es jetzt schwierigere

Bedingungen hat als seinerzeit, da ich ein Kind und jener selige König Haakon unser Herrscher war. Mein Gemahl«, sie holte ein paarmal tief und bebend Atem, »mein Gemahl hat eine Sache auf sich genommen, so groß, daß keiner der anderen Anführer in diesem Lande sie auf sich zu nehmen wagte, das merke ich jetzt.«

»Das hat er.« Der Mönch preßte die Hände zusammen, seine Stimme sank zu einem Flüstern herab. »Eine so große Sache, daß es vielen schlimm erscheinen wird, wenn er nun selbst ihr Mißlingen verursacht hat – auf diese Weise.«

Kristin schrie laut und fuhr auf. Dadurch, daß sie sich so heftig bewegte, trieb ihr der Schmerz in den Brüsten und Armen den Schweiß am ganzen Körper aus. Wild und von Fieber betäubt, wandte sie sich Gunnulf zu und rief laut:

»Das hat Erlend nicht verursacht – es hat sich so gegeben – sein Unglück war es ...«

Sie warf sich auf die Knie, die Hände auf die Bank gelegt, hob das rotflammende, verzweifelte Gesicht zum Mönch auf:

»Du und ich, Gunnulf, du, sein Bruder, und ich, sein Weib seit dreizehn Jahren, wir sollten Erlend nicht anschuldigen, nun, da er ein armer Gefangener ist, vielleicht gar in Lebensgefahr schwebt.«

Gunnulfs Gesicht zitterte, er blickte auf die kniende Frau hinab:

»Gott lohne dir's, Kristin, daß du es so auffassen kannst.« Wieder rang er die abgezehrten Hände. »Gott – Gott schenke Erlend Leben und solche Umstände, daß er dir deine Treue lohnen kann. Gott wende dieses Übel von dir und deinen Kindern ab, Kristin.«

»Sprich nicht so!« Sie richtete sich auf den Knien auf, blickte zu dem Gesicht des Mannes empor: »Es hat nicht zum Guten geführt, Gunnulf, wenn du dich Erlends und meiner Angelegenheiten annahmst. Keiner hat ihn so hart verurteilt wie du – sein Bruder und Gottes Diener!«

»Nie habe ich Erlend härter verurteilen wollen als – als ich mußte.« Das weiße Gesicht war noch weißer geworden. »Niemand habe ich auf Erden lieber gehabt als meinen Bruder. Darum wohl – brannte es in mir, als seien es meine eigenen Sünden, die Sünden, für die ich selbst büßen müßte, wenn Erlend schlimm gegen dich handelte. Und dann Husaby; Erlend allein sollte die Sippe weiterführen, die auch die meine ist. Ich legte den größten Teil auch meines väterlichen Erbes in seine Hände. Deine Söhne sind jene Männer, die mir dem Blute nach am nächsten stehen.«

»Erlend *hat* nicht schlimm gegen mich gehandelt! Ich war nicht besser als er! Warum sprichst du so zu mir, Gunnulf; nie warst du mein Beichtvater. Sira Eiliv gab meinem Manne um meinetwillen keine Schuld, er schalt *mich* um meiner Sünden willen, wenn ich ihm meine Nöte klagte. Er war ein besserer Priester als du, und er ist es, den Gott über mich gesetzt hat und auf den ich hören soll, und er hat nie davon gesprochen, daß ich Unrecht leide. Ich will auf ihn hören!«

Gunnulf hatte sich erhoben, als sie aufstand. Bleich und erschüttert murmelte er:

»Du sprichst die Wahrheit. Sira Eiliv, auf ihn sollst du hören.«

Er wandte sich ab, um zu gehen, da ergriff sie heftig seine Hand:

»Nein, geh nicht so von mir! Ich erinnere mich, Gunnulf, ich erinnere mich, daß ich hier in diesem Hofe dein Gast war, als er dir gehörte; du warst gut gegen mich. Ich erinnere mich an das erstemal, da ich dir begegnete. – Damals befand ich mich in Angst und Not, ich erinnere mich, du sprachst mit mir, um Erlend zu entschuldigen, du konntest nicht wissen ... Du betetest und betetest für mein Leben und das Leben meines Kindes. Ich weiß, daß du uns wohlgesinnt warst, du hattest Erlend lieb ...

Oh, sprich nicht so hart von Erlend, Gunnulf. – Wer von uns ist rein vor Gott? Mein Vater gewann ihn lieb, unsere Kinder lieben ihren Vater. Vergiß nicht, ich war schwach und war leicht zu verführen, und ich verdanke ihm ein Leben in Wohlstand und Ehren. Ach ja, es ist schön auf Husaby, am letzten Abend, ehe ich von daheim fortging, war es so schön, der Sonnenuntergang war so wunderbar an jenem Abend. Wir haben manchen guten Tag dort verlebt, Erlend und ich. – Wie es auch gehen mag, wie es auch gehen mag, er ist mein Gemahl, mein Gemahl, den ich liebe.«

Gunnulf stützte sich mit beiden Händen auf den Stock, den er jetzt stets benützte, wenn er sein Kloster verließ.

»Kristin ... Baue nicht auf die Röte des Sonnenuntergangs und auf die – Liebe – deren du dich jetzt erinnerst, da du für sein Leben fürchtest.

Ich weiß noch, als ich jung war – erst Subdiakon. Gudbjörg, die Alf auf Uvaasen bekam, sie diente damals auf Silheim; sie wurde bezichtigt, einen goldenen Ring gestohlen zu haben. Es stellte sich heraus, daß sie unschuldig war, jedoch die Schande und der Schrecken hatten ihr Gemüt so erschüttert, daß der böse Feind Macht über sie gewann; sie ging hinunter ans Wasser und wollte sich ertränken. Später hat sie uns oft erzählt, daß ihr in jenem Augenblick die Welt so schön rot und golden und das Wasser so leuchtend und warm und angenehm erschienen war; als sie jedoch bis zur Mitte drinnen stand, kam ihr der Name Jesu auf die Lippen, und sie machte das Zeichen des Kreuzes, und da wurde die ganze Welt grau und das Wasser kalt, und sie erkannte, wohin sie geraten war.«

»Dann will ich nicht davon sprechen.« Kristin redete leise; sie stand steif und mit geradem Rücken da. »Hätte ich je geglaubt, daß ich versucht werden sollte, meinen Herrn zu verraten, wenn er in Not ist! Aber ich glaube, daß solches nicht um Christi willen, sondern weit eher um des bösen Feindes willen geschehen könnte.«

»Das meinte ich nicht, ich meinte ... Gott stärke dich, Kristin, auf daß es dir gelingen möge, die Fehler deines Gemahls liebevollen Sinnes zu tragen.«

»Du siehst, daß ich es tue«, sagte Kristin wie zuvor.
Gunnulf wandte sich von ihr ab, weiß und bebend. Fuhr sich übers Gesicht:
»Ich will heimgehen. Ich kann leichter – daheim kann ich mich leichter sammeln – um das zu tun, was ich für Erlend und dich zu tun vermag. Mögen Gott – Gott und alle Heiligen das Leben und die Freiheit meines Bruders schützen. Ach, Kristin, glaube nicht, daß ich meinen Bruder nicht liebhabe.«
Aber nachdem er gegangen war, dünkte es Kristin, alles sei schlimmer geworden. Sie wollte das Gesinde nicht hereinlassen, sondern ging mit gerungenen Händen und leise jammernd auf und ab. Es war schon spät am Abend, als Leute auf den Hofplatz eingeritten kamen. Gleich darauf wurde die Stubentür geöffnet, ein großer, dicker Mann im Reiseumhang war in der Dämmerung zu erblicken, er kam mit klirrenden Sporen und schleppendem Schwert rasch auf sie zu. Als sie Simon Andressohn erkannte, brach sie in lautes Schluchzen aus und lief ihm mit ausgebreiteten Armen entgegen. Da er sie aber an sich drückte, schrie sie vor Schmerz auf.
Simon ließ los. Die Hände auf seine Schultern und die Stirn an seine Brust gelehnt, blieb sie stehen und schluchzte ratlos. Er umfaßte leicht ihre Hüften:
»Um Gottes willen, Kristin!« Schon allein in seiner trockenen warmen Stimme, in dem lebendigen Mannesgeruch – nach Schweiß, Landstraßenstaub, Pferden und Lederzeug – lag es wie Rettung. »Um Gottes willen, es ist noch zu früh, um schon Mut und Hoffnung zu verlieren. Es muß sich doch ein Rat finden lassen, das darfst du glauben.«
Nach einer Weile hatte sie sich so weit gefaßt, daß sie ihn um Entschuldigung bitten konnte. Sie sei ganz krank, weil sie ihr jüngstes Kind so unvermittelt von der Brust habe nehmen müssen.
Simon erfuhr nun, wie es ihr in diesen Tagen ergangen war. Er rief ihre Magd herbei und fragte heftig, ob es denn auf dem ganzen Hof nicht ein Frauenzimmer gebe, das Verstand genug habe, um zu begreifen, was der Herrin fehle. Aber die Magd war ein unerfahrenes junges Mädchen, und Erlends Hofverwalter in der Stadt war Witwer mit zwei unverheirateten Töchtern. Simon sandte einen Mann in die Stadt nach einer Wehmutter, Kristin aber bat er, zu Bett zu gehen. Wenn sie ein wenig Linderung gefunden hätte, wollte er wieder hereinkommen und mit ihr sprechen.
Während sie auf die Wehmutter warteten, wurde ihm und seinem Mann etwas zu essen vorgesetzt. Inzwischen unterhielt er sich mit Kristin, die sich im Nebenraum auskleidete. Ja, er war sofort nach Norden geritten, sobald er erfuhr, was sich auf Sundbu zugetragen hatte – er hierher und Ramborg hinüber, um bei Ivars und Borgars Frauen zu sein. Ivar hatte man in das Mjöskastell gebracht, aber Haavard ließen sie auf freiem Fuß, doch hatte er geloben müssen, im Tal zu bleiben. Es hieß, Borgar und Guttorm sei es geglückt, zu entfliehen – Jon von

Laugarbru war nach Ramsdal geritten, um Nachrichten zu erfragen und Botschaft hierher zu senden. Simon war heute mittag auf Husaby gewesen, hatte sich dort jedoch nicht lange aufgehalten. Den Knaben ging es gut, aber Naakkve und Björgulf hatten flehentlich gebeten, mit ihm in die Stadt kommen zu dürfen.
Kristin hatte Ruhe und Mut wiedergewonnen, als Simon spät am Abend drinnen bei ihr auf dem Bettrand saß. Sie lag in jener wohltuenden Mattigkeit da, die nach heftigen Schmerzen eintritt, und betrachtete das breite, sonnverbrannte Gesicht und die kleinen starken Augen des Schwagers. Es bedeutete eine große Stütze für sie, daß er gekommen war. Simon wurde zwar ziemlich ernsthaft, als er Näheres über die Sache hörte, äußerte sich aber doch voller Hoffnung.
Kristin lag da und betrachtete den Gürtel aus Elchleder um seine starke Mitte. Die große, flache Spange aus Kupfer mit dem dünnen Silberbelag, nur mit einem durchbrochenen A und M verziert, das Ave Maria bedeutete, den langen Dolch mit dem vergoldeten Silberbelag und den großen Bergkristallen auf dem Schaft, das schäbige, kleine Eßmesser mit dem geschwungenen Hornschaft, der mit einem Messingband geflickt war, all das hatte ihr Vater täglich getragen, seitdem sie ein Kind war. Sie erinnerte sich, wie Simon dies bekam; kurz ehe der Vater starb, hatte er Simon seinen vergoldeten Prunkgürtel und obendrein Silber geben wollen, damit der Schwiegersohn sich so viele Platten dazu machen lassen könnte, daß der Gürtel ihm paßte. Aber Simon bat darum, die anderen Dinge zu bekommen, und als Lavrans sagte, nun betröge er sich selbst, meinte Simon, der Dolch sei doch ein kostbares Stück. »Ja, und dann das Messer«, warf Ragnfrid ein und lächelte ein wenig, und die Männer lachten und sagten: »Ja, das Messer, ja.« Um dieses Messers willen hatten der Vater und die Mutter so viele Zwiste gehabt; Ragnfrid ärgerte sich täglich darüber, das häßliche, schäbige Messer am Gürtel ihres Mannes zu sehen. Lavrans jedoch schwor, es solle ihr nie glücken, ihn von diesem Messer zu trennen. »Nie habe ich es doch gegen dich gezogen, Ragnfrid; und es ist so gut, wie nur irgendein Messer in ganz Norwegen, um damit in die Butter einzuhauen, wenn sie warm ist.«
Kristin bat darum, es ansehen zu dürfen, lag eine Weile da und hielt es in den Händen.
»Ich wollte, ich besäße dieses Messer«, sagte sie leise und bittend.
»Ja, das glaube ich gern; ich bin froh, daß ich es besitze, nicht für zwanzig Mark Silber würde ich es hergeben.« Lachend umfaßte er ihr Handgelenk und nahm das Messer wieder an sich. Simons kleine, rundliche Hände waren stets so gut, angenehm warm und trocken.
Kurz darauf wünschte er gute Nacht, nahm das Licht und ging in die Stube hinüber. Sie hörte, wie er vor dem Kreuze dort niederkniete, wieder aufstand, die Stiefel auszog; kurz darauf legte er sich schwer in das Bett an der Nordwand. Dann sank Kristin in einen abgrundtiefen und süßen Schlaf.

Sie erwachte erst spät am nächsten Tag. Simon Andressohn war vor vielen Stunden fortgegangen und hatte das Gesinde beauftragt, sie in seinem Namen zu bitten, sich ruhig im Hofe daheim zu halten.
Er kam erst kurz vor der None zurück und sagte sofort:
»Ich habe Grüße an dich von Erlend, Kristin – ich durfte mit ihm sprechen.«
Er sah, wie jung ihr Gesicht wurde, weich und angstvoll zärtlich. Dann nahm er ihre Hände in seine, während er berichtete. Viel hatten Erlend und er einander nicht sagen können, denn der Mann, der Simon zu dem Gefangenen hinaufgeführt hatte, war die ganze Zeit dabeigeblieben. Olav der Richter hatte Simon diese Unterredung um der Schwagerschaft willen erwirkt, die zu Halfrids Lebzeiten zwischen ihnen bestanden hatte. Erlend sandte ihr und den Kindern liebevolle Grüße, er hatte viel nach ihnen allen gefragt, am meisten jedoch nach Gaute. Simon meinte, Kristin würde in wenigen Tagen wohl die Erlaubnis erhalten, ihren Mann zu sehen. Erlend hatte ruhig und zuversichtlich geschienen.
»Wäre ich heute mit dir gegangen, dann hätte auch ich ihn jetzt gesehen«, sagte Kristin leise.
Simon bezweifelte das und meinte, seine Erlaubnis sei dem Umstande zu verdanken, daß er allein gekommen war. »Es kann in vieler Beziehung leichter für dich sein vorzudringen, Kristin, wenn ein Mann dir vorangeht.«
Erlend saß in einem Raum des Ostturms, der zum Fluß hinuntersah – in einer der Herrenkammern, wenn sie auch klein war. Ulf Haldorssohn wurde angeblich in der Dunkelstube, Haftor in einer anderen Kammer gefangengehalten.
Behutsam und tastend, während er beobachtete, wieviel sie zu ertragen vermochte, erzählte Simon, was er in der Stadt hatte erfahren können. Als er erkannte, daß sie sich selbst ganz klar darüber war, verbarg er nicht länger, daß auch er die Sache für gefährlich ansah. Aber alle, mit denen er gesprochen hatte, waren der Meinung gewesen, Erlend könne unmöglich sich erdreistet haben, einen solchen Angriff zu planen und ihn so weit durchzuführen, wie er es getan hatte, ohne sicher zu sein, einen großen Teil der Ritterschaft und der Herren hinter sich zu haben. Wenn aber die Schar der mißvergnügten Vornehmen so groß war, konnte man nicht erwarten, daß der König es wagen würde, hart gegen deren Anführer vorzugehen, sondern durfte hoffen, daß er Erlend gestatten würde, sich auf irgendeine Weise mit ihm auszusöhnen.
Kristin fragte leise:
»Wo steht Erling Vidkunssohn in dieser Sache?«
»Um das zu wissen, würde, soviel ich bemerkt habe, gar mancher etwas geben«, antwortete Simon.
Jedoch – er äußerte es nicht zu Kristin und hatte auch den Männern, mit denen er über diese Sache gesprochen hatte, nichts davon gesagt;

es schien ihm wenig wahrscheinlich, daß hinter Erlend eine Schar von Männern stehen sollte, die sich verpflichtet hatten, ihn in einer so gefährlichen Sache mit Leib und Leben zu unterstützen; sie würden kaum Erlend zum Anführer gewählt haben; daß Erlend unzuverlässig war, wußten doch alle, die gleichen Standes mit ihm waren. Allerdings, er war Frau Ingebjörgs und des Kronanwärters Verwandter; er hatte in den letzten Jahren eine gewisse Macht und Ansehen genossen, er war in der Kriegführung nicht so ganz ungeübt wie die meisten in seinem Alter, und er stand in dem Ruf, Kriegsleute gewinnen und führen zu können; und obwohl er sich oftmals so unverständig gezeigt hatte, konnte er doch seine Rede gut und wohlbedacht vorbringen, so daß man versucht war, zu glauben, er sei nun mit der Zeit durch Schaden klug geworden. Wahrscheinlich hatten einige Männer um Erlends Vorhaben gewußt und ihn angespornt, aber es würde Simon gewundert haben, wenn sie sich so fest an ihn gebunden hätten, daß sie sich jetzt nicht abwenden und Erlend ohne Rückendeckung dastehen lassen könnten.

Simon glaubte, verstanden zu haben, daß Erlend selbst nichts anderes erwartete; er schien darauf gefaßt zu sein, für sein gewagtes Spiel teuer büßen zu müssen. »Wenn die Kuh im Sumpf steckt, muß der sie beim Schwanz fassen, dem sie gehört«, sagte er und lachte ein wenig. Sonst hatte ja Erlend im Beisein eines Dritten nicht viel sagen können.

Simon wunderte sich selbst darüber, daß das Wiedersehen mit dem Schwager ihn so erschüttert hatte. Aber die kleine, enge Turmkammer, in der Erlend ihm einen Platz auf dem Bett anbot – das Bett reichte von einer Wand zur anderen und füllte den halben Raum aus –, Erlends aufrechte, schlanke Gestalt – wie er bei dem kleinen Luft- und Lichtloch an der Mauer stand, vollkommen furchtlos, mit klaren Augen, weder von Besorgnis noch von Hoffnung getrübt, ein frischer, kühler, männlicher Bursche, nun, da all dieses schwüle Getue von Liebschaften und all das Weibergeschwätz von ihm abgefallen war.

Obwohl es Frauen- und Liebeshändel waren, die ihn mit all seinen kühnen, jetzt zerschlagenen Plänen hierhergebracht hatten, noch ehe er sie in die Welt hatte hinaussetzen können. Aber daran schien Erlend selbst nicht zu denken. Er stand da wie ein Mann, der das dreisteste Spiel gewagt und verloren hat und die Niederlage männlich und stark zu tragen weiß. Und gut kleidete ihn seine erstaunte und frohe Dankbarkeit, als er den Schwager sah. Simon hatte zu ihm gesagt:

»Weißt du noch, Schwager, die Nacht, in der wir zusammen bei unserem Schwiegervater wachten? Wir gaben einander die Hand, und Lavrans legte die seine darauf; wir versprachen einander und ihm, unser Leben lang wie Brüder zusammenzuhalten.«

»Ja.« Über Erlends Gesicht leuchtete ein Lächeln. »Ja, Lavrans dachte dabei gewiß nicht daran, daß *du* jemals meiner Hilfe bedürfen würdest.«

»Es war doch am wahrscheinlichsten«, sagte Simon unerschütterlich, »daß er meinte, *du* in deinen Verhältnissen könntest *mir* eine Stütze werden und nicht, du würdest *meine* Hilfe brauchen.«
Erlend lächelte wie zuvor: »Lavrans war ein kluger Mann, Simon. Und so seltsam es sich anhören mag, ich weiß, daß er mich gern hatte!«
Simon dachte, ja, das möge Gott wissen, daß dies seltsam sei, aber er selbst – trotz allem, was er über Erlend wußte, und trotz allem, was jener ihm zugefügt hatte –, er konnte sich nicht dagegen wehren, daß er nun etwas wie die Zärtlichkeit eines Bruders gegen Kristins Gemahl empfand. Da fragte Erlend nach ihr.
Simon erzählte, wie er sie angetroffen hatte, krank und voller Angst um ihren Mann. Olav Hermannssohn hatte versprochen, zu erwirken, daß sie sofort nach der Rückkehr Herrn Baards zu ihm kommen dürfe.
»Nicht, ehe sie gesund ist!« bat Erlend rasch und ängstlich. Die seltsame, mädchenhafte Röte irrte über sein braunes und unbarbiertes Gesicht.
»Das einzige, was ich fürchte, Simon, ist, daß ich es nicht ertragen könnte, ihr zu begegnen!«
Aber kurz darauf sagte er ruhig wie zuvor:
»Ich weiß, daß du ihr getreu zur Seite stehen würdest, wenn sie in diesem Jahr Witwe werden sollte. Arm werden sie doch wohl nicht, sie und die Kinder, mit ihrer Erbschaft von Lavrans. Und dann hätte sie dich in der Nähe, wenn sie auf Jörundhof wohnen würde.«
Am Tag nach Mariä Geburt kam der Reichsverweser, Herr Ivar Ogmundssohn, nach Nidaros. Es wurde nun ein Gericht von zwölf Herren, die dem König den Treueid geleistet hatten, aus den Nordgauen zusammenberufen, um in Erlend Nikulaussohns Sache das Urteil zu fällen. Herr Finn Ogmundssohn, der Bruder des Reichsverwesers, war dazu bestimmt worden, die Anklage gegen ihn vorzubringen.
Im Laufe des Sommers hatte sich inzwischen Haftor Olavssohn von Godöy mit dem kleinen Dolch, den jeder Gefangene hatte behalten dürfen, um damit sein Essen zu schneiden, umgebracht. Die Gefangenschaft hatte Haftor wohl so angegriffen, daß er nicht mehr im vollen Besitz seines Verstandes gewesen war. Als Erlend dies hörte, sagte er zu Simon, daß er sich nun nicht mehr vor Haftors Mund zu fürchten brauche. Aber er war doch sehr erschüttert.
Mit der Zeit hatte es sich so gefügt, daß die Wache sich draußen irgend etwas zu schaffen machte, wenn Simon oder Kristin bei Erlend waren. Simon und Kristin merkten und sprachen auch untereinander darüber, daß Erlends erster und letzter Gedanke war, durch diese Anklage hindurchzukommen, ohne daß seine Mitschuldigen verraten würden. Zu Simon sagte er dies eines Tages offen heraus. Er hatte allen, mit denen er sich verschworen hatte, versprochen, daß er sich lieber selbst die Hand abhauen wollte, als etwas zu verraten, wenn es so weit käme, »und bis jetzt habe ich doch noch niemand im Stich gelassen, der sein Vertrauen in mich gesetzt hat«. Simon sah den anderen an –

Erlends Augen waren blau und klar; kein Zweifel, er sagte dies von sich im besten Glauben.

Auch den Sendboten des Königs war es nicht geglückt, weitere Männer aufzuspüren, die an Erlends Landesverrat beteiligt waren, außer den Brüdern Greip und Torvard Toressohn auf Möre, und diese wollten nichts weiter von Erlends Plänen gewußt haben, als daß er und noch andere die Herzogin überreden wollten, Junker Haakon Knutssohn in Norwegen erziehen zu lassen. Danach sollten die Anführer König Magnus vor Augen halten, daß es zum Besten seiner beiden Reiche wäre, wenn er seinem Halbbruder die Königswürde in Norwegen verliehe.

Den Trondssöhnen, Borgar und Guttorm, war es geglückt, aus dem Königshof in Veöy zu entkommen, niemand wußte, auf welche Weise, aber die Leute vermuteten, daß bei Borgar Frauenhilfe mit im Spiel gewesen sei; er war sehr schön und ein wenig leichtsinnig. Ivar von Sundbu saß noch im Mjöskastell; den jungen Haavard schienen die Brüder außerhalb ihrer Pläne gehalten zu haben.

Zugleich mit der Versammlung der Königsmänner im Königshof hielt der Erzbischof auf seiner Burg ein Konzilium ab. Simon besaß viele Freunde und Bekannte; dadurch konnte er Kristin Neues melden. Alle meinten, Erlend würde wohl zu Landesverweisung und Verlust seiner Besitztümer an den König verurteilt werden. Auch Erlend meinte, daß es so kommen würde; er war guten Mutes und beabsichtigte, nach Dänemark zu gehen. So wie die Dinge dort im Lande lagen, stand einem raschen und waffentüchtigen Mann immer ein Weg offen, und Frau Ingebjörg würde Kristin sicher als Verwandte aufnehmen und ihr die geziemenden Ehren angedeihen lassen. Die Kinder sollte Simon zu sich nehmen, aber die beiden ältesten Söhne wollte Erlend doch am liebsten bei sich haben.

Kristin war diese ganze Zeit nicht einen Tag außerhalb der Stadt gewesen und hatte ihre Kinder nicht gesehen – mit Ausnahme von Naakkve und Björgulf; sie kamen eines Abends allein zum Hof geritten. Die Mutter behielt sie einige Tage bei sich, dann aber sandte sie sie nach Raasvold, wo Frau Gunna die kleineren zu sich genommen hatte.

Erlend wünschte es so. Und sie selbst fürchtete sich vor den Gedanken, die in ihr wach werden könnten, wenn sie ihre Söhne um sich sähe, ihre Fragen hörte und versucht wäre, sie in die Sachen einzuweihen. Sie kämpfte darum, alle Gedanken und Erinnerungen an die Jahre ihrer Ehe auf Husaby von sich zu schieben. So reich waren sie gewesen, daß sie ihr nun wie *eine* große Ruhe erschienen, so wie in dem Wellenschlag des Meeres eine Art Ruhe liegt, wenn man hoch genug oben auf einem Berge steht. Die Wellen, die einander jagen, sind wie ewig und wie ein und dieselben; so hatte in diesen raumweiten Jahren das Leben durch ihr Gemüt gewogt.

Jetzt war es wieder wie in den jungen Jahren, da sie ihre Liebe zu

Erlend gegen alles und gegen alle gesetzt hatte. Auch jetzt war ihr Leben eine einzige Erwartung von Stunde zu Stunde zwischen den Augenblicken, da sie ihren Mann sehen durfte, da sie neben ihm auf der Bettstelle in dem Turmgelaß im Königshof saß, ruhig und gleichmäßig mit ihm sprach, bis es sich traf, daß sie einen kleinen Augenblick allein bleiben und sie sich in heißen, endlosen Küssen und in wilder Umarmung einander in die Arme warfen.

Die übrige Zeit war sie in der Christkirche, stundenlang. Sie lag auf den Knien und starrte zu Sankt Olavs goldenem Schrein hinter den Gittertüren des Chores hinauf: Herr, ich bin sein Weib. Herr, ich hielt fest an ihm, da ich ihm in Sünde und Unrecht angehörte. Durch Gottes Gnade wurden wir beiden Unwürdigen durch die heilige Weihe zusammengegeben. Gebrandmarkt von den Brandwunden der Sünde, beschwert von der Bürde der Sünde, traten wir zusammen an die Schwelle des Hauses Gottes, empfingen wir zusammen den Leib des Herrn aus der Hand des Priesters. – Sollte ich nun klagen, wenn Gott meine Treue prüft, sollte ich nun an etwas anderes denken, als daß ich sein Weib bin und er mein Mann ist, solange wir beide leben?

Am Donnerstag vor der Mikkalsmesse wurde über Erlend Nikulaussohn auf Husaby zu Gericht gesessen und das Urteil über ihn gefällt. Er wurde schuldig befunden, versucht zu haben, König Magnus durch Verrat um Land und Untertanen zu bringen, Aufruhr im Lande gegen den König zu verbreiten und in Norwegen eine gedungene Kriegsmacht einzuführen. Nachdem man in ähnlichen Anklagen aus früheren Zeiten nachgeforscht hatte, erkannten die Richter darauf, daß Erlend Nikulaussohn Leben und Besitz an König Magnus verwirkt habe.

Arne Gjavvaldssohn kam zu Simon Darre und Kristin Lavranstochter in den Nikulaushof. Er hatte der Versammlung beigewohnt und berichtete nun:

Erlend hatte nicht versucht, seine Unschuld zu beweisen. Klar und fest hatte er die Absicht zugegeben, daß er mit diesen Plänen König Magnus Eirikssohn hatte zwingen wollen, seinem jungen Halbbruder, dem Junker Haakon Knutssohn Porse, das Königtum in Norwegen zu überlassen. Erlend hatte hervorragend gesprochen, fand Arne. Er hatte die großen Schwierigkeiten hervorgehoben, die dadurch über die Landbevölkerung kamen, daß der König in den letzten Jahren kaum innerhalb der Grenzen Norwegens gewesen war und nie Lust gezeigt hatte, Stellvertreter einzusetzen, die Recht sprechen konnten und mit königlicher Gewalt ausgestattet waren. Durch das Unternehmen des Königs in Skaane, durch die Verschwendungssucht und die Unfähigkeit, mit Geld umzugehen, jener Männer, denen der König das meiste Gehör schenkte, war das Land der Überlastung und Verarmung ausgesetzt und konnte sich nie vor neuen Forderungen um Unterstützung und Abgaben über das gewöhnliche Maß hinaus sicher wissen. Da die norwegischen Ritter und vornehmen Herren viel weniger Rechte und

Freiheiten besaßen als die schwedische Ritterschaft, war es für sie schwer, es mit dieser aufzunehmen, und es war nur begreiflich, daß der junge und unverständige Mann, Herr Magnus Eirikssohn, mehr auf seine schwedischen Herren hörte und sie mehr liebte als die Norweger, da sie viel mehr Reichtümer besaßen und daher weit eher imstande waren, ihn mit bewaffneten und kriegsgewohnten Leuten zu unterstützen.

Erlend und seine verbündeten Freunde hatten nun geglaubt, die Stimmung des größten Teiles der Landbevölkerung, der Vornehmen, Bauern und Städter nördlich und westlich in Norwegen so genau zu kennen, daß sie nicht daran gezweifelt hatten, in ihnen eine vollzählige Gefolgschaft zu finden, wenn sie einen Kronanwärter vorführen konnten, der mit unserem lieben Herrn, dem seligen König Haakon, ebenso nahe verwandt war wie der jetzige König. Er hatte erwartet, das Volk würde sich zusammentun, um bei König Magnus zu erreichen, daß er seinen Bruder den Königsstuhl hier im Lande besteigen ließ; Junker Haakon aber sollte schwören, Frieden und Bruderschaft mit Herrn Magnus zu halten, das norwegische Reich nach den alten Landesgrenzen zu schützen, das Recht der Kirche Gottes, die Gesetze und Bräuche des Landes nach alten Sitten sowie die Rechte und Freiheiten der Bauern und Städter zu wahren, das Eindringen der Ausländer ins Reich aber zurückzudämmen. Dies alles König Magnus in friedlicher Weise vorzutragen, war Erlends und seiner Freunde Ansicht gewesen. Obwohl in früheren Zeiten die norwegischen Bauern und Anführer und Vornehmen stets das Recht besessen hatten, einen König zu verwerfen, der auf gesetzwidrige Art zu herrschen versuchte.

Über Ulf Saksesohns Fahrt in England und Schottland sagte er, daß Ulfs Zweck allein darin bestanden habe, Herrn Haakon dort Zuneigung zu gewinnen für den Fall, daß Gott ihn den Norwegern als König gönnte. Auf dieser Fahrt war kein norwegischer Mann bei ihm gewesen, außer Haftor Olavssohn von Godöy, Gott sei seiner Seele gnädig, seine Schwäger, die drei Söhne Trond Gjeslings von Sundbu und Greip und Torvald Toressöhne aus der Hatteberg-Sippe.

Erlends Worte hätten großen Eindruck gemacht, fuhr Arne Gjavvaldssohn fort. Dann aber habe er zum Schluß, als er davon sprach, daß sie auf Unterstützung durch die Männer der Kirche gerechnet hatten, auf die Gerüchte hingewiesen aus der Zeit, da König Magnus heranwuchs, und das sei unklug gewesen, meinte Arne. Der Offizial des Erzbischofs hatte ihm scharf widersprochen – Erzbischof Paal Baardssohn hegte ja, schon als Kanzler und auch jetzt, große Liebe zu König Magnus um dessen frommer Gesinnung willen; man wollte am liebsten vergessen, daß diese Gerüchte je über den König entstanden waren; jetzt sollte er sich ja auch mit einer Jungfrau, mit der Tochter des Grafen von Namur, verheiraten; war jemals etwas Wahres an diesen Gerüchten gewesen, so hatte Magnus Eirikssohn sich jetzt wohl völlig von solchen Dingen abgewandt.

Arne Gjavvaldssohn hatte Simon Andressohn während seines Aufenthaltes in Nidaros die größte Freundschaft erwiesen. Auch jetzt war es Arne, der Simon daran erinnerte, daß es Erlend möglich sein müsse, dieses Urteil als ungesetzlich gefälltes Urteil anzufechten. Nach dem Buchstaben des Gesetzes mußte die Anklage gegen Erlend von einem seiner Standesgenossen vorgebracht werden, Herr Finn von Hestbö war aber Ritter und Erlend ein Mann von Waffen. Es sei doch anzunehmen, meinte Arne, daß ein neues Gericht finden würde, Erlend könne nicht zu einer härteren Strafe als der der Verbannung verurteilt werden.

Was Erlends Darlegungen über eine Königsgewalt betreffe, mit der seiner Ansicht nach dem Lande gedient wäre, so hätten sich diese ja schön angehört. Und alle wüßten, wo jener Mann wohl zu finden sei, der gern das Ruder ergreifen und diesen Kurs steuern würde, solange der König noch unmündig wäre; Arne kratzte sich in dem grauen Bart und schielte zu Simon hinüber.

»Man hat in diesem Sommer über ihn weder etwas gehört noch erfahren?« fragte Simon ebenso leise.

»Nein. Ja, er sagte, er stünde beim König in Ungnade und außerhalb aller dieser Sachen, habe ich gehört. Es ist Jahr und Tag her, seit er es ausgehalten hat, so lange bei sich daheim zu leben und das Gerede von Frau Elin anzuhören. Seine Töchter sind ebenso schön und ebenso dumm wie die Mutter, heißt es.«

Erlend hatte sein Urteil mit unerschütterlicher Miene angehört, und er hatte, als er hinausgeführt wurde, die Herren des Königsgefolges ebenso höfisch, frei und schön gegrüßt wie bei seinem Hereinkommen. Er war ruhig und heiter, als Simon und Kristin am nächsten Tag mit ihm sprechen durften. Arne Gjavvaldssohn war mit ihnen gekommen, und Erlend sagte, er wolle Arnes Ratschlag befolgen:

»Nie gelang es mir früher, Kristin mit mir nach Dänemark zu nehmen«, sagte er und legte einen Arm um die Mitte seines Weibes. »Und ich hatte stets solche Lust, mit ihr in die Welt hinauszufahren.« Es lief wie ein Zittern über sein Gesicht, und plötzlich küßte er heftig ihre bleiche Wange, ohne sich um die beiden zu kümmern, die es sahen.

Simon Andressohn ritt nach Husaby, um den Umzug von Kristins beweglicher Habe nach Jörundhof zu ordnen. Er riet ihr, die Kinder mit der gleichen Gelegenheit ins Gudbrandstal zu senden. Kristin sagte:

»Meine Söhne sollen den väterlichen Hof nicht verlassen, ehe sie von dort verjagt werden.«

»Ich würde an deiner Stelle darauf nicht warten«, erwiderte Simon. »Sie sind so jung, sie können die ganze Sache gar nicht recht verstehen. Es wäre besser, du ließest sie Husaby in dem Glauben verlassen, daß sie nur ihre Muhme besuchen und ihr mütterliches Erbe im Tal sehen sollen.«

Erlend gab Simon Darre recht. Es kam aber dann doch dahin, daß nur Ivar und Skule Simon nach Süden folgten. Kristin brachte es nicht über sich, die beiden Kleineren so weit von sich wegzugeben. Als Lavrans und Munan zu ihr auf den Hof in der Stadt gebracht wurden und sie sah, daß der Jüngste sie nicht wiedererkannte, brach sie zusammen. Simon hatte sie seit jenem Abend, an dem er nach Nidaros kam, nicht eine Träne mehr weinen sehen; jetzt weinte und weinte sie über Munan, der in der engen Umarmung der Mutter zappelte und sich wehrte und zu seiner Pflegemutter wollte, und sie weinte über den kleinen Lavrans, der auf den Schoß der Mutter kletterte und sie um den Hals nahm und mitweinte, weil sie weinte. Sie behielt nun die beiden Kleinen bei sich, und auch Gaute, der nicht mit Simon hatte gehen wollen – es schien ihr auch nicht geraten, das Kind, das für sein Alter eine allzu schwere Bürde trug, aus den Augen zu lassen.

Sira Eiliv hatte die Kinder in die Stadt gebracht. Er hatte beim Erzbischof um Urlaub von seiner Kirche nachgesucht und um die Erlaubnis, seinen Bruder in Tautra besuchen zu dürfen; das wurde Erlend Nikulaussohns Hauspriester gerne gestattet. Nun meinte er, Kristin könne nicht mit der Sorge für so viele Kinder in der Stadt bleiben, und er erbot sich, Naakkve und Björgulf mit ins Kloster hinauszunehmen.

Am letzten Abend, ehe der Priester und die Knaben reisen sollten – Simon war mit den Zwillingen schon fort –, beichtete Kristin dem frommen und reingesinnten Mann, der in allen diesen Jahren ihr geistlicher Vater gewesen war. Sie saßen viele Stunden lang zusammen, und Sira Eiliv legte ihr ans Herz, demütig und gehorsam gegen Gott zu sein und geduldig, treu und liebevoll gegen ihren Eheherrn. Sie kniete vor der Bank, auf der er saß; da stand Sira Eiliv auf, ließ sich neben ihr auf die Knie nieder, noch mit der roten Stola, dem Zeichen des Joches der Liebe Christi, angetan, und betete lange und brennend, ohne Worte. Aber sie wußte, er betete für Vater und Mutter und Kinder und für das ganze Gesinde, für jene Menschen, deren Seelenheil er in allen diesen Jahren so getreu zu fördern bestrebt gewesen war.

Am Tag darauf stand sie am Hafen und sah zu, wie die Laienbrüder von Tautra auf dem Boot die Segel setzten, das den Priester und ihre beiden ältesten Söhne fortführen sollte. Auf dem Heimweg betrat sie die Kirche der Minoriten und verweilte dort so lange, bis sie sich stark genug glaubte, sich in ihren eigenen Hof heimzuwagen. Und am Abend, als die beiden Kleinen eingeschlafen waren, saß sie mit ihrer Spindel da und erzählte Gaute Geschichten, bis es auch für den Knaben Schlafenszeit wurde.

VI

Erlend wurde bis fast zur Klemensmesse* im Königshof festgehalten. Da kam Brief und Botschaft, er solle unter sicherem Geleit zu einer Begegnung mit König Magnus fahren. Der König beabsichtigte, Weihnachten dieses Jahr auf Baagahus zu feiern.

Kristin wurde von einer entsetzlichen Furcht befallen. Mit unsäglicher Mühe hatte sie sich daran gewöhnt, ruhig zu scheinen, während Erlend unter dem Todesurteil gefangengehalten wurde. Nun sollte er weit ins Ungewisse hinausgeführt werden, über den König wurde so vielerlei gesagt, und in den Kreisen der Männer, die ihm nahestanden, besaß ihr Mann keine Freunde. Ivar Ogmundssohn, der nun Schloßhauptmann auf Baagahus war, hatte sich über Erlends Königsverrat in den härtesten Worten geäußert. Und es hieß, er sei noch aufgebrachter, seitdem er wieder verschiedene lose Reden erfahren hätte, die Erlend über ihn geführt habe. Aber Erlend war guten Mutes. Kristin sah wohl, daß er die bevorstehende Trennung von ihr nicht leichtnahm. Aber dieses lange Eingesperrtsein begann ihn nun so zu bedrücken, daß er begehrlich nach der Aussicht auf eine lange Seereise griff und gegen alles andere beinahe gleichgültig zu sein schien.

Die Angelegenheit war im Laufe von drei Tagen geordnet, und Erlend fuhr mit Herrn Finns Schiff. – Simon hatte versprochen, vor der Adventszeit nach Nidaros zurückzukehren, nachdem er seine eigenen Sachen daheim ein wenig hätte ordnen können. Für den Fall, daß vorher neue Nachrichten einträfen, hatte er Kristin gebeten, ihm Botschaft zu senden, worauf er dann sofort kommen würde. Nun verfiel sie auf den Gedanken, zu ihm nach Süden zu fahren, um von dort aus zum König zu ziehen, ihm zu Füßen zu fallen und um Gnade für ihren Gemahl zu bitten – ihm gerne all ihren Besitz als Lösegeld für sein Leben anzubieten.

Erlend hatte seinen Hof an verschiedene Leute in der Stadt verkauft und verpfändet; jetzt besaß das Kloster von Nidarholm das Wohnhaus, aber Abt Olav hatte liebevoll an Kristin geschrieben und sie gebeten, es so lange zu benützen, wie sie es benötigte. Sie wohnte nun allein dort, mit einer Dienstmagd und Ulf Haldorssohn, den man wieder auf freien Fuß gesetzt hatte, da man ihm nicht genug hatte nachweisen können, sowie seinem Bruder Haldor, Kristins eigenem Knecht. Sie beriet sich mit Ulf, und er äußerte zunächst einige Zweifel; er meinte, es würde eine harte Reise für sie werden über das Dovregebirge hinüber; in den Bergen sei bereits viel Schnee gefallen. Aber als er die Seelenangst seiner Herrin sah, riet er ihr doch zu. Frau Gunna nahm die beiden kleinen Kinder zu sich nach Raasvold, Gaute jedoch wollte sich nicht von seiner Mutter trennen, und sie wagte es auch nicht, hier im Norden den Knaben aus den Augen zu lassen.

* Klemensmesse: 23. November

Als sie ins Dovregebirge kamen, trafen sie so hartes Wetter an, daß sie auf Ulfs Rat hin ihre Pferde auf Drivstuen zurückließen und sich dort Schneeschuhe liehen, darauf vorbereitet, die nächste Nacht im Freien zubringen zu müssen. Kristin hatte keine Schneeschuhe mehr an den Füßen gehabt, seit sie ein kleines Mädchen gewesen war, das Vorwärtskommen fiel ihr deshalb schwer, obgleich die Männer sie nach besten Kräften unterstützten. Sie kamen an diesem Tage nicht weiter als bis mitten in das Gebirge zwischen Drivstuen und Hjerdkinn, und als es zu dunkeln begann, mußten sie einen Birkenwald aufsuchen und sich dort in den Schnee eingraben. Auf Toftar bekamen sie Pferde geliehen; hier stießen sie auf Nebel, und als sie ein wenig tiefer ins Tal gelangten, kamen sie in Regenwetter. Als sie mehrere Stunden nach Einbruch der Dunkelheit auf dem Hofplatz von Formo einritten, fuhr der Wind heulend um die Häuserecken, der Fluß rauschte, und es brauste und dröhnte von den Hängen herab. Der Hofplatz war ein einziger Morast und dämpfte den Laut der Hufschläge; auf dem großen Hof war in der Feierabendstunde des Samstagabends kein Lebenszeichen zu bemerken, und weder Menschen noch Hunde schienen ihr Kommen gewahr zu werden.

Ulf pochte mit seinem Speer laut an die Tür des Wohnhauses; ein Knecht kam herbei und schloß auf. Gleich darauf stand Simon selbst in der Tür zur Vorstube, breit und dunkel gegen den Lichtschein dahinter, mit einem Kind auf den Armen; er trieb die bellenden Hunde zurück. Als er seine Schwägerin erkannte, stieß er einen Ruf aus, stellte das Kind auf den Boden und zog Kristin und Gaute herein, während er sie eigenhändig von ihren durchnäßten Hüllen befreite.

Gut und warm war es in der Stube, aber es herrschte eine erstickende Luft darin, denn es war eine Herdstube mit flacher Decke, über der sich eine Dachkammer befand. Eine Menge Menschen hielt sich in ihr auf – und Kinder und Hunde wimmelten aus jedem Winkel hervor. Dann unterschied Kristin die Gesichter ihrer beiden kleinen Söhne, rot und warm und froh, hinter dem Tisch, auf dem ein brennendes Licht stand. Sie kamen jetzt herbei und begrüßten Mutter und Bruder ein wenig fremd; Kristin verstand, daß sie mitten in die Behaglichkeit und Freude des Hauses eingebrochen war. Im übrigen herrschte in der Stube große Unordnung, bei jedem Schritt, den sie vorwärts tat, trat sie auf krachende Nußschalen, die auf dem ganzen Boden verstreut lagen.

Simon sandte Knechte und Dienerinnen mit Aufträgen umher, und die Stube leerte sich von den Leuten und dem größten Teil der Kinder und der Hunde – es waren Nachbarn und deren Gefolge. Während Simon fragte und Kristin zuhörte, schloß er Hemd und Kittel, die seine bloße, haarige Brust hatten sehen lassen. Die Kinder hätten ihn so zugerichtet, sagte er entschuldigend. Er war entsetzlich unordentlich, der Gürtel saß verdreht, seine Kleider und Hände waren sehr schmutzig, und Gesicht und Haare waren voller Ruß und Schmutz und Staub.

Gleich darauf kamen zwei Dienerinnen und führten Kristin und Gaute hinüber in Ramborgs Frauenhaus. Es brannte dort bereits ein Feuer im Ofen, geschäftige Mägde zündeten Lichter an, richteten Betten her und waren ihr und dem Knaben beim Anlegen trockener Kleider behilflich, während andere den Tisch mit Speisen und Getränken deckten. Ein halberwachsenes Mädchen mit seidendurchflochtenen Zöpfen brachte ihr den schäumenden Biernapf. Es war Simons älteste Tochter, Arngjerd.
Dann kam er selbst herein; er hatte sein Äußeres in Ordnung gebracht, und jetzt war er so, wie Kristin ihn zu sehen gewohnt war, schön und gut gekleidet. Er führte seine kleine Tochter an der Hand, und hinter ihm kamen Ivar und Skule.
Kristin fragte nach ihrer Schwester, und Simon erzählte, Ramborg habe die Frauen von Sundbu nach Ringheim hinunterbegleitet. Jostein hatte seine Tochter Helga geholt, und da hatte er auch Dagny und Ramborg mitnehmen wollen; er war solch ein munterer, freundlicher alter Mann, und er hatte versprochen, der drei jungen Frauen gut zu achten. Vielleicht also blieb Ramborg den Winter über dort. Sie erwartete um die Zeit der Matthiasmesse ein Kind – und Simon selbst hatte ja gedacht, daß er möglicherweise den Winter über von daheim fort sein müsse; in diesem Falle hatte sie es bei den jungen Verwandten angenehmer. Nein, für die Hauswirtschaft hier auf Formo mache es keinen Unterschied, ob sie daheim sei oder nicht, lachte Simon – er hätte ja nie verlangt, daß Ramborg, das Kind, sich mit dieser großen Arbeit abmühen sollte.
Zu Kristins Plänen sagte Simon sofort, daß er mit ihr nach Süden reisen wolle. Er habe dort so viele Verwandte und Freunde seines Vaters und eigene Freunde aus früherer Zeit, daß er hoffe, ihr dort besser dienen zu können als im Norden. Auch würde es ihm dort eher möglich sein zu beurteilen, ob es klug von ihr sei, den König selbst aufzusuchen. In drei bis vier Tagen würde er zur Reise bereit sein.
Sie gingen am nächsten Tag, einem Sonntag, miteinander zur Messe, und danach besuchten sie Sira Eirik daheim auf Romundshof. Der Priester war jetzt alt; liebevoll nahm er Kristin auf und schien sehr traurig über ihr Mißgeschick. Dann gingen sie nach Jörundhof hinüber. Die Häuser waren die gleichen, in den Stuben standen die gleichen Betten und Bänke und Tische. Das war nun ihr eigener Hof. Es hatte jetzt fast den Anschein, als sollten hier ihre Söhne aufwachsen und als sollte sie selbst einmal hier ihre Augen schließen. Aber niemals hatte sie es so klar gefühlt wie in dieser Stunde, daß ihre Eltern das Leben in diesem Heim getragen hatten. Was sie auch im geheimen durchzukämpfen gehabt hatten, allen rings um sie war ein Strom von Wärme und Hilfe, Frieden und Sicherheit zugeflossen. –
Unruhig und schwermütig wie sie war, ermüdete es sie ein wenig, wenn Simon von seinen eigenen Sachen, dem Hof und den Kindern sprach. Sie fühlte selbst, daß dies unrecht von ihr war; er schien bereit,

ihr nach besten Kräften zu helfen, sie erkannte an, wie gut es von ihm war, daß er zur Weihnachtszeit von seinem Heim und seiner Frau, trotz ihrem jetzigen Zustande, fortfahren wollte; er dachte sicher viel daran, ob er jetzt einen Sohn bekommen würde, er hatte ja nur das eine Kind mit Ramborg, obgleich sie jetzt bald sechs Jahre verheiratet waren. Sie durfte nicht erwarten, er würde sich ihr und Erlends Unglück so zu Herzen nehmen, daß er darüber alle Freude über sein eigenes, glückliches Leben vergessen würde, es war seltsam, zusammen mit ihm hier umherzugehen, wo er so froh und warm und sicher in seinem Heim zu leben schien.

Unwillkürlich hatte Kristin gedacht, Ulvhild Simonstochter müßte ihrer eigenen kleinen Schwester, nach der sie den Namen bekommen hatte, ähnlich sehen – blond und zart und hell sein. Aber Simons kleine Tochter war rund und drall, mit Wangen wie Äpfel und einem Mund wie rote Beeren, mit flinken, grauen Augen, die denen des Vaters in seiner Jugend glichen, und mit schönem braunem und gelocktem Haar. Simon liebte sein holdes, liebliches Kind sehr und war stolz über sein munteres Geplauder.

»Obwohl dieses Mädchen so garstig und böse und abscheulich ist«, sagte er, umschloß den kleinen Brustkorb mit seinen Händen und rollte das Kind hin und her, während er es in die Höhe hob, »ich glaube, es ist ein Wechselbalg, den die Berggeister vom Felskamm oben ihrer Mutter und mir in die Wiege gelegt haben. Solch ein häßliches und schreckliches Kind ist es.« Dann stellte er die Kleine hastig hin und machte rasch dreimal das Zeichen des Kreuzes über dem Kind, wie erschreckt von seinen eigenen, unvorsichtigen Worten.

Seine Buhlentochter Arngjerd war nicht schön, aber sie sah freundlich und verständig aus, und der Vater nahm sie so oft mit sich, als sich Gelegenheit dazu bot. Er lobte ihre Tüchtigkeit früh bis spät. Kristin mußte Arngjerds Truhe besehen und alles, was sie bereits selbst zu ihrer Aussteuer gesponnen und gewebt und genäht hatte.

»Der Tag, an dem ich die Hand dieser meiner Tochter in die eines guten und treugesinnten Mannes lege«, sagte Simon und blickte dem Kinde lange nach, »wird einer der frohesten sein, die ich erlebe.«

Um Kosten zu sparen und damit die Reise schnell vor sich gehen konnte, wollte Kristin keine Magd mitnehmen und keinen anderen Mann als Ulf Haldorssohn. Vierzehn Tage vor Weihnachten ritten also sie und Ulf, begleitet von Simon Andressohn und seinen zwei jungen, flinken Knechten, von Formo weg.

Als sie in Oslo anlangten, brachte Simon sofort in Erfahrung, daß der König nicht nach Norwegen käme, er wollte Weihnachten offenbar doch in Stockholm feiern. Erlend befand sich in der Burg auf Akersnes; der Burghauptmann war verreist, so daß es ihnen vorläufig nicht gelang, Erlend zu sehen. Aber der Unterschatzmeister, Olav Kyrning, versprach, Erlend wissen zu lassen, daß sie sich in der Stadt aufhielten. Olav war sehr freundlich gegen Simon und Kristin, denn sein

Bruder war mit Ramborg Aasmundstochter von Skog verheiratet, so daß dadurch eine entfernte Verwandtschaft mit den Lavranstöchtern bestand.

Ketil von Skog kam in die Stadt und lud sie ein, Weihnachten draußen bei ihm zu feiern, aber Kristin wollte kein lärmendes Fest begehen, während es so schlecht um Erlend bestellt war. Und da wollte auch Simon nicht fahren, obgleich sie ihn herzlich darum bat; Simon und Ketil kannten einander, Kristin aber hatte ihren Vater nur einmal gesehen, seitdem er erwachsen war.

Kristin und Simon hatten in dem gleichen Hof Herberge genommen, in dem Kristin einmal der Gast von Simons Eltern gewesen war, damals, als sie mit Simon verlobt war; aber nun wohnten sie in einem anderen Haus. Es befanden sich zwei Betten in der Stube, sie schlief in dem einen Simon und Ulf in dem anderen; die Knechte lagen im Stall.

In der Christnacht wollte Kristin zur Mitternachtsmesse in die Kirche von Nonneseter gehen; sie sagte, weil die Schwestern so schön sängen. So gingen dann alle fünf dorthin. Die Nacht war sternenklar, mild und schön, und es hatte am Abend ein wenig geschneit, so daß es ziemlich hell war. Als die Glocken der Kirchen zu läuten anhuben, strömten die Menschen aus allen Höfen, und Simon mußte Kristin bei der Hand führen. Ab und zu sah er sie verstohlen an. Sie war in diesem Herbst sehr mager geworden, aber es war gleichsam, als habe ihre hohe aufrechte Gestalt etwas von der weichen und stillen Anmut des jungen Mädchens zurückerhalten. In das bleiche Gesicht war wiederum der Ausdruck von Ruhe und Sanftmut ihrer Jugend gekommen, der eine tiefe und verborgene, lauschende Spannung überdeckte. Sie hatte eine seltsame und gespenstische Ähnlichkeit mit jener jungen Kristin an dem Weihnachtsfest damals vor langer Zeit. – Simon drückte ihre Hand und wußte nicht, daß er dies getan hatte, bis er den Gegendruck von Kristins Fingern spürte. Er blickte auf; sie lächelte und nickte, und er verstand, daß sie seinen Händedruck für eine Ermahnung, sich mutig zu halten, genommen hatte, und sich nun bemühte zu zeigen, daß sie dies ja tue.

Als die hohen Festtage vorüber waren, ging Kristin zum Kloster hinaus und bat, der Äbtissin und jenen Schwestern, die noch von ihrer Zeit her lebten, ihre ehrerbietigen Grüße entbieten zu dürfen. Sie war dann eine kleine Weile in der Sprechstube der Äbtissin. Danach ging sie in die Kirche. Sie begriff, daß sie innerhalb der Mauern des Klosters nichts zu schaffen hatte. Die Schwestern hatten sie freundlich empfangen, aber sie erkannte, daß sie für diese nur eines der vielen jungen Mädchen war, das hier ein Lernjahr zugebracht hatte. – War ihnen irgend etwas davon zu Ohren gekommen, daß sie sich von den anderen jungen Töchtern unterschieden hatte, und zwar nicht zum Guten, so ließen sie es sich nicht anmerken. Jenes Jahr hier in Nonneseter, das in ihrem Leben so viel bedeutete, galt in dem des Klosters wenig. Ihr Vater hatte für sich und die Seinen Seelenmessen im Kloster gekauft; die neue Äbtissin, Frau Elin, und die Schwestern würden für Kristin und ihres Mannes Rettung beten, sagte sie. Aber Kristin verstand, daß sie kein Recht hatte, hier einzudringen und die Nonnen mit ihren Besuchen zu beunruhigen. Ihre Kirche stand ihr offen, wie sie allen Menschen offenstand; sie konnte im nördlichen Schiff verweilen und dem Gesang der reinen Frauenstimmen oben im Chor lauschen, konnte sich in dem ihr bekannten Raum umsehen, die Altäre und Bilder betrachten, und wenn die Schwestern die Kirche durch die Türe zum Klosterhof verlassen hatten, konnte sie hinaufgehen, bei dem Grabstein der Frau Goa Guttormstochter das Knie beugen und an die kluge, kraftvolle, würdige Mutter denken, deren Rat sie nicht verstanden oder nicht gewürdigt hatte, ein anderes Heimatrecht besaß sie nicht in diesem Haus der Dienerinnen Christi.

Gegen Ende der Festtage kam Herr Munan zu ihr; er habe erst jetzt erfahren, daß sie in der Stadt sei, sagte er. Herzlich begrüßte er Kristin, Simon Andressohn und Ulf, den er immer wieder seinen Verwandten und lieben Freund nannte. Es dürfte schwierig für sie werden, Erlend zu sehen, meinte er, er sei streng bewacht; ihm sei es nicht geglückt, Zutritt zu seinem Vetter zu erhalten. Als der Ritter fort war, lachte Ulf und sagte, er glaube nicht, daß Munan so hart darauf gedrungen habe, Erlend sehen zu dürfen, er habe eine solche Angst davor, in die Sache verwickelt zu werden, daß er es kaum vertrage, davon reden zu hören. Munan war recht alt geworden, sehr kahl und abgemagert, die Haut hing ihm ganz schlaff um den massigen Körper. Er lebte draußen auf Skogheim und hatte eine seiner Buhlentöchter, eine Witwe, bei sich. Er wäre sie gern los gewesen, denn keines seiner anderen Kinder, weder die ehelichen noch die unehelichen, wollten in sein Haus kommen, solange diese Halbschwester dort regierte; sie war ein herrschsüchtiges, geldgieriges Weib und hatte eine scharfe Zunge; aber Munan wagte nicht, sie fortzuschicken.

Endlich, gegen Neujahr, verschaffte Olav Kyrning Kristin und Simon die Erlaubnis, den Gefangenen zu sehen. So mußte also Simon wiederum die sorgenvolle Frau zu den herzzerreißenden Zusammenkünften begleiten. Es wurde hier viel strenger als in Nidaros darüber gewacht, daß Erlend mit niemand sprechen konnte, außer wenn die Leute des Schloßhauptmanns dabei waren.

Erlend war ruhig wie zuvor, aber Simon merkte, daß der Zustand, in dem er sich befand, ihn allmählich anzugreifen begann. Er klagte niemals, sondern sagte, daß er keine Entbehrungen erleide und alles so gut bekomme, als es ihm nur verschafft werden könne, aber er gab zu, daß die Kälte ihm ziemlich zusetze; es war keine Feuerstätte in dem Raum. Und auch sehr reinlich konnte er sich nicht halten, obwohl ihm die Zeit hier wohl noch viel länger geworden wäre, hätte er sich nicht mit all den Läusen herumschlagen müssen, meinte er lachend.

Auch Kristin war ruhig, so ruhig, daß Simon in atemloser Angst auf den Tag wartete, da sie wohl völlig zusammenbrechen würde.

König Magnus machte seine Huldigungsreise durch Schweden, und es bestand keine Aussicht dafür, daß er in allernächster Zeit an die Landesgrenzen kommen oder daß in Erlends Lage bald eine Veränderung eintreten würde.

Am Tage der Gregorsmesse* waren Kristin und Ulf Haldorssohn in der Kirche von Nonneseter gewesen. Als sie auf dem Heimweg die Brücke über den Nonnenbach überschritten hatten, schlug Kristin nicht den Weg zur Herberge ein, die nahe dem Bischofshof lag, sondern wandte sich nach Osten dem Platz vor der Klemenskirche zu und ging in den engen Gassen zwischen Kirche und Fluß weiter.

Der Tag war grau bewölkt, und es war Tauwetter eingetreten, so daß ihr Schuhwerk und die Zipfel ihres Umhangs von dem gelben Lehm hier am Fluß rasch naß und schwer würden. Sie kamen auf die Äcker am Flußufer hinaus. Einmal trafen sich ihre Blicke. Ulf lachte still, verzog den Mund zu einer Art Grinsen, aber seine Augen waren bekümmert: Kristin lächelte seltsam kränklich.

Gleich darauf standen sie am Rande des Abhangs; hier war einmal die Erde abgerutscht, und der Hof lag gerade unter ihnen, so dicht an den schmutziggelben Hang gelehnt, auf dem ein wenig schwarzes, struppiges Unkraut wucherte, daß der Gestank von dem Schweinepferch dort unten scharf zu ihnen heraufschlug; zwei fette Säue wühlten in dem dunklen Schmutz dort unten. Das Flußufer war hier ein schmaler Streifen, das graue und schlammige Wasser des Flusses, auf dem knirschende Eisschollen schwammen, reichte bis an die verfallenen Häuser mit den welken Wasendächern heran.

Während sie dort standen, kamen ein Mann und eine Frau heraus und sahen nach den Schweinen; der Mann lehnte sich über die Einzäunung und kratzte einem der Tiere den Rücken mit dem Schaftende einer silberbeschlagenen langen Axt, die er als Stock benützte. Er blickte auf und wurde Kristin gewahr, stand da und gaffte hinauf, da rief sie ihm einen munteren Gruß hinunter. Herr Munan brach in ein lautes Gelächter aus: »Kommt herunter und laßt euch in diesem Dreckwetter einen warmen Trunk Bier geben«, rief er.

Als sie zum Hofgatter hinabstiegen, erzählte Ulf, daß Brynhild Jonstochter jetzt weder eine Herberge noch eine Bierschenke mehr halte. Sie war ein paarmal in Schwierigkeiten geraten, und man hatte ihr zuletzt damit gedroht, sie auspeitschen zu lassen. Munan jedoch hatte sie befreit und Bürgschaft dafür übernommen, daß sie nun mit ihrem unerlaubten Handwerk vollkommen aufhören würde. Auch saßen ihre Söhne nun in solchen Stellungen, daß die Mutter schon um ihrer Kinder willen daran denken mußte, ihren Ruf zu verbessern. Munan Baardssohn hatte nach dem Tode seiner Frau wieder mit ihr angefangen und hielt sich ständig im Flugahof auf.

Er empfing Ulf und Kristin am Zauntor:

* Gregorsmesse: 13. Februar

»Wir sind doch sozusagen alle vier miteinander verwandt«, kicherte er – er war ein wenig betrunken, aber nicht sehr. »Du bist eine gute Frau, Kristin Lavranstochter, fromm und nicht hochmütig – Brynhild ist jetzt ein sittsames, ehrbares Weib –, und ich war ein unverheirateter Mann, als ich die beiden Söhne zeugte, die wir zusammen haben; sie sind die besten von allen meinen Kindern, das habe ich dir auch die ganze Zeit her immer wieder gesagt, Brynhild. Inge und Gudleik habe ich am liebsten von meinen Kindern.«

Brynhild war immer noch schön, aber ihre Haut war gelblich und sah aus, als müsse sie sich feucht anfühlen, Kristin dachte: wie wenn man einen ganzen Tag über einen Kessel mit Fett gebeugt gestanden hat. Aber Brynhilds Stube war gut gehalten, das Essen und Trinken, das sie hereintrug, schmeckte vortrefflich, das Geschirr war rein und schön.

»Ja, ich mache hier immer halt, wenn ich in Oslo zu tun habe«, sagte Munan. »Du begreifst, die Mutter möchte doch gerne etwas über ihre Söhne hören. Inge schreibt mir von Zeit zu Zeit, denn er ist ein gelehrter Mann, dieser Inge, und das muß er als Vertrauensmann des Bischofs auch sein, verstehst du; ich habe ihm auch eine gute Heirat verschafft, mit Tora Bjarnestochter von Grjote; glaubst du, daß viele Männer einem Buhlensohn solch eine Frau verschafft hätten? Dann sitzen Brynhild und ich hier und reden darüber, und sie bringt mir Speisen und Bier wie in früheren Zeiten, als sie meine Schlüssel auf Skogheim trug. Es ist schwer für mich, jetzt allein da draußen zu leben und an mein seliges Weib zu denken. Da reite ich herein, um es ein wenig behaglich zu haben, wenn Brynhild gerade die Laune danach steht, es mir ein wenig freundlich und behaglich zu machen.«

Ulf Haldorssohn stützte das Kinn auf die Hand und sah die Herrin von Husaby an. Kristin saß da, hörte zu und antwortete so still und sanft und höfisch, war ebenso ruhig und fein, wie sie bei den Gastgelagen auf einem der großen Höfe daheim im Trondheimischen sein konnte.

»Ja, du, Kristin Lavranstochter, bekamst Namen und Ehren einer Frau«, sagte Brynhild Fluga, »obgleich du bereitwillig genug zu Erlend in meine Dachstube kamst. Mich nannte man mein ganzes Leben lang eine Hündin und ein lockeres Weib – meine Stiefmutter verkaufte mich an den dort – ich biß und schlug um mich, und die Spuren meiner Nägel waren in seinem Gesicht, ehe er bei mir seinen Willen hatte durchsetzen können.«

»Mußt du jetzt wieder davon reden«, jammerte Munan. »Du weißt doch – ich habe es ja auch so oft gesagt –, ich hätte dich in Frieden gehen lassen, hättest du dich auf menschliche Art betragen und mich gebeten, deiner zu schonen, aber du fuhrst mir wie eine Wildkatze ins Gesicht, noch ehe ich ganz zur Tür hereingekommen war.«

Ulf Haldorssohn lachte leise vor sich hin.

»Und ich war doch von da an die ganze Zeit gut gegen dich«, sagte Munan. »Du bekamst alles, was du nur wolltest; und unsere Kinder –

nun, die sitzen doch besser und sicherer auf ihrem Platz als die armen Söhne Kristins. – Gott steh den armen Kindern bei, so wie Erlend für sie gesorgt hat! Ich meine, für ein Mutterherz muß dies mehr wert sein als der Frauentitel, und du weißt, ich habe gar oft gewünscht, du möchtest von solcher Geburt sein, daß ich dich zur Frau hätte nehmen können. Kein Weib habe ich so gern gehabt wie dich, obgleich du nur selten sanft oder freundlich gegen mich warst – und wie jene Frau, die ich bekam, Gott lohne es ihr. Ich habe draußen in unserer Kirche meiner Katrin und mir einen Altar gestiftet, Kristin, ich habe Gott und der Heiligen Jungfrau jeden Tag für meine Ehe gedankt, kein Mann hat eine bessere gehabt –«, er schluchzte und weinte vor sich hin.
Kurz darauf sagte Ulf Haldorssohn, sie müßten nun gehen. Er und Kristin wechselten auf dem Heimweg kein Wort miteinander. Aber vor der Tür reichte sie dem Mann ihre Hand:
»Ulf – mein Verwandter und mein Freund!«
»Könnte es etwas helfen«, sagte er leise, »ich würde gern an Erlends Statt zum Galgen gehen – um seinet- und um deinetwillen.«
Am Abend, kurz vor dem Schlafengehen, saß Kristin allein mit Simon in der Stube. Da begann sie plötzlich zu erzählen, wo sie an diesem Tag gewesen war. Sie berichtete von dem Gespräch da draußen.
Simon saß auf einem Hocker, ein wenig von ihr entfernt. Etwas vorgebeugt, die Arme auf den Schenkeln ruhen lassend und mit herabhängenden Händen saß er da und blickte mit einem seltsam forschenden Ausdruck in den kleinen scharfen Augen zu ihr auf. Er redete nicht ein Wort, und nicht ein Muskel rührte sich in seinem großen breiten Gesicht.
Da sprach sie davon, daß sie es ihrem Vater erzählt hatte und was er darauf erwidert hatte.
Simon saß wie zuvor, unbeweglich. Aber nach einer Weile sagte er ruhig: »Das war die einzige Bitte, die ich in all den Jahren, seit wir einander kannten, an dich gerichtet habe – wenn ich mich recht erinnere –, ich bat dich, du möchtest ... Aber wenn du dies nicht verschweigen konntest, um Lavrans zu schonen, dann ...«
Kristin zitterte am ganzen Leibe:
»Ja. Aber ... Ach Erlend, Erlend, Erlend ...«
Bei diesem wilden Schrei fuhr der Mann auf – Kristin hatte sich nach vorn geworfen, den Kopf in ihre Arme vergraben, schwankte sie von einer Seite zur anderen und fuhr fort, nach Erlend zu rufen, zwischen bebendem, stöhnendem Schluchzen, das sich aus ihrem Körper herausriß, ihren Mund mit Weinen füllte und überzukochen und zu quellen schien.
»Kristin – in Jesu Namen!«
Als er sie bei den Armen ergriff und sie zu beruhigen suchte, warf sie sich mit der ganzen Schwere ihres Körpers gegen ihn, umschlang seinen Hals, während sie weinend immer wieder und wieder den Namen ihres Mannes rief.

»Kristin– nimm dich zusammen!« Er zog sie auf seinen Schoß und merkte, daß sie es nicht fühlte, sie weinte so, daß sie nicht allein aufrecht stehen konnte. Da hob er sie in seinen Armen auf, preßte sie einen Augenblick an sich, dann trug er sie hinüber und legte sie aufs Bett. »Nimm dich zusammen«, bat er wieder, mit erstickter Stimme und beinahe drohend, legte seine Hände über ihr Gesicht, und sie umfaßte seine Handgelenke und Arme und drängte sich an ihn:

»Simon – Simon – oh, er muß gerettet werden!«

»Ich tue, was ich kann, Kristin, jetzt *mußt* du dich beherrschen!« Er wandte sich schroff ab, trat zur Tür und ging hinaus. Dann rief er so laut, daß es zwischen den Häusern hallte, der Dienstmagd, die Kristin sich hier in Oslo gedungen hatte. Diese kam herbeigelaufen, und Simon befahl ihr, zu ihrer Herrin hineinzugehen. Gleich darauf kam das Mädchen wieder heraus, ihre Frau wolle allein sein, sagte sie erschrokken zu Simon, der noch auf der gleichen Stelle stand. Er nickte und ging zum Stall hinüber, blieb dort, bis Gunnar, sein Knecht, und Ulf Haldorssohn kamen, um die Pferde zu füttern. Simon fing ein Gespräch mit ihnen an und ging dann zusammen mit Ulf wieder in die Stube zurück.

Kristin sprach am nächsten Tag nicht viel zu ihrem Schwager. Nach der None, als sie in der Stube saß und an einem Stück Zeug nähte, das sie ihrem Mann mitbringen wollte, kam er, ohne ein Wort zu Kristin zu sagen oder sie anzusehen, hereingelaufen und riß seine Reisetruhe auf, nahm seinen silbernen Becher, füllte ihn mit Wein und rannte wieder hinaus. Kristin stand auf und ging ihm nach. Vor der Tür stand ein fremder Mann und hielt noch sein Pferd – Simon zog einen goldenen Ring vom Finger, ließ ihn in den Becher fallen und trank dem Angekommenen zu.

Kristin erriet, um was es sich handelte, und rief froh:

»Du hast einen Sohn bekommen, Simon!«

»Ja.« Er schlug dem Boten auf die Schulter, als dieser dankend Ring und Becher in seinem Kittel verwahrte. Dann nahm Simon die Schwester seiner Gattin um die Mitte und drehte sie im Kreise herum. Er sah so froh aus, daß Kristin ihre Hände auf seine Schultern legen mußte, da küßte er sie mitten auf den Mund und lachte laut. »So wird wohl die Darre-Sippe nach dir auf Formo weiterleben, Simon«, sagte sie froh.

»Das wird sie – so Gott will. – Nein, heute abend will ich allein gehen«, sagte er, als Kristin fragte, ob sie miteinander zur Abendmesse gehen wollten.

Am Abend sagte er zu Kristin, er habe erfahren, daß Erling Vidkunssohn sich auf seinem Hof Aker bei Tunsberg aufhalte. An diesem Vormittag habe er sich eine Schiffsgelegenheit den Fjord hinunter verschafft, er wolle mit Herrn Erling über Erlends Angelegenheit sprechen.

Kristin sagte nicht viel. Sie hatten früher flüchtig die Frage berührt, ob Herr Erling von Erlends Vorhaben gewußt habe oder nicht, hatten aber vermieden, näher darauf einzugehen. Simon sagte, er wolle Erling Vidkunssohn fragen, was er zu Kristins Plan meine, daß Simon sie zu Lavrans' mächtigen Verwandten in Schweden begleiten und von ihnen Verwandten- und Freundeshilfe erbitten solle.

Da sagte sie: »Nun aber, da du solch eine Nachricht erhalten hast, Schwager, dünkt es mich am richtigsten, du würdest diese Reise nach Aker verschieben und erst hinauf nach Ringheim reisen und nach Ramborg und deinem Sohn sehen.«

Er mußte sich abwenden, so schwach wurde er. So sehr hatte er darauf gewartet, ob Kristin ihm nicht zeigen würde, daß sie verstand, wie er sich danach sehnte, seinen Sohn zu sehen. Aber als er seiner Bewegung wieder ein wenig Herr geworden war, sagte er mit verlegener Stimme: »Ich habe so gedacht, Kristin: Gott wird vielleicht den Knaben besser gedeihen lassen, wenn ich geduldig bin und meine Sehnsucht, ihn zu sehen, bezwingen kann, bis es mir gelungen ist, Erlend und dir in eurer Sache ein wenig vorwärtszuhelfen.«

Am nächsten Tag ging er aus und kaufte reiche und prächtige Geschenke für sein Weib und den Knaben – auch für alle Frauen, die bei Ramborg gewesen waren, als sie das Kind gebar. Kristin holte einen schönen silbernen Löffel herbei, den sie von ihrer Mutter her besaß, den sollte Andres Simonssohn haben, ihrer Schwester aber sandte sie die schwere vergoldete Silberkette, die sie als Kind einmal von Lavrans zugleich mit dem Reliquienkreuz erhalten hatte. Dieses trug sie nun an der Kette, die Erlend ihr zur Verlobung geschenkt hatte. Am nächsten Tag gegen Mittag segelte Simon ab.

Am Abend ging das Schiff bei einer Insel im Fjord vor Anker. Simon blieb an Bord, er lag in einem Fellsack, mit ein paar Friesdecken über sich und sah zum Sternenhimmel auf, wo die Bilder auf und nieder zu schwanken schienen, während das Boot sich auf den schläfrig gleitenden Wellen schaukelte. Das Wasser klatschte, und die Eisschollen scheuerten und stießen dumpf gegen die Schiffswand. Es tat fast gut zu fühlen, wie die Kälte sich immer tiefer und tiefer in den Körper einschlich. Es beruhigte. –

Trotzdem, jetzt war er seiner Sache gewiß, so schlimm, wie es bisher gewesen war, konnte es für ihn nie werden. Jetzt, da er einen Sohn hatte. Er erwartete zwar nicht, daß er den Knaben lieber gewinnen würde als seine Töchter. Aber es war etwas anderes. So herzensfroh die kleinen Mädchen ihn machen konnten, wenn sie mit ihrem Spiel und Lachen und Geschwätz zum Vater kamen, so lieblich das Gefühl war, sie auf den Knien zu haben und das weiche Kinderhaar unter dem Kinn zu spüren – ein Mann stand nicht auf die rechte Art in der Reihe der Männer seiner Sippe, wenn sein Hof und Besitz und die Erinnerung an sein Dasein mit der Hand einer Tochter in eine fremde Sippe übergehen mußten. Jetzt aber – wenn er es zu erhoffen wagte – würde Gott diesem kleinen Knaben gönnen heranzuwachsen, und auf Formo sollte nun Sohn auf Vater folgen – Andres Gudmundssohn,

Simon Andressohn, Andres Simonssohn –, da war es wie etwas Selbstverständliches, daß er für Andres so dastehen mußte, wie der Vater für ihn selbst dagestanden hatte, als ein redlicher Mann, in seinen geheimen Gedanken ebensosehr wie in seinem offenen Gebaren.
Bisweilen war es so gewesen, daß er nicht wußte, wie er es noch länger ertragen könnte. Hätte er wenigstens *ein* Anzeichen dafür gesehen, daß Kristin etwas verstand! Aber sie war zu ihm, als sei sie seine leibliche Schwester – um sein Wohl besorgt, freundlich, liebevoll und sanft –, und er wußte nicht, wie lange sie noch auf diese Art zusammen in einem Hause leben mußten. Kam ihr denn nie der Gedanke, daß er nicht vergessen hätte? Weil er nun mit ihrer Schwester verheiratet war, konnte er doch nicht ganz vergessen, daß sie beide einmal dazu bestimmt waren, als Eheleute miteinander zu leben.
Aber nun besaß er diesen Sohn. Er hatte sich stets geschämt, seinen Gebeten eigene Worte hinzuzufügen, ob sie nun einen Wunsch oder einen Dank ausdrücken sollten. Aber Christus und Maria wußten wohl, was er damit meinte, wenn er seit einiger Zeit immer doppelt so viele Paternoster und Ave Maria im Tag betete. Und damit wollte er fortfahren, solange er von daheim fern war. Und auch im übrigen wollte er seine Dankbarkeit auf eine schöne und freigebige Art zeigen. Dann gewann er vielleicht auch auf dieser Reise Hilfe.
Eigentlich schien es ihm selbst unwahrscheinlich, daß diese Fahrt einen Nutzen bringen sollte. Das Verhältnis zwischen Herrn Erling und dem König war jetzt ganz erkaltet. Und wenn der frühere Reichsverweser auch noch so mächtig und selbstbewußt war und auch den jungen König, der ja eine viel schwierigere Stellung hatte als der reichste und höchstgeborene Mann Norwegens, durchaus nicht zu fürchten brauchte, so war doch nicht zu erwarten, daß er durch eine Fürsprache für Erlend Nikulaussohn König Magnus noch mehr gegen sich aufbringen und den Verdacht auf sich lenken wollte, von Erlends Verrat gewußt zu haben. Selbst wenn er daran teilgehabt hatte, ja selbst wenn er hinter der ganzen Sache gestanden hatte, bereit, einzugreifen und sich im selben Augenblick als Landesverweser einsetzen zu lassen, da wieder ein unmündiger König im Lande wäre – konnte er sich doch nicht verpflichtet fühlen, einem Manne zu helfen, der den ganzen Plan um eines schändlichen Liebesabenteuers willen zum Scheitern gebracht hatte. Es war, als vergesse er, Simon, dies halb und halb, wenn er mit Kristin und Erlend zusammen war, denn die beiden schienen sich dessen kaum mehr zu erinnern. Aber dennoch verhielt es sich so: Erlend selbst trug die Schuld, wenn nun aus dem ganzen Plan für ihn selbst und die guten Männer, die durch seine törichte Leichtfertigkeit verraten worden waren, nichts als Unglück herauskam. Aber es mußten doch alle Wege versucht werden, um Kristin und ihrem Mann Hilfe zu bringen. Und nun begann Simon zu hoffen; denn vielleicht würden Gott und die Jungfrau Maria oder einer jener Heiligen, die er stets mit Opfern und Almosen geehrt hatte, ihn auch hier unterstützen.

Erst ziemlich spät am nächsten Abend kam er nach Aker. Ein Verwalter empfing ihn und gab den Knechten Befehle; einige sollten die Pferde versorgen, andere sollten Simons Knecht in die Gesindestube führen, er selbst aber ging zu der Stube hinauf, wo der Ritter saß und trank. Gleich danach kam Herr Erling auf den Altan heraus und blieb dort stehen, während Simon die Treppe hinaufstieg; dann hieß er den Gast ziemlich höfisch willkommen und führte ihn in das Gemach, wo Stig Haakonssohn von Mandvik und ein ganz junger Mann, Erlings einziger Sohn, Bjarne Erlingssohn, saßen.
Er wurde recht freundlich empfangen, Diener nahmen ihm die Hüllen ab und trugen Essen und Trinken herein. Aber er erriet, daß die Männer errieten – jedenfalls Herr Erling und Stig –, weshalb er gekommen war, und er fühlte, daß sie sich zurückhielten. Dann begann Stig davon zu sprechen, daß Simon in diesem Teil des Landes ein seltener Gast sei und seinen früheren Schwägern die Türschwellen nicht abnütze, und fragte dann, ob er seit Halfrids Tod einmal südlicher gewesen sei als bis Dyfrin. Simon antwortete nein, nicht vor diesem Winter. Aber jetzt sei er mit der Schwester seiner Frau, Kristin Lavranstochter, die mit Erlend Nikulaussohn verheiratet sei, einige Monate in Oslo gewesen. Dazu schwiegen sie eine Weile. Dann erkundigte sich Herr Erling höflich nach Kristin und nach Simons Frau und Geschwistern, und Simon erkundigte sich nach Frau Elin und nach Erlings Töchtern und danach, wie es Stig gehe, und fragte nach Neuigkeiten von Mandvik und nach den alten Nachbarn dort.
Stig Haakonssohn war ein beleibter dunkelhaariger Mann, einige Jahre älter als Simon, er war der Sohn des Herrn Haakon Toressohn, des Halbbruders der Halfrid Erlingstochter, und Brudersohn von Erling Vidkunssohns Gemahlin Elin Torestochter. Er hatte vor zwei Wintern, als er sich mit dem König verfeindete, sein Amt als Vogt im Skidugau und den Befehl auf der Burg in Tunsberg verloren, lebte im übrigen aber recht gut auf seinem Hof Mandvik, war jedoch kinderlos und Witwer. Simon kannte ihn und hatte sich gut mit ihm gestanden wie mit allen Verwandten seiner ersten Frau, wenn die Freundschaft auch nicht übermäßig warm gewesen war. Er wußte ja so herzlich wohl, was sie alle über Halfrids zweite Heirat gedacht hatten, Herrn Andres Gudmundssohns jüngster Sohn war zwar wohlhabend und auch aus guter Sippe, aber eine ebenbürtige Heirat für Halfrid Erlingstochter war er nicht gewesen, und überdies war er zehn Jahre jünger als sie; sie konnten nicht begreifen, warum Halfrid diesem jungen Mann ihre Neigung geschenkt hatte, aber sie mußten ihr gönnen zu handeln, wie sie wollte, da sie es doch bei ihrem ersten Mann so unerträglich schwer gehabt hatte.
Erling Vidkunssohn hatte Simon bisher nur ein paarmal getroffen, und da war er stets in Begleitung von Frau Elin gewesen und hatte keinen Laut von sich gegeben; niemand brauchte mehr als ja und ha zu sagen, wenn sie sich in der Stube befand. Herr Erling war seit je-

ner Zeit ziemlich gealtert, er hatte an Leibesumfang zugenommen, war aber immer noch die gleiche stattliche und gute Erscheinung, denn er hatte wunderschöne Bewegungen, es kleidete ihn gut, daß sein bleiches, rötlichgelbes Haar jetzt silbergrau und glänzend geworden war.
Den jungen Bjarne Erlingssohn hatte Simon bisher noch nicht gesehen. Er war im Hause eines geistlichen Herrn, eines Freundes von Erling, in der Nähe von Björgvin, aufgewachsen; innerhalb der Sippschaft hieß es, weil der Vater nicht wollte, daß er auf Giske unter all diesem Weibergeschwätz groß werde. Erling selbst war dort nicht häufiger, als er mußte, und den Knaben auf seinen ständigen Reisen mitzunehmen, wagte er nicht, denn Bjarne war als Kind von sehr schwacher Gesundheit gewesen und zwei andere Söhne hatte Erling Vidkunssohn schon als Kinder verloren.
Der Junge sah über die Maßen schön aus, wie er so dasaß und das Gesicht von der Seite zeigte, das Licht im Rücken. Schwarzes, stark gelocktes Haar fiel in die Stirn, die großen Augen schienen schwarz, die Nase war groß und schön gebogen, der Mund fest und voll und fein und das Kinn wohlgeformt. Dazu war er groß, breitschultrig und schlank. Dann aber, als Simon sich an den Tisch setzen und essen sollte und der Diener das Licht zurechtrückte, sah er, daß an Bjarnes Hals die Haut von Drüsennarben ganz zerstört war; sie reichten auf beiden Seiten bis hinter die Ohren und unter das Kinn, mit toten, glänzendweißen Stellen und blauroten Streifen und geschwollenen Knoten. Und darum hatte Bjarne die Gewohnheit, von Zeit zu Zeit die Kapuze des runden, pelzverbrämten Schulterumhanges, den er auch hier in der Stube trug, bis fast über den Kopf an die Ohren heraufzuziehen. Nach und nach wurde es ihm dann wohl zu warm, er schlug sie herab, und dann zog er sie wieder herauf; er schien sich dieser Bewegung gar nicht bewußt zu sein. Simon bekam schließlich vom Zusehen ganz unruhige Hände, obwohl er versuchte, nicht mehr hinzuschauen.
Herr Erling wandte den Blick kaum von seinem Sohn, auch er schien nicht zu wissen, daß er so dasaß und den Knaben unverwandt ansah. Erling Vidkunssohns Gesicht war nicht sehr beweglich, und es lag nicht besonders viel Ausdruck in seinen blaßblauen Augen, aber in dem ein wenig ungewissen und wäßrigen Blick schienen Kummer und Gedanken und die Liebe endloser Jahre sich abgelagert zu haben.
Dann sprachen die drei älteren Männer miteinander, höfisch und langsam, während Simon aß und der Junge dasaß und an seiner Kapuze zupfte. Schließlich tranken sie alle vier eine angemessene Weile, und dann fragte Herr Erling, ob Simon nicht reisemüde sei, und Stig bat ihn, mit einem Platz bei ihm im Bett vorliebzunehmen. Simon war froh, daß er noch nicht über sein Anliegen zu sprechen brauchte. Dieser erste Abend auf Aker hatte ihn recht niedergedrückt.
Am nächsten Tag, als er seine Bitte vorgebracht hatte, antwortete Herr Erling beinahe genauso, wie Simon erwartet hatte. Er sagte, gutwillig habe König Magnus nie auf ihn gehört, und er, Erling, habe gewußt,

daß Magnus Eirikssohn von dem Augenblick an, da er alt genug war, sich selbst eine Meinung zu bilden, meinte, Erling Vidkunssohn solle bei ihm nichts mehr zu sagen haben, wenn er einmal mündig wäre. Und seitdem der Zwist zwischen ihm und seinen Freunden einerseits und dem König andererseits beigelegt worden war, hatte er vom König oder den Freunden des Königs weder etwas gesehen noch gehört. Selbst wenn er sich bei König Magnus für Erlends Sache verwendete, würde dies dem Manne kaum viel nützen. Er wisse aber wohl, daß viele hier im Lande glaubten, er habe in irgendeiner Weise hinter Erlends Plänen gestanden. Simon möge ihm glauben oder nicht, weder er noch seine Freunde hätten gewußt, daß so etwas vorbereitet wurde. Wäre aber diese Sache auf eine andere Art und Weise verraten worden oder hätten diese abenteuerlustigen jungen Burschen ihr Wagestück ausgeführt und wäre es mißlungen, so würde er hervorgetreten sein und einen Vermittlungsversuch gemacht haben. Da es sich jedoch in dieser Art zugetragen habe, finde er nicht, daß jemand gerechterweise von ihm verlangen könne, nun hervorzutreten und den Verdacht des Volkes, doppeltes Spiel gespielt zu haben, noch zu stärken. Aber er riet Simon, sich an die Haftorssöhne zu wenden. Diese waren Vettern des Königs, und wenn sie nicht gerade mit ihm in Fehde lagen, so hielten sie eine Art Freundschaft mit ihm. Und soviel Erling verstehen konnte, waren die Männer, die Erlend deckten, eher in dem Kreis der Haftorssöhne zu finden – und unter den jüngeren der vornehmen Männer.
Nun verhielt es sich ja so, daß die Hochzeit des Königs im kommenden Sommer hier im Lande gefeiert werden sollte, dies konnte doch ein passender Anlaß für Herrn Magnus sein, seinen Widersachern Schonung und Milde zu erweisen. Und die Mutter des Königs und Frau Isabel kamen wohl auch zu den Festlichkeiten des Königs. Simons Mutter war ja in ihrer Jugend am Hofe der Königin Isabel gewesen, könnte nicht Simon sich an die hohe Frau wenden oder Erlends Gemahlin mit ihrem Ansuchen um Fürbitte der Braut des Königs und Frau Ingebjörg Haakonstochter zu Füßen fallen?
Simon dachte, es sollte der allerletzte Ausweg sein, daß Kristin vor Frau Ingebjörg knien müßte. Wüßte die Herzogin, was Ehre ist, dann wäre sie längst vorgetreten und hätte Erlend aus seinen Schwierigkeiten befreit. Als er jedoch Erlend gegenüber dies einmal erwähnte, hatte der nur gelacht und gesagt, Frau Ingebjörg habe stets selbst so viele Angelegenheiten und Schwierigkeiten; jetzt sei sie wohl erzürnt, weil nun schlechte Aussichten dafür bestünden, daß ihr liebstes Kind je den Königstitel erhalte.

VII

Erst im Frühjahr reiste Simon Andressohn nach Toten im Norden, um sein Weib und seinen zarten Sohn zu holen und sie nach Formo zu begleiten. Er blieb eine Weile daheim, um nach dem Rechten zu sehen.

Kristin wollte Oslo nicht verlassen. Und sie wagte nicht, der brennendheißen Sehnsucht nach ihren drei Söhnen, die im Tal dort oben lebten, nachzugeben. Sollte sie aushalten und das Leben, das sie nun täglich führen mußte, ertragen, so durfte sie nicht an ihre Kinder denken. Sie hielt aus, sie schien ruhig und mutig, sie sprach mit Fremden und hörte Fremden zu und nahm Rat und Trost entgegen, aber sie durfte nicht aufhören, an Erlend zu denken, nur an Erlend! In den wenigen Augenblicken, in denen sie ihre Gedanken nicht im Griff des Willens festhielt, schossen ihr Bilder und Vorstellungen durch den Kopf: Ivar stand voll gespannter Erwartung mit Simon im Holzschuppen auf Formo, während der Oheim ein Stück Holz für ihn aussuchte und die Scheite in den Händen prüfend hin und her wog. Gautes helles Knabengesicht, männlich entschlossen, wie er vornübergebeugt an jenem grauen Wintertag im vergangenen Herbst auf dem Gebirge gegen den Schneesturm kämpfte – sein Schneeschuh glitt zurück, er selbst sank rücklings ein Stück weit über den steilen Abhang hinunter, er fiel tief hinein in den Schnee – und einen Augenblick war er dem Weinen nahe, ein übermüdetes hilfloses Kind. Die Gedanken wollten zu den beiden Kleinen: Munan konnte jetzt gewiß schon gehen und ein wenig sprechen, war wohl ebenso lieblich, wie die anderen in diesem Alter gewesen waren. Lavrans hatte die Mutter wohl vergessen. Und die beiden Großen im Kloster auf Tautra! Naakkve, Naakkve, ihr Erstgeborener. – Was begriffen und was dachten die beiden Großen? Und wie trug es wohl Naakkve in seiner Kindlichkeit, daß sich jetzt wahrscheinlich nichts mehr im Leben so für ihn gestalten würde, wie er selbst und alle anderen gedacht hatten.

Sira Eiliv hatte ihr einen Brief gesandt, und sie hatte Erlend berichtet, was darin über ihre Söhne stand. Im übrigen sprachen sie nie von ihren Kindern. Sie sprachen nicht von der Vergangenheit und jetzt auch nicht mehr von der Zukunft. Kristin brachte ihm ein Gewandstück oder etwas zu essen, er fragte sie aus, wie es ihr seit dem letztenmal ergangen sei, sie saßen Hand in Hand auf seinem Bett. Dann konnte es geschehen, daß sie in dem kleinen, kalten, schmutzigen und stinkenden Raum einen Augenblick allein blieben; sie drängten sich aneinander in stummer, brennender Liebkosung, hörten, ohne sich darüber klarzuwerden, Kristins Magd mit den Burgknechten draußen auf der Treppe lachen.

Wenn er ihr einmal genommen oder ihr wieder zurückgegeben sein würde, war es früh genug, die Gedanken der Kinderschar und deren veränderten Lebensumständen – all dem anderen in ihrem Leben als nur diesem Manne – zuzuwenden. Sie konnte nicht eine Stunde der Zeit verlieren, die sie zusammen sein dürften, und sie wagte nicht, an das Wiedersehen mit den vier Kindern im Norden oben zu denken; so nahm sie es an, als Simon Andressohn sich erbot, allein nach Trondheim zu fahren und zusammen mit Arne Gjavvaldssohn ihre Rechte bei der Aufteilung des Besitzes wahrzunehmen. Viel reicher sollte

König Magnus an Erlends Gütern nicht werden; Erlend war viel verschuldeter, als er selbst je geahnt hatte, und er hatte Gelder erhoben, die nach Dänemark und England und Schottland gesandt worden waren. Erlend zuckte mit den Schultern und sagte mit einem halben Lächeln, dafür erwarte er nun keine Erstattung mehr.

So stand seine Sache beinahe noch wie bisher, als Simon Andressohn um die Zeit der Kreuzmesse im Herbst nach Oslo zurückkam. Aber er entsetzte sich darüber, wie angegriffen sie aussahen, Kristin sowohl als auch der Schwager, und es wurde ihm seltsam weich und krank ums Herz, als die beiden doch noch soviel Gewalt über sich hatten, ihm dafür zu danken, daß er, der in dieser Jahreszeit am schwersten seinen Hof daheim im Stich lassen konnte, hierher gekommen war. Um diese Zeit aber versammelte sich das Volk bei Tunsberg, wo König Magnus sich aufhielt und auf seine Braut wartete.

Gegen Ende des Monats konnte Simon eine Fahrgelegenheit dorthin verabreden: mit einigen Kaufleuten, die acht Tage später absegeln wollten. Da kam eines Morgens ein fremder Knecht und bat Simon Andressohn, sich sofort in die Halvardskirche zu bemühen, Olav Kyrning erwarte ihn dort.

Der Unterschatzmeister befand sich in maßloser Aufregung. Er hatte den Befehl auf der Burg, während der Schatzmeister in Tunsberg war. Und am Abend zuvor war eine Gefolgschaft von Herren gekommen, die ihm einen Brief mit König Magnus' Siegel vorzeigten, mit dem Befehl, daß sie in Erlend Nikulaussohns Sache nachforschen sollten. Da hatte er ihnen den Gefangenen vorführen lassen. Die drei waren Ausländer, Franzosen wahrscheinlich; Olav hatte ihre Sprache nicht verstanden, aber der Hofgeistliche hatte heute morgen lateinisch mit ihnen gesprochen, es sollten Verwandte jener Jungfrau sein, die zur Königin ausersehen war, das war vielversprechend! Sie hatten Erlend in ein hartes Verhör genommen, hatten eine Art Streckbank bei sich gehabt und einige Burschen, die mit solchen Dingen umzugehen verstanden. Heute aber hatte Olav Kyrning sich geweigert, Erlend aus der Kammer zu führen, und hatte ihn stark bewachen lassen; die Verantwortung dafür würde er auf sich nehmen, denn dies hier war ungesetzlich, ein Vorgehen, das in Norwegen bisher noch nie erhört worden war! Simon nahm sich von einem Priester bei der Kirche ein Pferd und ritt gleich mit Olav nach Akersnes hinaus.

Olav Kyrning blickte ein wenig ängstlich in das verbissene Gesicht des anderen, das sich von Zeit zu Zeit mit dunkler Röte überzog. Dazwischen hinein fuchtelte Simon wild und heftig mit dem Arm herum, scheinbar ohne sich dessen bewußt zu sein, und das fremde Pferd sträubte sich, steilte auf und widersetzte sich dem Reiter.

»Ich sehe Euch an, daß Ihr zornig seid«, sagte Olav Kyrning.

Simon wußte selbst kaum, wo ihm der Kopf stand. Er war so aufgebracht, daß er ein Übelsein empfand. Das Blinde und Wilde, das in ihm wühlte und seine Wut zum Äußersten trieb, war eine Art Scham

– ein Mann, der bloß, ohne Waffen und Wehr, fremde Fäuste in seinen Kleidern dulden mußte, es dulden mußte, wie fremde Leute seinen Körper abtasteten –, dies war, wie wenn man von Gewalt gegen Frauen hörte, er wurde ganz wirr vor Rachebegier und dem Drang, Blut dafür zu sehen. Nein, so etwas war hierzulande nie Brauch und Sitte gewesen, sollten die norwegischen Adelsmänner denn jetzt solches erdulden müssen? *Das* durfte nicht geschehen!

Er war krank vor Entsetzen vor dem, was er zu sehen bekommen würde; als Olav Kyrning die Tür zu Erlends Gefängnis aufschloß, überwältigte in Simon die Angst vor der Schmach, die er einem anderen Manne zufügen würde, indem er ihn in diesem Zustande sah, alle anderen Gefühle.

Erlend lag ausgestreckt auf dem Boden, schräg von der einen Ecke des Raumes zur anderen; er war so groß, daß er nur auf diese Weise Platz hatte, sich in seiner vollen Länge auszustrecken. Man hatte für ihn ein wenig Stroh und einige Kleider auf die dicke Schmutzschicht des Bodens gebreitet, und der Körper war mit Erlends dunkelblauem, pelzgefüttertem Umhang bis ans Kinn hinauf zugedeckt, so daß der weiche, graubraune Marderpelz des Kragens sich mit dem schwarzen, wirren, krausen Bart vermischte, der Erlend während seiner Gefangenschaft gewachsen war.

Der Mund erschien ganz weiß im Bart; sein Gesicht war schneeweiß. Das große, gerade Dreieck der Nase sprang unwahrscheinlich weit aus den eingefallenen Wangen hervor, das graugesprenkelte Haar legte sich in einzelnen, feuchten Strähnen von der hohen, schmalen Stirn zurück, auf jeder der eingesunkenen Schläfen war ein großer blauroter Fleck, als habe ihn dort etwas gepreßt oder festgehalten.

Langsam, mit Mühe, schlug er die großen, hellblauen Augen auf und versuchte eine Art Lächeln zustande zu bringen, als er die Männer erkannte, seine Stimme war ein wenig fremd und undeutlich:

»Setz dich, Schwager«, er drehte den Kopf zu der leeren Bettstelle hin. »Ja, seit wir uns das letztemal sahen, habe ich etwas Neues gelernt.«

Olav Kyrning beugte sich über Erlend und fragte, ob er etwas wünsche. Als er keine Antwort erhielt, wahrscheinlich, weil Erlend nichts zu sagen vermochte, zog er den Umhang weg. Erlend hatte nur linnene Hosen und ein zerrissenes Hemd an, und der Anblick der geschwollenen und grün und blau unterlaufenen Glieder empörte und erschütterte Simon wie ein Entsetzen vor Unzüchtigem. Er fragte sich, ob Erlend ähnliches empfinde; es lief ein Schatten der Röte über sein Gesicht, während Olav mit einem Tuch, das er in Wasser getaucht hatte, ihm über Arme und Beine fuhr. Als Simon den Umhang wieder darüberbreitete, rückte Erlend ihn mit kleinen Bewegungen zurecht und zog ihn mit den Zähnen hinauf, so daß er ganz bedeckt war.

»Ja«, sagte Erlend, seine Stimme war jetzt wieder mehr die alte und das Lächeln um den bleichen Mund ein wenig deutlicher, »das nächste Mal – wird schlimmer! Aber ich fürchte mich nicht – niemand braucht sich zu fürchten –, sie sollen nichts aus mir herausbringen; auf diese Weise...«

Simon fühlte, daß der Mann die Wahrheit sprach. Qualen würden aus Erlend Nikulaussohn nicht ein Wort herauszwingen können. Er, der in Erregung und Gedankenlosigkeit tun und ausplaudern konnte, was es auch sein mochte, würde sich mit Gewalt nie um Handbreite von der Stelle bringen lassen. Und er fühlte, daß Erlend die Scham und die Kränkung, die Simon für ihn empfand, selbst kaum gewahr wurde; er war von einer eigensinnigen Freude erfüllt, seinen Bütteln zu trotzen, und voll zufriedenen Vertrauens auf seinen abgehärteten Körper. Er, der stets so kläglich zusammenfiel, wenn er einem festen Willen begegnete, der selbst vielleicht in einem Augenblick des Entsetzens hatte grausam sein können, steilte auf, nun, da er hinter der Grausamkeit einen Gegner witterte, der schwächer war als er selbst.

Aber Simon antwortete mit zusammengebissenen Zähnen:

»Ein nächstes Mal – gibt es wohl nicht! Was meint Ihr, Olav?«

Olav schüttelte den Kopf, aber Erlend sagte mit einem Anflug der alten leichtfertigen Munterkeit in der Stimme:

»Ja, könnte ich dies – so fest glauben – wie ihr! Aber diese Burschen werden sich kaum – hiermit begnügen.« Er wurde das Zucken gewahr, das in Simons breitem und muskelschwerem Gesicht arbeitete: »Nein, Simon – Schwager!« Erlend wollte sich auf den Ellbogen aufrichten; vor Schmerz stieß er ein seltsam ersticktes Stöhnen aus und sank bewußtlos zurück.

Olav und Simon bemühten sich mit ungeschickten Händen um ihn.

Als der Schwindelanfall vorüber war, lag Erlend eine Weile mit offenen Augen da; er sprach ernsthafter: »Versteht ihr nicht – es gilt – viel – für Magnus – zu erfahren – welchen Männern er nicht trauen darf – nicht weiter, als er sie sieht. Nach all der Unruhe – und Unzufriedenheit, die hier im Lande geherrscht haben...«

»Ja, glaubt er, daß dies die Unzufriedenheit dämpfen wird?« sagte Olav Kyrning drohend. Da erwiderte Erlend, leise und mit klarer Stimme: »Ich habe mich bei dieser Sache so gebärdet – daß nur wenige – danach fragen werden, wie es mir ergeht – das weiß ich selbst.«

Die beiden anderen Männer erröteten. Simon hatte geglaubt, Erlend würde es selbst nicht einsehen, es war bisher zwischen ihnen nie eine Andeutung auf Frau Sunniva gemacht worden. Jetzt brach er aus, verzweifelt: »Daß du dich so unverständig leichtfertig anstellen konntest!«

»Ja, das verstehe ich selbst nicht – jetzt«, sagte Erlend aufrichtig, »aber – zur Hölle! – konnte ich denn denken, daß sie Geschriebenes lesen könnte! Sie schien – sehr ungelehrt.«

Die Augenlider sanken wieder zu; er war nahe daran, abermals ohnmächtig zu werden. Olav Kyrning murmelte, er wolle etwas holen, und ging hinaus. Simon beugte sich über Erlend, der wieder mit halboffenen Augen dalag:

»Schwager – war – war – Erling Vidkunssohn mit bei dieser Sache?«

Erlend schüttelte den Kopf ein wenig, lächelte langsam:
»Bei Jesus, nein. Wir dachten – entweder wäre er nicht verwegen genug, um mitzutun – oder er würde bei allem das Hauptwort führen. Aber frage nicht, Simon – ich will nichts sagen – zu niemand – dann weiß ich, daß ich mich nicht verspreche.«
Plötzlich flüsterte Erlend den Namen seines Weibes. Simon beugte sich zu ihm hinunter; er erwartete, daß der andere ihn bitten würde, Kristin jetzt zu ihm zu bringen. Aber Erlend sagte rasch, wie in einem Aufflackern des Fiebers:
»Sie darf nichts von diesem erfahren, Simon. Sage, es sei ein Befehl des Königs gekommen, daß niemand in meine Nähe dürfe. Bringe sie zu Munan hinaus – nach Skogheim – hörst du – diese französischen – oder maurischen – neuen Freunde – unseres Königs – werden sich noch nicht zufriedengeben! Bring sie aus der Stadt, ehe es dort ruchbar wird! – Simon?«
»Ja.« Wie ihm das möglich sein sollte, ahnte Simon nicht.
Erlend lag eine Weile mit geschlossenen Augen da; sagte dann mit einer Art Lächeln:
»Ich dachte heute nacht – an jenes Mal, da sie unseren ältesten Sohn bekam – ihr erging es damals gewiß nicht besser, wenn man danach urteilen will, wie sie jammerte. Und hat sie das – siebenmal ertragen können – um unserer Lust willen – so kann wohl ich . . .«
Simon schwieg. Die unwillige Scheu, die er davor empfand, daß das Leben ihm seine letzten Geheimnisse an Qual und an Lust offenbaren sollte, von ihr schien Erlend nichts zu ahnen. Er ging mit dem Ärgsten und mit dem Schönsten so treuherzig um wie ein unschuldiger Knabe, den die Freunde in ein Dirnenhaus mitgenommen haben, trunken und neugierig.
Erlend schüttelte ungeduldig den Kopf: »Diese Fliegen – das ist das ärgste. Ich glaube, sie sind der Teufel selbst.«
Simon nahm seine Kappe, schlug überall nach den blauschwarzen Fliegen, die in Trauben zusammensaßen, sie flogen schwarmweise summend und lärmend auf; er zertrat alle, die betäubt zu Boden fielen, wütend im Schmutz. Es sollte nicht viel helfen, denn das Luftloch in der Mauer gähnte offen; im Winter zuvor war es durch einen mit einer Haut bespannten Holzrahmen verdeckt gewesen, aber das hatte den Raum sehr dunkel gemacht.
Trotzdem fuhr er fort, um sich zu schlagen, als Olav Kyrning mit einem Priester zurückkehrte, der einen Trinkbecher trug. Der Priester schob die Hand unter Erlends Nacken und stützte ihn, während Erlend trank. Es floß ziemlich viel in seinen Bart und über den Hals herab; ruhig und unbekümmert wie ein Kind lag er da, als der Priester ihn danach mit dem Tuch abwischte.
Simon war es zumute, als gäre es in seinem Körper, das Blut pochte und pochte im Hals bis zu den Ohren hinauf, und sein Herz schlug seltsam und unruhig. Einen Augenblick stand er in der Tür und starrte

auf den langen, ausgestreckten Körper unter dem Umhang. Die Fieberröte kam und ging jetzt wie in Wellen über Erlends Gesicht, er lag mit halboffenen, glänzenden Augen da, aber er lächelte dem Schwager zu, es war ein Schatten eines seltsam unerwachsenen Lächelns.

Am nächsten Tag, als Stig Haakonssohn auf Mandvik mit seinen Gästen, Herrn Erling Vidkunssohn und dessen Sohn Bjarne, beim Morgenimbiß saß, vernahmen sie vom Hofplatz herauf den Hufschlag eines Pferdes. Gleich darauf wurde die Tür der Herrenstube aufgerissen, und Simon Andressohn trat rasch auf sie zu. Er fuhr sich mit dem Ärmel über das Gesicht; er war von seinem Ritt bis in den Nacken hinauf mit Schmutz bespritzt.

Die drei Männer am Tisch erhoben sich und gingen mit leisen Ausrufen, halb Gruß, halb Erstaunen, dem Ankommenden entgegen. Simon grüßte nicht, er stand da und stützte sich auf sein Schwert, dessen Knauf er mit beiden Händen umschloß, er sagte: »Wollt ihr seltsame Neuigkeiten hören, sie haben Erlend Nikulaussohn auf die Streckbank gebunden – einige Ausländer, die der König zu Erlends Verhör sandte.«

Die Männer stießen einen Ruf aus und drängten sich um Simon Andressohn. Stig schlug die eine Hand in die andere: »Was hat er gesagt?«

Gleichzeitig wandten sie sich beide, sowohl er als auch Bjarne Erlingssohn, wie unwillkürlich Herrn Erling zu. Simon brach in Gelächter aus, lachte und lachte.

Er sank auf den Stuhl nieder, den Bjarne Erlingssohn ihm herbeigezogen hatte, nahm den Biernapf, den der Junge ihm bot, und trank gierig. »Warum lacht Ihr?« fragte Herr Erling barsch.

»Über Stig lachte ich.« Simon saß ein wenig vorgeneigt, die Hände auf die mit Schmutz bespritzten Schenkel gestützt, platzte noch ein paarmal leise heraus. »Ich hatte gedacht – wir alle hier in der Stube sind Söhne von vornehmen Leuten; ich hatte erwartet, ihr würdet so aufgebracht darüber sein, daß solches einem unseresgleichen widerfahren kann, dachte, ihr würdet zuerst fragen, wie solches geschehen könne.

Ich kann nicht sagen, daß ich so genau wüßte, wie das Gesetz in solchen Dingen lautet«, fuhr Simon fort. »Seit mein Herr, König Haakon, starb, habe ich mich damit begnügt, seinem Nachfolger zu Dienst verpflichtet zu sein, wenn er über mich gebieten würde, in Krieg und Frieden; im übrigen habe ich mich in Ruhe auf meinem Hof gehalten. Aber ich kann es nicht anders verstehen, als daß man in dieser Sache ungesetzlich gegen Erlend Nikulaussohn vorgegangen ist. Seine Standesgenossen haben das Urteil über ihn gefällt – mit welchem Recht sie ihm das Leben absprachen, weiß ich nicht –, dann wurde ihm Aufschub der Strafe und Geleit geboten, bis er mit seinem Verwandten, dem König, zusammentreffen würde, wenn dieser es Erlend vergönnen wollte, sich mit ihm auszusöhnen. – Seit der Zeit hat der Mann gegen ein Jahr im Turm der Akersburg gelegen, und der König war fast die ganze Zeit im Auslande – einige Briefe sind hin und her gegangen – herausgekommen ist dabei nichts. Nun sendet der König ein

paar Burschen – sie sind weder Norweger noch aus dem Gefolge des Königs – und versucht Erlend auf eine Weise verhören zu lassen, die gegen einen norwegischen Mann mit den Rechten eines Mannes aus dem Königsgefolge ein unerhörtes Vorgehen bedeutet, während im Lande Frieden herrscht und Erlends Verwandte und Ebenbürtige sich in Tunsberg versammeln, um die Hochzeit des Königs zu feiern.
Was meint Ihr dazu, Herr Erling?«
»Ich meine ...« Erling nahm auf der Bank gerade ihm gegenüber Platz. »Ich meine, Ihr habt klar und deutlich gesagt, Simon Darre, wie diese Sache steht. Ich begreife nicht, wie der König mehr als eines von drei Dingen tun kann: entweder läßt er Erlend nach dem Urteil, das in Nidaros gefällt wurde, büßen – oder er muß ein neues Gericht aus der Königsgefolgschaft ernennen und die Anklage gegen Erlend durch einen Mann führen lassen, der nicht Ritter ist – und dieses Gericht mag Erlend zur Verbannung verurteilen und ihm die gesetzliche Frist stellen, die Länder König Magnus' zu verlassen. Oder er mußte Erlend gönnen, sich mit ihm auszusöhnen, und das wäre das klügste, was er tun könnte.
Diese Sache dünkt mich jetzt so klar zu sein, daß jeder, dem Ihr sie in Tunsberg darlegen werdet, Euch folgen und Euch stützen wird. Jon Haftorssohn und sein Bruder sind dort. Erlend ist mit ihnen verwandt, ebenso wie mit dem König; die Aagmundssöhne werden begreifen, daß hier unverständlich gehandelt worden ist. Zuerst müßt Ihr Euch wohl an den Obersten des Königsgefolges wenden; bringt ihn und Herrn Paal Eirikssohn dazu, jene Treugeschworenen des Königs zu versammeln, die sich in der Stadt befinden und die am geeignetsten dazu scheinen, sich dieser Sache anzunehmen.«
»Wollt Ihr und Eure Verwandten nicht mit mir fahren, Herr?« – »Wir gedenken nicht zu den Festlichkeiten zu kommen«, sagte Erling kurz.
»Die Haftorssöhne sind jung, und Herr Paal ist alt und gebrechlich – und die anderen ... Ihr wißt selbst am besten, Herr, sie haben einige Macht, durch die Gunst des Königs und auch sonst, jedoch ... Erling Vidkunssohn, was gelten diese gegen Euch? Ihr, Herr, Ihr habt in diesem Lande eine Macht besessen wie kein anderer mehr seit – ich weiß nicht wann. Hinter Euch, Herr, stehen die alten Geschlechter, aus denen das Volk in diesem Lande Mann für Mann kannte, so weit zurück, wie man an böse und gute Zeiten in unseren Tälern denken kann. In der väterlichen Sippe – was sind Magnus Eirikssohn oder Haftor auf Sudrheims Söhne gegen Euch – ist deren Reichtum wert, im Vergleich zu dem Euren genannt zu werden? Die Ratschläge, die Ihr mir gebt – werden Zeit kosten, und die französischen Männer sind in Oslo, und Ihr könnt Eure Seele darauf verschwören, daß sie nicht nachgeben werden; es ist doch deutlich, daß der König versuchen will, in Norwegen nach den Sitten fremder Länder zu herrschen. Ich weiß, im Auslande ist es der Brauch, daß der König das Gesetz überschreitet, wenn es ihn gelüstet und er folgebereite Männer aus der Ritterschaft fin-

den kann, die ihn gegen ihre eigenen Leute stützen. – Olav Kyrning hat einen Brief gesandt, und mit ihm die Herren, die er bereit fand, ihm zur Seite zu stehen; der Bischof versprach zu schreiben, aber diese Unruhe und diesen Streit könnt Ihr enden, Erling Vidkunssohn, in der gleichen Stunde, in der Ihr vor König Magnus hintretet. Ihr steht an der Spitze der gesamten alten Herrenmacht hier im Lande – der König weiß, daß wir alle miteinander hinter Euch stehen würden.«

»Ich kann nicht sagen, daß ich das früher bemerkt hätte«, sagte Erling bitter. »Du sprichst mit Wärme für deinen Schwager, Simon, aber begreifst du nicht, *jetzt* kann ich nicht. Es würde heißen: in dem Augenblick, da man auf Erlend einen solchen Druck ausübte, daß man fürchten mußte, er würde nicht reinen Mund halten können, da trat Erling Vidkunssohn vor!«

Es entstand ein Augenblick des Schweigens. Dann fragte Stig wiederum: »Hat – Erlend gesprochen?«

»Nein«, antwortete Simon ungeduldig, »er hat den Mund gehalten. Und ich denke, er wird es auch weiterhin tun. Erling Vidkunssohn«, sagte er flehend, »er ist Euer Verwandter – ihr wart Freunde!«

Erling holte ein paarmal kurz und schwer Atem:

»Ja. – Simon Andressohn, habt Ihr vollauf begriffen, *was* Erlend Nikulaussohn da auf sich genommen hatte? Er wollte das gemeinsame Königtum mit den Schweden auflösen – diese Art der Herrschergewalt, die bisher nie erprobt worden war – die mit jedem dahingehenden Jahr immer mehr und mehr Verderben und Schwierigkeiten ins Land bringt, wollte zu der alten Herrschaft zurückfinden, die wir kannten und von der wir wissen, daß sie Glück und Gedeihen mit sich bringt. Versteht Ihr, daß dies der Gedanke eines klugen und kühnen Mannes war, und versteht Ihr, daß nun dieser Gedanke nach ihm nur schwer von anderen wiederaufgenommen werden kann? Die Sache der Porse-Söhne hat er verspielt, andere Männer aus königlichem Geschlecht gibt es nicht, um die das Volk sich scharen könnte. Ihr werdet vielleicht sagen, hätte Erlend sein Vorhaben durchgeführt und Junker Haakon nach Norwegen gebracht, so hätte er mir in die Hände gespielt. Viel mehr, als den Knaben ins Land zu bringen, hätten diese – jungen Burschen – kaum vermocht, ohne daß besonnenere Männer hinzugekommen wären und das übrige zu Ende geführt hätten. So ist es – das wage ich zu behaupten. Gott weiß, daß ich keinen Gewinn gehabt habe in den zehn Jahren, die ich das Land verwaltete, sondern vor allem nur Unruhe und Mühsal und Kampf und Plage ohne Ende, und daß ich die Sorge für meinen eigenen Besitz auf die Seite habe stellen müssen; ein paar Männer in diesem Lande haben Verständnis dafür gezeigt, und damit muß ich mir's genug sein lassen!« Er schlug die Hand hart auf den Tisch. »Vermögt Ihr zu begreifen, Simon, wie ein Mann, der so große Dinge auf seine Schultern genommen hat, daß man nicht weiß, ob nicht unser aller Wohlfahrt in diesem Lande und die unserer Nachkommen für lange Zeit davon hätte abhängen können, wie er alles miteinander mit seiner Hose auf die Bettstatt eines Hurenweibes legen konnte – beim Blute Gottes! Er dürfte wohl wert sein, so büßen zu müssen, wie Audun Hestakorn es mußte!«

Ein wenig ruhiger fuhr er fort:

»Im übrigen ist es nicht so, daß ich Erlend nicht die Rettung gönne, und Ihr dürft nicht glauben, ich grämte mich nicht über die Nachricht, die Ihr uns gemeldet habt. Und ich meine, wenn Ihr meinem Rat folgt, so findet Ihr genug der Männer, die in dieser Sache mit Euch gehen werden. Aber ich glaube nicht, Euch mit meiner Gefolgschaft so viel dienen zu können, daß ich um dieser Sache willen ungebeten zum König fahren möchte.«

Simon erhob sich, steif und ungelenk. Sein Gesicht war vor Müdigkeit grau. Stig Haakonssohn trat auf ihn zu und berührte ihn an der Schulter – jetzt werde es etwas zu essen geben; er habe nur keinen Fremden in der Stube haben wollen, ehe die Unterredung zu Ende gewesen wäre. Jetzt aber solle Simon sich mit Essen und Trinken stärken und danach schlafen. Simon dankte; er wolle nach kurzer Zeit weiterreiten, wenn Stig ihm ein frisches Pferd leihen könne. Und ob Stig seinen Knecht, Jon Daalk, über Nacht behalten wolle. – Simon hatte ihn schließlich unterwegs zurücklassen müssen, weil dessen Gaul mit dem seinen nicht hatte Schritt halten können. Ja, er war den größten Teil der Nacht geritten – er glaubte doch, mit den Wegen hierher gut vertraut zu sein, hatte sich aber dennoch ein paarmal verirrt.

Stig bat ihn, bis zum nächsten Tag zu warten, dann wollte er selbst mit ihm reiten – jedenfalls ein Stückweit – ja, er könne gern auch bis Tunsberg mitkommen. »Hier habe ich auf nichts mehr zu warten. Ich will nur noch in die Kirche; da ich nun einmal hier auf dem Hofe bin, will ich doch an Halfrids Grab ein Gebet verrichten.«

Das Blut brauste und dröhnte in seinem erschöpften Körper, das Herz pochte ohrenbetäubend. Er hatte ein Gefühl, als müsse er zusammenbrechen, er war wie halbwach. Aber er hörte seine eigene Stimme, die ruhig und gleichmäßig sagte: »Wollt Ihr mich nicht begleiten, Herr Erling? Ich weiß, sie hatte von ihren Verwandten Euch am liebsten.«

Er sah den anderen nicht an, fühlte jedoch, wie jener erstarrte. Nach einer Weile hörte er durch das Sausen und Singen seines eigenen Blutes Herrn Erling Vidkunssohns klare und höfliche Stimme:

»Das will ich gern, Simon Darre. – Es ist ein häßliches Wetter«, sagte er, schnallte sich das Schwert um und warf einen dicken Umhang um die Schultern. Simon stand still wie ein Stein, bis der andere fertig war. Dann gingen sie.

Draußen rieselte der Herbstregen herab, und der Nebel trieb so dick vom Meer herein, daß sie nur einige Pferdelängen über die Äcker und in die gelben Laubhaine zu beiden Seiten des Pfades sehen konnten. Der Weg zur Kirche war nicht weit. Simon holte den Schlüssel im Priesterhof nebenan; er war froh, als er sah, daß dort andere Leute wohnten als zu seiner Zeit, so entging er einem langen Gespräch.

Es war eine kleine Steinkirche mit nur einem Altar. Gedankenlos betrachtete Simon wiederum die gleichen Bilder und Verzierungen, die er so viele hundert Male gesehen hatte, während er, ein Stück von Erling Vidkunssohn entfernt, bei dem weißen Marmorstein kniete, Gebete sprach und sich bekreuzigte, ohne sich dessen bewußt zu sein.
Er begriff selbst nicht, daß er es vermocht hatte. Aber jetzt war er mittendrin. Was er sagen wollte, ahnte er nicht, aber krank, wie er war vor Entsetzen und Scham über sich selbst, wußte er, daß er dies dennoch versuchen würde.
Er entsann sich des weißen, kränklichen Gesichtes der etwas ältlichen Frau im Halbdunkel des Bettes, ihrer lieblichen, sanften Stimme, dachte an jenen Nachmittag, da er bei ihr auf dem Bettrande saß und sie es ihm erzählte. Es war ein Monat, bevor das Kind kam, sie erwartete selbst, daß es um ihr Leben gehen würde, und sie war frohen Herzens bereit, ihren Sohn so teuer zu erkaufen. Dieses arme kleine Kind, das dort unter dem Stein in einem kleinen Sarg an der Schulter der Mutter lag. Nein, was er hatte tun wollen, konnte kein Mann tun.
Aber Kristins weißes Gesicht. Sie hatte es gewußt, als er an jenem Tag von Akersnes heimkehrte. Bleich und ruhig sprach sie darüber und fragte ihn aus, aber er hatte ihre Augen nur ganz kurze Zeit gesehen und wagte ihnen seitdem nicht mehr zu begegnen. Wo sie jetzt war oder was sie getan hatte, wußte er nicht – ob sie in der Herberge saß oder bei ihrem Mann oder ob man sie dazu gebracht hatte, nach Skogheim zu gehen – er hatte es in Olav Kyrnings und Sira Ingolfs Hände gelegt – er war mit seiner Kraft am Ende gewesen, und es hatte ihn gedünkt, er dürfe keine Zeit verlieren.
Simon wußte nicht, daß er das Gesicht in seinen Händen verbarg. Halfrid – es handelt sich ja weder um Sünde noch Schande, meine Halfrid. – Trotzdem. Was sie zu ihm gesagt hatte, ihrem Gemahl – von ihrer Sorge und von ihrer Liebe, die die Ursache gewesen war, daß sie bei jenem alten Teufel ausgehalten hatte. Er hatte sein Kind unter dem Herzen der Mutter getötet, und sie blieb bei ihm, denn sie wollte nicht ihren liebsten Freund in Versuchung führen.
Ohne Ausdruck in dem farblosen, wohlgeformten Gesicht kniete Erling Vidkunssohn da. Die mit den Flächen zusammengelegten Hände hielt er gegen die Brust gedrückt, und von Zeit zu Zeit machte er mit einer stillen, weichen und schönen Bewegung das Kreuzeszeichen und legte dann die Fingerspitzen wieder gegeneinander.
Nein. Dies war entsetzlich, kein Mann konnte es über sich bringen. Nicht einmal um Kristins willen konnte er *dies* tun. Sie erhoben sich gleichzeitig, grüßten den Altar und schritten durch die Kirche; Simons Sporen klirrten ein wenig bei jedem Schritt über den Steinboden. Seitdem sie den Hof verlassen hatten, war noch kein Wort zwischen ihnen gefallen, und Simon wußte nicht, was nun geschehen würde.
Er schloß die Kirchentür ab, und Erling Vidkunssohn ging durch den Friedhof voraus. Unter dem kleinen Dach der Kirchhofspforte hielt er

inne. Simon kam nach; sie standen eine Weile, ehe sie in den triefenden Regen hinausgehen mochten.
Erling Vidkunssohn sprach ruhig und gleichmäßig, aber Simon fühlte die dumpfe, grenzenlose Wut, die tief drinnen in dem anderen raste – er wagte nicht aufzublicken. »In drei Teufels Namen, Simon Andressohn, was meint Ihr eigentlich mit all dem hier?«
Simon vermochte kein Wort zu erwidern.
»Meint Ihr, mich zwingen zu können, daß ich mich Eurem Willen füge, weil Ihr vielleicht einige Lügengerüchte vernommen habt über Begebenheiten, die sich einmal zugetragen haben in einer Zeit, da Ihr wohl kaum von der Mutterbrust abgewöhnt wart?« Der Groll knurrte jetzt aus größerer Nähe.
Simon schüttelte den Kopf: »Ich dachte, Herr, wenn Ihr Euch ihrer erinnert, die besser war als das schierste Gold, da würdet Ihr Euch vielleicht der Gattin Erlends und ihrer Kinder erbarmen.«
Herr Erling sah ihn an; er gab keine Antwort, sondern begann Moos und Flechte von den Steinen der Kirchhofsmauer abzureißen. Simon schluckte und feuchtete die Lippen mit der Zunge an:
»Ich weiß kaum, was ich dachte, Erling Vidkunssohn – nur so viel, daß, wenn Ihr Euch ihrer erinnert, die alle jene bösen Jahre ertragen hat – ohne anderen Trost und Hilfe als Gott allein –, daß Ihr da so vielen Menschen helfen wolltet, als Ihr nur könnt. Da Ihr nicht ihr helfen konntet. Wenn Ihr jemals bereut habt, daß Ihr an jenem Tag von Mandvik fortgeritten seid und Halfrid allein in Herrn Finns Gewalt zurückgelassen habt...«
»Aber ich habe es nicht!« Erlings Stimme war jetzt schneidend. »Denn ich weiß, daß *sie* nie... Aber ich glaube, das verstehst *du* nicht! Denn hättest du einen einzigen Augenblick völlig verstanden, wie stolz sie war, die Frau, die *du* zur Gemahlin bekamst« – er lachte vor Zorn –, »dann hättest du dies nicht getan. Ich weiß nicht, was du weißt, aber du kannst es gern erfahren. Sie sandten mich, Haakon war in jener Zeit krank, um sie zu ihren Verwandten heimzuholen. Elin und sie waren wie Schwestern aufgewachsen, sie standen beinahe im gleichen Alter, obwohl Elin ihre Muhme war; wäre sie von Mandvik heimgekehrt, hätten wir einander täglich und stündlich begegnen müssen. Wir sprachen darüber, eine ganze Nacht lang saßen wir auf dem Altan des Drachenhauses; jedes Wort, das gesprochen wurde, können wir beide, sie und ich, am Jüngsten Tag vor Gott verantworten. Dann mag *er* uns sagen, warum es so sein mußte.
Obgleich Gott ja ihren frommen Sinn zum Schluß belohnte. Ihr einen guten Gemahl gab zum Trost für den vorherigen – solch einen jungen Burschen, wie du warst, der in ihrem eigenen Hof bei ihren Dienstmägden lag – und Halfrid seine Buhlenkinder aufziehen ließ« – er schleuderte das Knäuel zusammengeballten Mooses fort.
Simon stand unbeweglich und stumm da. Erling riß wieder ein Stück Moos ab und warf es fort: »Ich tat so, wie *sie* mich hieß. Hast du

genug gehört? Es gab keinen anderen Ausweg. Wo in der Welt wir einander auch begegnet wären, – hätten wir – hätten wir ... Ehebruch ist kein schönes Wort. Blutschande – ist noch häßlicher.«

Simon bewegte den Kopf mit einem steifen kleinen Nicken.

Er verstand selbst – es wäre lächerlich gewesen, das zu sagen, was er dachte. Erling Vidkunssohn war erst Anfang der Zwanziger gewesen, fein und höfisch, Halfrid hatte ihn so geliebt, daß sie an jenem Frühlingsmorgen gern seine Fußspur in dem betauten Gras des Hofplatzes hätte küssen mögen. Er, Simon selbst, war ein ältlicher, dickbäuchiger, häßlicher Bauer – und Kristin. Nie würde sie wohl auf den Gedanken verfallen, daß für irgendeine Seele Gefahr bestände, und wenn sie zwanzig Jahre zusammen im selben Hofe lebten. Das hatte er nun doch gründlich verstehen gelernt. So sagte er leise, beinahe demütig: »Sie wollte es nicht verantworten, daß es dem unschuldigen Kinde, das ihre Magd von ihrem Manne bekommen hatte, einmal schlecht in der Welt ergehen sollte. *Sie* war es, die mich bat, so gut gegen das Kind zu sein, als ich vermöchte. Oh, Erling Vidkunssohn, um Erlends armen und unschuldigen Weibes willen ... Sie grämt sich zu Tode. Mich dünkt, ich dürfe keinen Stein umgewendet auf der Erde liegen lassen, während ich nach Hilfe für sie und alle ihre Kinder suche.«

Erling Vidkunssohn stand an den Torpfosten gelehnt. Sein Gesicht war ebenso ruhig wie immer und die Stimme höfisch und kühl, als er wiederum sprach:

»Ich habe sie gern gemocht, die Kristin Lavranstochter, obwohl ich sie nur wenig kenne – eine schöne und würdige Frau ist sie –, und ich habe es nun so oft gesagt, Simon Andressohn, ich glaube gewiß, Ihr werdet Hilfe finden, wenn Ihr meinem Rat folgen wollt. Aber ich verstehe nicht recht, was Ihr mit diesem – seltsamen Einfall wollt. Ihr könnt doch wohl nicht meinen, ich würde ... Weil ich meinen Oheim meine Heirat bestimmen lassen mußte, unmündig, wie ich damals war, und das Mädchen, das ich am meisten liebte, verlobt war, als wir einander kennenlernten ... So unschuldig, wie Ihr sagt, ist Erlends Gattin schließlich doch auch nicht. Ja, Ihr seid mit der Schwester verheiratet, das ist wahr, aber Ihr, nicht ich, seid die Ursache dazu, daß wir nun diese – merkwürdige Unterredung führen, und da müßt Ihr dulden, daß ich davon spreche. Ich erinnere mich, es gingen genug Gerüchte darüber, damals, als Erlend mit ihr verheiratet wurde – der Handel kam gegen Lavrans Björgulfssohn Willen und Rat zustande, aber die Maid hatte mehr daran gedacht, ihren Willen durchzusetzen, als daran, ihrem Vater zu gehorchen und ihre Ehre zu wahren. Ja, sie kann trotzdem ein gutes Weib sein, aber sie *bekam* ja Erlend, so hat sie wohl ihre Zeit an Wonne und Lust gehabt. Ich glaube nicht, daß Lavrans jemals große Freude an dem Eidam hatte; *er* hatte bereits einen anderen Mann für die Tochter erwählt, als sie mit Erlend bekannt wurde. – Sie war verlobt, das weiß ich ...« Er brach jäh ab, sah Simon einen Augenblick an und wandte den Kopf zur Seite, ziemlich verlegen.

Brennend rot vor Scham neigte Simon sein Gesicht auf die Brust herab, trotzdem aber sagte er leise und fest: »Ja, sie war mir anverlobt.«

Einen Augenblick standen sie da und wagten einander nicht anzusehen. Dann warf Erling Vidkunssohn den letzten Moosball weg, wandte sich ab und ging in den Regen hinaus. Simon blieb zurück, als Erling aber ein Stückweit in den Nebel hinausgekommen war, blieb er stehen und winkte ungeduldig.

Dann kehrten sie heim, ebenso schweigsam, wie sie gekommen waren. Sie waren fast beim Hof angelangt, als Herr Erling sagte:

»Ich werde es tun, Simon Andressohn. Ihr müßt bis morgen warten, dann können wir zu vieren reiten.«

Simon blickte zu ihm auf, sein Gesicht war von Scham und Schmerz ganz verzerrt. Er wollte danken, vermochte jedoch nicht, er mußte sich hart in die Lippe beißen, denn sein Unterkiefer schlotterte entsetzlich. Als sie durch die Stubentür eintraten, berührte Erling Vidkunssohn wie zufällig Simons Schulter. Aber der eine wußte vom anderen, daß sie einander nicht anzusehen wagten.

Am nächsten Tag, sie waren im Begriff, sich zur Fahrt vorzubereiten, wollte Stig Haakonssohn Simon unbedingt Kleider leihen – Simon hatte nichts zum Wechseln mit. Er blickte an sich herab, der Knecht hatte sein Gewand gebürstet und geputzt, aber es war und blieb von dem langen Ritt bei dem schlechten Wetter häßlich und mitgenommen. Doch er fuhr sich über die Schenkel herunter:

»Ich bin zu dick, Stig. Auch reite ich nicht als ein Gast zum König.«

Erling Vidkunssohn hatte den einen Fuß auf die Bank aufgestützt, und sein Sohn schnallte ihm den vergoldeten Sporn an; es war, als suche Herr Erling heute seine Diener möglichst von sich fernzuhalten. Der Ritter lachte seltsam zornig auf.

»Zum Schaden kann es gewiß nicht gereichen, wenn man Simon Darre ansieht, daß er sich im Dienst des Schwagers nicht geschont hat, sondern daß er mit seinen wackeren und guten Worten geradewegs von der Landstraße kommt. Er ist wohlberedt, unser früherer Schwager, Stig. Eines allein befürchte ich, daß er selbst nicht wissen könnte, wann er aufhören muß.«

Simon stand da, dunkelrot im Gesicht, sagte jedoch nichts. In allem, was Erling Vidkunssohn seit gestern zu ihm geäußert hatte, verspürte er den spöttischen Groll – und eine wunderlich widerspenstige Güte – und einen festen Willen, diese Sache zu fördern, seitdem er sich ihrer nun einmal angenommen hatte.

So ritten sie von Mandvik weg nach Norden zu, Herr Erling, sein Sohn und Stig, mit, alles in allem, zehn gutgekleideten und wohlbewaffneten Leuten. Simon mit seinem einzigen Mann dachte, er hätte vielleicht mit geziemenderem Gefolge und besser ausgestattet hierherkommen sollen; Simon Darre von Formo hätte es nicht nötig gehabt, neben seinen früheren Schwägern wie ein kleiner Mann einherzureiten, der in seiner Machtlosigkeit ihren Beistand gesucht hatte. Aber

ihm war alles gleich. Er war so müde und so gebrochen von dem, was er gestern getan hatte, daß es ihn jetzt fast dünkte, für ihn sei es gleichgültig, welchen Ausgang diese Fahrt haben würde.
Simon hatte sich immer so verhalten, als schenke er den häßlichen Gerüchten über König Magnus keinen Glauben. Er war nicht so heilig, daß er nicht einen derben Scherz unter erwachsenen Männern vertragen hätte. Aber wenn die Leute die Köpfe zusammensteckten und schaudernd über dunkle und unheimliche Sünden murmelten, fühlte er sich stets unbehaglich. Und es schien ihm unschicklich, etwas Derartiges von dem König zu glauben oder mit anzuhören, dem er den Treueid geschworen hatte.
Trotzdem war er erstaunt, als er vor dem jungen König stand. Er hatte Magnus Eirikssohn zwar nicht mehr gesehen, seit dieser ein Kind war, hatte aber doch erwartet, daß etwas Weibisches oder Unfrisches an ihm wäre, dies aber war einer der schönsten jungen Männer, die Simon je gesehen hatte, und er sah männlich und königlich aus in all seiner Jugend und schlanken Zartheit.
Er trug ein hellblaues, grün gemustertes Gewand, das ihm in weiten Falten bis auf die Füße hing und in der schmächtigen Mitte von einem vergoldeten Gürtel gehalten war, und er bewegte seinen hohen, wie eine Tanne gewachsenen Körper mit vollendeter Anmut in dem schweren Kleid. König Magnus hatte helles Haar, das sich glatt um den schöngeformten Kopf legte, an den Spitzen jedoch mit Kunst gekräuselt war, so daß es um den freien und breiten Stamm des Halses brauste. Seine Gesichtszüge waren fein und offen, die frische Hautfarbe und die roten Wangen trugen einen gelblichen Schimmer von Sonnenbräune, er hatte klare Augen und einen offenen Blick. Er begrüßte seine Männer in schöner Haltung und mit leutseliger Freundlichkeit. Dann legte er seine Hand auf Erling Vidkunssohns Arm und führte ihn einige Schritte von den anderen fort, während er ihm für sein Kommen dankte.
Sie sprachen eine Weile miteinander, und Herr Erling erwähnte, daß er ein besonderes Anliegen an die Gnade und das Wohlwollen des Königs habe. Da trugen die Königsdiener einen Stuhl für den Ritter vor den Hochsitz des Königs, wiesen den drei anderen Männern etwas weiter entfernt Plätze an und gingen hinaus.
Wie von selbst fand Simon jenes Gebaren und jene Haltung wieder, deren er sich in der Jugend befleißigt hatte; er hatte sich schließlich auch dazu überreden lassen, von Stig ein langes braunes Gewand zu leihen, so daß er sich auch im Aussehen nicht von den anderen Männern unterschied. Aber wie er so dasaß, war ihm zumute, als befinde er sich mitten in einem Traum, er war und war nicht der gleiche wie jener junge Simon Darre, ein rascher und höfischer Rittersohn, der König Haakon im Königshof zu Oslo vor unendlich vielen Wintern mit Handtuch und Kerze aufgewartet hatte. Er war und war doch wieder nicht Simon, der Bauer auf Formo, der in allen diesen Jahren sein

freies und munteres Leben im Tale oben geführt hatte, sorglos in einer Art, obwohl er die ganze Zeit gewußt hatte, daß in ihm diese Glut lag und glomm, aber er hatte seine Gedanken davon abgewandt. Ein dumpfer und drohender Wille zum Aufruhr stieg in ihm empor, er wußte nichts von gewollter Sünde oder Schuld in sich, sondern das Schicksal hatte die Flamme angefacht, und er mußte sich bezwingen und durfte sich nichts anmerken lassen, während er über einem langsamen Feuer geröstet wurde.

Er stand auf, da alle anderen es taten – König Magnus hatte sich erhoben:

»Mein lieber Verwandter«, erklang seine frische junge Stimme, »mich dünkt, diese Sache verhält sich so: Der Junker ist mein Bruder, aber wir haben ja nie versucht, ein gemeinsames Gefolge zu haben; uns beiden können nicht die gleichen Männer dienen. Es scheint ja auch nicht, als hätte Erlend gemeint, daß dies weiterhin so sein sollte, wenngleich er eine Zeitlang das Amt unter mir beibehielt und zur selben Zeit einer der Getreuen Haakons wurde. Jene meiner Männer aber, die lieber meinem Bruder Haakon folgen, sollen aus meinem Dienst beurlaubt werden und die Freiheit erhalten, ihr Glück in seinem Haus zu suchen. Wer dies sein mag, das gedenke ich aus Erlends Mund zu erfahren.«

»Da müßt Ihr, Herr König, versuchen, in diesem Punkt mit Erlend Nikulaussohn einig zu werden. Ihr müßt Euerem Verwandten das freie Geleit, das Ihr ihm versprochen habt, gewähren und ihm eine Unterredung vergönnen.«

»Ja, er ist mein Verwandter und Euer Verwandter, und Herr Ivar überredete mich dazu, ihm freies Geleit zu versprechen, aber *er* hielt seine Eide nicht, und *er* entsann sich auch nicht der Verwandtschaft zwischen uns.« König Magnus lachte ein wenig und legte wiederum die Hand auf Erlings Arm. »Meine Verwandten, liebe Freunde, scheinen nach jenem Sprichwort zu leben, das wir hierzulande haben und das lautet: Der Bruder ist des Bruders ärgster Feind. Nun bin ich durchaus willig, meinem Verwandten Erlend von Husaby um Gottes und Unserer Lieben Frau willen und um meiner jungfräulichen Verlobten willen Gnade zu erweisen, ihm Leben und Güter zu schenken und den Bann aufzuheben, wenn er sich mit mir aussöhnen will, ferner ihm reichlich Frist zu geben, aus meinen Landen zu kommen, wenn er zu seinem neuen Herrn, Herzog Haakon, fahren will. Die gleiche Gnade will ich jedem Manne erweisen, der mit ihm verbündet war, aber ich will wissen, wer es ist und welche von meinen Männern hier im ganzen Lande mir falsch gedient haben. Was sagt Ihr, Simon Andressohn? Ich weiß, daß Euer Vater eine treue Stütze meines Mutter-Vaters war, Ihr selbst habt König Haakon mit Ehren gedient. – Meint Ihr nicht, daß ich ein Recht habe, in dieser Sache nachzuforschen?«

»Ich meine, Herr und König« – Simon trat vor und grüßte wiederum –, »solange Euer Gnaden nach dem Gesetz und dem Brauch dieses

Landes mit Milde regieren, werdet Ihr wohl niemals erfahren, wer diese Männer waren, die zu Ungesetzlichkeit und Königsverrat überzugehen gedacht haben. Denn in derselben Stunde, da das Volk sieht, daß Euer Gnaden Recht und Brauch so halten wollen, wie es Eure Vorfahren eingesetzt haben, wird gewiß kein Mann in diesem Lande daran denken, den Frieden aufs Spiel zu setzen. Sondern sie werden schweigen und weit eher denken – was eine Zeitlang vielleicht schwer glaubhaft zu sein schien –, daß Ihr, Herr, trotz Euerer Jugend, zwei große Königreiche mit Weisheit und Kraft zu lenken vermöget.«
»So ist es, Herr und König«, fiel Erling Vidkunssohn ein, »kein Mann in diesem Lande hat daran gedacht, Euch den Gehorsam zu verweigern in Dingen, die Ihr mit Rechten gebietet.«
»Nicht? Ihr meint also, Erlend habe nicht auf Umsturz und Landesverrat gesonnen – wenn wir die Sache näher betrachten?«
Einen Augenblick schien Herr Erling die Antwort schuldig bleiben zu müssen, da ergriff Simon das Wort:
»Ihr, Herr, seid unser König, von Euch erwartet jeder Mann, daß Ihr Ungesetzliches mit dem Gesetz züchtigt. Folgt Ihr jedoch der gleichen Spur, die Erlend Nikulaussohn vorangegangen ist, dann könnte es geschehen, daß jene hervortreten und ihre Namen nennen, die zu erfahren Ihr jetzt so hart drängt, oder andere Männer, die vielleicht anfangen, darüber nachzudenken, wie denn diese Sache zusammenhing, denn es wird viel darüber geredet werden, wenn Euer Gnaden so vorgehen, wie Ihr zu tun gedroht habt, gegen einen so bekannten und hochgeborenen Mann wie Erlend Nikulaussohn.«
»Was meint Ihr, Simon Andressohn?« sagte der König scharf – er wurde gleichzeitig rot.
»Simon meint«, fiel Bjarne Erlingssohn ein, »daß es sich für Euer Gnaden schlecht lohnen dürfte, wenn das Volk anfinge zu fragen, weshalb Erlend nicht der gleiche Schutz der Mannesehre gewährt wurde, wie er jedermann zusteht, ausgenommen Dieben und Schurken. Es könnte ihnen da einfallen, an die anderen Töchtersöhne König Haakons zu denken.«
Erling Vidkunssohn wandte sich heftig seinem Sohne zu, er sah zornig aus – aber der König fragte trocken:
»Zählt Ihr Königsverräter nicht zu den Schurken?«
»Niemand wird so *genannt*, wenn ihm sein Plan gelingt, Herr«, erwiderte Bjarne.
Einen Augenblick standen sie alle verstummt. Dann begann Erling Vidkunssohn: »Wie man auch Erlend nennen mag, Herr, so geziemt es sich für Euch nicht, um seinetwillen das Gesetz umzustoßen.«
»Dann muß das Gesetz an dieser Stelle geändert werden«, sagte der König heftig, »wenn es sich wirklich so verhält, daß ich nicht die Macht habe, mir Kenntnis darüber zu verschaffen, wie das Volk mir die Treue zu halten gedenkt.«
»Dennoch könnt Ihr nicht nach dem veränderten Gesetz handeln, ehe

es verändert ist, außer Ihr verübt Gewalt an dem Volk, und diesem fällt es seit alters schwer, sich an Gewalttaten seiner Könige zu gewöhnen«, sagte Herr Erling schroff.
»Ich habe ja doch eine Stütze an meiner Ritterschaft und jenen Männern, die mir Treue geschworen haben«, antwortete Magnus Eirikssohn mit einem jungenhaften Lachen. »Was sagt Ihr, Simon?«
»Ich sage, Herr – es dürfte sich zeigen, daß dies keine so sichere Stütze ist – nach dem Streich der Ritterschaft und des Adels gegen ihre Könige in Dänemark und Schweden zu urteilen – als die Allgemeinheit keine Macht besaß, die Königsgewalt gegen sie aufrechtzuerhalten. Wenn Ihr aber, Euer Gnaden, auf solche Dinge sinnt, dann will ich Euch bitten, mich von Euren Diensten zu entlassen, denn dann will ich lieber unter dem Bauernhaufen gefunden werden.«
Simon hatte ruhig und besonnen gesprochen, und es hatte zuerst den Anschein, als verstünde der König seine Meinung nicht. Dann lachte er: »Droht Ihr, Simon Andressohn? – Wollt Ihr mir Eueren Handschuh zuwerfen?«
»Damit wird es so, wie Ihr es wünscht, Herr«, sagte Simon ebenso ruhig, aber er nahm seine Handschuhe aus dem Gürtel und behielt sie in der Hand. Da beugte der junge Bjarne sich vor und umfaßte sie: »Da kauft Ihr keine geziemlichen Hochzeitshandschuhe, Euer Gnaden.« Er hielt die dicken, abgenutzten Reithandschuhe in die Höhe und lachte. »Wird es ruchbar, Herr, daß Euch nach solchen der Sinn steht, dann könnten Euch leicht allzu viele angeboten werden – zu billigem Preis!«
Erling Vidkunssohn stieß einen Ruf aus. Mit einer heftigen Bewegung schien er den jungen König nach der einen, die drei Männer nach der anderen Seite zu fegen, er schob sie zur Tür: »Ich will allein mit dem König sprechen.«
»Nein, nein, ich will mit Bjarne reden«, rief der König und lief nach. Aber Herr Erling puffte seinen Sohn mit den anderen hinaus.
Eine Zeitlang trieben sie sich im Burghof und draußen auf dem Berg umher – keiner von ihnen sagte etwas. Stig Haakonssohn sah nachdenklich aus, hielt jedoch den Mund, wie er es die ganze Zeit getan hatte, Bjarne Erlingssohn lächelte nur immer leise und heimlich vor sich hin. Nach einiger Zeit kam Herrn Erlings Waffenträger heraus und bat im Namen seines Herrn, sie möchten in der Herberge warten – ihre Pferde stünden im Burghof.
Dann saßen sie in der Herberge. Sie vermieden es, über das Geschehene zu sprechen. Schließlich gerieten sie in eine Unterhaltung über ihre Pferde, Hunde und Falken. Es endete damit, daß gegen Abend Stig und Simon beieinandersaßen und Weibergeschichten erzählten. Stig Haakonssohn hatte stets einen großen Vorrat von solchen Geschichten, Simon aber erging es so, daß Stig die meisten, deren sich Simon entsann, gerade zu berichten anfing, und entweder waren sie Stig selbst widerfahren oder hatten sich kürzlich irgendwo in der Nähe von

Mandvik zugetragen, selbst wenn Simon sich erinnerte, diese Geschichten in seiner Jugend von den Knechten daheim auf Dyfrin gehört zu haben.

Aber er wieherte und lachte mit Stig um die Wette. Von Zeit zu Zeit war es ihm, als schwanke die Bank, auf der er saß. Er fürchtete sich vor etwas, wagte jedoch nicht auszudenken, was es war. Bjarne Erlingssohn lachte still, trank Wein und nagte an Äpfeln, zupfte an der Kapuze und erzählte dazwischen eine kurze Geschichte; es waren die allerschlimmsten, aber sie waren so voller Hinterlist, daß Stig sie nicht verstand. Er habe sie von einem Priester in Björgvin gehört, sagte Bjarne.

Endlich kam Herr Erling. Der Sohn ging ihm entgegen, um ihm den Umhang abzunehmen. Zürnend drehte Erling sich dem Jungen zu: »Du!« Er warf Bjarne den Umhang zu, dann flog über des Vaters Gesicht der Schimmer eines Lächelns, das er nicht zugeben wollte. Er wandte sich an Simon:

»Ja, nun mögt Ihr zufrieden sein, Simon Andressohn, nun könnt Ihr gewiß ruhig darauf vertrauen, daß der Tag nicht mehr ferne ist, an dem Ihr in Frieden und Ruhe zusammen auf Euren Nachbarhöfen sitzen werdet – Ihr und Erlend und sein Weib und alle deren Söhne.«

Simon war um einen Schatten bleicher, als er aufstand und Herrn Erling dankte. – Er wußte, welche Furcht es gewesen war, der er nicht in die Augen zu blicken gewagt hatte. Aber da war nun nicht mehr zu helfen.

Ungefähr vierzehn Tage später wurde Erlend Nikulaussohn frei. Simon ritt mit seinen beiden Knechten und Ulf Haldorssohn nach Akersnes hinaus und holte ihn ab.

Die Bäume waren schon fast kahl, denn es war die Woche zuvor stürmisch gewesen. Der Frost hatte jetzt eingesetzt; als die Männer der Stadt zu ritten, klang es hart unter den Pferdehufen, und die Äcker waren blaß von Reif. Es sah nach Schnee aus, der Himmel war gleichmäßig überzogen und das Tageslicht trüb und kaltgrau.

Simon hatte gesehen, daß Erlend das eine Bein etwas nachzog, als er in den Burghof herauskam, und er schien ein wenig steif und ungelenk, als er zu Pferde stieg. Auch war er sehr bleich. Er hatte den Bart abgenommen und das Haar zurechtgestutzt – der obere Teil seines Gesichtes war jetzt fahlgelb und die andere Hälfte weiß, mit bläulichen Bartstoppeln; die Augen waren eingefallen. Aber er sah stattlich aus in dem langen dunkelblauen Gewand und in dem Umhang, und er hielt sich aufrecht, als er von Olav Kyrning Abschied nahm, und reichte den Männern, die ihn im Gefängnis bewacht und ihm das Essen gebracht hatten, Geldgeschenke, wie ein vornehmer Mann, der einen Hochzeitshof verläßt.

Die erste Zeit während des Rittes schien er zu frieren; er schauerte ein paarmal zusammen. Dann stieg ein wenig Farbe in seine Wangen, das Gesicht belebte sich; es war, als wallten Saft und Leben in ihm auf.

Simon dachte, Erlend sei gewiß nicht leichter zu brechen als eine Weidengerte.

Sie kamen in die Herberge, und Kristin trat auf dem Hofplatz ihrem Gemahl entgegen. Simon versuchte nicht hinzusehen, aber er konnte nicht anders.

Sie reichten einander die Hände und wechselten einige Worte, still und mit klarer Stimme. Sie hielten sich sehr schön und geziemend bei dieser Begegnung vor den Augen aller Leute des Hofes. Nur daß sie beide flammend rot wurden, einander eine Sekunde lang ansahen und dann beide den Blick zu Boden senkten. Dann reichte Erlend wiederum seiner Frau die Hand, und sie schritten zusammen auf das Haus zu, in dem sie während ihres Aufenthaltes in der Stadt wohnen sollten.

Simon wandte sich dem Haus zu, wo er und Kristin sich bis jetzt aufgehalten hatten. Da drehte sie sich auf der untersten Stufe der Treppe um und rief ihm nach, mit seltsam klingender Stimme: »Kommst du nicht, Schwager – du mußt doch erst etwas essen – du auch, Ulf!«

Ihr Körper schien so jung und weich, wie sie so dastand, ein wenig in den Hüften gedreht und über die Schulter zurückblickend. Gleich nachdem sie nach Oslo gekommen war, hatte sie angefangen, ihr Kopftuch auf eine andere Art zu binden. Hier im Süden trugen nur die Frauen kleiner Leute das Tuch noch auf jene frühere Art, wie sie es seit ihrer Heirat getragen hatte: um das Gesicht stramm wie ein Nonnenschleier, die Zipfel kreuzweise über die Schultern gelegt, so daß der Hals ganz verborgen war, mit vielen Falten auf den Seiten und über dem Haarknoten des Hinterkopfes. Im Norden galt es sozusagen als ein Zeichen der Frömmigkeit, sein Tuch auf diese Weise zu binden, die Erzbischof Eiliv stets als die sittsamste und züchtigste Art für verheiratete Frauen pries. Aber um nicht aufzufallen, hatte Kristin die neue Art hier im Süden angenommen, legte nun das Linnentuch glatt über den Kopf und ließ es hinten hinunterhängen, so daß vorne die Haare sichtbar wurden und Hals und Schultern frei blieben. Außerdem wurden die Zöpfe nur so hoch gebunden, daß sie nicht unter der Kante des Tuches hervorsahen, das Kopftuch sich jedoch weich an die Form des Kopfes anschmiegte. Simon hatte dies wohl früher an ihr gesehen und hatte gefunden, daß es sie kleide – aber er hatte trotzdem früher nicht gesehen, wie jung sie dadurch wurde. Und ihre Augen schimmerten wie Sterne.

Im Laufe des Tages kamen verschiedene Leute, die Erlend begrüßen wollten. Ketil von Skog, Markus Torgeirssohn, später am Abend Olav Kyrning selbst, Sira Ingolf und Herr Guttorm, ein Priester an der Halvardskirche. Als die beiden Priester unterwegs waren, hatte es zu schneien begonnen, ein trockener, feinkörniger Schnee, und sie waren vom Weg abgekommen und bei einem Acker in die Kletten geraten – ihre Kleider waren ganz davon besetzt. Alle waren eifrig dabei, die Kletten von den Priestern und ihren Begleitern abzulesen – Erlend und Kristin säuberten Herrn Guttorm, immer wieder wurden sie rot,

und sie scherzten mit dem Priester, merkwürdig unsicher und mit bebender Stimme, wenn sie lachten.
Simon trank zu Anfang des Abends ziemlich viel, aber es stieg ihm nicht in den Kopf; er fühlte sich nur ein klein wenig schwer davon. Unheimlich scharf hörte er jedes Wort, das gesprochen wurde. Den anderen löste sich die Zunge, keiner von ihnen war ein Freund des Königs.
Simon wurde jetzt hinterher des Ganzen so seltsam überdrüssig. Dummes Geschwätz war es, was sie da hinausschrien, laut und hitzig. Ketil Ogmundssohn war ein wenig einfältig, und sein Schwager Markus war auch nicht besonders klug; Olav Kyrning war ein rechtdenkender und verständiger Mann, aber kurzsichtig, und die beiden Priester schienen ihm ebenfalls nicht sehr aufgeweckt zu sein. Jetzt saßen sie alle da, hörten Erlend zu und gaben ihm recht, und dieser wurde mehr und mehr er selbst, so wie er stets gewesen war, übermütig und unbedacht. Jetzt hatte er Kristins Hand genommen und sie auf sein Knie gelegt, saß da und spielte mit ihren Fingern, sie saßen so, daß sie einander mit den Schultern berührten. Nun stieg eine helle Röte in ihr auf, sie konnte den Blick nicht von Erlend wenden – als er verstohlen einen Arm um ihre Mitte legte, zitterte ihr Mund, so daß sie Mühe hatte, die Lippen geschlossen zu halten.
Da ging die Tür auf, und Munan Baardssohn trat ein.
»Zuletzt kam der große Stier selbst«, rief Erlend lachend, sprang auf und ging ihm entgegen.
»Gott und die Heilige Jungfrau mögen uns beistehen; ich glaube, du machst dir gar nichts daraus, Erlend«, sagte Munan ärgerlich.
»Ja, hilft es jetzt noch, zu seufzen und zu jammern, Verwandter?«
»Deinesgleichen habe ich nie gesehen – deine ganze Wohlfahrt hast du dir zerstört.«
»Ja, es war nie meine Art, mit dem blanken Hintern zur Hölle zu gehen, um meine Hose vor dem Verbrennen zu schützen«, sagte Erlend, und Kristin lachte leise und verwirrt.
Simon legte sich mit dem Kopf auf den Armen auf die Tischplatte vor. Wenn sie doch glauben wollten, er sei bereits so betrunken, daß er eingeschlafen war – er wollte in Frieden gelassen sein.
Nichts war anders, als er es erwartet hatte – jedenfalls hätte erwarten müssen. Auch sie nicht. Hier saß sie, die einzige Frau unter allen diesen Männern, ebenso sanft und schamhaft und ruhig und sicher wie immer. So war sie auch damals gewesen – als sie ihn verriet – schamlos oder schuldlos – er wußte es nicht. Ach nein, es war doch nicht wahr, sie war nicht so sicher gewesen, sie war nicht so schamlos gewesen; sie war hinter der ruhigen Miene nicht ruhig gewesen. Aber dieser Mann hatte sie verhext – um Erlends willen schritt sie getrost über glühende Steine –, und sie war über ihn, Simon, hinweggeschritten, als wüßte sie nicht, daß er etwas anderes sei als ein kalter Stein.
Oh, er saß da und dachte dummes Zeug, sie wollte ihren Willen haben

und achtete auf nichts anderes. Gönnt ihnen ihre Freude, ihm konnte es gleichgültig sein. Ging es ihn etwas an, ob sie sich weitere sieben Söhne zeugten, dann wurden es ihrer vierzehn, die die Hälfte von Lavrans Björgulfssohns Erbe zu teilen hatten. Es sah nicht so aus, als hätte er es nötig, sich um seine Kinder Sorgen zu machen, Ramborg war nicht so flink im Kindergebären wie ihre Schwester; seine Nachkommen würden einmal mit Macht und Reichtum zurückbleiben. Aber es war ihm gleichgültig heute abend. Er hatte Lust, noch mehr zu trinken; doch er fühlte, daß heute nacht Gottes Gaben bei ihm nicht verschlagen würden, und dann hätte er zum Trinken den Kopf aufrichten müssen und wäre vielleicht ins Gespräch gezogen worden.
»Ja, du meinst wohl, du hättest zum Reichsverweser getaugt, du«, sagte Munan höhnisch.
»Nein, du kannst dir doch denken, wir haben vorgehabt, *dich* dazu zu machen«, lachte Erlend.
»Im Namen Gottes, hüte deinen Mund, Mann . . .«
Die anderen lachten. Erlend kam heran und berührte Simon bei der Schulter.
»Schläfst du, Schwager?« Simon sah auf. Der andere stand mit einem Becher in der Hand vor ihm. »Trink doch mit mir, Simon. Dir verdanke ich es vor allem, daß ich mit dem Leben davonkam – und ich liebe es, wie es auch ist, mein Junge! Du warst gegen mich wie ein Bruder – wärest du nicht mein Schwager gewesen, so hätte ich wohl den Kopf verlieren müssen. – Dann hättest du meine Witwe bekommen können.«
Simon sprang auf. Einen Augenblick standen die beiden da und sahen einander an – Erlend wurde nüchtern und weiß, seine Lippen öffneten sich.
Simon schlug mit der geballten Faust dem anderen den Becher aus der Hand, so daß der Met zu Boden floß. Dann wandte er sich um und verließ die Stube.
Erlend blieb stehen. Er wischte sich die Hand und das Handgelenk an seinem Gewand ab, ohne sich dessen bewußt zu sein, sah sich um: die anderen hatten nichts bemerkt. Den Becher stieß er mit dem Fuß unter die Bank – blieb einen Augenblick stehen – dann ging er still hinaus, dem Schwager nach.
Simon Darre stand unterhalb der Treppe. Jon Daalk war im Begriff, Simons Pferd aus dem Stall herauszuführen. Er rührte sich nicht, als Erlend zu ihm trat:
»Simon! Simon – ich wußte nicht – ich wußte nicht, was ich sagte!«
»Jetzt weißt du es.«
Simons Stimme war vollkommen tonlos. Er stand unbeweglich, sah den andern nicht an.
Erlend blickte ratlos um sich. Hinter dem Wolkenschleier erkannte man einen bleichen Schimmer des Mondes, kleine, harte Schneekörner rieselten herab. Erlend schauderte zusammen: »Wohin – wohin willst

du?« fragte er ungewiß, er sah den Knecht und die Pferde an.
»Mir eine andere Herberge suchen«, erwiderte Simon kurz. »Du kannst dir wohl denken, daß ich *hier* nicht bleiben mag.«
»Simon!« brach Erlend aus. »Oh, ich weiß nicht, was ich dafür geben würde, könnte es wieder ungesagt sein!«
»Das weiß ich auch nicht«, antwortete der andere wie vorher.
Im Oberstockwerk ging die Tür auf. Kristin trat mit einem Licht in der Hand auf den Altan – beugte sich über das Geländer und leuchtete hinunter: »Steht ihr hier?« fragte sie mit heller Stimme. »Was treibt ihr denn jetzt draußen?«
»Ich fühlte, daß ich nach meinen Pferden sehen mußte – wie höfische Leute zu sagen pflegen«, gab Simon lachend zur Antwort.
»Ja, aber, du hast ja deine Pferde herausgeführt!« meinte sie heiter staunend.
»Ja, auf was kann ein Mann nicht verfallen, wenn ihm wirr im Kopfe ist«, sagte Simon wie zuvor.
»Aber, kommt jetzt herauf!« rief sie, hell und froh.
»Ja. Sogleich.« Sie trat zurück, und Simon rief Jon zu, er solle die Pferde wieder hineinführen. Dann wandte er sich zu Erlend. Dieser stand da, seltsam lahm in Miene und Haltung. »Ich komme bald wieder hinein. Wir müssen – versuchen, zu tun, als sei dies ungesprochen, Erlend – um unserer Frauen willen. Aber so viel begreifst vielleicht auch du: du warst der letzte auf Erden, von dem ich wollte, daß er – dieses – wisse. Vergiß nicht, daß ich nicht so vergeßlich bin wie du!«
Wiederum wurde oben die Tür geöffnet; die Gäste kamen alle miteinander heraus, mit ihnen Kristin, ihre Magd trug ein Licht.
»Ja«, grinste Munan Baardssohn, »die Nacht ist schon vorgerückt, diese beiden Leute hier, denke ich, sehnen sich schon sehr nach dem Bett.«
»Erlend. Erlend. Erlend.« Kaum standen die beiden allein hinter der Stubentür, als Kristin sich ihm an die Brust warf. Sie schmiegte sich fest und dicht an ihn. »Erlend – du siehst bekümmert aus«, flüsterte sie erschrocken, die halboffenen Lippen nahe an seinem Mund. »Erlend?« Sie umfaßte seine Schläfen mit ihren beiden Händen.
Er stand eine Weile da, die Arme lose um sie gelegt. Dann, mit einem halberstickten Laut in der Kehle, preßte er sie an sich.
Simon ging zum Stall hinüber – er wollte Jon etwas sagen, vergaß es jedoch unterwegs. Eine Weile stand er in der Stalltür und sah zu dem Mondnebel und dem Schneetreiben auf – jetzt begannen große Flokken zu fallen. Jon und Ulf kamen heraus und schlossen die Tür hinter sich zu, und die drei Männer gingen zusammen auf das Haus zu, in dem sie schlafen sollten.

DRITTES BUCH

DAS KREUZ

DIE VERWANDTEN

I

Im zweiten Jahr, das Erlend Nikulaussohn und Kristin Lavranstochter auf Jörundhof lebten, wollte die Hausfrau den Sommer über selbst auf der Alm sein.

Sie hatte diesen Gedanken schon seit dem Winter mit sich herumgetragen. Auf Skjenne war es von alters her Brauch, daß die Hausfrau selbst auf die Alm zog, denn in früheren Zeiten war einmal eine Tochter dieses Hofes in den Berg entführt worden, von da ab hatte die Mutter jeden Sommer im Gebirge zubringen wollen. Aber dort auf Skjenne hatte man in gar vielem seine eigenen Gebräuche; die Leute in der Gemeinde waren daran gewöhnt und meinten, es müsse so sein.

Im übrigen aber war es nicht Sitte, daß die Frauen der Großhöfe selbst auf die Alm zogen. Kristin wußte, daß die Leute über sie reden und sich wundern würden.

In Gottes Namen, mochten sie reden. Sie sprachen wohl ohnehin schon über sie und die Ihren.

Audun Torbergssohn hatte, als er mit Ingebjörg Nikulaustochter vom Loptshof verheiratet wurde, nichts anderes besessen als die Kleider, die er am Leibe trug, und seine Waffen. Er war Reitknecht des Bischofs von Hamar gewesen, und seinerzeit, als der Bischof sich hier im Norden aufhielt und die neue Kirche einweihte, geschah es, daß Ingebjörg ins Unglück kam. Nikulaus Sigurdssohn trug es zuerst sehr schwer, schwor bei Gott und allen Heiligen, ein Pferdeknecht solle nicht sein Schwiegersohn werden. Aber Ingebjörg bekam Zwillinge, und da fand Nikulaus wohl, es sei ein wenig viel, sie allein heranfüttern zu müssen, sagten die Leute und lachten. So gab er Audun die Tochter zur Ehe.

Dies hatte sich zwei Jahre nach Kristins Hochzeit zugetragen. Vergessen war es nicht, und die Leute erinnerten sich sehr wohl daran, daß Audun nicht aus der Gemeinde stammte; er kam aus Hadland, aus gutem Geschlecht, aber die Sippe war vollkommen verarmt. Und der Mann selbst war in Sil nicht sehr beliebt. Er war halsstarrig, harten Sinnes, und vergaß nicht leicht, weder Böses noch Gutes, aber er war ein sehr tüchtiger Bauer und ziemlich gesetzeskundig; in gewisser Beziehung genoß Audun Torbergssohn jetzt ein gutes Ansehen im Tal und war ein Mann, mit dem die Leute sich nicht gern verfeindeten.

Kristin dachte an das breite braune Gesicht des Bauern Audun in

seinem dichten, roten, gekräuselten Bart und Haar, an seine scharfen, kleinen blauen Augen. Er glich verschiedenen Männern, denen sie begegnet war; sie hatte ähnliche Gesichter unter ihren Leuten auf Husaby – Erlends Knechten und Schiffsleuten – gesehen.
Die Hausfrau seufzte. Für solch einen Mann mußte es leichter sein, sich zu behaupten, wenn er so auf dem Erbhof seiner Frau lebte. Er hatte nie zuvor über anderes verfügt.
Den ganzen Winter und Frühling hindurch besprach sich Kristin mit Frida Styrkaarstochter, die ihr aus dem Trondheimischen hierher gefolgt war und als oberste ihren Dienstmägden vorstand. Immer und immer wieder erinnerte Kristin das Mädchen daran, so und so sei es hier im Tal zur Sommerszeit der Brauch, so seien es die Leute beim Heuen gewohnt und so würde es bei der Getreideernte gemacht – Frida erinnerte sich doch wohl, wie sie, Kristin, es im vergangenen Jahr gehalten habe. Denn Kristin wollte, daß alles hier auf dem Hof so sein sollte, wie es in den Tagen der Ragnfrid Ivarstochter gewesen war.
Aber geradeheraus zu sagen, daß sie selbst diesen Sommer nicht auf dem Hof zubringen wollte, fiel ihr schwer. Sie hatte nun zwei Winter und einen Sommer als Hausfrau auf Jörundhof verlebt, und sie wußte selbst sehr genau, daß es gleichbedeutend mit einer Flucht war, wenn sie dieses Jahr auf die Alm zog.
Sie verstand, daß Erlends Stellung recht schwierig war. Von Kindheit an, da er noch auf den Knien seiner Pflegemutter gesessen, hatte er es nie anders gewußt, als daß er dazu geboren sei, über alles und alle rings um sich zu herrschen und zu gebieten. Und hatte er einmal andere über sich herrschen und gebieten lassen, so war ihm dies jedenfalls niemals ganz bewußt geworden.
Er konnte unmöglich so sein, wie er zu sein vorgab. Er mußte sich hier doch wohl unglücklich fühlen. Sie selbst... Der väterliche Hof auf dem Grund des stillen, abgeschlossenen Tales, die flachen Äcker längs den glänzenden Windungen des Flusses durch den Erlenwald, die Höfe auf dem bebauten Land ganz unten am Fuß der Berge und die schroffen Bergseiten darüber, mit grauen Einschnitten hoch oben gegen den Himmel, mit jäh abfallenden, hellen Geröllfeldern und einem Nadel- und Laubwald, der vom Tal aus zwischen den Hängen hinaufkroch – nein, dies schien nicht einmal mehr ihr das schönste und sicherste Heim in der Welt. Hier war alles verschlossen. Erlend mußte wohl finden, daß es hier häßlich und beengt und unerträglich war.
Aber niemand konnte ihm etwas anderes anmerken, als daß er sich wohl fühlte.
An dem Tag, an dem das Stallvieh auf Jörundhof ins Freie gelassen wurde, vermochte sie es endlich zu sagen – am Abend, sie saßen bei der Mahlzeit. Erlend fischte gerade in der Schüssel nach einem guten Bissen; vor lauter Erstaunen vergaß er die Finger aus der Schüssel zu nehmen und starrte seine Frau nur an. Da sagte Kristin rasch, es wäre hauptsächlich wegen dieser Halskrankheit, die unter den kleinen Kin-

dern im Tal herrsche, Munan sei so wenig kräftig, sie wolle ihn und Lavrans mit ins Gebirge hinaufnehmen.

Ja, meinte Erlend. Dann sei es doch wohl geraten, auch Ivar und Skule mitzunehmen.

Die Zwillinge sprangen hoch von ihrer Bank auf. Und während der ganzen übrigen Mahlzeit redeten sie eifrig drauflos. Sie wollten dann Erling begleiten, der im Norden droben zwischen den Graubergen die Schafe hüten sollte. Drei Jahre zuvor hatten Schafhirten von Sil einen Schafdieb aufgespürt und ihn bei seiner Steinhütte drinnen zwischen den Eberbergen getötet; es war ein Geächteter aus dem Östertal gewesen. Gleich nachdem das Hausgesinde sich vom Tisch erhoben hatte, holten Ivar und Skule ihre sämtlichen Waffen in die Stube herein und machten sich damit zu schaffen.

Ein wenig später am Abend ging Kristin mit den Töchtern Simon Andressohns und ihren eigenen Söhnen Gaute und Lavrans in südlicher Richtung durch das Tal. Arngjerd Simonstochter hatte fast den größten Teil dieses Winters auf Jörundhof verbracht. Das Mädchen war jetzt fünfzehn Jahre alt, und Simon hatte während der Weihnachtstage auf Formo einmal geäußert, daß Arngjerd jetzt etwas mehr lernen müsse als das, was man ihr daheim beibringen könne; sie sei schon ebenso tüchtig wie die Dienstmägde. Da erbot sich Kristin, das Mädchen mit sich heimzunehmen und sie zu erziehen, so gut sie vermochte, denn sie begriff, daß Simon diese Tochter herzlich liebhatte und viel an ihre Zukunft dachte. Und dem Kind konnte es wohl not tun, eine andere Art Hauswirtschaft zu lernen als die auf Formo. Simon Andressohn war jetzt nach dem Tode beider Eltern seiner Frau einer der reichsten Männer im Tal. Er verwaltete seine Besitztümer umsichtig und verständig und betrieb die Hofwirtschaft auf Formo mit Eifer und Tüchtigkeit. Aber im Haus selbst ging alles, wie es gerade mochte: die Dienstmägde wirtschafteten ganz allein. Und wenn Simon merkte, daß die Unordnung und die Schlamperei im Haus alle Grenzen überschritt, stellte er noch eine oder zwei Mägde ein, aber zu seiner Frau sprach er nie über derlei und schien auch weder zu wünschen noch zu erwarten, daß sie sich mehr auf ihre Hausfrauenpflichten besinne. Es war fast, als sehe er sie noch nicht für voll erwachsen an, aber er war sehr freundlich und fügsam gegen Ramborg und überschüttete sie und seine Kinder zur Zeit und Unzeit mit Geschenken.

Kristin gewann Arngjerd lieb, als sie das Mädchen kennenlernte. Schön war sie nicht, aber sie war klug, sanft, gutherzig und fleißig und hatte geschickte Hände. Wenn die Junge mit ihr im Haus umherging oder an den Abenden neben ihr in der Webstube saß, dachte Kristin oft, daß sie nun wünschte, eines ihrer Kinder wäre eine Tochter geworden. Eine Tochter mußte mehr bei ihrer Mutter sein.

Daran dachte sie jetzt an diesem Abend, während sie Lavrans bei der Hand führte und Gaute und Arngjerd, die vorausgingen, betrachtete. Ulvhild lief dahin und dorthin, zertrat die dünne Eisschicht auf den

Wasserpfützen; sie spielte, sie sei irgendein Tier, und hatte ihren roten Umhang verkehrt angezogen, so daß das Futter aus weißem Hasenfell nach außen hing.
Drunten im Tal verdichteten sich die Schatten über den kahlen und braunen Äckern zur Dämmerung. Die Luft des Frühlingsabends aber schien wie von Licht gesättigt. Die ersten Sterne funkelten feucht und weiß am Himmel auf, hoch droben, wo das wasserklare Grün des Himmels in Dunkelheit und Nacht verblaute. Über dem schwarzen Rand der Berge jenseits des Tales aber verweilte noch ein Streifen goldenen Lichts, und in seinem Widerschein leuchtete das Geröllfeld an der schroffen Bergseite, unter der sie dahingingen, hell auf. Ganz hoch droben, wo die Schneewächten an den Felskämmen überhingen, blinkte es im Schnee und glitzerte es auf den Firnfeldern, die weit herunterreichten und überall an den Hängen die brausenden und sprühenden Bäche gebaren. Die ganze Luft über dem Tal war von dem Laut des Wassers erfüllt; zuunterst tönte das heftige Rauschen des Flusses. Und aus allen Birkenhainen und den Gebüschen und überall aus dem Walde klang der Vogelgesang.
Einmal blieb Ulvhild stehen, hob einen Stein auf und warf ihn in die Richtung, aus der Vogelgezwitscher kam. Aber die große Schwester packte sie beim Arm. Da ging sie ein Stückweit ruhig mit, bald aber riß sie sich los und rannte den Hang hinunter, bis Gaute ihr rief.
Sie waren ganz nahe jener Stelle, wo der Weg in den Fichtenwald hineinführte; aus dem Dickicht drinnen war ein Laut wie von einem Stahlbogen gekommen. Dort lag noch Schnee, und es roch kalt und frisch. Ein Stückchen weiter, auf einer kleinen Lichtung, stand Erlend mit Ivar und Skule.
Ivar hatte nach einem Eichhörnchen geschossen; der Pfeil stak hoch oben in einem Fichtenstamm, und Ivar wollte ihn wieder herunterholen. Er schleuderte einen Stein nach dem anderen hinauf. Und es sang in dem mächtigen Baum, wenn er den Stamm traf.
»Wart ein wenig, dann will ich versuchen, ob ich ihn dir herunterschießen kann«, sagte der Vater. Er schüttelte den Umhang über die Schultern zurück, legte einen Pfeil an den Bogen an und zielte, ziemlich achtlos in dem unsicheren Licht hier zwischen den Bäumen. Die Sehne sang auf, der Pfeil pfiff durch die Luft und bohrte sich dicht neben dem Knaben in den Stamm. Erlend nahm noch einen Pfeil und schoß wiederum; der eine der beiden Pfeile im Stamm glitt raschelnd von einem Ast zum anderen herab. An dem anderen Pfeil war das Ende zersplittert, aber die Spitze stak noch im Baum.

Skule lief in den Schnee hinaus, um die beiden Pfeile aufzuheben. Ivar stand noch da und starrte in den Wipfel des Baumes hinauf:
»Mein Pfeil sitzt noch fest, Vater! Er steckt bis an den Schaft drin – das war ein kräftiger Schuß, Vater!« Nun begann er Gaute zu erklären, warum er das Eichhörnchen nicht getroffen hatte.
Erlend lachte leise und zog seinen Umhang wieder zurecht:

»Willst du jetzt umkehren, Kristin? Ich muß mich auf den Heimweg machen, wir wollen morgen in aller Frühe auf die Auerhahnjagd, Naakkve und ich ...«
Kristin antwortete rasch, nein, sie wolle die Mädchen bis zum Hof begleiten, sie möchte heute abend ein paar Worte mit ihrer Schwester sprechen.
»Da können Ivar und Skule mit der Mutter gehen und sie heimbegleiten, wenn ich mit Euch gehen darf, Vater?« sagte Gaute.
Erlend hob Ulvhild Simonstochter zum Abschied in seine Arme auf. Und weil sie so schön und rot und frisch war, mit den braunen Locken unter der weißen Pelzhaube, küßte er sie, ehe er sie zur Erde ließ, drehte sich um und ging mit Gaute heimwärts.
Jetzt, da Erlend nichts anderes zu tun hatte, war er immer mit einem seiner Söhne zusammen. Ulvhild ergriff die Hand ihrer Muhme und ging eine Weile an ihrer Seite, dann lief sie wieder davon, stürmte zwischen Ivar und Skule dahin. Ja, sie war ein liebliches Kind, aber wild und unlenksam. Hätten sie eine Tochter gehabt, so hätte Erlend wohl auch immer mit ihr gespielt und gescherzt.

Als sie auf Formo ins Haus traten, war Simon allein mit seinem kleinen Jungen in der Stube. Er saß im Hochsitz mitten vor dem Langtisch und betrachtete Andres; das Kind kniete auf der äußeren Bank und spielte mit ein paar alten Holznägeln, bemühte sich, die Nägel auf den Köpfen zum Stehen zu bringen. Kaum hatte Ulvhild dies gesehen, so vergaß sie ihren Vater zu begrüßen; sie setzte sich dicht neben ihren Bruder auf die Bank, packte ihn am Genick und stieß ihm den Kopf gegen die Tischplatte, während sie schrie, dies seien *ihre* Nägel, der Vater selbst habe sie ihr gegeben.
Simon erhob sich und wollte die Kinder trennen; dabei stieß er eine kleine Tonschüssel um, die dicht bei seinem Ellbogen gestanden hatte. Sie fiel zu Boden und ging in Scherben.
Arngjerd kroch unter den Tisch und hob die Stücke auf. Simon nahm sie ihr ab und sah sie sehr unglücklich an: »Da wird deine Mutter sehr zornig werden!« Es war eine kleine, schön mit Blumen bemalte Schüssel aus glänzend weißem Ton gewesen, die Herr Andres Darre aus Frankreich mit heimgebracht hatte; Helga hatte sie von ihm bekommen und sie wiederum Ramborg geschenkt, erklärte Simon; die Frauen erachteten sie für eine große Kostbarkeit. Als er im gleichen Augenblick seine Frau in der Vorstube draußen hörte, verbarg er die Hände mit den Scherben auf dem Rücken.
Ramborg kam herein, begrüßte die Schwester und die Schwestersöhne. Sie nahm Ulvhild den Umhang ab, und die Kleine lief zu ihrem Vater hin, schmiegte sich an ihn:
»Bist du heute so fein, Ulvhild; du trägst ja deinen silbernen Gürtel am Werktag, wie ich sehe«, aber er konnte das Kind nicht anfassen, denn er hatte die Hände voll Scherben.

Ulvhild rief: Sie sei doch heute bei der Muhme Kristin auf Jörundhof gewesen, darum habe die Mutter sie morgens so geschmückt.
»Ja, deine Mutter macht dich immer so schön und fein; man könnte dich fast, so wie du bist, in dem Schrein oben in der Kirche aufstellen«, sagte Simon und lächelte. Die einzige Arbeit, die Ramborg leistete, war, daß sie der Tochter Kleider nähte; Ulvhild war immer prächtig herausgeputzt.
»Warum stehst du denn so da?« fragte Ramborg ihren Mann.
Simon zeigte die Scherben vor: »Ich weiß nicht, was du dazu sagen wirst?«
Ramborg nahm sie ihm ab: »Deshalb hättest du doch nicht so dumm dazustehen brauchen.«
Kristin wurde es auf ihrem Platz unbehaglich zumute. Es war richtig, Simon hatte ziemlich töricht ausgesehen, wie er so dastand und die Scherben versteckte und sich gleichsam kindisch benahm. Aber es wäre doch nicht notwendig gewesen, daß Ramborg dies aussprach.
»Ich dachte, du würdest dich darüber grämen, daß deine Schüssel zerbrochen wurde«, sagte der Mann.
»Ja, du tust immer so, als habest du Angst, daß ich mich über etwas gräme bei solchen Kleinigkeiten«, antwortete Ramborg, und jetzt sahen die beiden anderen, daß sie dem Weinen nahe war.
»Du weißt gut, Ramborg, daß ich nicht nur so tue«, sagte Simon. »Und schließlich sind es doch auch nicht nur lauter Kleinigkeiten ...«
»Ich weiß nicht«, antwortete seine Frau wie zuvor. »Es war nie deine Gewohnheit, Simon, mit mir über große Dinge zu sprechen.«
Sie wandte sich jäh um und ging zur Tür nach der Vorstube. Simon stand eine Weile da und sah ihr nach. Als er sich setzte, kam Andres, sein Junge, herbei und wollte auf den Schoß des Vaters. Simon hob ihn zu sich herauf, saß da und stützte das Kinn auf den Kopf des Sohnes, schien aber nicht auf das Geplauder des Kleinen zu hören.
Nach einer Weile meinte Kristin etwas zögernd:
»Ramborg ist jetzt nicht mehr so jung, Simon, euer ältestes Kind ist bereits sieben Winter alt ...«
»Was meinst du?« fragte Simon, unnötig scharf, so schien es ihr.
»Ich meine nichts weiter als – vielleicht findet meine Schwester, daß du ihr zu wenig zutraust – könntest du nicht versuchen, sie hier auf dem Hof ein wenig mehr bestimmen zu lassen – zusammen mit dir ...«
»*Meine* Frau bestimmt, soviel es sie gelüstet«, antwortete Simon hitzig. »Ich verlange nicht von ihr, daß sie mehr tut, als sie selber will, nie aber habe ich Ramborg verweigert, hier auf Formo über etwas zu bestimmen. Wenn du anderer Meinung bist, so hat das seinen Grund darin, daß du nicht weißt ...«
»Nein, nein«, sagte Kristin, »aber mich dünkt es dann und wann, Schwager, als dächtest du nicht daran, daß Ramborg jetzt erwachsener ist als zu der Zeit, da du sie bekamst. Du mußt das bedenken, Simon ...«

»Bedenke du ...«, er setzte das Kind zur Seite und sprang auf, »daß Ramborg und ich einig wurden – du und ich, wir konnten es nicht werden.« In diesem Augenblick trat die Hausfrau ein, sie brachte den Gästen einen Trunk Bier; rasch ging Simon auf seine Frau zu und legte eine Hand auf ihre Schulter. »Hast du schon so etwas gehört, Ramborg, da steht deine Schwester und behauptet, sie glaube nicht, daß du zufrieden bist, so wie du es hast.« Er lachte. Ramborg blickte auf; es blitzte seltsam in ihren großen dunklen Augen:

»Wieso? Ich bekam es so, wie ich wollte, ich genauso wie du, Kristin. – Wenn wir beiden Schwestern nicht zufrieden sind, dann weiß ich nicht ...«

Auch sie lachte.

Kristin stand rot und verärgert da. Sie nahm den Bierkrug nicht entgegen:

»Nein, es ist schon spät am Abend; es wird Zeit, daß wir jetzt heimkommen«, und sie sah sich nach ihren Söhnen um.

»Ach nein, Kristin!« Simon nahm seiner Frau den Krug ab und trank den anderen zu. »Sei doch nicht böse. So genau muß man die Worte nicht nehmen, die zwischen den nächsten Angehörigen fallen; setz dich ein wenig hin und ruh dich aus, und sei gut und vergiß es, wenn ich dir anders geantwortet habe, als ich hätte tun sollen.

Ich bin müde«, sagte er, streckte sich aus und gähnte. Er fragte, wie weit sie auf Jörundhof mit der Frühjahrsarbeit seien – hier hätten sie bis jetzt alle oberhalb des Hofes gelegenen Äcker gepflügt.

Kristin brach auf, sobald sie es für schicklich hielt. Nein, Simon brauche sie nicht zu begleiten, sagte sie, als er seinen Umhang mit der Kapuze und den Axtstock nahm, sie habe ja die großen Burschen bei sich. Aber er wollte durchaus mitgehen, bat auch Ramborg, jedenfalls ein Stückweit mitzukommen. Im allgemeinen mochte sie das nie tun, aber heute abend begleitete sie die anderen bis auf den Fahrweg.

Draußen herrschte schwarze Nacht, und am Himmel standen blitzende Sterne. Der zarte warme Geruch frisch gedüngter Äcker dampfte frühjahrlich durch den Nachtfrost. Überall in der Dunkelheit rings um sie war der Laut rinnenden Wassers.

Simon und Kristin gingen talaufwärts, die drei Buben liefen voran. Sie fühlte es, daß der Mann neben ihr herging und etwas sagen wollte, aber sie mochte es ihm nicht leichtmachen, denn sie war noch sehr ärgerlich auf ihn. Zwar hatte sie ihren Schwager sehr gern, aber schließlich hatte doch alles seine Grenzen, er sollte nicht meinen, er könne alles sagen und es hinterher nur so einfach wieder zurücknehmen; es sei doch nur unter Verwandten. Er mußte doch begreifen, daß es, gerade weil er ihnen in ihren Nöten so getreu beigestanden hatte, nicht leicht für sie war, wenn er heftig und grob wurde; sie konnte es nur schwer mit ihm aufnehmen. Sie entsann sich des ersten Winters, gleich nachdem sie ins Tal gekommen waren: Ramborg hatte ihr einen

Boten gesandt, denn Simon lag mit geschwollenem Hals zu Bett und war ziemlich schlecht daran. Er litt von Zeit zu Zeit an dieser Plage. Als sie aber nach Formo kam und zu ihrem Schwager hineinging, wollte er weder dulden, daß sie ihn anfaßte noch daß sie ihn ansah; er war so wütend, daß Ramborg die Schwester ganz unglücklich um Entschuldigung bat, sie hierhergeholt zu haben. Simon sei auch gegen sie nicht besser gewesen, sagte sie, als er das erstemal in ihrer Ehe krank wurde und sie ihn pflegen wollte. Wenn er sein Halsgeschwür bekam, verkroch er sich in das alte Haus, das sie die Saemundstube nannten, und duldete niemand in seiner Nähe, außer einem scheußlichen, schmutzigen und verlausten alten Mann namens Gunstein, der schon vor Simons Geburt auf Dyfrin gedient hatte. – Später würde Simon wohl zu seiner Schwägerin kommen und alles wiedergutmachen: er mochte es nicht, wenn ihn jemand so daliegen sah; es dünkte ihn solch ein jämmerlicher Zustand für einen erwachsenen Mann. Kristin hatte darauf, ziemlich störrisch, geantwortet, das könne sie nicht verstehen. Es sei doch weder eine Sünde noch eine Schande, ein Halsgeschwür zu haben.

Simon begleitete sie bis zur Brücke, und sie wechselten unterwegs ein paar Worte über Wetter und Hofarbeit, wiederholten die gleichen Dinge, die sie schon daheim in der Stube gesagt hatten. Simon wünschte gute Nacht, dann aber fragte er plötzlich:

»Weißt du, Kristin, was ich Gaute zuleid getan habe? Der Junge ist so böse auf mich.«

»Gaute?« fragte sie erstaunt.

»Ja, hast du das nicht bemerkt? Er meidet mich, und kann er es nicht umgehen, mit mir zusammenzutreffen, so mag er kaum den Mund auftun, wenn ich mit ihm spreche.«

Kristin schüttelte den Kopf; nein, sie hatte das nicht bemerkt, »es müßte denn sein, daß du im Scherz ein Wort zu ihm gesagt hast, das er falsch aufgefaßt hat, er ist ja noch ein Kind.« Er hörte aus ihrer Stimme heraus, daß sie lächelte; da lachte er ein wenig: »Ich kann mich an nichts Derartiges erinnern . . .«

Damit wünschte er noch einmal eine gute Nacht und ging.

Auf Jörundhof war es überall still. Die Stube war dunkel und das Feuer auf der Herdstätte mit Asche bedeckt. Björgulf lag wach da und sagte, der Vater und die Brüder seien vor einer guten Weile fortgegangen.

Im Ehebett drüben lag Munan allein und schlief. Als Kristin sich hingelegt hatte, nahm sie ihn in ihre Arme.

Es war so schwer, mit Erlend darüber zu sprechen, wenn er es nicht selbst fühlte. Daß er die großen Söhne nicht mit in den Wald nehmen sollte, da es doch auf dem Hof mehr als genug Arbeit gab.

Daß Erlend selbst hinter dem Pflug einhergehen würde, hatte sie gewiß nie erwartet. Er hätte es auch wohl kaum fertiggebracht, eine ordentliche Furche zu ziehen. Auch Ulf hätte es wohl wenig zugesagt, wenn Erlend sich in die Hofwirtschaft eingemischt hätte. Aber die Söhne konnten nicht so aufwachsen, wie ihr Vater es gedurft hatte: sich im Gebrauch der Waffen üben, Tiere jagen und sich mit ihren Pferden tummeln, sich über das Brettspiel beugen, zusammen mit einem Priester, der das Amt hatte, dem Rittersohn mit List und Schläue ein wenig Kenntnis in Latein und Schreiben, Gesang und Saitenspiel beizubringen. Kristin hielt nur wenig Gesinde auf dem Hof, gerade weil sie dachte, ihre Söhne sollten von Kindesbeinen an verstehen lernen, daß sie sich an die Bauernarbeit gewöhnen mußten. Um die Aussichten auf eine Ritterschaft für die Erlendssöhne war es jetzt schlecht bestellt.

Aber Gaute war der einzige von den Knaben, der zu solcher Arbeit Lust zeigte. Gaute war arbeitsam, aber er war erst dreizehn Jahre alt; man durfte sich nichts anderes erwarten, als daß auch er lieber Erlend begleitete, wenn der Vater kam und ihn dazu aufforderte.

Aber es war schwierig, mit Erlend über diese Sachen zu sprechen. Denn es war ihr fester Vorsatz, von ihr sollte ihr Mann niemals ein Wort hören, aus dem er entnehmen könnte, daß sie ihm sein Betragen zur Last legte oder über das Schicksal klagte, das er über sich und seine Söhne gebracht hatte. Auf diese Weise aber war es nicht leicht, den Vater darauf aufmerksam zu machen, daß seine Söhne sich daran gewöhnen mußten, selber hier auf ihrem Hof zu arbeiten. Wenn doch bloß Ulf darüber sprechen würde, dachte sie. –

Als die Herde von der Frühjahrsalm nach Hövringen hinaufgetrieben wurde, folgte Kristin mit ins Gebirge. Die Zwillinge wollte sie nicht mit dorthin nehmen. Sie waren jetzt bald elf Jahre alt und die unlenksamsten und eigensinnigsten ihrer Kinder; Kristin gelang es nur schwer, die beiden zu bändigen, denn sie waren zu zweit und hielten in allem und jedem zusammen.

Geschah es einmal, daß sie Ivar für sich allein haben konnte, so war er ganz freundlich und fügsam, Skule aber war hitzig und streitlustig, und wenn die Brüder zusammensteckten, sagte und tat Ivar alles, was der andere wollte.

II

Noch frühzeitig im Herbst ging Kristin eines Tages um die Zeit der None fort. Der Viehhirt hatte gesagt, daß weiter unten am Hang, in der Richtung des Baches, auf einer Waldblöße eine Menge Königskerzen stünden.

Kristin fand die Stelle: ein steiler Hang, auf den die Sonne herabbrannte, es war gerade die beste Zeit, um diese Blumen zu pflücken. Dicht, dicht gedrängt standen sie zwischen den Steinblöcken und rings um die grauen Baumstümpfe, hohe hellgelbe Schäfte, reich mit aufgesprungenen kleinen Sternen besetzt. – Kristin führte Munan in ein

Gebüsch, wo er Himbeeren pflücken konnte und von wo er nicht ohne ihre Hilfe fortzulaufen vermochte. Dem Hund gebot sie, bei ihm zu bleiben und ihn zu bewachen. Dann zog sie ihr Messer heraus und machte sich daran, die Königskerzen abzuschneiden, dabei immer wieder nach dem kleinen Kind zurückblickend. Lavrans hielt sich an ihrer Seite, und auch er schnitt Blumen ab.
Um ihre beiden Kleinen war sie hier oben stets ängstlich besorgt. Sonst fürchtete sie die Unterirdischen nicht mehr so sehr. Die meisten Almen waren schon verlassen, Kristin aber gedachte, bis über die letzte Marienmesse hier oben zu bleiben. Zwar war es jetzt schon schwarz in den Nächten und häßlich, wenn der Wind ging, unheimlich, wenn man noch spätabends hinaus mußte. Aber bisher war so wunderbares Wetter gewesen, und unten im Tal war es dieses Jahr trocken und die Weide schlecht. Da mußten die Knechte bis in den Spätherbst und Winter hinein hier oben bleiben, und ihr Vater hatte gesagt, er habe nie bemerkt, daß es auf ihrer Alm im Winter spuke.
Kristin machte unter einer einsamen Fichte mitten am Hang halt, stand da und hielt die Hände um die schwere Last von Blumenstengeln, die auf ihren Armen ruhte, verschränkt. Von hier aus sah man talaufwärts, sah ein Stück der Dovregemeinde. Die Getreidegarben standen an vielen Plätzen draußen auf den Feldern zusammengestapelt. Auch dort waren die Wiesen gelb und von der Sonne versengt. Aber so richtig grün war es hier im Tal niemals, dünkte es sie jetzt, nicht so grün wie in Trondheim.
Ja, sie sehnte sich zurück zu dem Heim, das sie dort gehabt hatten, zu dem Hof, der so hoch und fürstlich auf der breiten Brust des Berges lag, sehnte sich nach den Äckern und Wiesen, die sich in weitem Umkreis ausdehnten, bis zum Laubwald im Einschnitt, der sich zum See im Talgrund hinabzog. Und nach dem weiten Ausblick über niedrige bewaldete Berge, die, Welle an Welle, nach Süden zum Dovregebirge dahinwogten. Und nach der Wiese, die im Sommer so üppig hohes Gras trug und rot von roten Blumen unter den roten Abendhimmeln dalag, nach dem Grummet, das im Herbst so saftig grün stand.
Ja, es kam vor, daß sie sogar nach dem Fjord selbst Sehnsucht empfand. Die Flußmündung in Birgsi, die Bollwerke mit Booten und Schiffen, die Schiffshütten, der Geruch nach Teer und Fischernetzen und Meereswasser, all das, was sie so wenig gemocht hatte, als sie zum erstenmal nach Norden gekommen war.
Erlend, er mußte sich doch wohl nach diesem Geruch und nach dem Meer und dem Meereswind sehnen.
Sie entbehrte all das, wovon sie einstmals geglaubt hatte, daß es sie ermüde: die große Hofwirtschaft, die Scharen von Dienstleuten, das Dröhnen, wenn Erlends Männer mit klirrenden Waffen und rasselndem Pferdegeschirr auf dem Hofplatz einritten, die fremden Leute, die aus und ein gingen und große Nachrichten vom Land draußen und kleine Gerüchte von den Bewohnern in den Tälern und Städten auf

den Hof brachten. Jetzt fühlte sie, daß es still geworden war in ihrem Leben, seit all dies verstummt war.
Die Stadt mit den Kirchen und Klöstern und Gastgelagen in den Stadthäusern der Reichen. Sie sehnte sich danach, mit ihrem eigenen Knecht und der Magd, die hinter ihr her folgten, durch die Straßen zu gehen, die Buden der Kaufleute aufzusuchen, zu wählen und zu verwerfen, an Bord der Schuten im Fluß draußen geholt zu werden und zu handeln: englische Leinenhüte, feine Schleier, Holzgäule mit Rittern darauf, die mit Lanzen stoßen konnten, wenn man an einer Schnur zog. Sie dachte an die Wiese außerhalb der Stadt bei Nidareid, wie sie mit ihren Kindern dort gegangen war, die abgerichteten Hunde und Bären der fahrenden Leute betrachtet, Honigbrot und Walnüsse gekauft hatte.
Und sie konnte solche Sehnsucht danach empfinden, sich wieder einmal zu schmücken. Ein seidenes Hemd und ein dünnes feines Kopftuch. Das ärmellose Syrkotte aus lichtblauem Samt, das Erlend ihr in dem Winter vor dem Unglück gekauft hatte. Es war mit Hermelinpelz verbrämt, rings um den tiefen Ausschnitt im Mieder und um die weiten Armlöcher, die bis auf die Hüften herabreichten, so daß man den Gürtel darunter sah.
Und dazwischen hinein sehnte sie sich, ach nein, sie mußte doch vernünftig sein und sich darüber freuen, sich freuen, solange es ihr erspart blieb, noch mehr Kinder zu bekommen. Als sie hier im Herbst nach dem Großschlachten krank wurde – es war doch am besten, daß es so kam, wie es dann kam. Aber sie hatte ein wenig darüber geweint, die ersten Nächte danach.
Denn es dünkte sie so ewig lange her, seit sie einen Säugling gehabt hatte. Munan war erst vier Winter alt, aber sie hatte ihn, noch ehe er ein Jahr alt war, in die Hände fremder Menschen geben müssen. Und als sie ihn zurückbekam, konnte er schon gehen und sprechen und kannte sie nicht.
Erlend. O Erlend. Sie wußte in ihrem Innersten genau, er war nicht so – gleichgültig – wie er sich gab. Er, der ewig Unruhige; jetzt war er so, als sei er stets ruhig. Wie ein Wasserlauf, der zum Schluß gegen eine steile Bergwand stößt, sich zur Seite zwingen läßt und ins Moor hinaus zu einem stillen Teich mit Torfgrund ringsherum versickert. Er lebte auf Jörundhof so dahin, tat nichts und ließ sich bald von dem einen, bald vom andern seiner Söhne im Nichtstun Gesellschaft leisten. Oder er zog mit ihnen auf die Jagd. Es kam vor, daß er fortging und eines der Boote teerte und ausbesserte, die sie im Gebirge drinnen auf den Fischwassern besaßen. Oder er gab sich damit ab, eines der jungen Pferde zu zähmen. Aber damit hatte er nie Glück, er war viel zu ungeduldig.
Er ging für sich allein und tat jedenfalls so, als merke er nicht, daß niemand seine Gesellschaft aufsuchte. Die Söhne machten es wie der Vater. Beliebt waren sie nicht, diese von draußen Hergekommenen, die

ein Mißgeschick in dieses Tal getrieben hatte und die nun hier umhergingen, immer noch gleich hochmütig und fremd, die nie nach den Sitten des Tales und den Leuten des Tales fragten. Ulf Haldorssohn war geradezu unbeliebt; er sprach ganz offen in höhnischem Ton über die Talbauern, nannte sie dumm und weltfremd; Leute, die nicht an einem Meeresstrand aufgewachsen waren, *waren* keine Leute. – Und sie selber, sie wußte, daß sie nicht viele Freunde besaß hier in ihrer eigenen Heimat, auch sie nicht. Jetzt nicht mehr.

Kristin reckte sich in dem moosbraunen Friesgewand auf, beschattete mit der Hand die Augen gegen den goldenen Strom der Nachmittagssonne.

Sie sah wie durch einen Spalt ein Stück des Tales längs dem weißgrünen Band des Flusses, und dann die sich drängenden Leiber der Berge, einer hinter dem anderen, graugelb von Geröll und Flechten, weit hinaus, bis Gletscher und Wolken in Felseinschnitten und Klüften in eins verschwanden. Ihr gerade gegenüber schob der Rostkamm sein Knie vor und schnürte das Tal ein. Der Fluß mußte in seinem Lauf einen Winkel machen; mit fernem Ton donnerte er bis zu ihr herauf, wie er sich so tief unten durch die Felsen hindurcharbeitete und schäumend und kochend von einer Stufe zur anderen stürzte. – Dicht bei dem flechtenüberzogenen Berg über dem Kamm wogten die beiden mächtigen Blauhöhen, die ihr Vater mit zwei Frauenbrüsten verglichen hatte.

Erlend mußte es so vorkommen, als sei es hier abgesperrt und häßlich – schwer zu atmen.

Ein Stück entfernt an diesem selben Hang hatte sie das Elfenmädchen gesehen, damals als kleines Kind . . .

Ein sanftes, weiches, schönes Kind mit üppigem Seidenhaar rings um runde, rote und weiße Wangen. Kristin schloß die Augen, wandte ihr sonnverbranntes Gesicht der Lichtflut entgegen. Eine junge Mutter mit milchstraffen Brüsten und einem Herzen, nach der Geburt umgebrochen und fruchtbar wie ein frischgepflügter Acker – ja. Aber für eine Frau wie sie hatte es gewiß keine Gefahr; sie mochte wohl kaum einer zu sich hineinziehen. Der Bergkönig würde wohl finden, daß sein Brautgold an solch abgezehrter und magerer Frau sich schlecht ausnähme; die Huldre würde kein Verlangen danach tragen, ihr Kind an ihre verdorrten Brüste zu legen. Hart und trocken empfand sie sich, wie diese Baumwurzel unter ihrem Fuß, die sich um den Stein krümmte und festkrallte. In diesem Augenblick trat sie hart mit dem Absatz auf.

Die zwei kleinen Burschen, die zu ihr hergekommen waren, beeilten sich, so zu tun wie die Mutter, sie stießen aus Leibeskräften nach der Wurzel und fragten dann eifrig:

»Warum tut Ihr so, Mutter?«

Kristin setzte sich hin, legte die Königskerzen in ihren Schoß und begann, die offenen Blüten in den Korb abzustreifen.

»Weil mich mein Schuh über den Zehen drückte«, antwortete sie so lange nachher, daß die Knaben sich nicht mehr erinnerten, was sie gefragt hatten. Aber sie achteten nicht darauf, sie waren so daran gewöhnt, daß die Mutter nicht zu hören schien, wenn sie mit ihr sprachen, oder erst erwachte und Antwort gab, wenn sie selbst ihre Frage vergessen hatten.

Lavrans half, die Blüten von den Stengeln zu streifen; auch Munan wollte helfen, zerriß aber dabei nur die Blütenbüschel. Da nahm ihm die Mutter die Stengel weg, ohne etwas zu sagen, ohne Unwillen, nur ganz in ihre eigenen Gedanken vertieft. Bald darauf begannen die Knaben zu spielen und mit den kahlen Stengeln, die sie beiseite geworfen hatte, aufeinander loszugehen.

So trieben sie es dicht vor ihren Knien. Kristin betrachtete die beiden kleinen runden braunhaarigen Kinderköpfe. Noch waren die Knaben einander sehr ähnlich, ihr Haar hatte fast die gleiche hellbraune Farbe, aber doch konnte die Mutter an allerlei kleinen undeutlichen Merkmalen und rasch aufblitzenden Anzeichen erkennen, daß sie einmal sehr verschieden sein würden. Munan würde ganz wie sein Vater werden: er hatte dessen hellblaue Augen und ebenso sein seidiges Haar, das sich weich und dicht um den schmalen Schädel legte, leicht gewellt und gekräuselt; mit der Zeit würde es noch rußschwarz werden. Sein kleines Gesicht, um Kinn und Wangen noch so rund, daß es eine Wollust war, die Hände um seine weiche Frische zu legen, würde, wenn er erst ein wenig älter war, schmal werden und sich zu langen Zügen strecken; auch er würde die hohe schmale Stirn mit den eingeschwungenen Schläfen bekommen, das gerade vorspringende Dreieck als Nase, scharf und schmal über dem Rücken, mit dünnen, unruhigen Nasenflügeln, wie Naakkve sie bereits hatte und die Zwillinge schon deutlich zu bekommen versprachen.

Lavrans hatte, als er klein war, flachsgelbes, seidenfeines und gelocktes Haar gehabt. Jetzt war es etwa von der Farbe der Haselnüsse, aber in der Sonne glänzte es wie Gold. Es war vollkommen glatt, zwar ganz weich, aber dennoch viel gröber, gleichsam üppiger, dicht und tief, um mit den Fingern darin zu wühlen. Lavrans glich ihr selber; graue Augen hatte er und ein rundes Gesicht mit breiter Stirn und weichgerundetem Kinn; die rot und weiße Hautfarbe würde er wohl noch bis tief ins Mannesalter hinein behalten.

Auch Gaute hatte die frische Hautfarbe; er war ganz wie ihr Vater, mit länglichem vollem Gesicht, eisengrauen Augen und ganz hellem gelbem Haar.

Nur wem Björgulf glich, war schwer zu sagen. Er war der größte ihrer Söhne, breitschultrig, mit mächtigen und starken Gliedmaßen. Starkgekräuseltes kohlschwarzes Haar wuchs ihm bis tief in die breite weiße Stirn herein; seine Augen waren blauschwarz, aber seltsam glanzlos, und er blinzelte heftig, wenn er aufblickte. Sie wußte nicht genau, wann dies angefangen hatte, denn sie hatte sich stets dieses Kindes am wenigsten angenommen. Gleich nach seiner Geburt nahm man ihr das Kind fort und gab es einer Pflegemutter, elf Monate danach bekam sie Gaute, und Gaute war die ersten vier Jahre seines Lebens kränklich gewesen. Nach der Geburt der Zwillinge, immer noch leidend und mit einem Schaden im Rücken, hatte sie wiederum den großen Jungen aufheben, herumtragen und pflegen müssen, so daß sie kaum Zeit fand, die beiden jüngsten Kinder anzusehen, außer wenn Frida ihr den schreienden und durstigen Ivar brachte, und während sie dem Säugling die Brust reichte, lag Gaute da und schrie. Es war über ihre Kräfte gegangen. Heiligste Jungfrau Maria, du weißt es, ich *konnte* mich Björgulfs nicht besser annehmen. Und er war so geartet gewesen, daß er am liebsten für sich allein war und sich selber half. Merkwürdig und schweigsam war er stets gewesen, hatte es nie gemocht, wenn sie zärtlich zu ihm war. Sie hatte geglaubt, er sei das kräftigste von ihren Kindern; ihr schien Björgulf immer einem kleinen starken dunklen Stierkalb zu gleichen. –

Mit der Zeit war es ihr wohl klargeworden, daß seine Augen nicht ganz in Ordnung waren. Als er mit Naakkve auf Tautra weilte, hatten die Mönche versucht, ihm zu helfen, aber wohl ohne Erfolg.

Er blieb auch weiterhin verschlossen; wenn sie versuchte, Björgulf näher an sich zu ziehen, erreichte sie nichts damit. Dem Vater ging es ebenso, das sah sie; Björgulf war der einzige von ihren Söhnen, der es nicht hinnahm, wie eine Wiese den Sonnenschein hinnimmt, wenn Erlend sich mit ihm abgab. Nur gegen Naakkve war Björgulf anders; wenn sie aber versuchte, mit Naakkve über den Bruder zu sprechen, so wich er aus. Sie wußte nicht, ob es Erlend hierin besser ging – wiewohl – Naakkve liebte seinen Vater ja sehr!

Ach nein, Erlends Nachkommen ließen deutlich erkennen, wer ihr Vater war. Sie hatte jenes Kind von Lensviken gesehen, als sie das letztemal in Nidaros war. Sie begegnete Herrn Baard auf dem Friedhof der Christkirche; er kam in Begleitung mehrerer Männer, Frauen und Dienstleute heraus, eine Magd trug das Wickelkind. Baard Aasulfssohn grüßte sie mit einem Kopfneigen, still und höfisch, während er an ihr vorüberging. Seine Frau war nicht dabei.

Sie hatte das Gesicht des Kindes gesehen, nur einen Augenblick lang. Das aber hatte genügt. Es glich den kleinen Kindergesichtern, die an ihrer Brust gelegen hatten.

Arne Gjavvaldssohn war mit ihr, und er hatte sich des Redens nicht enthalten können – er war eben nicht anders. Herrn Baards Erben zeigten sich nicht sehr erfreut, als das Kind im letzten Winter zur Welt kam. Aber Baard ließ es Aasulf taufen. Zwischen Erlend Nikulaussohn und Frau Sunniva hatte nie mehr bestanden als jene Freundschaft, von der alle Leute wußten; daran schien er nie gezweifelt zu haben. Unbedacht und leichtsinnig offenherzig, wie Erlend war, hatte er, wenn er mit ihr tändelte, wohl mehr geredet, als er durfte, und Frau Sunniva tat nicht mehr als ihre Schuldigkeit, wenn sie die Vertrauensmänner des Königs warnte, als in ihr ein Verdacht aufstieg. Wären sie jedoch *zu* gute Freunde gewesen, so hätte Sunniva wohl auch wissen müssen, daß ihr eigener Bruder mit in Erlends Sache verwickelt war. Als Haftor Graut sich im Gefängnis um Leben und Seelenheil brachte, verlor sie fast den Verstand; keiner konnte das im Ernst glauben, dessen sie sich in dieser Zeit selbst beschuldigte. Herr Baard hatte die Hand auf seinen Schwertknauf gelegt und sich unter den Leuten umgeblickt, als er über diese Sache sprach, sagte Arne.

Auch Erlend gegenüber hatte Arne davon gesprochen. Einmal, als sie, Kristin, sich oben in einem Dachraum aufhielt, hatten die Männer unter dem Altan gestanden, ohne zu wissen, daß sie ihre Rede hören könnte. Der Lensviksritter hätte so große Freude über den Sohn geäußert, den ihm seine Frau im letzten Winter geboren hatte; er zweifelte nicht im geringsten daran, daß er selbst der Vater war.

»Ja, das muß Baard wohl selber am besten wissen«, hatte Erlend geantwortet. Sie kannte diese seine Stimme; da stand er nun mit niedergeschlagenen Augen und hatte dieses kleine Lächeln in dem einen Mundwinkel.

Herr Baard empfände einen solchen Haß gegen seine Verwandten, die ihn beerbt hätten, wenn er kinderlos gestorben wäre! Aber die Leute sagten, dies sei doch unrecht. »Nun, aber das muß der Mann doch selbst am besten wissen«, sagte Erlend wie zuvor.

»Ja, ja, Erlend. Dieser Junge allein erbt mehr als die sieben Söhne, die du mit deiner Frau gezeugt hast.«

»Für *meine* sieben Söhne will ich schon selber sorgen, Arne.«

Da ging sie hinunter; sie wollte nicht, daß die beiden noch mehr über diese Sache sprachen. Erlend war ein wenig betroffen, als er sie sah. Dann trat er auf sie zu und ergriff ihre Hand, stellte sich so hinter sie, daß ihre Schulter seinen Körper berührte. Sie begriff; so wie er dastand und auf sie herabblickte, wiederholte er ohne Worte seine eben gegebene Versicherung – wollte er seine Frau gleichsam stärken.

Kristin wurde gewahr, daß Munan ihr ins Gesicht starrte, ein wenig ängstlich. Sie hatte wohl gelächelt, nicht schön. Als aber die Mutter zu *ihm* hinunterblickte, gab er das Lächeln sofort zurück, unsicher und tastend.

Da zog sie ihn heftig auf ihren Schoß herauf. Er war klein, klein, noch klein, ihr Jüngster, nicht zu groß, um von seiner Mutter geküßt und geliebkost zu werden. Sie blinzelte ihm mit einem Auge zu, er strengte sich an und blinzelte zurück, aber immer wollten sich seine *beiden* Augen schließen; die Mutter lachte überlaut, und da lachte Munan mit, daß es nur so klang, während Kristin ihn in ihre Arme drückte und preßte.

Lavrans hatte mit dem Hund im Schoß dagesessen. Sie lauschten beide zum Wald hinunter.

»Das ist der Vater!« und voran der Hund, hinterher der Knabe, liefen sie in großen Sprüngen den steilen Hang hinunter.

Kristin blieb noch eine Weile sitzen. Dann stand sie auf und trat auf den Bergabsatz vor. Da kamen sie unten auf dem Pfad einher: Erlend, Naakkve, Ivar und Skule. Sie grüßten zu ihr herauf, übermütig und fröhlich. Kristin grüßte zurück. Wollten sie die Pferde holen? Nein, antwortete Erlend, Ulf hatte wohl vor, sie heute abend durch Sveinbjörn holen zu lassen. Er, Erlend, und Naakkve wollten weiter hinein, um Renntiere zu jagen, da hatten die Zwillinge Lust gehabt, mitzukommen und sich nach der Mutter umzusehen.
Sie antwortete nicht. Sie hatte alles verstanden, noch ehe sie gefragt hatte. Naakkve führte einen Hund an der Leine mit; er und der Vater waren in grau und schwarz gemusterte Frieskittel gekleidet, die gegen das Geröll wenig abstachen. Bogen trugen sie alle vier.
Kristin fragte nach Neuigkeiten vom Hof, und Erlend erzählte, während sie aufwärts gingen: Ulf war vollauf mit der Getreideernte beschäftigt, er war ziemlich zufrieden, aber die Halme waren kurz, und das Korn war in der Trockenheit auf den oberen Äckern so schnell reif geworden, daß es schon aus den Ähren fiel. Auch der Hafer war bald reif; sie hätten tüchtig zu tun, sagte Ulf. Kristin ging dahin und nickte und sagte nichts.
Sie war selbst mit im Stall und melkte. Sie liebte diese Stunde, wenn sie so im Dunkeln saß, den Kopf an den gewölbten Bauch der Kuh lehnte und den süßen Duft der Milch verspürte. Aus dem Dunkel drüben, wo die Stallmagd und der Hirte melkten, antwortete ein singendes Rieseln. Es verlieh solche Ruhe, dieser starke warme Geruch im Stall, das Knarren eines Weidenringes, der Laut von Hörnern, die gegen das Holz stießen, von einer Kuh, die in dem aufgeweichten Erdboden des Stalles umhertrat und mit dem Schwanz nach den Fliegen schlug. Die Bachstelzen, die im Sommer ihr Nest hier gehabt hatten, waren jetzt fortgezogen.
Die Kühe waren heute abend unruhig. Blaasida trat mit dem Fuß in den Milchbottich, Kristin schlug nach ihr und schalt sie. Eine andere gebärdete sich wie wild, als Kristin noch kaum zu ihr gekommen war. Sie hatte ein schmerzendes Euter. Kristin zog den Ehering vom Finger und ließ die ersten Milchstrahlen durch ihn laufen.
Unten auf der Heide hörte sie Ivar und Skule; sie schrien und bewarfen den fremden Stier, der ihrer Herde jeden Abend folgte, mit Steinen. Sie hatten sich erboten, Finn beim Melken der Ziegen behilflich zu sein, aber dazu hatten sie jetzt wohl die Lust verloren.
Als Kristin ein wenig später hinauskam, waren die Knaben gerade dabei, das schöne weiße Stierkalb, das sie Lavrans geschenkt hatte, zu verprügeln; Lavrans stand dabei und jammerte leise. Die Mutter stellte die Eimer hin, packte die Buben an den Schultern an und schleuderte sie zur Seite; das Kalb ihres Bruders sollten sie in Ruhe lassen, wenn er, dem es gehörte, dagegen Einspruch erhob.
Erlend und Naakkve saßen auf der Türschwelle; sie hatten einen frischen Käse zwischen sich liegen, aßen ein Stück nach dem anderen und

fütterten nebenher noch Munan, der zwischen Naakkves Knien stand. Naakkve hatte dem Kleinen ein Haarsieb über den Kopf gestülpt und sagte, nun sei Munan unsichtbar, denn dies sei nicht ein Sieb, sondern eine Huldre-Kappe. Sie lachten, alle drei; kaum aber erblickte Naakkve die Mutter, so reichte er ihr das Sieb, stand auf und nahm ihr den Eimer ab.

Kristin verweilte noch zögernd in der Milchkammer. Die obere Halbtür stand einen Spaltweit offen und gab den Blick in den nebenan liegenden Raum frei, auf der Herdstätte brannte ein tüchtiges Feuer. In dem warmen flackernden Schein saßen sie alle ums Feuer herum und aßen, Erlend, die Kinder, die Magd und die drei Hirten.

Als Kristin hereinkam, hatten die anderen schon gegessen. Sie sah, daß man die beiden Kleinen auf die Bank gelegt hatte, sie schliefen wohl schon. Erlend lag zusammengerollt auf dem Bett. Sie stolperte über sein Wams und seine Stiefel, hob die Sachen im Vorübergehen auf und ging dann hinaus.

Der Himmel war noch hell, mit einem roten Rand über den Bergen im Westen; ein paar dunkle Wolkenfetzen schwammen in der klaren Luft. Es schien auch für morgen gutes Wetter zu verheißen, so still wie alles war und so fröstelnd kalt, jetzt da die Nacht immer mehr einfiel, kein Wind, nur ein eisiger Hauch aus dem Norden droben, ein gleichmäßiger Atemzug von den nackten kahlen Bergen herab. Dort drüben über den niederen Hügeln im Südosten kam der Mond herauf, beinahe voll, noch groß und bleichrot in dem feinen Dunst, der stets über den Mooren dort schwebte.

Irgendwo in der Nähe ging der fremde Stier umher und schrie und brüllte. Sonst war alles so still, daß es schmerzte, nur das Rauschen des Flusses am Fuß des Berges, der kleine rieselnde Bach über die Almwiese hinunter und ein schläfriges Sausen im Wald. Eine Unruhe bewegte sich zwischen den Bäumen, verweilte ein wenig und bewegte sich wieder.

Sie machte sich mit ein paar Satten und Trögen zu schaffen, die an die Wand gelehnt standen. Naakkve und die Zwillingsbrüder kamen heraus. Wo sie denn hinwollten, fragte die Mutter.

Sie wollten sich in der Scheune schlafen legen – die Luft in der Milchkammer sei so dick von all den Käsen und der Butter – und von den Hirten, die dort schliefen.

Naakkve ging nicht sofort in die Scheune hinein. Die Mutter konnte seine hellgraue Gestalt noch lange gegen die grüne Dunkelheit unten auf der gemähten Wiese am Waldrand erkennen. Kurz darauf erschien die Magd in der Tür, sie schrak zusammen, als sie die Hausfrau bei der Wand erblickte.

»Willst du jetzt nicht schlafen gehen, Astrid, es ist schon spät.«

Die Magd murmelte etwas, sie wolle nur hinter den Stall gehen. Kristin wartete, bis sie das Mädchen wieder ins Haus zurückkehren sah. Naakkve stand jetzt im sechzehnten Jahr. Es war schon geraume Zeit

her, seit die Mutter angefangen hatte, die Mägde auf dem Hof ein wenig im Auge zu behalten, wenn sie mit dem schönen und lebhaften Knaben scherzten.
Kristin ging zum Bach hinunter und kniete auf einer ins Wasser hineinragenden Steinplatte nieder. Vor ihr rann das Wasser beinahe schwarz in ein weites Becken, nur einige Wirbel ließen die Strömung erkennen, aber ein wenig weiter oben brauste es in der Finsternis weiß mit Dröhnen und kaltem Hauch. Jetzt war der Mond so hoch heraufgekommen, daß sein Schein leuchtete; da und dort blitzte es auf einem betauten Blatt auf. Dann entzündete sich irgendwo auf einer gekräuselten Stelle im Wasser ein Funke.
Dicht hinter ihr sprach Erlend ihren Namen aus; sie hatte ihn nicht über diese Wiese herabkommen hören. Kristin tauchte die Arme in das eisige Wasser und fischte ein paar Milchsatten herauf, die mit Steinen beschwert auf dem Grunde gelegen hatten, um vom Fluß gespült zu werden, richtete sich auf und ging zu ihrem Mann zurück, beide Hände voll. Sie redeten nicht miteinander, während sie aufwärts wanderten.
In der Stube angelangt, zog Erlend sich ganz aus und stieg ins Bett: »Legst du dich nicht bald schlafen, Kristin?«
»Ich muß erst noch ein wenig essen.« Sie setzte sich auf ihren Holzschemel bei der Herdstätte, ein Stück Brot und Käse auf dem Schoß, aß langsam und starrte in die Glut, die in dem mit Steinen ausgelegten Loch am Boden immer dunkler wurde.
»Schläfst du, Erlend?« flüsterte sie, als sie aufstand und ihren Rock ausschüttelte.
»Nein.« Kristin ging in den Winkel und trank eine Schöpfkelle voll saurer Milch aus dem Gefäß dort. Dann ging sie zur Herdstätte zurück, hob einen flachen Stein auf und legte ihn auf die Glut, streute die Blüten der Königskerzen zum Trocknen darauf.
Jetzt aber konnte sie keine Arbeit mehr finden. Sie zog sich im Dunkeln aus und legte sich zu Erlend ins Bett. Als er den Arm um sie schlang, fühlte sie die Müdigkeit wie eine kalte Welle durch ihren ganzen Körper dringen; ihr Kopf wurde leer und schwer, als senke sich in ihm alles herab und balle sich zu einem Klumpen Schmerz im Nacken zusammen. Als Erlend ihr jedoch etwas zuflüsterte, legte sie gehorsam die Arme um seinen Hals.
Sie erwachte und wußte nicht, welche Zeit in der Nacht war. Aber an dem Rauchloch über der Herdstätte konnte sie erkennen, daß der Mond hoch stehen mußte.
Das Bett war eng und kurz, so daß sie ganz dicht aneinandergedrängt liegen mußten. Erlend schlief, er atmete still und gleichmäßig, sein Brustkorb hob und senkte sich schwach im Schlaf. Früher einmal hatte sie sich dichter an seinen warmen gesunden Körper gedrückt, wenn sie des Nachts erwachte und Angst bekam, weil er so unhörbar atmete, da dünkte es sie ein glücklich süßes Gefühl, zu spüren, wie seine Brust sich im Schlaf an ihrer Seite bewegte.

Nach einer Weile verließ sie leise das Bett, zog sich im Dunkeln an und schlich zur Tür.
Der Mond segelte hoch über aller Welt dahin. Es blitzte von den Pfützen der Moore auf und von den felsigen Bergseiten, über die tagsüber Wasser gerieselt war, jetzt legte sich dort Eis an. Der Mond leuchtete über Laubwald und Nadelwald. Die ganze Wiese glitzerte von Reif. Es war bitterkalt, Kristin kreuzte die Arme unter der Brust und blieb so stehen.
Dann ging sie am Bach entlang hangaufwärts. Es klirrte und raschelte mit schwachem Laut von kleinen zerbrechenden Eisnadeln.
Zuoberst auf dem Hügel ragte ein mächtiger Felsblock aus der Erde. Niemand begab sich in seine Nähe, ohne daß er mußte und ohne das Kreuzeszeichen zu machen. Wenn die Leute im Frühjahr auf die Alm kamen und bevor sie im Herbst wieder abzogen, pflegten sie Rahm am Fuß des Steines auf die Erde zu schütten. Im übrigen hatte Kristin nie gehört, daß jemand dort etwas wahrgenommen hätte – aber es war so seit alters der Brauch auf dieser Alm gewesen.
Sie wußte selbst nicht, was in sie gefahren war, daß sie so, mitten in der Nacht, aus dem Haus ging. Bei dem Fels machte sie halt – stützte einen Fuß auf einen Vorsprung. Ihr Magen krümmte sich zusammen, sie fühlte sich kalt und leer im Unterleib vor Angst, aber sie *wollte* sich nicht bekreuzigen. Dann kroch sie hinauf und setzte sich auf den Felsen.
Von hier aus sah man weit, weit. Tief hinein in die häßlichen kahlen Berge im Mondschein. Der große Bergrücken im Dovregebirge erhob sich gewaltig und bleich gegen die bleiche Luft, weiß blickte der Firn im Einschnitt bei der Graahöhe herab, die Eberkämme leuchteten mit Neuschnee und blauen Schluchten auf. Das Gebirge im Mondschein war häßlicher, als sie sich hatte ausdenken können, kaum daß der eine oder andere Stern an dem unendlich großen eisigen Himmel aufschimmerte. Sie fror bis ins innerste Mark hinein; Schrecken und Kälte stürzten von allen Seiten auf sie ein. Aber sie blieb sitzen und trotzte.
Sie *wollte* nicht hinuntergehen und sich in der schwarzen Finsternis an den warmen schlafenden Körper des Mannes legen. Sie selbst würde heute nacht keinen Schlaf finden, das fühlte sie.
So gewiß sie die Tochter ihres Vaters war, ihr Gemahl sollte niemals von seinem Weib einen Vorwurf wegen seines Vorgehens zu hören bekommen. Denn sie erinnerte sich ihres Gelöbnisses, damals, als sie bei Gott dem Allmächtigen und allen Heiligen im Himmelreich um Erlends Leben gebettelt hatte.
So mußte sie denn in diese Trollnacht hinaus und Luft schöpfen, es war, als sollte sie erdrosselt werden.
Sie saß da und ließ die alten bitteren Gedanken wie gute Bekannte herankommen. Brachte sie mit anderen alten und bekannten Gedanken zusammen, der erheuchelten Wiederaufrichtung Erlends.

Freilich, er verlangte dies nicht von ihr. Er hatte ihr nichts von all dem auferlegt, was sie auf ihre Schultern genommen hatte. Er hatte nur sieben Söhne mit ihr gezeugt. »Für meine sieben Söhne will ich schon sorgen, Arne.«

Gott mochte wissen, was der Mann mit diesen Worten gemeint hatte. Er hatte wohl nichts damit gemeint, es nur gesagt.

Erlend hatte sie nicht gebeten, den Hof Husaby in die Höhe zu bringen. Er hatte sie nicht gebeten, bis aufs Leben um seine Befreiung zu kämpfen. Er hatte es wie ein Fürst ertragen, daß seine Güter vergeudet wurden, daß sein Leben auf dem Spiel stand, daß er alles verlor, was er besaß. Von allem entblößt, fürstlich aufrecht und ruhig, stand er im Unglück da, fürstlich ruhig und aufrecht betrat er den Hof ihres Vaters wie ein fremder Gast.

Aber ihre Söhne besaßen alles, was ihr gehörte, mit vollem Recht. Mit vollem Recht besaßen sie Schweiß und Blut und alle Kraft, die sie ihnen geopfert hatte. Da aber hatten wohl auch der Hof und sie selbst ein Recht, sie für sich in Anspruch zu nehmen.

Sie hätte es nicht nötig gehabt, wie irgendein Häuslerweib auf die Alm zu ziehen. Aber es war nun so weit gekommen, daß sie sich daheim gleichsam von allen Seiten bedrückt und beengt fühlte, bis sie nicht mehr atmen zu können glaubte. Und außerdem war es ihr ein Bedürfnis gewesen, sich selbst zu beweisen, daß sie die Arbeit einer Bauernfrau verrichten *konnte.* Gekämpft und gearbeitet, das hatte sie an jedem Tag und zu jeder Stunde, seitdem sie als Frau auf Erlend Nikulaussohns Hof eingeritten war – und gesehen hatte, daß hier ein Mensch not tat, der dafür kämpfte, das Erbe dessen zu retten, den sie unterm Herzen trug. Wenn der Vater das nicht konnte, so *mußte* sie es eben können. Jetzt aber tat es not, daß sie sicher wurde; wenn es darauf ankam, so gab es nicht eine Arbeit, die sie früher einmal ihre Mägde und Dienerinnen geheißen hatte und jetzt nicht mit ihren eigenen Händen hätte ausführen können. Der Tag hier oben, an dem sie fühlte, daß ihre Hüften nicht schmerzten, nachdem sie Butter gekirnt hatte, war ein guter Tag. Ein schönes Gefühl war es am Morgen, wenn sie selbst mitkam und das Vieh losband; es war fett und stattlich geworden im Sommer; die Last auf ihrem Herzen wurde leichter, wenn sie bei Sonnenuntergang dastand und den heimkehrenden Kühen entgegenrief. Sie liebte es, die Nahrung unter ihren eigenen Händen wachsen zu sehen; da war es, als reiche sie bis auf die Grundmauern hinab, auf denen die Zukunft ihrer Söhne aufgebaut werden sollte.

Jörundhof war ein guter Hof, aber nicht so gut, wie sie geglaubt hatte. Und Ulf war ein Fremder hier im Tal; es kam vor, daß er Fehler machte und ungeduldig wurde. Nach den Erfahrungen der Leute in diesem Tal konnte man auf Jörundhof immer mit einer guten Heuernte rechnen; sie hatten die Moorwiesen längs dem Fluß und draußen auf den Holmen, aber es war kein so *gutes* Heu, nicht so, wie Ulf es aus dem Trondheimischen gewohnt war. Er war nicht gewohnt, daß so viel

Moos und Flechten, Heidekraut und Laub als Beifutter gesammelt werden mußten, wie es sich hier als notwendig erwies.
Ihr Vater hatte jeden Fleck seines Besitztums gekannt, hatte die ganze Bauernweisheit besessen über die Launen der Jahre und die Art der einzelnen Äcker bei Nässe oder Trockenheit, windigen Sommern oder heißen Sommern, über die Tierstämme, die er durch Geschlechter hindurch selbst gekreuzt, aufgezogen, verkauft und gekauft hatte, eben diese ganze Kenntnis, die hier notwendig war. So gut kannte sie sich auf ihrem Hof nicht aus. Aber dahin würde es noch kommen, und ihre Söhne sollten es lernen.
Aber Erlend hatte niemals derartiges von ihr verlangt. Er hatte sie nicht geheiratet, um sie zu Mühsal und Arbeit zu führen, er hatte sie geheiratet, auf daß sie in seinen Armen schlafen sollte. Und dann, wenn die Zeit um war, lag das Kind an ihrer Seite, forderte seinen Platz in ihrem Arm, an ihrer Brust, in ihrer Fürsorge.
Kristin stöhnte mit zusammengebissenen Zähnen. Sie saß da und zitterte vor Kälte und vor Zorn.
»Pactum serva, das heißt in unserer Sprache: halte deine Treue!«
Es war damals gewesen, als Arne Gjavvaldssohn und Bruder Leif von Holm auf Husaby gewesen waren und ihrer und der Kinder Habe nach Nidaros geholt hatten. Auch hierfür hatte Erlend die Sorge ihr überlassen; er ließ sich's draußen im Kloster auf Holm gut gehen. Sie wohnte in dem Stadthaus, es gehörte jetzt den Mönchen, und Arne Gjavvaldssohn war bei ihr und stand ihr mit Rat und Tat bei; Simon hatte ihm in dieser Angelegenheit einen Brief gesandt.
Arne hätte nicht eifriger sein können, auch wenn es sich um sein eigenes Hab und Gut gehandelt hätte. An dem Abend, an dem er in die Stadt kam, wollte er unbedingt, daß sie und Frau Gunna von Raasvold, die mit den beiden kleinen Kindern gekommen war, in den Stall hinausgingen. Sieben ausgesuchte Pferde, die Leute wollten gegen Erlend Nikulaussohn recht und billig sein und stimmten Arne zu, als er hervorhob, daß von den fünf ältesten Söhnen jeder sein eigenes Reitpferd besäße, ebenso die Hausfrau eines für sich selbst und eines für ihren eigenen Knecht. Daß Erlend den Kastilier, seinen spanischen Hengst, seinem Sohn Nikulaus geschenkt hatte – selbst wenn wohl mehr oder minder im Scherz –, dafür könne er, Arne, Zeugen aufbringen. Nicht etwa, daß Arne von diesem langbeinigen Tier so sehr entzückt gewesen wäre, aber er wußte, daß Erlend den Hengst besonders liebte.
Auf die Prachtrüstung mit dem großen Helm und dem goldgezierten Schwert verzichten zu müssen war schwer, fand Arne. Diese Sachen taugten zwar nur zum Turnier, aber sie waren eine Menge Gold wert. Doch Erlends Panzerhemd aus schwarzer Seide mit dem gestickten roten Löwen hatte er erhalten. Und seine englische Streitrüstung hatte er für Nikulaus angefordert. Und die fand Arne so hervorragend, daß er glaubte, in ganz Norwegen gäbe es keine ähnliche Rüstung mehr

für den, der sich auf so etwas verstünde. Mitgenommen war sie ja allerdings. Erlend hatte seine Waffen *abgenützt*, mehr als die meisten Söhne der Großen in jener Zeit. Arne liebkoste jedes Stück: den Helm, den Schulterkragen, die Arm- und Beinschienen, die Stahlhandschuhe aus feinsten Platten, den leichten Harnisch und das Panzerhemd aus Ringen, so leicht und angenehm und dennoch so stark. Und dieses Schwert, es hatte nur einen einfachen Stahlgriff und das Leder war abgewetzt, aber solch eine Klinge bekam man nicht jedes Jahr zu Gesicht.

Kristin saß da und hatte das Schwert quer über ihren Knien liegen. Sie wußte, daß Erlend es wie eine geliebte Braut entgegennehmen würde; von all den Schwertern, die er besaß, hatte er nie ein anderes benützt. Schon in frühester Jugend hatte er es von Sigmund Torolfssohn, seinem Bettgenossen, erhalten, gleich nachdem er zum Königsgefolge gekommen war. Ein einziges Mal hatte Erlend diesen seinen Freund ihr gegenüber erwähnt: »Hätte Gott nicht solche Eile damit gehabt, Sigmund von dieser Erde abzurufen, so wäre wohl vieles anders für mich geworden. Nach seinem Tode mochte ich nicht mehr am Königshof sein, und endlich erbettelte ich mir damals von König Haakon die Erlaubnis, mit Gissur Galle nach Norden zu fahren. Dann aber hätte ich dich wohl niemals bekommen, meine Holde; da wäre ich wohl ein verheirateter Mann gewesen, schon lange, ehe du ein erwachsenes Mädchen warst.«

Durch Munan Baardssohn hatte sie gehört, daß Erlend den Freund Tag und Nacht gepflegt hatte, wie eine Mutter ihr Kind, nicht geschlafen hatte, außer in den kurzen Augenblicken, in denen er am Bett bei dem Kranken mit offenen Augen schlummerte – in jenem letzten Winter, als Sigmund Torolfssohn dalag und Herzblut und Lungen stückweise ausspie. Und als Sigmund in der Halvardskirche beerdigt lag, war Erlend früh und spät zu seinem Grab gegangen, hatte sich flach auf den Leichenstein geworfen und getrauert. Ihr gegenüber aber hatte er nicht öfters als dieses eine Mal von ihm gesprochen. Auch in der Halvardskirche hatten Erlend und sie sich ein paarmal getroffen, in jenem Winter der Verirrung in Oslo. Aber er hatte nichts davon erwähnt, daß sein liebster Jugendfreund hier lag. – Genauso hatte er um seine Mutter getrauert, das wußte sie; und als Orm starb, war er vor Verzweiflung ganz von Sinnen gewesen. Aber er sprach nie von ihnen. Sie wußte, daß er in der Stadt gewesen war und sich nach Margret umgesehen hatte, aber er sprach nie von seiner Tochter.

Ganz oben unter dem Griff sah sie einige Schriftzeichen in die Klinge geritzt. Die meisten waren Runen, und diese vermochte sie nicht zu lesen, auch Arne nicht, aber der Mönch ergriff das Schwert und sah es eine Weile an.

»Pactum serva«, sagte er schließlich. »Das bedeutet in unserer Sprache: halte deine Treue.«

Arne und Bruder Leif sprachen darüber, daß auch der größte Teil ihrer eigenen Güter hier im Norden, Erlends Morgengabe, verpfändet und vergeudet worden waren. Ob es eine Möglichkeit gäbe, etwas davon zu retten. Aber Kristin wollte nicht, vor allem anderen sollte man die Ehre retten, sie wollte keine Streitigkeiten darüber hören, ob die Handlungen ihres Gemahls gesetzlich richtig gewesen waren. Und so hatte Arnes Gerede, so wohlgemeint es war, sie beinahe zu Tode gequält. Als er und der Mönch ihr an diesem Abend gute Nacht gewünscht hatten und in das Haus gegangen waren, wo sie schliefen, warf Kristin sich vor Frau Gunna auf die Knie und barg den Kopf in ihrem Schoß.

Nach einer Weile hob die alte Frau ihr Gesicht. Kristin blickte zu der anderen auf – Frau Gunnas Antlitz war schwer, gelblich und massig, mit drei dicken Falten quer über der Stirne, wie aus Wachs geformt, mit blassen Sommersprossen, scharfen und gütigen blauen Augen und einem eingekniffenen, zahnlosen Mund, den lange graue Barthaare beschatteten. Dieses Gesicht hatte Kristin in gar mancher qualvollen Stunde über sich gesehen; jedesmal, wenn Kristin ein Kind gebar, war Frau Gunna bei ihr gewesen, nur nicht bei Lavrans' Geburt, als Kristin daheim am Sterbebett des Vaters weilte.

»Jaja, meine Tochter«, sagte Frau Gunna und legte ihre Hand auf Kristins Stirn. »Ich habe dir gar manches Mal beigestanden, wenn du in die Knie gezwungen wurdest, ja, aber in diesem Kampf, meine Kristin, mußt du dich nun vor der Mutter Gottes, Maria selber, niederwerfen und sie bitten, daß sie dir helfen möge . . .«

Ach, Kristin dünkte es, sie habe auch dieses schon getan. Sie sprach ihre Gebete und an jedem Samstag ein Stück aus dem Psalm, sie hielt die Fastentage, die Erzbischof Eiliv ihr auferlegt hatte, als er ihr Vergebung der Sünden gewährte, sie gab Almosen und sorgte selbst für die Wanderer, die um Obdach baten, wie sie nun auch sein mochten. Jetzt aber fühlte sie es nicht mehr in sich aufleuchten, wenn sie das tat. Sie wußte, daß draußen das Licht *war*, aber sie hatte ein Gefühl, als verschlössen Nebelschwaden ihr Inneres. Das war wohl das, wovon Gunnulf gesprochen hatte: die geistige Trockenheit. Um dessentwillen dürfte keine Seele den Mut verlieren, sagte Sira Eiliv; man müsse getreu an Gebeten und guten Werken festhalten, wie der Bauer pflügt und düngt und sät – Gott sendet Regen, wenn es an der Zeit ist. – Aber Sira Eiliv hatte eben nie einen Hof betrieben.

Gunnulf hatte sie dieses Mal nicht zu Gesicht bekommen. Er zog nördlich in Helgeland umher, predigte und sammelte Gaben für sein Kloster. Ach ja, das war der eine der Rittersöhne von Husaby, und der andere . . .

Aber Margret Erlendstochter kam ein paarmal zu Kristin, während diese in der Stadt war. Zwei Mägde begleiteten die Kaufmannsfrau; sie war schön gekleidet und schimmerte von Schmuck, der Schwiegervater war Goldschmied, daran fehlte es also nicht im Hause. Sie machte einen frohen und vergnügten Eindruck, obgleich sie keine Kinder hatte. Sie hatte ihr Erbteil vom Vater zur rechten Zeit bekommen. Gott mochte wissen, ob sie ihre Gedanken jemals auf den armen Krüppel, Haakon draußen auf Gimsar, lenkte; er vermochte sich mit Hilfe von zwei Krücken nur gerade auf dem Hofplatz herumzuschleppen, hatte Kristin gehört.

Aber selbst damals hatte Kristin keine bitteren Gedanken über Erlend gehegt, so schien es ihr. Sie glaubte damals begriffen zu haben, daß Erlend das Schlimmste zu überstehen hatte, als er ein freier Mann wurde. Da verbarg er sich draußen beim Abt Olav. Sich um den Umzug bekümmern, sich jetzt in der Stadt sehen zu lassen, das ging wohl auch über Erlend Nikulaussohns Kraft.

Dann kam der Tag, an dem sie durch den Trondheimsfjord hinaussegelten, auf dem Laurentiusschiff, dem gleichen Fahrzeug, mit dem Erlend ihr Brautgut nach Norden gebracht hatte, als ihnen gewährt worden war, einander zu heiraten.

Es war ein stiller, spätherbstlicher Tag – auf dem Fjord lag ein bleiches, bleiartiges Glitzern, die ganze Welt war kalt, unruhig, weiß gerippt; auf den gefrorenen Äckern war der erste Schnee in den Furchen zusammengeblasen worden, und auch auf den kaltblauen Bergen lag der Schnee in weißen Streifen. Auch die Wolken hoch droben, wo der Himmel blau war, schienen vom Wind hoch unter dem Gewölbe wie Mehl verblasen worden zu sein. Das Schiff zog schwer und träge am Ufer dahin – um die Halbinsel der Stadt. Kristin stand da und betrachtete den weißen Schaum unter den Felsen, fragte sich, ob sie wohl seekrank werden würde, wenn sie weiter in den Fjord hinauskämen.

Erlend stand an der Reling weiter vorn am Vordersteven, bei ihm seine beiden ältesten Söhne. Der Wind spielte mit ihrem Haar und ihren Umhängen.

Jetzt konnte man in den Korsfjord hineinsehen, nach Gaularos und der Flußmündung bei Birgsi. Ein Sonnenstreifen beleuchtete den braunen und weißen Hang beim Strand dort drinnen.

Erlend sagte etwas zu den Knaben. Da wandte Björgulf sich jäh um, trat von der Reling und ging nach achtern. Er tastete mit dem Speer, den er stets bei sich trug und auf seinem Weg zwischen den leeren Ruderbänken als Stab benützte, vor sich her, ging an der Mutter vorbei, den schwarzen krausen Kopf tief auf die Brust gesenkt, die Augen blinzelten so stark, daß sie fast ganz geschlossen waren, sein Mund war hart zusammengepreßt. Er ging in den Aufbau.

Die Mutter schaute zu den beiden vor, zu Erlend und seinem ältesten Sohn, da ließ Nikulaus sich auf ein Knie nieder, so wie ein Page seinen König grüßt, ergriff die Hand des Vaters und küßte sie.

Erlend riß die Hand an sich – Kristin erhaschte einen Schimmer seines Gesichtes – leichenblaß, bebend, als er sich von dem Knaben abwandte, fortging und hinter dem Segel verschwand.

Die Nacht über blieben sie in einem Hafen unten bei Möre liegen. Jetzt ging die See viel höher, das Fahrzeug riß an seinen Vertäuungen,

hob und senkte sich. Kristin war unten in dem Raum, wo sie mit Erlend und den zwei kleinen Kindern schlafen sollte. Sie fühlte sich sehr schlecht, konnte keinen Halt auf den Schiffsplanken finden, die sich unter ihren Füßen gleichsam hoben und senkten, die mit einer dünnen Haut überzogene Laterne pendelte über ihrem Kopf, das kleine Licht flackerte, und sie stand da und mühte sich mit Munan ab, wollte ihn dazu bringen, zwischen die Planken zu pissen. Wenn er schlaftrunken aufwachte, machte er dann und wann ihr Bett naß, tobte und schrie und wollte nicht, daß die fremde Frau, seine Mutter, ihn anfaßte, um ihm zu helfen und ihn hinauszuhalten. Da kam Erlend herunter.
Sie konnte sein Gesicht nicht sehen, als er, sehr leise, fragte:
»Hast du Naakkve gesehen? – Er hatte ganz deine Augen, Kristin.« Erlend holte Atem, kurz und hart. »So waren deine Augen, an jenem Morgen vor dem Zaun beim Garten der Nonnen – als du das Schlimmste über mich erfahren hattest – und du mir deine Treue schenktest.«
Damals war es gewesen, daß sie den ersten Tropfen herber Bitterkeit in ihr Herz sickern fühlte. Gott schütze den Knaben – möge er den Tag nicht erleben, an dem ihn dünkt, er habe seine Treue in eine Hand gelobt, die alles gleich kaltem Wasser und trockenem Sand durch die Finger rinnen läßt. –
Einige Zeit vorher hatte sie geglaubt, irgendwo weiter südlich im Gebirge Hufschläge zu hören. Jetzt erklangen sie wieder, in größerer Nähe: es waren keine frei laufenden Pferde, es war ein Reiter, er ritt scharf über das Gestein dort unterhalb des Hangs.
Angst befiel sie, durcheisend: wer ist so spät noch unterwegs? Tote Männer reiten nordwärts unter abnehmendem Mond – hörte sie nicht ein Gefolge, das weit hinter dem ersten Reiter nachkam? Trotzdem blieb sie sitzen; sie wußte selbst nicht, ob sie das tat, weil sie steif geworden war oder weil sie heute nacht eines so harten Sinnes war.
Hierher wollte er, der Reiter; jetzt ritt er durch die Furt unterhalb der Almwiese. Sie sah eine Speerspitze über dem Weidengebüsch aufblitzen. Da verließ sie rasch den Stein, wollte zur Hütte zurücklaufen; nun sprang der Reiter vom Pferd, band es am Zaunpfahl fest und warf ihm seinen Umhang als Decke über. Er kam die Wiese heraufgeschritten, es war ein großer und breiter Mann; jetzt erkannte sie ihn, es war Simon.
Als er sie so im Mondschein auf sich zukommen sah, schien er ebenso erschrocken zu sein wie sie vorher:
»Jesus, Kristin, bist du es selber oder ... Wie geht es zu, daß du um diese Nachtzeit draußen bist? Hast du mich erwartet?« fragte er jäh, wie in großer Angst. »Hast du eine Vorbotschaft über mein Kommen erhalten?«
Kristin schüttelte den Kopf:
»Ich konnte nicht schlafen. – Schwager, was ist mit dir?«
»Andres ist so krank, Kristin, wir fürchten für sein Leben. Da dachten wir – wir wissen ja, daß du in solchen Sachen die meiste Erfahrung

hast – es ist deiner leiblichen Schwester Sohn, mußt du bedenken. Willst du uns den Dienst erweisen und mit mir zu ihm kommen? – Du weißt, ich käme nicht so zu dir, wüßte ich nicht so gewiß, daß es das Leben des Knaben gilt«, sagte er flehend.

Er wiederholte die gleichen Worte drinnen in der Hütte zu Erlend, der, schlaftrunken und stillverwundert, im Bett saß. Erlend versuchte den Schwager zu trösten, sprach erfahren: so kleine Kinder fielen leicht in Fieber und redeten irr, wenn sie sich nur ein bißchen erkältet hätten, vielleicht sei es nicht so gefährlich, wie es aussähe. »Du darfst wohl glauben, Erlend, ich wäre nicht um diese Nachtzeit gekommen, um sie zu holen, hätte ich nicht genau erkannt, daß das Kind mit dem Tode ringt.«

Kristin hatte die Glut angefacht und Holz aufgelegt; Simon saß da und starrte ins Feuer, trank begehrlich die Milch, die sie ihm anbot, wollte jedoch nichts essen. Am liebsten wollte er wieder hinunterreiten, gleich nachdem die anderen gekommen waren. »... wenn du mitkommen willst, Kristin?« Einer seiner Knechte brächte eine Witwe herauf, die auf Formo diente, eine tüchtige Frau, die die Arbeit hier einstweilen übernehmen könnte – sehr tüchtig sei Aasbjörg, sagte er noch einmal. Als Simon sie in den Sattel gehoben hatte, meinte er:

»Am liebsten würde ich den kürzesten Weg hier nach Süden einschlagen, wenn du nichts dagegen hast?«

Kristin war noch nie in diesem Tal des Gebirges gewesen, aber sie wußte, daß dort ein Pfad ins Tal hinunterführte, steil über den Hang oberhalb von Formo hinab. Sie antwortete ja, dann aber müsse der Knecht den anderen Weg nehmen und nach Jörundhof reiten, ihren Schrein und die Säcke mit Zwiebeln und Kräutern holen. Er solle Gaute wecken, der Knabe wisse am besten Bescheid über diese Dinge.

Am Rand eines großen Moores konnten sie Seite an Seite reiten, und Kristin ließ sich von Simon nochmals über die Krankheit des Knaben berichten. Die Kinder auf Formo hatten um die Zeit der Olavsmesse Halsentzündung gehabt, waren aber leicht darüber hinweggekommen. Die jetzige Sache hatte Andres ganz plötzlich befallen, während er scheinbar bei bestem Wohlbefinden war – mitten am Tage, vor etwa drei Tagen. Simon hatte ihn mit sich hinausgenommen, er sollte auf dem Kornschlitten zum Acker hinunterfahren dürfen, da aber klagte Andres darüber, daß er friere, und als Simon ihn sich näher ansah, wurde das Kind so von Frostschauern geschüttelt, daß ihm die Zähne aufeinanderschlugen. Danach kamen die glühende Hitze und der Husten, er spuckte einen häßlichen braunen Schleim aus und hatte starke Schmerzen in der Brust, aber er konnte ja nicht viel darüber sagen, wo es ihm am wehesten tat, der arme kranke Junge.

Kristin redete Simon Mut zu, so gut sie konnte, dann mußte sie wieder ein Stückweit hinter ihm reiten. Einmal drehte er sich nach ihr um und fragte, ob sie friere; er wollte, daß sie seinen Umhang über den ihren nehme.

Dann sprach er wieder von seinem Sohn. Er hatte es wohl bemerkt, der Knabe war nicht sehr kräftig. In diesem Sommer und Herbst aber war Andres viel gesünder geworden, das meinte auch seine Amme. Ja, die letzten Tage, ehe er krank wurde, war er ein wenig seltsam und schreckhaft gewesen. – »Angst«, sagte er, wenn die Hunde an ihm hinaufsprangen und mit ihm spielen wollten. An dem Tag, an dem er das Fieber bekam, war Simon bei Sonnenuntergang mit einigen Wildenten heimgekommen. Sonst wollte der Knabe immer die Vögel haben, die der Vater mit heimgebracht hatte, und wollte mit ihnen spielen, jetzt aber hatte Andres auf einmal laut aufgeschrien, als der Vater ihm die zusammengebundenen Vögel hinhielt. Später schlich er sich wohl hin und berührte die Enten, als er sich aber dabei mit Blut beschmutzte, wurde er ganz wild vor Schrecken. Und heute abend war er dagelegen und hatte so schmerzlich gestöhnt, ohne Schlaf und Ruhe finden zu können, und plötzlich schrie er auf und sagte etwas von einem Habicht, der ihn verfolge.

»Weißt du noch den Tag, an dem mich die Botschaft in Oslo erreichte? So werden es also deine Nachkommen sein, die nach dir auf Formo leben werden, sagtest du.«

»Sprich nicht so, Simon, als dächtest du, daß du ohne einen Sohn sterben müßtest. Gott und seine mildtätige Mutter können wohl helfen. Es gleicht dir nicht, Schwager, so mutlos zu sein.«

»Halfrid, mein erstes Weib, sagte das gleiche zu mir, als sie unseren Sohn geboren hatte. Wußtest du, Kristin, daß ich mit Halfrid einen Sohn hatte?«

»Ja. Aber Andres ist ja schon im dritten Jahr. Während der zwei ersten Jahre ist es am schwierigsten, die Kinder am Leben zu erhalten.« Aber es dünkte sie selbst, als könnten ihre Worte hier nicht viel helfen. Und sie ritten und ritten. Die Pferde stiegen einen Hügel hinan, nickten mit den Köpfen und schüttelten sich, daß es im Zaumzeug klirrte – und nicht ein Laut war in der Frostnacht zu vernehmen, außer dem Geräusch ihres eigenen Rittes und bisweilen einem Brausen von Wasser, wenn sie über einen Bach kamen, und über dem allem leuchtete der Mond; Geröllfelder und kahle Felsen funkelten auf, häßlich wie der Tod, während sie unter den Felsen dahinritten.

Endlich waren sie so weit gekommen, daß sie ins Tal hinunterblickten. Von Mondschein erfüllt lag es da, der Fluß, die Moore und der See weiter im Süden leuchteten wie Silber auf, Äcker und Wiesen waren bleich.

»Ja, heute nacht friert es auch im Tal«, sagte Simon.

Als es bergwärts ging, stieg er vom Pferd und führte das ihre am Zügel. Der Pfad war an vielen Stellen so steil, daß Kristin kaum nach vorwärts zu blicken wagte.

Simon stützte ihr Knie mit seinem Rücken, und sie hielt sich mit einer Hand hinten auf der Lende des Pferdes fest.

Dann und wann kam ein Stein unter den Pferdehufen ins Rollen, kol-

lerte hinunter, blieb liegen und rollte wieder weiter, riß noch andere los und nahm sie mit sich.
Endlich waren sie unten. Sie ritten über die Gerstenäcker nördlich des Hofes, zwischen den vom Frost erstarrten Garben dahin. Es knisterte und klapperte unheimlich in den Espen über ihnen in der stillen, hellen Nacht.
»Ist es wahr«, fragte Simon und fuhr sich mit dem Ärmel über das Gesicht, »daß du keine Vorbotschaft bekommen hast?«
Kristin sagte, dies sei wahr. Er fuhr fort:
»Ich habe gehört, es soll vorkommen, daß einer eine Vorbotschaft erhält, wenn jemand sich so recht nach ihm sehnt. Ramborg und ich, wir sagten mehrere Male, wärest du bei uns, wüßtest du vielleicht einen Rat.«
»Keiner von euch ist mir in allen diesen Tagen in den Sinn gekommen«, erwiderte Kristin. »Das darfst du mir glauben, Simon.« Aber sie konnte nicht sehen, daß ihn dies tröstete.
Auf dem Hofplatz sprangen sogleich ein paar Knechte heraus und nahmen sich der Pferde an. »Ja, es ist noch alles wie zuvor, als du fortrittest, Simon, es ist nicht schlimmer«, sagte der eine rasch; er hatte seinem Herrn ins Gesicht geblickt. Simon nickte; er ging Kristin voran und in die Frauenstube hinüber.
Kristin sah wohl, daß hier große Gefahr war. Der kleine Bursche lag allein in dem großen schönen Bett, stöhnte und keuchte und warf ununterbrochen den Kopf auf dem Kissen herum. Er war glühendheiß und dunkelrot im Gesicht, lag mit halboffenen, glänzenden Augen da und rang nach Luft. Simon stand da und hielt Ramborgs Hand, und alle Frauen vom Hof, die in der Stube versammelt waren, scharten sich um Kristin, während sie den Knaben streichelte.
Aber sie sprach so ruhig, wie sie nur konnte, und tröstete die Eltern nach bestem Vermögen. Es war wohl nur eine Lungenentzündung, aber nun ging diese Nacht bald zu Ende, ohne daß die Krankheit sich zum Schlimmeren gewendet hatte, und es lag in der Natur dieses Fiebers, daß es sich meist in der dritten oder sechsten oder siebenten Nacht vor dem Hahnenschrei wendete. Sie bat Ramborg, alle Dienstmägde, mit Ausnahme von zweien, ins Bett zu schicken, damit sie stets ausgeruhte Mägde zur Hilfe hätte. Und als der Knecht mit ihren Arzneimitteln von Jörundhof kam, bereitete sie dem Knaben einen schweißtreibenden Trunk und ließ ihn am Fuß zur Ader, damit die Säfte ein wenig rascher von der Brust fortziehen konnten.
Ramborg wurde ganz weiß, als sie das Blut ihres Kindes sah. Simon legte den Arm um sie, sie aber schob den Mann zur Seite und setzte sich zu Füßen des Bettes auf einen Stuhl; dort saß sie und starrte Kristin mit großen schwarzen Augen an, während die Schwester sich um das Kind bemühte.
Im Lauf des Tages, als es dem Knaben ein wenig besser zu gehen schien, brachte Kristin Ramborg dazu, sich ein wenig auf der Bank hin-

zulegen. Sie hüllte die junge Schwester in Kissen und Decken ein, saß ihr zu Häupten und streichelte ihr leise die Stirn. Ramborg ergriff Kristins Hand:

»Du willst uns doch wohl nichts anderes als nur Gutes?« sagte sie und stöhnte dabei auf.

»Sollte ich dir nicht wohlwollen, Schwester – wir beide, Schwester, die einzigen aus unserer Sippe, die noch hier in unserem Tal wohnen.«

Ramborg stöhnte auf, mit hart zusammengepreßten Lippen, schluchzte leise und erstickt vor sich hin. Kristin hatte die junge Schwester nur ein einziges Mal weinen sehen, als sie am Sterbebett ihres Vaters standen. Jetzt sprangen Ramborg ein paar rasche Tränen aus den Augen, rollten über ihre Wangen. Sie hob Kristins Hand auf und sah sie an. Sie war groß und schmal, jetzt aber rötlichbraun und rauh.

»Trotzdem ist sie schöner als die meine«, sagte sie. Ramborgs Hände waren weiß und klein, aber die Finger waren kurz und die Nägel viereckig.

»Doch«, sagte sie beinahe zornig, als Kristin den Kopf schüttelte und leise lachte. »Und trotzdem bist du schöner, als ich je war. Und unser Vater und unsere Mutter hatten dich lieber als mich, allezeit; du bereitetest ihnen Kummer und Schande, ich war gehorsam und leicht zu lenken und wandte dem Mann meine Liebe zu, mit dem sie mich am liebsten verheiraten wollten – aber trotzdem liebten sie dich mehr.«

»Nein, Schwester. Sie hatten dich wohl ebenso lieb. Sei froh, Ramborg, daß du ihnen nie anderes als Freude machtest; du weißt nicht, wie schwer das andere zu ertragen ist. Aber sie waren jünger zu der Zeit, da ich jung war; darum sprachen sie vielleicht mehr mit mir.«

»Ja, ich glaube, alle waren jünger zu der Zeit, da du jung warst«, sagte Ramborg und seufzte wie zuvor.

Kurz darauf schlief sie. Kristin saß da und betrachtete sie. Sie hatte die Schwester so wenig gekannt; Ramborg war ein Kind, als sie selbst verheiratet wurde. Und es dünkte sie, die Schwester sei in mancher Beziehung weiterhin ein Kind geblieben. Wie ein Kind hatte sie ausgesehen, als sie so über ihren kranken Sohn gebeugt saß, ein bleiches, erschrockenes Kind, das darum kämpft, sich gegen Angst und Unglück aufrecht zu halten.

Es kam vor, daß Tiere im Wachstum innehielten, wenn sie zu frühzeitig Junge bekamen; Ramborg war nicht ganz sechzehn Jahre alt gewesen, als sie die Tochter gebar, und seit der Zeit schien sie gleichsam nicht mehr recht gewachsen zu sein. Sie blieb weiterhin zart und klein, ohne Üppigkeit und Fruchtbarkeit. Sie hatte später diesen einzigen Knaben bekommen, und er war merkwürdig schwächlich – schön von Angesicht, hell und fein, aber so zart und klein –, er hatte so spät gehen gelernt und tat sich immer noch so schwer beim Sprechen, daß nur die, die jeden Tag um ihn waren, etwas von seinem Geplauder verstanden. Auch war er so scheu und verdrossen gegen Fremde, daß Kristin bisher den Schwestersohn kaum hatte anrühren dürfen. Wenn

Gott und der heilige Olav ihr das Glück vergönnen wollten, diesen armen kleinen Kerl zu retten. Oh, sie wollte ihnen alle Tage dafür danken. Solch ein Kind, wie diese Mutter war, konnte es wohl nicht ertragen, ihn zu verlieren. Und Kristin begriff, daß es auch Simon Darre sehr, sehr schwerfallen würde, es zu ertragen, sollte sein einziger Sohn von ihm genommen werden.

Daß sie ihren Schwager herzlich liebhatte, das merkte sie am stärksten jetzt, da sie begriff, wie schwer er unter dieser Angst und Sorge litt. Sie konnte die ganze Liebe ihres Vaters zu Simon Andressohn wohl verstehen. Trotzdem fragte sie sich, ob Lavrans nicht unrecht gegen Ramborg gehandelt hatte, als er so darauf drängte, diese Heirat zustande zu bringen. Denn wenn sie diese kleine Schwester hier betrachtete, so dünkte es sie, Simon sei doch nicht nur recht alt, sondern auch allzu plump und schwerfällig als Gemahl für dieses junge Kind.

III

Die Tage vergingen, und Andres lag weiterhin krank darnieder; es trat keine große Veränderung ein, weder zum Schlechten noch zum Guten. Das schlimmste war, daß er beinahe keinen Schlaf finden konnte; mit halboffenen Augen lag der Knabe da und schien niemand zu erkennen, Husten und Atemnot quälten seinen kleinen mageren Körper, und das Fieber flackerte auf und ab. Eines Abends, als Kristin ihm einen Schlaftrunk gegeben hatte, kam endlich Ruhe über ihn, nach einer Weile aber sah sie, daß das Kind bläulich-bleich geworden war, die Haut fühlte sich kalt und feucht an. Rasch flößte sie ihm warme Milch ein und legte ihm heiße Steine unter die Fußsohlen, und von nun an wagte sie nicht mehr, ihm einen Schlaftrunk zu geben; sie verstand, daß er noch zu klein war, um so etwas zu ertragen.

Sira Solmund kam und brachte ihm das Allerheiligste aus der Kirche. Simon und Ramborg gelobten Messen, Fastentage und Almosen, wenn Gott sie erhören und ihrem Sohn das Leben schenken wollte.

Erlend kam eines Tages vorbei; er wollte nicht vom Pferde steigen und hineingehen, Kristin und Simon kamen auf den Hofplatz heraus und sprachen mit ihm. Er sah sie sehr betrübt an. Trotzdem, dieser Ausdruck hatte Kristin stets seltsam unbestimmt und dumpf gegen ihn aufgebracht. Wohl bereitete es ihm Schmerz, wenn er jemand krank und traurig sah, aber es war fast, als würde er verwirrt und verlegen dadurch; er sah so vollkommen ratlos aus, wenn er jemand bedauerte.

Später kamen dann jeden Tag entweder Naakkve oder die Zwillinge nach Formo und fragten nach Andres.

Die sechste Nacht brachte keine Wendung, aber im Lauf des Tages schien es dem Knaben ein wenig besser zu gehen; er war nicht mehr so heiß. Simon und Kristin saßen um die Mittagszeit allein bei ihm drinnen. Der Vater zog eine vergoldete Kapsel heraus, die er unter den

Kleidern an einer Schnur um den Hals trug. Er beugte sich zu dem Knaben herab, ließ die Kapsel vor seinen Augen tanzen, schob sie dem Kind in die Hand und drückte die kleinen Finger zu, aber Andres schien nichts zu fühlen.

Diese Kapsel hatte Simon selbst bekommen, als er noch ein Kind war, und hatte sie seitdem stets getragen; sein Vater hatte sie aus Frankreich mitgebracht. Sie war in einem Kloster namens Sankt Mikaels Berg geweiht worden und trug ein Bild von Sankt Mikael mit großen Schwingen. Andres sah es immer gern an, erzählte Simon ganz leise. Aber der Kleine glaubte, es sei ein Hahn; er nannte den Anführer der Engel einen Hahn. Mit der Zeit hatte er schließlich den Knaben gelehrt, Engel zu sagen. Eines Tages aber, als sie auf dem Hofplatz standen, sah Andres, wie der Hahn eine seiner Hennen züchtigte; »jetzt ist der Engel böse, Vater«, sagte er da.

Kristin blickte flehend zu Simon auf; es schnitt ihr ins Herz, ihm zuzuhören, obgleich er ganz gleichmäßig und ruhig sprach. Und sie war so erschöpft von all diesen durchwachten Nächten; sie fühlte, daß sie jetzt nicht zu weinen anfangen dürfte.

Simon schob die Kapsel wieder unter sein Hemd:

»Ach ja. Ich will mein Leben lang jedes Jahr am Sankt-Mikaels-Tag der Kirche einen dreijährigen Stier schenken, wenn Sankt Mikael ein wenig warten will, bis er diese Seele zu sich holt. Er läge doch wohl wie ein gerupftes Küken auf der Waagschale, der Andres, so klein wie er ist.« Als Simon zu lachen versuchte, schlug ihm die Stimme um.

»Simon, Simon!« bat Kristin.

»Ja, es geht, wie es gehen muß, Kristin. Und Gott selber lenkt alles; er weiß wohl am besten ...« Der Vater sagte nichts weiter, stand nur da und blickte auf den Sohn hinab.

In der achten Nacht wachten Simon und eine der Mägde am Krankenbett, während Kristin ein wenig schlummerte. Als sie erwachte, schlief die Magd. Simon saß, wie er die meisten Nächte dagesessen hatte, auf der Bank beim Kopfende des Bettes; er hielt den Kopf auf das Bett und das Kind hinabgebeugt.

»Schläft er?« flüsterte Kristin und trat hinzu.

Simon hob den Kopf. Er fuhr sich mit der Hand über das Gesicht; sie sah, daß seine Wangen naß waren. Aber er antwortete still und ruhig: »Jetzt glaube ich, Kristin, daß Andres keinen Schlaf mehr finden wird, ehe er in geweihte Erde kommt.«

Kristin stand vor ihm; es war, als erstarre sie. Langsam erbleichte sie unter der Sonnenbräune, wurde bis in die Lippen weiß.

Dann ging sie in den Winkel hinüber und nahm ihren Umhang.

»Du mußt es so einrichten« – sie sprach, als seien ihr Hals und Mund ausgedörrt –, »daß du allein hier bist, wenn ich zurückkomme. Bleibe du bei ihm sitzen, und wenn du mich hereinkommen siehst, so sprich kein Wort und sage auch später nie ein Wort darüber, weder zu mir noch zu jemand anderem. Auch nicht zu deinem Priester.«

Simon erhob sich, trat langsam auf sie zu. Auch er war bleich geworden.

»Nein, Kristin!« Er sprach beinahe unhörbar. »Ich, ich wage es nicht, daß du diesen Gang tust.«

Sie legte sich den Umhang um, holte ein linnenes Tuch aus der Truhe im Winkel, faltete es zusammen und verbarg es im Busen.

»Ich wage es. Du weißt, niemand darf sich uns nachher nähern, ehe ich rufe. Niemand darf uns nachher nahe kommen oder mit uns sprechen, ehe er erwacht ist und selbst gesprochen hat.«

»Wie, glaubst du, würde dein Vater darüber denken?« flüsterte er, schwach wie zuvor. »Kristin, tu es nicht!«

»Früher habe ich das getan, was meinem Vater unrecht schien – da geschah es nur, um meine eigene Lust zu fördern. Andres ist auch sein Fleisch und Blut – mein eigenes Fleisch, Simon – meiner einzigen Schwester Sohn.«

Simon atmete schwer und bebend; er stand da und blickte zu Boden.

»Willst du jedoch nicht, daß ich diesen äußersten Versuch wage«, er stand wie zuvor mit gesenktem Kopf da, antwortete nicht. Da wiederholte sie es noch einmal und wußte nicht, daß ein seltsames halbes Lächeln beinahe höhnisch auf ihre weißen Lippen trat:

»Willst du, daß ich nicht gehe?«

Er wandte den Kopf zur Seite, und sie ging an ihm vorbei, trat lautlos durch die Tür und zog sie still hinter sich zu.

Draußen war es stockdunkel, und ab und zu strich ein leiser Hauch von Süden her, so daß alle Sterne unruhig blitzten und funkelten.

Sie war noch nicht weiter gekommen als bis zu der Gasse zwischen den Zäunen und fühlte sich doch schon wie in die Ewigkeit hinaus gelangt. Ein endloser Weg lag hinter ihr und vor ihr. Als sollte sie dem Unterfangen, in das sie sich gewagt hatte, nie wieder entrinnen von dem Augenblick an, da sie in diese Nacht hinausgetreten war.

Die Dunkelheit war wie eine Macht, durch die sie sich vorwärts stemmte. Der Weg war schlüpfrig, aufgewühlt von vielen Mistfuhren, und es taute unter dem Südwind. Mit jedem Schritt mußte sie sich losreißen von der Nacht und der feuchten Kälte, die sich an ihre Füße hängte, sich an ihr emporsaugte und die Kanten ihrer Kleider schwer machte. Da und dort sank neben ihr ein fallendes Blatt herab, als rühre ein lebendiges Leben sie in der Finsternis an, behutsam, seiner Übermacht sicher: »Kehr um, du ...«

Als sie auf den breiteren Weg kam, fiel ihr das Gehen leichter: er war grasüberwuchert, sie blieb nicht mehr mit den Füßen im Schmutz stecken. Sie fühlte, daß ihr Gesicht wie zu Stein erstarrt war, der Körper angespannt und straff; jeder Schritt trug sie unbarmherzig dem kleinen Wald zu, durch den sie hindurchmußten, wie eine innere Gelähmtheit stieg es in ihr auf; um keinen Preis wagte sie sich durch dieses Stück Finsternis hindurch, aber sie dachte nicht ans Umkehren. Vor Entsetzen fühlte sie ihren Körper nicht, und unterdessen fuhr sie fort, wie im Schlaf weiterzugehen, trat sicher über Steine und Wurzeln und Unebenheiten, unbewußt vorsichtig, um nicht zu stolpern, um nicht aus dem gleichmäßigen Schreiten herauszukommen und dem Entsetzen Gewalt über sich zu geben.

Jetzt rauschten die Fichten in der Nacht immer näher und näher; sie trat zwischen die Bäume; mit der Sicherheit einer Nachtwandlerin ging sie zwischen ihnen dahin. Sie vernahm jeden Laut und wagte um der Dunkelheit willen kaum die Lider zu heben. Das Flußrauschen, die tiefen Seufzer in den Zweigen, das Rieseln eines Baches über Steine hinweg, all dem ging sie entgegen, kam daran vorbei und schritt weiter. Einmal geriet droben in dem Geröllfeld ein Stein ins Rollen, als habe sich dort ein Lebewesen bewegt; der Schweiß brach ihr am ganzen Körper aus, aber sie wagte ihren Schritt weder zu verlangsamen noch zu beschleunigen.

Als Kristin aus dem Wald heraustrat, waren ihre Augen so an die Dunkelheit gewöhnt, daß sie nun besser sah; es blitzte ein wenig auf dem Band des Flusses, auf Wassertümpeln draußen in den Mooren. Die Äcker lösten sich aus der Dunkelheit, die Häusergruppen wirkten wie Erdklumpen darauf. Auch der Himmel schien hoch über ihr heller zu werden; sie fühlte es, wagte jedoch nicht, an den himmelhohen schwarzen Bergseiten hinaufzublicken. Aber sie wußte, daß die Zeit bald nahe war, da der Mond aufgehen sollte.

Sie versuchte, sich selber daran zu erinnern – in vier Stunden ist es Tag: die Leute begeben sich auf allen Höfen im Tal an ihre Tagesarbeit, das Morgengrauen bricht an, es wird heller über den Höhen. Da ist der Weg nicht lange, im Tageslicht ist es nicht weit von Formo bis zur Kirche. Und bis dahin war sie längst wieder im Haus. Aber es schien ihr, als müßte sie dann eine andere sein als bei ihrem Aufbruch.

Sie wußte, hätte es eines ihrer eigenen Kinder gegolten, so hätte sie nicht gewagt, diesen äußersten Versuch zu machen. Gott in den Arm zu fallen, wenn er ihn nach einer lebenden Seele ausstreckte. Früher, als sie am Krankenbett ihrer eigenen Kinder gesessen, da sie noch jung war und ihr Herz weich und zart, hatte sie, wenn sie meinte, in Angst und Herzensqual zusammenbrechen zu müssen, versucht zu sagen: Herr, du liebst sie mehr als ich – und dein Wille geschehe!

Nun aber ging sie hier in dieser Nacht und trotzte ihrem eigenen Entsetzen. Dieses Kind, das nicht ihr gehörte, *wollte* sie retten, für welches Schicksal sie es auch rettete.

Denn auch du, Simon Darre, nahmst, da es das Liebste galt, das du auf Erden besaßest, Hilfe an, nahmst mehr entgegen, als ein Mensch mit vollen Ehren entgegennehmen kann.

Willst du, daß ich nicht gehe? Und er hatte nicht das Herz gehabt, zu antworten. Im tiefsten Innern wußte sie, wenn das Kind starb, so würde Simon auch dies zu ertragen vermögen. Aber sie hatte in dem einzigen Augenblick, in dem sie erkannte, daß er dem Zusammen-

brechen nahe war, zugegriffen, hatte diesen Augenblick an sich gerissen und mit sich fortgenommen. Dies Geheimnis wollte sie mit ihm haben, daß er wußte, auch sie hatte ihn einmal gesehen, als *er* nicht fest auf seinen Füßen stand.
Denn er wußte allzuviel von ihr. Von jenem Mann, den sie einst verschmähte, hatte sie Hilfe angenommen, jedesmal, wenn es galt, den zu retten, den sie erwählt hatte. Jener Freier, den sie von sich warf, war der Mann, an den sie sich jedesmal wandte, sooft sie der Hilfe bedurfte, um ihre Liebe zu retten. Und niemals hatte sie Simon vergebens gebeten; immer und immer wieder hatte er sie beschirmt, war mit seiner Güte und seiner Stärke für sie eingestanden.
So nahm sie diesen nächtlichen Gang auf sich, um ein wenig von der Schuldenlast abzuwälzen, deren erdrückender Schwere sie sich bis zu dieser Stunde nie so klar bewußt gewesen war.
Simon hatte sie gezwungen, schließlich zu verstehen, daß er der Stärkere war, stärker als sie selbst und stärker als der Mann, den sie erwählt und dem sie sich gegeben hatte. Sie hatte dies wohl schon von der Stunde an begriffen, da die drei an dem schändlichen Ort in Oslo Angesicht in Angesicht einander gegenüberstanden, obgleich sie es damals noch nicht sehen wollte, daß dieser rundwangige, wohlbeleibte, harmlose Junge stärker war als ...
So ging sie dahin und wagte nicht, einen heiligen Namen anzurufen, und sie nahm diese Sünde auf sich, um – sie wußte nicht – war es, um Rache zu nehmen – Rache dafür, zu der Erkenntnis gezwungen worden zu sein, daß er hochgesinnter war als sie beide.
Jetzt aber verstehst auch du, Simon – wenn es um das Leben dessen geht, den man mehr liebt als sein eigenes Herz, so greift ein armer Mensch nach allem, allem ...
Der Mond war über den Bergrand gestiegen, als sie den Hügel zur Kirche hinaufschritt. Wieder war es, als müsse sie durch eine neue Woge des Entsetzens hindurch; das Mondlicht lag wie dünnes Spinngewebe über der geteerten Masse; die Kirche selbst stand fürchterlich und drohend auf dem Rasenplatz, und zum erstenmal wagte sie nicht, hinzugehen und den gesegneten Kreuzesstamm zu grüßen. Sie schlich sich dort hinüber, wo sie wußte, daß die Kirchhofsmauer aus Torf und Stein am niedrigsten und am leichtesten zu überklettern war.
Da und dort glänzte ein Grabstein wie Wasser zwischen dem hohen betauten Gras. Kristin ging quer durch den Friedhof bis hinunter zu den Armengräbern ganz hinten an der Südmauer.
Sie ging dorthin, wo ein armer, ins Tal eingewanderter Mann lag. Er war in einem Winter im Gebirge oben erfroren; seine beiden mutterlosen Töchter wurden der Reihe nach auf den Höfen aufgenommen, bis Lavrans Björgulfssohn sich erbot, sie um Christi willen bei sich zu behalten und sie aufzuziehen. Als sie erwachsen wurden und tüchtig zu werden versprachen, hatte Kristins Vater selber ordentliche arbeitsame Männer für sie gesucht, ihre Hochzeit ausgerichtet und ihnen

Kuh und Kalb und Schafe mitgegeben, von Ragnfrid hatten sie Bettzeug und Kochgerät erhalten; jetzt lebten sie als wohlgeborgene Frauen. Die eine war Ramborgs Magd gewesen, und Ramborg hatte ihr Kind aus der Taufe gehoben.

Nun mußt du mir ein Stück Wasen aus deinem Dach gönnen, Bjarne, für Ramborgs Sohn. Kristin kniete nieder und zog ihren Dolch heraus. Der Schweiß stand ihr eiskalt auf Stirn und Oberlippe, als sie die Finger in die taufeuchte Erde grub. Es ging nicht ganz leicht, irgend etwas hielt fest – nur Wurzeln –, sie durchschnitt sie mit dem Dolch.

Als Gegengabe sollte der Tote Gold oder Silber bekommen, das sich durch drei Geschlechter hindurch vererbt hatte. Kristin zog den kleinen goldenen Ring mit den Rubinen ab, den Verlobungsring ihrer Vater-Mutter – das Kind ist ein Nachkomme meines Vaters, dachte sie. Sie steckte den Ring so tief wie möglich in die Erde, band das Stück Wasen in das linnene Tuch und bedeckte die zurückgebliebene leere Stelle mit Moos und Laub.

Als sie aufstand, zitterten ihr die Beine so sehr, daß sie eine Weile stehenbleiben mußte, ehe sie sich umdrehen konnte. Wenn sie jetzt unter dem Ellbogen hindurchblickte, so konnte sie sie erblicken. Und es zog und zerrte so schrecklich an ihr, als wollten sie sie zwingen, dies zu tun. Alle die Toten, die sie früher in der Welt gekannt hatte. Bist du es, Kristin Lavranstochter – kommst du so hierher? Arne Gyrdssohn in dem Grab draußen vor dem westlichen Eingang. Ja, Arne, du hast wohl ein Recht, dich zu wundern; ich war nicht so, zu jener Zeit, da wir beide einander kannten.

Dann kletterte sie wieder über die Mauer und ging hinunter.

Der Mond leuchtete jetzt über dem Tal. Draußen auf den Wiesen lag Jörundhof, der Tau glitzerte im Gras auf allen Dächern. Sie blickte dorthin, beinahe stumpf.

Es war, als sei sie selbst von der Heimat und all den anderen dort weggestorben, die Tür war für immer verschlossen für sie, die in dieser Nacht oben auf dem Weg vorbeiwanderte.

Der Berg beschattete fast ihren ganzen Rückweg. Es wehte jetzt stärker; ein Windstoß nach dem anderen kam ihr gerade entgegen. Welkes Laub flatterte auf sie zu und wollte sie dorthin zurückweisen, von wo sie soeben herkam.

Sie meinte auch zu fühlen, daß sie nicht ohne Begleitung dahinging. Immer wieder klang es wie schleichende Schritte hinter ihr her. Bist du es, Arne? – Blick dich um, Kristin, schau unter dem Arm durch, führte er sie in Versuchung.

Dennoch war es, als habe sie keine richtige Furcht mehr. Nur kalt und beklommen war ihr zumute, krank war sie, vor Lust, sich nachzugeben und zusammenzusinken. Nach dieser Nacht konnte sie hier auf der Welt wohl nie mehr Angst empfinden.

Simon saß auf seinem gewohnten Platz zu Häupten des Bettes, über das Kind gebeugt, als Kristin die Tür öffnete und hereintrat. Einen

kurzen Augenblick sah er auf, Kristin fragte sich, ob sie durch diese Stunde ebenso verbraucht und verheert und alt aussehe wie er. Dann beugte Simon den Kopf ganz hinab und barg ihn im Arm.
Er schwankte ein wenig, als er sich erhob, und als er an ihr vorbei zur Tür ging, wandte er das Gesicht von ihr ab, ließ Kopf und Schultern hängen.
Kristin zündete zwei Lichte an und stellte sie auf den Tisch. Der Knabe öffnete die Augen ein wenig, blickte auf, seltsam bewußtlos, wimmerte und versuchte, den Kopf vom Licht wegzudrehen. Als Kristin den kleinen Körper zurechtlegte, wie man einen Leichnam zurechtlegt, machte er keinen Versuch, die Lage zu wechseln; er schien zu schwach zu sein, um sich rühren zu können.
Dann deckte sie das Linnen über sein Gesicht und seine Brust und legte den Wasenstreifen quer darüber.
Dabei erfaßte sie das Entsetzen von neuem wie eine Sturzwelle.
Sie mußte beim Bett sitzen. Das Fenster war dicht über der kurzen Bank. Sie wagte nicht, ihm den Rücken zuzudrehen – besser den andern in die Augen zu sehen –, wenn jemand draußen stand und hereinblickte. Sie zog den Lehnstuhl ans Bett heran, saß dem Fenster zugewandt; die Nacht drückte verstummend schwarz herein, eines der Lichte spiegelte sich im Glas. Kristin starrte steif darauf hin, krampfte die Hand um die Stuhllehne, so daß die Fingerknöchel weiß wurden und ihre Arme ab und zu zitterten. Sie fühlte ihre eigenen Beine nicht, so kalt und naß waren sie; sie saß da, und ihre Zähne schlugen vor Grauen und Kälte aufeinander, und der Schweiß rann ihr wie Eiswasser über Gesicht und Rücken. Unbeweglich saß sie da, warf nur verstohlen ab und zu einen blitzschnellen Blick auf das Linnen hinüber, das sich ganz leise mit den Atemzügen des Kindes hob und senkte.
Endlich begann es hinter der Scheibe zu dämmern. Hahnenschreie durchschnitten die Luft, und dann hörte sie Männer auf dem Hofplatz – sie gingen in den Stall.
Schlaff fiel sie in den Stuhl zurück, zitterte wie in Krämpfen und versuchte, eine Stellung zu finden, in der ihre Beine nicht gleichzeitig mit ihrem bebenden Körper so unruhig hin und her zuckten.
Da bewegte es sich stark unter dem Linnen. Andres schob es von seinem Gesicht weg, wimmerte verdrossen; er kam gewissermaßen zu sich, denn er knurrte sie zornig an, als sie auffuhr und sich über ihn beugte.
Sie riß Tuch und Erde an sich, stürzte weg, stopfte Reiser und Holz in die Herdöffnung und warf den Zauber in das neue knatternde Feuer. Dann aber mußte sie ein wenig stehenbleiben und sich an die Wand stützen; die Tränen rannen ihr über das Gesicht.
Sie schöpfte Milch aus der kleinen Schüssel beim Feuer und brachte sie dem Kind – Andres war schon wieder eingeschlafen. Er schien sich jetzt gesundzuschlafen.
Da trank sie selbst die Milch. Es schmeckte so gut, daß sie zwei oder

drei Schöpfkellen von dem warmen Trunk in sich hineinschütten mußte.
Immer noch wagte sie nicht zu sprechen, der Knabe hatte noch nicht ein verständliches Wort gesagt. Aber zu Füßen des Bettes sank sie in die Knie und betete innerlich und ohne Laut:
Convertere, Domine, aliquantulum; et deprecare super servos tuos. Ne ultra memineris iniquitatis nostrae: ecce respice, populus tuus omnes nos *
Ja, ja, ja. Es war etwas Entsetzliches, was sie getan hatte.
Aber es handelte sich um deren einzigen Sohn. Sie, sie hatte sieben! Mußte sie nicht *alles* versuchen, um den einzigen Sohn ihrer Schwester zu retten?
Alles, was sie heute nacht gedacht hatte – es war nur die Verwirrung der Nacht gewesen. Sie hatte es doch aus keinem anderen Grunde getan, als nur, weil sie nicht mit ansehen konnte, wie das Kind unter ihren Händen starb.
Simon – der sie nie im Stich gelassen hatte. Der gegen jeder Mutter Kind getreu und gut gewesen war, das wußte sie – und am besten gegen sie und die Ihren. Und nun dieser sein Sohn, den er mehr als seine eigenen Augensterne liebte.
Mußte sie nicht alles versuchen, um das Leben des Knaben zu retten? Selbst mit einer Sünde?
Ja, es war sündig, aber Gott strafe es an mir! Simons und Ramborgs kleines, schönes, unschuldiges Kind! Gott würde es nicht an Andres strafen.
Sie trat ans Bett und beugte sich darüber, hauchte die eine kleine wachsbleiche Hand an. Sie zu küssen wagte sie nicht, er durfte nicht geweckt werden.
Hell und schuldlos. In jenen Schreckensnächten, da sie allein auf Haugen zurückgeblieben war, hatte Frau Aashild ihr davon erzählt, hatte ihr von ihrem Gang nach dem Friedhof in Konungahelle erzählt: »Das, Kristin, war wohl das Schwerste, das ich je auf mich genommen habe.«
Aber Björn Gunnarssohn war kein unschuldiges Kind, als Aashild Gautestochters Vettern mit ihren Schwestern seinem Herzen zu nahe gekommen waren und er darniederlag. Er hatte den einen erschlagen, ehe er selbst zu Fall kam, und der andere wurde seit dem Tag, an dem er mit Herrn Björn die Waffe gekreuzt hatte, nie wieder ein gesunder Mann.
Kristin stand bei der Fensterscheibe und blickte auf den Hof hinaus. Draußen gingen die Leute, mit ihrer Arbeit beschäftigt, umher. Ein paar kleine Kälber sprangen auf dem Hofplatz umher, sie waren so hübsch.

* Convertere . . .: Herr, kehre dich doch wieder zu uns und sei deinen Knechten gnädig (Psalm 90, 13). – Herr, zürne nicht zu sehr und denke nicht ewig der Sünden. Siehe doch das an, daß wir alle dein Volk sind (Jes. 64, 9).

Im Dunkeln wachsen so vielerlei Gedanken, gleich jenen schleierdünnen Gewächsen, die drunten im Meere wuchern und sich seltsam zauberhaft schön wiegen und biegen; lockend und furchteinflößend besitzen sie eine merkwürdig dunkle Anziehung, solange sie in ihrem lebenden, rinnenden Bereich wohnen. Haben die Kinder sie aber ins Boot heraufgefischt, so sind sie nur eine schleimige braune Masse. In der Nacht wachsen so viele seltsame Gedanken, die zugleich erschrekken und locken. Es war wohl Bruder Edvin gewesen, der einmal gesagt hatte, daß die Verdammten in der Hölle sich nicht von ihrer Qual trennen wollen – der Haß und die Trauer seien ihre Wollust –, darum könne Christus sie nicht erlösen. Damals hatte ihr dies eine irre Sprache geschienen. Es durcheiste sie kalt, jetzt begann sie zu begreifen, was der Mönch gemeint hatte.

Wiederum beugte sie sich über das Bett, atmete den Geruch des kleinen Kindes ein. Simon und Ramborg sollten ihn nicht verlieren. Und wenn es auch für sie notwendig gewesen war, sich in Simons Augen zu rechtfertigen, ihm zu zeigen, daß sie auch anderes tun mochte, als nur von ihm entgegenzunehmen, so war es ihr doch auch ein Bedürfnis gewesen, als Gegenleistung sich für ihn einzusetzen.

Dann kniete sie nieder, wiederholte oft und oft alles, was sie von dem Psalm auswendig wußte.

An diesem Morgen ging Simon hinaus und säte Winterroggen auf dem neu umgebrochenen Acker südlich im Birkenwald. Es schien ihm, er müsse so tun, als dünke es ihn ganz in der Ordnung, daß die Arbeit auf dem Hof ihren gewohnten Gang weiterging. Die Dienstmägde waren baß verwundert gewesen, als er in der Nacht zu ihnen kam und sagte, Kristin wolle allein mit dem Knaben sein, bis sie selbst sie wieder rufen lasse. Auch Ramborg gab er diesen Bescheid, als sie erwachte; Kristin habe gebeten, keiner möge heute in die Frauenstube kommen. »Auch du nicht?« fragte sie rasch, und Simon sagte nein. Er ging hinaus, um den Säbottich zu holen.

Aber nach der Mittagsmahlzeit blieb er auf dem Hof daheim; er brachte es nicht über sich, weit von den Häusern fortzugehen. Und Ramborgs Blick war ihm nicht ganz geheuer. Kurz nach der Mittagsrast geschah es: er stand bei der Getreidescheune, da sah er seine Frau über den Hofplatz laufen. Er sprang ihr nach – Ramborg warf sich gegen die Tür des Frauenhauses, schlug mit geballten Fäusten darauf ein und schrie, daß es gellte, Kristin solle ihr aufmachen.

Simon umfaßte sie mit den Armen, redete ihr gut zu; da beugte sie sich blitzschnell hinunter und biß ihn in die Hand; er sah, sie war wie ein rasendes Tier:

»Es ist *mein* Kind! Was habt ihr mit meinem Sohn gemacht?«

»Du weißt doch genau, daß deine Schwester nur Gutes an Andres tut.«

Als er sie wieder anfaßte, wehrte sie sich und schrie.

»Komm jetzt«, sagte der Mann und machte seine Stimme barsch: »Ramborg, schämst du dich denn nicht vor unseren Leuten?«

Sie aber fuhr fort zu schreien:
»Er gehört doch wohl mir, oder? Du warst nicht bei uns, als ich ihn gebar, Simon«, rief sie, »wir waren dir nicht so teuer . . .«
»Du weißt selbst, was ich damals zwischen den Händen hatte«, antwortete der Mann müde. Er schleppte sie zum Wohnhaus hinüber und mußte dabei Gewalt anwenden.
Von da an wagte er nicht mehr, sie allein zu lassen. Ramborg beruhigte sich nach und nach, und als der Abend kam, fügte sie sich und ließ sich von den Mägden auskleiden.
Simon blieb auf. Seine Töchter schliefen drüben in ihrem Bett, die Dienstmägde hatte er hinausgesandt. Einmal, als er aufstand und auf und ab ging, fragte Ramborg vom Bett her – ihre Stimme klang hellwach –, wo er hin wolle.
»Ich wollte mich bei dir ein wenig hinlegen«, antwortete er nach einem Augenblick. Er zog Wams und Schuhe aus, kroch zwischen das Fell und die wollene Decke. Dann schob er einen Arm unter den Nacken seiner Frau: »Ich verstehe es wohl, meine Ramborg, daß dieser Tag lang und schwer für dich gewesen ist.«
»Dein Herz schlägt so hart, Simon«, sagte sie nach einer Weile.
»Ja, du weißt ja, auch ich habe Angst um den Knaben. Aber wir müssen in Geduld warten, bis Kristin uns Bescheid gibt.«
Er fuhr im Bett hoch, auf den Ellbogen gestützt; verwirrt blickte er in Kristins weißes Gesicht, es war dicht über dem seinen, glitzernd naß von Tränen in dem Lichtschein, ihre Hand lag auf seiner Brust. Einen Augenblick glaubte er, diesmal habe er es nicht nur geträumt. Simon warf sich in die Kissen zurück, mit einem erstickten Jammerlaut legte er die Arme über sein Gesicht. Er fühlte sich krank, so hämmerte das Herz in ihm, rasend schnell und hart.
»Simon, wach auf!« Kristin schüttelte ihn wieder. »Andres ruft nach seinem Vater, hörst du – es war das erste Wort, das er sagte . . .«, ihr Gesicht strahlte von einem Lächeln, während die Tränen unaufhörlich herabströmten.
Simon setzte sich auf, fuhr sich ein paarmal über das Gesicht. Er hatte doch wohl nicht im Schlaf geredet, als sie ihn weckte. Er blickte Kristin an, die mit einem Licht in der Hand vor dem Bett stand.
Leise, um Ramborg nicht zu wecken, schlich er sich mit Kristin hinaus. Immer noch verspürte er diese krankhafte Übelkeit in der Brust. Ihm war zumute, als wolle etwas in ihm brechen; warum blieb es ihm nicht erspart, dieses Entsetzliche zu träumen. Er, der im wachen Zustand kämpfte und kämpfte, um alle solchen Gedanken von sich fernzuhalten. Und wenn er dann dalag und schlief, willenlos und wehrlos, dann träumte er das, was ihm offenbar der Teufel selbst eingab, sogar jetzt, während sie bei seinem todkranken Sohn wachte, träumte er wie ein Unmensch.
Es regnete, und auch Kristin wußte nicht genau, welche Zeit in der Nacht es sein mochte. Der Knabe war zuerst halbwach gewesen, hatte

aber nicht gesprochen. Und erst im Lauf der Nacht hatte sie gefunden, er schlafe so gut und ruhig, daß sie es wagte, sich ein wenig hinzulegen und zu ruhen, mit dem Knaben in ihren Armen, damit sie es fühlen müßte, wenn er sich bewegte. So war sie eingeschlafen.

Andres sah winzig aus, wie er so allein im Bett lag; entsetzlich bleich war er, aber die Augen waren klar, und das Gesicht leuchtete in einem Lächeln auf, als er seinen Vater sah. Simon ließ sich vor dem Bett auf die Knie nieder, als er jedoch den kleinen Körper an sich ziehen wollte, packte Kristin ihn beim Arm:

»Nein, nein, Simon, er schwitzt, und hier ist es kalt«, sie deckte Andres wärmer zu. »Leg dich lieber zu ihm ins Bett, dann will ich eine Frau zum Wachen holen. Ich gehe ins Wohnhaus hinüber und lege mich zu Ramborg.«

Simon kroch unter die Decke. Er spürte eine warme Grube, in der sie gelegen hatte, einen schwachen süßen Duft von ihrem Haar auf dem Kopfkissen. Simon stöhnte einmal ganz leise auf, dann drückte er den kleinen Sohn an sich und preßte sein Gesicht an dessen feuchtes weiches Kinderhaar. Er war so klein geworden, der Andres, man hatte fast nichts im Arm, aber er lag doch ganz zufrieden da und sprach dann und wann ein kleines Wort.

Dann fing er an, vorn am Hemd des Vaters herumzusuchen und zu tasten, geriet mit der kleinen feuchten Hand auf seine bloße Brust und zog die Kapsel heraus:

»Der Hahn«, sagte er befriedigt, »da ist er!«

An dem Tag, an dem Kristin reisefertig war und wieder heimreiten wollte, trat Simon zu ihr in die Frauenstube und übergab ihr eine kleine Schachtel aus Holz:

»Ich habe gedacht, du hättest dies vielleicht recht gern.«

Kristin erkannte an der Schnitzerei, daß es eine Arbeit ihres Vaters war. Drinnen lag, in ein Stück Handschuhleder eingehüllt, eine ganz kleine Goldspange, mit fünf Smaragden besetzt. Sie erkannte sie sofort – Lavrans hatte sie meist vorn am Hemd getragen, wenn er besonders geschmückt sein wollte.

Sie dankte Simon, dann aber wurde sie blutrot, denn sie erinnerte sich plötzlich, daß sie diesen Schmuck nicht mehr am Vater gesehen hatte, seitdem sie vom Kloster in Oslo heimgekehrt war.

»Wann gab dir mein Vater das?« Sie bereute die Frage sofort.

»Ich bekam es einmal zum Abschied, als ich fortreiten wollte.«

»Dies dünkt mich ein allzu großes Geschenk«, sagte sie leise und blickte zu Boden.

Simon lächelte und antwortete:

»Du kannst viel von solchen Sachen brauchen, Kristin; wenn die Zeit einmal kommt, da du alle deine Söhne mit Brautgeschenken aussenden mußt . . .«

Kristin sah ihn an und sagte:

»Das weißt du, Simon, ich meine die Dinge, die du von ihm bekommen hast; du weißt, ich habe dich so lieb, als wärest du sein eigener Sohn.«

»Ist das wahr, du?« er legte seinen Handrücken flüchtig an ihre Wange und streichelte sie, und er lächelte, ein seltsames kleines Lächeln, während er wie zu einem Kind redete: »Jaja, Kristin, ich habe es gemerkt.«

IV

Einige Zeit später im Herbst hatte Simon Andressohn etwas bei seinem Bruder auf Dyfrin zu tun. Während seiner Anwesenheit dort bekam er einen Freier für seine Tochter Arngjerd.

Die Sache wurde nicht fest abgemacht, und Simon war es ein wenig unruhig und ängstlich zumute, während er nach Norden zurückritt. Vielleicht hätte er einschlagen sollen, dann wäre die Tochter jetzt wohlgeborgen, und er selbst wäre aller Sorge für ihre Zukunft ledig. Vielleicht hatten Gyrd und Helga recht; es war unverständig von ihm, daß er nicht mit beiden Händen zugriff, wenn er ein solches Angebot für diese Tochter bekam. Eiken war ein größerer Hof als Formo, und Aasmund besaß mehr als den dritten Teil; er würde nie daran gedacht haben, für seinen Sohn um eine Jungfrau zu werben von der gleichen Herkunft wie Arngjerd, mütterlicherseits aus niedrigem Geschlecht und ohne Verwandte, wäre nicht ein Teil der Grundstücke an Simon verpfändet gewesen. Die Leute auf Eiken hatten einmal Geld leihen müssen, und zwar sowohl bei den Nonnen in Oslo als auch auf Dyfrin, damals, als Grunde Aasmundssohn zum zweitenmal einen Mann erschlagen hatte. Grunde wurde bösartig, wenn er betrunken war; im übrigen aber war er ein rechtschaffener und freundlicher Mann, sagte Gyrd, und sicher würde er sich von einer so verständigen und gutmütigen Frau wie Arngjerd leicht lenken lassen.

Nun verhielt es sich aber so, daß Grunde nur um wenige Jahre jünger war als Simon selbst. Und Arngjerd war jung. Und die Leute auf Eiken wollten die Hochzeit schon in diesem Jahr feiern.

Es steckte wie eine böse Erinnerung in Simon, er dachte nicht daran, wenn er es nur irgendwie vermeiden konnte. Seit aber von Arngjerds Hochzeit die Rede gewesen war, tauchte es beständig auf. Ein unfroher Mann war er gewesen, an jenem ersten Morgen, da er an Ramborgs Seite erwachte. Er war wohl nicht verwirrter oder übermütiger gewesen, als ein Bräutigam sein sollte, da er zu Bett ging, obwohl es ihn seltsam und wild erregt hatte, Kristin unter den Brautmüttern zu sehen, und Erlend, seinen neuen Schwager, unter den Männern, die ihn in die Brautkammer begleiteten. Und als er am nächsten Morgen erwachte und seine noch schlafende Braut betrachtete, hatte er es wie eine Wunde und eine böse Schmach tief drinnen im Herzen empfunden; es war, als habe er schlecht gegen ein Kind gehandelt.

Obwohl er wußte, daß er sich diese Sorge hätte sparen können.
Sie hatte gelacht, als sie die großen Augen aufschlug.
»Jetzt gehörst du *mir*, Simon.« Sie spielte mit ihren Fingern auf seiner Brust. »Mein Vater ist dein Vater und meine Schwester deine Schwester«; und ihm wurde kalt vor Angst, denn er dachte daran, ob sie es wohl gefühlt hatte, daß ihm sein Herz bei diesen ihren Worten in der Brust stehengeblieben war.
Im übrigen war er sehr zufrieden mit seiner Heirat, daran hielt er fest. Seine Frau war reich, aus hervorragendem Geschlecht, jung und gesund, schön und freundlich. Sie hatte ihm eine Tochter und einen Sohn geschenkt; dafür hat ein Mann Verständnis, wenn er ausgekostet hat, was es heißt, in Reichtum zu leben und keine Kinder zu bekommen, die den Besitz nach den Eltern zusammenhalten können. Zwei Kinder – und deren Wohlstand war gesichert –, und immer noch war er so reich, daß er Arngjerd eine gute Heirat verschaffen konnte.
Noch einen Sohn hätte er wohl gerne gehabt; ja, er würde nicht traurig sein, wenn noch ein oder zwei Kinder auf Formo dazukämen. Aber Ramborg war wohl froh, solange ihr dies erspart blieb. So hatte doch auch dieses sein Gutes. Denn er konnte es nicht leugnen, es trug viel zur Behaglichkeit im Hause bei, wenn Ramborg guter Laune war. Er hätte es wohl gewünscht, daß sie gleichmäßigeren Sinnes gewesen wäre. Er wußte nicht immer, wie er mit seiner Frau daran war. Und schließlich hätte auch sein Hauswesen gern ein wenig ordentlicher sein dürfen. Aber niemand darf sich erwarten, daß ihm alle Becher gefüllt werden, wie das Sprichwort heißt. Das sagte sich Simon immer wieder, während er heimwärts ritt.
Jetzt sollte Ramborg in der Woche vor der Clemensmesse nach Kruke; es munterte sie immer ein wenig auf, eine Zeitlang von daheim fort zu sein.
Obwohl Gott wissen mochte, wie es dort ging – dieses Mal. Es war das achte Kind, das Sigrid jetzt erwartete. Und er war sehr erschrocken, als er die Schwester auf seinem Heimritt aufsuchte; sie sah nicht so aus, als könne sie noch viel mehr ertragen.
Er hatte dem alten Bild der Jungfrau Maria in Eyabu, das besonders wundertätig sein sollte, vier dicke Wachslichte geopfert und hatte reiche Gaben versprochen, wenn Sigrid dieses Mal mit Leben und Gesundheit davonkäme. Denn wie es mit Geirmund und all den Kindern gehen sollte, wenn die Mutter von ihnen wegstarb, nein, das konnte er sich nicht ausdenken.
Und sie lebten sehr gut zusammen, Sigrid und Geirmund, nie hatte sie ein unfreundliches Wort von ihrem Mann gehört, sagte sie, nie hatte er etwas ungetan gelassen, von dem er glauben konnte, daß es sie freue. Als er merkte, daß Sigrid sich in Sehnsucht nach dem Kind verzehrte, das sie in ihrer Jugend von Gjavvald Arnessohn bekommen hatte, hatte er Simon veranlaßt, den Knaben zu holen, damit die Mutter ihn eine Weile bei sich haben könnte. Aber Sigrid erlebte nur

Kummer und Enttäuschung bei dem Wiedersehen mit diesem verwöhnten reichen Knaben. Seitdem hatte Sigrid Andrestochter sich an ihren Mann und die Kinder, die sie von ihm bekommen hatte, angeklammert, wie ein armer kranker Sünder sich an Pfarrer und Beichte anklammert.
Jetzt schien sie in einer Weise vollkommen glücklich zu sein. Und Simon merkte es wohl; es gab nur wenige Männer, mit denen man so gerne zusammen war wie mit Geirmund. Er hatte eine so schöne Stimme, und selbst wenn er von nichts anderem sprach als von dem schlechten Gaul, den man ihm aufgeschwätzt hatte, so hörte es sich doch fast wie Harfenklang an.
Ein häßliches und sonderbares Gesicht hatte Geirmund Hersteinssohn stets gehabt, aber früher war er doch stark und gut gebaut gewesen, der beste Bogenschütze, Weidmann und allen anderen in jeder Art Leibesübung überlegen. Vor drei Jahren aber wurde er zum Krüppel – damals, als er sich kriechend von einer Jagd heimgeschleppt hatte, auf beiden Händen und auf einem Knie, während er das andere Bein zerschmettert hinter sich nachzog. Jetzt konnte er nicht mehr ohne Stock durch die Stube gehen und nicht mehr ohne Hilfe auf seinen steilen Äckern zu Pferde steigen. Mißgeschick verfolgte ihn beständig, ein Dickkopf und Sonderling, wie der Mann war, nicht sehr tüchtig in der Verwaltung seines Hofes und seines Wohlstandes, in Handel und Wandel konnte ihn jedermann betrügen, der das Herz dazu hatte. Aber er war sehr kunstfertig mit seinen Händen, gewandt in der Bearbeitung von Holz und Eisen, klug und gut in seiner Rede. Und wenn dieser Mann die Harfe auf seine Knie nahm, so mußten die Leute lachen oder weinen, je nachdem wie Geirmund sang und spielte. Ja, wenn Geirmund von dem Ritter sang, der durch sein Spiel den Lindenbaum seines Laubes und die Kuh ihrer Hörner beraubte, war es fast, als höre man den Ritter selbst singen.
Dann kamen sie alle zusammen und sangen mit dem Vater, die ältesten Kinder; das hörte sich schöner an, als wenn alle Glocken in Bischofshamar läuteten. Das zweitjüngste Kind, Inga, mußte sich noch an der Bank festhalten, um zu gehen, sprechen hatte sie noch nicht gelernt, aber sie summte und sang den ganzen Tag lang, und ihre kleine Stimme war so fein und hell wie eine silberne Glocke.
Dichtgedrängt wohnten sie in einer kleinen schwarzen alten Feuerstube, alle miteinander, Eltern, Kinder und Gesinde. Den Dachraum, von dessen Bau Geirmund in allen diesen Jahren gesprochen hatte, brachte er wohl nie zustande; es war ihm ohnehin schon kaum geglückt, an Stelle der im vergangenen Jahr niedergebrannten Scheune eine neue aufzubauen. Aber die Eltern konnten sich nicht von einem einzigen der vielen Kinder trennen. Simon hatte sich, sooft er auf Kruke war, erboten, einige von ihnen aufzunehmen und bei sich zu erziehen, Geirmund und Sigrid dankten ihm dafür, schlugen es jedoch stets ab.

Vielleicht hatte sie es trotz allem von seinen Geschwistern am besten getroffen, dachte Simon bisweilen. Ja, Gyrd sagte zwar, Astrid sei sehr zufrieden mit ihrem neuen Mann; sie wohnten weit unten in Ryfylke, und Simon hatte sie seit ihrer Hochzeit nicht mehr gesehen. Aber die Torgrimssöhne lagen viel im Streit mit dem Stiefvater, erzählte Gyrd.
Und Gudmund war sehr froh und zufrieden. Aber Simon meinte, wenn dies das Glück eines Mannes sei, könne er, ohne eine Sünde zu begehen, Gott dafür danken, daß ihr Vater nicht mehr lebte und es sah. So schnell es sich geziemenderweise nach Andres Darres Tod machen ließ, hatte Gudmund die Hochzeit mit dieser Witwe gefeiert, von der sein Vater durchaus nichts hatte wissen wollen. Der Dyfrinsritter hatte seinen beiden ältesten Söhnen junge, reiche und schöne Jungfrauen aus hervorragendem Geschlecht und mit fleckenlosem Ruf ausgewählt, und es war daraus für Gyrd und für Simon nicht mehr entstanden als ein mäßiges Glück, darum meinte er, es müsse für Gudmund doch das reine Elend werden, wenn er, sein Vater, ihn nach seinem unverständigen Willen handeln ließe. Tordis Bergstochter war viel älter als Gudmund, ziemlich wohlhabend, und besaß aus ihrer ersten Ehe keine Kinder. Danach aber hatte sie von einem der Priester an der Mariakirche in Oslo ein Kind bekommen, und im übrigen hieß es, daß sie auch gegen andere Männer allzu freundlich gewesen sei – Gudmund Darre mit eingeschlossen, kaum daß sie ihn kennengelernt hatte. Grausam häßlich war sie und unhöfisch und derb in ihrer Rede, für eine Frau, so dünkte es Simon, aber sie war rasch und witzig, verständig und gutmütig; er wußte, er selbst hätte Tordis gut leiden können, hätte sie nur nicht in seine Sippe hineingeheiratet. Aber Gudmund gedieh bei ihr, daß es über alle Grenzen ging; jetzt war er bald ebenso fett und schwerfällig wie Simon selbst, und das war nicht Gudmunds Natur. Als junger Mensch war er schlank und schön gewesen. Jetzt war er so schlapp und faul, daß Simon Lust hatte, den Burschen zu verprügeln, sooft er ihn sah. Ein närrischer Kerl war Gudmund sein Lebtag gewesen, das ließ sich nicht leugnen, und daß seine Kinder von der Mutter den Verstand, von ihm aber das Äußere mitbekamen, war schließlich noch ein Glück im Unglück. Aber Gudmund gedieh.
Simon brauchte sich also nicht soviel über den Bruder zu grämen, wie er es tat. Und in mancher Beziehung war es wohl auch unnötig, daß er sich um Gyrds willen so viel Kummer machte. Aber jedesmal, wenn er auf den väterlichen Hof heimkam und sah, wie dort jetzt alles stand, nahm ihn das so mit, daß ihm das Herz ganz weh tat, wenn er wieder fortritt.
Der Wohlstand nahm zu. Dieser Schwager des Bruders, Ulf Saksessohn, stand ja jetzt beim König in voller Gunst und Gnade, und er zog Gyrd Andressohn mit sich in diesen Kreis von Männern, die am meisten Macht und Vorteil im Land genossen. Aber Simon liebte diesen Burschen nicht; er ahnte, daß auch Gyrd dies nicht tat. Widerwillig

und wenig froh ging Gyrd von Dyfrin den Weg, den seine Frau und ihr Bruder ihm vorschrieben, um ein wenig Hausfrieden zu haben.
Helga Saksestochter war eine Hexe. Hauptsächlich aber waren wohl Gyrds beide Söhne daran schuld, daß er jetzt so tiefvergrämt aussah. Sakse, der Älteste, zählte jetzt etwa sechzehn Winter. Aber kein Abend ging vorüber, an dem nicht sein eigener Knecht den jungen Burschen schwerbetrunken zu Bett bringen mußte. Verstand und Gesundheit hatte er wohl schon eingebüßt; er trank sich noch zu Tode, ehe er das Alter der Erwachsenen erreichte. Und ein großer Verlust würde es wohl kaum sein; es ging über ihn, so jung er war, ein böses Wort im Tal, von Roheit und Hochmut. Er war der Liebling der Mutter; Gyrd liebte mehr den Jüngeren, Jon. Dieser wäre auch viel mehr so geartet gewesen, daß er dem Geschlecht zur Ehre hätte gereichen können, wäre er nur nicht, ja, er war ein wenig verwachsen, mit hohen Schultern und einem schiefen Rücken. Und dann hatte er irgendein inneres Leiden im Magen, vertrug keine andere Kost als Brei und Flachbrot.
Im Gemeinsamkeitsgefühl mit seiner Sippe hatte Simon Andressohn stets eine heimliche Zuflucht gefunden, wenn sein eigenes Leben ihn – ja, allzu schwer dünkte, oder wie man es nennen wollte. Die Widerwärtigkeiten waren ihm viel weniger schwer zu ertragen, wenn er dabei an das Glück und das Wohlergehen seiner Geschwister denken konnte.
Wäre es auf Dyfrin nur so gewesen wie zu Vaters Zeiten, als Ruhe, Zufriedenheit und Wohlergehen auf dem Hof herrschten; dies hätte seine heimliche Unruhe sehr gestillt, dünkte ihn. Es war, als seien seine eigenen Lebenswurzeln mit denen der Geschwister verwachsen, irgendwo tief drinnen in Erde und Finsternis. Jeden Schlag der den einen traf, alles Böse, das einem von ihnen am Mark zehrte, spürten sie alle zugleich.
Jedenfalls war es Gyrd und ihm selbst so ergangen – früher zum mindesten. Jetzt wußte er nicht mehr so sicher, ob Gyrd es noch auf diese Weise fühlte.
Den ältesten Bruder – und Sigrid – hatte er am liebsten gehabt. Er erinnerte sich aus den Jahren ihres Heranwachsens: oft hatte er dagesessen und die jüngste Schwester betrachtet und sie dabei immer lieber gewonnen, so daß er etwas tun *mußte*, um ihr dies zu zeigen. Da ging er zu ihr hin, neckte und ärgerte sie, zog sie an den Zöpfen, zwickte sie in die Arme, denn es war gleichsam, als könne er ihr seine Liebe auf keine andere Weise zeigen, ohne sich ihrer zu schämen. Die Neckerei zwischen ihnen war notwendig, damit er, ohne verlegen zu werden, ihr alles schenken konnte, was er an guten Sachen für sie aufhob, damit er die Kleine zu seinen Spielen mitnehmen konnte, wenn er Mühlen am Bach errichtete oder Höfe für sie baute und im Frühling Weidenpfeifen für die Schwester schnitzte.
Wie ein eingebranntes Zeichen lebte in seinem Gemüt die Erinnerung an jenen Tag, da er von ihrem Unglück erfuhr. Den ganzen Winter

hindurch hatte er beobachtet, wie Sigrid sich über ihren toten Verlobten beinahe zu Tode grämte; mehr aber hatte er nicht begriffen. Dann kam jener Sonntag gegen den Frühling zu – er stand auf dem Altan von Mandvik und ärgerte sich über die Frauen, die auf sich warten ließen –, auf dem Hofplatz standen die Pferde für den Ritt gesattelt samt den Knechten, die schon lange bereit waren. Schließlich wurde er zornig und ging ins Frauenhaus hinüber. Sigrid lag noch zu Bett; erstaunt fragte er, ob sie krank sei. Seine Frau saß auf dem Bettrand; es lief ein Beben über das sanfte welke Gesicht, als sie aufblickte: »Krank ist sie wohl, das arme Kind, aber noch mehr, glaube ich, hat sie Angst davor, wie ihr ... du und euere Verwandten – dies aufnehmen werdet.«

Die Schwester schrie laut auf, warf sich nach vorn und barg ihren Kopf in Halfrids Schoß und klammerte sich an sie, umschlang die Schwägerin mit dünnen, nackten Armen. Der Schrei schnitt Simon so sehr ins Herz, daß ihm das Blut fast zu stocken drohte. Ihr Schmerz, ihre Schande durchdrangen ihn so, daß ihn alles Gefühl verließ, und dann kam die Angst, und der Schweiß brach ihm aus. Ihr Vater, was würde er jetzt mit Sigrid machen?

Er hatte solche Angst, während er auf schlechten, frühjahrlichen Wegen heimwärts nach Raumarike ritt, daß schließlich der Knecht, der ihn begleitete und nicht allzuviel begriff, sich darüber lustig machte, weil er so oft vom Pferd herunter und abseits gehen mußte. Zwar war er seit langem voll erwachsen und verheiratet, aber wenn er an die Begegnung mit dem Vater dachte, befiel ihn solche Furcht, daß er Leibweh bekam.

Dann hatte der Vater kaum ein Wort geäußert. Aber er war zusammengebrochen wie ein gefällter Baum. Heute noch konnte es geschehen, daß Simon beim Einschlafen dieses Bild vor sich sah und im selben Augenblick wieder hellwach wurde. Der Vater, wie er dasaß und hin und her wankte, den Kopf auf die Brust gesenkt, Gyrd neben ihm, die Hand auf die Armlehne des Hochsitzes gestützt, ein wenig bleicher als gewöhnlich, mit niedergeschlagenen Augen.

»Gott sei gedankt, daß sie nicht hier war, als dies aufkam. Wie gut, daß sie bei dir und Halfrid ist«, hatte Gyrd gesagt, als sie beide allein waren.

Dies war das einzige Mal, daß Simon Gyrd etwas hatte sagen hören, aus dem man entnehmen konnte, daß er seine Frau nicht über alle anderen Frauen setzte.

Mit seinen Augen hatte er sehen müssen, wie Gyrd gleichsam verwelkte und immer weniger wurde, seitdem er mit Helga Saksestochter verheiratet war.

Zu jener Zeit, da er mit ihr verlobt war – gesagt hatte Gyrd nie viel – aber sooft er seine Braut gesehen hatte, kam ein so leuchtend schöner Ausdruck auf Gyrds Gesicht, daß es Simon ganz seltsam zumute wurde, wenn er den Bruder ansah. Er habe Helga früher schon gesehen,

äußerte Gyrd zu Simon, jedoch niemals mit ihr gesprochen und nie mit einem Gedanken daran gedacht, daß ihre Verwandten ihm eine so reiche und schöne Braut geben würden.
Gyrd Darres eigenartige Schönheit in der Jugend hatte Simon beinahe wie eine Ehre für sich selbst empfunden. Er war auf eine seltsam gewinnende Art schön; es schien, als müßten alle verstehen, daß in diesem feinen und stillen jungen Mann Güte, hoher Sinn und ein mutiges und adliges Herz wohnten. Dann wurde er mit Helga Saksestochter verheiratet, und dann schien nichts weiter mehr aus ihm zu werden. Wortkarg war er immer gewesen, aber die beiden Brüder steckten stets beisammen, und Simon fiel es nicht schwer, für sie beide zu reden. Simon war gesprächig, galt für einen hellen Kopf, war umgänglich, zu Trunk und Scherz, zur Jagd und zu Vergnügungen, zu allerhand Art Jugendbelustigungen hatte Simon Freunde nach Dutzenden, ihm alle gleich lieb und nahestehend. Der älteste Bruder war mit dabei, sagte wenig, hatte jedoch sein schönes, ernsthaftes Lächeln, und die wenigen Worte, die er sprach, machten gleichsam viel aus sich.
Jetzt schwieg Gyrd Andressohn wie eine verschlossene Truhe.
Als Simon in jenem Sommer heimkam und seinem Vater sagte, Kristin Lavranstochter und er seien in dem Wunsch einig geworden, die Verabredung zurückgehen zu lassen, wußte er, daß Gyrd den größten Teil der dahinterliegenden Ursachen erkannt hatte. Daß Simon seine Braut liebte, daß er sein Recht aus irgendeinem bestimmten Grund aufgab und daß Simon durch die Art dieses Grundes in seinem Innern von Schmerz und Groll wie zerrissen war. Gyrd hatte dem Vater still geraten, die Sache fallenzulassen. Simon jedoch hatte er nie mit einem Wort zu erkennen gegeben, was er verstand. Und Simon dünkte es, könnte er überhaupt seinen Bruder noch lieber haben, als er ihn sein Leben lang schon gehabt hatte, so müßte das nun der Fall sein, um seines Schweigens willen.
Simon *wollte* froh und frisch sein, während er heimzu ritt. Auf dem ganzen Weg durch das Tal entlang besuchte er seine Freunde, begrüßte sie, trank sich lustig, und die Freunde sattelten ihre Pferde und begleiteten ihn zum nächsten Hof, wo andere Freunde wohnten. Es ritt sich jetzt so gut und leicht um diese Zeit des schneelosen Frostes.
Den letzten Teil seines Weges ritt er in der Dämmerung. Die Bierlaune war von ihm gewichen. Seine Knechte waren übermütig und laut, ihrem Herrn aber schien Lachen und Scherzen vergangen zu sein; er fühlte sich wohl müde.
Dann war er daheim. Andres trippelte dem Vater überallhin nach, wo dieser ging und stand. Ulvhild schwänzelte um die Satteltasche herum, ob er ihr ein paar Geschenke mitgebracht hätte. Arngjerd brachte Bier und Essen herbei, seine Frau setzte sich zu ihm, während er aß, redete und fragte nach Neuigkeiten. Als die Kinder schlafen gegangen waren, hob Simon Ramborg auf seine Knie, während er ihr die Grüße überbrachte und von Verwandten und Bekannten erzählte.

Er fühlte, es wäre schändlich und unmännlich, wenn er nicht zufrieden sein könnte, da es ihm so gut ging.
Am Tag darauf, Simon saß drüben in der Saemundsstube, kam Arngjerd herein und brachte ihm etwas zu essen. Er dachte, es sei am besten, mit ihr über den Freier zu sprechen, während sie unter vier Augen wären, und so erzählte er der Tochter von seinem Gespräch mit den Männern von Eiken.
Ach ja, schön ist sie wirklich nicht, dachte der Vater; er betrachtete das junge Mädchen, wie es so vor ihm stand. Gedrungen und breit gebaut, mit einem kurzen derben und blassen Gesicht; das graugelbe Haar war ungleichmäßig verblichen; in zwei dicken Zöpfen hing es über den Rücken herab, aber vorn über der Stirn war es strähnig und fiel ihr in die Augen, so daß sie die Gewohnheit hatte, es unaufhörlich zurückzustreichen.
»Ihr müßt das nach Eurem Willen ordnen, Vater«, sagte sie ruhig, als er ausgesprochen hatte.
»Ja, ich weiß, du bist ein gutes Kind, aber was meinst du selbst dazu?«
»Ich, ich meine nichts. Darin müßt Ihr bestimmen, lieber Vater.«
»Die Dinge stehen so, Arngjerd, ich würde dir gönnen, erst noch ein paar freie Jahre zu verleben, frei von der Last der Kinder und von Sorge und Verantwortung, von alldem, was die Frauen trifft, wenn sie erst einmal verheiratet sind. Aber ich denke mir, vielleicht sehnst du dich danach, dein Eigenes zu haben und eine selbständige Frau zu sein?«
»Um meinetwillen hat das keine Eile«, sagte das Mädchen und lächelte ein wenig.
»Du weißt, wenn du nach Eiken heiraten würdest, so hättest du deine reichen Verwandten in nächster Nähe, nackt ist des Bruderlosen Hintern.« Er sah das leise Aufblitzen in Arngjerds Augen und das heimliche Lächeln: »Ich meine Gyrd, deinen Oheim«, sagte er rasch, ein wenig verlegen.
»Ja, ich verstehe, Ihr meint nicht meine Verwandte Helga«, dann lachten sie alle beide.
Simon wurde es ganz warm ums Herz in Dankbarkeit zu Gott und der Jungfrau Maria und zu Halfrid, die ihn dazu überredet hatte, seine Tochter anzuerkennen. Wenn sie so miteinander lachten, er und Arngjerd, so brauchte er keinen anderen Beweis für seine Vaterschaft.
Er stand auf, klopfte ihr ein wenig Mehl von ihrem Ärmel ab: »Und der Freier, wie gefällt dir der Mann?« fragte er.
»Doch. Ich mag ihn, so wenig ich noch von ihm gesehen habe; man darf wohl nicht auf alles hören, was die Leute reden. Aber hierin müßt Ihr bestimmen, Vater.«
»Dann wird es so, wie ich gesagt habe. Aasmund und Grunde können noch eine Weile warten und sehen, ob sie noch der gleichen Meinung sind, wenn du ein wenig älter geworden bist. Im übrigen weißt du ja, meine Tochter, daß du deine Heirat selbst bestimmen darfst, soweit du

verständig genug bist, dein eigenes Bestes zu beurteilen. Und dein Verstand ist ja gut genug, Arngjerd.«

Er umarmte sie. Sie errötete, als der Vater sie küßte, und Simon dachte daran, daß es wohl schon Jahr und Tag her war, seit er dies getan hatte. Im übrigen gehörte er nicht zu den Männern, die sich davor scheuten, ihre Frau bei Tageslicht anzufassen oder mit ihren Kindern zu scherzen. Aber es war immer wie im Spaß – und Arngjerd... Simon fühlte plötzlich, daß diese junge Tochter wohl der einzige Mensch hier auf Formo war, mit dem er dann und wann ernsthaft redete.

Er ging durch die Stube, zog den Zapfen aus dem Guckloch in der Südwand. Durch die kleine Öffnung sah er über das Tal hin. Der Wind kam von Süden, und große graue Wolken stiegen auf, weiter unten im Tale, wo die Berge einander begegneten und den Blick versperrten. Wenn ein Sonnenstreifen durchbrach, leuchteten alle Farben so innig stark auf. Das Tauwetter hatte den fahlbleichen Reif fortgenommen – die Äcker waren braun, der Nadelwald blauschwarz –, und oben, entlang den Bergstirnen, strich das Licht mit goldgelbem Glanz vorbei, dort, wo der kahle Fels mit Flechten und Moos überzogen war.

Simon hatte ein Gefühl, als könne man aus dem Herbstwind da draußen und dem unruhigen Glanz über dem Tal wunderbare Kräfte schöpfen. Kam jetzt noch warmes Wetter zu Allerheiligen, so gab es wohl genug Wasser in den Bächen für die Mühlen, jedenfalls bis kurz vor Weihnachten. Und er konnte viele Leute ins Gebirge hinaufschikken und Flechten einsammeln lassen. Es war ein so trockener Herbst gewesen; dünn und klein rann jetzt der Fluß zwischen den Bänken von gelbem Sand und bleichen Steinen dahin.

Hier oben im Tal besaßen nur Jörundhof und der Pfarrhof ein Mahlhaus am Fluß. Simon wollte nur ungern um den Gefallen bitten, im Mahlhaus von Jörundhof mahlen zu dürfen; wahrscheinlich würde das ganze Tal mit seinem Getreide dorthin kommen. Denn Sira Eirik nahm Entgelt. Und da, fanden die Leute, erfuhr er zu genau, was sie an Korn besaßen, er nahm es mit dem Einfordern des Zehent sehr streng.

Lavrans aber hatte in seinem Mahlhaus immer unentgeltlich mahlen lassen, und darum wollte Kristin, daß dies auch jetzt auf die gleiche Weise gehandhabt werde.

Sobald er sie nur in Gedanken streifte, begann sein Herz krank und angespannt zu zittern.

Es war der Tag vor der Simonsmesse; um diese Zeit war er stets zum Beichten gegangen. Deshalb saß er heute hier in der Saemundsstube, um sich selbst zu erforschen, zu fasten und zu beten, während die Knechte in der Scheune droschen.

Seiner Sünden konnte er sich leicht erinnern; er hatte geflucht, die Leute zum Narren gehalten, wenn sie ihn nach Dingen fragten, die sie nichts angingen, dann das Renntier, das er noch geschossen hatte, lange nachdem er am Stand der Sonne hatte sehen können, daß es schon Samstag abend war, und das er am Sonntagmorgen, während die Bewohner des Tales die Messe hörten, aufbrach.

Das, was sich nun kürzlich während der Krankheit des Knaben zugetragen hatte, durfte er nicht erwähnen und wagte es auch nicht. Aber es war das erstemal in seinem Leben, daß er gegen seinen Willen seinem Beichtvater eine Sünde verschwieg.

Er hatte viel darüber nachgedacht und im Innern sehr darunter gelitten. Eine Hauptsünde mußte es wohl sein, ob er nun selbst gezaubert hatte oder einen anderen Menschen geradezu verführt hatte, etwas Derartiges zu tun.

Es zu bereuen vermochte er doch auch nicht, wenn er bedachte, daß ohne diese Tat sein Sohn jetzt wohl unter der Erde läge. Aber er ging ängstlich und niedergedrückt umher, spähte immer danach aus, ob das Kind seitdem anders geworden sei. Er fand nicht, daß er etwas bemerken könne.

Er wußte, daß viele Arten von Vögeln und wilden Tieren von ihren Jungen nichts mehr wissen wollen, sondern sich von ihrer Nachkommenschaft abwenden, wenn Menschenhände die Eier oder die Jungen selbst berührt haben; ein Mensch, dem von Gott das Licht der Vernunft verliehen war, konnte nicht so handeln; im Gegenteil, für Simon war es eher so, daß er das Kind beinahe nicht mehr aus den Händen lassen wollte, wenn er jetzt seinen Sohn an sich nahm, so ängstlich war er um Andres geworden. Gleichzeitig aber konnte er begreifen, weshalb die heidnischen, unvernünftigen Tiere von solchem Abscheu vor ihren Jungen erfüllt wurden, nur weil man sie berührt hatte. Auch er empfand es so, als sei sein Kind in irgendeiner Weise angesteckt worden. Aber er bereute nicht – wünschte es nicht ungeschehen. Doch er wünschte, es wäre eine andere gewesen als Kristin. – Es war ohnehin schon schwierig genug für ihn, daß diese Leute hier im Tale wohnten.

Arngjerd kam herein, fragte nach einem Schlüssel. Ramborg glaubte, ihn nicht zurückerhalten zu haben, seitdem ihr Mann ihn das letztemal benutzt hatte.

Hier auf dem Hof herrschte immer weniger und weniger Ordnung. Simon erinnerte sich, daß er den Schlüssel seiner Frau zurückgegeben hatte, und zwar noch vor seiner Reise nach dem Süden. Ja, ich werde ihn schon finden, meinte Arngjerd.

Sie hatte solch ein gutes Lächeln – und kluge Augen –, sie ist doch nicht so häßlich, dachte der Vater. Und ihr Haar war schön, hell und reich, wenn sie es an Fest- und Feiertagen offen trug.

Erlends Buhlentochter freilich war schön gewesen, dabei aber kam nichts als Unglück heraus.

Aber Erlend hatte die Tochter mit einer schönen Frau aus vornehmer Sippe gezeugt. Erlend hätte wohl nie eine Magd wie Arngjerds Mutter auch nur angeschaut. Er war vergnügt durch die Welt geschlendert, und schöne und stolze Frauen und Jungfrauen hatten nur so dagestanden und ihm Liebe und Abenteuer angeboten.

Seine eigene einzige Sünde – die Jungenstreiche seinerzeit am Königshof rechnete er nicht mit –, sie hätte gern ein wenig vornehmer sein dürfen, diese Sünde, wenn er doch schon seine gute und ehrbare Hausfrau dadurch kränken mußte. Er hatte Jorunn kaum beachtet, wußte nicht einmal mehr, wie es hatte zugehen können, daß er der Magd zu nahe gekommen war. In jenem Winter war er viel bei Freunden und Bekannten auf Zechgelagen gewesen, und wenn er dann auf den Hof seiner Frau heimkehrte, saß Jorunn da und achtete darauf, daß er ins Bett kam, ohne mit Feuer und Licht ein Unglück anzurichten.

Großartiger war *dieses* Abenteuer nicht gewesen.

Und um so weniger hatte er verdient, daß das Kind nun so gut geartet war und ihm solche Freude bereitete. Und im übrigen durfte er sich jetzt nicht mit solchen Gedanken befassen, er sollte an seine Beichte denken.

Als Simon im Finstern von Romundhof heimkehrte, regnete es ganz fein. Er ging schräg über die Äcker dahin. Im letzten bleichen Schein des Tageslichts schimmerten die Stoppeln bleich und naß. Drüben an der Balkenwand der alten Badestube lag etwas Kleines, Weißes und leuchtete bis zu ihm herunter. Simon ging hin und sah nach. Es waren die Scherben der französischen Schale, die er im Frühling zerschlagen hatte; die Kinder hatten auf einem Brett, das über zwei Steine gelegt war, den Tisch damit gedeckt. Simon schlug mit der Stabaxt danach und warf alles über den Haufen.

Im gleichen Augenblick ärgerte er sich über sich selber. Aber er konnte es nicht leiden, an jenen Abend erinnert zu werden.

Gleichsam als Buße dafür, daß er eine Sünde verschwieg, hatte er mit Sira Eirik über jene Träume gesprochen. Ja, und auch, weil es ihm not tat, sein Herz wenigstens um *diese* Sache zu erleichtern. Er war schon im Begriff zu gehen – da überfiel es ihn mit einemmal –, er mußte doch darüber reden. Und dieser alte halbblinde Pfarrer war ja mehr als zwölf Jahre sein geistlicher Vater gewesen.

So ging er zurück und kniete wieder vor Sira Eirik nieder.

Unbeweglich saß der Priester da, bis Simon ausgeredet hatte. Dann sagte er, die machtvolle Stimme klang jetzt alt und verschleiert aus der ewigen Dämmerung heraus: Eine Sünde sei es nicht. Jedes Glied der kämpfenden Kirche müsse im Streit mit dem Feind erprobt werden; darum lasse Gott zu, daß der Teufel den Menschen mit vielerlei Versuchungen heimsuche. Solange ein Mann seine Waffen nicht wegwerfe, solange er die Fahne des Königs nicht verrate und wach und bewußt in die Gesichte einwillige, mit denen jener unreine Geist ihn bezaubern möchte, solange seien die sündigen Gedanken, die ihn überfielen, keine Sünde.

»Nein!« Simon war von Scham erfüllt, als er seine eigene Stimme vernahm.

Eingewilligt hatte er *nie*. Er wurde von ihnen gequält, gequält, gequält.

Wenn er nach solchen sündigen Träumen erwachte, so hatte er ein Gefühl, als sei ihm selbst im Schlaf Gewalt angetan worden.
Als er auf den Hofplatz kam, standen dort zwei fremde Pferde an den Zaun angebunden. Es war Erlend Nikulaussohns »Ruß« und Kristins Reitpferd. Simon rief den Pferdeknecht herbei: warum die Tiere nicht eingestellt worden seien? Weil die Gäste gesagt hätten, das sei nicht nötig, antwortete der Knecht verdrossen.
Es war ein junger Knecht, der sich Simon jetzt, als dieser auf seinem Heimathof gewesen war, angeschlossen hatte; früher hatte er auf Dyfrin gedient. Dort sollte jetzt alles gleichsam nach Rittersart gehen, das hatte Helga erreicht. Wenn aber dieser Dummkopf Sigurd glaubte, Simon lasse es hier auf Formo zu, daß einer gegen ihn als Herrn aufmucke, weil er selber gern lustig redete und mit seinen Leuten scherzte und auch gern von einem Diener eine übermütige Antwort duldete, dann sollte der Teufel ... Simon wollte gerade dem Burschen gehörig den Kopf zurechtsetzen, als er wieder innehielt; er kam doch geradeswegs von der Beichte. Jon Daalk sollte sich dieses Neuangekommenen annehmen und ihn lehren, daß guter Bauernbrauch ebenso feste Regeln hatte wie das höfische Wesen auf Dyfrin.
So fragte er nur einigermaßen ruhig, ob Sigurd denn erst aus dem Ei geschlüpft sei, und hieß ihn die Pferde einstellen. Aber er war ärgerlich.
Das erste, was er bei seinem Eintritt in die Stube sah, war Erlends lachendes Gesicht; das Licht der Kerze auf dem Tisch fiel gerade auf ihn, wie er auf der Bank saß und sich gegen Ulvhild wehrte, die neben ihm kniete und ihn zu kitzeln versuchte oder was es nun war; sie griff mit den Händen in das Gesicht des Mannes und lachte dabei, daß es gluckste. Erlend sprang auf, wollte die Kleine beiseite schieben, sie aber klammerte sich an seinem Joppenärmel fest und blieb an seinem Arm hängen, während er durch die Stube ging, aufrecht und leichten Schrittes, und seinen Schwager begrüßte. Dabei redete Ulvhild so laut dazwischen, daß Erlend und Simon kaum zu Worte kommen konnten.
Der Vater befahl ein wenig barsch, sie solle jetzt zu den Mägden ins Küchenhaus hinübergehen; sie waren gerade mit dem Tischdecken fertig geworden. Als die Kleine ihm widersprach, packte er sie hart am Arm und riß sie von Erlend los.
»Da!« Der Oheim nahm ein Stück Harz aus dem Mund und schob es dem Kind zwischen die Lippen. »Nimm das da, Ulvhild, Pflaumenwange! – Diese deine Tochter«, sagte er lachend und blickte dem Mädchen nach, »wird wohl nicht so fügsam werden wie Arngjerd, Schwager!«
Simon hatte sich nicht enthalten können, seiner Frau zu erzählen, wie schön Arngjerd diese Heiratsangelegenheit aufgefaßt hatte. Doch war es nicht seine Meinung gewesen, daß sie dies den Leuten auf Jörundhof erzählen sollte. Auch sah es Ramborg gar nicht ähnlich; er wußte,

daß sie Erlend nicht recht leiden konnte. Er mochte es nicht – weder daß sie über diese Sache gesprochen hatte noch daß Ramborg so unberechenbar war, und auch nicht, daß Ulvhild, so klein sie noch war, Erlend so gern zu haben schien – sie, wie fast alles, was Röcke trug.
Er trat zu Kristin und begrüßte sie; sie saß in dem Winkel bei der Ofenwand und hielt Andres auf dem Schoß. Der Knabe hatte seine Muhme in der Zeit, in der sie ihn während seiner Genesung nach der Krankheit im vergangenen Herbst pflegte, sehr liebgewonnen.
Simon begriff, daß die beiden ihn mit einer bestimmten Absicht aufsuchten, da Erlend dabei war. Er nützte die Türschwellen auf Formo nicht ab. Simon konnte nicht leugnen, daß Erlend mit der schwierigen Stellung sehr gut zurechtkam, nachdem sich das Verhältnis zwischen den Schwägern nun einmal so gestaltet hatte. Erlend mied den anderen, soviel er nur konnte, aber sie trafen einander so oft, als es nötig war, um im Tal kein Gerede über eine Feindschaft zwischen den Verwandten aufkommen zu lassen, und bei diesen Gelegenheiten begegneten sie einander wie die besten Freunde. Erlend war bei ihren Begegnungen still und hielt sich ein wenig zurück. Trotzdem aber hatte er ein freies und ungezwungenes Wesen.
Als das Essen vom Tisch abgetragen und das Bier hereingestellt worden war, sagte Erlend:
»Ich denke, du wirst dich über den Anlaß meines Kommens wundern, Simon, wir sind hier, um dich und Ramborg zu uns zur Hochzeit einzuladen.«
»Da scherzest du wohl? Mir ist nichts davon bekannt, daß du auf deinem Hof heiratsfähige Leute hast?«
»Wie man's nimmt, Schwager. Es handelt sich um Ulf Haldorssohn.«
Simon schlug auf die Schenkel:
»Jetzt glaube ich aber, daß meine Pflugochsen zu Weihnachten kalben!«
»Du darfst Ulf nicht einen Pflugochsen nennen«, sagte Erlend lachend. »Im Gegenteil, das Unglück ist, daß der Mann nur allzu übermütig war.«
Simon stieß einen Pfiff aus. Erlend lachte wiederum und sagte:
»Ja, du kannst dir denken, ich traute meinen eigenen Ohren nicht, als sie heute auf meinen Hof kamen, die Herbrandssöhne von Medalheim, und forderten, daß Ulf ihre Schwester ehelichen sollte.«
»Herbrand Rembas? Aber das sind ja noch ganz junge Burschen, ihre Schwester kann doch nicht so alt sein, daß Ulf ...?«
»Sie ist zwanzig Winter alt. Und Ulf nahe den Fünfzigern. Ja.« Erlend war ernsthaft geworden. »Du begreifst wohl, Simon, sie müssen freilich damit rechnen, daß Jardtrud mit ihm eine mäßige Heirat macht; nun ist es aber das kleinere von den zwei Übeln, wenn sie ihn bekommt. Obgleich Ulf ein Rittersohn und ein wohlhabender Mann ist, sein Brot nicht auf dem Hof eines anderen zu suchen brauchte. Aber er begleitete uns ins Tal hierher, weil er lieber mit uns, seinen Verwandten

zusammen leben wollte, als auf seinem eigenen Hof in Skaun zu sitzen, nach allem, was sich zugetragen hat.«

Erlend schwieg ein wenig. Sein Gesicht war weich und schön. Dann fuhr er wieder fort:

»Jetzt wollen wir, Kristin und ich, seine Hochzeit so ausrichten, als ob er unser Bruder wäre. Es ist verabredet worden, daß Ulf und ich in der kommenden Woche nach Musudal hinunterreiten und die Werbung auf Medalheim vorbringen. Des guten Scheins halber, verstehst du. Nun aber hätte ich eine Bitte an dich, Schwager. Ich weiß, Simon, daß ich schon tief in deiner Schuld bin. Aber Ulf ist hier im Tal nicht beliebt. Und du stehst hier in so hohem Ansehen, daß nur wenige Männer dir gleichkommen – ich selbst...« Er zuckte mit den Schultern und lachte ein wenig. »Willst du uns den Gefallen tun, Simon, mit uns zu reiten und für Ulf den Fürsprecher zu machen? – Er und ich waren stets beisammen, von Kindheit an«, sagte Erlend bittend.

»Das will ich, Schwager!« Simon war rot geworden, er fühlte sich bei Erlends offenherziger Rede seltsam verlegen und schwach. »Alles, was ich tun kann, um Ulf Haldorssohn zu ehren, will ich gerne tun.«

Kristin hatte mit Andres im Winkel drüben gesessen, der Knabe wollte durchaus von der Muhme ausgekleidet werden. Jetzt kam sie zum Licht heran, das Kind saß halbnackt auf ihrem Arm und hielt sich an ihrem Hals fest.

»Das ist schön von dir, Simon!« sagte sie leise und streckte die Hand aus. »Dafür danken wir dir alle.«

Simon ergriff lose ihre Hand für einen Augenblick:

»Aber nein, Kristin. Ich habe ihn ja immer gemocht, den Ulf – du kannst dir denken, daß ich das gern tue.« Er streckte die Hand nach dem Sohn aus, Andres aber machte sich kostbar, stieß mit den kleinen nackten Füßen nach dem Vater, lachte und klammerte sich an Kristin an.

Simon hörte immer noch auf die beiden, während er dasaß und mit Erlend über Ulfs Geldangelegenheiten sprach, immer wieder lachte der Knabe laut auf, Kristin wußte so viele Weisen und Kinderlieder, und dann lachte sie mit, kirrend sanft und weich, tief drunten im Hals. Einmal, als er hinüberblickte, hatte sie mit ihren Fingern eine Art Wendeltreppe gemacht, und Andres' Finger waren nun Leute, die diese Treppe hinaufstiegen. Endlich ließ er sich von ihr in die Wiege legen, und Kristin setzte sich zu Ramborg und unterhielt sich mit ihr im Flüsterton.

Es ist wohl wahr, dachte Simon, als er abends schlafen gegangen war; er hatte Ulf Haldorssohn immer gut leiden können. Und seit jenem Winter in Oslo, da sie miteinander dafür gekämpft hatten, Kristin zu helfen, hatte er sich dem Mann mit einer Art Freundschaftsband verbunden gefühlt. Er dachte nie anders, als daß Ulf ein Mann seinesgleichen sei, der Sohn eines vornehmen Mannes; und seine rechtlose Stellung innerhalb der väterlichen Sippe – er war ja in Hurerei gezeugt – war nur eine weitere Ursache, daß Simon im Verkehr mit Ulf noch zartfühlender war; irgendwo im Grunde seines eigenen Herzens lebte stets eine Bitte für Arngjerds Wohlfahrt. Im übrigen aber war es wirklich keine besonders rühmliche Sache, in die er da hineingezogen wurde – der ältliche Mann und solch ein junges Kind. – Na, ob Jardtrud Herbrandstochter über die Stränge geschlagen hatte, als sie im Sommer auf dem Thing war, ging ihn nichts an; er war nicht mit diesen Leuten verwandt, Ulf hingegen war ein naher Verwandter seines Schwagers.

Ramborg hatte sich unaufgefordert erboten, Kristin behilflich zu sein und bei der Hochzeit die Bewirtung zu überwachen. Dies fand Simon schön von ihr. Wenn es darauf ankam, zeigte Ramborg doch immer, von welcher Art von Leuten sie stammte. Doch, Ramborg war gut und freundlich.

V

Am Tage nach der Katrinsmesse hielt Erlend Nikulaussohn die Hochzeit seines Verwandten ab, sehr schön und prächtig. Es waren viele angesehene Gäste gekommen, dafür hatte Simon Darre gesorgt; er und seine Frau waren ringsum sehr beliebt. Beide Priester von der Olavskirche waren da, und Sira Eirik weihte das Haus und das Bett; dies wurde für eine besondere Ehre angesehen, denn Sira Eirik hielt jetzt nur noch an hohen Feiertagen die Messe und widmete sich als Priester nur noch einigen wenigen Leuten, die seit vielen Jahren seine Beichtkinder waren. Simon Darre verlas die Urkunde über Ulfs Zugabe und Morgengabe an die Braut, Erlend sprach bei Tisch sehr schön zu seinem Verwandten, Ramborg Lavranstochter sorgte zusammen mit ihrer Schwester für die Bewirtung und half auch beim Ankleiden der Braut im Dachraum oben.

Trotzdem wurde es keine so richtig fröhliche Hochzeit. Die Braut stammte aus einem alten und angesehenen Freibauerngeschlecht im Tal; ihre Verwandten und Landsleute konnten unmöglich der Meinung sein, daß sie sich ebenbürtig verheiratete, wenn sie jetzt mit einem eingewanderten Mann, der noch dazu auf dem Hof eines anderen diente, auch wenn es sein Verwandter war, vorliebnehmen mußte. Die Herbrandssöhne schienen weder Ulfs Geburt – er war ja der Sohn eines Ritters und reichen Mannes und dessen Magd – noch seine Verwandtschaft mit Erlend Nikulaussohn für irgendwelche Ehre anzusehen.

Die Braut selbst war wohl kaum mit dem zufrieden, was sie sich eingebrockt hatte. Kristin war ganz verzagt, als sie mit Simon darüber sprach; er kam einige Wochen nach der Hochzeit einmal nach Jörundhof. Jardtrud quälte ihren Mann damit, daß sie doch auf seinen Besitz in Skaun übersiedeln sollten – weinend hatte sie geäußert, so daß Kristin es hörte –, das Schlimmste wäre ihr, wenn man ihr Kind den Sohn eines Dienstknechts nennen könnte. Ulf hatte darauf nichts geantwortet. Die Jungvermählten wohnten in dem Haus, das die Verwalterstube hieß, denn Jon Einarssohn hatte dort gewohnt, ehe Lavrans den ganzen Hof Laugarbru kaufte und ihn dort unterbrachte. Aber dieser Name gefiel Jardtrud nicht. Und es verdroß sie, daß sie ihre Kühe in Kristins Stall stehen lassen mußte – hatte wohl Angst, es könnte jemand glauben, sie sei Kristins Dienstmagd. Das sei ja schließlich auch begreiflich, meinte die Hausfrau, sie würde wohl einen Stall für die Leute in der Verwalterstube bauen lassen müssen, wenn Ulf sich nicht entschloß, mit seiner Frau nach Skaun zu ziehen. Dies letztere wäre vielleicht das beste, meinte sie, er sei nicht mehr so jung, daß es ihm nicht schwerfallen müßte, seine Lebensweise zu verändern; vielleicht fiel es ihm an einem neuen Ort leichter.

Simon dachte, darin könnte sie wohl recht haben. Und Ulf war sehr wenig beliebt in der Gegend hier. Sprach über alles und jedes hier im Tal mit höhnischen Worten. Ein tüchtiger und fleißiger Landwirt war er wohl, aber unbewandert mit vielen Dingen in diesem Winkel des Landes, stellte im Herbst mehr Vieh auf, als er den ganzen Winter hindurch füttern konnte, und wenn die Tiere dann im Stall zugrunde gingen oder er gegen das Frühjahr zu einen Teil des verhungerten Stallviehs schlagen mußte, so grämte er sich und schob die Schuld darauf, daß er diese Häuslerwirtschaft hier im Tal nicht gewohnt sei, wo man schon um die Zeit der Paalsmesse dem Vieh geschabte Rinde unters Futter mischen müsse.

Dann war noch eine andere Sache: Im Trondheimischen hatte sich zwischen Grundherren und Häuslerbauern nach und nach der Brauch herausgebildet, daß jener den Zehent in Gestalt der Waren erhob, die er am notwendigsten brauchte, wie Heu, Häute, Mehl, Butter oder Wolle, selbst wenn bei der Abmachung des Pachtverhältnisses eine gewisse Summe Geldes oder eine entsprechende Ware verabredet worden war. Und es waren auch der Grundherr oder seine Vertrauensleute, die den Wert der verschiedenen Waren ziemlich eigenmächtig berechneten. Als aber Ulf auf Jörundhof mit dieser Forderung zu Kristins Pächtern kam, nannten die Leute dies ein Unrecht und eine grobe Ungesetzlichkeit – was es auch wirklich war –, und die Bauern beklagten sich bei der Herrin. Sie wies Ulf zurecht, gleich nachdem sie von der Sache gehört hatte, aber Simon wußte, daß die Leute nicht nur Ulf die Schuld gaben, sondern auch Kristin Lavranstochter. Er hatte sich Mühe gegeben, überall, wo er von dieser Sache hörte, zu erklären, daß Kristin nichts von Ulfs Forderungen gewußt hätte und daß diese dort in der Gegend, aus der der Mann stammte, so Brauch und Sitte seien. Aber Simon fürchtete, daß seine Worte nicht viel nützten – obgleich ihm keiner offen ins Gesicht widersprach.

So wußte er also kaum, ob er wünschen sollte, daß Ulf bei ihr blieb oder fortzog. Wie sie ohne diesen tüchtigen und getreuen Helfer zurechtkommen würde, konnte er sich nicht vorstellen. Erlend war vollkommen ungeeignet, die Leitung des Hofes zu übernehmen, und ihre Söhne waren viel zu jung. Aber Ulf hatte die ganze Gemeinde bereits reichlich gegen Kristin aufgebracht, und nun kam noch das hinzu, daß er ein junges Mädchen aus einem wohlhabenden und angesehenen Geschlecht des Tales verführt hatte. Weiß Gott, Kristin kämpfte schon schwer genug, so wie es jetzt um sie stand.

Auch im übrigen befanden sich die Leute auf Jörundhof in einer schwierigen Lage. Erlend war wohl kaum beliebter als Ulf. War Erlends erster Untergebener und Verwandter hochmütig und aufreizend, so wirkte der Hofherr mit seiner freundlichen, ein wenig schläfrigen Art noch mehr herausfordernd. Erlend Nikulaussohn kam wohl nicht auf den Gedanken, daß er die Leute gegen sich aufbrachte; er schien nichts anderes zu denken, als daß er, reich oder arm, doch der war, der er stets gewesen war, und er ließ es sich wohl kaum träumen, daß man ihn deshalb hochmütig nennen könnte. Er hatte Pläne geschmiedet, um eine Schar von Aufrührern gegen seinen König um sich zu sammeln, während er Herrn Magnus' Verwandter und Lehnsmann war und ihm die Treue geschworen hatte, er hatte selbst das Scheitern dieser Pläne durch seinen eigenen törichten Leichtsinn herbeigeführt, aber er hatte gewiß nie daran gedacht, daß er um dieser Sache willen in den Augen der Menschen mit dem Namen eines Verräters gebrandmarkt werden könnte. Simon konnte überhaupt nicht bemerken, daß Erlend viel dachte.

Man konnte nicht leicht klug aus ihm werden: saß man mit ihm im Gespräch zusammen, so war er alles andere als dumm, dünkte es Simon, aber es schien, als käme er niemals auf den Gedanken, daß er selbst auch einmal die klugen und schönen Dinge ausführen könnte, die er oft aussprach. Es war ganz unmöglich, sich vorzustellen, daß dieser Mann schon ein ziemliches Alter besaß, schon seit langem große Kindeskinder hätte haben können. Sah man ihn genauer an, so war sein Gesicht wohl gefurcht und das Haar grau gesprenkelt, trotzdem hätte man ihn und Nikulaus eher für zwei Brüder als für Vater und Sohn halten können. Er war noch ebenso aufrecht und schlank wie damals, als Simon ihn zum erstenmal sah, seine Stimme war noch ebenso jung und klangvoll. Immer noch bewegte er sich unter den Leuten gleich frei und selbstsicher, mit dieser ein wenig lässigen Anmut in seinem Gebaren. Stets war er unter fremden Leuten ziemlich still und zurückhaltend gewesen, hatte alles mehr an sich herankommen lassen, statt selber die Gesellschaft der andern aufzusuchen, sowohl im Erfolg als im Mißerfolg. Daß jetzt niemand seine Gesellschaft suchte, schien Erlend nicht zu empfinden. Und der ganze Kreis von Vornehmen und Großbauern aufwärts und abwärts im Tal, durch Heirat und Umgang miteinander verbunden, ärgerte sich über diesen hochnäsigen Trondheimer, den das Unglück in ihre Mitte geworfen hatte und der sich trotzdem noch aus allzu vornehmem Geschlecht und allzu höfisch dünkte, als daß er um ihre Gunst geworben hätte.

Vor allem andern aber hatte es gegen Erlend Nikulaussohn böses Blut gemacht, daß die Männer von Sundbu durch seine Schuld mit ins Unglück gezogen worden waren. Guttorm und Borgar Trondssöhne waren aus Norwegen verbannt worden. Und ihr Anteil an den großen Gjeslingbesitztümern, auch die Hälfte des Erbbesitzes kam unter die Krone. Ivar von Sundbu mußte die Versöhnung mit König Magnus erkaufen. Als nun König Magnus die verwirkten Güter – nicht unentgeltlich, sagten die Leute – dem Ritter Sigurd Erlendssohn Eldjarn gab, verkauften Ivar und Havard, die jüngsten der Trondssöhne, die von dem Verrat ihrer Brüder nichts gewußt hatten, ihre Rechte auf die Güter in Vaage an Herrn Sigurd, der ein Vetter von ihnen und den Lavranstöchtern war: seine Mutter, Gudrun Ivarstochter, war eine Schwester von Trond Gjesling und Ragnfrid auf Jörundhof. Ivar Gjesling zog nach Ringheim, einem Hof auf Toten, den ihm seine Frau in die Ehe mitgebracht hatte; auf diese Weise würden seine Kinder wohl dort ihre Heimat erhalten, wo sie ihr mütterliches Geschlecht und Erbe hatten. Havard hatte außerdem noch einen großen Besitz, der aber lag zum größten Teil in Valdres, und nun hatte er durch seine Heirat große Güter im Borgegau erhalten. Aber den Bewohnern von Vaage und allen anderen weiter droben im Norden schien es das größte Unglück, daß das uralte Lehnsmannsgeschlecht von Sundbu fortkam, wo es, soweit die Leute dort sich zurückerinnern konnten, gesessen und über das Vaagetal geherrscht hatte.

Eine kurze Zeit lang war Sundbu in den Händen Erlend Eldjarns von Godaland auf Agder gewesen, einem getreuen Lehnsmann König Haakon Haakonssohns – die Gjeslinger waren nie warme Freunde König Sverres und seiner Sippe gewesen, und sie hatten sich Herzog Skule angeschlossen, als der sich mit seiner Schar gegen König Haakon empörte. Aber Ivar der Junge hatte Sundbu durch eine Erbteilung mit Erlend Eldjarn zurückerhalten und seine älteste Tochter Gudrun mit diesem verheiratet. Ivars Sohn, Trond, hatte seinem Geschlecht in keiner Weise Ehre gemacht, aber seine vier Söhne waren schöne, freundliche und kühne Männer, und die Leute nahmen es schwer, daß sie ihren väterlichen Hof verloren hatten.

Und noch ehe Ivar aus dem Tal zog, traf ein Unglück ein, durch das die Leute noch mehr über das Mißgeschick der Gjeslinger trauerten und sich grämten. Guttorm war unverheiratet, Borgars junge Frau aber lebte nach der Verbannung ihres Mannes weiter auf Sundbu. Dagny Bjarnestochter war stets ein wenig schwachsinnig gewesen und hatte immer vor aller Augen gezeigt, daß sie ihren Gemahl ganz über alle Maßen liebte – Borgar Trondssohn war schön, hatte aber ziemlich lose Sitten. Im Winter, nachdem er außer Landes gezogen war, ertrank Dagny in einer offenen Stelle auf dem vereisten Vaagesee. Man nannte es einen Unglücksfall. Die Leute aber begriffen wohl, daß Kummer und Sehnsucht Dagny ihres geringen Verstandes beraubt hatten, und alle bedauerten aufs innigste die einfältige, freundliche und hübsche junge

Frau, die einen solch schrecklichen Tod gefunden hatte. Dadurch wuchs der Groll gegen Erlend Nikulaussohn, der all dieses Unglück über die besten Sippen der Umgebung gebracht hatte, immer mehr an. Jetzt wurde auch darüber geredet, wie er vorgegangen war, als er die Tochter Lavrans Lagmanssohns heiraten sollte – ja, sie stammte ja ebenfalls von den Gjeslingern ab, durch die Mutter.
Der neue Herr auf Sundbu war wenig beliebt, obwohl eigentlich keiner etwas über Sigurd selber sagen konnte. Aber er stammte aus Südnorwegen, und sein Vater, Erlend Eldjarn, hatte sich in diesem Teil des Landes mit jedem Menschen, der mit ihm etwas zu tun gehabt hatte, verfeindet. Kristin und Ramborg waren diesem ihrem Vetter noch nie begegnet. Simon kannte Herrn Sigurd von Raumarike her; er war ein naher Verwandter der Haftorssöhne, und diese wiederum waren mit Gyrd Darres Frau nahe verwandt. Da aber die Dinge jetzt so verfahren waren, wich Simon einer Begegnung mit Herrn Sigurd aus, so gut er konnte. Nach Sundbu zu kommen, fühlte er jetzt keine Lust, die Trondssöhne waren ihm liebe Freunde gewesen, Ramborg und die Frauen Ivars und Borgars hatten einander jedes Jahr besucht. Auch war Sigurd Erlendssohn viel älter als Simon Andressohn – ein Mann nahe den Sechzigern.
So verwickelt, wie alles dadurch geworden war, daß Erlend und Kristin jetzt auf Jörundhof wohnten, dünkte es Simon, daß die Heirat dieses Verwalters, wenngleich man ihr keine allzu große Bedeutung beizumessen brauchte, doch genügte, um die Lage noch schwieriger zu gestalten. Für gewöhnlich pflegte er seine junge Frau nicht zu behelligen, wenn er irgendwelche Schwierigkeiten oder Hindernisse zu überwinden hatte. Jetzt aber konnte er sich doch nicht enthalten, mit Ramborg ein wenig über diese Dinge zu sprechen. Verwundert und zugleich froh erkannte er dabei, wie verständig sie darüber sprach und in welch schöner Weise sie versuchte, nach besten Kräften alles zu tun, um zu helfen.
Sie war jetzt viel öfter auf Jörundhof bei ihrer Schwester als früher und ließ ihr unfreundliches Wesen gegen Erlend vollkommen fallen. Am Weihnachtstag, als alle nach der Messe sich auf dem Kirchenhügel trafen, küßte Ramborg nicht nur Kristin, sondern auch den Schwager. Und dabei hatte sie doch früher immer so böse über diese seine ausländischen Faxen gespottet, darüber, daß er seine Schwiegermutter zur Begrüßung immer geküßt hatte und ähnliches.
Als Simon sah, wie Ramborg ihre Arme um Erlends Hals legte, durchfuhr ihn der Gedanke, daß er es doch mit der Schwester seiner Frau ebenso machen könnte. Aber er fühlte – er konnte dies doch nicht tun. Er hatte ja auch nie den Brauch, die verwandten Frauen zu küssen, angenommen, war bei seinem ersten Versuch von seiner Mutter und seinen Schwestern so ausgelacht worden, damals, als er noch als Page im Königsgefolge war.
Beim Weihnachtsschmaus auf Formo gab Ramborg Ulf Haldorssohns

junger Frau einen schönen und ehrenvollen Platz und erwies sowohl ihm als ihr die Ehren, wie sie sich für Neuvermählte schickten. Und sie kam nach Jörundhof und stand Jardtrud bei, als diese das Kind bekam.
Das war ein Monat nach Weihnachten, zwei Monate zu früh, und der Knabe war totgeboren. Jetzt gebärdete Jardtrud sich ganz wild; hätte sie denken können, daß es so gehen würde, so hätte sie Ulf nie geheiratet. Aber nun war es einmal geschehen und konnte nicht mehr geändert werden.
Was Ulf Haldorssohn zu der ganzen Sache meinte, wußte niemand, er sagte nichts.
In der Woche vor Mittfasten ritten Erlend Nikulaussohn und Simon Andressohn südwärts nach Kvam. Lavrans hatte einige Jahre vor seinem Tod im Tal dort mit ein paar anderen Bauern einen kleineren Hof gekauft; jetzt wollten die früheren Besitzer ihn wieder an sich bringen, es herrschte aber einige Unklarheit darüber, wie man seinerzeit mit dem Rechtsvorbehalt vorgegangen war und ob die Verwandten der Verkäufer ihr Recht auf gesetzliche Weise geltend gemacht hatten. Als Lavrans' Nachlaß verteilt wurde, hatte man den Teil an diesem Hof und einige andere kleinere Besitztümer, bei denen Zweifel über die Rechte entstehen konnten, ausgeschieden, und die Schwestern teilten sich nur in die Einkünfte aus diesen Ländereien. Darum reisten nun beide Schwiegersöhne Lavrans' an Stelle ihrer Frauen dorthin.
Es waren ziemlich viel Leute beisammen, und da die Frau und die Kinder des Pächters krank in der Stube lagen, mußten die Männer sich damit abfinden, ihre Versammlung in einem Schuppen auf dem Hof abzuhalten. Der Schuppen war sehr verfallen und undicht, und alle behielten deshalb den Pelzumhang an. Jeder hatte seine Waffen bei der Hand und das Schwert im Gürtel; keiner gedachte hier länger als notwendig zu verweilen. Aber irgend etwas Eßbares mußten die Männer doch zu sich nehmen, ehe sie fortritten, so holten sie gegen Nachmittag, als die Angelegenheit beendet war, ihre Ranzen mit Mundvorrat hervor, saßen da und aßen und hatten die Ranzen neben sich auf der Bank oder vor sich auf dem Boden – einen Tisch gab es hier nicht.
An Stelle des Kirchspielpfarrers von Kvam war sein Sohn Holmgeir Moisessohn erschienen. Er war ein schlampiger, unzuverlässiger junger Mann, nur bei wenigen beliebt. Sein Vater jedoch war sehr geschätzt, und seine Mutter hatte einem angesehenen Geschlecht angehört; außerdem war Holmgeir ein großer und starker Bursche, hitzig und schnell aufbrausend; darum mochte sich niemand mit dem Pfarrerssohn verfeinden; auch gab es viele, die seine Rede rasch und witzig fanden.
Simon kannte ihn kaum, und sein Äußeres gefiel ihm sehr wenig; er hatte ein langes, schmales Gesicht, blaß, mit Sommersprossen und einer so kurzen Oberlippe, daß die großen gelben Vorderzähne wie bei einer Ratte zu sehen waren. Aber Sira Moises war ein guter Freund von Lavrans gewesen, und der Sohn hatte, bis der Vater ihn in die

Sippe aufnahm, eine Zeitlang auf Jörundhof gelebt, halb als Knecht und halb als Pflegesohn. Darum pflegte Simon dem Holmgeir Moisessohn stets freundlich zu begegnen.

Jetzt hatte Holmgeir einen Holzklotz zur Feuerstätte hingerollt, saß da, spießte mit seinem Dolch ein Stück nach dem andern von seinem Mundvorrat an – gebratene Drosseln mit Speck – und wärmte die Bissen im Feuer auf. Er war krank gewesen und für vierzehn Tage vom Fasten befreit worden, erzählte er den anderen, die dasaßen und Brot und steifgefrorenen Fisch kauten, während der gute Geruch von Holmgeirs Essen ihnen in die Nase stieg.

Simon war schlechter Laune, zwar nicht richtig ärgerlich, sondern mehr in flauer Stimmung. Diese ganze Besitzangelegenheit war schwierig zu klären, und die Briefe, die er vom Schwiegervater her besaß, waren sehr unklar; als er jedoch von daheim fortritt, hatte er trotzdem geglaubt, er sei zu einem richtigen Ergebnis gekommen – nachdem er Vergleiche mit anderen Briefen angestellt hatte. Als er aber hier auf der Versammlung die Aussagen der Zeugen und die Briefe sah, die außerdem noch vorgelegt wurden, mußte er erkennen, daß seine Ansicht über die Sache nicht aufrechterhalten werden konnte.

Im übrigen war aber keiner der andern Männer imstande gewesen, die Sachen besser zu verstehen, nicht einmal der Lehnsmann des Vogtes, der auch anwesend war. Es kam die Rede darauf, daß man die Angelegenheit wohl vor das Thing bringen müsse; da ergriff Erlend plötzlich das Wort, bat er darum, die Briefe sehen zu dürfen.

Bisher hatte er nur dagesessen und zugehört, fast als ginge ihn die Sache nichts an. Jetzt schien er gleichsam zu erwachen. Sorgfältig las er alle Briefschaften durch, mehrere sogar ein paarmal. Dann gab er seine Erklärung ab – klar und kurz –, so und so lauteten die Worte des Gesetzes, und so und so würden sie meist ausgelegt; die unklaren und unbeholfenen Wendungen in den Briefen müßten entweder das eine oder das andere bedeuten; käme die Sache vor das Thing, so würde entweder so oder so geurteilt werden. Dann schlug er eine Lösung vor, mit der die früheren Besitzer zufrieden sein konnten, die aber auch für die jetzigen Besitzer nicht ganz unvorteilhaft war.

Während er sprach, stand er auf, hatte die linke Hand leicht auf den Schwertknauf gelegt und hielt das Bündel Briefe achtlos in der Rechten. Er gebärdete sich, als sei er derjenige, der die Verhandlung leite, aber Simon verstand, daß es ihm selbst unbewußt war. Er war gewohnt gewesen, so aufzustehen und zu sprechen, wenn er in seinem Gau eine Vogtversammlung abhielt, und wenn er sich jetzt an den einen oder anderen wandte und fragte, ob es sich nicht so verhalte, ob sie auch begriffen, was er ihnen klarlegte, stellte er seine Fragen, als verhöre er Zeugen, nicht unhöflich, aber doch genau so, als sei es seine Sache, zu fragen, und Sache der anderen, ihm zu antworten. Als er ausgeredet hatte, überreichte er die Briefe dem Lehnsmann, als wäre dieser sein Untergebener, setzte sich und hörte dann, während die anderen miteinander sprachen und auch Simon seine Meinung zum Ausdruck brachte, wohl zu, aber doch auf eine Art, als sei er selbst in dieser Angelegenheit gar nicht beteiligt. Wenn jemand das Wort an ihn richtete, antwortete er kurz, bündig und klar; dazwischenhinein kratzte er mit dem Nagel ein paar Fettflecke weg, die er auf seinem Wams entdeckte, schob seinen Gürtel zurecht, zog seine Handschuhe durch die Hände und schien ein wenig ungeduldig darauf zu warten, daß die Versammlung zu einem Ende käme.

Die anderen nahmen die Ordnung an, die Erlend vorgeschlagen hatte, und Simon konnte damit ziemlich zufrieden sein; er hätte bei einer Rechtsklage kaum etwas gewinnen können.

Aber seine Laune war verdorben. Es kam ihm selbst allzu kindisch vor, daß er sich ärgerte, weil der Schwager und nicht er die Angelegenheit richtig erkannt hatte. Es war doch begreiflich, daß Erlend besser die Worte des Gesetzes auslegen und unklare Briefe deuten konnte, da es ja durch Jahre hindurch sein Amt gewesen war, den Leuten das Gesetz zu erklären und Zwistigkeiten zu prüfen. Aber diese Wendung war Simon ganz unerwartet gekommen: noch gestern abend auf Jörundhof, als Simon mit Erlend und Kristin über diese Versammlung sprach, hatte Erlend keinerlei Meinung geäußert; er hatte wohl nur mit einem Ohr zugehört. Ja, es war klar, daß Erlend sich besser im Gesetz auskennen mußte als gewöhnliche Bauern, aber es schien fast, als berühre, wie er so dasaß und den anderen mit gleichgültiger Freundlichkeit Erklärungen gab, das Gesetz ihn selbst nicht im geringsten. In Simon stieg ein unklares Gefühl auf, als habe Erlend auf irgendeine Weise nie das Gesetz als Richtschnur für sein eigenes Leben betrachtet.

Und dann war es auch so merkwürdig, daß Erlend ohne jede Verlegenheit einfach so aufstehen und reden konnte. Er mußte doch wissen, daß dies aller Gedanken darauf lenkte, wer und was er gewesen und wie seine Stellung jetzt war. Simon fühlte, daß die andern daran dachten; einige ärgerten sich wohl über diesen Mann, der offenbar nie darauf achtete, was man von ihm meinte. Aber keiner sagte etwas. Und als der blaugefrorene Schreiber, den der Lehnsmann mitgebracht hatte, sich hinsetzte und sein Schreibbrett auf die Knie nahm, wandte er sich immer wieder mit seinen Fragen an Erlend, und Erlend buchstabierte ihm vor, während er einige Strohhalme vom Boden aufnahm, um seine langen braunen Finger wickelte und zu einem Ring verflocht. Als der Schreiber fertig war, reichte er Erlend das Kalbsfell hin; der warf den Strohring ins Feuer, nahm die Urkunde und las halblaut vor: »Allen Männern, die diesen Brief sehen oder hören, senden Simon Andressohn von Formo, Erlend Nikulaussohn von Jörundhof, Vidar Steinssohn von Klaufastad, Ingemund und Toralde Björnssöhne, Björn Ingemundssohn von Lundar, Alf Einarssohn, Holmgeir Moisessohn Gottes Gruß und den ihren. – Habt Ihr das Wachs bereit?« fragte er den Schreiber, der dastand und sich in die kalten Finger blies. »Sei euch dies kundgetan, daß wir, als seit der Geburt des Herrn tausend Winter und dreihundertundachtunddreißig vergangen waren, am Freitag vor Mittfastsonntag auf Granheim im Kirchspiel Kvam zusammentrafen...

Wir können die Truhe, die in der Kammer nebenan steht, als Tisch benützen, Alf«, wandte er sich an den Lehnsmann und gab den Brief dem Schreiber zurück.

Simon erinnerte sich, wie Erlend gewesen war, als er unter seinesgleichen dort oben im Norden lebte. Selbstsicher und frei, daran fehlte es nicht – mit losem Mundwerk und übermütig –, aber doch stets von einem eigenen einschmeichelnden Wesen: es war ihm gar nicht gleichgültig, was jene, die er für seinesgleichen und seine Verwandten ansah, über ihn meinten. Er hatte ganz im Gegenteil viel Wert darauf gelegt, sich dort einen guten Ruf zu schaffen.

Seltsam bitter und heftig fühlte Simon sich plötzlich mit diesen Bauern aus dem Tal hier verbunden – die Erlend nicht einmal so weit würdigte, daß er sich Gedanken darüber machte, was sie von ihm dachten. Um Erlends willen war er, Simon, so herabgestiegen, um seinetwillen hatte er sich von dem Kreis der Vornehmen und Reichen losgelöst. Es war ganz schön, der reiche Bauer auf Formo zu sein, ja, aber er konnte nicht vergessen, daß er sich von seinen Standesgenossen, Verwandten und Jugendfreunden abgewandt hatte, weil er einen solchen Bittgang unter ihnen getan hatte, daß er es nicht mehr über sich brachte, ihnen zu begegnen, es kaum über sich brachte, daran zu denken. Um dieses Schwagers willen hatte er seinem König den Dienst so gut wie aufgesagt und war eigentlich aus der Reihe des Königsgefolges ausgetreten. Er hatte sich Erlend gegenüber so verraten, daß es ihm schlimmer war als der Tod, wenn die Erinnerung daran in ihm aufstieg. Und Erlend war gegen ihn, als hätte er nichts begriffen und wisse von nichts. Es kümmerte diesen Mann nicht viel, daß er das Leben eines anderen Mannes umgestoßen hatte.

In diesem Augenblick redete Erlend ihn an:

»Wir müssen sehen, daß wir uns auf den Weg machen, Simon, wenn wir heute abend noch nach Hause kommen wollen; ich gehe hinaus und sehe mich nach den Pferden um.«

Simon blickte auf, empfand beim Anblick der großen schönen Gestalt des andern einen seltsam krankhaften Unwillen. Erlend trug unter der Kapuze eine kleine schwarzseidene Mütze, die sich glatt um den Kopf schmiegte und unter dem Kinn zugeknöpft war; das schmale dunkle Gesicht mit den großen hellblauen Augen tief im Schatten unter der Stirn wirkte darin noch jünger und feiner. »Und schnüre einstweilen meinen Ranzen zu«, sagte er noch von der Tür her; dann ging er hinaus.

Die anderen Männer unterhielten sich noch weiter über die Rechtsangelegenheit. Es sei doch trotz allem seltsam, meinten einige, mit wie wenig Überblick Lavrans seine Anordnungen getroffen hätte; der Mann pflegte doch sonst zu wissen, was er wollte; er sei der erfahrenste

Bauer gewesen in allem, was Kauf und Verkauf von Ländereien betraf.
»Daran wird wohl mein Vater die Schuld tragen«, meinte Holmgeir Priesterssohn. »Er sagte es selbst heute morgen, hätte er damals auf Lavrans gehört, so wäre alles klar und in Ordnung. Aber ihr wißt ja, wie Lavrans in solchen Dingen war; den Priestern gegenüber war er immer nachgiebig und zahm wie ein Lamm.«
Seinen Vorteil aber hätte Lavrans auf Jörundhof trotzdem sehr gut zu wahren gewußt, wandten einige dagegen ein.
»Ja, dies glaubte er wohl auch zu tun, wenn er auf den Rat der Priester hörte«, sagte Holmgeir lachend, »es mag das ganz klug sein, auch in zeitlichen Dingen, solange man nicht nach demselben Bissen schielt, auf den die Kirche ein Auge geworfen hat.«
Merkwürdig fromm sei Lavrans ja gewesen, fand Vidar, er habe nie gespart, weder an Gütern noch an Vieh, wenn es sich um die Kirche oder um arme Leute handelte.
»Nein«, bestätigte Holmgeir nachdenklich. »Ja, wäre ich ein so reicher Mann gewesen, so hätte ich wohl auch Lust gehabt, mich meine Seelenruhe ein gut Teil kosten zu lassen. Aber so wie er hätte ich es nicht getrieben, hätte nicht mein Hab und Gut mit beiden Händen ausgestreut und wäre dann immer noch mit roten Augen und weißen Wangen zum Pfarrer gegangen, um meine Sünden zu beichten – und Lavrans beichtete jeden Monat.«
»Tränen der Reue sind die holde Gnadengabe des Heiligen Geistes, Holmgeir«, sagte der alte Ingemund Björnssohn, »selig ist der, der über seine Sünden noch auf dieser Welt weinen kann, viel leichter gelangt er in jene andere ...«
»Ja, dann muß Lavrans schon längst im Himmelreich sein«, meinte Holmgeir. »So wie er gefastet und sein Fleisch gezüchtigt hat, am Langfreitag schloß er sich in die Dachkammer ein und peitschte sich mit einer Geißel, habe ich gehört.«
»Halt 's Maul«, sagte Simon Andressohn zitternd vor Erbitterung; er war blutrot im Gesicht. Ob es auf Wahrheit beruhte, was Holmgeir da sagte, wußte er nicht. Als er aber die Geheimfächer seines Schwiegervaters aufräumte, fand er am Boden der Büchertruhe einen kleinen länglichen Holzkasten. Und darin lag eine solche Peitsche, wie man sie in den Klöstern Disziplin nannte. Die ineinander verflochtenen Lederriemen waren dunkel gefleckt, es konnte wohl Blut sein. Simon hatte die Peitsche verbrannt, mit einer Art bekümmerter Ehrfurcht: er war sich darüber klar, daß er im Leben dieses Mannes etwas entdeckt hatte, was Lavrans andere Menschen nicht hatte erfahren lassen wollen.
»Darüber hat er mit seinen Knechten wohl kaum geredet, wie es nun auch sei«, sagte Simon, als er sich zu einer Antwort aufraffen konnte.
»Nein, es ist wohl auch nur etwas, was die Leute erfunden haben«, antwortete Holmgeir nachgiebig. »Seine Sünden waren wohl nicht von der Art, daß er sie so hätte büßen müssen.« Der Mann grinste ein

wenig: »Hätte ich so sittsam und christlich gelebt wie Lavrans Björgulfssohn und wäre ich mit dem unfrohen Weib Ragnfrid Ivarstochter verheiratet gewesen, so hätte ich doch lieber um der Sünden willen geweint, die ich nicht begangen hatte.«

Simon sprang auf und schlug Holmgeir auf den Mund, so daß der Bursche rücklings zum Feuer taumelte. Der Dolch fiel ihm herab, im nächsten Augenblick riß er ihn an sich und drang damit auf den anderen ein. Simon wehrte mit dem Arm ab, über dem sein Umhang lag, packte Holmgeir beim Handgelenk und wollte ihm den Dolch entwinden; dabei gelang es dem Pfarrerssohn, ihm ein paar Fausthiebe ins Gesicht zu versetzen. Da bekam Simon des anderen beide Arme zu fassen, nun aber schlug der Bursche die Zähne in seine Hand.

»Beißt du, du Hund!« Simon ließ los, lief ein paar Schritte zurück, riß sein Schwert aus der Scheide. Er fiel gegen Holmgeir aus, so daß der Leib des Jungen sich nach rückwärts bog, ein paar Zoll des Stahles staken in seiner Brust; gleich darauf sank Holmgeirs Körper von der Schwertspitze herab und brach zusammen, fiel halb ins Feuer.

Simon warf sein Schwert beiseite und wollte Holmgeir aus den Flammen heben, als er Vidars Axt dicht über seinem Kopf zum Schlag erhoben sah. Er duckte sich zusammen und wich zur Seite aus, griff wiederum nach dem Schwert und vermochte gerade noch Alf Einarssohn, dem Lehnsmann, die Klinge aus der Hand zu schlagen, drehte sich rasend herum und mußte sich abermals gegen Vidars Axt schützen; dabei sah er von der Seite hinter sich, wie die Björnssöhne und Björn von Lunde mit den Speeren von jenseits der Feuerstätte auf ihn einzudringen suchten. Da stieß er Alf vor sich her an die andere Wand hinüber, bemerkte jedoch, daß jetzt Vidar von hinten auf ihn zukam – Vidar hatte Holmgeir vom Feuer weggezogen, sie waren Geschwisterkinder, die beiden –, und die zwei Männer von Lunde kamen rund um die Feuerstätte auf ihn zu. Er stand nach allen Seiten ungeschützt da, und mitten in dem Wirbel, in dem er mehr als genug damit zu tun hatte, sein eigenes Leben zu retten, verspürte er ein unbestimmtes unglückliches Erstaunen darüber, daß sie alle auf ihn einzudringen suchten.

Im nächsten Augenblick blitzte Erlends Schwert zwischen den Männern von Lunde und ihm selber auf. Toralde taumelte zur Seite und lehnte sich an die Wand. Schnell wie ein Funke wechselte Erlend sein Schwert in die linke Hand hinüber und schlug Alf die Waffe aus der Hand, so daß sie klirrend über den Boden fuhr, während er gleichzeitig mit der Rechten Björns Speerschaft ergriff und die Spitze zu Boden bog. »Sieh zu, daß du hinauskommst«, sagte er keuchend zu Simon und schützte den Schwager gegen Vidar. Simon knirschte mit den Zähnen, lief in die Stube zurück, um Björn und Ingemund zu stellen. Erlend war an seiner Seite; schrie durch den Lärm und das Waffengetöse. »Hinaus, hörst du – Rindvieh! Schau, daß du zur Tür kommst – wir müssen hinaus!«

Als Simon begriff, daß Erlend meinte, sie sollten alle beide hinaus, zog er sich kämpfend rücklings gegen die Tür zurück. Sie liefen durch den Vorraum und standen dann im Hofplatz. – Simon ein paar Schritte weiter vom Haus entfernt, Erlend dicht vor der Tür, das Schwert halb erhoben und das Gesicht denen zugewandt, die ihm jetzt nachstürmten.

Einen Augenblick war Simon gleichsam geblendet – der Wintertag draußen war so leuchtend blank und klar –; unter dem blauen Himmel wogte das Gebirge weiß vergoldet im letzten Sonnenschein, der Wald stand vollkommen eingehüllt in Schnee und Reif. Über den Äckern funkelte und glitzerte es wie von Edelsteinen.

Er hörte Erlend sagen:

»Damit wird das Unglück wohl auch nicht gutgemacht, wenn hier noch mehr erschlagen werden. Wir sollten doch jetzt unseren Verstand zusammennehmen, gute Leute, damit das Blutvergießen nicht weitergeht. Es ist schon schlimm genug, daß mein Schwager einen Mann getötet hat.«

Simon trat an Erlends Seite.

»Ohne Ursache hast du meinen Vetter getötet, Simon Andressohn«, sagte Vidar von Klaufastad; er stand zuvorderst unter der Tür.

»So ganz ohne Ursache fiel er wohl nicht. Das aber weißt du, Vidar, ich werde mich nicht davonmachen, sondern das Unglück, das ich über euch gebracht habe, büßen. Ihr wißt alle, wo ihr mich finden könnt.«

Erlend sprach noch eine Weile mit den Bauern. »Alf – wie ging es mit ihm?« Er trat mit den Männern in die Stube.

Simon blieb zurück, seltsam beklommen. Nach einer Weile kam Erlend wieder heraus: »Laß uns jetzt fortreiten«, sagte er und ging zum Stall hinüber.

»Ist er tot?« fragte Simon.

»Ja. Und Alf und Toralde und Vidar sind alle verwundet – aber wohl nicht schwer. Dem Holmgeir ist das Haar am Hinterkopf verbrannt.«

Erlend hatte bisher sehr ernsthaft gesprochen, nun platzte er plötzlich lachend heraus:

»*Jetzt* riecht es in der Scheune nach verbranntem Drosselspeck, das kannst du mir glauben! Teufel noch einmal – wie war es nur möglich, daß ihr in der kurzen Zeit euch so in die Haare gerietet?« fragte er ganz erstaunt.

Ein halberwachsener Bursche hielt ihre Pferde, keiner von den Schwägern hatte auf diese Fahrt einen Knecht mitgenommen.

Immer noch trugen sie beide die Schwerter in der Hand. Erlend nahm ein Büschel Gras und wischte von seiner Waffe das Blut ab. Simon tat desgleichen; nachdem er die ärgsten Spuren entfernt hatte, stieß er das Schwert in die Scheide zurück. Erlend reinigte das seine sehr gründlich, zum Schluß fuhr er noch mit dem Zipfel seines Gewandes darüber. Dann machte er einige kleine spielerische Hiebe durch die Luft – lächelte zugleich, flüchtig wie bei einer Erinnerung –, warf das Schwert

hoch in die Luft und fing es beim Knauf wieder auf, stieß es in die Scheide.
»Aber deine Wunden! – Wir müssen in die Stube hineingehen, damit ich sie verbinden kann.« Simon sagte, sie seien nicht der Rede wert.
»Du blutest auch, du, Erlend!«
»Mit mir ist es nicht gefährlich! Bei mir heilt alles so schnell. Bei fetten Leuten dauert es viel länger, habe ich beobachtet. Und jetzt in dieser Kälte – wir müssen doch noch weit reiten.«
Erlend ließ sich von dem Bauern des Hofes Salbe und Leinwand geben und verband Simons Wunden sorgfältig; es waren zwei Fleischwunden dicht nebeneinander in der linken Brust; anfangs bluteten sie sehr stark, aber gefährlich waren sie nicht. Erlend war von Björns Speerspitze am Schenkel geritzt worden – es müsse doch schmerzhaft sein, damit zu reiten, meinte Simon, der Schwager aber lachte: es sei ja nur durch die lederne Hose gegangen. Er legte ein wenig Salbe auf und band die Wunde gut ein, gegen den Frost.
Es war brennend kalt. Noch ehe sie den Hang hinuntergeritten waren, an dem der Hof lag, setzte sich der Reif an den Pferden fest, und die Pelzkanten an den Umhängen der Männer waren weiß.
»Brr!« Erlend schauderte zusammen. »Wenn wir doch schon daheim wären! Wir müssen auf dem Hof dort unten einreiten und anmelden, daß du den Mann umgebracht hast.«
»Ist das notwendig?« fragte Simon. »Ich sprach ja mit Vidar und den . . .«
»Es ist besser, du tust es«, sagte Erlend. »Meldest selbst die Sache. Gib den anderen nicht Gelegenheit, etwas über dich zu sagen.«
Die Sonne war jetzt hinter dem Hügel, der Abend schimmerte graublau, aber noch hell. Sie ritten an einem Bach entlang, unter Birken dahin, die vom Reif noch zottiger waren als der übrige Wald; es lag eine ganze Decke von rauhem Frostnebel in der Luft hier unten, so daß einem der Atem fast im Halse steckenblieb. Erlend brummelte ungeduldig über die lange Kälte, die sie jetzt gehabt hatten, und über den kalten Ritt, der noch vor ihnen lag.
»Du hast dir doch wohl dein Gesicht nicht erfroren, Schwager?« Besorgt schaute er unter Simons Kapuze. Simon rieb sich die Wangen; erfroren waren sie nicht, aber er war etwas bleich geworden im Dahinreiten. Dies kleidete ihn schlecht, denn sein großes schwammiges Gesicht war sehr verwittert und voller roter Flecke, und die Blässe verbreitete sich nun in grauen Inseln und ließ die Haut gleichsam unrein erscheinen.
»Hast du schon einmal einen Mann mit seinem Schwert Mist ausbreiten sehen?« fragte Erlend. – Er brach bei dieser Erinnerung in Gelächter aus, beugte sich im Sattel vor und ahmte die Bewegung nach. »Wie dieser Alf – das ist mir auch ein Lehnsmann! Du hättest Ulf mit dem Schwert spielen sehen sollen, Simon – Jesus Maria!«
Spielen – ja, nun hatte er ja Erlend Nikulaussohn in diesem Spiel

gesehen. Immer und immer wieder sah er sich selbst und die Männer dort bei der Feuerstätte herumfuchteln, wie Bauern, die Holz hacken oder Heu wenden, und zwischen ihnen Erlends gewandte blitzschnelle Gestalt, seinen raschen Blick, die sichere Hand, während er zwischen ihnen herumtanzte, geistesgegenwärtig, in den Waffen geübt...

Es waren über zwanzig Jahre her, seit er selbst als einer der Waffentüchtigsten unter den jungen Leuten am Königshof gegolten hatte, wenn sie sich auf der Spielwiese übten. Seitdem aber hatte er nicht mehr viel Gelegenheit gehabt, die Fertigkeiten eines Ritters zu erproben.

Und hier ritt er nun und fühlte sich bis ins Innerste krank, weil er das Unglück gehabt hatte, einen Menschen zu töten; immer noch sah er Holmgeirs Körper von seinem Schwert herab ins Feuer sinken, immer noch klangen ihm seine kurzen röchelnden Todesseufzer in den Ohren, und er sah, immer und immer wieder, die einzelnen Bilder jenes kurzen rasenden Kampfes, der darauf gefolgt war. Bedrückt und verwirrt fühlte er sich; in einem Nu waren sie alle auf ihn eingedrungen, alle die Männer, mit denen er zusammengesessen und sich eins gefühlt hatte, und dann hatte Erlend ihn unter seinen Schutz genommen. –

Für ängstlich hatte er sich nie gehalten. Sechs Bären hatte er erlegt in den Jahren, seit er auf Formo lebte, und zweimal hatte er sein Leben so achtlos aufs Spiel gesetzt wie nur möglich. Mit dem dünnen Fichtenstamm zwischen sich und einer wütenden verwundeten Bärin, ohne andere Waffe als einer Speerspitze mit einem knapp handbreiten Schaft daran – die Spannung in diesem Spiel hatte die Sicherheit seiner Gedanken, Bewegungen und Sinne nicht beeinträchtigt. Jetzt, dort in dem Schuppen – er wußte nicht, was er empfunden hatte, aber er war verwirrt gewesen, hatte nicht zu überlegen vermocht.

Und damals, als er nach jener Bärenjagd daheim saß, die Kleider nur flüchtig über sich gehängt, den Arm in der Schlinge, fieberheiß, mit zerrissener und schmerzender Schulter, hatte er nur eine übermütige Freude empfunden – es hätte noch schlimmer gehen können – wie, darüber hatte er sich keine Gedanken gemacht. Jetzt aber mußte er daran denken, unablässig, wie alles geendet hätte, wäre Erlend nicht gerade zur rechten Zeit zu Hilfe gekommen. Ihm war gewiß nicht ängstlich, aber doch seltsam zumute. Daran trug der Ausdruck in den Gesichtern der anderen Männer die Schuld – und Holmgeirs sterbender Leib.

Er war bisher noch nie zum Mörder geworden. –

Jener schwedische Ritter, den er niedergeschlagen hatte... Es war in dem Jahr gewesen, da König Haakon mit seiner Heeresmacht in Schweden einrückte, um die Ermordung der Herzöge zu rächen. Damals war Simon auf einen Späherritt ausgesandt worden – mit drei Männern, deren Anführer er sein sollte –; er war sehr stolz und übermütig gewesen. Simon erinnerte sich, wie sein Schwert sich in der Stahlhaube des Ritters verfangen hatte, so daß er daran rütteln und zerren mußte, um es loszubekommen. Als er das Schwert am Morgen darauf ansah, entdeckte er eine Scharte daran. Er hatte stets gern an dieses Ereignis zurückgedacht – die Schweden waren zu acht gewesen –, jedenfalls hatte er einmal kosten dürfen, wie es ist, Krieg zu führen; dies war nicht allen Männern beschieden gewesen, die damals dem König folgten. Als es taghell wurde, sah er, daß das Hemd, das er unter dem Brustschild trug, mit Blut und Gehirnmasse bespritzt war; er gab sich alle Mühe, bescheiden und wohlerzogen auszusehen, während er es abwusch.

Aber es brachte keine Hilfe, sich jetzt dieses armen Teufels von einem Ritter zu erinnern. Nein, jene Sache hatte keine Ähnlichkeit mit der heutigen. Er konnte eine schreckliche Reue wegen Holmgeir Moisessohn nicht loswerden.

Und dazu kam nun auch noch, daß er Erlend sein Leben verdankte. Er wußte nicht, wie weittragend dies sein würde. Aber er hatte das Gefühl, als müsse alles anders werden, jetzt, da er und Erlend miteinander quitt waren.

In diesem Punkte waren sie jetzt quitt, ja.

Die beiden Schwäger waren beinahe schweigend dahingeritten. Einmal sagte Erlend:

»Es war aber auch wirklich dumm von dir, Simon, daß du nicht gleich als allererstes daran dachtest, die Tür zu gewinnen.«

»Wieso?« fragte Simon ziemlich kurz. »Weil du draußen warst?«

»Nein.« Durch Erlends Stimme klang ein Lächeln. »Ja, das auch, doch daran dachte ich jetzt nicht. Aber durch die enge Tür hätte doch von den anderen nie mehr als einer auf einmal herausgekonnt. Und dann ist es erstaunlich, wie schnell die Leute meist ihren Verstand wiederfinden, wenn sie unter offenen Himmel gelangen. Es dünkt mich fast wie ein Wunder, daß außer diesem einen nicht noch mehr umgebracht wurden.«

Er fragte ein paarmal nach Simons Wunden. Der andere sagte, er spüre nicht sonderlich viel davon, obwohl sie ihn gehörig brannten.

Sie erreichten Formo spät am Abend, und Erlend trat mit dem Schwager ein. Er hatte ihm geraten, dem Vogt gleich am nächsten Tag schon ein Schreiben über das Ereignis zu senden, um die Angelegenheit mit seinem Schutzbrief bis zum Gerichtsverfahren so bald als möglich geordnet zu haben. Erlend wollte den Brief gern noch heute abend für Simon aufsetzen, die Wunden an der Brust würden den Schwager wohl am Schreiben hindern: »Und morgen mußt du schön still in deinem Bett liegen bleiben, du wirst wohl ein wenig Wundfieber bekommen.«

Ramborg und Arngjerd saßen noch auf und warteten. Der Kälte wegen waren sie auf die Bank an der warmen Herdseite hinaufgekrochen und hatten die Füße hochgezogen – zwischen ihnen lag ein Spielbrett –, sie sahen aus wie zwei Kinder.

Simon hatte kaum einige Worte über das Geschehene hervorgebracht, als die junge Frau auf ihn zuflog und die Arme um seinen Hals schlang. Sie zog sein Gesicht zu dem ihren herab, drückte ihre Wange an die seine, und sie preßte Erlends Hand so sehr, daß er lachend meinte, er hätte nie geglaubt, daß Ramborg soviel Kraft in den Händen habe.

Sie wollte um jeden Preis, daß ihr Mann die Nacht hier in der Stube verbringe, und wollte selbst bei ihm wachen. Sie bat beinahe weinend darum; dann erbot sich Erlend, hierzubleiben und bei Simon zu schlafen, wenn sie nach Jörundhof eine Nachricht senden wollte, es sei ohnehin schon spät für ihn zum Heimreiten: »Und es ist schade um Kristin, wenn sie bei dieser Kälte so lange aufbleibt, auch sie wartet immer selbst auf mich; gute Hausfrauen seid ihr Lavranstöchter.«

Während die Männer aßen und tranken, saß Ramborg da und schmiegte sich an ihren Mann. Simon streichelte dann und wann ihren Arm und ihre Hand, er war ein wenig verlegen und zugleich auch ziemlich bewegt darüber, daß sie soviel Angst und Liebe bezeigte. Simon schlief jetzt während der Langen Fasten in der Saemundsstube, und als die Männer dort hinübergingen, folgte Ramborg selbst mit und stellte einen großen Kessel mit Honigbier zum Wärmen auf die Herdsteine.

Die Saemundsstube war eine uralte kleine Feuerstube, warm und dicht, die Balken waren so riesig, daß es ihrer nur vier Stämme zu einer Wand brauchte. Jetzt war es hier kalt, Simon aber warf einen gehörigen Haufen Kienholz aufs Feuer und jagte den Hund in sein Bett, der sollte dort liegen und es für die beiden Männer vorwärmen. Sie zogen den Kubbestuhl und die Lehnbank dicht ans Feuer heran und machten sich's behaglich, denn sie waren von dem Ritt bis ins Innerste erfroren, und die Mahlzeit in der Großstube hatte sie nur halb aufgetaut.

Erlend schrieb den Brief für Simon. Dann begannen sie ihre Kleider zu öffnen; als Simon die Arme heftiger bewegte und seine Wunden wieder zu bluten anfingen, half ihm der Schwager, den Kittel über den Kopf zu streifen und die Stiefel von den Füßen zu ziehen. Erlend schleppte sein verwundetes Bein selbst etwas nach, es sei ein wenig steif und empfindlich nach dem Ritt, erklärte er, aber dies habe nichts zu bedeuten. Und dann ließen sie sich wieder am Feuer nieder, halb ausgezogen, jetzt war es hier gut und warm, und im Kessel hatten sie noch ziemlich viel Bier.

»Du nimmst es viel zu schwer, Schwager, das merke ich«, sagte Erlend einmal.

Sie hatten eine Weile dagesessen, halb schlafend, und ins Feuer geblickt. »Viel verliert die Welt ja nicht an diesem Holmgeir ...«

»Dieser Meinung wird Sira Moises nicht sein«, sagte Simon leise. »Er ist ein alter Mann und ein guter Priester.«

Erlend nickte ernsthaft.

»Unheimlich ist es, sich zum Feind eines solchen Mannes gemacht zu haben, besonders, da er so nahe wohnt. Und außerdem weißt du, ich habe oft dort in der Gemeinde zu tun.«

»Ach, aber so etwas kann einem ja so leicht zustoßen – jedem von uns. Sie werden dich wohl zu einer Buße von zehn bis zwölf Mark in Gold verurteilen. Ja, und du weißt, Bischof Halvard ist ein strenger Herr, wenn er einem Gewalttäter die Beichte abnimmt, und der Vater des jungen Burschen ist einer seiner Priester. Aber du wirst alles miteinander überstehen.«

Simon sagte nichts. Erlend fing wieder an:

»Auch ich werde wohl Schmerzensbußen zahlen müssen« – er lächelte vor sich hin –, »und ich besitze von Norwegens Erde nicht mehr als diesen Hof auf Dovre.«

»Wie groß ist der Hof Haugen?« fragte Simon.

»Ich erinnere mich nicht genau – es steht in der Urkunde. Aber die Leute, die die Erde dort bebauen, ernten nur ein wenig Heu. Niemand will dort wohnen – die Häuser sollen einfach verfallen, habe ich gehört –, du weißt, die Leute sagen, meine Muhme und Herr Björn gingen dort nach ihrem Tode um.

Im übrigen weiß ich, daß ich für dieses Tagewerk heute bei meiner Frau Dank ernten werde. Kristin hat dich so gern, Simon, als wärest du ihr eigener Bruder.«

Simon lächelte fast unmerklich, wie er so im Schatten saß. Er hatte den Kubbestuhl ein wenig zurückgezogen und schützte seine Augen mit der Hand gegen die Hitze des Feuers. Erlend aber freute sich der Wärme wie eine Katze; er saß dicht an der Herdstätte, in eine Ecke der Bank gedrückt, einen Arm über die Rückenlehne gelegt, und hielt das verwundete Bein über die andere Armlehne ausgestreckt.

»Ja, sie sprach im Herbst einmal so schön davon«, sagte Simon nach einer Weile, es lag fast wie ein spöttischer Klang in seiner Stimme. »Und daß sie eine getreue Schwester ist, das zeigte sie hier im vergangenen Herbst, als unser Sohn krank war«, fuhr er ernsthaft fort, dann aber kam wieder dieser kleine spöttische Ton: »Jetzt, Erlend, haben wir einander die Treue gehalten, wie wir es schworen, als wir unsere Hände in Lavrans' Hände legten und gelobten, wie Brüder zueinander zu stehen.«

»Ja«, erwiderte Erlend treuherzig. »Ich, auch ich, Schwager Simon, freue mich dieses Tagewerks.« Eine Weile saßen sie beide schweigend da. Dann hielt Erlend gleichsam prüfend dem anderen eine Hand hin. Simon ergriff sie, sie preßten die Finger hart zusammen, ließen los und zogen sich wieder, ein wenig befangen, auf ihre Plätze zurück.

Nach einiger Zeit endlich brach Erlend das Schweigen. Lange hatte er, das Kinn in die Hand gestützt, dagesessen und ins Feuer gestarrt, wo jetzt nur noch dann und wann eine kleine Flamme aufflackerte und über die verkohlten Holzscheite hinlief, die mit kleinen hellen Seufzern zerbarsten und zusammensanken. Bald waren von dem Feuer nur noch schwarze Kohlen und eine dunkle Glut übrig.

Erlend sagte ganz leise:

»So hochgesinnt hast du dich mir gegenüber erwiesen, Simon Darre, daß ich glaube, nur wenige Männer können es dir gleichtun. Ich – ich habe nicht vergessen ...«

»Schweig! – Du weißt nicht, Erlend – Gott im Himmel allein weiß«, flüsterte er angstvoll und gequält, »was alles in den Gedanken eines Mannes lebt.«

»So ist es«, sagte Erlend ebenso leise und ernsthaft. »Uns allen tut es wohl gut, daß er mit Erbarmen über uns urteilt.

Aber ein Mann soll den anderen Mann nach seinen *Taten* beurteilen. Und ich – ich – Gott lohne dir's Schwager!«

Von nun an saßen sie vollkommen still da, wagten sich nicht zu rühren, um von Scham nicht überwältigt zu werden.

Bis Erlend plötzlich seine Hand aufs Knie fallen ließ – ein hitziger blauer Lichtstrahl schoß aus dem Stein des Ringes an seinem rechten Zeigefinger. Simon wußte, daß er ihn von Kristin erhalten hatte, als er aus dem Gefängnisturm gekommen war.

»Aber vergiß nicht, Simon, sagte er leise, »daß ein altes Wort sagt: gar mancher Mann erhält das, was einem anderen bestimmt war, niemand aber erhält eines anderen Schicksal.«

Simon hob den Kopf mit einem jähen kleinen Ruck. Langsam stieg Blutröte in sein Gesicht, die Adern in seinen Schläfen traten gleich dunklen knotigen Strängen hervor.

Erlend sah den Schwager einen Augenblick an, nahm rasch seinen Blick wieder zurück. Dann errötete auch er, der seltsam feine und mädchenhafte Hauch breitete sich unter der dunklen Haut aus. Still, scheu und verwirrt saß er da, den Mund ein wenig kindlich geöffnet.

Simon erhob sich heftig, trat zum Bett:

»Du liegst wohl am liebsten an der Außenseite, denke ich.« Er versuchte ruhig und gleichgültig zu sprechen, aber seine Stimme zitterte.

»Nein, mach es, wie du willst«, sagte Erlend lahm. Er stand auf. »Das Feuer?« fragte er verwirrt. »Soll ich Asche darüberscharren?« Er griff nach dem Schüreisen.

»Sieh zu, daß du fertig wirst, und komm und leg dich schlafen«, sagte Simon wie vorher. Sein Herz hämmerte so laut, daß er kaum zu sprechen vermochte.

Im Dunkeln kroch Erlend lautlos wie ein Schatten zwischen die Felle, ganz außen auf dem Bett, und legte sich hin, still wie ein Waldtier. Simon war es, als müsse er daran ersticken, daß er den anderen in seinem Bett haben mußte.

VI

Jedes Jahr in der Osterwoche hielt Simon Andressohn für die Bewohner des Tales ein Biergelage ab. Da kamen alle am dritten Tag nach der Messe nach Formo und blieben bis zum Donnerstag da.

Kristin hatte nie viel Gefallen an diesen Gastgelagen gefunden. Je mehr Lärm und Getöse bei diesem Gelage herrschte, desto lieber schien es Simon und Ramborg zu sein. Simon bat seine Gäste stets, ihre Kinder, das Gesinde und die Kinder des Gesindes mitzubringen, alles, was nur von daheim fortgehen könne. Am ersten Tage ging es noch still und ruhig zu; da führten nur die Vornehmen und die Älteren die Unterhaltung, während die Jugend zuhörte und aß und trank und die kleinen Kinder meist in einem anderen Haus untergebracht waren. Am zweiten Tag aber ging der Hausherr schon vom frühen Morgen an umher und redete dem jungen Volk und den Kindern zu, zu trinken und lustig zu werden, und dann wurden gerne in kurzer Zeit die Späße so wild und übermütig, daß die Frauen und jungen Mädchen in die Winkel flohen, dort aneinandergedrückt standen und kicherten, auf dem Sprung, wieder davonzulaufen, viele der angeseheneren Hausfrauen aber sich in Ramborgs Frauenstube begaben, wohin die Mütter ihre kleinsten Kinder bereits aus dem Getümmel in die Großstube gerettet hatten.

Ein Spiel, das die Männer besonders liebten, bestand in einer Nachahmung des Things; sie verlasen Vorladungen, brachten Klagen vor und verkündeten Gesetze und Urteilssprüche, dabei aber verdrehten sie die Worte und sagten alles verkehrt. Audun Torbergssohn verlas König Haakons Brief an die Kaufleute in Björgvin, was sie für Männerhosen und was sie für das Vorleder bei Frauenschuhen verlangen durften, und über jene Männer, die Schwerter machten und große und kleine Schilde, aber er warf die Worte durcheinander, so daß nichts als zweideutiges und liederliches Geschwätz daraus wurde. Dieses Spiel endete stets damit, daß kein Mensch mehr darauf achtgab, welche Worte er in den Mund nahm. Kristin erinnerte sich aus ihrer Kindheit, daß ihr Vater es zwar nie hatte dulden wollen, wenn der Scherz sich zum Spott mit dem, was zum Gottesdienst und der Kirche gehörte, verwandelte, daß aber Lavrans doch selbst viel Vergnügen daran fand, wenn er und seine Gäste sich darin überboten, auf Tische und Bänke zu springen und dabei mit lachender Stimme allerhand groben, unhöfischen Unsinn hinauszurufen.

Im übrigen mochte Simon am besten solche Spiele leiden, bei denen man einem Mann die Augen verband und er nach einem Messer in der Asche suchen mußte oder bei denen zwei andere mit dem Mund Honigkuchenstücke aus einem großen Bierbottich herausfischen mußten. Die Gäste versuchten sie dann zum Lachen zu reizen, so daß das Bier nach allen Seiten spritzte. Oder sie sollten mit den Zähnen einen Ring aus einem Mehlfaß holen. Da sah dann die Stube bald wie ein Schweinestall aus.

Dieses Jahr brachte das Osterfest ein ganz wunderbar schönes Frühlingswetter. Am Mittwoch herrschte vom frühen Morgen an klarer Sonnenschein und Wärme, und schon gleich nach dem Morgenimbiß ging alles auf den Hofplatz hinaus. Statt nun ihr Unwesen zu treiben, begann die Jugend ein Ballspiel, oder sie schossen nach Scheiben und zogen am Tau, danach spielten sie Blindekuh und anderes, und dann

überredeten sie Geirmund von Kruke zum Singen und Harfenspielen. – Da kamen bald alle, jung und alt, zum Tanz herbei. Auf den Äckern lag noch Schnee, aber der Erlenwald war von all den Knospen schon braun gefärbt, und die Sonne schien warm und schön auf jeden schneefreien Fleck. Als die Leute nach der Abendmahlzeit herauskamen, klang von allen Seiten lauter Vogelsang, und so errichteten sie auf dem Rasen vor der Schmiede einen Scheiterhaufen und sangen und tanzten bis tief in die Nacht hinein. Am nächsten Morgen blieben die Leute lange liegen und brachen später vom Hof auf als gewöhnlich. Die Leute von Jörundhof pflegten als letzte fortzuziehen, und Simon gelang es, Erlend und Kristin zu überreden, bis zum nächsten Tag zu bleiben. Denn auch die Leute von Kruke sollten bis Ende der Woche auf Formo bleiben.
Simon hatte die letzte Schar seiner Gäste zum Hauptweg hinaufgebracht. Die Abendsonne leuchtete so schön über seinem Hof, wie er so am Abhang lag. Simon war warm und aufgeräumt von dem Trunk und dem Festlärm, und als er so zwischen den Zäunen wieder hinunterging, heim zu dem ruhigen und gemütlichen Beisammensein, das ein kleiner Kreis von nahen zurückbleibenden Verwandten nach einem großen Festgelage mit sich bringt, fühlte er sich so leicht und froh ums Herz wie schon lange nicht mehr.
Drunten bei der Schmiede waren sie im Begriff, ein neues Feuer zu entfachen – die Erlendssöhne, die ältesten Kinder von Sigrid, Jon Daalks Söhne und seine eigenen Töchter. Simon lehnte sich eine Weile an den Zaun und sah ihnen zu. Ulvhilds scharlachrotes Feiertagsgewand leuchtete und strahlte in der Sonne, sie lief eifrig hin und her und trug Äste zum Feuer herbei, und auf einmal lag sie da, der ganzen Länge nach! Der Vater rief lachend hinüber, aber sie hörten ihn nicht.
Auf dem Hofplatz saßen zwei Mägde und gaben auf die kleinsten Kinder acht; sie saßen an die Wand der Frauenstube gelehnt und sonnten sich, zu ihren Häupten brannte das Abendlicht in der kleinen Glasscheibe wie geschmolzenes Gold. Simon nahm die kleine Inga Geirmundstochter, hob sie hoch in die Luft und setzte sie auf seinen Arm: »Kannst du deinem Oheim etwas vorsingen, schöne kleine Inga?« Dann bestürmten ihn ihr Bruder und Andres und wollten auch so hoch in die Luft geworfen werden.
Vor sich hin pfeifend stieg er die Treppe zum Festraum hinauf. Die Sonne schien so schön herein, man hatte die Türen geöffnet. Die Leute saßen behaglich beisammen. Oben am Tischende beugten Erlend und Geirmund sich über die Harfe, im Begriff, neue Saiten aufzuziehen; neben ihnen stand das Methorn auf dem Tisch. Sigrid lag auf dem Bett und gab ihrem Jüngsten die Brust; Kristin und Ramborg saßen bei ihr, zwischen den beiden Schwestern stand ein silberner Krug auf der Fußbank.
Simon schenkte seinen eigenen vergoldeten Becher voll Wein, trat ans Bett und trank Sigrid zu:

»Hier kann jeder seinen Durst stillen, sehe ich, nur du nicht, Schwester!«
Lachend richtete sie sich auf den Ellbogen auf und ergriff den Becher. Der Säugling brach ob der Unruhe in ein zorniges Geschrei aus.
Simon setzte sich auf die Bank, fuhr fort, leise zu pfeifen, und hörte den anderen nur halb zu. Sigrid und Kristin redeten von ihren Kindern, Ramborg schwieg still und spielte mit einer Windmühle, die Andres gehörte. Die Männer am Tisch klimperten mit der Harfe und prüften sie, Erlend sang ganz leise einen Vers, Geirmund suchte auf der Harfe die Melodie zusammen und sang dann mit, sie hatten alle beide so schöne Stimmen.
Nach einer Weile trat Simon auf den Altan, lehnte sich an den geschnitzten Pfosten und blickte hinaus. Vom Stall her klang das ewig hungrige Gebrüll. Wenn nun das Wetter noch eine Weile so anhielt, würde die Futternot in diesem Frühjahr vielleicht nicht mehr so lange dauern.
Es war Kristin, die kam. Er brauchte sich nicht umzudrehen, er kannte ihren leichten Schritt. Sie trat vor und stand neben ihm in der Abendsonne.
So hold und fein, daß sie ihm nie schöner geschienen hatte. Und plötzlich glaubte er zu fühlen, er würde auf irgendeine Weise emporgehoben und schwimme selbst in diesem Licht – er atmete tief aus: mit einem Male dünkte ihn, es sei schön zu leben. Eine reiche und goldene Seligkeit überschüttete ihn vollkommen.
Sie war seine süße Freundin, und alle schweren und bitteren Gedanken, die er je gedacht hatte, waren nur wie halbvergessene Torheiten. Arme Freundin, könnte ich dir doch nur Gutes tun. Würdest du doch bloß wieder froh, wie gerne gäbe ich mein Leben her, könnte es dir nützen.
Ach ja, denn er sah es wohl, ihr liebliches Gesicht war gealtert und verbraucht. Unter den Augen hatte sie tausend feine kleine Falten, ihre Haut hatte den hellen Schein verloren; sie war viel derber und sonnverbrannter geworden, und unter der Bräune war sie bleich. Ihm aber würde sie wohl immer schön scheinen, denn die großen grauen Augen und ihr feiner stiller Mund, das kleine runde Kinn und dann ihr ruhiges gedämpftes Wesen waren das Schönste, was er auf Erden kannte.
Und dann war es so schön, sie wiederum einmal so gekleidet zu sehen, wie es sich für eine hochgeborene Frau geziemte. Das kleine dünne Seidentuch verdeckte die goldbraunen Haarmassen nur halb – die Zöpfe waren so aufgesteckt, daß sie bei den Ohren hervorguckten –, man sah jetzt graue Fäden im Haar, aber das tat nichts. Und dann trug sie ein prachtvolles blaues Übergewand aus Samt, mit Hermelinpelz verbrämt; es war vorn so tief ausgeschnitten und die Armlöcher waren so weit, daß es über Brust und Schultern nur dem Brustriemen eines Geschirrs glich; das sah schön aus. Darunter schmiegte sich etwas Sandgelbes, ein Untergewand, glatt an ihren Leib an, bis hinauf an

die Halsgrube und vor bis zu den Handgelenken. Es war mit vielen kleinen vergoldeten Knöpfen geschlossen, und diese rührten ihn so innig – Gott möge ihm verzeihen, aber alle diese kleinen goldenen Knöpfe erfreuten ihn wie der Anblick einer Engelschar.

Er stand da und fühlte den starken ruhigen Schlag seines eigenen Herzens. Irgend etwas war von ihm abgeglitten – ja, wie Fesseln. Schmerzliche, verhaßte Träume, sie waren nur das Blendwerk der Nacht, und jetzt erblickte er seine Liebe zu ihr im Licht des Tages, in voller Sonne.

»Du siehst mich so seltsam an, Simon – warum lächelst du so?«

Der Mann lachte auf, leise und übermütig, antwortete jedoch nicht. Draußen vor ihnen lag das Tal, erfüllt von der goldenen Flut der Abendsonne, Scharen von Vögeln zwitscherten und sangen metallisch am Rand des Waldes, dann erklang irgendwo oben im Wald der volle klare Gesang der Drossel. Und da stand sie, wurde warm von der Sonne, leuchtete in ihrem prächtigen Staat, dunklen kalten Häusern entschlüpft und groben, schweren Kleidern, die nach Schweiß und Arbeit rochen. Meine Kristin, wie gut, dich wieder einmal so zu sehen.

Er ergriff ihre Hand, die vor ihm auf dem Geländer des Altans lag, hob sie zu seinem Gesicht empor: »Der Ring, den du hier trägst, ist schön!« Er drehte ein wenig daran und legte ihre Hand wieder zurück. Sie war jetzt rauh und rötlich, und er wußte nicht, was er ihr alles Gutes tun könnte – so schön, wie sie einmal gewesen war, ihre lange, schmale Hand.

»Da sind Arngjerd und Gaute«, sagte Kristin. »Da streiten sie wieder miteinander.«

Man hörte Stimmen unter dem Altan, laut und zornig. Jetzt rief das Mädchen wütend aus:

»Ja, erinnere mich nur daran, du; mich dünkt es ehrenvoller, meines Vaters Hurentochter zu heißen, als der eheliche Sohn deines Vaters!«

Kristin drehte sich rasch herum und lief die Treppe hinunter. Simon folgte nach, hörte das Klatschen von zwei oder drei Backpfeifen. Kristin stand unter dem Altan und hielt ihren Sohn an der Schulter fest.

Die beiden Kinder blickten zu Boden, mit roten Köpfen, schweigend und trotzig.

»Ich merke, daß du dich als Gast zu benehmen weißt – wir legen Ehre mit dir ein, dein Vater und ich.«

Gaute blickte zu Boden. Leise und zornig gab er der Mutter zur Antwort:

»Sie sagte etwas – ich will es nicht wiederholen.«

Simon griff seiner Tochter unters Kinn, zwang sie, den Kopf zu heben. Arngjerd wurde unter dem Blick des Vaters immer röter und röter und blinzelte mit den Augen.

»Ja« – sie riß sich von ihm los –, »ich erinnerte Gaute daran, daß man seinen Vater als Schurken und Königsverräter verurteilt hatte, aber zuerst hatte er von Euch gesprochen, Vater. – Ihr, sagte er, Ihr wäret der Verräter, und Erlend hättet Ihr es zu verdanken, daß Ihr reich und frei hier auf Eurem Hof säßet...«

»Ich dachte, du seist jetzt ein erwachsenes Mädchen; willst du dich von Kindergeschwätz so aufreizen lassen, daß du gute Sitten und Verwandtenliebe vergissest?«

Zornig schob er das Mädchen von sich, wandte sich Gaute zu und fragte sehr ruhig:

»Warum meinst du, Gaute, mein Freund, daß ich deinen Vater verraten habe? Ich habe schon früher bemerkt, daß du auf mich böse bist – jetzt mußt du sagen, was das bedeutet?«

»Das wißt Ihr!«

Simon schüttelte den Kopf. Da schrie der Knabe, funkelnd vor Erbitterung:

»Den Brief, weswegen sie meinen Vater auf der Streckbank folterten, damit er aussage, wer seine Siegel daran gehängt habe, den habe ich gesehen, ich! Ich war es, der ihn forttrug und verbrannte.«

»Du schweigst!« Erlend drängte sich zwischen sie. Er war schneeweiß im Gesicht bis in die Lippen, seine Augen lohten.

»Nein, Erlend, jetzt ist es besser, wir bringen Klarheit in diese Sache. War denn mein Name in diesem Brief erwähnt?«

»Du schweigst!« Wütend packte der Vater Gaute bei Brust und Schultern. »Dir vertraute ich – dir, meinem Sohn! Du verdienst, daß ich dich tötete.«

Kristin sprang hinzu, desgleichen Simon. Der Knabe riß sich los und flüchtete zu seiner Mutter. Ganz außer sich vor Erregung schrie er, während er sich hinter dem Arm der Mutter versteckte, schnell hinaus:

»Ich betrachtete die Siegel erst, ehe ich sie verbrannte, Vater! Ich dachte, der Tag könnte kommen, an dem ich Euch damit dienen könnte.«

»Gott verdamme dich!« Erlends Körper wurde von einem kurzen trokkenen Schluchzen erschüttert.

Auch Simon war bleich geworden, dann aber wurde er dunkelrot im Gesicht vor Scham um des anderen willen. Er wagte nicht, dorthin zu sehen, wo Erlend stand, die Demütigung des Mannes erstickte ihn selbst, so dünkte ihn.

Kristin stand wie festgenagelt, schlang die Arme immer noch schirmend um den Sohn. Aber in ihrem Gehirn reihte sich blitzschnell ein Gedanke an den anderen:

Erlend hatte in jenem Frühjahr Simons Siegel kurze Zeit in seinem Verwahr gehabt, die Schwäger verkauften damals Lavrans' Schiffshütte auf Veöy an das Kloster auf Holm. Erlend hatte selbst gemeint, das mit dem Siegel sei gewiß ungesetzlich, aber es würde wohl kaum weiter danach gefragt werden. Er hatte Kristin das Siegel gezeigt und gesagt, Simon hätte sich gern ein schöner gearbeitetes leisten dürfen – alle drei Brüder hatten sich ein Siegel nach dem des Vaters anfertigen lassen, nur die Umschrift darauf war verschieden. Aber Gyrds Siegel sei viel feiner gestochen, sagte Erlend.

Gyrd Darre – von ihm hatte Erlend ihr Grüße überbracht, die beiden letzten Male, da er aus dem Süden heimkehrte. Sie erinnerte sich, daß sie sich darüber gewundert hatte, Erlend als Gast bei Gyrd auf Dyfrin – sie hatten einander nur jenes einzige Mal auf Ramborgs Hochzeit gesehen. Ulf Saksessohn war Gyrd Darres Schwager, Ulf war mit in der Verschwörung gewesen ...

»Du hast falsch gesehen, Gaute«, sagte Simon leise und fest.

»Simon!« Unwillkürlich ergriff Kristin die Hand ihres Mannes. »Bedenke, es gibt noch mehrere Männer außer dir, die dieses Zeichen in ihrem Siegel führen.«

»Schweig! Willst auch du ...?« Erlend riß sich mit einer Art Jammerschrei von seiner Frau los, stürzte über den Hofplatz zum Stall hinüber. Simon lief ihm nach:

»Erlend – war es mein Bruder?«

»Sendet die Jungen nach – und ihr folgt mir«, rief Erlend seiner Frau zurück.

Simon holte ihn in der Stalltür ein, packte ihn beim Arm:

»Erlend – war es Gyrd?«

Erlend antwortete nicht, versuchte, sich ihm zu entwinden. Sein Gesicht war seltsam verkniffen und weiß wie der Tod.

»Erlend – antworte mir – war mein Bruder mit bei dieser Sache?«

»Vielleicht willst du dein Schwert auch mit dem meinen messen?« Erlend brachte dies knurrend vor, und Simon erkannte, wie der andere am ganzen Leib zitterte, während sie so rangen.

»Du weißt, daß ich das nicht will.« Simon ließ los und fiel gegen den Türrahmen zurück. »Erlend – so wahr Gott den Tod für uns erlitten hat – sag, ob es sich so verhält!«

Erlend führte sein Pferd heraus, so daß Simon an der Tür zur Seite treten mußte. Ein diensteifriger Knecht brachte Sattel und Zaumzeug, Simon nahm es und schickte den Mann weg, Erlend nahm es Simon ab.

»Erlend – *jetzt* kannst du es doch sagen! – *Mir* sagen!« Er wußte selbst nicht, warum er so betteln mußte, als bäte er für sein Leben. »Erlend – antworte mir – bei Christi Wundmalen fordere ich dich auf, sage es, Mann!«

»Du kannst weiterhin das glauben, was du glaubtest«, sagte Erlend leise und schneidend.

»Erlend – ich glaubte – nichts.«

»Ich *weiß*, was du glaubtest.« Erlend schwang sich in den Sattel. Simon packte das Pferd beim Zaumzeug, es warf sich unruhig herum und tänzelte.

»Laß los, oder ich reite dich nieder«, sagte Erlend.

»Dann frage ich Gyrd – noch morgen reite ich nach Süden – bei Gott, Erlend, du sollst mir sagen ...«

»Ja, der wird dir's gewißlich sagen«, lachte Erlend höhnisch, gab dem Hengst die Sporen, und Simon mußte beiseite springen. Der andere jagte zum Hof hinaus.

In der Mitte des Hofplatzes begegnete Simon Kristin, sie hatte einen Umhang um. Gaute ging an ihrer Seite und trug ihren Kleidersack. Ramborg folgte der Schwester.
Der Knabe blickte rasch auf, ängstlich und verwirrt. Dann schlug er die Augen nieder. Aber Kristin sah Simon offen und gerade an, ihr Blick war dunkel vor Kummer und Zorn:
»Konntest du das von Erlend glauben, daß er dich so verraten würde!«
»Ich glaubte nichts«, erwiderte Simon hitzig. »Ich glaubte, der Bub da schwätze nur dummes und törichtes Zeug.«
»Nein, Simon, ich will nicht, daß du mich begleitest«, wehrte Kristin leise ab.
Er erkannte, daß sie unsagbar gekränkt und bekümmert war.
Am Abend, als er mit seiner Frau allein in der Großstube war – sie zogen sich gerade aus, und die Töchter schliefen bereits in dem anderen Bett –, fragte Ramborg plötzlich:
»Wußtest du nichts davon, Simon?«
»Nein! Wußtest du?« fragte er gespannt.
Ramborg kam näher und stand mitten in dem Licht der Kerze auf dem Tisch. Sie war halb ausgezogen – im Hemd und Unterrock; ihr Haar lag lose und lockig um ihr Gesicht.
»Wußte – ich dachte mir vielerlei. Helga war so seltsam« – ihre Züge verzerrten sich zu einer Art Lächeln, und sie sah aus, als friere sie. »Sie sagte etwas Ähnliches wie, daß jetzt andere Zeiten in Norwegen kommen sollten. Die Vornehmen« – Ramborg lächelte schief und gleichsam krampfhaft – »sollten die gleichen Rechte bekommen, hier wie in anderen Ländern auch. Ritter und Barone sollten sie wieder heißen.
Später, als ich sah, daß du dich ihrer Sache mit solchem Eifer annahmst, du warst fast das ganze Jahr von daheim fort und fandest nicht Zeit, zu mir nach Ringheim zu kommen, während ich dort auf dem Hof eines fremden Mannes lebte und dein Kind gebären sollte, da dachte ich, vielleicht wüßtest du, daß es sich um mehr handelte als nur um Erlend.«
»He! Ritter und Barone!« Simon lachte kurz und zornig auf.
»Tatest du dies alles nur um Kristins willen?«
Er sah, daß ihr Gesicht bleich war wie vom Frost; er konnte unmöglich so tun, als habe er ihre Meinung nicht verstanden. Da brach er verzweifelt und trotzig aus: »Ja.«
Dann dünkte ihn, sie sei doch verrückt, und er selbst sei verrückt. Erlend war verrückt, alle Menschen hatten an diesem Tag den Verstand verloren. Jetzt aber sollte dies ein Ende haben.

»Ich tat es um deiner Schwester willen, ja«, sagte er besonnen, »und um der Kinder willen, zu deren Schutz kein Mann aus der Verwandtschaft oder Schwagerschaft so nahe verpflichtet war wie ich. Und um Erlends willen, da wir einander doch treu sein sollten wie Brüder. – Und fang jetzt du nicht an, unvernünftig zu sein, denn davon habe ich hier auf dem Hof heute schon mehr als genug gesehen«, brauste er auf und schleuderte den Schuh, den er ausgezogen hatte, an die Wand hinüber. Ramborg ging hin und hob ihn auf, betrachtete den Balken, den er getroffen hatte:

»Eine Schmach ist es, daß Torbjörg nicht von selber darauf kam, den Ruß hier zum Gastgelage abzuwaschen; ich vergaß, mit ihr darüber zu sprechen.« Sie wischte den Schuh ab, es war Simons bestes Paar, mit langen Schnäbeln und roten Absätzen, hob auch den anderen auf und legte sie in seine Kleidertruhe. Aber Simon sah, daß ihre Hände stark zitterten, während sie sich damit zu schaffen machte.

Da ging er hin und schloß sie in seine Arme. Sie wand die zarten Glieder förmlich um den Mann, während sie vor unterdrücktem Weinen schluchzte und ihm zuflüsterte, daß sie so müde sei.

Am siebten Tag darauf ritten Simon und sein Knecht auf dem Weg nach Norden durch Kvam. Durch ein Schneetreiben von großen nassen Flocken kamen sie mühselig vorwärts. Gegen Mittag gelangten sie auf einen kleinen Hof am Weg, wo eine Herberge war.

Die Frau trat heraus und bat Simon, in ihre Stube zu kommen, in die Herbergsstube wurden nur kleine Leute gewiesen. Sie schüttelte seinen nassen Umhang aus und hängte ihn zum Trocknen über das Feuer, während sie redete: Solch ein Schmutzwetter – ein Jammer um die Pferde – er hätte wohl noch dazu einen großen Umweg machen müssen, man könne jetzt wohl nicht über den Mjössee reiten?

»Ach doch, wenn einer seines Lebens genügend überdrüssig ist, dann . . .«

Die Frau und die Kinder, die um sie standen, lachten bereitwillig. Die größeren machten sich in der Stube mit Brennholz und Bier zu schaffen, die kleineren drängten sich bei der Tür zusammen. Sie bekamen meist von Simon, dem Bauern auf Formo, ein paar Pfennige geschenkt, wenn er hier haltmachte, und wenn er aus der Stadt Hamar seinen Kindern etwas Gutes mitbrachte, so fiel auch für sie immer ein guter Bissen ab. Heute aber schien er sie nicht zu sehen.

Er saß auf der Bank, vorgebeugt, die Hände hingen ihm über die Knie herab, er starrte ins Feuer und erwiderte nur dann und wann ein Wort auf den Redestrom der Frau. Da erzählte sie, daß Erlend Nikulaussohn heute auf Granheim sei; heute sei der Tag, an dem der erste Teil der Ablösungssumme ausgehändigt werden sollte. Ob sie eines der Kinder zu seinem Schwager hinaufsenden solle, um ihm Bescheid geben zu lassen, damit sie miteinander heimreiten könnten?

Nein, sagte Simon. Sie solle ihm ein wenig zu essen geben, und dann wolle er sich hinlegen und eine Weile schlafen.

Erlend begegnete er noch früh genug. Das, was er zu sagen vorhatte, wollte er in Gautes Gegenwart sagen. Und er wollte am liebsten vermeiden, mehr als einmal über diese Sache sprechen zu müssen.

Der Knecht Sigurd hatte sich im Küchenhaus niedergelassen, während die Frau das Essen zubereitete. Ja, eine mühselige Reise, und überdies sei sein Herr fast den ganzen Weg wie ein wütender Stier gewesen. Sonst höre Simon Andressohn gern alle Neuigkeiten aus der Heimat, die seine Knechte nur aufschnappen könnten, wenn sie auf Dyfrin gewesen seien. Er habe meistens einen oder mehrere Raumarikinger in seinem Dienst: die Leute kamen herbei und wollten sich ihm anschließen, wenn er daheim war, denn man kannte ihn als einen leutseligen und freigebigen Mann, der munter und gegen seine Diener nicht hochmütig war. Aber auf dieser Reise habe er, Sigurd, fast immer nur »Halt 's Maul!« als einzige Antwort von seinem Herrn bekommen.

Er hatte sich wohl mit seinen Brüdern ganz entzweit, war auf Dyfrin nicht einmal über Nacht geblieben; sie hatten sich weiter draußen im Tal auf einem Pachthof ein Obdach gesucht. Herr Gyrd, ja, denn der König hatte den Bruder seines Herrn jetzt zu Weihnachten zum Ritter gemacht, ja, Herr Gyrd war auf den Hofplatz herausgekommen und hatte Simon so herzlich gebeten zu bleiben. Simon hatte dem Bruder kaum eine Antwort gegeben. Und droben im Oberstockwerk hatten die Herren getobt und gelärmt und geschrien, dieser Herr Ulf Saksessohn und Gudmund Andressohn waren auch auf dem Hof gewesen, daß einem fast hätte Angst werden können. Gott mochte wissen, worüber sie so in Streit geraten waren.

Simon kam an der Tür zum Küchenhaus vorbei, blieb einen Augenblick stehen und sah hinein. Sigurd sagte rasch, er lasse sich jetzt eine Ahle und eine Zange geben, um dann das zerrissene Sattelzeug wieder in Ordnung bringen zu können.

»Hat man hier auf dem Hof diese Sachen im Küchenhaus?« warf Simon ihm hin und ging wieder fort.

Der Knecht schüttelte den Kopf und nickte zu der Frau hin, als Simon außer Sicht war.

Simon schob die Schüssel von sich und blieb sitzen. Er war so müde, daß er kaum aufstehen mochte. Dann aber warf er sich doch samt Stiefel und Sporen auf das Bett, aber es tat ihm gleich wieder leid, das Bett war rein und gut. Er setzte sich auf, zog die Stiefel aus. Zerschlagen und müde, wie er war, mußte er jetzt doch wohl schlafen können, und er war durchnäßt und fror, aber das Gesicht brannte nach dem langen Ritt gegen das stürmische Wetter.

Er kroch unter die Decke, drehte und wendete die Kopfkissen, sie rochen so seltsam nach Fisch. Dann blieb er, halb auf den Ellbogen gestützt, liegen.

Die Gedanken in ihm wollten schon wieder zu kreisen anfangen. Diese ganzen Tage her hatte er nichts als gedacht und gedacht, wie ein Tier, das an seinen Pflock angebunden im Kreis herumläuft.

Selbst wenn nun Erling Vidkunssohn gewußt hätte, daß auch Gyrd und Gudmund Darres Wohlfahrt gefährdet wäre, sollte Erlend sich durch die Folter zum Sprechen zwingen lassen; ja, dadurch wurde es wohl nicht schlimmer, daß er, Simon, mit allen Mitteln versucht hatte, die Hilfe des Ritters zu gewinnen. Weit eher im Gegenteil, seinen eigenen Brüdern mußte ein Mann doch beistehen, bis in den Tod, wenn es notwendig wurde. Aber er wünschte, er hätte gewußt, ob Erling darum gewußt hatte. Simon wog das Für und Wider ab. Ganz im unklaren darüber, ob ein Aufruhr im Werk war oder nicht, konnte Erling doch unmöglich gewesen sein. *Was* aber Erling wußte? Gyrd und Ulf jedenfalls schienen nicht zu wissen, ob der Mann eine Ahnung davon hatte, daß sie mit in der Verschwörung waren. Aber Simon erinnerte sich, daß Erling von den Haftorssöhnen gesprochen hatte, ihm geraten hatte, dort Hilfe zu suchen, denn viel eher seien es ihre Freunde, die Angst zu hegen brauchten. Die Haftorssöhne waren Geschwisterkinder von Ulf Saksesohn und Helga. Die Nase ist nahe bei den Augen!

Aber selbst wenn Erling Vidkunssohn geglaubt hatte, daß er, Simon auch an seine eigenen Brüder dachte, so wurde doch das, was er getan hatte, schließlich *davon* nicht schlimmer. Und Erling konnte auch gut verstanden haben, daß er von der Gefahr seiner Brüder nichts wußte.

Außerdem hatte er ja selbst gesagt – Simon erinnerte sich, daß Erling dies zu Stig gesagt hatte –, er glaube nicht, daß sie Erlend durch die Folter zum Sprechen bringen könnten.

Trotzdem mußten sie doch wohl Erlends Mund fürchten. Hatte er auch während der Folter und der Gefangenschaft geschwiegen, so war gerade er der Mann, der sich hinterher durch Leichtsinn verriet. Das sah ihm durchaus ähnlich.

Obwohl – daß Erlend dies nicht tun würde, dünkte Simon das einzige, dessen er sicher sein könne. Er schwieg wie der Stein, sooft das Gespräch auf diese Sache gelenkt wurde, gerade weil er Angst hatte, zum Reden verführt zu werden und mehr zu sagen, als er wollte. Simon begriff, daß Erlend eine heftige, beinahe kindische Angst hatte, seine Treue zu brechen, kindisch, denn daß er selbst den ganzen Plan seiner Hure verraten hatte, schien Erlends Ehre, nach seiner Meinung, offenbar nicht zu berühren. So etwas, glaubte er wohl, konnte dem Besten widerfahren. Solange er selbst den Mund hielt, betrachtete er seinen Schild für fleckenlos und seine Treue für ungebrochen, und Simon hatte begriffen, daß Erlend in seiner Ehre empfindlich war, soweit dieser selbst wußte, was Ehre und Ehrenhaftigkeit waren. Er war ja ganz außer sich geraten vor Verzweiflung und Wut, nur bei dem Gedanken, daß einer seiner Mitschuldigen verraten werden könnte, jetzt noch, so lange nachher. Und überdies auf eine Weise, daß es den Männern, die er mit seinem Leben gedeckt hatte – und mit seiner Ehre und mit seinem Besitz –, unmöglich etwas anhaben konnte: durch das Geschwätz

eines Kindes ihm gegenüber, dem nächsten Verwandten dieser Männer.
Er wollte es so einrichten, daß, ging es schlecht hinaus, er für sie alle büßen würde. – Das hatte Erlend auf das Kreuz allen jenen Männern geschworen, die sich damals in diesem Plan mit ihm zusammentaten. Aber daß erwachsene, verständige Männer sich durch einen solchen Eid beruhigen lassen konnten – Erlend hatte doch nicht alles in seiner Hand. Jetzt, da Simon von der ganzen Verschwörung wußte, schien es ihm, dies sei das Törichtste, was er je gehört habe. Erlend war bereit gewesen, sich Glied für Glied zerbrechen zu lassen, um seinen Eid wortgetreu zu halten. Unterdessen lag das Geheimnis in den Händen eines zehnjährigen Knaben – Erlend hatte selbst hierfür gesorgt. Und es war wohl auch nicht sein Verdienst, daß Sunniva Olavstochter nicht noch mehr wußte, als sie tatsächlich wußte. Konnte auch nur ein Mensch aus solch einem Mann klug werden!
Wenn er also einen Augenblick geglaubt hätte, jawohl, das, was Erlend und seine Frau dachten, daß er glaube – Gott mochte wissen, wie naheliegend die Auslegung war, als Gaute damit herausrückte, daß er sein Siegel unter dem Verräterbrief gesehen habe. Und die beiden sollten bedenken, daß er gar manches über Erlend Nikulaussohn wußte und weniger Grund hatte als die meisten Männer, stets nur das Schönste von seinem Gast zu glauben. Aber sie hatten es wohl schon längst vergessen, wie er sie einmal ertappte und wie er bis auf den Grund ihrer Schamlosigkeit sehen konnte.
Es hatte also wenig Sinn, daß er hier lag und sich wie ein Hund schämte, weil er Erlend in Gedanken unrecht getan hatte. Gott wußte, dies geschah nicht, weil er gern Schlechtes von seinem Schwager glaubte; er war unglücklich genug gewesen, als ihm dieser Gedanke kam. Aber er wußte selbst, daß dies ein wahnsinnig dummer Verdacht gewesen war; er wäre, auch ohne Kristins Worte, selbst darauf gekommen, daß es so nicht zusammenhängen *konnte*. Ebenso schnell fast, wie ihm der Verdacht gekommen war – Erlend hätte sein Siegel mißbraucht –, hatte er gefühlt, nein, Erlend konnte unmöglich so etwas getan haben. Erlend hatte nie in seinem Leben eine unehrenhafte Handlung begangen, die von einem Hintergedanken veranlaßt worden war oder die überhaupt einen Sinn hatte.
Simon wälzte sich in seinem Bett herum und stöhnte. Man hatte ihn mit all diesem Unsinn fast närrisch gemacht. Es quälte ihn, wenn er daran dachte, daß Gaute jahrelang umhergegangen und dies von ihm geglaubt hatte; es war unvernünftig, das so schwerzunehmen. Selbst wenn er den Knaben gern hatte, alle Söhne Kristins gern hatte. Sie waren doch fast alle nur Kinder; brauchte er es sich so nahegehen zu lassen, wie sie über ihn urteilten?
Und daß es ihn so wütend machte und empörte, wenn er an die Männer dachte, die ihre Hände auf Erlends Schwertknauf gelegt und geschworen hatten, ihrem Anführer zu folgen! Waren sie solche Schafe

gewesen, daß sie sich von Erlends Redegewandtheit und kühnem Wesen blenden ließen und glauben konnten, dieser Mann besitze die Gaben eines Anführers, so war es nicht anders zu erwarten, als daß sie sich wie ängstliche Schafe benahmen, als der ganze Plan mißglückte. Trotzdem schien es ihm vor den Augen zu flimmern, wenn er an das dachte, was er jetzt auf Dyfrin erfahren hatte; *so* viele Männer hatten es gewagt, den Landfrieden und ihre eigene Wohlfahrt in Erlends Hände zu legen – auch Haftor Olavssohn und Borgar Trondssohn! Und nicht *einer* hatte den Mut gehabt, hervorzutreten und vom König zu verlangen, daß man Erlend einen ehrenhaften Vergleich gönne und ihm seine Erbgüter belasse. Sie waren ihrer so viele, daß sie, hätten sie zusammengestanden, dies leicht hätten erzwingen können. Es lebte wohl noch weniger Verstand und Mannesmut unter den Vornehmen Norwegens, als er geglaubt hatte.
Wütend war er auch deshalb, weil man ihn selbst ganz außerhalb dieser Pläne gehalten hatte. Nicht, daß sie *ihn* zur Teilnahme an einem so kopflosen Plan hätten veranlassen können. Aber daß sowohl Erlend als auch Gyrd hinter seinem Rücken gehandelt und ihm dies verborgen hatten. Er war doch wohl ein ebenso guter Adeliger wie irgendeiner der anderen und galt nicht wenig in den Gemeinden, wo die Leute ihn kannten.
In einer Weise gab er Gyrd recht. So unwürdig wie Erlend sich seiner Stellung als Anführer gezeigt hatte, konnte er gerechterweise nicht verlangen, daß seine Bundesgenossen hervortraten und ihre Zusammengehörigkeit mit ihm erklärten. Simon wußte, hätte er Gyrd allein angetroffen, wäre es nie dahin gekommen, daß er sich in dieser Weise von seinen Brüdern getrennt hätte. Da aber war dieser Ritter Ulf dabei und streckte seine langen Beine von sich und schilderte Erlends Dummheit – jetzt hinterher! Und dann ergriff Gudmund das Wort. Weder Gyrd noch er selber hatten es bisher je zugelassen, daß der jüngste Bruder ihrer Meinung widersprach. Seitdem er aber die Buhlerin des Priesters, die später seine eigene Buhlerin war, geheiratet hatte, war der Bursche so aufgeblasen und stolz und selbstsicher geworden – Simon hatte nur dagesessen und Gudmund angestarrt und war bei seinem Anblick immer wütender geworden –, er redete so wichtig, und sein rundes rotes Gesicht glich so sehr einem Kinderarsch, daß es Simon in den Fingern juckte, zuzuschlagen. Zum Schluß hatte Gudmund wohl selbst kaum mehr gewußt, was er zu den drei Männern sagte.
Nun war es also zum Bruch zwischen ihm und seinen Brüdern gekommen. Wenn er daran dachte, hatte er ein Gefühl, als sollte er verbluten, als seien Bande aus Fleisch und Blut zerrissen worden. Dies machte ihn arm. Ungeschützt ist des Bruderlosen Hintern ...
Aber wie es sich nun auch verhielt, mitten unter dem heftigen Wortwechsel hatte er plötzlich erkannt – er wußte selbst nicht auf welche Weise –, Gyrds erloschenes, starres Wesen kam nicht allein daher, daß der Bruder in seinem Heim wenig Frieden fand. Gyrd mochte Helga

immer noch gern, das hatte Simon sofort gesehen; dies war es, was den Bruder so seltsam gebunden und kraftlos machte. Und dies weckte auf eine unbegreifliche geheimnisvolle Weise seine Wut über – ja über das ganze Leben.

Simon verbarg das Gesicht in seinen Händen. Ja, sie waren gute, gehorsame Söhne gewesen. Ihm und auch Gyrd war es leichtgefallen, Liebe zu den Bräuten zu fassen, mit denen der Vater zu ihnen kam und sagte, er habe sie ihnen auserwählt. Der Alte hatte ihnen einen ganzen Abend lang richtig schön vorgeredet, so daß sie beide schließlich ganz schüchtern dagesessen hatten, hatte von Heirat und Freundschaft und Treue zwischen ehrbaren höfischen Eheleuten gesprochen, ja zum Schluß sprach der Vater von Fürbitte und Messen. Es war schlimm, daß er nicht auch einen Rat fürs Vergessen gewußt hatte, wenn die Freundschaft gebrochen und die Ehre tot und Treue eine Sünde und eine geheime schmachvolle Qual ist. Und nach dem Riß nichts anderes mehr übriggeblieben ist als die blutende Wunde, die nie heilen kann.

Nachdem Erlend frei geworden war, hatte sich über Simon eine Art Ruhe gelegt, wohl nur deshalb, weil ein Mann es nicht erträgt, so viel Schweres zu erleiden, wie er in jener Zeit in Oslo erlitten hatte. Entweder geschieht etwas, oder es wird von selber besser.

Recht war es ihm nicht gewesen, daß Kristin mit ihrem Mann und allen ihren Kindern auf Jörundhof einzog und er mit ihnen zusammentreffen, Freundschaft und Verwandtschaft aufrechterhalten mußte. Aber er tröstete sich, es war so viel schlimmer gewesen, als er mit ihr hatte zusammen wohnen müssen, so wie es für einen Mann unerträglich ist, mit einer Frau, die er liebt, zusammen zu wohnen, wenn sie nicht seine Frau und nicht seine leibliche Verwandte ist. Und das, was sich zwischen Erlend und ihm selbst zugetragen hatte, an jenem Abend, als sie die Befreiung des Schwagers aus dem Turm feierten, das löschte er in seinem Gedächtnis aus: Erlend hatte es wohl kaum zur Hälfte verstanden und dachte wohl nicht weiter daran. Erlend besaß solch eine seltene Gabe, zu vergessen. Und er selbst hatte seinen Hof und seine Frau, die er gern hatte, und seine Kinder.

So beruhigte er sich einigermaßen. Er konnte nichts dafür, daß er die Schwester seiner Frau liebte. Sie war einmal seine Braut gewesen, und nicht er war es, der die Treue gegen sie gebrochen hatte. In jener Zeit, da er Liebe zu Kristin Lavranstochter faßte, war dies nur seine Pflicht gewesen, denn er glaubte ja, sie sei dazu ausersehen, seine Frau zu werden. Daß er die Schwester bekam, das war Ramborgs Wille – und der ihres Vaters. Lavrans, ein so kluger Mann er auch war, war es nicht eingefallen, danach zu fragen, ob er vergessen hätte. Simon wußte übrigens, daß er es nicht einmal von Lavrans ertragen hätte, danach gefragt zu werden.

Er taugte schlecht zum Vergessen. Daran trug er keine Schuld. Und er hatte niemals auch nur ein Wort gesagt, das er verschweigen müßte. Er konnte nichts dafür, daß der Teufel ihn mit Erinnerungen und

Träumen heimsuchte, die die Bande des Blutes verletzten; freiwillig hatte er sich niemals sündigen Liebesgedanken hingegeben, und in seinen *Handlungen* war er stets wie ein treuer Bruder gegen sie und die Ihren gewesen. Das wußte er selbst.

Schließlich hatte er es zuwege gebracht, mit seinem Schicksal einigermaßen zufrieden zu sein.

Solange er wußte, daß er es war, der den beiden dort drüben Dienste erwiesen hatte. – Kristin und jenem Mann, den sie ihm vorgezogen hatte. Stets hatten sie seine Unterstützung annehmen müssen.

Jetzt war dies anders geworden. Kristin hatte Leben und Seelenheil gewagt, um das Leben seines Sohnes zu retten. Es war, als seien alle alten Wunden aufgebrochen, seitdem er dieses hatte geschehen lassen.

Und nun war es noch dahin gekommen, daß er Erlend sein Leben verdankte.

Und als Dank dafür hatte er ihn nun gekränkt – unfreiwillig, in Gedanken nur – aber trotzdem!

»... et dimitte nobis debita nostra, sicut et nos dimittimus debitoribus nostris.« Es war merkwürdig, daß der Herr uns nicht auch gelehrt hatte zu beten »sicut et nos dimittimus creditoribus nostris«. Er wußte nicht, ob dies ein gutes Latein sei; er war nie stark in dieser Sprache gewesen, aber er wußte, es war ihm stets irgendwie möglich gewesen, seinen Schuldigern zu vergeben. *Ihn* dünkte es viel schwieriger, denen zu vergeben, die seinem Nacken eine Schuld aufgebürdet hatten.

Und nun, seit sie sich quitt nennen konnten, er und diese beiden anderen, fühlte er jenen alten Schmerz, den er Jahre hindurch gewaltsam unterdrückt hatte, aufwachen und wieder lebendig werden.

Er konnte Erlend in seinen Gedanken nicht länger mehr beiseite schieben, ihn nicht mehr als einen unklugen Menschen betrachten, der weder sehen noch lernen, weder sich erinnern noch denken konnte. Jetzt bedrückte der andere sein Gemüt, gerade weil niemand wissen konnte, *was* Erlend sah und dachte und *wessen* er sich erinnerte: er war vollkommen unberechenbar.

Gar mancher Mann erhält das, was einem anderen bestimmt war, niemand aber erhält des anderen Schicksal.

Dies war ein wahres Wort.

Er, Simon, hatte seine junge Braut geliebt. Hätte er sie bekommen, so wäre er sicherlich ein zufriedener Mann geworden; sie hätten gewiß gut miteinander gelebt. Und sie war heute noch die gleiche wie damals, als sie sich zum erstenmal begegneten. Sanft und sittsam, verständig, so daß ein Mann sie gerne auch in schweren Dingen um Rat fragte, ein wenig eigensinnig in Kleinigkeiten, im übrigen aber fügsam, von ihrem Vater her daran gewöhnt, sich führen und stützen und schützen zu lassen. Da aber gewann dieser Mann Gewalt über sie – einer, der nicht einmal dazu taugte, sich selbst zu lenken, der nie jemand beschützt hatte. Ihre süße Jungfräulichkeit hatte er zerstört, ihre stolze

Ruhe gebrochen, diesen Frauensinn zersprengt und sie dazu gezwungen, jede Gabe, die sie besaß, bis aufs äußerste zu strecken und anzuspannen. *Sie* hatte für ihren Geliebten einstehen müssen wie der kleine Vogel, der sein Nest mit zitterndem Leib und gellender Stimme schützt, wenn jemand sich ihm nähert. Ihr behender schlanker Körper hatte wie geschaffen geschienen, von den Armen eines Mannes getragen und herzlich beschirmt zu werden – Simon hatte ihn von wildem Willen angespannt gesehen, während das Herz in ihr vor Mut und Angst und Kampfeslust hämmerte und sie für Mann und Kinder stritt, so wie selbst die Taube wild und unerschrocken werden kann, wenn sie Junge hat.

Wäre er selbst ihr Gemahl gewesen, hätte sie mit seinem ehrenhaften guten Willen fünfzehn Jahre lang zusammen gelebt, so wäre sie wohl auch für ihn eingestanden, das wußte er wohl, wäre er in irgendein Unglück geraten. Mit Klugheit und Mut würde sie an seiner Seite gestanden haben. Nie aber würde er dieses versteinerte Antlitz gesehen haben, das sie ihm an jenem Abend in Oslo zuwandte, als sie vor ihm saß und ihm erzählte, daß sie fortgewesen sei und sich in jenem Haus umgesehen hätte. Seinen eigenen Namen hätte er sie wohl nie in solcher Not und solchem wilden Jammer ausstoßen hören. Und es war nicht die ehrenhafte und rechtschaffene Liebe seiner Jugend, die in seinem Herzen geantwortet hatte. Jene Wildheit, die sich erhob und ihrem wilden Sinn entgegenschrie, er hätte nie erfahren, daß so etwas in seinem eigenen Gemüt wohnen konnte, wäre es mit ihm und ihr so gegangen, wie ihre Väter es gewollt hatten.

Ihr Antlitz in jener Nacht, als sie an ihm vorbeiging, um Hilfe für sein Kind zu suchen – sie hätte nicht gewagt, jenen Gang zu tun, wäre sie nicht Erlends Frau gewesen, die sich daran hatte gewöhnen müssen, furchtlos zu handeln, selbst wenn ihr Herz vor Angst bebte. Ihr tränennasses Lächeln, als sie ihn weckte und sagte, der Knabe riefe nach seinem Vater – so herzzerbrechend süß lächelt nur einer, der weiß, was es heißt, einen Kampf zu verlieren, aber auch einen Kampf zu gewinnen.

Erlends Frau war es, die er liebte, so wie er sie jetzt liebte. Aber dann war seine Liebe ja wohl sündig, und dann mußte es wohl auch so sein, wie es war, daß er sich unglücklich fühlte. Denn er war so unglücklich, daß er bisweilen nur ein großes Erstaunen empfand, darüber, daß er selbst es war, dem es so erging und der keinen Ausweg aus seinem Unglück sah.

Als er seine eigene Ehre und adeligen Sitten mit Füßen trat, Erling Vidkunssohn an Dinge erinnerte, von denen kein ehrenhafter Mann je hätte merken lassen, daß er sie wußte, hatte er dies nicht für Brüder oder Verwandte getan, sondern *nur* für sie. Nur um ihretwillen hatte er es über sich gebracht, den anderen Mann anzubetteln, so wie die Aussätzigen in den Städten vor der Kirchentür betteln und dabei ihre häßlichen Wunden herzeigen.

Er hatte gedacht, einmal sollte sie es erfahren. Nicht alles, nicht wie tief er sich gedemütigt hatte. Aber wenn sie beide alt geworden wären, so, dachte er, würde er zu Kristin sagen: Ich half dir, so gut ich konnte, denn ich erinnerte mich, wie innig ich dich liebte, in jener Zeit, da ich dein Verlobter war.
Etwas gab es, an das er in seinen Gedanken nicht zu rühren wagte. Hatte Erlend etwas zu Kristin gesagt? – Ja, Simon dachte, einmal sollte sie es aus seinem eigenen Munde erfahren; ich habe es nie vergessen, daß ich dich liebte, als wir jung waren. Wußte sie es aber und hatte sie es von ihrem eigenen Mann gehört – nein, dann glaubte er es nicht mehr sagen zu können.
Ihr allein hatte er es sagen wollen – einmal, viel später. Wenn er an jene Stunde zurückdachte, da er es selbst preisgab, wenn er daran dachte, wie Erlend das zu sehen bekommen hatte, was er in seinem innersten Innern verborgen glaubte. Und Ramborg wußte es, obgleich er nicht begriff, wie sie es verstanden hatte.
Seine eigene Frau – und ihr Mann, sie wußten es. Simon schrie auf, wild und erstickt, warf sich heftig auf die andere Seite herum.
Gott stehe ihm bei! Jetzt war er selbst es, der hier lag, geschunden und nackt, vergewaltigt, blutend von der Folter und bebend vor Scham.
Die Frau sah vorsichtig zur Tür herein, begegnete Simons heißen, trockenen, scharfblitzenden Augen vom Bett her: »Fandet Ihr keinen Schlaf? – Soeben ritt Erlend Nikulaussohn vorüber, zu dritt waren sie – es waren gewiß zwei seiner Söhne mit ihm.« Simon murmelte eine Art Antwort, zornig und unverständlich.
Er wollte ihnen einen guten Vorsprung gönnen. Im übrigen mußte wohl auch er bald an die Heimfahrt denken.
Kaum war er in die Stube gekommen und hatte sein Überzeug abgelegt, nahm Andres ihm seine Pelzmütze ab und stülpte sie sich auf. Während der Junge rittlings auf der Bank saß und zum Oheim auf Dyfrin ritt, rutschte die große Mütze hin und her, bald vor auf die kleine Nase und bald zurück auf seine schönen hellen Locken. Aber es half nicht viel, daß er sich bemühte, an solche Dinge zu denken; Gott mochte wissen, wann der Knabe den Oheim auf Dyfrin jetzt wohl besuchen würde.
Und statt dessen überfiel ihn die Erinnerung an seinen anderen Sohn, an Halfrids Kind. Erling. Es kam nicht oft vor, daß er an ihn dachte. Eine kleine bläulichblasse Kinderleiche – in den Tagen, in denen Erling lebte, hatte er ihn kaum gesehen –, damals mußte er bei der sterbenden Mutter sein. Wäre das Kind am Leben geblieben oder hätte es länger gelebt als die Mutter, so hätte er Mandvik behalten. Da hätte er sich wohl dort unten im Land eine neue Frau gesucht. Und wäre nur dann und wann in das Tal hier heraufgekommen, um nach seinem Hof zu sehen. Da hätte er wohl Kristin – nicht vergessen; sie hatte ihn zu einem allzu seltsamen Tanz geführt, als daß er dies gekonnt hätte. Zum Teufel auch! Ein Mann mußte doch wohl wie an ein merkwürdi-

ges Abenteuer daran denken dürfen, daß er seine Braut, eine Jungfrau aus vornehmem Geschlecht, in Christentum und guten Sitten erzogen, aus solch einem Schandhaus und aus dem Bett eines anderen Mannes hatte holen müssen. Aber da unten wäre er doch nicht gezwungen gewesen, sich ihrer in einer Weise zu erinnern, die ihn quälte und ihm jeden Geschmack an all dem Guten, das ihm das Leben sonst bot, verleidete.
Erling – er wäre jetzt vierzehn Winter alt. Wenn Andres einmal mehr zum Mann heranwuchs, war er selbst alt und abgetan.
Ach ja, Halfrid, du hattest es bei mir nicht allzu gut. So ganz unverschuldet ist mein Schicksal wohl doch nicht.
Erlend Nikulaussohn hätte seinen Leichtsinn vielleicht mit dem Leben büßen müssen. Und Kristin säße jetzt als Witwe auf Jörundhof.
Und er selbst hätte vielleicht darüber geklagt, daß er ein verheirateter Mann war. Nichts war so unverständig, daß er es sich jetzt nicht selbst zutraute.
Der Wind hatte nachgelassen, aber es fielen immer noch große nasse Flocken frühjahrlichen Schnees, als Simon von der Herberge fortritt. Und jetzt fingen die Vögel in den Wäldern wieder zu pfeifen und zu trillern an, dem Schneetreiben zum Trotz.
So wie ein Riß der Haut durch eine heftige Bewegung wieder aufbricht, schmerzte ihn eine kleine Erinnerung. – Kürzlich bei seinem Ostergelage hatte eine Schar Gäste draußen gestanden und sich von der Mittagssonne braten lassen. Hoch oben in der Birke über ihnen saß ein Rotkehlchen und sang in die warme blaue Luft hinaus. Geirmund kam um die Hausecke gehinkt, schleppte sich an seinem Stock herbei, die eine Hand auf die Schulter seines ältesten Sohnes gestützt. Er blickte auf, blieb stehen und ahmte den Vogel nach. Auch der Knabe spitzte den Mund und pfiff. Die beiden konnten fast alle Vogelstimmen nachahmen. Kristin stand ein wenig abseits, mitten unter anderen Frauen. Sie lächelte so schön, während sie lauschte.
Gegen die Zeit des Sonnenuntergangs lichteten sich die Wolken im Westen ein wenig, wallten golden an den weißen Berghängen dahin, füllten Schluchten und kleine Täler wie grauer Nebel. Der Fluß glänzte matt wie Messing, eisfrei und dunkel umbrauste er die Steine in der Strömung, und auf jedem Stein lag ein kleines weißes Kissen von Neuschnee.
Es ging nicht rasch vorwärts mit den müden Pferden und auf dem schlechten Weg. Die Nacht war milchweiß im Licht des Vollmondes, der zwischen treibenden Nebeln und Wolken hervorlugte, als Simon auf den Hängen beim Ulafluß hinabritt. Als er über die Brücke und in die flache, mit Kiefern bestandene Talsohle hinausgelangt war, über die der Winterweg führte, griffen die Pferde besser aus; sie wußten, es ging dem Stall zu. Simon klopfte seinem Gaul den dampfenden nassen Hals. Er war trotz allem froh, daß dieser Ritt bald ein Ende nahm. Ramborg schlief wohl schon längst.

Dort, wo der Weg jäh aus dem Wald herausbiegt, stand eine kleine Hütte. Er war schon ganz in der Nähe, als er bemerkte, daß einige Männer zu Pferde vor der Tür hielten. Er hörte Erlends Stimme rufen: »Es ist also abgemacht, du kommst gleich nach dem Sonntag. – Kann ich es meiner Frau sagen?«

Simon rief einen Gruß hinüber. Es hätte allzu merkwürdig ausgesehen, wenn er nicht angehalten hätte und in ihrer Begleitung weitergeritten wäre, aber Sigurd bat er, vorauszureiten. Dann kam er näher an die anderen heran. Es waren Naakkve und Gaute. Erlend trat aus der Haustür.

Sie begrüßten einander noch einmal, die drei anderen etwas gezwungen. Er konnte ihre Gesichter sehen, doch nicht sehr deutlich in dem dämmerigen Licht; es dünkte Simon, als seien ihre Mienen unsicher gespannt und unwillig zugleich. So sagte er denn sofort:

»Ich komme von Dyfrin, Schwager.«

»Ja, ich habe gehört, daß du nach Süden geritten seist.« Erlend hatte die Hand auf den Sattelknauf gelegt und blickte zu Boden. »Du bist rasch geritten«, fügte er hinzu, gleichsam, als wäre das Schweigen peinlich geworden.

»Nein, wartet ein wenig«, sagte Simon zu den jungen Burschen, die weiterreiten wollten. »Ihr sollt es auch hören. Es war das Siegel meines Bruders, das du auf dem Brief sahst, Gaute. Und ich begreife, daß du glauben mußtest, sie hielten deinem Vater schlecht die Treue, er und jene anderen Herren, die ihr Siegel unter dieses Schreiben an Junker Haakon gesetzt hatten, das dein Vater nach Dänemark bringen sollte.«

Der Knabe blickte zu Boden und schwieg.

Erlend sagte:

»An eines dachtest du wohl nicht, Simon, als du zu deinem Bruder fuhrst. Teuer erkaufte ich Sicherheit für Gyrd und meine anderen Genossen – mit all dem, was ich besaß, außer dem Namen eines Mannes, der sein Wort und seine Treue hält. Nun meint wohl Gyrd Darre, daß ich nicht einmal diesen Namen mehr bewahrt habe.«

Beschämt neigte Simon den Kopf. Daran hatte er nicht gedacht.

»Das hättest du mir sagen können, Erlend, als ich davon sprach, daß ich nach Dyfrin fahren wollte.«

»Du mußtest wohl selbst gesehen haben, wie wild und wütend ich war, ich konnte weder denken noch raten, als ich von deinem Hof fortritt.«

»Auch ich war nicht ganz bei Sinnen, Erlend.«

»Nein, aber ich dachte, du hättest Zeit gehabt auf dem langen Weg, zur Besinnung zu kommen. Schließlich konnte gerade ich dich nicht gut darum bitten, die Frage an deinen Bruder zu unterlassen, ohne dabei Dinge zu verraten, die zu verschweigen ich hoch und heilig geschworen hatte.«

Simon schwieg eine Weile; zuerst dünkte ihn, der andere habe recht.

Dann aber wurde es ihm klar, nein, jetzt war Erlend ganz unbillig. Sollte er es etwa zulassen, daß Kristin und ihre Söhne weiterhin so Schlechtes von ihm glaubten.

Ein wenig heftig stellte er diese Frage.

»Ich habe nie ein Wort darüber gesagt, Verwandter, weder zur Mutter noch zu meinen Brüdern«, sagte Gaute und wandte sein schönes helles Gesicht dem Oheim zu.

»Nun, zuletzt erfuhren sie dennoch davon«, antwortete Simon störrisch. »Ich meine, nach all dem, was sich an jenem Tag bei mir zutrug, mußten wir die Sache aufklären. Und ich begreife nicht, daß dies deinem Vater so unerwartet kommen konnte; du bist heute noch fast ein Kind, mein Gaute, um so mehr warst du es damals, als du in diese – Geheimnisse – eingeweiht wurdest.«

»Ich durfte doch wohl glauben, daß ich meinem eigenen Sohn Vertrauen schenken könnte«, erwiderte Erlend heftig. »Und ich hatte nicht zwischen zwei Wegen zu wählen, als ich den Brief retten mußte. Da hieß es, ihn entweder Gaute geben oder ihn durch den Vogt finden lassen.«

Es dünkte Simon nutzlos, noch mehr über die Sache zu sprechen. Aber er konnte sich nicht enthalten zu sagen:

»Wenig erfreut war ich, als ich begriff, was der Junge vier Jahre lang über mich geglaubt hat. Ich habe dich immer gern gehabt, Gaute.«

Der Knabe trieb sein Pferd einige Schritte vor, streckte die Hand aus, und Simon sah, daß sein Gesicht sich verdunkelte, als würde es von Röte überzogen:

»Ihr müßt mir verzeihen, Simon!«

Simon preßte die Hand des Kindes. Bisweilen konnte Gaute seinem Großvater Lavrans so ähnlich sehen, daß es Simon ganz seltsam zumute wurde. Seine Beine waren ein wenig nach außen gekrümmt, und seine Gestalt war klein, aber er war ein hervorragender Reiter, und zu Pferd sah er aus wie der schönste Jüngling, über den je ein Vater sich freuen konnte.

Jetzt ritten sie alle vier talaufwärts, voran die jungen Burschen, und als diese außer Hörweite gekommen waren, begann Simon zu sprechen:

»Du begreifst doch, Erlend – ich meine nicht, daß du mir mit Recht einen Vorwurf machen kannst, weil ich meinen Bruder aufsuchte und ihn bat, mir in dieser Sache die Wahrheit zu sagen. Aber ich weiß, daß ihr alle Ursache hattet, auf mich böse zu sein, du und Kristin. Denn gleich nachdem diese« – er suchte nach Worten – »seltsamen Neuigkeiten auftauchten – was Gaute von meinem Siegel sagte – ich kann es nicht leugnen, daß ich dachte – ich begreife, daß ihr glaubtet, ich dachte – eben das, von dem mir mein Verstand eigentlich hätte sagen müssen, daß es undenkbar sei. Ich muß also zugeben, daß du Grund hast, böse zu sein«, wiederholte er noch einmal.

Die Pferde platschten durch den sulzigen Schnee. Es dauerte eine Weile, ehe Erlend antwortete, und seine Stimme klang dann ganz freundlich und sanft: »Ich weiß auch wirklich nicht, was du anderes hättest denken können. Es lag wohl am nächsten, zu glauben ...«

»Ach nein, ich hätte wohl wissen können, daß dies unmöglich ist«, unterbrach ihn Simon gequält. Kurz darauf fragte er:

»Hast du geglaubt, ich wüßte etwas von dieser Sache mit meinen Brüdern und versuchte um ihretwillen, dir zu helfen?«

»Nein!« sagte Erlend erstaunt. »Ich begriff doch, daß du das nicht wissen konntest. *Ich* hatte nichts gesagt, das wußte ich. Und daß deine Brüder sich nicht verplapperten, darauf glaubte ich mich verlassen zu können«, er lachte leise. Dann wurde er ernsthaft. »Ich wußte wohl«, sagte er weich, »du tatest es um unseres Schwiegervaters willen – und weil du ein guter Mensch bist.«

Simon ritt eine Zeitlang weiter und sagte nichts.

»Du bist wohl rasend gewesen, kann ich mir denken?« fragte er nach einer Weile.

»Na. – Als ich Zeit fand, mir die Sache zu überlegen – ich sehe ein, du konntest auf gar keine andere Deutung verfallen ...«

»Und Kristin?« fragte Simon noch leiser.

»Ja sie!« Erlend lachte wie zuvor. »Du weißt, sie erträgt es nicht, daß jemand auf mich deutet, außer ihr. Sie meint wohl, damit werde sie allein fertig. Es ist die gleiche Geschichte wie mit unseren Kindern. Gott steh mir bei, wenn ich sie auch nur mit einem Wort rüge! Aber du kannst dir ja denken, daß ich ihr zugeredet habe ...«

»Das tatest du?«

»Ja – mit der Zeit werde ich sie wohl dahin bringen, daß sie versteht. Du weißt, wie Kristin geartet ist, wenn man ihr nur Zeit zur Überlegung läßt, so wird sie sich darauf besinnen, welch treue Freundschaft du uns erwiesen hast, so daß ...«

Simon fühlte sein Herz in Spannung und Empörung zittern. Es dünkte ihn unerträglich – der andere schien zu meinen, sie könnten sich diese Angelegenheit jetzt aus dem Kopf schlagen. Erlends Gesicht in dem bleichen Mondschein war so von Herzen friedlich. Simons Stimme zitterte vor Gemütserregung, als er wieder das Wort ergriff.

»Verzeih mir, Erlend, ich begreife nicht, daß ich glauben konnte ...«

»Du hörst«, unterbrach ihn der andere, ein wenig ungeduldig, »daß ich es begreife. Mich dünkt, du konntest nur schwerlich etwas anderes glauben.«

»Wollte Gott, die beiden unvernünftigen Kinder hätten nie gesprochen«, sagte Simon heftig.

»Ja. Solche Prügel hat Gaute in seinem Leben noch nicht bekommen. Und alles miteinander kam nur davon, daß sie um ihre Urahnen stritten: über Reidar Birkebein und König Skule und Bischof Nikolaus.« Erlend schüttelte den Kopf. »Aber denke jetzt nicht mehr daran, Schwager; es ist am besten, wir vergessen dies, so rasch wir können.«

»Ich *kann* nicht!«

»Aber Simon!« Dies kam wie ein Einwand, sanft erstaunt. »Es lohnt sich doch nicht, dies so schwerzunehmen!«
»Ich *kann* nicht, hörst du! Ich bin kein so guter Mensch wie du!«
Erlend sah ihn verwirrt an:
»Jetzt begreife ich nicht, was du meinst.«
»Ich bin kein so guter Mensch wie du! Ich kann denen nicht so leicht vergeben, denen ich Unrecht getan habe.«
»Ich begreife nicht, was du meinst?« sagte der andere wie zuvor.
»Ich meine...« Simons Gesicht war von Schmerz und Wildheit ganz verzerrt; er sprach leise, als unterdrückte er die Lust, laut hinauszuschreien. »Ich meine – ich habe dich schön reden hören über Sigurd Lagmand auf Steigen, den alten Mann, dem du die Frau raubtest. Ich habe gesehen und begriffen, wie du Lavrans mit voller Sohnesliebe liebtest. Und nie habe ich bemerkt, daß du Groll gegen mich hegtest, weil du – mir meine Braut entführtest. Ich bin nicht so hochgesinnt, wie du glaubst, Erlend; ich bin nicht so hochgesinnt wie du – ich – *ich* hege Groll gegen den Mann, dem *ich* ein Unrecht zugefügt habe.«
Vor lauter Spannung überzogen sich seine Wangen mit blassen Flekken, und so starrte er dem anderen in die Augen. Erlend hatte ihm mit halboffenem Mund zugehört.
»Das merke ich heute zum erstenmal! – *Hassest* du mich, Simon?« flüsterte er überwältigt.
»Dünkt dich nicht, ich hätte Ursache dazu?«
Unwillkürlich hatten beide Männer ihre Pferde zum Stehen gebracht. Sie saßen im Sattel und starrten einander ins Gesicht: Simons kleine Augen blitzten wie Stahl. In der nebligweißen Nachtbeleuchtung sah er Erlends schmale Gesichtszüge arbeiten, als bräche etwas in ihm auf – es war wie ein Erwachen. Unter halb niedergeschlagenen Augenlidern blickte er auf, biß sich in die zitternde Unterlippe.
»Ich vermag nicht mehr mit dir zusammen zu sein!«
»Mann! – Zwanzig Jahre sind darüber vergangen«, rief Erlend aus, überwältigt und verwirrt.
»Ja. Dünkt dich nicht – sie – sei es wert, zwanzig Jahre lang ihrer zu gedenken?«
Erlend richtete sich im Sattel auf, begegnete Simons Blick voll und fest. Das Mondlicht entzündete in seinen großen hellen Augen einen blaugrünen Funken.
»Doch. Gott – Gott segne sie!«
Einen Augenblick saß er so da. Dann gab er seinem Pferd die Sporen und jagte durch die Pfütze, so daß das Wasser hinter ihm hoch aufspritzte.
Simon hielt seinen Gaul Digerbein zurück; er wäre beinahe abgeworfen worden, so jäh riß er am Zügel. Er wartete am Waldrand, ritt mit dem ungeduldigen Tier solange hin und her, als er die Hufschläge auf dem versulzten Weg noch vernehmen konnte.
Die Reue übermannte ihn gleich, nachdem er gesprochen hatte. Er

schämte sich, und er bereute, als habe er das Wehrloseste geschlagen – ein Kind – oder ein feines und sanftmütiges, unverständiges Tier – in sinnlosem Zorn. Er empfand seinen Haß wie eine zersplitterte Lanze; er selbst war durch den Zusammenstoß mit der unverständigen Unschuld dieses Mannes zersplittert, so wenig begriff dieser Unglücksvogel Erlend Nikulaussohn von allem, daß es schien, als sei er sowohl hilflos als auch unschuldig.

Er schwor und fluchte im Weiterreiten halblaut vor sich hin. Unschuldig – der Mann war weit über die Vierzig hinaus –, er mußte es jetzt bald ertragen können, daß man mit ihm wie ein Mann zum anderen sprach.

Hatte er sich selbst verwundet, nun, so mochte er dies, der Teufel sollte ihn holen, billig einschätzen, wenn er nur auch Erlend einmal getroffen hatte.

Jetzt ritt er heim zu ihr – Gott segne sie! Er schnitt ein Gesicht. Und jetzt hatte es ein Ende, und man brauchte sich nicht mehr zu plagen mit dieser Geschwisterliebe – zwischen den beiden dort drüben und ihm und den Seinen. Es blieb ihm erspart, mit Kristin Lavranstochter wieder zusammenzutreffen.

Der Gedanke raubte ihm den Atem. Gleichviel, zum Teufel auch! Ärgert dich dein Auge, so reiß es aus, sagten die Priester. Am liebsten hätte er das getan, dachte er bei sich, um dieser Geschwister- und Bruderliebe mit Kristin zu entgehen – er konnte nicht mehr.

Einen einzigen Wunsch hatte er jetzt, daß Ramborg nicht wach werden möchte, wenn er heimkäme.

Aber als er zwischen den Zäunen zum Hofplatz ritt, sah er jemand im dunklen Umhang unter den Espen stehen. Ihr Kopftuch leuchtete weiß.

Sie hätte schon die ganze Zeit dagestanden und gewartet, sagte sie, seitdem Sigurd heimgekommen sei. Die Mägde lagen schon zu Bett, und Ramborg schöpfte selbst einen Teller Grütze aus dem Topf, den sie in der Ofenöffnung warm gehalten hatte, stellte Speck und Brot auf den Tisch und holte frisch eingeschenktes Bier.

»Willst du dich jetzt nicht schlafen legen, Ramborg?« fragte Simon, während er aß.

Ramborg antwortete nicht. Sie ging zu ihrem Webstuhl und begann die kleinen bunten Knäuel zwischen den Fäden hin und her zu werfen. Sie hatte schon vor Weihnachten einen Bilderteppich aufgesetzt, war aber noch nicht weit damit gekommen.

»Erlend ritt vor einer Weile talaufwärts«, sagte sie und wandte ihm dabei den Rücken zu. »Ich glaubte, nach dem, was Sigurd sagte, daß ihr miteinander kommen würdet?«

»Nein – es traf sich nicht so ...«

»Sehnte Erlend sich mehr heim nach seinem Bett als du?« Sie lachte ein wenig. Als sie keine Antwort erhielt, sagte sie wiederum: »Er sehnt sich wohl immer heim nach Kristin, wenn er längere Zeit fortgewesen ist.«

Simon schwieg eine gute Weile, ehe er antwortete: »Erlend und ich gingen nicht als Freunde auseinander.«
Ramborg drehte sich heftig um – da erzählte er, was er auf Dyfrin gehört hatte, und berichtete den ersten Teil seines Gespräches mit Erlend und dessen Söhnen.
»Mich dünkt es doch ein wenig unvernünftig, daß ihr wegen einer solchen Sache Feinde werden solltet, da ihr doch die Freundschaft bis heute aufrechterhalten konntet.«
»Mag sein – aber nun kam es eben so. Doch es würde zu lange dauern, wollten wir dies alles heute abend noch besprechen.«
Ramborg wandte sich ihrer Webarbeit zu und machte sich wieder daran zu schaffen.
»Simon«, fragte sie plötzlich. »Erinnerst du dich jener Sage, die Sira Eirik uns einmal vorlas – aus der Bibel –, von einer Jungfrau, die Abisag die Sunnitische hieß?«
»Nein.«
»In jener Zeit, da König David alt wurde und seine Lebenskraft und sein Mannestum nachzulassen begannen«, fing seine Frau wieder an, aber Simon unterbrach sie:
»Liebe Ramborg, die Nacht ist schon allzu weit vorgeschritten; es ist jetzt nicht der Augenblick, um Sagen zu erzählen. – Auch erinnere ich mich jetzt, was mit ihr war, die du da erwähntest.«
Ramborg schlug den Weberkamm zurück, schwieg eine Weile. Dann sprach sie wieder:
»Erinnerst du dich vielleicht der Sage, die mein Vater wußte – von Tristan dem Schönen und von Isodd der Blonden und Isodd der Schwarzen?«
»Ja, an die erinnere ich mich.« Simon schob die Schüssel zurück, fuhr sich mit dem Handrücken über den Mund und stand auf. Er stellte sich vor den Ofen; mit einem Fuß auf den Rand gestützt, den Ellbogen auf dem Knie und das Kinn in der Hand, stand er da und sah ins Feuer, das in dem gemauerten Loch nach und nach ausbrannte. Drüben aus dem Winkel beim Webstuhl kam Ramborgs Stimme, zerbrechlich und dem Weinen nahe:
»Immer, wenn ich diese Sagen hörte, dachte ich, solche Männer wie König David und Herr Tristan – es dünkte mich unverständig – und grausam –, daß sie nicht diese jungen Bräute liebten, die ihnen ihr Magdtum und die Liebe ihres Herzens mit Sanftmut und anmutiger Schicklichkeit entgegenbrachten, nicht mehr liebten als jene Frauen, wie Frau Bathseba oder diese Isolde, die Blonde, die sich an andere Männer gegeben hatten. Ich dachte, wäre ich ein Mann gewesen, ich wäre nicht so wenig stolz – und so herzlos gewesen« – sie schwieg überwältigt. »Mich dünkte dies das härteste Los – so wie es Abisag und jener armen Isodd von Bretland beschieden war ...«, sie wandte sich heftig um, ging rasch durch die Stube und stellte sich vor ihren Mann hin.

»Was ist mit dir, Ramborg?« Simon sprach leise und unwillig. »Ich begreife deine Absicht nicht.«
»Doch, du begreifst wohl«, sagte sie heftig. »Du bist genauso wie dieser Tristan.«
»Das kann ich nicht glauben«, er versuchte zu lachen, »daß ich Tristan – dem Schönen – gleich sein sollte. Und die beiden Frauen, von denen du sprachst, sie lebten und starben, wenn ich mich recht erinnere, als reine Jungfrauen, unberührt von ihren Männern.« Er sah sein Weib an: ihr kleines dreieckiges Gesicht war weiß, und sie biß sich in die Lippen.
Simon stellte seinen Fuß auf den Boden zurück, richtete sich auf und legte beide Hände auf ihre Schulter:
»Meine Ramborg, wir haben doch zwei Kinder miteinander«, sagte er still.
Sie gab keine Antwort.
»Ich habe mich bemüht, dir zu zeigen, wie dankbar ich dir für dieses Geschenk war. Ich glaubte selbst – ich hätte versucht, dir ein guter Gatte zu sein.«
Als sie immer noch nichts sagte, ließ er sie los, ging hin und setzte sich auf die Bank. Ramborg folgte nach, stand vor ihm und blickte auf den Mann hinab: die breiten, schmutzbespritzten Schenkel, sein mächtiger Körper, das schwere rotbraune Gesicht. Unwillig schürzte sie die Lippen: »Häßlich bist du auch geworden mit den Jahren, Simon.«
»Ja, ich selber habe mich nie für einen schönen Mann gehalten«, erwiderte er ruhig.
»Und *ich* bin doch jung und schön«, sie setzte sich auf seinen Schoß, die Tränen stürzten ihr aus den Augen, als sie seinen Kopf mit beiden Händen umschloß: »Simon – sieh mich an – warum kannst du es mir nicht lohnen; niemand habe ich es gegönnt, mich zu besitzen, außer dir; ich dachte es schon von ganz klein an, als kleines Mädchen, so wie du wärst, sollte auch mein Mann einmal sein. Erinnerst du dich, wir beide, Ulvhild und ich, durften dich einmal führen, du solltest mit Vater auf die Weide hinausgehen und seine Fohlen anschauen, Ulvhild trugst du über den Bach, und mich wollte der Vater aufheben, aber ich schrie, daß du auch mich tragen solltest. Erinnerst du dich?«
Simon nickte. Er erinnerte sich wohl, daß er sich viel mit Ulvhild abgegeben hatte, denn es tat ihm so leid um das holde Kind, das so gebrechlich war. Von der jüngsten Schwester war ihm keine Erinnerung geblieben oder nicht mehr, als daß es noch ein zweites Kind gab, das jünger war als Ulvhild.
»Du hattest das schönste Haar«, sie vergrub ihre Finger in dem hellbraunen gewellten Schopf, der Simon ein wenig über die Stirn fiel. »Du hast noch nicht ein graues Haar, du – Erlend hat schon beinahe ebenso viele weiße wie schwarze Haare. – Und dann konnte ich es so gut leiden, daß du tiefe Grübchen in deinen Wangen bekamst, wenn du lächeltest, und daß du immer so heiter warst . . .«

»Ja, damals sah ich wohl ein wenig besser aus als heute.«
»Nein«, flüsterte sie heftig, »wenn du mich sanft ansiehst ... Weißt du noch das erstemal, da ich in deinem Arm schlief?
Ich lag da, hatte Zahnschmerzen und jammerte, Vater und Mutter schliefen, es war dunkel im Dachraum, aber du kamst zu der Bank her, auf der wir lagen, Ulvhild und ich, und fragtest, weshalb ich weinte. Du batest mich, ich solle still sein und die anderen nicht wekken, und dann nahmst du mich in deine Arme auf, machtest Licht, schnitztest einen Span zurecht und stachst mich in das Fleisch rings um den kranken Zahn, bis Blut kam. Dann sagtest du einen Spruch über dem Span, und dann tat mir nichts mehr weh, und ich durfte bei dir im Bett schlafen, und du hieltest mich in deinem Arm ...«
Simon legte seine Hand auf ihren Kopf und preßte ihn an seine Schulter.
Jetzt, da sie es erzählte, erinnerte er sich: es war damals gewesen, als er nach Jörundhof gekommen war und Lavrans gesagt hatte, daß das Band zwischen ihm und Kristin besser wieder gelöst würde. Er hatte wenig geschlafen in jener Nacht, und jetzt entsann er sich, daß er einmal aufgestanden war und sich der kleinen Ramborg angenommen hatte, die von Zahnweh geplagt dalag und jammerte.
»Bin ich je so gegen dich gewesen, meine Ramborg, daß du ein Recht zu haben glaubst, zu sagen, ich hätte dich nicht lieb?«
»Simon, dünkt dich nicht, ich könnte es wert sein, daß du mich mehr liebtest als Kristin? Böse und falsch war sie gegen dich; ich bin in allen diesen Jahren wie ein kleiner Schoßhund hinter dir hergelaufen ...«
Simon stellte sie vorsichtig zur Erde, erhob sich und nahm ihre Hände in die seinen:
»Sprich jetzt nicht mehr von deiner Schwester, Ramborg, auf diese Art. Ich weiß nicht, ob du selbst ahnst, was du sagst. Denkst du denn nicht daran, daß ich Gott fürchte, kannst du denn von mir glauben, daß ich so wenig vor der Schmach und der allerärgsten Sünde zurückschrecke oder daß ich mich nicht auf meine Kinder und alle meine Verwandten und Freunde besinnen würde? Ich bin doch dein Mann, Ramborg, vergiß das nicht, und sprich nicht so zu mir.«
»Ich weiß, du hast Gottes Gesetze oder Recht und Ehre nicht verletzt.«
»Niemals habe ich deiner Schwester ein Wort gesagt oder sie mit meiner Hand anders berührt, als daß ich es am Jüngsten Tag verantworten könnte, das kann ich vor Gott und seinem Apostel Sankt Simon bezeugen.« – Ramborg nickte schweigend.
»Glaubst du, deine Schwester wäre mir so begegnet, wie sie es in all den Jahren getan hat, wenn sie so dächte wie du, daß ich sie in sündigem Begehren liebe? Dann kennst du Kristin nicht.«
»Oh, sie hat niemals daran gedacht, ob irgendein anderer Mann als nur Erlend nach ihr begehrt. Sie fühlte es kaum, daß wir Fleisch und Blut sind, auch wir ...«

»Nein, das ist wohl wahr gesprochen, Ramborg«, sagte Simon ruhig. »Dann aber kannst du wohl selber begreifen, wie unsinnig es ist, daß du mich mit Eifersucht plagst.«

Ramborg zog ihre Hand an sich.

»So meinte ich es auch nicht, Simon. Aber so hast du mich noch nie geliebt, wie du sie liebtest. Immer noch lebt sie stets in deinen Gedanken; an mich denkst du nur wenig, wenn du mich nicht siehst.«

»Dafür kann ich nichts, Ramborg, daß das Herz eines Mannes so beschaffen ist und daß das, was darauf geschrieben wird, solange es jung und frisch ist, tiefer eingegraben ist als alle Runen, die später eingeritzt werden.«

»Hast du niemals jenes Sprichwort gehört, das sagt, das Herz des Mannes ist das erste, das im Mutterleib zum Leben erwacht, und das letzte, das in ihm stirbt?« sagte Ramborg leise.

»Nein. Gibt es ein Sprichwort, das solches sagt? Ja, es kann wohl auch wahr sein.« Er streichelte flüchtig über ihre weiße Wange. »Aber wenn wir diese Nacht überhaupt noch schlafen wollen, so müssen wir jetzt zu Bett gehen«, sagte er müde.

Ramborg schlief nach einer Weile ein, und Simon zog behutsam seinen Arm unter ihrem Nacken hervor, rückte bis an die äußerste Bettkante hinaus und zog sich das Fell bis dicht ans Kinn. Sein Hemd war an der Schulter ganz naß von ihren Tränen. Sie tat ihm bitter leid, seine Frau; gleichzeitig fühlte er mit einer neuen Verzweiflung, daß er nicht länger mit ihr so weiterleben konnte, als wäre sie ein blindes, unerfahrenes Kind. Jetzt mußte er sich mit dem Bewußtsein abfinden, daß Ramborg ein vollerwachsenes Weib war.

Hinter der Scheibe wurde es schon grau, die Mainacht war im Schwinden. Simon fühlte sich so todmüde, und morgen war Feiertag. Er wollte nicht zur Kirche gehen, obwohl es ihm gewiß herzlich not getan hätte. Er hatte Lavrans einmal gelobt, ohne triftigen Grund nie eine Messe zu versäumen, aber es hatte ihm nicht viel geholfen, daß er seinem Gelöbnis in allen diesen Jahren treu geblieben war, dachte er bitter. Morgen würde er nicht zur Kirche reiten.

DIE SCHULDIGEN

I

Kristin erfuhr nicht ganz genau, was zwischen Erlend und Simon vorgefallen war. Erlend erzählte ihr und Björgulf, was Simon über seine Reise nach Dyfrin gesagt hatte und daß sie danach in einen Wortwechsel geraten waren, der damit endete, daß sie sich in Feindschaft trennten. »Mehr kann ich dir darüber nicht sagen.«

Erlend war ein wenig bleich, sein Gesicht hatte einen festen und entschlossenen Ausdruck. Sie hatte es in den Jahren, die sie mit ihm verheiratet war, nur ganz selten so gesehen. Dann wußte sie, daß es sich um Dinge handelte, über die er nichts weiter sagen wollte.

Sie hatte es nie leiden mögen, wenn Erlend ihren Fragen mit dieser Miene begegnete. Gott mochte wissen, sie verlangte nicht, für mehr zu gelten als für ein einfältiges Weib, am liebsten hätte sie alle Verantwortung für anderes als für ihre Kinder und ihren Hausfrauenbereich von sich geschoben. Jetzt aber war sie gezwungen, sich so vieler Dinge anzunehmen, die ihrer Meinung nach viel eher einem Mann zustanden, und Erlend schien dies durchaus selbstverständlich zu finden, er ließ alles auf ihren Schultern ruhen. Da kleidete es ihn nun schlecht, so hochmütig zu sein und sie kurz abzuweisen, wenn sie Rechenschaft über etwas verlangte, was er auf eigene Faust tat und was ihrer aller Wohlfahrt betraf.

Sie nahm diese Feindschaft zwischen Erlend und Simon Darre schwer. Ramborg war ihre einzige Schwester. Und wenn sie daran dachte, daß sie nun den Verkehr mit Simon entbehren sollte, so wurde es ihr erst richtig klar, wie lieb sie diesen Mann gewonnen hatte und wieviel Dank sie ihm schuldete; die beste Stütze in ihrer schwierigen Lage hatte sie an seiner treuen Freundschaft gefunden.

Und sie wußte, daß die Leute im ganzen Tal jetzt darüber reden würden, die von Jörundhof hätten sich jetzt auch mit Simon auf Formo verfeindet. Simon und Ramborg waren bei jedermann beliebt und geschätzt. Sie selbst, ihr Mann und ihre Söhne wurden von fast allen mit Mißtrauen und Unwillen betrachtet, das hatte sie längst bemerkt. Jetzt würden sie ganz einsam werden.

An jenem ersten Sonntag, da Kristin auf den Platz vor der Kirche kam und Simon dort stehen sah, ein wenig versteckt unter einer Schar von Bauern, meinte sie, vor Kummer und Scham in die Erde sinken zu müssen. Er grüßte sie und die Ihren mit einem Neigen des Kopfes, aber es war zum erstenmal, daß er nicht herantrat, ihnen die Hand gab und ein Gespräch mit ihnen anfing.

Aber Ramborg ging auf ihre Schwester zu und ergriff ihre Hand: »Es ist schlimm, Schwester, daß unsere Männer uneins geworden sind, aber du und ich, wir werden deshalb wohl nicht uneins werden.« Sie hob sich auf die Zehen und küßte Kristin, so daß die Leute auf dem Friedhof es sehen konnten. Aber Kristin wußte nicht, wie es kam, sie glaubte es an sich zu verspüren, daß Ramborg trotz allem nicht so sehr betrübt war. Sie hatte Erlend nie leiden können; Gott mochte wissen, ob nicht sie ihren Mann gegen Erlend aufgehetzt hatte, mit oder ohne Absicht.

Immerhin kam Ramborg stets herbei und begrüßte ihre Schwester, wenn sie einander bei der Kirche trafen. Ulvhild fragte laut, warum denn die Muhme nicht mehr zu ihnen käme, dann lief sie zu Erlend hin, hängte sich an ihn und die ältesten Söhne. Arngjerd stand still an der Seite ihrer Stiefmutter, gab Kristin die Hand und sah verlegen aus. Simon und Erlend und dessen Söhne mieden einander, soviel sie konnten.

Kristin vermißte auch die Kinder der Schwester sehr. Sie hatte die beiden Mädchen liebgewonnen. Und eines Tages, als Ramborg ihren Sohn mit in die Messe genommen hatte und Kristin Andres nach dem Gottesdienst küßte, brach sie in Tränen aus. Sie hatte diesen zarten schmächtigen Knaben so lieb, und da sie nun selbst keine ganz kleinen mehr besaß, hatte sie nicht anders gekonnt, sondern es wie einen Trost empfunden, daß sie sich mit diesem kleinen Schwestersohn auf Formo abgeben und ihn hatte verwöhnen dürfen, wenn die Eltern ihn mit nach Jörundhof brachten.

Von Gaute erfuhr sie ein wenig mehr über die Sache, denn er erzählte ihr, welche Worte zwischen Erlend und Simon gefallen waren, als sie in jener Nacht einander bei der Hütte der Bettfell-Gudrun getroffen hatten. Je mehr sie über diese Dinge nachdachte, desto mehr dünkte sie, daß Erlend tief unrecht habe. Sie war auf Simon erbittert gewesen, so weit hätte er seinen Schwager doch kennen müssen, um zu wissen, daß Erlend seinen Bruder nicht auf unadelige Weise verraten und betrogen hatte – wieviel Merkwürdiges er auch aus Gedankenlosigkeit und Heftigkeit tun konnte, wenn er dann sah, was er angerichtet hatte, so gebärdete er sich oft fast wie ein scheuer Hengst, der sich losgerissen hat und nun wild wird vor Schrecken über das, was er hinter sich herschleppt.

Wie konnte nur Erlend auch nie begreifen, daß andere Menschen bisweilen ihren Vorteil wahrnehmen mußten, und zwar gerade entgegengesetzt dem Unheil, das anzurichten er eine so seltene Gabe besaß. Da achtete Erlend nicht darauf, was er sagte oder wie er sich betrug. Sie wußte noch von sich selbst her, aus der Zeit, da ihr Gemüt noch jung und weich war, immer und immer wieder hatte sie das Gefühl gehabt, er trete mit seinem unbedachten Vorgehen auf ihrem Herzen herum. Von seinem eigenen Bruder hatte er sich getrennt; noch bevor Gunnulf ins Kloster ging, hatte der Bruder sich von ihnen zurückgezogen, und sie hatte begriffen, daß dies Erlends Schuld war. Er hatte seinen frommen und würdigen Bruder allzuoft gekränkt, obgleich Gunnulf ihm nie anderes als Gutes zugefügt hatte, soweit sie es verstehen konnte. Und jetzt hatte er Simon von sich gestoßen, und wenn sie wissen wollte, was die Feindschaft zwischen ihm und ihrer beider einzigem Freund hervorgerufen hatte, so setzte er nur eine hochmütige Miene auf und antwortete, dies könne er ihr nicht sagen.

Naakkve hatte er mehr davon erzählt, das begriff sie.

Die Mutter fühlte sich gekränkt und unruhig, wenn sie merkte, daß Erlend und der älteste Sohn verstummten oder das Gespräch auf einen anderen Gegenstand brachten, sobald sie zu ihnen trat, und dies geschah nicht selten.

Sowohl Gaute als auch Lavrans und Munan hielten sich mehr zur Mutter, als Nikulaus jemals getan hatte, und sie hatte immer mehr mit ihnen als mit ihm gesprochen. Trotzdem aber dünkte es sie stets, der Erstgeborene stünde ihrem Herzen in gewisser Weise näher als alle anderen Kinder. Und seit sie nun wieder auf Jörundhof wohnte, waren die Erinnerungen an jene Zeit, da sie diesen Sohn unterm Herzen trug, und an seine Geburt seltsam lebendig und wach geworden. Denn sie mußte es auf vielerlei Arten merken, daß hier in Sil die Leute ihre Jugendsünde nicht vergessen hatten. Es war fast, als seien alle der Meinung, daß sie die Ehre des Heimattales befleckt habe, indem sie, die Tochter jenes Mannes, den hier alle als ihren Vornehmsten betrachteten, auf Abwege geraten war. Sie hatten dies nicht verziehen und auch das nicht, daß sie und Erlend zu aller Sorge und Schmach ihres Vaters auch noch Spott hinzugefügt hatten, indem sie ihn dazu verleiteten, einer verführten Jungfrau die prächtigste Hochzeit auszurichten, die hier im nördlichen Tal je im Gedächtnis eines Mannes lebte.

Kristin wußte nicht, ob Erlend fühlte, daß die Leute diese alten Geschichten wieder aufwärmten. Aber selbst, wenn er es fühlte, so war er wohl gleichgültig dagegen. Ihre Nachbarn im Tal zählte er wohl nur alle miteinander zu Friesbauern und Häuslern, und er lehrte ihre Söhne ebenso zu denken. Ihr brannte es in der Seele, daß diese Menschen, die ihr so freundlich und wohlwollend gesinnt gewesen waren, in jener Zeit, da sie Lavrans Björgulfssohns schöne Tochter, die Rose des Nordtals hieß, daß diese Menschen nun Erlend Nikulaussohn und sein Weib geringschätzten und hart über sie urteilten. Sie bettelte nicht um ihre Gunst, sie weinte nicht darüber, daß sie eine Fremde unter ihnen geworden war. Aber es tat weh. Und es dünkte sie nun, daß selbst die schroffen Bergseiten rings um das Tal, die ihre Kindheit beschützt hatten, jetzt anders auf sie und ihr Heim herabblickten – schwarz von Drohungen und steingrau von hartem Willen, sie in die Knie zu zwingen.

Und einmal hatte sie bitterlich geweint. – Erlend hatte darum gewußt und hatte nicht lange Geduld mit ihr gehabt. Als er erkannte, daß sie in den vielen Monaten einsam gewesen war, mit der schweren Last seines Kindes unter ihrem angstvollen kummervollen Herzen, da hatte er sie nicht in seine Arme genommen und sie mit sanften und liebevollen Worten getröstet. Erbittert und beschämt war er gewesen, als er sah, daß es nun an den Tag kam, wie unehrenhaft er gegen Lavrans gehandelt hatte, aber er hatte nicht daran gedacht, daß es doch für sie noch viel schwerer sein müßte, jenen Tag zu erleben, an dem sie beschämt vor ihrem stolzen und liebevollen Vater stehen mußte.

Und ebensowenig hatte Erlend seinen Sohn mit allzu großer Freude begrüßt, als sie endlich dieses Kind zu Licht und Leben geboren hatte. In jenem Augenblick, da sie aus endloser Seelenangst und aus Grauen und Qualen erlöst wurde und sie ihre häßliche unförmige Sündenlast unter den starken Gebeten des Priesters lebendig werden sah, sah, wie sie zum lieblichsten vollkommen gesunden Kind wurde, da hatte sie die Empfindung gehabt, als schmelze ihr Herz in demütiger Freude dahin, und selbst das heiße trotzige Blut in ihrem Leib verwandelte sich in süße und weiße und unschuldige Milch. Ja, mit Gottes Hilfe wird er wohl ein Mensch werden, sagte Erlend, als sie dort im Bett lag und wollte, daß auch er sich mit ihr über diese herrliche Kostbarkeit freue, die sie kaum aus den Armen lassen wollte, wenn auch nur für die kurze Zeit, in der die Frauen das Kind versorgten. Seine Kinder mit Eline Ormstochter, die liebte er, das hatte sie gesehen und auch gefühlt. Aber wenn sie Naakkve zum Vater brachte und ihm den Sohn in die Arme legen wollte, rümpfte Erlend die Nase und fragte, was er denn mit diesem Kind anfangen solle, das oben und unten leck sei.

Jahrelang betrachtete Erlend seinen ältesten ehelichen Sohn mit unwilligen Blicken, konnte nicht vergessen, daß Naakkve zur unrechten Zeit zur Welt gekommen war, obgleich der Knabe ein so schönes und freundliches und vielversprechendes Kind war, daß jeder Vater sich hätte freuen müssen, einen solchen Sohn als Nachkommen heranwachsen zu sehen.

Und Naakkve hatte seinen Vater so geliebt, daß es ganz seltsam anzusehen war – von allem Anfang an, da er noch winzig klein war. Wie die Sonne strahlte sein ganzes kleines liebliches Gesicht, wenn der Vater ihn für einen Augenblick zwischen die Knie nahm und zwei Worte zu ihm sprach oder wenn er auf dem Weg über den Hofplatz die Hand des Vaters halten durfte. Unverdrossen hatte Naakkve um die Gunst des Vaters geworben, zu jener Zeit, da Erlend alle seine anderen Kinder lieber hatte als dieses eine. Björgulf war der Liebling seines Vaters gewesen, solange die Knaben klein waren, und damals hatte Erlend die kleinen Burschen manchmal mit in die Waffenkammer hinaufgenommen; dort wurden alle Rüstungen und Waffen aufgehoben, die man nicht täglich auf Husaby brauchte. Und während der Vater mit Björgulf redete und scherzte, saß Naakkve ganz still auf einer Truhe und schnaufte vor lauter Wohlbehagen, weil er mit hier sein durfte.

Aber im Lauf der Zeit und als Björgulf sich wegen seiner schlechten Augen nicht so gut wie die anderen Söhne draußen mit Erlend herumtreiben konnte und auch verschlossen und wortkarg gegen den Vater wurde, trat hierin eine Änderung ein. Jetzt schien Erlend beinahe ein wenig Scheu vor diesem Sohn zu empfinden. Kristin fragte sich, ob Björgulf seinem Vater im Inneren Vorwürfe mache, weil er ihr Wohlergehen verscherzt und die Zukunft der Söhne in seinem Sturz mit sich gerissen hatte, und sie fragte sich auch, ob Erlend dies wußte oder ahnte. Wie dem auch war, von allen Erlendssöhnen schien Björgulf allein nicht in blinder Liebe zu ihm aufzublicken und keinen grenzenlosen Stolz darüber zu empfinden, ihn Vater nennen zu dürfen.

Eines Tages hatten die beiden kleinsten Knaben beobachtet, daß der Vater am Morgen im Gebetbuch las und mit Wasser und Brot fastete. Sie fragten, weshalb er das tue, es sei doch kein Fasttag. Erlend antwortete, dies geschehe um seiner Sünden willen. Kristin wußte, daß diese Fasttage ein Teil jener Buße waren, die Erlend um seines Ehebruchs mit Sunniva Olavstochter willen auferlegt worden war, und daß jedenfalls die ältesten Söhne auch darum wußten. Naakkve und Gaute schienen sich nichts dabei zu denken, in diesem Augenblick aber fiel Kristins Blick auf Björgulf: der Junge saß da, stocherte kurzsichtig in seiner Schüssel herum und lächelte vor sich hin, so hatte sie Gunnulf dann und wann lächeln sehen, wenn Erlend sich brüstete. Der Mutter wurde es schlimm zumute. –

Jetzt war es Naakkve, den Erlend stets um sich haben wollte. Und der junge Bursche war gleichsam mit allen seinen Lebenswurzeln im Vater verankert. Naakkve diente seinem Vater wie ein junger Page seinem Herrn und Fürsten: er wollte unbedingt selbst das Pferd des Vaters versorgen, sein Reitzeug und seine Waffen instand halten, er schnallte Erlend die Sporen an und brachte Hut und Umhang herbei, wenn der Vater ausreiten wollte. Er schenkte dem Vater den Becher voll und schnitt ihm bei Tisch das Essen zurecht, denn er saß auf der Bank gleich rechts neben Erlends Platz. Erlend lachte ein wenig über die Courtoisie und die höfischen Sitten des Knaben, aber es sagte ihm zu, und er zog Naakkve immer mehr und mehr an sich heran.

Kristin sah, daß es Erlend jetzt vollkommen aus dem Gedächtnis entschwunden war, wie sie gekämpft und gebettelt hatte, um ihm ein wenig Vaterliebe für dieses Kind abzugewinnen. Und Naakkve hatte die Zeit vergessen, in der er zu ihr kam und Heilung für allen Schmerz und Rat für alle seine Nöte suchte, als er noch jung und klein war. Er war stets ein liebevoller Sohn gegen seine Mutter gewesen und war dies in gewisser Beziehung noch immer, aber sie fühlte, je älter der Knabe wurde, desto weiter entfernte er sich von ihr und allem, was um sie war. Für die Sorgen, die sie bedrückten, fehlte Naakkve jegliches Verständnis. Zwar war er nie widerwillig, wenn sie ihm irgendeine

Arbeit auftrug, aber er stellte sich seltsam ungeschickt und unbeholfen zu allem, was man Bauernarbeit nennen konnte; er tat die Arbeit ohne Lust und Liebe und wurde mit nichts fertig. Die Mutter dachte, er sei seinem verstorbenen Halbbruder, Orm Erlendssohn, in vieler Beziehung nicht unähnlich, glich ihm auch äußerlich. Aber Naakkve war stark und gesund, zeichnete sich im Tanz und in allen Leibesübungen aus, war ein guter Bogenschütze und auch im Gebrauch anderer Waffen ziemlich tüchtig, ein guter Reiter und hervorragend gewandt im Gebrauch der Schneeschuhe. Kristin sprach eines Tages darüber mit Ulf Haldorssohn, Naakkves Pflegevater. Ulf sagte:

»Keiner hat durch Erlends Unverstand mehr verloren als dieser Knabe. Denn in ganz Norwegen wächst heute kein Kind heran, das besser zum Ritter und Herrn taugte als Naakkve.«

Aber die Mutter begriff, daß Naakkve nie an das dachte, was der Vater ihm zerstört hatte.

Um diese Zeit herrschte wiederum große Unruhe in Norwegen, und Gerüchte standen auf und flogen durch die Täler, manche glaubhaft, andere wieder ganz unwahrscheinlich. Die Großen südlich und westlich im Reich und im Oberland waren unzufrieden mit König Magnus' Herrschaft; es hieß, sie hätten ganz offen damit gedroht, zu den Waffen zu greifen, das Volk zusammenzurufen und Herrn Magnus Eirikssohn dazu zu zwingen, nach ihrem Rat und Willen über sie zu herrschen, sonst würden sie den Sohn seiner Muhme, den jungen Jon Haftorssohn von Sudrheim, zum König wählen, dessen Mutter, Frau Agnes, eine Tochter des seligen Königs Haakon Haalegg war. Von Jon selbst wußte man nicht viel, doch sollte sein Bruder Sigurd an der Spitze dieses ganzen Planes stehen, auch Bjarne, Erling Vidkunssohns junger Sohn, war dabei; es hieß, Sigurd hätte versprochen, wenn Jon König würde, würde er eine von Bjarnes Schwestern als Königin nehmen, denn die Jungfrauen auf Giske stammten ebenfalls von den alten norwegischen Königen ab. Herr Ivar Ogmundssohn, der früher König Magnus' beste Stütze gewesen war, sollte jetzt zur Partei dieser jungen Anführer übergegangen sein, und mit ihm viele andere von den reichsten und vornehmsten Männern des Landes, von Erling Vidkunssohn selbst und dem Bischof von Björgvin erzählten sich die Leute, daß sie dahinterstünden und die Sache förderten.

Kristin schenkte diesen Gerüchten nicht viel Gehör; bitter dachte sie, sie seien ja jetzt kleine Leute, die Angelegenheiten des Reiches gingen sie nichts mehr an. Dennoch hatte sie im Herbst zuvor mit Simon Andressohn ein wenig darüber gesprochen, und sie wußte auch, daß Simon mit Erlend geredet hatte. Aber sie begriff, daß Simon diese Dinge nur ungern erwähnte, in einer Beziehung deshalb, weil er nicht wollte, daß seine Brüder sich in derartig gefährliche Dinge mischten. Gyrd jedenfalls wurde ja ganz und gar von den Verwandten seiner Frau gelenkt. Aber Simon fürchtete auch, es könnte Erlend nicht angenehm sein, wenn von solchen Dingen gesprochen würde, um so

mehr, als er doch dazu geboren war, dort seinen Platz zu haben, wo die Männer über das Reich Norwegen berieten, das Unglück aber ihn jetzt aus dem Kreis seiner Genossen ausgeschlossen hatte.
Doch Kristin merkte, daß Erlend mit seinen Söhnen über diese Dinge sprach. Und eines Tages hörte sie Naakkve sagen:
»Aber wenn diese Herren ihr Recht gegen König Magnus durchsetzen, dann können sie doch wohl nicht so erbärmlich sein, Vater, daß sie Eure Sache nicht wiederaufnehmen und den König zwingen, sein Unrecht gegen Euch gutzumachen.«
Erlend lachte; da fuhr der Sohn fort:
»Ihr wart der erste, der diesen Herren den Weg wies und sie daran erinnerte, daß es früher unter den Vornehmen Norwegens nicht Sitte gewesen sei, in Ruhe dazusitzen und von ihren Königen Unrecht zu erdulden. Es kostete Euch Euren Erbhof und Euer Lehen – die Männer, die mit Euch im Bunde gewesen waren, kamen ohne Riß in der Haut davon – Ihr allein nahmt die Buße für sie alle auf Euch.«
»Ja, um so mehr haben sie wohl Grund, mich zu vergessen«, erwiderte Erlend lachend. »Und Husaby hat der Bischofsstuhl zum Pfand erhalten. Ich glaube nicht, daß die Herren im Rat den armen König Magnus dazu zwingen werden, es auszulösen.«
»Der König ist Euer Verwandter und ebenso Sigurd Haftorssohn und die meisten der anderen Männer«, antwortete Naakkve heftig. »Sie können nicht, ohne sich mit Schmach zu bedecken, jenen Mann aus Norwegens Adel im Stich lassen, der sein Schild mit vollen Ehren an die Landesgrenzen im Norden führte und Finmarken und die Küste des Gandviksmeeres von den Feinden Gottes und des Königs säuberte – erbärmliche Wichte müßten sie da sein!«
Erlend stieß einen Pfiff aus.
»Mein Sohn – eines kann ich dir sagen. Ich weiß nicht, wie der Plan der Haftorssöhne enden wird, darauf aber wette ich meinen Kopf, daß sie sich nicht erdreisten werden, Herrn Magnus ein nacktes norwegisches Schwert zu zeigen. Ich denke mir, es wird zu allerlei Gerede und Versammlungen kommen, aber daß auch nur ein Pfeil abgeschossen wird, glaube ich nicht. Und diese Männer werden sich nicht um meinetwillen ins Zeug legen, denn sie kennen mich und wissen, daß ich geschliffenem Stahl gegenüber nicht so kitzlig bin wie irgendeiner der anderen.
Verwandte, sagst du, ja, sie sind im vierten Glied mit dir verwandt, sowohl Magnus als auch diese Haftorssöhne. Ich erinnere mich ihrer aus jener Zeit, da ich an König Haakons Hof diente, ein Glück für meine Verwandte, Frau Agnes, daß sie eine Königstochter war, sonst hätte sie wohl aufs Bollwerk hinausgehen und Fische ausnehmen müssen, wenn nicht eine Hausfrau wie deine Mutter sie zur Hilfe im Stall genommen hätte, aus gottesfürchtigem Erbarmen. Mehr als einmal habe ich diesen Haftorssöhnen die Nase geputzt, wenn sie ihren Großvater begrüßen sollten und sie in die Halle gelaufen kamen, so rotz-

nasig, wie sie vom Schoß der Mutter herabgeklettert waren, und gab ich ihnen in verwandtschaftlicher Liebe ein paar Ohrfeigen, um ihnen ein wenig Sitten beizubringen, so schrien sie wie gestochene Schweine. Ich habe sagen hören, daß aus diesen Wechselbälgen von Sudrheim schließlich doch noch Leute geworden sind. Wenn du dir aber von dieser Seite Verwandtenhilfe erwartest, da kannst du sie ebensogut beim Hund unterm Schwanz suchen.«

Später sagte Kristin zu Erlend:

»Naakkve ist so jung, mein lieber Mann; dünkt es dich da nicht falsch, mit ihm so offen über solche Sachen zu sprechen?«

»Und du sprichst so sanft, meine liebe Frau«, erwiderte Erlend lächelnd, »daß ich merke, du willst mich zurechtweisen. Als ich in Naakkves Alter war, fuhr ich zum erstenmal nördlich nach Vargöy. – Wäre Frau Ingebjörg mir hold und treu geblieben«, brach er heftig aus, »dann hätte ich ihr Naakkve und Gaute an den Hof gesandt, dort in Dänemark stehen heute die Wege offen für zwei waffentüchtige und unverfrorene Wagehälse.«

»Als ich diese Kinder gebar«, sagte Kristin bitter, »dachte ich nicht, daß unsere Söhne ihr Brot einmal in fremden Landen suchen müßten.«

»Du weißt, daß auch ich das nicht dachte«, entgegnete Erlend. »Aber der Mensch denkt, und Gott lenkt!«

Kristin sagte sich selbst, ihr Herz sei nicht allein deshalb verwundet, weil sie merkte, daß Erlend und die Söhne, jetzt, da diese heranwuchsen, sich so betrugen, als gingen ihre Angelegenheiten über das Fassungsvermögen einer Frau. Sondern sie war voller Angst wegen Erlends unvorsichtiger Zunge; er dachte nie daran, daß die Söhne noch kaum viel mehr als Kinder waren.

Dazu kam auch noch, daß die drei ältesten Söhne, so jung sie waren – Nikulaus war jetzt siebzehn Winter alt, Björgulf füllte im Herbst das sechzehnte und Gaute das fünfzehnte Jahr –, doch bereits eine Art im Umgang mit Frauen hatten, die die Mutter beunruhigte.

Freilich war noch nichts geschehen, worüber sie hätte sprechen können. Sie liefen dem Weibervolk nicht nach, sie waren niemals roh noch unhöfisch in ihrer Sprache und mochten es nicht leiden, wenn die Taglöhner derbe Scherze oder schmutzige Geschichten auf dem Hof erzählten. Aber auch Erlend war in dieser Art stets höfisch und sittsam gewesen; sie hatte ihn erröten sehen bei Geschichten, über die sowohl ihr Vater als auch Simon herzlich lachten. Dabei aber hatte sie unklar gefühlt, die beiden anderen lachten, wie Bauern über Geschichten vom dummen Teufel lachen, während gelehrte Männer, die seine böse List besser kennen, solche Späße nicht lieben.

Auch Erlend konnte sich gewiß von der Sünde freisprechen, den Frauen nachgelaufen zu sein; nur Leute, die ihren Mann nicht kannten, konnten meinen, er sei insofern leichtsinnig, als er Frauen an sich gelockt und sie mit Absicht verführt hätte. Vor sich selber leugnete sie es nie,

daß Erlend seinen Willen bei ihr ohne Verführungskünste bekommen hatte, ohne Betrug oder Gewalt zu üben. Und sie glaubte bestimmt daran, daß die beiden verheirateten Frauen, mit denen Erlend gesündigt hatte, nicht von ihm verführt worden waren. Wenn er aber leichtfertigen Frauen mit übermütigem und aufreizendem Gebaren begegnete, wurde er neugierig wie ein junger Fuchs; es stand dann gleichsam ein ganzer Dunstkreis von verborgenem und unbesonnenem Leichtsinn um ihn.
Und voller Angst glaubte sie zu sehen, daß die Erlendssöhne darin ihrem Vater glichen; sie vergaßen stets, an das Urteil der Leute zu denken, ehe sie handelten; hinterher ließen sie sich die Reden der Leute wohl nahegehen. Und wenn die Frauen ihnen mit Lächeln und Sanftmut begegneten, wurden sie nicht verschämt oder störrisch und scheu wie die Burschen meist in diesem Alter; sie gaben das Lächeln zurück, redeten und bewegten sich so frei und leicht, als seien sie am Hof des Königs gewesen und hätten die Sitten der Hofleute gelernt. Kristin fürchtete, sie könnten sich vor lauter Treuherzigkeit in Unglück oder Schwierigkeiten bringen, sowohl reiche Frauen und Töchter wohlhabender Leute als auch arme Dienstmägde kamen, so schien es der Mutter, diesen schönen jungen Knaben allzu freundlich entgegen. Aber die Burschen wurden sehr zornig, genau wie andere junge Leute, wenn man sie hinterher mit einem Frauennamen neckte. Frida Styrkaarstöchter tat dies oft – sie war ein dummes Ding, so alt sie war, nicht viele Jahre jünger als die Hausfrau selbst, und sie hatte zwei Buhlenkinder – zu dem zweiten war es ihr überdies schwergefallen, den Vater wiederzufinden. Aber Kristin hatte ihre Hand über dem armen Wurm gehalten, und weil Frida ihren Björgulf und Skule mit Sorgfalt und Liebe aufgezogen hatte, war die Herrin sehr nachsichtig mit dieser Magd, obgleich sie sich sehr darüber ärgerte, daß das alte Frauenzimmer den Burschen immer etwas von jungen Mädchen erzählen mußte.
Kristin dachte jetzt, das beste wäre es, wenn sie ihre Söhne noch in jungen Jahren verheiraten könnte. Aber sie wußte, daß dies nicht leicht war; die Männer, deren Töchter an Geburt und Blut ihren Söhnen Naakkve und Björgulf ebenbürtig wären, würden meinen, daß diese nicht reich genug seien. Und wenn die Burschen versuchen wollten, sich im Dienst bei Fürsten emporzuarbeiten, so würden das Urteil und die Feindschaft des Königs, die ihr Vater sich zugezogen hatte, ihnen im Wege stehen. Mit Bitterkeit dachte sie an jene Zeiten, in denen Erlend und Erling Vidkunssohn von einer Heirat zwischen Nikulaus und einer der Töchter des Reichsverwesers gesprochen hatten.
Zwar kannte sie gar manche heranwachsende Jungfrau in den Tälern, die geeignet gewesen wäre – reich und von guter Sippe, deren Väter sich durch einige Geschlechter hindurch vom Hofdienst ferngehalten hatten und daheim in ihren Tälern geblieben waren. Aber Kristin konnte den Gedanken nicht ertragen, daß sie und Erlend eine Absage

erhalten würden, wenn sie bei diesen Großbauern werben ließen. Hier wäre Simon Darre der beste Fürsprecher gewesen; jetzt hatte Erlend sie von diesem Helfer getrennt.

Zum Dienst der Kirche, glaubte sie, fühlte sich keiner ihrer Söhne hingezogen, außer vielleicht Gaute oder Lavrans. Aber Lavrans war noch so jung. Und Gaute war der einzige der Söhne, an dem sie einige wirkliche Hilfe auf dem Hof hatte.

Sturm und Schnee hatten dieses Jahr die Zäune übel zugerichtet, und der Schneefall zur Zeit der Kreuzmesse verzögerte die Arbeit, so daß die Leute tüchtig schaffen mußten, um zur rechten Zeit fertig zu werden. Darum sandte Kristin eines Tages Naakkve und Björgulf hinaus, um den Zaun an einem am Hauptweg gelegenen Acker auszubessern.

Im Lauf des Vormittags ging die Mutter hinauf, um zu sehen, wie die Burschen mit dieser ungewohnten Arbeit zurechtkämen. Björgulf arbeitete an der dem Hof zugewandten Seite; sie blieb eine Weile stehen und sprach mit ihm. Dann ging sie weiter hinauf. Da sah sie Naakkve, wie er sich über den Zaun lehnte und mit einer Frau sprach, die zu Pferd saß und ganz dicht am Wegrand beim Zaun stand. Er streichelte das Pferd, dann umfaßte er den Knöchel des Mädchens und ließ gleichsam gedankenlos seine Hand am Bein entlang bis hinauf unter den Rock gleiten.

Das Mädchen erblickte Kristin, errötete und sagte etwas zu Naakkve. Der zog seine Hand rasch zurück und blickte ein wenig verlegen drein. Das Mädchen wollte jetzt weiterreiten, aber Kristin rief ihr einen Gruß zu, sprach dann ein wenig mit ihr und fragte nach ihrer Verwandten. – Das junge Ding war eine Schwestertochter der Frau auf Ulvsvoldene und weilte erst seit kurzem als Gast dort. Kristin ließ sich nicht anmerken, daß sie etwas gesehen hatte, und sprach, nachdem das Mädchen fortgeritten war, mit Naakkve noch einiges über den Zaun.

Nicht lange darauf fügte es sich so, daß Kristin zwei Wochen lang auf Ulvsvoldene lebte, denn die Frau dort kam mit einem Kind nieder und lag danach sehr krank, Kristin war nicht nur ihre Nachbarin, sondern galt auch als die tüchtigste Geburtshelferin im Tal. Da kam Naakkve oft mit Nachrichten und Grüßen zu seiner Mutter herüber, und diese Schwestertochter, Eyvor Haakonstochter, fand dann stets Gelegenheit, ihn zu treffen und mit ihm zu reden. Kristin sagte dies wenig zu; sie mochte das Mädchen nicht recht leiden und konnte auch nicht finden, daß Eyvor so schön war, wie sie die meisten Männer von ihr hatte sagen hören. Sie freute sich, als sie eines Tages erfuhr, daß Eyvor wieder heim ins Raumstal gezogen sei.

Aber sie glaubte keineswegs, daß Naakkve sich etwas aus Eyvor mache, um so mehr, als sie hörte, daß Frida immer von der Tochter auf Loptshof, Aasta Audunstochter, redete und Naakkve mit dieser neckte.

Kristin stand eines Tages im Brauhaus und kochte Wacholderlauge, da hörte sie, wie Frida wiederum ihren Unsinn trieb. Naakkve war zusammen mit Gaute und dem Vater draußen hinter dem Hof; sie waren damit beschäftigt, ein Boot zu bauen, das sie auf den Fischsee oben im Gebirge schaffen wollten; Erlend war ein ziemlich geschickter Bootsbauer. Naakkve wurde zornig, jetzt aber fing auch Gaute zu nekken an, Aasta wäre doch eine recht passende Heirat.

»Nimm sie selber, wenn du das meinst«, sagte der Bruder hitzig.

»Nein, ich will sie nicht haben«, antwortete Gaute, »denn ich habe gehört, rotes Haar und Kiefernwald wachsen auf magerer Erde, du aber findest ja rotes Haar schön.«

»Dies Wort paßt aber nicht recht auf Frauen, mein Sohn«, sagte Erlend und lachte. »Rothaarige Frauen haben meist eine weiße und weiche Haut.«

Frida lachte unbändig, aber Kristin wurde böse. Dies dünkten sie leichtfertige Reden, so jungen Knaben gegenüber. Auch erinnerte sie sich, daß Sunniva Olavstochter rotes Haar gehabt hatte, obgleich ihre Freunde es golden nannten. Da sagte Gaute:

»Sei du nur froh, daß ich nichts sage, ich wage es nicht der Sünde wegen. In der Nacht zum Weißen Sonntag saßest du die ganze Zeit, während wir auf dem Kirchenhügel tanzten, mit Aasta in der Zehentscheune; du mußt sie also doch gut leiden können.«

Naakkve wollte auf den Bruder losgehen; in dem Augenblick kam Kristin dazu. Als Gaute gegangen war, fragte die Mutter den anderen Sohn: »Was sagte doch Gaute von dir und Aasta Audunstochter?«

»Ich glaube nicht, daß hier etwas gesagt wurde, das Ihr nicht gehört hättet«, antwortete der Knabe, er wurde rot und runzelte zornig die Stirn.

Ärgerlich sagte Kristin:

»Eine Unsitte ist es, daß ihr jungen Leute nicht eine Vigiliennacht feiern könnt, ohne zwischen den Gottesdiensten zu tanzen und herumzutollen. Wir pflegten das nicht zu tun, als ich noch ein Mädchen war.«

»Ihr habt doch selbst gesagt, Mutter, daß Euer Vater, zu der Zeit, als Ihr noch ein Kind wart, immer vorzusingen pflegte, wenn die Leute auf dem Kirchenhügel tanzten.«

»Ja, aber das waren keine solchen Weisen und keine solch wilden Tänze«, entgegnete die Mutter, »und wir Kinder hielten uns immer schön bei unseren Vätern – wir gingen nicht zu zweit allein fort und setzten uns in die Scheune.«

Naakkve wollte schon eine zornige Antwort geben. Da fiel Kristins Blick auf Erlend. Der lächelte still vor sich hin, während er mit einem Auge die Planke abschätzte, die er gerade zurechthauen wollte. Ärgerlich und betrübt ging sie wieder ins Brauhaus zurück.

Aber sie dachte über das nach, was sie gehört hatte. Aasta Audunstochter war keine so schlechte Heirat; es herrschte Wohlstand auf Loptshof, und es waren nur drei Töchter da, aber keine Söhne, und Ingebjörg, Aastas Mutter, stammte aus sehr gutem Geschlecht.

Kristin hatte wohl nie daran gedacht, daß man auf Jörundhof Audun Torbergssohn jemals einen Verwandten nennen würde. Aber im Winter hatte ihn der Schlag getroffen, und die Leute glaubten nicht, daß er noch lange leben würde. Und die Tochter war anmutig und von gewinnendem Wesen, tüchtig nach allem, was Kristin gehört hatte. Wenn Naakkve das Mädchen sehr gut leiden konnte, so war es nicht richtig, sich dieser Heirat zu widersetzen. Mit der Hochzeit mußten sie freilich noch zwei Jahre warten – so jung wie Aasta und Naakkve noch waren –, dann jedoch würde sie Aasta gern als Frau ihres Sohnes umarmen.

Aber eines schönen Tages mitten im Sommer kam Sira Solmunds Schwester zu Kristin, um etwas zu leihen. Die beiden Frauen standen vor dem Vorratshaus und nahmen voneinander Abschied, da sagte die Schwester des Priesters: Nein, diese Eyvor Haakonstochter! Ihr Vater habe sie von Haus und Hof gejagt, denn sie sei in der Hoffnung, nun habe sie auf Ulvsvoldene Zuflucht gesucht.

Naakkve hatte oben im Dachraum des Vorratshauses etwas zu tun gehabt, er war auf der untersten Treppenstufe stehengeblieben. Als die Mutter einen Schimmer seines Gesichts sah, wurde ihr selbst so elend zumute, daß sie ihre Beine kaum mehr spürte. Der Junge war bis hinter die Ohren rot geworden, als er zum Wohnhaus hinüberging.

Aber Kristin hörte bald aus dem Gerede der anderen heraus, daß es um Eyvor schon lange, ehe sie in diesem Frühjahr zum erstenmal ins Tal hierherkam, so gestanden haben mußte. Mein armer unschuldiger Junge, dachte Kristin und atmete auf, er schämte sich jetzt wohl, weil er von dem Mädchen so Gutes geglaubt hatte.

Ein paar Nächte später lag Kristin allein in ihrem Bett, denn Erlend war zum Fischen fortgegangen. Sie dachte nicht anders, als daß auch Naakkve und Gaute mit ihm gegangen seien. Da wachte sie davon auf, daß Naakkve sie anrührte und ihr zuflüsterte, er müsse mit ihr sprechen. Er stieg vollends ins Bett und kauerte sich am Fußende hin:

»Mutter, ich war dort und habe mit diesem armen Weib gesprochen, mit Eyvor, heute nacht, ich wußte, daß es Lüge war, was man über sie sagte, ich war meiner Sache so gewiß, ich hätte sofort ein glühendes Eisen in die Hand genommen, zum Zeichen dafür, daß sie lügt, diese Elster von Romundhof.«

Die Mutter lag still da und wartete. Naakkve bemühte sich, mit fester Stimme zu sprechen, doch immer wieder schlug sie ihm vor Empörung und Erregung über:

»Sie wollte am Ende der Weihnachtstage zum Frühgesang gehen; sie ging allein, und der Weg von ihrem Hof führt ein weites Stück durch den Wald. Dort begegnete sie zwei Männern; es war noch dunkel, sie weiß nicht, wer sie waren, vielleicht waren es Verbannte aus dem Gebirge drinnen. Und schließlich konnte sie sich nicht mehr wehren, das schwache junge Kind. Keinem wagte sie ihre Not zu klagen; als die Mutter und der Vater ihr Unglück erkannten, jagten sie sie mit Schlägen und Verwünschungen von daheim fort. Sie weinte, Mutter, daß es den Stein im Felsen hätte erbarmen können, als sie mir das alles erzählte.« Naakkve schwieg plötzlich und atmete schwer.

Kristin meinte, ein großes Unglück sei es, daß diese Schurken entkommen wären. Sie hoffe, daß Gottes Gerechtigkeit sie finden möge und daß sie den wahren Lohn für ihre Tat auf der Richtstätte erhielten.

Da begann Naakkve von Eyvors Vater zu sprechen, er sei reich und mit dem und jenem angesehenen Geschlecht verwandt. Eyvor wollte das Kind in einem anderen Tal aufwachsen lassen. Gudmund Darres Frau habe ein Buhlenkind mit einem Priester gehabt, und Sigrid Andrestochter säße nun auf Kruke, geborgen und geehrt. – Man müßte nicht nur hartherzig, sondern auch ungerecht sein, wollte man meinen, Eyvor sei so ganz verdorben, weil sie gegen ihren Willen diese Schmach und dieses Unglück hatte erdulden müssen, sie könne wohl trotzdem noch dazu taugen, die Frau eines ehrbaren Mannes zu werden. Kristin bedauerte das Mädchen und verwünschte die Übeltäter und lobte und pries in ihrem Herzen das Glück, daß Naakkve erst in drei Jahren mündig wurde. Dann bat sie ihn sanft, daran zu denken, daß er jetzt sehr vorsichtig sein müsse, Eyvor nicht noch spät am Abend in ihrer Kammer aufsuchen dürfe wie heute nacht und sich überhaupt nicht auf Ulvsvoldene sehen lassen solle, ohne einen Auftrag an die Hofleute dort zu haben, sonst könne er gegen seinen Willen die Ursache dafür sein, daß man noch häßlicher über das unglückliche junge Mädchen spreche. Ja, er könne wohl leicht sagen, sie sollten seine Füße zu spüren bekommen, jene, die ihre Zweifel an Eyvors Worten äußerten und nicht glauben wollten, daß das Mädchen schuldlos in dieses Unglück geraten sei, es würde trotzdem schlimm sein für das arme Wesen, wenn noch mehr Gerede entstünde.

Drei Wochen später kam Eyvors Vater und holte die Tochter zu Verspruchsbier und Hochzeit heim. Ein guter Bauernsohn aus ihrem Tal wollte sie haben; zuerst hatten die beiden Väter sich gegen die Heirat gewehrt, denn sie lagen wegen ein paar Äcker miteinander im Streit. In diesem Winter nun waren die Männer einig geworden, und die beiden Kinder sollten miteinander verlobt werden, da aber wollte Eyvor plötzlich nicht; sie hatte ihre Liebe einem anderen Mann zugewendet. Hinterher aber begriff sie, daß es wohl zu spät war, ihren ersten Freund zu verschmähen. Unterdessen kam sie zu ihrer Muhme in Sil auf Besuch und hatte wohl geglaubt, daß sie hier Hilfe für ihren Zustand finden könnte, denn jetzt wollte sie durchaus diesen neuen Mann haben. Als aber Hillebjörg auf Ulvsvoldene sah, wie es um das Mädchen stand, sandte sie Eyvor zu den Eltern zurück. Daß ihr Vater wütend geworden war und die Tochter ein paarmal geschlagen hatte und daß Eyvor wieder nach Ulvsvoldene geflohen war, das hatte allerdings seine Richtigkeit. Nun aber war ihr Vater mit dem ersten Freier einig geworden, und jetzt mußte Eyvor mit ihm vorliebnehmen, sowenig ihr dies auch zusagte.

Kristin sah, daß Naakkve es schwernahm. Viele Tage ging er umher und sagte kaum ein Wort, und der Mutter tat er so leid, daß sie kaum zu ihm hinzublicken wagte, denn wenn er ihren Augen begegnete, dann wurde er so rot und sah so beschämt aus, daß es Kristin ins Herz schnitt.

Wenn das Gesinde auf Jörundhof über dieses Ereignis sprechen wollte, gebot die Herrin scharf, sie sollten den Mund halten – über diese schmutzige Geschichte und dieses elende Weib sollte in ihrem Hause nicht geredet werden. Frida war sehr erstaunt: sie hatte doch Kristin Lavranstochter so manches Mal mild urteilen hören und hatte gesehen, wie sie mit vollen Händen jedem Mädchen half, das in ein solches Unglück geraten war – Frida selbst hatte zweimal in der Barmherzigkeit ihrer Herrin Schutz gefunden. Aber die wenigen Worte, die Kristin jetzt über Eyvor Haakonstochter äußerte, waren so häßlich, wie sie nur eine Frau über eine andere sagen konnte.

Erlend lachte, als sie ihm erzählte, wie böse Naakkve mitgespielt worden war; es war an einem Abend, sie saß draußen auf dem Rasenplatz und spann, und Erlend kam herbei und streckte sich an ihrer Seite im Gras aus.

»Das ist doch noch kein Unglück«, erklärte der Vater, »weit eher dünkt mich, der Junge hat die Lehre, daß ein Mann den Weibern nicht trauen darf, billig bezahlt.«

»Und das sagst du?« fragte seine Frau; ihre Stimme bebte vor unterdrücktem Groll.

»Ja«, Erlend lächelte. »Als ich dich zum ersten Male traf, glaubte ich doch von dir, du seiest ein so sanftes Mädchen, daß du kaum von einem Stück Käse herunterbeißen könntest. Schmiegsam wie ein Seidenband und sanft wie eine Taube, aber da hast du mich schön zum Narren gehalten, Kristin.«

»Was meinst du, wie es für uns alle aussähe«, erwiderte sie, »wäre ich so weich und sanft gewesen?«

»Nein«, Erlend ergriff ihre Hand, so daß sie in der Arbeit innehalten mußte; strahlend froh lächelte er zu ihr auf. Dann legte er den Kopf in ihren Schoß. »Nein, ich wußte nicht, du meine Süße, *welches* Glück Gott mir bescherte, als er dich mir in den Weg führte, Kristin!«

Da sie immer und ewig sich Zwang antun mußte, um ihre Verzweiflung über Erlends unveränderliche Sorglosigkeit zu verbergen, konnte es geschehen, daß der Zorn sie überwältigte, wenn sie ihre Söhne züchtigen mußte: dann wurde ihre Hand hart und ihre Sprache heftig. Ivar und Skule bekamen dies am meisten zu fühlen.

Sie standen jetzt im schlimmsten Alter, im dreizehnten Jahr, und waren so wild und eigenmächtig, daß Kristin oft ganz verzagt dachte, ob wohl je eine Mutter in Norwegen zwei solche Racker geboren habe. Schön waren sie wie alle ihre Kinder, mit schwarzem, seidenweichem und gelocktem Haar, blauen Augen unter schwarzen Brauen, schmalen und feingeformten Gesichtern. Sie waren sehr groß für ihr Alter, aber noch schmalschultrig mit langen hageren Gliedmaßen, die Gelenke standen wie Knoten an einem Strohhalm heraus. Sie sahen einander so ähnlich, daß jedermann außerhalb des Hofes sie miteinander verwechselte, und im ganzen Tal nannte man sie die Jörundhofsschwerter; dies sollte kein Ehrenname sein. Simon hatte sie zum erstenmal im Scherz so genannt, denn Erlend hatte jedem von ihnen ein kleines Schwert geschenkt, und diese kleinen Schwerter gaben sie nun nie aus der Hand, außer wenn sie zur Kirche gingen. Kristin war wenig erfreut über dieses Geschenk und auch nicht darüber, daß die Knaben stets mit Äxten, Speeren oder Bogen spielten; sie fürchtete, diese heftigen Kinder könnten sich damit ins Unglück bringen. Erlend aber sagte nur kurz, sie seien jetzt so alt, daß sie sich daran gewöhnen müßten, mit Waffen umzugehen.

Die Mutter lebte in beständiger Angst um diese beiden Zwillingssöhne. Wenn sie nicht wußte, wo sie steckten, rang sie heimlich die Hände und betete zur Jungfrau Maria und zu Sankt Olav, sie möchten ihr doch die Kinder lebend und heil zurückbringen. Sie kletterten in den Bergen durch Klüfte und über Steilhänge, die noch kein menschlicher Fuß betreten hatte, sie plünderten Adlernester und kamen mit häßlichen, gelbäugigen, fauchenden Adlerjungen im Kittel heim, sie kletterten beim Fischen in den Felsen der Rostklamm umher, dort, wo das Wasser von Stufe zu Stufe schäumend hinunterstürzt; einmal war Ivar im Steigbügel fast zu Tode geschleppt worden. – Er wollte versuchen, einen halbgezähmten Junghengst zu reiten, und Gott mochte wissen, wie die Knaben es zuwege gebracht hatten, ihm einen Sattel aufzulegen. Ohne Anlaß, aus reiner Neugierde hatten sie sich in die Lappengamme im Toldstadwald gewagt; sie hatten von ihrem Vater ein paar Worte der Samesprache gelernt, und als sie nun die Lappenhexe mit diesen Worten begrüßten, wurden sie von ihr mit Essen und Trinken bewirtet, und sie aßen sich auch toll und voll, obgleich es ein Fasttag war. Und Kristin hatte doch stets so streng darauf geachtet, daß die Kinder an den Tagen, an denen die Erwachsenen fasteten, sich mit wenig Essen begnügten und nur solche Speisen bekamen, die sie nicht mochten – denn so war sie selbst von ihren Eltern gehalten worden, als sie noch klein war. Da endlich einmal nahm jetzt auch Erlend sich seine Söhne ernstlich vor, verbrannte die guten Sachen, die das Lappenweib ihnen mitgegeben hatte, während er ihnen streng verbot, je wieder bis an den Rand jenes Waldes zu gehen, in dem die Lappen hausten. Trotzdem aber bereitete es ihm Spaß, von dem Abenteuer der Knaben zu hören; seitdem erzählte er Ivar und Skule oft von seinen Fahrten im Norden und was er dort von den Sitten dieser Leute gesehen hatte, und er redete mit den Knaben in der häßlichen und heidnischen Sprache dieses Volkes.

Im übrigen wies Erlend seine Kinder fast nie zurecht und zog es immer ins Lustige hinüber, wenn Kristin sich über die Wildheit der

Zwillinge beschwerte. Daheim auf dem Hof stellten sie gar vielerlei an, obgleich sie sich sehr gut nützlich machen konnten, wenn sie mußten – ungeschickt wie Naakkve waren sie nicht. Aber oft, wenn die Mutter sie mit einer Arbeit beauftragt hatte und dann kam, um nachzusehen, wie es ging, lagen die Gerätschaften da, und die Knaben standen beim Vater und ließen sich von ihm zeigen, wie die Seeleute Knoten schlagen oder dergleichen.

Lavrans Björgulfssohn hatte oft, wenn er über der Tür zum Stall oder an anderen Häusern mit Teer ein Kreuz malte, mit dem Pinsel noch ein paar Zeichen außen herum gemalt, einen Kreis darum gezogen oder durch jeden Kreuzesarm einen Strich gemacht. Eines Tages fiel es den Zwillingen ein, eines dieser alten Kreuzeszeichen als Zielscheibe zu nehmen. Kristin geriet außer sich vor Verzweiflung und Zorn über solch jüdisches Vorgehen, aber Erlend verteidigte die Kinder: sie seien doch so jung, man könne von ihnen nicht erwarten, daß sie immer an die Heiligkeit des Kreuzes dächten, sooft sie es über einer Stalltür oder auf einem Kuhrücken sähen. Die Knaben sollten zum Kreuz auf dem Kirchenhügel hinaufgehen, niederknien und es küssen und dazu fünf Paternoster und fünfzehn Ave beten – und hol mir um dieser Geschichte willen nicht Sira Solmund auf den Hof! Diesmal aber fand die Mutter Unterstützung bei Björgulf und Naakkve, der Priester wurde geholt, besprengte die Wand mit Weihwasser und züchtigte die beiden Sünder mit großer Strenge.

Sie gaben Kristins Stieren und Böcken Schlangenköpfe zu fressen, damit sie rauflustig würden. Sie neckten Munan, weil er immer noch der Mutter am Rockschoß hing, und Gaute, denn mit ihm vertrugen sie sich am allerschlechtesten; im übrigen hielten die Erlendssöhne in schönster Bruderliebe zusammen. Aber es kam vor, daß Gaute sie packte und verprügelte, wenn sie es zu weit trieben. Ihnen mit Worten zuzureden war nicht anders, als an die Wand gesprochen, und wenn die Mutter heftig wurde, so standen sie steif da, mit geballten Fäusten, und schielten sie mit funkelnden Augen und hochgezogenen Brauen an, feuerrot vor Zorn. Kristin dachte daran, was Gunnulf von Erlend erzählt hatte: er hatte als Kind dem Vater das Messer nachgeworfen und mehrere Male die Hand gegen ihn erhoben. Dann schlug sie die Zwillinge und schlug hart, denn in ihr stieg die Furcht auf, wie würde es mit diesen ihren Kindern enden, wenn sie nicht rechtzeitig gezähmt wurden?

Simon Darre war der einzige, der über diese beiden Wildfänge einige Macht besaß; sie liebten den Oheim und wurden stets gefügig, wenn er sie, gutgelaunt und ruhig, zurechtwies. Nun aber, da sie ihn nicht mehr sahen, schienen sie ihn doch nicht zu entbehren, wenigstens konnte die Mutter das nicht bemerken. Betrübt dachte Kristin, wie treulos ein Kinderherz doch sei.

Und insgeheim wußte die Mutter, daß sie dennoch gerade auf diese beiden Söhne fast am stolzesten war. Sie meinte, wenn es ihr nur gelänge, diesen argen Trotz und diese Wildheit zu brechen, wäre keiner der Brüder so vielversprechend wie diese beiden. Sie waren gesund und körperlich gut begabt, unerschrocken, wahrheitsliebend, gebefreudig, freundlich gegen alle Armen und hatten schon mehrere Male eine Gewandtheit und eine Geistesgegenwart bewiesen, die ihr alles weit zu übertreffen schienen, was man von so jungen Burschen erwarten konnte.

Eines Abends in der Heuernte war Kristin noch spät im Küchenhaus, als Munan hereingestürzt kam und schrie, es brenne im alten Ziegenstall. Keiner von den Männern war daheim; einige hielten sich in der Schmiede auf und schärften ihre Sensen, die übrigen waren zur Brücke hinaufgegangen, wo die Jugend sich an den Sommerabenden zu versammeln pflegte. Kristin nahm ein paar Eimer und lief hinaus, während sie ihren Mägden zurief, daß sie ihr folgen sollten.

Der Ziegenstall war eine kleine alte Balkenhütte, deren Dach bis an den dahinterliegenden Hang reichte, und sie lag in der engen Gasse zwischen dem Hofplatz und dem Stallplatz, gerade vor der Langwand des Pferdestalls, und war zu beiden Seiten mit anderen Häusern eng zusammengebaut. Kristin lief in den Rundgang der Feuerstube und holte dort ein Beil und einen Brandhaken, als sie aber um die Stallecke kam, sah sie kein Feuer, sondern nur eine Unmenge Rauch, der aus einem Loch im Dach des Ziegenstalls hervorquoll. Ivar saß oben auf dem First und hieb auf das Dach ein, Skule und Lavrans waren drinnen im Haus und rissen große Stücke vom Dach herunter, trampelten darauf herum und zertraten das Feuer. Jetzt kamen auch Erlend, Ulf und die anderen Männer, die sich in der Schmiede aufgehalten hatten – Munan war mit seinem Warnungsruf dorthin gelaufen, und nun war das Feuer schnell gelöscht. Aber es hätte leicht das größte Unglück geschehen können; der Abend war still und warm, jedoch ab und zu mit einem leisen Hauch aus dem Süden, und hätte das Feuer im Ziegenstall sich zur Flamme entwickeln können, wären wohl alle Häuser rings um den nördlichen Hofplatz, der Stall, die Vorratshäuser und die Wohnhäuser davon ergriffen worden.

Ivar und Skule waren oben auf dem Dach des Stalles gewesen; sie hatten einen Habicht in der Schlinge gefangen und wollten ihn gerade oben am Firstkreuz aufhängen, da verspürten sie den Geruch von Brand und sahen den Rauch aus dem Dach aufsteigen. Sie sprangen sofort hinunter und begannen mit den kleinen Äxten, die sie bei sich hatten, auf den glühenden Wasen einzuhauen, während sie Lavrans und Munan, die in der Nähe spielten, fortsandten, den einen, um Haken zu holen, den anderen zur Mutter. Glücklicherweise waren Sparren und Balken des Daches sehr verfault. Trotzdem aber hatten zweifelsohne die Zwillinge diesmal den Hof ihrer Mutter gerettet, indem sie sofort anfingen, das brennende Dach herunterzureißen, und nicht erst Zeit damit verloren, die Erwachsenen zu Hilfe zu holen.

Wie das Feuer entstanden war, ließ sich nicht recht erklären, wenn

nicht die Schuld daran lag, daß Gaute einige Zeit vorher auf diesem Weg Glut zur Schmiede getragen hatte, und er gab auch zu, daß sein Gefäß nicht zugedeckt gewesen sei, so war wohl ein Funke auf das strohtrockene Grasdach geflogen.
Indessen wurde, als Ulf die Brandwache übernahm und das ganze Gesinde ihm während der Nacht Gesellschaft leistete und Kristin ihnen starkes Bier und Met hinaustragen ließ, weniger hiervon gesprochen als von der Tüchtigkeit der Zwillinge und Lavrans'. Alle drei hatten Brandwunden an Händen und Füßen davongetragen; ihr Schuhwerk war so heiß geworden, daß es in Stücke brach. Der kleine Lavrans war erst neun Jahre alt, so daß es ihm schwerfiel, die Schmerzen auf die Dauer in Geduld zu ertragen, aber er war von allem Anfang an der Stolzeste, wie er so mit verbundenen Händen umherging und sich von den Leuten des Hofes loben ließ.
In dieser Nacht preßte Erlend sein Weib an sich, als sie sich schlafen gelegt hatten.
»Kristin, Kristin – klage nicht so über deine Kinder –, siehst du denn nicht, Liebste, welch guter Kern in unseren Söhnen steckt. Immer gebärdest du dich um dieser beiden raschen Burschen willen, als meintest du, ihr Weg liege zwischen dem Galgen und dem Block. Jetzt dünkt mich, du solltest deine Freude an ihnen genießen, als Entgelt für alle Schmerzen und Leiden und Mühen in den Jahren, in denen du stets ein Kind unterm Herzen, ein Kind an der Brust und ein Kind auf dem Arm hattest; damals mochtest du von nichts anderem reden als von deinen kleinen Rotznasen, und jetzt, seitdem sie verständig und männlich geworden sind, bewegst du dich zwischen ihnen, als seist du taub und stumm, vermagst kaum zu antworten, wenn sie mit dir sprechen. Gott steh mir bei, es ist, als liebtest du sie weniger, jetzt, da du um der Kinder willen nicht mehr geplagt bist und unsere schönen, gutgeratenen Söhne dir nur zu Nutzen und Freude gereichen.«
Kristin konnte sich nicht aufraffen, ein Wort zu erwidern.
Sie lag da und vermochte keinen Schlaf zu finden. Und gegen den Morgen zu stieg sie leise über den schlafenden Mann hinweg und trat mit bloßen Füßen zu dem Lichtloch, das sie öffnete.
Der Himmel war graubedeckt und die Luft kühl; weit unten im Süden, wo die Berge sich zusammendrängten und das Tal versperrten, strömte der Regen hernieder. Die Hausfrau stand eine Weile da und sah hinaus, es wurde stets so heiß und erstickend hier im Dachraum, wo sie den Sommer über schliefen. Mit diesem Zug von Feuchtigkeit, der in der Luft hing, wurde der Heuduft so stark und süß zu ihr hereingetragen. Da und dort zwitscherte ein Vogel im Schlaf draußen in der Sommernacht.
Kristin suchte ihren Feuerstahl hervor und zündete einen kurzen Lichtstummel an. Leise trat sie dorthin, wo Ivar und Skule auf der Bank schliefen, beleuchtete sie und befühlte mit dem Handrücken ihre Wange – ein wenig Fieber hatten sie wohl. Still sprach sie ein Ave

Maria und machte das Zeichen des Kreuzes über den beiden. Der Galgen und der Block; daß Erlend mit solchen Dingen scherzen konnte, er, der selbst so nahe daran gewesen war.
Lavrans wimmerte und murmelte im Schlaf. Die Mutter beugte sich über die beiden Jüngsten, die ihre Lagerstätte auf einer kleinen Bank zu Füßen des elterlichen Bettes hatten. Lavrans war heiß und rot und warf sich heftig herum, erwachte jedoch nicht, als sie ihn anrührte.
Gaute hatte die milchweißen Arme hinten im Nacken, in dem langen flachsgelben Haar verschränkt; die Bettücher hatte er ganz abgeworfen. Sein Blut war so heiß, daß er immer nackt schlafen wollte, und seine Haut war so leuchtend weiß. Die sonnverbrannte Farbe von Gesicht, Hals und Händen hob sich scharf ab. Die Mutter zog ihm die Decke bis an die Hüften herauf.
Sie konnte Gaute nur schwer böse sein; er besaß soviel Ähnlichkeit mit ihrem Vater. Sie hatte wegen des Unglücks, das er beinahe über sie alle gebracht hätte, nicht viel zu ihm gesagt. So klug und besonnen wie dieser Knabe war, würde er es sich wohl trotzdem eine Lehre sein lassen und es nicht vergessen.
Naakkve und Björgulf lagen in dem anderen der beiden Betten, die im Dachraum standen. Bei ihnen verweilte die Mutter am längsten und beleuchtete die beiden schlafenden jungen Männer. Schon beschattete schwarzer Flaum ihre kindlichen roten und weichen Münder. Naakkves Fuß sah unter der Decke hervor, schmal, hochristig, tief eingeschwungen an der Sohle – und nicht ganz rein. Und trotzdem dünkte es die Mutter, es sei nicht lange her, seit dieser Männerfuß so klein war, daß er in ihrer geschlossenen Hand ganz verschwand und sie ihn unter ihre Brust drückte und zu ihrem Mund hochhob, in jede einzelne kleine Zehenkuppe biß, weil sie alle so hellrot und süß waren wie die Blütenglocken der Blaubeeren.

Es war wohl richtig, sie verstand nicht genug zu würdigen, was Gott ihr beschieden hatte. Die Erinnerung an jene Zeit, da sie Naakkve erwartete, und an die Schreckensgesichte, unter denen sie sich gewunden hatte, dies alles konnte ihr noch glühendheiß in den Sinn kommen: sie war des Kindes genesen wie eine, die aus Traumesschrecken und mit dem bedrückenden Gewicht eines Alps auf der Brust zum gesegneten Tageslicht erwacht. Andere Frauen aber mußten erwachen und erkennen, daß das Unglück des Tages schlimmer war als das Schlimmste, was sie je geträumt hatten. Trotzdem, wenn Kristin einen Krüppel oder einen mißgestalten Menschen sah, konnte sie tief unglücklich werden bei der Erinnerung an ihre eigene Furcht für das ungeborene Kind. Dann demütigte sie sich vor Gott und dem heiligen Olav mit brennender Inbrunst, bestrebte sich, Gutes zu tun, gab sich Mühe, Tränen wahrer Reue aus ihren Augen hervorzubringen, während sie betete. Aber stets fühlte sie diese unaufgetaute Unzufriedenheit in ihrem Sinn, und die jähe Aufwallung verflog, die Tränen versickerten in ihrer Seele wie Wasser im Sand. Dann beruhigte sie sich: sie besaß dennoch nicht jene Gabe zur Frömmigkeit, von der sie einmal geglaubt hatte, sie würde ihr väterliches Erbe werden. Sie war hart und sündig, aber sie war wohl nicht schlechter als die meisten, und ebenso wie die meisten mußte sie es ertragen, daß es des heißen Feuers in jener anderen Heimat bedurfte, ehe ihr Sinn geschmolzen und geläutert werden konnte.

Trotzdem sehnte sie sich dann und wann danach, anders zu sein. Wenn sie die sieben schönen Söhne betrachtete, die an ihrem Tisch saßen, wenn sie an den Feiertagen morgens zur Kirche hinaufwanderte, während die Glocken tönten und so hold zu Freude und Gottesfrieden riefen und sie die Schar schlanker, wohlgekleideter junger Burschen, ihre Söhne, vor sich den Hügel hinansteigen sah. Sie kannte kein anderes Weib, das so viele Kinder geboren hatte wie sie und nie hatte fühlen müssen, was es heißt, eines zu verlieren – und alle waren sie schön und gesund, ohne Fehl an Leib oder Seele –, nur Björgulf war ein wenig kurzsichtig. Sie wünschte, sie könnte ihre Sorgen vergessen, mild und dankbar werden, Gott so fürchten und lieben, wie ihr Vater es getan hatte; sie entsann sich, wie ihr Vater gesagt hatte, daß der, der sich seiner Sünden demütigen Sinnes erinnert und sich vor dem Kreuz des Herrn beugt, niemals den Nacken unter einem zeitlichen Unglück oder Unrecht zu beugen braucht.

Kristin blies das Licht aus, zwickte den glühenden Docht ab und stellte es an seinen Platz oben unter dem obersten Wandbalken. Sie trat wieder zu dem Guckloch; draußen war es bereits hell wie der Tag, aber grau und tot, auf den niedrigeren Hausdächern, auf die sie herabblickte, bewegte sich das schüttere, sonnverbrannte Gras leise unter einem Windhauch, ein kleiner knisternder Laut ging durch das Laub an den Birken, die ihr gerade gegenüberstanden.

Sie betrachtete ihre Hände, mit denen sie den Rahmen des Lichtlochs umschlossen hielt. Sie waren runzlig und verarbeitet, die Arme waren bis zu den Ellbogen hinauf braun und die Muskeln geschwollen, hart wie Holz. In ihrer Jugend hatten die Kinder Blut und Milch aus ihr herausgesaugt, bis jede Spur von der glatten und frischen Rundlichkeit der Jungfrau aus ihrem Körper entschwunden war. Jetzt raubten die Mühen jedes Tages ein wenig von dem Rest an Schönheit, die sie als Tochter, Frau und Mutter von Männern adeligen Blutes ausgezeichnet hatte – die schmalen weißen Hände, die hellen weichen Arme, die lichte Gesichtsfarbe, die sie sorgfältig mit Kopftüchern gegen Sonnenbrand geschützt und mit kunstvoll zusammengebrauten Wassern gewaschen hatte. Jetzt war Kristin seit langem gleichgültig dagegen geworden, ob die Sonne ihr gerade in das von Schweiß nasse Gesicht schien und es wie das einer armen Bauernfrau bräunte.

Das Haar war das einzige, was sie noch von der Schönheit ihrer Mädchentage her besaß. Es war noch ebenso üppig und braun, obgleich sie selten Zeit fand, es zu waschen und zu pflegen. Der schwere, zerraufte

Zopf, der ihr über den Rücken hing, war seit drei Tagen nicht mehr gelöst worden.

Kristin warf ihn nach vorn, öffnete die Flechten und schüttelte das Haar; immer noch umhüllte es sie wie ein Umhang und reichte bis über das Knie hinunter. Sie nahm einen Kamm aus ihrem Schrein, und von Zeit zu Zeit zusammenschauernd – sie saß im bloßen Hemd bei der durch das Lichtloch hereindringenden Morgenkühle –, kämmte sie vorsichtig die wirren Haarmassen aus.

Als sie damit fertig war und das Haar wieder zu einem festen und schweren Zopf geflochten hatte, war es gleichsam, als fühle sie sich ein wenig besser. Dann hob sie den schlafenden Munan behutsam in ihre Arme auf, legte ihn zuinnerst an die Wand in das Ehebett und schmiegte sich selbst zwischen ihn und ihren Mann. Sie nahm ihren Jüngsten in den Arm und legte seinen Kopf gegen ihre Schulter, und so schlummerte sie ein.

Am nächsten Morgen verschlief sie; Erlend und die Knaben waren auf, als sie erwachte. »Ich glaube fast, du trinkst noch bei deiner Mutter, wenn niemand es sieht«, sagte Erlend, als er Munan bei der Mutter liegen sah. Der Knabe wurde zornig, lief hinaus und kletterte über den Altan auf den geschnitzten Balkenkopf eines der Stämme hinaus, die den Altan trugen: er wollte sein Mannestum beweisen. »Spring!« rief Naakkve unten im Hofplatz, er fing den kleinen Bruder in seinen Armen auf, drehte ihn herum und warf ihn Björgulf zu, die beiden erwachsenen Brüder spielten mit ihm, bis er lachte und schrie. Am nächsten Tag aber, als Munan weinte, weil ihm die Bogensehne auf seine Finger zurückgeschnellt war, nahmen die Zwillinge ihn und hüllten ihn in eine Decke, trugen ihn so in das Bett der Mutter und stopften ihm ein Stück Brot in den Mund, so groß, daß der Knabe beinahe daran erstickt wäre.

II

Erlends Hauspriester auf Husaby hatte die drei ältesten Söhne im Schrifttum unterwiesen. Sie waren keine sehr fleißigen Schüler, aber sie waren alle drei gut begabt, und ihre Mutter, die selbst in diesen Dingen unterrichtet worden war, überwachte ihre Arbeiten, so daß sie doch nicht so ganz wenig lernten.

Und in dem Jahr, da Björgulf und Nikulaus mit Sira Eiliv in dem Kloster auf Tautra lebten, hatten sie mit Feuereifer an den Brüsten der Wissenschaft getrunken, wie der Priester sagte. Der Lehrer dort war ein sehr alter Mönch, der sein ganzes Leben lang mit der Emsigkeit einer Biene aus allen Büchern, die er nur in die Hand bekommen konnte, lateinischen und nordischen, Weisheit gesammelt hatte. Sira Eiliv selbst war ein Verehrer der Weisheit, aber in den Jahren auf Husaby hatte er wenig Gelegenheit gehabt, seinem Hang zu den Büchern zu folgen. Für ihn war das Zusammenleben mit dem Lektor Aslak, was eine Almweide für das ausgehungerte Vieh ist. Und die beiden jungen Knaben, die sich unter den Mönchen in der Nähe des heimatlichen Priesters hielten, lauschten dem gelehrten Gespräch der Männer mit offenem Mund. Da fanden Bruder Aslak und Sira Eiliv ihre Freude daran, die beiden jungen Gemüter mit dem lieblichsten Honig aus dem Bücherschatz des Klosters zu nähren, den Bruder Aslak selbst durch viele Abschriften und Exzerpte aus den allerschönsten Büchern vermehrt hatte. Bald wurden die Knaben so bewandert, daß die Mönche selten mehr mit ihnen norwegisch zu sprechen brauchten, und als die Eltern kamen, um sie zu holen, konnten sie alle beide dem Priester fließend und einigermaßen richtig auf lateinisch antworten.

Diese Kenntnis trachteten die Brüder weiterhin aufrechtzuerhalten. Es gab viele Bücher auf Jörundhof – fünf hatte Lavrans besessen, zwei davon allerdings waren durch die Erbteilung Ramborg zugefallen, die aber hatte nie lesen lernen wollen, und Simon war nicht so vertraut mit den Buchstaben, daß er des Vergnügens halber hätte lesen mögen, obgleich er wohl einen Brief lesen und auch selbst schreiben konnte. So bat er Kristin, die Bücher einstweilen zu behalten, bis seine Kinder größer würden. Drei Bücher, die Erlends Eltern gehört hatten, gab Erlend seiner Frau einige Zeit, nachdem sie geheiratet hatten, und ein weiteres Buch hatte sie von Gunnulf Nikulaussohn zum Geschenk erhalten. Er hatte es selbst für seine Schwägerin aus dem Buch über den heiligen Olav und seine Wunder, aus einigen anderen Heiligensagen und aus der Schrift über Edvin Rikardssohn, die von den Franziskanern in Oslo dem Papst übersandt worden war, um dessen Heiligsprechung zu erreichen, zusammenschreiben lassen. Und endlich hatte Naakkve von Sira Eiliv zum Abschied ein Gebetbuch erhalten. So las Naakkve seinem Bruder häufig vor – er las fließend und schön, mit ein wenig singender Stimme, so wie Bruder Aslak es ihn gelehrt hatte, am liebsten mochte er die lateinischen Bücher – sein eigenes Gebetbuch und eines, das Lavrans Björgulfssohn gehört hatte. Am höchsten aber schätzte er ein großes, über die Maßen schön geschriebenes Buch, das sich seit dem berühmten Ahnherrn, dem Bischof Nikulaus Arnessohn, im Geschlecht weitervererbte.

Kristin wollte gern auch ihren jüngeren Söhnen einen Unterricht zuteil werden lassen, wie er sich für Männer ihrer Geburt geziemte. Aber es war nicht so einfach, dies einzurichten: Sira Eirik war zu alt, und Sira Solmund konnte nur jene Bücher lesen, die er beim Gottesdienst gebrauchte; gar vieles von den Dingen, die er vorlas, verstand er selbst nicht einmal so recht. Lavrans fand wohl dann und wann am Abend Vergnügen daran, bei Naakkve zu sitzen und sich vom Bruder die Buchstaben auf der Wachstafel zeigen zu lassen, aber die drei anderen zeigten überhaupt keinen Eifer, sich solche Kenntnisse anzueignen. Eines Tages nahm Kristin ein norwegisches Buch und bat Gaute, zu versuchen, ob er sich noch an einiges von dem erinnere, was er als Kind bei Sira Eiliv gelernt hatte, aber Gaute vermochte sich nicht durch drei Worte hindurchzubuchstabieren, und als er auf das erste Zeichen stieß, das in mehrere Buchstaben aufgelöst werden sollte, schlug er lachend das Buch zu und sagte, zu solchem Spiel habe er keine Lust.

Folgendes aber war die Ursache, daß Sira Solmund eines Abends im Spätsommer nach Jörundhof kam und Nikulaus bat, ihn nach Hause zu begleiten. Ein ausländischer Ritter, vom Olavsfest in Nidaros kommend, sei auf Romundhof abgestiegen, aber weder er noch seine Knappen und Knechte könnten Norwegisch, der Führer, der sie zum Hof gebracht habe, begriffe nur das eine oder andere Wort aus ihrem Gespräch, Sira Eirik läge krank, ob nicht Naakkve mitkommen und lateinisch mit ihm sprechen möchte.

Naakkve schien es nicht schlecht zu gefallen, daß er so als Dolmetscher geholt wurde, er ließ sich jedoch nichts anmerken und folgte dem Priester. Als er heimkam, sehr spät erst, war er aufgeräumt und ziemlich betrunken; er hatte Wein bekommen, der fremde Ritter führte derlei mit sich und hatte sowohl dem Priester als auch dem Diakon und Naakkve im Überfluß eingeschenkt. Er hieß so ähnlich wie Herr Alland oder Allart von Bekelar, war von Flandern und machte eine Pilgerfahrt zu den Heiligtümern in den norwegischen Ländern. Er sei überaus freundlich gewesen, mit der Unterhaltung hätte es keine Schwierigkeit gegeben. Und nun trug Naakkve sein Anliegen vor. Von hier aus sollte der Ritter nach Oslo fahren und später zu allen Wallfahrtsorten in Dänemark und Deutschland, und er wollte unbedingt, daß Nikulaus mit ihm reite und seinen Dolmetscher mache, wenigstens solange er hier im Lande sei. Im übrigen habe er versichert, daß er, Herr Allart, wenn der Junge ihm in die Welt hinaus folgen würde, für sein Glück sorgen wolle; in seinem Lande schienen goldene Sporen und Halsketten, schwere Geldbeutel und herrliche Waffen nur dazuliegen und darauf zu warten, daß solch ein Mann wie der junge Nikulaus Erlendssohn komme und sie aufhebe. Naakkve hatte darauf geantwortet, er sei noch unmündig und müsse von seinem Vater Urlaub erhalten; trotzdem aber hatte Herr Allart ihm ein Geschenk aufgenötigt, es sollte ihn nicht binden, sagte er ausdrücklich – einen halblangen, pflaumenblauen Seidenkittel mit silbernen Glocken an den Ärmelzipfeln.

Erlend hörte seinem Sohn zu, beinahe stumm, mit einem eigenen gespannten Ausdruck. Als Naakkve ausgesprochen hatte, hieß er Gaute den Schrein mit seinen Schreibsachen holen und machte sich sofort daran, einen Brief auf lateinisch aufzusetzen – Björgulf mußte ihm helfen, denn Naakkve befand sich nicht in einem Zustand, in dem er viel taugte, und so sandte der Vater ihn zu Bett. In dem Brief stand, daß Erlend den Ritter für den nächsten Tag nach der Prim zu sich einlade, damit sie über Herrn Allarts Angebot, den wohlgeborenen jungen Mann Nikulaus Erlendssohn als Knappen in seinen Dienst zu nehmen, sprechen könnten. Zugleich bat er ihn, es zu entschuldigen, daß er das Geschenk des Ritters zurücksende mit der Bitte, es einstweilen aufzubewahren, bis Nikulaus im Einverständnis mit seinem Vater, dem unter der Ritterschaft im Lande üblichen Brauch folgend, sich dem Dienst des Fremden durch Eid verbunden hätte.

Erlend träufelte zuunterst auf den Brief ein wenig Wachs und drückte sein kleines Siegel – jenes auf dem Ring – flüchtig ein. Dann sandte er sofort einen Dienstknecht mit dem Brief und dem seidenen Gewand nach Romundhof.

»Erlend – du kannst doch wohl nicht daran denken, diesen deinen jungen Sohn mit einem unbekannten ausländischen Mann in fremde Lande hinauszusenden«, sagte Kristin bebend.

»Wir wollen sehen.« Erlend lächelte so seltsam. »Aber ich glaube nicht, daß es dahin kommt«, sagte er, als er ihre Erregung sah; er lächelte noch mehr und strich ihr über die Wange.

Auf Erlends Geheiß hatte Kristin den Boden im Oberstockwerk mit Wacholder und Blumen bestreuen lassen, die besten Kissen auf den Bänken ausgebreitet und den Tisch mit Linnen gedeckt und gute Speisen in feinen Schüsseln und Getränke in den seltenen silberbeschlagenen Tierhörnern, die von Lavrans her auf dem Hof waren, aufgetragen. Erlend hatte sich sorgfältig barbiert, sein Haar gekräuselt und ein schwarzes, reichbesticktes langes Gewand aus ausländischem Tuch angetan. Er ging dem Gast bis an den Hofzaun entgegen, und als sie beide über den Platz geschritten kamen, konnte Kristin nicht umhin, zu denken, daß ihr Gemahl weit eher wie einer jener welschen Ritter aussähe, von denen die Sagen berichten, als der fette blonde Fremde in den bunten und prächtigen Kleidern aus Samt und dünner Seide.

Sie stand auf dem Altan des Oberstockwerks, schön geschmückt und mit dem seidenen Kopftuch angetan; der Flame küßte ihr die Hand, als sie ihm ein »Bien venu« bot, und weitere Worte wechselte sie nicht mit ihm während der ganzen Zeit, die er bei ihnen weilte. Sie begriff nichts aus den Gesprächen der Herren, und Sira Solmund, der seinen Gast begleitete, auch nicht. Aber der Priester sprach mit der Hausfrau darüber, daß er hier wohl Nikulaus' Glück veranlaßt habe. Sie sagte darauf weder ja noch nein.

Erlend konnte ein wenig Französisch und sprach fließend jenes Deutsch, wie es die Söldner sprechen. Die Unterhaltung zwischen ihm und dem fremden Ritter ging glatt und höfisch vor sich. Aber Kristin merkte, daß der Flame nicht sehr zufrieden schien, als das Beisammensein sich seinem Ende näherte, obgleich er es zu verbergen suchte. Den Söhnen hatte Erlend befohlen, drüben im Dachraum des neuen Vorratshauses zu warten, bis er sie kommen ließ, aber es wurde nicht nach ihnen gesandt.

Erlend und seine Frau begleiteten den Ritter und den Priester bis an den Zaun. Als die Gäste zwischen den Äckern verschwanden, wandte Erlend sich zu Kristin und sagte mit einem Lächeln, das sie nicht liebte: »Mit diesem Burschen möchte ich Naakkve noch nicht einmal bis nach Breidin ziehen lassen.«

Ulf Haldorssohn trat zu ihnen heran. Er und Erlend sprachen etwas miteinander, was Kristin nicht hörte, aber Ulf fluchte häßlich und spuckte aus. Erlend lachte und schlug dem Mann auf die Schulter:

»Ja, wäre ich solch ein Eingeborener wie die guten Bauern hier – aber ich habe ja vielerlei gesehen, ich verkaufe meine schönen jungen Falken nicht an den Teufel ... Sira Solmund hat nichts begriffen, das selige Schaf.«

Kristin stand mit hängenden Armen da, die Farbe kam und ging in ihrem Gesicht. Schrecken und Scham überfielen sie so, daß ihr übel wurde; ihre Beine wurden gleichsam kraftlos. Sie hatte wohl von solchen Dingen gewußt – wie von etwas unendlich Fernem –, aber daß dieses Unaussprechliche sich bis an ihre eigene Türschwelle heranwagen könnte ... Es war, als drohe diese letzte Welle ihr sturmumtobtes, bis zum Sinken beladenes Boot umzuwerfen. Heilige Maria, mußte sie denn auch *solche* Dinge für ihre Söhne befürchten!

Erlend sagte mit dem gleichen häßlichen Lächeln:

»Ich dachte mir mein Teil, schon gestern abend – Herr Allart dünkte mich ein wenig zu liebenswürdig, nach allem zu schließen, was Naakkve berichtete. Weiß ich doch, daß es nirgends in der Welt Rittersbrauch ist, einen Burschen, den man in seinen Dienst nehmen will, zu umarmen und auf den Mund zu küssen oder ihm kostbare Geschenke zu machen, ehe man Proben seiner Tüchtigkeit gesehen hat.«

Am ganzen Leibe bebend fragte Kristin:

»Warum hießest du mich den Boden mit Rosen bestreuen und meinen Tisch mit Linnen decken für solch einen ...« Sie sagte das schlimmste Wort.

Erlend zog die Brauen hoch. Er hatte einen Stein aufgehoben – zielte auf Munans rote Katze, die flach auf dem Bauch durch das hohe Gras unter der Hauswand zu den Küken bei der Stalltür hinglitt. Hui – schleuderte er den Stein; die Katze wie ein Strich um die Ecke herum, und die Hühnerschar flatterte nach allen Seiten davon. Er wandte sich seiner Frau zu:

»Mich dünkte, ich könnte mir den Mann doch *ansehen*; wäre er ein vertrauenswürdiger Bursche gewesen, dann – aber da mußte ich ihm ja auch höfische Sitten erweisen – *ich* bin nicht Herrn Allarts Beichtvater. Und dann hörst du ja, er gedenkt nach Oslo zu reiten.« Erlend lachte wiederum. »Nun können ja einige meiner treuen Freunde und lieben Verwandten von früher immerhin gern erfahren, daß wir hier auf Jörundhof auch nicht nur unsere zerfetzten Kleider lausen und Hering und Haferbrot essen.«

Björgulf hatte Kopfschmerzen und lag zu Bett, als Kristin vor der Abendmahlzeit in den Dachraum hinaufkam, und Naakkve sprach davon, daß er nicht zum Essen in die Stube hinübergehen wolle.

»Mich dünkt, du bist verdrossen heute abend, mein Sohn«, sagte die Mutter zu ihm.

»Nein, wie könnt Ihr so denken, Mutter?« Naakkve lächelte höhnisch.

»Daß man mich für einen größeren Dummkopf hält als andere Männer und daß man glaubt, mir leichter Sand in die Augen streuen zu können – darüber verdrossen zu sein, lohnt sich wohl nicht.«
»Tröste dich«, sagte der Vater, als sie bei Tisch saßen und Naakkve immer noch sehr still war. »Du kommst schon noch in die Welt hinaus und kannst dein Glück versuchen.«
»Es kommt darauf an, Vater«, antwortete Naakkve leise, als wolle er, daß nur Erlend dies höre, »ob Björgulf mit mir kommen kann.« Dann lachte er still. »Aber sprecht mit Ivar und Skule über das, was Ihr sagtet; sie warten wohl nur darauf, daß sie alt genug werden und hinausziehen können.«
Kristin stand auf und nahm einen Umhang mit Kapuze um. Sie wolle diesen Bettler in der Ingebjörgshütte oben im Tal besuchen, sagte sie, als man sie fragte. Die Zwillinge erboten sich, mitzukommen und ihr den Sack zu tragen, aber sie wollte allein gehen.
Die Abende waren bereits ziemlich dunkel, und nördlich der Kirche führte der Weg durch den Wald und unter dem Schatten felsiger Berge dahin. Hier wehte stets ein kühler Hauch aus der Rostschlucht herauf, und mit dem Flußrauschen kam die Erinnerung an feuchte Luft. Schwärme von großen weißen Nachtfaltern taumelten unter den Bäumen umher; bisweilen streiften sie dicht an Kristin heran; es schien, als zöge sie das bleich leuchtende Linnen, das sie um Gesicht und Brust trug, in der Dunkelheit an. Kristin schlug mit der Hand nach ihnen, während sie dahineilte, auf dem glatten Nadelteppich ausglitt und ihren Fuß an die gewundenen Wurzeln stieß, die sich über ihren Pfad buchteten.
Es gab einen Traum, der Kristin seit vielen Jahren verfolgte. Zum erstenmal hatte sie ihn in jener Nacht, ehe Gaute geboren wurde, aber immer noch geschah es, daß sie schweißtriefend erwachte, mit einem Herzen, das so laut hämmerte, als sollte es sich in der Brust zu Tode pochen, und dann war es immer der gleiche Traum gewesen.
Sie sah eine Blumenwiese – einen steilen Hang tief drinnen im Tannenwald, der die Wiese dunkel und dicht auf drei Seiten umschloß, aber zu Füßen dieses Hanges spiegelte ein kleiner Teich den düsteren Wald und die grüne gefleckte Lichtung wider. Die Sonne stand hinter den Bäumen; zuoberst am Hang sickerte das letzte goldene Abendlicht in langen Strahlen durch das Geäst herab, und auf dem Grunde des Teiches schwammen leuchtend von der Abendsonne beschienene Wolken zwischen den Seerosenblättern.
Mitten am Hang, tief zwischen Pechnelken und Butterblumen und ganzen Wolken von dem grünlichweißen Blumenmeer der Engelwurz, sah sie ihr Kind. Als sie dies zum erstenmal träumte, mußte es wohl Naakkve sein; damals hatte sie nur die beiden Ältesten, und Björgulf lag noch in der Wiege. Später wußte sie nie genau, welches ihrer Kinder es wohl sein könnte; das kleine runde und sonnverbrannte Gesicht unter dem rings beschnittenen goldbraunen Haar schien ihr bald dem

einen, bald dem anderen ihrer Söhne zu gleichen, stets aber war das Kind im Alter von zwei bis drei Jahren und trug solch einen dunkelgelben Kittel, wie sie ihn ihren kleinen Jungen für werktags zu nähen pflegte – aus heimgewebter Wolle, mit Flechte gefärbt und mit roten Bändern eingesäumt.

Sie selbst glaubte sich bisweilen auf der anderen Seite des Teiches zu befinden. Oder sie war überhaupt nicht an dem Ort, wo dies geschah, sah aber trotzdem alles.

Sie sah, wie ihr kleiner Sohn dahin und dorthin ging und sein Gesicht bald nach links, bald nach rechts wandte, während er die Blumen abriß. Und obgleich ihr Herz von einer dumpfen Angst bedrückt wurde, von einem Vorboten des Unglücks, das geschehen sollte, so überfiel sie doch mit diesem Traum zuerst stets eine übermächtige schmerzliche Süßigkeit, während sie das holde Kind dort auf der Wiese betrachtete.

Dann wird sie gewahr, wie sich aus dem Dunkel oben am Waldrand ein lebender zottiger Klumpen loslöst. Er bewegt sich lautlos, es glimmt in zwei winzigen bösen Augen auf. Der Bär kommt bis dicht an die Wiese heran, steht da und bewegt Kopf und Schultern hin und her, wittert bergabwärts. Dann springt er. Kristin hat noch nie einen lebenden Bären gesehen, aber sie weiß, daß sie nicht so springen; das ist kein richtiger Bär. Dieser hier springt wie eine Katze, im selben Augenblick wird er grau, wie eine helle zottige Riesenkatze fliegt er in langen weichen Sätzen den Hang hinunter.

Die Mutter befällt tödlicher Schrecken, und sie kann nicht dorthin gelangen, wo der Kleine ist, um ihn zu retten; sie kann ihn nicht mit einem Laut warnen. Da wird das Kind gewahr, daß irgend etwas da ist; es wendet sich halb um und blickt über die Schulter zurück. Mit einem entsetzlichen kleinen leisen Schreckenslaut versucht es bergab zu laufen, hebt auf die Art kleiner Kinder die Beine in dem hohen Gras hoch auf, und die Mutter hört deutlich, wie die saftigen Stengel mit leisem Knacken platzen, während das Kind durch den dichten Blumenflor hindurchläuft. Dann stolpert es über irgend etwas drinnen im Gras, fällt der Länge nach hin, und im nächsten Augenblick liegt das Ungeheuer mit gekrümmtem Rücken und den Kopf tief zwischen den Vordertatzen über ihm. Dann erwacht sie.

Und jedesmal blieb sie stundenlang wach liegen, bevor es ihr etwas half, daß sie sich vorsagte, es sei doch nur ein Traum gewesen! Dann zog sie ihr jüngstes Kind, das zwischen ihr und der Wand lag, eng an sich, dachte sich aus, was sie hätte tun können, wenn es nun wirklich so gewesen wäre – wie sie das Tier mit Schreien oder mit einem Prügel hätte verscheuchen können –, und daß an ihrem Gürtel stets ein langer scharfer Dolch hing.

Und während sie sich selbst so zu beruhigen suchte, brach es von neuem wieder über sie herein, diese unerträgliche Pein, wie sie im Traum so ohnmächtig dastand und die armselige vergebliche Flucht

ihres Kindes vor dem unerbittlich raschen und starken grausamen Tier mit ansah.
Es war ein Gefühl, als gerate ihr Blut ins Kochen, so daß es zischte, und als schwelle ihr Körper an und als müsse ihr Herz brechen, da es eine so ungeheure Blutwelle nicht ertragen konnte.
Ingebjörgshütte lag oben am Berg, ein wenig unterhalb des Hauptweges, der hier in die Höhe hinaufführte. Es hatte viele Jahre hindurch öde dagestanden, und die Äcker waren an einen Mann verpachtet worden, der sich dicht daneben einen Hof gerodet hatte. Jetzt hatte ein armer Mann, der von einer Bettlerschar krank zurückgelassen worden war, dort Unterschlupf gesucht.
Kristin sandte Lebensmittel, Kleider und Arzneien hinauf, als sie davon erfuhr, aber sie selbst hatte bis jetzt noch nicht Zeit gefunden, hinaufzugehen.
Kristin sah, daß es mit dem armen Kerl bald zu Ende ging. Sie gab ihren Sack der Bettlerin, die bei ihm zurückgeblieben war, bemühte sich um den Kranken, obgleich nur wenig zu helfen war, und als sie erfuhr, daß man nach dem Priester gesandt hatte, wusch sie ihm Gesicht, Hände und Füße für die Letzte Ölung.
Es herrschte dicker Rauch und ein entsetzlich übler muffiger Geruch in dem kleinen Raum. Als zwei Frauen hereinkamen, die zum Hausstand des Rodungsmannes gehörten, bat Kristin sie, alles, was sie unter Umständen brauchen könnten, auf Jörundhof zu holen, nahm Abschied von ihnen und ging.
Es hatte sie eine seltsame kranke Furcht davor befallen, dem Priester mit dem Corpus domini zu begegnen, und so bog sie in den ersten Seitenpfad ein, an den sie gelangte.
Es war nur ein Viehsteig, das sah sie sogleich; sie kam in ganz unwegsames Gelände. Vom Wind umgestürzte Bäume, die mit ihrem Wurzelwerk gen Himmel ragten, sahen erschreckend aus; sie mußte oft über sie hinwegklettern. Stücke von Moos glitten unter ihren Füßen weg, wenn sie zwischen großen Steinen hinabsteigen mußte. Spinnweben hängten sich ihr ins Gesicht, und Zweige schlugen nach ihr und hielten sie an den Kleidern fest. Mußte sie über einen Bach oder kam sie an eine moorige Lichtung im Wald, so war es ihr kaum möglich, einen Platz zu finden, wo sie durch das dichte nasse Gebüsch hindurchschlüpfen konnte. Und überall war das häßliche weiße Nachtgewimmel, drängte sich unter den Bäumen im Dunkel zusammen, schwärmte aus den Heidekrautbüscheln, auf die sie trat, in ganzen Wolken auf.
Schließlich aber kam sie doch auf die flachen Felsen unten beim Fluß. Hier stand ein lichter Kiefernwald, denn hier mußten die Bäume ihre Wurzeln auf dem mageren Felsen ausbreiten, und der Waldboden bestand beinahe nur aus trockenem, weißlichgrauem Rentiermoos, das unter ihren Füßen knisterte; nur ab und zu ragte ein kleiner heidekrautbewachsener Hügel dunkel heraus. Der Geruch der Tannennadeln

war heißer, trockener und schärfer als höher oben; hier sah der Wald stets schon vom Frühjahr an wie versengt aus. Die weißen Nachtfalter verfolgten sie auch weiterhin.
Das Flußrauschen zog sie an. Sie kam bis ganz an die Schlucht heran und blickte hinunter. Tief drunten schimmerte es weiß von dem Wasser, das donnernd von Absatz zu Absatz über die Felsen hinabstürzte.
Durch ihren Körper und ihre Seele, die übermäßig angespannt waren, zitterte das einförmige Dröhnen des Wasserfalls. Es mahnte und mahnte an etwas, an etwas vor ewig langen Zeiten, schon damals hatte sie begriffen, daß sie das Schicksal nicht zu tragen vermochte, das sie sich selbst erwählt hatte. Sie hatte ihr beschirmtes sanftes Mädchendasein einer verheerenden fleischlichen Liebe geöffnet; seitdem mußte sie in Angst und Angst und wiederum Angst leben, ein unfreies Weib, vom ersten Augenblick an, da sie Mutter wurde. Der Welt hatte sie sich in ihrer Jugend hingegeben, und je mehr sie in den Schlingen der Welt zappelte und um sich schlug, desto härter fühlte sie sich in der Welt gefangen und gebunden. Ihre Söhne züchtigte sie, um sie mit den vom Zwang der zeitlichen Sorge gebundenen Schwingen zu schützen. Ihre Angst, ihre unsägliche Schwäche vor allen Menschen zu verbergen, hatte sie sich bemüht, war mit aufrechtem Rücken und ruhiger Miene dahingegangen, hatte stillgeschwiegen und gekämpft, um die Wohlfahrt ihrer Kinder auf alle nur erdenkliche Weise zu sichern.
Aber stets mit dieser heimlichen, atemlosen Angst: ergeht es ihnen einmal schlecht, so kann ich es nicht ertragen. Und zutiefst im Herzen jammerte sie in Erinnerung an ihren Vater und ihre Mutter. Wie diese mit Angst und Sorge um ihre Kinder dahingelebt hatten, Tag für Tag dem Tode entgegen, hatten sie doch ihre Bürde zu tragen vermocht, und zwar nicht deshalb, weil sie ihre Kinder weniger liebten, sondern weil sie ihre Kinder mit einer besseren Liebe liebten.
Und sollte sie nun ihren Kampf so enden sehen? – Hatte sie in ihrem Schoß eine Schar unruhiger junger Habichte gehegt, die nur im Nest lagen und ungeduldig auf die Stunde warteten, da ihre Schwingen sie über die fernsten Berge hinwegtragen würden? Und ihr Vater schlug nur die Hände zusammen und lachte – fliegt, fliegt, ihr meine jungen Vögel!
Blutige Stücke ihrer Herzwurzeln würden sie mit sich reißen, wenn sie fortflogen, und sie würden sich dessen nicht bewußt sein. Und sie sollte allein zurückbleiben und hatte alle die Herzwurzeln, die sie einstmals an ihr altes Heim gebunden hatten, selbst zerrissen. Dies mußte so enden, daß sie weder leben noch sterben konnte.
Sie wandte sich um, sprang stolpernd über den bleichen dürren Teppich von Rentierflechte, den Umhang dicht um sich gezogen, denn es war so unheimlich, wenn er sich in den Zweigen verfing. Schließlich gelangte sie auf die kleinen Wiesen hinaus, die ein wenig nördlich der Bauerngildenhalle und der Kirche lagen. Sie schritt über das Land

dahin, da erblickte sie einen Menschen auf dem Weg. Er rief, bist du es, Kristin? – Sie erkannte ihren Mann.

»Du bliebst lange aus«, sagte Erlend. »Es ist schon Nacht, Kristin. Ich bekam Angst um dich.«

»Bekamst du Angst um mich?« Ihre Stimme klang härter und hochmütiger, als es ihre Absicht war.

»Nicht gerade Angst. Aber ich dachte doch, daß ich dir entgegengehen sollte.«

Sie sprachen beinahe nichts, während sie talabwärts schritten. Als sie auf den Hofplatz kamen, war alles still. Ein paar Pferde gingen grasend zwischen den Häusern umher, aber die Leute waren alle zu Bett. Erlend trat geradeswegs auf das Haus zu, in dem sie schliefen, Kristin aber lenkte ihre Schritte zum Küchenhaus. »Ich muß noch etwas nachsehen«, antwortete sie auf seine Frage.

Er stand oben und lehnte sich über das Geländer, auf seine Frau wartend, dann sah er sie mit einer Kienfackel in der Hand aus dem Küchenhaus herauskommen und zur Feuerstube hinübergehen. Erlend wartete eine Weile – dann lief er hinunter und folgte Kristin ins Haus nach.

Sie hatte ein Licht angezündet und es auf den Tisch gestellt. Erlend fühlte sich von einem seltsamen Schauer durchbebt, als er sie bei der einsamen Kerze in dem leeren Haus stehen sah; nur das in den Boden eingelassene Wohngerät war in dieser Stube zurückgeblieben, und das abgenützte Holz leuchtete im Lichtschein nackt und leer. Die Feuerstätte war kalt und reingefegt, nur die Kienfackel, die Kristin hingeworfen hatte, glühte dort noch. Erlend und Kristin benutzten diese Stube nicht, und es war wohl ein halbes Jahr her, seit hier Feuer gebrannt hatte. Die Luft war seltsam bedrückend; es fehlten die vielen gemischten lebendigen Gerüche, die das Leben und Treiben der Menschen mit sich bringt. Und Rauchloch und Tür waren die ganze Zeit her nie geöffnet worden; deshalb roch es hier nach Wolle und Fellen. Einige zusammengerollte Pelze und Säcke, die Kristin aus dem Vorrat im Dachraum ausgeschieden hatte, lagen auf dem leeren Bett aufgestapelt, das einstmals Lavrans' und Ragnfrids Bett gewesen war.

Auf der Tischplatte lag eine Menge kleiner Knäuel – Nähfaden und Stopfgarn, aus Leinen und Wolle, die Kristin nach dem Färben beiseite geräumt hatte. Nun stand sie da und machte sich mit ihnen zu schaffen.

Erlend nahm im Hochsitz am Tischende Platz. Seltsam geräumig wirkte der Sitz um den schlanken Mann, nun da Kissen und Decken fehlten. Die beiden Olavskämpen mit den kreuzgezierten Helmen und Schilden, die Lavrans als Pfosten zum Hochsitz geschnitzt hatte, schielten gedrückt und unfreundlich unter Erlends schmalen braunen Händen hervor. Niemand konnte Laubwerk und Tiere schöner schnitzen als Lavrans, aber Menschenbildnisse hatte er nie sonderlich gut zuwege gebracht.

Es war lange Zeit so still zwischen ihnen, daß man nichts hörte als die dumpfen Schläge draußen auf der Wiese, wo die Pferde in der Sommernacht weideten.

»Willst du nicht bald schlafen gehen, Kristin?« fragte er schließlich.

»Willst nicht du gehen?«

»Ich wollte auf dich warten«, erwiderte der Mann.

»Ich habe noch keine Lust, hinaufzugehen, ich kann nicht schlafen.«

»Was liegt dir denn so schwer auf dem Gemüt, Kristin, daß du keinen Schlaf zu finden glaubst?« fragte er nach einer Weile.

Kristin richtete sich auf. Sie hielt eine Haspel mit hellgrünem Wollgarn in den Händen, spielte damit und drückte sie zwischen den Fingern.

»Was war es, worüber du heute mit Naakkve sprachst?« Sie schluckte ein paarmal hinunter, ihr Hals war so trocken. »Ein Ratschlag, der – nicht für ihn taugte, so schien er zu meinen –, aber ihr spracht davon, daß Ivar und Skule . . .«

»Ach – diese Sache!« Erlend lächelte ein wenig. »Ich sagte nur zu dem Burschen, ich habe doch auch noch einen Schwiegersohn, wenn ich mich recht besinne. – Obwohl Gerlak kaum mehr so eifrig sein wird wie früher, mir die Hände zu küssen und mir Umhang und Schwert zu tragen. Aber er besitzt Schiffe auf dem Meer – und reiche Verwandte in Bremen und in Lynn. Er muß doch jetzt wohl begreifen, daß er die Pflicht hat, den Brüdern seiner Frau zu helfen, der Mann; ich sparte ja auch nicht an meinen Gütern, als ich ein reicher Mann war und meine Tochter mit Gerlak Tiedekenssohn verheiratete.«

Kristin sagte nichts. Schließlich meinte Erlend ein wenig heftig:

»Jesus, Kristin, steh doch nicht so da, als wärst du zu Stein geworden.«

»Damals, als wir uns das erstemal trafen, hätte ich mir nicht träumen lassen, daß unsere Kinder es einmal nötig haben würden, in der Welt herumzuwandern und auf fremden Höfen um ihr Brot zu bitten.«

»Nein, zum Teufel auch, wenn ich gedacht habe, daß sie bitten sollen! Aber wenn sie sich alle sieben hier auf deinen Höfen ihr Essen schaffen sollen, dann müssen sie mit Bauernkost vorliebnehmen, meine Kristin, und ich glaube, meine Söhne taugen schlecht zu so etwas. Ivar und Skule werden allem Anschein nach einmal Draufgänger, und draußen in der Welt gibt es überall Weizenbrot und Kuchen für einen Mann, der sein Essen mit dem Schwert schneiden will.«

»Du willst also, daß deine Söhne einmal Söldner und gedungene Kriegsleute werden?«

»Sold nahm ich selbst einmal, als ich noch jung war und dem Grafen Jacob folgte. Gott sei ihm gnädig, sage ich, damals lernte ich ein wenig von dem, was ein Mann hierzulande nicht zu sehen bekommt, ob er nun großartig in seinem Hochsitz sitzt, mit dem silbernen Gürtel um den Wanst, und Bier in sich hineingießt, oder ob er hinter dem Pflug hergeht und die Fürze der Gäule schmeckt. Ein frisches Leben führte ich im Dienst des Grafen, das sage ich, obgleich mir dieser Klotz an den Fuß geschmiedet wurde, schon als ich noch in Naakkves Alter war. – Ich konnte doch wenigstens meine Jugend genießen.«

»Schweig!« Kristins Augen verdunkelten sich. »Würde es dir nicht den unerträglichsten Kummer bereiten, deine Söhne so in Sünde und Unglück hineingedrängt zu sehen?«

»Doch, Gott bewahre sie davor, aber es wäre ja auch nicht notwendig, daß sie alle Dummheiten ihres Vaters nachmachten. Man *kann* doch in Herrendienste treten, Kristin, ohne daß man sich solchen Anhang auflädt.«

»Wer das Schwert zieht, der soll sein Leben durch das Schwert verlieren, so steht es geschrieben, Erlend!«

»Ja, ich habe das gehört, meine Liebe. Trotzdem starben sie gut und christlich in ihrem Bett, mit der Letzten Ölung und aller Hilfe für ihre Seele, die meisten, sowohl von deinen als auch von meinen dahingeschiedenen Vätern, Kristin. Du brauchst ja nur an deinen eigenen Vater zu denken, er hatte doch in seiner Jugend bewiesen, daß er Manns genug war, sein Schwert zu führen.«

»Das war im Krieg, Erlend, auf Geheiß jenes Königs, dem sie Treue geschworen hatten, und um die Heimat zu schützen, ja, damals griffen Vater und auch die anderen zu den Waffen. Trotzdem sagte der Vater selbst, Gott wolle nicht, daß getaufte, christliche Männer die Waffen gegeneinander erhöben.«

»Nein, das weiß ich. Aber die Welt ist nun einmal nicht anders, seitdem Adam und Eva von dem Baum aßen, und das war vor meiner Zeit; ich kann nichts dafür, daß wir mit der Sünde in uns geboren sind.«

»Eine schändliche Rede führst du!«

Erlend unterbrach sie heftig:

»Kristin – du weißt genau –, ich weigerte mich nie, meine Sünden nach besten Kräften zu bereuen und zu büßen. Ein frommer Mann bin ich nicht, das ist wahr. Ich sah zuviel in jener Zeit, da ich Kind und Knabe war. Mein Vater war ein so lieber Freund der großen Herren beim Kapitel; wie die grauen Schweine gingen sie bei ihm ein und aus, Herr Eiliv, seinerzeit als er Priester war, und Herr Sigvat Lande und das ganze Gefolge, und mit ihnen kam nicht viel anderes als Zank und Streit; harten Sinnes und unbarmherzig erwiesen sie sich gegen ihren eigenen Bischof; heiliger und friedlicher waren sie nicht, diese Leute, die jeden Tag die höchsten Heiligtümer in den Händen hielten und Gott selbst im Brot und Wein emporhoben.«

»Uns ziemt es wohl nicht, die Priester zu verurteilen, mein Vater sagte stets, unsere Pflicht sei es, uns vor ihrem Priestertum zu beugen und ihnen zu gehorchen, ihr natürlicher Mensch aber unterstehe allein dem Urteil Gottes des Allmächtigen.«

»Ja-a«, antwortete Erlend gedehnt. »Ich weiß, daß er dies sagte, und auch du hast das schon früher gesagt. Ich weiß, du bist frömmer, als ich es zu sein vermag. – Trotzdem, Kristin, will es mir nicht scheinen, als sei es die rechte Auslegung der Worte Gottes, wenn du so umhergehst und alles in deinem Gedächtnis aufbewahrst und nie vergißt. Auch Lavrans hatte ein sehr gutes Gedächtnis – nein, nein, ich sage nichts anderes über deinen Vater, als daß er fromm war und adelig gut, und das bist auch du, das weiß ich –, aber oft, wenn du so sanft und süß sprichst, als hättest du den Mund voller Honig, so fürchte ich, du denkst hauptsächlich an altes Unrecht, und Gott mag darüber urteilen, ob du im Herzen so fromm bist wie in deiner Rede.«

Plötzlich brach sie zusammen, legte sich vornüber auf den Tisch, das Gesicht in den Armen verborgen, und schrie. Erlend sprang auf, sie lag da und schluchzte so laut und heftig, daß ihr ganzer Rücken bebte. Erlend umfaßte ihre Schulter:

»Kristin, was ist denn? Was ist denn?« wiederholte er, setzte sich zu ihr auf die Bank und versuchte, ihren Kopf zu heben. »Kristin – weine doch nicht so – bist du denn ganz von Sinnen?«

»Ich habe Angst!« Sie setzte sich aufrecht, rang die Hände im Schoß. »Ich habe solche Angst, gütige Jungfrau Maria, hilf uns allen miteinander; ich habe solche Angst, was aus allen meinen Söhnen werden wird.«

»Ja, meine Kristin, aber du mußt dich daran gewöhnen; du *kannst* sie nicht länger unter deine Fittiche nehmen; bald sind sie erwachsene Männer, alle unsere Söhne. Und du bist immer noch wie eine Glucke.« Er saß mit übergeschlagenem Bein da, hielt die Hände über dem Knie gefaltet und blickte ein wenig müde auf seine Frau herab. »Du schlägst blindlings nach Freund und Feind, wenn es deine Nachkommenschaft gilt.«

Sie erhob sich jäh, stand einen Augenblick stumm da und rang die Hände. Dann begann sie rasch auf und ab zu gehen. Sie sagte nichts, und Erlend saß schweigend da und sah sie an.

»Skule«, sie blieb vor ihrem Mann stehen. »Einen Unglücksnamen gabst du deinem Sohn. Aber du wolltest es – du *wolltest*, daß der Herzog in diesem Kind wiederauferstehe.«

»Der Name ist gut genug, Kristin. Unglück – Unglück gibt es vielerlei. Als ich in meinem Sohn den Vater meiner Vatermutter wiederaufrichtete, erinnerte ich mich, daß das Glück meinen Urahnen verlassen hatte; trotzdem war er immer noch König, und das mit besserem Recht als der Nachkomme des Kammachers.«

»Ihr tatet euch genug darauf zugute, du und Munan Baardssohn, daß ihr mit König Haakon Haalegg nahe verwandt wart.«

»Ja, du weißt, daß Sverres Sippe durch die Muhme meines Vaters, Margret Skulestochter, Königsblut erhielt.«

Lange Zeit standen Mann und Frau da und blickten einander starr in die Augen.

»Ja, ich weiß, was du denkst, mein schönes Weib.« Erlend ging hin und nahm wieder im Hochsitz Platz. Beide Hände auf die zwei Männerhäupter gelegt, beugte er sich ein wenig nach vorne; er lächelte kalt und aufreizend. »Du siehst aber, Kristin, mich hat es nicht niedergeworfen, daß ich ein armer und freundloser Mann geworden bin. Du magst es gerne erfahren, ich habe keine Angst, daß die Sippe meiner Väter durch mich für alle Zeiten Macht und Ehre verloren hat. Auch mich hat das Glück verlassen; hätte ich aber meinen Plan zu Ende führen können, so säßen jetzt ich und meine Söhne zur Rechten des Königs und hätten den Platz inne, der uns als so nahen Verwandten zukommt. Für mich ist jetzt wahrscheinlich das Spiel aus, aber ich sehe es an meinen Söhnen, Kristin, die werden in jene Verhältnisse kommen, zu denen sie von Geburt aus berechtigt sind. Du brauchst nicht so um sie zu jammern, und du sollst dir nicht solche Mühe geben, sie hier in diesem deinem abgelegenen Tal festzuhalten; laß sie sich frei erproben, so wirst du vielleicht sehen, noch ehe du stirbst, daß sie auf den Erbgütern ihres Vaters wieder Fuß gefaßt haben.«

»Ach, wie du reden kannst!« Bittere, heiße Zornestränen wollten Kristin in die Augen treten, aber sie zerdrückte sie und lachte mit verzerrtem Mund:

»Es dünkt mich, du bist noch kindischer als deine Söhne, Erlend! Da sitzest du und sagst solche Dinge – und es ist noch nicht lange her, erst heute war es, daß Naakkve ein Glück gefunden hätte, wie der Mund eines Christen es nicht aussprechen mag, hätte Gott uns nicht davor bewahrt...«

»Ja, in diesem Falle war es nun mir vergönnt, Gottes Werkzeug zu sein.« – Erlend zuckte mit den Schultern. Dann aber sagte er sehr ernsthaft:

»Solches brauchst du nicht zu befürchten, meine Kristin; ist es das, was dich so ganz von Sinnen gebracht hat, du Ärmste?« Er blickte nieder, sagte beinahe schüchtern: »Vergiß nicht, Kristin – dein seliger Vater betete für unsere Kinder, wie er früh und spät für uns alle betete. Und ich glaube fest und sicher, daß darin Rettung vor gar manchem liegt – vor dem Schlimmsten – in der Fürbitte eines so guten Menschen –«, sie sah, wie ihr Mann verstohlen mit dem Daumen das Kreuz über seiner Brust schlug.

Aber so außer sich, wie sie schon war, versetzte sie dies nur noch mehr in Erregung:

»Das ist dir nun ein Trost, Erlend, wie du so im Hochsitz meines Vaters sitzest, daß deine Söhne durch seine Gebete errettet werden sollen, so wie sie von seinen Höfen ernährt werden.«

Erlend erbleichte:

»Ist es dein Ernst, Kristin, daß ich unwürdig sei, Lavrans Björgulfssohns Hochsitz einzunehmen?«

Kristin bewegte die Lippen, brachte jedoch keinen Laut hervor. Erlend erhob sich und blieb stehen:

»Ist dies dein Ernst, dann sage ich dir, so wahr Gott über uns beiden ist, ich werde nie wieder hier sitzen.«

»Antworte«, sagte er wieder, als sie unbeweglich stehenblieb. Da ging durch den Körper der Frau ein lang anhaltendes Beben.
»Er war – ein besserer Mann – er, der – vor dir hier saß.« – Sie vermochte kaum die Worte hörbar vorzubringen.
»Hüte deinen Mund, Kristin!« Erlend tat ein paar rasche Schritte auf sie zu. Sie richtete sich mit einem Ruck auf:
»Ja, schlag mich nur – ich habe das schon früher hingenommen, ich kann es auch noch einmal ertragen.«
»Dich zu schlagen – dachte ich nicht.« Er stand da, die Hand auf den Tisch gestützt; wiederum starrten sie einander an, und wiederum lag über seinem Gesicht jene seltsame fremde Ruhe, die sie nur ganz selten an ihm bemerkt hatte. Die trieb sie jetzt zur Raserei. Sie wußte, daß ausschließlich sie im Recht war, Erlends Gerede war sinnlos, ohne jede Verantwortung, aber dieser Ausdruck in seinem Gesicht verlieh ihr das Gefühl, als läge das ganze Unrecht bei ihr.
Sie sah ihn an, und während sie selbst krank war vor Angst, weil sie es sagte, stammelte sie hervor:
»Ich fürchte, daß nicht *meine* Söhne es sein werden, mit denen dein Geschlecht im Trondheimischen wieder aufblühen wird.«
Erlend wurde blutrot:
»Ich merke, du kannst es dir nicht versagen, mich an Sunniva Olavstochter zu erinnern.«
»Nicht ich nannte sie, sondern du.«
Erlend errötete noch mehr.
»Hast du nie bedacht, Kristin, daß du an diesem – Unglück – nicht so ganz ohne Schuld warst?
Entsinnst du dich jenes Abends in Nidaros, als ich zu dir kam und vor deinem Bett stand. Sehr weich war ich und traurig darüber, daß ich dir weh getan hatte, mein Weib; ich kam, um dich wegen meines Unrechts um Verzeihung zu bitten. Du antwortetest mir, indem du mich batest, mich dort schlafen zu legen, wo ich die Nacht zuvor geschlafen hätte.«
»Konnte ich wissen, daß du bei dem Weib deines Verwandten gelegen hattest?«
Erlend blieb eine Weile stehen. Er wurde bleich und wiederum rot. Dann wandte er sich um und verließ die Stube, ohne ein Wort zu sagen.
Kristin rührte sich nicht. – Lange stand sie unbeweglich da, die zusammengeballten Hände unter dem Kinn, ins Licht starrend.
Dann hob sie den Kopf mit einem Ruck, atmete tief aus. Einmal mußte er es ertragen, dies zu hören.
Da vernahm sie den Laut von Hufen draußen auf dem Hofplatz, erkannte am Schritt, daß es ein Pferd war, das von einem Knecht geführt wurde. Sie schlich zur Tür und auf den Rundgang hinaus, stand hinter den Pfeilern und spähte.
Die Nacht begann schon morgengrau zu werden. Draußen im Hof-

platz standen Erlend und Ulf Haldorssohn. Erlend hielt sein Pferd, und Kristin sah, daß es gesattelt war und daß ihr Mann sich zur Reise gekleidet hatte. Die beiden Männer sprachen eine Weile miteinander, aber sie konnte kein Wort verstehen. Dann schwang Erlend sich in den Sattel und begann, Schritt für Schritt auf das Gatter zuzureiten; er blickte nicht zurück, schien aber mit Ulf, der neben dem Pferd herging, weiterzusprechen.

Als sie oben zwischen den Zäunen verschwanden, schlich Kristin hinaus, eilte so lautlos wie möglich zum Zaun hinauf, stand dort und lauschte – jetzt hörte sie, daß Erlend sein Tier auf dem Hauptweg traben ließ.

Bald darauf kam Ulf zurück. Er hielt jäh inne, als er die Frau am Zaun stehen sah. Eine Weile standen sie da und sahen einander in der Dämmerung an. Ulf war mit bloßen Füßen in die Schuhe geschlüpft und trug unter dem Umhang nur ein Leinenhemd.

»Was soll das heißen?« fragte Kristin heftig.

»Das mußt du wohl wissen – ich weiß es nicht.«

»Wo ritt er hin?« fragte sie wiederum.

»Nach Haugen.« Ulf stand eine Weile da. »Erlend kam herein und weckte mich, er sagte, daß er heute nacht dahin reiten wolle – und er schien Eile zu haben; er bat mich noch, ihm einige Sachen nachzusenden.«

Kristin schwieg lange.

»Er war also zornig?«

»Er war ruhig.« Bald darauf sagte Ulf leise: »Ich weiß nicht, Kristin, ob du nicht etwas gesagt hast, was du lieber ungesagt hättest sein lassen sollen.«

»Einmal mußte Erlend es wohl ertragen können, daß ich mit ihm wie mit einem vernünftigen Menschen redete«, erwiderte Kristin heftig.

Sie gingen langsam weiter. Ulf wandte sich seinem eigenen Haus zu, als sie ihm nachkam:

»Ulf, Verwandter«, bat sie voller Angst, »früher warst du es, der früh und spät zu mir sagte, daß ich mich um meiner Söhne willen hart machen und mit Erlend reden müsse.«

»Ja, ich bin klüger geworden mit den Jahren, Kristin, du aber nicht«, antwortete er wie vorher.

»Du tröstest mich gut, du«, sagte sie bitter.

Er legte eine Hand schwer auf die Schulter des Weibes, sagte aber zunächst nichts. So standen sie – es war so still, daß sie beide das ewige Flußrauschen hörten, das sie sonst nie vernahmen. Draußen im Tal krähten die Hähne, und Kristins Hahn antwortete schallend vom Stall her.

»Ja, ich habe lernen müssen, vorsichtig mit dem Trost umzugehen, Kristin, wir haben in den letzten Jahren viel von dieser Ware verbraucht, jetzt heißt es damit sparen, denn wir wissen nicht, wie lange sie noch reichen muß.«

Sie entwand sich seiner Hand; die Zähne tief in die Unterlippe gedrückt, drehte sie ihr Gesicht zur Seite, dann flüchtete sie hinunter, zurück zur Feuerstube.

Der Morgen war eisig kalt, sie schlang ihren Umhang dicht um sich und zog die Kapuze über den Kopf. Zusammengekrochen, die Füße mit den vom Tau nassen Schuhen unter den Rock heraufgezogen und die gekreuzten Arme auf die Knie gestützt, so saß sie am Rand der kalten Feuerstätte und grübelte. Von Zeit zu Zeit lief ein Zittern über ihr Gesicht, aber sie weinte nicht.

Sie mußte geschlafen haben, denn sie fuhr mit Schmerzen im Rücken auf, durchfroren und steif. Die Tür stand einen Spaltweit offen – sie sah, daß draußen auf dem Hofplatz die Sonne leuchtete.

Kristin trat in den Rundgang hinaus – die Sonne stand bereits hoch; von der Weide drunten hörte sie die Glocke des Pferdes dort, das hinkte. Sie warf einen Blick zu der Neustube hinüber. Da wurde sie gewahr, daß der kleine Munan oben auf dem Altan stand und zwischen den Pfosten herausschaute.

Die Söhne – durchjagte es sie. Was mochten sie gedacht haben, als sie erwachten und sahen, daß das Bett der Eltern unberührt war?

Sie lief über den Hofplatz und zu dem Kind hinauf – Munan hatte nur ein Hemd an. Kaum war die Mutter zu ihm getreten, schob er seine Hand in die ihre, als fürchte er sich.

Drinnen im Dachraum war noch keiner von den Burschen ganz angezogen; es hat sie wohl niemand geweckt, dachte sie. Alle sahen rasch zur Mutter auf und dann wieder zu Boden. Sie ergriff Munans Strümpfe und wollte ihm helfen, sie anzuziehen.

»Wo ist der Vater?« fragte Lavrans erstaunt.

»Dein Vater ritt schon in aller Morgenfrühe nach Haugen hinauf«, antwortete sie. Sie merkte, daß die Größeren aufhorchten, da sagte sie: »Du weißt, er hat schon so lange davon gesprochen, daß er einmal hinauf müsse, um zu sehen, wie es mit seinem Hof ginge.«

Die beiden Kleinen sahen der Mutter mit weit offenen erstaunten Augen ins Gesicht, aber die fünf älteren Brüder verbargen den Blick vor ihr, als sie die Stube verließen.

III

Die Tage gingen dahin. Die erste Zeit war Kristin nicht ängstlich: sie mochte nicht darüber nachdenken, was Erlend mit seinem Vorgehen beabsichtigte, mit dieser Art, so zur Nachtzeit im Jähzorn von daheim fortzulaufen, oder wie lange er vorhatte, dort oben auf seinem Berghof zu sitzen und sie mit seiner Abwesenheit zu strafen. In ihr kochte es noch vor Zorn auf ihren Gatten und am allermeisten deshalb, weil sie vor sich selbst nicht leugnen konnte, daß auch sie unrecht hatte und daß sie Worte gesagt hatte, die nicht gesagt zu haben sie aus tiefstem Herzen wünschte.

Wohl hatte sie gar oft unrecht gehabt und hatte auch oft in der Hitze des Streites böse und häßliche Worte zu ihrem Manne gesagt. Am bittersten aber kränkte sie, daß Erlend nie von selbst vergeben und vergessen konnte, nie, ohne daß sie sich demütigte und ihn schön darum bat. Es war ja auch nicht so oft vorgekommen, dünkte es sie, daß sie sich so verrannt hatte; konnte er denn nicht begreifen, daß nur dann, wenn sie müde und erschöpft war von Sorgen und Ängsten, die sie im stillen zu tragen sich bemüht hatte, daß sie dann am leichtesten die Herrschaft über sich selbst verlor. Es dünkte sie, Erlend hätte sich an all das erinnern müssen, was sie in Jahr und Tag an Kummer für die Zukunft ihrer Söhne getragen hatte, daran, daß sie in diesem Sommer zweimal eine entsetzliche Angst um Naakkve durchgemacht hatte. Jetzt waren ihr die Augen darüber aufgegangen, daß auf die Last und Mühen der jungen Mutter für die alternde Mutter Furcht und Sorge einer neuen Art folgten. – Sein sorgloses Geschwätz, daß er für die Zukunft der Söhne keine Angst habe, hatte sie erregt, bis sie wie eine wilde Bärin wurde – oder wie eine gereizte Glucke mit Küken; Erlend konnte gern sagen, daß sie wie eine Glucke über ihren Kindern wachte. Wachsam und wach wie ein Tier wollte sie sein, solange noch ein Funken Leben in ihr war.

Und wollte er um dieser Sache willen vergessen, daß sie jedesmal, wenn es galt, nach besten Kräften an seiner Seite gestanden hatte, daß sie trotz ihrem Zorn vernünftig und gerecht gewesen war, als er sie schlug, und auch damals, als er sie mit dieser verhaßten leichtfertigen Lenviksfrau betrog, so mochte er das tun. Selbst jetzt konnte sie nicht so tiefen Groll und solche Bitterkeit gegen Erlend um dieser schlimmsten Sache willen empfinden, die er ihr angetan hatte; wenn sie sich mit ihren Klagen über *dieses* gegen ihn wandte, so geschah es, weil sie wußte, daß er dies selbst bereute, daß er hier begriff, wie schlimm er gehandelt hatte. Nie aber war sie auf Erlend so böse gewesen – und sie war es auch jetzt nicht –, daß nicht die Erinnerung an seinen Schlag und an seine Untreue mit allem, was diese im Gefolge hatte, ihr um des Mannes selbst willen die meisten Sorgen bereitete. – Sie fühlte stets, daß er mit diesem Ausbruch seines unbeherrschten Sinnes mehr gegen sich selbst und das Wohl seiner Seele gesündigt hatte als gegen sie.

Das, was sie weiterhin schmerzte, waren all die kleinen Wunden, die er ihr mit seiner unfreundlichen Gleichgültigkeit geschlagen hatte, mit seinem kindischen Mangel an Geduld; ja sogar mit der übermütigen und gedankenlosen Art seiner Liebe, wenn er zeigte, daß er trotz allem Liebe zu ihr empfand. In allen jenen Jahren, da sie jung und ihr Gemüt weich war, hatte sie fühlen müssen, wie Gesundheit und Seelenkraft nicht verschlugen, wenn sie so rings von einer Schar wehrloser kleiner Kinder umgeben im Leben stand, wollte nicht der Vater, der Gemahl, zeigen, daß er nicht nur die Kraft, sondern auch die Liebe dazu hatte, sie und ihre kleinen Söhne zu schützen. Es war solch eine Qual gewesen, sich selbst körperlich so schwach zu fühlen, einfältig und unerfahren, und dabei es nicht zu wagen, sich auf die Klugheit und Stärke des Mannes zu verlassen – es war, als habe ihr Herz damals Wunden davongetragen, die nie wieder heilen wollten. Selbst die süße Lust, die es bedeutete, den Säugling emporzuheben, seinen lieblichen Mund an die Brust zu legen und den kleinen warmen weichen Leib auf dem Arm zu fühlen, selbst sie wurde von Furcht und Unruhe verbittert: so klein, so schutzlos bist du, und dein Vater denkt nicht daran, daß er vor allem dich schützen sollte.

Und jetzt, da ihre kleinen Kinder groß und stark geworden waren, aber immer noch nicht genügend Mannesverstand besaßen, jetzt lockte er sie von ihr weg. Sie entschwanden ihr, die ganze Schar, der Gatte wie die Söhne, in dieser seltsam knabenhaft spielerischen Art, von der sie bei allen Männern, die ihr begegnet waren, einen Funken gesehen zu haben glaubte und in der ein schwerfälliges, bekümmertes Weib nie mitfolgen konnte.

So war sie um ihrer selbst willen nur traurig und böse, wenn sie an Erlend dachte. Ängstlich aber wurde sie, wenn sie sich fragte, was die Söhne dachten.

Ulf war mit zwei Saumpferden auf Haugen gewesen und hatte Erlend die Sachen gebracht, um die er noch gebeten hatte, Kleider und eine Reihe Waffen, alle seine vier Bogen, Säcke mit Pfeilspitzen und Eisenbolzen, drei von den Hunden. Munan und Lavrans weinten laut, als Ulf die kleine glatthaarige Hündin mit den seidenweichen hängenden Ohren mitnahm; es war ein feines ausländisches Tier, das Erlend vom Abt von Holm zum Geschenk erhalten hatte. Daß der Vater solch einen seltenen Hund besaß, schien ihn in den Augen der beiden kleinen Jungen mehr als alles über alle anderen Männer zu stellen. Und außerdem hatte der Vater ihnen versprochen, daß sie, wenn die Hündin wieder Junge bekäme, sich selbst je einen aus dem Wurf auswählen dürften.

Als Ulf Haldorssohn zurückkam, fragte Kristin, ob Erlend etwas davon gesagt habe, wann er wieder heimzukommen gedenke.

»Nein«, sagte Ulf. »Es scheint, als wolle er dort bleiben.«

Von selber erzählte Ulf nicht viel mehr über seine Reise nach Haugen. Und Kristin hatte keine Lust zu fragen.

Als Kristin im Herbst mit ihren Kindern aus der Neustube auszog, sagten die ältesten Söhne, sie wollten in diesem Winter gern im Oberstockwerk schlafen. Kristin erlaubte ihnen dies, und so war sie nun allein mit den beiden Jüngsten in der Großstube darunter. Am ersten Abend sagte sie, daß jetzt auch Lavrans bei ihr im Bett schlafen könne.

Der Knabe rollte sich zusammen und bohrte sich voller Wohlbehagen in die Polster ein. Die Kinder waren gewohnt, daß ihnen auf der Bank ein Lager bereitet wurde, das aus Hautsäcken, die mit Stroh gefüllt waren, bestand. Dazu hatten sie noch Felldecken, in die sie sich einhüllen konnten. In den Betten aber lag man auf blauen Polstern und hatte außer dem Fell noch feine Decken – und die Eltern hatten weiße Leinenbezüge über den Kopfkissen.

»Hier darf ich wohl nur so lange liegen, bis der Vater heimkommt«, fragte Lavrans, »dann muß ich wieder auf der Bank schlafen, Mutter?« –

»Dann könnt ihr in Naakkves und Björgulfs Bett schlafen«, antwortete die Mutter. »Es sei denn, die Burschen besinnen sich anders und kommen wieder herunter, wenn es kalt wird.« Es stand auch im Dachraum oben ein kleiner gemauerter Ofen, aber der gab mehr Rauch als Wärme, und Wind und Wetter waren dort oben viel stärker zu spüren.

Je mehr der Herbst sich seinem Ende näherte, desto mehr befiel Kristin eine ungewisse Furcht; die nahm von Tag zu Tag zu, und Kristin fiel es immer schwerer, in dieser Spannung zu leben. Niemand schien von Erlend etwas zu hören oder zu sehen.

Wenn sie in den langen schwarzen Herbstnächten wach dalag, hörte sie die gleichmäßigen Atemzüge der beiden kleinen Knaben, lauschte auf das Treiben des Windes rings um das Haus und dachte an Erlend. Wäre er doch wenigstens nicht auf jenem Hof dort ...

Es war ihr gar nicht recht gewesen, als die Vettern von Haugen sprachen. – Munan Baardssohn war an einem der letzten Abende, ehe sie von Oslo abreisen sollten, bei ihnen gewesen. Munan war damals allein im Besitz dieses kleinen Hofes seiner Mutter. Sowohl er als auch Erlend waren ziemlich betrunken gewesen und lustig, und während sie dasaß und darunter litt, daß sie über diesen Unglücksort sprechen mußten, schenkte Munan Erlend diesen Hof: so besitze er doch wenigstens ein kleines Stück Erde in Norwegens Landen.

Dies trug sich unter Scherzen und Lachen zu; selbst über die Gerüchte, daß man auf Haugen des Spukes wegen nicht wohnen könne, machten sie ihre Scherze.

Der Schrecken, der Munan Baardssohn nach dem unglücklichen Tod der Mutter und ihres Mannes dort oben befallen hatte, schien bei dieser Gelegenheit ein wenig von dem Ritter zu weichen.

Tatsächlich übergab er Erlend Besitzbrief und Urkunde für Haugen. Kristin konnte ihren Unwillen darüber, daß Erlend nun Besitzer dieser unheimlichen Stätte geworden war, nicht verbergen. Erlend aber schlug es in den Wind:

»Es ist wenig wahrscheinlich, daß wir, du oder ich, je unseren Fuß auf diesen Hof dort setzen werden – wenn die Häuser überhaupt noch stehen und nicht eingefallen sind. Und uns selber den Zehent heimbringen werden doch wohl weder Muhme Aashild noch Herr Björn. Uns kann es also kaum etwas schaden, wenn es wirklich wahr ist, daß sie dort umgehen, wie die Leute sagen.«

Als das Jahr sich seinem Ende zuneigte und Kristins Gedanken stets um das eine kreisten, wie es Erlend dort oben auf Haugen wohl gehe, wurde sie so schweigsam, daß sie zu ihren Kindern oder zu dem Gesinde kaum mehr ein Wort sagte, außer wenn sie deren Fragen beantworten mußte, und diese scheuten sich, ohne triftigen Grund das Wort an Kristin zu richten, denn sie gab kurze und ungeduldige Antworten, wenn man bei ihr eindrang und sie in ihrem unruhigen und gespannten Grübeln störte. Sie selbst wurde dies kaum gewahr, und als sie schließlich merkte, daß die beiden jüngsten Kinder aufgehört hatten, nach ihrem Vater zu fragen oder sonst über ihn zu sprechen, seufzte sie und dachte, wie rasch doch Kinder vergessen. Aber sie wußte nicht, wie oft sie selbst die Kleinen mit ihren ungeduldigen Antworten zurückgeschreckt hatte, wenn sie ihnen befahl, still zu sein und sie nicht zu plagen.

Mit den älteren Söhnen sprach sie sehr wenig.

Solange der trockene Frost anhielt, konnte sie fremden Leuten, die auf den Hof kamen und nach ihrem Mann fragten, sagen, er sei im Gebirge und versuche sein Jagdglück. Dann aber trat ein großer Schneefall ein, sowohl im Tal als auch im Gebirge, in der ersten Adventswoche.

Am frühen Morgen des Sancta-Lucien-Tages, als es draußen noch pechschwarz und sternenklar war, trat Kristin aus dem Kuhstall. Da sah sie beim Licht einer Kienfackel, die in den Schnee gesteckt war, daß drei ihrer Söhne vor dem Wohnhaus standen und im Begriff waren, sich Schneeschuhe an die Füße zu binden, und ein wenig weiter weg stand Gautes Wallach mit einem Saumsattel auf dem Rücken, an den Hufen hatte er Schneereifen. Kristin erriet, wo die Burschen hinwollten; so wagte sie nichts weiter zu sagen, sondern fragte nur, als sie Björgulf unter ihnen sah – die beiden anderen waren Naakkve und Gaute:

»Willst du mit Schneeschuhen fortgehen, Björgulf, heute gibt es sicher einen klaren Tag, mein Sohn!«

»Ihr seht es, Mutter.«

»Vielleicht kommt ihr noch vor Mittag wieder heim?« fragte sie ratlos.

Björgulf war sehr wenig gewandt auf den Schneeschuhen; er vertrug mit seinen Augen das Flimmern des Schnees nicht und hielt sich zur Winterszeit meist im Haus auf. Aber Naakkve antwortete, daß sie vielleicht einige Tage ausblieben.

Kristin ging in Unruhe und Angst daheim umher. Die Zwillinge waren störrisch und verdrossen, Kristin merkte, daß sie hatten mitgehen wollen, aber von den erwachsenen Brüdern nicht mitgenommen worden waren.

Früh am fünften Tag, um die Zeit des Morgenimbisses, kamen die drei zurück. Sie waren um Björgulfs willen noch im Morgendämmern aufgebrochen, erzählte Naakkve, um noch vor Sonnenaufgang daheim zu sein. Die beiden gingen sofort in ihren Schlafraum hinauf – Björgulf sah zum Umfallen müde aus –, Gaute aber trug Säcke und Saumsattel in die Stube. Für die kleinen Jungen hatte er zwei schöne junge Hunde

mitgebracht; jetzt vergaßen die Kinder alles Fragen. Gaute schien verlegen zu sein, bemühte sich aber, sich nichts anmerken zu lassen.
»Und das«, sagte er und zog etwas aus dem Sack, »das hieß mich der Vater Euch geben.«
Es waren vierzehn ungewöhnlich schöne Hermelinfelle. Die Mutter nahm sie in Empfang, ziemlich verlegen; sie konnte kein Wort zu einer Entgegnung finden. Es gab so allzu vieles, wonach sie hätte fragen wollen; sie fürchtete, überwältigt zu werden, wenn sie ihr Herz auch nur einen Spaltweit öffnete – und Gaute war so jung. So konnte sie nur sagen:
»Sie sind schon weiß, wie ich sehe – ja, ja, wir sind ja jetzt auch tief in der Winterhälfte.«
Als Naakkve herunterkam und er und Gaute sich ans Essen machten, sagte Kristin rasch zu Frida, sie wolle selber Björgulf etwas zu essen hinaufbringen. Sie hatte plötzlich das Gefühl, als könne sie mit dem wortkargen Knaben, der, wie sie ahnte, im Inneren viel erwachsener war als die Brüder, vielleicht über diese Sache sprechen.
Er hatte sich zu Bett gelegt und drückte ein Tuch auf seine Augen. Die Mutter hängte einen Wasserkessel über das Feuer, und während Björgulf auf den Ellbogen gestützt im Bett lag und aß, überbrühte sie getrocknete Blüten von Augentrost und Schwalbenkraut.
Kristin nahm ihm die leere Schüssel ab, wusch seine roten und geschwollenen Augen mit dem Kräuterwasser und legte ihm feuchte Tücher auf, und dann faßte sie sich endlich ein Herz und fragte:
»Sprach er nicht darüber, dein Vater, wann er zu uns herunterzukommen gedenke?«
»Nein.«
»Du bist immer wortkarg, Björgulf«, sagte die Mutter nach einer Weile.
»Das scheint bei uns in der Sippe zu liegen, Mutter. – Simon und seinen Leuten begegneten wir hier oberhalb der Rostklamm – sie fuhren mit Lastschlitten talaufwärts«, sagte er ein wenig später.
»Habt ihr miteinander gesprochen?« fragte Kristin.
»Nein«, er lachte wie zuvor. »Es scheint zwischen uns Verwandten und Schwägern eine Seuche zu herrschen, daß Freundschaft sich bei uns nicht halten kann.«
»Willst du mich beschuldigen?« brauste die Mutter auf. »In einem Atemzug klagst du darüber, daß wir zuviel schweigen, und im nächsten sagst du, wir könnten keine Freundschaft bewahren.«
Björgulf lachte bloß wieder. Dann richtete er sich auf den Ellbogen auf, als lausche er auf die Atemzüge der Mutter.
»Um Gottes willen, Mutter, Ihr dürft jetzt nicht zu weinen anfangen; ich bin müde, ungewohnt auf Schneeschuhen zu gehen, rechnet mir nicht nach, was ich sage: ich weiß ja, daß Ihr keine streitsüchtige Frau seid.«
Gleich darauf ging Kristin hinunter. Jetzt aber wagte sie nicht mehr

um alles in der Welt, diesen Sohn zu fragen, was die Kinder über diese Dinge dachten.

So lag sie Abend für Abend da, wenn die Knaben in den Oberstock hinaufgegangen waren, wachte und lauschte: ob sie wohl miteinander sprachen, wenn sie dort oben allein waren? Es dröhnte von den Stiefeln, die sie auf den Boden schleuderten, die hingeworfenen Messergürtel schlugen auf – sie hörte ihre Stimmen, konnte aber keine Worte unterscheiden –, die Knaben redeten heftig aufeinander ein, die Stimmen wurden laut, es schien halb Streit, halb Scherz zu sein. Einer der Zwillinge schrie laut, dann wurde etwas über den Boden geschleift, so daß der Staub durch die Decke herunterrieselte, die Tür zum Altan wurde laut aufgestoßen, dann hörte man ein Rumpeln auf dem Altan selber, und Ivar und Skule drohten und schalten draußen, während sie gegen die Tür hämmerten – sie unterschied Gautes Stimme, laut und lachend. Er stand innerhalb der Tür, das merkte sie; jetzt hatten er und die Zwillinge wieder miteinander gestritten, und das Ende vom Lied war, daß Gaute die beiden hinausgeworfen hatte. Schließlich hörte sie Naakkves erwachsene Männerstimme; er stiftete Frieden, die beiden kamen herein. Noch eine Zeitlang klangen Reden und Gelächter zu ihr herunter, dann stiegen die droben in ihre Betten. Mit der Zeit wurde es still. Nach einer Weile klang ein gleichmäßiges Rollen zu ihr herunter, nur ab und zu unterbrochen: ein Rollen wie von Donner tief drinnen im Gebirge.

Die Mutter lächelte in der Dunkelheit. Gaute schnarchte, wenn er recht müde war, das hatte ihr Vater auch getan. Es war doch etwas Seltsames um solche Ähnlichkeit; jene ihrer Söhne, die im Äußeren Erlend nachschlugen, waren ihm auch darin verwandt, daß sie so lautlos schliefen wie die Vögel. Und während sie dalag und sich all der kleinen Züge erinnerte, die man an den Nachkommen so wunderbar wiedererkennen kann, Geschlecht auf Geschlecht, mußte sie vor sich hinlächeln. Die schmerzliche Spannung im Gemüt der Mutter ließ für einen Augenblick nach, und die Betäubung des Schlafes kam und ballte alle Gedankenfäden zusammen, während sie hinüberschlummerte, zuerst voller Wohlbehagen und dann ganz vergessend.

Die sind jung, tröstete sie sich. Die nehmen es gewiß nicht so schwer . . .

Aber eines Tages, kurz vor Neujahr, kam Sira Solmund, der Hilfspriester, zu Kristin nach Jörundhof. Es war das erstemal, daß er ungebeten hierherkam, und Kristin empfing ihn freundlich, obgleich sie Böses ahnte. Es kam so, wie sie gedacht hatte; er hielt sich für verpflichtet, darüber nachzuforschen, ob sie und ihr Mann sich eigenmächtiger- und unchristlicherweise voneinander getrennt hätten und, wenn dem so sei, wer von den Ehegatten die Verantwortung für diese Ungesetzlichkeit trüge.

Kristin fühlte selbst, daß ihr Blick nicht ruhig war und ihre Zunge zu schnell und daß sie allzu viele Worte gebrauchte, als sie dem Priester darlegte, Erlend habe gemeint, daß er einmal nach seinem Besitztum dort oben auf Dovre sehen müsse, es sei die ganzen Jahre her vernachlässigt worden, die Häuser fielen wohl schon bald ein – bei ihren vielen Kindern sei es doch wohl notwendig, auf alles zu achten – und noch viel mehr dergleichen. Viel zu wortreich erklärte sie den Zusammenhang, selbst Sira Solmund, so wenig scharfsinnig er war, mußte merken, daß sie sich unsicher fühlte; jetzt redete und redete sie davon, daß Erlend ein so eifriger Jäger sei, das wisse der Priester ja selber. Sie holte die Hermelinfelle herbei, die sie von ihrem Mann bekommen hatte; in ihrer Verwirrung schenkte sie die Felle dem Priester, beinahe ehe sie sich dessen bewußt war, ehe sie Zeit zum Überlegen gehabt hatte.

Sie ärgerte sich, als Sira Solmund gegangen war. Ihr Mann hätte wissen können, daß gerade ein solcher Priester wie der, den sie jetzt hatten, auf den Gedanken kommen würde, nachzuforschen, ob irgend etwas vorläge, wenn Erlend so lange fortblieb.

Sira Solmund war ein kleiner unscheinbarer Mann; sein Alter ließ sich nicht leicht erraten, vermutlich aber war er an die vierzig Winter alt. Sehr scharfsinnig schien er nicht zu sein, und auch überflüssige Kenntnisse besaß er sicherlich nicht allzu viele, immerhin aber war er ein rechtschaffener, frommer und sittsamer Priester. Eine ältere Schwester von ihm, kinderlose Witwe und ein widerliches Klatschweib, führte ihm seinen kleinen Haushalt.

Er wollte gerne als ein eifriger Diener der Kirche erscheinen, warf sich aber fast nur auf kleine Sachen und kleine Leute – er war furchtsamen Gemütes – und hatte Angst, gegen die Großbauern vorzugehen und in schwierigen Fragen einzugreifen, hatte er diese aber erst einmal getan, so wurde er sehr hitzig und hartnäckig.

Trotzdem erfreute er sich in seiner Gemeinde ziemlicher Beliebtheit. Einesteils empfanden die Leute Achtung vor seiner stillen ehrbaren Lebensweise, anderenteils war er, wenn es sich um die Rechte der Kirche und um die Pflichten der Gemeinde handelte, lange nicht so geldgierig oder so kampflustig, wie Sira Eirik es gewesen war. Dies kam wohl hauptsächlich daher, daß er nicht so derb und mutig war wie der alte Priester.

Sira Eirik aber wurde von jedem Mann und jedem Kind in den Tälern ringsumher geliebt und geehrt. Früher hatten die Leute sich oft geärgert, wenn der Priester mit unziemlicher Gier versucht hatte, die Kinder sicherzustellen und reich zu machen, die er in dem Buhlenleben mit seiner Schaffnerin gezeugt hatte. In der ersten Zeit, die er in dem Tal dort lebte, war es den Leuten von Sil schwergefallen, seine gebieterische Strenge gegen jeden, der auch nur das kleinste Gesetz der Kirche übertrat, zu ertragen. Kriegsmann war er gewesen, ehe er die Priesterweihe empfing, und er hatte in seiner Jugend zu dem Gefolge des Seeräuber-Jarls, Herrn Alfs von Tornberg, gehört; das spürte man noch an seiner ganzen Art.

Aber selbst damals waren die Leute stolz auf ihren Priester gewesen, denn er überragte die meisten Kirchspielpfarrer des Landes an Kenntnissen, Wissen, Körperstärke und vornehmem Auftreten, und er hatte die schönste Singstimme. Und mit den Jahren und mit den schweren Prüfungen, die Gott diesem seinem Diener um des Eigensinnes seiner Jugend willen auferlegt zu haben schien, hatte Sira Eirik Kaaressohn so an Weisheit, Frömmigkeit und Gerechtigkeit zugenommen, daß sein Name jetzt im ganzen Bistum bekannt und geehrt war. Wenn er zur Priesterversammlung in die Stadt Hamar ritt, wurde er von all den anderen Priestern wie ein Vater geehrt, und es hieß, Bischof Halvard hätte ihm gern eine Kirche verschafft, durch die er Herrentitel und -sitz im Domkapitel erhalten hätte. Sira Eirik aber sollte darum gebeten haben, bleiben zu dürfen, wo er war; er schob dies auf sein Alter und auf seine Augen, die schon seit vielen Jahren sehr schlecht waren.
Am Hauptweg in Sil, ein wenig südlich von Formo, stand das schöne Kreuz aus Schnitzstein, das Sira Eirik an jenem Platz hatte aufstellen lassen, wo vor vierundzwanzig Jahren seine beiden jungen hoffnungsvollen Söhne von der Steinlaue dahingerafft worden waren. Heute noch fuhren die älteren Leute aus dem Tal nicht daran vorbei, ohne anzuhalten und ein Paternoster und den Englischen Gruß für Alfs und Kaares Seelen zu sprechen.
Seine Tochter hatte der Priester mit Heiratsgut und Vieh vom Hof weg verheiratet; er gab sie einem braven Bauernsohn aus gutem Geschlecht von Viken; niemand dachte anders, als daß Jon Fis ein guter Bursche sei. Sechs Jahre später kam sie zu ihrem Vater heim, ausgehungert, krank, zerfetzt und verlaust, mit einem Kind an jeder Hand und einem unter dem Herzen. Die Leute, die damals in Sil wohnten, wußten es genau, obgleich sie nie darüber sprachen: der Vater dieser Kinder war als Dieb in Oslo gehängt worden. Die Jonssöhne waren nicht gut geartet – und jetzt waren sie alle drei tot.
Schon zu Lebzeiten seiner Nachkommen hatte Sira Eirik eifrig dafür gesorgt, seine Kirche mit Gaben zu schmücken und zu ehren. Jetzt würde sie wohl den größten Teil seines Vermögens und seiner kostbaren Bücher erhalten. Die neue, Sankt Olav und Sankt Tomas geweihte Kirche in Sil war viel größer und prächtiger als die alte niedergebrannte, und Sira Eirik hatte viele herrliche und kostbare Dinge dafür gestiftet. Er ging jeden Tag zur Kirche und verrichtete dort sein Gebet und seine Andacht, aber die Messe für die Gemeinde las er jetzt nur noch an den hohen Feiertagen. Auch die priesterlichen Amtshandlungen wurden jetzt meist von Sira Solmund verrichtet. Wenn aber die Leute eine schwere Sorge hatten oder ihre Seele von großen Schwierigkeiten und Gewissensbissen beunruhigt war, so suchten sie am liebsten den alten Priester auf, und allen dünkte es, daß sie von einer Begegnung mit Sira Eirik stets Hilfe heimtrügen.
Und eines Abends gegen den Frühling zu ging denn Kristin Lavranstochter nach Romundhof und klopfte an die Tür von Sira Eiriks Stube.

Aber sie wußte eigentlich selbst nicht recht, wie sie ihr Anliegen vorbringen sollte; so saß sie, nachdem sie ihn begrüßt hatte, da und redete von dem und jenem. Schließlich sagte der alte Mann ein wenig ungeduldig:

»Bist du nur hergekommen, um mich zu begrüßen, Kristin, und um zu sehen, wie es mir geht? Es ist schön von dir, wenn dem so ist, aber mir will scheinen, du habest irgend etwas auf dem Herzen, und wenn es sich wirklich so verhält, so sprich jetzt davon und verliere nicht die Zeit mit unnützen Reden.«

Kristin legte die Hände auf ihrem Schoß ineinander und blickte zu Boden:

»Ich sehe es so ungern, Sira Eirik, daß mein Gemahl dort oben auf Haugen lebt.«

»Der Weg dorthin ist wohl nicht so lang«, sagte der Priester, »als daß du nicht leicht hingehen und mit ihm sprechen könntest, ihn bitten könntest, bald heimzukehren. So viel kann er doch auf dem kleinen Hof nicht zu tun haben, daß er noch länger dortzubleiben braucht.«

»Mir wird angst, wenn ich daran denke, daß er in den Winternächten allein dort oben ist«, sagte Kristin schaudernd.

»Erlend Nikulaussohn ist wohl alt und geschickt genug, um auf sich selber achtzugeben.«

»Sira Eirik, du weißt, was sich dort oben früher einmal alles zugetragen hat«, flüsterte Kristin beinahe unhörbar.

Der Priester wandte ihr die alten trüben Augen zu; einstmals waren sie kohlschwarz und funkelnd scharf gewesen. Er schwieg.

»Du hast doch wohl davon gehört, was die Leute sich erzählen«, sagte sie ebenso leise wie zuvor. »Daß – daß die Toten – dort umgehen sollen.«

»Willst du damit sagen, daß du ihn deshalb nicht aufzusuchen wagst – oder fürchtest du, die Toten könnten deinem Mann das Genick brechen? Liebe Kristin, wenn sie das bis jetzt noch nicht getan haben, so lassen sie ihn wohl auch fürderhin dort in Frieden« – der Priester lachte barsch. »Unvernunft, ketzerisches und abergläubisches Geschwätz ist fast alles, was das Volk sich erzählt, wenn es von Gespenstern und Toten spricht, die umgehen sollen. Ich fürchte, dort, wo Herr Björn und Frau Aashild weilen, stehen strenge Wächter an der Tür.«

»Sira Eirik«, flüsterte sie bebend, »glaubst du denn, daß es für die beiden armen Seelen keine Rettung gibt?«

»Gott verhüte, daß ich mich je erdreisten sollte, über die Grenzen seiner Gnade zu urteilen. Aber ich kann mir nicht denken, daß es den beiden gelungen sein sollte, ihre Abrechnung so schnell zu beenden – noch sind die Tafeln nicht zu Ende gelesen, auf denen die beiden ihre Runen eingekerbt haben – Aashilds Kinder, die sie im Stich ließ, ihr beiden, die ihr bei der klugen Frau in die Lehre gingt. Könnte ich glauben, daß es helfen würde, wenn einiges von dem Schaden, den

sie angerichtet hat, wiedergutgemacht würde, dann ... Aber da Erlend dort oben bleibt, ist es wohl nicht Gottes Meinung, daß es etwas nützen würde, wenn die Muhme sich zeigte. Denn das wissen wir, durch Gottes Erbarmen und Unserer Lieben Frau Mitleid und die Fürbitte der Kirche kann es geschehen, daß eine arme Seele aus dem Fegefeuer heraus ins Jenseits gelangen darf, wenn ihre Sünde so beschaffen ist, daß sie durch die Hilfe lebender Menschen gesühnt und dadurch die peinvolle Zeit dieser Seele abgekürzt werden kann – so wie jene unselige Seele, die im diesseitigen Leben den Grenzstein zwischen Hov und Jarpstad verschoben hatte, und wie der Bauer im Musutal mit den falschen Briefen wegen des Mühlbachs. Aber ohne solch ein triftiges Anliegen können die Seelen nicht aus dem Fegefeuer kommen – Geschwätz ist das meiste, was das Volk von Gespenstern und Ausgeburten redet oder Blendwerk des Teufels, das sich in Rauch auflöst, wenn du dich mit dem Zeichen des Kreuzes und dem Namen des Herrn dagegen schützest.«
»Aber die, die in Gott selig sind, Sira Eirik?« fragte sie wiederum leise.
»Jene, die bei ihm heilig sind, kann er mit guten Gaben und Botschaften aus dem Paradies in seinem Auftrag entsenden, das weißt du.«
»Ich erzählte dir, daß ich einmal Bruder Edvin Rikardssohn sah«, sagte sie wie vorher.
»Ja, entweder war dies ein Traum – und er konnte dir von Gott oder von deinem Schutzengel gesandt sein –, oder der Mönch ist ein Heiliger.«
Bebend flüsterte Kristin:
»Mein Vater. Sira Eirik, ich habe so herzlich darum gebeten, daß es mir vergönnt sein möge, sein Antlitz ein einziges Mal zu schauen. Ich sehne mich so unsagbar danach, ihn zu sehen, Sira Eirik – und vielleicht könnte ich aus seiner Miene erkennen, welche Taten er von mir heischt. Könnte ich von meinem Vater einen Rat erhalten, dann ...« Sie mußte sich auf die Lippen beißen und wischte mit einem Zipfel ihres Kopftuchs die hervorbrechenden Tränen weg.
Der Priester schüttelte den Kopf.
»Bitte für seine Seele, Kristin, obwohl ich ganz gewiß glaube, daß Lavrans und auch deine Mutter schon seit langer Zeit in dem getröstet sind, bei dem sie zu ihren Lebzeiten hier auf Erden Trost für alle Sorgen gesucht haben. Und ganz gewiß hält Lavrans dich auch dort mit seiner Liebe umfangen. Aber deine Gebete und die Messen für seine Seelenruhe binden dich und uns alle an ihn. Ja, die Art, es ist schwer, diese geheiligten Dinge zu erfassen, aber zweifle nicht daran, daß diese Art besser ist, als wenn er in seinem Frieden aufgestört würde, um hierherzukommen und sich dir zu zeigen.«
Kristin mußte eine Weile sitzen bleiben, ehe sie wieder so weit Herr über sich wurde, daß sie zu sprechen wagte. Dann aber erzählte sie dem Priester alles, was sich an jenem Abend in der Feuerstube zwischen

ihr und Erlend zugetragen hatte, und sie wiederholte jedes Wort, das gesprochen worden war, so genau sie sich dessen erinnerte.

Als sie ausgesprochen hatte, saß der Priester lange schweigend da. Da schlug sie die Hände heftig zusammen:

»Sira Eirik! Dünkt dich, ich sei mehr im Unrecht gewesen? Dünkt dich, mein Unrecht sei *so* groß, daß es keine Sünde von Erlend ist, auf diese Art von mir und allen seinen Söhnen fortzugehen? Dünkt es dich richtig, daß er verlangt, ich solle ihn aufsuchen, mich ihm zu Füßen werfen und die Worte wieder zurücknehmen, die ich im bösen aussprach – ich *weiß*, daß er nicht eher zu uns heimkehren wird!«

»Dünkt dich wirklich, daß du Lavrans aus dem Jenseits rufen mußt, um seinen Rat in dieser Sache zu erhalten?« Der Priester erhob sich und legte seine Hände auf die Schultern der Frau: »Das erstemal, als ich dich sah, Kristin, warst du ein zartes kleines Mädchen; Lavrans nahm dich zwischen seine Knie, faltete deine kleinen Hände über deiner Brust und hieß dich mir ein Paternoster vorsprechen; klar und schön konntest du das sagen, obgleich du nicht *ein* Wort verstandest; später lerntest du die Auslegung zu jeder Bitte in unserer Sprache; mag sein, daß du das jetzt vergessen hast.

Hast du vergessen, daß dein Vater dich unterwies und dich ehrte und dich liebte? – Er ehrte jenen Mann, vor dem du dich jetzt zu demütigen so sehr scheust, oder hast du vergessen, welch schönes Ehrenfest dein Vater für euch beide gab? Dann rittet ihr wie zwei Diebe von seinem Hof fort, nahmt mit euch Lavrans Björgulfssohns Würde und Ehre.«

Schluchzend barg Kristin das Gesicht in ihren Händen.

»Kannst du dich noch erinnern, Kristin; forderte er von euch beiden einen Kniefall, ehe ihn dünkte, er könne euch wieder in seine väterliche Liebe aufnehmen? Dünkt es dich eine allzu harte Strafe für deinen Hochmut, wenn du dich nun vor einem Menschen beugen müßtest, dem du vielleicht kein so großes Unrecht zufügtest wie die Sünde, die du an deinem Vater begangen hast?«

»Jesus!« Kristin weinte vollkommen verzweifelt, »Jesus – erbarme dich . . .«

»Du entsinnst dich noch des Namens dessen, höre ich«, sagte der Priester, »dem dein Vater als Knecht zu folgen und als getreuer Ritter zu dienen sich bemühte.«

Er berührte das kleine Kruzifix, das über ihnen hing. »Sündlos starb Gottes Sohn am Kreuz, um das zu sühnen, was wir an ihm selbst verbrochen hatten.

Geh jetzt heim, Kristin, und denke über das nach, was ich dir gesagt habe«, sagte Sira Eirik, als sie sich ein wenig beruhigt hatte.

Aber in diesen Tagen trat Südwetter ein, Sturm, nasser Schnee und strömender Regen; bisweilen war es so arg, daß die Leute kaum über ihre eigenen Hofplätze gehen konnten, ohne Gefahr zu laufen, vom Sturm über alle Dächer hinweggetragen zu werden, so wollte es einem fast scheinen. Auf den Wegen im Tal war nicht vorwärts zu kommen.

Die Frühjahrsfluten waren so jäh und heftig, daß die Leute aus den gefährdetsten Höfen auszogen. Kristin schaffte den größten Teil ihrer Habe in den Dachraum der Neustube, das Vieh durfte sie in Sira Eiriks Frühjahrsstall unterbringen – der Frühjahrsstall von Jörundhof lag jenseits des Flusses. Das war eine entsetzliche Arbeit bei diesem Unwetter – oben auf den Weiden lag der Schnee so weich wie geschmolzene Butter –, und die Tiere waren elend daran; es war ein harter Winter gewesen. Zwei der besten Kälber brachen sich die Beine wie morsche Stengel.
An dem Tag, an dem sie mit der Herde umzogen, kam ihnen plötzlich Simon Darre mit vieren seiner Knechte entgegen. Sie machten sich sofort daran, zu helfen. Im Wind und Regen und all diesem Lärm mit den Kühen, die vorwärts gestoßen, und den Schafen und Lämmern, die getragen werden mußten, fanden die Verwandten weder Zeit noch Ruhe, um miteinander zu sprechen. Als sie aber abends nach Jörundhof heimkamen und Kristin Simon und seine Männer in der Stube untergebracht hatte – allen, die an diesem Tag mit dabeigewesen waren, tat jetzt ein Trunk warmen Bieres not –, konnte Simon ein wenig mit ihr sprechen. Er bat sie, mit ihren Frauen und Kindern nach Formo zu ziehen, während er und zwei seiner Leute hier bei Ulf und den Knechten bleiben wollten. Kristin dankte, sagte jedoch, sie wolle auf ihrem Hof ausharren. Lavrans und Munan seien bereits auf Ulvsvoldene, und Jardtrud habe sich zu Sira Solmund geflüchtet – sie habe sich mit der Schwester des Priesters so gut angefreundet. Simon sagte:
»Es sieht seltsam aus für die Leute, daß ihr beiden Schwestern nie zusammenkommt. Ramborg wird nicht erfreut sein, wenn ich ohne dich heimkehre.«
»Ich weiß, daß es seltsam aussieht«, erwiderte Kristin, »noch seltsamer aber würde es aussehen, meine ich, wenn wir von hier fortgingen und bei meiner Schwester zu Besuch weilten, während der Herr des Hofes hier nicht daheim ist – und während die Leute wissen, daß zwischen dir und ihm Mißstimmung herrscht.«
Da sagte Simon nichts mehr, und gleich darauf brachen er und seine Leute auf.
Die Himmelfahrtswoche setzte mit einem fürchterlichen Wetter ein, und am Dienstag hörte man auf den Höfen nördlich im Tal, daß die Überschwemmung die Brücke bei der Rostschlucht, die die Leute überschritten, wenn sie zu den Hövringsalmen wollten, fortgerissen habe. Man begann nun für die große Brücke südlich bei der Kirche zu fürchten. Sie war sehr stark gebaut, aus den dicksten Stämmen und in der Mitte hochgewölbt und von mächtigen Balken gestützt, die ins Flußbett eingelassen waren; jetzt aber spülte das Wasser bis über die Brückenköpfe herauf, und unter dem Brückenbogen staute sich alle Art von Treibholz, das mit der Strömung von oben herunterkam.
Der Fluß hatte bereits die niedrigen Wiesen auf beiden Ufern über-

schwemmt, und auf den Äckern von Jörundhof stand das Wasser wie eine Bucht bis fast an die Häuser heran. – Dort war eine Bodensenke zwischen den Wiesen, und aus dem Wasser ragten das Dach der Schmiede und die Wipfel der Bäume wie kleine Inseln heraus. Die Scheunen auf den Inseln waren bereits fortgerissen.

Von den Höfen auf der Ostseite des Flusses waren nur ganz wenige Männer zur Kirche gekommen. Sie fürchteten, die Brücke könnte während des Gottesdienstes weggerissen werden, so daß sie nicht mehr nach Hause gelangen würden. Aber oben auf dem anderen Ufer an dem Hang unter der Scheune von Laugarbru, wo man vor dem Wetter ein wenig geschützt war, sah man zwischen den Schneeböen einen schwarzen Klumpen von Menschen. Es ging das Gerücht, Sira Eirik habe gesagt, er wolle das Kreuz über die Brücke tragen und auf dem östlichen Flußufer aufstellen, und wenn ihm keiner zu folgen wage.

Als die Prozession aus der Kirche heraustrat, schlug ihr gerade eine Schneebö entgegen. Wie graue Striche fegten die Flocken durch die Luft – von der Ortschaft sah man nur einen Schimmer –, von Zeit zu Zeit erblickte man ein wenig von dem dunklen See, der sich auf den Wiesen gebildet hatte, treibende Wolken, die längs den Hängen und Waldzungen dahingepeitscht wurden, einen Schimmer von den Gipfeln des Gebirges gegen den Hintergrund der Wolken irgendwo hoch droben. Die Luft war erfüllt von dem ansteigenden und sinkenden Toben des Flusses, vom Brausen der Wälder und vom Heulen des Sturmes – dazwischenhinein kam ein dumpfer Widerhall von dem Wüten des Wetters in den Bergen drinnen und dem Dröhnen niederstürzender Schneemassen.

Die Kerzen erloschen, sobald sie aus der Kirche herausgetragen wurden. Erwachsene junge Leute hatten heute die weißen Hemden der Chorknaben angetan – der Wind zerrte daran; eine ganze Schar trug die Fahne, sie hielten das Tuch des Banners mit den Händen fest, damit der Wind es nicht zerreißen sollte, während die Leute vornübergebeugt im Zug den Hang hinunter dem Unwetter entgegenstrebten. Aber über allem Tosen hörte man dann und wann ein paar Töne von Sira Eiriks lautschallender Stimme, während er sich vorwärts kämpfte und sang:

Venite*: revertamur ad Dominum; quia ipse cepit et sanabit nos: percutiet, et curabit nos, et vivemus in conspectu ejus. Sciemus sequemurque, ut cognoscamus Dominum, Alleluia.

Kristin blieb stehen, sie wie alle anderen Frauen, als die Prozession an jene Stelle kam, wo das Wasser den Weg überflutet hatte. Aber die weißgekleideten jungen Burschen, die Diakone und die Priester waren bereits auf der Brücke, und von den Männern folgten fast alle nach – das Wasser reichte ihnen bis an die Knie.

* Venite: Kommt, wir wollen wieder zum Herrn; denn Er hat uns zerrissen, Er wird uns auch heilen; Er hat uns geschlagen, Er wird uns auch verbinden. Dann werde ich acht darauf haben und fleißig sein, daß ich den Herrn erkenne (Hosea 6, 1 und 3).

Die Brücke zitterte und bebte, und jetzt gewahrten die Frauen, daß von oben her ein ganzes Haus auf die Brücke zugetrieben kam. Unaufhörlich wurde es vom Strom im Kreis herumgewirbelt und dabei flußabwärts getragen; es war halb geborsten, und die Balken standen nach allen Seiten heraus, aber es hing noch zusammen. Die Frau von Ulvsvoldene drückte sich an Kristin Lavranstochter und schrie laut – die beiden halberwachsenen Brüder ihres Mannes befanden sich unter den Chorknaben. Kristin flehte wortlos zur Jungfrau Maria und heftete ihre Augen auf die Schar mitten auf der Brücke, wo sie Naakkves weißgekleidete Gestalt bei den Männern unterscheiden konnte, die die Fahne hielten. Trotz allem Tosen glaubten die Frauen immer noch Sira Eiriks Stimme, fast ertrunken in dem Lärm, vernehmen zu können.

Er stand auf dem höchsten Punkt der Brücke und hob das Kreuz in die Höhe, als das Haus anprallte. Die Brücke wankte und gab nach – den Menschenmassen auf beiden Ufern schien es, als neige sie sich ein wenig zur Seite. Dann ging der Zug weiter, verschwand hinter dem gewölbten Rücken der Brücke, kam auf dem anderen Flußufer zum Vorschein. Das Hauswrack hatte sich in das Gewirr des anderen Treibholzes verwickelt, das sich unter der Brücke zusammengestaut hatte.

Da, plötzlich wie ein Wunder, sickerte silbernes Licht aus den windgepeitschten Wolkenmassen herab – der angeschwollene Fluß wurde weit und breit mattblank wie geschmolzenes Blei. Nebel und Wolken barsten – die Sonne brach durch, und als die Prozession wieder über die Brücke zurückkam, blitzten die Strahlen am Kreuz auf; auf der nassen weißen Alba des Priesters leuchteten die im Kreuz gelegten Streifen der Stola wundervoll purpurblau auf. Das Tal lag vergoldet und feucht glitzernd wie auf dem Grund einer dunkelblauen Grotte da, denn oben rings um die Stirnen der Berge lagerten die Gewitterwolken von den Sonnenstrahlen hingedrückt und ließen die Bergweiten schwarz erscheinen; der Nebel verflüchtigte sich zwischen den Hügeln, und der große Kamm über Formo ragte, blendendweiß von Neuschnee, aus dem Dunkel empor.

Kristin hatte Naakkve vorbeigehen sehen. Die triefend nassen Gewänder klebten den Knaben an den Körpern, während sie aus voller Brust dem Sonnenschein entgegensangen:

> Salvator mundi, salva nos omnes. Kyrie eleison,
> Christe, eleison, Christe, audi nos –.

Die Priester, das Kreuz, waren vorübergegangen, die Bauernschar folgte in schweren triefenden Kleidern, aber sie blickten, erstaunt und strahlend, rings um sich, während sie den Ruf wiederholten – Kyrie eleison!

Da sah sie – sie traute ihren eigenen Augen nicht, jetzt war sie es, die sich auf die Nachbarin stützen mußte. Das war ja Erlend, der dort in der Prozession ging. Er trug einen vollkommen durchnäßten Kittel aus Rentierfell und hatte die Kapuze über den Kopf gezogen, aber er war es; er hatte den Mund halb geöffnet und rief Kyrie eleison wie die anderen; jetzt sah er sie gerade an, als er vorbeiging, sie konnte den Ausdruck in seinem Gesicht nicht recht deuten; es war wie der Schatten eines Lächelns darin.

Zusammen mit den übrigen Frauen schloß sie sich dem Zug zum Kirchenhügel hinauf an, wiederholte mit den anderen den Ruf der jungen Knaben, die die Litanei sangen. Sie fühlte nichts als das wilde Hämmern ihres eigenen Herzens.

Während der Messe erspähte sie ein einziges Mal einen Schimmer von ihm. Sie wagte nicht, auf ihrem gewohnten Platz zu stehen, verbarg sich im Dunkel des nördlichen Schiffes.

Sobald der Gottesdienst zu Ende war, eilte sie hinaus. Sie lief von ihren Mägden weg, die mit in der Kirche gewesen waren. Draußen dampfte das Tal in der Sonne. Ohne Besinnen lief Kristin heimwärts, der Weg war jetzt grundlos aufgeweicht.

Sie deckte ihren Tisch und stellte das gefüllte Methorn vor den Hochsitz des Mannes, ehe sie sich Zeit dazu nahm, die nassen Kleider mit dem Feiertagsgewand zu vertauschen – es war das dunkelblaue gestickte Kleid, der silberne Gürtel, die Spangenschuhe und das Kopftuch mit der blauen Kante. Dann kniete sie in der Kammer nebenan nieder. Sie konnte nicht denken, sie vermochte keine Worte zu finden, wie sie gerne wollte – immer und immer wieder sprach sie das Ave Maria – heilige Fraue, lieber Herr Jesus, Sohn der Jungfrau – du weißt, was ich meine ...

Es dauerte und es währte lange. Von ihren Mägden erfuhr sie, daß die Männer wahrscheinlich wieder zur Brücke gegangen seien – mit Beilen und Hacken versuchten sie diesen Wirrwarr von Treibholz, das sich festgesetzt hatte, zu entfernen –; es galt, die Brücke zu retten. Auch die Priester waren hingegangen, nachdem sie die Meßgewänder abgelegt hatten.

Es war schon weit über Mittag, als die Männer hereinkamen. Ihre Söhne, Ulf Haldorssohn und die drei Knechte, ein alter Mann und zwei junge Knaben, die Kristin für einige Zeit auf dem Hof aufgenommen hatte.

Naakkve hatte sich bereits auf seinen Platz gesetzt, rechts vom Hochsitz des Hofbauern. Da erhob er sich jäh, trat weg und ging zur Tür.

Kristin rief ihn halblaut bei seinem Namen.

Da kam er zurück und setzte sich wieder hin. Die Farbe kam und ging in diesem jungen Gesicht, er hielt die Augen niedergeschlagen und biß sich von Zeit zu Zeit in die Unterlippe. Die Mutter sah, er kämpfte schwer, um die Herrschaft über sich zu bewahren, aber es gelang ihm doch.

Schließlich fand auch diese Mahlzeit ein Ende. Die Söhne an der inneren Bank standen auf, gingen rings um das Tischende mit dem leeren Hochsitz, schoben wie aus Gewohnheit die Gürtel ein wenig zurecht, nachdem sie ihre Messer in die Scheiden zurückgesteckt hatten, und gingen hinaus.

Als sie alle fort waren, folgte Kristin nach. Im Sonnenschein floß das Wasser jetzt in Strömen von allen Dächern. Draußen auf dem Hofplatz war nicht ein Mensch außer Ulf; er stand auf der Steinschwelle vor der Tür seines eigenen Hauses.

Sein Gesicht wurde seltsam hilflos, als die Herrin auf ihn zukam. Er sagte nichts, da fragte sie ihn leise:

»Sprachst du mit ihm?«

»Nicht viele Worte. Naakkve und er redeten miteinander, das sah ich.«

Bald darauf sagte er wieder:

»Er hatte ein wenig Angst – für euch alle –, als die Überschwemmung so bedrohlich wurde. Da war ihm der Gedanke gekommen, daß er heim müsse und nachsehen, wie es hier ginge. Naakkve erzählte ihm, wie du damit zurechtgekommen seist.

Ich weiß nicht, woher er es erfahren hat, daß du die Felle, die er dir im Herbst durch Gaute sandte, weggeschenkt hast. Er war erzürnt darüber. Ebenso, als er erfuhr, daß du gleich nach der Messe heimgelaufen wärest, er hatte geglaubt, du würdest warten und mit ihm sprechen.«

Kristin sagte nichts. Sie drehte sich um und ging hinein.

In diesem Sommer gab es ständig Reibereien und Unfrieden zwischen Ulf Haldorssohn und seiner Frau. Ulfs Halbbruders Sohn, Haldor Jonssohn, war im Frühling zu seinem Verwandten gekommen und hatte seine Frau mitgebracht; er war seit einem Jahr verheiratet. Es bestand nun die Absicht, daß Haldor Ulfs Hof in Skaun pachten sollte, aber Jardtrud war darüber böse, denn sie fand, daß Ulf dem Brudersohn zu gute Bedingungen gestellt habe, und sie erkannte die Absicht der Männer, Haldor vielleicht durch die eine oder andere Ordnung die Erbschaft dieses Hofes nach seinem Oheim zu sichern.

Haldor war auf Husaby Kristins eigener Knecht gewesen, und sie hielt sehr viel auf den jungen Mann, konnte auch die Frau gut leiden, die ein stilles, angenehmes junges Weib war. Kurz nach Mittsommer bekamen die beiden jungen Leute einen Sohn, und Kristin stellte ihnen die Webstube zur Verfügung, wo die Hausfrauen auf Jörundhof immer gelegen hatten, wenn sie Kinder gebaren. – Jardtrud aber nahm es übel auf, daß Kristin selbst, als die oberste der Geburtshelferinnen, der Wöchnerin beistand, obgleich Jardtrud selber noch jung und unerfahren war und weder einer Wöchnerin helfen noch mit einem neugeborenen Kind umgehen konnte.

Kristin übernahm die Patenschaft bei dem Knaben, und Ulf richtete das Kindsbier aus, Jardtrud aber fand, er ließe sich's zuviel kosten und lege allzu große Gaben sowohl auf die Wiege als auch auf das

Bett der Mutter. Um sie ein wenig zu beruhigen, schenkte Ulf seiner Frau mit feierlicher Miene mehrere Kostbarkeiten aus seinem Besitz: ein kostbares Kreuz mit Kette, einen pelzgefütterten Umhang mit dazugehöriger großer Silberspange, einen Ring und eine Schließe. Aber sie begriff, daß er ihr von dem Land, das er besaß, nicht einen einzigen Acker geben wollte über das hinaus, was sie bei ihrer Heirat von ihm als Zugabe erhalten hatte; all das sollte an seine Halbgeschwister übergehen, falls er selbst keine Nachkommenschaft bekäme. Und jetzt jammerte Jardtrud, daß ihr Kind totgeboren war und es nicht den Anschein hatte, als sollte sie ein zweites bekommen; sie machte sich in der ganzen Gemeinde zum Gelächter, weil sie mit allen Menschen darüber sprach.

Nachdem die junge Frau ihren Gang zur Kirche gefeiert hatte, mußte Ulf Kristin darum bitten, Haldor und Audhild in der Feuerstube wohnen zu lassen. Kristin gab gerne ihre Einwilligung. Sie mied Haldor, denn es wurde ihr so viel ins Gedächtnis zurückgerufen, dessen sich zu erinnern jetzt schmerzlich war, wenn sie mit ihrem früheren Knecht sprach. Aber mit der Frau sprach sie ziemlich oft, denn Audhild wollte Kristin unbedingt behilflich sein, soviel sie konnte. Und gegen Ende des Sommers wurde das Kind sehr krank; da nahm sich Kristin seiner an und pflegte es an Stelle der jungen unerfahrenen Mutter.

Als Haldor und Audhild im Herbst nach Norden reisten, entbehrte sie die beiden, am meisten aber den kleinen zarten Knaben. Sosehr sie selber wußte, wie unverständig es von ihr war, hatte sie doch in diesen Jahren nicht umhingekonnt, eine Art Schmerz darüber zu empfinden, daß sie plötzlich unfruchtbar geworden zu sein schien – obgleich sie noch keine alte Frau war, noch nicht einmal vierzig Jahre alt.

Es hatte ihr geholfen, die Gedanken von vielem Schmerzlichen abzuhalten, daß sie die junge kindliche Frau und den Säugling pflegen und warten konnte. Und so schwer es sie auch dünkte, mit anzusehen, wie Ulf Haldorssohn mit seiner Heirat kein besseres Glück gefunden hatte, so hatte doch die Lage der Dinge im Verwalterhaus ihre Gedanken von anderem abgelenkt.

Denn seit Erlends Vorgehen an jenem Bittgangstag vermochte sie kaum mehr daran zu denken, wie jetzt alles enden sollte. Daß er vor aller Leute Augen ins Tal kam und in die Kirche ging und dann wieder nach Norden zog, ohne sein Weib mit einem Wort zu begrüßen, dünkte sie so herzlos, daß sie nun glaubte, sie sei ihm schließlich ganz gleichgültig geworden.

Mit Simon Andressohn hatte sie seit jenem Tage während der Frühjahrsüberschwemmung, als er kam, um ihr zu helfen, kein Wort mehr gewechselt. Sie grüßte ihn bei der Kirche und sprach meistens einige Worte mit ihrer Schwester. Was die beiden über ihre Angelegenheiten dachten und darüber, daß Erlend nach Dovre hinaufgezogen war, wußte sie nicht.

Aber am Sonntag vor der Bartholomäusmesse kam Herr Gyrd von Dyfrin mit den Leuten von Formo zur Kirche. Simon sah sehr froh aus, als er an der Seite seines Bruders zum Gottesdienst hineinging. Und Ramborg kam nach der Messe zu Kristin, flüsterte eifrig, daß sie wieder in der Hoffnung sei und das Kind zur Mariamesse im Frühjahr erwarte:

»Kristin, Schwester, kannst du heute nicht mit uns heimkommen und feiern?«

Kristin schüttelte traurig den Kopf, streichelte der jungen Frau die bleiche Wange und bat Gott, es möge den Eltern Freude bringen. Aber sie könne nicht nach Formo kommen, sagte sie.

Nach dem Bruch mit seinem Schwager hatte Simon sich zu der Meinung gezwungen, es sei so am besten. Seine Stellung hier war so, daß er nicht in allem und jedem zu fragen brauchte, was die Leute über sein Tun und Lassen dachten. Er hatte Erlend und Kristin geholfen, als es darauf ankam, und die Stütze, die er ihnen hier im Tal bieten konnte, war nicht so viel wert, daß er um dessentwillen sein Leben vollkommen verwirren sollte.

Als er jedoch erfuhr, daß Erlend Jörundhof verlassen habe, war es Simon unmöglich, die starre schwere Ruhe aufrechtzuerhalten, die er sich auferlegt hatte. Es nützte ihm nichts, sich selbst zu sagen, daß es doch niemand gäbe, der den Zusammenhang mit Erlends Abwesenheit genau kenne – die Leute redeten so vielerlei und wußten so wenig. Er konnte sich jedenfalls nicht dareinmischen. Dennoch war er innerlich beunruhigt. Immer wieder dachte er darüber nach, ob er nicht Erlend auf Haugen aufsuchen und die Worte wieder hinunterschlucken sollte, die er gesagt hatte, als sie sich trennten, dann würde er sehen, ob er nicht einen Ausweg finden könnte, um die Dinge zwischen seinem Schwager und der Schwester seiner Frau in Ordnung zu bringen. Aber weiter als bis zu diesen Gedanken kam Simon nicht.

Er glaubte nicht, daß ihm jemand anmerken könne, wie unruhig er war. Er lebte wie immer, betrieb seinen Hof und verwaltete seine Besitztümer, war munter und trank tüchtig mit seinen Freunden, ging ins Gebirge zum Jagen, wenn er Zeit dazu fand, verwöhnte seine Kinder, wenn er daheim war, und zwischen ihm und seiner Frau fiel nie ein unfreundliches Wort. Für die Leute auf dem Hof mußte es fast so aussehen, als herrsche nun zwischen ihm und Ramborg eine bessere Freundschaft denn je, da das Wesen der Frau jetzt viel gleichmäßiger und ruhiger war und sie nie mehr diese Anfälle von Launenhaftigkeit und kindischem Zorn um kleiner Dinge willen hatte. Im geheimen jedoch fühlte sich Simon scheu und unsicher in ihrer Gegenwart; es war ihm nicht mehr möglich, sie so zu behandeln, als sei sie noch ein halbes Kind, das er neckte und verwöhnte. Er wußte jetzt nicht mehr, wie er gegen sie sein sollte.

Überdies wußte er auch nicht, wie er es aufnehmen sollte, als sie ihm eines Abends sagte, daß sie wieder ein Kind erwarte.

»Du bist wohl nicht sehr erfreut darüber?« sagte er schließlich und streichelte ihre Hand.

»*Du* freust dich doch wohl, nicht wahr?« Ramborg schmiegte sich an ihn an, zwischen Weinen und Lachen schwankend, und er lachte ein wenig verlegen, als er sie an sich zog.

»Diesmal werde ich vernünftiger sein, Simon, mich nicht wieder so betragen wie früher. Aber du mußt bei mir bleiben – hörst du –, und wenn alle deine Schwäger und alle deine Brüder gefesselt in einer Reihe zum Galgen geführt werden, darfst du doch nicht von mir fortlaufen!«

Simon lachte traurig:

»Wo sollte ich hingehen, meine Ramborg? Geirmund, der arme Krüppel, wird sich schwerlich in eine große Sache verwickeln, und er ist ja doch der einzige von meinen Verwandten und Schwägern, mit dem ich mich noch nicht gestritten habe.«

»Oh!« Ramborg lachte ebenfalls, aber es rannen ihr die Tränen herunter. »Eure Feindschaft dauert nicht länger, als bis die andern eine Hilfeleistung brauchen und du dann meinst, du könntest sie ihnen geben. Ich kenne dich gut genug, Simon ...«

Vierzehn Tage später geschah es, daß Gyrd Andressohn völlig unerwartet auf den Hof kam. Der Ritter von Dyfrin hatte nur einen einzigen Knecht als Begleitung mit.

Bei der Begrüßung fielen zwischen den Brüdern nicht viele Worte. Herr Gyrd ließ durchblicken, daß er seine Schwester und seinen Schwager auf Kruke in allen diesen Jahren nicht mehr gesehen habe und daß ihm deshalb der Gedanke gekommen sei, doch einmal hinzufahren und sie zu begrüßen; da er nun aber schon einmal im Tale sich aufhalte, meinte Sigrid, müsse er doch auch Formo aufsuchen. »Da dachte ich, Bruder, so böse wirst du mir wohl nicht mehr sein, daß du nicht mir und meinem Knecht Bewirtung und Obdach bis morgen gewährst.«

»Das weißt du«, sagte Simon; er stand da und blickte zu Boden, dunkelrot im Gesicht. »Das war – schön von dir, Gyrd, daß du zu mir kommen wolltest.«

Nachdem der Gast zu essen bekommen hatte, gingen die beiden Brüder ins Freie hinaus. Das Getreide begann hier auf den der Sonne zugewendeten Hängen am Fluß gelb zu werden. Es war solch schönes Wetter – unten leuchtete der Fluß jetzt ganz sanft unter dem Erlenwald auf. Große glänzende Wolken trieben über den Sommerhimmel dahin, der Sonnenschein erfüllte die Senkung des ganzen Tales, und das Gebirge gerade vor ihnen lag ganz hellblau und grün in dem Flimmern der Wärme und in den treibenden Schatten der Wolken da.

In der eingezäunten Weide dröhnte es dumpf, wenn die Pferde auf den trockenen Boden stampften, die ganze Schar kam durch das Erlendickicht gestürmt. Simon lehnte sich über den Zaun. »Foola – Foola. Er wird jetzt alt, der Bronsvein«, sagte er. Gyrds Pferd schob den Kopf über den Zaun und schnupperte an seiner Schulter.

»Achtzehn Winter.« Gyrd streichelte das Tier. »Mich dünkt, Verwandter – diese Sache – es wäre doch allzu schlimm, sollte sie die Freundschaft zwischen dir und mir zerstören«, er sah seinen Bruder nicht an.
»Es hat mich jeden Tag gekränkt«, antwortete Simon leise. »Und Dank dafür, daß du kamst, Gyrd.«
Sie gingen weiter am Zaun entlang, Gyrd voran, Simon hinterher. Schließlich setzten sie sich am Rand einer kleinen versengten steinigen Wiese nieder. Es roch süßlich und stark von den kleinen Heuhaufen, die da und dort lagen, wo die Sense ein wenig kurzes, mit Blumen gemischtes Gras zwischen den Steinen zusammengerafft hatte. Gyrd erzählte von dem Vergleich zwischen König Magnus und den Haftorssöhnen und deren Gefolge. Simon fragte nach einer Weile:
»Hältst du es für ganz undenkbar, daß einige von den Verwandten Erlend Nikulaussohns versuchen würden, ihn mit dem König auszusöhnen und ihm dessen Gnade wiederzugewinnen?«
»*Ich* vermag nicht viel zu tun«, sagte Gyrd Darre. »Und jene, Simon, die hierin etwas zu tun vermöchten, sind nicht gut auf ihn zu sprechen. Ja, ich habe wenig Lust, gerade jetzt etwas darüber zu sagen. Mich dünkte er ein kühner, prächtiger Mann, aber er hat seinen Plan schlecht zu Ende geführt, meinen die andern. Doch am liebsten will ich jetzt nicht darüber sprechen – ich weiß, daß du viel auf diesen deinen Schwager hältst.«
Simon saß da und starrte über das silberweiße Gefunkel auf den Laubwipfel am Hang und das leuchtende Glitzern des Flusses hin. Erstaunt dachte er – ja, in mancher Beziehung sei es wohl wahr, was Gyrd sage. »Im übrigen sind wir zur Zeit verfeindet, Erlend und ich«, sagte er. »Es ist eine gute Weile her, seit wir miteinander gesprochen haben.«
»Mich dünkt, Simon, du bist mit den Jahren recht unfriedlich geworden«, sagte Gyrd und lachte ein wenig.
»Hast du nie daran gedacht«, fragte er kurz danach, »aus dieser Gegend hier fortzuziehen? Wir Verwandten könnten einander besser unterstützen, wenn wir näher beieinanderwohnten.«
»Wie kannst du nur so etwas denken? Formo ist mein Erbhof.«
»Aasmund auf Eiken hat mit seinem Anteil am Hofe teil am Erbrecht. Und ich weiß, daß er nichts dagegen haben wird, Erbrecht gegen Erbrecht unter Verwandten zu tauschen; er hat es sich noch nicht aus dem Kopf geschlagen, wenn er deine Arngjerd zu den von ihm genannten Bedingungen für Grunde bekommen könnte.«
Simon schüttelte den Kopf.
»Das Geschlecht meiner Vatermutter hat hier auf dem Hofe gesessen seit den Zeiten, da das Land noch heidnisch war. Und hier, habe ich gedacht, soll Andres nach mir sitzen. Ich glaube, du bist nicht recht klug, Bruder, wenn du sagst, ich sollte mich von Formo trennen.«
»Ja, das ist begreiflich.« Gyrd wurde ein wenig rot. »Ich dachte nur – vielleicht ... Auf Raumarike hast du deine meisten Verwandten – und

deine Freunde aus der Jugend –; vielleicht denkst du, daß du dich dort wohler fühlen würdest.«

»Ich fühle mich *hier* wohl.« Auch Simon war rot geworden. »Hier ist der Ort, wo ich dem Jungen einen sicheren Sitz verschaffen kann.« Er sah Gyrd an, und das feine, gefurchte Gesicht des Bruders bekam einen verlegenen Ausdruck. Gyrds Haar war jetzt beinahe weiß, aber sein Körper war noch ebenso schlank und geschmeidig wie früher. Er machte ein paar unruhige Bewegungen – einige Steine rollten von dem Haufen herunter, kollerten den Hang hinab und in das Getreidefeld.

»Willst du mir das ganze Geröll in meinen Acker werfen?« fragte Simon lachend und machte seine Stimme barsch. Gyrd sprang auf, leicht und frei, reichte seine Hand dem Bruder, dem das Aufstehen schwererfiel.

Simon behielt, als er auf die Füße gekommen war, die Hand des Bruders einen Augenblick in der seinen. Dann legte er seine eigene dem andern auf die Schulter. Da tat Gyrd desgleichen. So gingen die beiden Brüder, die Hände lose gegenseitig auf die Schultern gelegt, langsam den Hang zum Hof hinauf.

Am Abend saßen sie miteinander drüben in der Saemundsstube – Simon sollte bei dem Bruder schlafen. Die Abendgebete hatten sie gesprochen, aber sie wollten den Bierkrug noch leeren, ehe sie sich zur Ruhe begaben.

»Benedictus tu in muliebris – mulieribus – weißt du noch?« lachte Simon plötzlich.

»Ja – es hat mich viele Prügel gekostet, bis es Sira Magnus gelang, mir die Irrlehren meiner Vatermutter auszutreiben.« Gyrd lächelte bei dieser Erinnerung. »Eine harte Hand hatte er, wie der Teufel. Erinnerst du dich, Bruder, einmal saß er da und kratzte sich an den Waden und hatte den Rock seines Gewandes aufgehoben, da sagtest du mir ins Ohr, wenn du auch so häßliche Waden hättest wie Magnus Ketilssohn, wärst du auch Priester geworden und auch stets im langen Rock gegangen.«

Simon lächelte; er glaubte plötzlich das Knabengesicht des Bruders zu sehen, dem Platzen nahe vor verhaltenem Lachen, mit kranken, bedauernswerten Augen: sie waren damals noch kleine Jungen, und Sira Magnus hatte eine derbe Hand, wenn er züchtigte.

Sehr klug war Gyrd nicht gewesen, als sie Kinder waren. Ja, daß Simon Gyrd liebte, hatte ja auch nicht seinen Grund darin, daß er jetzt ein kluger Mann war. Aber Simon stieg es heiß auf vor Dank und Zuneigung gegen den Bruder, wie er so dasaß – für jeden Tag ihrer Brüderschaft seit bald vierzig Jahren –, denn Gyrd war, so wie er war, der getreueste, zuverlässigste aller Männer.

Daß er seinen Bruder Gyrd zurückerhalten hatte, verlieh Simon das Gefühl, als habe er wenigstens mit dem einen Fuß festen Halt gewonnen. Und jetzt war sein Leben lange Zeit hindurch ganz unwahrscheinlich verkehrt und verwirrt gewesen.

Ganz warm durchlief es ihn jedesmal, wenn er an Gyrd dachte, der zu ihm gekommen war, um das wiedergutzumachen, was er selbst verbrochen hatte, als er im Zorn und mit bösen Worten vom Hof des Bruders fortgeritten war. Ein Überschuß von Dankbarkeit stieg in seinem Gemüt auf – er hatte mehr zu danken als Gyrd.

Ein Mann wie Lavrans – wie der ein solches Geschehnis hingenommen hätte, wußte er wohl. Er konnte seinem Schwiegervater so weit folgen, wie er dazu taugte – mit Almosengeben und ähnlichem. Aber bis zur Zerknirschung und zur Betrachtung der Wunden des Herrn brachte er es nicht, nicht ohne daß er das Kruzifix bis zur Bewußtlosigkeit anstarrte – und das war es nicht, was Lavrans gemeint hatte. Reuetränen brachte er nicht zustande; er hatte wohl nicht mehr als zwei- oder dreimal geweint, seitdem er der Kindheit entwachsen war, und niemals dann, wenn er es am ehesten hätte tun sollen – damals, als er in große Schwierigkeiten geriet – mit Arngjerds Mutter, während er verheiratet war, und dann bei dieser Sache mit dem getöteten Mann im vergangenen Jahre. Trotzdem hatte er tief bereut; ihn dünkte, er bereue seine Sünden doch stets von Herzen, beichte sie sorgfältig und sühne sie genau nach dem Gebot des Priesters. Er sprach stets fleißig seine Gebete, achtete darauf, den richtigen Zehent und reichlich Almosen zu geben, mit besonders offener Hand zu Ehren des Apostels Sankt Simon, zu Ehren Sankt Olavs, Sankt Mikaels und der Jungfrau Maria. Im übrigen gab er sich mit dem zufrieden, was Sira Eirik sagte, nämlich, daß allein im Kreuz Erlösung sei und daß darüber, wie ein Mann sonst dem Feind entgegentreten und mit ihm kämpfen solle, Gott bestimme und nicht er selbst.

Jetzt aber fühlte er ein Bedürfnis, seine Dankbarkeit dem Heiligen gegenüber etwas inniger zu bezeugen. Seine Mutter hatte gesagt, er sei am Geburtstag der Jungfrau Maria geboren; nun dachte er, er wolle der Mutter des Herrn gerne seine Ehrfurcht durch ein Gebet zu erkennen geben, das er nicht für alltags zu beten pflegte. Zu der Zeit, da er am Königshof weilte, hatte er sich ein schönes Gebet aufschreiben lassen, und er suchte nun die kleine Pergamentrolle hervor.

Jetzt hinterher fürchtete er, es sei damals wohl mehr König Haakon zuliebe geschehen als Gott und Maria zuliebe, daß er sich solch kleine Briefe mit Gebeten verschafft und sie auswendig gelernt hatte, während er beim Königsgefolge war. Dies taten alle jungen Männer, denn der König hatte, wenn er an den Abenden dalag und nicht schlafen konnte, die Gewohnheit, die Pagen danach auszufragen, was sie an solchen nützlichen Weisheiten kannten.

Ach ja – das war jetzt lange her. Die Schlafkammer des Königs in der steinernen Halle am Königshof zu Oslo. Auf dem kleinen Tisch beim Bett brannte eine einzige Kerze; der Schein fiel auf das feingeschnittene, verblichene und gealterte Männerantlitz, das auf den roten Seidenkissen ruhte. Wenn dann der Priester seine Vorlesung beendet hatte und gegangen war, ergriff der König oft selbst das Buch, lag da und

las, den schweren Band gegen die hochgezogenen Knie gestützt. Auf zwei Schemeln, drüben bei dem großen gemauerten Kamin, saßen die Pagen; ihn selbst traf fast immer die Wache zusammen mit Gunstein Ingassohn. Es war gemütlich in der Kammer; das Feuer brannte klar und warm, ohne zu rauchen, der Raum wirkte so behaglich mit der kreuzgewölbten Decke und den mit Teppichen verhangenen Wänden. Aber schläfrig wurden sie vom Dasitzen. Zuerst mußten sie den Priester vorlesen hören und dann darauf warten, bis der König in Schlaf fiel; dies geschah fast nie vor Mitternacht. Wenn er schlief, war es ihnen gestattet, einander im Wachen abzulösen und in der Zwischenzeit auf der Bank zwischen dem Kamin und der Tür zum Sprechzimmer zu ruhen. So saßen sie denn da, sehnten sich nach diesem Zeitpunkt und unterdrückten das Gähnen.
Es konnte geschehen, daß der König sich ins Gespräch mit ihnen einließ; es kam dies nicht oft vor, wenn aber, so war er unsagbar freundlich und gewinnend. Oder er las laut aus einem Buch vor, irgendeine Sentenz oder ein paar Zeilen eines Verses, die zu hören den jungen Männern nach seinem Gutdünken nützlich oder gesund sein konnte.
Eines Nachts war Simon davon erwacht, daß König Haakon nach ihm gerufen hatte – im Stockfinstern. Die Kerze war niedergebrannt. Tief beschämt blies er in die Glut und zündete ein neues Licht an. Der König lag da und lächelte verschmitzt.
»Schnarcht Gunstein denn immer so entsetzlich?«
»Ja, Herr!«
»Du teilst auch in der Herberge mit ihm das Bett, nicht wahr? Du hättest beinahe verdient, für einige Zeit einen Schlafgenossen zu fordern, der weniger lärmend schläft.«
»Danke, Herr, aber dies tut nichts, Herr König.«
»Du mußt aber doch wach werden, Simon, wenn dies Getöse so dicht neben deinem Ohr losbricht – oder nicht?«
»Doch, Euer Gnaden, aber dann gebe ich ihm einen Stoß und drehe ihn ein wenig herum.«
Der König lachte. »Ich möchte wissen, ob ihr jungen Leute genügend anerkennt, welch große Gabe Gottes ein guter Schlaf ist. Wenn du einmal in mein Alter kommst, Simon, mein Freund, wirst du dich dieser meiner Worte erinnern.«
Dies lag endlos fern, dennoch klar vor ihm, aber nicht so, als sei er, der hier saß, jener junge Page gewesen.
Eines Tages, zu Anfang der Adventszeit, Kristin war fast allein auf dem Hof, die Söhne fuhren Holz und Flechten heim, wurde sie davon überrascht, daß Simon auf den Hofplatz einritt. Er hatte den Auftrag, sie und ihre Söhne zum Weihnachtsgastgelage zu sich zu bitten.
»Du begreifst doch wohl, Simon, daß wir das nicht können«, sagte sie ernsthaft. »In unseren Herzen können wir wohl die gleichen Freunde sein, du und Ramborg und ich, aber man kann nicht immer das tun, was man gern möchte, das verstehst du wohl.«

»Es kann doch dein Ernst nicht sein, die Sache so weit zu treiben, daß du nicht einmal deine einzige Schwester aufsuchst, wenn sie zu Boden gezwungen wird.«
Kristin sprach den Wunsch aus, es möge alles gut gehen und ihnen beiden zur Freude gereichen, »aber ob ich kommen kann, darauf vermag ich dir heute noch nicht bestimmt zu antworten.«
»Das wird allen Leuten gar seltsam erscheinen«, erwiderte Simon heftig. »Du stehst in dem Ruf, die beste Geburtshelferin zu sein – und sie ist deine Schwester –, und ihr beide seid die Hausfrauen auf den beiden größten Höfen hier oben im Tal.«
»Es sind in den letzten Jahren hier auf den großen Höfen gar nicht so wenig Kinder auf die Welt gekommen, und man hat mich trotzdem nicht geholt. Es ist nicht mehr so, Simon, daß eine Wöchnerinnenstube für schlecht versorgt gilt, wenn die Frau vom Jörundhof nicht dabei ist.« Sie sah, daß ihre Worte ihn sehr verdrossen, und so fügte sie hinzu: »Grüße Ramborg und sage ihr, ich werde zu ihr kommen und ihr helfen, wenn die Zeit inne ist, aber zum Weihnachtsgelage kann ich nicht kommen, Simon.«
Aber am achten Weihnachtstag traf sie Simon, als er ohne Ramborg zur Messe kam. Nein, es gehe ihr gut, sagte er, aber sie solle ruhen und Kraft sammeln, denn morgen fahre er mit ihr und den Kindern nach Dyfrin hinunter, die Schlittenbahn sei so gut, und da Gyrd sie eingeladen habe und Ramborg solche Lust zu der Fahrt zeige, so . . .

IV

Am Tag nach der Paalsmesse ritt Simon Darre über den Mjössee, von zwei Knechten begleitet. Es war strenger Frost eingetreten, aber ihn dünkte, er könne nicht mehr länger von daheim fortbleiben. Das Schlittengefolge sollte nachkommen, sobald die Kälte ein wenig nachgelassen hatte.
In Hamar traf er einen Freund, Vigleik Paalssohn von Fagaberg, und sie ritten miteinander weiter. Als sie nach Klein-Hamar kamen, rasteten sie einige Zeit auf einem Hof, wo man Bier ausschenkte. Während sie so dasaßen und tranken, gerieten einige betrunkene Fellhändler in Streit und verprügelten sich in der Stube; schließlich stand Simon auf, griff ein und trennte sie, erhielt dabei jedoch einen Messerstich in den rechten Unterarm. Es war kaum mehr als ein Riß, so daß er dessen nicht achtete, aber die Wirtin wollte ihm die Wunde doch unbedingt verbinden.
Er ritt mit Vigleik zu dessen Hof und brachte die Nacht bei ihm zu. Die Männer teilten das Bett miteinander, und gegen Morgen erwachte Simon davon, daß der andere sich im Schlaf sehr unruhig gebärdete. Wiederholt rief Vigleik nach Simon, und so weckte dieser ihn und fragte, was ihm denn fehle.

Vigleik konnte sich nicht genau auf den Traum besinnen. »Aber er war häßlich, und du warst mit dabei. An eines erinnere ich mich – Simon Reidarssohn stand hier in der Stube und befahl dir, mit ihm hinauszugehen; ich sah ihn so deutlich, daß ich jede Sommersprosse in seinem Gesicht hätte zählen können.«
»Ich wollte, du könntest mir diesen Traum verkaufen«, sagte Simon halb im Scherz und halb im Ernst. Simon Reidarssohn war der Sohn seines Oheims, und sie hatten in der Zeit ihres Heranwachsens gute Freundschaft gehalten. Jener Simon war im Alter von dreizehn Jahren gestorben.
Als die Männer sich am Morgen zum Essen setzen wollten, sah Vigleik, daß Simon seinen Ärmel am rechten Handgelenk nicht zugeknöpft hatte. Die Haut war rot und der Arm bis zum Handrücken vor geschwollen. Vigleik sprach darüber, Simon aber lachte. Und als der Freund ihn ein wenig später bat, doch einige Tage hierzubleiben, seine Frau hier abzuwarten – Vigleik konnte diesen Traum nicht vergessen –, antwortete Simon Andressohn beinahe böse:
»So Schlechtes hast du doch wohl nicht von mir geträumt, Vigleik, daß ich mich wegen eines Lausbisses ins Bett legen sollte?«
Um die Zeit des Sonnenunterganges ritt Simon mit seinen Leuten zum Losnasee hinunter. Es war der schönste Tag gewesen. Jetzt färbten sich die hohen braunen und weißen Berge golden und rot im Abendlicht, aber die reifbeschwerten Haine am Fluß standen zottig grau im Schatten da. Die Männer besaßen ausgezeichnete Pferde und hatten einen frischen Ritt über den langen See vor sich – klingend und klirrend sprangen kleine Eissplitter unter den Pferdehufen ab. Ein starker Luftzug stand ihnen entgegen, Simon fror, gleich darauf aber durchströmten ihn trotz der Kälte seltsam erstickende Hitzewellen, dann wieder Frostschauer, die ihm bis ins Rückenmark zu dringen schienen. Von Zeit zu Zeit fühlte er, wie die Zunge anschwoll und hinten im Rachen seltsam dick wurde. Noch ehe sie den See ganz überquert hatten, mußte er haltmachen und einen der Knechte bitten, ihm den Umhang so zu befestigen, daß er den rechten Arm stützte.
Die Männer hatten Vigleik Paalssohn von seinem Traum sprechen hören; jetzt wollten sie, daß ihnen ihr Herr die Wunde zeige. Aber Simon sagte, es sei nicht der Rede wert. Sie brenne ein wenig: »Vielleicht muß ich mich damit abfinden, ein paar Tage Linkshänder zu sein.«
Aber gegen Abend, der Mond war heraufgestiegen, und sie ritten auf der Höhe nördlich des Sees dahin, begriff Simon selbst, daß der Arm ihm vielleicht doch ein wenig beschwerlich werden könnte. Es tobte bis hinauf in die Achselhöhle, die Stöße des Pferdes verursachten ihm starke Schmerzen, das Blut pochte und pochte in dem kranken Glied. Und es pochte in seinem Kopf und schmerzte vom Nacken bis zum Scheitel. Hitze und Kälte wechselten in ihm, bald fror er, bald war ihm zu heiß.
Der Winterweg führte hier hoch am Hang entlang, streckenweise durch

Wald und streckenweise über weiße Äcker. Simon sah dies alles; leuchtend segelte der Vollmond an dem blaßblauen Himmel dahin, er hatte alle Sterne weit von sich fortgescheucht, nur der eine oder andere große Stern wagte es, weit draußen am Himmel dahinzuwandeln. Es glitzerte und blitzte auf dem weißen Land; die Schatten fielen kurz und scharf auf den Schnee. Drinnen im Wald lag das Licht unsicher in Tropfen und Streifen zwischen den schneebeschwerten Tannen. Simon sah dies alles.

Gleichzeitig aber sah er vollkommen deutlich eine Wiese voller Buckel mit aschbraunem Gras in zeitiger Frühjahrssonne. Da und dort hatten sich ein paar kleine Tannen ins freie Land hinausgewagt, sie leuchteten in der Sonne grün wie Samt. Er kannte die Gegend, es war die Viehweide daheim bei Dyfrin. Der Erlenwald hinter der Wiese stand mit frühjahrlich graubraunen Stämmen da, und die Kronen waren braun von Knospen; dahinter zogen sich die langen niedrigen Höhenrücken von Raumarike schimmernd blau hin, noch weißgefleckt vom Schnee. Sie gingen zum Erlengebüsch hinunter, Simon Reidarssohn und er trugen Fischgeräte und Hechtspeere, sie wollten an den See, der dunkelgrau mit morschem Frühjahrseis dalag, und dort fischen. – Sein toter Vetter ging ihm zur Seite; er sah das krause Haar des Spielgenossen, das aus der Mütze hervorquoll, rötlich in der Frühjahrssonne leuchten, konnte jede Sommersprosse im Gesicht des Knaben unterscheiden. Der andere Simon schob die Unterlippe vor und prustete – puh – puh –, wenn er fand, daß der Freund Unsinn schwatzte. Sie hüpften über Wasserrinnen, sprangen von einem Grasbuckel zum anderen über das sickernde Schneewasser auf der Wiese. Der Boden war mit Moos bedeckt, es wogte und brauste so freundlich grün unter dem Wasser.

Obwohl ihm alles bewußt war – er sah die ganze Zeit den Reitweg bergauf und bergab durch den Wald, blickte er über weiße Äcker im glitzernden Mondschein hin, sah die schlafenden Häuser unter verschneiten Dächern Schatten auf den Boden werfen, erkannte den Nebelstreifen über dem Fluß im Talgrund und wußte, daß es Jon war, der dicht hinter ihm ritt und an seine Seite herankam, wenn sie auf offene Lichtungen gelangten –, so widerfuhr es ihm doch ein paarmal, daß er den Mann Simon nannte. Er wußte, daß dies falsch war, aber er konnte es nicht sein lassen, obgleich er bemerkte, wie seine Knechte erschraken.

»Wir müssen versuchen, heute nacht noch bis zu den Mönchen auf Roaldstad zu gelangen, Burschen«, sagte er, als seine Gedanken einmal klar wurden.

Die Knechte redeten ihm zu, sie müßten doch weit eher versuchen, so bald wie möglich unter Dach zu kommen, sie sprachen von dem nächstgelegenen Pfarrhof. Aber ihr Herr bestand auf seinem Vorsatz.

»Es wird anstrengend für die Pferde, Simon . . .«, die beiden Knechte schielten einander an.

Aber Simon lachte ein wenig. Sie müßten es eben dies eine Mal erzwingen. Er dachte an die mühseligen Meilen. Der Schmerz jagte durch seinen ganzen Körper, wenn er im Sattel gestoßen wurde, heim aber wollte er. Denn jetzt wußte er, daß er vom Tode gezeichnet war. Obgleich er in der Winternacht bis ins Herz hinein fror und dann wieder von brennender Hitze durchwogt wurde, fühlte er doch gleichzeitig die laue Frühjahrssonne auf der Weide daheim und sah den toten Knaben und sich selbst auf das Erlengebüsch zugehen.

Für kurze Augenblicke wichen die Trugbilder von ihm, und der Kopf wurde klar, nur schmerzte er entsetzlich. Simon bat einen der Knechte, ihm den Ärmel des kranken Armes aufzuschneiden. Er erbleichte, und der Schweiß rann ihm über das Gesicht, als Jon Daalk ihm behutsam den Hemdsärmel vom Handgelenk zur Schulter hinaufstreifte, während er selbst das geschwollene Glied mit der linken Hand stützte. Für eine Weile fand er Erleichterung.

Die Männer sagten ganz offen, man müsse wohl von Roaldstad einen Boten nach Dyfrin senden. Simon aber kam mit Einwänden. Er wolle seine Frau nicht mit einer solchen Botschaft beunruhigen, wenn es vielleicht gar nicht notwendig wäre – eine Schlittenfahrt in dieser Eiseskälte sei keine Kleinigkeit. Wenn sie nach Formo heimkämen, würden sie vielleicht weitersehen. Er versuchte Sigurd zuzulächeln, um den jungen Burschen, der ganz entsetzt und unglücklich aussah, aufzumuntern.

»Aber sobald wir heimgekommen sind, müßt ihr nach Kristin auf Jörundhof schicken, sie ist so tüchtig in der Heilkunst.« Er fühlte, wie seine Zunge dick und steif war wie ein Stück Holz, als er dies sagte.

Küß mich, Kristin, meine Braut! Da würde sie glauben, er rede im Fieber. Ja, Kristin. Da würde sie staunen.

Erlend hatte es begriffen. Ramborg hatte es begriffen. Aber Kristin – sie saß da mit Kummer und Gram. – So zornig und bitter sie nun auch gegen diesen Mann Erlend gesinnt war, hatte sie doch auch jetzt für niemand anderen Gedanken als für ihn. Du hast dir nie so viel aus mir gemacht, Kristin, meine Geliebte, daß du daran gedacht hättest, ob es mir schwerfallen würde, jener Frau ein Bruder zu sein, die mir einmal zum Weibe angelobt war.

Er hatte es ja selbst nicht gewußt, damals, als er sich vor der Klosterpforte in Oslo von ihr trennte, daß er auch weiterhin immer so an sie denken würde. Daß er schließlich finden würde, nichts, was ihm das Leben seither gebracht hätte, sei ein voller Ersatz für das, was er damals verloren habe. Für jene Jungfrau, die mir in meiner Jugend anverlobt war.

Sie sollte es hören, ehe er starb. Einen Kuß sollte sie ihm geben. –

Ich bin der, der dich liebte und der dich immer noch liebt.

»Nein, Simon, es wird allzu schwer für Sokka, wenn sie uns beide tragen muß, sie hat doch heute nacht schon so weit laufen müssen«, sagte er zu dem Knecht, der sich hinter ihm auf das Pferd gesetzt hatte,

um ihn zu stützen. »Ich sehe wohl, daß du es bist, Sigurd, aber mich dünkt, du seiest ein anderer.«
Diese Worte hatte er einmal gehört, und er hatte sie nie vergessen können. Sie stammten aus dem Buch der Wunder der Jungfrau, es war eine Sage von einer Nonne, die mit einem Ritter aus dem Kloster entfloh. Maria die Jungfrau – sie rettete diese beiden zum Schluß und vergab ihnen trotz ihrer Sünden. Wenn es eine Sünde war, daß er dies der Schwester seiner Frau sagte, ehe er starb, so mochte Gottes Mutter ihm auch dafür Vergebung erwirken. – Er hatte sie nicht allzuoft mit einer Bitte geplagt.
Ich glaubte es damals selbst nicht, daß ich nie wieder recht froh oder glücklich werden könnte.
Gegen Morgen langten sie bei der Pilgerherberge an, und die beiden Mönche, die die Wirtschaft dort führten, nahmen sich des Kranken an. Als er jedoch unter ihrer Pflege ein wenig frischer geworden war und das Fieber abgenommen hatte, ließ Simon Andressohn nicht eher nach, als bis man ihm einen Schlitten lieh, mit dem er weiterfahren konnte.
Die Wege waren gut, und sie wechselten unterwegs die Pferde, fuhren die ganze Nacht hindurch und langten am nächsten Morgen bei Tagesgrauen auf Formo an. Simon hatte dagelegen und unter all den Hüllen geschlafen, die man über ihn gebreitet hatte. Die Decken lagen mit schwerem Druck auf ihm – bisweilen hatte er ein Gefühl, als liege er zerschmettert unter riesigen Felsblöcken –, und er hatte heftige Kopfschmerzen. Bisweilen war er gleichsam wie abwesend. Dann begannen die Schmerzen wieder in ihm zu toben; es war, als gäre und gäre sein Körper, würde unfaßbar groß und sollte in Stücke gesprengt werden. Im Arm tobte und tobte es.
Er versuchte, selbst aus dem Schlitten auszusteigen und ins Haus zu gehen, den gesunden Arm über Jons Schulter gelegt, Sigurd ging hinterher, um ihn zu stützen. Simon fühlte, daß die Gesichter der Männer vor Müdigkeit ganz grau und verzerrt waren – zwei Nächte hintereinander hatten sie im Sattel gesessen. Er wollte ihnen etwas darüber sagen, aber die Zunge gehorchte ihm nicht. Über die Türschwelle stolperte er und fiel in die Stube – mit einem lauten Schmerzensgebrüll, da er seinen unförmig geschwollenen Arm angestoßen hatte. Der Schweiß rann ihm herunter, wenn er das Ächzen, das sich ihm entreißen wollte, unterdrückte, während man ihn auskleidete und zu Bett legte.
Nicht lange darauf sah er, daß Kristin Lavranstochter beim Ofen stand und mit einem Stößel etwas in einer Holzschüssel zerkleinerte. Der Laut ging ihm durch und durch. Sie schüttete aus einem kleinen Topf etwas in einen Becher und träufelte aus einer Glasflasche, die sie ihrem Schrein entnahm, ein paar Tropfen hinzu, leerte die zerriebene Masse aus der Schale in den Topf und stellte ihn ans Feuer. Welch eine stille und ruhige Art sie doch hatte. –
Jetzt kam sie mit dem Becher in der Hand an sein Bett. Mit leichtem Schritt ging sie dahin. Sie war ebenso rank und schön wie seinerzeit

als Mädchen, diese schlanke Hausfrau mit dem hageren ernsten Gesicht unter dem linnenen Kopftuch. Jetzt fühlte Simon, daß auch sein Nacken geschwollen war. Es schmerzte, als sie ihren Arm unter seinen Kopf schob und ihn ein wenig aufstützte. Sie lehnte seinen Kopf an ihre Brust, während sie ihm mit der linken Hand den Becher an den Mund hielt.
Simon lächelte ein wenig, und als sie behutsam seinen Kopf wieder in die Kissen zurückgleiten ließ, umfaßte er mit seiner gesunden Hand die ihre. Sie war weder weich noch weiß, jetzt nicht mehr, diese feine, länglichschmale Frauenhand.
»Mit diesen Fingern kannst du jetzt wohl nicht gut Seide nähen«, sagte Simon. »Aber gut und leicht sind sie, und angenehm kühl ist deine Hand, Kristin!« Er legte sie auf seine Stirn. Kristin blieb so stehen, bis sie fühlte, daß ihre Handfläche warm wurde, da wechselte sie und drückte ihre andere Hand leicht gegen seine brennend heiße Stirn bis dicht unter den Haaransatz hinauf.
»Dein Arm sieht schlimm aus, Simon«, sagte sie. »Aber mit Gottes Hilfe wird es wohl gut werden.«
»Ich fürchte, Kristin, mich kannst du nicht heilen, so tüchtig du auch sonst in dieser Kunst bist«, antwortete Simon. Aber seine Miene war beinahe heiter. Der Trank begann zu wirken; er fühlte die Schmerzen viel weniger stark. Aber mit seinen Augen ging etwas Seltsames vor, als habe er sie nicht mehr in der Gewalt; er glaubte, daß er daliege und mit jedem Auge nach einer anderen Seite schiele.
»Mit mir geht es wohl so, wie es bestimmt ist«, sagte er wie zuvor.
Kristin ging zu ihren Töpfen zurück, strich eine breiige Masse auf Leinenlappen auf, kam zurück und legte die heißen Binden um den Arm, von den Fingerspitzen bis hinten zum Rücken und vorne über die Brust, wo die Geschwulst in roten Streifen von der Achselhöhle ausstrahlte. Zunächst tat es weh, bald aber brachte es Linderung. Darüber band sie wollene Decken und legte dann weiche Kissen unter den Arm. Simon fragte, was sie auf die Binden aufgetragen habe.
»Ach, allerlei – hauptsächlich Symphytikawurzel und Schwalbenblüte«, sagte Kristin. »Wenn es nur Sommer wäre, dann hätte ich sie frisch aus meinem Wurzgarten daheim nehmen können. Aber ich hatte genügend Vorrat – Gott sei Dank –, ich brauchte den ganzen Winter nichts davon.«
»Was hast du doch einmal von der Schwalbenblüte erzählt? Es war eine Geschichte, die du von der Äbtissin gehört hattest, als du im Kloster warst – etwas über den Namen ...«
»Meinst du das, daß diese Pflanze in allen Sprachen einen Namen hat, der ähnlich wie Schwalbenblüte lautet, von weit drunten am griechischen Meer bis herauf in unsere nordischen Länder?«
»Ja, denn in allen Ländern springt ihre Blüte auf, wenn die Schwalben aus dem Winterschlaf erwachen!« Simon schloß die Lippen ein wenig fester. Bis dahin lag er längst unter der Erde.

»Ich will meine Ruhestätte bei der Kirche hier haben«, sagte er, »wenn es dahin kommt, daß ich jetzt sterbe, Kristin. Ich bin nun so reich, daß Andres wahrscheinlich einmal ziemlich viel Macht hier auf Formo besitzen wird. Ob es wohl ein Sohn wird, das Kind, das Ramborg nach meinem Tod in diesem Frühjahr bekommen soll? Ich hätte gerne noch so lange gelebt, daß ich zwei Söhne auf meinem Hof gesehen hätte.«
Kristin sagte, sie habe eine Botschaft nach Dyfrin gesandt und sagen lassen, daß er sehr krank geworden sei. Gaute – er sei bereits heute morgen fortgeritten.
»Du hast doch wohl das Kind nicht allein fortreiten lassen?« fragte Simon erschrocken.
Sie habe niemand gehabt, der mit Gaute auf dem Fuchs hätte Schritt halten können, gab sie zur Antwort. Simon sagte, es würde wohl eine schwere Reise für Ramborg sein, wenn sie sich bloß nicht mehr beeile, als ihre Kraft es zuließe. »Aber meine Kinder würde ich schon gerne sehen.«
Eine Weile später begann er wiederum von seinen Kindern zu sprechen. Er nannte Arngjerd – ob es unrichtig von ihm gewesen sei, dieses Angebot von den Leuten auf Eiken nicht anzunehmen? Aber der Mann sei ihm reichlich alt vorgekommen, und er hätte auch andere Bedenken gehabt, da Grunde ja ziemlich gewalttätig sein solle, wenn er betrunken sei. Arngjerd, ihr hätte er die sichersten Verhältnisse verschaffen wollen. Nun waren es Gyrd und Gudmund, die über ihre Heirat zu bestimmen hatten, »sage meinen Brüdern, Kristin, ich ließe sie grüßen, sie sollen sich diese Sache wohl überlegen. Willst du sie eine Weile zu dir auf Jörundhof nehmen, so will ich dir dafür noch im Grabe danken. Und sollte Ramborg sich wiederverheiraten, ehe für Arngjerd gesorgt ist, so mußt du das Kind zu dir nehmen, Kristin, du darfst aber ja nicht glauben, daß Ramborg nicht immer freundlich gegen sie gewesen wäre; doch sollte sie nicht nur eine Stiefmutter, sondern auch einen Stiefvater bekommen, so fürchte ich, man könnte sie mehr für eine Magd ansehen als für ... Du erinnerst dich, ich war mit Halfrid verheiratet, als ich ihr Vater wurde.«
Sanft legte Kristin ihre Hand auf die Simons und versprach, nach besten Kräften alles für das Mädchen zu tun. Sie erinnerte sich an alles, was sie im Leben gesehen hatte; schwierig war die Stellung jener Kinder, die einen vornehmen Mann zum Vater hatten und im Ehebruch gezeugt worden waren. Orm und Margret, Ulf Haldorssohn ... Immer und immer wieder streichelte sie Simons Hand.
»Schließlich ist es ja durchaus nicht gewiß, daß du dieses Mal sterben mußt, Schwager«, sagte sie und lächelte leise. Immer noch konnte es wie ein Widerschein des süßen und sanften Lächelns aus früheren Zeiten über das magere strenge Frauenantlitz huschen. Du süße junge Kristin ...

An diesem Abend bekam Simon kein so starkes Fieber, und er sagte auch, daß er weniger Schmerzen fühle. Als Kristin den Verband wechselte, war der Arm nicht so geschwollen; das Fleisch war weicher, wenn sie die Finger vorsichtig ins Fleisch drückte, blieben die Eindrücke länger zu sehen.
Kristin sandte das Gesinde zu Bett. Jon Daalk, der unbedingt bei seinem Herrn wachen wollte, durfte sich auf die Bank drüben legen. Die Truhe mit der geschnitzten Rückenlehne ließ sie sich ans Bett heranrücken und saß nun dort, in die Ecke gedrückt. Simon schlummerte und schlief; als er einmal erwachte, sah er, daß sie eine Spindel in der Hand hielt. Sie saß aufrecht da, hatte den Dorn mit dem Wollschopf unter dem linken Arm, die Finger drehten den Faden, die Spindel sank neben ihrem langen, schlanken Schoß immer tiefer – dann wickelte sie den Faden auf, drehte wieder, die Spindel sank –, er schlief vom Zuschauen ein ...
Als er wiederum erwachte, es war gegen Morgen, saß sie immer noch da und spann. Das Licht der Kerze, die sie so gestellt hatte, daß der Bettvorhang ihn beschattete, fiel auf ihr Gesicht. Es war so bleich und still; der volle weiche Mund war schmal geworden und fest geschlossen, sie saß mit niedergeschlagenen Augen da und spann. Kristin konnte nicht sehen, daß er wach lag und sie im Schatten seines Betthimmels anstarrte. Sie schien so tief betrübt zu sein, daß Simon zu fühlen glaubte, wie sein Herz ihm blutete, während er so dalag und sie betrachtete.
Sie erhob sich, ging hinüber und machte sich am Feuer zu schaffen. Ganz lautlos. Als sie zurückkam, spähte sie hinter den Bettvorhang, begegnete seinen offenen Augen aus der Dunkelheit.
»Wie geht es dir jetzt, Simon?« fragte sie weich.
»Gut – geht es mir jetzt.«
Aber er glaubte zu fühlen, daß er nun auch im linken Arm Schmerzen hatte – und bis unters Kinn hinauf, wenn er den Kopf bewegte. Ach nein, er glaubte dies wohl nur. –
Ach, sie würde wohl niemals finden, daß sie etwas verloren habe dadurch, daß sie seine Liebe verschmähte; insofern konnte er gern mit ihr darüber sprechen. *Das* konnte sie unmöglich schwermütig machen. Er *wollte* es ihr sagen, ehe er starb – ein *einziges* Mal: Ich habe dich in allen diesen Jahren geliebt.
Das Fieber nahm wieder zu. Er hatte wirklich Schmerzen im linken Arm. »Du mußt versuchen, wieder zu schlafen, Simon, vielleicht geht es dir jetzt rasch besser«, meinte sie leise.
»Ich habe heute nacht viel geschlafen.« Er begann wieder von seinen Kindern zu sprechen – von den dreien, die er besaß und die er so innig liebte – und von dem noch nicht Geborenen, dann schwieg er – die Schmerzen überfielen ihn wieder so stark. »Leg dich jetzt ein wenig hin, du, Kristin, Jon kann wohl eine Weile bei mir sitzen, wenn du es für nötig hältst, daß jemand wacht.«

Am Morgen, als sie die Binde löste, blickte Simon ruhig in ihr verzweifeltes Gesicht auf: »Ach nein, Kristin, es war schon zuviel Gift und Schmutz im Arm – auch Frost, ehe ich in deine Hände kam. Ich sagte es ja schon, mich kannst du nicht heilen, sei jetzt nur nicht so traurig darüber, Kristin.«

»Du hättest nicht den ganzen langen Weg machen sollen«, sagte sie schwach.

»Kein Mensch lebt länger, als ihm beschieden ist«, antwortete Simon wie zuvor. »Ich wollte nach Hause. Es gibt doch dies und jenes zu besprechen – wie alles nach mir geordnet werden soll.«

Er lachte ein wenig:

»Alle Feuer brennen nach und nach aus.«

Kristin sah ihn mit tränennassen Augen an. Stets hatte er so viele Sprichwörter gebraucht. Sie blickte auf sein rotgeflecktes Gesicht hinab. Die vollen Wangen, die Falten unter dem Kinn waren gleichsam eingesunken, bildeten tiefe Furchen. Die Augen schienen matt und blinzelnd; dann wieder war es, als käme Klarheit und Bewußtsein in sie: er sah sie an mit jenem festen, forschenden Blick, den die kleinen stahlgrauen scharfen Augen fast immer gehabt hatten.

Als es in der Stube ganz taghell wurde, sah Kristin, daß Simon rings um die Nase mager geworden war, ein weißer Streifen zog sich auf jeder Seite bis zum Mundwinkel hinunter.

Sie trat an das kleine Fenster, stand dort und unterdrückte ein Schluchzen. Es glitzerte und leuchtete goldengrün in dem dicken Reif, der die Scheibe bedeckte. Draußen war der Wintertag wohl ebenso schön, wie die Tage der ganzen Woche gewesen waren.

Dies war das Todeszeichen, das wußte sie.

Sie kam zurück, schob ihre Hand unter die Decke, seine Knöchel waren bis zu den Waden hinauf geschwollen.

»Willst du – willst du, daß wir jetzt nach Sira Eirik senden lassen?« fragte sie leise.

»Ja, heute abend«, antwortete Simon.

Er mußte davon sprechen, *ehe* er beichtete und das Abendmahl empfing. Nachher mußte er versuchen, seinen Gedanken eine andere Richtung zu geben.

»Seltsam ist es, daß wahrscheinlich du es sein wirst, die sich meiner Leiche annehmen wird«, sagte Simon. »Und ich fürchte, daß ich keine schöne Leiche sein werde.«

Kristin drängte gewaltsam ein Aufschluchzen zurück. Sie ging von ihm fort und bereitete wieder einen Schlaftrunk.

Aber Simon sagte:

»Ich mag deine Mittel nicht trinken, die Gedanken werden so unklar davon!«

Nach einer Weile bat er, sie möge ihm dennoch ein wenig geben. »Aber tu nicht zuviel von jenem Mittel hinein, das betäubt. Ich muß mit dir über etwas sprechen.«

Er trank, lag da und wartete, bis die Schmerzen so weit nachgelassen hatten, daß er klar und ruhig mit ihr sprechen könnte.
»Willst du nicht, daß wir Sira Eirik für dich holen lassen, damit er Worte zu dir sprechen kann, die dir Linderung bringen?«
»Doch, bald. Aber etwas muß ich dir noch sagen.«
Eine Weile lag er da. Dann begann er:
»Sage Erlend Nikulaussohn, daß ich die Worte, die ich ihm gab, als wir uns trennten, seither jeden Tag bereut habe. Unmännlich und kleinlich betrug ich mich gegen meinen Schwager in jener Nacht. Grüße ihn und sage, ich bitte ihn, er möge mir dies verzeihen.«
Kristin saß mit geneigtem Kopf da. Simon sah, daß sie bis unter das Kopftuch blutrot geworden war.
»Willst du deinem Mann diese Botschaft überbringen?« fragte er.
Sie nickte ein wenig. Dann sagte Simon wiederum:
»Sollte Erlend nicht zu meinem Begräbnis kommen, so mußt du ihn aufsuchen, Kristin, und ihm dies sagen.«
Stumm und dunkelrot im Gesicht saß Kristin da.
»Du wirst es mir nicht abschlagen, mir den Dienst zu erweisen, um den ich dich bitte, jetzt, da ich sterben soll?« fragte Simon Andressohn.
»Nein«, flüsterte die Frau. »Ich werde – es tun.«
»Für deine Söhne ist es schlimm, Kristin, daß zwischen ihrem Vater und ihrer Mutter Feindschaft herrscht«, begann Simon wiederum. »Ich frage mich, ob du gesehen hast, wie sehr sie dies quält. Schwer ist es für die flinken Burschen, zu wissen, daß man im Tal über ihre Eltern spricht.«
Kristin antwortete hart und leise:
»Erlend ging von unseren Söhnen weg – nicht ich. Zuerst verloren meine Söhne den Rückhalt in jenen Gemeinden, in denen sie geboren waren und ihre Sippe und ihr Erbe hatten. Wenn sie nun dulden müssen, daß das Gerede über ihr Heim hier im Tale geht, aus dem ich stamme, so habe nicht ich es verursacht.«
Schweigend lag Simon eine Weile da. Dann sagte er:
»Ich vergesse es nicht, Kristin; du hast Grund, über vieles und vielerlei zu klagen, übel hat Erlend für die Seinen gesorgt. Doch du mußt bedenken, wäre dieser sein Plan geglückt, so wären seine Söhne jetzt wohlgeborgen, und er selbst stünde unter den mächtigsten Rittern in diesem Reich. Königsverräter heißt der Mann, dem sein Plan mißglückt; gelingt es ihm jedoch, ihn durchzuführen, so spricht das Volk ganz anders von ihm. Halb Norwegen dachte damals wie Erlend, daß uns nur schlecht gedient sei, zusammen mit den Schweden einen König zu haben und daß in Knut Porses Sohn vermutlich ganz anderes Zeug stecke als in diesem Muttersöhnchen, hätten wir Junker Haakon in seinem zarten Alter zu uns bringen können. Viele standen damals hinter Erlend und zogen mit ihm am gleichen Tau, sie ließen los und krochen ins Versteck, als die Sache aufkam; so handelten meine eige-

nen Brüder und manch einer, der jetzt ein guter Ritter und ein Mann von Waffen heißt. Erlend allein mußte stürzen. Und jenes Mal, Kristin, bewies dein Gemahl, daß er ein tüchtiger und mutiger Mann war, gleichgültig, wie er sich vorher und nachher gezeigt haben mag.«
Kristin saß still und bebend da.
»Ich meine, Kristin, wenn dies der Grund ist, weshalb du deinem Mann bittere Worte gegeben hast, so mußt du sie wieder zurücknehmen. Das solltest du doch wohl können, Kristin. Früher einmal hieltest du so fest an Erlend; du duldetest nicht, ein wahres Wort über sein Betragen gegen dich zu hören, damals, als er so handelte, wie ich es nie für möglich gehalten hätte bei einem ehrenhaften Mann, um nicht zu sagen bei einem hochgeborenen Herrn und wohlerzogenen Höfling. – Erinnerst du dich, wie ich euch in Oslo ertappte? *Das* konntest du Erlend verzeihen, damals schon und auch später.«
Kristin antwortete leise:
»Ich hatte ja mein Los mit dem seinen zusammengetan. – Was hätte aus mir werden sollen, hätte ich meine Sache von der Erlends geschieden?«
»Sieh mich an, Kristin«, sagte Simon Darre, »und antworte mir die Wahrheit. Hätte ich deinen Vater bei dem gegebenen Wort festgehalten, hätte ich gewählt, dich so zu nehmen, wie du warst, dir versichert, daß du von mir nie an deine Schande erinnert werden solltest, daß ich dich aber nicht freigeben wollte, sag mir, was hättest du getan?«
»Ich weiß nicht.«
Simon lachte hart:
»Hätte ich es mir durch Drohungen erzwungen, Hochzeit mit dir zu feiern, freiwillig hättest du mich wohl kaum je in deine Arme genommen, Kristin, meine Holde.«
Jetzt war sie weiß geworden im Gesicht, sie saß da, blickte zu Boden und gab keine Antwort. Er lachte wie zuvor:
»Ich glaube nicht, daß du mich freundlich umfangen hättest, wäre ich zu dir ins Brautbett gestiegen.«
»Ich denke, ich hätte einen Dolch mit ins Bett genommen«, flüsterte sie halb erstickt.
»Ich höre, daß du die Weise von Knut auf Borg kennst.« – Simon lächelte barsch. »Daß solches wirklich vorgekommen ist, habe ich nie vernommen. Aber Gott mag wissen, ob nicht du es getan hättest, du!«
Bald darauf sagte er wiederum:
»Es ist doch zwischen christlichen Menschen unerhört, daß verheiratete Leute ihr Zusammenleben nach eigenem Gutdünken aufheben, so wie ihr es getan habt, ohne gesetzlichen Grund und ohne das Einverständnis des Bischofs. Schämt ihr euch nicht? – Alles habt ihr niedergetreten und allen habt ihr getrotzt, um zusammenzukommen. Damals, als Erlend in Lebensgefahr schwebte, dachtest du an nichts

anderes als an seine Rettung, und er dachte viel mehr an dich als an seine sieben Söhne und an seinen Namen und an seine Güter. Kaum aber könnt ihr einander in sicherer Ruhe besitzen, so vermögt ihr nicht Anstand und Frieden zu wahren – Unfrieden und Unzufriedenheit herrschten zwischen euch, auch auf Husaby, das sah ich selbst, Kristin.

Ich sage dir, um deiner Kinder willen mußt du versuchen, dich mit deinem Gemahl auszusöhnen. Wenn du das geringere Unrecht hast, so ist es wohl auch leichter für dich, Erlend die Hand zu bieten«, fügte Simon milder hinzu.

»Es ist leichter für dich als für Erlend Nikulaussohn, der doch oben auf Haugen in Armut lebt«, sagte er wiederum.

»Es ist nicht leicht für mich«, flüsterte sie. »Ich dächte doch, ich hätte dir gezeigt, daß ich für meine Kinder ein wenig zu tun vermag. – Ich habe für sie gekämpft und gekämpft ...«

»So ist es«, sagte Simon. Dann fragte er: »Entsinnst du dich jenes Tages, da wir einander auf dem Weg bei Nidaros begegneten? Du saßest im Gras und gabst Naakkve die Brust ...«

Kristin nickte.

»Hättest du um des Kindes an deiner Brust willen das tun können, was meine Schwester für ihren Sohn tat, hättest du ihn von dir fortgeben können an jene Menschen, die ihn besser zu schützen vermochten?«

Kristin schüttelte den Kopf.

»Aber seinen Vater bitten, das zu vergessen, was du im Zorn zu ihm gesagt haben magst, glaubst du nicht, daß du das um seinetwillen und um sechs anderer schöner Söhne willen über dich bringen wirst? Vermagst du nicht, deinem Mann zu sagen, wie not es den jungen Burschen tut, daß er zu ihnen und zu seinem Hofe heimkehrt?«

»Ich werde so tun, wie du willst, Simon«, erwiderte Kristin leise. »Mit harten Worten hast du mir dies gesagt«, fügte sie nach einer Weile hinzu, »schon früher hast du mich strenger zurechtgewiesen als irgendein anderer weltlicher Mann.«

»Ja, aber ich kann dir versichern, daß es jetzt das letztemal war« – seine Stimme bekam den neckenden, munteren Klang von früher. »Nein, weine doch nicht so, Kristin, aber vergiß nicht, meine Schwester, was du einem sterbenden Mann versprochen hast.« Noch einmal kam das alte übermütige Blitzen in seine Augen:

»Du weißt, Kristin, ich mußte schon einmal lernen, daß man sich nicht immer auf dich verlassen kann!

Sei jetzt still, Liebste«, bat er bald darauf, nachdem er dagelegen und ihr stoßweises schmerzliches Weinen angehört hatte: »Ich werde nicht vergessen, daß du uns eine gute und treue Schwester warst, glaube mir. Schließlich wurden wir trotz allem Freunde, meine Kristin.«

Gegen Abend bat er, man möge ihm den Priester holen. Sira Eirik kam, nahm ihm die Beichte ab, reichte ihm die Letzte Ölung und gab ihm die Wegzehrung. Simon nahm Abschied von seinem Gesinde und den Erlendssöhnen, von den fünfen, die daheim waren – Naakkve war von Kristin nach Kruke gesandt worden –; Simon hatte darum gebeten, Kristins Kinder sehen und von ihnen Abschied nehmen zu dürfen.

Kristin wachte auch diese Nacht bei dem Sterbenden. Gegen Morgen schlief sie für einen Augenblick ein. Sie erwachte von einem seltsamen Laut – Simon lag da und wimmerte leise vor sich hin. Es erschütterte sie gewaltsam, *ihn* klagen zu hören, still und schmerzlich, wie ein krankes verlassenes Kind, jetzt, da er wohl glaubte, daß niemand es hören würde. Sie beugte sich zu ihm hinab und küßte sein Angesicht viele Male. Dabei merkte sie, daß sein Atem und sein Körper schon erstickend und wie tot rochen. Als der Tag jedoch hell wurde, sah sie, daß sein Blick noch immer lebendig und klar und fest war.

Sie merkte, daß er entsetzliche Schmerzen litt, als Jon und Sigurd ihn in einem Laken hochhoben, während sie sein Bett aufschüttelte und die Kissen so weich und gut wie nur möglich zurechtlegte. Nahrung hatte er jetzt schon seit einem ganzen Tag nicht mehr zu sich nehmen wollen, aber es dürstete ihn sehr.

Als Kristin ihn zurechtgelegt hatte, bat er sie, das Zeichen des Kreuzes über ihm zu machen: »Jetzt kann ich auch den linken Arm nicht mehr bewegen.«

Aber wenn wir uns selbst oder etwas, was wir mit dem Kreuz schützen wollen, mit dem Kreuzeszeichen segnen, dann sollen wir daran denken, warum das Kreuz geheiligt wurde und was es bedeutet, und sollen uns daran erinnern, daß dieses Zeichen durch die Qualen und den Tod des Herrn Ehre und Kraft erhalten hat.

Simon entsann sich, daß er dies einmal hatte vorlesen hören. Er hatte wohl selten viel dabei gedacht, wenn er das Kreuz über seiner Brust machte oder sein Haus und seinen Besitz mit dem Zeichen des Kreuzes segnete. – Er fühlte sich unfertig und schlecht ausgerüstet, um von dieser Erde aufzubrechen, und mußte sich damit trösten, daß er sich, so gut Zeit dazu war, vorbereitet hatte, mit der Beichte und mit der letzten Wegzehrung. Ramborg – aber sie war so jung, vielleicht wurde sie viel froher mit einem anderen Mann. Seine Kinder, Gott mochte sie in seinen Schutz nehmen – und Gyrd würde für sie sorgen, getreu und verständig. Und so mußte er sich denn auf Gott verlassen, der einen Mann nicht nach dessen Wert beurteilt, sondern aus seiner Gnade heraus.

Im Lauf des Tages kamen Sigrid Andrestochter und Geirmund von Kruke. Simon wollte, daß Kristin jetzt hinausgehe, um auszuruhen, sie habe jetzt allzulange gewacht und ihn gepflegt. »Und es ist jetzt bald qualvoll, in meiner Nähe zu sein«, sagte er und lächelte ein wenig. Da brach sie für einen Augenblick in lautes Schluchzen aus – dann beugte sie sich hinab und küßte wiederum den elenden Leib, der bereits angefangen hatte, sich aufzulösen.

Simon lag still da. Das Fieber und die Schmerzen waren jetzt nicht mehr so stark wie bisher. Er lag da und dachte, recht lange könne es jetzt wohl nicht mehr währen, bis er erlöst sei.
Er wunderte sich selbst darüber, daß er so mit Kristin gesprochen hatte. Das war es eigentlich nicht, was er ihr hatte sagen wollen. Aber er hatte nicht anders sprechen können. Er war fast ärgerlich darüber.
Jetzt aber mußte ja der kalte Brand bald bis ans Herz hinanreichen. Das Herz des Mannes ist das erste, was im Mutterleib zum Leben erwacht, und das letzte, was im Manne zur Ruhe kommt. Jetzt mußte es wohl bald ruhig in ihm werden.
Am Abend lag er im Fieberwahn da. Ein paarmal jammerte er laut, so daß es entsetzlich anzuhören war. Dann aber wieder lag er da und lachte leise und nannte seinen eigenen Namen, so glaubte Kristin – Sigrid aber, die über ihn gebeugt saß, flüsterte ihr zu, daß er wohl von einem Knaben spreche, ihrem Vetter, mit dem er als Kind so gut befreundet gewesen sei. Gegen Mitternacht wurde er ruhig und schien zu schlafen. Da gelang es Sigrid, Kristin zu überreden, sich auf dem anderen Bett in der Stube ein wenig hinzulegen.
Sie erwachte von der Unruhe im Raum; es war kurz vor Tagesgrauen, und sie hörte, daß der Todeskampf begonnen hatte. Simon hatte die Sprache verloren, aber er erkannte Kristin immer noch, das konnte sie an seinen Augen sehen. Dann war es, als zerbreche ein Stahl in ihnen, sie verdrehten sich nach oben und verschwanden unter den Lidern. Aber immer noch lag er da und röchelte und stöhnte. Der Priester war gekommen und las die Gebete für Sterbende; am Bett saßen die beiden Frauen, und in der Stube war das ganze Gesinde versammelt. Endlich, eine Stunde vor Mittag, gab er seinen Geist auf.
Am Tag darauf ritt Gyrd Darre auf dem Hofplatz von Formo ein. Auf dem Weg hierher hatte er ein Pferd zu Tode gehetzt. Schon unten auf Breidin hatte er den Tod des Bruders erfahren, so daß er zunächst ziemlich gefaßt war. Als sich ihm aber die Schwester weinend an den Hals warf, zog er sie an sich und mußte dann selbst wie ein Kind weinen.
Ramborg Lavranstochter liege auf Dyfrin mit einem neugeborenen Sohn, erzählte er. Gleich nach Gaute Erlendssohns Eintreffen habe sie laut aufgeschrien, sie wisse, daß dies Simons Tod sei. Dann brach sie in Krämpfen auf dem Boden zusammen. Das Kind sei sechs Wochen vor der Zeit gekommen, aber man hoffe doch, daß es am Leben bleiben werde.
Man bereitete Simon Andressohn ein schönes Begräbnis und einen schönen Leichenschmaus, und er wurde gleich beim Chor neben der Olavskirche beerdigt. Die Leute im Tal waren sehr zufrieden damit, daß er seine Ruhestätte hier gewählt hatte. Die alte Formosippe, die auf der männlichen Seite mit Simon Saemundssohn ausstarb, war mächtig und angesehen gewesen. Astrid Simonstochter hatte eine reiche Heirat gemacht, ihre Söhne trugen Ritternamen und saßen im

Rat des Königs, aber sie sahen sich nur selten nach dem mütterlichen Erbbesitz daheim um. Als Astrids Enkel seinen Wohnsitz auf Formo aufschlug, schien es den Leuten fast, als sei das alte Geschlecht wiedererrichtet worden; sie vergaßen ganz, Simon Andressohn als einen Eingewanderten zu betrachten, und sie waren sehr traurig darüber, daß er so jung sterben mußte, denn er wurde nur zweiundvierzig Winter alt.

V

Woche auf Woche verging, und Kristin bereitete sich in ihrem Herzen darauf vor, Erlend die Botschaft des Toten zu überbringen. Gewiß wollte sie es tun, aber es dünkte sie sehr schwer. Unterdessen gab es daheim auf dem Hof so vieles zu erledigen. Täglich lag sie mit sich selbst im Kampf, ob sie es noch hinausschieben könne.

Um die Zeit des Weißen Sonntags kam Ramborg Lavranstochter nach Formo. Die Kinder hatte sie auf Dyfrin zurückgelassen. Es gehe ihnen gut, antwortete sie, als Kristin nach ihnen fragte. Die beiden Mädchen hätten bitter geweint und über den Tod ihres Vaters tief getrauert. Andres sei zu jung, um etwas zu begreifen. Der Jüngste, Simon Simonssohn, gedeihe gut, und sie hofften, daß er noch groß und stark werden würde.

Ramborg ging ein paarmal zur Kirche und zum Grabe ihres Mannes. Im übrigen bewegte sie sich nicht von ihrem Hof fort. Aber Kristin kam, sooft sie konnte, zu ihr. Sie wünschte jetzt innig, daß sie ihre junge Schwester besser gekannt hätte. Die Witwe sah so kindlich aus in ihren Trauerkleidern, zart und unerwachsen wirkte ihr Körper in dem schweren dunkelblauen Trauergewand; das kleine dreieckige Gesicht war gelb und mager in den Leinenbinden unter dem schwarzwollenen Schleier, der in starren Falten vom Kopf bis fast zum Saum des Kleides herabfiel. Und sie hatte dunkle Ringe unter den großen Augen, aus denen die Pupillen jetzt stets kohlschwarz und groß herausstarrten.

Während der Heuernte fand Kristin einmal eine Woche lang keine Zeit, sich nach ihrer Schwester umzusehen. Von ihrem Gesinde hörte sie, daß Ramborg einen Gast auf Formo beherberge: Jammaelt Halvardssohn. Kristin erinnerte sich, daß Simon von diesem Mann gesprochen hatte; er besaß einen sehr großen Hof nicht weit von Dyfrin, und er und Simon waren von Kindesbeinen an Freunde gewesen.

Einmal regnete es während der Erntezeit – eine Woche lang –, da ritt Kristin zur Schwester hinunter. Kristin saß gerade da, sprach von dem schlechten Wetter und vom Heu und fragte, wie es hier auf Formo gehe. – Da sagte Ramborg plötzlich: »Nun muß Jon hier mit allem fertig werden – ich fahre in ein paar Tagen nach Süden, Kristin.«

»Ja, du sehnst dich wohl nach deinen Kindern, du Ärmste«, meinte Kristin.

Ramborg erhob sich und ging in der Stube auf und ab.
»Du sollst etwas erfahren, was dich wundern wird«, sagte die Jüngere nach einer Weile. »Du und deine Söhne, ihr werdet zum Verspruchsbier nach Dyfrin geladen werden. Ich gab Jammaelt mein Jawort, ehe er von hier fortfuhr, und Gyrd wird mich verheiraten.«
Kristin saß schweigend da. Die Schwester stand vor ihr und blickte sie starr an, schwarzäugig und bleich. Schließlich antwortete die Ältere:
»Ich merke, daß du nicht lange als Simons Witwe leben willst. – Ich glaubte, du empfändest so große Trauer um ihn. – Aber du verfügst ja selbst über dich . . .«
Ramborg gab keine Antwort, da fragte Kristin nach einer Weile:
»Gyrd Darre weiß, daß du dich so rasch wieder verheiraten willst?«
»Ja.« Ramborg ging wieder auf und ab. »Helga riet mir zu – Jammaelt ist reich.« Sie lachte. »Und Gyrd ist ein so kluger Mann, er hat wohl längst bemerkt, wie schlecht wir miteinander lebten, Simon und ich.«
»Was sagst du da! – Gewißlich hat niemand bemerkt, daß ihr schlecht miteinander lebtet«, fügte sie nach einer Weile hinzu. »Mir ist nicht bewußt, daß irgendeiner etwas anderes als Freundschaft und gutes Einverständnis bei euch gesehen hat. Simon ließ dir in allem und jedem deinen Willen, gab dir alles, was du dir wünschtest, dachte stets an deine Jugend und trug Sorge dafür, daß du sie genießen konntest und von Arbeit und Mühe verschont wurdest. Seine Kinder liebte er und gab dir jeden Tag zu erkennen, wie dankbar er dir dafür war, daß du ihm diese beiden geboren hattest.«
Ramborg lächelte höhnisch.
Da antwortete Kristin heftig:
»Ja, wenn du wirklich Ursache hast zu glauben, ihr hättet nicht gut miteinander gelebt, so trägt Simon gewiß nicht die Schuld daran.«
»Nein«, sagte Ramborg, »ich werde die Schuld tragen – wenn *du* es nicht wagst.«
Fassungslos saß Kristin da.
»Ich glaube, du weißt nicht, was du sagst, Schwester«, brachte sie schließlich hervor.
»Doch«, antwortete Ramborg. »Aber ich glaube gern, daß *du* es nicht weißt. Du hast so wenig an Simon gedacht, und ich glaube gern, daß dies neu für dich ist. Dir war er gut genug, wenn du eine Zuflucht brauchtest, wenn du eines Helfers bedurftest, der um deinetwillen mit Freuden glühende Eisen trug; nie hattest du so viel Gedanken für Simon Andressohn übrig, daß du einmal gefragt hättest, was ihn dies koste. Ich durfte meine Jugend genießen, ja; froh und freundlich hob mich Simon in den Sattel und sandte mich zu Freuden und Vergnügungen, ebenso froh und freundlich nahm er mich in Empfang, wenn ich heimkehrte; er streichelte mich, wie er seine Hunde und Pferde streichelte, er entbehrte mich nicht, wo ich auch sein mochte.«
Kristin hatte sich erhoben, sie stand still am Tisch. Ramborg rang ihre

Hände, so daß es in den Gelenken knackte, ging unermüdlich auf und ab:
»Jammaelt«, sagte sie ein wenig ruhiger. »Ich habe vor Jahr und Tag verstanden, wie er über mich dachte. Das sah ich schon, als seine Frau noch lebte. Darum aber darfst du nicht glauben, er hätte sich mit Worten oder Gebärden verraten. Er trauert selbst so sehr um Simon, kam oft und oft zu mir, um mich zu trösten; das ist richtig! Helga war es, die zu uns beiden sagte, sie finde, daß es nun passend wäre, wenn wir...
Und ich weiß nicht, worauf ich warten sollte. Ich werde nie mehr oder weniger getröstet sein, als ich jetzt bin. Jetzt gelüstet es mich zu versuchen, wie es ist, mit einem anderen Mann zu leben, der seit Jahr und Tag an *mich* gedacht und geschwiegen hat. Ich weiß nur allzu gut, wie es ist, mit einem Manne zu leben, der an eine andere denkt und schweigt.«
Kristin stand wie vorher da. Ramborg hielt vor ihr inne, funkelnd.
»Du weißt, daß es wahr ist, was ich gesagt habe!«
Kristin ging zur Stube hinaus, still, gesenkten Hauptes. Während sie im Regen draußen auf dem Hofplatz stand und darauf wartete, daß der Knecht ihr Pferd vorführte, trat Ramborg unter die Tür, sie starrte die ältere Schwester mit schwarzen haßerfüllten Augen an.

Erst am Tag darauf erinnerte sich Kristin, was sie Simon versprochen hatte für den Fall, daß Ramborg sich wieder verheiratete. So ritt sie denn abermals nach Formo, es fiel ihr nicht leicht. Und am schlimmsten war ihr das Bewußtsein, daß sie nichts zu sagen vermochte, was der jungen Schwester Hilfe oder Trost sein konnte. Diese Heirat mit Jammaelt auf Aelin dünkte sie unüberlegt – in der Stimmung, in der Ramborg sich jetzt befand. Aber Kristin begriff, daß es jetzt nutzlos war, wenn sie dagegen redete.
Ramborg war mürrisch und verdrossen und gab der Schwester kaum eine Antwort. Sie wollte durchaus nicht darein einwilligen, daß die Stieftochter nach Jörundhof käme. »Auf deinem Hof ist ja auch nicht alles so in Ordnung, daß es mir ratsam scheinen könnte, ein junges Mädchen dahin zu senden!« Kristin antwortete sanftmütig, daß Ramborg darin recht haben könne. Aber sie habe Simon versprochen, dieses Anerbieten zu machen.
»Ja, wenn Simon in seinem Fieberwahn nicht begriff, daß er mich kränkte, als er dich um diesen Gefallen bat, so müßtest wenigstens du begreifen, daß du mich kränkst, wenn du davon sprichst«, antwortete Ramborg, und Kristin mußte unverrichteterdinge heimkehren.
Der nächste Morgen versprach, gutes Wetter zu bringen. Als aber die Söhne zum Morgenimbiß hereinkamen, erklärte Kristin ihnen, daß sie das Heu ohne sie hereinbringen müßten; sie gedenke, eine Reise zu machen und vielleicht einige Tage fortzubleiben.
»Ich will hinauf nach Dovre, um euren Vater aufzusuchen«, sagte sie.

»Es ist meine Absicht, ihn zu bitten, daß er die Uneinigkeit zwischen uns vergessen möge, und ich will ihn fragen, wann er wieder zu uns heimkommt.«
Die Söhne erröteten; sie wagten kaum aufzublicken, aber Kristin merkte wohl, wie froh sie wurden. Sie zog Munan an sich und beugte ihr Antlitz zu ihm hinab:
»Du erinnerst dich wohl kaum deines Vaters, du kleiner Bursche?«
Der Knabe nickte stumm, mit blanken Augen. Einer nach dem anderen blickten die übrigen Söhne die Mutter an: sie war so jung im Gesicht und so schön, wie sie sie seit vielen Jahren nicht mehr gesehen hatten.
Ein wenig später kam sie auf den Hofplatz hinaus, zur Fahrt angekleidet, in ihrem Kirchengewand: in schwarzem, wollenem Kittel, an Hals und Ärmeln mit Blau und Silber ausgenäht, in schwarzem, ärmellosem Umhang mit Kapuze, da es ja Hochsommer war. Naakkve und Gaute hatten Kristins Pferd und ihre eigenen Pferde gesattelt; sie wollten die Mutter begleiten. Kristin widersprach ihnen nicht. Aber sie redete nicht viel mit ihren Söhnen, während sie talaufwärts über die Rostschlucht nach Dovre hinaufritten. Die meiste Zeit war sie schweigsam und nachdenklich, und wenn sie mit den jungen Burschen sprach, so handelte es sich um andere Dinge als um ihr Vorhaben.
Als sie so hoch hinaufgekommen waren, daß sie durch den Wald hindurchsehen und gegen den Himmel die Hausdächer auf Haugen unterscheiden konnten, hieß sie die Knaben umkehren.
»Ihr begreift wohl, daß euer Vater und ich viel zu besprechen haben werden, worüber wir am liebsten nur unter vier Augen reden.«
Die Brüder nickten; sie grüßten die Mutter und wandten die Pferde.
Der Wind vom Gebirge strich kühl und frisch an Kristins heißen Wangen vorbei, als sie auf den letzten Bergabsatz hinaufgelangte. Die Sonne vergoldete die kleinen grauen Balkenhäuser, die lange Schatten auf den Hofplatz warfen. Hier oben begann das Korn eben erst in die Ähren zu schießen, es stand schön auf den kleinen Äckern, glänzte und wogte im Wind. Auf allen Geröllhalden und Felskuppen leuchtete hoher wehender Weiderich rot auf, der in der Blüte stand, und überall dazwischen war das Heu zu Haufen zusammengerecht. Aber auf dem ganzen Hof war kein Leben zu bemerken; nicht einmal ein Hund kam heraus, um zu bellen.
Kristin nahm ihrem Pferd den Sattel ab und führte es zum Wassertrog. Sie wollte es hier oben nicht frei laufen lassen, so zog sie es denn zum Stall. Die Sonne leuchtete durch ein großes Loch im Dach herein, der Wasen hing in Schollen zwischen den Dachbalken herab. Nichts ließ erkennen, daß hier ein Pferd gestanden hatte. Kristin versorgte das Tier und ging dann wieder auf den Hofplatz hinaus.
Sie sah in den Kuhstall hinein. Dort war es dunkel und öde; sie erkannte am Geruch, daß er wohl schon seit langer Zeit leerstand.
An der Wand des Wohnhauses waren einige Felle von erlegten Tieren zum Trocknen ausgespannt – ein Schwarm von blauen Fliegen flog

surrend auf, als sie näher trat. An der Nordseite waren Erde und Torf aufgeschichtet, so daß die Wand bis zum Windbrett hinauf ganz verdeckt war. Das hatte Erlend wohl wegen der Kälte getan.
Sie erwartete, daß die Stube versperrt sei. Als sie jedoch die Klinke niederdrückte, gab die Tür nach. Erlend hatte sein Haus nicht einmal verschlossen.
Unerträglich dicke Luft schlug ihr entgegen, als sie eintrat, ein bitterer und herber Geruch nach Fellen und Stall. Das erste Gefühl, das über sie hereinbrach, als sie in seiner Stube stand, war blutende Reue und Mitleid. Dieser Wohnraum schien ihr eher einer Höhle zu gleichen.
Ach ja, ja, ja, Simon – du hattest recht!
Klein war die Stube, aber einmal war sie hübsch und behaglich gewesen. Der Ofen hatte überdies einen gemauerten Schornstein, des Rauches wegen, so wie die Öfen daheim. Aber als sie das Rauchloch öffnen wollte, um die schlechte Luft ein wenig hinauszulassen, sah sie, daß der Kamin mit ein paar flachen Steinen abgesperrt war. Die Glasscheibe am Fenster auf den Rundgang hinaus war zerbrochen und mit einigen Lappen verstopft. Und der Holzboden, der die ganze Stube bedeckte, war so schmutzig, daß man kaum die Planken sehen konnte. Nicht ein einziges Kissen sah sie auf den Bänken, aber überall hingen und lagen Waffen, Felle und alte Kleider herum; auf dem schmutzigen Tisch erblickte sie einige Speisereste. Und über all dem surrten die Fliegen.
Sie fuhr zusammen, blieb zitternd stehen, atemlos mit pochendem Herzen. In dem weiter entfernten Bett, in jenem Bett, wo *es* gelegen hatte, damals, als sie das letztemal hier war, lag jetzt etwas, mit einem Stück Fries bedeckt. Sie wußte selbst nicht, was sie glaubte.
Dann biß sie die Zähne zusammen, zwang sich hinzusehen und das Tuch aufzuheben. Aber nur Erlends Harnisch, Helm und Schild lagen darunter, auf den blanken Bettbrettern, zugedeckt.
Kristin blickte zu dem anderen Bett hinüber. Dort hatte man Björn und Aashild gefunden. Jetzt schlief Erlend da. Heute nacht sollte sie selbst wohl hier schlafen.
Aber wie mochte es für Erlend sein, in diesem Haus zu wohnen, hier zu schlafen? Wiederum ertranken alle anderen Gefühle in Mitleid. Sie trat an das Bett, es war wohl seit langer Zeit nicht mehr aufgeschüttelt worden. Das Heu unter dem Laken aus Leder war so zusammengelegen, daß es sich ganz hart anfühlte. Es fand sich nichts anderes im Bett als einige Schaffelle und ein paar mit Fries bezogene Kopfkissen, so schmutzig, daß sie stanken. Staub und Schmutz rieselten herab, als sie die Decken aufhob. Erlends Bett war nicht besser als das Lager eines Pferdehirten in einem Stall.
Erlend, der nie genug Pracht rings um sich haben konnte. Erlend, der sich mit einem seidenen Hemd, mit Samt und schönen Pelzen bekleidete, sobald er nur den geringsten Vorwand dazu finden konnte, der sich darüber grämte, daß sie seine Kinder werktags in hausge-

webtem Fries gehen ließ, und der es nie hatte leiden können, daß sie selbst nährte und mit ihren Mägden die Hausarbeit verrichtete: wie ein Häuslerweib, sagte er.

Jesus, aber es war ja seine eigene Schuld.

Nein, ich werde kein Wort sagen, ich werde alles zurücknehmen, was ich gesagt habe; Simon, du hattest recht. – Hier darf er nicht leben, der Vater meiner Söhne. Ich werde ihm meine Hand und meinen Mund bieten und ihn um Verzeihung bitten.

Es ist nicht leicht, Simon, aber du hattest recht. Sie entsann sich der scharfen, grauen Augen, des Blickes, der fast bis zum Ende gleich stark blieb. In dem elenden Körper, der bereits angefangen hatte, sich aufzulösen, leuchtete aus den Augen Simons reiner und klarer Sinn, bis die Seele heimgeholt wurde, wie eine Klinge zurückgezogen wird. Sie wußte, es verhielt sich so, wie Ramborg gesagt hatte. Er hatte in allen diesen Jahren nur sie geliebt.

An jedem einzelnen Tag in diesen Monaten seit seinem Tod hatte sie an ihn denken müssen, und jetzt dünkte es sie, daß sie es schon gewußt hatte, noch ehe Ramborg es aussprach. Sie war gezwungen worden, in dieser Zeit jede Erinnerung zurückzurufen, die sie an Simon hatte, seit sie ihn kannte. In allen diesen Jahren hatte sie falsche Erinnerungen an ihn mit sich herumgetragen, an ihn, der ihr Verlobter gewesen war; sie war mit diesen Erinnerungen umgegangen, wie ein schlechter Landesverweser mit der Münze umgeht, wenn er unreines Erz in das Silber mischt. Als Simon sie freigab und die Schuld an dem Wortbruch auf sich nahm, hatte sie sich selbst gesagt und es auch geglaubt, Simon Andressohn wende sich in Verachtung von ihr, von dem gleichen Augenblick an, da er wußte, daß sie entehrt war. Sie hatte vergessen, daß er an jenem Tag in dem Garten der Nonnen, als er sie freigab, gewiß nicht von ihr dachte, daß sie nicht rein und unberührt sei. Aber auch schon damals war er bereit, die Schuld für ihren Wankelmut und ihren Ungehorsam auf sich zu nehmen, forderte nur, ihr Vater sollte erfahren, daß nicht er es war, der die Treue hatte brechen wollen.

Und auch *dieses* wußte sie jetzt. Als er das Schlimmste über sie erfahren hatte, stand er auf und trat vor, um für sie vor den Augen der Welt einen Schein von Ehre zu retten. Hätte sie damals ihm ihre Liebe zuwenden können, so hätte Simon sie auch da noch vor der Kirchentür zum Weib genommen, und er würde versucht haben, so mit ihr zu leben, daß sie nie die Erinnerung, die er an ihre Schande mit sich herumtrug, zu fühlen bekommen hätte.

Und dennoch wußte sie, daß sie ihn nie hätte lieben können. Sie hätte Simon Andressohn nie lieben können. Obwohl – alle Eigenschaften, die Erlend zu ihrem größten Kummer nicht hatte, die besaß Simon. Aber dann war sie selber ein erbärmliches Weib, das jammerte.

Ohne Ende hatte Simon jenem Menschen gegeben, den er liebte. Und Kristin hatte geglaubt, daß auch sie dies tue.

Aber wenn sie seine Gaben entgegennahm, gedankenlos und ohne Dank, hatte er gelächelt. Jetzt begriff sie, daß ihm oft schwer zumute sein mußte, wenn sie beisammen waren. Jetzt wußte sie, daß es Kummer war, was er hinter der seltsam unbeweglichen Miene verborgen hatte – dann warf er ein paar lose Scherzworte hin, schob alles beiseite, stand wieder bereit zu schützen, zu helfen und zu geben.

Sie selbst hatte getobt, hatte jeden Schmerz in ihrem Gedächtnis aufbewahrt und darüber nachgegrübelt, wenn sie Erlend ihre Geschenke darreichte und er es nicht sah.

Hier in dieser Stube hatte sie gestanden und die kühnen Worte gesagt: »Ich selbst habe mich auf diesen Irrpfad begeben, und nie werde ich Erlend darum anklagen, wenn er mich in den Abgrund führt.« Sie hatte diese Worte zu jener Frau gesagt, die von ihr in den Tod getrieben wurde, um ihrer Liebe Platz zu schaffen.

Kristin stöhnte laut auf, schlug die Hände über ihrer Brust zusammen und bog sich hin und her. Ja, sie hatte so stolz gesagt, sie würde Erlend Nikulaussohn nicht anklagen, wenn er ihrer müde würde, sie verriete, ja sogar sie verließe.

Ja – hätte Erlend *dies* getan –, es dünkte sie, sie hätte ihr Wort halten können. Hätte er sie *einmal* verraten, und zwar so, daß alles zu Ende gewesen wäre. Aber er hatte sie nicht verraten, nur immer und immer wieder im Stich gelassen, so daß sie immer und stets in Angst und Unsicherheit leben mußte. Nein, verraten hatte er sie niemals, aber in Sicherheit hatte sie nie leben dürfen, und sie sah kein Ende davon ab: hier stand sie nun bereit, ihn anzuflehen, zurückzukehren, um ihren Becher jeden Tag mit Ungewißheit und Unruhe zu füllen, mit eitlen Versprechungen, mit Sehnsüchten und Furcht, und Hoffnungen, die zerbrachen.

Und es dünkte sie, sie sei jetzt ganz von ihm verbraucht. Sie besaß weder Jugend noch Mut, um weiter mit ihm zu leben, und doch würde sie wohl nie so alt werden, daß Erlend nicht mit ihrer Liebe spielen könnte. Nicht jung genug, um mit ihm leben zu können, nicht alt genug, mit ihm Geduld zu haben. Ein armseliges Weib war sie geworden, war es wohl immer gewesen. Simon hatte recht.

Simon – und der Vater. Die hatten in treuer Liebe zu ihr gehalten, soviel sie auch beide um dieses Mannes willen, den sie jetzt selber nicht länger mehr zu ertragen vermochte, mit Füßen getreten hatte.

O Simon, ich weiß, du hast nie Rache auf mich herabgewünscht, aber ich möchte wissen, Simon, ob du in deinem Grabe weißt, daß du jetzt doch gerächt bist.

Nein, jetzt hielt sie es nicht mehr aus, sie mußte sich eine Arbeit vornehmen. Sie machte das Bett fertig, suchte einen Lumpen und einen Besen, aber solche Dinge schien es in der Stube nicht zu geben. Sie warf einen Blick in die Kammer nebenan. – Jetzt begriff sie, warum es so sehr nach Stall roch. Erlend hatte den Raum dort für sein Pferd hergerichtet. Aber dort war es sauber und rein. Sattel und Zaumzeug, die

an der Wand hingen, waren in Ordnung und geschmiert, Risse im Leder waren geflickt.
Wiederum spülte das Mitleid alle anderen Gedanken weg. Hatte er Ruß, sein Pferd, hier, weil er es nicht ertrug, so ganz allein im Hause zu sein?

Kristin hörte, daß jemand in den Rundgang trat, sie ging ans Fenster. Es war undurchsichtig vor Staub und Spinnweben, aber sie glaubte eine Frau zu unterscheiden. Da zog sie die Lumpen heraus und sah hinaus. Eine Frau stellte einen Milcheimer hin und einen kleinen Käse daneben. Sie war ziemlich alt, hinkte, sah häßlich und ärmlich gekleidet aus. Kristin war sich selbst kaum bewußt, wie erleichtert sie aufatmete.
Sie räumte die Stube auf, so gut sie konnte. An dem einen Balken an der Langwand fand sie die Inschrift, die Björn Gunnarssohn dort angebracht hatte; es war Lateinisch, so daß sie nicht alles lesen konnte, aber er nannte sich sowohl Dominus als auch Miles, und sie las den Namen seines Erbhofes im Elvegau, den er um Aashild Gautestochter willen verloren hatte. Zwischen den feinen Schnitzereien am Hochsitz war sein Wappenzeichen mit dem Einhorn und den Seerosenblättern angebracht.
Eine Weile nachher glaubte Kristin draußen ein Pferd zu hören. Sie trat in die Vorstube und schaute hinaus.
Aus dem Laubwald oberhalb des Hofes kam ein großer schwarzer Hengst, vor eine Holzlast gespannt. Erlend ging nebenher und hielt die Zügel. Oben auf dem Holz saß ein Hund, ein paar andere sprangen rings um die Last herum.
Ruß, der Kastilier, legte sich in die Riemen und zog den Holzschlitten über das Gras des Hofplatzes. Einer der Hunde kam bellend über die Wiesen herabgesprungen. Erlend, der angefangen hatte, auszuspannen, merkte jetzt an den Hunden, daß es irgend etwas Ungewöhnliches geben mußte. Er nahm die Holzaxt und ging zum Wohnhaus.
Kristin floh wieder in die Stube zurück und ließ die Tür hinter sich zufallen. Sie drückte sich an die Ofenwand, stand zitternd da und wartete.
Erlend trat ein, die Axt in der Hand, und vor ihm und hinter ihm sprangen die Hunde über die Türschwelle. Sie fanden den Gast sofort und bellten laut.
Das erste, was Kristin sah, war die Blutwelle, die sein Gesicht überzog, jung und rot. Das lebendige Beben und seinen feinen und weichen Mund, die großen Augen tief im Schatten der Brauen.
Sein Anblick raubte ihr den Atem. Wohl sah sie die alten Bartstoppeln in seinem Gesicht, sah, daß sein ungepflegtes Haar eisengrau war – aber die Farbe kam und ging hastig auf seinen Wangen, wie damals, als sie jung waren –, er war so jung und so schön, als habe nichts ihn zu beugen vermocht.

Er war schlecht gekleidet, das blaue Hemd war schmutzig und zerfetzt; darüber trug er ein Lederwams, verschrammt und aufgerauht und mit ausgerissenen Schnürlöchern, aber es schmiegte sich den anmutigen und kräftigen Bewegungen des Körpers eng und weich an. Die straffe Lederhose war über dem einen Knie geplatzt und am anderen Bein in der Naht zerrissen. Und dennoch hatte er nie mehr wie ein Nachkomme von Fürsten und Würdenträgern ausgesehen als jetzt. Wie ruhig und schön bewegte er seine hohe schlanke Gestalt mit den breiten, ein wenig vorgebeugten Schultern, die langen feinen Glieder; er stand da, das Gewicht auf dem einen Fuß, eine Hand in den Gürtel gesteckt, der seine schlanke Mitte umschloß, die andere mit der Axt herabhängend.

Er hatte die Hunde zu sich gerufen, stand da und sah Kristin an, wurde rot und bleich und sagte nichts. Eine gute Weile schwiegen sie beide. Endlich sagte der Mann mit ein wenig unsicherer Stimme:

»Bist du hierhergekommen, Kristin?«

»Ich wollte doch gerne sehen, wie es dir hier geht«, antwortete sie.

»Ja, das hast du nun gesehen.« Er ließ den Blick durch die Stube wandern. »Du siehst, es geht mir erträglich hier; es trifft sich gut, daß du heute kommst, wo es aufgeräumt und schön bei mir ist.« Er wurde den Schatten eines Lächelns auf ihrem Gesicht gewahr. »Oder hast vielleicht du hier aufgeräumt?« fragte er und lachte leise.

Er legte die Axt weg und setzte sich auf die Außenbank, den Rücken gegen den Tisch gelehnt. Plötzlich wurde er ernsthaft:

»Du stehst so da – es ist doch wohl daheim nichts Schlimmes geschehen – auf Jörundhof meine ich – mit den Knaben?«

»Nein.« Jetzt hatte sie Gelegenheit, ihre Sache vorzubringen: »Unseren Söhnen geht es gut, und ich bin zufrieden mit ihnen. Aber sie sehnen sich so nach dir, Erlend. Dies war mein Anliegen; ich bin hierhergekommen, mein Gemahl, um dich zu bitten, zu uns heimzukehren. Wir alle entbehren dich.« Sie schlug die Augen nieder.

»Du siehst gut aus, Kristin.« Erlend sah sie mit einem kleinen Lächeln an.

Rot, als habe er sie ins Gesicht geschlagen, stand Kristin da.

»Es ist nicht deshalb ...«

»Nein, ich weiß, es ist nicht deshalb, weil du findest, du seist zu jung und zu gesund, um als Witfrau zu leben«, vollendete Erlend, als sie abbrach. »Ich glaube nicht, daß etwas Gutes dabei herauskommt, wenn ich heimkehre, Kristin«, sagte er ernsthafter. »Unter deinen Händen gedeiht alles auf Jörundhof, das weiß ich – du hast Glück mit allem, was du tust. Und ich bin zufrieden damit, wie ich es jetzt habe.«

»Für die Knaben ist es nicht gut, daß wir in Feindschaft miteinander leben«, antwortete sie leise.

»Oh!« Erlend sagte dies gedehnt. »Die sind so jung, ich glaube nicht, daß sie es so schwernehmen und daß sie es nicht vergessen können, wenn sie einmal der Kindheit entwachsen sind. Ich kann es dir ebenso

gerne auch sagen«, fügte er mit einem kleinen Lächeln hinzu, »ich treffe dann und wann mit ihnen zusammen.«
Sie wußte das, aber sie empfand es wie eine Demütigung und als habe er gerade dies gewollt, denn er glaubte, sie ahne es nicht. Die Söhne hatten es nie gewußt. Aber sie antwortete ernst:
»Dann ist dir auch bekannt, daß auf Jörundhof gar vieles anders ist, als es sein sollte.«
»Wir reden nie über solche Dinge«, sagte er lächelnd wie zuvor. »Wir gehen miteinander auf die Jagd, aber du mußt ja hungrig und durstig sein.« Er sprang auf. »Und überdies stehst du, nein, setz dich doch in den Hochsitz, Kristin, doch, tu das, meine Liebe! Ich werde dir dort den Platz nicht eng machen.«
Er holte die Milch und den Käse herein und trug Brot, Butter und gedörrtes Fleisch herbei. Kristin war hungrig und vor allem durstig; trotzdem fiel es ihr schwer, das Essen hinunterzuschlucken. Erlend aß, rasch und nachlässig, wie es stets seine Gewohnheit gewesen war, wenn er sich nicht unter Fremden befand, aber er war bald fertig.
Währenddessen redete er von sich selber. Die Leute hier drunten am Hang bebauten sein Land und brachten ihm Milch und ein wenig zu essen; er selbst sei meistens drinnen im Gebirge beim Jagen und Fischen. Übrigens gedenke er jetzt außer Landes zu gehen, erzählte er plötzlich. Bei irgendeinem ausländischen Kriegsherrn Dienste anzunehmen.
»Ach nein, Erlend!«
Er sah sie rasch und forschend an. Sie aber sagte weiter nichts. Es begann dämmerig zu werden in der Stube, ihr Gesicht und ihr Kopftuch leuchteten bleich gegen die dunkle Wand auf. Erlend erhob sich und machte ein Feuer an. Dann setzte er sich rittlings auf die Außenbank, ihr zugewandt; der rote Feuerschein fiel flackernd auf seine Gestalt.
Wie konnte er nur an so etwas denken! Er war beinahe so alt wie ihr Vater, als dieser starb. Und es war nur zu leicht möglich, daß er eines Tages diesen Plan ausführte, einem solchen Gedanken nachgab, hinauszog, um neue Abenteuer zu suchen.
»Dünkt es dich nicht schon genug«, sagte Kristin heftig, »genug, daß du aus dem Tal fortzogst, weg von deinen Söhnen und mir – willst du jetzt auch noch das Land verlassen!«
»Hätte ich verstanden, was du von mir denkst, Kristin«, sagte Erlend ernsthaft, »so wäre ich früher von *deinem* Hof weggezogen! Aber ich begreife jetzt, daß du *viel* von mir hast ertragen müssen.«
»Du weißt sehr wohl, Erlend: du sagst *mein* Hof, aber du hast doch das Recht, über meinen ganzen Besitz zu verfügen.« Sie hörte selbst, wie weich ihre Stimme wurde.
»Ja«, antwortete Erlend. »Aber ich weiß selbst, ich war ein schlechter Herr über meinen Besitz.« Er schwieg ein wenig. »Naakkve, ich entsinne mich der Zeit, da er noch nicht geboren war; du sprachst von dem, den du in dir trugst, der nach mir meinen Platz im Hochsitz ein-

nehmen sollte. Jetzt verstehe ich, Kristin – es war hart für dich –, es ist am besten, wenn alles so bleibt, wie es ist. Und mir geht es gut bei diesem Leben.«
Kristin blickte sich schaudernd in der dunklen Stube um, jetzt füllten die Schatten jeden Winkel, und der Flammenschein tanzte.
»Ich begreife nicht«, sagte sie, nahe daran zusammenzusinken, »wie du dieses Haus ertragen kannst. Nichts hast du, womit du dich beschäftigen könntest, niemand ist bei dir, du könntest dir doch einen Knecht nehmen, meine ich.«
»Du meinst, ich sollte selbst den Hof betreiben.« Erlend lachte. »O nein, Kristin, du weißt doch, ich tauge so wenig zum Bauern. Ich kann nicht in Ruhe dasitzen.«
»Ruhe! Hier sitzest du doch wohl in Ruhe – den langen Winter...«
Erlend lächelte vor sich hin, mit einem fernen und seltsamen Blick: »Ja, in einer Weise... Wenn ich an nichts anderes zu denken brauche als an das, was mir durch den Kopf schwirrt, wenn ich gehen und kommen kann, wie es mir gefällt. Außerdem weißt du, bei mir ist und war es stets so, wenn ich nicht um irgendeiner Sache willen wachen muß, so kann ich schlafen; ich schlafe wie ein Bär in seiner Höhle, wenn das Wetter nicht dazu angetan ist, in den Bergen herumzustreifen.«
»Fürchtest du dich nie, hier allein zu sein?« flüsterte Kristin.
Zuerst sah er sie an, als begreife er nicht. Dann lachte er:
»Weil es heißt, daß er hier spuke? Ich habe nie etwas bemerkt. Manches Mal habe ich gewünscht, mein Verwandter Björn möchte mich heimsuchen. Erinnerst du dich, daß er einmal sagte, er glaube, ich würde es schlecht ertragen, das Messer an meiner Kehle zu fühlen. Ich hätte fast Lust, dem Ritter jetzt zu antworten, daß es mir keinen großen Schrecken eingejagt hat, den Strick um den Hals zu spüren.«
Den Körper der Frau durchfuhr ein langer Schauder. Sie blieb stumm sitzen.
Erlend erhob sich.
»Es ist wohl an der Zeit, zu Bett zu gehen, Kristin.«
Erstarrt und kalt sah sie zu, wie Erlend die Decke, die über seiner Rüstung lag, auf dem Bett ausbreitete und über die schmutzigen Kopfkissen legte.
»Das ist das Beste, was ich habe«, sagte er.
»Erlend!« Sie preßte die Hände unter der Brust zusammen. Sie suchte nach etwas, was sie sagen könnte, um noch eine kleine Frist zu gewinnen – ihr war so angst. Da entsann sie sich ihres Auftrages, den sie ausrichten sollte.
»Erlend – ich habe dir eine Botschaft zu überbringen. Als Simon in den letzten Zügen lag, bat er mich, dich von ihm zu grüßen und zu sagen, er habe jeden Tag die Worte bereut, die er zu dir sagte, als ihr euch das letztemal trenntet. Unmännlich nannte er sie selbst, und er bat dich, du mögest ihm dies verzeihen.«
»Simon.« Erlend stand da und hielt mit der einen Hand den Bett-

pfosten umfaßt, er blickte zu Boden. »Das ist der Mann, an den ich am wenigsten erinnert werden möchte.«
»Ich weiß nicht, was zwischen euch vorgefallen ist«, sagte Kristin. Ihr schienen diese Worte Erlends erstaunlich herzlos. »Aber merkwürdig wäre es und Simon durchaus unähnlich, wenn es sich so verhielte, wie er selbst sagte, und er wirklich so wenig hochgesinnt gegen dich gewesen wäre. Sicher war nicht alle Schuld auf seiner Seite, wenn es sich so verhält.«
Erlend schüttelte den Kopf. »Er stand wie ein Bruder zu mir, als ich in Not war«, sagte er leise. »Und ich nahm seine Hilfe und seine Freundschaft an, und ich begriff nicht, daß es ihm stets schwerfiel, mich zu ertragen.
Mich dünkte, es müsse früher das Leben leichter gewesen sein, da zwei solche Burschen wie er und ich einander zum Zweikampf aufforderten, sich auf einer Insel trafen und das Waffenglück darüber entscheiden ließen, wer die holde Maid besitzen sollte.«
Er nahm einen alten Umhang von der Bank und warf ihn über den Arm:
»Vielleicht willst du die Hunde heute nacht bei dir in der Stube haben?«
Kristin hatte sich erhoben:
»Wo gehst du hin, Erlend?«
»In die Scheune hinaus, um zu schlafen.«
»Nein!« Erlend hielt inne, stand da, schlank und rank und jung in dem kleinen roten Schein der sinkenden Glut im Ofen. »Ich wage nicht, allein hier in dieser Stube zu liegen – ich wage es nicht . . .«
»Wagst du es denn, in meinem Arm zu liegen?« Sie konnte sein Lächeln im Dunkeln erkennen, brach darunter zusammen. »Hast du nicht Angst, ich könnte dich zu Tode pressen, Kristin?«
»Ach, wolltest du doch.« Sie gab sich ihm in die Arme.

Als sie erwachte, sah sie am Fenster, daß es draußen Tag sein mußte. Auf ihrer Brust lag es drückend schwer – Erlend schlief mit dem Kopf auf ihrer Schulter, er hatte einen Arm über sie gelegt und hielt mit seiner Hand ihren linken Oberarm umfaßt.
Kristin betrachtete das eisengraue Haar des Mannes. Sie sah ihre eigenen kleinen, eingefallenen Brüste; darüber und darunter waren die hochgeschwungenen Bogen der Rippen unter der dünnen Hautdecke zu erkennen. Es befiel sie wie eine Art Schrecken, während eine Erinnerung nach der anderen aus dieser Nacht in ihr aufstieg. In dieser Stube – sie beide in ihrem Alter. Grauen und Scham überwältigten sie, als sie die blutunterlaufenen Stellen an ihren abgezehrten Mutterarmen, an der vertrockneten Brust sah. Heftig griff sie nach dem Fell und wollte sich bedecken.
Erlend erwachte, richtete sich jäh auf den Ellbogen auf, starrte ihr ins Gesicht – seine Augen waren kohlschwarz nach dem Schlaf:

»Ich glaubte«, er warf sich wieder zu ihr hinab; tief und wild durchzitterte es ihr ganzes Innere bei dem Jubel und der Angst in seiner Stimme. »Ich glaubte, ich hätte wiederum geträumt.«
Sie öffnete ihre Lippen an seinem Mund und schlang die Arme um seinen Nacken. Nie, nie war es so wunderbar gewesen.
Am Nachmittag, die Sonne war bereits gelb, die Schatten lagen lang auf dem grünen Hofplatz, wollten sie fortgehen, um Wasser am Bach zu holen. Erlend trug die beiden großen Kannen. Kristin ging neben ihm, frei, rank und geschmeidig. Ihr Kopftuch war herabgeglitten und lag auf ihren Schultern; ihr Haar leuchtete braun und glänzend in der Sonne. Sie fühlte es selbst, wenn sie die Augen schloß und ihr Antlitz dem Licht entgegenhob – ihre Wangen waren rot geworden und ihre Gesichtszüge weich. Sooft sie Erlend verstohlen betrachtete, schlug sie überwältigt den Blick nieder, wenn sie sah, wie jung er war.
Erlend kam auf den Gedanken zu baden. Während er tiefer ins Wasser hineinging, saß Kristin auf der Wiese, den Rücken an einen Felsen gelehnt. Der Gebirgsbach mit seinem Rieseln und Plätschern schläferte sie ein – ab und zu, wenn Mücken und Fliegen ihre Haut berührten, öffnete sie die Augen ein wenig und schlug mit der Hand nach ihnen. Unten zwischen den Weidenbüschen sah sie Erlends weißen Körper; er hatte den Fuß auf einen Stein aufgestützt und rieb sich mit einem Grasbüschel ab. Sie schloß die Augen wieder und lächelte glücklich müde. Ihm gegenüber war sie immer noch gleich machtlos.
Erlend kam und warf sich vor ihr ins Gras, mit nassen Haaren, den roten Mund kalt vom Wasser, als er ihn in ihre Hand drückte. Er hatte sich barbiert und trug heute ein besseres Hemd, aber übermäßig schön war auch dieses nicht. Lachend griff er sich unter den Arm, wo es zerrissen war:
»Du hättest mir gerne ein Hemd mitbringen können, wenn du schon endlich einmal hier heraufkamst.«
»Ich werde dir sofort Hemden nähen, sobald ich nach Hause komme, Erlend«, antwortete sie lächelnd und fuhr ihm mit der Hand über die Stirn. Er hielt sie fest:
»Du kommst nie wieder von hier fort, meine Kristin.«
Die Frau lächelte nur und antwortete nicht. Erlend rückte ein wenig weg, wie er so auf dem Magen lag. Unter den Büschen wuchs in dem feuchten Schatten eine Schar kleiner weißer Sternblumen. Ihre Blätter waren blau geädert, wie die Brust einer Frau, mitten in jeder Blüte saß ein kleiner, braunblauer Knopf. Erlend pflückte jede einzelne Blume:
»Du bist doch so klug in solchen Dingen, Kristin, du weißt sicher einen Namen für diese Blumen hier?«
»Das ist Friggjagras – nein, Erlend«, sie wurde rot und wehrte seine Hand ab, als er ihr die Blüten in den Busen schieben wollte.
Erlend lachte und biß ganz leicht in jedes der weißen Blütenblätter. Dann legte er alle Blumen in ihre offene Hand und bog ihre Finger darum:

»Weißt du noch, als wir miteinander im Garten des Hofvinsspitals gingen – gabst du mir eine Rose?«
Kristin schüttelte langsam den Kopf und lächelte ein wenig:
»Nein. Du nahmst mir eine Rose aus der Hand.«
»Und du ließest sie mich nehmen. Und so ließest du mich dich selber nehmen, Kristin – so sanft und fromm wie eine Rose –, später stachst du mich bisweilen bis aufs Blut, meine Süße.« Er warf sich nach vorn, in ihren Schoß und schlang seine Arme um ihre Mitte: »Heute nacht, Kristin – da half es dir nichts – da kamst du nicht so billig davon – da durftest du nicht nur sanft dasitzen und warten ...«
Kristin beugte das Gesicht zu ihm herab und barg es an seiner Schulter.
Am vierten Tag hatten sie ihre Zuflucht im Birkenwald zwischen den Hügeln oberhalb des Hofes gesucht. Denn an diesem Tag brachte der Pächter sein Heu ein. Und ohne daß sie darüber gesprochen hatten, waren Kristin und Erlend darin einig; niemand brauchte zu wissen, daß sie bei ihm war. Erlend ging ein paarmal zu den Häusern hinunter, um Essen und Trinken zu holen, sie aber blieb oben im Heidekraut zwischen den Birken sitzen. Von dort aus, wo sie saß, konnte sie sehen, wie der Pächter und sein Weib sich plagten und die Heuballen auf dem Rücken heimtrugen.
»Erinnerst du dich«, fragte Erlend, »wie du mir einmal versprachst, zu mir zu kommen und mir das Haus zu führen, wenn ich einmal auf einem kleinen Hof drinnen im Gebirge leben würde? Du willst wohl zwei Kühe hier haben und Kleinvieh?«
Kristin lächelte und spielte mit seinem Haar. »Was würden unsere Söhne dazu sagen, Erlend, wenn ihre Mutter ihnen so davonliefe?«
»Ich denke, es würde ihnen recht gut behagen, selbst auf Jörundhof befehlen zu dürfen«, sagte Erlend lachend. »Sie sind alt genug dazu. Gaute ist ja ein fertiger Bauer, so jung er auch ist. Und Naakkve ist doch beinahe ein Mann.«
»Ach nein.«
Die Mutter lachte still. »Er selbst meint es zwar auch, das ist richtig – ja, sie denken es gewiß alle fünf –, aber es fehlt noch allerlei, bis er den richtigen Männerverstand hat, der Junge.«
»Gerät er seinem Vater nach, so kann es sein, daß er ihn spät bekommt oder nie«, antwortete Erlend. Er lächelte hinterlistig: »Du glaubst, du könntest deine Kinder immer noch unter dem Rock verstecken, Kristin. Naakkve wurde in diesem Sommer Vater eines Sohnes – das weißt du wohl nicht?«
»Nein!« Kristin errötete entsetzt.
»Ja, das Kind war tot geboren – und der Junge hütet sich wohl, noch einmal dort hinzugehen – es war die Witwe von Paals Sohn hier in Haugsbrekken; sie sagte, es sei sein Kind, und ganz unschuldig war er wohl nicht, gleichviel, wie es auch sonst zusammenhing. Ja, so alte Leute sind wir jetzt, du und ich.«

»Kannst du so darüber reden, wenn dein Sohn Unehre und Verdruß geerntet hat?« Es schnitt ihr ins Herz, daß ihr Mann so leichtfertig sprechen konnte und daß es ihn zu belustigen schien, sie ahnungslos zu sehen.
»Ja, was soll ich denn wohl sagen?« fragte Erlend wie zuvor. »Der Bursche ist achtzehn Winter alt. Da siehst du selbst, es hilft nicht viel, wenn du umhergehst und deine Söhne hütest, als seien sie Kinder. Wenn du zu mir heraufziehst, müssen wir sehen, ihn zu verheiraten.«
»Meinst du, daß es leicht sein wird, Naakkve eine ebenbürtige Heirat zu verschaffen? – Nein, Erlend, nachdem ich dies gehört habe, meine ich, du müßtest selbst verstehen, daß du mit mir heimkommen und mir helfen mußt, die Burschen im Zaum zu halten.«
Erlend richtete sich heftig auf den Ellbogen auf:
»Das tue ich nicht, Kristin. Fremd bin ich und bleibe ich in deinem Tal – kein Mensch erinnert sich bei mir an etwas anderes, als daran, daß ich als Königsverräter und Landesverräter verurteilt wurde. Dachtest du denn nie daran, in all den Jahren, die ich auf Jörundhof saß, daß ich dort schlecht saß; ich war von daheim, von Skaun aus, gewohnt, als etwas anderes unter den Leuten zu gelten. Selbst in jener Zeit – in meiner Jugend –, als die Gerüchte über meinen schlechten Lebenswandel umgingen, als ich im Kirchenbann war, war ich dennoch Erlend Nikulaussohn auf Husaby! Dann kam die Zeit, Kristin, da ich das Glück hatte, den Leuten dort im Norden zeigen zu können, daß ich nicht ganz aus der Art meiner Vorfahren geschlagen war. Nein, sage ich dir! Hier auf diesem kleinen Hof bin ich ein freier Mann. – Niemand rechnet mir meine Schritte nach oder redet hinter meinem Rücken über mich. – Hörst du, Kristin, meine Einziggeliebte, bleibe bei mir! Nie sollst du Ursache haben, dies zu bereuen. Hier wohnt es sich besser als je auf Husaby. Ich weiß nicht, wie es kommt, Kristin, nie war mir dort leicht und frei ums Herz, weder in meiner Kindheit noch später. Eine Hölle hatte ich dort, während Eline bei mir lebte, und nie waren wir beide, du und ich, dort so richtig von Herzen froh. Obgleich Gott der Allmächtige weiß, daß ich dich an jedem Tag und zu jeder Stunde, die ich dich kannte, geliebt habe. Ich glaube, der Hof war verhext; meine Mutter wurde dort zu Tode gequält, und mein Vater war stets ein unfroher Mann. Hier ist es gut sein, Kristin, wenn du bloß bei mir bleiben willst. Kristin, so wahr Gott für uns am Kreuz gestorben ist, ich habe dich heute noch so lieb wie an jenem Abend, da du unter meinem Umhang schliefest – in jener Nacht nach der Margretmesse –, ich saß da und sah dich an, du warst eine so reine und frische und junge und ungebrochene Blüte!«
Kristin antwortete leise:
»Weißt du noch, Erlend, in jener Nacht betetest du darum, daß ich nie um deinetwillen eine Träne vergießen möchte.«
»Ja, und Gott und alle Heiligen im Himmel wissen, wie ernst es mir damit war! Freilich, es ist anders gekommen – das mußte es wohl –,

so geht es ja immer, solange man auf dieser Erde lebt. Aber ich liebte dich, wenn ich schlecht an dir handelte und wenn ich gut an dir handelte. Bleibe hier, Kristin!«

»Hast du nie daran gedacht«, fragte sie still wie zuvor, »daß es für deine Söhne schwierig sein könnte, wenn man so über ihren Vater spricht, wie du sagst. Sie können doch nicht alle sieben dem Gerede der Leute entfliehen und ins Gebirge hinaufziehen.«

Erlend blickte zu Boden.

»Sie sind jung«, sagte er, »schöne und kühne Burschen. Sie werden sich schon zu helfen wissen. Wir, Kristin, wir haben nicht mehr so viele Jahre übrig, bis wir alte Leute sind. – Willst du die Zeit vergeuden, in der du noch schön und gesund bist und dazu geschaffen, dich am Leben zu erfreuen, Kristin?«

Sie schlug ihre Blicke vor dem Blitzen seiner Augen nieder. Eine Weile später sagte sie: »Hast du vergessen, daß zwei unserer Söhne noch kleine Kinder sind? Was meinst du wohl, daß ich verdiente, wenn ich Lavrans und Munan im Stich ließe?«

»Du mußt sie eben mit hierhernehmen – wenn Lavrans nicht lieber bei seinen Brüdern bleiben will. So klein ist er doch auch nicht mehr. – Ist Munan immer noch so schön?« fragte der Vater lächelnd.

»Ja«, sagte die Mutter, »er ist ein liebliches Kind.«

Dann saßen sie lange still da. Und als sie wieder redeten, sprachen sie von anderen Dingen.

Am nächsten Morgen erwachte sie bei Tagesgrauen, wie sie es jeden Morgen hier oben getan hatte – lag da und hörte die Pferde neben der Stube stampfen. Sie hielt Erlends Kopf fest umschlungen. An den übrigen Tagen war sie, wenn sie zu dieser grauen und frühzeitigen Stunde erwachte, von der gleichen Angst und Scham erfaßt worden wie das erstemal; sie hatte darum gekämpft, diese Gefühle niederzuringen. Erlend und sie waren uneinige Ehegatten, die sich jetzt ausgesöhnt hatten; den Kindern konnte nichts dienlicher sein, als daß ihr Vater und ihre Mutter wieder gut Freund miteinander wurden.

Aber in dieser Morgenstunde lag sie da und bemühte sich, an ihre Söhne zu denken. Denn sie war wie verzaubert; unmittelbar aus dem Wald bei Gerdarud, wo er sie zum erstenmal umarmte, hatte Erlend sie mit sich hier heraufgetragen. Sie waren so jung, es konnte nicht Wirklichkeit sein, daß sie diesem Manne bereits sieben Söhne geboren hatte und die Mutter großer erwachsener Männer war. Aber sie hatte ein Gefühl, als habe sie hier in seinem Arm von den langen Jahren, die sie als Mann und Frau auf Husaby verbracht hatten, nur geträumt. Alle seine leichtsinnigen Worte lockten und klangen wieder auf – vor Angst schwindelnd, glaubte sie zu fühlen, daß Erlend die siebenfältige Last der Verantwortung von ihr genommen habe – so muß es für die junge Stute sein, wenn sie abgesattelt auf der Almwiese steht – Last und Sattel und Zaumzeug sind ihr abgenommen, und Wind und Luft der Bergweite strömen ihr entgegen, unbehindert steht sie da und darf das schöne Berggras abweiden, darf überall hinlaufen, so weit es sie nur gelüstet.

Und gleichzeitig sehnte sie sich bereits danach, süß und sehnsuchtsvoll bereit, eine neue Bürde zu tragen. Sie sehnte sich schon mit einer kleinen zärtlichen Betäubung nach dem Wesen, das nun neun lange Monate hindurch ihrem Herzen am nächsten wohnen sollte. Sie hatte es so bestimmt gefühlt, vom ersten Morgen an, an dem sie hier oben in Erlends Armen erwacht war. Zugleich mit der harten und trockenen Hitze im Gemüt war die Unfruchtbarkeit von ihr gewichen. Sie trug Erlends Kind in ihrem Schoß, und mit einer seltsam sanften Ungeduld streckte sich ihre Seele der Stunde entgegen, da es ans Licht kommen sollte.

Meine großen Söhne brauchen mich nicht, dachte sie. Die finden nur, ich sei langweilig, rede ihnen in alles drein. Wir werden ihnen nur im Wege sein, der Kleine und ich. Nein, ich kann nicht von hier fortgehen – wir müssen bei Erlend bleiben. Ich kann nicht fort.

Als sie aber miteinander beim Morgenimbiß saßen, sprach sie doch davon, daß sie jetzt zu den Kindern heim müsse.

Sie dachte dabei an Lavrans und Munan. Die beiden waren jetzt so groß, daß die Scham in ihr aufstieg, wenn sie daran dachte, daß diese Söhne jetzt hier bei Erlend und ihr wohnen sollten und vielleicht mit erstaunten Augen ihre Eltern betrachten würden, die nun wieder so jung waren. Aber diese beiden konnten die Mutter nicht entbehren.

Erlend saß da und starrte sie an, während sie von ihrer Heimreise sprach. Schließlich lächelte er flüchtig:

»Ja – wenn du es durchaus so willst!«

Er wollte sie ein Stückweit des Wegs begleiten. Und er ritt mit ihr ganz durch die Rostschlucht hinunter bis nach Sil, bis sie ein Stück des Kirchturms über den Baumwipfeln sahen. Da nahm er Abschied. Er lächelte bis zuletzt unergründlich sicher.

»Ja, das weißt du nun, Kristin, ob du bei Nacht oder bei Tag kommst – ob ich kurze oder lange Zeit auf dich warten muß –, ich werde dich so empfangen, als seist du die Königin des Himmels, die aus ihren Wolken zu meinem Hof herabgestiegen ist.«

Sie lachte:

»Ja, so großartig wage ich es nicht zu sagen. Aber du verstehst jetzt wohl, mein Freund, daß große Freude bei dir daheim herrschen wird, an dem Tag, da der Herr wieder zu seinem Besitztum zurückkehrt.«

Er schüttelte den Kopf und lachte ein wenig. Lächelnd nahmen sie voneinander Abschied. Lächelnd beugte Erlend sich zu ihr hinüber – ihre Pferde standen Seite an Seite –, küßte sie viele Male, und zwischen jedem Kuß sah er sie mit seinen lachenden Augen an:

»Nun wollen wir sehen«, sagte er schließlich, »wer von uns beiden am hartnäckigsten ist, meine holde Kristin, dies wird nicht das letztemal sein, daß wir uns wiederfinden, das wissen wir alle beide, du wie ich.«

Als Kristin an der Kirche vorüberritt, überlief sie ein ganz leiser Schauder. Es war, als kehre sie aus dem Inneren des Berges zurück, als sei Erlend der Bergkönig selbst und könne an der Kirche und dem Kreuz auf dem Hügel nicht vorübergelangen.
Sie zog die Zügel straffer an – hatte die größte Lust, umzukehren und ihm nachzureiten.
Dann blickte sie über die grünen Wiesen hin, sah ihren schönen Hof mit Wiesen und Äckern und den glänzenden Windungen des Flusses im Tale. Die Berge erhoben sich in blauem Gewimmel, der Himmel war voll geballter Sommerwolken. Es war Torheit! Dort bei ihren Söhnen war er daheim. Er war kein Bergkönig, sondern ein christlicher Mann, wenngleich er voll toller Launen und unverständigen Gedanken steckte. Ihr Gemahl, mit dem sie Gutes und Böses getragen hatte: sie liebte, liebte ihn, sosehr er sie auch mit seinen unberechenbaren Einfällen gequält hatte. Sie mußte mit ihm aushalten; da sie nicht ohne ihn leben konnte, mußte sie sich Mühe geben und die Angst und die Unsicherheit ertragen, so gut sie vermochte. Sie glaubte nicht, daß es lange dauern würde, bis er ihr nachkäme – jetzt, nachdem sie wieder zusammengewesen waren.

VI

Den Söhnen sagte sie, der Vater habe auf Haugen noch verschiedenes zu ordnen, ehe er heimkäme. Man könne ihn wohl erst zu Anfang des Herbstes erwarten.
Sie ging daheim auf dem Hof umher, jung, mit rosigen Wangen, einen weichen und sanften Ausdruck im Gesicht, mit raschen Wendungen bei jeder Arbeit, aber sie brachte lange nicht soviel fertig wie sonst, da sie ihre gewohnte stille und abgemessene Art hatte. Sie wies die Söhne nicht scharf zurecht, wie es früher ihre Gewohnheit gewesen, wenn sie etwas falsch machten oder ihr etwas an ihnen nicht zusagte. Jetzt warf sie ihnen ein Scherzwort zu oder ließ es ihnen hingehen, ohne etwas zu sagen.
Lavrans wollte jetzt mit den großen Brüdern im Dachraum oben schlafen.
»Ja, dich muß man nun wohl zu den erwachsenen Burschen rechnen, mein Sohn.« Sie grub ihre Finger in das dichte, goldbraune Haar des Knaben und zog ihn zu sich heran. Er reichte ihr jetzt schon bis zur Mitte der Brust. »Du, Munan, wirst du es noch eine Zeitlang ertragen, daß deine Mutter dich als ein Kind betrachtet?« – An den Abenden, wenn der Knabe unten in der Stube sich schlafen gelegt hatte, mochte er gerne, daß die Mutter sich zu ihm aufs Bett setzte und ihn ein wenig streichelte. Da lag er mit dem Kopf in ihrem Schoß und redete viel kindlicher als am Tag, wenn die Brüder ihn hören konnten. Sie sprachen davon, wann der Vater wieder heimkäme.
Dann rückte er auf seinen Platz an der Wand, und die Mutter deckte

ihn zu. Kristin zündete ein Licht an, nahm die Kleider der Söhne, die zu flicken waren, und setzte sich zum Nähen zurecht.
Sie zog die Schließe vorne aus dem Kleid, befühlte mit der Hand ihre Brüste, sie waren rund und fest wie die eines blutjungen Weibes. Sie schob den Ärmel bis an die Schulter hinauf und betrachtete ihren nackten Arm beim Licht. Er war weißer geworden, voller. Dann stand sie auf und ging auf und ab – fühlte, wie weich sie in den weichen Hausschuhen ging –, strich an ihren schlanken Hüften hinab: sie waren nicht mehr hart und trocken wie die eines Mannes. Das Blut strömte durch ihren Körper, wie der Saft im Frühjahr in den Bäumen aufsteigt. Das war die Jugend, die in ihr wuchs.

Sie ging mit Frida ins Brauhaus und goß warmes Wasser auf das Korn, das zum Weihnachtsmalz bestimmt war. Frida hatte vergessen, zur rechten Zeit nachzusehen, und so war es ganz trocken geworden. Aber Kristin schalt das Mädchen nicht; mit einem halben Lächeln hörte sie zu, wie die andere sich entschuldigte. Es war Kristin zum erstenmal widerfahren, daß sie vergessen hatte, sich selbst danach umzusehen.
Zu Weihnachten würde sie Erlend bei sich daheim haben. Wenn sie ihm diese Botschaft sandte, mußte er doch sofort zu ihr herunterkommen. So verrückt war der Mann doch nicht, daß er jetzt nicht nachgeben würde; er mußte begreifen, daß sie unmöglich nach Haugen hinaufziehen konnte, weit fort von allen Menschen, jetzt, da sie nicht mehr allein war. Aber sie wollte noch eine Weile warten, bevor sie ihm diese Botschaft sandte, obgleich sie schon ganz sicher war – vielleicht bis sie das Leben in sich gespürt hatte. – Im zweiten Herbst, den sie auf Jörundhof verbrachte, hatte sie aus dem Weg fahren müssen, wie die Leute sagten. Damals hatte sie sich ziemlich rasch getröstet. Daß es dieses Mal so gehen würde, befürchtete sie nicht – das war unmöglich. Trotzdem ...
Sie hatte ein Gefühl, als müsse sie ihr ganzes Wesen schirmend über dieses winzige, zarte Leben beugen, das sie unter dem Herzen trug – so wie man die Hand schützend um eine kleine, soeben angezündete Flamme hält.

Eines Tages im Spätherbst kamen Ivar und Skule und sagten, sie wollten zum Vater hinaufreiten; es sei so schön im Gebirge. Sie wollten ihn bitten, sie jetzt in der Zeit des Frostes mit auf die Jagd zu nehmen.
Naakkve und Björgulf saßen beim Schachbrett; sie hielten im Spiel inne und horchten auf.
»Ich weiß nicht«, sagte Kristin, sie hatte bis jetzt noch nicht darüber nachgedacht, wen sie mit der Botschaft senden sollte. Sie betrachtete die beiden halberwachsenen Söhne. Es schien ihr selbst dumm, aber trotzdem konnte sie sich nicht entschließen, es ihnen zu sagen. Sie konnte sagen, daß sie Lavrans mitnehmen sollte, und konnte ihn

bitten, mit dem Vater unter vier Augen zu sprechen. Er war so jung, er würde sich nicht wundern. Trotzdem . . .
»Euer Vater kommt ja bald hierher«, sagte sie. »Schließlich haltet ihr ihn nur auf. Im übrigen muß ich selbst ihm bald eine Nachricht senden.«
Die Zwillinge waren verdrossen. Da sah Naakkve vom Brettspiel auf und sagte kurz: »Tut, wie unsere Mutter sagt, Buben.«

Kurz vor Weihnachten sandte sie dann Naakkve zu Erlend hinauf. »Du mußt ihm sagen, mein Sohn, daß ich jetzt anfange, mich sehr nach ihm zu sehnen – und das tut ihr wohl alle!« Sie sagte nichts von dem Neuen, was hinzugekommen war – es schien ihr nicht unwahrscheinlich, daß der erwachsene Bursche es schon begriffen hatte. So sollte er selbst entscheiden, ob er dem Vater gegenüber davon sprechen wollte.
Naakkve kam zurück, ohne seinen Vater getroffen zu haben. Erlend sei ins Raumstal hinübergeritten, er habe Nachricht bekommen, daß seine Tochter und ihr Mann jetzt nach Björgvin zögen und daß Margret gern mit ihrem Vater auf Veöy zusammentreffen wolle.
Das war begreiflich. Kristin lag in den Nächten wach, streichelte von Zeit zu Zeit das Gesicht des kleinen Munan, der neben ihr schlief. Sie war traurig darüber, daß Erlend zu Weihnachten nicht kam. Aber es war verständlich, daß er seine Tochter sehen wollte, wenn sich die Gelegenheit dazu bot. Immer wieder wischte sie die Tränen weg, die ihr über die Wangen rollten. Wiederum geriet sie so leicht ins Weinen, wie seinerzeit, als sie noch jung war.

Gleich nach Weihnachten starb Sira Eirik. Kristin war im Herbst ein paarmal bei ihm auf Romundhof gewesen, während er zu Bett lag, und sie wohnte seinem Leichenbegängnis bei. Im übrigen kam sie jetzt nie mehr unter die Leute. Es dünkte sie ein großer Verlust, daß ihr alter Kirchspielpfarrer nicht mehr lebte.
Bei dem Leichenbegängnis hörte sie, daß einige Leute Erlend auf Lesja getroffen hatten; er war da auf dem Heimweg nach Haugen gewesen. So kam er wohl bald.
An den darauffolgenden Tagen saß sie auf der Bank unter dem kleinen Fenster, hauchte ihren Handspiegel an, den sie hervorgesucht hatte, rieb ihn blank und betrachtete forschend ihr Gesicht.
Sie war in den letzten Jahren sonnverbrannt gewesen wie ein Bauernweib, aber davon war nun jede Spur verschwunden. Ihre Haut schimmerte jetzt weiß, mit runden, hellroten Rosen auf den Wangen, wie ein gemaltes Bild. So schön war sie seit ihrer Mädchenzeit nicht mehr gewesen. Kristin saß da und hielt vor erstauntem Glück den Atem an.
So würden sie denn schließlich die Tochter bekommen, die Erlend sich so sehr gewünscht hatte – wenn es so eintraf, wie die weisen Frauen sagten. Magnhild. Diesmal mußten sie mit dem Brauch brechen und den Namen seiner Mutter zuerst nehmen.

Es schwebte ihr wie ein Märchen vor, das sie einmal gehört hatte. Sieben Söhne, die friedlos um einer ungeborenen kleinen Schwester willen in die weite Wildnis gejagt worden waren. Dann lachte sie sich selber aus – wie sie auf solche Gedanken verfallen konnte, begriff sie nicht.

Sie nahm aus ihrem Nähstuhl das Hemd aus feinstem weißem Linnen, an dem sie nur nähte, wenn sie allein war. Sie zog Fäden aus und nähte Vögel und Tiere auf durchsichtigen Gittergrund – Jahr und Tag waren schon vergangen, seit sie so feine Arbeiten gemacht hatte. – Ach wenn doch Erlend *jetzt* käme – solange sie nur schön war durch diesen Zustand, jung und schlank, blühend und üppig.

Gleich nach der Gregorsmesse wurde das Wetter sehr schön, ganz frühjahrlich. Der Schnee taute und schimmerte wie Silber; an den Sonnenhängen waren schon lauter braune Flecken, und die Berge stiegen in blauen Nebel empor.

Gaute stand eines Tages draußen auf dem Hofplatz und machte sich an einem Schlitten zu schaffen, an dem etwas zerbrochen war. Naakkve lehnte an der Wand des Holzschuppens und sah der Arbeit seines Bruders zu. Da kam Kristin vom Küchenhaus her, hielt in beiden Armen einen großen Trog mit frisch gebackenem Weizenbrot.

Gaute sah der Mutter nach. Dann legte er Axt und Bohrer auf den Schlitten, lief ihr nach und nahm ihr den Trog ab. Er trug ihn zum Vorratshaus hinüber.

Kristin war stehengeblieben, mit roten Wangen. Als Gaute zurückkam, trat sie zu den Söhnen hin:

»Ich meine, ihr müßt jetzt in den nächsten Tagen zum Vater hinaufreiten, ihm sagen, es sei jetzt sehr nötig, daß er käme und mir die Aufsicht über den Hof abnähme. Ich tauge jetzt nicht viel, und es wird gerade mit der Frühjahrsarbeit zusammentreffen, daß ich im Haus bleiben muß.«

Die jungen Burschen hörten ihr zu; auch sie erröteten, aber Kristin sah, daß sie von Herzen erfreut waren. Naakkve sagte, erzwungen gleichgültig:

»Wir können ja gerne heute reiten – gegen Nachmittag – was meinst du, Bruder?«

Schon um die Mittagszeit des nächsten Tages hörte Kristin die Reiter draußen auf dem Hofplatz ankommen. Sie ging hinaus, es waren Naakkve und Gaute allein. Sie standen bei ihren Pferden, blickten zu Boden und sagten nichts.

»Was gab euch euer Vater zur Antwort?« fragte die Mutter.

Gaute stand da und stützte sich auf seinen Speer, er blickte auch weiterhin zu Boden. Da sagte Naakkve:

»Vater bat uns, dir zu sagen, er habe dich den ganzen Winter hindurch an jedem Tag erwartet. Und er sagte, du solltest ihm nicht weniger willkommen sein als das letztemal, da du ihn sahst.«

In Kristins Gesicht kam und ging die Farbe:
»Habt ihr euerm Vater nicht gesagt – wie es um mich steht –, daß nicht mehr viel Zeit vergehen wird, bis ich wiederum ein Kind habe?«
Gaute antwortete, ohne aufzublicken:
»Vater schien nicht zu meinen, daß dies ein Grund sei – nicht zu ihm nach Haugen zu ziehen.«
Kristin stand eine Weile da.
»*Was* sagte er?« fragte sie leise und scharf.
Naakkve wollte sprechen. Gaute aber hob die Hand ein wenig, sah den Bruder rasch und flehend an. Aber der Älteste sagte es trotzdem:
»Vater hieß uns dir sagen: Als dieses Kind gezeugt wurde, hättest du doch gewußt, welch reicher Mann er sei. Und sei er seitdem nicht reicher geworden, so sei er doch auch nicht ärmer geworden.«
Kristin wandte sich von den Söhnen ab und ging langsam auf das Wohnhaus zu. Schwer und müde ließ sie sich auf der Bank unter dem Fenster nieder, von dem die Frühjahrssonne bereits alles Eis weggetaut hatte.
Es *war* so. Sie hatte darum gebettelt, in seinen Armen liegen zu dürfen – zuerst. Aber es war nicht schön von ihm, sie jetzt hieran zu erinnern. Sie fand es häßlich von Erlend, ihr diese Antwort durch ihre Söhne zu senden.

Das Frühlingswetter dauerte an. Eine Woche lang ging der Südwind, und es regnete; der Fluß schwoll an, wurde mächtig und brausend. Es rauschte und rann von allen Hängen herab, der Schnee stürzte in den Bergen in Lauen ab. Dann kam wieder Sonnenschein.
Kristin stand in dem graublauen Abend draußen hinter den Häusern. Im Gebüsch unten beim Acker zwitscherten laut die Vögel. Gaute und die Zwillinge waren auf die Alm hinaufgegangen; sie wollten den Birkhahn jagen. Man hörte das Kollern jeden Morgen von allen Hängen bis zum Hof herunter.
Kristin drückte ihre Hand an die Brust. Jetzt hatte sie nur noch kurze Zeit vor sich; sie mußte es mit Geduld bis zu Ende tragen. Sicher war es oft schwierig und unangenehm, mit ihr zusammen zu leben. Unvernünftig war sie in ihrer Sorge um die Kinder – langweilig, wie Erlend gesagt hatte. Dennoch dünkte es sie, daß er jetzt hart sei. Aber nun war die Zeit bald da, wo er zu ihr kommen mußte – das wußte er ja auch.
Sonnenschein und Regenschauer lösten einander ab. Eines Nachmittags riefen die Söhne nach ihr. Sie standen alle sieben samt dem Gesinde draußen auf dem Hofplatz. Quer über das Tal spannten sich drei Regenbogen, der erste stützte sich auf die Häuser von Formo, er war ganz hell und leuchtend in den Farben, die beiden äußeren waren schwächer und nach oben zu verwischt.
Noch während sie dastanden und dies seltsam schöne Zeichen betrachteten, wurde die Luft grau und dunkel. Vom Süden kam ein Schnee-

sturm einhergefegt. Es schneite so sehr, daß die ganze Welt in kurzer Zeit weiß war.

Kristin saß am Abend da und erzählte Munan die Geschichte von König Snjo und seiner schönen schneeweißen Tochter, Mjöll hieß sie, und von König Harald Luva, der bei dem Dovreriesen im Berg drinnen, nördlich von Dovre, aufgezogen wurde. Sie dachte mit Kummer und Reue daran, daß schon Jahr und Tag vergangen waren, seit sie so dagesessen und ihren Kindern Geschichten erzählt hatte; es war schade um Lavrans und Munan, daß sie sich nicht mehr in dieser Weise mit ihnen abgegeben hatte. Und jetzt waren sie bald große Knaben. Als die anderen klein waren, daheim auf Husaby, hatte sie ihnen abends Märchen erzählt – so oft, so oft.

Sie sah, daß die erwachsenen Söhne dasaßen und zuhörten – da wurde sie flammend rot und wußte nicht mehr weiter. Munan bat sie, noch mehr zu erzählen. Naakkve stand auf, rückte näher heran.

»Erinnert Ihr Euch, Mutter, an die Geschichte von Torstein Uksafot und die Trolle im Hochlandwald, erzählt uns doch die!«

Eine Erinnerung kam ihr im Sprechen: Sie saßen da und rasteten in dem Birkenhain unten beim Fluß und aßen etwas, ihr Vater und seine Ernteleute, Männer und Frauen. Der Vater lag auf dem Bauch; sie saß ihm rittlings auf dem Rücken und schlug ihm ihre Fersen in die Lenden; es war ein heißer Tag, und man hatte ihr deshalb erlaubt, barfuß zu gehen, wie die erwachsenen Frauen es taten. Der Vater zählte gerade den Stammbaum der Hochlandtrolle auf: Jernskjold hatte Skjoldvor, ihre Töchter waren Skjoldis und Skjoldgjerd, die von Torstein Uksafot erschlagen wurden. Skjoldgjerd war mit Skjoldketil verheiratet gewesen, ihre Söhne hießen Skjoldbjörn und Skjoldhedin und Valskjold, der Skjoldskjessa besaß, die zeugten Skjoldulf und Skjoldorm; Skjoldulf bekam Skjoldkatla, zeugte mit ihr Skjold und Skjoldketil ...

Nein, den Namen habe er schon einmal gesagt, rief Kolbjörn lachend, denn Lavrans hatte damit geprahlt, daß er sie zwei Dutzend Trollnamen lehren wolle, aber er hatte noch nicht einmal das erste Dutzend vollenden können; auch Lavrans lachte: »Jaja, ihr begreift aber doch, auch die Trolle nehmen die Namen ihrer Vorfahren wieder auf!« Aber seine Leute wollten nicht nachgeben; sie verurteilten ihn dazu, ihnen eine Runde Met zu stiften. Ja, die sollten sie auch haben, sagte der Hausvater – abends, wenn sie heimkämen. Aber die Leute wollten sie sofort haben, und so wurde denn schließlich Tordis heimgesandt, um den Met zu holen.

Sie stellten sich in einem Kreis auf und ließen das große Horn herumwandern. Dann nahmen sie Sensen und Rechen und gingen wieder an die Arbeit. Kristin wurde mit dem leeren Horn heimgesandt. Sie trug es mit beiden Händen vor sich her, während sie barfuß im Sonnenschein den grünen Pfad zum Hof hinauflief. Von Zeit zu Zeit, wenn sich am Grunde des Hornes ein Tropfen Met angesammelt hatte, blieb sie stehen, stülpte das Gefäß über ihr kleines Gesicht und leckte innen

und außen an dem vergoldeten Rande, und auch von ihren Fingern leckte sie das Süße ab.
Kristin Lavranstochter saß still da und blickte vor sich hin. Vater! Sie entsann sich eines Ausdrucks in seinem Gesicht, es war ein Erbleichen, wie der Waldhang erbleicht, wenn ein Windstoß das Laub an den Bäumen umwendet – entsann sich eines Klanges kalten und scharfen Spottes in seiner Stimme, eines Schimmers in seinen grauen Augen, wie wenn ein halbgezogenes Schwert aufblitzt. Einen Augenblick lang, dann verschwand es, in munterem, gutgelauntem Scherz, als er noch jung war, aber immer häufiger und häufiger ein wenig schwermütig mild, je älter er wurde. Es hatte noch etwas anderes in dem Gemüt ihres Vaters gelebt als nur die tiefe zärtliche Süßigkeit. Mit den Jahren hatte sie es verstehen gelernt; die seltsame Milde ihres Vaters kam nicht daher, daß er die Fehler und die Erbärmlichkeit der Menschen nicht scharf genug sah, sondern daher, daß er stets in seinem eigenen Herzen vor Gott forschte und in Reue über eigene Mängel zerknirscht war.
Nein, Vater, ich will nicht ungeduldig sein. Auch ich habe viel gegen meinen Mann gefehlt.

Am Abend des Kreuzmessetages saß Kristin mit ihrem Gesinde bei Tisch und war wie immer. Als aber die Söhne ins Oberstockwerk gegangen waren, um sich schlafen zu legen, rief sie Ulf Haldorssohn leise zu sich heran. Sie bat ihn, zu Isrid hinunterzugehen und sie zu bitten, zu ihrer Herrin in die alte Webstube zu kommen.
Ulf sagte: »Du mußt Ranveig auf Ulvsvolden und Haldis, der Pfarrschwester, Botschaft zukommen lassen, Kristin; am geziemendsten wäre es, wenn du nach Astrid und Ingebjörg von Loptshof senden würdest, damit sie die Oberaufsicht in der Stube übernehmen.«
»Dazu ist keine Zeit mehr«, sagte Kristin. »Ich fühlte die ersten Wehen bereits am Nachmittag. Tue so, wie ich sage, Ulf, ich will nur meine eigenen Mägde und Isrid bei mir haben.«
»Kristin«, sagte Ulf ernsthaft, »begreifst du denn nicht, es kann viel böses Gerede darüber aufkommen, wenn du dich heute nacht so verkriechst.«
Kristin ließ den Arm auf den Tisch fallen. Sie schloß die Augen.
»So mag denn reden, wer reden will! Ich *ertrage* es nicht, heute nacht die fremden Frauen um mich zu sehen.«
Am nächsten Morgen saßen die größeren Söhne still beieinander und schwiegen, saßen da und blickten zu Boden, während Munan immer und immer wieder von dem kleinen Bruder redete, den er drinnen in der Webstube im Arm der Mutter gesehen hatte. Schließlich sagte Björgulf, jetzt brauche er nicht mehr *davon* zu reden.
Kristin lag nur da und lauschte; es dünkte sie selbst, sie schlafe nie so fest, daß sie nicht stets gleichzeitig lausche und warte.
Am achten Tag stand sie vom Bett auf, aber die Frauen, die um sie

waren, merkten, daß es ihr nicht gut ging. Bald fror sie, und bald hatte sie Hitzewellen; den einen Tag floß ihr die Milch aus den Brüsten, daß die Kleider naß wurden, den nächsten Tag konnte das Kind bei ihr nicht satt werden. Aber sie wollte sich nicht wieder legen. Das Kind ließ sie nicht aus den Armen; sie legte es nie in die Wiege, sondern hatte es des Nachts bei sich im Bett. Tagsüber ging sie umher und trug es, saß mit ihm an der Feuerstätte, saß mit ihm auf ihrem Bett, lauschte und wartete und starrte es an, obgleich sie manchmal weder zu hören noch zu sehen schien, daß es weinte. Dann war es gleichsam, als erwache sie, sie hob den Knaben auf, ging unermüdlich mit ihm auf und ab. Ihre Wange an die seine gelehnt, summte sie ihm ganz leise vor, setzte sich hin und legte ihn an die Brust, saß wiederum da und starrte vor sich hin wie zuvor, ihr Gesicht war wie versteinert.

Als der Knabe ungefähr sechs Wochen alt war und die Mutter die Schwelle der Webstube noch nicht überschritten hatte, traten eines Tages Ulf Haldorssohn und Skule bei ihr ein. Sie waren zur Reise angezogen.

»Ja, jetzt reiten wir nach Haugen hinauf, Kristin«, sagte Ulf, »diese Sache muß jetzt ein Ende nehmen.«

Kristin saß stumm und steif da, den Knaben an der Brust. Zunächst schien sie nichts zu erkennen. Plötzlich fuhr sie auf, das Gesicht mit Blutröte übergossen:

»Tu, was du willst. Wenn du dich nach deinem rechten Herrn sehnst, so will ich dich nicht zurückhalten. Am besten ist es, du bekommst gleich deinen Lohn; dann brauchst du später nicht mehr zu uns herunterzukommen.«

Ulf stieß einen fürchterlichen Fluch aus. Dann betrachtete er das Weib, das den Säugling an die Brust gedrückt hielt. Er preßte die Lippen aufeinander und schwieg.

Aber Skule trat einen Schritt vor:

»Ja, Mutter – ich reite jetzt zum Vater hinauf –, vergeßt Ihr, daß Ulf uns Brüdern allen ein Pflegevater gewesen ist, so müßt Ihr wenigstens bedenken, daß Ihr über mich nicht so befehlen und gebieten könnt, als sei ich ein Dienstknecht oder ein Säugling.«

»Nicht?« Die Mutter versetzte ihm einen Schlag ins Gesicht, so daß der Knabe zurücktaumelte: »Ich denke, ich befehle und gebiete solange über euch, als ich euch nähre und kleide. Hinaus!« schrie sie und stampfte mit dem Fuß auf.

Skule war wütend. Aber Ulf sagte leise:

»Es ist besser so, mein Junge – besser, sie ist unvernünftig und rasend, als mit ansehen zu müssen, wie sie dasitzt und vor sich hinstarrt, als hätte sie vor Gram den Verstand verloren.«

Gunhild, die Hausmagd, kam ihnen nachgelaufen. Sie sollten sofort zur Herrin in die Webstube kommen, sie wolle mit ihnen und allen Söhnen reden. Kurz und scharf befahl Kristin, daß Ulf nach Breidin reiten und dort mit einem Mann sprechen solle, der zwei Kühe von ihr geliehen hatte. Er solle die Zwillinge mitnehmen, und sie brauchten nicht vor morgen nach Hause zu kommen. Naakkve und Gaute sandte sie auf die Alm hinauf; sie befahl ihnen, von dort aus sich nach der Pferdeweide im Illmandtal umzusehen, wie dort alles stünde – und auf dem Hinweg sollten sie den Teerbrenner Björn, Isrids Sohn, aufsuchen und ihn bitten, noch heute abend zu ihr zu kommen. Es half nichts, daß die Söhne dagegen einwandten, es sei doch morgen Messetag.

Am nächsten Morgen, als die Glocken läuteten, verließ die Herrin von Jörundhof das Haus, begleitet von Björn und von Isrid, die das Kind trug. Kristin hatte ihnen gute und geziemende Kleider gegeben, aber die Wöchnerin selbst war so mit Gold geschmückt, daß alle sehen konnten, sie war die Frau und die beiden anderen ihre Untergebenen. Trotzig und hochmütig begegnete sie dem unwilligen Erstaunen, das, wie sie fühlte, ihr von den Leuten auf der Wiese vor der Kirche entgegenschlug. Ach ja, früher hatte sie einen anderen Kirchgang gefeiert – gefolgt von den vornehmsten Hausfrauen. Sira Solmund sah sie mit unfreundlichen Augen an, als sie mit der Kerze in der Hand vor der Kirchentür stand, aber er nahm sie in der gewohnten Weise auf.

Isrid war jetzt ein wenig kindisch geworden und begriff nicht viel; Björn war ein merkwürdiger und wortkarger Mann, der sich nie viel um anderer Leute Angelegenheiten kümmerte. Diese beiden hoben das Kind aus der Taufe.

Isrid nannte dem Pfarrer den Namen des Kindes. Es gab ihm einen Stich, er zögerte ein wenig, dann wiederholte er ihn, so daß es zu den Leuten im Langschiff hinunterklang: »Erlend – im Namen des Vaters, des Sohnes und des Heiligen Geistes ...«

Es war, als durchzucke es die ganze versammelte Kirchengemeinde. Kristin empfand dabei eine wilde, rachsüchtige Freude.

Das Kind hatte recht kräftig geschienen, als es geboren wurde. Aber gleich von der ersten Woche an hatte Kristin zu bemerken geglaubt, daß es nicht richtig gedeihen wolle. Sie selbst hatte in dem Augenblick, da sie erlöst wurde, das Gefühl gehabt, jetzt falle ihr Herz zusammen wie ausgebrannte Glut. Und als Isrid ihr das Neugeborene zeigte, bildete sie sich ein, daß der Lebensfunke in diesem Kind nur unsicher flackere. Aber sie schlug sich diese Gedanken aus dem Kopf, so unsäglich oft schon hatte sie zu fühlen geglaubt, daß das Herz in ihr gebrochen sei. Und das Kind war ja ganz groß und sah nicht schwach aus.

Doch ihre Unruhe für den Knaben wuchs von Tag zu Tag. Er wimmerte die ganze Zeit vor sich hin und hatte keinen Hunger; oft saß sie lange da und mühte sich mit ihm ab, ehe er ihre Brust nehmen wollte. Und wenn es ihr endlich mit vielen Lockungen gelungen war, ihn zum Saugen zu bringen, schlief er beinahe sofort ein. – Sie konnte nicht sehen, daß er wuchs.

In unsäglicher Angst und Herzensqual glaubte sie zu bemerken, daß der kleine Erlend von dem Tag an, da er getauft worden war und den Namen seines Vaters erhalten hatte, rascher dahinwelkte.
Keines, nein, keines ihrer Kinder hatte sie so geliebt wie dieses kleine Unglückskind. Keines hatte sie in so süßem und wildem Glück empfangen, keines hatte sie in so glücklicher Erwartung getragen. Sie dachte an die vergangenen neun Monate zurück; zum Schluß hatte sie auf Tod und Leben darum gekämpft, Hoffnung und Glauben festzuhalten.
Sie vermochte nicht dieses Kind zu verlieren, und sie vermochte nicht, es zu retten.
Der allmächtige Gott, die Königin des Erbarmens, der heilige Olav – sie fühlte es selbst, dieses Mal half es nichts, daß sie sich hinwarf und um das Leben des Kindes bettelte.
Vergib uns unsere Schuld, wie auch wir vergeben unsern Schuldigern...
Sie besuchte an jedem Feiertag die Kirche, wie sie es zu tun gewohnt war. Sie küßte den Türrahmen, besprengte sich mit Weihwasser, verneigte sich vor dem alten Kruzifix über dem Chorbogen. Der Erlöser blickte herab, kummervoll und sanft im Todesschmerz. Christus starb zur Erlösung seiner Mörder. Der heilige Olav steht in unablässiger Fürbitte vor seinem Angesicht, um jener Menschen willen, die ihn in die Verbannung trieben und ihn töteten.
Wie wir vergeben unseren Schuldigern.
Holde Maria – mein Kind stirbt! Weißt du nicht, Kristin, lieber hätte ich das Kreuz meines Sohnes getragen und seinen Tod erlitten, als unter seinem Kreuz stehen und ihn sterben sehen zu müssen. Da ich aber wußte, daß dieses um der Erlösung der Sünder willen geschehen mußte, willigte ich in meinem Herzen ein, und ich willigte ein, als mein Sohn bat: Vater, vergib ihnen, denn sie wissen nicht, was sie tun. –
Wie wir vergeben unsern Schuldigern...
Was du in deinem Herzen schreist, wird nicht zum Gebet, ehe du nicht dein Vaterunser ohne Falsch gebetet hast.
Vergib uns unsere Schuld. Entsinnst du dich, wie viele Male dir deine Schuld vergeben wurde? – Sieh deine Söhne an, dort drüben auf der Seite der Männer. Sieh ihn an, der zuvorderst steht, wie ein Anführer dieser lieblichen Jugendschar. Die Frucht deiner Sünde – bald zwanzig Jahre lang hast du gesehen, wie Gott seine Schönheit, seinen Verstand und sein Mannestum vermehrte. Erbarmen – wo ist dein Erbarmen gegen deinen jüngsten Sohn daheim?
Entsinnst du dich deines Vaters, entsinnst du dich Simon Darres?
Aber zuinnerst in ihrem Herzen fühlte sie nicht, daß sie Erlend vergeben hatte. Sie konnte es nicht, denn sie wollte es nicht. Sie hielt die Schale ihrer Liebe umfaßt, wollte sie auch jetzt nicht loslassen, obgleich sie nur noch den letzten bitteren Rest enthielt. In dem Augenblick, in

dem sie Erlend verzeihen und sogar ohne diese verzehrende Bitterkeit an ihn denken konnte – in dem Augenblick war alles vorbei, was je zwischen ihnen gewesen war.
So stand sie während des Gottesdienstes da und wußte, sie würde keinen Nutzen davon haben. Sie versuchte zu beten: Heiliger Olav, hilf mir, tue ein Wunder in meinem Gemüt, auf daß ich mein Gebet ohne Unwahrheit sprechen kann, mit gottesfürchtiger Ruhe in der Seele an Erlend denken kann. Aber sie wußte, sie selbst wünschte es nicht, daß diese Bitte erhört würde.
Da fühlte sie selbst, daß es unnütz war, wenn sie darum betete, ihr Kind behalten zu dürfen. Der kleine Erlend war ein von Gott geliehenes Gut; nur unter einer Bedingung sollte sie ihn behalten dürfen, und diese Bedingung nahm sie nicht an. Und Sankt Olav etwas vorzulügen, war vergeblich.

So saß sie da und wachte über das kranke Kind. Ihre Tränen rannen und rannen; sie weinte ohne einen Laut und ohne das Gesicht zu verziehen, das ganz grau und steinhart war; nur das Weiße der Augen und die Augenlider wurden immer röter. Kam jemand zu ihr herein, so fuhr sie sich rasch über das Gesicht und saß nur stumm und starr da.
Dennoch genügte so wenig, um sie aufzutauen. Kam einer der größeren Söhne herein, warf einen Blick auf das kranke Kind und sagte einige sanfte, mitfühlende Worte zu ihr, so konnte die Mutter sich kaum davon zurückhalten, in lautes Schluchzen auszubrechen. Hätte sie mit den erwachsenen Söhnen über ihre Angst um den Kleinen sprechen können, so wäre ihr Herz gewiß geschmolzen, das wußte sie. Aber die Kinder waren jetzt ihr gegenüber scheu geworden. Seit dem Tage, da sie heimkamen und erfahren hatten, welchen Namen sie dem jüngsten Bruder gegeben hatte, schienen die Knaben sich noch enger zusammengeschlossen zu haben und standen gleichsam ganz weit von ihr entfernt. Aber eines Tages, als Naakkve das Kind betrachtete, sagte er:
»Mutter, gebt mir Urlaub, damit ich den Vater aufsuche und ihm sage, wie es um diesen Knaben steht.«
»Jetzt wird es nichts mehr nützen«, antwortete die Mutter hoffnungslos.
Munan begriff nichts davon. Er brachte dem kleinen Bruder seine Spielsachen, war seelenvergnügt, wenn er ihn halten durfte, und meinte, er habe das Kind zum Lächeln gebracht. Munan sprach davon, wann der Vater heimkomme, und machte sich Gedanken darüber, wie er diesen neuen Sohn wohl würde leiden mögen. Schweigend und mit grauem Gesicht saß Kristin dabei und ließ ihre Seele von dem Geschwätz des Knaben zerreißen.
Der Säugling war jetzt mager und runzlig wie ein alter Mann; seine Augen waren unnatürlich groß und klar. Trotzdem fing er an, der

Mutter zuzulächeln; sie jammerte leise, wenn sie das sah. Kristin streichelte die mageren kleinen Glieder, nahm die Füßchen in ihre Hand; nie würde wohl dieses Kind hier auf dem Rücken liegen und erstaunt nach den süßen blaßroten und seltsamen Dingen greifen, die in der Luft über ihm schwebten und von denen es nicht begriff, daß es seine eigenen Beine waren. Nie würden diese kleinen Füße auf die Erde auftreten.

Wenn sie dann alle die mühseligen Werktage der Woche dagesessen und das sterbende Kind betrachtet hatte, dann dachte sie, während sie sich zum Kirchgang ankleidete, ja, jetzt sei sie wohl weich genug. Sie hatte Erlend vergeben; er war ihr gleichgültig, wenn sie nur ihren süßesten, kostbarsten Besitz behalten dürfe, so wollte sie diesem Manne gerne vergeben.

Wenn sie aber vor dem Kreuz das Paternoster flüsterte und zu den Worten kam: »sicut et nos dimittimus debitoribus nostris«, fühlte sie ihr Herz hart werden, wie eine Hand, die sich zum Schlag ballt. Nein!

Hoffnungslos und in der Seele krank weinte sie, denn sie vermochte nicht zu *wollen*.

Und dann starb Erlend Erlendssohn am Tag vor dem Fest der Maria Magdalena, nicht ganz drei Monate alt.

VII

In diesem Herbst kam Bischof Halvard ins Tal herauf. In Sil traf er am Tag vor der Matthäusmesse ein. Es waren mehr als zwei Jahre her, seit der Bischof so weit im Norden gewesen war, so daß dieses Mal viele Kinder gefirmt werden sollten. Unter ihnen befand sich Munan Erlendssohn; er war jetzt acht Jahre alt.

Kristin bat Ulf Haldorssohn, das Kind zum Bischof zu geleiten; sie besaß jetzt nicht einen einzigen Freund in ihrer Heimat, den sie darum hätte bitten mögen. Ulf schien sich über ihre Bitte zu freuen. So schritten denn diese drei, Kristin, Ulf und der Knabe, als die Glocken läuteten, zur Kirche hinan. Die Söhne waren schon in der Frühmesse gewesen, alle außer Lavrans, der mit Fieber zu Bett lag; sie mochten die spätere Messe nicht besuchen, da dann in der Kirche ein solches Gedränge herrschte.

Als sie am Verwalterhaus vorübergingen, sah Kristin, daß dort am Zaun viele fremde Pferde festgebunden waren. Ein wenig weiter oben auf dem Weg wurden sie von Jardtrud eingeholt, die mit großem Gefolge einherkam und an ihnen vorüberritt. Ulf tat so, als sähe er seine Frau und deren Verwandte nicht.

Kristin wußte, daß Ulf gewiß schon seit kurz nach Neujahr den Fuß nicht mehr über seine eigene Schwelle gesetzt hatte. Damals war es wohl zwischen ihm und seiner Frau noch schlimmer zugegangen als gewöhnlich, und so hatte er danach seine Kleidertruhe und seine Waffen in das Haus mit dem Oberstockwerk getragen und wohnte dort bei den Knaben. Einmal, zu Anfang des Frühjahrs, hatte Kristin davon gesprochen, es sei doch schlimm, daß er sich mit seiner Frau so schlecht vertrüge, da sah er sie an und lachte, so daß sie verstummte.

Die Sonne schien hell, und das Wetter war strahlend. Draußen über das Tal hin spannte sich die Luft blau zwischen den Bergen. Das gelbe Laub an den Birkenhängen begann spärlich zu werden, und überall war das meiste Getreide geschnitten, dennoch wogte noch da und dort bei den Höfen ein bleicher Gerstenacker, und das Gras stand grün und taunaß auf der Wiese. Bei der Kirche waren viele Leute, und es herrschte lautes Stampfen und Wiehern von Hengsten, denn der Kirchenstall war voll, und gar viele hatten ihre Gäule draußen anbinden müssen.

Überall, wo Kristin und ihr Gefolge auftraten, ging es wie eine gedämpfte, widerwillige Unruhe durch die Schar. Ein junger Bursche schlug sich auf den Schenkel, lachte, wurde jedoch von älteren Leuten heftig zur Ruhe gewiesen. Mit abgemessenen Schritten und in steifer Haltung ging Kristin über den Rasenplatz und betrat den Kirchhof. Sie verweilte zuerst einen Augenblick an dem Grabe des Kindes und dann an Simon Andressohns Ruhestätte. Dort lag ein grauer, flacher Grabstein; in ihn war das Bildnis eines Mannes mit Gitterhelm und Spangenharnisch eingegraben, der die Hände auf den großen dreieckigen Schild mit dem Wappen stützte. Ringsum auf dem Rand des Steines stand eingehauen:

In pace. Simon Armiger. Proles Dom. Andreae Filii Gudmundi Militis Pater Noster.

Ulf stand vor der Südtür; er hatte sein Schwert im Rundgang abgelegt.

Da betrat Jardtrud den Kirchhof in Begleitung von vier Männern – es waren ihre beiden Brüder und zwei alte Bauern; der eine war Kolbein Jonssohn, der viele Jahre hindurch Lavrans Björgulfssohns Waffenknecht gewesen war. Sie schritten auf die Priestertür südlich des Chores zu.

Ulf Haldorssohn sprang hinzu und trat ihnen in den Weg. Kristin hörte sie laut und heftig miteinander reden – Ulf wollte seine Frau und ihre Begleiter daran hindern, weiterzugehen. Alle Leute auf dem Friedhof rückten näher heran; auch Kristin trat hinzu. Da sprang Ulf auf die Steinstufe, auf der die Holzsäulen des Rundgangs ruhten, bückte sich und riß die nächstbeste Axt an sich, die er zu fassen bekam, und während der eine von Jardtruds Brüdern ihn herunterzerren wollte, sprang Ulf vor und schleuderte die Axt durch die Luft. Der Hieb traf seinen Schwager an der Schulter, und jetzt liefen die Leute herbei und warfen sich auf ihn. Er schlug um sich und wollte sich losreißen – Kristin sah, daß sein Gesicht dunkelrot, verzerrt und verzweifelt war.

Da traten Sira Solmund und ein Schreiber aus dem Gefolge des Bischofs in die Priestertür. Sie wechselten einige Worte mit den Bauern. Gleich darauf nahmen drei Männer, die den weißen Schild des Bischofs trugen, Ulf in ihre Mitte und führten ihn zum Friedhof hinaus, während seine Frau und ihre Begleiter den beiden Priestern in die Kirche folgten.

Kristin trat auf die Bauernschar zu:

»Was soll das heißen?« fragte sie scharf. »Weshalb habt ihr Ulf festgenommen?«

»Du sahst doch, daß er einen Mann auf dem Kirchhof niedergeschlagen hat«, gab ihr einer ebenso zur Antwort. Alle wichen weit von ihr zurück, so daß sie mit ihrem Knaben allein dort an der Kirchentür stehenblieb.

Kristin glaubte zu verstehen – Ulfs Frau wollte ihn vor dem Bischof verklagen. Und dadurch, daß er sich verrannt und den Frieden des Kirchhofes gebrochen hatte, hatte er sich in eine schwierige Stellung gebracht. Als ein fremder Diakon in die Tür trat und Umschau hielt, ging sie auf ihn zu, nannte ihren Namen und fragte, ob sie vor den Bischof geführt werden könne.

Drinnen in der Kirche waren alle Kostbarkeiten aufgestellt, aber die Lichter auf den Altären brannten noch nicht. Durch die runden Fensterhöhlen hoch droben fiel ein wenig Sonnenschein herein und strömte zwischen den dunkelbraunen Säulen herab. Im Langschiff war bereits ein Teil der Gemeinde versammelt und hatte auf der Bank Platz genommen, die ringsum an der Wand entlanglief. Im Chor stand die kleine Schar, Jardtrud Herbrandstochter und ihre beiden Brüder – Geirulv mit dem Arm in der Binde –, Kolbein Jonssohn, Sigurd Geitung und Tore Borghildssohn, vor dem Sitz des Bischofs. Hinter und neben dem geschnitzten Stuhl standen zwei junge Priester von Hamar, einige andere Männer aus dem bischöflichen Gefolge und Sira Solmund.

Alle blickten starr vor sich hin, als die Hausfrau von Jörundhof vortrat und sich vor dem Bischof tief verneigte.

Herr Halvard war ein großer und behäbiger Mann und wirkte über die Maßen ehrwürdig. Unter der rotseidenen Mütze leuchtete das Haar schneeweiß an den Schläfen hervor, und sein länglichrundes und volles Gesicht flammte groß und rot; er hatte eine starke krumme Nase, ein mächtiges Kinn, und der Mund, schmal wie ein Spalt, lag fast ohne Lippen quer zwischen den dichten, barbierten grauweißen Bartwurzeln, aber die buschigen Brauen über seinen funkelnden kohlschwarzen Augen waren noch dunkel.

»Gott sei mit dir, Kristin Lavranstochter«, sagte Herr Halvard. Grübelnd blickte er die Frau unter seinen mächtigen Augenbrauen hervor an. Die eine seiner großen und weißen alten Hände hielt das goldene Kreuz auf seiner Brust umschlossen, in der anderen, die auf seinem dunkelveilchenblauen Gewand ruhte, hielt er eine Wachstafel.

»Was treibt dich dazu, mich hier aufzusuchen, Kristin Lavranstochter?« fragte der Bischof wiederum. »Dünkt dich nicht, es wäre geziemender gewesen, du hättest bis nach Mittag gewartet und wärst dann zu mir nach Romundhof gekommen, um mir zu sagen, was dir auf dem Herzen liegt?«

»Jardtrud Herbrandstochter hat Euch hier aufgesucht, würdiger Vater«, antwortete Kristin. »Nun aber hat Ulf Haldorssohn fünfunddreißig Jahre lang mit meinem Gemahl zusammen gelebt; stets war er unser getreuer Freund und Helfer und ein guter Verwandter; ich dachte, daß vielleicht ich ihm in irgendeiner Weise behilflich sein könnte.«

Jardtrud stieß einen leisen Schrei aus, entweder vor Hohn oder vor Zorn; alle anderen starrten Kristin an, die Leute aus dem Tal verbittert, das Gefolge des Bischofs gespannt und neugierig. Herr Halvard blickte scharf um sich, dann sagte er zu Kristin:

»Verhält es sich so, daß du dich erdreistest, Ulf Haldorssohn zu unterstützen? Du weißt vielleicht«, sagte er rasch und hob eine Hand, als sie antworten wollte, »niemand hat ein Recht, deine Aussage in dieser Sache zu erzwingen – außer dein Gemahl –, wenn nicht dein eigenes Gewissen dich dazu treibt. Überlege es dir zuerst.«

»Ich dachte vor allem daran, Herr Bischof, daß Ulf sich hinreißen ließ und bei der Kirche zur Waffe griff, daran, ob ich ihm in dieser Sache dadurch helfen könnte, daß ich Bürgschaft anbiete. Oder«, brachte sie mit vieler Mühe vor, »mein Gemahl wird sicher in dieser Sache alles tun, was er vermag, um seinem Freund und Verwandten zu helfen.«

Ungeduldig wandte sich der Bischof an die Umstehenden, die alle sehr erregt zu sein schienen:

»Diese Frau dort braucht nicht hierzubleiben. Ihre Fürsprecher mögen einstweilen im Langschiff unten warten – geht alle hinunter, während ich mit der Hausfrau spreche –, und laßt die Leute einstweilen hinausgehen, Jardtrud Herbrandstochter mit ihnen.«

Der eine der jungen Priester war damit beschäftigt gewesen, das Bischofsornat bereitzulegen. Jetzt stellte er behutsam die mit einem goldenen Kreuz verzierte Mitra auf die ausgebreiteten Falten des Chorgewandes, ging hinunter und sprach ein paar Worte mit den Leuten im Langschiff. Die übrigen folgten ihm dorthin nach. Die Gemeinde und mit ihr Jardtrud verließ die Kirche, und der Mesner verschloß die Türen.

»Du sprachst von deinem Gemahl«, sagte der Bischof und sah sie an wie zuvor. »Verhält es sich so, daß du im letzten Sommer dich mit ihm auszusöhnen versuchtest?«

»Ja, Herr.«

»Aber es kam zu keiner Versöhnung?«

»Herr – verzeiht mir, daß ich es ausspreche, aber ich habe nicht Klage gegen meinen Gemahl geführt. Ich suchte Euch auf, um wegen Ulf Haldorssohns Sache mit Euch zu sprechen.«

»Wußte dein Mann etwas davon, daß du in der Hoffnung warst?« fragte Herr Halvard; er schien über ihren Einwand erzürnt zu sein.
»Ja, Herr«, sagte sie sehr leise.
»Und wie nahm Erlend Nikulaussohn dies auf?« fragte der Bischof.
Kristin stand da und drehte einen Zipfel ihres herabhängenden Kopftuches zwischen den Fingern – blickte zu Boden.
»Er wollte sich nicht mit dir aussöhnen, als er dies hörte?«
»Herr, verzeiht mir.«
Kristin war sehr rot geworden. »Gleichgültig ist es, ob mein Herr Erlend so oder so gegen mich handelte, wenn es Ulf etwas helfen kann, daß er hierherkommt, so weiß ich, daß Erlend zu ihm eilen wird.«
Der Bischof runzelte die Stirn, während er sie ansah:
»Meinst du, daß Erlend, aus Freundschaft für diesen Mann Ulf – oder deshalb, weil nun die Sache ans Licht gekommen ist – dennoch dieses Kind anerkennen wird, das du im Frühling gebarst?«
Kristin hob den Kopf, starrte den Bischof mit aufgerissenen Augen und halb offenem Munde an. Es war, als begriffe sie erst nach und nach, was seine Worte bedeuteten. Herr Halvard sah sie ernsthaft an:
»Zwar ist es richtig, Weib, niemand außer deinem Ehegatten hat ein Recht, dich um dieser Sache willen anzuklagen. Aber du begreifst wohl, daß ihr beide eine schwere Sünde begeht, wenn er die Vaterschaft für das Kind eines anderen Mannes auf sich nimmt, um Ulf zu decken. Besser fahrt ihr alle miteinander, vorausgesetzt, daß ihr gesündigt habt, wenn die Sünde gebeichtet und gesühnt wird.«
In Kristins Gesicht kam und ging die Farbe:
»Hat jemand gesagt, daß nicht mein Gemahl, daß es nicht sein Kind war?«
Der Bischof fragte langsam:
»Willst du, Kristin, daß ich glauben soll, du habest nicht einmal gewußt, was die Leute über dich und deinen Verwalter reden?«
»Nein.« Sie richtete sich auf, stand da, den Kopf ein wenig zurückgeworfen, das Gesicht weiß bis unter das herabwallende Frauentuch.
»Nun bitte ich Euch, ehrwürdiger Herr und Vater, wenn jemand hinter meinem Rücken Gerüchte über mich verbreitet hat, so gebietet ihm, diese mir ins Gesicht hinein zu wiederholen!«
»Namen sind nicht genannt worden«, antwortete der Bischof. »Dies ist gegen das Gesetz. Aber Jardtrud Herbrandstochter hat die Erlaubnis eingefordert, ihren Mann verlassen und mit ihren Verwandten heimziehen zu dürfen, weil sie ihn beschuldigt, sich mit einer anderen Frau, einem verheirateten Weib, abgegeben und mit ihr ein Kind gezeugt zu haben.«
Eine Weile schwiegen sie beide. Dann sagte Kristin wiederum:
»Herr – ich bitte Euch, mir so viel Barmherzigkeit zu erweisen, daß ihr diese Männer zwingt, zu sagen, daß ich es hören kann – *ich* sei dieses Weib.«
Bischof Halvard blickte Kristin scharf und forschend an. Dann winkte

er – aus dem Langschiff kamen die Männer herauf und stellten sich um seinen Stuhl. Herr Halvard ergriff das Wort:
»Ihr guten Männer von Sil habt euch heute zu unpassender Zeit an mich gewandt und mir eine Klage vorgetragen, die eigentlich erst meinem Vertrauensmann hätte unterbreitet werden müssen. Nun gab ich mich damit zufrieden, da ich wußte, daß ihr kaum so gesetzeskundig sein könnt. Hier aber ist diese Frau, Hausfrau Kristin Lavranstochter auf Jörundhof, mit einer seltsamen Bitte zu mir gekommen. – Sie bittet mich, euch zu fragen, ob ihr wagt, es ihr ins Gesicht zu sagen, daß hier im Tal das Gerücht umgegangen ist, ihr Gemahl Erlend Nikulaussohn sei nicht der Vater jenes Kindes, das sie in diesem Frühjahr bekam?«
Sira Solmund antwortete:
»Man hat es sich auf jedem Hof und in jeder Hütte hier im Tal erzählt, daß das Kind in Hurerei und Blutschande zwischen der Hausfrau und ihrem Verwalter gezeugt worden ist. Und es dünkt uns wenig glaubhaft, daß diese Frau nicht selbst wissen wollte, welches Gerücht im Umlauf war.«
Der Bischof wollte sprechen, aber Kristin sagte laut und fest:
»So mögen mir Gott der Allmächtige, die Jungfrau Maria, Sankt Olav und Sankt Tomas, der Erzbischof, beistehen – ich habe nie gewußt, daß diese Lüge über uns verbreitet wurde.«
»Dies ist nicht leicht zu verstehen. – Weshalb glaubtest du dann, es so unbedingt verbergen zu müssen, daß du ein Kind erwartetest?« fragte der Priester. »Du verstecktest dich vor den Leuten und kamst den ganzen Winter hindurch kaum vors Haus.«
»Es ist lange her, seit ich unter den Bauern dieses Tales Freunde hatte; wenig Umgang habe ich in den letzten Jahren mit den Leuten hier gehabt. Obgleich ich bis auf den heutigen Tag nicht wußte, daß sie alle meine Feinde zu sein scheinen. Aber ich kam an jedem Feiertag zur Kirche«, sagte Kristin.
»Ja – und du hülltest dich in dicke Tücher und kleidetest dich so, daß man nicht sehen konnte, wie breit du unter dem Gürtel wurdest.«
»Nicht anders, als jede Frau es tut, die vor den Leuten gerne anständig aussehen möchte«, antwortete Kristin kurz.
Wiederum begann der Pfarrer:
»Wäre das Kind von deinem Mann gewesen, wie du sagst, so wärst du wohl nicht so weit gegangen, durch schlechte Pflege seinen Tod zu verursachen.«
Der eine der jungen Hamarpriester trat vor und fing Kristin rasch auf.
Einen Augenblick danach stand sie wie zuvor da, bleich und aufrecht, dankte dem Priester mit einem Neigen.
Sira Solmund fuhr heftig fort:
»Das sagten die Dienstmägde auf Jörundhof – auch meine Schwester, die auf den Hof kam, hat es gesehen –, der Frau strömte die Milch aus

den Brüsten, so daß die Kleider durch und durch naß waren, aber jedes Weib, das die Leiche des Knaben gesehen hat, kann bezeugen, daß es vor Hunger gestorben ist.«
Bischof Halvard machte eine Handbewegung:
»Genug, Sira Solmund. Wir müssen uns an die Sache halten, die vorliegt, und zwar handelt es sich darum, ob Jardtrud Herbrandstochter, als sie ihren Mann anklagte, keine andere Handhabe hatte als die Gerüchte, von denen die Hausfrau hier sagt, sie seien Lüge – und ob Kristin diese Gerüchte widerlegen kann. – Kein Mensch behauptet wohl, sie habe Hand an ihr Kind gelegt.«
Aber Kristin stand bleich da und sagte nichts mehr.
Der Bischof wandte sich wieder an den Kirchspielpriester:
»Aber du, Sira Solmund, du hattest die Pflicht, mit dieser Frau hier zu sprechen und sie wissen zu lassen, was gesagt wurde. Hast du das nicht getan?«
Der Priester wurde rot:
»Ich habe herzlich für diese Frau gebetet, damit sie freiwillig ihren starren Sinn bekehren und sich der Reue und der Buße zuwenden möge – *mein* Freund war ihr Vater nicht«, sagte der Priester heftig. »Aber trotzdem weiß ich doch auch, daß Lavrans auf Jörundhof ein rechtschaffener Mann war und stark im Glauben. Er hätte wohl Besseres verdient, aber diese seine Tochter hat Schande über Schande auf ihn geladen. Kaum war sie eine erwachsene Jungfrau, so war sie durch ihren Leichtsinn die Ursache, daß zwei gute Burschen aus dem Tal hier den Tod erlitten. Dann brach sie einem prächtigen und vornehmen Ritterssohn, den der Vater ihr zum Gemahl erwählt hatte, die Treue, erzwang sich auf unehrenhafte Weise ihren Willen und bekam jenen Mann, der, wie Ihr, Herr, wohl wißt, als Landes- und Königsverräter verurteilt wurde. Aber ich dachte, schließlich müßte doch wohl ihr Herz weich werden, wenn sie sähe, wie sie und die Ihren gehaßt und verachtet mit dem schlimmsten Ruf auf Jörundhof lebten, wo ihr Vater und Ragnfrid Ivarstochter die Achtung und Liebe eines jeden genossen hatten.
Aber es wurde zuviel, als sie nun mit ihrem Sohn zur Firmung herkam – und dieser Mann Euch den Knaben vorführen sollte, derselbe Mann, von dem die ganze Gemeinde weiß, daß Kristin mit ihm in zweifacher Hurerei und in Blutschande lebt.«
Der Bischof gab dem anderen ein Zeichen, er solle schweigen:
»Wie nahe ist Ulf Haldorssohn mit deinem Mann verwandt?« fragte er Kristin.
»Ulfs rechter Vater war Herr Baard Peterssohn von Hestnaes. Er war ein Halbbruder von Gaute Erlendssohn auf Skogheim, Erlend Nikulaussohns Muttervater.«
Ungeduldig wandte Herr Halvard sich zu Sira Solmund:
»Blutschande ist das nicht – ihre Schwiegermutter und Ulf sind Kinder zweier Brüder –, es ist ein Vergehen gegen das Verwandtschaftsgebot

und schwere Sünde, wenn es sich so verhält – du brauchst es nicht schlimmer zu machen.«

»Ulf Haldorssohn ist der Got des ältesten Sohnes dieser Frau«, sagte Sira Solmund.

Der Bischof sah sie an, und Kristin antwortete:

»Ja, Herr.«

Herr Halvard saß eine Weile da und schwieg.

»Gott steh dir bei, Kristin Lavranstochter«, sagte er bekümmert. »Ich kannte deinen Vater in früheren Zeiten; als junger Mensch war ich einmal sein Gast auf Jörundhof. Ich weiß noch, welch ein schönes, unschuldiges Kind du warst. Wäre Lavrans Björgulfssohn noch am Leben, so wäre das nicht eingetroffen. Denke an deinen Vater, Kristin, um seinetwillen mußt du diese Schande von dir abtun und dich reinigen, so du kannst.«

Wie ein Blitz durchfuhr es sie, sie erkannte den Bischof wieder. Ein Wintertag, um die Zeit des Sonnenuntergangs – ein roter, sich aufbäumender junger Hengst auf dem Hofplatz und ein Priester mit schwarzem Haarkranz um das rotglänzende Gesicht. Er hing am Zügel, war mit Schaum bespritzt und wollte das übermütige Tier bezwingen und sich ohne Sattel hinaufschwingen. Ringsherum standen betrunkene, lachende Weihnachtsgäste, unter ihnen der Vater, das Gesicht rot vom Trunk und von der Kälte, er schrie lustig und laut hinaus.

Sie wandte sich Kolbein Jonssohn zu.

»Kolbein! Du kennst mich von Kindesbeinen an – und kanntest mich und meine Geschwister daheim bei Vater und Mutter; ich weiß, du liebtest meinen Vater so sehr, daß – Kolbein – glaubst du das von mir?«

Kolbein, der Bauer, sah sie an. Nach einigem Zögern sagte er hart und bekümmert:

»Du sagtest, wir liebten deinen Vater. Ja, uns, seinen Knechten, armen Dienstleuten und Bettlern, die Lavrans auf Jörundhof liebten, uns dünkte, er sei so, wie Gott wünschen mag, daß ein Fürst sein soll. Frage nicht uns, Kristin Lavranstochter, die wir sahen, wie dein Vater dich liebte und wie du ihm seine Liebe lohntest – was wir dir zutrauen!«

Kristin senkte den Kopf auf die Brust. Der Bischof vermochte kein Wort mehr aus ihr herauszubringen, sie gab ihm keine Antwort mehr auf seine Fragen.

Da stand Herr Halvard auf. Neben dem Hochaltar befand sich eine kleine Tür, die zu dem geschlossenen Teil des Rundgangs hinter der Apsis des Chores führte. Ein Teil dieses Rundganges wurde als Sakristei benutzt, und ein Teil war mit kleinen Luken versehen, durch die die Aussätzigen die Hostie empfangen konnten, wenn sie draußen standen und die Messe anhörten, von der übrigen Gemeinde getrennt. Aber jetzt hatte schon seit mehreren Jahren niemand mehr im Kirchspiel an Aussatz gelitten.

»Vielleicht ist es am besten, du wartest dort draußen, Kristin, bis die Leute zum Gottesdienst hereingekommen sind. Ich will später mit dir sprechen, vorerst aber mußt du heimgehen.«

Kristin verneigte sich vor dem Bischof.

»Ich will lieber sofort heimgehen, würdiger Herr, wenn Ihr es gestattet.«

»Wie du willst, Kristin Lavranstochter. Gott schütze dich, Hausfrau; bist du unschuldig, so werden sie versuchen, deine Unschuld zu beweisen, Gott selbst und seine Märtyrer, die Kirchenheiligen Sankt Olav und Sankt Tomas, die für die Sache der Gerechtigkeit starben.«

Wiederum verneigte sich Kristin vor dem Bischof. Dann trat sie durch die Priestertür auf den Friedhof hinaus.

Draußen stand ein kleiner Junge in einem neuen roten Kittel ganz allein, starr und aufrecht. Munan wandte der Mutter einen Augenblick sein bleiches Kindergesicht zu, seine Augen waren groß und erschrokken.

Ihre Söhne – sie hatte bis jetzt nicht an sie gedacht. Wie in einem Aufblitzen sah sie ihre Knabenschar; so wie sie im letzten Jahr am Rande ihres Lebens gestanden hatten, zusammengedrängt, wie eine Pferdeschar im Gewitter, spähend, scheu, fern von ihr, während sie in der letzten Todesbrandung ihrer Liebe kämpfte. Was hatten sie begriffen, was hatten sie gedacht, was hatten sie gelitten, während sie in ihrer Leidenschaft befangen war?

Was sollte jetzt aus ihnen werden?

Sie hielt Munans kleine rauhe Faust in ihrer Hand. Das Kind starrte gerade vor sich hin, aber es hielt sich aufrecht.

Hand in Hand mit ihrem Sohn schritt Kristin Lavranstochter durch den Friedhof auf den Kirchenhügel hinaus. Sie dachte an ihre Söhne, und sie dachte, sie müsse zusammenbrechen und zu Boden stürzen. Der Volkshaufen strömte unter dem Glockengeläute in den Türen der Kirche zusammen.

Sie hatte einmal eine Sage gehört von einem getöteten Manne, der nicht umfallen konnte, weil so viele Speere in ihm steckten. Sie konnte nicht zusammenbrechen, wie sie so dahinging, um all der Augen willen, die sie durchbohrten.

Mutter und Kind traten in die Stube im Oberstockwerk. Die Söhne standen um Björgulf geschart, der am Tisch saß. Naakkve ragte über die Brüder hinaus, eine Hand auf die Schulter des halbblinden Knaben gelegt. Kristin sah das schmale, dunkle und blauäugige Gesicht ihres Erstgeborenen, den weichen dunklen Bartflaum um seinen roten Mund.

»Ihr wißt es?« fragte sie ruhig und trat auf die Söhneschar zu.

»Ja.« Naakkve antwortete für sie alle. »Gunhild war bei der Kirche.«

Kristin stand eine Weile da. Die Knaben hatten sich wieder dem ältesten Bruder zugewandt. Bis die Mutter sagte:

»Hat einer von euch etwas davon gewußt, daß im Tal solche Gerüchte gingen, über Ulf und mich?«
Da wandte Ivar Erlendssohn sich ihr jäh zu:
»Könnt Ihr Euch denken, Mutter, daß Ihr da nichts über unser Vorgehen gehört hättet? Ich wäre nicht still sitzen geblieben und hätte meine Mutter eine Hure schimpfen lassen – nein, selbst dann nicht, wenn ich gewußt hätte, daß sie es *sei*!«
Kristin sagte bekümmert:
»Nun möchte ich wissen, meine Söhne, was ihr euch über all das gedacht habt, was sich hier im letzten Jahr zugetragen hat.«
Stumm standen die Burschen da, da hob Björgulf den Kopf, blickte die Mutter mit seinen kranken Augen an:
»Jesus Christus, Mutter – was sollten wir denken – dieses Jahr – und in all den Jahren vorher! Glaubt Ihr, es war für uns leicht, zu wissen, was wir denken sollten!«
Naakkve sagte:
»Ach ja, Mutter, ich hätte wohl mit Euch sprechen müssen, aber Euer Wesen war so, daß wir es nicht konnten. Und als Ihr unseren jüngsten Bruder so taufen ließet, als wolltet Ihr dadurch sagen, unser Vater sei ein toter Mann ...«
Er brach mit einer heftigen Bewegung ab.
Björgulf sprach wiederum:
»Ihr dachtet an nichts anderes, Vater und du, als an euren Kampf. Ihr dachtet nicht daran, daß wir unterdessen zu Männern heranwuchsen. Nie gabt ihr darauf acht, wer zwischen eure Waffen geriet und bis aufs Blut verwundet wurde.«
Er war aufgesprungen. Naakkve legte die Hand auf seine Schulter. Kristin sah, er hatte wahr gesprochen, die beiden waren erwachsene Männer.
Es war, als stünde sie nackt vor ihnen, sie selbst hatte sich schamlos vor ihren Kindern entblößt.
Das war es, was diese vor allem in ihrer Jugend gesehen hatten, daß ihre Eltern alte Leute geworden waren, daß die Jugendhitze sie kläglich kleidete, daß sie nicht mit Ehre und Würde alt zu werden vermocht hatten.
Da durchschnitt die Stimme des Kindes die Stille. Munan schrie in wildem Jammer heraus:
»Mutter – kommen sie jetzt und nehmen dich gefangen, Mutter? Kommen sie und nehmen dich uns fort?«
Er schlang seine Arme um sie und drückte seinen Kopf unter ihre Brust. Kristin zog ihn zu sich heran, sank auf die Bank nieder und nahm den weinenden kleinen Knaben in ihre Arme; sie versuchte, ihn zu beruhigen.
»Kleiner, kleiner Junge, weine doch nicht so!«
»Niemand kann uns unsere Mutter nehmen.« Gaute kam herzu und berührte den Bruder. »Weine nicht so – man kann ihr nichts tun. Jetzt

mußt du aufhören, Munan; du weißt doch, daß wir unsere Mutter schützen werden!«
Kristin saß da und hielt das Kind an sich gedrückt; es war, als habe der Kleine sie mit seinen Tränen erlöst.
Da sagte Lavrans – mit fieberheißen Wangen saß er aufrecht im Bett: »Ja, was wollt ihr tun, Brüder?«
»Wenn die Messe zu Ende ist«, erwiderte Naakkve, »wollen wir zum Pfarrhof gehen und für unseren Pflegevater Bürgschaft anbieten. Das ist das erste, was wir tun wollen – meint ihr nicht auch, ihr Burschen?«
Björgulf, Gaute, Ivar und Skule stimmten zu.
Kristin sagte:
»Ulf hat auf dem Friedhof einen Mann mit der Waffe angegriffen. Und ich muß irgend etwas tun, um ihn und mich von diesen Gerüchten zu befreien, die über uns ausgestreut worden sind. Dies hier sind so ernsthafte Nachrichten, meine Kinder, daß ich meine, ihr jungen Burschen solltet euch mit jemand beraten, was hier zu geschehen hat.«
»Wen meinst du, daß wir um Rat fragen sollten?« fragte Naakkve ein wenig spöttisch.
»Herr Sigurd auf Sundbu ist mein Vetter«, antwortete die Mutter zögernd.
»Da er sich dessen nicht früher erinnert hat«, sagte der junge Mann wie zuvor, »dünkt es mich nicht richtig, daß wir Erlendssöhne bittend zu ihm kommen, nun, da wir in Not sind. Was meint ihr, Brüder? Sind wir auch nicht mündig, so verstehen wir doch die Waffen zu führen, fünfe von uns ...«
»Kinder«, sagte Kristin, »in dieser Sache werdet ihr mit Waffen nichts ausrichten.«
»Das müßt Ihr uns überlassen, Mutter«, entgegnete Naakkve kurz, »jetzt aber meine ich, Ihr solltet uns etwas zu essen geben, Mutter. Und setzt Euch auf Euren gewohnten Platz, des Gesindes halber«, sagte er, als habe er ihr zu befehlen.
Nur mit Mühe konnte sie etwas essen. Sie saß da und überlegte – sie wagte nicht zu fragen, ob ihre Söhne jetzt dem Vater Nachricht senden wollten. Und sie dachte – wie diese Sache wohl weitergehen würde. Sie wußte nicht viel vom Gesetz in solchen Angelegenheiten, es blieb ihr sicher nichts anderes übrig, als diese Gerüchte mit fünf oder elf Eideshelferinnen abzuschwören. Das mußte wahrscheinlich in der Hauptkirche auf Ullinsyn in Vaagaa stattfinden. Dort hatte sie fast auf jedem Großhof Verwandte von der mütterlichen Seite her. Und wenn ihr Eid nicht galt – und sie vor ihnen stehen mußte, ohne sich von dieser schändlichen Anklage reinigen zu können? Ihrem Vater diese Schande anzutun! Er war hier in diesen Tälern nicht einheimisch gewesen, er selbst hatte es zuwege gebracht, sich Ansehen zu verschaffen, ihn hatten alle geehrt. Die wenigen Male, die Lavrans Björgulfssohn auf dem Thing oder in der Volksversammlung eine rechtliche

Sache führte, hatte er stets eine geschlossene Gefolgschaft gehabt. Aber sie wußte, daß ihre Schande auf ihn zurückfallen würde. Ganz plötzlich sah sie, wie einsam ihr Vater dagestanden hatte – trotz allem, einsam und fremd unter den Leuten hier, sooft sie ihm eine Bürde nach der anderen an Sorge und Scham und Verachtung aufgeladen hatte.
Sie hatte nicht geglaubt, daß sie immer noch so empfinden könnte – immer und immer wieder hatte sie gedacht, ihr Herz müsse in blutende Scherben zerbrechen; wiederum war es, als zerspringe es.
Gaute ging auf den Altan hinaus und sah nach Norden.
»Jetzt reiten die Leute von der Kirche heim«, sagte er. »Wollen wir warten, bis sie ein Stückweit gekommen sind?«
»Nein«, antwortete Naakkve. »Sie mögen gerne sehen, daß die Erlendssöhne unterwegs sind. Wir müssen uns jetzt bereitmachen, Brüder. Am besten ist es, ihr setzt Stahlhelme auf.«
Nur Naakkve besaß eine vollständige Rüstung. Den Harnisch ließ er liegen, setzte jedoch den Helm auf, nahm Schild, Schwert und eine lange Lanze. Björgulf und Gaute nahmen die alten Eisenhüte, die die Knaben trugen, wenn sie sich im Fechten übten, Ivar und Skule aber mußten sich mit kleinen Stahlhauben begnügen, ähnlich wie sie die Bauernschar im Kriege noch benutzte. Die Mutter sah dem allem zu. Es zersprengte ihr so seltsam die Brust.
»Mich dünkt es nicht richtig, meine Söhne, daß ihr euch so bewaffnet, um zum Hof des Priesters zu gehen«, sagte sie beklommen. »Ihr dürft den Frieden des Sonntags nicht vergessen, auch nicht die Anwesenheit des Bischofs.«
Naakkve entgegnete:
»Die Ehre ist auf Jörundhof jetzt eine seltene Ware geworden, Mutter, wir müssen sie so teuer kaufen, wie wir sie erhalten können.«
»Nicht du, Björgulf«, bat die Mutter angstvoll, denn der kurzsichtige Knabe hatte eine große Streitaxt ergriffen. »Bedenke, daß du schlecht siehst, mein Sohn!«
»Ach, noch sehe ich so weit, wie diese reicht«, antwortete Björgulf und wog die Axt in der Hand.
Gaute trat an das Bett des kleinen Lavrans und holte das große Schlachtschwert des Großvaters herab, das der Kleine stets an der Wand über seinem Lager hängen haben wollte. Er zog es aus der Scheide und betrachtete es:
»Du mußt mir dein Schwert leihen, Verwandter, ich denke, unser Großvater würde es gewiß gerne sehen, daß es in dieser Sache mit dabei ist.«
Kristin rang die Hände, wie sie so dasaß. Ihr war, als müsse sie schreien – in Qual und äußerstem Grauen, aber auch aus einer Kraft heraus, die stärker war als alle Pein und alles Entsetzen, so wie sie seinerzeit geschrien hatte, als sie diese Männer gebar. Wunden und Wunden und Wunden ohne Zahl hatte sie im Leben empfangen, aber sie wußte jetzt, sie alle waren wieder geheilt – die Narben waren emp-

findlich wie bloßes Fleisch. Das aber wußte sie, verbluten konnte sie nicht – nie hatte sie so gelebt wie jetzt.
Blüten und Blätter waren von ihr abgerissen, aber sie hatte ihre Äste behalten, und sie war nicht gefällt worden. Zum erstenmal, seit sie die Kinder Erlend Nikulaussohns besaß, vergaß sie den Vater ganz und gar und sah nur noch seine Söhne.
Aber die Söhne sahen die Mutter nicht, die bleich, mit starren, weit aufgerissenen Augen dasaß. Munan lag noch auf ihrem Schoß, er hatte sie die ganze Zeit nicht freigegeben. Die fünf Knaben verließen den Dachraum.
Kristin stand auf und trat auf den Altan hinaus. Jetzt kamen sie hinter dem Schuppen zum Vorschein und folgten einer hinter dem anderen dem Weg nach Romundhof, der zwischen den bleichen wogenden Gerstenäckern dahinführte. Die Stahlhauben und Eisenhüte glänzten tot, aber in Naakkves Lanze und in den Speerspitzen der Zwillinge leuchtete die Sonne auf. Kristin blieb stehen und sah den fünf jungen Männern nach. Sie war ihrer aller Mutter.
Drinnen in der Stube brach sie vor der Truhe zusammen, auf der das Marienbildnis stand. Schluchzen zerriß ihren Körper. Munan stimmte mit ein und kroch weinend zur Mutter hin, Lavrans sprang aus dem Bett und warf sich zu ihrer anderen Seite auf die Knie. Sie umfaßte diese beiden jüngsten Söhne.
Als der Kleine gestorben war, fragte sie sich, um was sie beten sollte. Sie fühlte, wie sie hart, kalt, schwer wie Stein dem gähnenden Rachen der Hölle entgegenstürzte. Jetzt strömten die Gebete über ihre Lippen, ohne ihr Zutun, ohne ihren bewußten Willen flutete ihre Seele der Jungfrau und Mutter Maria, der Königin des Himmels und der Erde, entgegen, Rufe der Angst, des Dankes und der Lobpreisung – Maria, Maria, ich besitze so viel, immer noch habe ich unendliche Schätze, die mir geraubt werden können; erbarmungsreiche Mutter, nimm sie in deinen Schutz!
Auf dem Hofplatz von Romundhof standen viele Leute. Als die Erlendssöhne ankamen, fragten einige Bauern, was sie wollten.
»Von euch wollen wir nichts – noch nichts«, antwortete Naakkve und lächelte aufreizend. »Wir haben heute ein Anliegen an den Bischof Magnus. Mag sein, daß wir Brüder später finden werden, wir hätten auch mit euch ein weniges zu sprechen. Heute aber braucht ihr uns nicht zu fürchten.«
Es entstand einige Unruhe, und man vernahm Rufe. Sira Solmund kam heraus und wollte den Knaben den Aufenthalt hier verbieten, da aber ergriffen einige Bauern das Wort und meinten, es müßte ihnen doch erlaubt sein, über die Anklage gegen ihre Mutter Erkundigungen einzuholen. Die Diener des Bischofs kamen heraus und hießen die Erlendssöhne gehen, hier sollte jetzt gegessen werden, und niemand habe Zeit, sie anzuhören. Aber damit waren die Bauern nicht einverstanden.
»Was gibt es hier, gute Leute?« fragte eine starke Stimme über ihnen.

Niemand hatte bemerkt, daß Herr Halvard selbst auf den Altan hinausgetreten war. Jetzt stand er da in seinem veilchenblauen Gewand, mit der roten seidenen Mütze auf dem weißen Haar, groß und mächtig wie ein Fürst. »Wer sind diese jungen Männer?«
Man antwortete ihm, es seien Kristins Söhne auf Jörundhof.
»Bist du der älteste?« wandte der Bischof sich an Naakkve. »Dann will ich mit dir sprechen. Die anderen sollen einstweilen hier im Hof warten.«
Naakkve ging die Stufen zum Oberstockwerk hinauf und folgte dem Bischof in die Stube. Herr Halvard nahm im Hochsitz Platz und betrachtete den jungen Mann, der mit seiner großen Lanze vor ihm stand. »Wie heißt du?«
»Nikulaus Erlendssohn, Herr.«
»Hältst du es für notwendig, so gut bewaffnet zu sein, Nikulaus Erlendssohn«, meinte er mit einem kleinen Lächeln, »um eine Unterredung mit deinem Bischof zu führen?«
Nikulaus errötete tief. Er ging in den Winkel der Stube, legte Waffe und Umhang ab und kehrte zurück. Gesenkten Kopfes und mit bloßem Haar stand er vor dem Bischof und hielt mit der einen Hand das andere Handgelenk umfaßt, in leichter und freier, geziemender und ehrerbietiger Haltung.
Herr Halvard dachte, dieser junge Mann habe Courtoisie und höfische Sitten gelernt. Er konnte auch kein kleines Kind mehr gewesen sein, als der Vater Reichtum und Ehre verlor; er erinnerte sich wohl noch der Zeit, da er der Erbe auf Husaby war. Ein schöner Bursche war er auch, es tat dem Bischof sehr leid um ihn.
»Waren das deine Brüder, alle, die mit dir kamen? Wieviel Erlendssöhne seid ihr?«
»Wir sind sieben, Herr, die leben.«
So viele junge Menschenleben waren in diese Sache mit hineingezogen! Der Bischof stieß unwillkürlich einen Seufzer aus.
»Setz dich, Nikulaus, du willst mit mir wohl wegen dieser Gerüchte sprechen, die über deine Mutter und ihren Verwalter aufgekommen sind?«
»Dank, würdiger Herr, ich will lieber vor Euch stehen.«
Nachdenklich betrachtete der Bischof den jungen Mann. Dann sagte er langsam:
»Es verhält sich so, Nikulaus: mir fällt es schwer zu glauben, daß es wahr sei, was man sich von Kristin Lavranstochter erzählt. Und ein Recht, sie der Hurerei anzuklagen, hat niemand außer ihrem Gemahl. Hier aber kommt noch die Verwandtschaft zwischen deinem Vater und diesem Ulf hinzu und der Umstand, daß Ulf dein Got ist. Und Jardtrud hat ihre Klage in einer Weise vorgebracht, daß vieles zur Unehre deiner Mutter ausgelegt werden muß. – Weißt du, ob es sich so verhält, wie sie sagt, daß er sie oft geschlagen und daß er ihr Bett seit bald einem Jahr gemieden habe?«

»Ulf und Jardtrud lebten nicht gut zusammen; unser Pflegevater war nicht jung, als er sich verheiratete, und ein wenig harten Sinnes und heftig mag er wohl sein. Gegen uns Brüder und gegen Vater und Mutter ist er allezeit der getreueste Freund und Verwandte gewesen. Dies ist die erste Bitte, die ich Euch, lieber Herr, vorzutragen gedacht habe: daß Ihr, wenn überhaupt eine Möglichkeit dafür besteht, Ulf gegen Bürgschaft auf freien Fuß setzen möchtet.«

»Du bist noch nicht mündig?« fragte der Bischof.

»Nein, Herr, aber meine Mutter ist willig, jede Bürgschaft zu leisten, die Ihr fordern mögt.«

Der Bischof schüttelte den Kopf.

»Aber mein Vater ist der gleichen Meinung, das weiß ich gewiß. Ich gedenke nun, gleich von hier weg zu ihm hinaufzureiten und ihm zu melden, was sich hier zugetragen hat. Wenn Ihr ihm dann morgen eine Unterredung gewähren wolltet ...«

Der Bischof legte seine Hand ans Kinn, saß da und rieb sich mit dem Daumen die Bartwurzeln, so daß es leise raschelte.

»Setze dich, Nikulaus«, sagte er. »Dann reden wir besser.« Naakkve verneigte sich dankend und nahm Platz. »Aber es ist doch wahr, daß Ulf sich geweigert hat, mit seinem Weibe zusammen zu leben?« fragte er, als erinnere er sich auf einmal wieder dieser Sache.

»Ja, Herr. Soviel ich weiß ...« Der Bischof mußte lächeln, und dann lächelte auch der junge Mann ein wenig. »Ulf hat seit vergangenen Weihnachten mit uns Brüdern oben im Dachraum geschlafen.«

Der Bischof dachte wieder eine Weile nach: »Und das Essen – wo bekam er sein Essen?«

»Er ließ sich von seiner Frau Mundvorrat mitgeben, wenn er in den Wald hinaus oder sonst vom Hof fort mußte.« Naakkves Miene wurde etwas unsicher. »Hierüber herrschte ein wenig Uneinigkeit – Mutter meinte, es sei am besten, er bekäme sein Essen wieder bei uns, wie er es vor seiner Heirat gehabt habe. Ulf wollte das nicht, er sagte, man würde darüber reden, wenn sie jetzt die Verabredung wieder änderten, die Vater und er miteinander trafen, als er seinen eigenen Hausstand gründete – wegen der Waren, die er vom Hof für seinen Hausstand bekommen sollte, dünkte es ihn unrecht, daß die Mutter ihn wieder verköstigen wollte. Aber es wurde so gehalten, wie Mutter wollte, Ulf saß mit uns am Tisch, und alles andere sollte später abgerechnet werden.«

»Hm, deine Mutter steht sonst in dem Ruf, sehr genau auf ihre Sachen aufzupassen und eine sehr tüchtige und sparsame Frau zu sein.«

»Nicht mit dem Essen«, sagte Naakkve eifrig. »Das kann jeder Mensch bezeugen, jeder Knecht und jede Magd, die bei uns auf dem Hof gedient haben; mit Speise und Trank ist die Mutter die freigebigste Frau. Und in diesem Punkt ist sie jetzt nicht anders als früher, da wir reich waren; nie ist sie froher, als wenn sie einige Leckereien auf ihren Tisch auftragen kann, und sie rechnet alles so reichlich, daß jeder vom

Gesinde bis hinunter zum Schweinehüter und zu den Hausarmen sein Teil an den guten Sachen bekommt.«
»Hm«, der Bischof saß in Gedanken da. »Du sprachst davon, daß du deinen Vater holen wolltest?«
»Ja, Herr. Etwas anderes würde wohl unrichtig sein?« Der Bischof antwortete nicht, da fuhr Naakkve fort: »Wir sprachen in diesem Winter mit unserem Vater – mein Bruder Gaute und ich –, wir sprachen auch darüber, daß die Mutter ein Kind erwarte. Aber wir bemerkten nichts und hörten auch kein Wort aus seinem Munde, das darauf hätte schließen lassen, er zweifle daran, daß die Mutter ihm so treu sei wie Gold, oder daß er sich wundere. Aber unser Vater hat sich in Sil nie wohl gefühlt, er wollte auf seinem eigenen Hof in Dovre wohnen, und die Mutter war im vergangenen Sommer eine Zeitlang bei ihm. Er war böse, weil sie nicht bei ihm bleiben und ihm das Haus führen wollte; er meinte, sie sollte Gaute und mich Jörundhof betreiben lassen und selbst nach Haugen ziehen.«
Bischof Halvard rieb und rieb sich sein Kinn und betrachtete den jungen Mann.
Was für ein Mann Erlend Nikulaussohn auch sein mochte, er konnte doch schließlich nicht so erbärmlich sein, seine Frau vor ihren jungen Söhnen der Hurerei anzuklagen.
So vieles auch gegen Kristin Lavranstochter zu sprechen schien, er glaubte es dennoch nicht. Als sie leugnete, etwas davon gewußt zu haben, daß man sie wegen Ulf Haldorssohn im Verdacht hatte, war sie ihm ehrlich erschienen. Obgleich er sich erinnerte, daß dieses Weib schon früher einmal schwach gewesen war, als Fleischeslust lockte. – Mit häßlichen Schlichen hatten sie sich Lavrans' Einverständnis erzwungen, sie und dieser Mann, mit dem sie nun in Uneinigkeit lebte.
Als die Rede auf den Tod des Kindes gekommen war, hatte er sofort gesehen, daß ihr das Gewissen schlug. Aber selbst, wenn sie ihr Kind vernachlässigt hatte, konnte man sie um dieser Sache willen nicht vor das Gericht der Menschen zerren. Das mußte sie nach dem Gebot ihres Beichtvaters vor Gott büßen. Und es war doch möglich, daß das Kind von ihrem Mann stammte, selbst wenn sie es schlecht gepflegt hatte. Große Freude konnte sie unmöglich darüber empfunden haben, daß sie nun wieder mit einem Säugling dasitzen sollte, bejahrt, wie sie war, von ihrem Mann verlassen, mit sieben Söhnen schon, in viel schlechteren Verhältnissen, als ihnen von Geburt zustanden. Es wäre unvernünftig gewesen, zu erwarten, daß sie dieses Kind so sehr geliebt hätte.
Er glaubte nicht, daß sie eine ungetreue Frau war. Obgleich Gott allein wußte, was er alles in den vierundzwanzig Jahren, die er Priester und Beichtvater gewesen war, gehört und erfahren hatte. Aber er glaubte ihr. –
Erlend Nikulaussohns Betragen in dieser ganzen Sache aber vermochte er nur auf eine Art zu deuten. Dieser hatte sich nicht nach seiner Frau

erkundigt, als sie das Kind erwartete, auch nicht, als es geboren wurde, und nicht, als es starb. Er mußte glauben, daß er nicht der Vater sei. – So blieb also nur die Frage übrig, wie der Mann handeln würde. Ob er dennoch hervortreten und seine Frau verteidigen würde, um ihrer sieben Söhne willen? – So würde ein ehrenhafter Mann handeln. Oder ob er nun, da diese Gerüchte laut besprochen worden waren, sie anklagen würde? Nach allem, was der Bischof über Erlend von Husaby gehört hatte, glaubte er sich nicht unbedingt darauf verlassen zu können, daß der Mann dies nicht tun würde.

»Wer sind die nächsten Verwandten und Schwäger deiner Mutter?« fragte er wiederum.

»Jammaelt Halvardssohn auf Aelin ist mit ihrer Schwester verheiratet, der Witwe Simon Darres auf Formo. Dann hat sie einen Vetter, Ketil Aasmundssohn auf Skog, und eine Base, seine Schwester Ragna, die Sigurd Kyrning hat. Ivar Gjesling auf Ringheim und sein Bruder Haavard Trondssohn sind Söhne ihrer Muhme. Aber sie alle wohnen weit weg von hier.«

»Aber Herr Sigurd Eldjarn auf Sundbu – deine Mutter und er sind doch Geschwisterkinder. In einer solchen Sache muß doch der Ritter vortreten und seine Verwandte schützen, Nikulaus! Du mußt noch heute zu ihm reiten und ihn davon benachrichtigen, mein Freund.«

Zögernd antwortete Naakkve:

»Würdiger Herr, es hat wenig Freundschaft zwischen ihm und uns bestanden. Und ich glaube nicht, Herr, daß es der Angelegenheit unserer Mutter förderlich sein würde, wenn dieser Mann für sie einträte. Erlend Eldjarns Sippe ist hier in den Tälern nicht beliebt. Nichts schadete meinem Vater im Urteil der Leute mehr als der Umstand, daß die Gjeslinger sich ihm bei jenem Plan verbunden hatten, der uns um Husaby brachte, während sie Sundbu verloren.«

»Ja, Erlend Eldjarn«, der Bischof lachte ein wenig. »Ja, er hatte die Gabe, sich mit den Leuten schlecht zu vertragen; er lag mit allen seinen Verwandten hier im Norden im Streit. Dein Großvater, der ein frommer Mann war und sich nicht scheute, nachzugeben, wenn Frieden und Einigkeit zwischen den Verwandten dadurch erhalten werden konnten, auch er hatte hierin kein besseres Glück, er und Erlend Eldjarn wurden die erbittertsten Feinde.«

»Ja«, Naakkve mußte ein wenig lachen. »Und doch handelte es sich nicht um große Dinge – zwei Laken mit Spitzen und ein blaugesäumtes Handtuch; die ganze Geschichte war in Geld auf zwei Mark geschätzt worden. Aber die Großmutter hatte ihrem Mann ans Herz gelegt, daß er diese Sachen bei der Erbteilung unbedingt an sich nehmen müsse, und Gudrun Ivarstochter hatte ebenfalls zu ihrem Mann davon gesprochen. Schließlich nahm Erlend Eldjarn sie an sich und versteckte sie in seinem Reisesack, aber Lavrans holte sie wieder heraus; er glaubte das meiste Recht zu haben, denn es war Ragnfrid gewesen, die diese Dinge verfertigt hatte, als junges Mädchen daheim auf Sundbu. Als aber Erlend dies gewahr wurde, schlug er den Großvater ins Gesicht, und da nahm ihn der Großvater und warf ihn dreimal zu Boden und schüttelte ihn, wie man ein Fell ausschüttelt. Seit der Zeit sprachen sie nie mehr ein Wort miteinander – und das alles nur um dieser Fetzen willen – unsere Mutter hat sie daheim in ihrer Truhe aufbewahrt –«

Der Bischof lachte herzlich. Er kannte diese Sache recht gut, es hatte den Leuten seinerzeit viel Vergnügen bereitet, daß die Männer der Ivarstöchter sich so eifrig bestrebten, es ihren Frauen recht zu machen. Immerhin hatte der Bischof erreicht, was er wollte – die Gesichtszüge des jungen Mannes waren zu einem Lächeln aufgetaut, der wachsame ängstliche Ausdruck war für eine Weile aus den schönen blaugrauen Augen gewichen. Da lachte Herr Halvard noch lauter:

»Doch, Nikulaus, sie sprachen noch einmal miteinander, und da stand ich dabei. Das war in Oslo, beim Weihnachtsgelage, in dem Jahre, ehe die Königin, Frau Eufemia, starb. Mein seliger Herr König Haakon sprach mit Lavrans – er war nach Süden gekommen, seinen Herrn zu begrüßen und ihm seine getreue Gesinnung zu zeigen –, der König sprach darüber, daß diese Feindschaft zwischen den Männern zweier Schwestern unchristlich und die Art kleiner Leute sei. Lavrans ging dorthin, wo Erlend mit einigen anderen Männern aus dem Königsgefolge stand, bat ihn freundlich, zu verzeihen, daß er sich habe hinreißen lassen, und erklärte sich bereit, die Sache mit liebevollen Grüßen von Bruder und Schwester an Frau Gudrun zu senden. Erlend antwortete, er wolle sich aussöhnen, wenn Lavrans vor den Männern, die rings um sie standen, von sich selber erklären wolle, daß er bei dieser Erbteilung nach dem Tode ihres Schwiegervaters wie ein Dieb und Räuber vorgegangen sei. Da drehte Lavrans sich auf dem Absatz herum und ging weg – und das, glaube ich, war das letztemal, daß die Schwäger Ivar Gjeslings einander auf Erden begegneten«, schloß der Bischof und lachte laut.

»Aber höre jetzt auf mich, Nikulaus Erlendssohn«, sagte er und legte die Hände zusammen. »Ich weiß nicht, ob es klug ist, deinen Vater so schnell hierherzuholen – oder diesen Ulf Haldorssohn auf freien Fuß zu setzen. Reinwaschen *muß* sich deine Mutter, so dünkt mich, da nun das Gerede über ihr angebliches Verfehlen so laut geworden ist. Aber glaubst du, daß es Kristin leicht werden wird, die Frauen zu finden, die mit ihr den Eid leisten wollen, so wie die Dinge jetzt stehen?«

Nikulaus blickte zum Bischof auf – seine Augen wurden unsicher und erschrocken.

»Warte einige Tage, Nikulaus! Dein Vater und Ulf sind eingewanderte Männer und wenig beliebt – Kristin und Jardtrud stammen beide aus dem Tal –, aber Jardtrud stammt doch von viel weiter drunten im Süden des Tales, deine Mutter aber ist eine von den eigenen Leuten hier. Und das habe ich gemerkt, Lavrans Björgulfssohn ist vom Volk noch nicht vergessen worden. Es sieht fast so aus, als hätten die Leute sie züchtigen wollen, weil sie ihrer Ansicht nach eine schlechte Tochter war, aber schon jetzt erkenne ich, daß viele einsehen, wie schlecht sie dem Vater dienten, indem sie über sein Kind solche Gerüchte aufbrachten. – Sie schämen sich und bereuen und werden bald von Herzen wünschen, daß Kristin imstande sein möge, sich zu reinigen. Und vielleicht wird es herzlich wenig sein, dessen Jardtrud sie anklagen kann, wenn wir erst einmal in ihrem Sack nachforschen. Würde aber ihr Mann hier umhergehen und die Leute gegen sich aufreizen ...«

»Herr«, sagte Naakkve und blickte zum Bischof auf: »Vergebt mir, wenn ich es ausspreche, aber dies sagt mir wenig zu. Glaubt Ihr, wir sollen nichts für unseren Pflegevater unternehmen, und wir sollen meinen Vater nicht holen, damit er jetzt an der Seite unserer Mutter stehe?«

»Trotzdem bitte ich dich, mein Sohn«, sagte Bischof Halvard, »meinen Rat anzunehmen. Wir wollen uns nicht damit übereilen, Erlend Nikulaussohn hierherzuholen. Aber ich will an Herrn Sigurd auf Sundbu einen Brief schreiben lassen, daß er sofort hierher komme. – Was ist das!«

Er erhob sich und trat auf den Altan hinaus.

Nahe an der Hauswand standen Gaute und Björgulf Erlendssöhne, und mehrere der Diener des Bischofs drangen mit Waffen auf sie ein. Björgulf streckte einen von ihnen mit einem Axthieb zu Boden, in dem Augenblick, da der Bischof und Naakkve heraustraten. Gaute verteidigte sich mit dem Schwert, einige Bauern hielten Ivar und Skule fest, während andere einen Verwundeten fortführten. Sira Solmund stand ein wenig abseits und blutete aus Mund und Nase.

»Ruhe hier!« rief Herr Halvard. »Werft eure Waffen weg, ihr Erlendssöhne.« Er ging auf den Hofplatz hinunter und trat zu den jungen Männern, die sofort gehorcht hatten. »Was soll das heißen?«

Sira Solmund trat vor, verbeugte sich und sagte:

»Das soll heißen, würdiger Vater, daß Gaute Erlendssohn den Frieden des Sonntags gebrochen und mich, seinen Kirchspielpriester, geschlagen hat, wie Ihr hier sehen könnt!«

Da trat ein älterer Bauer hervor, grüßte den Bischof und ergriff das Wort:

»Würdiger Herr, der Knabe wurde schwer gereizt. Der Priester sagte solche Dinge über seine Mutter, daß man kaum erwarten konnte, Gaute würde dies ruhig anhören.«

»Schweig du, mein Priester – ich kann nicht mehr als einen von euch verstehen«, sagte Herr Halvard ungeduldig, »sprich, Olav Trondssohn.«

Olav Trondssohn sagte:

»Der Priester versuchte die Erlendssöhne aufzureizen, Björgulf und Gaute antworteten ihm, ziemlich besonnen. Gaute erwähnte auch, was wir alle wissen, daß Kristin im vergangenen Sommer einige Zeit bei ihrem Mann auf Dovre war und daß es damals gezeugt wurde, das

arme kleine Kind, um das aller dieser Lärm entstanden ist. Darauf sagte der Priester, auf Jörundhof seien die Leute doch stets so gelehrt gewesen – Kristin kenne gewiß die Sage von König David und Frau Bathseba –, Erlend Nikulaussohn aber sei vielleicht ebenso schlau gewesen wie der Ritter Urias.«
Der Bischof wurde so blaurot im Gesicht wie sein eigenes Gewand. Seine schwarzen Augen funkelten.
Eine Weile betrachtete er Sira Solmund. Aber er richtete das Wort nicht an ihn.
»Du weißt wohl, Gaute Erlendssohn, daß du dich mit dieser Tat selbst zu einem Übeltäter gemacht hast?« sagte er. Dann gab er den Befehl, die Erlendssöhne nach Jörundhof heimzugeleiten. Zwei seiner Diener und vier Bauern, die der Bischof unter den würdigsten und verständigsten auswählte, sandte er mit, um sie zu bewachen.
»Auch du mußt jetzt gehen, Nikulaus«, sagte er zu Naakkve, »und dich ruhig verhalten. Deine Brüder haben ihrer Mutter nicht genützt, aber ich verstehe, daß sie schwer gereizt wurden.«
In seinem Herzen meinte der Hamar-Bischof, daß die Söhne der Sache ihrer Mutter wohl kaum geschadet hätten. Er hatte gesehen, daß es bereits viele gab, die jetzt anders über die Frau auf Jörundhof dachten, als sie noch an diesem Morgen getan hatten, da Kristin selber den Becher zum Überlaufen brachte, indem sie mit Ulf Haldorssohn zur Kirche kam und ihn als Firmpaten für ihren Sohn auserwählt hatte. Einer von diesen Leuten war Kolbein Jonssohn – und so setzte Herr Halvard ihn als Obersten über die Wachmannschaft.

Naakkve ging zuerst in die Stube im Oberstockwerk, wo Kristin auf dem Bett bei Lavrans saß, mit Munan auf dem Schoß. Er berichtete ihr, was sich zugetragen hatte, legte jedoch viel Gewicht darauf, daß der Bischof sie für unschuldig hielt und daß er auch meinte, die jüngeren Brüder seien zu ihrer Gewalttat sehr aufgereizt worden. Er riet der Mutter ab, selbst hinzugehen und den Bischof aufzusuchen.
Nun wurden die vier Brüder hereingeführt. Die Mutter blickte sie an, sie war bleich und ihr Blick seltsam. Mitten in Angst und tiefer Verzweiflung weitete ihr Herz sich wieder so seltsam schwellend, trotzdem sagte sie ruhig zu Gaute:
»Schlimmes hast du jetzt angerichtet, mein Sohn, und es ist wenig Ehre für Lavrans Björgulfssohns Schwert, daß du es gegen einen Bauernhaufen zogst, der dastand und Gerüchte wiederkäute.«
»Zuerst zog ich es gegen die Bewaffneten des Bischofs«, sagte Gaute böse. »Aber es ist richtig, es war nur wenig Ehre für unseren Muttervater dabei, daß es sich als notwendig erwies, in einer solchen Sache die Waffe zu ziehen.«
Kristin betrachtete ihren Sohn. Dann mußte sie sich abwenden; sosehr seine Worte sie auch schmerzten, mußte sie doch lächeln – wie wenn das Kind seine Milchzähne in die Brust der Mutter gräbt, dachte sie.

»Mutter«, sagte Naakkve, »ich glaube, es ist jetzt am besten, Ihr geht und nehmt Munan mit Euch. – Ihr dürft ihn jetzt keinen Augenblick allein lassen, ehe es ihm nicht besser geht«, sagte er leise. »Achtet darauf, daß er im Haus bleibt, damit er nicht sieht, daß seine Brüder bewacht werden.«
Kristin stand auf:
»Meine Söhne – wenn ihr meint, ich sei dessen nicht unwürdig, so möchte ich euch bitten, mich zu küssen, ehe ich von hier fortgehe.«
Naakkve, Björgulf, Ivar und Skule kamen zu ihr und küßten ihre Mutter.
Gaute, der Täter, sah die Mutter traurig an; als sie ihm die Hand zum Kuß hinhielt, ergriff er einen Zipfel ihres Ärmels und küßte ihn.
Alle fünf, sogar auch Gaute, waren jetzt größer als sie, das sah Kristin. Sie machte sich ein wenig an Lavrans' Bett zu schaffen und ging dann mit Munan hinaus.

Auf Jörundhof gab es vier Häuser mit einem Oberstockwerk: das Haus mit der Halle, die Neustube, die in Kristins Kindheit die Sommerstube gewesen war, ehe Lavrans das große Haus errichtet hatte, die Altstube und der Salzschuppen, über dem sich ebenfalls ein Dachraum befand; dort schliefen im Sommer die Mägde.
Kristin begab sich mit Munan in die Neustube; dort schliefen jetzt die beiden seit dem Tod des kleinen Kindes. Sie ging auf und ab, als Frida und Gunhild die Abendgrütze brachten. Kristin befahl Frida, dafür zu sorgen, daß die Wachmannschaft Bier und Essen bekäme. Die Magd antwortete, das sei bereits geschehen – auf Naakkves Geheiß –, aber die Männer hätten gesagt, sie wollten nichts von der Hausfrau entgegennehmen, da sie doch in einer solchen Angelegenheit auf ihrem Hof seien. Sie hätten sich schon Essen und Trinken von anderer Seite her besorgt.
»Trotzdem müßt ihr ihnen doch eine kleine Tonne Bier hinstellen«, sagte Kristin.
Gunhild, die Jungmagd, war gänzlich verweint:
»Keiner von deinem ganzen Gesinde glaubt das von dir, Kristin Lavranstochter, dessen darfst du sicher sein; wir sagten stets, daß wir das alles nur für Lüge hielten.«
»Ihr habt also das Gerede gehört«, sagte die Hausfrau. »Es wäre besser gewesen, ihr hättet mir etwas davon gesagt.«
»Wir wagten es nicht um Ulfs willen«, sagte Frida, und Gunhild fügte weinend hinzu:
»Er befahl uns drohend, es dir zu verschweigen – ich dachte oft, daß ich es dir hätte sagen und dich hätte bitten sollen, vorsichtiger zu sein –, wenn du oft noch bis tief in die Nacht hinein aufbliebst und dich mit Ulf unterhieltest.«
»Ulf – er hat es also gewußt?« fragte Kristin leise.
»Jardtrud hat ihn deshalb schon lange beschuldigt; das war wohl der

Grund, weshalb er sie schlug, und eines Abends, jetzt zu Weihnachten, um die Zeit, da du anfingst dick zu werden – wir saßen gerade bei ihnen in der Verwalterstube und tranken, Solveig und Öivind waren da und noch einige andere Leute südlich aus dem Tal –, da sagte Jardtrud zu ihm, daß er die Schuld daran trüge. Ulf schlug sie mit seinem Gürtel so hart, daß die Spange sie blutig riß. Von da ab jedoch ging Jardtrud umher und sagte, Ulf habe es nicht mit einem Wort abgeleugnet.«

»Und seit der Zeit ist dieses Gerede im Tal aufgekommen?« fragte Kristin.

»Ja, aber wir alle von deinem Hof haben stets widersprochen«, versicherte Gunhild weinend.

Um den Knaben zu beruhigen, mußte Kristin sich jetzt zu ihm aufs Bett legen und ihn in ihren Arm nehmen, aber sie kleidete sich nicht aus, und sie fand in dieser Nacht auch keinen Schlaf.

Unterdessen aber war der Knabe Lavrans in der Stube im Oberstockwerk aufgestanden und hatte sich angekleidet. Und gegen Abend, als Naakkve hinunterging, um bei der Arbeit im Kuhstall zu helfen, verließ er das Haus und trat in den Pferdestall. Dort sattelte er den roten Wallach, der Gaute gehörte. Es war das beste Pferd nach dem Hengst, den aber wagte er nicht zu reiten.

Einige der Männer, die auf dem Hof die Wache hielten, kamen herbei und fragten den Knaben, wohin er wolle.

»Ich weiß nichts davon, daß ich Gefangener bin«, antwortete Lavrans. »Aber ich will es euch auch nicht verbergen; ihr könnt es mir doch nicht verwehren, nach Sundbu zu reiten und den Ritter hierherzuholen, damit er seine Verwandte verteidigt.«

»Es wird bald dunkel, Junge«, sagte Kolbein Jonssohn. »Wir können es doch nicht zulassen, daß dies Kind zur Nachtzeit durchs Gebirge reitet. Wir müssen mit der Mutter sprechen.«

»Nein, tut das nicht«, sagte Lavrans, um seinen Mund bebte es ein wenig. »Der Auftrag, in dem ich reite, ist von solcher Art, daß ich auf Gott und die Jungfrau Maria vertraue, sie werden meinen Weg schützen, wenn meine Mutter schuldlos ist. Und wenn nicht, ist es ohnehin gleichgültig ...« Er brach ab, denn er war dem Weinen nahe.

Kolbein blieb stehen. Er betrachtete das schöne Kind mit den hellen Haaren:

»So reite denn – und Gott sei mit dir, Lavrans Erlendssohn«, sagte er und wollte dem Knaben in den Sattel helfen.

Aber Lavrans führte sein Pferd so, daß die Männer zur Seite weichen mußten. Er stieg auf den großen Stein beim Zaungatter und warf sich von dort auf den Rücken des Fuchses, dann sprengte er in der Richtung des Weges nach Vaagaa davon.

Lavrans war so scharf geritten, daß sein Pferd schäumte, als er zu der Stelle kam, von der aus, wie er wußte, ein Steig durch das Geröll und zwischen den Felsen hindurchführte, die überall auf der Nordseite des Siltales jäh abstürzten. Er wußte, daß er noch vor Einbruch der Dunkelheit auf der Hochebene oben sein mußte. Er kannte sich nicht aus in diesem Gebirge zwischen Vaagaa, Sil und Dovre, aber der Wallach war hier einen Sommer lang auf der Weide gewesen, und er hatte Gaute viele Male nach Haugen getragen, allerdings auf anderen Wegen.
Lavrans beugte sich vor und klopfte den Hals des Tieres:
»Du mußt nach Haugen finden, Fuchs, mein Sohn, du mußt mich heute nacht zum Vater bringen, Fola, nicht?«
Kaum war er auf der Höhe des Gebirges angelangt und saß wiederum im Sattel, nahm die Dunkelheit rasch zu. Er ritt durch ein mooriges kleines Gebirgstal dahin. Zur Begleitung hatte er unendlich viele kleine Felskuppen, die gegen den immer dunkler werdenden Himmel abstachen. An den Hängen des Tales standen Birkenhaine, und die Stämme leuchteten weiß; alle Augenblicke schlugen nasse Zweige gegen die Brust des Pferdes und in das Gesicht des Knaben. Steine lösten sich unter den Hufen und rollten den Hang hinunter bis an die tiefste Stelle des Gebirgstales, dann watete der Gaul durch weichen Grund. Der Fuchs fand seinen Weg in der Dunkelheit, hangauf, hangab, und der Bach rauschte einmal näher, einmal ferner. Einmal schrie irgendein Tier in der Gebirgsnacht, aber Lavrans konnte nicht unterscheiden, was für ein Tier es war, und der Wind sauste und sang, stärker und schwächer.
Das Kind hielt den Speer so, daß die Spitze zwischen den Ohren des Tieres herauslugte. In dem Tal hier sollte es Bären geben. Lavrans fragte sich, wann es wohl enden würde. Ganz leise begann er in die Dunkelheit hinauszusummen. Kyrie eleison, Christeleison, Kyrie eleison, Christeleison . . .
Der Fuchs durchschritt plätschernd eine seichte Stelle in einem Gebirgsbach. Der sternenübersäte Himmel erweiterte sich, die Felskuppen standen ferne gegen die nächtliche Dunkelheit, und der Wind sang in diesem freieren Raum in einem anderen Ton. Der Knabe ließ das Pferd nach dessen eigenem Willen gehen und summte alles vor sich hin, was ihm von dem Hymnus »Jesus Redemptor omnium – Tu lumen et splendor patris . . .« in den Kopf kam, und zwischenhinein streute er ein Kyrieeleison. Jetzt ritt er in beinahe südlicher Richtung, er konnte das an den Sternen erkennen, wollte jedoch nur dem Pferd vertrauen und ihm seinen Willen lassen, er wagte es nicht anders. Nun ritt er über Felsplatten, auf denen das Rentiermoos bleich schimmerte. Der Fuchs blieb eine Weile stehen, schnaubte und spähte in die Nacht hinaus. Lavrans sah, daß der Himmel sich im Osten erhellte. Dort drüben quollen silbern gesäumte Wolken auf. Das Pferd setzte sich jetzt wieder

in Bewegung, nun in genauer Richtung des Mondaufgangs. Es mußte noch etwa eine Stunde bis Mitternacht sein, soviel der Knabe wußte.
Als der Mond klar hinter den fernen Bergen aufging, mit so hellem Licht, daß der Neuschnee auf den Höhen aufleuchtete und daß die treibenden Nebelfetzen in Schluchten und Klüften weiß schimmerten, kannte Lavrans sich im Gebirge wieder aus. Er war jetzt auf den Hochflächen unter den Blaubergen.
Bald darauf fand er den Steig, der ins Tal hinunter führte. Und drei Stunden später kam der Fuchs hinkend auf dem vom Mond erhellten Hofplatz auf Haugen an. Als Erlend die Tür öffnete, sank der Knabe bewußtlos über die Schwelle.
Einige Zeit später erwachte Lavrans in einem Bett zwischen schmutzigen, stinkenden Fellen. Eine Kienfackel, die in eine Balkenritze dicht daneben eingeklemmt war, verbreitete Licht. Der Vater stand über ihn gebeugt und befeuchtete sein Gesicht; er war nur halb angekleidet, und der Knabe sah in dem flackernden Licht, daß sein Haar völlig grau war.
»Mutter . . .«, sagte der kleine Lavrans und blickte auf.
Erlend wandte sich ab, so daß der Sohn sein Gesicht nicht sehen konnte. »Ja«, sagte er nach einer Weile fast unhörbar. »Ist deine Mutter – hat sie – ist deine Mutter – krank?«
»Ihr müßt sofort heimkommen, Vater, und sie befreien – jetzt klagt man sie des Allerschlimmsten an –, man hat Ulf und sie und meine Brüder gefangengenommen, Vater!«
Erlend befühlte das heiße Gesicht und die Hand des Knaben; das Fieber hatte wieder zugenommen: »Was sagst du da?« Aber Lavrans setzte sich aufrecht und erzählte ziemlich zusammenhängend alles, was sich am Tag zuvor daheim zugetragen hatte. Schweigend hörte der Vater ihm zu, aber nachdem der Knabe eine Weile erzählt hatte, begann er sich fertig anzukleiden; er zog die Stiefel an und schnallte die Sporen fest. Dann holte er Milch und etwas zu essen und brachte es dem Kinde.
»Aber du kannst nicht allein hier in der Stube bleiben, wenn ich weg bin, mein Junge; ich muß dich erst zu Aslaug bringen, ehe ich hinunterreite.«
»Vater«, Lavrans umfaßte seinen Arm, »nein – ich will mit Euch heimkommen.«
»Du bist ja krank, mein kleiner Sohn«, sagte Erlend, und der Knabe konnte sich nicht erinnern, je einen so zärtlichen Ton in der Stimme seines Vaters gehört zu haben.
»Nein, Vater – ich will mit Euch heim zur Mutter – ich will zu meiner Mutter heim.« Jetzt weinte er wie ein kleines Kind.
»Der Fuchs hinkt ja, Lavrans.« Erlend nahm den Sohn auf seinen Schoß, vermochte jedoch das Kind nicht zu beruhigen. »Und du bist so müde. Ja, ja«, sagte er schließlich, »Ruß trägt uns wohl alle beide.«
»Du darfst nicht vergessen«, sagte er, als er den Kastilier herausgeführt, statt seiner den Fuchs in den Stall gebracht und für diesen ge-

sorgt hatte, »daß jemand hierher reiten und sich deines Pferdes annehmen muß – und auch meiner Sachen.«
»Bleibt Ihr jetzt daheim, Vater?« fragte Lavrans erfreut.
Erlend blickte vor sich hin.
»Ich weiß nicht, aber es ist mir, als käme ich hierher nie wieder.«
»Wollt Ihr Euch nicht stärker bewaffnen, Vater?« fragte der Knabe wiederum, denn Erlend hatte außer seinem Schwert nur eine ziemlich leichte und kleine Axt ergriffen und wollte jetzt die Stube verlassen. »Wollt Ihr nicht einmal den Schild mitnehmen?«
Erlend betrachtete seinen Schild. Die Rindshaut darauf hatte so viele Schrammen und Risse, daß der rote Löwe in dem weißen Feld beinahe nicht mehr zu sehen war. Da legte er ihn hin und breitete die Decke wieder darüber.
»Ich bin gut genug ausgerüstet, um einen Bauernhaufen von meinem Hof zu jagen«, sagte er. Er ging hinaus, verschloß die Stubentür, stieg aufs Pferd und half dem Knaben, sich hinter ihn zu setzen.
Der Himmel bewölkte sich immer mehr und mehr; als sie den Hang ein Stück weiter hinuntergekommen waren, wo der Wald ganz dicht stand, ritten sie im Dunkeln. Erlend merkte, sein Sohn war so müde, daß er sich kaum festzuhalten vermochte. Da nahm er Lavrans vor sich aufs Pferd und hielt ihn in seinem Arm. Der junge blonde Knabenkopf lehnte sich an seine Brust – Lavrans glich von allen Kindern am meisten der Mutter. Erlend küßte ihn auf den Scheitel, während er ihm die Kapuze zurechtrückte.
»War sie sehr traurig, deine Mutter, als das kleine Kind im Sommer starb?« fragte er einmal ganz leise. – Lavrans antwortete: »Sie weinte nicht, nachdem er tot war. Aber sie ging jede Nacht zum Kirchhof hinauf. Gaute und Naakkve pflegten ihr zu folgen, wenn sie fortging, aber sie wagten nicht, sie anzusprechen, ebensowenig wagten sie die Mutter sehen zu lassen, daß sie von ihnen bewacht wurde.«
Nach einer Weile sagte Erlend: »Sie weinte nicht. Ich erinnere mich der Zeit, als deine Mutter jung war, da weinte sie so leicht, wie der Tau von den Weiden am Bach herunterträufelt. Sie war so sanft und weich, Kristin, wenn sie sich bei Leuten befand, von denen sie glaubte, daß sie ihr wohlwollten. Später mußte sie lernen, härter zu werden, und meistens war wohl ich die Ursache dazu.«
»Gunhild und Frida sahen«, sagte Lavrans, »daß unsere Mutter die ganze Zeit, solange unser jüngster Bruder lebte, stets weinte, wenn sie glaubte, daß niemand es sähe.«
»Gott steh mir bei«, sagte Erlend leise. »Ich bin ein unkluger Mann gewesen.«
Sie ritten auf dem Talgrund dahin und hatten den Wind im Rücken. Erlend hüllte den Knaben so gut wie nur möglich in seinen Umhang ein. Lavrans war nahe am Einschlafen; er spürte, daß sein Vater den Geruch eines armen Mannes an sich hatte. Und deutlich entsann er sich aus seiner frühen Kindheit, als sie noch auf Husaby waren, wie der

Vater an den Samstagen aus der Badestube kam und dann stets ein paar Kugeln in der Hand hatte. Die rochen so gut, und der feine süße Duft haftete den ganzen Sonntag über in seinen Kleidern und an seinen Handflächen.

Erlend ritt gleichmäßig und rasch dahin. Hier unten auf der Talsohle war es ganz dunkel. Ohne daran zu denken, wußte er doch jederzeit, wo er sich befand; er kannte den wechselnden Ton im Flußrauschen, wenn das Wasser gleichmäßig dahinzog oder über Felsstufen herabstürzte. Der Weg führte über Klippen, von denen die Funken unter den Pferdehufen aufstoben. Sicheren und leichten Fußes schritt das Tier zwischen dicken Kiefernwurzeln dahin, dort, wo der Pfad durch dichten Wald führte; es rauschte leise und gluckste unter den Hufen auf den nassen Grasflächen, die von dünnen Wasserläufen durchzogen waren. Bei Tagesanbruch würde er daheim sein, und das war gerade die rechte Zeit. –

Eine Weile dachte er beständig an jene ferne mondblaue Frostnacht, da er mit einem Schlitten durch dieses Tal gefahren war – hinter ihm saß Björn Gunnarssohn und hielt ein totes Weib in seinen Armen. Aber die Erinnerung war bleich und fern, und fern und unwirklich war alles, was das Kind erzählt hatte, alles, was sich dort unten zugetragen haben sollte, samt den unsinnigen Gerüchten über Kristin. Er konnte es gleichsam nicht in seinen Kopf bringen. Wenn er erst angelangt war, hatte er wohl immer noch Zeit, darüber nachzudenken, was zu tun war. Wirklichkeit war nichts außer der Spannung und der Angst; jetzt sollte er Kristin bald gegenübertreten.

So sehr hatte er auf sie gewartet und gewartet. Und nie hatte er daran gezweifelt, daß sie schließlich doch noch kommen würde. Bis er erfuhr, welchen Namen sie dem Kinde gegeben hatte.

Im frühen Morgengrauen verließen die Leute, die in der Frühmesse eines der Hamarpriester gewesen waren, die Kirche. Die ersten, die heraustraten, sahen Erlend Nikulaussohn in der Richtung auf seinen Hof vorbeireiten und sagten es den anderen. Es entstand einige Unruhe und viel Gerede; man ging den Hang hinunter und blieb dort, wo der Weg nach Jörundhof vom Hauptweg abzweigte, in Gruppen stehen.

Erlend ritt auf dem Hofplatz ein, gerade als die Mondsichel zwischen dem Wolkenrand und den Bergkämmen versank, bleich im Tagesgrauen.

Vor der Verwalterstube standen einige Menschen – Jardtruds Verwandte und ihre Freunde, welche diese Nacht über bei ihr gewesen waren. Und als die Hufschläge im Hofplatz ertönten, kamen auch die Männer heraus, die in der Stube unter dem Oberstockwerk Wache gehalten hatten.

Erlend brachte sein Pferd zum Stehen. Er sah über die Bauern hin, rief laut und spöttisch: »Ist hier ein Gastgelage auf meinem Hof – von dem ich nichts weiß –, oder weshalb seid ihr denn schon in aller Morgenfrühe hier versammelt, gute Leute?«

Zornige und finstere Blicke begegneten ihm von allen Seiten. Erlend saß aufrecht und schlank auf dem hochbeinigen ausländischen Hengst. Das Tier hatte eine kurzgeschnittene Mähne gehabt, jetzt aber war sie zerzaust und ungeschoren, der Gaul war auch im übrigen schlecht gepflegt und hatte graue Haare am Kopf, aber in seinen Augen funkelte es ungewiß auf, und er stampfte und tänzelte unruhig umher, legte die Ohren zurück und schüttelte den kleinen feinen Kopf, so daß die Schaumflocken seine Brust und seinen Bug und auch den Reiter trafen. Das Zaumzeug war einmal rot gewesen und der Sattel mit Gold gepreßt. Jetzt war alles abgenützt, zerschlissen und geflickt. Und der Mann selber war fast wie ein Bettler gekleidet; das Haar, das unter einer einfachen schwarzen Wollmütze hervorquoll, war grauweiß, graue Bartstoppeln wuchsen in dem bleichen, gefurchten Gesicht, aus dem eine große Nase hervorsprang. Aber er saß aufrecht da und lächelte hochmütig auf die Bauernschar herab; jung sah er aus, trotz allem, und vornehm – und der Haß schlug heiß zu diesem fremden Mann empor, der seinen Kopf hoch und ungebeugt trug – nach all dem Kummer und der Schande und dem Jammer, die er über jene gebracht hatte, welche die Leute des Tales als ihre Vornehmsten betrachteten.
Trotzdem sprach er besonnen, der Bauer, der als erster Erlend antwortete: »Ich sehe, daß du deinen Sohn gefunden hast, Erlend; da denke ich, du weißt bereits, daß wir hier nicht zum Gastgelage versammelt sind, und sonderbar ist es, daß du in solcher Sache Scherz treiben magst.«
Erlend blickte auf das noch schlafende Kind hinunter, seine Stimme wurde weicher: »Der Knabe ist krank, das seht Ihr doch wohl. Die Nachrichten, die er mir aus dem Tal hier brachte, dünkten mich so unglaublich, daß ich fast dachte, er spräche im Fieberwahn. –
Einiges davon ist auch Unsinn, das merke ich«, Erlend sah mit gerunzelter Stirn zur Stalltür hinüber, Ulf Haldorssohn und noch ein paar andere Männer, darunter einer seiner Schwäger, führten gerade einige Pferde heraus.
Ulf ließ sein Tier los und ging rasch auf Erlend zu:
»Kommst du endlich, Erlend – und da ist auch der Junge –, gelobt sei Christus und die Jungfrau Maria. Seine Mutter weiß nicht, daß er fort war. Wir wollten gerade ausreiten und nach ihm suchen; der Bischof gab mich auf mein Wort hin frei, als er hörte, daß das Kind allein nach Vaagaa geritten sei. – Wie geht es Lavrans?« fragte er ängstlich.
»Gelobt sei Gott, daß ihr den Knaben gefunden habt«, sagte Jardtrud weinend; sie war auf den Hofplatz herausgekommen.
»Bist du auch da, Jardtrud?« sagte Erlend. »Das wird meine erste Arbeit sein, daß ich dich und dein Gesindel von meinem Hof vertreibe. Dieses Klatschweib wollen wir zuallererst fortschaffen, und danach soll jeder einzelne, der Lügen über mein Weib verbreitet hat, büßen müssen.«
»So geht das nicht, Erlend«, wehrte Ulf Haldorssohn. »Jardtrud ist mein Weib. Ich glaube zwar, sie und ich, wir beide haben wenig Lust,

beieinanderzubleiben, aber aus meinem Haus soll sie nicht eher fort, als bis meine Schwäger Vieh, Heiratsgut, Zugabe und Morgengabe von mir erhalten haben.«

»Wer ist hier Herr auf dem Hof?« fragte Erlend wütend.

»Da mußt du Kristin Lavranstochter fragen«, sagte Ulf. »Dort kommt sie.«

Die Hausfrau stand droben auf dem Altan der Neustube; jetzt kam sie langsam die Treppe herunter. Gedankenlos zog sie das Kopftuch ins Gesicht herein – es war ihr nach hinten geglitten – und strich sich ihr Kirchengewand glatt, das sie noch vom Tage zuvor trug. Aber ihr Gesicht war unbeweglich wie Stein.

Erlend ritt ihr entgegen, Schritt für Schritt; ein wenig vornübergebeugt starrte er angstvoll verzweifelt in das graue, tote Gesicht seines Weibes. »Kristin«, bettelte er, »meine Kristin – ich bin zu dir heimgekommen.«

Sie schien weder zu hören noch zu sehen. Da ließ Lavrans, der im Arm des Vaters gelegen hatte und nach und nach wach geworden war, sich auf die Erde heruntergleiten. In dem Augenblick, in dem seine Füße den Boden berührten, brach der Knabe zusammen und blieb wie ein Bündel liegen.

Über das Gesicht der Mutter flog ein Zittern. Sie beugte sich nieder und nahm den großen Knaben in ihre Arme, sie legte seinen Kopf an ihren Hals, als wäre er noch ein kleines Kind, aber seine langen Beine hingen schlaff an ihr herab.

»Kristin, liebste Freundin«, bat Erlend verzweifelt, »ach, Kristin, ich weiß, ich komme zu spät zu dir.«

Wiederum lief ein Beben über das Gesicht des Weibes.

»Zu spät ist es nicht«, sagte sie leise und hart. Sie starrte auf den Sohn herab, der ohnmächtig in ihren Armen lag. »Unser letztes Kind liegt bereits in der Erde – und jetzt kommt Lavrans an die Reihe. Gaute ist zum Mörder geworden – und unsere anderen Söhne – noch besitzen wir beide gar vieles, das vernichtet werden kann, Erlend!«

Sie wandte sich von ihm ab und schritt mit dem Kind über den Hofplatz. Erlend ritt ihr nach, hielt sich dicht an ihrer Seite:

»Kristin – Jesus, was soll ich für dich tun? – Kristin, willst du denn nicht, daß ich jetzt bei dir bleibe?«

»Jetzt brauchst du nichts mehr für mich zu tun«, sagte Kristin wie zuvor. »Mir kannst du nicht helfen, ob du nun hier bleibst oder dich in den Fluß legst.«

Erlends Söhne waren auf den Altan des Oberstockwerks getreten, jetzt kam Gaute heruntergelaufen, sprang der Mutter entgegen und wollte sie aufhalten.

»Mutter«, bat er. Da sah sie ihn an und er blieb hilflos stehen.

Am Fuß der Treppe standen einige Bauern.

»Geht weg, Männer«, sagte Kristin und wollte mit ihrer Bürde an ihnen vorbei.

Erlends Gaul warf den Kopf herum und tänzelte unruhig, Erlend wandte das Tier halb um, und Kolbein Jonssohn bekam es beim Zaumzeug zu fassen. Kristin hatte nicht richtig gesehen – jetzt wandte sie sich um und sagte über die Schulter zurück:

»Laß das Pferd los, Kolbein – will er fortreiten, so laßt ihn.«

Kolbein griff fester zu und antwortete: »Begreifst du nicht, Kristin, jetzt ist es an der Zeit, daß der Bauer daheim auf seinem Hof bleibt. Zum mindesten mußt du das begreifen«, wandte er sich an Erlend.

Erlend aber schlug dem anderen auf die Hand und trieb den Hengst vorwärts, so daß der alte Mann zurücktaumelte. Ein paar Männer sprangen hinzu. Erlend rief:

»Macht, daß ihr fortkommt! Ihr habt nichts mit meinen Sachen und denen meiner Frau zu schaffen – und ein Bauer bin ich nicht. Ich lasse mich nicht an den Acker festbinden wie das Vieh an seinen Trog. Besitze ich den Hof hier nicht, so besitzt auch der Hof nicht mich.«

Da wandte sich Kristin ihrem Mann voll zu und schrie:

»Ja, reite! Reite, reite zur Hölle, der hast du mich und alles, was du besaßest und unter die Hände bekommen hast, entgegengetrieben!«

Alles, was sich jetzt zutrug, ging so rasch, daß keiner sich dessen so recht bewußt wurde oder es verhindern konnte.

Tore Borghildssohn und noch ein Bauer packten die Frau bei den Armen: »Kristin, rede doch jetzt nicht so zu deinem Mann.«

Erlend ritt auf sie ein.

»Wagt ihr es, Hand an mein Weib zu legen?« Er schwang die Axt und hieb nach Tore Borghildssohn. Der Hieb traf den Mann zwischen den Schulterblättern, und er brach zusammen. Erlend hob die Axt von neuem, doch in dem Augenblick, da er sich in den Steigbügeln aufrichtete, schleuderte ein Mann den Speer nach ihm und traf ihn in die Leiste. Es war der Sohn Tore Borghildssohns, der dies tat.

Der Hengst bäumte sich auf und schlug mit den Vorderhufen nach vorn. Erlend preßte ihm die Knie in die Seiten und beugte sich ein wenig vor, während er die Zügel straff um seine Linke wand und wiederum die Axt erhob, aber gleich darauf verlor er den Halt in dem einen Steigbügel, und das Blut schoß in Strömen über seinen linken Schenkel herab. Einige Pfeile und Handspeere flogen pfeifend über den Hofplatz. Ulf und die Söhne stürzten sich mit erhobenen Äxten und gezogenen Schwertern auf die Bauernschar – da durchbohrte ein Mann den Hengst unter Erlend. – Das Tier brach in die Knie und wieherte wild und schmetternd auf, so daß die Pferde vom Stall her antworteten.

Erlend richtete sich auf, stand rittlings über dem Gaul. Er griff nach Björgulfs Schulter und stieg über das Tier weg. Gaute kam herzu und faßte den Vater stützend unter dem anderen Arm.

»Tötet ihn«, sagte Erlend und deutete auf das Pferd, das sich auf die Seite gewälzt hatte und mit lang ausgestrecktem Hals dalag; um sein Maul stand blutiger Schaum, und es schlug mit den Hufen um sich. Ulf Haldorssohn kam Erlends Befehl nach.

Die Bauern waren zur Seite gewichen. Zwei Männer trugen Tore Borghildssohn zur Verwalterstube, und einer der Bischofsdiener führte seinen verwundeten Genossen fort.
Kristin hatte Lavrans, der wieder zu sich gekommen war, zur Erde gelassen, sie standen da und hielten einander fest. Sie schien nicht zu begreifen, was geschehen war – es war auch so rasch gegangen.
Die Söhne wollten ihren Vater zu dem Haus mit dem Oberstockwerk führen, da sagte Erlend: »Ich will nicht dorthin – ich will nicht dort sterben, wo Lavrans starb.«
Kristin lief herbei und schlang ihre Arme um den Hals des Mannes. Ihr erstarrtes Antlitz zerbrach, vom Weinen verzerrt, wie das Eis durch einen Steinwurf zersplittert.
»Erlend, Erlend!«
Erlend beugte seinen Kopf so, daß seine Wange die ihre streifte, stand einen Augenblick so da.
»Helft mir in die Altstube hinüber, Burschen«, sagte er, »ich will dort liegen.«
In aller Eile machten die Mutter und die Söhne im Dachraum dort ein Bett zurecht und befreiten Erlend von seinen Kleidern. Kristin verband seine Wunden. Das Blut strömte stoßweise aus dem Speerstich in der Leiste; in die linke Brust hatte er einen Pfeilschuß erhalten, aber diese Wunde blutete nicht stark.
Erlend fuhr mit seiner Hand über Kristins Kopf:
»Mich kannst du wohl nicht heilen, meine Kristin.«
Sie blickte auf, verzweifelt – ein tiefer Schauer durchlief ihren ganzen Körper. Sie entsann sich, so hatte auch Simon gesagt, und es dünkte sie das schlimmste Anzeichen, daß Erlend jetzt die gleichen Worte sprach.
Er lag im Bett, mit Kopfkissen und anderen Kissen hoch aufgestützt und das linke Bein hochgelagert, um den Blutstrom aus der Leistenwunde abzudämmen. Kristin saß bei ihm. Da ergriff er ihre Hand.
»Entsinnst du dich noch jener ersten Nacht, in der wir hier in diesem Bett miteinander schliefen, du Süße, du? Ich wußte nicht, daß du damals schon einen heimlichen Kummer mit dir herumtrugst, den ich verursacht hatte. Es war auch nicht der erste Kummer, den du um meinetwillen erleiden mußtest, Kristin.«
Sie nahm seine Hand in ihre beiden. Seine Haut war gesprungen, und rings um die schmalen gerippten Nägel und in den Falten um jeden Knöchel der langen Finger war der Schmutz wie hineingewachsen. Kristin hob die Hand an ihre Brust und an ihren Mund; ihre Tränen flossen darüber.
»Wie heiß deine Lippen sind«, sagte Erlend leise. »Ich wartete und wartete auf dich. Ich sehnte mich so sehr. Zuletzt dachte ich, ich müsse mich beugen, ich müsse zu dir hinunterkommen, da aber hörte ich ... Als ich seinen Tod erfuhr, dachte ich, jetzt sei es wohl zu spät, daß ich zu dir käme.«
Schluchzend antwortete Kristin:

»Ich erwartete dich immer noch, Erlend. Ich dachte, einmal müßtest du doch wohl an das Grab des Kindes kommen.«

»Dann aber hättest du mich wohl nicht als deinen Freund empfangen«, sagte Erlend, »und bei Gott, du hättest auch keine Ursache dazu gehabt. Wie süß und lieblich du warst, meine Kristin«, flüsterte er und schloß die Augen.

Sie schluchzte leise und voll Jammer.

»Jetzt bleibt uns nichts anderes mehr zu tun«, sagte der Mann wie zuvor, »als zu versuchen, einander wie christliche Eheleute zu vergeben – wenn du das kannst.«

»Erlend, Erlend«, sie beugte sich zu ihm hinab und küßte das weiße Gesicht. »Du darfst nicht soviel sprechen, mein Erlend.«

»Ich muß mich wohl beeilen und das sagen, was ich zu sagen habe«, antwortete er. »Wo ist Naakkve?« fragte er unruhig.

Er erhielt zur Antwort, daß Naakkve noch gestern abend, gleich nachdem er gehört hatte, daß der junge Bruder auf dem Weg nach Sundbu sei, ihm nachgeritten war, so rasch sein Pferd ihn tragen wollte. Er war jetzt wohl ganz außer sich, daß er das Kind nicht gefunden hatte. Erlend seufzte und spielte unruhig mit den Händen auf der Decke.

Die sechs Söhne traten an sein Bett.

»Ja, ich habe nicht gut für euch gesorgt, meine Söhne«, begann der Vater. Er mußte husten und tat dies auf eine eigentümliche und vorsichtige Art – es trat ihm dabei blutiger Schaum über die Lippen. Kristin wischte diesen mit ihrem Kopftuch weg. Nach einer Weile fuhr Erlend wieder fort: »Das müßt ihr mir nun vergeben, wenn ihr glaubt, dies tun zu können. Vergeßt nie, meine guten Burschen, daß eure Mutter in all den Jahren, die sie mit mir zusammen war, für euch gekämpft hat – nie hat zwischen uns eine andere Feindschaft geherrscht als die, die ich selbst verursachte, indem ich sowenig auf euer Wohl achtete, aber sie liebte euch mehr als ihr eigenes Leben.«

»Wir werden nicht vergessen«, antwortete Gaute weinend, »daß Ihr, Vater, uns stets als der kühnste Mann und der hervorragendste Anführer erschienen seid. Stolz waren wir darauf, Eure Söhne zu heißen, und nicht weniger stolz, da das Glück Euch verließ, als in den Tagen Eurer Macht.«

»Du redest, wie du es verstehst«, antwortete Erlend, er lachte zerbrechlich und hustend, »und bereitet eurer Mutter nicht den Kummer, daß ihr mir nachgeratet – sie hat genug daran zu tragen gehabt, daß sie mich bekam.«

»Erlend, Erlend«, schluchzte Kristin.

Die Söhne küßten dem Vater Hand und Wange, weinend gingen sie fort und setzten sich auf die Bank an der Wand. Gaute umfaßte Munan bei den Schultern und zog das Kind an sich; die Zwillinge saßen Hand in Hand. Erlend legte wiederum seine Hand in die Kristins. Die seine war kalt; da zog sie ihm die Decke bis ans Kinn hinauf, blieb aber sitzen und hielt seine Hand unter der Decke fest.

»Erlend«, sagte sie weinend, »Gott schütze uns – wir müssen nun den Priester für dich holen.«
»Ja«, antwortete Erlend schwach. »Es soll einer nach Dovre hinaufreiten und Sira Guttorm, meinen Kirchspielpriester, holen.«
»Erlend – der kommt nicht früh genug«, sagte sie entsetzt.
»Doch«, erwiderte Erlend heftig. »Vorausgesetzt, daß Gott mir dies vergönnen mag, denn keinesfalls will ich den letzten Dienst von jenem Priester annehmen, der dieses Gerede über dich verbreitet hat.«
»Erlend – um Jesu willen – so darfst du nicht sprechen!«
Ulf Haldorssohn trat hinzu und beugte sich über den Sterbenden: »Ich, Erlend, ich werde nach Dovre reiten.«
»Erinnerst du dich, Ulf«, sagte Erlend, seine Stimme begann jetzt schwach und unklar zu werden, »an die Zeit, da wir von Hestnaes fortzogen du und ich ...« Er lachte ein wenig. »Ja, da versprach ich es, ich wollte dir allezeit als dein getreuer Verwandter beistehen. Gott sei es geklagt, Verwandter – meist warst du es und nicht ich, der Verwandtentreue bewies, Ulf, mein Freund. Habe – Dank dafür – Verwandter.«
Ulf beugte sich hinab und küßte die blutigen Lippen des anderen: »Hab selber Dank, Erlend Nikulaussohn.«
Er zündete ein Licht an, stellte es in die Nähe des Sterbelagers und ging hinaus.
Erlend waren die Augen wieder zugefallen. Kristin saß da und starrte sein weißes Antlitz an – ab und zu streichelte sie es. Sie glaubte zu sehen, wie er immer mehr dem Tod entgegensank.
»Erlend«, bat sie leise. »Um Jesu willen – laß uns Sira Solmund für dich holen. Gott ist Gott, welcher Priester ihn auch bringen mag.«
»Nein!« Der Mann setzte sich im Bett auf, so daß die Decken von seinem nackten gelben Körper abglitten. Die Binden über Brust und Leib färbten sich durch das frisch hervorquellende Blut von neuem mit hellen roten Flecken. »Ein sündiger Mann bin ich – Gott sei mir in seiner Barmherzigkeit so gnädig, wie er es mir vergönnen mag, aber ich fühle ...« Er fiel in die Kissen zurück, flüsterte beinahe unhörbar. »Ich lebe nicht lange genug – um so alt – und so fromm – zu werden – daß ich es ertragen könnte – ruhig mit dem Mann in der gleichen Stube zu sein, der dich verleumdet hat.«
»Erlend, Erlend – denke an deine Seele!«
Er bewegte verneinend den Kopf in den Kissen. Seine Augenlider waren wiederum zugefallen.
»Erlend!« Sie schlug die Hände zusammen, sie schrie laut in äußerster Not. »Erlend – begreifst du denn nicht, so wie du gegen mich handeltest, *mußte* ja solches gesagt werden!«
Erlend schlug die großen Augen auf. Seine Lippen waren bläulichblaß, doch ein Widerschein seines jungen Lächelns flog über das eingefallene Gesicht: »Küsse mich, Kristin«, flüsterte er. Es klang wie der Schatten eines Lachens in seiner Stimme. »Es ist wohl zuviel anderes zwischen dir und mir gewesen – anderes als nur Christentum und ge-

meinsames Leben –, als daß wir leichthin – voneinander scheiden könnten – wie christliche Eheleute.«
Immer und immer wieder rief sie ihn beim Namen, er aber lag da, mit geschlossenen Augen, bleich wie frisch gespaltenes Holz unter dem grauen Haar. Ein wenig Blut sickerte aus den Mundwinkeln; sie wischte es weg und beruhigte ihn flüsternd – wenn sie sich bewegte, fühlte sie ihr Kleid kalt und naß an ihrem Körper kleben, von dem Blut, das sie an sich gebracht hatte, als sie ihn ins Haus führte und zu Bett legte. Von Zeit zu Zeit röchelte es ein wenig in Erlends Brust, und er schien nur mit Mühe atmen zu können, aber er hörte nicht mehr und fühlte gewiß nichts, während er gleichmäßig und unweigerlich dem Tod entgegensank.

Jäh wurde die Tür aufgerissen. Naakkve kam rasch herein, warf sich vor dem Bett hin, umfaßte die Hände des Vaters, während er seinen Namen rief.
Nach ihm trat ein großer und starker Herr im Reiseumhang ein. Er verbeugte sich vor Kristin: »Hätte ich das gewußt, meine Verwandte, daß Ihr Hilfe von Eurer Sippe braucht ...« Er brach ab, als er sah, daß Erlend im Sterben war, bekreuzigte sich und zog sich in den fernsten Winkel des Raumes zurück. Leise begann der Sundbu-Ritter das Gebet für Sterbende zu sprechen, aber Kristin schien das Kommen Herrn Sigurds nicht einmal bemerkt zu haben.
Naakkve lag auf den Knien, über das Bett gebeugt.
»Vater! Vater! Erkennst du mich nicht mehr, Vater!« Er näherte sein Gesicht Erlends Hand, die Kristin noch in der ihrigen hielt. Die Tränen und Küsse des jungen Mannes strömten auf die Hände der Eltern herab.
Kristin schob den Kopf ihres Sohnes ein wenig zur Seite – als erwache sie nur halb: »Du störst uns«, sagte sie ungeduldig, »geh fort von hier.«
Naakkve richtete sich auf seinen Knien auf: »Gehen? Mutter?«
»Ja – setz dich zu deinen Brüdern dort.«
Naakkve hob sein junges Antlitz – naß von Tränen, verzerrt von Kummer –, aber die Augen der Mutter sagten nichts. Da ging er zu der Bank, auf der schon die sechs Brüder saßen. Kristin bemerkte es nicht, sie starrte nur unbeweglich mit wilden Augen in Erlends Gesicht, das jetzt im Kerzenschein schneeweiß leuchtete.

Bald darauf wurde die Tür abermals geöffnet. Mit Licht und mit klingender Silberglocke begleiteten Diakone und ein Priester den Bischof, Herrn Halvard, in den Raum. Ulf Haldorssohn trat als letzter ein. Erlends Söhne und Herr Sigurd standen auf und beugten das Knie vor dem Leib des Herrn. Kristin aber hob den Kopf nur ein wenig, wandte ihre verweinten Augen, die nichts sahen, den Kommenden nur einen Augenblick zu. Dann sank sie wieder hin, wie sie vorher gelegen hatte, über Erlends Leiche geworfen.

DAS KREUZ

I

Alle Feuer brennen nach und nach aus.

Es kam eine Zeit, da diese Worte Simon Darres in Kristins Herzen wieder aufklangen.

Das war im Sommer des vierten Jahres nach Erlend Nikulaussohns Tod, und von der Söhneschar lebten nur noch Gaute und Lavrans bei der Mutter auf Jörundhof.

Zwei Jahre vorher war die alte Schmiede abgebrannt, und Gaute hatte eine neue errichtet, nördlich des Hofes, gegen den Hauptweg zu gelegen. Die alte Schmiede hatte südlich der Häuser in der Richtung des Flusses in einer Bodensenke zwischen dem Jörundhof und einigen mächtigen Haufen von Steinen gestanden, die in früheren Jahren aus den Äckern fortgeräumt worden waren. Beinahe jedes Jahr stieg das Wasser bei der Frühjahrsüberschwemmung bis ganz zur Schmiede herauf.

Jetzt war nichts mehr davon übrig als die von der Glut zersprengten riesigen Steinfliesen, die erkennen ließen, wo die Tür gewesen war, und außerdem die gemauerte Feuerstätte. Feines und weiches, hellgrünes Gras wuchs jetzt aus der mit Kohle bedeckten Erde empor.

Kristin Lavranstochter hatte dieses Jahr in der Nähe des alten Schmiedeplatzes ihren Flachs anbauen lassen, Gaute wollte das Getreide auf den näher beim Hof gelegenen Äckern haben, wo die Hausfrauen von Jörundhof seit undenklichen Zeiten ihren Flachs gesät und ihre Zwiebeln gebaut hatten. Und Kristin mußte oft hierhergehen, nicht nur, um nach ihrem Flachs zu sehen. Jeden Donnerstagabend brachte sie dem Urbauern im Hügel ihre Gabe, bestehend aus Bier und einer Speise; an hellen Sommerabenden sah dann diese einsame Feuerstätte in der Wiese, die dort im Gras hervorschimmerte, grauweiß und von Ruß geflammt, wie ein uralter heidnischer Altar aus. An glühend heißen Sommertagen ging sie mit ihrem Korb um die Mittagszeit zu den Geröllhaufen, um dort Himbeeren zu pflücken oder die Blätter des Weiderichs zu sammeln, aus denen man einen so guten Labetrunk gegen das Fieber bereiten kann.

Die letzten Töne des mittäglichen Glockengrußes an die Muttergottes starben in der lichtgesättigten Luft zwischen den Bergen dahin. Das Tal schien sich unter dem flutend weißen Sonnenschein zur Ruhe zu legen. Seit dem tauigen Morgengrauen hatten das Singen der Sensen in der blumigen Wiese, das Scharren des Wetzsteins gegen Eisen und rufende Stimmen nah und fern von allen Höfen die Luft erfüllt. Jetzt verstummten alle Laute geschäftiger Arbeit, die Mittagsruhe senkte sich herab. Kristin saß mitten zwischen den Steinhaufen und lauschte. Nur das Flußrauschen war jetzt zu hören und das Laub im Hain, das sich ein wenig bewegte; ganz leises Knistern und das Summen von Fliegen lag über der Wiese, Glockengeläute von irgendeiner vereinzelten Kuh in weiter Ferne. Ein Vogel verfolgte seinen Weg, rasch und stumm, am Rand des Erlengebüsches entlang, ein anderer flog von der Wiese auf und strich mit lautem Gezwitscher auf eine Distel zu.

Aber die treibenden blauen Schatten über dem Hang, die Gutwetterwolken, die hinter dem Gebirgsrand aufquollen und an dem blauen Sommerhimmel zerschmolzen, das Glitzern des Flusses hinter den Bäumen, das weiße Blitzen des Sonnenlichtes auf allem Laub – diese Dinge schienen ihr eher der Laut der Stille zu sein, hörbar für ein inneres Ohr, als Wahrnehmungen des Auges. Das Kopftuch zum Schutz gegen die Sonne über die Stirn herabgezogen, so saß Kristin da und lauschte dem Spiel des Lichtes und der Schatten über dem Tal. Alle Feuer brennen nach und nach aus.

In dem Erlenwald längs dem moorigen Flußufer blitzten Wasserpfützen in der Dunkelheit zwischen den dichten Weidenbüschen auf. Hier wucherten starres Gras und kleine Hügel von Moosdaunen, am dichtesten aber wuchs der Moorhut, der mit den graugrünen fünfzackigen Blättern und den rotbraunen Blüten einen ganzen Teppich bildete. Kristin hatte eine schwere Last davon gepflückt. Gar oftmals hatte sie darüber nachgedacht, ob nicht dieser Wurzel irgendeine nützliche Kraft innewohne: sie hatte sie getrocknet und abgekocht und Bier und Met dazugetan, aber sie schien nicht verwendbar zu sein. Trotzdem konnte Kristin nie umhin, ins Moor hinauszugehen und ihre Schuhe naß zu machen, um diese Pflanze zu sammeln.

Jetzt zupfte sie alle Blätter von den Stengeln und flocht aus den dunklen Blütenköpfen einen Kranz. Die Farbe der Blüten glich rotem Wein und braunem Met, innen, unter dem roten Büschel der Staubfäden, waren sie feucht wie von Honig. Manchmal flocht Kristin aus diesen Blumen einen Kranz für das Bild der Jungfrau Maria in der Stube im Oberstockwerk. So pflegte man in den südlichen Ländern zu tun, hatte sie von Priestern gehört, die dort gewesen waren.

Sonst besaß sie jetzt niemand, dem sie hätte Kränze winden können. Hier im Tal pflegten die jungen Burschen sich nicht mit Kränzen zu schmücken, wenn sie zum Tanz auf die große Wiese gingen. Im Trondheimischen hatten die Männer, die vom Königsgefolge heimkehrten, an einigen Orten diesen Brauch eingeführt. Kristin dachte, dieser dicke, schwarzrote Kranz würde Gautes hellem Gesicht und flachsblondem Haar gut gestanden haben – oder Lavrans mit seiner nußbraunen Mähne.

Ewig lange war es her, seit sie mit den Kindsmägden und allen ihren kleinen Söhnen in den sommerlangen schönen Tagen auf die Wiese oberhalb Husaby gegangen war. Damals konnten sie und Frida alle die Kränze für die vielen ungeduldigen Kinder nicht rasch genug anfertigen. Sie erinnerte sich, wie sie Lavrans noch an der Brust hatte, Ivar und Skule aber meinten, daß auch der Kleine einen Kranz haben müsse, er sollte aber aus ganz kleinen Blumen sein, meinten die vierjährigen Burschen.

Jetzt hatte sie nur erwachsene Kinder.

Der kleine Lavrans war fünfzehn Winter alt. Ihn konnte man wohl noch nicht für voll erwachsen ansehen. Aber der Mutter war mit der Zeit bewußt geworden, daß dieser Sohn ihr von allen Kindern am fernsten stand. Zwar hielt er sich ihr nicht absichtlich fern, so wie Björgulf es getan hatte, war nicht verschlossen und *schien* nicht so schweigsam zu sein wie der blinde Knabe. Sicherlich aber war er noch viel schweigsamer, nur hatte das niemand bemerkt, solange alle Brüder daheim lebten: er war hell und gesund, schien stets munter und sanft, und alle hatten das freundliche Kind gern, ohne weiter darüber nachzudenken; Lavrans ging fast stets allein und schwieg still.

Man hielt ihn für den schönsten all der schönen Söhne Kristins von Jörundhof. Die Mutter fand stets, daß der, an den sie im Augenblick dachte, fast der schönste sei, aber auch sie fühlte, wie von Lavrans Erlendssohn gleichsam ein Licht auszustrahlen schien. Seine hellbraunen Haare und die apfelfrischen Wangen waren wie vergoldet, von Sonnenschein gesättigt. Auch seine großen dunkelgrauen Augen schienen wie mit kleinen gelben Funken übersät; er hatte sehr viel Ähnlichkeit mit ihr selber, so wie sie in ihrer Jugend gewesen war, da ihre helle Lieblichkeit gleichsam von Sonnenbräune übergossen war. Und er war groß und kräftig für sein Alter, tüchtig und geschickt bei aller Arbeit, die ihm übertragen wurde, gehorsam gegen seine Mutter und die älteren Brüder, munter, freundlich und anhänglich. Aber dennoch lag dieses seltsam Ferne über dem Knaben.

An den Winterabenden, wenn das Gesinde in der Webstube zusammenkam und sich die Zeit mit Scherz und Gesprächen verkürzte, während jeder mit seiner Arbeit beschäftigt war, saß Lavrans ganz wie in Träume versunken da. Gar manchen Sommerabend, wenn das Tagewerk auf dem Hof beendet war, ging Kristin hinaus und setzte sich zu diesem Knaben, der auf der Wiese lag, Harz kaute oder einen Sauerampferstiel zwischen den Lippen drehte. Sie achtete auf seine Augen, während sie mit ihm sprach; es war, als hole er seine Gedanken aus weiter Ferne zurück. Dann lächelte er seine Mutter an, antwortete ihr klug und vernünftig; oft saßen sie stundenlang so am Hang und redeten miteinander, behaglich und freundlich. Kaum aber erhob sie sich, um ins Haus zu gehen, so war es, als wende sich Lavrans mit seinen Gedanken wieder weiten Fernen zu.

Und es war ihr unmöglich herauszufinden, worüber der Knabe so tief nachdachte. Zwar war er ganz flink in allen Leibesübungen und im Gebrauch der Waffen, zeigte aber doch viel weniger Eifer in diesen Dingen als ihre anderen Söhne. Und nie ging er allein auf die Jagd hinaus, freute sich jedoch, wenn Gaute ihn bat, mit ihm zu gehen. Auch schien er, bis jetzt wenigstens, noch nicht zu bemerken, daß die Frauen ihn mit sanften Augen ansahen. Er zeigte durchaus keine Lust zu Bücherweisheit, und alle Gespräche über die Absicht der älteren Brüder, ins Kloster zu gehen, schien der Jüngste wenig zu beachten. Kristin konnte nicht bemerken, daß der Knabe über seine Zukunft je etwas anderes gedacht hatte, als daß er sein Leben lang hier daheim bleiben und Gaute bei der Bewirtschaftung des Hofes helfen würde, so wie er es jetzt tat.

Bisweilen dünkte es Kristin, Lavrans erinnere mit diesem seltsam geistesabwesenden Gebaren ein wenig an seinen Vater, aber Erlends weiche, gedämpfte Art hatte mit ausgelassenem Übermut gewechselt, und Lavrans besaß durchaus nichts von dem jähen, heftigen Gemüt des Vaters. Erlend war nie *so* weit von allem fort gewesen, was sich rings um ihn bewegte.

Lavrans war jetzt der Jüngste. Munan schlief schon seit langem oben unter dem grünen Hügel bei seinem Vater und dem kleinen Bruder. Er starb zeitig im Frühjahr jenes Jahres, das auf Erlends Tod folgte.

Die Witwe war seit dem Tode ihres Mannes umhergegangen, als sähe und höre sie nichts. Mehr als Schmerz und Trauer empfand sie eine stumpfe Kälte und eine empfindungslose Ohnmacht an ihrem ganzen Körper und an ihrer Seele, als sei sie selbst im Begriff, an Erlends Todeswunde zu verbluten.

Ihr ganzes Leben war in seiner Umarmung gelegen, seit jener gewitterschwülen Mittagsstunde in der Scheune auf Skog, als sie sich Erlend Nikulaussohn zum erstenmal hingab. Damals war sie so jung und so unerfahren, wußte nicht mehr von dem, was sie tat, als daß sie zu verbergen suchte, wie sie am liebsten geweint hätte, weil er ihr Schmerz bereitete, aber sie lächelte, denn sie glaubte, sie gäbe ihrem Geliebten die köstlichste Gabe. Und ob es nun eine gute Gabe war oder nicht, sie hatte sich selbst ihm gegeben, ganz und für immer. Ihren jungfräulichen Leib, den Gott voll Barmherzigkeit mit Anmut und Gesundheit geschmückt hatte, als er sie in sicheren und ehrbaren Verhältnissen zur Welt kommen ließ, den ihre Eltern in all den Jahren schützten, da sie die Tochter mit liebevoller Strenge aufzogen – mit beiden Händen hatte sie alles Erlend gegeben, und seitdem hatte sie in seiner Umarmung gelebt.

So viele Male in den folgenden Jahren hatte sie seine Liebkosungen hart und kalt vor Zorn entgegengenommen, sich gehorsam dem Willen ihres Gemahls unterworfen, während sie ein Gefühl hatte, als müsse sie zugrunde gehen, von Müdigkeit erschöpft. Mit einer Art gramerfüllter Freude hatte sie, wenn sie Erlends schönes Gesicht und seinen gesunden schönen Körper sah, gedacht, *dies* könne sie für die Mängel des Mannes nicht mehr blind machen. Ja, er war immer gleich jung und gleich schön. Immer noch konnte er mit seinen Liebkosungen über sie dahinstürmen, ebenso heiß wie damals, da auch sie noch jung war. Aber *sie* war alt geworden, dachte sie und empfand dabei förmlich einen Schauer von Hochmut und Siegerstolz. Leicht kann sich der jung erhalten, der keine Lehren annehmen will, der sich nicht nach den Umständen des Lebens richten will und nicht darum kämpfen mag, die Umstände nach seinem Willen zu zwingen.

Aber selbst wenn sie seine Küsse mit hart geschlossenen Lippen entgegennahm, sich mit ihrem ganzen Wesen von ihm abwandte und sich dem Kampf um die Zukunft der Söhne opferte, ahnte sie doch, daß sie in diesem Werk sich mit dem gleichen heißen Feuer hingab, das der Mann einstmals in ihrem Blut entzündet hatte. Die Jahre hatten sie abgekühlt, so glaubte sie, denn sie wurde nicht mehr heiß, wenn in Erlends Augen das alte Funkeln trat und seine Stimme den tiefen Ton erhielt, vor dem sie zusammensank, willenlos, machtlos vor Glück, in iener ersten Zeit, da sie Erlend kannte. Aber ebenso, wie sie damals sich danach gesehnt hatte, die schweren Bedingungen der Trennung und die Herzensangst in der Begegnung mit Erlend zu lindern, so sehnte sie sich jetzt dumpf und brennend nach einem Ziel, das erst dann erreicht sein würde, wenn sie einmal in langer, langer Zeit eine weißhaarige Frau war, ihre Söhne geborgen und in sicheren Verhältnissen sehen konnte. Jetzt erlitt sie um der Söhne Erlends willen die gleiche Angst vor der ungewissen Zukunft. Immer noch quälte sie eine Begierde, gleich Hunger und brennendem Durst; sie mußte sehen, daß es ihren Söhnen wohl erging.

Und so, wie sie sich zuerst Erlend hingegeben hatte, so gab sie sich jetzt der Welt hin, die rings um ihr Zusammenleben herangewachsen war. Sie warf sich jeder Forderung entgegen, die erfüllt werden mußte, erbot sich zu jeglicher Arbeit, die getan werden mußte, um das Wohlergehen Erlends und seiner Kinder zu sichern. Halb und halb begriff die Frau selber, daß sie mit Erlend lebte, wenn sie auf Husaby saß und zusammen mit ihrem Priester die Schriftstücke in der Truhe ihres Mannes las, wenn sie mit seinen Pächtern und seinen Arbeitern sprach, mit ihren Mägden im Vorratshaus und im Küchenhaus war, an den schönen Sommertagen mit den Kindsmägden oben auf der Pferdeweide saß und ihre Kinder hütete. Es schien ihr selbst, ihm wende sie ihren Zorn zu, wenn etwas im Hause verkehrt ging und wenn die Kinder gegen den Willen der Mutter handelten, ihm strömte ihre Herzensfreude entgegen, wenn man im Sommer das Heu und im Herbst das Getreide gut einbrachte, wenn ihre Kälber gediehen und wenn sie ihre Knaben auf dem Hofplatz lärmen und lachen hörte. Daß sie ihm gehörte, dieser Gedanke flammte verborgen in ihrem Herzen, wenn sie das letzte der Feiertagsgewänder für ihre Söhne fertiggenäht beiseite legte, erfreut dastand und den Berg ihrer schönen vollbrachten Winterarbeit betrachtete. *Er* war es, dessen sie müde und überdrüssig war,

als sie im Frühjahr eines Abends mit den Dienstmägden vom Fluß heimging. – Sie hatten die Wolle der letzten Schafschur gewaschen, in einem Kessel am Strand gekocht, im Fluß gespült, und der Hausfrau selbst tat der Rücken weh, ihre Arme waren bis hoch über die Ellbogen hinauf mit klebrigem Schmutz bedeckt, der Geruch nach Schafen und Fett hatte sich so sehr in ihre Kleider gesetzt, daß sie das Gefühl hatte, ihr Körper könne auch durch drei Bäder nicht wieder rein werden.
Und jetzt, da Erlend nicht mehr war, schien es der Witwe, als sähe sie keinen Sinn mehr in der rastlosen Geschäftigkeit ihres Lebens. *Er* war gefällt, und da mußte sie sterben, wie ein Baum, dessen Wurzeln durchschnitten sind. Die jungen Triebe, die rings um ihren Schoß aufgeschossen waren, mußten jetzt auf ihren eigenen Wurzeln wachsen. Sie waren alt genug, um, jeder einzeln, für ihr eigenes Schicksal zu sorgen. Flüchtig zog dieser Gedanke durch Kristins Gemüt – wenn sie es nicht schon früher verstanden hatte, damals, als Erlend dies sagte. Schattenähnliche Bilder von einem Leben mit Erlend oben auf seinem Berghof glitten an ihr vorüber, sie beide verjüngt, das kleine Kind zwischen ihnen. Aber sie empfand dabei keine Reue und auch keine Trauer. Sie selbst hatte ihr Leben nicht von dem der Söhne zu trennen vermocht, jetzt würde der Tod sie bald voneinander scheiden, denn ohne Erlend besaß sie keine Lebenskraft. Alles, was sich zugetragen hatte und was sich zutragen würde, war Bestimmung – alles geschieht so, wie es bestimmt ist.

Ihr Haar und ihre Haut wurden grau, sie nahm sich kaum die Mühe, auf sich zu achten oder die Kleider ordentlich anzuziehen. Nachts lag sie da und dachte an ihr Leben mit Erlend, tagsüber ging sie wie im Traum umher, redete nie mit einem Menschen, ohne gefragt zu sein, schien es nicht einmal zu hören, wenn die kleinen Söhne mit ihr sprachen. Die tüchtige und achtsame Frau rührte keine Hand mehr zu einer Arbeit. Hinter all ihrem Bemühen mit zeitlichen Dingen hatte die Liebe gestanden. Erlend hatte ihr dafür nicht viel Dank gewußt. Es war dies nicht die Art, auf die er geliebt werden wollte. Aber sie konnte es nicht sein lassen; es war ihre Natur, mit soviel Arbeit und Fürsorge zu lieben. Sie schien nahe daran, in einen todesähnlichen Schlaf zu versinken. Da kam eine Seuche ins Tal, warf ihre Söhne aufs Krankenlager, und die Mutter erwachte.
Die Seuche war für Erwachsene gefährlicher als für Kinder. Ivar ergriff sie so heftig, daß niemand glaubte, er würde sie überstehen. Der junge Knabe bekam Riesenkräfte während des Fiebers, er brüllte, wollte aufstehen und seine Waffen ergreifen, der Tod des Vaters schien seine Gedanken zu bedrängen. Mit Not und Mühe gelang es Naakkve und Björgulf, ihn zurückzuhalten. Dann wurde auch Björgulf krank. Lavrans lag da, das Gesicht von einem Ausschlag bis zur Unkenntlichkeit aufgeschwollen, die Augen blinzelten tot aus zwei schmalen Spalten hervor, schienen im glühenden Fieber ausbrennen zu müssen.

Die Mutter wachte über diesen drei Kindern. Naakkve und Gaute hatten die Krankheit in früheren Jahren durchgemacht, und Skule war viel weniger krank als die Brüder, Frida hütete ihn und Munan in der darunterliegenden Stube. Niemand glaubte, daß für Munan eine Gefahr bestände, aber sehr kräftig war er nie gewesen, und eines Abends, nachdem sie bereits gedacht hatte, er sei beinahe gesund, fiel er plötzlich in Ohnmacht. Frida konnte gerade noch die Mutter zur Hilfe rufen; Kristin kam eilends herunter, und gleich darauf gab Munan in ihren Armen seinen Geist auf.

Der Tod des Kindes erweckte sie zu einer neuen hellwachen Verzweiflung. Ihre wilde Trauer um den Säugling, der von der Mutterbrust wegstarb, war gleichsam rosig gefärbt gewesen von all der Erinnerung an die vernichteten Glücksträume. Damals trug der Sturm in ihrem Herzen Kristin empor. Und die äußerste Spannung, die damit endete, daß Kristin sah, wie man ihren Mann vor ihren eigenen Augen tötete, hinterließ solch eine Müdigkeit in ihrer Seele, daß sie selbst sicher glaubte, sie würde bald vor Kummer über Erlend sterben. Diese Gewißheit aber nahm dem Schmerz seinen Stachel. Sie lebte dahin und fühlte, wie Dämmerung und Schatten rings um sie emporwuchsen, während sie darauf wartete, daß sich auch ihr die Tür öffnen würde.

Vor Munans kleiner Leiche stand die Mutter wach und grau. Der schöne süße kleine Knabe war durch so viele Jahre hindurch ihr kleinstes Kind gewesen, der letzte Kleine, den sie noch zu liebkosen wagte und über den sie lachen durfte, wenn sie streng und ernsthaft hätte sein sollen und ihn um seiner kleinen Missetaten und Gedankenlosigkeiten willen hätte zurechtweisen müssen. Und er war so liebevoll gewesen und hatte seine Mutter so gern gehabt. Sie empfand es wie einen Schnitt ins lebendige Fleisch – so sehr war sie noch mit dem Leben verbunden! So leicht, wie sie geglaubt hatte, konnte eine Frau nicht sterben, wenn sie ihr Lebensblut in so viele neue junge Herzen gegossen hat.

In kalter, nüchterner Verzweiflung ging sie zwischen dem Kind auf dem Totenbett und den kranken Söhnen hin und her. Munan lag in der Altstube, wo zuerst das kleine Kind und dann der Vater gelegen hatte: drei Leichen auf ihrem Hof in weniger als einem Jahr. Mit einem vor Angst verwelkten Herzen, aber starr und stumm, wartete sie darauf, daß der nächste sterben würde; sie wartete darauf wie auf ein unabwendbares Schicksal. Sie hatte nie genügend anerkannt, was sie erhielt, als Gott ihr so viele Kinder schenkte. Und das schlimmste war, daß sie es dennoch auf eine Weise anerkannt hatte. Aber sie hatte mehr an die Plagen und Schmerzen, an Angst und Kampf gedacht, obgleich sie immer und immer wieder erfuhr, aus der Entbehrung, jedesmal, wenn ein Kind ihren Armen entwuchs, aus der Wonne, jedesmal, wenn ein neues Kind an ihrer Brust lag – die Freude war unsagbar viel größer gewesen als die Mühe und der Schmerz. Sie hatte gemurrt, weil der Vater ihrer Kinder ein so unzuverlässiger Mann war, der dem

Geschlecht, das nach ihm weiterleben sollte, nur wenig Gedanken schenkte. Sie vergaß stets, daß er nie anders gewesen war, auch nicht damals, als sie Gottes Gebot verletzte und ihre eigene Sippe mit Füßen trat, um ihn zu gewinnen.

Jetzt war er von ihrer Seite fortgerissen worden. Und jetzt wartete sie darauf, sehen zu müssen, wie ihre Söhne starben, einer nach dem anderen. Vielleicht mußte sie schließlich als kinderlose Mutter allein weiterleben.

Es gab so viele Dinge, die sie wohl auch früher schon gesehen hatte, ohne jedoch viel darüber nachzudenken, damals, als sie die Welt wie durch den Nebel ihrer eigenen und Erlends Liebe sah. Sie hatte wohl gemerkt, daß Naakkve seine Erstgeburt in der Brüderschar ernst nahm und die Pflicht fühlte, dieser in allem voranzugehen. Sie hatte auch gesehen, daß er Munan sehr liebte. Es erschütterte sie jedoch wie etwas Unerwartetes, als sie seine heftige Trauer über den Tod des jüngsten Bruders sah.

Aber die anderen Söhne wurden wieder gesund, obgleich es lange Zeit währte. Am Ostersonntag konnte sie mit vier Söhnen zur Kirche gehen, Björgulf aber lag noch zu Bett, und Ivar war zu schwach, um das Haus zu verlassen. Lavrans war sehr in die Höhe geschossen, in der Zeit, da er auf dem Krankenbett lag, und auch in anderer Beziehung schien es, als hätten die Ereignisse dieses letzten halben Jahres ihn ein weites Stück über sein Alter hinausgetragen.

Da dünkte es Kristin, daß sie jetzt eine alte Frau sei. Sie meinte, eine Frau sei noch jung, solange sie kleine Kinder habe, die des Nachts in ihrem Arm schliefen, tagsüber zu ihren Füßen spielten und ununterbrochen ihrer Fürsorge bedürften. Wenn die Kinder den Händen einer Mutter entwachsen sind, dann ist sie eine alte Frau.

Ihr neuer Schwager, Jammaelt Halvardssohn, sprach davon, daß die Erlendssöhne noch sehr jung seien und sie selbst noch nicht viel über vierzig Jahre alt sei, sie würde sicher selber bald zu der Meinung kommen, daß sie sich wieder verheiraten müsse, denn sie bedürfe eines Mannes, der sie in der Verwaltung des Hofes und in der Erziehung der jüngeren Söhne unterstütze. Er zählte mehrere gute Männer auf, die er als eine entsprechende Heirat für Kristin ansah. Kristin solle ihn und Ramborg zum Herbst auf Aelin besuchen, dann wolle er dafür Sorge tragen, daß sie mit diesen Männern zusammenkäme, und dann könnten sie des Näheren über diese Dinge sprechen.

Kristin lächelte bleich, ja – sie *war* nicht mehr als vierzig Jahre alt. Hätte sie von einer anderen Frau gehört, die schon in diesem Alter und mit einer Schar heranwachsender Kinder Witwe geworden war, so hätte sie das gleiche gesagt wie Jammaelt, wäre ebenfalls der Meinung gewesen, daß diese Frau wieder heiraten, bei einem neuen Mann Stütze suchen müsse, um so mehr, als sie ihm doch noch weitere Kinder schenken könne. Aber sie selbst wollte nicht.

Kurz nach den Osterfeiertagen war Jammaelt von Aelin nach Jörundhof gekommen, und dies war das zweitemal, daß Kristin den neuen Mann ihrer Schwester traf. Sie waren weder zum Verspruchsbier nach Dyfrin noch zur Hochzeit nach Aelin gekommen, sie und ihre Söhne. Diese beiden Feste waren kurz hintereinander gefeiert worden, in jenem Frühjahr, da sie ihr letztes Kind erwartete. Gleich nachdem Jammaelt von Erlend Nikulaussohns Tod gehört hatte, war er nach Sil geeilt; mit Rat und Tat half er der Schwester und den Schwestersöhnen seiner Frau, ordnete so gut er vermochte alles, was nach Erlends Tod geschehen mußte, und übernahm die Anklage gegen die Mörder, da noch keiner von den Erlendssöhnen mündig war. Damals aber drang nichts von alldem, was rings um Kristin geschah, in ihr Bewußtsein ein. Selbst das Urteil über Gudmund Toressohn, dem Erlends Tod zur Last gelegt wurde, schien sie nur wenig zu berühren.
Diesmal sprach sie viel mehr mit dem Schwager und mochte ihn gut leiden. Jung war er nicht – er hatte das gleiche Alter wie Simon Darre –, ein zuverlässiger und ruhiger Mann, groß und dick und sehr dunkel, mit ganz schönen Gesichtszügen und ziemlich gebeugter Haltung. Er und Gaute wurden sofort gute Freunde. Naakkve und Björgulf hatten sich seit dem Tod des Vaters noch mehr aneinander angeschlossen und sich von allen anderen zurückgezogen. Aber Ivar und Skule erklärten der Mutter, daß sie Jammaelt gerne leiden mochten, »trotzdem dünkt es uns, daß Ramborg Simons Andenken besser geehrt hätte, wenn sie noch etwas länger Witwe geblieben wäre – schließlich kann sich dieser ihr neuer Mann doch keineswegs mit ihm messen«. Kristin merkte, daß die beiden wilden Burschen sich noch gut an Simon Andressohn erinnerten: von ihm hatten sie sich sowohl mit scharfen Worten als auch mit ruhigem Scherz zurechtweisen lassen, obgleich diese beiden ungeduldigen Knaben von ihren eigenen Eltern keine Ermahnung duldeten, ohne daß ihre Augen vor Zorn funkelten und ihre Hände sich ballten.
Während Jammaelts Anwesenheit auf Jörundhof kam auch Munan Baardssohn zu Kristin auf Besuch. Es war jetzt nicht mehr viel von dem ehemaligen Ritter Tanz übrig. Früher einmal hatte er groß und stattlich gewirkt, damals bewegte er seinen schweren Körper nicht ohne Anstand, so daß er größer und ansehnlicher schien, als er war. Jetzt hatte die Gicht ihn krumm gezogen, und die Haut schlotterte um seinen abgemagerten Körper, er sah fast aus wie ein kleines Hutzelmännchen, mit kahlem Schädel und nur einigen armseligen Fransen weichen weißen Haares um den Nacken. Einstmals hatten blauschwarze Bartwurzeln das straffe, fleischige Gesicht mit einem dunklen Hauch überzogen, jetzt aber wucherten die grauen Stoppeln üppig in allen schlaffen Falten des Kinns und des Halses, wohin er mit seinem Barbiermesser nur schlecht gelangen konnte. Seine Augen waren rotgerändert, der Speichel rann ihm ein wenig aus den Mundwinkeln, und außerdem machte ihm ein kranker Magen viel zu schaffen.

Mit ihm kam sein Sohn Inge, den die Leute Fluga nannten, nach seiner Mutter; er war bereits ein älterer Mann. Der Vater hatte diesem Sohn sehr gut in der Welt vorwärtsgeholfen, hatte ihm eine reiche Heirat verschafft und beim Bischof Halvard erreicht, daß dieser sich Inges annahm; Munan war mit einem Geschwisterkind des Bischofs verheiratet gewesen, und Herr Halvard wollte deshalb Inge gern zu Wohlstand verhelfen, damit er nicht Frau Katrins Kindern das Futter schmälerte. Dem Bischof war in dem Gau Hedemarken das Amt als Vogt verliehen, und so ernannte er Inge Munanssohn zu seinem Vertrauensmann, so daß dieser nun in Skaun und Ridabu ziemlich begütert war. Seine Mutter hatte sich ebenfalls in jener Gegend einen Hof gekauft. Sie war jetzt eine sehr fromme und wohltätige Frau und hatte gelobt, ihr Leben von nun bis zu ihrem Tode in Keuschheit zu verbringen. »Ja, sie ist weder gealtert noch hinfällig«, sagte Herr Munan gekränkt, als er sah, daß Kristin lächelte. Er hätte es wohl sehr gerne gesehen, daß Brynhild zu ihm gezogen wäre und ihm auf seinem Hof in der Nähe von Hamar das Haus geführt hätte, aber das wollte sie nicht.

Das Leben bringe ihm so wenig Freude auf seine alten Tage, klagte Herr Munan. Seine Kinder seien so unfriedlich, die Geschwister, die von einer Mutter stammten, lebten stets miteinander in Feindschaft und stritten auch mit den Halbgeschwistern. Am schlimmsten war die jüngste Tochter, die er von einer Buhlerin bekommen hatte, während er verheiratet war, so daß er ihr keine Erbschaft hinterlassen konnte, darum schröpfte sie den Vater noch zu seinen Lebzeiten, soviel sie nur konnte. Sie war Witwe und hatte sich auf Skogheim niedergelassen, jenem Hof, der Herrn Munans eigentlicher Wohnsitz war; weder der Vater noch die Geschwister konnten sie von dort vertreiben. Munan hatte eine heillose Angst vor ihr, wenn er aber den Versuch machte, zu einem seiner anderen Kinder zu ziehen, so wurde er auch dort mit Klagen über die Habgier und das unredliche Vorgehen der übrigen Geschwister geplagt. Am besten ging es ihm bei seiner jüngsten ehelichen Tochter, die als Nonne in Gimsöy lebte. Er war sehr gerne eine Zeitlang dort in der Gästeherberge, gab sich dann redlich Mühe, seine Seele unter der Anweisung der Tochter durch Buße und Gebete zu verbessern, aber lange Zeit hintereinander dort zu wohnen hielt er nicht aus. Kristin konnte nicht glauben, daß Brynhilds Söhne gegen den Vater so viel freundlicher seien als die anderen Kinder, darin aber wollte Munan Baardssohn ihr nicht recht geben. Er hatte sie von allen seinen Nachkommen am liebsten.

So kläglich dieser Schwager auch war, so brachte doch das Zusammensein mit ihm die ersten Anzeichen dafür, daß Kristins erstarrte Trauer ein wenig aufzutauen begann. Herr Munan redete früh und spät von Erlend; wenn er nicht über seine eigenen Prüfungen jammerte, sprach er nur von dem toten Vetter und prahlte mit Erlends Taten, am liebsten aber mit seiner draufgängerischen Jugend: mit Erlends wildem Übermut, gleich als er das erstemal in die Welt hinauskam, fort von

daheim auf Husaby, wo Frau Magnhild lebte und sich über seinen Vater grämte und der Vater sich über seinen ältesten Sohn grämte, und fort von Hestnaes und dem frommen, ernsthaften Pflegevater, Herrn Baard. Man hätte meinen sollen, Herrn Munans Geschwätz wäre der traurigen Witwe Erlends ein seltsamer Trost. Aber der Ritter hatte seinen jungen Verwandten doch auf seine Art geliebt und stets gefunden, daß Erlend all die anderen Männer an Schönheit, Mut – ja auch an Verstand überrage, bloß, daß er keinen Wert darauf legte, ihn anzuwenden, sagte Munan eifrig. Und obwohl Kristin daran denken mußte, wie es Erlend wohl nicht zum besten gereicht hatte, daß er, sechzehn Jahre alt, mit diesem Verwandten als Lehrmeister und Führer zum Gefolge des Königs kam, so mußte sie doch lächeln, traurig und voll Zärtlichkeit, wenn Munan Baardssohn so unermüdlich schwätzte, daß ihm der Speichel aus den Mundwinkeln floß und die Tränen aus den alten, rotgeränderten Augen rannen; er erzählte von Erlends strahlend-frohem Lebensmut in seinen blutjungen Jahren, ehe er in dieses Unglück mit Eline Ormstochter geriet und sich fürs Leben die Flügel versengte.
Jammaelt Halvardssohn, der in ein ernsthaftes Gespräch mit Gaute und Naakkve vertieft war, sah erstaunt zu seiner Schwägerin hinüber. Sie hatte sich mit diesem häßlichen Alten und mit Ulf Haldorssohn, der auf Jammaelt ein wenig unheimlich wirkte, auf die Bank gesetzt, und sie lächelte, während sie mit ihnen sprach und ihnen einschenkte; er hatte sie noch nie lächeln sehen, aber es kleidete sie schön, und ihr kleines leises Auflachen klang wie das eines ganz jungen Mädchens.

Jammaelt sprach davon, wie unmöglich es sei, sämtliche sechs Söhne hier daheim auf dem mütterlichen Hof zu behalten. Man dürfe nicht erwarten, daß irgendein reicher oder ebenbürtiger Mann Nikulaus seine Verwandte zur Frau geben würde, wenn die fünf Brüder bei ihm blieben und sich vielleicht auch noch nach ihrer Verheiratung von den Erträgnissen seines Hofes nährten. Und man sollte sich nun nach einer Frau für den jungen Mann umsehen; er war zwanzig Winter alt und schien von kräftiger Art zu sein. Darum wollte Jammaelt Ivar und Skule mit sich nehmen, wenn er jetzt wieder nach Süden fuhr, dort würde er schon eine Möglichkeit zum Vorwärtskommen für sie finden. – Nachdem Erlend Nikulaussohn so unglücklich ums Leben gekommen war, erinnerten sich auf einmal die Vornehmen des Landes, daß der Getötete einer ihrer Standesgenossen gewesen war, durch Geburt und Blut dazu ausersehen, den meisten von ihnen voranzugehen, als der gewinnende, in vieler Beziehung hochgesinnte, kühne und waffentüchtige Krieger, der er war, aber er hatte eben das Glück nicht auf seiner Seite gehabt. Man war mit äußerster Strenge gegen die Männer vorgegangen, die an dem Tod Erlends auf seinem eigenen Hof beteiligt gewesen waren. Und Jammaelt konnte erzählen, daß viele ihn nach Erlends Söhnen gefragt hatten. An Weihnachten war er mit den Männern von Sudrheim zusammengetroffen, und sie hatten damals davon gesprochen, daß diese jungen Burschen nahe Verwandte von ihnen seien; Herr Jon hatte gebeten, Grüße zu überbringen und zu sagen, daß er den Söhnen Erlend Nikulaussohns stets als Verwandter begegnen werde, wenn einer von ihnen zu ihm kommen wolle. Jon Haftorssohn sollte jetzt mit der Jungfrau Elin, Erling Vidkunssohns ältester Tochter, verheiratet werden, und die junge Braut hatte sich erkundigt, ob die Söhne ihrem Vater glichen: sie erinnerte sich noch gut daran, daß Erlend, als sie noch ein Kind war, einmal zu Besuch bei ihnen in Björgvin weilte und daß er ihr als der schönste aller Männer erschienen war. Ihr Bruder aber, Bjarne Erlingssohn, hatte gesagt, daß er alles, was er für die Söhne Erlend Nikulaussohns tun könne, mit herzlicher Freude tun würde.

Kristin saß da und betrachtete ihre Zwillingssöhne, während Jammaelt sprach. Sie gerieten immer mehr und mehr ihrem Vater nach: seidenfeines, kohlschwarzes Haar schmiegte sich glatt um den Kopf, während es sich vorne an der Stirn und an dem schlanken braunen Nacken ein wenig kräuselte. Sie hatten schmale Gesichter mit einer großen, gerade hervorspringenden Nase, einen feinen und kleinen Mund, an dessen beiden Winkeln sich die Muskeln zu einem Knoten zusammenballten. Aber sie hatten ein kurzes und breites Kinn und dunklere Augen als Erlend. Und gerade das war es, was Erlend so überraschend schön gemacht hatte, so dünkte es Kristin jetzt, daß seine Augen, wenn er sie in dem mageren dunklen Gesicht unter dem tiefschwarzen Haar aufschlug, so unerwartet hellblau und klar waren.

Jetzt aber schimmerte es stahlblau in den Augen der jungen Burschen, als Skule dem Oheim antwortete; er pflegte gerne das Wort für sich und seinen Zwillingsbruder zu führen:

»Wir danken Euch für dieses gute Angebot, Verwandter. Aber wir haben bereits mit Herrn Munan und mit Inge gesprochen und uns mit unseren älteren Brüdern beraten und sind nun mit Inge und seinem Vater übereingekommen. Diese Männer sind in unserer väterlichen Sippe uns am nächsten verwandt, wir gedenken daher mit Inge nach Süden zu gehen und den Sommer und noch einige Zeit darüber hinaus auf seinem Hof zuzubringen.«

Am Abend, als Kristin sich schon schlafen gelegt hatte, kamen die Knaben zu ihr in die Stube hinunter:

»Ja, wir erwarten von Euch, Mutter, daß Ihr dies begreift«, sagte Ivar Erlendssohn.

»Wir betteln nicht um Verwandtenhilfe und Freundschaft bei jenen Männern, die es so wortlos mit ansahen, wie unser Vater Unrecht erlitt«, fügte Skule hinzu.

Die Mutter nickte.

Es dünkte sie, die Söhne handelten richtig. Jammaelt war ein verständiger und rechtdenkender Mann, das fühlte sie, und sein Angebot war wohlgemeint, aber sie sah es gerne, daß die Knaben ihrem Vater die

Treue bewahrten. Obgleich sie sich's früher nicht hätte träumen lassen, daß ihre Söhne einmal dem Sohn der Brynhild Fluga dienen würden.

Sobald Ivar wieder kräftig genug war, um reiten zu können, zogen die Zwillinge mit Inge Fluga fort. Es war jetzt sehr still auf dem Hof. Die Mutter dachte daran, wie sie im vergangenen Jahr um diese Zeit mit einem neugeborenen Kind in der Webstube lag; es schien ihr wie ein Traum. So kurze Zeit war hingegangen, seit sie sich jung gefühlt hatte, das Innere aufgewühlt von den Sehnsüchten und Sorgen eines jungen Weibes, von Hoffnung und Haß und Liebe.

Jetzt war ihre Kinderschar bis auf vier Söhne eingeschrumpft, und in ihrem Herzen lebte nichts anderes als die Unruhe für die erwachsenen jungen Männer. In dieser Stille, die sich jetzt nach der Abreise der Zwillinge auf Jörundhof legte, loderte ihre Angst um Björgulf wie eine helle Flamme auf.

Als Gäste kamen, zogen er und Naakkve in die alte Feuerstube hinüber. Tagsüber war Björgulf auf, aber er hatte bis jetzt noch keinen Schritt vor die Tür getan. Mit heimlicher Furcht beobachtete Kristin, daß Björgulf stets still auf dem gleichen Fleck saß und nie in der Stube umherging, sich überhaupt wenig bewegte, wenn sie bei ihm war. Sie wußte, daß seine Augen sich während der letzten Krankheit verschlimmert hatten. Naakkve war sehr still; das aber war er seit dem Tode des Vaters immer gewesen, und seine Mutter schien er soviel wie möglich zu meiden.

Endlich, eines Tages, raffte sie ihren Mut zusammen und fragte den Ältesten, wie es denn um Björgulfs Augen stehe. Lange gab Naakkve ausweichende Antworten, schließlich aber verlangte Kristin die Wahrheit zu hören.

Da sagte Naakkve:

»Starkes Licht vermag er noch zu sehen«; bei diesen Worten wich dem jungen Mann alle Farbe aus dem Gesicht, er wandte sich jäh um und verließ die Stube.

Erst spät am selben Tag, als die Mutter sich so müde geweint hatte, daß sie glaubte, ruhig mit ihren Söhnen sprechen zu können, ging sie in die Altstube hinüber.

Björgulf lag zu Bett.

Gleich nachdem sie hereingekommen war und sich zu ihm aufs Bett gesetzt hatte, konnte sie es seinem Gesicht ansehen: er wußte, daß sie mit Naakkve gesprochen hatte.

»Mutter. Ihr dürft nicht weinen, Mutter«, bat er ängstlich.

Am liebsten hätte sie sich über ihren Sohn geworfen, ihn in ihre Arme genommen und über sein hartes Schicksal geweint und gejammert. Aber sie suchte nur nach seiner Hand unter der Decke:

»Schwer prüft Gott dein Mannestum, mein Sohn«, sagte sie mit rauher Stimme.

Björgulfs Gesicht wechselte den Ausdruck, wurde fest und entschlossen. Aber es verging eine Weile, ehe er sprechen konnte:
»Ich weiß seit langem, Mutter, daß ich dazu ausersehen bin, dieses zu tragen. Schon damals, als wir auf Tautra waren – Bruder Aslak sprach mit mir darüber und sagte, wenn es je mit mir dahin kommen würde, dann ...
Wie Unser Herr Jesus in der Wildnis in Versuchung geführt wurde, sagte er. Er sagte, die Seele eines Christen befinde sich erst dann in der wahren Wildnis, wenn ihm Gesicht und Gefühl verschlossen seien, dann folge er den Fußspuren des himmlischen Königs durch die Wildnis, gleichviel, ob sein Leib mitten unter seinen Brüdern oder Verwandten weile. Er las mir aus den Büchern Sankt Bernhards über diese Dinge vor. Und sagte, wenn eine Seele fühle, daß Gott gerade sie zu einer solch harten Prüfung ausersehen habe, dürfe sie nicht fürchten, daß sie die Prüfung nicht bestehen könne. Gott kenne meine Seele besser, als die Seele sich selber kennt.«
Er fuhr fort, in dieser Art mit seiner Mutter zu sprechen, und tröstete sie mit einer Weisheit und Seelenstärke, die weit über seine Jahre hinauszugehen schien.
Am Abend kam Naakkve zu Kristin und bat, mit ihr unter vier Augen sprechen zu dürfen. Da sagte er, es sei sein und Björgulfs Entschluß, in eine göttliche Brüderschaft einzutreten und die Mönchsweihe in Tautra zu empfangen.
Kristin war völlig überrascht und betroffen, Naakkve aber fuhr sehr ruhig fort. Sie wollten so lange warten, bis Gaute mündig sei und für die Mutter und die jüngeren Geschwister handeln könne. Ins Kloster wollten sie so viel Besitz mitbringen, wie es sich für die Söhne Erlend Nikulaussohns von Husaby gezieme, zugleich aber wollten sie auch das Wohl ihrer Brüder nicht außer acht lassen. Die Erlendssöhne hatten von ihrem Vater nichts Nennenswertes geerbt, jene drei aber, die geboren waren, ehe Gunnulf Nikulaussohn ins Kloster ging, besaßen im Norden oben einige Hofanteile; Gunnulf hatte, als er seine Reichtümer verteilte, den Söhnen seines Bruders Schenkungen gemacht, wenn er auch das meiste, was er nicht der Kirche und dem Dienst Gottes stiftete, seinem Bruder hinterließ. Und wenn sie, Naakkve und Björgulf, nicht ihren vollen Anteil an der Erbschaft beanspruchten, so bedeutete es für Gaute, der jetzt das Haupt der Sippe würde und sie weiterführen sollte, eine Erleichterung, daß die beiden Ältesten für diese Welt stürben, sagte Naakkve.
Kristin war wie vor den Kopf geschlagen. Nie hätte sie sich träumen lassen, daß Naakkve an ein Leben als Mönch denken würde. Aber sie sagte nichts dagegen, sie war ganz überwältigt. Und sie wagte nicht, ihren Söhnen von einem so schönen und nützlichen Vorhaben abzuraten.
»Schon als wir noch Knaben waren und zusammen bei den Mönchen dort oben im Norden lebten, versprachen wir uns gegenseitig, daß,

komme was wolle, keiner sich je vom anderen trennen würde«, sagte Naakkve.
Die Mutter nickte, sie wußte das. Aber sie hatte gedacht, es sei so gemeint gewesen, daß Björgulf stets bei Naakkve wohnen würde, auch wenn Naakkve heiratete.

Es dünkte Kristin fast ein Wunder, daß Björgulf, so jung er doch noch war, sein Unglück so männlich zu tragen vermochte. Jedesmal, wenn sie im Lauf des Frühlings mit ihm darüber sprach, vernahm sie nichts anderes als nur gottesfürchtige und mutige Worte aus seinem Munde. Unfaßlich schien es ihr – aber es hatte wohl seinen Grund darin, daß er schon seit vielen Jahren wußte, wie seine Schwachsichtigkeit enden würde, und so hatte er seine Seele wohl schon seit der Zeit, da er bei den Mönchen gewesen war, darauf vorbereitet.
Nun aber mußte sie daran denken, wie hart und schwer dieses ihr unglückliches Kind gelitten hatte, und sie hatte so wenig davon bemerkt, in all der Zeit, in der sie mit ihren eigenen Angelegenheiten erfüllt war. Jetzt kniete Kristin Lavranstochter jeden Augenblick, den sie allein war, vor dem Bild der Jungfrau Maria oben im Dachraum oder vor dem Altar im nördlichen Schiff der Kirche, sooft diese offenstand. Aus ganzem Herzen wehklagend, bat sie unter demütigen Tränen die milde Mutter des Erlösers, an Björgulf Mutterstelle zu vertreten und ihn nicht entgelten zu lassen, was seine leibliche Mutter versäumt hatte.

In einer Sommernacht lag Kristin wach da, Naakkve und Björgulf schliefen jetzt wieder im Oberstockwerk, aber Gaute lag drunten bei Lavrans, denn die beiden ältesten Brüder wollten sich im Wachen und Beten üben, hatte Naakkve gesagt. Sie war gerade im Begriff einzuschlafen, als sie davon wach wurde, daß sie jemand oben auf dem Altan schleichen hörte. Dann tappte etwas die Treppe herunter – sie erkannte den Schritt des Blinden.
Sie dachte, er müsse wohl nur hinaus, trotzdem stand sie auf und suchte ihre Kleider zusammen. Da hörte sie, daß die Tür oben aufgerissen wurde, es sprang einer die Treppe in zwei Sätzen herunter.
Die Mutter lief in die Vorstube und zur Tür hinaus. Draußen lag der Nebel so dicht, daß man nur noch die Vorratshäuser drüben über dem Hofplatz erspähen konnte. Oben beim Zaun schlug Björgulf wie rasend um sich und versuchte, sich aus dem Griff des Bruders zu befreien:
»Verlierst du etwas«, schrie der Blinde, »wenn du mich los wirst? Dann bist du von allen Eiden frei – brauchst nicht mehr für diese Welt zu sterben.«
Was Naakkve antwortete, konnte Kristin nicht hören. Auf bloßen Füßen lief sie in das taunasse Gras hinaus. Björgulf hatte sich jetzt losgerissen; plötzlich brach er, wie niedergefällt, über dem großen Stein zusammen, hieb mit geballten Fäusten auf ihn ein.

Naakkve erblickte die Mutter, kam ihr rasch einige Schritte entgegen: »Geht hinein, Mutter – das mache ich am besten allein ab –, Ihr müßt hineingehen, sage ich«, flüsterte er eindringlich, wandte sich um und beugte sich wieder über den Bruder.

Die Mutter blieb in einiger Entfernung stehen. Die Wiese war wie von Feuchtigkeit durchtränkt, von allen Dächern sickerte es, und von allen Blättern rollten Tropfen herab; es hatte den ganzen Tag geregnet, jetzt aber hatten sich die Wolken wie ein dichter weißer Nebel niedergesenkt. Als die Söhne nach einer Weile zurückkamen – Naakkve hatte Björgulf unter den Arm gefaßt und führte ihn auf diese Weise –, wich Kristin hinter die Tür zur Vorstube zurück.

Sie sah, daß Björgulf im Gesicht blutete, wahrscheinlich hatte er sich an dem Stein aufgeschlagen. Unwillkürlich zwängte Kristin ihre Hand in den Mund und biß sich ins eigene Fleisch.

Auf der Treppe versuchte Björgulf noch einmal, sich von Naakkve loszureißen – er fiel dabei gegen die Wand und schrie:

»Ich verfluche, ich verfluche den Tag, da ich geboren wurde!«

Als die Mutter hörte, daß Naakkve die Tür zum Schlafraum geschlossen hatte, schlich sie sich hinauf und blieb draußen auf dem Altan stehen. Lange vernahm sie Björgulfs Stimme von drinnen – er tobte und schrie, er fluchte –, dann und wann verstand sie eines seiner wilden Worte. Dazwischen hörte sie, daß Naakkve ihm zusprach, aber seine Stimme klang nur wie ein gedämpftes Murmeln. Schließlich schluchzte Björgulf laut und herzzerbrechend.

Die Mutter stand da und zitterte vor Kälte und vor Schmerz; sie hatte nur den Umhang übers Hemd geworfen. Lange stand sie so da, bis ihr offenes Haar von der feuchten Nachtluft ganz naß war. Endlich wurde es still im Dachraum.

Als sie wieder in der Stube drunten anlangte, trat sie an das Bett, in dem Gaute und Lavrans schliefen. Die beiden hatten nichts gemerkt. Während Kristin die Tränen über die Wangen strömten, streckte sie ihre Hand in der Dunkelheit aus, befühlte die beiden warmen Gesichter und lauschte den gleichmäßigen, gesunden Atemzügen der Knaben.

Es dünkte sie, als seien diese beiden nun alles, was sie von ihrem Reichtum zurückbehalten habe.

Zitternd vor Kälte kroch sie in ihr eigenes Bett. Einer der Hunde, der vor Gautes Bett gelegen hatte, kam durch die Stube getappt und sprang zu ihr hinauf, rollte sich unten auf ihren Füßen zusammen. Er pflegte es nachts stets so zu machen, und sie hatte nicht das Herz, ihn hinauszuweisen, obgleich er so schwer auf ihren Beinen lag, daß diese einschliefen. Aber das Tier, ein kohlschwarzer, struppiger alter Bärenhund, hatte Erlend gehört und war sein Lieblingshund gewesen. Heute nacht nun empfand Kristin es wohltuend, daß er bei ihr lag und ihr die eiskalten Füße wärmte.

Naakkve bekam sie am nächsten Morgen erst um die Zeit des Morgenimbisses zu sehen. Da kam er herein und nahm seinen Platz im Hochsitz ein; dieser Platz gehörte seit dem Tod des Vaters ihm.

Während der Mahlzeit sprach er kein Wort, und unter den Augen hatte er schwarze Ringe. Als er wieder hinausging, folgte ihm die Mutter nach.

»Wie steht es jetzt mit Björgulf?« fragte sie leise.

Naakkve vermied weiterhin ihren Blick, gab ihr jedoch ebenso leise zur Antwort, daß Björgulf jetzt schlafe.

»Ist – ist er schon früher so gewesen?« flüsterte sie voll Furcht.

Naakkve nickte, wandte sich von ihr ab und ging wieder zum Bruder hinauf.

Naakkve bewachte Björgulf früh und spät und hielt die Mutter von ihm fern, soviel er nur konnte. Aber Kristin ahnte wohl, daß die beiden jungen Männer manche schwere Stunde miteinander durchmachten.

Nikulaus Erlendssohn war es, der jetzt Herr auf Jörundhof sein sollte, aber er hatte keine Zeit, sich auch nur im mindesten um den Hof zu bekümmern. Auch schien er, ähnlich wie sein Vater, wenig Lust und Gabe dazu zu haben. So übernahmen denn Kristin und Gaute an seiner Stelle die Führung, denn in diesem Sommer zog auch Ulf Haldorssohn von ihnen fort.

Nach den unglücklichen Geschehnissen, die mit Erlend Nikulaussohns Tod endeten, war Ulfs Frau mit ihren Brüdern heimgezogen. Ulf blieb auf Jörundhof; er sagte, er wolle den Leuten zeigen, daß er sich durch Gerede und Lügen nicht vertreiben lasse. Aber ab und zu ließ er doch durchblicken, daß er nun wohl die längste Zeit hier gelebt habe; er gedachte, vielleicht nach Norden auf seinen eigenen Hof in Skaun zu ziehen, wenn einmal so viel Zeit verstrichen wäre, daß niemand ihm nachsagen könnte, er sei den Gerüchten davongelaufen.

Nun aber begann der Vertrauensmann des Bischofs nachzuforschen, ob Ulf Haldorssohn seine Frau widerrechtlicherweise verschmäht habe. Da bereitete Ulf sich zum Aufbruch vor und holte Jardtrud, er wollte nach Norden ziehen, noch ehe das Herbstwetter den Weg über das Gebirge beschwerlich machte. Zu Gaute sagte er, daß er sich mit dem Mann seiner Halbschwester, der in Nidaros Waffenschmied war, zusammentun und dort wohnen wolle, Jardtrud aber wollte er nach Skjoldvirkstad bringen, das sein Brudersohn weiterhin für ihn betreiben sollte.

Am letzten Abend trank Kristin ihm aus dem vergoldeten Silberbecher zu, den ihr Vater von seinem Großvater, Herrn Ketil, geerbt hatte. Sie bat ihn, den Becher anzunehmen und ihn als Erinnerung an sie aufzubewahren, dann steckte sie ihm einen goldenen Ring, der Erlend gehört hatte, an den Finger; den solle er zum Gedächtnis an seinen Verwandten tragen.

Ulf küßte sie zum Dank dafür: »Das gehört jetzt zum Verwandtenbrauch«, sagte er lachend. »In jener ersten Zeit, da wir uns kennenlernten, Kristin – ich war der Diener, der dich abholte und dich zu meinem Herrn begleitete –, dachtest du wohl nicht, daß wir uns je so trennen würden?«

Kristin wurde flammend rot, denn er sah sie jetzt mit dem alten spöttischen Lächeln an, aber sie glaubte aus seinen Augen zu lesen, daß er betrübt war. Da sagte sie:

»Trotzdem, Ulf, sehnst du dich denn nicht nach dem Trondheimischen zurück, da du doch im Norden geboren und aufgewachsen bist? Ich sehne mich gar oft nach dem Fjord zurück, und ich lebte doch nur die wenigen Jahre dort.«

Ulf lächelte wie zuvor, da sagte sie leise: »Wenn ich dich jemals in meiner Jugend gekränkt habe, durch Hochmut oder – ich wußte ja nicht, daß ihr so nahe verwandt wart, du und Erlend – das mußt du mir jetzt verzeihen!«

»Nein, nein – und überdies war es keineswegs Erlend, der diese Verwandtschaft nicht anerkennen wollte. Sondern ich war so stolz in meiner Jugend – hatte mein Vater mich aus seinem Geschlecht ausgestoßen, so wollte ich nicht betteln« – er erhob sich jäh, ging zu Björgulf, der auf der Bank saß: »Begreifst du, Björgulf, mein Pflegesohn – dein Vater – und Gunnulf – die beiden erwiesen mir Verwandtensinn von Anfang an, da wir als Knaben zusammenkamen – ganz entgegengesetzt zu meinen Brüdern und Schwestern auf Hestnaes. Später – niemals trat ich als Erlends Verwandter auf, außer, wenn ich sah, daß ich ihm auf diese Weise besser dienen konnte – und seiner Frau – und euch, meinen Pflegesöhnen. Verstehst du?« fragte er heftig. Er legte seine Hand auf Björgulfs Gesicht, verdeckte die erloschenen Augen.

»Ich verstehe.« Björgulfs Antwort klang halberstickt hinter der Hand des anderen; er nickte in Ulfs Hand.

»Wir verstehen, Pflegevater«, Nikulaus legte seine Rechte schwer auf Ulfs Schulter, und Gaute trat näher zu den dreien heran.

Kristin wurde es seltsam zumute; es war, als wollten die anderen über Dinge sprechen, von denen sie nichts wußte. Dann kam auch sie herbei und sagte:

»Verlaß dich darauf, Ulf, unser Verwandter, das wissen wir alle – keiner von uns, nicht Erlend und nicht wir, hat einen so getreuen Freund besessen wie dich. Gott segne dich!«

Am Tag darauf zog Ulf Haldorssohn nach Norden.

Im Lauf des Winters kam Björgulf mehr zur Ruhe, soweit Kristin beobachten konnte. Er setzte sich wieder mit den anderen zu Tisch, ging mit ihnen zur Messe und nahm bereitwillig und freundlich die Hilfe und Dienstleistungen entgegen, die ihm die Mutter so gern angedeihen ließ.

Und je mehr Zeit darüber hinging, seit Kristin die Söhne vom Kloster hatte sprechen hören, desto mehr fühlte sie selbst, wie unsagbar schwer es ihr fiel, ihren ältesten Sohn dem Kloster zu weihen.

Sie konnte sich nicht verhehlen, daß Björgulf dort sicher am besten aufgehoben war. Aber sie wußte nicht, wie sie es crtragen sollte, Naakkve auf diese Weise zu verlieren. Es verhielt sich also doch wohl so, daß der Erstgeborene auf irgendeine Weise inniger mit dem Herzen der Mutter verbunden war als die übrigen Söhne.

Auch konnte sie nicht erkennen, daß Naakkve besonders geeignet gewesen wäre, Mönch zu werden. Zwar hatte er eine hervorragende Gabe für geistige Gelehrsamkeit und besaß große Liebe für die Andachtsübungen. Trotzdem schien er der Mutter nicht sehr geistlich gesinnt zu sein. Die Kirche hier im Tal besuchte er durchaus nicht besonders eifrig, versäumte den Gottesdienst häufig unter irgendeinem Vorwand, und sie wußte, daß weder er noch Björgulf ihrem Kirchspielpfarrer je etwas anderes als das allgemeine Sündenbekenntnis beichteten.

Der neue Priester, Sira Dag Rolfssohn, war der Sohn von Rolf auf Blakarsarv, der mit einem Geschwisterkind der Ragnfrid Ivarstochter verheiratet gewesen war. Er kam deshalb sehr häufig zu dem Hof seiner Verwandten. Sira Dag Rolfssohn war ein junger Mann, etwa dreißig Jahre alt, wohlunterrichtet und gelehrt. Aber die beiden ältesten Söhne verhielten sich ihm gegenüber kühl. Mit Gaute hingegen wurde er bald gut Freund.

Gaute war der einzige unter den Erlendssöhnen, der sich in Sil Freunde gewonnen hatte. Aber keiner von den Brüdern war durch alle Zeit hindurch so fremd im Tal geblieben wie Nikulaus. Er mischte sich nie unter die anderen jungen Leute; selbst wenn er dorthin ging, wo sie einander zum Tanz oder frohen Zusammensein trafen, stand er meist am Rande der Spielwiese und sah zu – mit einer Miene, als hielte er sich für zu gut, um mitzutun. Überkam ihn jedoch die Lust, so beteiligte er sich ungebeten am Spiel, und dann sagten die Leute, er tue dies, um sich auszuzeichnen: er war gewandt, stark und behend, ließ sich schnell zum Kampf hinreißen, und wenn er dann zwei oder drei der berühmtesten Kämpfer im Tal besiegt hatte, so mußten die Leute sein Wesen ertragen. Und gelüstete es ihn, mit einer Jungfrau zu tanzen, so beachtete er weder deren Brüder noch Verwandte und Freunde, sondern tanzte mit ihr, ging mit ihr umher und saß allein mit ihr, und es kam nie vor, daß ein Mädchen nein sagte, wenn Nikulaus Erlendssohn ihm seine Gesellschaft antrug. Dadurch machte er sich bei den Leuten nicht beliebter.

Seitdem der Bruder erblindet war, ließ Naakkve ihn selten allein, kam er jedoch des Abends einmal heraus, so war er nicht anders als früher. Auch seine langen Jagdstreifereien hatte Naakkve jetzt fast aufgegeben, dennoch kaufte er sich gerade in diesem Herbst einen über die Maßen kostbaren weißen Falken vom Vogt, und dem Bogenschießen und anderen Leibesübungen oblag er noch mit dem gleichen Eifer. Björgulf hatte gelernt, auch mit blinden Augen Schach zu spielen, und die Brüder vertrieben sich oft den ganzen Tag am Schachbrett; sie waren alle beide die eifrigsten Spieler.

Dann hörte Kristin, daß die Leute über Naakkve und ein junges Mädchen, Tordis Gunnarstochter von Skjenne, redeten. Den nächsten Sommer brachte Tordis auf der Alm zu. In dieser Zeit war Naakkve des Nachts mehrmals von daheim fort. Kristin erfuhr, daß er bei Tordis gewesen war.

Das Herz der Mutter bebte und drehte und wand sich wie ein Espenblatt an seinem Stiel. Tordis stammte aus einem alten und ehrbaren Geschlecht, sie selbst war ein gutes und unschuldiges Kind; Naakkve konnte sie unmöglich in Unehre bringen wollen. Wenn die beiden jungen Menschen sich wirklich vergaßen, so mußte er dieses Mädchen zu seinem Weib machen. Krank vor Angst und Scham fühlte Kristin doch, daß sie sich gewiß nicht allzusehr darüber grämen würde, wenn es dahin käme. Noch vor kaum zwei Jahren hätte sie nichts davon hören wollen, daß Tordis Gunnarstochter nach ihr Hausfrau auf Jörundhof werden sollte. Der Großvater des Mädchens lebte mit vier verheirateten Söhnen auf seinem Hof, und sie selbst hatte viele Geschwister; sie würde eine arme Braut sein. Und jede Frau aus dieser Sippe bekam mindestens ein schwachsinniges Kind. Die Unterirdischen tauschten die Kinder dieser Leute aus oder verhexten sie; soviel man sich auch bemühte, die Wöchnerinnen zu beschützen, schienen doch weder Taufe noch Weihe irgend etwas zu fruchten. Nun lebten zwei alte Männer auf Skjenne, die Sira Eirik für Wechselbälge erklärt hatte, zwei taubstumme Kinder – und Tordis' ältesten Bruder hatte die Huldre verhext, als er siebzehn Jahre alt war. Im übrigen waren in der Skjennesippe schöne Menschen, Glück beim Vieh und Wohlgedeihen begleiteten sie, aber es waren ihrer zu viele, als daß die Sippe hätte zu Reichtum kommen können.

Gott mochte wissen, ob Naakkve sein Vorhaben aufgeben konnte, ohne zu sündigen, wenn er sich bereits durch ein Gelübde dem Dienst der Jungfrau Maria verbunden hatte. Aber schließlich mußte doch jeder Mann stets ein Probejahr als Jungbruder im Kloster zubringen, ehe er die Weihe erhielt – konnte in dieser Zeit noch immer zurücktreten, wenn er fühlte, daß er nicht dazu berufen war, Gott auf diese Weise zu dienen. Und Kristin hatte gehört, daß jene welsche Gräfin, die Mutter des Prädikantenbruders und großen Doktors der Theologie, Herrn Tomas Akvinas, ihren Sohn, mit einem schönen und sittenlosen Weibe einschloß, um ihn davon abzubringen, die Welt verlassen zu wollen. Kristin fand, dies sei das Häßlichste, was sie je vernommen habe, aber jene Frau starb dennoch ausgesöhnt mit Gott. Da konnte es wohl keine so entsetzliche Sünde sein, wenn sie dachte, daß sie Tordis von Skjenne jetzt mit offenen Armen als Schwiegertochter aufnehmen würde.

Im Herbst kam Jammaelt Halvardssohn nach Formo, und er bestätigte die Gerüchte von den großen Begebenheiten, die auch bis in dieses Tal hier gelangt waren. In gemeinsamer Beratung mit den obersten Vätern der Kirche, den Rittern und Herren aus dem Rat des Reiches Norwegen hatte Herr Magnus Eirikssohn beschlossen, seine Reiche unter die beiden Söhne zu teilen, die er von seiner Königin, Frau Blanche, bekommen hatte. Auf der Versammlung der Vornehmen in Vardberg hatte er dem Jüngsten, Junker Haakon, den Königsnamen von Norwegen verliehen. Gelehrte und ungelehrte Herren des Reiches hatten bei den Heiligtümern geschworen, das Land unter seiner Hand zu verteidigen.

Es hieß, er sei ein schönes und vielversprechendes dreijähriges Kind, und er solle hier im Lande erzogen werden. Vier der vornehmsten Rittersfrauen sollten seine Pflegemütter und zwei geistliche und zwei weltliche vornehme Herren sollten die Pflegeväter sein, in der Zeit, da König Magnus und Königin Blanche in Schweden wären. Man sagte, Herr Erling Vidkunssohn und der Bischof von Björgvin und Oslo hätten sich diese Königswahl ausgedacht, und Bjarne Erlingssohn habe die Sache beim König am besten gefördert; der König liebte Bjarne vor allen seinen norwegischen Rittern. Und jedermann erwartete sich den größten Vorteil für das Reich Norwegen, wenn das Volk jetzt wieder einen König haben sollte, der im Reiche lebte und wohnte und der Gesetz und Recht und die Wohlfahrt des Landes schützen würde, statt seine Zeit und Kraft und den Wohlstand des Landes mit Unternehmungen in anderen Ländern zu vergeuden.

Kristin hatte die Nachricht von der Königswahl vernommen, ebenso wie sie von den Feindseligkeiten mit den deutschen Kaufleuten in Björgvin und von den Kriegen des Königs in Schweden und Dänemark gehört hatte. Dies alles aber hatte sie nicht mehr berührt als der Widerhall des Donners zwischen den Bergen, wenn das Gewitter in weiter Ferne über das Tal hinzieht. Aber ihre Söhne hatten untereinander wohl über diese Dinge gesprochen. Bei Jammaelts Erzählung nun gerieten Erlends Söhne in die heftigste Erregung. Björgulf hielt den Kopf in die Hände gestützt, so daß er die blinden Augen verdeckte, Gaute lauschte mit halbgeöffneten Lippen, während er den Griff seines Dolches umklammerte, Lavrans atmete laut und hörbar und blickte immer wieder vom Oheim weg zu Naakkve hin, der im Hochsitz saß. Der Älteste war bleich im Gesicht, und seine Augen glühten.

»Gar manchem Mann war es so bestimmt«, sagte Naakkve, »daß jene, die ihn im Leben am meisten bekämpften, gerade auf dem Weg, den er ihnen gezeigt hatte, vorwärtskamen, nachdem sie ihn zu einem Fraß der Würmer gemacht hatten. Ist ihm erst der Mund mit Erde gestopft, so scheuen sich die, die geringere Männer waren als er, nicht mehr, seinen Worten recht zu geben.«

»Ja, es mag so sein, Verwandter«, sagte Jammaelt beschwichtigend, »du hast nicht ganz unrecht. Dein Vater dachte als erster von allen Männern an diesen Weg aus dem Sumpf; er dachte an zwei Brüder auf den Königsthronen hier und in Schweden. Ein überlegter, weiser und hochgesinnter Herr war Erlend Nikulaussohn, ich begreife das. Aber hüte dich nun mit dem, was du sagst, Nikulaus, es ist doch wohl nicht deine Absicht, Gerüchte über dich entstehen zu lassen, die Skule schaden könnten.«

»Skule bat mich in seiner Sache nicht um Urlaub«, erwiderte Nikulaus scharf.

»Nein, er dachte wohl nicht daran, daß du jetzt mündig bist«, entgegnete Jammaelt wie zuvor, »und auch ich entsann mich dessen nicht; es geschah also mit meinem Einverständnis und Willen, daß er den Eid auf Bjarnes Schwert leistete.«

»Ich glaube, er dachte sehr wohl daran, aber der junge Bursche wußte, daß ich nie meine Einwilligung hierzu gegeben hätte. Und die Männer von Giske brauchten vielleicht diese Salbe für ihr schlechtes Gewissen.«

Skule Erlendssohn hatte sich nun in den Dienst Bjarne Erlingssohns begeben. Er war mit dem jungen Ritter zusammengetroffen, als er zu Weihnachten bei seiner Muhme auf Aelin zu Besuch weilte, und Bjarne war es geglückt, dem Knaben zu schildern, wie es hauptsächlich Herrn Erlings und seinen eigenen Fürbitten zuzuschreiben sei, daß Erlend seinerzeit Gnade gewährt worden war – ohne ihre Unterstützung wäre es Simon Andressohn niemals geglückt, die Erfüllung seines Anliegens bei König Magnus durchzusetzen. – Ivar war noch bei Inge Fluga.

Kristin wußte, was Bjarne Erlingssohn gesagt hatte, war nicht ganz unwahr, es stimmte ganz gut mit Simons eigener Schilderung seiner Fahrt nach Tunsberg überein. Trotzdem hatte sie in allen diesen Jahren mit großer Bitterkeit an Erling Vidkunssohn gedacht. Es dünkte sie, er hätte die Macht gehabt, ihrem Mann zu besseren Bedingungen zu verhelfen, wenn er gewollt hätte. Bjarne hatte damals wohl noch keinen großen Einfluß, so jung, wie er war. Trotzdem sagte es ihr nicht sehr zu, daß Skule sich diesem jungen Mann angeschlossen hatte, und außerdem stockte ihr auch fast der Atem, als sie hörte, daß die Zwillinge so ganz auf eigene Faust gehandelt und sich so ins Weite hinaus begeben hatten – sie waren doch eigentlich noch Kinder, fand sie.

Nach diesem Besuch Jammaelts nahm ihre Unruhe derartig zu, daß sie beinahe nicht mehr zu denken vermochte. Verhielt es sich wirklich so, wie die Männer meinten, sollte es wirklich die Wohlfahrt und Sicherheit des Landes so unsagbar erhöhen, wenn dieser kleine Knabe auf der Burg Tunsberg jetzt König von Norwegen hieß, so hätte das Volk diesen Vorteil ja schon seit zehn Jahren genießen können, wenn nicht Erlend ... Nein, sie wollte nicht an *dieses* denken, wenn sie an den Toten dachte. Dennoch konnte sie es nicht unterlassen, gerade weil sie merkte, daß der Vater in den Augen der Söhne so herrlich und vollkommen dastand, der hervorragendste Held und Anführer ohne Fehl und Tadel. Sie hatte ja selbst in allen diesen Jahren gemeint, Erlend sei von seinen Standesgenossen und reichen Verwandten im Stich gelassen worden; großes Unrecht hatte ihr Gemahl erlitten, aber Naakkve ging zu weit, wenn er sagte, jene anderen hätten ihn zu einem Fraß der Würmer gemacht. Auch sie trug wohl ihr schweres Teil an der Schuld, sicherlich – hauptsächlich aber waren es doch Erlends Unverstand und sein verzweifelter Eigensinn gewesen, die seinen elenden Tod verursacht hatten.

Aber nein – trotzdem sah sie es nicht gerne, daß Skule jetzt bei Bjarne Erlingssohn war.

Sollte sie denn niemals den Tag erleben, an dem sie nicht unablässig von Angst und Unruhe gequält sein würde? O Jesus, gedenke der Angst und Sorge, die deine selige Mutter um deinetwillen erlitt, erbarme dich meiner, einer Mutter, und tröste mich!

Selbst um Gaute durchlebte sie viel Angst. In dem Knaben steckte das Zeug zu einem tüchtigen Bauern, aber er war so verrannt in seinem Eifer, dem Geschlecht wieder zu Wohlstand zu verhelfen. Naakkve ließ ihm freie Hand in allem – und Gaute hatte den Kopf voll unzähliger Pläne. Jetzt hatte er zusammen mit einigen anderen Männern aus dem Tal angefangen, aus den Mooren drinnen im Gebirge wieder Eisen zu gewinnen. Und er verkaufte viel zuviel, nicht nur als Abgaben, sondern auch von dem wirklichen Ertrag des Hofes. Kristin war stets gewohnt gewesen, vollgepfropfte Vorratshäuser und Scheunen auf ihrem Hof zu sehen, und sie wurde nicht wenig erzürnt, wenn Gaute wegen einer ranzigen Butter die Nase rümpfte oder sich über den zehn Jahre alten Speck, den sie im Vorratshaus hängen hatte, lustig machte. Aber sie wollte das Bewußtsein haben, daß auf ihrem Hof niemals Mangel an Nahrung eintreten könnte; kein armer Mann brauchte unbeschenkt von ihrem Hof wegzugehen, wenn das Tal von einem Mißjahr betroffen wurde. Und es sollte an nichts fehlen, wenn die Zeit einmal käme, da es hier auf dem alten Hof wieder Hochzeiten und Kindstaufen und Gastgelage gäbe.

Ihre ehrgeizigen Pläne für die Söhne schrumpften ein. Sie wollte sich damit zufriedengeben, wenn die Kinder hier im Tal ihren Wohnsitz aufschlügen. Kristin konnte durch Tausch und Erbschaft ihren Besitz so sammeln, daß drei ihrer Söhne auf eigenen Höfen hätten leben können. Und Jörundhof mit jenem Teil von Laugarbru, der diesseits des Flusses lag, konnte drei Pächter ernähren. Wurde es auch nicht gerade ein Leben für Herren, so sollten sie doch auch keine armen Leute sein. Hier im Tal herrschte Frieden – von all dieser Unruhe unter den Vornehmen des Landes erfuhr man hier nur wenig. Mochte man eine solche Anordnung auch als Niedergang der Macht und des Ansehens der Sippe betrachten, Gott hatte es in seiner Hand, ihren Nachkommen besser vorwärtszuhelfen, wenn er darin einen Nutzen für sie sah.

Aber für sie, Kristin, war es wohl eine vergebliche Hoffnung, ihre Söhne je in dieser Art um sich versammelt zu sehen; sie kamen wohl nicht so leicht zur Ruhe, diese ihre Kinder, die Erlend Nikulaussohn zum Vater hatten.

Dies war die Zeit, in der ihre Seele Frieden und Trost fand, wenn sie

ihre Gedanken zu den zwei kleinen Kindern schweifen ließ, die oben auf dem Friedhof ruhten.
Zwar hatte sie in allen diesen Jahren jeden Tag an sie gedacht, hatte, wenn sie sah, wie andere gleichaltrige Kinder wuchsen und gediehen, sich gefragt, wie die *ihren* jetzt wohl wären.
Jetzt, während sie in ihrer täglichen Arbeit dahinlebte, immer noch gleich tüchtig und fleißig, aber verschlossen und nachdenklich, waren die toten Kinder stets bei ihr. In ihren Träumen lebten und wuchsen sie heran und wurden in jeder Beziehung genauso, wie sie es wünschte: Munan war so getreu gegen seine Verwandten wie Naakkve, aber gegen seine Mutter war er ebenso heiter und mitteilsam wie Gaute und versetzte sie nie mit gewagten Einfällen in Angst, war sanft und besonnen wie Lavrans, aber alles Merkwürdige, worüber Munan im Gehen und Stehen nachgrübelte, besprach er mit seiner Mutter. Er war klug wie Björgulf, aber kein Mißgeschick beschattete seinen Lebensweg, so daß er klug war ohne Bitterkeit; er war selbständig, stark und kühn wie die Zwillinge, aber nicht so unlenksam und eigenmächtig.
Und all der süßen, heiteren Erinnerungen an die Lieblichkeit der Kinder, da sie klein waren, entsann sie sich jetzt immer und immer wieder, wenn sie an den kleinen Erlend dachte. Er stand auf ihren Knien und sollte angekleidet werden: sie hielt mit ihren Händen seinen nackten, prallen Körper umfaßt, und er strebte mit seinen kleinen Händen und mit hochgehobenem Kopf und seinem ganzen so kostbaren Körper hinauf zu ihrem Gesicht und ihren Liebkosungen. Sie lehrte ihn gehen, hatte ihm ein zusammengefaltetes Tuch über die Brust gelegt und unter den Armen durch nach hinten geführt, in diesem Geschirr hing er nun schwer wie ein Sack und strampelte so entzückend verkehrt mit den Füßen, lachte selbst so herzlich, bis er sich vor Lachen wie ein Wurm wand. Sie trug ihn auf den Armen zur Weide hinauf zu den Kälbern und Lämmern, er schrie vor Freude über das Mutterschwein mit all den Ferkeln, legte den Kopf zurück und starrte zu den Tauben auf dem Stalldach hinauf. Er lief neben ihr durch das hohe Gras bei den Geröllhalden, schrie laut auf bei jeder Beere, die er sah, und aß sie so gierig aus ihrer Hand, daß der Speichel aus seinem kleinen gefräßigen Mund troff und ihre Handfläche ganz naß davon wurde.
All ihrer Freude an den Kindern entsann sie sich und lebte in dem geträumten Leben mit den zwei Kleinen wiederum auf. Und alle Sorgen vergaß sie.

Zum drittenmal wurde es Frühling, seitdem man Erlend zu Grabe getragen hatte. Kristin hörte nichts mehr über Tordis und Naakkve. Aber sie hörte auch nichts mehr vom Kloster. Und ihre Hoffnung nahm zu; sie konnte es nicht ändern: sie opferte ihren ältesten Sohn so ungern dem Klosterleben.
Kurz vor der Jonsmesse kam Ivar Erlendssohn nach Jörundhof heim. Die Zwillinge hatten, als sie von daheim fortzogen, im sechzehnten

Jahr gestanden. Jetzt war Ivar ein erwachsener Mann, nahezu achtzehn Jahre alt, und die Mutter fand ihn so schön und männlich geworden, daß sie sich nicht satt an ihm sehen konnte.

Am ersten Morgen brachte die Mutter Ivar, noch während er im Bett lag, einen kleinen Morgenimbiß: Honigbrot, Fladen und Bier, das sie von der letzten Tonne des Weihnachtsbieres abgezapft hatte. Sie saß auf dem Bettrand, während er aß und trank, lächelte zu allem, was er sagte, stand auf und betrachtete seine Kleider, drehte und wendete jedes Stück, wühlte in seinem Reisesack, wog seine neue Schließe in ihrer schmalen braunen Hand, zog seinen Dolch aus der Scheide und lobte ihn und alles, was Ivar besaß. Dann setzte sie sich wieder aufs Bett, sah den Sohn an und hörte mit einem Lächeln um Mund und Augen allem zu, was der junge Mann ihr erzählte.

Da sagte Ivar:

»Es ist am besten, meine Mutter, wenn ich Euch gleich sage, weshalb ich hier daheim bin; ich bin gekommen, um Naakkves Einwilligung zu meiner Heirat zu holen.«

Überwältigt schlug Kristin die Hände zusammen:

»Mein Ivar! Du bist doch noch so jung, du hast wohl nicht irgendwelche Dummheiten gemacht!«

Ivar bat die Mutter, ihn anzuhören. Es handelte sich um eine jüngere Witwe, Signe Gamalstochter, die auf Rognheim in Fauskar lebte. Der größte Teil des mittelgroßen Hofes gehörte ihr selbst; sie hatte ihr einziges Kind beerbt. Aber sie geriet in einen Rechtsstreit mit den Verwandten ihres Mannes, und Inge Fluga hatte versucht, daraus verschiedene unrechtmäßige Vorteile zu ziehen, als Entgelt dafür, daß er der Witwe zu ihrem Recht verhelfen wollte. Ivar war ärgerlich geworden, hatte sich der Frau angenommen und sie bis zum Bischof begleitet, denn Herr Halvard hatte Ivar stets väterliches Wohlwollen erwiesen, sooft er mit ihm zusammengetroffen war. Inge Munanssohns Vorgehen im Gau vertrug keine sehr genauen Nachforschungen, aber er hatte es verstanden, sich mit den vornehmen Sippen in den Tälern gut anzufreunden, die Gemeinden in ein Mausloch zurückzuschrecken, und dem Bischof hatte er mit großem Geschick Sand in die Augen gestreut. Es geschah wohl auch um Munans willen, daß Herr Halvard keine Lust zeigte, allzu streng zu sein. Jetzt aber schien die Sache nicht so gut für ihn zu stehen, so daß Inge und Ivar in offener Feindschaft voneinander schieden, als Ivar sein Pferd nahm und Inge Flugas Hof verließ. Dann aber war es ihm eingefallen, daß er doch noch einmal auf Rognheim vorsprechen sollte, ehe er dieser Gegend den Rücken kehrte. Dies war um die Osterzeit gewesen, und seither hatte er bei Signe gelebt – hatte ihr in diesem Frühjahr auf dem Hof geholfen –, und jetzt waren sie dahin übereingekommen, daß er sie heiraten sollte. Sie meinte nicht, daß Ivar Erlendssohn zu jung sei, um ihr Gemahl zu werden und sie und das Ihre zu betreuen. Und der Bischof wollte ihm wohl, wie schon gesagt, obgleich er ja viel zu jung und ungelehrt war, als daß

Herr Halvard ihm ein Amt hätte übertragen können, aber Ivar glaubte gut zurechtkommen zu können, wenn er verheiratet auf Rognheim säße.

Kristin saß da und spielte mit ihrem Schlüsselbund im Schoß. Dies war ja eine verständige Rede. Und Inge Fluga war es wohl auch nicht besser wert. Aber sie fragte sich, was der arme alte Mann, Munan Baardssohn, dazu sagen würde.

Über die Braut erfuhr sie, daß Signe dreißig Winter alt war, von geringem und armem Geschlecht, da aber ihr erster Mann zu Wohlstand gekommen war, lebte sie jetzt in guten Verhältnissen, und sie selbst war eine ehrbare, freundliche und tüchtige Frau.

Nikulaus und Gaute begleiteten Ivar nach Süden, um sich die Witwe anzusehen, Kristin aber wollte bei Björgulf zurückbleiben. Als die Söhne heimkehrten, konnte Naakkve seiner Mutter melden, daß Ivar sich mit Signe Gamalstochter verlobt habe. Die Hochzeit sollte im Herbst auf Rognheim stattfinden.

Nicht lange nachdem die Brüder heimgekommen waren, begab Naakkve sich eines Abends zu seiner Mutter, als sie in der Webstube saß und nähte. Er schob den Riegel vor die Tür. Dann sagte er, nun, da Gaute zwanzig Jahre alt sei und Ivar durch seine Heirat mündig würde, wollten er und Björgulf schon in diesem Herbst nach Norden reisen und im Kloster um ihre Aufnahme als Novizen bitten. Kristin antwortete nicht viel, und so sprachen sie nur darüber, wie alles zu ordnen sei und was die beiden ältesten Söhne von ihrem Besitz mitnehmen wollten.

Aber einige Tage darauf kamen Hochzeitbitter nach Jörundhof – Aasmund von Skjenne wollte das Verspruchsbier seiner Sohnestochter Tordis mit einem Sohn aus gutem Bauerngeschlecht von Dovre feiern.

Naakkve kam auch an diesem Abend zu seiner Mutter in die Webstube, und wiederum schloß er die Tür hinter sich ab. Er setzte sich auf den Rand der Feuerstätte, saß da und stocherte mit einem Ast in der Glut herum; Kristin hatte ein kleines Feuer angezündet, denn die Nächte waren in diesem Sommer kalt.

»Nichts als Feste und Feierlichkeiten, Mutter«, sagte er und lachte ein wenig. »Verspruchsbier auf Rognheim und Verspruchsbier auf Skjenne, und dann kommt Ivars Hochzeit – wenn Tordis als Braut zur Kirche reitet, folge ich wohl nicht mit –, um diese Zeit trage ich vielleicht schon die Mönchstracht.«

Kristin antwortete nicht sofort. Dann aber sagte sie, ohne von ihrer Arbeit aufzusehen; sie nähte an einem Festgewand für Ivar:

»Gar viele haben wohl geglaubt, daß es für Tordis Gunnarstochter ein Kummer sein würde, wenn du ins Kloster gingst.«

»Das habe ich selbst einmal geglaubt«, antwortete Naakkve.

Kristin ließ die Arbeit in ihren Schoß sinken. Sie betrachtete den Sohn – sein Gesicht war verschlossen und ruhig. Und er war so schön –

das dunkle Haar, von der weißen Stirn zurückgekämmt, lockte sich so weich hinter den Ohren und an dem schlanken braunen Stamm des Halses. Er hatte regelmäßigere Züge als der Vater, das Gesicht war breiter und fester, die Nase nicht so groß und der Mund nicht so klein, die klaren blauen Augen lagen schön unter geraden schwarzen Brauen, und dennoch *wirkte* er nicht so schön, wie Erlend gewesen war. Es war die tierähnliche Weichheit und die lässige Anmut des Vaters, der Hauch unzerstörbarer Jugend, den Naakkve nicht besaß.

Die Mutter nahm ihre Arbeit wieder zur Hand, aber sie nähte nicht. Nach einer Weile sagte sie, während sie hinunterblickte und mit der Nadel eine Kante des Stoffes einbog:

»Denke daran, Naakkve, daß ich bisher noch nicht *ein* Wort gegen euer göttliches Vorhaben gesagt habe. Ich erdreiste mich nicht dazu. Aber du bist jung – und du, der viel gelehrter ist als ich, weißt wohl – irgendwo steht in der Schrift geschrieben, schlecht geziemt es sich für einen Mann, sich umzudrehen und über die Schulter zurückzublicken, hat er erst einmal seine Hand an den Pflug gelegt.«

In dem Gesicht des Sohnes verzog sich nicht eine Miene.

»Ich weiß, daß ihr diesen Gedanken seit langer Zeit in euch herumtragt«, fuhr die Mutter fort, »schon, als ihr noch Kinder wart. Damals wußtet ihr selber nicht, wessen ihr entsagen wolltet. Jetzt, da du ins Mannesalter gekommen bist – meinst du nicht, es könnte ratsam sein, euch noch ein wenig länger zu prüfen, um zu sehen, ob ihr berufen seid? Du bist dazu geboren, den Hof hier zu übernehmen und das Haupt der Sippe zu sein.«

»Ihr erdreistet Euch jetzt, mir zu raten?« Naakkve atmete ein paarmal tief auf. Er erhob sich; plötzlich griff er sich heftig an die Brust, riß Kittel und Hemd auf, so daß die Mutter seine nackte Brust sehen konnte, auf der das Muttermal, die fünf kleinen blutroten Feuerflecke, in dem schwarzen krausen Haar aufschimmerte:

»Ihr glaubtet wohl, ich sei als Kind zu klein gewesen, um dies zu begreifen, was Ihr unter Tränen und Jammern seufztet, wenn Ihr mich küßtet, damals, als ich ein kleiner Bub war. Ich begriff es wohl auch nicht, aber die Worte, die Ihr sagtet, konnte ich nie vergessen. Mutter, Mutter, habt Ihr vergessen, daß unser Vater den elendesten Tod starb, ohne Beichte und Wegzehrung!, und *Ihr* wagt es, uns abzuraten!

Ich denke, wir Brüder wissen, wovon wir uns abwenden. Mich dünkt es kein großes Opfer, den Hof hier und die Ehe zu verlieren – und jenen Frieden und jenes Glück, wie Ihr und mein Vater es miteinander hattet, in all den Jahren, die ich denken kann.«

Kristin ließ ihre Arbeit fallen. Alles, was sie und Erlend durchlebt hatten – Böses und Gutes –, der Reichtum an Erinnerungen schlug über ihr zusammen. *So* wenig wußte dieses Kind von dem, dem es entsagen wollte. Mit all seiner Jugend, den Kämpfen, seinen gewagten Unternehmungen, seinen losen Streichen und Liebeshändeln; er war nichts als ein unschuldiges Kind.

Naakkve sah, wie seiner Mutter die Tränen in die Augen stiegen; er schrie auf:
»Quid mihi et tibi est, mulier*.« Kristin fuhr zusammen, aber der Sohn sprach in heftiger Erregung weiter: »Gott sagte diese Worte wohl nicht deshalb, weil er seine Mutter verachtete. Aber er selbst wies sie zurecht, diese reine Perle, ohne Fehler, ohne Mangel, als sie ihm einen Rat geben wollte, wie er die Kraft gebrauchen sollte, die er von seinem Vater im Himmelreich und nicht von seiner irdischen Mutter erhalten hatte. – Mutter, Ihr dürft mir hierin nicht raten – erkühnt Euch nicht hierzu.«
Kristin ließ den Kopf auf ihre Brust sinken.
Bald darauf sagte Naakkve sehr leise:
»Habt Ihr vergessen, Mutter, daß Ihr mich von Euch fortjagtet?« Er schwieg, als wage er nicht, sich auf seine eigene Stimme zu verlassen. Dann aber fing er wieder an: »Ich wollte neben Euch am Sterbebett meines Vaters knien – aber Ihr hießet mich weggehen. Glaubt Ihr nicht, daß mein Herz in meiner Brust stöhnte, jedesmal, wenn ich daran dachte?«
Beinahe unhörbar flüsterte Kristin:
»Bist du darum so – kalt – gegen mich, in all diesen Jahren, seit ich Witwe bin?«
Der Sohn schwieg.
»Ich beginne zu verstehen – dies hast du mir nie verziehen, Naakkve.«
Naakkve blickte zur Seite.
»Bisweilen habe ich dir wohl verziehen, Mutter«, sagte er mit schwacher Stimme.
»Oft gewiß nicht – Naakkve, Naakkve«, rief sie in bitterer Klage aus, »glaubtest du, ich liebte Björgulf weniger als du – ich bin doch seine Mutter –, ich bin doch euer beider Mutter! Grausam warst du, da du die Tür zwischen ihm und mir stets verschlossen hieltest.«
Naakkves bleiches Gesicht wurde noch weißer.
»Ja, Mutter, ich verschloß die Tür vor dir. – Grausam, sagtest du ... Jesu steh dir bei, du weißt nicht ...« Die Stimme des Jünglings erstarb in einem Flüstern, als sei seine Kraft erschöpft: »Ich dachte, du solltest nicht – dir mußten wir es doch ersparen ...«
Er wandte sich jäh um, ging zur Tür und zog den Riegel zurück. Dann aber blieb er stehen, mit dem Rücken zu Kristin. Endlich rief sie ihn leise bei seinem Namen. Da kam er zurück, stand mit gesenktem Kopf vor ihr:
»Mutter ... Ich begreife wohl, dies ist nicht – leicht – für Euch.«
Sie legte ihre Hand auf seine Schulter. Er verbarg sein Gesicht vor ihrem Blick, beugte jedoch seinen Kopf herab und drückte einen Kuß auf ihr eines Handgelenk. Kristin erinnerte sich, so hatte sein Vater es einmal gemacht – sie konnte sich nicht darauf besinnen, wann.

* Quid mihi et tibi est, mulier: Weib, was habe ich mit dir zu schaffen? (Joh. 2, 4)

Sie strich über seinen Ärmel herab, da hob er seine Hand und streichelte ihre Wange. Dann setzten sie sich hin, saßen da und schwiegen.
»Mutter«, sagte Naakkve nach einer Weile, ruhig und still. »Habt Ihr noch das Kreuz, das Ihr von meinem Bruder Orm erhieltet?«
»Ja«, antwortete Kristin, »er ließ mich bitten, mich nie davon zu trennen.«
»Ich glaube, hätte Orm darum gewußt, so würde er sein Einverständnis dazu gegeben haben, daß ich es nach ihm trage. Auch ich werde jetzt ohne Erbe und Geschlecht sein.«
Kristin zog das kleine silberne Kreuz unter ihrem Hemd hervor. Naakkve nahm es entgegen; es war warm von der Brust der Mutter. Ehrerbietig küßte er die Stelle mitten auf dem Kreuz, wo eine Reliquie verborgen war, knüpfte das dünne Kettchen um seinen Hals und schob das Schmuckstück unter die Kleider.
»Entsinnst du dich deines Bruders Orm?« fragte die Mutter.
»Ich weiß nicht. Mich dünkt so, aber vielleicht kommt das nur daher, daß Ihr soviel von ihm spracht, als ich noch klein war.«
Naakkve blieb noch eine Weile so vor der Mutter sitzen. Dann stand er auf:
»Gute Nacht, Mutter!«
»Gott segne dich, Naakkve, gute Nacht!«
Er ging. Kristin legte Ivars Hochzeitsgewand und ihre Nähsachen zusammen, löschte die Glut auf der Feuerstätte.
»Gott segne dich, Gott segne dich, mein Naakkve.« Dann blies sie das Licht aus und verließ das alte Haus.

Einige Zeit später traf Kristin auf einem Hof im Tal mit Tordis zusammen. Die Leute dort lagen krank, so daß sie ihr Heu nicht hatten einbringen können, jetzt kamen Brüder und Schwestern der Olavsgilde und verrichteten die Arbeit für sie. Am Abend schloß Kristin sich dem Mädchen ein Stückweit an. Sie ging langsam und besinnlich dahin und plauderte ein wenig, und nach und nach gelang es ihr, das Gespräch so zu lenken, daß Tordis der Mutter Naakkves von selbst alles erzählte, was zwischen ihm und ihr gewesen war.
Ja, sie war mit ihm auf ihrer Weide daheim zusammengetroffen, und im vergangenen Sommer, als sie oben auf ihrer Alm lebte, hatte er sie des Nachts mehrere Male besucht. Aber er hatte nie den Versuch gemacht, zudringlich zu ihr zu sein. Sie wußte genau, was die Leute sonst über Naakkve sagten; sie hatte er nie gekränkt, weder mit Worten noch mit Taten. Aber er hatte ein paarmal neben ihr auf dem Bett gelegen, über dem Fell, und sie hatten miteinander gesprochen. Dann hatte sie ihn einmal gefragt, ob es seine Absicht sei, um sie zu freien. Darauf antwortete er, daß er dies nicht könne, er habe sich dem Dienst der Jungfrau Maria gelobt. Das gleiche sagte er einmal in diesem Frühjahr, als sie miteinander sprachen. Da wollte sie sich nicht länger dem Wunsch ihres Vaters und ihres Großvaters widersetzen.

»Übel wäre es euch beiden wohl ergangen, hätte er sein Gelübde gebrochen und hättest du deinen Verwandten getrotzt«, sagte Kristin. Sie stand da, auf ihren Rechen gestützt, und betrachtete das junge Mädchen – ein sanftes und schönes, rundes Gesicht hatte dieses Kind, und einen schweren hellen Zopf aus dem schönsten Haar. »Gott wird es dir gewiß zum Glück gereichen lassen, meine Tordis – er scheint ein kühner, guter Bursche zu sein, dein Verlobter.«

»Ja, ich kann Haavard gut leiden«, sagte das Mädchen, und dann brach sie in bitterliches Weinen aus.

Kristin tröstete sie mit Worten, wie sie sich für den Mund einer alten und verständigen Frau geziemten. In ihrem Inneren klagte es vor Sehnsucht; wie gerne würde sie dieses gute frische Kind ihre Tochter genannt haben.

Nach Ivars Hochzeit blieb Kristin einige Zeit auf Rognheim. Signe Gamalstochter war nicht schön und sah recht verbraucht und alt aus, aber sie war freundlich und von angenehmem Wesen. Sie schien ihren jungen Gemahl mit inniger Zärtlichkeit zu lieben, und seine Mutter und seine Brüder empfing sie, als dächte sie, diese stünden so hoch über ihr, daß sie ihnen in keiner Weise genug dienen und Ehre erweisen könne. Für Kristin war es etwas ganz Neues, daß ein Mensch von seinem Wege abwich, um ihre Wünsche zu erraten und es ihr in allem recht zu machen. Nicht einmal in der Zeit, da sie die reiche Frau auf Husaby war, die über zahlloses Gesinde verfügte, hatte ihr jemand auf eine Art gedient, die erkennen ließ, daß man an die Behaglichkeit oder das Wohlbefinden der Herrin dachte. Kristin hatte sich nie geschont, während sie der ganzen Arbeit im Haus vorstand, und kein anderer war auf den Gedanken gekommen, daß sie geschont werden müsse. So tat ihr Signes dienstbereite Fürsorge für ihr Wohlbefinden in der Zeit, da sie auf Rognheim weilte, sehr wohl; sie gewann Signe bald so lieb, daß sie beinahe ebensosehr darum betete, Signe möge es nie bereuen müssen, sich selbst und ihren ganzen Besitz einem so jungen Gemahl hingegeben zu haben, wie sie darum betete, Gott möge Ivar in seiner Ehe Glück bescheren.

Gleich nach der Mikkalsmesse zogen also Naakkve und Björgulf nach Norden ins Trondheimische. Alles, was Kristin seitdem von ihnen gehört hatte, war die Nachricht, daß sie gesund nach Nidaros gekommen seien und daß man sie als Novizen in die Brüderschaft auf Tautra aufgenommen habe.

Und jetzt hatte Kristin bald ein volles Jahr mit nur zweien ihrer Söhne auf Jörundhof gelebt. Sie wunderte sich selbst, daß es nicht länger war. Denn an dem Tage im vorigen Herbst, als sie an der Kirche vorüberritt und dort hinunterblickte, wo die Wiesen unter einer Decke kalten Nebels lagen, so daß sie die Häuser ihres eigenen Hofes nicht unterscheiden konnte – Kristin hatte die beiden Ältesten bis nach Dovre be-

gleitet –, dachte sie, ein solches Gefühl müsse der haben, der zu seinem Heim reitet und weiß, daß die Häuser unter Asche und kalten Kohlen liegen.
Jetzt, wenn sie den alten Pfad einschlug, der an dem Platz der früheren Schmiede vorbeiführte – dies Jahr war er beinahe zugewachsen, und kleine Kissen von Labkraut, Glockenblumen und Wicken drängten sich vom Rand der Wiese herein –, meinte sie fast ein Bild ihres eigenen Lebens zu sehen: die verwitterte und rußige alte Feuerstätte, auf der nie wieder ein Feuer entzündet werden sollte; der Platz ringsum war mit kleinen Kohlenstückchen übersät, aber überall sproßte feines, kurzes und glänzendes Gras auf der Brandstätte hervor. Und in den Rissen der alten Feuerstätte blühte der Weiderich, der seinen Samen überallhin verstreut, mit langen, prächtigroten Blütenbüscheln.

II

Es kam vor, daß Kristin oft, wenn sie schon zur Ruhe gegangen war, noch von Leuten geweckt wurde, die auf den Hofplatz einritten. Dann wurde an die Tür des Oberstockwerkes gepoltert, sie hörte Gaute seine Gäste laut und erfreut begrüßen. Das Gesinde wurde geweckt und aus den Betten geholt. Schritte und Getrampel dröhnten in der Stube droben; Kristin hörte Ingrids scharfe Stimme heraus. Ja, sie war ein gutes Kind, die junge Magd, und ließ sich keinerlei Zudringlichkeiten gefallen. Das brüllende Lachen junger Stimmen lohnte ihre scharfen und raschen Worte. Frida lachte gellend; die Ärmste, sie wurde nie klug; nicht viel jünger als Kristin selbst, mußte sie doch immer wieder von ihrer Herrin behütet werden.
Dann drehte Kristin sich im Bett herum und schlief weiter.
Gaute war am nächsten Morgen frühzeitig auf, wie immer; er schlief nicht länger in den Morgen hinein, auch wenn er des Nachts Bier getrunken hatte. Die Gäste aber erschienen nicht eher, als bis es Zeit zum Morgenimbiß war. Dann blieben sie den Tag über auf dem Hof; bisweilen waren sie um eines Handels willen gekommen, bisweilen aber nur, um den Freund zu besuchen. Gaute war sehr gastfrei.
Kristin trug Sorge dafür, daß Gautes Freunden stets das Beste geboten wurde. Sie war sich nicht bewußt, wie sie still vor sich hin lächelte, wenn sie sah und hörte, daß das Lärmen der Jugend und das lustige Leben auf dem väterlichen Hof wieder eingezogen war. Aber sie sprach nur wenig mit den jungen Männern und sagte nicht viel zu ihnen. Soviel sie sehen konnte, war Gaute umgänglich und froh.
Gaute Erlendssohn war bei den kleinen Leuten ebenso beliebt wie bei den reichen Bauern. Obgleich der Rechtsgang bei Erlends Mörder großes Unglück über die Verwandten vieler Leute gebracht hatte, so daß es genug Höfe und Sippen gab, wo man es mit Absicht vermied, einem der Erlendssöhne zu begegnen, besaß Gaute selbst doch keine Feinde.

Herr Sigurd von Sundbu hatte die größte Liebe zu seinem jungen Verwandten gefaßt. Dieser Vetter, den Kristin erst kennenlernte, als das Schicksal ihn an Erlends Sterbelager führte, hatte ihr damals den treuesten Verwandtensinn bewiesen. Er war fast bis Weihnachten auf Jörundhof geblieben und hatte alles getan, was in seinen Kräften stand, um der Witwe und den vaterlosen jungen Burschen zu helfen. Die Erlendssöhne bezeigten ihm ihre Dankbarkeit auf höfische und schöne Art, Gaute aber schloß sich ihm näher an und war seit der Zeit häufig auf Sundbu.

Wenn dieser Tochtersohn Ivar Gjeslings einmal starb, ging sein Hof der Sippe vollkommen verloren; er besaß keine Kinder, und seine nächsten Verwandten waren die Haftorssöhne. Herr Sigurd war bereits ein ziemlich bejahrter Mann und war von dem schweren Schicksal betroffen worden, daß seine junge Frau in ihrem ersten Wochenbett den Verstand verlor. Jetzt lebte er seit bald vierzig Jahren mit dem verrückten Weib zusammen, aber immer noch suchte er sie fast täglich auf und sah sich nach ihr um, wie es ihr ging; sie wohnte in einem der besten Häuser auf Sundbu und hatte mehrere Mägde nur allein zu ihrer Bewachung. »Kennst du mich heute, Gyrid?« pflegte der Mann zu fragen. Bisweilen antwortete sie nicht, zu manchen Zeiten aber sagte sie: »Dich kenne ich wohl – du bist der Prophet Jesaias, der auf Brotveit oben unterhalb des Brotveitberges wohnt.« Stets saß sie mit einer Spindel da; ging es ihr gut, so spann sie den Faden gleichmäßig und fein, hatte sie jedoch einen schlechten Tag, so zerzupfte sie ihr eigenes Gespinst und streute die Wolle, die ihre Mägde gekämmt hatten, in der Stube umher. Seit Gaute seiner Mutter diese Sache erzählt hatte, nahm sie ihren Vetter stets mit herzlicher Freundlichkeit auf, wenn er auf den Hof kam. Aber sie weigerte sich, mit nach Sundbu zu kommen, dort war sie seit ihrer Brautzeit nicht mehr gewesen.

Gaute Erlendssohn war viel kleiner als Kristins übrige Söhne. Zwischen der großen Mutter und den langen Brüdern wirkte er fast klein, aber immerhin war er reichlich mittelgroß. Überhaupt schien Gaute sich in jeder Beziehung mehr und mehr herauszumachen, jetzt, da die beiden ältesten Brüder und die Zwillinge, die im Alter nach ihm kamen, fort waren; zwischen ihnen war er immer sehr still gewesen. Die Leute im Tal nannten ihn einen überaus schönen Mann, und sein Gesicht war auch schön. Mit dem flachsgoldenen Haar und den großen grauen Augen, die so fein unter der Stirn lagen, dem länglichen, nicht zu vollen Gesicht, der frischen Hautfarbe und einem schönen Mund hatte er sehr viel Ähnlichkeit mit seinem Großvater Lavrans. Der Kopf saß schön auf seinen Schultern, und seine wohlgeformten, ein wenig großen Hände waren ungewöhnlich stark. Aber der untere Teil seines Körpers war etwas zu kurz, und die Beine zeigten eine starke Krümmung. Darum trug er stets lange Gewänder, wenn er nicht um seiner Arbeit willen unbedingt einen kurzen Kittel anziehen mußte, obgleich es gerade in diesem Jahr unter den Männern für fein und höfisch galt, die Staatsgewänder kürzer machen zu lassen als sonst. Die Bauern lernten diesen Brauch von den vornehmen Leuten kennen, die durch das Tal zogen. Wenn aber Gaute Erlendssohn in seinem bis auf die Füße reichenden gestickten grünen Feiertagsgewand mit dem Silbergürtel um die schlanke Mitte und dem großen pelzgefütterten und über die Schultern zurückgeschlagenen Umhang zur Kirche oder zum Gastgelage kam, so sandten die Leute dem jungen Bauern von Jörundhof frohe und wohlmeinende Blicke nach. In der Hand trug Gaute stets eine prachtvolle silberbeschlagene Stabaxt, die Lavrans Björgulfssohn gehört hatte; dieser wiederum hatte sie von seinem Schwiegervater Ivar Gjesling geerbt – und die Leute fanden es schön, daß Gaute in die Fußstapfen seiner Vorväter trat und, so jung er auch war, sowohl in der Kleidertracht als auch in der Lebensweise und dem Wesen an dem guten alten Bauernbrauch festhielt.

Und zu Pferd war Gaute der schönste Mann, den man sich denken konnte. Er war der verwegenste Reiter, und die Leute im Tal prahlten damit, daß es in ganz Norwegen kein Pferd gebe, das Gaute nicht zu zügeln und zu reiten vermöchte. Als er im Jahr zuvor in Björgvin weilte, sollte er angeblich einen jungen Hengst bezwungen haben, den bis dahin noch kein Mann bezwingen oder reiten hatte können; unter Gautes Hand wurde das Tier so zahm, daß er ungesattelt auf ihm ritt und ihn mit dem Haarband eines jungen Mädchens lenkte. Als aber Kristin ihren Sohn über diese Geschichte ausfragte, lachte er nur und wollte nicht davon reden.

Daß Gaute im Umgang mit Frauen leichtsinnig war, wußte Kristin. Und dies sagte ihr wenig zu, aber sie dachte, das käme wohl hauptsächlich daher, daß die Frauen dem schönen jungen Mann allzu freundlich begegneten, und Gaute war offen und von freimütigem Wesen. Das meiste davon war wohl Spiel und Unsinn, er nahm solche Dinge nicht schwer und hielt nichts verborgen, so wie Naakkve es getan hatte. Er kam selber und sagte es seiner Mutter, als er von einem jungen Mädchen drüben auf Sundbu ein Kind bekommen hatte; dies war nun zwei Jahre her. Von Herrn Sigurd hörte Kristin, daß Gaute großzügig für die Mutter gesorgt und ihr eine gute Mitgift, entsprechend ihren Verhältnissen, gegeben habe, und das Kind wollte Gaute zu sich heimnehmen, wenn es von der Brust abgewöhnt sei. Er schien seine kleine Tochter sehr gerne zu haben, sah sich stets nach ihr um, wenn er in Vaagaa war – sie sei das schönste Kind, sagte Gaute stolz, und er hatte sie Magnhild taufen lassen. Auch Kristin war der Meinung, da ihr Sohn nun schon einmal gesündigt habe, sei es am besten, er nähme sein Kind zu sich heim und werde ihm ein treuer Vater. Sie freute sich sogar ziemlich darauf, die kleine Magnhild bei sich zu haben. Da aber starb das Kind im Alter von einem Jahr. Gaute war sehr betrübt, als er dies erfuhr, und Kristin dünkte es schmerzlich, daß sie ihre kleine Sohnestochter nie hatte sehen dürfen.

Kristin war es stets schwergefallen, Gaute zu züchtigen. Als kleines

Kind war er sehr kränklich gewesen, und später war er viel mehr als die anderen Kinder am Rockschoß der Mutter gehangen. Und dann hatte er ihrem Vater so ähnlich gesehen. Und als Kind war er so treuherzig und zuverlässig gewesen, ernsthaft und wie ein Erwachsener ging er neben ihr her und leistete ihr gerne manchen wohlgemeinten Dienst, von dem er in seiner kindlichen Unschuld glaubte, er müsse seiner Mutter von größtem Nutzen sein. Nein, gegen Gaute hart zu sein, hatte sie nie vermocht, und wenn er aus Gedankenlosigkeit oder in der natürlichen Einfalt seines Alters irgend etwas Falsches machte, so bedurfte es auch nie mehr als einiger freundlicher zurechtweisender Worte, so besinnlich und klug war dieser Knabe.

Als Gaute zwei Jahre alt war, riet ihr der Hauspriester auf Husaby, der sich auf Kinderkrankheiten besonders gut verstand, dem Kinde wieder Muttermilch zu geben, da keine anderen Mittel helfen wollten. Um diese Zeit waren die Zwillinge eben erst zur Welt gekommen, und Frida, die Skule nährte, hatte viel mehr Milch, als der Säugling trinken konnte. Aber die Magd schrak vor dem kranken Kopf zurück – Gaute sah häßlich aus mit dem großen Kopf, dem schwachen und welken Körper, konnte weder sprechen noch auf den Beinen stehen –, sie fürchtete, er wäre vielleicht ein Wechselbalg, obgleich das Kind bis zu seiner Krankheit im Alter von zehn Monaten gesund und schön gewesen war. Trotzdem weigerte sich Frida, Gaute an ihre Brust zu legen, da mußte Kristin ihn selber nehmen, und er durfte bei seiner Mutter trinken, bis er vier Winter alt war.

Seit der Zeit hatte Frida Gaute nicht leiden können; stets hatte sie nach ihm gehackt, sooft sie es um der Mutter willen wagte. Jetzt saß Frida als erste neben der Hausfrau auf der Frauenbank und trug die Schlüssel, wenn Kristin von daheim abwesend war. Sie sagte alles zu ihrer Dienstherrschaft, was ihr nur einfiel; Kristin hatte Nachsicht mit ihr und lachte über die Magd, obgleich sie sich oft auch über sie ärgerte; trotzdem versuchte sie stets wiedergutzumachen und alles auszugleichen, wenn Frida etwas falsch gemacht hatte oder zu dreist gewesen war. Jetzt war es für Frida sehr schwer mit anzusehen, wie Gaute im Hochsitz saß und nun Herr auf dem Hof sein sollte. Sie tat so, als betrachte sie ihn immer noch als einen unverständigen Jungen, prahlte mit seinen Brüdern, hauptsächlich aber mit Björgulf und Skule, die sie genährt hatte, und lachte Gaute wegen seiner kleinen Gestalt und seiner krummen Beine aus. Gaute nahm dies gutmütig hin:

»Ja, du kannst dir denken, Frida, hätte ich bei dir trinken dürfen, so wäre ich wohl auch so ein Riese geworden wie meine Brüder, aber ich mußte mich eben mit der Brust meiner Mutter begnügen ...«, und er lächelte Kristin zu.

Oft ergingen Mutter und Sohn sich des Abends draußen im Freien. An vielen Stellen waren die Pfade über die Äcker so schmal, daß Kristin hinter Gaute gehen mußte. Dann wanderte er mit der langschaftigen Axt voran, so voll erwachsen, die Mutter mußte hinter seinem Rücken

lächeln. Sie fühlte eine übermütige jugendliche Lust, von hinten her zu ihm hinzulaufen, ihn an sich zu drücken, zu lachen und mit ihm zu scherzen, so wie sie es oft getan hatte, als er ein Kind war.
Manchmal gingen sie bis ganz hinunter zu dem Platz am Flußufer, wo die Wäsche gewaschen wurde, saßen da und hörten dem Brausen des Flusses zu, der vorüberströmte, hell und reißend in der Dämmerung. Meist redeten sie nicht viel miteinander. Aber es kam vor, daß Gaute die Mutter nach alten Geschichten aus dem Tal und über ihre eigene Sippe ausfragte. Kristin erzählte die Dinge, wie sie sie in ihrer Kindheit gehört und gesehen hatte. Der Vater und die Jahre auf Husaby wurden an solchen Abenden nie zwischen ihnen erwähnt.
»Nein, Mutter, Ihr friert gewiß«, sagte Gaute, »es ist kalt heute abend.«
»Ach ja, und steif bin ich geworden, weil ich auf diesem Stein hier gesessen habe.« Auch Kristin erhob sich. »Ich fange an, ein altes Weib zu werden, mein Gaute!«
Bergaufwärts stützte sie sich mit einer Hand auf seine Schulter.
Lavrans schlief wie ein Stein in seinem Bett. Kristin zündete die kleine Tranlampe an, sie hatte Lust, noch ein wenig aufzubleiben und den weiten Blick in ihrem eigenen Innern zu genießen. Und schließlich gab es immer irgend etwas, womit sie sich beschäftigen konnte. In der Stube über ihr polterte Gaute herum, dann hörte sie, daß er droben ins Bett stieg. Die Mutter richtete sich einen Augenblick auf und lächelte ein wenig in die kleine Flamme der Lampe hinein. Leise bewegte sie die Lippen, schlug das Zeichen des Kreuzes über Gesicht und Brust und vor sich in der Luft. Dann nahm sie ihre Arbeit wieder auf.
Björn, der alte Hund, stand auf und schüttelte sich, streckte sich flach auf seine Vordertatzen aus und gähnte. Dann kam er durch die Stube tappend zu seiner Herrin heran. Kaum streichelte sie ihn, legte er die Pfoten auf ihren Schoß; als sie mit ihm redete, leckte er ihr eifrig Gesicht und Hände und schlug dabei mit dem Schweif den Boden. Dann schlich Björn wieder weg, wandte den Kopf und sah Kristin an: schlechtes Gewissen leuchtete aus den winzigen Augen und aus dem ganzen struppigen gedrungenen Körper bis zur letzten Schwanzlocke. Kristin lächelte still und tat, als sehe sie nichts; da sprang der Hund auf ihr Bett und rollte sich am Fußende zusammen.
Eine Weile später blies sie die Lampe aus, zwickte das glühende Ende des Dochtes ab und warf es in den Tran. Draußen hinter dem kleinen Fenster dämmerte das Licht der Sommernacht. Kristin sprach das letzte Gebet für den vergangenen Tag, entkleidete sich still und kroch in ihr Bett. Sie drückte die Kopfkissen unter Brust und Schulter gut zurecht, und der alte Hund schmiegte sich rückwärts an sie an. Gleich darauf schlief sie ein.

Bischof Halvard hatte Sira Dag das Amt eines Vertrauensmannes im Tal übertragen, und von ihm kaufte Gaute den Bischofszehent für drei

Jahre im voraus. Er erhandelte sich auch Häute und Nahrungsmittel im Tal, sandte die Waren im Winter mit Schlitten nach Raumsdal und im Frühling mit dem Schiff weiter nach Björgvin. Kristin war mit diesem Vorhaben ihres Sohnes nicht ganz einverstanden; sie selbst hatte stets in Hamar verkauft, denn so hatten es auch ihr Vater und Simon Andressohn gehalten. Gaute aber ging mit seinem Schwager Gerlak Paus eine Art Handelsgemeinschaft ein, und Gerlak war ein tüchtiger Kaufmann und mit vielen der reichsten deutschen Handelsleute in Björgvin nahe verwandt.

Erlends Tochter Margret und ihr Mann waren im Sommer nach dem Tode des Vaters nach Jörundhof gekommen. Sie machten der Kirche große Schenkungen für sein Seelenheil. Zu der Zeit, da Margret als junges Mädchen daheim auf Husaby lebte, hatte zwischen ihr und der Stiefmutter nur eine sehr mäßige Freundschaft bestanden, und damals hatte sie sich nicht viel um die kleinen Halbbrüder gekümmert. Jetzt war sie dreißig Jahre alt und hatte in ihrer Ehe keine Kinder bekommen, und nun erwies sie den schönen erwachsenen Brüdern die zärtlichste Schwesternliebe; sie war es auch, die jenes Abkommen zwischen ihrem Mann und Gaute zustande gebracht hatte.

Margret war noch eine schöne Frau, aber sie war so groß und dick geworden, daß Kristin glaubte, niemals ein so dickes Frauenzimmer gesehen zu haben. Aber je dicker sie war, desto mehr Silberplatten konnten auf ihrem Gürtel angebracht werden, und außerdem prangte eine Schließe, so groß wie ein kleiner Handschild, sehr passend zwischen ihren beiden breiten Brüsten. Ihr mächtiger Körper war stets mit den kostbarsten Stoffen und mit vergoldetem Metall geschmückt wie ein Altar. Gerlak Tiedekenssohn schien seine Frau über alle Maßen zu lieben.

Im Jahr zuvor war Gaute während der Versammlungszeit im Frühjahr bei seiner Schwester und seinem Schwager in Björgvin zu Besuch gewesen, und im Herbst zog er mit einer Pferdeherde über das Gebirge und verkaufte sie dort. Diese Fahrt lohnte sich so gut, daß Gaute schwor, sie im Herbst darauf wiederum zu unternehmen. Kristin dachte, man müsse ihm hierin seinen Willen lassen. Wahrscheinlich steckte ihm auch ein wenig von der Reiselust des Vaters im Blut; er würde schon noch zur Ruhe kommen, wenn er einmal älter wäre. Als die Mutter merkte, daß er Vorbereitungen traf, um die Reise anzutreten, trieb sie ihn selbst zur Eile; im vorigen Jahre hatte er mitten im Winter über das Gebirge heimkehren müssen.

So zog er denn eines schönen sonnigen Morgens gleich nach der Bartholomäusmesse fort. In dieser Zeit wurden die Böcke geschlachtet, und der ganze Hof roch nach gekochtem Bockfleisch. Die Leute waren vollgegessen und vergnügt; den ganzen Sommer hindurch hatten sie kein frisches Fleisch zu kosten bekommen, außer an den höchsten Feiertagen, jetzt aber erhielten sie viele Tage lang zu jeder Mahlzeit von dem kräftigen Fleisch und der fetten starken Suppe vorgesetzt. Kristin

war erschöpft, aber aufgeräumt nach dem ersten Großschlachten und Wurststopfen des Jahres, als sie oben auf dem Hauptweg stand und Gaute mit einem Zipfel ihres Kopftuches nachwinkte. Es war ein schöner Anblick: prächtige Pferde, frische junge Männer, die mit glänzenden Waffen und klirrendem Zaumzeug dahinritten; es donnerte laut, als sie über die Holzbrücke kamen.
Gaute drehte sich im Sattel um und winkte mit seinem Hut zurück, und Kristin winkte ebenfalls und stieß dabei einen leisen entzückten Ruf der Freude und des Stolzes aus.

Gleich nach der Winternacht* setzte das Wetter mit Regen und Schmutz im Tal, Sturm und Schnee im Gebirge ein. Kristin fühlte sich um Gautes willen, der noch nicht zurückgekehrt war, ein wenig beunruhigt. Immerhin empfand sie nie solche Angst um ihn wie früher um die anderen – sie vertraute auf das Glück dieses Sohnes.
Eine Woche darauf trat Kristin spät am Abend vom Kuhstall hinaus, da erblickte sie oben beim Hofgatter einige Reiter. Der Nebel wogte wie weißer Rauch vor ihrer Laterne; sie ging im Regen hinauf, um der Schar dunkler, in Pelze gekleideter Männer entgegenzugehen: vielleicht war es Gaute – um diese späte Zeit waren keine fremden Gäste mehr zu erwarten.
Da erkannte sie in dem vordersten Reiter Herrn Sigurd von Sundbu – ein wenig schwerfällig und steif wie ein alter Mann stieg Sigurd vom Pferd.
»Ja, ich bringe Nachricht von Gaute, Kristin«, sagte der Ritter, als sie einander begrüßt hatten. »Er kam gestern nach Sundbu ...«
Es war bereits so dunkel, daß sie den Ausdruck in seinem Gesicht nicht sehen konnte. Aber seine Stimme war so seltsam. Und als er auf das Wohnhaus zuging, befahl er seinen Knechten, sich mit Kristins Stallknecht in die Gesindestube zu begeben. Sie erschrak, da er weiter nichts sagte, dennoch fragte sie sehr ruhig, als sie allein in der Stube standen:
»Was bringst du für Nachrichten, Verwandter? Ist er krank, da er nicht mit dir heimkam?«
»Nein, Gaute ist so gesund wie noch nie. Aber seine Begleitung war müde ...«
Er blies den Schaum von dem Bier ab, das Kristin ihm in einer Schale reichte, trank und lobte das Gebräu.
»Ein guter Trunk gebührt dem, der gute Nachricht bringt«, sagte die Hausfrau lächelnd.
»Ja, es fragt sich, was du sagen wirst, wenn du meine Nachricht bis zu Ende angehört hast«, erwiderte er ganz verzagt. »Er kam dieses Mal nicht allein, dein Sohn.«
Kristin stand abwartend da.

* Winternacht: 14. Oktober

»Mit ihm kommt – ja, die Tochter Helges von Hovland – er hat diese – diese Maid – ihrem Vater wohl mit Gewalt entrissen.«
Kristin sagte immer noch nichts. Aber sie setzte sich auf die Bank ihm gerade gegenüber. Ihr Mund war schmal und zusammengekniffen.
»Gaute bat mich, hierherzukommen; er fürchtete wohl, dir könnte dies alles wenig behagen. Er bat mich, dir dies zu sagen – und das habe ich jetzt getan«, schloß Herr Sigurd schwach.
»Du mußt alles sagen, was du über diese Sache weißt, Sigurd«, bat Kristin ruhig.
Das tat denn Herr Sigurd – unklar und verworren, mit viel unnützen Worten. Er war wohl selber ganz entsetzt über Gautes Handlungsweise. Aber Kristin hörte aus seinem Bericht heraus, daß Gaute das Mädchen wohl schon im vergangenen Jahr in Björgvin getroffen hatte.
Jofrid hieß sie – nein, nein, verlobt war sie nicht. Aber Gaute hatte wohl begriffen, daß es nutzlos war, mit ihren Verwandten über das Mädchen zu sprechen; Helge auf Hovland war überaus reich, stammte aus dem Geschlecht, das sich Duk nannte und den größten Teil seiner Besitztümer auf Voß hatte. So hatte denn der böse Feind die beiden jungen Menschen in Versuchung geführt. Herr Sigurd schüttelte sich in seinen Kleidern und kratzte sich am Kopf, als sei er vollkommen verlaust.
Ja, dann im Sommer, als Kristin glaubte, Gaute sei auf Sundbu und begleite Herrn Sigurd auf die Jagd nach den beiden Raubbären oben bei den Almen, war er statt dessen über das Gebirge nach Sogn gezogen; sie weilte dort bei einer verheirateten Schwester zu Besuch. Helge hatte drei Töchter und keinen Sohn. Sigurd stöhnte in großer Not, ja, er hatte Gaute versprochen, davon zu schweigen. Er hatte wohl gewußt, daß der Junge dort ein Mädchen besuchte, aber daß Gaute an so etwas Unvernünftiges dachte, hätte er sich doch nie träumen lassen.
»Ja, das wird er vielleicht noch teuer büßen müssen, mein Sohn«, sagte Kristin. Ihr Gesicht war starr und ruhig.
Sigurd sagte, nun setze ja der Winter allen Ernstes ein, die Wege seien schwer fahrbar. Und wenn die Leute auf Hovland Zeit hätten, die Sache zu überlegen, so würden sie vielleicht finden, es sei das beste, wenn Gaute Jofrid mit der Einwilligung ihrer Verwandtschaft bekäme, da sie ihm doch bereits gehöre.
»Aber wenn sie das nicht finden, sondern Rache für Frauenraub fordern?«
Herr Sigurd wand sich hin und her und kratzte sich noch eifriger:
»Ja, das läßt sich wohl nicht durch eine gerichtliche Buße sühnen«, sagte er leise. »Ich weiß das nicht so genau ...«
Kristin schwieg. Da begann Herr Sigurd wiederum mit flehender Stimme:
»Gaute sagt so: er erwarte, daß du sie liebevoll aufnehmen würdest. Er sagte, du seist doch noch keine so alte Frau, daß du vergessen haben

könntest, ja, er meinte, du hättest doch auch den Mann bekommen, den du selber haben wolltest, begreifst du?«
Kristin nickte.
»Sie ist das schönste Kind, das ich in meinem ganzen Leben gesehen habe, Kristin«, sagte Sigurd innig. Die Augen wurden ihm feucht. »Schlimm ist, daß der Teufel Gaute zu dieser Missetat verführt hat, aber du wirst doch diese beiden armen Kinder freundlich aufnehmen?«
Kristin nickte wiederum.

Das Tal lag aufgelöst da, fahl und schwarz unter prasselnden Regenschauern, als Gaute um die Zeit der None auf dem Hofplatz einritt. Kristin fühlte, wie ihr der kalte Schweiß die Stirn betaute, als sie gebückt zur Tür hinaustrat – da stand Gaute und hob eine Frau im schwarzen Umhang vom Pferd herab. Sie war klein von Wuchs, reichte dem Mann kaum bis an die Schultern. Gaute wollte ihre Hand ergreifen und sie führen, sie aber schob ihn beiseite und ging Kristin allein entgegen. Da hatte Gaute es sehr eilig, das Gesinde zu begrüßen und den Knechten, die mit ihm gewesen waren, Befehle zu erteilen. Als er wiederum zu den beiden Frauen an der Tür hinsah, stand Kristin da und hielt das fremde Mädchen an beiden Händen gefaßt. Mit einem frohen Ruf auf den Lippen sprang Gaute hinzu. Drinnen in der Vorstube legte Herr Sigurd den Arm um seine Schultern, klopfte ihn väterlich, schnaufte und keuchte nach der Spannung.
Kristin war überrumpelt worden, als das Mädchen ein so weißes und so liebliches Gesicht in der triefend nassen Kapuze zu ihr aufhob, und sie war so blutjung und kindlich klein.
Da sagte die Fremde:
»Ich erwarte mir keinen Willkomm von Euch, Gautes Mutter, aber jetzt sind mir alle Türen verschlossen außer dieser. Wenn Ihr mich hier auf dem Hof dulden wollt, Hausfrau, so werde ich nie vergessen, daß ich ohne Habe und ohne Ehre hierher kam, aber mit dem guten Willen, Euch und Gaute, meinem Herrn, zu dienen.«
Da hatte Kristin beide Hände des Mädchens ergriffen, noch ehe sie recht wußte, wie dies geschah:
»Gott verzeihe meinem Sohn, was er an dir verbrochen hat, mein schönes Kind, komm herein, du, Jofrid, Gott stehe euch bei, so gewiß, wie auch ich dir nach besten Kräften beistehen will!«
Gleich darauf schien es ihr aber, sie habe diese Frau, die sie nicht kannte, allzu liebevoll aufgenommen. Doch jetzt hatte Jofrid ihre Hüllen abgelegt. Ihr schweres Wintergewand aus wasserblauem, hausgewebtem Fries war unten am Saum ganz naß und oben an den Schultern durch den Umhang hindurch vollkommen durchweicht. Und es lag eine sanfte, bekümmerte Würde über diesem kindlich jungen Mädchen; sie hielt den kleinen Kopf mit dem schwarzen Haar anmutig gebeugt, zwei dicke, pechschwarze Zöpfe reichten ihr bis zur Mitte. Liebevoll

ergriff Kristin Jofrid bei der Hand und führte sie an den wärmsten Platz auf der Bank beim Ofen: »Du mußt doch frieren?«
Gaute kam herbei und schloß die Mutter heftig in seine Arme: »Mutter, mag es gehen, wie es will, habt Ihr schon eine so liebliche Maid gesehen wie meine Jofrid? Sie muß ich besitzen, dachte ich, koste es, was es wolle, und Ihr werdet ihr hold gesinnt sein, liebste Mutter.«
Lieblich war Jofrid Helgestochter, Kristin mußte sie immer und immer wieder anschauen. Sie war von kleinem Wuchs, mit breiten Schultern und Hüften, aber rund und wohlgeformt. Und ihre Haut schien so weiß und rein, daß sie dennoch schön war, ihr Gesicht leuchtete ganz weiß. Kurze und breite Gesichtszüge hatte sie, aber der weite starke Bogen von Wangen und Kinn machte auch dies schön, und sie hatte einen großen hellroten Mund mit schmalen Lippen und regelmäßigen kleinen Zähnen, den Milchzähnen eines Kindes gleich. Und wenn sie die schweren Augenlider hob, so waren ihre kleinen graugrünen Augen unter den langen Wimpern wie strahlende Sterne. Schwarzes Haar, helle Augen – das war für Kristin stets das Schönste gewesen, seit jenem erstenmal, da sie Erlend sah; dies hatten auch die meisten ihrer eigenen schönen Söhne.
Kristin führte Jofrid zu dem Platz auf der Frauenbank an ihrer eigenen Seite. Fein und schüchtern saß Jofrid zwischen den fremden Leuten, aß wenig und errötete leicht, sooft Gaute ihr während der Mahlzeit zutrank.
Er flammte vor Stolz und unruhigem Glück, wie er so in seinem Hochsitz saß. Zu Ehren der Heimkunft des Sohnes hatte Kristin an diesem Abend ein Tuch auf den Tisch gebreitet und zwei Kerzen auf Leuchtern aus vergoldetem Kupfer aufgestellt. Gaute und Herr Sigurd tranken einander immer wieder zu, und der alte Herr wurde immer gerührter, legte den Arm um Gautes Schulter und versprach, die Angelegenheit bei seinen reichen Verwandten, ja, bei König Magnus selber zu befürworten; er wollte schon dafür Sorge tragen, daß Gaute sich mit den gekränkten Verwandten des Mädchens aussöhnte. Sigurd Eldjarn selbst besaß keine Feinde, es war die unfriedliche Art des Vaters und sein eigenes Unglück mit seiner Frau, die ihn so einsam gemacht hatten.
Schließlich sprang Gaute mit dem Horn in der Hand auf. Wie schön er ist, dachte Kristin, und wie ähnlich meinem Vater! So war auch ihr Vater gewesen, zu Anfang eines Rausches, so strahlend vor Lebensfreude, aufrecht und frisch.
»Nun hat es sich für mich und diese Frau, Jofrid Helgestochter, so gefügt, daß wir heute unsere Heimkunft feiern und unsere Hochzeit später halten müssen, wenn Gott uns das Glück dazu schenkt. Dir, Sigurd, danken wir für getreue Verwandtenliebe, und Euch, Mutter, dafür, daß Ihr uns so empfingt, wie ich es von Euerem treuen, mütterlichen Herzen erwartete; wie oft doch sagten wir Brüder untereinander, uns dünke, Ihr wäret die hochgesinnteste Frau und huldreichste

Mutter. Darum bitte ich Euch, uns die Ehre anzutun, selbst unser Brautbett so schön und prächtig zu bereiten, daß ich Jofrid ohne Schande anbieten kann, dort mit mir zu schlafen, und ich bitte Euch, selbst Jofrid in den Dachraum hinaufzubegleiten, auf daß sie so geziemend zu Bett gebracht wird, als es sich machen läßt, da ihre Mutter nicht mehr am Leben ist und keine verwandten Frauen zur Stelle sind.«

Herr Sigurd war jetzt ziemlich betrunken, er brach in Lachen aus:

»Ihr schlieft doch auch bei mir zusammen; ich wußte es nicht besser, ich glaubte, ihr hättet schon vorher miteinander in *einem* Bett gelegen.«

Übermütig schüttelte Gaute sein goldenes Haar:

»Ja, Verwandter, aber dies ist die erste Nacht, die Jofrid in meinem Arm hier auf ihrem eigenen Hof schlafen soll – so Gott will.

Euch, gute Leute aber, bitte ich zu trinken und heute abend lustig zu sein; jetzt habt ihr sie gesehen, die auf Jörundhof meine Hausfrau werden soll, sie oder keine andere Frau, das sage ich bei Gott unserem Herrn und bei meinem christlichen Glauben. Ich erwarte, daß ihr alle, Männer wie Frauen, sie ehren werdet, und ich erwarte von euch, meine Männer, daß ihr mir helfen werdet, sie zu behalten und sie zu schützen, wie es sich für euch geziemt.«

Unter all dem Rufen und Lärmen, das auf Gautes Rede folgte, entfernte sich Kristin still vom Tisch und bat Ingrid flüsternd, mit ihr in den Dachraum zu kommen.

Lavrans Björgulfssohns stattlichem Festraum war es übel ergangen in den Jahren, in denen die Erlendssöhne dort hausten. Kristin hatte für die unachtsamen Knaben nicht mehr als das Notwendigste und Dringendste an Betten und Hausgerät opfern wollen, und sie ließ die Stube nur selten rein machen, denn es lohnte sich nicht der Mühe. Kaum war die Stube gesäubert, so trugen Gaute und seine Freunde wieder den gleichen Schmutz und Unrat herein. Es herrschte ein hartnäckiger Geruch von Männern, die hereinkamen und sich auf die Betten warfen, naß und verschwitzt und von der Arbeit im Wald und auf der Viehweide schmutzig, ein Geruch nach Stall und Lederdecken und nassen Hunden.

Jetzt kehrten und fegten Kristin und die Magd in großer Eile und so gut sie konnten alles hinaus. Die Hausfrau brachte feines Bettzeug, Decken und Kissen, räucherte mit Wacholder aus und stellte den Silberbecher mit dem letzten Schluck Wein, den sie im Haus besaß, Weißbrot und ein Wachslicht auf einem eisernen Leuchter auf den kleinen Tisch und rückte ihn dann zum Bett heran. Jetzt war es hier so schön, wie es sich in dieser kurzen Zeit nur machen ließ.

An der Bohlenwand, die eine Kammer vom Hauptraum trennte, hingen Waffen – Erlends schwere Lanze und das kleine Schwert, das er für gewöhnlich zu tragen pflegte; Zimmermannsbeile und Baumäxte – auch Björgulfs und Naakkves Stabäxte hingen noch hier. Desgleichen zwei kleine Äxte, die die Söhne nur selten benutzten, denn sie schienen ihnen zu leicht; mit diesen aber hatte Kristins Vater allerlei Gegenstände geschnitzt und angefertigt, mit so leichter und sicherer Hand, daß er des Hohleisens und des Messers nur noch bedurfte, um die letzten Unebenheiten auszugleichen. Kristin trug die Äxte in den Nebenraum und legte sie in Erlends Truhe, wo sie sein blutiges Hemd aufbewahrte und die Axt, die er in der Hand gehalten hatte, als er die Todeswunde empfing.

Lachend befahl Gaute, daß Lavrans seiner Braut mit dem Licht zum Dachraum hinauf vorangehen sollte. Der Knabe wurde gleichzeitig verlegen und stolz. Kristin sah, Lavrans verstand wohl, daß diese ungesetzliche Hochzeit seines Bruders ein gefährliches Spiel war, aber er war ausgelassen und übermütig von diesem merkwürdigen Ereignis, betrachtete Gaute und sein schönes Weib mit blitzenden Augen.

Auf der Treppe erlosch das Licht. Jofrid sagte zu Kristin:

»Gaute hätte Euch nicht um diesen Gefallen bitten sollen, obgleich er betrunken ist – geht nicht weiter mit mir, Hausfrau. Fürchtet nicht, ich könnte vergessen, daß ich ein verführtes Weib bin, ausgestoßen aus der Gemeinschaft meiner Verwandten.«

»Ich bin nicht zu gut, um dir zu dienen«, erwiderte Kristin, »bis mein Sohn seine Sünde an dir gebüßt hat und du mich mit Recht Schwiegermutter nennen kannst. Setz dich, dann werde ich dein Haar kämmen – unvergleichlich schönes Haar hast du, Kind.«

Aber als das Gesinde schlafen gegangen war und Kristin in ihrem Bett lag, fühlte sie abermals eine gewisse Unruhe – eigentlich hatte sie dieser Jofrid doch mehr gesagt, als sie verantworten konnte – vorerst. Aber sie war so jung, und sie ließ so deutlich erkennen, daß sie nicht verlangte, besser beurteilt zu werden, als sie war, ein Kind, das von Ehre und Gehorsam davongelaufen war.

So sah es also aus, wenn man Brautritt und Heimkunft vor die Hochzeit setzte. Kristin seufzte – einmal war sie selbst bereit gewesen, auch dies für Erlend zu wagen, aber sie wußte nicht, ob sie den Mut gehabt hätte, wenn seine Mutter auf Husaby gewesen wäre. Nein, nein, sie wollte es diesem Kind dort oben nicht schwerer machen.

Herr Sigurd taumelte noch in der Stube umher – er sollte mit Lavrans schlafen – ziemlich gerührt, aber herzlich wohlmeinend, sprach er über die beiden jungen Leute; er wolle es an nichts fehlen lassen, um ihnen zu einem guten Ausgang dieses Wagespiels zu verhelfen.

Am Tag darauf zeigte Jofrid der Mutter Gautes alles, was sie auf den Hof mitgebracht hatte: zwei Fellsäcke mit Kleidern und in einem kleinen, aus dem Zahn eines Walrosses angefertigten Schrein ihren Schmuck. Als habe sie Kristins Gedanken gelesen, sagte Jofrid, daß alles ihr eigener Besitz sei, Dinge, die sie geschenkt erhalten habe, Gaben und Erbstücke, meist von der Mutter her; sie habe ihrem Vater nichts weggenommen.

Kristin saß bekümmert da, das Kinn in die Hand gestützt. Sie dachte an jene Nacht vor ewig langer Zeit, da sie selbst ihren Schmuck in den Schrein legte, um sich von daheim fortzustehlen; das meiste von dem, was *sie* hineingelegt hatte, waren Gaben der Eltern, die sie im geheimen betrogen hatte und die sie dann vor aller Augen kränken und betrügen wollte.

Aber wenn dies Jofrids eigener Besitz und mütterliches Erbe war, allein an Schmuckstücken, dann mußte sie ja aus einem ungeheuer reichen Heim stammen. Kristin schätzte die Sachen, die sie hier sah, auf mehr als dreißig Mark in gebranntem Silber, allein das Scharlachgewand mit weißem Pelz und Silberösen und die dazugehörige, mit Seide gefütterte Kapuze hatten wohl an die zehn bis zwölf Mark gekostet.

Wollte der Vater des Mädchens sich mit Gaute aussöhnen, so war das schön und gut von ihm, aber man konnte ihren Sohn unmöglich als eine ebenbürtige Heirat für diese Frau ansehen. Und wollte Helge Gaute so hart bedrängen, wie er das Recht und die Macht hatte, so sah es schlimm aus.

»Diesen Ring«, sagte Jofrid, »trug meine Mutter stets; wollt Ihr ihn annehmen, Hausfrau, so weiß ich, daß Ihr nicht so streng über mich urteilt, wie es von einer guten und aus vornehmem Geschlecht stammenden Frau zu erwarten wäre.«

»Ja, da muß ich wohl auch versuchen, Mutterstelle an dir zu vertreten«, sagte Kristin lächelnd und schob den Ring auf ihren Finger. Es war ein kleiner silberner Ring mit schönem weißem Achat, und Kristin schien es, als halte ihn das Kind für ein besonders kostbares Stück, da er eine Erinnerung an ihre Mutter war. »Ich muß dir wohl ein Gegengeschenk machen, denke ich.« – Sie holte ihren Schrein herbei und suchte den goldenen Ring mit den Saphiren hervor. »Diesen Ring legte mir sein Vater aufs Bett, als ich Gaute zur Welt gebracht hatte.«

Jofrid nahm ihn mit einem Handkuß entgegen. »Aber ich hatte vor, mir eine andere Gegengabe von Euch zu erbitten – Mutter«, sie lächelte so liebreizend. »Fürchtet nicht, daß Gaute ein faules oder untüchtiges Weib heimgebracht habe. Doch ich besitze kein passendes Arbeitsgewand. Gebt mir ein altes von Euch und gewährt mir, Euch an die Hand gehen zu dürfen. Vielleicht werdet Ihr mich dann bald besser leiden können, als ich es jetzt wohl erwarten darf.«

Dann aber mußte Kristin der Jungen zeigen, was sie in ihren Truhen besaß, und Jofrid lobte all die schönen Handarbeiten Kristins so sehr, daß die ältere Frau ihr gar manches schenkte, darunter zwei Leinenlaken mit geknüpften Spitzen aus Seide, ein blaugesäumtes Handtuch, ein schönes Webstück und zum Schluß den langen Wandteppich mit der Falkenjagd.

»Es ist mein Wunsch«, sagte Kristin, »daß diese Dinge nicht vom Hof hier fortkommen, und mit Gottes und Unserer Lieben Frauen Hilfe wird dieses Haus einmal dir gehören.« Dann gingen sie gleich mitein-

ander zu den Vorratshäusern hinüber; so brachten sie viele und behagliche Stunden zu.
Kristin wollte Jofrid ihr grünes Frieskleid mit den eingewebten schwarzen Noppen geben, aber Jofrid fand es viel zu gut für ein Arbeitskleid. Die Arme, sie wollte sich gewiß bei der Schwiegermutter einschmeicheln, dachte Kristin und verbarg ein Lächeln. Endlich fanden sie einen alten braunen Kittel, von dem Jofrid meinte, er könne passen, wenn sie ihn unten abschneide und unter den Armen und an den Ellbogen neue Stücke einsetze. Voller Eifer lieh sie sich sofort Schere und Nähzeug und machte sich ans Nähen. Da nahm auch Kristin eine Arbeit zur Hand, und so saßen die beiden Frauen beisammen, als Gaute und Herr Sigurd zum Nachtmahl hereinkamen.

III

Kristin gab aus vollem Herzen zu, daß Jofrid eine Frau war, die nützliche Hände hatte. *Wenn* es gut ging, so hatte Gaute Glück gehabt, denn er bekam dann eine Frau, die ebenso fleißig und tüchtig war wie reich und schön. Sie selbst hätte für ihn keine tüchtigere Frau als Nachfolgerin auf Jörundhof finden können, und wenn sie in ganz Norwegen gesucht hätte. So sagte sie einmal, und hinterher wußte sie selbst nicht, wie die Worte ihrem Mund entflohen waren, daß sie an dem Tag, an dem Jofrid Helgestochter Gautes Ehegemahl würde, der jungen Hausfrau die Schlüssel übergeben und mit Lavrans in die Altstube ziehen wolle.
Hinterher dachte sie wohl, sie hätte sich dies genauer überlegen sollen, ehe sie davon sprach. Sie war jetzt schon oft sehr rasch gewesen, wenn sie mit Jofrid redete.
Nun aber stand es so, daß Jofrid nicht ganz gesund war. Kristin hatte es fast sofort gemerkt, als das junge Mädchen auf den Hof kam. Und Kristin entsann sich jenes ersten Winters, da sie auf Husaby lebte – sie war verheiratet, ihr Mann und ihr Vater waren durch Verwandtschaft miteinander verbunden, gleichviel, wie die Freundschaft zwischen ihnen sich auch weiterhin gestalten würde, wenn das Unrecht an den Tag käme. Trotzdem hatte sie schwer unter Reue und Scham gelitten, Bitterkeit im Herzen gegen Erlend empfunden, und sie war volle neunzehn Winter alt gewesen; Jofrid hatte eben erst das siebzehnte Jahr vollendet. Und da ging sie nun umher, verführt und rechtlos, fern von ihrem Heim, unter Fremden, mit Gautes Kind unter dem Herzen. Kristin gestand sich selbst ein, daß Jofrid viel stärker und mutiger zu sein schien, als sie selbst gewesen war.
Aber Jofrid hatte nicht den Klosterfrieden gekränkt, hatte nicht Versprechen und Gelöbnisse gebrochen, nicht verraten und gelogen und den Eltern hinterrücks die Ehre gestohlen. Wenngleich diese beiden jungen Menschen verwegen gegen die Gesetze des Landes, gegen Ge-

horsam und Sittlichkeit gehandelt hatten, so brauchten sie doch kein so schlechtes Gewissen zu haben wie sie selbst damals. Kristin betete viel darum, daß Gautes Tollheit gut ausgehen möge, und sie tröstete sich mit Gottes Gerechtigkeit, die Gaute und Jofrid doch unmöglich härtere Bedingungen auferlegen könnte, als ihr selbst und Erlend beschieden waren, und *sie* hatten doch geheiratet, *ihr* Sündenkind kam als gesetzlicher Erbe aller seiner Verwandten zur Welt.

Da weder Gaute noch Jofrid über diese Sache ein Wort äußerten, wollte Kristin sie nicht berühren, obgleich sie sich danach sehnte, mit der unerfahrenen jungen Frau zu sprechen: Jofrid hätte sich jetzt schonen sollen, hätte in den Morgenstunden ruhen sollen, anstatt als erste von allen auf dem Hof aufzustehen; Kristin merkte, daß Jofrid ihren Ehrgeiz darein setzte, noch vor der Schwiegermutter auf zu sein und mehr auszurichten. Aber Jofrids Wesen war nicht von der Art, daß Kristin sich ihr hätte anbieten und ihr Mitleid hätte zeigen können. Sie vermochte nur in aller Stille ihr die schwerste Arbeit abzunehmen und ihr unter vier Augen und vor dem Gesinde so zu begegnen, als wäre sie wirklich die junge Hausfrau auf dem Hof.

Frida war wütend, weil sie von ihrem Platz neben der Hausfrau weichen und ihn Gautes ... abtreten mußte. Eines Tages, als sie mit Kristin im Küchenhaus war, gebrauchte sie dieses böse Wort über Jofrid. Da schlug Kristin ihre Magd zum erstenmal ins Gesicht:

»Schön hören sich solche Worte von dir an, du alte mannstolle Hündin!«

Frida wischte sich das Blut von Nase und Mund:

»Solltet ihr nicht besser sein, ihr Töchter der Vornehmen, wie du und diese Jofrid, als die Kinder von Häuslerbauern? Ihr wißt, daß ihr des Brautbettes mit Seidenlaken sicher seid; *ihr* müßt mannstoll und schamlos sein, wenn ihr nicht warten könnt, sondern mit jungen Knappen in den Wald streunt und mit Strauchbälgen heimkommt – pfui, sage ich!«

»Schweig jetzt, geh hinaus und wasch dich, dein Blut rinnt in den Teig«, sagte die Hausfrau einigermaßen ruhig.

In der Tür trafen Frida und Jofrid zusammen. Kristin sah der Jungen an, daß sie ihr Gespräch mit der Magd wohl gehört hatte.

»Die Ärmste redet eben, wie sie es versteht. Ich kann sie nicht fortjagen; sie hat keinen Ort, wo sie sich hinwenden könnte.« Jofrid lächelte spöttisch, da sagte Kristin: »Sie hat zwei meiner Söhne genährt.«

»Gaute hat sie nicht genährt«, antwortete Jofrid, »daran erinnert sie ihn und mich, sooft sie kann. Könnt Ihr sie denn nicht verheiraten?« fragte sie scharf.

Kristin mußte lachen:

»Glaubst du nicht, daß ich mir schon alle Mühe damit gegeben habe? Aber es kam nie weiter als bis zu einer Unterredung zwischen dem Burschen und ihr, die seine Braut werden sollte.«

Kristin dachte, ob sie nicht die Gelegenheit ergreifen und jetzt mit Jofrid reden sollte – zu verstehen geben sollte, daß die Junge bei ihr nur mütterlichem Wohlwollen begegnen würde. Aber Jofrid sah zornig und kalt aus.

Unterdessen sah man es Jofrid jetzt deutlich an, daß sie nicht mehr allein war. Da kam ein Tag, an dem sie Federn für neue Polster reinigen sollte. Kristin gab ihr den Rat, ein Tuch über das Haar zu binden, damit sich nicht die Daunen darin festsetzten. Jofrid folgte ihr.

»Es kleidet mich jetzt wohl auch besser als das bloße Haar«, sagte sie und lachte ein wenig.

»Das mag wohl sein«, erwiderte Kristin kurz.

Sie verstand trotzdem nicht, daß Jofrid damit Scherz treiben mochte.

Einige Tage darauf kam Kristin ins Küchenhaus und sah, wie Jofrid Birkhähne ausnahm – ihre Arme waren bereits mit Blut bespritzt. Entsetzt riß Kristin sie zurück:

»Kind, du darfst doch *jetzt* kein Blut berühren – weißt du denn nicht einmal soviel?!«

»Ach, glaubt Ihr denn, daß alles wahr ist, was die Frauen so sagen?« fragte Jofrid zweifelnd.

Da erzählte Kristin von den Feuermalen, die Naakkve auf der Brust hatte. Mit Absicht ließ sie Jofrid verstehen, daß sie noch nicht verheiratet war, als sie die brennende Kirche sah.

»Du hättest wohl so etwas nicht von mir gedacht?« fragte sie leise.

»Doch, Gaute hat mir alles erzählt – Euer Vater hatte Euch mit Simon Andressohn verlobt, Ihr aber liefet mit Erlend Nikulaussohn von daheim fort zu seiner Muhme, und so mußte Lavrans seine Einwilligung geben.«

»Ganz genauso war es nicht, wir liefen nicht von daheim fort. Simon gab mich sogleich frei, als er hörte, daß ich Erlend besser leiden mochte, und da gab mein Vater sein Jawort – ungern, aber er legte doch meine Hand in die Erlends – ein Jahr lang waren wir verlobt. Dünkt dich dies schlimmer?« fragte sie, denn Jofrid war brennendrot geworden und sah sie entsetzt an.

Das Mädchen schabte mit dem Messer ein wenig Blut von ihrem weißen Arm.

»Ja«, sagte sie leise, aber sehr fest. »Guten Ruf und Ehre hätte ich nicht ohne Not aufs Spiel gesetzt. – Ja, ich werde Gaute nichts davon sagen«, fuhr sie rasch fort. »Er glaubt, daß sein Vater Euch mit Gewalt entführt habe, da er Euch nicht mit Bitten und Flehen bekommen konnte.«

Sie hat wohl recht, dachte Kristin.

Im Lauf der Zeit und je länger Kristin darüber nachdachte, desto mehr gelangte sie zu der Meinung, es würde am ehrenvollsten sein, wenn Gaute Helge Hovland eine Botschaft sandte, seine Sache in dessen Hand legte und ihn bäte, ihm Jofrid zur Ehe zu geben, unter den Bedingungen, die Helge nach seinem Gutdünken ihm vergönnen würde. Wenn sie aber mit Gaute darüber sprach, machte er ein verlegenes Gesicht und wich ihr aus. Schließlich fragte er heftig, ob es der Mutter möglich sei, im Winter einen Brief über das Gebirge zu befördern? Nein, aber Sira Dag könne sicher einen Brief nach Neset und von dort an der Küste entlang weitersenden lassen, sagte die Mutter. Die Priester hätten doch stets Gelegenheit, ihre Briefe zu befördern, selbst im Winter. Gaute sagte, dies käme zu teuer.

»Dann wird es nicht deine Frau sein, die dir in diesem Jahr ein Kind gebiert«, sagte die Mutter erzürnt.

»Die Angelegenheit kann ohnehin nicht so rasch geordnet werden«, erwiderte Gaute. Er war sehr zornig, das merkte Kristin.

Je mehr die Zeit vorschritt, desto mehr wurde die Mutter von einer heißen dunklen Angst erfaßt. Sie konnte sich nicht darüber hinwegtäuschen, daß Gautes erste aufflammende Freude über Jofrid vollkommen verschwunden war; er ging nachdenklich und verstimmt umher. Vom ersten Augenblick an hatte diese Sache, Gautes Brautraub, so schlimm wie nur möglich ausgesehen; aber die Mutter dünkte es, viel schlimmer noch würde es sein, wenn der Mann sich jetzt hinterher furchtsam erwiese. Bereuten die beiden jungen Leute ihre Sünde, so war das gut und schön; es hatte aber ganz den Anschein, als herrsche bei Gaute weit eher eine unmännliche Furcht vor jenem Mann, den er gekränkt hatte, als eine gottesfürchtige Reue. Gaute, von diesem ihrem Sohn hatte sie stets das Beste geglaubt – es konnte nicht wahr sein, wie die Leute sagten, daß er in Frauensachen unzuverlässig und leichtfertig war, daß er Jofrids schon überdrüssig war, jetzt, da die Braut verblichen und schwerfällig aussah und die Zeit sich näherte, da er ihren Verwandten gegenüber seine Gewalttat verantworten mußte.

Sie entschuldigte den Sohn. Wenn sie selbst so leicht sich hatte verführen lassen, sie, die in der Zeit ihres Heranwachsens nichts anderes vor Augen gehabt hatte als das sittsame Betragen frommer Menschen! Ihre Söhne hatten von Kindheit an gewußt, daß ihre eigene Mutter gefehlt hatte, der Vater besaß aus seiner Jugend Kinder von der Frau eines anderen Mannes, und er hatte mit einer verheirateten Frau gesündigt, als sie bereits große Burschen waren. Ulf Haldorssohn, ihr Pflegevater, Fridas leichtfertige Reden – oh, es war kein Wunder, wenn diese jungen Männer sich so schwach zeigten. – Aber Gaute mußte Jofrid heiraten, wenn er das Einverständnis ihrer Verwandten erlangen konnte, und froh darüber sein, doch um das junge Weib wäre es ein Jammer, wenn sie nun erleben müßte, daß Gaute sie notgedrungen, ohne guten Willen nahm, dachte Kristin.

Eines Tages während der Fastenzeit waren Kristin und Jofrid damit beschäftigt, den Mundvorrat für die Holzfäller herzurichten. Sie schlugen die Dörrfische mit einem Hammer dünn und flach, preßten Butter in Spanschachteln, füllten Bier und Milch in Flaschen aus Holz. Kristin sah, daß es der anderen jetzt große Qual bereitete, die ganze Zeit umherzugehen und zu arbeiten, aber diese wurde nur ärgerlich, als Kristin sie bat, sich zu setzen und zu ruhen. Um ihr eine kleine Freude zu machen, kam Kristin auf den Gedanken, sie nach jener Geschichte mit dem Hengst zu fragen, den Gaute mit dem Zopfband einer Jungfrau gezähmt haben sollte: »Es war wohl das deine?«

»Nein«, sagte Jofrid böse und blutübergossen. Dann aber fuhr sie in einem anderen Ton fort:

»Es war Aasas – meiner Schwester – Band«, sagte sie lachend. »Diese umwarb Gaute zuerst, aber als ich heimkam, wußte er nicht, welche von uns beiden er lieber habe. Aber Aasa war es, die er im Sommer bei Dagrun zu treffen glaubte, als er nach Sogn kam, und dann wurde er böse, als ich ihn mit ihr neckte – schwur bei Gott und allen Heiligen, er sei nicht so, daß er den Töchtern ehrbarer Männer zu nahe trete, und zwischen Aasa und ihm sei nicht mehr gewesen, als daß er jetzt ohne Sünde noch diese Nacht auf meinem Arm schlafen dürfe, sagte er. Ich nahm ihn beim Wort«, sie lachte wiederum. Als sie Kristins Gesicht sah, nickte sie trotzig.

»Ja, Gaute wollte ich zum Mann haben, und verlaßt Euch darauf, Mutter, ich bekomme ihn zum Mann. Ich setze meinen Willen fast immer durch.«

Kristin wachte auf, und es war stockdunkel. Die Kälte schnitt ihr in Wange und Nase; als sie die Felldecke besser um sich zog, fühlte sie, daß diese von ihrem Atem bereift war. Es ging wohl auf den Morgen zu, aber es graute ihr davor, aufzustehen und nach den Sternen zu sehen. Sie rollte sich ganz unter dem Fell zusammen, um sich noch ein wenig zu wärmen. Dabei entsann sie sich ihres Traumes.

Ihr war gewesen, als läge sie in ihrem Bett in der kleinen Stube auf Husaby und habe soeben ein Kind geboren. Es lag auf ihrem Arm, in ein Lammfell eingehüllt, das sich zurückgeschlagen hatte und den kleinen dunkelroten Körper sehen ließ; die winzigen Hände hielt das Kind zu Fäusten geballt vor das Gesicht, die Knie waren zum Bauch aufgezogen und die Füße über Kreuz gelegt; ab und zu bewegte es sich ein wenig. Es kam ihr nicht in den Sinn, sich zu fragen, weshalb der Knabe nicht besser eingehüllt sei und weshalb keine Frauen in der Stube bei ihr waren. Die von ihr ausströmende Wärme hüllte das Kind noch ein, während es so an ihr lag; durch ihren Arm hindurch fühlte sie es noch bis in ihre Herzwurzeln hinein, wenn das Kind sich bewegte. Müdigkeit und Schmerzen beschatteten sie noch, ähnlich wie Dunkelheit, die im Weichen begriffen ist, während sie dalag und den Sohn betrachtete und fühlte, wie die Freude an ihm und die Liebe unaufhörlich zunahmen, so wie der Tag über den Bergen emporwächst.

Aber gleichzeitig, wie sie so dort im Bett lag, stand sie auch draußen hinter dem Haus. Zu ihren Füßen lag das Tal und leuchtete in der Morgensonne. Es war ein früher Winterfrühlingstag – sie zog die scharfe, frische Luft ein –, der Wind war eisig kalt, aber er brachte einen Geschmack vom Meer weit draußen und von der Schneeschmelze mit: die Höhenrücken lagen in der Morgensonne schwer vor dem Tal, mit schneefreien Flecken rings um die Höfe, und der Harsch glänzte wie schimmerndes Silber überall auf den Lichtungen in den dunkelgrünen Wäldern. Der Himmel war wie reingefegt, klargelb und blaßblau, mit ganz wenigen dunklen, vom Wind getriebenen Wolken, die weit draußen dahinschwammen, aber kalt war es; dort, wo sie stand, war die Schneedecke noch steinhart vom Nachtfrost, und zwischen den Häusern lag kalter Schatten, denn die Sonne stand tief am Berg, östlich hinter dem Hof. Und dicht vor ihr, wo der Schatten endete, bewegte der Morgenwind das bleiche, vorjährige Gras, es neigte sich, und es schimmerte, aber noch hielt eine stahlblaue Eiskruste seine Wurzeln in ihrem Bann.

»Oh – oh!« Der Klageseufzer stieg ihr wider Willen aus der Brust. Lavrans hatte sie noch bei sich, sie hörte die gleichmäßigen Atemzüge des Knaben aus dem anderen Bett drüben. Und Gaute, er lag mit seiner Buhlerin droben im Dachraum. Die Mutter seufzte wiederum, bewegte sich unruhig, und Erlends alter Hund drückte sich unter der Decke dichter an ihre hochgezogenen Beine heran.

Jetzt hörte sie, daß Jofrid auf war und hin und her ging. Rasch schlüpfte Kristin aus dem Bett und zog die zottigen Stiefel, das Frieskleid und den Pelzkittel an; im Dunkeln tastete sie sich zum Ofen hin, hockte dort nieder, wühlte in der Asche und blies sie an, aber es kam kein Funke – die Feuermutter war diese Nacht erloschen.

Sie holte den Stahl aus dem Beutel an ihrem Gürtel, aber offenbar war der Feuerschwamm naß geworden und gefroren. Schließlich mochte sie sich nicht mehr damit abplagen, nahm die Glutpfanne und stieg hinauf, um sich bei Jofrid Glut zu holen.

Droben brannte ein schönes Feuer in dem kleinen Ofen und verbreitete Licht im Raum. Jofrid saß in dem flackernden Schein da und war im Begriff, die kupferne Schnalle an Gautes Wams aus Rentierfell besser zu befestigen, drüben im Dämmerlicht des Schrankbettes sah sie den nackten Oberkörper des Mannes – Gaute schlief selbst in der ärgsten Kälte ohne Hemd. Er saß nun im Bett und hatte den Morgenimbiß vor sich.

Jofrid stand auf, schwerfällig und hausmütterlich – ob nicht die Mutter einen Schluck Bier wolle? Sie hatte Gaute den Morgentrunk gewärmt. Und diese Kanne müsse die Mutter für Lavrans mitnehmen – er sollte heute mit Gaute zum Holzfällen in den Wald gehen, es würde ein kalter Tag für die Männer werden.

Als Kristin wieder unten in ihrer Stube stand und im Ofen Feuer machte, schürzte sie unwillig die Lippen. Jofrids häusliche Beschäftigung, Gaute, der dalag und sich ganz offen von seiner Liebsten bedienen ließ – die Fürsorge der Buhlerin für ihren ungesetzlichen Schwager –, all das dünkte sie so schamlos und widerlich.

Lavrans blieb draußen im Wald, Gaute aber kam zum Abend heim, erschöpft und hungrig. So saßen denn, als das Gesinde hinausgegangen war, die Frauen noch eine Weile auf, um dem Mann Gesellschaft zu leisten, während er trank.
Kristin sah, daß es Jofrid an diesem Abend nicht gut ging. Immer wieder ließ sie die Arbeit in den Schoß sinken, und über ihr Gesicht flogen schmerzliche Zuckungen.
»Hast du Schmerzen, Jofrid?« fragte Kristin leise.
»Ach ja, ein wenig – in den Füßen und Beinen«, antwortete das Mädchen.
Sie hatte den ganzen Tag wie gewöhnlich tüchtig gearbeitet und sich nicht schonen wollen. Jetzt hatte sie Schmerzen bekommen, und die Beine waren angeschwollen.
Plötzlich sprangen kleine Tränen unter ihren Wimpern hervor. Kristin hatte nie eine Frau so seltsam weinen sehen. Ohne Laut, mit zusammengebissenen Zähnen saß Jofrid da, und runde, klare Tränen – Kristin fand, sie sähen so *hart* aus wie Perlen – rollten über das abgezehrte, braungefleckte Gesicht herab. Sie schien böse darüber zu sein, daß sie hatte nachgeben müssen – widerstrebend ließ sie sich von Kristin zum Bett führen.
Gaute kam nach:
»Hast du Schmerzen, meine Jofrid?« fragte er unbeholfen. Sein Gesicht war feuerrot von der Kälte, und er sah der Mutter tief unglücklich zu, wie sie Jofrid behutsam zurechtlegte, ihr Schuhe und Strümpfe auszog und die geschwollenen Füße und Beine behandelte. »Hast du Schmerzen, meine Jofrid?« fragte er noch einmal.
»Ja«, sagte Jofrid leise und verbissen wütend. »Denkst du, ich würde sonst so nachgeben?«
»Hast du Schmerzen, meine Jofrid?« fing er wieder an.
»Du siehst doch, daß sie Schmerzen hat – steh nicht so da und mach kein so dummes Gesicht.« Kristin wandte sich dem Sohn zu, sie funkelte. Der dumpf geballte Knoten von Angst vor dem Ausgang der ganzen Sache, von Unmut darüber, daß sie das unordentliche Leben der jungen Leute hier auf ihrem Hofe dulden mußte, von nagendem Zweifel an der Männlichkeit des Sohnes – das alles entlud sich in wütendem Groll: »Bist du denn so dumm, daß du glaubst, es ginge ihr *gut* – sie sieht doch, daß du nicht einmal dazu taugst, dir ein Herz zu fassen und über die Berge zu reisen, wenn es auch stürmt und schneit. Du weißt, daß sie bald in die Knie gezwungen wird, diese kranke Frau hier, und daß sie sich in den größten Qualen winden wird – und daß ihr Kind einen Strauchbalg heißen wird, weil du nicht wagst, ihrem Vater zu begegnen – sondern dasitzest und die Bank in der Stube wärmst und nicht einen Finger zu rühren wagst, um dein Weib zu schützen und das Kind, das du bekommen sollst. *Dein* Vater hatte keine solche Angst vor meinem Vater, daß er nicht mit ihm zu sprechen gewagt hätte, und er fürchtete die Kälte nicht so sehr, daß er nicht

auf Schneeschuhen im Winter über das Gebirge gegangen wäre. Pfui über dich, Gaute – und wehe mir, daß ich den Tag erleben soll, an dem ich einen der Söhne, die Erlend mit mir gezeugt hat, einen furchtsamen Mann nennen muß!«

Gaute hob den Kubbestuhl mit beiden Händen, schleuderte ihn auf den Boden, rannte zum Tisch und fegte alles hinunter, was darauf stand, dann lief er zur Tür, versetzte dem Kubbestuhl noch einen Fußtritt; sie hörten ihn fluchend die Treppe zum Oberstockwerk hinauflaufen.

»Nein, Mutter, jetzt wart Ihr allzu hart gegen Gaute.« Jofrid richtete sich auf den Ellbogen auf. »Ihr könnt doch vernünftigerweise nicht erwarten, daß er mitten im Winter sein Leben im Gebirge aufs Spiel setzt, um meinen Vater aufzusuchen und zu erfahren, daß er entweder die verführte Braut in dem Hemd heiraten soll, in dem er sie von daheim entführte, oder außer Landes gehen muß.«

Die Zorneswogen gingen noch hoch in Kristins Gemüt. Sie antwortete stolz:

»Ich glaube trotzdem nicht, daß *mein* Sohn so denken kann!«

»Nein«, sagte Jofrid, »würde nicht ich für ihn denken, dann ...« Als sie Kristins Gesichtsausdruck sah, klang das Lachen in ihrer Stimme auf:

»Liebe Mutter, ich habe Mühe genug gehabt, Gaute zu beruhigen; jetzt will ich nicht, daß er um meinetwillen noch mehr Dummheiten macht und unsere Kinder um den Wohlstand bringt, den ich von meinen Verwandten erwarten kann, wenn Gaute sich so mit ihnen versöhnt, wie es am besten und ehrenvollsten für uns alle wäre.«

»Was meinst du damit?« fragte Kristin.

»Ich meine, wenn meine Verwandten Gaute aufsuchen, wird Herr Sigurd ihnen so entgegentreten, daß sie merken, Gaute steht nicht allein in der Welt. Er wird es ertragen müssen, volle Buße zu leisten, nachher aber wird mein Vater mich so mit Gaute verloben, daß ich wiederum berechtigt bin, nach seinem Tode die Erbschaft mit meinen Schwestern zu teilen.«

»Du bist also selbst nicht ohne Schuld daran«, fragte Kristin, »daß du nicht verheiratet bist, ehe dein Kind zur Welt kommt?«

»Habe ich mit Gaute von daheim fortzulaufen vermocht, dann ... Keiner glaubt doch wohl, daß er des Nachts ein blankes Schwert zwischen uns ins Bett gelegt hat.«

»Hat er bei deinen Verwandten überhaupt nicht um dich geworben?« fragte Kristin.

»Nein, wir wußten, daß dies vergeblich sein würde, selbst wenn Gaute viel reicher gewesen wäre, als er ist.« Jofrid brach wieder in Lachen aus. »Seht Ihr, Mutter, mein Vater glaubt, er verstünde sich von allen Männern am besten auf den Pferdehandel. Wer aber Gaute Erlendssohn beim Pferdehandel über sein will, der muß noch viel schlauer sein als mein Vater.«

Kristin konnte nicht umhin, sie mußte lächeln – so wenig lustig ihr zumute war.

»Ich kenne das Gesetz in solchen Dingen nicht so genau«, sagte sie ernsthaft, »aber ich weiß nicht so bestimmt, Jofrid, ob es für Gaute leicht sein wird, einen Vergleich zu erreichen, den du gut nennen magst. Wird Gaute in Acht und Bann getan – und nimmt dein Vater dich mit sich heim, läßt dich seinen Zorn fühlen oder verlangt, daß du ins Kloster gehst und deine Sünden gutmachst ...«

»Ins Kloster kann er mich nicht senden, ohne mir so reichliche Geschenke mitzugeben, daß es billiger und ehrenvoller ist, sich mit Gaute auszusöhnen und von ihm Buße zu fordern: Ihr begreift doch, es verursacht ihm jetzt keinerlei Kosten, wenn er mich verheiratet. Daß ich die Erbschaft mit meinen Schwestern teile, ist ihm sicher recht, denn das gönnt er Olav, meinem Schwager. Im übrigen müßten sich meine Verwandten auch dieses Kindes hier annehmen. Und ich glaube, mein Vater wird es sich zweimal überlegen, ehe er den Versuch macht, mich mit einem Buhlenkind nach Hovland heimzunehmen – um mich seinen Zorn fühlen zu lassen – *er* kennt mich.

Auch ich weiß in den Gesetzen nicht so gut Bescheid, aber ich kenne meinen Vater und kenne Gaute. Und jetzt ist bereits so lange Zeit darüber hingegangen, daß dieses Ziel kaum erreicht werden kann, ehe ich selbst wieder gesund und frisch bin; dann, Mutter, sollt Ihr mich nicht weinen sehen! O nein, Gaute wird schon eine Aussöhnung zu solchen Bedingungen bekommen, daß ...!

Nein, Mutter, Gaute, der von Kirchenfürsten und Königen abstammt, und Ihr, die Ihr mit den besten Geschlechtern im Lande verwandt seid: mußtet Ihr mit ansehen, daß Eure Söhne von jenem Platz herabsanken, auf dem zu stehen sie geboren waren, so sollt Ihr doch auch sehen dürfen, daß Eure Nachkommen in meinen und Gautes Kindern wieder emporgelangen.«

Kristin saß schweigend da. Es war wohl möglich, daß es so ging, wie Jofrid wollte; sie begriff, daß sie um ihretwillen sich nicht so viele Sorgen zu machen brauchte. Jofrid war jetzt sehr mager im Gesicht, die weiche Rundung der Wangen war ganz weggezehrt, und dadurch trat ihr kräftiger, starker Unterkiefer besonders hervor.

Jofrid gähnte, rückte sich in eine sitzende Stellung zurecht und suchte ihre Schuhe. Kristin half ihr, sie anzuziehen.

Jofrid dankte:

»Und reizt Gaute jetzt nicht mehr, Mutter. Er nimmt es selbst nicht leicht, daß wir nicht vorher heiraten können, aber ich will mein Kind nicht arm machen, noch ehe es geboren ist.«

Vierzehn Tage später gebar Jofrid einen großen und schönen Sohn, und Gaute sandte noch am gleichen Tag einen Boten nach Sundbu. Herr Sigurd kam auch sofort nach Jörundhof, und er hielt Erlend Gautessohn über die Taufe. Aber sosehr sich Kristin Lavranstocher über ihren Sohnessohn freute, so grämte sie sich doch darüber, daß Erlends Name nun in einem Buhlenkind wieder aufleben sollte.

»Dein Vater wagte mehr, um seinem Sohn zu seinem Recht zu verhelfen«, sagte sie eines Abends zu Gaute, als er unten in der Webstube saß und zusah, wie sie den Knaben für die Nacht herrichtete. Jofrid schlief bereits in ihrem Bett drüben. »Seine Liebe zu dem alten Herrn Nikulaus war zwar nicht übermäßig groß, aber trotzdem hätte er es seinem Vater doch niemals antun mögen, einem Sohn, der nicht in der Ehe geboren war, seinen Namen zu geben.«

»Nein, Orm – der war nach dem Muttervater genannt?« fragte Gaute. »Ja, ja, Mutter, so sollte ein Sohn wohl nicht sprechen. Aber Ihr müßt doch verstehen, wir Brüder merkten es alle: solange unser Vater lebte, fandet Ihr nie, er könnte uns in allen Dingen ein Vorbild sein – jetzt aber sprecht Ihr früh und spät von ihm, als wäre er ein wahrer Heiliger gewesen – oder wenigstens beinahe. Ihr könnt Euch doch denken, wir wissen, daß er dies nicht war. Stolz würden wir alle sein an dem Tag, an dem wir dem Vater gleich wären – ihm bis an die Schultern reichen würden –, wir wissen, er war ein vornehmer und tapferer Mann, der in jenen Tugenden, die einen Mann am meisten schmücken, alle weit überragte, aber Ihr könnt uns nicht davon überzeugen, daß er in einer Frauenstube der geziemendste und sittsamste Geselle noch daß er der tüchtigste Bauer war.

Trotzdem braucht dir niemand etwas Besseres zu wünschen, mein Erlend, als daß du ihm nachgeraten mögest!« Er hob das Kind, das jetzt fertig eingebunden war, empor, drückte sein Kinn an das kleine rote Gesicht in der hellen Wolldecke: »Du begabter und vielversprechender Knabe, Erlend Gautessohn auf Jörundhof, du sollst deiner Vatermutter erzählen, daß *du* keine Angst hast, dein Vater könnte dich im Stich lassen.«

Er machte das Zeichen des Kreuzes über dem Kinde und legte es in Kristins Schoß zurück, trat ans Bett und betrachtete die schlafende junge Mutter.

»Ihr sagt, Jofrid gehe es so gut, wie es ihr nur gehen kann? Sie sieht bleich aus, aber Ihr versteht Euch auf solche Dinge wohl am besten. – Schlaft wohl, Gottes Frieden sei mit euch in dieser Stube hier!«

Einen Monat nach der Geburt des Knaben feierte Gaute ein großes Kindelbier, zu dem alle seine Verwandten von weit her zusammenkamen. Kristin vermutete, daß Gaute sie zu einer Beratung wegen seiner Stellung hierherberufen habe – es war jetzt Frühling, und er mußte darauf gefaßt sein, bald von Jofrids Verwandten zu hören.

Kristin erlebte die Freude, daß Ivar und Skule miteinander nach Hause kamen. Und auch ihre Geschwisterkinder kamen: Sigurd Kyrning, der mit ihrer Base von Skog verheiratet war, Ivar Gjesling von Ringheim und Haavard Trondssohn. Die Trondssöhne hatte sie nicht mehr gesehen, seit Erlend die Männer von Sundbu mit ins Unglück gerissen hatte. Jetzt waren sie ältere Männer: sie waren stets sorglos und leichtsinnig gewesen, aber kühn und wohlgemut, und sie waren nicht sehr verändert; sie traten sowohl den Erlendssöhnen als auch ihrem Vetter und Nachfolger auf Sundbu, Ritter Sigurd, in freier und offener verwandtschaftlicher Haltung entgegen. Jetzt flossen zu Ehren des kleinen Erlend Bier und Met in Strömen; Gaute und Jofrid empfingen ihre Gäste so unbefangen, als seien sie verheiratet und als habe der König selbst ihre Hochzeit ausgerichtet. Alle waren froh, und keiner schien daran zu denken, daß Ehre und Wohlergehen dieser beiden jungen Menschen noch immer auf dem Spiele standen. Aber Kristin erfuhr, daß Jofrid es nicht vergessen hatte.

»Je ausgelassener und übermütiger sie meinem Vater begegnen, desto leichter wird er nachgeben«, sagte sie. »Und Olav Piper konnte es noch nie verbergen, daß er gerne mit Männern aus den alten Geschlechtern auf einer Bank sitzt.«

Der einzige, der sich in dieser Verwandtenversammlung nicht so recht wohl zu fühlen schien, war Herr Jammaelt Halvardssohn. König Magnus hatte ihm zu Weihnachten den Ritternamen verliehen. Ramborg Lavranstochter hieß jetzt Frau.

Diesmal hatte Herr Jammaelt seinen ältesten Stiefsohn Andres Simonssohn mit sich. Kristin hatte, als Jammaelt das letztemal hier gewesen war, gebeten, er möge den Knaben mitbringen, denn es war ihr das Gerücht zu Ohren gekommen, daß der Junge ein wenig merkwürdig sei. Da bekam sie entsetzliche Angst, er hätte vielleicht an Leib oder Seele einen Schaden erlitten, durch jene Sache, die sie mit ihm vorgenommen hatte, als er klein war. Aber der Stiefvater sagte, nein, der Knabe sei gesund und stark, gut wie Gold – und vielleicht sei er klüger als die meisten Leute –, tatsächlich aber sei er seherisch begabt: bisweilen sei er wie geistesabwesend, und hinterher mache er oft seltsame Dinge – wie im vergangenen Jahr: da hatte er eines Tages seinen silbernen Löffel genommen – es war sogar jener, den Kristin ihm zu seiner Geburt geschenkt hatte, und eine Hemdspange, die er von seinem Vater her besaß, und dann ging er fort vom Hof und zu der Brücke hinunter, die in der Nähe von Aelin bei dem großen Weg über den Fluß führte. Dort saß er viele Stunden und wartete, da kamen drei Arme über die Brücke, ein alter Bettler und ein junges Weib mit einem Säugling. Andres geht auf sie zu, gibt ihnen seine Sachen und bittet darum, der Frau das Kind tragen zu dürfen. Daheim gerieten sie außer sich vor Angst, als Andres nicht zu den Mahlzeiten heimkam und auch nicht am Abend – sie gingen hinaus und suchten, und schließlich erfuhr Jammaelt, daß man Andres weit oben in der Nachbargemeinde in Begleitung zweier Leute, die Krepp und Kraake genannt wurden, gesehen habe; er trug ihr Kind. Als Jammaelt endlich am nächsten Tag den Knaben einholte, sagte dieser, er habe am letzten Sonntag während der Messe, als er dastand und das Gleichnis auf dem Altarbild betrachtete, eine Stimme vernommen, die sanfteste und süßeste der

Welt, und sie versprach, ihm ein Zeichen zu geben, wenn er an einem gewissen Tag zur Bjerkheims-Brücke gehen würde.
Im übrigen wollte Andres nur ungern über seine Gesichte sprechen, denn ihr Kirchspielpfarrer sagte, sie seien wahrscheinlich zum Teil erdichtet und zum Teil Betäubung und Sinnesverwirrung, und seine Mutter erschreckte er mit seinem seltsamen Wesen am allermeisten. Aber er sprach mit einer alten Magd darüber, einem sehr frommen Weib, und mit einem Prädikantenbruder, der zur Fasten- und Adventszeit durch das Tal zu wandern pflegte. Und es war wohl zu erwarten, daß der Knabe einmal das geistliche Leben wählen würde, so würde also wahrscheinlich Simon Simonssohn sich einstmals auf Formo niederlassen. Er war ein gesundes und liebliches Kind, ganz wie sein Vater, und Ramborgs Liebling.
Ramborg und Jammaelt waren in ihrer Ehe noch keine Kinder beschieden; Kristin hatte durch Leute, die auf Raumarike gewesen waren und Ramborg gesehen hatten, gehört, daß sie sehr dick und faul geworden sei. Sie lebte zwischen den reichsten und mächtigsten Leuten, aber nach Norden, in ihr Heimattal, wollte sie niemals reisen, und Kristin hatte ihre einzige Schwester seit jenem Tage, da sie sich auf Formo trennten, nicht mehr gesehen. Aber Kristin glaubte zu wissen, daß Ramborg ihr noch unvermindert gram war. Sie lebte gut mit Jammaelt, und er nahm sich seiner Stiefkinder mit liebevoller Fürsorge an. Er hatte verabredet, daß der älteste Sohn jenes Mannes, der sein Haupterbe wurde, wenn er kinderlos sterben würde, mit Ulvhild Simonstochter verlobt werden sollte; so kam wenigstens Simon Darres Tochter zu einer Nutznießung seiner Hinterlassenschaft. Arngjerd war ein Jahr nach dem Tod ihres Vaters mit Grunde auf Eiken verheiratet worden; Gyrd Darre und Jammaelt hatten ihr eine so reichliche Mitgift gegeben, wie sie nach ihrer Ansicht auch Simon diesem Kinde vergönnt hätte, und es ging ihr gut, sagte Jammaelt – Grunde ließ sich in allem und jedem von seiner Frau leiten, und sie hatten bereits drei schöne Kinder.
Kristin wurde seltsam bewegt, als sie Simons und Ramborgs ältesten Sohn wiedersah. Er war das lebendige Ebenbild Lavrans Björgulfssohns, noch viel mehr als Gaute. Und in den letzten Jahren hatte Kristin ihren Glauben, daß Gaute im Gemüt ihrem Vater so ähnlich sei, ganz fallenlassen müssen.
Andres Darre war jetzt im zwölften Lebensjahr, groß und schlank, hell und schön und ein wenig still im Wesen, obgleich er einen gesunden und heiteren Eindruck machte, er hatte gute Körperkräfte und aß gern, bloß wollte er kein Fleisch zu sich nehmen. Irgend etwas unterschied ihn von anderen Knaben, aber Kristin konnte nicht sagen, *was* es war, obgleich sie ihn genau beobachtete. Andres freundete sich mit der Muhme gut an, aber er sprach nie über seine Gesichte und fiel nie in den Zustand der Verzückung, solange er in Sil war.

Die vier Erlendssöhne schienen sich über ihr Zusammensein auf dem Hof der Mutter sehr zu freuen. Kristin fand aber nicht viel Gelegenheit, mit den Söhnen zu sprechen. Wenn diese sich miteinander unterhielten, fühlte sie, daß deren Leben und Wohlergehen jetzt ihrem Gesichtskreis entglitt. Die beiden, die von draußen kamen, hatten sich von daheim losgelöst, und die beiden, die auf dem Hof lebten, waren wohl im Begriff, ihr die Leitung aus der Hand zu nehmen. Das Gastgelage traf gerade in die Frühjahrszeit, da alles knapp war, und sie sah nun, daß Gaute sich offenbar schon darauf vorbereitet hatte, indem er im Winter mehr am Futter gespart hatte als sonst und sich auch von Herrn Sigurd Futter entlehnt hatte, aber dies alles hatte er angeordnet, ohne sie um Rat zu fragen. Und alle Beratungen über Gautes Angelegenheit wurden gleichsam über ihren Kopf hinweg geführt, selbst wenn sie bei den Männern in der Stube saß.
Sie war also nicht sehr erstaunt, als Ivar eines Tages zu ihr kam und sagte: Lavrans solle ihn begleiten, wenn er nach Rognheim zurückkehre.
Ivar Erlendssohn sagte sogar eines Tages zur Mutter, er meine, sie solle zu ihm nach Rognheim ziehen, wenn Gaute heirate: »Mit Signe als Schwiegertochter lebt es sich besser auf einem Hof, glaube ich – und es kann Euch doch unmöglich leichtfallen, hier, wo Ihr gewohnt wart, selbst zu befehlen, die Leitung abzugeben.« Im übrigen aber schien er Jofrid gut leiden zu können, er wie alle Männer. Nur Herr Jammaelt stand ihr ein wenig kühler gegenüber.
Kristin saß mit ihrem kleinen Enkel auf dem Schoß da und dachte, leicht würde es gewiß nicht sein, weder hier noch anderswo. Es war schwer, alt zu werden. Vor ganz kurzer Zeit, so dünkte es sie, war sie selbst noch die junge Frau, da war es ihr Schicksal, um das der Streit und die Beratungen der Männer brandeten. Jetzt war sie in den Hintergrund gedrängt worden. Und vor nicht langer Zeit waren ihre eigenen Söhne so klein wie dieser hier gewesen. Sie entsann sich ihres Traumes von dem neugeborenen Kinde. In dieser Zeit stiegen die Gedanken an ihre eigene Mutter in ihr auf – ihrer Mutter erinnerte sie sich nicht anders als einer alternden, schwermütigen Frau. Aber sie war jung gewesen, auch sie, als sie einst dalag und sie, Kristin, mit ihrer Körperwärme wärmte, auch die Mutter war in ihrer Jugend an Leib und Seele davon gezeichnet worden, daß sie Kinder getragen und geboren hatte, und sie hatte wohl, wenn sie mit dem süßen jungen Wesen an ihrer Brust dasaß, ebensowenig wie Kristin daran gedacht, daß jeder Tag, den beide lebten, ihr Kind weiter und weiter von ihrem Schoß fortführen würde.
»Ich dachte, wenn du selbst einmal Kinder geboren hast, Kristin, dann würdest du begreifen«, hatte die Mutter einmal gesagt. Jetzt begriff sie, daß das Gemüt ihrer Mutter ganz und gar erfüllt gewesen war von Erinnerungen an die Tochter, Erinnerungen an Gedanken für das Kind aus jener Zeit, da es noch ungeboren war, und aus all den Jahren,

deren ein Kind sich nicht entsinnt, Erinnerungen an Furcht und Hoffnung und Träume, alles um der Kinder willen, die nicht eher etwas davon wissen, als bis ihre eigene Zeit kommt, in der sie im geheimen fürchten und hoffen und träumen.

Schließlich verteilten sich die Gäste so, daß einige bei Jammaelt auf Formo blieben und einige mit Sigurd nach Vaagaa hinüberzogen. Eines Tages endlich kamen zwei von Gautes Pächtern südlich aus dem Tal auf den Hof hereingesprengt: jetzt sei der Vogt auf dem Weg hierher, um Gaute aufzusuchen, und der Vater und die Verwandten des Mädchens befänden sich in seinem Gefolge. Der junge Lavrans lief sofort zum Stall. Am nächsten Abend hatte es den Anschein, als hielte man auf Jörundhof eine Heeresversammlung ab: sämtliche Verwandten Gautes waren mit ihren bewaffneten Knechten versammelt, und auch seine Freunde aus dem Tal hatten sich eingefunden.

Dann kam also Helge von Hovland mit großem Gefolge an, um sein Recht von dem Frauenräuber zu fordern. Kristin erhaschte einen Schimmer von Helge Duk, als er neben Herrn Paal Sörkvessohn, dem Vogt selbst, auf den Hofplatz einritt: Jofrids Vater war ein älterer, großer und gebeugter Mann, der kränklich aussah; er hinkte, als er vom Pferd gestiegen war. Der Mann der Schwester, Olav Piper, war klein, breit und gedrungen, mit roter Haut und rotem Haar.

Gaute ging ihnen entgegen, er hielt sich aufrecht und schön – und hinter sich hatte er die ganze Schar von Verwandten und Freunden; sie standen in einem Halbkreis vor der Treppe zum Oberstockwerk, in der Mitte die beiden älteren Männer vom Rang eines Ritters, Herr Sigurd und Herr Jammaelt. Kristin und Jofrid beobachteten die Begegnung vom Vorraum der Webstube aus, aber sie konnten nicht die Worte hören, die gewechselt wurden.

Die Männer begaben sich in das Oberstockwerk hinauf, und die beiden Frauen kehrten in die Webstube zurück. Sie vermochten es nicht, miteinander zu sprechen. Kristin saß bei der Feuerstätte; Jofrid ging auf und ab und hielt ihr Kind in den Armen. So verging eine Weile – dann hüllte Jofrid den Knaben in eine Decke und begab sich mit ihm hinaus. Einige Zeit später kam Jammaelt Halvardssohn zu seiner Schwägerin herein und berichtete ihr über den Ausgang der Sache.

Gaute hatte Helge Duk für Jofrids Ehre und seine Gewalttat sechzehn Mark in Gold angeboten – das war die gleiche Buße, die Helges Bruder für das Leben seines Sohnes erhalten hatte. Und er erklärte sich bereit, um Jofrid bei ihrem Vater anzuhalten und ihr eine geziemende Zugabe und Morgengabe zu schenken, Helge aber sollte dafür sich mit ihm und der Tochter vollkommen aussöhnen, so daß sie die gleiche Mitgift bekäme wie ihre Schwestern und auch mit ihnen erbberechtigt wäre. Herr Sigurd bot im Namen der Verwandten Gautes Bürgschaft dafür, daß Gaute den Vergleich einhalten würde. Helge Duk schien sofort bereit, auf dieses Angebot einzugehen, aber seine Schwiegersöhne Olav Piper und Nerid Kaaressohn, Aasas Verlobter, erhoben Einspruch

und sagten, Gaute sei der frechste aller Männer, wenn er sich erdreiste, selbst die Bedingungen zu stellen für seine Heirat mit einem Mädchen, das er in Schande gebracht habe, während es auf dem Hof ihres Schwagers lebte, und das er nachher vergewaltigt habe – und noch zu verlangen, daß sie ebenso wie ihre Schwestern erbberechtigt sein solle.
Es war leicht zu sehen, sagte Jammaelt, Gaute selbst behagte es wenig, daß er nun um den Preis handeln sollte, um ein junges Mädchen aus vornehmer Sippe heiraten zu können, das er entführt und das ihm jetzt einen Sohn geboren hatte. Aber er hatte die Lektion wohl auswendig gelernt, so daß er sie nicht aus einem Buch vorzulesen brauchte, das war auch leicht zu merken.
Mitten in diese Unterredung – während die Freunde von beiden Seiten zu vermitteln versuchten – trat Jofrid mit dem Kind auf dem Arm unter die Männer. Da brach ihr Vater zusammen und konnte die Tränen nicht zurückhalten. So wurde denn alles so abgemacht, wie sie es wollte.
Gaute hätte die Buße niemals bezahlen können, das war klar, aber Jofrids Mitgift wurde so angesetzt, daß es sich ausglich. Eigentlich also fiel nun der Handel so aus, daß Gaute Jofrid nahm und nicht viel mehr mit ihr erhielt als das, was sie in ihren Säcken gebracht hatte, als sie auf den Hof kam, er aber ihr den größten Teil seines Besitzes als Zugabe und Morgengabe verbriefte und seine Brüder ihre Zustimmung dazu gaben. Später einmal aber würde er großen Reichtum durch sie gewinnen, wenn die Ehe nicht etwa kinderlos bliebe, lachte Ivar Gjesling, und die Männer lachten mit; aber Kristin wurde feuerrot, denn Jammaelt saß da und hörte alle die groben Späße, die jetzt fielen.
Am Tag darauf warb Gaute Erlendssohn um Jofrid Helgestochter, und danach feierte sie ihren Kirchgang mit den gleichen Ehren, als wäre sie die Hausfrau. Sira Dag sagte, dazu sei sie jetzt berechtigt. Dann zog sie mit dem Kind nach Sundbu und lebte bis zur Hochzeit unter Herrn Sigurds Schutz.
Die Hochzeit fand einen Monat darauf statt, gleich nach der Jonsmesse; sie war schön und prächtig. Am Morgen darauf übergab Kristin Lavranstochter mit großer Feierlichkeit die Schlüssel ihrem Sohn, und Gaute befestigte den Schlüsselbund am Gürtel seiner Frau.
Danach hielt Herr Sigurd Eldjarn ein großes Gastgelage auf Sundbu ab, wobei die Freundschaft zwischen ihm und seinen Geschwisterkindern, den früheren Männern auf Sundbu, feierlich beschworen und besiegelt wurde. Herr Sigurd verschenkte mit offenen Händen von den Kostbarkeiten, die es auf dem Hof gab, schenkte den Gjeslingern sowohl als auch allen Gästen je nach Verwandtschaft oder Freundschaft – Trinkhörner, Tischgerät, Schmuckstücke, Waffen, Pelzwerk und Pferde. So urteilten denn die Leute, Gaute Erlendssohn habe den Streitfall mit seinem Brautraub zum ehrenvollsten Ende geführt.

IV

An einem Sommermorgen im Jahr darauf stand Kristin draußen im Rundgang der alten Feuerstube und kramte dort in ein paar Truhen mit Geräten. Als sie hörte, daß einige Pferde in den Hofplatz hinausgeführt wurden, trat sie vor und sah zwischen den kleinen Säulen des Rundgangs hinaus. Einer der Knechte führte zwei Pferde, und in der Stalltür kam Gaute zum Vorschein; das Kind Erlend saß rittlings auf den Schultern des Vaters. Das kleine helle Gesicht ragte über den goldenen Schopf des Mannes empor, und Gaute hielt die Händchen des Knaben in seiner großen braunen unter dem Kinn fest. Er gab das Kind einer Magd, die gerade über den Hofplatz kam, und stieg zu Pferd. Als aber Erlend schrie und die Arme nach dem Vater ausstreckte, nahm Gaute ihn wieder und setzte den Knaben vor sich in den Sattel.

In diesem Augenblick kam Jofrid aus dem Wohnhaus.

»Willst du Erlend mitnehmen – wo reitest du denn hin?«

Gaute antwortete, er wolle zur Mühle hinauf – es bestehe Gefahr, daß der Fluß sie wegreiße, »und Erlend will mit dem Vater«, sagte er.

»Du bist wohl nicht recht gescheit.« Rasch zog sie den Knaben an sich, und Gaute lachte laut:

»Ich glaube gar, du meintest, ich wollte ihn mit mir nehmen.«

»Ja –«, auch die Frau lachte: »Du, du schleppst den armen Kerl überall mit dir hin – ich glaube, du machtest es am liebsten so wie der Luchs – fräßest das Junge lieber auf, ehe du es einem anderen vergönntest.«

Als Gaute vom Hof fortritt, winkte sie ihm mit der einen Hand des Kindes nach. Dann setzte sie den Knaben auf die Wiese, beugte sich einen Augenblick über ihn und redete mit ihm, ehe sie zur Neustube weiterlief und ins Oberstockwerk hinaufstieg.

Kristin blieb stehen und betrachtete den Sohnessohn – die Morgensonne schien so schön auf das kleine Kind in seinem roten Kleid. Klein Erlend trippelte im Kreis herum, starrte ins Gras hinein. Jetzt wurde er einen Haufen Sägespäne gewahr und beschäftigte sich gleich sehr eifrig damit, diese in alle Richtungen zu zerstreuen. Kristin lachte.

Er war fünfviertel Jahre alt, aber sehr fortgeschritten für sein Alter, fanden die Eltern, denn er ging und lief und konnte auch zwei oder drei Worte sagen. Jetzt lenkte er seine Schritte unbeirrt auf das kleine Rinnsal zu, das am einen Ende des Hofplatzes vorbeilief und, wenn es im Gebirge geregnet hatte, zu einem murmelnden Bach anschwoll. Kristin lief ihm nach und hob ihn in ihre Arme auf.

»Das darfst du nicht tun, da wird die Mutter böse, wenn du dich naß machst.«

Der Knabe schürzte die Lippen; er überlegte wohl, ob er schreien sollte, weil er nicht im Bach planschen durfte, oder ob er nachgeben sollte – sich naß machen war seine größte Sünde – Jofrid war in solchen Dingen allzu streng gegen ihn. Aber er sah so klug aus, lachend küßte

Kristin das Kind, setzte es wieder hin und ging zu ihrem Haus zurück. Aber die Arbeit wollte nicht so recht vom Fleck kommen, Kristin stand fast immer nur da und sah auf den Hofplatz hinaus.
Die Morgensonne leuchtete so freundlich und schien auf die drei gegenüberliegenden Häuser herab; es war, als habe Kristin sie schon seit längerer Zeit nicht mehr richtig gesehen; wie stattlich waren doch die Häuser mit ihren säulengeschmückten Altanen und dem reichen Schnitzwerk. Die vergoldeten Enden der gekreuzten Windbretter auf dem neuen Vorratshaus blitzten gegen den blauen Dunst über dem Gebirge dahinter auf. In diesem Jahr, das einen nassen Frühsommer gebracht hatte, war das Gras auf den Dächern so frisch.
Kristin seufzte ein wenig, sah sich noch einmal nach dem Kleinen um und wandte sich wieder ihren Truhen zu.
Plötzlich durchschnitt ein jammerndes Kindergeschrei die Luft – Kristin warf alles weg, was sie in den Händen hielt, und lief hinaus. Erlend stand da und schrie und betrachtete bald seinen Finger, bald eine halbtote Wespe, die im Gras lag. Als die Großmutter ihn aufhob und bedauerte, schrie er noch viel lauter, und als sie dann unter Klagen und noch größerem Mitleid nasse Erde und ein kaltes grünes Blatt auf den Stich legte, wurde sein Geschrei ganz entsetzlich.
Schmeichelnd und beruhigend trug sie ihn in ihre Stube, während er wie in Todesnot weiterbrüllte und mitten in einem Schrei plötzlich abbrach: er kannte Gefäß und Hornlöffel, die die Großmutter vom Türrahmen herunternahm. Kristin tauchte kleine Stückchen Brot in den Honig und fütterte ihn, während sie ihn weiterhin bemitleidete, ihre Wange an seinem hellen Nacken rieb, wo das Haar kurz und kleingekräuselt war, noch von der Zeit her, da er still in seiner Wiege gelegen und die Haare an dieser Stelle auf den Kissen abgewetzt hatte. Und Erlend hatte jetzt seinen Kummer vergessen, wandte Kristin das Gesicht zu und wollte sie mit klebrigen Händen und Mund streicheln und küssen.
Als sie so dasaß, stand auf einmal Jofrid in der Tür:
»Habt Ihr ihn hereingeholt – das wäre doch nicht notwendig gewesen, Mutter –, ich war nur oben im Dachraum.«
Kristin erzählte, welches Unglück Erlend widerfahren war. »Hörtest du ihn nicht schreien?«
Jofrid dankte der Schwiegermutter. »Aber jetzt wollen wir Euch nicht mehr länger plagen«, sie nahm das Kind, das nun zur Mutter wollte, und ging hinaus.
Kristin räumte den Honig weg. Dann blieb sie stehen, ohne irgendeine Arbeit vorzunehmen. Die Truhen draußen konnten warten, bis Ingrid kam.

Es war beabsichtigt gewesen, Kristin, wenn sie in die Altstube hinüberzog, Frida Styrkaarstochter zur Bedienung zu überlassen. Inzwischen aber wurde sie mit einem der Knechte, die mit Helge Duk gekommen waren, verheiratet – einem jungen Burschen, der ihr Sohn hätte sein können.

»In unserer Gegend sind wir gewohnt, daß die Untergebenen auf ihre Herrschaft hören, wenn diese ihnen zu ihrem Besten rät«, sagte Jofrid, als Kristin sich über das Zustandekommen dieser Hochzeit wunderte.

»Und hier im Tal«, erwiderte Kristin, »sind die kleinen Leute nicht gewohnt, uns auch dann zu gehorchen, wenn wir Unvernünftiges verlangen, oder auf unseren Rat zu hören, wenn dieser ihnen nicht ebenso zum besten gereicht wie uns selber. Ich gebe dir den guten Rat, Jofrid, dies nicht zu vergessen.«

»Es ist wirklich so, wie Mutter sagt, Jofrid«, fügte Gaute hinzu, aber sehr zahm.

Kristin hatte schon in der Zeit, ehe Gaute heiratete, bemerkt, daß er Jofrid nur ungern widersprach, nun war er der nachgiebigste Gatte geworden.

Die Schwiegermutter leugnete nicht, daß Gaute in vielen Dingen sich gut dabei stand, wenn er sich seiner Frau fügte; sie war so verständig, tüchtig und fleißig wie nur wenige Frauen. Und sie war nicht leichtsinniger als sie, Kristin, selbst gewesen war; auch sie hatte ihre Tochterpflichten mit Füßen getreten und ihre Ehre verkauft, als sie den Mann nicht bekommen konnte, den sie gerne zu besseren Bedingungen sich gewonnen hätte. Erst nachdem sie ihren Willen durchgesetzt hatte, war sie die ehrbarste und treueste Frau geworden. Kristin merkte, daß Jofrid ihren Mann über alles liebte; stolz war sie auf seine Schönheit und auf seine hervorragende Abstammung; ihre Schwestern waren reich verheiratet, aber deren Männer durfte man nur bei Nacht ansehen, wenn der Mond nicht leuchtete, und über deren Vorfahren brauchte man überhaupt nicht zu reden, sagte Jofrid höhnisch. Sie war sehr auf sein Wohlergehen und auf seine Ehre bedacht, so wie sie es eben verstand, und daheim verwöhnte sie ihn, so gut sie konnte. Wenn aber Gaute in der geringfügigsten Sache eine andere Meinung haben wollte als seine Frau, so stimmte Jofrid zuerst mit einer solchen Miene zu, daß Gaute sofort wankend wurde – und dann fing sie an und redete so lange, bis sie ihn auf ihre Seite gebracht hatte.

Gaute aber fühlte sich wohl. Niemand konnte daran zweifeln, daß die beiden jungen Leute gut miteinander lebten. Gaute war zufrieden mit seiner Frau, und alle beide waren sehr stolz auf ihren Sohn und liebten ihn über alle Maßen.

Es hätte also alles gut und schön sein können. Wäre nur Jofrid Helgestochter nicht so – ja, sie war geizig; Kristin konnte es nicht anders bezeichnen.

Wäre das nicht gewesen, hätte Kristin sich nicht so darüber gegrämt, daß die Schwiegertochter herrschsüchtig war.

Schon bei der Getreideernte im ersten Herbst, gleich nachdem sie auf den Hof eingeheiratet hatte, bemerkte Kristin, daß die Leute unzufrieden waren, obgleich sie fast nichts sagten. Aber die frühere Hausfrau merkte es doch.

Es war auch zu Kristins Zeiten vorgekommen, daß die Leute Heringe hatten essen müssen, die sauer geworden waren, oder Speck, so gelb wie Kienspäne, oder verdorbenes Fleisch. Da hatten aber alle gewußt, daß die Hausmutter ihnen dann ein anderes Mal mit etwas besonders Gutem aufwarten würde, mit Milchbrei oder frischem Käse, oder mit Bier außerhalb der Zeit. Und wenn es etwas zu essen gab, das ein wenig verdorben schmeckte und aufgegessen werden mußte, so wußten alle, daß daran gleichsam nur Kristins überquellend volle Vorratshäuser schuld waren. – Und wenn die Leute in Not gerieten, so wußten sie, daß der Überfluß auf Jörundhof dem ganzen Tal zugute kam. Schon jetzt fühlten die Leute sich nicht mehr sicher, daß Jofrid sich freigebig erweisen würde, wenn einmal in der Gemeinde Mangel herrschte.

Das war es, was der Schwiegermutter Kummer bereitete, denn das schien ihr die Ehre des Hofes und des Bauern zu verringern.

Daß sie selbst es schon in diesem einen Jahr hatte fühlen müssen, wie die Schwiegertochter nur ihren eigenen Leuten das Beste gönnte, das mochte noch hingehen. Schon zur Bartholomäusmesse bekam sie nur zwei geschlachtete Böcke statt der vier, die ihr zustanden. Der Vielfraß hatte im vergangenen Sommer böse unter dem Kleinvieh im Gebirge gewütet, das war richtig; trotzdem fand Kristin es schmählich, daß es auf einem so großen Hof auf zwei Böcke ankommen sollte; aber sie schwieg. Und ähnlich war es mit allem, was sie vom Hof beziehen sollte: bei dem Fleisch vom Herbstschlachten, bei Korn und Mehl, bei dem Futter für ihre vier Kühe und die beiden Reitpferde; sie bekam entweder zuwenig oder schlechte Ware. Gaute ärgerte sich, und Gaute schämte sich, das merkte sie, aber er wagte seiner Frau gegenüber nicht aufzutreten, und darum tat er so, als sähe er nichts.

Gaute war ebenso freigebig wie alle Söhne Erlend Nikulaussohns. Bei seinen Brüdern hatte es die Mutter Verschwendungssucht genannt. Aber Gaute war tüchtig und für sich selbst genügsam. Wenn er sich nur die besten Pferde und Hunde und einige gute Falken halten konnte, so wollte er im übrigen nicht anders leben als die Kleinbauern im Tal. Kamen aber Leute auf den Hof, so war er allen Gästen ein liebenswürdiger Wirt, und er zeigte sich freigebig gegen die Bettler – in dieser Beziehung war er ein Bauer nach dem Herzen der Mutter: so, fand sie, mußten die großen Leute leben, die auf ihren Erbhöfen saßen: sie sollten Güter ansammeln, nichts unnötig hinauswerfen, aber auch nicht sparen, wenn die Liebe zu Gott und seinen Armen, die Sorge um die Ehre des Geschlechtes Ausgaben erforderten.

Jetzt sah sie, daß Jofrid die reichen Freunde und angesehenen Verwandten Gautes am liebsten mochte. Hierin jedoch schien Gaute sich am wenigsten seiner Frau fügen zu wollen; er versuchte, an seinen alten Genossen aus der Kindheit festzuhalten; Saufbrüder nannte Jofrid sie, und Kristin erfuhr jetzt auch, daß Gaute doch ein wenig wilder gewesen war, als sie gewußt hatte. Aber seit er verheiratet war, kamen die Freunde nicht mehr ungebeten auf seinen Hof. Gewiß, bis jetzt war noch kein Armer unbeschenkt von Gaute fortgegangen; aber wenn Jofrid es sah, gab er viel kleinere Geschenke. Hinter ihrem Rücken war er freigebiger. Es konnte jedoch nicht vieles hinter ihrem Rücken geschehen.

Und Kristin merkte, daß Jofrid eifersüchtig auf sie war. In all den Jahren, seit er ihr armes krankes Kind war, das weder leben noch sterben konnte, hatte die Mutter Gautes Freundschaft und Vertrauen ganz und gar besessen. Jetzt merkte sie, daß Jofrid es nicht leiden mochte, wenn Gaute sich zur Mutter setzte, sie um Rat fragte oder sie bat, so wie früher zu erzählen. Geschah es einmal, daß der Mann sich in der Altstube bei ihr vergaß, so fand Jofrid stets einen Vorwand, um dorthin zu kommen.

Und sie wurde eifersüchtig, wenn die Großmutter sich des kleinen Erlends zuviel annahm.

Draußen auf dem Hofplatz wuchsen in dem kurzen, niedergetretenen Gras einige Pflanzen mit lederähnlichen, derben und dunklen Blättern. Aber jetzt in den sonnigen Tagen des Mittsommers entsprang jedem der kleinen, flachgetretenen Blattkränze ein kurzer Stiel mit zarter, hellblauer Blüte daran. Kristin meinte, die alten Außenblätter, narbig, wie sie waren, von all den Füßen der Menschen und Tiere, die sie zertreten hatten, müßten diesen blühenden, hellen innersten Trieb ebenso lieben, wie sie den Sohn ihres Sohnes liebte.

Der kleine Erlend dünkte sie Leben ihres Lebens, Fleisch ihres Fleisches zu sein, ebenso innig, aber noch süßer als die eigenen Kinder. Wenn sie ihn auf ihrem Schoß halten durfte und sah, wie die eigene Mutter des Knaben sie beide unterdessen gierig bewachte, ihn so rasch wieder an sich nahm, wie sie anstandshalber konnte, ihn voller Besitzerstolz an die Brust legte und voll Gier an sich drückte, da wurde es Kristin Lavranstochter auf eine neue Weise klar, daß sie recht hatten, die Ausdeuter des Wortes Gottes. Das leibliche Leben war unrettbar vom Unfrieden angesteckt; in der Welt, wo die Menschen sich mischten, neue Geschlechter zeugten, sich von fleischlicher Liebe zueinander treiben ließen und ihr eigenes Fleisch liebten, in dieser Welt gab es Herzenskummer und enttäuschte Hoffnungen so gewiß, wie der Reif im Herbst kommt; Leben wie Tod trennten die Freunde schließlich so gewiß, wie der Winter die Bäume von ihren Blättern trennt.

Dann geschah es eines Abends, vierzehn Tage vor der Olavsmesse, daß eine Bettlerschar nach Jörundhof kam und um Obdach für die Nacht bat. Kristin stand auf dem Altan der Altstube – ihrem jetzigen Reich –, sie hörte, wie Jofrid herauskam und den Bettlern zur Antwort gab, zu essen könnten sie wohl haben, aber Obdach vermöchte sie ihnen nicht zu gewähren: »Wir sind selber viele Leute und haben die

Schwiegermutter auf dem Hof – sie verfügt über die Hälfte der Häuser.«

Da wallte in der früheren Hausfrau der Zorn auf – noch nie war es bisher vorgekommen, daß man Wanderern ein Obdach auf Jörundhof verwehrt hatte, und die Sonne stand schon am Rande des Gebirges. Sie lief hinunter und trat zu Jofrid und den Bettlern:

»Herberge können sie in meiner Stube haben, und da ist es am besten, wenn ich ihnen auch das Essen gebe. Hier auf diesem Hofe haben wir bis jetzt noch keinem Christen das Obdach verweigert, wenn er im Namen Gottes darum gebeten hatte.«

»Tut so, wie Euch dünkt, Mutter«, antwortete Jofrid feuerrot im Gesicht.

Als Kristin sich die Bettler angesehen hatte, bereute sie ihr Angebot fast wieder – so ganz unberechtigt war es doch nicht, daß die junge Frau keine Lust hatte, diese Leute über Nacht auf dem Hof zu behalten. Gaute und das Gesinde waren auf den weiter entfernten Grundstücken oben beim Silssee und sollten zur Nacht nicht heimkommen; Jofrid war allein daheim mit ein paar armen Leuten, die reihum auf den Höfen lebten, zwei alten Leuten und zwei Kindern, und Kristin und ihre Magd waren in der Altstube. Und so vielerlei Leute Kristin schon unter den fahrenden Bettlern gesehen hatte, diese gefielen ihr nicht. Vier von ihnen waren große und starke junge Männer, darunter drei rothaarige mit kleinen wilden Augen; diese schienen Brüder zu sein; aber der vierte, dem einmal beide Nasenlöcher aufgeschlitzt worden waren und dem die Ohren fehlten, sprach gebrochen, als stamme er aus einem fremden Land. Außer ihnen waren noch zwei alte Leute dabei, ein kleiner krummer Kerl, Gesicht, Haar und Bart gelbgrün vor Schmutz und Alter, der Bauch aufgeschwollen wie von irgendeiner Krankheit, er ging auf Krücken, und ein altes Weib, mit einem Kopftuch, das von Blut und Eiter strotzte, Hals und Hände voller Wunden. Kristin schauderte, wenn sie daran dachte, daß dieses Weib dem kleinen Erlend nahe kommen könnte. Trotzdem aber war es um dieser jammervollen alten Leute willen doch gut, daß die Schar nicht während der Nacht tiefer ins Gebirge hineinwandern mußte.

Die Bettler benahmen sich jedoch ganz friedlich, einmal, als der Ohrenlose versuchte, Ingrid anzufassen, während sie ihnen am Tisch aufwartete, sträubte Björn sofort das Fell und knurrte. Im übrigen machten sie einen mutlosen und müden Eindruck – sie hätten viel ausgestanden und wenig geerntet, antworteten sie auf die Frage der Hausfrau – in Nidaros würde es wohl besser sein. Das Weib freute sich sehr, als Kristin ihr ein Bockshorn mit einer guten Salbe aus reinstem Lammfett und dem Wasser kleiner Kinder schenkte, aber als Kristin sich erbot, ihr das Kopftuch in warmem Wasser aufzuweichen und zu waschen und ihr ein neues reines Tuch zu schenken, wollte sie das nicht zulassen – ja, das Tuch nahm sie gerne an.

Trotzdem überließ Kristin Ingrid, der jungen Magd, den innersten Platz im Bett. Ein paarmal knurrte Björn im Laufe der Nacht, aber im übrigen war alles still. Kurz nach Mitternacht lief der Hund zur Tür und stieß ein paarmal ein kurzes Gebell aus – Kristin hörte jemand auf den Hofplatz einreiten und verstand, daß Gaute heimkam. Jofrid hatte wohl nach ihm gesandt.

Am nächsten Morgen gab Kristin den Bettlern reichen Mundvorrat mit, und diese waren kaum viel weiter als bis durch das Hofgatter hinaus gekommen, als sie sah, daß Jofrid und Gaute ihre Schritte auf ihre Stube zu lenkten.

Sie setzte sich hin und nahm ihre Spindel zur Hand, begrüßte ihre Kinder freundlich, als sie hereinkamen, und fragte Gaute nach dem Heu; Jofrid zog schnuppernd die Luft ein – die Gäste hatten einen scharfen Geruch in der Stube hinterlassen. Aber die Schwiegermutter tat so, als sehe sie es nicht. Gaute drehte und wand sich hin und her, es fiel ihm sichtlich schwer, sein Anliegen vorzubringen. Da ergriff Jofrid das Wort:

»Es handelt sich um eine Sache, Mutter, über die wir meiner Meinung nach uns aussprechen müssen. Ich begreife, daß Ihr findet, ich sei engherziger, als es sich Eurer Ansicht nach für die Hausfrau auf Jörundhof geziemt. Ich weiß, daß Ihr das meint, und Ihr meint auch, ich verringere dadurch Gautes Ehre. Nun will ich ja nicht davon reden, daß ich mich gestern abend fürchtete, diese Schar aufzunehmen, weil ich allein mit meinem Kind und einigen Gemeindearmen auf dem Hof war, denn ich sah, daß Ihr dies verstandet, gleich nachdem Ihr Eure Gäste näher betrachtet hattet. Aber ich habe auch früher schon bemerkt, Euch dünkt, ich sei geizig mit dem Essen und unfreundlich gegen Arme.

Ich bin es nicht, Mutter, aber Jörundhof ist nicht mehr der vornehme Sitz eines Mannes aus dem Königsgefolge und eines Reichen, so wie er es zu den Zeiten Eures Vaters und Eurer Mutter war. Ihr wart das Kind reicher Leute, bewegtet Euch unter reichen und mächtigen Verwandten, Ihr machtet eine reiche Heirat, und Euer Gemahl führte Euch zu noch größerer Macht und Pracht, als Ihr von Jugend an gewohnt wart. Keiner darf erwarten, daß Ihr in Eurem Alter so erfassen könnt, wie anders Gaute gestellt ist, der sein väterliches Erbe verloren hat und die Hälfte des Reichtums Eures Vaters mit vielen Brüdern teilen muß. Ich aber, ich wage nicht zu vergessen, daß ich ihm nicht viel mehr ins Haus brachte als das Kind, das ich unterm Herzen trug, und außerdem Gaute eine schwere Buße auflud, da ich seiner Gewalttat gegen meine Verwandten zugestimmt hatte. Dies wird ja einmal besser werden, aber es ist doch meine Pflicht, Gott um ein langes Leben für meinen Vater zu bitten. Wir sind junge Leute, Gaute und ich, wir wissen nicht, wie viele Kinder uns beschert sein werden. Ihr dürft mir glauben, Schwiegermutter, ich denke an nichts anderes als nur an das Beste für meinen Mann und unsere Kinder.«

»Ich glaube das, Jofrid.« Kristin blickte ernsthaft in das glühende

Gesicht der Schwiegertochter. »Und nie habe ich mich in deine Angelegenheiten gemischt, und nie habe ich geleugnet, daß du meinem Sohn eine tüchtige Frau und ein gutes getreues Weib bist. Aber du mußt mir in meinen Dingen freie Hand lassen, so wie ich es gewohnt bin. Du hast recht, wenn du sagst, ich sei eine alte Frau und tauge nicht mehr dazu, Neues zu lernen.«
Die Jungen begriffen, daß die Mutter ihnen nichts weiter zu sagen hatte, und so nahmen sie gleich darauf Abschied.
Wie stets mußte Kristin Jofrid recht geben – zunächst. Aber wenn sie darüber nachdachte, so dünkte es sie trotzdem nicht richtig. Es war völlig falsch, Gautes Almosen mit denen ihres Vaters zu vergleichen. Seelengaben für Arme und Fremde, die im Tal starben, Unterstützung vaterloser Mädchen, die heiraten wollten, die Biergelage an jenen Feiertagen, die den Lieblingsheiligen des Vaters geweiht waren, die Zehrgelder an Kranke und Sünder, die Sankt Olav aufsuchen wollten; selbst wenn Gaute reicher gewesen wäre, hätte niemand von ihm erwartet, daß er sich in solche Ausgaben stürzen sollte; Gaute dachte nicht mehr an seinen Schöpfer, als er mußte. Er war gebefreudig und gutherzig, aber Kristin hatte begriffen, daß es Ehrfurcht gewesen war, was ihr Vater vor den Armen, denen er half, empfunden, weil Jesus sich das Leben eines armen Mannes erwählt hatte, als er Mensch wurde. Und der Vater hatte harte Arbeit geliebt und stets gemeint, alles Handwerk sei dadurch geehrt, daß die Mutter Gottes, Maria, sich und die Ihren mit ihrer eigenen Hände Arbeit ernährte, obgleich sie die Tochter reicher Leute war und von Königen und Hohenpriestern im Judenlande abstammte.

Zwei Tage später, zeitig am Morgen, während Jofrid noch halb angezogen herumging und Gaute im Bett lag, kam Kristin zu ihnen. Sie trug ein Gewand und einen Umhang aus grauem Fries, hatte einen breitrandigen schwarzen Filzhut über das Kopftuch aufgesetzt und starke Schuhe an den Füßen. Gaute wurde blutrot, als er die Mutter in dieser Tracht sah. Kristin sagte, sie wolle zum Sankt-Olavs-Fest nach Nidaros gehen, und sie bäte den Sohn, in dieser Zeit ihr Haus zu versorgen.
Gaute begann, ihr heftig davon abzureden, er wollte, daß sie zum mindesten Pferde und Knecht leihe, ihre Magd mitnehme, aber seine Rede war so, wie man sie sich eben von einem Mann erwarten kann, der nackt vor den Augen seiner Mutter im Bett liegt: ohne große Selbstsicherheit. Kristin tat er in seiner Verwirrung so leid, daß sie auf eine Ausrede verfiel und sagte, sie habe einen Traum gehabt.
»Ich sehne mich auch danach, deine Brüder wiederzusehen«, aber da mußte sie sich abwenden; noch hatte sie kaum in ihrem Herzen sich einzugestehen gewagt, wie sehr sie sich danach sehnte und sich zugleich davor ängstigte, die beiden ältesten Söhne wiederzusehen.
Gaute wollte die Mutter unbedingt ein Stückweit begleiten. Während

er sich anzog und etwas zu essen erhielt, saß Kristin da und lachte und spielte mit dem kleinen Erlend; er plauderte hellwach und wohlausgeschlafen vor sich hin. Zum Abschied küßte sie Jofrid, und das hatte sie noch nie getan. Auf dem Hofplatz stand das ganze Gesinde versammelt, Ingrid hatte erzählt, daß die Hausfrau eine Pilgerfahrt nach Nidaros antreten wolle.

Kristin ergriff den schweren eisenbeschlagenen Stab, und da sie nicht reiten wollte, legte Gaute ihren Reisesack dem Pferd auf und trieb es vor sich her.

Oben auf dem Kirchenhügel wandte Kristin sich zurück und blickte auf ihren Hof hinunter – wie schön lag er in dem betauten, sonnenerfüllten Morgen da. Der Fluß leuchtete silbern. Die Leute standen noch beieinander – sie konnte Jofrids helles Kleid und Kopftuch unterscheiden und das Kind als einen roten Fleck auf ihrem Arm. Gaute sah, daß das Gesicht seiner Mutter vor Bewegung bleich wurde.

Der Weg führte unter dem Schatten des Berges in den Wald hinauf. Leicht wie ein junges Mädchen schritt Kristin dahin. Sie und der Sohn sprachen nicht viel miteinander. Und als sie zwei Stunden gegangen waren, kamen sie an die Stelle, wo der Weg unter dem Rostkamm nach Norden umbiegt und die ganze Dovregemeinde unter einem daliegt. Da sagte Kristin, weiter solle Gaute nicht mit ihr gehen, aber vorher wolle sie noch eine Weile dasitzen und rasten.

Unter ihnen lag das Tal, durch das sich das weißgrüne Band des Flusses schlängelte, und an den waldigen Hängen lagen die Höfe wie kleine grüne Flecke. Aber weiter oben wogten braune und von Flechten gelbliche Höhen bis zu den grauen Geröllhalden und nackten, schneegefleckten Höhenrücken hinauf. Die Schatten der Wolken wanderten über das Tal und die Bergweiten hin, aber im Norden war der Blick ins Gebirge hinein ganz klar. Ein Bergleib nach dem anderen hatte sich von dem Nebelgewand befreit und ragte nun blau in die Luft hinauf. Und Kristins Sehnsucht flog mit den Wolken nach Norden, auf dem langen Weg, den sie vor sich hatte, eilte über das Tal hin, zwischen den beengenden hohen Bergen hindurch, über steile Pfade im Gebirge. Noch einige Tage, dann war sie auf dem Weg hinunter zu den schönen, grünen Tälern des Trondheimischen, folgte den Flußläufen bis zu dem großen Fjord. Sie erschauerte bei der Erinnerung an die bekannten Gemeinden an jenem Fjord, an dem sie in ihrer Jugend geweilt hatte. Erlends schöne Gestalt lebte vor ihrem Blick auf, mit wechselnder Haltung und Miene, rasch, unklar, als sähe sie ihn in laufendem Wasser widergespiegelt. Zuletzt würde sie nach Feginsbrekka kommen, zu dem Marmorkreuz – dann lag die Stadt dort im Dunst zwischen dem blauen Fjord und dem grünen Land, auf der Anhöhe die mächtige helle Kirche, mit schwindelnden Türmen und goldenen Windfahnen, mit dem Brand der Abendsonne in der Rose mitten auf der Brust. Und weit drinnen im Fjord unter den blauen Bergen von Frosta lag Tautra tief und dunkel gleich dem Rücken eines

Wales, mit dem Kirchturm wie eine Rückenflosse. O mein Björgulf, o Naakkve!

Aber wenn sie über die Schulter zurückblickte, konnte sie noch einen Teil der heimischen Berge sehen. Sie lagen im Schatten, aber ihr geübtes Auge vermochte zu unterscheiden, wo der Weg durch den Wald zur Alm führte. Die Felskuppen, die sich oberhalb des Waldteppichs erhoben, kannte sie – die schlossen die alten Almwiesen der Silbauern ein.

Von den Bergen erklang die Lur – einige leise, hohe Töne, die hinstarben und wieder auflebten; es hörte sich fast an, als übten Kinder sich im Blasen. Fernes Glockengeläut – und das Flußrauschen, das schläfrig herauftönte, und die tiefen Seufzer des Waldes an dem stillen, warmen Tag. Kristins Herz zitterte vor Unruhe in der Stille.

Wie Heimweh zog es sie vorwärts, wie Heimweh zurück in das Tal und zum Hof. Die Bilder wechselten schnell und zahllos vor ihrem inneren Blick – alltägliche Ereignisse: sie sah sich selbst mit den Hüterbuben auf dem Pfad durch den lichten Wald unterhalb ihrer Alm dahinlaufen – eine Kuh war ins Moor geraten –, die Sonne schien klar; als sie einen Augenblick stillstand und lauschte, fühlte sie, wie ihr eigener Schweiß sie auf der Haut brannte. Sie sah den Hofplatz daheim mit großen Wächten von Schnee – ein grauweißer stürmischer Tag, der wilden Winternacht entgegendämmernd –, sie wurde fast in die Vorstube zurückgeweht, als sie die Tür öffnete, der Sturm raubte ihr den Atem, aber da tauchten sie auf, zwei bis zur Unförmigkeit verschneite Bündel von Männern in Pelzkitteln: Ivar und Skule kamen heim. Die Spitzen ihrer Schneeschuhe versanken tief in den Schnee, der stets auf dem Hofplatz zusammengefegt wurde, wenn der Wind aus Nordwesten kam. Da entstanden immer an zwei Stellen auf dem Hofplatz große Schneewächten, und plötzlich geschah es, daß sie mit liebevoller Sehnsucht an die beiden Schneewächten denken mußte, die sie und alle Leute des Hofes jeden Winter verwünscht hatten; es war, als sollte sie verdammt sein, sie nie wiederzusehen.

Es war, als zersprenge die Sehnsucht ihr Herz – wie Blutströme rannen ihre Gedanken dahin und dorthin, suchten sich Wege nach all den Orten in dem weitausgedehnten Land, wo sie gelebt hatte, zu all ihren Söhnen, die in der Welt umherwanderten, zu allen Toten, die unter der Erde ruhten. Sie besann sich – war sie vielleicht krank? So hatte sie sich noch nie gefühlt.

Da sah sie, daß Gaute dasaß und sie anstarrte. Und sie lächelte rasch und entschuldigend – nun sei es an der Zeit, daß sie voneinander Abschied nähmen und daß sie weiterginge.

Gaute rief sein Pferd heran, das grasend sich auf dem grünen Fleck entfernt hatte. Er lief ihm nach, kam dann zurück, und sie nahmen voneinander Abschied. Kristin hatte den Sack bereits über die Schulter gelegt, der Sohn schob den Fuß in den Steigbügel – da wandte er sich um und trat einen Schritt vor.

»Mutter!« Einen Augenblick sah sie ihm durch seine ratlosen beschämten Augen bis auf den Grund. »Ihr seid wohl – Ihr seid wohl in diesem letzten Jahr nicht sehr zufrieden gewesen, Mutter, Jofrid meint es gut, sie empfindet große Ehrfurcht vor Euch; trotzdem hätte ich ihr wohl mehr davon erzählen sollen, welch eine Frau Ihr seid und allezeit gewesen wart.«

»Wie kommst du auf solche Gedanken, mein Gaute?« Die Mutter sprach sanft und erstaunt. »Wohl weiß ich, daß ich nicht mehr jung bin, und alten Leuten etwas recht zu machen soll schwer sein, aber so uralt bin ich doch nicht, daß ich nicht dich und deine Frau zu verstehen vermöchte. Es würde mir leid tun, wenn Jofrid jetzt umherginge und meinte, es sei eine undankbare Arbeit gewesen, alles, was sie getan hat, um mir Mühe und Plage zu ersparen. Denke doch nicht solches von mir, mein Sohn, daß ich nicht die Tugend deiner Frau oder deine getreue Sohnesliebe anerkenne – sollte ich es nicht so gezeigt haben, wie ihr euch mit Recht erwarten durftet, so mußt du Nachsicht mit mir üben und bedenken, daß alte Leute nun einmal so sind ...«

Gaute starrte die Mutter an, mit offenem Mund. – »Mutter!« Dann brach er in Tränen aus, lehnte sich an sein Pferd und stand da, von Schluchzen geschüttelt.

Aber Kristin blieb fest; durch ihre Stimme klang nichts anderes als Erstaunen und mütterliche Güte.

»Mein Gaute, du bist jung an Jahren, und es ist nun einmal so, daß du stets mein Lieblingslamm warst, wie dein Vater zu sagen pflegte. Aber trotzdem darfst du dich jetzt nicht so gebärden, mein Sohn, jetzt, da du daheim der Bauer und ein voller Mann bist. Wäre ich nach Romaburg oder Jorsal gegangen – aber auf diesem Weg werden mir wohl kaum große Gefahren begegnen – Begleitung werde ich sicher finden, das weißt du, wenn nicht schon eher, so doch mindestens von Toftar an, dort brechen um diese Zeit jeden Morgen Pilgerzüge auf ...«

»Mutter, Mutter, vergib uns dies! Wie haben wir Euch doch alle Gewalt und Macht aus den Händen genommen, Euch in einen Winkel geschoben ...«

Kristin schüttelte mit einem leisen Lächeln den Kopf: »Ich fürchte, ihr Kinder meint, ich sei eine sehr herrschsüchtige Frau ...«

Gaute wandte sich ihr zu; da nahm sie seine Hand in die ihre, legte ihre andere auf seine Schulter, während sie ihn noch einmal zu glauben bat, daß sie nicht undankbar sei gegen ihn oder Jofrid, und dann wünschte sie Gottes Segen auf ihn herab. Danach drehte sie ihn zu seinem Pferd herum und schlug ihm lachend mit der Faust zwischen die Schultern, dies sollte Glück bringen.

Sie stand da und sah ihm nach, bis er unter dem Hang verschwand. Wie schön sah er doch auf dem großen, blauschwarzen Pferd aus!

Es wurde so seltsam für sie, alles ringsum empfand sie so unwahrscheinlich scharf, die sonnensatte Luft, den heißen Duft des Kiefernwaldes, das Knistern der kleinen Lebewesen im Gras. Gleichzeitig blickte sie in sich selbst hinein, in Bilder, ähnlich, wie man bei starkem Fieber Erscheinungen in sich selber wahrzunehmen glaubt – in ihr war ein leeres Haus, vollkommen lautlos, dunkel und mit einem Geruch der Öde. Die Erscheinung wechselte: ein Ebbestrand, von dem die See sich weit zurückgezogen hat, helle, abgewetzte Steine, Ballen aus dunklem, leblosem Tang, allerlei Strandgut . . .

Dann schob sie den Sack besser zurecht, griff nach dem Stab und machte sich auf den Weg ins Tal hinunter. – Sollte es ihr nicht bestimmt sein, noch einmal hierherzukommen, so war dies Gottes Wille, es hatte keinen Sinn, Angst zu empfinden. Aber die eigentliche Ursache lag wohl darin, daß sie alt wurde. – Sie bekreuzigte sich und schritt rascher aus, sehnte sich trotzdem danach, weiter hinunterzukommen, wo der Weg zwischen den Höfen dahinführte.

Nur ein einziges kurzes Stück lang konnte man von der Straße aus die Häuser von Haugen ganz oben am Bergrand erkennen. Ihr Herz begann zu hämmern.

Wie sie erwartet hatte, begegnete sie mehreren Pilgern, als sie gegen Ende des Tages nach Toftar kam. Am nächsten Morgen bildeten sie eine kleine Schar, die gemeinsam ins Gebirge hinaufwanderte.

Ein Priester mit seinem Diener und zwei Frauen – seiner Mutter und seiner Schwester – waren zu Pferd und ließen die Fußgänger bald weit hinter sich. Kristin fühlte einen Stich in ihrem Herzen, als sie der anderen Frau nachsah, die zwischen ihren zwei Kindern ritt.

In ihrem Gefolge befanden sich zwei ältere Bauern von einem kleinen Hof hier auf Dovre. Außerdem zwei jüngere Männer von Oslo, Handwerker in der Stadt, und ein Bauer mit seiner Tochter und ihrem Mann, noch ganz junge Leute. Sie hatten das Kind des jungen Paares bei sich, ein kleines Mädchen, etwa anderthalb Jahre alt, und waren im Besitz eines Pferdes, auf dem sie abwechselnd ritten. Diese drei stammten aus einem Tal weit im Süden des Landes, das Andabu hieß; Kristin wußte nicht, wo es lag. Am ersten Abend bat Kristin, das Kind sehen zu dürfen, denn es weinte und jammerte unaufhörlich – es sah jämmerlich aus mit einem großen kahlen Kopf und einem kleinen schlottrigen Körper, und es konnte weder sprechen noch aufrecht sitzen. Die Mutter schien sich seiner zu schämen, und als Kristin sich am nächsten Morgen erbot, ihr die Kleine eine Weile zu tragen, blieb sie ihr ganz überlassen; die Mutter war weit vorausgegangen. Sie schien eine Rabenmutter zu sein. Aber sie waren sehr jung, sie sowohl als ihr Mann, kaum achtzehn Jahre alt, und sie konnte wohl auch müde davon sein, das schwere Kind zu tragen, das ständig jammerte und weinte. Der Großvater war ein häßlicher, mürrischer und verdrossener ältlicher Mann, aber er war es gewesen, der mit der Enkelin nach Nidaros hatte fahren wollen, er schien also ein Herz für sie zu haben. Kristin ging mit ihm und den beiden Franziskanermönchen als letzte in der Schar –

und sie ärgerte sich, daß der Mann aus Andabu den Mönchen nie sein Pferd anbot –, jeder Mensch sah doch, daß der junge Mönch schwerkrank war.

Der ältere, Bruder Arngrim, war ein dicker kleiner Mann mit einem runden, roten und sommersprossigen Gesicht, lebhaften braunen Augen und einem fuchsroten Haarkranz um den Schädel. Er redete unaufhörlich, hauptsächlich von der Armut, in der sie lebten, sie gehörten zu den Barfüßern in Skidan – der Orden hatte vor einiger Zeit einen Hof in der Stadt erhalten, aber die Mönche waren so unsagbar arm, daß sie sich kaum imstande sahen, weiterhin die Gottesdienste abzuhalten, und die Kirche, die zu bauen sie im Sinn hatten, würde wohl nie errichtet werden können. Arngrim gab die Schuld den reichen Nonnen in Gimsöy, die die armen Bettelbrüder mit Neid und Haß verfolgten und einen Rechtsstreit gegen sie angestrengt hatten; mit beredter Zunge erzählte er die schlimmsten Sachen über sie. Kristin war wenig erbaut davon, den Mönch so reden zu hören, und seine Berichte darüber, daß ihre Äbtissin unkanonisch gewählt sei und daß die Nonnen ihre Gebetszeiten verschliefen, klatschten und bei Tisch im Refektorium unzüchtige Reden führten, schienen ihr wenig glaubhaft – ja, von einer Schwester erzählte er sogar ganz offen, das Volk glaube nicht, daß sie in Zucht und Ehren lebe. Aber Kristin erkannte, daß Bruder Arngrim im übrigen ein gutherziger und hilfsbereiter Mann war. Er trug das kranke Kind lange Zeit, wenn er merkte, daß Kristins Arme müde waren, und wenn es zu laut schrie, lief er über die Äcker voraus, die Kutte hoch aufgehoben, so daß der Wacholder seine schwarzen zottigen Waden ritzte und das moorige Wasser aufspritzte, während er der Mutter nachlief und schrie, sie solle jetzt warten, das Kind sei durstig. Dann lief er zu dem Kranken, Bruder Torgils, zurück; gegen ihn war er wie der zärtlichste und liebevollste Vater.

Es war nicht zu erwarten, daß die Schar mit dem kranken Mönch noch in der Nacht nach Hjerdkinn kommen würde, aber die beiden Bauern von Dovre kannten eine Steinhütte an einem See, etwas abseits vom Wege, und so hielten die Pilger auf diese zu. Der Abend war unterdessen kalt geworden. Die Ufer des Sees waren sumpfig, und aus den Mooren stieg weißer Nebel auf, so daß der niedere Birkenwald von Tau troff. – Eine kleine Mondsichel stand westlich über den Felskuppen, beinahe ebenso bleichgelb und matt wie die Luft. Häufiger und immer häufiger mußte Bruder Torgils stehenbleiben. Er hustete, daß es ein Jammer war, es anzuhören. Bruder Arngrim stützte ihn dabei, wischte ihm danach Gesicht und Mund ab und zeigte Kristin kopfschüttelnd seine Hand – sie war blutig vom Speichel des anderen.

Dann fanden sie die Hütte, aber sie war eingefallen. So suchten sie eine geschützte Stelle und machten ein Feuer. Aber die armen Leute aus dem südlichen Teil des Landes hatten nicht geglaubt, daß die Nacht im Gebirge so eisig kalt sein würde. Kristin holte aus ihrem Sack den Umhang, den Gaute ihr aufgenötigt hatte, weil er so besonders leicht

und warm war – er war aus ausländischem Tuch, mit Biberpelz gefüttert. Als sie Bruder Torgils darein einhüllte, flüsterte er – er war so heiser, daß er kaum zu sprechen vermochte –, das Kind dürfe gern bei ihm liegen. So gab man es ihm denn, es jammerte, und der Mönch hustete, aber dazwischenhinein schliefen sie doch alle beide.
Einen Teil der Nacht wachte Kristin zusammen mit dem einen Mann aus Dovre und mit Bruder Arngrim, und sie hüteten das Feuer. Die gelblichweiße Färbung am Himmel wanderte nach Norden – der Bergsee lag weiß und still da, die Fische kamen an die Oberfläche, so daß das Wasser Ringe bildete, aber unter dem Felskogel auf der anderen Seite spiegelte der See schwarze Dunkelheit wider. Einmal drang ein häßlicher gellender Schrei von dort zu ihnen herüber – der Mönch schrak zusammen und packte die beiden anderen hart am Arm. Kristin und der Bauer meinten, es sei ein Tier – da hörten sie Steine herunterrollen, als ginge jemand über das Geröllfeld drüben, dazu erklang wiederum ein Ruf, ähnlich einer rauhen Männerstimme. Der Mönch begann laut zu beten: »Jesus Christus, Soter«, verstand sie und »vicit leo de tribu Juda *« – da hörten sie, daß drüben unter dem Felsen eine Tür zugeschlagen wurde.
Es begann zu dämmern, das Geröllfeld jenseits und das Birkendickicht traten deutlicher hervor – da lösten der zweite Bauer aus Dovre und der Mann aus Oslo sie ab. Als letztes dachte Kristin, ehe sie nahe dem Feuer einschlief, daß sie bei so kleinen Tagereisen – den Bettelmönchen mußte sie zum Abschied doch auch ein Geldgeschenk machen – schließlich noch genötigt sein würde, sich auf den Höfen das Essen zu erbitten, wenn sie ins Gaultal hinunterkämen.
Die Sonne stand bereits ziemlich hoch, und der Morgenwind verdunkelte das Wasser mit kleinen Schauern, als die durchfrorenen Pilger sich um Bruder Arngrim versammelten, der das Morgengebet sprach. Zusammengekrochen und zähneklappernd saß Bruder Torgils da und bemühte sich, den Husten zurückzuhalten, während er murmelnd mitflüsterte. Als Kristin die beiden aschgrauen Mönchskutten sah, die von der Morgensonne beschienen wurden, erinnerte sie sich, daß sie von Bruder Edvin geträumt hatte – sie wußte nicht mehr was, aber sie küßte kniend den Mönchen die Hände und bat sie, die Schar zu segnen.

An dem Biberpelzumhang hatten die übrigen Pilger erkannt, daß Kristin nicht von kleinen Leuten stammte. Und als sie zufällig erzählte, daß sie den Königsweg über das Dovregebirge schon zweimal zurückgelegt habe, wurde sie für die Schar wie eine Art Führerin. Die Dovrebauern waren noch nie weitergekommen als bis Hjerdkinn, und die Leute aus dem Süden waren hier ja völlig unbekannt.
Nach Hjerdkinn kamen sie schon vor der Vesperzeit, und nach der An-

* Jesus Christus, Soter . . .: Jesus Christus, Erlöser. – Der Löwe vom Stamme Juda hat gesiegt.

dacht in der Kapelle entfernte Kristin sich allein von den Häusern. Sie wollte den Pfad wiederfinden, den sie mit ihrem Vater gegangen war, und die Stelle am Bach, wo sie mit ihm gesessen hatte. Die fand sie nicht, aber sie glaubte den Hügel wiederzuerkennen, auf den sie hinaufgeklettert war, um ihm nachzublicken, als er von ihr fortritt. Obgleich die kleinen Erhöhungen hier einander sehr ähnlich waren.

Sie kniete in dem Beerenkraut auf dem Gipfel der Anhöhe. Der Sommerabend begann sich herabzusenken, die Birkenhaine, graues Geröll und braune Moorstreifen flossen ineinander, aber über dem weitausgedehnten, gebirgigen Land wölbte der Abendhimmel seine unendlich tiefe und klare Schale. Er spiegelte sich weiß in allen Wasserpfützen, zerbrochen und bleicher spiegelte sich der Himmelsglanz in einem kleinen Gebirgsbach, der rauschend und unruhig über Steine hineilte und zwischen den hellen Kiesbänken rings um den kleinen See am Moor verlief.

Wieder kam dieses seltsam fieberähnliche innere Sehen über sie – der Fluß schien ihr das Bild ihres eigenen Lebens zu zeigen, so wie sie rastlos durch die Wildnisse des irdischen Lebens hindurchgeeilt war, sich in erregtem Aufbrausen bei jedem Stein, über den sie hinwegmußte, gebäumt hatte – schwach und zerbrochen und bleich nur vermochte das ewige Licht sich in ihrem Leben widerzuspiegeln. – Aber der Mutter kam dunkel ein Gefühl, daß in der Angst und in der Liebe – jedesmal, wenn die Frucht der Sünde zur Sorge gereift war – erst dann vermochte ihre an die Erde gebundene und eigenmächtige Seele einen Widerschein des himmlischen Lichtes einzufangen.

Gegrüßt seist du, Maria, voll der Gnade, du bist gebenedeit unter den Weibern, und gebenedeit ist die Frucht deines Leibes, Jesus, der für uns Blut geschwitzt hat ...

Während sie die fünf Ave zum Gedächtnis an die schmerzvollen Mysterien der Erlösung sprach, fühlte sie, daß sie mit ihren Sorgen unter dem Mantel der Mutter Gottes Schutz zu suchen wagte. Mit dem Kummer über die Kinder, die sie verloren hatte, mit dem noch schwereren Kummer über jeden Schicksalsschlag, der ihre Söhne betroffen, ohne daß sie ihn abzuwenden vermocht hätte. Maria, die Vollkommene in Reinheit, in Demut, dem Willen des Vaters gehorsam, hatte am meisten von allen Müttern getrauert, und ihr Erbarmen würden den schwachen und bleichen Widerschein in dem Herzen eines sündigen Weibes erkennen, das vor heißer und verzehrender Liebe gebrannt hatte, und in all den Sünden, die im Wesen der Liebe liegen – Trotz und Ungehorsam, Härte und Unversöhnlichkeit, Eigensinn und Hochmut – das Herz einer Mutter war es dennoch.

Kristin barg ihr Gesicht in den Händen. Einen Augenblick dünkte es sie mehr, als sie ertragen konnte, daß sie jetzt von ihnen allen getrennt sein sollte – von allen ihren Söhnen.

Dann sprach sie das letzte Paternoster. Sie entsann sich ihres Abschieds vom Vater hier an diesem Ort vor vielen Jahren, ihres Ab-

schieds von Gaute vor zwei Tagen. Aus kindischer Gedankenlosigkeit hatten ihre Söhne sie gekränkt – gleichviel, sie wußte, hätten sie ihre Mutter ebenso gekränkt, wie sie, Kristin, ihren Vater gekränkt hatte, in sündiger Absicht –, es hätte doch nie ihre Gesinnung zu ihnen zu ändern vermocht. Seinen Kindern zu verzeihen ist leicht.
Gloria patri et filio et spiritui sancto, betete sie und küßte das Kreuz, das sie einmal von ihrem Vater bekommen hatte, demütig dankbar dafür, daß sie fühlte, wie trotz allem, trotz allem wilden Sinn, doch auch ihr unruhiges Herz einen bleichen Schimmer jener Liebe hatte einfangen dürfen, die sie in der Seele ihres Vaters sich widerspiegeln gesehen hatte, klar und still, so wie der helle Himmel jetzt von dem großen See draußen in der Ferne zurückschimmerte.

Am nächsten Tag war das Wetter so grau und windig, mit Nebel und Regenschauern, daß Kristin es kaum wagte, mit dem kranken Kind und mit Bruder Torgils weiterzugehen. Aber der Mönch selbst war der eifrigste; sie verstand, daß er selber fürchtete, noch vor seiner Ankunft in Nidaros zu sterben. So machten sie sich denn auf den Weg über das Gebirge, aber der Nebel war bisweilen so dicht, daß Kristin es nicht wagte, auf den steilen Pfaden an den jäh abfallenden Hängen entlang weiterzugehen, sie erinnerte sich noch des gefährlichen Weges zu der Herberge im Drivtal hinunter. So machten sie denn ein Feuer, als sie auf der Höhe des Einschnittes angelangt waren, und richteten sich für die Nacht ein. Nach dem Abendgebet erzählte Bruder Arngrim ihnen eine schöne Sage von einem Schiff in Seenot, das die Jungfrau Maria auf die Fürbitte einer Äbtissin rettete: Maria ließ den Morgenstern über dem Meer aufgehen.
Der Mönch schien eine große Vorliebe für Kristin gefaßt zu haben. Während sie am Feuer saß und das Kind beruhigte, damit die anderen schlafen konnten, rückte er zu ihr heran und begann mit flüsternder Stimme von sich selber zu erzählen. Er war der Sohn eines armen Fischers und verlor mit vierzehn Jahren Vater und Bruder in einer Winternacht auf dem Meer, er selbst jedoch wurde von einem anderen Boot gerettet. Dies hatte ihm wie ein Wunder geschienen, und außerdem fürchtete er sich nun vor dem Meer; so war in ihm der Gedanke gereift, Mönch zu werden. Aber noch drei Jahre lang hatte er bei seiner Mutter daheim ausharren müssen, und sie hungerten und machten viel durch, und im Boot hatte er stets Angst; dann aber heiratete die Schwester, und ihr Mann übernahm die Hütte und den Anteil am Boot, und er selber konnte zu den Minoriten in Tunsberg gehen. Dort hatte er zuerst Spottworte hören müssen um seiner geringen Herkunft willen, aber der Guardian war freundlich und nahm ihn in seinen Schutz. Und seitdem Bruder Torgils Olavssohn der Brüderschaft angehörte, wurden alle Mönche viel frömmer und friedlicher, weil er so fromm und sanftmütig war, obgleich er unter ihnen allen aus der besten Sippe stammte, aus einem reichen Bauerngeschlecht drüben in

Slagn – und seine Mutter und seine Schwestern sich so freigebig gegen das Kloster erwiesen. Aber alles war wiederum viel schwerer geworden, seit sie nach Skidan gekommen waren und seit Bruder Torgils krank war. Bruder Arngrim ließ Kristin verstehen, wie er sich darüber wunderte, daß Christus und Maria den Weg für ihre armen Brüder so steinig sein ließen.

»Sie wählten selbst die Armut, während sie auf Erden lebten«, meinte Kristin.

»Du hast leicht reden, eine so reiche Frau, wie du sicherlich bist«, sagte der Mönch böse. »Niemals hast du wohl erprobt, was es heißt, hungrig zu sein.« Und Kristin mußte antworten, daß dem so sei.

Als sie in die Gemeinden hinunterkamen und durch Updal und das Soknatal wanderten, fand Bruder Torgils streckenweise Gelegenheit zu reiten oder zu fahren, aber er wurde immer schwächer und schwächer, und Kristins Begleitung wechselte beständig, denn die meisten gingen von ihnen fort und wurden von neuen, nachkommenden Pilgern abgelöst. Als sie Staurin erreichte, war von dem ganzen Gefolge, mit dem sie über das Gebirge gegangen war, niemand mehr übrig als die beiden Mönche. Und am Morgen kam Bruder Arngrim weinend zu ihr und sagte, Bruder Torgils habe in der Nacht einen schweren Blutsturz gehabt; er könne nicht weitergehen; jetzt kämen sie wohl zu spät nach Nidaros und würden das Fest nicht mehr sehen.

Kristin dankte den Brüdern für ihre Begleitung, für ihre geistige Führung und Hilfe auf dem Weg. Bruder Arngrim schien über ihre reiche Abschiedsgabe überrascht zu sein, denn sein Gesicht leuchtete auf – nun sollte sie von ihm ein Gegengeschenk erhalten: er zog aus seinem Sack eine Schachtel mit einigen Briefen heraus. Auf diesen standen ein schönes Gebet und zum Schluß alle Namen Gottes geschrieben; an einer Stelle war auf dem Pergament ein Platz freigelassen, um den Namen des Betenden einzufügen.

Kristin dachte, es sei unwahrscheinlich, daß der Mönch etwas von ihr wisse, mit wem sie verheiratet gewesen war und welches Schicksal ihr Mann gehabt hatte, selbst wenn sie ihren Vatersnamen nannte. Trotzdem bat sie ihn nur zu schreiben: Witwe Kristin.

Durch das Gaultal hinunter wählte sie die Wege am Rande der Gemeinden, denn sie dachte, wenn sie irgendwelchen Leuten von den großen Höfen dort begegnete, könnte es leicht geschehen, daß einige von ihnen die frühere Hausfrau von Husaby wiedererkannten, und sie wußte selbst kaum, warum sie das so sehr vermeiden wollte. Am Tag darauf stieg sie auf Waldwegen zwischen den Anhöhen zu der kleinen Kirche auf dem Vatsberg hinauf, die Johannes dem Täufer geweiht war. Die Leute jedoch nannten sie Sankt-Edvins-Kirche.

Die Kapelle stand auf einer Lichtung im dichten Wald; sie und die Anhöhe dahinter spiegelten sich in einem Teich, dem das heilkräftige

Wasser entsprang. Ein Holzkreuz stand am Rand des Baches, und ringsherum lagen Krücken und Stöcke, und auf den Büschen hingen Fetzen von alten Binden.
Rings um die Kirche lief ein kleiner Zaun, aber das Gatter war verschlossen. Kristin kniete davor nieder und dachte daran, wie sie einstmals mit Gaute auf dem Schoß in der Kirche gesessen hatte. Damals war sie in Seide gekleidet, eine von den vielen in der Schar der stattlich gekleideten Vornehmen. Sira Eiliv stand neben ihr und hielt Naakkve und Björgulf an der Hand, in der Volksmenge draußen befanden sich ihre Mägde und Knechte. Damals hatte sie so brennendheiß gebetet, daß sie, könnte das elende Kind hier Menschenverstand und Gesundheit erlangen, nichts weiter mehr wünschen wollte – nicht einmal den einen Wunsch wollte sie noch aussprechen, selbst von dem bösen Schmerz im Rücken befreit zu werden, der sie seit der Geburt der Zwillinge plagte.
Sie dachte an Gaute, wie schön und stolz er doch auf seinem starken schwarzen Pferde saß! Und sie selbst – nicht viele Frauen in ihrem Alter, schon nahe den Fünfzigern, erfreuten sich einer solchen Gesundheit; das hatte sie auf ihrer Wanderung durch das Gebirge bemerkt. Herr, gib mir nur noch das und das und das – dann will ich dir danken und nicht um mehr als um das und das und das bitten.
Sie hatte Gott wohl nie um etwas anderes gebeten als darum, daß er ihr stets ihren Willen lasse. Und immer hatte sie es so bekommen, wie sie wollte – meistens. Und jetzt saß sie da mit zerknirschtem Herzen, nicht weil sie gegen Gott gesündigt hatte, sondern weil sie unzufrieden damit war, daß sie bis ans Ende ihres Weges ihrem eigenen Willen hatte folgen dürfen.
Sie war nicht zu Gott mit ihrem Kranz gekommen und nicht mit ihrer Sünde und ihrem Kummer, nicht, solange die Welt noch einen Tropfen Süßigkeit besaß, um ihn in ihren Becher zu mischen. Jetzt aber kam sie, jetzt, da sie gelernt hatte, daß die Welt wie eine Herberge ist – der, welcher nichts mehr auszugeben hat, wird vor die Tür gesetzt.
Sie fühlte keine Freude bei ihrem Entschluß, aber Kristin dünkte es, als habe sie sich nicht selbst entschlossen. Jene armen Leute, die in ihre Stube kamen, waren gekommen, um sie hinauszuweisen. Ein anderer Wille als ihr eigener hatte sie in die Schar der Armen und Kranken gestellt und sie geheißen, mit ihnen zu gehen, fort von dem Heim, wo sie als Hausfrau befohlen und als die Mutter von Männern geherrscht hatte. Und wenn sie sich nun ohne allzu großen Widerstand darein fügte, so tat sie das – das wußte sie –, weil sie begriffen hatte, daß es Gaute besser erging, wenn sie vom Hof fort war. Sie hatte das Schicksal nach ihrem Willen gezwungen, hatte vom Leben das erhalten, was sie gewollt hatte; die Söhne konnte sie nicht nach ihrem Willen schaffen, die waren so, wie Gott sie geschaffen hatte, und sie wurden von ihrem Eigensinn getrieben, ihnen gegenüber zog sie den kürzeren. Gaute war ein guter Bauer, ein guter Gemahl und ein getreuer Mann

und ebenso ehrenhaft wie die meisten Leute, aber zum Anführer war er nicht geboren, fühlte auch keinen Drang dazu, sich nach dem zu sehnen, was sie für ihn so stark begehrt hatte. Aber er liebte sie doch so sehr, daß es ihn quälte, wenn er fühlte, daß sie anderes von ihm erwartet hatte. Darum wollte sie jetzt um ein Heim und Obdach bitten, obgleich es ihrem Hochmut schmerzlich war, so verarmt zu kommen; sie besaß nichts, das sie hätte opfern können.
Aber sie begriff, daß sie kommen *mußte*. Der Nadelwald auf der Anhöhe stand da und trank das über ihn hinfließende Sonnenlicht und rauschte so leise, die kleine Kirche lag still und verschlossen da und strömte einen Geruch nach Teer aus. Sehnsuchtsvoll dachte Kristin an den toten Mönch, der sie bei der Hand genommen und unter das Licht des Mantels der Liebe Gottes geführt hatte, als sie ein unschuldiges Kind war; der die Hand ausgestreckt hatte, um sie von den Irrwegen heimzuführen, immer und immer wieder, sowohl da er noch auf Erden lebte als auch später – und plötzlich entsann sie sich ganz deutlich ihres Traumes von ihm in der vergangenen Nacht im Gebirge.
Sie hatte geträumt, sie stünde im Sonnenschein auf dem Hofplatz irgendeines großen Hofes und Bruder Edvin trete aus der Tür des Wohnhauses. Er hielt Brot in den Händen, und als er zu ihr kam, brach er ein großes Stück ab und gab es ihr – sie begriff, es war so gekommen, wie sie vorausgesehen hatte: als sie zu den Gemeinden hinuntergekommen war, hatte sie um Almosen gebeten, dann aber war sie auf irgendeine Weise mit Bruder Edvin zusammengetroffen, sie beide gingen miteinander und bettelten. Gleichzeitig jedoch wußte sie, daß der Traum eine doppelte Bedeutung hatte, der Hof war nicht nur ein großer Hof, sondern er schien eine heilige Stätte zu sein, und Bruder Edvin gehörte dort zum Gesinde, und das Brot, das er ihr brachte, war nicht nur Flachbrot, wie es den Anschein hatte – es bedeutete die Hostie, Panis angelorum, und sie nahm die Speise der Engel aus seiner Hand entgegen. Und nun legte sie ihr Gelöbnis in Bruder Edvins Hand ab.

V

Dann war sie schließlich angelangt. Kristin Lavranstochter saß da und rastete auf einem Heuhaufen auf dem Weg unterhalb der Sionsburg*. Die Sonne schien, und der Wind wehte; der Teil der Wiese, der noch nicht abgemäht war, wogte mit seinen blühenden Halmen rot und glänzend wie Seide. So rot war die Wiese nur hier im Trondheimischen. Unterhalb des Hanges konnte sie einen Streifen des Fjords sehen, dunkelblau und mit schaumgekrönten Wellen, frische weiße Brandung sprang an den Felsen herauf, den ganzen Weg entlang, so weit sie das Ufer unter der von Wäldern grünen Landzunge sah.

* Sionsburg: König Sverre gab dieser Festung den Namen Sion.

Kristin atmete tief auf. Immerhin, es tat gut, wieder hier zu sein, gut, obgleich es seltsam war, zu wissen, daß sie jetzt nie mehr von hier fort sollte. Die graugekleideten Schwestern draußen auf Rein lebten nach der gleichen Regel, der Regel Sankt Bernhards, wie die Brüder in Tautra. Wenn sie sich bei Morgengrauen erhob und zur Kirche ging, wußte sie, daß jetzt auch Naakkve und Björgulf sich an ihren Platz im Chor der Mönche begaben. So würde sie dennoch im Alter mit einigen ihrer Söhne zusammenleben können, wenn auch nicht auf die gleiche Weise, wie sie gedacht hatte.

Sie zog Schuhe und Strümpfe aus, wusch ihre Füße im Bach. Nach Nidaros wollte sie barfuß gehen.

Hinter ihr auf dem Weg zum Schloßberg hinauf lärmten einige Knaben; sie waren oben unter dem Torkastell und versuchten, dort einen Weg in die verfallene Festung zu finden. Als sie Kristin gewahr wurden, begannen sie freche Worte zu ihr hinunterzurufen und lachten und schrien dazu. Sie tat, als höre sie nichts, bis ein kleiner Kerl – acht Jahre mochte der Bursche wohl alt sein – sich über den steilen Hang hinunterrollen ließ, beinahe auf sie aufprallte und dabei einige häßliche Worte ausstieß, die er im Übermut den Älteren nachplapperte. Kristin wandte sich ihm zu und sagte lächelnd:

»Du brauchst nicht so zu schreien, damit ich merke, daß du ein Trollkind bist, ich sehe das daran, daß du die Trollhosen anhast.«

Als die Knaben hörten, daß Kristin antwortete, kam die ganze Schar herangesprungen. Aber sie verstummten und waren beschämt, als sie sahen, daß sie eine alte Frau im Pilgergewand vor sich hatten und daß diese sie um ihrer bösen Worte willen nicht schalt, sondern nur dasaß und sie mit großen, klaren und ruhigen Augen und einem verstohlenen, leisen Lächeln um den Mund ansah. Sie hatte ein rundes, mageres Gesicht mit breiter Stirn und einem kleinen geschwungenen Kinn, sie war sonnverbrannt und unter den Augen ganz runzlig, sah aber dennoch nicht sehr alt aus.

Da begannen die dreistesten der Knaben zu sprechen und zu fragen, um die Verwirrung der Schar zu verbergen. Kristin fühlte sich dem Lachen nahe; diese Burschen erinnerten sie so sehr an ihre eigenen, an die Zwillinge, als diese klein waren, obgleich sie zu Gott hoffte, daß *ihre* Kinder doch wohl nie so schmutzige Reden geführt hatten. Diese Kinder hier schienen von kleinen Leuten aus der Stadt zu stammen.

Und als der Augenblick kam, nach dem sie sich während der ganzen Wanderung gesehnt hatte, als sie unter dem Kreuz auf Feginsbrekka stand und auf Nidaros hinunterblickte, vermochte sie dennoch nicht, ihre Seele zur Andacht oder zur Nachdenklichkeit zu sammeln. Alle Glocken der Stadt ließen in diesem Augenblick gleichzeitig ihre Stimmen erklingen und läuteten zur Vesper, die Knaben aber redeten eifrig auf sie ein und wollten ihr alles erklären, was sie sah.

Tautra konnte sie nicht sehen, denn unterhalb von Frosta ging gerade eine Bö, von Nebel und Regenschauern begleitet, über den Fjord.

Inmitten der Knabenschar schritt sie den steilen Pfad zwischen den Felsen hinunter. Und jetzt läuteten ringsum Kuhglocken und schrien und jauchzten die Hirten – die Kühe zogen von der Weide heim. An der Pforte der Burg über Nidareid mußten Kristin und ihre jungen Begleiter warten, während das Vieh hindurchgetrieben wurde; die Hirten schrien, riefen und schalten, Stiere kämpften miteinander, Kühe drängten sich vor, und die Knaben erklärten ihr, wem dieser oder jener Stier gehörte, und als sie alle durch das Tor hindurch waren und zu den Gassen hinuntergingen, hatte Kristin mehr als genug damit zu tun, darauf achtzugeben, wo sie ihre nackten Füße zwischen dem Kuhmist auf den aufgeweichten Wegen hinsetzen sollte.

Einige der Knaben begleiteten sie ungebeten bis in die Christkirche hinein. Und als sie in dem dämmerigen Säulenwald stand und ihre Blicke auf die Lichter und das Gold im Chor vorne richtete, zupften die Kinder die fremde Frau beständig am Rock und wollten ihr alles zeigen – von den farbigen Lichtflecken, die die Sonne durch das Rosenfenster zwischen die Wölbungen hereinwarf, und den Leichensteinen auf dem Boden bis zu den Himmeln aus teueren Stoffen über den Altären –, lauter Dinge, wie sie eben Kindern am meisten in die Augen fallen. Kristin fand keine Ruhe, um ihre Gedanken zu sammeln, aber jedes Wort, das die Knaben sagten, weckte in ihrem Herzen die dumpfe Sehnsucht – zunächst und vor allem nach den Söhnen, aber auch nach dem Hof, den Häusern, den Scheunen, dem Vieh – nach der Mühsal der Mutter und nach der Herrschaft der Mutter!

Immer noch widerstrebte es ihr, von denen wiedererkannt zu werden, die früher einmal ihre und Erlends Freunde gewesen waren. Damals waren sie zu den Festzeiten stets auf ihren Höfen in der Stadt gewesen und hatten Gäste bei sich gehabt; es graute ihr davor, mit einer Schar von ihnen zusammenzutreffen. Ulf Haldorssohn mußte sie aufsuchen, denn er hatte als ihr Vertrauensmann die Hofanteile verwaltet, die sie hier im Norden noch besaß und die sie jetzt als ihre Pfründe dem Kloster Rein stiften wollte. Aber gerade jetzt weilten wahrscheinlich seine Verwandten von dem Hof in Skaun bei ihm, da mußte sie warten. Doch sie wußte, daß ein Mann, der in der Zeit, da Erlend Vogt war, im Gefolge ihres Mannes diente, auf einem kleinen Hof draußen auf Bratören wohnte. Er lebte dort als Fischer und hatte eine Herberge für die Bauern am Meer.

Hier seien alle Häuser überfüllt, gab man ihr zur Antwort, dann aber kam der Mann, Aamunde, selbst heraus und erkannte sie sofort; es hörte sich seltsam an, wie er ihren alten Namen ausrief:

»Nein, aber – ist das nicht Erlend Nikulaussohns Hausfrau von Husaby – sei gegrüßt Kristin – welch ein Zufall, daß du auf meinen Hof hierher kommst!«

Er war so erfreut, daß sie mit einem Obdach, wie er es ihr bieten konnte, vorliebnehmen wollte, und er versprach ihr, sie am Tag nach dem Fest selber nach Tautra hinauszusegeln.

Bis tief in die Nacht hinein saß sie draußen auf dem Hofplatz und redete mit dem Mann, und es berührte sie stark, als sie merkte, wie Erlends früherer Untergebener die Erinnerung an seinen jungen Anführer liebte und hoch in Ehren hielt. – Aamunde gebrauchte mehrere Male das Wort jung, wenn er von ihm sprach. Durch Ulf Haldorssohn wußte man hier von seinem unglücklichen Tod, und Aamunde sagte, er sei nie mit irgendeinem seiner alten Genossen aus der Zeit auf Husaby zusammen, ohne zum Gedächtnis an ihren kühnen Herrn einen Trunk zu tun, und zweimal hätten einige von ihnen zusammengelegt und an seinem Todestag eine Messe lesen lassen. Aamunde erkundigte sich sehr nach den Erlendssöhnen, und dann fragte Kristin nach alten Bekannten. Es wurde Mitternacht, ehe sie sich an der Seite von Aamundes Frau schlafen legte; er wollte unbedingt, daß sie beide ihr das Bett räumten, und schließlich mußte sie mit Dank wenigstens seinen Platz annehmen.

Am nächsten Tag war das Fest des heiligen Olav. Vom frühen Morgen an ging Kristin unten am Hafen umher und beobachtete die Geschäftigkeit auf den Bollwerken. Ihr Herz begann zu klopfen, als sie den Abt von Tautra an Land steigen sah, aber die Mönche, die nach ihm kamen, waren alle ältere Männer.
Schon vor der None strömte das Volk zur Christkirche, und alle trugen oder führten ihre Kranken und Krüppel dorthin, um im Langschiff einen Platz für sie zu erobern, damit sie in die Nähe des Schreins gelangen konnten, wenn dieser am nächsten Tag, nach dem Hochamt, in der Prozession hinausgetragen wurde.
Als Kristin zu den Buden kam, die vor dem Kirchhof aufgeschlagen waren – es wurden hauptsächlich Eßwaren, Getränke und Wachskerzen verkauft und Kissen, aus Schilf oder Birkenzweigen geflochten, um in der Kirche darauf zu knien –, traf sie mit den Leuten aus Andabu zusammen, und Kristin nahm das Kind, während die junge Frau sich einen Trunk leichten Bieres verschaffte. In diesem Augenblick traf der Zug der englischen Pilger mit Gesang und Abzeichen und brennenden Kerzen ein. In der Verwirrung, die dadurch entstand, daß diese Leute durch die dichtgedrängten Menschenmassen bei den Buden hindurch wollten, verlor Kristin die Bauern aus den Augen und konnte sie auch später nicht wiederfinden.
Lange irrte sie am Rande der Volksmenge umher und beruhigte währenddessen das schreiende Kind. Als sie schließlich seinen Kopf an ihren Hals lehnte und es streichelte, um es zu trösten, begann es saugend an ihr herumzusuchen. Sie begriff, daß es durstig war, und wußte sich gar nicht zu helfen. Nach der Mutter zu suchen schien verlorene Mühe, sie mußte in die Stadt hinuntergehen und sich erkundigen, ob sie nicht Milch für das Kind erhalten könnte. Als sie aber in die obere Straße kam und von dort aus weitergehen wollte, entstand wiederum ein großes Gedränge; von der anderen Seite her kam eine

Reiterschar und zugleich der Zug der Burgknechte vom Königshof, die alle auf den Platz zwischen der Kirche und dem Hof der Chorherren zudrängten Kristin wurde in eine Seitengasse geschoben, aber auch hier waren Reiter und Herren, die zur Kirche wollten, und das Gedränge wurde so groß, daß sie sich schließlich auf eine Steinmauer hinaufflüchten mußte.

Die Luft war mit Glockenklang erfüllt, von der Domkirche läutete man Nona hora ein. Bei diesem Laut hörte das Kind zu schreien auf; es blickte zum Himmel empor, und dabei leuchtete ein Schimmer von Verstand in seinen stumpfen Augen auf, es lächelte ein wenig. Bewegt beugte sich die alte Mutter hinab und küßte das arme Ding. Da sah sie, daß sie auf der Mauer saß, die den Hopfgarten von Nikulaushof, ihrem alten Stadthof, einschloß.

Wie konnte sie nur den gemauerten Schornstein, der über dem Wasendach aufstieg, die Rückseite ihres Wohnhauses, nicht gleich wiedererkennen! In ihrer nächsten Nähe lagen die Häuser des Spitals, über das Erlend sich so geärgert hatte, weil jenem ein Recht auf die Benutzung des Gartens eingeräumt worden war.

Sie preßte das Kind der fremden Frau an ihre Brust, küßte und küßte es. Da berührte sie jemand am Knie . . .

Ein Mönch in der weißen Kutte der Prädikantenbrüder, mit der schwarzen Kapuze. Sie blickte in ein gelbbleiches, runzliges, altes Gesicht, mit eingefallenem, langem und schmalem Mund und zwei großen bernsteingelben Augen, die tief in den Höhlen lagen.

»Ist es möglich – bist du es selber, Kristin Lavranstochter!« Der Mönch legte die gekreuzten Arme auf die Steinmauer und drückte seinen Kopf darauf. »Bist du hier!«

»Gunnulf!« Da bewegte er den Kopf, so daß er dabei ihre Knie berührte, wie sie so dasaß: »Dünkt es dich so seltsam, daß ich hier bin?«

Da fiel ihr ein, daß sie ja auf der Mauer jenes Hofes saß, der zuerst sein und später ihr eigener Besitz gewesen war, und es dünkte sie dennoch, daß dies seltsam sei.

»Aber was für ein Kind hast du hier auf dem Schoß – das ist doch wohl nicht Gautes Sohn?«

»Nein!« Bei dem Gedanken an das gesunde süße Gesicht des kleinen Erlend und an seinen kräftigen wohlgeformten Körper drückte sie das fremde Kind an sich, von Mitleid überwältigt: »Es ist das Kind einer Frau, die mit mir über das Gebirge ging.« Da dämmerte es ihr, was Andres Simonssohn in seiner kindlichen Weisheit gesehen hatte. Voller Ehrfurcht blickte sie auf das klägliche Geschöpf in ihrem Schoß hinab.

Jetzt aber weinte es wieder, und sie mußte zunächst den Mönch fragen, ob er ihr zu sagen vermöchte, wo sie ein wenig Milch für das Kind bekommen könnte. Gunnulf führte sie östlich um die Kirche herum zum Kloster und verschaffte ihr Milch in einer Schüssel. Während Kristin ihr Pflegekind fütterte, redeten sie miteinander, aber die Worte kamen seltsam träge.

»So lange Zeit ist vergangen, und so vieles hat sich seit dem letztenmal ereignet«, sagte sie traurig, »und schwer waren sie wohl zu ertragen, auch für dich, die Nachrichten, die du über deinen Bruder erfuhrst?«

»Gott sei seiner armen Seele gnädig«, flüsterte Bruder Gunnulf erschüttert.

Erst als sie nach ihren Söhnen in Tautra fragte, redete Gunnulf etwas mehr. Mit herzlicher Freude hatte der Konvent die beiden Novizen aufgenommen, die von den besten Geschlechtern des Landes abstammten. Nikulaus schien so herrliche Geistesgaben zu besitzen und machte in Gelehrtheit und Gottesfurcht solche Fortschritte, daß der Abt durch ihn an seinen herrlichen Ahnen und reichbegabten Streiter der Kirche, Bischof Nikulaus Arnessohn, erinnert wurde. Das war anfangs. Aber einige Zeit, nachdem die Brüder eingekleidet worden waren, hatte Nikulaus sich sehr übel betragen und große Unruhe im Kloster hervorgerufen. Gunnulf wußte den Grund nicht genau – sicher war nur das eine, Abt Johannes wollte es nicht gestatten, daß die jungen Brüder die Priesterweihe erhielten, ehe sie das dreißigste Jahr vollendet hätten, und er wollte bei Nikulaus nicht von dieser Regel abweichen. Und als der würdige Vater fand, daß Nikulaus mehr las und grübelte, als seine geistige Reife es eigentlich zuließ, und daß er seine Gesundheit mit Frömmigkeitsübungen schädigte, wollte er ihn auf einen der Höfe des Klosters auf Inderö senden, auf daß er dort unter der Leitung älterer Mönche einen Apfelgarten anpflanze. Da soll Nikulaus in Ungehorsam gegen den Abt ausgebrochen sein, seinen Brüdern vorgeworfen haben, sie hätten durch ihr Wohlleben die Güter des Klosters vergeudet, seien nachlässig im Gottesdienst und führten unschickliche Reden. Der größte Teil dieser Angelegenheiten kam ja nicht über den Konvent hinaus, sagte Gunnulf, aber Nikulaus soll sich auch gegen jenen Bruder zur Wehr gesetzt haben, der vom Abt beauftragt war, ihn zu bestrafen. Eine Zeitlang hatte er im Karzer gelegen, das wußte Gunnulf, aber schließlich war er doch zu Kreuz gekrochen, als der Abt ihm damit gedroht hatte, ihn von seinem Bruder Björgulf zu trennen und einen von ihnen beiden nach Munkabu zu senden; es sei offenbar der blinde Bruder, der ihn aufsässig mache. Da aber wurde Nikulaus bußfertig und zahm.

»Das ist die Art des Vaters, die in ihnen steckt«, sagte Gunnulf bitter. »Es war nicht anders zu erwarten, als daß es meinen Brudersöhnen schwerfallen würde, gehorsam zu sein und Beständigkeit in einem göttlichen Vorsatz zu zeigen.«

»Das kann ebensogut ihr mütterliches Erbe sein«, anwortete Kristin bekümmert. »Ungehorsam war meine Hauptsünde, Gunnulf, und unbeständig war ich auch. Mein ganzes Leben lang sehnte ich mich danach, sowohl den richtigen Weg zu gehen als auch desungeachtet doch meinen eigenen Irrwegen zu folgen.«

»Erlends Irrwegen, meinst du«, sagte der Mönch finster. »Nicht nur

einmal verführte mein Bruder dich, Kristin, sondern ich glaube, er verführte dich jeden Tag, den du mit ihm lebtest. Vergeßlich machte er dich, so daß du es nicht fühltest, wenn du Gedanken nachhingst, über die du erröten mußtest, weil du vor Gott dem Allwissenden nicht verbergen konntest, was du dachtest.«
Kristin starrte geradeaus vor sich hin.
»Nun weiß ich nicht, Gunnulf, ob du recht hast – ebensowenig weiß ich, ob ich je vergessen habe, daß Gott in mein Herz hineinsah, meine Sünde ist wohl größer. Trotzdem verhält es sich nicht so, wie du vielleicht glaubst, ich muß mich nicht am meisten für meine schamlose Begierde und für meine Schwachheit schämen, sondern vielmehr dafür, daß meine Gedanken über meinen Gemahl oft viel bösartiger waren als Schlangengift. Aber das letzte mußte wohl nach dem ersten kommen; du warst es, der mir einmal sagte, jene, die einander mit der heißesten Begierde geliebt haben, enden damit, daß sie wie zwei Schlangen sind, die einander in den Schwanz beißen.
Das aber war mein Trost in diesen Jahren, Gunnulf, sooft ich daran dachte, daß Erlend ungeborgen und ohne Hilfe vor Gottes Richterstuhl treten mußte, niedergeworfen mit Zorn im Herzen und Blut an den Händen; *er* wurde nicht so, wie du sagtest und wie ich geworden bin. Er bewahrte Zorn und Unrecht nicht länger auf, als er andere Dinge aufbewahrte. – Gunnulf, er war so schön und sah so friedlich aus, als ich seine Leiche angekleidet hatte; ich weiß, daß Gott der Allwissende weiß, Erlend hat nie gegen irgendeinen Mann oder um irgendeiner Sache willen Groll in seinem Herzen gehegt.«
Der Bruder sah sie mit weit offenen Augen an. Dann nickte er.
Nach einer Weile fragte der Mönch: »Weißt du, daß Eiliv Serkssohn Priester und Verwalter bei den Nonen draußen auf Rein ist?«
»Nein!« rief Kristin jubelnd glücklich.
»Ich glaubte, dies sei der Grund, weshalb du dich entschlossen hättest, dort einzutreten«, sagte Gunnulf. Gleich danach sprach er davon, daß er zu seinem Kloster zurückkehren müsse.

Die erste Nokturne hatte angefangen, als Kristin in die Kirche kam. Im Langschiff und rings um alle Altäre herrschte ein dichtes Gedränge von Leuten, aber ein Kirchendiener, der sah, daß sie ein sehr krankes Kind in den Armen hielt, schob und drängte sie in der Menge vorwärts, so daß sie bis vor zu der Schar der Krüppel und Allerkränksten kam, die sich mitten in der Kirche, unter dem Gewölbe des Hauptturmes, gelagert hatten und von dort unbehindert bis vor zum Chor sehen konnten.
In der Kirche brannten viele hundert Lichter, die Kirchendiener nahmen den Pilgern die Kerzen ab und steckten sie auf die mit Kerzendornen versehenen kleinen Pyramiden, die in der ganzen Kirche aufgestellt waren. Je mehr das Tageslicht draußen hinter den bunten Glasscheiben dahinstarb, desto anheimelnder wurde es in der Kirche

durch den Geruch des brennenden Wachses, doch nach und nach erfüllte ein säuerlicher Gestank von den Lumpen der Kranken und Armen die Luft.
Als der Chorgesang unter den Gewölben ertönte und Orgelton, Flöten, Trommeln und Saitenspiel erklangen, verstand Kristin, warum man die Kirche oft ein Schiff nannte; in diesem mächtigen Steinhaus schienen alle Menschen an Bord eines Schiffes zu sein, und der Gesang war wie das Brausen eines Meeres, von dem es dahingetragen wurde. Von Zeit zu Zeit, wenn eine einzelne Männerstimme allein das Lesestück über die Masse hintrug, legte sich Ruhe über das Schiff, als gleite es auf ausschwingender Dünung dahin.
Ein Gesicht nach dem anderen, die immer blasser und müder wurden, je mehr die Nacht vorschritt. Fast niemand ging zwischen den Gottesdiensten hinaus, jedenfalls keiner von denen, die einen Platz in der Mitte der Kirche erobert hatten. In der Zeit zwischen den Nokturnen schlummerten oder beteten sie. Das Kind schlief fast die ganze Nacht hindurch, ein paarmal mußte Kristin es ein wenig beruhigen oder ihm Milch aus einer Holzflasche geben, die Gunnulf ihr aus dem Kloster verschafft hatte.
Die Begegnung mit Erlends Bruder hatte sie aufgewühlt, nachdem jeder Schritt auf dem Weg hierher nach Norden sie der Erinnerung an den Toten immer näher und näher gebracht hatte. Sie hatte in den letzten Jahren, während die Sorge um die heranwachsenden Söhne ihr kaum Zeit ließ, sich ihres eigenen Schicksals zu erinnern, wenig an ihn *gedacht*; trotzdem hatte der Gedanke an ihn stets gleichsam dicht hinter ihr gestanden, bloß daß sie keine Zeit gefunden hatte, sich ihm zuzuwenden. Jetzt dünkte es sie, als erblicke sie ihre Seele in diesen Jahren; diese hatte gelebt, wie die Leute in der letzten arbeitsreichen Sommerhälfte auf den Höfen leben, wenn sie aus der Großstube ausgezogen sind und im Dachraum oben wohnen. Dann geht und läuft man den ganzen Tag an der Winterstube vorbei, denkt jedoch nie daran, hineinzugehen, obgleich man nur die Klinke niederzudrücken und die Tür zu öffnen brauchte. Und hat man endlich einmal eines Tages etwas darin zu tun, so ist einem die Stube durch den Geruch der Einsamkeit und durch die Stille fremd und fast feierlich geworden.
Aber während sie mit diesem Mann sprach, der der letzte lebende Zeuge jenes Wechselspiels zwischen Aussaat und Ernte in ihrem Leben mit dem Toten war, dünkte es sie, daß sie jetzt dahin gelangt sei, ihr Leben auf eine neue Art zu betrachten: so, wie wenn man auf eine Anhöhe über der Heimatgemeinde kommt, auf der man noch nie gewesen ist, und von dort auf sein eigenes Tal hinabblickt. Jeden Hof und jeden Zaun, jedes Gebüsch und jeden Flußlauf kennt man, aber man scheint zum erstenmal zu sehen, in welcher Art alles auf diesem Stück Erde liegt, das die Gemeinde trägt. Und aus diesem neuen Anblick heraus hatte Kristin plötzlich Worte gefunden, die nicht nur ihre Bitterkeit gegen Erlend, sondern auch ihre Angst um seine im jähen Tod

dahingeschiedene Seele auflösten. Groll hatte er nie gekannt; sie sah dies jetzt, und Gott hatte es stets gesehen.

So war sie denn endlich so weit gelangt, daß sie ihr eigenes Leben gleichsam von dem obersten Sattel eines Bergeinschnitts zu sehen glaubte. Jetzt führte sie ihr Weg in das dunkle Tal hinunter, vorher aber war ihr noch die Gnade vergönnt gewesen, zu erfassen, daß in der Einsamkeit des Klosters und an der Pforte des Todes einer auf sie wartete, der das Leben der Menschen stets so gesehen hatte, wie sich die menschlichen Gemeinden von den Höhen der Berge aus darbieten. Er hatte die Sünde und die Sorge und die Liebe und den Haß in den Herzen gesehen, wie man die reichen Höfe und die armen Hütten sieht, wogende Äcker und brachliegendes Ödland, von der gleichen Erde getragen. Und er war herabgestiegen, seine Füße hatten die Länder der Menschen durchwandert, er hatte in Burgen und in Hütten gestanden, hatte die Sorgen und die Sünden der Vornehmen und der Geringen gesammelt und sie hoch mit sich ans Kreuz gehoben. Nicht mein Glück und meinen Übermut, sondern meine Sünden und meine Sorgen, o du mein süßer Herr. – Sie blickte auf, dorthin, wo das Kruzifix errichtet war, schwindelnd noch unter dem Triumphbogen.

Während die Morgensonne die hohen bunten Scheiben zutiefst drinnen in dem Säulenwald des Hochchors entzündete und der Glanz wie von roten und braunen und grünen und blauen Edelsteinen den Lichterglanz des Altars und der goldenen Truhe dahinter verdunkelte, hörte Kristin die letzte Vigilie – den Frühgesang. Sie wußte, daß die Lesestücke bei diesem Gottesdienst von den Heilungswundern Gottes handelten, die er durch seinen getreuen Ritter, König Olav Haraldssohn, vollbrachte. Da hob sie das fremde kranke Kind empor und betete um seine Heilung.

Aber sie fror nach dem langen Aufenthalt in der Kirche so sehr, daß ihre Zähne aufeinanderschlugen, und sie fühlte sich vom Fasten erschöpft. Der Geruch von den vielen Menschen und die erstickende Ausdünstung der Kranken und Armen vermischte sich mit dem Qualm der Wachskerzen und senkte sich seltsam fett und feucht und schwer auf die am Boden Knienden herab, kalt in dem kalten Morgen. Aber eine dicke, freundliche und fromme Bäuerin, die dagesessen und zu Füßen des Pfeilers dicht hinter Kristin ein wenig geschlummert hatte – sie saß auf einem Bärenfell und hatte ein zweites über ihr lahmes Bein gebreitet –, erwachte jetzt und zog Kristins müden Kopf auf ihren breiten Schoß herab: »Ruhe dich jetzt ein wenig aus, Schwester, du kannst es brauchen, denke ich.«

Kristin schlief in dem Schoß der fremden Frau ein und träumte:

Sie trat über die Schwelle der alten Feuerstube daheim. Sie war jung und unverheiratet, denn sie sah ihre eigenen dicken braunen Zöpfe, die ihr offen vorne über die Schulter herabhingen. Sie war mit Erlend zusammen, denn dieser richtete sich gerade auf, nachdem er vor ihr in gebückter Haltung durch die Tür eingetreten war.

An der Feuerstätte saß ihr Vater und schäftete Pfeile, auf seinen Knien lagen viele Bündel dünner Sehnen, und zu seinen beiden Seiten waren Haufen von Pfeilspitzen und zurechtgeschnitzten Schäften auf der Bank aufgestapelt. In dem Augenblick, da sie und Erlend eintraten, beugte er sich über den Gluthaufen und wollte den kleinen dreibeinigen Eisentopf nehmen, den er stets benutzte, um Harz darin zu schmelzen. Aber jäh zog er die Hand wieder zurück, schüttelte sie in der Luft und schob dann die verbrannten Finger in den Mund und saugte daran, während er ihr und Erlend den Kopf zuwandte und sie mit gerunzelter Stirn und einem Lächeln um die Lippen betrachtete.

Dann erwachte sie, das Gesicht von Tränen naß.

Während des Hochamts, als der Erzbischof selbst den Dienst vor dem Hauptaltar versah, lag sie auf den Knien. Die Weihrauchwolken wallten durch die tönende Kirche, in der jetzt bunter Sonnenschein und der Glanz der Wachskerzen ihr Licht miteinander vermischten, der frische, würzige Räucherduft breitete sich aus und verdeckte den Geruch der Armut und Krankheit. Mit einem Herzen, zum Bersten voll eines Gefühls der Verbundenheit mit der Schar Armer und Kranker, in die Gott sie hineingestellt hatte, betete sie in einem Rausch schwesterlicher Zärtlichkeit für alle, die mit ihr arm waren und so litten, wie sie selbst gelitten hatte.

»Ich will aufstehen und zu meinem Vater heimgehen . . .«

VI

Das Kloster lag auf einem kleinen Höhenzug in der Nähe des Fjords, so daß das Rauschen des Kiefernwaldes, der die Hänge des Hügels im Norden und Westen bedeckte und die Aussicht zum Meer hinunter verbarg, bei fast allen Winden von dem Dröhnen der Brandung am Strande übertönt wurde.

Kristin hatte den Kirchturm über den Wald hinausragen sehen, als sie mit Erlend hier vorbeisegelte, aber die Wallfahrt zum Kloster, die ihre Urahne gestiftet hatte und zu der Erlend sich einige Male verpflichtet hatte, war nie ausgeführt worden. Sie war noch nie beim Kloster Rein an Land gegangen, ehe sie nun hierherkam, um zu bleiben.

Sie hatte gedacht, das Leben hier würde so sein, wie sie es von den Nonnenklöstern in Oslo oder auf Bakke her kannte, aber es war sehr viel anders und sehr viel stiller. Hier waren die Schwestern wahrhaftig für diese Welt gestorben. Frau Ragnhild, die Äbtissin, rühmte sich, seit fünf Jahren nicht mehr in der Stadt gewesen zu sein, und ebensolange war es her, seit eine der Nonnen ihren Fuß über die Grenzen des Klosterlandes gesetzt hatte.

Hier wurden keine Kinder zur Erziehung aufgenommen, und um die Zeit, da Kristin nach Rein kam, gab es auch keine Novizin im Kloster; es war so viele Jahre her, seit eine Jungfrau in dieser Schwesternschaft

Aufnahme gesucht hatte, daß die Jüngste im Konvent, Schwester Borghild Marellina, schon seit sechs Jahren zur Nonne geweiht war. Dem Alter nach die Jüngste war Schwester Turid, sie aber war in ihrem sechsten Lebensjahr von ihrem Großvater, dem Priester an der Klemenskirche, einem sehr strengen und ernsthaften Mann, hierher gesandt worden, und das Kind hatte von Geburt an verkrüppelte Hände und war im übrigen ein wenig mißgestalt, so daß man sie sofort eingekleidet hatte, sobald sie in das vorgeschriebene Alter gelangt war. Jetzt war sie dreißig Jahre alt, sehr kränklich, besaß jedoch ein liebliches Gesicht, und Kristin ließ es sich vom ersten Tag an, da sie ins Kloster kam, besonders angelegen sein, dieser Schwester zu dienen, denn sie fand, daß Schwester Turid sie an ihre eigene kleine Schwester Ulvhild erinnerte, die so jung starb.

Sira Eiliv sagte zwar, daß eine niedere Herkunft kein Hindernis sein dürfe für die Aufnahme von Jungfrauen, die hierher kämen, um Gott zu dienen. Trotzdem aber hatte es sich so gefügt, daß seit der Stiftung des Klosters auf Rein fast nur Töchter oder Witwen mächtiger und hochgeborener Herren aus dem Trondheimischen hier eintraten. Aber während der schlechten und unruhigen Zeiten, die das Reich seit dem Tod des seligen Königs Haakon Haalegg durchgemacht hatte, schien die Frömmigkeit unter den Vornehmen des Landes sehr nachgelassen zu haben – jetzt waren es hauptsächlich Töchter von Bürgern und wohlhabenden Bauern, die Nonnen werden wollten. Und diese gingen lieber nach Bakke, wo viele von ihnen zur Gottesfurcht und zu hausfraulichen Arbeiten erzogen worden waren und die Schwestern mehr aus ihnen gleichstehenden Sippen stammten, dort war auch die Klausur nicht so streng, und das Kloster lag nicht so völlig abseits von der Welt.

Im übrigen fand Kristin nicht oft Gelegenheit, mit Sira Eiliv zu sprechen, und sie erkannte bald, daß die Stellung des Priesters im Kloster zugleich anstrengend und schwierig war. Obgleich Rein ein reiches Kloster war und die Schwesternschaft kaum die Hälfte der Nonnen zählte, die von der Stiftung hätten leben können, befanden sich seine Gelder in großer Unordnung, und es konnte seine Ausgaben nur schwer bestreiten. Die letzten drei Äbtissinnen waren mehr fromme als weltkluge Frauen gewesen. Trotzdem hatten sie und ihr Konvent sich mit Händen und Füßen dagegen gewehrt, sich dem Erzbischof zu unterwerfen – nicht einmal von seinem väterlichen Wohlwollen wollten sie sich beraten lassen. Und die Ordensbrüder von Tautra und Munkabu, die Priester ihrer Kirche, waren stets alte Männer, damit kein böses Gerede aufkommen könne, aber sie waren nicht mehr als mäßig tüchtige Verwalter der zeitlichen Güter des Klosters. Als König Skule die schöne Steinkirche errichtete und seinen Erbhof dem Kloster vermachte, wurden die ersten Häuser aus Balken gebaut, sie brannten vor dreißig Wintern nieder. Frau Audhild, die damalige Äbtissin, begann in Stein wieder aufzubauen; aus ihrer Zeit stammten viele Ver-

besserungen an der Kirche und dem schönen Konventshaus. Sie hatte auch eine Fahrt zum Generalkapitel beim Mutterkloster des Ordens nach Tart in Burgund unternommen, und von dieser Reise hatte sie den herrlichen elfenbeinernen Turm mit heimgebracht, der im Chor nahe dem Hochaltar stand – eine geziemende Hülle für den Leib des Herrn, der höchste Schmuck der Kirche und der Stolz und die größte Liebe der Nonnen. Frau Audhild starb im schönsten Ruf der Frömmigkeit und Tugend, aber ihre unverständige Wirtschaft beim Bau und ihre unvernünftigen Käufe und Verkäufe von Land hatten dem Besitz des Klosters sehr geschadet, und die späteren Äbtissinnen hatten nicht vermocht, diesen Schaden wiedergutzumachen.
Wie es zugegangen war, daß Sira Eiliv als Priester und Verwalter dorthin kam, erfuhr Kristin niemals; soviel aber begriff sie, daß die Äbtissin und die Schwestern einem Säkularpriester vom ersten Augenblick an mit Unwillen und Mißtrauen begegnet waren. Sira Eilivs Pflichten auf Rein bestanden darin, daß er Priester und Seelsorger der Nonnen war und versuchen sollte, die Klostergüter wieder ertragreich zu gestalten und die Geldangelegenheiten in Ordnung zu bringen, dies alles, während er die Oberhoheit der Äbtissin, das Selbstverwaltungsrecht der Schwestern, das Aufsichtsrecht des Abtes von Tautra anerkennen und mit dem zweiten Priester der Kirche, einem Mönch von Tautra, gute Freundschaft halten mußte. Wohl kam ihm sein Alter und der Ruf eines unbefleckten, sittsamen Lebenswandels, demütiger Gottesfurcht und seiner Kenntnis sowohl des kanonischen Rechtes als auch der Landesgesetze sehr zustatten, aber er mußte in all seinem Tun und Lassen äußerst vorsichtig sein. Er wohnte zusammen mit dem anderen Priester und den Kirchendienern in einem kleinen Hof, der nordöstlich des Klosters lag. Dort wurden auch die Mönche beherbergt, die dann und wann in verschiedenen Angelegenheiten von Tautra herüberkamen. Kristin wußte, wenn sie es noch erleben würde, daß Nikulaus die Priesterweihe empfing, so würde sie auch einmal ihren ältesten Sohn die Messe hier in der Kirche lesen hören.

Kristin Lavranstochter war zuerst als Pfründnerin aufgenommen worden. Aber nachdem sie vor Frau Ragnhild und den Schwestern im Beisein Sira Eilivs und zweier Mönche von Tautra keuschen Lebenswandel, Gehorsam gegen die Äbtissin und die Schwestern gelobt und zum Zeichen ihrer Entsagung aller Herrschaft über irdische Güter ihr Siegel in die Hände Sira Eilivs gegeben hatte, der es in Stücke zerbrach, durfte sie eine Tracht ähnlich wie die der Schwestern tragen: ein grauweißes wollenes Gewand, aber ohne Skapular, ein weißes Kopftuch und einen schwarzen Schleier. Sie sollte, wenn einige Zeit verstrichen wäre, um die Aufnahme als geweihte Nonne in der Schwesternschaft nachsuchen.
Aber immer noch fiel es ihr schwer, nicht allzuviel an die Vergangenheit zu denken. Für die Vorlesungen bei der Mahlzeit im Refektorium

hatte Sira Eiliv ein Buch über Christi Leben in die norwegische Sprache übertragen, das der General der Minoriten, der überaus gelehrte und fromme Doktor Bonaventura, gedichtet hatte. Und während Kristin zuhörte und ihre Augen sich mit Tränen füllten, wenn sie daran dachte, wie himmlisch es wohl sein müßte, Christi und seiner Mutter Kreuz und Schmerzen, Armut und Demut so lieben zu können, wie es hier geschrieben stand, mußte sie dennoch an einen Tag auf Husaby denken, da Gunnulf und Sira Eiliv ihr das lateinische Buch zeigten, das diesem hier im Kloster als Vorlage gedient hatte. Es war ein dickes kleines Buch, auf ganz dünnem und leuchtend weißem Pergament geschrieben, sie hätte nie geglaubt, daß man ein Kalbsfell so fein bearbeiten könnte, und es enthielt die schönsten Bilder und Kapitelbuchstaben, die Farben glühten wie Edelsteine gegen das Gold. Und Gunnulf erzählte damals lachend, und Sira Eiliv stimmte mit seinem stillen Lächeln bei, wie sie durch diesen Bucherwerb so mittellos geworden waren, daß sie ihre Kleider verkaufen und sich ihr Essen mit den Armen in einem Kloster erbitten mußten, bis sie erfuhren, daß einige norwegische Geistliche nach Paris gekommen waren, von denen sie dann Geld geliehen erhielten.

Wenn die Schwestern nach dem Frühgesang ins Dormitorium zurückkehrten, blieb Kristin allein in der Kirche. Im Sommer dünkten sie die Morgen süß und schön hier drinnen, im Winter aber war es entsetzlich kalt, und sie fürchtete sich im Dunkeln zwischen all den Leichensteinen, obgleich sie ihre Blicke unablässig auf die kleine Lampe gerichtet hielt, die stets vor dem elfenbeinernen Turm mit der Hostie brannte. Aber gleichgültig, ob Winter oder Sommer, sie dachte, während sie in ihrem Winkel im Chor der Nonnen verweilte, stets daran, daß jetzt Naakkve und Björgulf wachten und für die Seele des Vaters beteten, es war Nikulaus gewesen, der sie gebeten hatte, jeden Morgen nach dem Frühgesang diese Gebete und Bußpsalmen mit ihnen zu sprechen.

Immer, immer sah sie dann diese beiden vor sich, wie an jenem regengrauen Tag, als sie im Kloster draußen war. Als Nikulaus plötzlich in der Sprechstube vor ihr gestanden, seltsam groß und fremd, in der grauweißen Mönchskutte, die Hände unter dem Skapular verborgen, ihr Sohn, und dennoch so verändert. Es war hauptsächlich seine Ähnlichkeit mit dem Vater, die sie so stark ergriff; es war, als sähe sie Erlend in der Mönchskutte.

Während sie damals so dasaßen und miteinander sprachen und sie über alles berichten mußte, was sich seit seinem Weggang auf dem Hof ereignet hatte, wartete und wartete sie, schließlich fragte sie ängstlich, ob nicht Björgulf bald käme.

»Ich weiß nicht, Mutter«, antwortete der Sohn. Ein wenig später sagte er: »Für Björgulf war es ein harter Kampf, sich unter sein Kreuz zu beugen und Gott zu dienen. Und es schien ihn ängstlich zu machen, als er hörte, daß du hier seist; er fürchtete, es könnten allzu viele Gedanken wach werden.«

Von da an saß sie nur zu Tode betrübt da und betrachtete Nikulaus, während er sprach. Sein Gesicht war ganz sonnverbrannt, und seine Hände trugen die Zeichen schwerer Arbeit; er erzählte mit einem kleinen Lächeln, daß er jetzt doch habe lernen müssen, einen Pflug zu lenken und Sense und Sichel zu handhaben. Sie fand nachts in der Herberge keinen Schlaf und eilte zur Kirche, als es zum Frühgesang läutete. Aber die Mönche standen so, daß sie nur von einigen wenigen die Gesichter sehen konnte, und ihre Söhne fand sie nicht unter ihnen.

Am nächsten Tag ging sie mit einem Laienbruder in den Garten, in dem dieser arbeitete, und er zeigte ihr die vielen seltenen Gewächse und Bäume, um derentwillen der Garten berühmt war. Während sie so dahinwanderten, zerrissen die Wolken, die Sonne kam hervor, und der Duft von Sellerie, Zwiebel und Thymian stieg empor, und die großen Büsche goldener Lilien und blauer Akeleien, die in den Ecken der Beete standen, glitzerten schwer von Regentropfen. Da kamen ihre Söhne, sie traten alle beide aus der kleinen gewölbten Tür des Steinhauses. Und Kristin dünkte es, als sie die beiden hohen, hell gekleideten Brüder auf dem Weg zwischen den Apfelbäumen auf sich zukommen sah, sie verspüre einen Vorgeschmack des Paradieses.

Sie redeten nicht viel miteinander; Björgulf schwieg fast die ganze Zeit. Er war ein Riese an Gestalt geworden, seit er völlig erwachsen war. Und die lange Trennung hatte ihren Blick gleichsam verschärft – jetzt erfaßte sie ganz, wie dieser Sohn gekämpft hatte – und wahrscheinlich noch kämpfte in der Zeit, da sein Körper so groß und stark heranwuchs, während sein innerer Blick zunahm, und er fühlte, wie ihm das Augenlicht schwand.

Einmal fragte er nach seiner Pflegemutter Frida Styrkaarstochter. Kristin erzählte, daß sie geheiratet habe.

»Gott segne sie«, sagte der Mönch. »Sie war ein gutes Weib – gegen mich war sie eine gute und getreue Pflegemutter.«

»Ja, ich glaube fast, sie war dir mehr als ich«, erwiderte Kristin betrübt. »Nur wenig bekamst du mein mütterliches Herz zu spüren, als du in deiner Jugend so hart geprüft wurdest.«

Leise antwortete Björgulf:

»Ich danke Gott dafür, daß der Feind mich trotzdem nicht so zur Unmännlichkeit zu beugen vermochte und ich Euer Mutterherz nicht einer so schweren Prüfung aussetzte – obgleich ich nahe daran war –, aber ich sah, daß Ihr bereits eine so schwere Bürde trugt, und nächst Gott war es Nikulaus hier, der mich rettete, jedesmal, wenn ich der Versuchung unterliegen wollte.«

Es wurde nicht weiter darüber gesprochen, und auch nicht darüber, wie es ihnen im Kloster erging oder daß sie unrecht getan und sich Ungnade zugezogen hatten. Aber sie schienen sehr erfreut zu sein, als sie von dem Vorsatz der Mutter hörten, in das Kloster Rein zu gehen.

Wenn Kristin nach dieser Gebetsstunde durch das Dormitorium zurückkam und die Schwestern je zwei und zwei auf ihren Strohsäcken in den Betten schlafen sah, in ihrem Gewand, das sie niemals ablegten, dachte sie daran, wie wenig Ähnlichkeit sie wohl mit diesen Frauen besaß, die von Jugend an nur ihrem Schöpfer gedient hatten. Die Welt war ein Herr, dem man nicht leicht entfliehen konnte, wenn man sich erst einmal in seine Gewalt gegeben hatte. Ja, sie war ja wohl auch nicht vor der Welt geflohen, sondern sie war ausgestoßen worden, wie eine ausgediente Magd von einem harten Hausvater vor die Tür gejagt wird – und jetzt war sie hier aufgenommen worden, wie ein alter Dienstbote von einem barmherzigen Herrn aufgenommen wird, der ihm aus Erbarmen ein wenig Arbeit anweist, während er das abgearbeitete und freundlose alte Wesen beherbergt und ernährt.

Vom Schlafhaus der Nonnen führte ein überdeckter Gang zur Webstube hinüber. Dort saß Kristin allein und spann; die Nonnen von Rein waren um ihrer Leinwand willen berühmt, und die Tage im Sommer und im Herbst, an denen alle Frauen und Laienschwestern zur Arbeit auf die Flachsäcker hinausgingen, waren wie Festtage im Kloster, namentlich aber der Tag, an dem die Pflanzen ausgerupft wurden. Die Zubereitung des Flachses, das Spinnen und Weben der Leinwand und die Verarbeitung zu Kirchengewändern bildeten die Hauptbeschäftigung der Nonnen in den Arbeitsstunden. Hier gab es niemand, der abschrieb und Bücher ausschmückte, so wie es die Schwestern in Oslo unter Frau Groa Guttormstochter mit so großem Geschick betrieben hatten, und auch kunstvolle Säume mit Seide und goldenem Faden wurden nicht viele angefertigt.

Nach einer Weile vernahm sie dann meistens die Geräusche des erwachenden Hofbetriebes, die Laienschwestern gingen ins Küchenhaus, um das Essen für das Gesinde zu bereiten. Die Nonnen rührten vor der Tagesmesse niemals Essen oder Trinken an, außer wenn sie krank waren. Gab es Kranke, ging Kristin, nachdem es zur Prim geläutet hatte, in die Krankenstube hinüber, um Schwester Agata oder eine der Nonnen, die sonst dort waren, abzulösen. Schwester Turid, die Ärmste, lag oft dort.

Dann konnte sie bald anfangen, sich auf die Mahlzeit zu freuen, die auf die dritte Gebetsstunde und die Messe für das Gesinde des Klosters folgte. Jeden Tag sah Kristin mit der gleichen Freude dieser schönen und feierlichen Mahlzeit entgegen. Das Refektorium war aus Balken errichtet, war aber dennoch eine schöne Halle, und dort saßen sämtliche Frauen des Klosters – die Nonnen am obersten Tisch, an dem die Äbtissin den Hochsitz einnahm. Außer ihnen saßen auch die drei alten Frauen, die mit Kristin hier Pfründnerinnen waren, am Tisch, die Laienschwestern weiter unten. Wenn das Gebet zu Ende war und Essen und Trinken hereingetragen wurde und alles schweigend aß und trank, still und mit geziemendem Betragen, während häufig eine der Schwestern unterdessen ein Stück aus einem Buch vorlas, dachte Kristin stets, wenn die Menschen draußen in der Welt ihre Mahlzeiten mit der gleichen Schicklichkeit einnehmen könnten, würden sie wohl besser verstehen, daß Essen und Trinken eine Gabe Gottes ist, und sie würden ihren Nächsten mehr gönnen und weniger daran denken, alles für sich selbst und die Ihren zusammenzuscharren. Aber auch sie selbst hatte es anders empfunden, damals, als sie ihren Tisch für eine Schar übermütiger lärmender Männer deckte, die lachten und schrien, während die Hunde darunter erbettelte Bissen verschlangen, ihre Schnauzen heraufschoben und Knochen oder Schläge bekamen, je nach der Laune der Burschen.

Selten kamen Reisende hierher. Dann und wann legte ein Schiff mit Leuten von den Adelssitzen an, das durch den Fjord kam, und Männer und Frauen mit Kindern und jungen Leuten wanderten nach Rein hinauf, um eine Verwandte unter den Schwestern zu besuchen. Außerdem kamen auch die Vertrauensmänner von den Höfen und Inseln des Klosters und ab und zu ein Bote von Tautra. An jenen Festen, die mit der größten Pracht gefeiert wurden – an den Messetagen der Jungfrau Maria, an Fronleichnam und am Tag des Apostels Sankt Andreas –, kamen die Bewohner aus den nächstgelegenen Gemeinden zu beiden Seiten des Fjords zur Kirche der Nonnen, an den übrigen Tagen aber besuchten nur die Pächter und Arbeiter des Klosters, die in nächster Nähe wohnten, die Messe. Diese füllten die große Kirche nicht aus.
Und dazu kamen noch die Armen – die ständigen Almosenempfänger, die nach dem Testament reicher Leute am Seelenmessentag Bier und Essen erhielten und auch im übrigen fast täglich zum Kloster heraufkamen, an der Wand des Küchenhauses saßen und aßen und die Nonnen, die über den Hofplatz gingen, ein wenig festzuhalten versuchten, um über ihre Sorgen und Kümmernisse zu sprechen. Kranke, Krüppel und Aussätzige gingen aus und ein; hier gab es viele, die an Aussatz litten, aber das sei an der Meeresküste immer der Fall, sagte Frau Ragnhild.
Die Pächter kamen und baten um Erleichterung und Nachlaß, und dann hatten sie stets von viel Mißgeschick und Schwierigkeiten zu erzählen. Je erbärmlicher und unglücklicher diese Menschen waren, desto offener und schamloser sprachen sie mit den Schwestern über ihre Verhältnisse, obgleich sie die Schuld an dem Unglück gerne einem anderen zuschoben und immer fromme Redensarten bereit hatten. Es war kein Wunder, daß die Gespräche der Nonnen während der Rekreation und in der Webstube sehr viel vom Leben dieser Menschen handelten, ja Schwester Turid verriet Kristin sogar, daß bei den Beratungen der Nonnen im Konvent über geschäftliche Dinge und ähnliches das Gespräch sich oft in die Angelegenheiten jener Leute verliere, die mit diesen Sachen zu tun hätten. Kristin konnte aus den Worten der Schwester wohl heraushören, daß sie nicht viel mehr von dem verstanden, worüber sie sprachen, als das, was sie von den Leuten selbst oder von den Laiendienern gehört hatten, die im Tal draußen gewesen waren. Sie waren sehr gutgläubig, gleichviel, ob ihre Untergebenen

Gutes über sich selber oder Schlechtes über ihren Nachbarn sprachen, und dann dachte Kristin immer voller Zorn an die vielen Male, da sie gehört hatte, wie gottlose Menschen, ja sogar ein Bettelmönch, wie Bruder Arngrim, die Nonnenklöster Klatschnester schimpfte und den Schwestern nachsagte, sie verschlängen Gerüchte und unzüchtige Reden mit wahrer Gier. Sogar die gleichen Leute, die hierherkamen und Frau Ragnhild oder jeder Schwester, die sie nur zu fassen bekamen, die Ohren volljammerten, machten untereinander den Nonnen Vorwürfe, daß sie, wenn sie allein seien, über jene Dinge sprächen, die von der Welt, der sie selbst entsagt hatten, zu ihnen hereindrängen. Es dünkte sie das gleiche wie mit dem Geschwätz von dem Wohlleben der Klosterfrauen; es entstand durch Leute, die gar oft einen guten Bissen aus der Hand der Schwestern empfangen hatten, während die Dienerinnen Gottes fasteten, wachten, beteten und arbeiteten, ehe sie sich alle zu der ersten feierlichen Mahlzeit im Refektorium versammelten.

So diente denn Kristin den Nonnen mit liebevoller Ehrfurcht in der Zeit, die ihrer Weihe zur Nonne vorausging. Eine gute Nonne könnte sie wohl nie werden, dachte sie, dazu hatte sie ihre Fähigkeit zur Sammlung und zur Frömmigkeit allzusehr vergeudet, aber sie wollte so demütig und treu werden, wie Gott es in seiner Gnade nur zulassen wollte. Es war zu Ende des Sommers im Jahre 1349, sie hatte jetzt zwei Jahre im Kloster zu Rein gelebt und sollte noch vor Weihnachten als Nonne aufgenommen werden. Man brachte ihr die Freudenbotschaft, daß ihre beiden Söhne im Gefolge des Abtes Johannes zu ihrer Einweihung hierherkommen würden. Bruder Björgulf hatte gesagt, als er von dem Vorsatz seiner Mutter hörte:

»Jetzt geht mein Traum in Erfüllung, ich habe in diesem Jahr zweimal geträumt, daß wir beide sie noch vor Weihnachten sehen würden, obgleich *genauso*, wie es im Traum war, kann es nicht werden, denn in meinem Traum *sah* ich sie.«

Auch Bruder Nikulaus hatte große Freude geäußert. Gleichzeitig aber erfuhr sie noch andere Dinge über ihn, die nicht gut waren. Er war mit Gewalt gegen einige Bauern drinnen bei Steinker vorgegangen – diese Bauern lagen im Streit mit dem Kloster wegen eines Fischrechts, und als die Mönche sie eines Nachts dabei ertappten, wie sie im Begriff waren, die Lachstreppe des Klosters zu zerstören, hatte Bruder Nikulaus einen Mann verprügelt und einen anderen in den Fluß geworfen und gleichzeitig durch derbes Fluchen große Sünde auf sich geladen.

VII

Ein paar Tage darauf ging Kristin mit einigen der Nonnen und Laienschwestern in den Kiefernwald, um Holzflechte zum Grünfärben zu sammeln. Diese Flechte ist ziemlich selten und wächst hauptsächlich auf umgestürzten Bäumen und dürren Zweigen. Die Frauen zerstreuten sich bald im Wald und verloren im Nebel einander aus den Augen.

Dieses seltsame Wetter dauerte nun schon seit mehreren Tagen; es herrschte Windstille und ein dichter Nebel, der über dem Meer und gegen die Berge hin merkwürdig bleigrau schimmerte, wenn er sich zuweilen so weit hob, daß man ein wenig über das Land hinschauen konnte. Dann wieder verdichtete er sich zu einem Staubregen, oder er leuchtete so stark, daß dort, wo die Sonne zwischen den Nebelschwaden stand, ein weißer Fleck sichtbar wurde. Beständig aber herrschte eine merkwürdig schwere Badestubenwärme, die hier unten im Fjord und noch dazu um diese Jahreszeit – es war zwei Tage vor Mariä Geburt – so erstaunlich war, daß alle Leute über das Wetter redeten und sich fragten, was dies bringen würde.

Kristin schwitzte in der toten feuchten Wärme, und der Gedanke an die Nachrichten, die sie über Naakkve erhalten hatte, beengte ihre Brust. Sie war an den Rand des Waldes gelangt, bis zur Einfriedung bei dem Weg vom Meer herauf, und während sie dort stand und das Moos vom Zaun abschabte, kam Sira Eiliv auf dem Heimweg durch den Nebel vorübergeritten. Er hielt sein Pferd an und sagte einige Worte über das Wetter, und so kamen sie miteinander ins Gespräch. Da fragte sie den Priester, ob er etwas von diesen Nachrichten über Naakkve wisse, obgleich sie sich schon dachte, daß es vergeblich sein würde; Sira Eiliv gab sich stets den Anschein, als wisse er nichts von den inneren Angelegenheiten im Kloster auf Tautra.

»Ich glaube, Kristin, du brauchst keine Angst zu haben, daß er um dieser Sache willen im Winter nicht hierherkommen darf«, sagte der Priester. »Denn das ist es wohl, was du befürchtest?«

»Mehr als das, Sira Eiliv. Ich fürchte, Naakkve war nie zum Priester geeignet.«

»Glaubst du diese Dinge beurteilen zu dürfen?« fragte der Priester, er runzelte die Brauen. Dann stieg er vom Pferd, band es fest und stützte sich auf den Zaun, während er die Frau bestimmt und forschend ansah.

Kristin sagte:

»Ich fürchte, es fällt Naakkve schwer, sich unter eine Ordenszucht zu beugen, und er war so jung; als er eintrat, wußte er nicht, wem er entsagte, und kannte sein eigenes Innere nicht. Aber all das, was sich während seines Heranwachsens zutrug, daß er das väterliche Erbe verlor, und der Unfrieden, den er zwischen seinem Vater und seiner Mutter sah und der mit Erlends Tod endete, war die Ursache, daß er die Lust verlor, in der Welt zu leben. Aber ich konnte nie bemerken, daß er fromm dadurch wurde.«

»Du konntest das nicht? – Sich unter die Ordenszucht zu beugen mag Nikulaus wohl ebenso schwergefallen sein wie gar manchem andern guten Mönch, heftigen Gemüts, wie er ist und ein junger Mann – zu jung vielleicht, um, noch ehe er sich von der Welt abwandte, zu begreifen, daß die Welt ein ebenso harter Zuchtmeister ist wie irgendein anderer Herr, und schließlich und endlich ein Herr ohne Erbarmen. Darum denke ich, du selbst könntest beurteilen, Schwester ...

Und verhält es sich wirklich so, daß Naakkve mehr um seines Bruders willen als aus Liebe zu seinem Schöpfer ins Kloster ging, so glaube ich doch, Gott wird es nicht unbelohnt lassen, daß Naakkve das Kreuz seinem Bruder zulieb auf sich nahm. Gottes Mutter, Maria, die Naakkve schon von früher Jugend an verehrte und liebte, wie ich weiß, wird ihm wohl eines Tages deutlich zeigen, daß ihr Sohn in diese Welt hier kam, um sein Bruder zu werden und das Kreuz für ihn zu tragen.

Nein.« Das Pferd schnupperte an der Brust des Priesters, er streichelte es, während er halb vor sich hin sagte: »Schon von Kindesbeinen an besaß mein Nikulaus eine merkwürdige Gabe zu lieben und zu leiden – ich dächte, er wäre doch recht wohl zum Mönch geeignet.

Aber du, Kristin«, sagte er und wandte sich der Frau zu, »du solltest jetzt doch so viel gesehen haben, dünkt mich, daß du dich ein wenig getroster auf Gott den Allmächtigen verlassen könntest. Hast du noch nicht bemerkt, daß er jede Seele aufrecht hält, solange die Seele ihn nicht losläßt? Denkst du denn, so kindlich wie du in deinem Alter noch bist, Weib, Gott strafe die Sünde, wenn du Kummer und Demütigung erntest, weil du deiner Lust und deinem Übermut auf Wegen folgtest, die Gott seinen Kindern verboten hat? Willst du sagen, *du* straftest deine Kinder, wenn sie sich verbrühten, weil sie die Hand in den Kessel voll kochenden Wassers steckten, dem nahe zu kommen du ihnen verboten hattest, oder wenn das schwache Eis unter ihnen einbrach, vor dem du sie gewarnt hattest? Hast du nicht begriffen, wenn das dünne Eis unter dir zersplitterte, daß du jedesmal, wenn du Gottes Hand losließest, versankst, und du jedesmal, wenn du ihn anriefst, aus der Tiefe gerettet wurdest? Bedeutete nicht die Liebe, die dich und deinen leiblichen Vater verband, selbst als du ihm deinen Trotz und deinen eigenen Willen entgegenstelltest, dennoch Trost und Linderung, wenn du auch die Frucht deines Ungehorsams gegen ihn ernten mußtest?

Hast du noch nicht begriffen, Schwester: Gott hat dir jedesmal geholfen, wenn du darum batest, obgleich du nur mit halbem und unaufrichtigem Herzen batest, und er gab dir viel mehr, als du erwartetest. Du liebtest Gott so, wie du deinen Vater liebtest, nicht so hoch, wie du deinen eigenen Willen liebtest, aber immerhin doch so, daß du wohl stets traurig warst, wenn du dich von ihm trenntest, und dir wurde die Gnade zuteil, daß zwischen dem Bösen, das du aus dem Samen deines trotzigen Wesens ernten mußtest, Gutes gedieh.

Deine Söhne – zwei von ihnen nahm er zu sich, noch als unschuldige Kinder; um sie brauchst du niemals Furcht zu hegen. Und die anderen haben sich gut entwickelt, wenn auch nicht gerade so, wie *du* wolltest. Das gleiche meinte wohl Lavrans von dir.

Und dein Mann, Kristin – Gott sei seiner Seele hold –, ich weiß, daß

du ihm in deinem Herzen früh und spät seine Unbesonnenheit zum Vorwurf machtest. Mich dünkt, für dich als eine stolze Frau müßte die Erkenntnis, daß Erlend Nikulaussohn dich durch Schmach und Verrat und Blutschuld hindurch mit sich geführt hat, viel härter sein, wenn du ein einziges Mal gesehen hättest, daß dieser Mann aus kalter Überlegung heraus zu handeln imstande war. Und ich glaube, es war vor allem um deiner Treue willen – in Zorn und Härte als auch in Liebe –, daß du Erlend festzuhalten vermochtest, solange ihr beide lebtet; handelte es sich nicht um dich, galt bei ihm immer das Wort: Aus den Augen, aus dem Sinn. Gott stehe Erlend bei, ich fürchte, er war nie verständig genug, um eine tiefe Reue über seine Sünden zu empfinden, aber all das, was dein Gemahl gegen dich sündigte, bereute er doch wohl und war auch traurig darüber. Diese Lehre, dürfen wir wohl glauben, gereichte Erlend noch nach seinem Tode zum Nutzen.«
Kristin stand still und schweigend da, und auch Sira Eiliv sagte weiter nichts mehr. Er löste die Zügel, grüßte Kristin mit einem »Friede sei mit dir«, stieg zu Pferde und ritt fort.

Als sie ein wenig später zum Kloster hinaufkam, trat Schwester Ingrid ihr unter der Tür mit der Nachricht entgegen, daß einer ihrer Söhne gekommen sei, um sie zu begrüßen – Skule nenne er sich, er sei im Sprechzimmer.
Skule saß im Gespräch mit seinen Bootsleuten, er sprang sogleich auf, als die Mutter in die Tür trat. Ah, sie erkannte die Ihren an der raschen Bewegung – ein kleiner Kopf auf breiten Schultern hoch erhoben, die langen Glieder schlank gestaltet. Strahlend ging sie ihm entgegen, aber sie schrak zurück und hielt den Atem an, als sie sein Gesicht sah. – Oh, wer war so mit ihrem schönen Sohn umgegangen?
Die Oberlippe war wie zerquetscht – ein Schlag mußte sie zerfetzt haben, und später war sie wieder flach und breit und häßlich zugewachsen, von weißglänzenden Narben gestreift; der Mund wurde dadurch schiefgezogen, so daß er scheinbar immer ein wenig höhnisch lächelte, und das Nasenbein war gebrochen und dann schief zusammengewachsen. Er lispelte ein wenig, als er sprach, es fehlte ihm ein Vorderzahn, und ein anderer war blauschwarz und tot.
Skule errötete unter dem Blick der Mutter: »Ich glaube fast, Ihr erkennt mich nicht wieder, Mutter?« Er lachte ein wenig und fuhr sich mit einem Finger über die Lippe; dies mußte nicht ein Hinweis auf seinen Mangel sein, sondern konnte ebensogut als eine zufällige Bewegung angesehen werden.
»Solange sind wir nun doch nicht voneinander getrennt gewesen, mein Sohn, daß deine Mutter dich nicht wiedererkennen sollte«, antwortete Kristin ruhig und lächelte unbefangen.
Skule Erlendssohn war zwei Tage zuvor auf einem Schiff von Björgvin nach Nidaros gekommen, er hatte dem Erzbischof und dem Schatzmeister Briefe von Bjarne Erlingssohn überbracht. – Im Lauf des Tages

gingen Mutter und Sohn im Garten unter den Apfelbäumen auf und ab, und jetzt, da sie unter vier Augen miteinander reden konnten, erzählte er der Mutter von seinen Brüdern.

Lavrans war noch auf Island – die Mutter wußte nicht einmal, daß er dorthin gezogen war. Doch, sagte Skule, er hatte den jüngsten Bruder im vergangenen Winter bei einer Versammlung der Vornehmen in Oslo getroffen, als dieser mit Jammaelt Halvardssohn dort war. Aber der Knabe hatte ja stets Lust gezeigt, hinauszukommen und sich in der Welt umzusehen, und so nahm er bei dem Bischof von Skaalholt Dienste an und fuhr hinaus.

Ja, er selbst war mit Herrn Bjarne nach Schweden gezogen und von dort mit dem Heereszug nach Rußland. Die Mutter schüttelte still den Kopf – und *das* hatte sie nicht gewußt! Es hatte ihm dort gefallen, erzählte er lachend, so konnte er doch die alten Freunde begrüßen, von denen der Vater so viel erzählt hatte – die Karelen, Ingren und Russen. Nein, die schöne ehrenvolle Wunde hatte er sich nicht im Krieg zugezogen – er lachte ein wenig –, die rührte von einem Streit her. Aber der Bursche, der ihm die versetzte, würde nicht mehr um sein Brot betteln müssen. Im übrigen hatte Skule nicht viel Lust, noch mehr zu erzählen, weder über diese Sache noch über den Heereszug. Jetzt war er Herrn Bjarnes Reiterhauptmann in Björgvin, und der Ritter hatte versprochen, ihm wieder einige der Höfe zu verschaffen, die sein Vater im Orklatal besessen hatte und die jetzt der Krone gehörten, aber Kristin sah, daß Skules stahlgraue Augen sich so merkwürdig verfinsterten, als er dies sagte.

»Du meinst, man könne sich auf ein solches Versprechen nicht allzusehr verlassen?« fragte die Mutter.

»Nein, nein«, Skule schüttelte den Kopf. »Die Urkunden werden in diesen Tagen aufgesetzt. Herr Bjarne hat alles gehalten, was er seinerzeit versprach, als ich in seine Dienste trat; er nennt mich Verwandter und Freund. Ich nehme auf seinem Hof ungefähr die gleiche Stellung ein, wie Ulf sie bei uns daheim hatte.« Er lachte, es stand seinem mißhandelten Gesicht schlecht.

Aber er besaß den schönsten Körper, jetzt, da er voll erwachsen war; er trug eine Tracht nach neumodischem Schnitt, enge Hosen und ein knappes kurzes Wams, das nur bis auf die Mitte der Schenkel reichte und vorne bis ganz hinunter mit kleinen Messingknöpfen geschlossen war, und dies ließ die geschmeidige Kraft des Körpers beinahe unschicklich hervortreten. Es sieht aus, als gehe er in Unterkleidern, dachte die Mutter. Aber die Stirn und die schönen Augen waren nicht verändert.

»Mir ist, als bedrücke dich etwas«, wagte die Mutter endlich zu sagen.

»Nein, nein, nein.« Es sei nur das Wetter, sagte er und schüttelte sich. Der Nebel war seltsam rotbraun durchleuchtet, dadurch, daß dahinter die Sonne unsichtbar unterging. Die Kirche oben über den Baumkronen des Gartens stand merkwürdig und dunkel und verschwommen in

einem leberroten Nebel. Sie hätten wegen der Windstille durch den ganzen Fjord rudern müssen, sagte Skule, dann schüttelte er sich ein wenig in seinen Kleidern und erzählte mehr von den Brüdern.
Er hatte im Frühjahr für Herrn Bjarne im Süden einen Auftrag zu erledigen gehabt, so daß er von Ivar und Gaute ganz neue Nachrichten bringen konnte, denn er war durch das Land hinaufgeritten und von Vaagaa über das Gebirge ins Westland heimgekehrt. Ivar lebte gut; sie hatten zwei kleine Söhne auf Rognheim, Erlend und Gamal, schöne Kinder. »Aber auf Jörundhof kam ich gerade zum Kindelbier, und Jofrid und Gaute meinten, da Ihr nun von der Welt abgeschieden wäret, so könnten sie dem kleinen Mädchen Euren Namen geben; Jofrid ist so stolz darauf, Euch zur Schwiegermutter zu haben – ja, Ihr lacht darüber, aber nun, da ihr nicht mehr beieinander wohnen müßt, werdet Ihr begreifen, daß Jofrid merkt, wie schön es klingt, wenn sie von ihrer Schwiegermutter Kristin Lavranstochter spricht. Ich aber gab Kristin Gautestochter meinen besten Ring, denn sie hatte so schöne Augen, daß ich fast glaube, sie wird Euch ähnlich werden.«
Kristin lächelte schwermütig:
»Du wirst es noch erreichen, mein Skule, daß ich glaube, meine Söhne halten mich für so tüchtig und hervorragend, wie alte Leute gewöhnlich erst dann werden, wenn sie unter der Erde sind.«
»Sprich nicht so, Mutter«, sagte der Mann seltsam heftig. Dann lachte er ein wenig: »Ihr wißt sehr wohl, wir Brüder alle meinten, schon seit wir die ersten Hosen trugen, daß Ihr die beste und hochgesinnteste Frau seid – obgleich Ihr uns manchmal hart unter Eure Schwingen zwangt, und darum schlugen wir vielleicht auch ein wenig hart um uns, ehe wir aus dem Nest kamen.
Darin aber bekamt Ihr wirklich recht, daß Gaute am meisten von uns Brüdern zum Anführer geboren war«, sagte er laut lachend.
»Du brauchst mich deshalb jetzt nicht zu verspotten, Skule«, sagte Kristin, und er sah, daß die Mutter jung und fein errötete, aber da lachte er noch mehr:
»Es ist wahr, Mutter, Gaute Erlendssohn auf Jörundhof ist ein mächtiger Mann in den nördlichen Tälern geworden. Er erwarb sich bei seinem Brautraub einen gar großen Ruf!« – Skule lachte aus vollem Halse, und dies stand seinem entstellten Mund schlecht. »Sie singen eine Weise davon, ja, da singen sie nun, daß er die Maid mit Eisen und mit Stahl raubte und daß er drei volle Tage mit ihren Verwandten auf dem Berge kämpfte – und das Fest, das Herr Sigurd auf Sundbu feierte, und den Vergleich, den er mit Gold und Silber zwischen den Verwandten zustande brachte, auch dafür gibt man Gaute in diesem Lied die Ehre –, aber es scheint weiter nicht viel zu schaden, daß es Lüge ist: Gaute herrscht über die ganze Gemeinde und noch ein wenig mehr – und Jofrid herrscht über Gaute.«
Kristin schüttelte mit einem kleinen traurigen Lächeln den Kopf. Aber sie wurde jung im Gesicht, während sie Skule betrachtete. Jetzt schien

er dem Vater am meisten zu gleichen – der junge Krieger mit dem verunstalteten Gesicht besaß trotzdem am meisten von Erlends frischem Lebensmut –, und daß er so frühzeitig schon sein Schicksal in seine eigenen Hände hatte nehmen müssen, hatte ihm eine kühle Festigkeit verliehen, die dem Herzen der Mutter ein seltsam sicheres Gefühl einflößte. In Erinnerung an die Worte Sira Eilivs vom Tag zuvor begriff sie plötzlich – soviel Angst sie auch um ihre verwegenen Söhne empfunden und wie hart sie sie auch oft deshalb angefaßt hatte –, viel weniger zufrieden wäre sie doch mit ihren Kindern gewesen, hätten sie sich zahm und furchtsam erwiesen.

Dann fragte und fragte sie immer wieder nach ihrem Sohnessohn, dem kleinen Erlend, aber den hatte Skule wohl nicht weiter beachtet, ja, er sei gesund und schön und gewohnt, stets seinen Willen zu bekommen.

Der unheimliche blutige Schimmer im Nebel verblaßte, und die Dunkelheit fiel nach und nach ein. Die Glocken der Kirche begannen zu läuten; Kristin und ihr Sohn erhoben sich. Da ergriff Skule ihre Hand: »Mutter«, sagte er leise. »Entsinnt Ihr Euch, ich habe einmal Hand an Euch gelegt? Ich schleuderte im Zorn einen hölzernen Ballschläger nach Euch, traf Euch an der Stirn – entsinnt Ihr Euch? Mutter, solange wir allein sind, sagt mir, daß Ihr mir dies ganz und gar vergeben habt!«

Kristin atmete tief auf, ja, sie erinnerte sich. Sie hatte den Zwillingen befohlen, mit einem Auftrag zur Alm hinaufzugehen, aber als sie auf den Hofplatz hinauskam, stand das Pferd da und graste, mitsamt dem Saumsattel, und die Söhne sprangen umher und spielten mit einem Ballschläger. Als sie die Knaben deshalb zurechtwies, schleuderte Skule den Schläger in hellem Zorn von sich. Am deutlichsten aber erinnerte sie sich noch, wie ihr Lid so anschwoll, daß das Auge ganz verdeckt war; die Brüder sahen sie und Skule an und wichen von dem Knaben zurück, als sei er aussätzig – Naakkve hatte ihn vorher noch erbarmungslos verprügelt. Und Skule ging umher und setzte sich hin, kochend vor Trotz und Scham hinter der harten, höhnischen Miene. Als sie aber am Abend im Dunkel dastand und ihre Kleider ablegte, schlich er sich heran, sagte nichts, sondern ergriff ihre Hand und küßte sie. Und als sie ihn an der Schulter berührte, schlang er seine Arme um ihren Hals und drückte seine Wange an die ihre – sie war noch kühl und weich und ein wenig rund; die Wange eines Kindes noch, das fühlte sie – er war doch nur ein Kind, dieser trotzige, heftige Knabe.

»Das habe ich, Skule – so vollkommen, wie Gott nur allein es weiß, denn ich kann dir nicht sagen, wie ganz und gar ich dir dies vergeben habe, mein Sohn!«

Einen Augenblick stand sie da, die Hand auf seine Schulter gelegt. Da ergriff er ihr Handgelenk, drückte es so hart, daß sie aufstöhnte; im nächsten Augenblick warf er sich ihr an die Brust, so innig zärtlich und ängstlich und beschämt wie damals.

»Mein Sohn – was ist mit dir?« fragte die Mutter erschrocken.

Sie fühlte im Dunkeln, daß der Mann den Kopf schüttelte. Dann ließ er sie los, und sie gingen zur Kirche hinauf.

Während der Messe fiel es Kristin ein, daß sie den Umhang der blinden Frau Aasa vergessen hatte, als sie am Morgen miteinander auf der Bank vor der Priestertür saßen. Sie ging deshalb nach dem Gottesdienst hin, um ihn zu holen.
Unter dem Türbogen standen Sira Eiliv mit seinem Licht in der Hand, und bei ihm Skule. »Er starb, als wir am Bollwerk anlegten«, hörte sie Skule sagen, mit seltsam wilder und verzweifelter Stimme.
»Wer?«
Beide Männer schraken heftig zusammen, als sie Kristin sahen.
»Einer von meinen Schiffsleuten«, sagte Skule leise.
Kristin blickte von einem zum anderen. Sie sah ihre Gesichter im Scheine der Laterne, bis zum äußersten gespannt, so daß sie unwillkürlich einen kleinen Angstruf ausstieß. Der Priester biß sich in die Unterlippe; sie sah, daß sein Kinn ein wenig zitterte.
»Es ist am richtigsten, mein Sohn, du sagst es deiner Mutter. Besser, wir alle bereiten uns darauf vor, es zu tragen, wenn Gott will, daß auch dieses Volk erweckt werde und ein so hartes ...« Doch Skule stöhnte auf und sagte nichts; da fuhr der Priester fort: »Es ist eine große Seuche nach Björgvin gekommen, Kristin. Jene große Todesseuche, von der wir schon Gerüchte vernommen haben und die alle Länder rings in der Welt verheeren soll.«
»Die schwarze Pest?« flüsterte Kristin.
»Es nützt nichts, wenn ich euch schildern wollte, wie es in Björgvin aussah, als ich von dort fortfuhr«, sagte Skule. »Niemand kann sich das ausdenken, der es nicht gesehen hat. Herr Bjarne griff zuerst hart zu, um den Brand zu ersticken, wo er ausbrach, drüben in den Höfen rings um das Jonskloster. Er wollte ganz Nordneset mit den Burgknechten absperren, obgleich die Mönche im Mikkalskloster mit dem Bann drohten. Es kam ein englisches Schiff, das die Krankheit an Bord hatte, und er verweigerte den Leuten, die Ladung zu löschen oder von Bord zu gehen; alle auf dem Schiff starben, und er ließ es versenken. Aber ein Teil der Ladung war bereits an Land geschafft worden, und einige Leute aus der Stadt schmuggelten eines Nachts noch mehr von Bord herein – und die Brüder bei der Jonskirche forderten, daß die Sterbenden getröstet würden. Als dann die Leute überall in der ganzen Stadt zu sterben begannen, so daß alles nutzlos war, begriffen wir. Jetzt ist kein Lebewesen mehr in der Stadt, außer den Männern, die die Leichen tragen – alle, die noch fliehen können, verlassen die Stadt, aber die Seuche geht mit ihnen.«
»O Jesus Christus!«
»Mutter, wißt Ihr noch das letzte Lemmingjahr daheim in Sil? Jene Laue, die alle Wege und Stege überschwemmte – wißt Ihr noch, wie sie in jedem Busch lagen und verfaulten und alle Brunnen und Bäche mit

Gestank und Ansteckung vergifteten?« Er ballte die Hände; die Mutter überlief ein Schauder:
»Herr, erbarme dich über uns alle. Gelobt sei Gott und die Jungfrau Maria, daß du uns hier herauf gesandt wurdest, mein Skule.«
Der Mann knirschte im Dunkeln mit den Zähnen:
»So sagten auch wir, meine Leute und ich, an jenem Morgen, da wir die Segel hißten und durch die Bucht hinausfuhren. Als wir nach Norden in den Moldösund kamen, erkrankte der erste. Nachdem er gestorben war, banden wir ihm Steine an die Füße und ein Kreuz auf die Brust, gelobten ihm eine Seelenmesse, wenn wir nach Nidaros kämen, und warfen die Leiche ins Meer – Gott möge uns das verzeihen. Mit den beiden nächsten gingen wir an Land und trugen Sorge für Seelenhilfe und ein christliches Begräbnis; seinem Schicksal kann einer doch nicht entfliehen. Der vierte starb, als wir in den Fluß hineinruderten, und der fünfte heute nacht.«
»Ist es notwendig, daß du zur Stadt zurückfährst?« fragte die Mutter nach einer Weile. »Kannst du nicht hierbleiben?«
Skule schüttelte den Kopf, lachte freudlos:
»Oh, ich denke, es wird bald gleichgültig sein, wo man sich aufhält. Unnütz ist es, sich zu fürchten. – Wer sich fürchtet, ist schon halb gestorben. Aber wollte Gott, ich wäre so alt wie Ihr, Mutter!«
»Keiner weiß, was dem erspart bleibt, der in jungen Jahren stirbt«, sagte die Mutter leise.
»Schweigt, Mutter! Denkt an die Zeit, da Ihr selber dreiundzwanzig Winter alt wart, und wolltet Ihr etwa eines der Jahre missen, die Ihr seitdem gelebt habt?«

Vierzehn Tage darauf sah Kristin zum erstenmal einen Pestkranken. Die Gerüchte davon, daß die Todesseuche in Nidaros herrsche und sich in den Tälern ausbreite, waren bis nach Rissa vorgedrungen – auf welche Weise, war unerklärlich, denn die Leute hielten sich daheim, und jeder floh in den Wald und ins Dickicht hinaus, wenn er einen unbekannten Wanderer auf dem Weg sah; keiner öffnete fremden Leuten seine Tür!
Aber eines Morgens kamen zwei Fischer zum Kloster herauf und trugen in einem Segel zwischen sich einen Mann; als sie bei Tagesanbruch zu ihrem Boot hinuntergekommen waren, hatten sie einen fremden Kahn am Bollwerk vorgefunden, und in diesem lag der Mann, besinnungslos – er hatte gerade noch vermocht, sein Boot zu vertäuen, es aber nicht mehr verlassen können. Der Mann war auf einem Hof geboren, der dem Kloster unterstand, aber seine Sippe war aus dem Tal fortgezogen.
Der Sterbende lag auf dem nassen Segel mitten auf dem Rasen des Hofplatzes, die Fischer standen weit von ihm entfernt, im Gespräch mit Sira Eiliv. Die Laienschwestern und Dienerinnen waren in die Häuser geflohen, die Nonnen jedoch standen zu einem Haufen zusam-

mengedrängt bei der Tür zur Konventsstube – eine Schar zitternder, aufgeschreckter und verzweifelter alter Frauen.

Da trat Frau Ragnhild vor. Sie war eine kleine, magere, alte Frau mit einem breiten und flachen Gesicht und einer kleinen, runden roten Nase, die wie ein Knopf aussah; ihre großen hellbraunen Augen waren rot gerändert und tropften stets ein wenig.

»In nomine patris et filii et spiritus sancti«, sagte sie mit klarer Stimme und schluckte dann einmal hinunter. »Tragt ihn ins Gästehaus.«

Und Schwester Agata, die älteste der Nonnen, bahnte sich mit den Ellbogen einen Weg durch die Schar der anderen und folgte ungeheißen der Äbtissin und den Männern, die den Kranken trugen.

Kristin kam im Lauf der Nacht einmal mit einer Arznei, die sie bereitet hatte, in die Krankenstube, und Schwester Agata fragte, ob sie es wage, hierzubleiben und das Feuer zu hüten.

Es dünkte Kristin selbst, sie müsse abgehärtet sein – vertraut mit Geburt und Tod wie sie war –, sie hatte schon schlimmere Dinge gesehen als dies hier; sie bemühte sich, an alles Schlimmste zu denken, was sie je gesehen hatte. – Der Pestkranke saß ganz aufrecht da, denn er erstickte fast an dem blutigen Schleim, der ihm bei jedem Hustenanfall in den Mund drang; Schwester Agata hatte ihm ein paar Gurte über die magere, gelbe und rotbehaarte Brust gebunden und ihn so gleichsam aufgehängt, und sein Kopf sank nach vorne, das Gesicht war blaugrau wie Blei, von Zeit zu Zeit wurde er von Frostschauern geschüttelt. Aber Schwester Agata saß ruhig da und sprach ihre Gebete, und wenn der Husten wieder einsetzte, erhob sie sich, umfaßte mit einem Arm den Kopf des Kranken und hielt ihm eine Tasse an den Mund. Der Kranke brüllte vor Jammer, verdrehte die Augen entsetzlich und streckte eine schwarze Zunge weit aus dem Mund heraus, während seine Notrufe in jämmerlichem Stöhnen erstarben. Die Nonne leerte die Tasse ins Feuer aus – und während Kristin noch mehr Wacholder auflegte und die nassen Zweige den Raum zuerst mit scharfem, gelbem Rauch erfüllten und dann in hellen Flammen aufprasselten, sah sie, wie Schwester Agata Kissen und Decken unter dem Rücken und den Armhöhlen des Kranken zurechtschüttelte, ihm das Gesicht und die braunen gesprungenen Lippen mit Essigwasser wusch und die beschmutzte Decke über seinem Körper hochzog. Es sei bald zu Ende, sagte sie zu Kristin, er sei bereits kalt, zuerst habe er wie Feuer geglüht, aber Sira Eiliv habe ihn schon für seinen Heimgang vorbereitet. Dann setzte sie sich bei ihm nieder, schob mit der Zunge das Stück Kalmuswurzel an seinen Platz in ihrer Wange und betete wiederum.

Kristin versuchte das fürchterliche Entsetzen, das sie empfand, zu überwinden. Sie hatte Menschen einen härteren Tod sterben sehen. Aber es half nichts, dies war die Pest, die Geißel des Herrn über der geheimen Hartherzigkeit aller Menschen, von der nur der allwissende Gott wußte. Schwindelnd hatte sie ein Gefühl, als schaukle sie auf einem Meer, auf dem alle bitteren und zornigen Gedanken, die sie in

dieser Welt gedacht hatte, sich zu einer einzigen Welle zwischen Tausenden auftürmten und in ratlosem Schmerz und Jammer zusammenbrachen. Herr, hilf uns, wir vergehen!
Im Lauf der Nacht kam Sira Eiliv. Mit scharfen Worten wies er Schwester Agata zurecht, weil sie nicht, seinem Rat folgend, ein Stück Leinwand, in Essig getaucht, vor Mund und Nase gebunden hatte. Verdrossen murmelte sie, daß dies nichts nütze; jetzt aber mußten sowohl sie als auch Kristin seinem Befehl nachkommen.
Die Ruhe und Festigkeit des Priesters verliehen Kristin eine Art Mut oder erweckten ein Schamgefühl in ihr; sie wagte sich jetzt aus dem Wacholderrauch heraus und ging Schwester Agata an die Hand. Von dem Kranken strömte ein erstickender Gestank aus, den der Rauch nicht zu übertäuben vermochte – Kot, Blut, saurer Schweiß und ein verfaulter Geruch aus seinem Hals. Sie erinnerte sich der Worte Skules über den Lemmingzug; noch einmal überfiel sie der entsetzliche Drang zu fliehen, obgleich sie wußte, daß es keinen Ort gab, zu dem sie vor diesem hinfliehen konnte. Als sie sich aber erst einmal überwunden hatte, den Sterbenden anzufassen, war das Ärgste überstanden, und sie half, so gut sie konnte, bis er seinen letzten Atemzug getan hatte. Da war er bereits schwarz im Gesicht.

Die Nonnen machten eine Prozession mit den Reliquien, dem Kreuz und mit brennenden Kerzen rings um die Kirche und den Klosterhügel, und jeder aus der Gemeinde, der nur gehen und kriechen konnte, folgte mit. Aber nur wenige Tage später starb eine Frau drinnen bei Strömmen – und dann brach die Seuche plötzlich auf jedem Hof im ganzen Tal aus.
Tod und Grauen und Not schienen die Menschen in eine zeitlose Welt zu versetzen; wollte man die Tage zählen, so waren nicht mehr als einige Wochen vergangen, und dennoch schien es, als sei die Welt, die einmal gewesen war, ehe die Pest und der Tod nackt über das Land wanderten, aus dem Gedächtnis der Menschen entschwunden, so wie die Küste versinkt, wenn das Schiff mit vollen Segeln ins Meer hinauszieht. Es war, als vermöchte niemand die Erinnerung daran zu bewahren, daß früher einmal das Leben und die Reihenfolge der Arbeitstage das Sichere und Nahe, der Tod aber das Ferne gewesen war – oder als vermöchte niemand sich auszudenken, daß es je wieder so werden würde – wenn nicht alle Menschen ausstarben. Aber »wir müssen wohl alle sterben«, sagten die Männer, die mit ihren mutterlosen Kindern ins Kloster kamen; die einen sagten es stumpf und hart, die anderen mit Klagen und Jammern. Sie sagten es, wenn sie den Priester zu Sterbenden holten, sie sagten es, wenn sie die Leiche zur Gemeindekirche unten am Hang trugen oder zum Friedhof oben bei der Klosterkirche. Oft mußten sie selbst das Grab auswerfen – Sira Eiliv hatte jene Laiendiener, die noch hier waren, dazu angestellt, das Getreide auf den Äckern des Klosters einzubringen, und wo er in der Gemeinde

herumkam, ermahnte er die Leute, die Ernte hereinzuholen und einander bei der Versorgung des Viehs behilflich zu sein, damit sie nicht der Hungersnot anheimfielen, die vielleicht drohte, wenn die Seuche einmal ausgetobt hätte.

Die Nonnen im Kloster begegneten der Prüfung zuerst mit einer Art ratloser Fassung. Sie hielten sich jetzt ständig in der Konventsstube auf, brannten in dem großen gemauerten Kamin dort Tag und Nacht ein Feuer, schliefen und aßen dort. Sira Eiliv gab den Rat, auf allen Höfen und in allen Häusern, wo Feuerstätten waren, große Feuer zu unterhalten, die Schwestern aber fürchteten eine Feuersbrunst; sie hatten die ältesten von ihnen so oft von dem Brand vor dreißig Jahren erzählen hören. Die Stunden für die Mahlzeiten und für die Arbeiten wurden nicht mehr eingehalten, und die verschiedenen Ämter der Schwestern wurden durcheinandergemengt, je nachdem die fremden Kinder kamen und um Essen oder Hilfe baten. Kranke wurden hereingetragen – es waren meist wohlhabende Leute, die sich eine Grabstätte und Seelenmessen im Kloster kaufen konnten, und dann noch die ganz Armen und Einsamen, die daheim überhaupt keine Hilfe finden konnten. Jene, deren Verhältnisse sich in der Mitte hielten, lagen daheim und starben in ihren eigenen Häusern. Auf einigen Höfen kam nicht ein einziger mit dem Leben davon. Aber die Zeiten für die Gebetsübungen hatten die Nonnen bisher doch einzuhalten vermocht.

Die erste der Nonnen, die erkrankte, war Schwester Inga, eine Frau in Kristins Alter, nahe den Fünfzigern, trotzdem aber hatte sie solche Angst vor dem Tode, daß es sich entsetzlich ansah und anhörte. Die Frostschauer überfielen sie während der Messe in der Kirche, und sie kroch zitternd und zähneklappernd auf Händen und Knien umher, während sie flehentlich zu Gott und der Jungfrau Maria um ihr Leben bettelte. Gleich darauf lag sie in brennendem Fieber da, krümmte sich vor Schmerzen, und aus ihrer Haut drang das Blut wie Schweiß. Kristins Herz war von Grauen erfüllt, sie würde gewiß die gleiche entsetzliche Angst empfinden, wenn ihre Zeit inne war. Nicht nur das war es, daß der Tod gewiß war, sondern den Pesttod begleitete auch eine entsetzliche Furcht.

Dann wurde Frau Ragnhild selber krank. Kristin hatte sich ein wenig darüber gewundert, daß man dieser Frau das hohe Amt einer Äbtissin übertragen hatte. – Sie war eine stille, ein wenig verdrossene alte Frau, ungelehrt, scheinbar ohne große Geistesgaben, als aber der Tod seine Hand an sie legte, zeigte sie, daß sie in Wahrheit eine Braut Christi war. Bei ihr brach die Krankheit mit Beulen aus, aber sie wollte es nicht dulden, daß ihre Töchter im Geist auch nur ein einziges Mal ihren alten Leib entblößten. Aber schließlich wurde die Geschwulst unter dem einen Arm so groß wie ein Apfel, und auch unter dem Kinn bildeten sich Beulen, sie wurden groß und blutrot, zuletzt schwärzlich. Die Äbtissin litt unerträgliche Qualen und glühte vor Fieber; sooft sie aber bei Besinnung war, lag sie wie ein Vorbild heiliger Geduld da, betete seufzend zu Gott um Vergebung ihrer Sünden und bat herzlich und innig für ihr Kloster und ihre Töchter, für alle Kranken und Traurigen und für die Erlösung aller Seelen, die jetzt wohl dahinfahren mußten. Selbst Sira Eiliv weinte, als er ihr die Letzte Ölung gereicht hatte, und seine Festigkeit und sein unermüdlicher Eifer mitten in diesem Elend waren bisher unerschöpflich gewesen. Frau Ragnhild hatte ihre Seele bereits viele Male in Gottes Hand gegeben und ihn gebeten, die Nonnen in seinen Schutz zu nehmen, da begannen die Beulen an ihrem Körper aufzuspringen. Dies erwies sich als eine Wendung zum Leben – wie die Menschen auch späterhin erkennen lernten, daß jene, bei denen die Seuche mit Beulen auftrat, bisweilen geheilt wurden, die anderen aber, bei denen sie von blutigem Speichel begleitet war, alle starben.

Durch das Vorbild der Äbtissin und dadurch, daß man nun einen Pestkranken sah, der nicht starb, faßten die Nonnen gleichsam neuen Mut. – Sie mußten jetzt selber melken und das Vieh versorgen, ihr Essen bereiten und Wacholder und frische Zweige zum Räuchern heimholen; jede mußte das tun, was gerade notwendig war. Sie pflegten die Kranken, so gut sie konnten, und gaben Arzneimittel aus – Theriak und Kalmuswurzel waren aufgebraucht –, sie verteilten Ingwer, Pfeffer und Safran und Essig gegen die Ansteckungsgefahr, Milch und Essen – das Brot ging zu Ende, und sie buken neues während der Nacht –, die Gewürze gingen zu Ende, und die Leute mußten Wacholder und Kiefernnadeln gegen die Ansteckung kauen. Eine Schwester nach der anderen brach zusammen und starb, die Sterbeglocken der Klosterkirche und der Gemeindekirche läuteten früh und spät in der schweren Luft, denn der unnatürliche Nebel blieb liegen, es schien ein geheimer Zusammenhang zwischen dem Nebel und der Seuche zu bestehen. Manchmal kam es zu einem eisigen Nebel, Eisnadeln und halbgefrorener Staubregen rieselten herunter, die Erde gefror und bedeckte sich mit Reif – dann kam wieder warmes Wetter und Nebel. Für ein schlimmes Zeichen hielten es die Leute, daß die Seevögel nun plötzlich fortblieben. Sonst hielten sie sich zu Tausenden an dem schmalen flußartigen Fjordarm zwischen den flachen Wiesenhängen im Tale auf, der sich nördlich des Reinklosters zu einem Binnensee mit Salzwasser ausdehnt. Statt ihrer aber kamen Raben in unerhörter Anzahl – auf jedem Stein längs des Wassers saßen die schwarzen Vögel im Nebel und ließen ihr scheußliches Gekrächze ertönen, während Krähenscharen, so zahlreich, wie man sie bisher noch nie gesehen hatte, sich in allen Wäldern und Hecken niederließen und mit häßlichem Geschrei über das arme Land hinflogen.

Dann und wann dachte Kristin an ihre eigenen Angehörigen: an die Söhne, die so weit verstreut waren, an die Kindeskinder, die sie nie sehen sollte, des kleinen Erlend goldener Nacken schwebte vor ihren Blicken. Aber sie alle wurden für sie fern und bleich. Jetzt schien es fast, als seien in dieser Not alle Menschen einander gleich nahe und gleich fern. Und außerdem hatte sie den ganzen Tag vollauf zu tun: es kam ihr jetzt gut zustatten, daß sie an alle Arbeit gewöhnt war. Während sie dasaß und melkte, standen arme kleine Kinder, die ihr bisher noch nie unter die Augen gekommen waren, plötzlich bei ihr, und sie dachte kaum daran, zu fragen, wo sie her seien oder wie es bei ihnen daheim ginge; sie gab ihnen zu essen und führte sie in den Kapitelsaal oder in eine andere Stube, wo ein Feuer brannte, oder legte sie in ein Bett im Dormitorium.

Fast mit Erstaunen merkte sie, daß sie in dieser Unglückszeit, da es doch mehr denn je notwendig gewesen wäre, daß jeder Mensch sich der Gebete befleißigte, kaum Zeit fand, sich zum Gebet zu sammeln. Sie warf sich vor den Sakramenten in der Kirche auf die Knie, sobald sie einen freien Augenblick fand, aber es kam nur zu wortlosen Seufzern und matt gesprochenen Paternostern und Aves. Sie wußte selbst nicht, daß das nonnenähnliche Wesen und Gebaren, das sie sich in diesen zwei Jahren angewöhnt hatte, mehr und mehr von ihr abfiel und daß sie ganz die Hausfrau von früher wurde, je mehr die Schar der Nonnen einschrumpfte, die Klosterbräuche verfielen, und je länger die Äbtissin darniederlag, schwach und mit halbgelähmter Zunge – und die Arbeit für die wenigen anwuchs, die noch übriggeblieben waren und sie verrichten mußten.

Eines Tages erfuhr sie zufällig, daß Skule noch in Nidaros sei, seine Schiffsmannschaft war ausgestorben oder davongelaufen, und er hatte keine neuen Männer finden können. Er war gesund, aber er hatte sich einem wilden Leben in die Arme geworfen, gleich so vielen verzweifelten jungen Menschen. Wer sich fürchtet, dem ist der Tod gewiß, sagten sie, und so betäubten sie sich mit Zechen und Trinken, spielten und tanzten und schwärmten mit Weibern. Selbst die Frauen ehrbarer Männer und die jungen Töchter aus den besten Sippen liefen in dieser schlimmen Zeit aus ihrem Heim davon; in Gesellschaft von Straßendirnen lärmten sie in Gildenhallen und Gasthäusern zwischen den verwilderten Männern.

Gott vergebe ihnen, dachte die Mutter, aber es war, als sei ihr Herz zu müde, um viel darüber trauern zu können.

Aber auch unter dem Landvolk gab es gewiß viel Sünde und Verwilderung. Im Kloster erfuhr man nur wenig davon, aber hier hatte man ja auch nicht viel Zeit, darüber zu sprechen. Sira Eiliv jedoch, der ohne Rast und Ruhe überall zu Kranken und Sterbenden ging, sagte eines Tages zu Kristin, daß die Not der Seelen größer sie als die des Leibes.

So kam ein Abend, an dem sie in der Konventsstube rings um das Feuer im Kamin saßen. Die kleine Schar der Menschen, die noch im Kloster lebten. Vier Nonnen und zwei Laienschwestern, ein alter Pferdeknecht und ein halberwachsener Knabe, zwei Almosenempfängerinnen und einige Kinder, sie alle krochen um das Feuer zusammen. Auf der Bank mit dem Hochsitz, wo ein großes Kruzifix an der hellen

Mauer durch die Dämmerung leuchtete, lag die Äbtissin; Schwester Kristin und Schwester Turid saßen ihr zu Häuptern und zu Füßen.
Es waren neun Tage vergangen seit dem letzten Todesfall unter den Schwestern und fünf Tage, seit im Kloster oder in den nächst gelegenen Häusern jemand gestorben war. Die Pest schien auch in der Gemeinde im Abnehmen zu sein, sagte Sira Eiliv, und zum erstenmal seit fast drei Monaten senkte es sich wie eine Ahnung von Frieden, Sicherheit und Behagen über die schweigsamen und müden Menschen, die beisammensaßen. Die alte Schwester Torunn Marta ließ ihr Paternosterband in den Schoß sinken, ergriff die Hand des kleinen Mädchens, das neben ihren Knien stand:
»Was meint sie wohl? Ja, Kind, jetzt glauben wir zu sehen, daß Maria, die Mutter Gottes, ihr Erbarmen nie lange Zeit von ihren Kindern abwendet.«
»Nein, es ist nicht die Jungfrau Maria, Schwester Torunn, es ist Hel. Sie verläßt diese Gemeinde mit Rechen und Besen, wenn sie einen Schuldlosen im Friedhof opfern – morgen ist sie weit fort.«
»Was meint sie?« fragte die Nonne wiederum unruhig. »Pfui, Magnhild, was führst du für heidnische Reden, du verdientest, die Rute zu kosten ...«
»Sag uns, was das ist, Magnhild – ohne Furcht.« Schwester Kristin stand hinter ihnen, sie fragte atemlos. Sie erinnerte sich an etwas – von Frau Aashild hatte sie in ihrer Jugend etwas gehört – von entsetzlichen, unaussprechlichen, sündigen Ratschlägen, mit denen der Teufel verzweifelte Menschen versucht.
Die Kinder waren in der Dämmerung in dem Hain unten bei der Gemeindekirche gewesen, und einige Knaben waren zu einer benachbarten Hütte hinübergegangen. Dort hatten sie ein paar Männer belauscht, die sich miteinander berieten. Es schien, als hätten diese Männer einen kleinen Knaben gefangen, Tore auf Steinunn am Strand – und heute nacht wollten sie ihn der Pestriesin Hel opfern. Die Kinder redeten eifrig, stolz darüber, die Aufmerksamkeit der Erwachsenen auf sich gezogen zu haben. Sie schienen gar nicht auf den Gedanken zu kommen, den armen Tore zu bemitleiden; er war allerdings auch ein Ausbund, bettelte stets in der Gemeinde, nie aber im Kloster, und wenn Sira Eiliv oder die Ausgesandten der Äbtissin seine Mutter aufsuchten, lief diese davon oder wollte sie nicht anhören, gleichviel, ob man liebevoll oder hart mit ihr sprach. Sie hatte zehn Jahre lang am Hafen in Nidaros gelebt, dann aber sich eine Krankheit zugezogen, die sie so übel zurichtete, daß sie schließlich ihr Leben nicht mehr so verdienen konnte, wie sie es gewohnt war, und so kam sie nun in die Gemeinde hierher und wohnte in einer Hütte draußen am Strand. Trotzdem geschah es immer noch, daß der eine oder andere Bettler oder derlei Leute eine Weile mit ihr zusammen hausten. Wer der Vater des Knaben war, wußte sie selbst nicht.
»Wir müssen hingehen«, sagte Kristin, »wir können doch nicht hier

sitzen bleiben, während draußen vor unseren Türen getaufte Seelen an den Teufel verkauft werden.«

Die Nonnen begannen zu klagen. Diese Männer seien als die schlimmsten in der Gegend bekannt, rohe, gottlose Burschen, und die letzte Not und Verzweiflung hätten wohl reine Teufel aus ihnen gemacht. Wenn nur Sira Eiliv daheim wäre, jammerten sie. Während der Pestzeit hatte die Stellung des Priesters sich dahin verändert, daß die Schwestern von ihm erwarteten, er müsse alles können.

Kristin rang die Hände:

»Und wenn ich allein gehen muß, Mutter, gebt Ihr mir Urlaub, dorthin zu gehen?«

Die Äbtissin packte sie beim Arm, so daß sie leise aufschrie. Die alte Frau mit der gelähmten Zunge kam auf die Füße und gab durch Zeichen zu erkennen, daß man sie zum Ausgang ankleiden solle. Sie verlangte nach dem goldenen Kreuz, dem Zeichen ihrer Würde, und nach dem Stab. Dann nahm sie Kristin beim Arm – diese war die jüngste und stärkste der Frauen, alle Nonnen standen auf und folgten.

Durch die Tür des kleinen Raumes zwischen der Kapitelstube und dem Chor der Kirche traten sie in die naßkalte Nacht hinaus. Frau Ragnhild begann zu zittern, und ihre Zähne schlugen aufeinander – sie schwitzte seit der Krankheit immer noch unaufhörlich, und die Wunden der Pestbeulen waren noch nicht ganz geheilt, so daß ihr das Gehen wahrscheinlich große Schmerzen bereitete. Als die Schwestern sie jedoch baten, umzukehren, brummte sie ärgerlich und schüttelte den Kopf, packte Kristins Arm fester und schritt, von Kälte geschüttelt, durch den Garten voran. Als die Augen sich an die Dunkelheit gewöhnt hatten, gewahrten die Frauen den hellen Schimmer des abgefallenen welken Laubes zu ihren Füßen und ein wenig Licht an dem bewölkten Himmel über den nackten Baumkronen. Kalte Tropfen fielen herunter, und der Wind rauschte leise. Schläfrig und schwer seufzte das Dröhnen des Fjords gegen den Strand hinter der Anhöhe.

Ganz unten im Garten war eine kleine Pforte – die Schwestern fuhren zusammen, als die verrostete Eisenstange, die Kristin mit Mühe zurückzog, laut aufkreischte. Dann schlichen sie weiter durch den Hain zur Gemeindekirche hinunter. Jetzt erkannten sie die geteerte Masse, die sich gegen die Dunkelheit noch dunkler abhob, und sahen gegen das Licht in den Wolken über den Höhen jenseits des Fjords den obersten Teil des Daches, den Dachreiter mit den Tierköpfen und das Kreuz auf dem First.

Ja – es waren Leute auf dem Friedhof – das fühlten sie mehr, als sie es sehen konnten. Und jetzt zeigte ein kleiner schwacher Lichtschein, wo eine Laterne auf der Erde stand. Die Dunkelheit in der Nähe bewegte sich.

Die Nonnen drückten sich zusammen, stöhnten beinahe lautlos unter geflüsterten Gebeten, gingen ein paar Schritte, hielten an und lauschten und gingen wieder weiter. Sie waren fast beim Friedhofsgatter an-

gelangt, da vernahmen sie aus der Dunkelheit eine dünne Kinderstimme:
»Nein, nein, jetzt habt ihr mir ja mein Butterbrot beschmutzt!«
Kristin ließ den Arm der Äbtissin los, lief weiter und trat in das Tor zum Friedhof. Sie puffte einige dunkle Männergestalten beiseite, stolperte über einen Haufen aufgeworfener Erde und war dann am Rande des offenen Grabes. Dort kniete sie nieder, beugte sich hinunter und zog den kleinen Knaben heraus, der auf dem Boden des Grabes stand und noch ein wenig jammerte, weil ihm Erde auf das gute Butterbrot gefallen war, das man ihm gegeben hatte, damit er ruhig dort unten bleiben sollte.
Erschrocken standen die Männer da, bereit zur Flucht – einige trippelten auf dem gleichen Fleck umher –, Kristin sah ihre Füße im Schein des Lichtes auf der Erde. Jetzt wollte gewiß einer auf sie eindringen, so glaubte sie; in diesem Augenblick leuchteten die grauweißen Nonnengewänder auf, und die Männer standen ratlos da.
Kristin hielt den Knaben noch in ihren Armen, er jammerte um sein Butterbrot, da stellte sie ihn auf die Erde, nahm das Brot und säuberte es:
»Da, iß – jetzt ist dein Brot wieder gut.
Und geht jetzt heim, ihr Männer« – ein Beben in ihrer Stimme zwang sie, eine Weile innezuhalten. »Geht heim und dankt Gott, daß ihr gerettet wurdet, noch ehe ihr eine Tat begangen habt, die nur schwerlich gesühnt werden könnte.« Jetzt sprach sie wie eine Herrin zu ihrem Gesinde, milde, aber als könne sie sich gar nicht denken, daß man ihr nicht gehorchen würde. Unwillkürlich wandten sich ein paar Männer dem Tor zu.
Da schrie einer auf:
»Halt – begreift ihr nicht, daß es mindestens unser Leben gilt – vielleicht alles, was wir besitzen –, jetzt, nachdem diese gemästeten Mönchshuren ihre Nasen in diese Sache gesteckt haben! Die dürfen nicht von hier fortkommen und davon weitererzählen.«
Nicht ein Mann rührte sich – aber Schwester Agnes stieß einen gellenden Schrei aus und rief mit Tränen in der Stimme:
»O süßester Jesus, mein Bräutigam, ich danke dir, daß du deinen Dienerinnen vergönnst, um der Ehre deines Namens willen zu sterben!«
Frau Ragnhild puffte sie unsanft hinter sich, humpelte mühsam vorwärts und ergriff das Licht, das auf dem Erdhaufen stand; keiner rührte eine Hand, um sie daran zu hindern. Als sie das Licht hochhob, glitzerte das goldene Kreuz auf ihrer Brust. Sie stand auf ihren Stab gestützt und leuchtete langsam die ganze Reihe ab, nickte ein wenig bei jedem Mann, den sie betrachtete. Dann gab sie Kristin ein Zeichen, daß sie reden solle. Kristin sagte:
»Geht schön ruhig heim, liebe Brüder, vertraut darauf, daß diese würdige Mutter und diese guten Schwestern so viel Barmherzigkeit haben werden, wie sie vor Gott und seiner Kirche verantworten können. Aber

macht jetzt Platz hier, damit wir mit diesem Kind fortkommen können, und begebt euch dann jeder nach Hause.«
Unentschlossen standen die Männer da. Da schrie einer auf wie in äußerster Not:
»Ist es nicht besser, einer wird geopfert, als daß wir alle vernichtet werden! Dieser Knabe hier, der niemand gehört...«
»Er gehört Christus. Besser, jeder einzelne von uns wird vernichtet, als daß wir an einem seiner Kinder Gewalt üben.«
Aber der Mann, der zuerst gesprochen hatte, rief wiederum:
»Halt den Mund und sprich nicht solche Worte, oder ich stopfe sie dir mit dem da wieder hinein.« Er zückte sein Messer in der Luft. »Geht heim, legt euch schlafen und bittet den Priester, er möge euch trösten, und schweigt von diesem hier – oder ihr sollt erleben, das sage ich euch im Namen des Satans, daß ihr nichts Schlimmeres tun konntet, als euch in unsere Sachen zu mischen.«
»Du brauchst nicht so laut zu rufen, damit der dich hören kann, den du nennst, Arntor – du kannst dir denken, daß er nicht weit von hier ist«, erwiderte Kristin ruhig, und einige der Männer schienen zu erschrecken und rückten unwillkürlich näher zur Äbtissin, die das Licht hielt. »Für uns wie auch für euch wäre es das schlimmste gewesen, wenn wir daheim geblieben wären, während ihr im Begriff standet, euch in der heißesten Hölle einen Platz zu sichern.«
Aber der Mann fluchte und tobte. Kristin wußte, daß er die Nonnen haßte, denn sein Vater hatte ihnen seinen Hof verpfänden müssen, als er wegen Totschlags und Blutschande mit dem Geschwisterkind seines Weibes büßen mußte. Nun fuhr er fort, die gehässigsten Lügen über die Schwestern auszuspeien, beschuldigte sie so schwarzer und unnatürlicher Sünden, daß nur der Teufel selber einem Mann solche Gedanken eingeben konnte.
Die armen Nonnen beugten sich entsetzt und weinend unter seinen höhnischen Worten, aber sie hielten standhaft aus rings um die alte Mutter, die das Licht hochhob und den Mann beleuchtete, ihm ruhig ins Gesicht sah, während er tobte.
Aber in Kristin brach der Zorn aus wie loderndes Feuer:
»Schweig! Hast du den Verstand verloren, oder hat Gott dich mit Blindheit geschlagen! Sollten wir wagen, unter seiner Zuchtrute aufzumucken, wir – nachdem wir gesehen haben, wie seine geweihten Bräute dem Schwert entgegengingen, das um der Sünde der Welt willen gezogen wurde. Sie wachten und beteten, während wir jeden Tag sündigten und unseren Schöpfer vergaßen; sie schlossen sich in die Burg der Gebete ein, während wir in der Welt umherstreiften, gejagt von der Gier nach großem und kleinem Reichtum, nach unserer eigenen Lust und unserem eigenen Zorn. Sie aber kamen zu uns heraus, als uns der Todesengel gesandt wurde, sammelten die Kranken und die Schutzlosen und die Hungrigen, zwölf unserer Schwestern starben an dieser Seuche, das wißt ihr alle, nicht eine wich zurück und nicht

eine ließ ab, mit schwesterlicher Liebe für uns alle zu beten, bis ihnen die Zunge im Munde verdorrte und das Herzblut gerann.«
»Schön sprichst du von dir selbst und deinesgleichen.«
»Ich bin *deines*gleichen«, schrie sie außer sich, »ich bin nicht eine der frommen Schwestern – ich bin eine von euch.«
»Wie weich du geworden bist, Weib«, sagte Arntor höhnisch. »Du hast Angst, das merke ich. Wenn es aufs Ende geht, so wirst du auch die Mutter dieses Knaben hier noch deinesgleichen nennen.«
»Darüber mag Gott urteilen – er starb für sie wie auch für mich, und er kennt uns beide. – Wo ist Steinunn?«
»Geh in ihre Höhle, so wirst du sie wohl finden«, antwortete Arntor.
»Ja, man muß der armen Frau wohl Nachricht geben, daß wir ihren Knaben haben«, sagte Kristin zu den Männern. »Wir müssen uns morgen nach ihr umsehen.«
Arntor grinste, aber ein anderer Mann rief unwillig:
»Nein, nein. Sie ist tot«, sagte er zu Kristin. »Es sind vierzehn Tage her, seit Bjarne von ihr fortging und den Riegel vor die Tür schob. Damals lag sie da und rang mit dem Tode.«
»Sie lag da und ...« Kristin sah die Männer entsetzt an. »Holte ihr denn niemand den Priester? Liegt die Leiche – dort – und hat keiner so viel Erbarmen gehabt, sie in geweihte Erde zu legen – und ihr Kind wollt ihr ...«
Bei dem Entsetzen der Frau war es, als gerieten die Männer selber vor Schrecken und Scham ganz außer sich, sie schrien gleichzeitig auf sie ein; und über alle anderen drang eine Stimme heraus:
»Hol sie selber, Schwester!«
»Ja! Wer von euch geht mit mir?«
Niemand antwortete. Arntor rief: »Du mußt wohl allein gehen!«
»Morgen – sobald es hell wird – werden wir sie holen, Arntor; ich selbst werde ihr eine Ruhestätte und eine Seelenmesse kaufen.«
»Geh hin, geh jetzt, heute nacht, dann will ich glauben, daß ihr von Heiligkeit und Tugend trieft.«
Arntor hatte sein Gesicht dicht an das ihre gebracht, Kristin stieß ihm die Faust hinein, sie schluchzte laut auf vor Wut und Entsetzen.
Frau Ragnhild kam herzu und stellte sich zu Kristin, und sie mühte sich ab, ein Wort hervorzubringen. Die Nonnen riefen, morgen solle die Tote in ein Grab gelegt werden. Aber in Arntor schien der Teufel gefahren zu sein, denn er hörte nicht auf zu schreien:
»Geh jetzt – dann wollen wir an Gottes Barmherzigkeit glauben.«
Kristin richtete sich auf, weiß und steif: »Ich gehe.«
Sie hob das Kind auf und legte es Schwester Torunn in die Arme, stieß die Männer zur Seite und lief rasch und über die Erdhaufen stolpernd zum Gatter hin, während die Nonnen ihr klagend nachrannten und Schwester Agnes rief, sie wolle mitgehen. Die Äbtissin schüttelte die geballte Hand, Kristin solle doch stehenbleiben, aber diese schien ganz außer sich zu sein.

In dem Augenblick entstand in der Dunkelheit bei der Kirchhofspforte eine heftige Unruhe, gleich darauf fragte Sira Eilivs Stimme, wer denn hier eine Versammlung abhalte. Er trat in den Lichtkreis vor; sie sahen, daß er eine Axt in der Hand hielt. Die Nonnen drängten sich um ihn, die Männer versuchten eilig in der Dunkelheit zu verschwinden, wurden jedoch beim Tor von einem Mann aufgehalten, der ein gezogenes Schwert in der Hand trug. Es entstand Getümmel und Waffenlärm, und Sira Eiliv rief laut, wehe dem Mann, der jetzt den Friedhofsfrieden störe. Kristin hörte einige sagen, der starke Schmied aus der Credogasse sei gekommen, gleich darauf tauchte ein großer und breitschultriger weißhaariger Mann an ihrer Seite auf: es war Ulf Haldorssohn.

Der Priester reichte Ulf die Axt – er hatte sie von ihm geliehen –, nahm der Nonne den Knaben am Tor ab und sagte: »Es ist schon über Mitternacht – immerhin ist es am besten, ihr kommt alle mit in die Kirche; über diese Sache will ich noch heute nacht Klarheit haben.«

Niemand verfiel auf den Gedanken, ihm nicht zu gehorchen. Als sie jedoch auf den Weg hinausgekommen waren, löste sich eine der grauen Frauengestalten aus der Schar los und wollte den Weg in den Wald einschlagen. Der Priester rief und befahl ihr, mit den anderen zu kommen. Kristins Stimme antwortete aus der Dunkelheit – sie war bereits ein Stück weiter entfernt: »Ich kann nicht kommen, Sira Eiliv, ehe ich mein Versprechen eingelöst habe.«

Da setzten ihr der Priester und einige andere nach. Sie stand an den Zaun gelehnt, als Sira Eiliv sie einholte. Er hob das Licht hoch; sie war entsetzlich weiß im Gesicht; als er ihr jedoch in die Augen sah, erkannte er, daß sie nicht irrsinnig geworden war, wie er zuerst befürchtet hatte. »Komm heim, Kristin«, sagte er. »Morgen wollen wir dich hinbegleiten, einige Männer, ich selbst werde mit dir gehen.«

»Ich habe mein Wort gegeben. Ich kann nicht heimgehen, Sira Eiliv, ehe ich das ausgerichtet habe, was ich versprochen habe.«

Der Priester stand eine Weile da, dann sagte er leise:

»Vielleicht hast du recht. So geh denn, Schwester, in Gottes Namen.«

Seltsam schattenähnlich wich Kristin in das Dunkel zurück, das ihre graue Gestalt verschlang. Als Ulf Haldorssohn neben ihr auftauchte, sagte sie – sie sprach stoßweise und heftig: »Geh zurück – ich habe dich nicht gebeten, mir zu folgen.«

Ulf lachte leise:

»Kristin, meine Herrin – hast du noch nicht erkannt, daß manches geschehen kann, ohne daß du befiehlst oder darum bittest, und auch das weißt du nicht, scheint mir, sooft du es auch schon erlebt hast, daß du nicht stets alles allein durchführen kannst, was du auf dich nimmst, auch du nicht. Jetzt aber will ich dir helfen, diese Last zu tragen.«

Der Kiefernwald rauschte über ihnen, und das Dröhnen der Wellen draußen am Strand drang stärker und schwächer bis zu ihnen, je nach den Windstößen. Es war kohlschwarz dort, wo die beiden Menschen

gingen. Nach einer Weile sagte Ulf: »Ich habe dich schon früher begleitet, Kristin, wenn du dich nachts auf den Weg machtest, darum dünkte mich, es könnte sich geziemen, daß ich auch diesmal mit dir ginge.«
Sie atmete hart und heftig in der Dunkelheit. Einmal stolperte sie über etwas, Ulf fing sie auf. Von da an nahm er sie bei der Hand und führte sie. Nach einer Weile merkte er, daß sie weinte, da fragte er, weshalb sie weine.
»Ich weine, weil ich daran denke, wie gut und wie getreu du allzeit gegen uns gewesen bist, Ulf. Was soll ich sagen? Ich weiß wohl, es geschah hauptsächlich um Erlends willen, aber ich glaube fast, du hast stets milder über mich geurteilt, als du berechtigt gewesen wärest, nachdem du meine ersten Taten kennengelernt hattest.«
»Ich habe dich gern gehabt, Kristin – nicht weniger als ihn.« Er schwieg. Kristin begriff, daß er sehr erschüttert war. Dann sagte er: »Darum dünkte es mich hart, daß ich heute hierher segeln mußte; ich komme, um so schwere Nachrichten zu bringen, daß ich sie selbst kaum auszusprechen wage. Gott stärke dich, Kristin.«
»Ist es Skule?« fragte Kristin nach einiger Zeit leise. »Ist Skule tot?«
»Nein, als ich gestern mit Skule sprach, ging es ihm gut, und jetzt sterben in der Stadt nicht mehr viele an der Seuche. Aber heute morgen erhielt ich Nachricht aus Tautra.« Er hörte, wie sie einmal schwer aufseufzte, aber sie sagte nichts. Nach einer Weile fuhr er fort: »Es sind schon zehn Tage her, seit sie starben. Im Kloster sind nur noch vier Brüder am Leben, und die Insel ist fast wie reingefegt von Menschen.«
Sie waren jetzt dort angelangt, wo der Wald aufhörte. Über das flache Land vor ihnen kam das Meeresrauschen und der Wind ihnen entgegengebraust. Irgendwo draußen in der Dunkelheit leuchtete es weiß auf; die Brandung in einer kleinen Bucht, darüber ein steiler heller Sandhang.
»Dort wohnt sie«, sagte Kristin. Ulf fühlte, wie Kristin von langen krampfartigen Schauern erfaßt wurde. Er nahm sie fester bei der Hand: »Du hast dies selber auf dich genommen. Denke daran und verliere jetzt nicht die Besinnung.«
Mit einer seltsam dünnen zerbrochenen Stimme, die der Wind ergriff und forttrug, sagte Kristin: »Jetzt wird Björgulfs Traum in Erfüllung gehen; ich vertraue auf die Gnade Gottes und der Jungfrau Maria.«
Ulf versuchte ihr ins Gesicht zu sehen, aber es war zu dunkel. Sie gingen zum Strand hinunter; an einigen Stellen war dieser unter dem Hang so schmal, daß die Wellen ab und zu bis an ihre Füße heraufspülten. Über Tangbüschel und große Steine schritten sie dahin. Nach einer Weile erkannten sie undeutlich eine dunkle Masse unter dem Sandhang. »Bleib hier«, sagte Ulf kurz. Er ging hin, rüttelte an der Tür, dann hörte sie, daß er die Weidenbänder mit der Axt zerschlug und wieder rüttelte. Sie merkte, daß die Tür nach innen fiel und er in das schwarze Loch trat.

Es war keine besonders windige Nacht. Aber es war so dunkel, daß Kristin nichts sehen konnte außer der lebendigen See, die mit ihren kleinen aufleuchtenden Schaumköpfen herankam und sofort wieder verschwand, und außer der Helligkeit der Wellen, die sich längs dem Strande der Bucht brachen, und dann konnte Kristin noch die schwarze Masse vor dem Hang erkennen. Und es dünkte sie, als stünde sie in einer Höhle von Nacht und als sei dies die Vorburg des Todes. Das Dröhnen der sich brechenden Wellen und das Zurückrieseln des Wassers zwischen den Steinen am Strand ging im Gleichmaß mit dem Pochen ihres Blutes, obgleich sie ein Gefühl hatte, als sei ihr Körper im Begriff sich aufzulösen, ähnlich wie ein Holzgefäß in Stücke zerfällt – es tobte in ihrer Brust, als wolle etwas sie von innen heraus zersprengen; sie fühlte ihren Kopf hohl und leer und gleichsam durchlöchert, und der regelmäßige Wind hüllte sie ein und strich quer durch sie hindurch. Seltsam gleichgültig begriff sie, daß sie nun wahrscheinlich selbst von der Seuche erfaßt war, aber sie wartete gleichsam darauf, daß ein Licht die Dunkelheit zerreißen sollte, laut das Meeresrauschen übertönend, und daß sie dann vor Entsetzen vergehen würde. Sie zog die Kapuze, die zurückgeweht war, wieder über den Kopf, nahm den schwarzen Nonnenumhang dichter zusammen und stand so da, die Hände unter dem Tuch gekreuzt, aber sie kam nicht auf den Gedanken zu beten; es war, als habe ihre Seele mehr als genug damit zu tun, sich aus dem verfallenen Haus herauszuarbeiten, und als sei es dies, was in ihrer Brust riß und zerrte, wenn sie atmete. Sie sah, daß in der Hütte ein Feuer aufflackerte. Bald darauf rief Ulf Haldorssohn nach ihr: »Du mußt herkommen und mir leuchten, Kristin.« Er stand in der Tür und reichte ihr einen Span aus geteertem Holz.

Erstickend schlug ihr der Leichengeruch entgegen; obgleich die Hütte ganz undicht und die Tür eingebrochen war. Mit starren Blicken, den Mund halb geöffnet – sie fühlte Kinnladen und Lippen steif werden wie Holz –, blickte sie zum Tod hin. Aber es lag nur ein langes Bündel auf dem Lehmboden im Winkel; es war in Ulfs Umhang eingeschlagen.

Ulf hatte irgendwo ein paar lange Bretter herausgerissen und die Tür daraufgelegt. Er machte nun, während er das unbrauchbare Werkzeug verwünschte, mit seiner Stabaxt und dem Dolch ein paar Haken und Löcher und versuchte die Tür mit den Brettern zu verbinden. Ein paarmal blickte er rasch zu Kristin auf, und jedesmal zog sich sein dunkles graubärtiges Gesicht härter zusammen.

»Ich möchte wissen, wie du hiermit allein zurechtkommen wolltest«, sagte er, auf die Arbeit hinuntergebeugt, dann sah er von der Seite zu ihr auf, aber ihr steifes, totes Gesicht im Schimmer der roten Kienfackel blieb weiterhin gleich unbeweglich: das Gesicht eines toten oder verrückten Weibes. »Kannst du mir das sagen, Kristin?« lachte er barsch, aber es half nichts. »Nun dünkt mich, es wäre an der Zeit, daß du einige Gebete sprächest.«

Unverändert steif und schlaff begann sie zu sprechen:
»Pater noster qui es in coelis. Adveniat regnum tuum. Fiat voluntas tua, sicut in coelo et in terra ...« Dann hielt sie inne.
Ulf sah sie an. Dann fuhr er fort:
»Panem nostrum quotidianum da nobis hodie ...« Rasch und mit fester Stimme sprach er das Vaterunser zu Ende, ging hin und machte das Zeichen des Kreuzes über dem Bündel, rasch und fest griff er zu und trug es zur Bahre, die er angefertigt hatte.
»Geh du vorne«, sagte er. »Es ist so vielleicht etwas schwerer, aber du spürst dann den Gestank nicht so. Wirf die Fackel weg – wir sehen besser ohne sie – und mach keinen Fehltritt, Kristin –, denn ich will diese arme Leiche nicht noch einmal anfassen müssen.«
Als sich die Stangen der Bahre auf ihre Achseln legten, schien sich der kämpfende Schmerz in ihrer Brust zur Gegenwehr zu erheben, der Brustkorb *wollte* das Gewicht nicht entgegennehmen. Aber sie biß die Zähne zusammen. Solange sie am Strand entlanggingen, wo der Wind blies, bekam sie nicht viel von dem Leichengeruch zu spüren.
»Hier muß ich wohl zuerst die Leiche und dann die Bahre hinauftragen«, sagte Ulf, als sie an den Abhang kamen.
»Wir können noch etwas weiter dort hinübergehen«, sagte Kristin, »dort, wo die Leute sonst mit den Tangschlitten fahren; da ist es nicht so steil.« Ihre Stimme klang ruhig und besonnen, das hörte der Mann. Und ihm brach der Schweiß aus, und er begann zu zittern, jetzt, da es überstanden war; er hatte geglaubt, sie würde in dieser Nacht den Verstand verlieren.
Mühselig folgten sie dem Weg, der über die Lichtung zum Kiefernwald führte. Hier hatte der Wind freie Bahn, aber es war trotzdem nicht so wie unten am Strand, und je weiter und weiter sie sich von dem Rauschen am Strand entfernten, desto stärker fühlte sie, daß dies eine Rückkehr von dem Entsetzen des äußersten Dunkels war. Neben dem Pfad leuchtete es hell auf, es war ein Kornacker, den zu schneiden niemand Zeit gehabt hatte. Der Geruch des Getreides und der Anblick der liegenden Halme hießen sie wieder daheim willkommen – und ihre Augen füllten sich mit Tränen schwesterlichen Mitleids, aus ihrem eigenen öden Entsetzen und ihrer Not kehrte sie zurück zu der Gemeinschaft der Lebendigen und der Toten.
Der fürchterliche Aasgeruch schlug jetzt manchmal, wenn sie den Wind im Rücken hatte, ganz über ihr zusammen, aber es war nicht so schrecklich wie vorher, als sie in der Hütte stand; hier war doch alles voll der Reinheit eines frischen, feuchten und kalten Luftstromes.
Und viel stärker als das Gefühl, daß sie etwas Entsetzliches auf der Bahre trug, war die Empfindung, daß Ulf Haldorssohn ihren Rücken gegen das schwarze und lebendige Grauen deckte, von dem sie sich entfernten, das immer schwächer und schwächer brauste.
Als sie den Rand des Kiefernwaldes erreichten, wurden sie Lichterschein gewahr: »Sie kommen uns entgegen«, sagte Ulf.

Gleich darauf stießen sie auf eine große Schar Männer, die Kienfackeln und ein paar Windlichter trugen und eine Bahre, mit einem Leichentuch bedeckt. – Sira Eiliv war bei ihnen, und staunend erkannte Kristin, daß sich in seinem Gefolge mehrere jener Männer befanden, die vorher in dieser Nacht auf dem Kirchhof gewesen waren, viele von ihnen weinten. Als man die Bürde von ihren Schultern hob, war Kristin nahe daran, umzufallen. Sira Eiliv wollte sie stützen, da sagte sie rasch: »Rührt mich nicht an – kommt mir nicht zu nahe –, ich habe jetzt selbst die Seuche, das fühle ich.«

Aber Sira Eiliv griff ihr trotzdem stützend unter die Arme.

»Da soll es dir ein Trost sein, Frau, daran zu denken, daß Unser Herr gesagt hat: Was du einem Seiner geringsten Brüder oder Schwestern getan hast, das hast du Ihm selbst getan.«

Kristin starrte den Priester an. Dann blickte sie weg, dorthin, wo die Männer im Begriff waren, die Leiche von der Bahre, die Ulf gemacht hatte, auf die Totenbahre zu legen. Ulfs Umhang glitt ein wenig zur Seite, die Spitze eines abgetretenen Schuhs kam hervor, dunkelfeucht im Schein der Kienfackeln. Kristin ging hin, kniete zwischen den Stangen der Bahre nieder und küßte den Schuh:

»Gott sei dir hold, Schwester – Gott erfreue deine Seele in seinem Licht – Gott sei barmherzig gegen uns alle hier in der Finsternis.«

Dann glaubte sie, das Leben reiße sich aus ihrem Körper; ein stechender, unausdenkbarer Schmerz, wie wenn etwas Innerliches bis in die äußersten Spitzen ihres Körpers Verwurzeltes losgerissen würde. Alles, was in ihrer Brust war, wurde herausgerissen; sie fühlte ihren Hals voll davon, ihr Mund füllte sich mit Blut, das nach Salz und schmutzigem Kupfer schmeckte, im nächsten Augenblick war ihr ganzes Gewand vorne von einer dunklen Flüssigkeit feuchtglänzend. – Jesus, hat ein altes Weib noch so viel Blut, dachte sie.

Ulf Haldorssohn hob sie in seine Arme auf und trug sie.

In der Klosterpforte kamen die Nonnen mit brennenden Lichtern in den Händen dem Zug entgegen, auch jetzt war Kristin nicht ganz bei Besinnung, aber sie fühlte, daß sie durch die Pforte halb getragen und halb gestützt wurde, und der weißgekalkte, gewölbte Raum füllte sich mit dem flackernden Schein gelber Lichtflammen und roter Kienfackeln, und die Fußtritte dröhnten wie ein Meer – aber für die Sterbenden war dies wie ein Widerschein ihres eigenen zusammensinkenden Lebensfeuers, und der Laut der Schritte auf den Fliesen schien wie das Brausen des Todesstromes, der zu ihr heraufstieg.

Dann verbreitete sich der Lichtschein in einem weiteren Raum – sie war wiederum unter offenem dunklem Himmel – im Hofplatz –, der Lichtschein spielte an einer grauen Steinwand mit mächtigen Strebepfeilern und hohen Fensteröffnungen empor – die Kirche. Sie wurde von irgendwelchen Armen getragen – wiederum war es Ulf –, aber jetzt wurde er für sie wie eins mit all denen, die sie durchs Leben emporgetragen hatten. Als sie die Arme um seinen Nacken legte und ihre

Wange an seinen bärtigen Hals drückte, war es, als sei sie wieder das Kind bei ihrem Vater, aber es war auch so, als drücke sie ein Kind an sich. Und hinter seinem dunklen Kopf waren rote Lichter, und diese dünkten sie wie der Schein jenes Feuers, das alle Liebe nährt.
Ein wenig später schlug sie die Augen auf und war bei voller klarer Besinnung. Sie saß aufgestützt in einem Bett im Dormitorium, eine Nonne stand über sie gebeugt, die untere Hälfte des Gesichts durch eine Leinenbinde verdeckt, Kristin verspürte den Essiggeruch. Es war Schwester Agnes, das erkannte sie an den Augen und an der kleinen roten Warze, die sie auf der Stirn hatte. Und jetzt war es Tag – klares, graues Licht strömte durch die kleinen Scheiben in den Raum herein.
Kristin litt jetzt nicht – sie war nur durchnäßt von Schweiß, entsetzlich matt und müde, und wenn sie atmete, fühlte sie ein Stechen und einen Schmerz in der Brust. Gierig trank sie den Labetrank, den Schwester Agnes ihr an den Mund hielt. Aber sie fror.
Sie legte sich in die Kissen zurück, und jetzt erinnerte sie sich an alles, was sich während der Nacht zugetragen hatte. Aber der Widerschein des wilden Traumes war ganz verschwunden – ein wenig außer sich mußte sie wohl gewesen sein, das begriff sie –, aber es war gut, daß sie dieses Werk hatte verrichten können, daß es ihr gelungen war, den kleinen Knaben zu retten und diese armen Menschen daran zu hindern, sich mit einer solchen Missetat zu beladen. Sie wußte, wie glücklich sie darüber sein mußte, daß *ihr* das Glück vergönnt war, dies noch kurz vor ihrem Tode zu vollbringen, aber sie vermochte sich nicht so zu freuen, wie sie sollte, sie fühlte mehr eine Zufriedenheit, ähnlich wie seinerzeit, wenn sie daheim auf Jörundhof im Bett lag, müde nach einem wohlvollendeten Tagewerk. Und dann mußte sie Ulf danken. – Sie hatte seinen Namen genannt, und er war wohl halb verborgen bei der Tür gesessen und hatte es gehört, denn nun kam er heran und stand vor ihrem Bett. Sie streckte ihm die Hand hin, die er ergriff und gut und fest drückte.
Plötzlich wurde die Sterbende unruhig, ihre Hand griff tastend in die Halsfalten des Hemdes. »Was ist, Kristin?« fragte Ulf.
»Das Kreuz«, flüsterte sie und zog mühsam das vergoldete Kreuz ihres Vaters hervor. Es war ihr eingefallen, daß sie ja gestern der Seele dieser armen Steinunn eine Gabe versprochen hatte. Sie hatte nicht daran gedacht, daß sie nichts mehr in dieser Welt besaß. Sie verfügte jetzt über nichts weiter als über dieses Kreuz, das sie von ihrem Vater erhalten hatte, und über ihren Brautring. Den trug sie noch an der Hand.
Sie zog ihn ab und betrachtete ihn. Schwer lag er in der Hand, aus reinem Gold mit großen roten Steinen besetzt. Erlend, dachte sie, und es dünkte sie, sie solle lieber diesen hier fortgeben, sie wußte nicht weshalb, aber es schien ihr, daß sie dies tun müsse. Gequält schloß sie die Augen und gab Ulf den Ring:
»Wem hast du ihn vermeint?« fragte er leise, und als sie nicht antwortete: »Willst du, daß ich ihn Skule gebe?«

Kristin schüttelte den Kopf, hielt die Augen fest geschlossen.
»Steinunn – ich gelobte – Messen für sie.«
Sie öffnete die Augen, sah den Ring an, der in der dunklen Hand des Schmiedes lag. Und ihre Tränen brachen in einem wilden Strom hervor, denn es war, als habe sie nie zuvor so ganz und gar erkannt, was er bedeutete. Das Leben, dem sie sich durch diesen Ring geweiht hatte, über das sie geklagt, gemurrt, getobt und gegen das sie getrotzt hatte – sie hatte es dennoch so sehr geliebt, sich an dem Guten und Bösen darin gefreut, daß es nicht einen Tag gab, den sie nicht schweren Herzens Gott zurückgegeben hätte, nicht einen Schmerz, den sie ohne Entbehrung hätte opfern können.
Ulf und die Nonne wechselten einige Worte, die sie nicht hörte, dann verließ er die Stube. Kristin wollte ihre Hand heben und sich die Augen trocknen, vermochte es jedoch nicht; die Hand blieb auf ihrer Brust liegen. Da drinnen tat es so weh, die Hand lag so schwer darauf, und dann war es, als müsse der Ring noch am Finger sitzen. Ihre Sinne begannen sich wieder zu verwirren; sie *mußte* sehen, ob er wirklich fort war, ob sie nicht nur geträumt hatte, ihn weggegeben zu haben; jetzt begann sie auch unsicher zu werden, ob all das in der Nacht, das Kind im Grab, das schwarze Meer mit den raschen, kleinen, aufblitzenden Wellen, die Leiche, die sie getragen hatte; sie wußte nicht, ob sie das geträumt hatte oder ob sie wach gewesen war. Und sie vermochte nicht die Augen zu öffnen.
»Schwester«, sagte die Nonne, »du darfst jetzt nicht schlafen – Ulf ist fortgegangen, um den Priester für dich zu holen.«
Kristin wurde mit einem Ruck wieder ganz wach, heftete den Blick auf ihre Hand. Der goldene Ring war weg, es war doch wahr, aber dort, wo er am Mittelfinger gesessen hatte, war ein blankgewetztes Mal. Ganz deutlich war es an der braunen und rauhen Hand zu sehen – wie eine Narbe, mit dünner weißer Haut überzogen –; Kristin vermeinte sogar, zwei runde Flecke von den Rubinen auf jeder Seite unterscheiden zu können und ein kleines Zeichen, ein M, mit dem die Mittelplatte des Ringes von dem heiligen Namenszeichen der Jungfrau Maria durchbrochen war.
Und der letzte klare Gedanke, der sich in ihrem Gehirn formte, war der, daß sie sterben sollte, noch ehe dieses Zeichen Zeit hatte, zu verschwinden, und sie war froh darüber. Es schien ihr ein Wunder zu sein, das sie nicht begriff, trotzdem aber wußte sie ganz sicher, Gott hatte sie in einem Pakt festgehalten, der für sie geschlossen worden war, ohne daß sie etwas davon ahnte, von einer Liebe, die über sie ausgeschüttet worden war, und trotz ihrem eigenen Willen, trotz ihrem schweren erdgebundenen Sinn hatte etwas von dieser Liebe in ihr *weitergelebt*, hatte in ihr gewirkt wie die Sonne in der Erde, hatte eine Saat hervorgebracht, die weder das heißeste Feuer der Liebe noch der stürmende Zornesmut der Liebe ganz hatten vernichten können. Eine Dienerin Gottes war sie gewesen, eine widerspenstige unwillige Magd,

meist eine Augendienerin in ihren Gebeten und untreu in ihrem Herzen, faul und nachlässig, ohne Geduld während der Züchtigung, wenig ausdauernd in ihren Taten, trotzdem hatte er sie in seinem Dienst behalten, und unter dem glitzernden goldenen Ring war sie heimlich gezeichnet worden, daß sie seine Dienerin sei, dem Herrn und König gehörte, der jetzt kam, getragen von den geweihten Händen des Priesters, um ihr Freiheit und Erlösung zu bringen.

Gleich nachdem Sira Eiliv ihr die Letzte Ölung gegeben und die Wegzehrung gereicht hatte, verlor Kristin Lavranstochter wiederum die Besinnung. Mit brennendem Fieber lag sie da, von schweren Blutstürzen gequält, und der Priester, der bei ihr blieb, sagte zu den Nonnen, daß es wohl rasch mit ihr gehen würde.

Ein paarmal war die Sterbende so weit bei Besinnung, daß sie das eine oder andere Gesicht erkannte: Sira Eiliv, die Schwestern, Frau Ragnhild selber war einmal da, und auch Ulf sah sie. Sie bemühte sich zu zeigen, daß sie die andern erkannte und wie gut es ihr tat, daß sie bei ihr waren und ihr wohlwollten. Aber für die, die bei ihr standen, war es nur, als bewege sie die Hände im Todeskampf.

Einmal sah sie Munans Gesicht – ihr kleiner Sohn lugte von einem Türspalt her zu ihr herein. Dann zog er seinen Kopf wieder zurück, und die Mutter lag da und starrte zur Tür hin, ob der Knabe nicht wieder hereinschauen würde. Statt dessen jedoch kam Frau Ragnhild und strich ihr mit einem nassen Tuch über das Gesicht, und auch das tat gut. – Dann verschwand alles in einem dunkelroten Nebel und in einem Dröhnen, das zuerst erschreckend zunahm, nach und nach aber erstarb; und der rote Nebel wurde dünner und lichter und war zuletzt wie ein feiner Morgennebel, ehe die Sonne durchbricht, und es war vollkommen lautlos, und sie wußte, daß sie jetzt starb.

Sira Eiliv und Ulf Haldorssohn verließen miteinander die Tote. In der Tür, die zum Klosterhof hinausführte, blieben sie stehen.

Es war Schnee gefallen. Keiner von denen, die bei Kristin gesessen hatten, während sie den Todeskampf auskämpfte, hatte dies bemerkt. Der weiße Widerschein blendete seltsam von dem steilen Dach der Kirche herüber; der Turm leuchtete gegen den grau bewölkten Himmel auf. Fein und weiß lag der Schnee auf allen Fenstereinfassungen und allen Vorsprüngen und hob sich von den Wänden der Kirche und dem grauen, behauenen Stein ab. Und es war, als zögerten die beiden Männer, ehe sie es über sich brachten, die dünne Decke von Neuschnee mit ihren Fußspuren zu zeichnen. Sie sogen die Luft ein. Nach dem erstickenden Geruch, der stets um einen Pestkranken herrscht, schmeckte sie süß, kühl, gleichsam ein wenig leer und dünn, aber es war, als habe dieser Schneefall Seuche und Ansteckung aus der Luft genommen – die Luft war gut wie frisches Wasser.

Die Glocken im Turm begannen wieder zu läuten, die beiden Männer blickten dort hinauf, wo sie sich hinter den Schallöchern bewegten.

Kleine Schneekörner lösten sich durch die Erschütterung vom Dach des Turmes, rollten herab und bildeten kleine Kugeln, und in ihrer Bahn sah man ein wenig von den schwarzen Schindeln.
»Liegenbleiben wird dieser Schnee wohl kaum«, sagte Ulf.
»Nein, der taut wohl noch vor dem Abend weg«, antwortete der Priester. Die Wolken hatten bleiche goldene Risse, und es fiel ein schwacher, gleichsam prüfender Sonnenstrahl auf den Schnee.
Die Männer blieben stehen, dann sagte Ulf Haldorssohn leise:
»Ich denke daran, Sira Eiliv, daß ich der Kirche hier ein Stück Land schenken will und einen Becher, den sie mir als Erbstück von Lavrans Björgulfssohn gab – eine Messe für sie stiften will – und für meine Pflegesöhne – und für ihn, Erlend, meinen Verwandten . . .«
Der Priester antwortete ebenso leise, ohne den Mann anzusehen:
»Auch mich dünkt, daß du den Drang fühlen müßtest, Ihm deinen Dank zu zeigen, Ihm, der dich gestern abend hierher geführt hat; du kannst wohl zufrieden damit sein, daß du ihr helfen durftest, diese Nacht zu überstehen.«
»Ja, das war es, was ich meinte«, sagte Ulf Haldorssohn, dann lachte er ein wenig: »Und jetzt bereue ich fast, Priester, daß ich ein so frommer Mann war – gegen sie!«
»Unnütz ist es, seine Zeit mit so eitler Reue zu vergeuden«, antwortete der Priester.
»Was meinst du?« – »Ich meine, nur unsere Sünden zu bereuen, kann uns von Nutzen sein«, sagte der Priester.
»Wie das?«
»Denn niemand ist gut außer Gott. Und wir können nichts Gutes tun, außer durch ihn. Also ist es nutzlos, eine gute Tat zu bereuen, Ulf, denn an dem Guten, das du getan hast, kann nicht gerüttelt werden, und wenn alle Berge einstürzen, so bleibt es dennoch bestehen.«
»Ja, ja. So etwas verstehe ich nicht, mein Sira. Ich bin müde.«
»Ja – und hungrig mußt du jetzt wohl sein; komm mit mir ins Küchenhaus, Ulf«, sagte der Priester.
»Danke, ich habe keine Lust zu essen«, antwortete Ulf Haldorssohn.
»Trotzdem mußt du jetzt mit mir kommen und etwas essen«, redete ihm Sira Eiliv zu, legte die Hand auf seinen Arm und zog ihn mit sich. Sie schritten in den Hofplatz hinaus und auf das Küchenhaus zu. Unwillkürlich traten sie beide so leicht und behutsam auf den Neuschnee, wie sie nur konnten.